CLASSICI BOMPIANI

PIER VITTORIO TONDELLI OPERE

Romanzi, teatro, racconti

A cura di Fulvio Panzeri

CLASSICI
BOMPIANI

ISBN 88-452-4400-8

Per l'opera in raccolta
© 2000 RCS Libri S.p.A.
via Mecenate 91 - Milano

I edizione Classici in brossura giugno 2000
II edizione Classici in brossura settembre 2000

Questo volume contiene:

Saggio introduttivo di Fulvio Panzeri
Cronologia
Nota all'edizione

ALTRI LIBERTINI
IL DIARIO DEL SOLDATO ACCI
PAO PAO
DINNER PARTY
RIMINI
RACCONTI
BIGLIETTI AGLI AMICI
CAMERE SEPARATE

Note ai testi

Fulvio Panzeri
PIANURA PROGRESSIVA

1

> Le razze diventano popolo, il popolo uno, sempre
> più uguale, sempre
> più diverso. Nella Pianura Progressiva cambiano
> le facce ed i mestieri,
> rimane al fondo una sensazione che sbilancia...
>
> *Libretto rozzo dei CCCP e CSI*

Nella narrativa italiana degli ultimi vent'anni il ruolo svolto da Pier Vittorio Tondelli è stato fondamentale, non solo in quanto punto di riferimento per i giovani narratori, ma soprattutto per la nuova prospettiva che ha saputo aprire dopo la "crisi" delle avanguardie degli anni sessanta e settanta. Con Giovanni Pascutto, Enrico Palandri e Claudio Piersanti, narratori più o meno coetanei, Tondelli agli inizi degli anni ottanta dimostra come sia ancora possibile credere nella letteratura e soprattutto nelle storie. Del gruppo di narratori che si affermano in quegli anni (cui vanno aggiunti i nomi di Andrea De Carlo e Daniele Del Giudice) Tondelli è colui che radicalizza maggiormente la ritrovata fiducia nel "mestiere di scrittore", tanto da decidere di vivere proprio di scrittura, senza giungere a compromessi imbarazzanti con la macchina e il potere editoriale, anzi attribuendo al proprio ruolo una forte responsabilità. L'opera narrativa di Tondelli rappresenta un passaggio importante da un periodo di crisi che si platealizza attraverso ricerche ipertrofiche e sradicamenti della parola, a una nuova condizione in cui al "piacere del testo" si sostituisce il "piacere della narrazione". Si tratta di un passaggio che conduce al recupero della tradizione letteraria, concepito però in senso critico e in un'ottica pre-postmoderna. Infatti la lezione tondelliana (come dimostra il suo metodo di lavoro, ampiamente documentato nelle Note ai testi) non nega l'importanza delle ricerche dell'avanguardia (anche se non corrispondono al suo "vero sentire"), ma le indirizza in una dimensione evolutiva. Non si tratta più di destrutturare il testo e i significati della parola, ma di ricondurre la letteratura alla possibilità di costruire storie. Così è necessario ritrovare altri "modelli narrativi", ricostruire in modo più consapevole la propria "anticamera" al postmoderno.

Se in altri campi della creazione artistica, quali fumetto, teatro, musica e pittura, il postmoderno arriva a un livello di elaborazione ben più consapevole, in letteratura il gioco delle commistioni tra i vari linguaggi (se così è possibile indicare una via al "postmoderno italiano" di quegli anni) diventa evidente solo a livello progettuale, più ancora che come forma dell'opera stessa. Per Tondelli recuperare precise "lezioni" letterarie e indagare certe tradizioni non rappresenta una forma di riflusso rispetto all'ipotetico "nuovo" annunciato dalle neoavanguardie. Significa ritrovare dei modelli di scrittura entro i quali praticare il suo esercizio "postmoderno", attraverso la reinvenzione di sé e di un proprio mondo reale o onirico. La sua opera narrativa è segnata proprio da una variazione sul tema delle "voci", intese come possibilità di dar luogo alla scrittura. E così anche le due essenziali forme di poetica alle quali rimane fedele altro non sono che orientamento verso questa possibilità di trovare la propria "voce" dentro quella di altre scritture. In pratica la progettualità di Tondelli si indirizza verso strutture, ritmi, costruzioni, modalità di espressione alle quali adattare il senso delle storie da raccontare.

Se la prima parte dell'opera tondelliana è all'insegna della "scrittura emotiva" derivata in modo particolare dall'Arbasino dell'*Anonimo Lombardo*, e da riferimenti più o meno espliciti a Céline, Selby jr e Celati, nella seconda parte abbiamo un cambiamento di prospettiva che lo porta a scegliere un altro modello di scrittura, quello di Isherwood e della riflessione in forma autobiografica, con altri riferimenti che vanno da Ingeborg Bachmann a Peter Handke. Dalla "scrittura emotiva" alla "riflessione per frammenti", l'opera di Tondelli trova in un libro come *Biglietti agli amici* (1986), strutturalmente assai complesso (probabilmente il livello più avanzato di elaborazione postmoderna di un suo testo, come ha acutamente riferito il critico Alessandro Zaccuri), una specie di linea di confine che indica il passaggio verso una nuova forma, ancora più consapevole, di intendere il proprio "mestiere di scrittore".

2

Un romanzo di Tondelli che deve essere in qualche modo rivalutato è *Rimini* (1985), il quale si situa in una linea di progressione rispetto ai due nuclei tematici ed espressivi della sua esperienza letteraria. È anche il romanzo che introduce un'apertura compiuta al postmoderno, proprio come prova di vari linguaggi e soprattutto di differenti costruzioni narrative, coordinate nel flusso di un viaggio alla scoperta della Riviera romagnola, delle sue mitologie nazionalpopolari, di tutto quel kitsch da spiaggia e da discoteca che fa apparire la capitale delle vacanze italiane come un insuperato modello per la definizione di una Disneyland casereccia che è immaginario, natura e forma di certa effervescenza degli anni ottanta.

Già la dimensione amplificata della realtà che s'impone nel periodo estivo, il campionario dei sogni di plastica illuminato a giorno dalle luci notturne della Riviera, rappresenta un'identità postmoderna per Tondelli: il luogo in cui le contraddizioni, anziché devastanti immagini delle ossessioni contemporanee, si trasformano nell'identità di un palcoscenico collettivo che deforma i ritmi quotidiani per una notte, una settimana, uno o due mesi di stagione turistica.

Rimini offre a Tondelli lo scenario postmoderno a lungo inseguito: il romanzo è innanzi tutto un grande schermo televisivo entro il quale cabine e bulli da spiaggia, canotti e bagnini, discoteche in collina e faune di varia estrazione sociale inscenano lo spettacolo della loro artificiosità, quell'illusione di poter vivere dentro la scatola televisiva, anziché accontentarsi di assistere nel ruolo di spettatori. Non a caso una delle cifre linguistiche che Tondelli adotta per il romanzo è appunto la brevità e la velocità di certa scrittura cinematografica, così da imporre a varie parti del romanzo la struttura di un lungo videoclip il quale restituisce l'euforia di un sogno collettivo che, per la prima volta, non resta tale, ma viene vissuto e consumato totalmente, pur coscienti che si tratta di una finzione. Il tempo è però limitato, e ad un certo punto lo schermo fluorescente è destinato a spegnersi e a ributtare nell'ordinario delle province da cui si è migrati.

Così *Rimini* offre a Tondelli un contenitore di storie che sceglie di strutturare in senso postmoderno a partire dalla dichiarata ambizione progettuale di provare le tecniche del "romanzo di consumo". L'effervescenza di certo parlato, o della scrittura emotiva, già sperimentati con i libri d'esordio, non riesce più a contrassegnare originalmente un romanzo che per la prima volta adotta, progettualmente, una linea di durata. *Altri libertini* (1980) e *Pao Pao (1982)* sono libri che puntano sull'immediato, sull'immagine fulminea, sulla registrazione di un presente che si costruisce attraverso una parola, teatralizzata nel testo, come una sorta di psicodramma (il riferimento non è così ovvio anche perché in quegli anni nascevano ovunque corsi alternativi di animazione e di creatività per "liberare il corpo" dove la gestualità e il flusso delle voci era preminente rispetto alla caratterizzazione "teatrale" di tipo classico (e Tondelli al DAMS studia con grande attenzione, per esempio, la *Trilogia degli scarozzanti* di Testori e poi d'estate lavora come animatore tra Correggio e Reggio Emilia). Questi due libri registrano, anche strutturalmente, un immediato che sembra non avere né passato né futuro. *Rimini* impone, nell'ottica del viaggio, anche l'evoluzione delle storie, la loro complessità. La necessità di costruire un romanzo non più solo in senso emotivo, ma centrato sul "plot" e sulla narrazione, permette allo scrittore una diversa prova rispetto a quel tema dell'"unità di misura del tempo" che è prerogativa della sua ricerca letteraria. L'unità viene intuita in senso progressivo. Ciò non corrisponde certo a una normalizzazione stilistica: senza dubbio i riferimenti sono quelli del romanzo di consumo, ma Tondelli si avvicina a un'idea di postmoderno non affidando solo a un "genere letterario" la conduzione delle trame.

Il postmoderno, nel senso di commistione degli stili, di citazioni indirette, di scenario che si contraddice attraverso il confronto di situazioni portate all'eccesso, trova in *Rimini* un interessante banco di prova: la scrittura cinematografica, il mondo della carta stampata, le trame del giallo e quelle di un "rosa", intuito in chiave omosessuale, il riferimento alla musica e ai ritmi da videoclip e la scrittura poematica, nel senso della riflessione e del canto nostalgico, convivono e arricchiscono questo affresco balneare. I passaggi che il romanzo propone corrispondono anche a tante prove di "voci" letterarie e multimediali: una certa atmosfera da "nuovo fumetto italiano", rimandi al corso modaiolo degli anni ottanta, echi da Scerbanenco (più che da Chandler, variamente citato dalla critica quando uscì il romanzo) per una pista "a suspense", certo cosmopolitismo alla Isherwood per la storia d'amore londinese e l'aspra cerimonia nostalgica di un Tom Waits per indicare i momenti del ripiegamento, quando l'immaginario svela la propria maschera e ci si ritrova ancora soli nella notte e il suono del sassofonista diventa epico richiamo, rimandando a certe pagine di James Baldwin.

3

> Da dove comincia ogni storia, se non da una parola? Ma "chi è capace di vivere per una parola?", chiede un personaggio di *Dinner Party*, commedia scritta da Pier Vittorio Tondelli.
>
> Gabriele Romagnoli, *Passeggeri*

La ricerca letteraria di Tondelli si snoda attraverso la suggestione per certi temi o aspetti che caratterizzano ciascuna delle sue opere, sempre comunque riferita alla scelta di una struttura narrativa in grado di corrispondere a precise necessità espressive. Non è affatto scontato, nel metodo di lavoro tondelliano, questo passaggio, in quanto indica come ogni libro si costruisca intorno alla "grana" di una voce o, se vogliamo, di un ritmo che, pur se connaturato al sentire dello scrittore, deve essere riconosciuto a livello progettuale. Il suo metodo si fonda quindi sulla possibilità di un riconoscimento, l'unico che può dar luogo alla "prova di stile", non tanto come esercizio estetico, ma come naturale connotazione di un testo.

Non a caso l'autore affida al "ritmo" musicale questa possibilità, dopo aver riconosciuto il "sound" che lo interessa. In senso postmoderno, Tondelli non opera un'emulazione di quegli autori che ossessivamente insegue e richiama come numi tutelari della propria espressione letteraria. È ben diverso il tipo di orientamento che sceglie e che lo pone nell'ottica di un confronto serrato: i vari "sound del linguaggio" letterario vengono mediati dentro un proprio mondo espressivo. Le citazioni (non solo di tipo letterario) rimandano a quel postmoderno, inteso in senso occasionale, che opera impasti linguistici assai differenti tra loro, fino a costituire un *unicum* espressivo assolutamente originale, che diventa la propria "grana".

Il passaggio viene evidenziato anche a livello musicale, non solo in quanto citazione nel corso della narrazione. La musica non è semplicemente "colonna sonora", espediente utilizzato proprio in *Rimini*, dove l'opera si chiude con una pagina in cui sono citati i brani musicali ideali da ascoltare come sottofondo di lettura al romanzo, ma anche da intendersi come supporto musicale che ha guidato l'elaborazione del testo. La corrispondenza tra linguaggio e musicalità della parola, nell'opera di Tondelli, non è un aspetto marginale, va anzi assunto proprio come elemento centrale della struttura letteraria. Altrimenti non si comprenderebbe quell'insieme di scelte, apparentemente occasionali, che caratterizzano la novità radicale rappresentata dall'opera narrativa dello scrittore nel panorama della recente tradizione letteraria italiana. Il linguaggio adottato va riferito continuamente a un connubio preciso tra musica e parola, una costante che lo accompagna fin da *Altri libertini*.

La musica interviene sull'assetto linguistico e sembra coordinarlo. Il linguaggio parlato trova dentro la sua dimensione di "sound" anche la ragione letteraria per proporsi. Proprio in questa direzione si muove Tondelli nelle prime opere, anzi nel testo teatrale *Dinner Party* (1984-86) ne sottolinea altre interpretazioni. La sua ansia di narratore viene connessa alla figura di Didi (Manfredi Oldofredi), il quale sta lavorando a un romanzo che, tra le righe, potrebbe richiamare a quel testo inconcluso che è il primo abbozzo di *Un weekend postmoderno* (1990). La condizione di scrittore rappresentata da Didi, i suoi dubbi, le sue "fedeltà", sono gli stessi che caratterizzano il lavoro di Tondelli. Per esempio, quando Tommy chiede a Didi come va la stesura del romanzo, questi risponde: "Va molto a rilento. Sto per ore e giorni e notti a inseguire una parola, quella sola parola. Non mi interessano le trame, i plot, quelle stronzatine lì. Roba da televisione, io non perdo tempo dietro a delle sceneggiate da terzo mondo, che roba! Io vado con l'orecchio. Cerco semplicemente di far sì che le parole mute della pagina diffondano il loro suono, la loro voce. Così che si crei un ronzio cerebrale, che è la musica della pagina, il suo ritmo. Io cerco il ritmo, la musica dei miei anni, cerco di avere una frase che si possa cantare in testa, sì cantare, la stessa identica cosa. Io faccio musica con le mie parole. Per questo le cerco, le cerco, ma chi ti ascolta per una parola? Chi è capace di vivere per il suono di una parola?".

La pagina non è intesa da Tondelli solo come un supporto fonografico. Non è un giradischi o un mangianastri attraverso cui espandere o dar conto delle proprie passioni musicali. Non è solo un catalogo dei "gusti", anche se questo aspetto poi si costruisce naturalmente. È la musica a indicare una questione di stile, le ragioni della scrittura.

4

La questione generazionale in Tondelli non viene evidenziata solo attraverso una lettura oggettiva della singola e complessa esperienza. Diventa anche una radice che connota il testo e lo dimensiona stilisticamente, anzi lo innova proprio per la scelta strutturale di annettere a sé tutte quelle corrispondenze che aiutano a definire un contesto di gusti, mitologie contemporanee e comportamenti non riferibili solo alla realtà dello scrittore. Così il richiamo a riferimenti musicali diviene nel contempo materia della narrazione, impianto strutturale dei libri e dimensione generazionale. L'uso che Tondelli fa delle musiche cui è maggiormente legato diviene un'operazione che coinvolge vari aspetti e va collegata alla possibilità di operare, innanzi tutto, sul linguaggio. La musica in Tondelli non è solo una citazione, ma una necessità interna alla "grana" della propria voce, in quanto rappresenta una forma di corrispondenza con la realtà. Indica il piano stesso entro cui avvengono le mimesi tra i linguaggi: lo slang di certo parlato, l'euforia o la desolazione dei monologhi in prima persona, gli accordi ritmici, tra nenie popolari e desideri di un cantare aperto alle sollecitazioni della parola.

Tondelli è stato (e forse lo è ancora) considerato solo come scrittore generazionale, o come cultore dell'eversione linguistica. Probabilmente questi possono essere segni oppure "riti di passaggio" nella sua esperienza, e tuttavia non la contrassegnano totalmente. È ben più profonda la valenza assegnata al valore della parola, meno esteriorizzabile. Per esempio, *Altri libertini* sfugge a una lettura strettamente espressionista, fin qui operata. È un libro duro, un romanzo a scenari che si pone nel solco di certa "controcultura", sfugge all'etichetta propriamente autobiografica. È l'elegia delle grandi speranze e delle nude disperazioni, ma anche un groviglio di ironie un po' agre e spietate. Nel racconto *Autobahn* troviamo un ragazzo che sente l'"odorino del mare del Nord" e gli viene da cantare. Emerge il bisogno della scrittura come canto sommesso, si avverte che questa musica della pagina è quasi una ninna nanna. Così, se in un opportuno "esercizio su tastiera", il critico digitasse al computer questo racconto, avrebbe la sensazione di seguire il ritmo di una nenia infantile, nella sua dolcezza un po' nostalgica, in questi sogni che prendono corpo e si allontanano in un attimo, ma già bastano a rompere la "cappa-cielo" di una paura plumbea di appartenere troppo alla sua terra. È singolare il parallelo che viene a porsi tra questa scrittura e i canti popolari di *Matrilineare*, una raccolta di nenie e ninne nanne cantate, tra gli altri, dal coro delle Mondine di Correggio e da Mara Redeghieri degli Ustmamò, e realizzate nell'ambito del laboratorio dei CSI, gruppo musicale che riprende e innova la linea aperta dai CCCP-Fedeli alla Linea, tenuti a battesimo dallo stesso Tondelli sulle colonne dell'"Espresso". Del resto, per capire l'intero senso di *Al-*

tri libertini, quello più nascosto e rivoltoso, è necessario ascoltare Giovanni Lindo Ferretti, voce storica del gruppo che canta il punk ossessivo di *Emilia paranoica*, quell'"Emilia di notti ricordo / senza che torni la felicità", un'Emilia "di notti d'attesa" aspettando un'emozione "sempre più indefinibile".

Lo stile fortemente musicale di Tondelli, tra ritmo, emozione ed evocazione, diventa colonna sonora, indicazione di un tempo o di un flusso che coinvolge i protagonisti, li indica e li precisa. Il loro essere si caratterizza e diviene presenza proprio in relazione a ciò che ascoltano. I personaggi si incontrano tramite un disco o una cassetta o sulle note di una canzone, nell'abbraccio di un concerto, nella scelta di un gruppo musicale di riferimento. Nei romanzi di Tondelli è possibile ricostruire quindi una storia generazionale a partire proprio dalle scelte musicali dei protagonisti: scelte ben calibrate, a volte solo indicazioni che però trovano una loro precisa ragion d'essere in *Un weekend postmoderno*, che risulta una chiave per scoprire cosa si cela dietro ai nomi, quali emozioni essi hanno fatto vibrare, in quale scenario si collocano come esperienza del narratore.

5

Due racconti, *La casa!... La casa!...* (1981) e *Pier a gennaio* (1986), sono assai significativi per evidenziare le modalità di lavoro di Tondelli: strutturalmente si pongono nell'ottica della "variazione" rispetto ai modelli riconosciuti. È singolare che ognuno dei testi faccia riferimento alle due fasi del lavoro tondelliano. *La casa!... La casa!...* riprende il modello céliniano e si costruisce nella forma della variazione, relativamente alla prova di un linguaggio emotivo e immediato, riportando in scena in modo radicale la prevalenza di quel "parlato", mediato anche dalle lezioni di Celati al DAMS. *La casa!... La casa!...* spiega, dall'interno, i ritmi che contrassegnano *Altri libertini*, *Pao Pao* e in qualche modo anche *Dinner Party*. L'uso del parlato in queste opere, pur se preminente e subordinato all'andamento delle storie, non è così radicalizzato come avviene nella "variazione céliniana": ne rappresenta una specie di nucleo fondante che si allarga per adattarsi anche alle situazioni contingenti alle storie. La centralità di certi slang proviene da una prospettiva ben più umorale, che in *Altri libertini* subordina lo spirito anarchico della scrittura di Céline anche all'ironico-sentimentale del primo Arbasino, e si colloca, come riferimento, nel solco della tradizione dei linguaggi anarchici della linea emiliano-romagnola (non solo contemporanea o riferibile al Novecento, tanto che si potrebbe parlare anche di indubbi riferimenti all'Ariosto o al Pulci senza azzardare troppo...), come ben ha messo in rilievo, in più di un'occasione, lo scrittore Guido Conti.

Lo spessore notturno di *Altri libertini*, quel suo scorrazzare dentro e contro l'asfissia di una pianura in cerca di redenzione, nel senso di una salvezza che apra uno spiraglio di libertà (è il grido di nostalgia che porta, nell'ultimo racconto, *Autobahn*, al ritmo di una nenia, quando i collettivi e le dinamiche di gruppo sembrano svanire e si rivela l'individualità di un dramma, con quel ragazzo che se ne sta solo sul guardrail dell'autostrada e supplica e sogna e chiede pietà a un'ipotetica "musa" europea), si apre all'ironia e ai colori forti e accesi, tra accenni pop e luci psichedeliche, tra calme poematiche nella "raminga" notte emiliana, restituendo colori e umori di un particolarissimo spazio generazionale come quello postsessantottino che ha affidato il suo destino alla logica del gruppo.

In *Altri libertini* rivive una stagione che si sta concludendo, in cui quel "tutto è politica" degli anni settanta sfuma la sua forte prerogativa ideologica per lasciar spazio a un "privato" che può essere riconosciuto anche in forma politica, con tutta quella voglia di essere "alternativi" a un provincialismo italiano che influisce sul disadattamento messo in scena dai personaggi del libro rispetto alla normalità piccolo borghese. Tondelli non opera però un atto di denuncia, e leggere *Altri libertini* in un'ottica troppo realista devia senz'altro da quello che è il centro espressivo portante del libro. Allo scrittore emiliano interessa solo registrare umori e ossessioni, desideri e ironie, abbozzare un ritratto generazionale che impone anche temi di ordine sociale e politico: la droga, l'emarginazione, l'autodistruzione come impossibilità di pensare se stessi in rapporto all'unità territoriale cui si appartiene e alla forma esistenziale del proprio sentire. *Altri libertini* è così un libro ambivalente: da una parte il canto disperato della rivolta, e la forza delle radici dall'altra. Richiama a sé la propria terra, istituisce l'atto cerimonioso ed epico del riconoscimento di sé in rapporto al suo essere emiliano. Nel contempo istituisce l'ambivalenza del rapporto nel desiderio di fuga, in quella continua necessità di rompere quel legame, diventando forse troppo stretto. Del resto, solo apparentemente *Altri libertini* si situa in una corrente di realismo estremo. In realtà deriva la sua forza dalla chiara valenza onirica che queste storie impongono, anche come desiderio inespresso. Così i differenti umori (la pietà e l'ironia, la disperazione e la condivisione, certa sentimentalità e certo nichilismo spietato) sono le forme di un viaggio alla scoperta di un sé che continuamente celebra e distrugge, impone e nega, valorizza e deprezza, a partire proprio dal suo rapporto con la stretta realtà della provincia emiliana. È questa una contraddizione che poi segna l'intero corso dell'opera di Tondelli, fino a ripresentarsi ancora, proprio come centro tematico, in *Camere separate* con il ritorno al tempo dell'infanzia che corrisponde al rapporto con la terra in quanto radice. L'immagine si rinnova e coincide ai versi iniziali di quella *Matrilineare* (CCCP/CSI) che apre a "tutte le tonalità del vivido / pallori nuovi tendenti al fluorescente // matrilineare / nel ciclo lunare".

6

> Lascia che ti porti il sonno
> lasciati portare in grembo
> lascia che ti porti il sonno
> lasciati portare in grembo
>
> Mara Redeghieri, *Sonnolenta*

Come pochi altri scrittori, in Tondelli l'esperienza di sé, nella personale forma della riflessione, diviene il fondamento della scrittura. La narrazione progredisce attraverso la scoperta di una coscienza (che è anche esperienza) di quelle tappe che rappresentano le "misure di tempo" di altre età, intuite come veri e propri riti di passaggio. Così anche i suoi libri sembrano porsi come capisaldi in questa progressione.

L'importanza che attribuisce ai riti di passaggio si ritrova nel *Weekend postmoderno* che, oltre a un'attraversata degli anni ottanta, si proietta anche, per via trasversale, in una sorta di osservazione dell'esperienza attraverso "tappe di attraversamento". Come interpretare altrimenti la volontà dell'autore di raccogliere dentro le storie della gente comune (storie emiliane, che recuperano le forti radici, quelle stesse che in *Camere separate* (1989) ritrova nella "gente umile, anonima ma alla quale lui è stato in braccio e che l'hanno in un certo senso contenuto, come contengono tutto il futuro") un'immagine, un bagliore, dell'infanzia e della memoria contadina pur sempre viva?

Altri scenari aprono sull'adolescenza, attraverso sguardi diretti e indiretti all'istituzione "scuola", al servizio militare come momento di allontanamento e di distacco, al passaggio cruciale dei trent'anni, come tappa di maturità per giungere a una diversa consapevolezza del proprio ruolo. In *Camere separate* scrive: "In realtà Leo è altrettanto consapevole che l'età conta relativamente e che ciò che lo sta piegando non è un possesso biologico ma l'addensarsi, il sedimentare di un dolore che non lo lascia mai, che si impasta con l'invecchiamento delle sue cellule, che ancora tarda a risolversi, a scomparire".

L'opera di Tondelli, attraverso gli infingimenti del linguaggio usati per celarsi dentro una specie di guscio protettivo, svela soprattutto il "ritratto di un ragazzo in cerca di maturità" e insegue la necessità di costruire ogni opera come "unità di misura del tempo". Riemerge l'immagine presente in *Camere separate* del piccolo tempio, sul quale da bambino lo scrittore si arrampica per guardare oltre "quella grata arrugginita con le iniziali di Maria Vergine". Tondelli riconosce che per altri l'unità di tempo sono gli alberi ("Per molti c'è un albero che scandisce il divenire, l'accrescimento, l'avanzare degli anni"), per lui c'è quest'edificio, una sorta di emblema: "È cresciuto. E il tempio è diventato più piccolo, più raccolto, dai contorni più netti. Forse è anche più solo. Ma rimane per lui l'unità di misura del tempo".

Nel romanzo Tondelli celebra un altro rito, quello del ritorno, accompagnato da una *pietas* sommessa: ritorno a un tempo che definisce l'infanzia nella radice di una *Pianura Progressiva* e che connette infanzia, adolescenza e giovinezza in un unico fluire, fatto di solitudine, imbarazzi, mutismi e meraviglie. L'immagine finale di *Un weekend postmoderno* riprende e sintetizza il senso di questo "ritorno". È folgorante (epica) proprio nel finale del "giro in provincia" quando immagini da Silvio D'Arzo, da Francesco Guccini e da Zucchero impongono la voce del richiamo alla nudità della terra, quando la voce femminile (da *Diamante*) grida in lontananza "Delmo, vin a cà...".

L'invito, negli ultimi tempi, non era per Tondelli solo metaforico: diventava concretezza, anche negli atti del recupero dei suoi "frammenti giovanili". Ecco quindi, nei giorni milanesi di *Weekend postmoderno*, il riemergere dalle carte, risalenti al periodo dell'impegno oratoriano, dell'adattamento teatrale del *Piccolo principe*. "Mi piacerebbe lavorarci di nuovo" diceva, e aveva voluto accantonarlo in una cartelletta specifica, dedicata ai progetti che, in qualche modo, avevano a che fare con un frammento dell'infanzia. Accanto a quel sogno di malinconia e di tramonti, a quel recupero delle età della vita aveva trovato spazio anche materiale relativo a un racconto per ragazzi che avrebbe voluto scrivere, un racconto dedicato alla passione dei colombi, del nonno prima e del padre poi.

Le motivazioni che spingono un Tondelli giovanissimo ad assimilare la lezione umana e spirituale di Saint-Exupéry vanno ritrovate in quel percorso indicato anche per Tolkien: un viaggio nella fantasia ("il mondo di immagini di una storia meravigliosa ormai formatasi nella fantasia") che diventa anche appropriazione del senso dell'infanzia intesa come luogo sapienziale. Il fondamentale incontro del *Piccolo principe* con la volpe ("L'esortazione a una vita spirituale, alla meditazione") coincide con il nucleo centrale di *Camere separate*, con la scoperta della solitudine come momento di elevazione, quasi l'atto supremo per giungere a "quell'essenziale che è invisibile agli occhi" che ripete il piccolo principe seguendo la volpe e che Tondelli cita come rafforzamento della centralità meditativa del testo. Quell'"essenziale" riporta a un passato che è "identità della memoria", punto di avvio, ma anche culmine. In *Camere separate* sottolinea: "Quando scomparirà la casa in cui è nato, quando il tempietto davanti al quale si arrampicava verrà abbattuto, quando non ci saranno più le stesse pietre, non morirà solamente il ricordo delle persone che ha amato nella sua infanzia, ma lui stesso morirà". Così *Il piccolo principe* nell'esperienza di Tondelli riporta "la bellezza di ricordi infantili legati alla scoperta di questa favola" e diviene al pari della casa e del tempietto, ricorrenti in *Camere separate*, una sorta di "radice", rafforzata poi da "tutta una serie di impressioni e fantasie costruite negli anni dell'adolescenza nell'ascoltare chi ci commentava il messaggio del libro". Si capisce quindi il desiderio di lavorare di nuovo intorno a quel testo, nell'ultimo anno di vita, dopo la pubblicazione di

Camere separate, quando sente il bisogno di riaffermare quel "frammento in più di sensibilità" rispetto alla breve memoria di sé e delle sue radici.

7

Pier a gennaio definisce il progressivo cambiamento strutturale e tematico della scrittura di Tondelli, soprattutto nella "prova" di un'altra voce, quella di Isherwood che diventa, con Ingeborg Bachmann e Carson McCullers (e forse anche Carlo Coccioli), punto di riferimento per un sé che ha bisogno di chiarirsi nel tempo della sentimentalità, che non corrisponde necessariamente a una riflessione sulle tracce del discorso amoroso. Anche gli scrittori citati diventano personaggi e scrittura nell'opera di Tondelli. Il loro apporto è quello della mediazione che avviene tra i percorsi e una parola da far propria, fino al punto di giungere a un'evocazione, nella scelta di precise caratterizzazioni strutturali del testo (forma del diario, scrittura a frammenti, antologia con appunti di riflessione, romanzo di formazione).

A Tondelli interessa (è anche il nodo che deve risolvere) chiarire la posizione del proprio io in relazione a un "altro". Non è più il gruppo, non sono più gli amici a interessarlo: il tempo generazionale della condivisione diventa più privato e indaga una vocazione all'amore in senso meditativo, nella possibilità di capire la differenza tra bisogno e/o interferenza dell'altro nella propria vita. Non a caso in questi percorsi ricorre continuamente la necessità della solitudine intuita come scelta.

Pier a gennaio è il testo che risolve la prospettiva di una scrittura che vuole essere mimesi autobiografica, diretta, coinvolgente e che continuamente ha bisogno di negare la sua precisa prospettiva dentro la finzione letteraria. Tematicamente, "per sconcertante necessità", il racconto risponde invece a quell'"obbligo di caduta / verso mondi leggeri di sottili pensieri / d'occhio e di cuore", che troviamo in *Accade* (sempre dal *Libretto rozzo dei CCCP e CSI*).

Il racconto è anche il più elaborato tra una serie di altri testi (*Ragazzi a Natale*, 1985; *My sweet car*, 1987) che risultano accomunati da un identico intento comunicativo. La loro unitarietà è definita dallo sguardo (occhio e cuore dello scrittore) e dalla peculiare caratteristica di presentarsi come "materiali di scrittura, stati d'animo, frammenti emotivi che forse possono stimolare la fantasia e l'immaginazione più di una piatta catena consequenziale di avvenimenti", secondo quanto scrive Tondelli nella nota che accompagna *My sweet car*.

In una realtà rivissuta a livello letterario per frammenti si fa presente il desiderio di ritornare a una dimensione "epica", non per un allargamento illusorio, bensì per contrazione endemica, in forza della visione. Lo sguardo dello scrittore assume la realtà, non come scenario, ma in quanto struttura intima di sé, come un controcanto personale: l'attraversamento è quello della singolarità dell'esperienza. Lo scenario non è più in primo piano, ma diviene una quinta entro la quale si stagliano i dettagli di una ricerca intorno al tema del sentimento, visto come estrema nostalgia, ritrovato in quanto affermazione di un mito dell'interiorità che scava dentro al pudore. Ne affiora uno scandaglio di verità spesso contraddittorie, eppure definibili come una tensione continua alla "contemplazione", che sembra riannodare in sé e quasi placare il conflitto dell'essere e i molti enigmi che oscurano le verità accennate. Del resto questo atteggiamento viene definito in chiusura a *Pier a gennaio*: "Pier non ha allora altra strada che 'la contemplazione'. Il suo passeggiare per le strade di Bologna, il suo sguardo, altro non fanno che accarezzare desideranti, le pietre, gli angoli, i palazzi, i giardini come fossero essi stessi la sostanza verbale di una preghiera, di qualcosa che è troppo forte da tenersi dentro ed esplode nel suo sguardo". La necessità del racconto si genera da una diversa "esplorazione" narrativa. La finzione è messa da parte per lasciar spazio al frammento, per confrontarsi con una parola che coglie improvvisa, perché dettata dal sentimento che invade, commuove e si frantuma.

Biglietti agli amici (1986) invece già prefigura, *in itinere*, una crescita. È il libro dei trent'anni e segna quel passaggio necessario, avvertibile anche strutturalmente, verso il riconoscimento di un sé che tende ad abbandonare la cosiddetta esperienza giovanile. Più volte per definire la sua condizione d'insicurezza in questo passaggio Tondelli chiama a testimonianza un racconto di Ingeborg Bachmann e sottolinea: "È costretto a fare le valigie, a licenziarsi dalla sua camera, dal suo ambiente, dal suo passato. Deve, non soltanto mettersi in viaggio, ma anche andarsene. Deve essere libero, quest'anno, rinunciare a tutto, cambiare posto, cambiare quelle quattro pareti, cambiare gente. Deve far tornare i conti, accomiatarsi da un protettore, dalla polizia e dalla compagnia di amici, attorno al tavolo riservato. Per liberarsi, per staccarsi da tutto".

Può essere anche questa una definizione di "abbandono", sentimento sempre e comunque soggetto alla volontà dell'"attraversamento", intuito come movimento della realtà interiore. La progressione avviene, non per accumulo, ma per annullamento: la cancellazione restituisce una potenzialità alla solitudine. È un processo che risulta anche essere la linea trasversale che sorregge *Quarantacinque giri per dieci anni* (1990), in cui Tondelli sembra recuperare il passato per verificare il taglio aperto, la consistenza della frattura. Ciò è necessario per giungere a una progressione, mai definitiva, a un colloquio con l'ombra di un presente, in cerca di quella trascendenza che possa definire l'epico in un quotidiano che, altrimenti, verrebbe annullato come entità vitale. Emerge anche nella scoperta del disincanto di quell'età cruciale che sono i trent'anni, nella disillusione in un ritorno in discoteca, con "l'ingombro dei cari fantasmi di quegli anni dissipati e generosi, non maledetti, non eroici, e forse nemmeno sbagliati. Solo sfortunati".

Il passato diviene la radice mai compromessa, forse

solo allontanata, nel contingente, che riprende il suo valore di catarsi più si fa lontano il tempo e più sembrano sedimentate le passioni. Lo scrittore fugge dal passato prossimo, troppo vicino per poterne intuire la forma e richiama a sé la radice che ormai si è fatta sua storia ed è diventata terra, umore, afflato di un tempo che si può riconoscere in quanto "segno".

8

Mi osservo dal tuo punto di vista:
non sbagliarti,
la ragnatela oltre cui mi vedi
è la prospettiva che ho sempre avuto.

Leonard Cohen, *Stranger Music*

Biglietti agli amici e *Pier a gennaio* disegnano l'immagine di un nuovo Tondelli, o focalizzano alcuni aspetti già presenti anche in *Altri libertini*, in *Pao Pao* e in *Rimini*. Tondelli è uno scrittore che agisce per sollecitazioni emotive, partecipe e coinvolto nel captare il presente come istante che trascolora, già nell'attimo che fugge. La carica spontanea, naturale, verbalmente aggressiva che aveva rivelato in *Altri libertini* viene precisata. Da una ricognizione sulla realtà, attraverso storie e sogni di storie, Tondelli opera il passaggio verso l'interiorizzazione di tale realtà. Non è più solo osservatore esterno di un paesaggio umano che consuma la sua dissoluzione e il suo dolore, ma diviene lui stesso azione della storia, all'interno di una cronaca poematica che elabora le ragioni di una personale dinamica sentimentale. La pietà non è più un riflesso o una induzione, ma diventa il centro che agisce e opera sulla parola.

In *Biglietti agli amici*, scritti nella forma evanescente della trattazione amorosa e della meditazione notturna, la prosa si carica di inquietudini e la parola si pone sotto il

segno di un enigma e di una cristallina meditazione leo-
pardiana. Tondelli è preso nel gorgo della visitazione religiosa. La grazia di poter sconvolgere il buio è qui tesa da
presenze angeliche le quali però sfuggono a una indicazione teologica precisa, per tracciarsi nella limpida e laica
dimensione delle "illuminazioni" improvvise. Potremmo
dire che si tratta di un Rilke, riletto alla luce di Peter
Handke e di certe suggestioni musicali, *in primis* Leonard Cohen e i Violet Eves. La prosa sceglie la forma del
frammento, è spezzata e ha il disegno, quasi encefalogra-
fico, dei pensieri che balenano alla mente. Non è però
questo un libro di scarti "d'autore", ma un racconto intenso, una prova, forse la più incisiva per penetrare nel
nuovo corso dello scrittore, segnato dal desiderio di com-
porre una "fenomenologia dell'abbandono". Prefiguran-
do un passaggio verso l'ultimo romanzo, *Biglietti agli
amici* è il potenziale punto di riferimento per poter ri-leg-
gere *Altri libertini* e *Rimini*, nell'ottica di un diverso
aspetto "metaforicamente" notturno. La disperazione è
dimensione di una speranza che cerca la *pietas* come definizione. La perdizione e l'istinto di autodistruzione non
sono solo rappresentazioni di un teatro di provincia, in-
scenato e matericamente affrescato da Tondelli. Il colore
esterno, quello che cola sulla scrittura, nei suoi umori
corporali, altro non è che anima che segna le sue tracce
sul corpo, scavandone il solco profondo, drammatico.

Con *Camere separate* (1989) Tondelli mette in discussione interamente la propria immagine, quella che lo aveva identificato con *Altri libertini*, un libro giocato su una
scrittura di affanno continuo, di prodigi incerti che registrano la "vita spericolata" e senza appigli di un gruppo di
giovani in una provincia spersa tra scoramento e abbandono di sé. Il tema del "giovanilismo" è nel frattempo diventato una sorta di etichetta dalla quale Tondelli opera
una sorta di sistematico allontanamento. "La musica mi
ha sempre spinto a scrivere. Il rock mi ha insegnato la velocità e la forza..." Nell'ultimo romanzo il ritmo non si
normalizza, ma assume i toni di un blues penitenziale.

Con *Camere separate* Tondelli compone il romanzo della sua "educazione sentimentale". Si potrebbe parlare di "romanzo di formazione" perché la lettura del libro nella sola ottica del romanzo d'amore (anche se eccessi nel senso di un "rosa" esasperato in chiave gay non mancano) risulta riduttiva. Il legame tra Leo e Thomas, il compagno che muore, lasciandolo in un vuoto esistenziale da cui è impossibile riemergere, indica la necessità di recuperare il valore dell'altro, la fatica che comporta la continua lacerazione di una parte di sé. Altri versi da *Amandoti* (*Sedicente Cover*) dal già ricordato *Libretto rozzo dei CCCP e CSI* ci possono chiarire l'atteggiamento di Leo: "Amarti m'affatica mi svuota dentro / qualcosa che assomiglia a ridere nel pianto". La "formazione" è intuita in chiave drammatica: si tratta di rivivere il lutto, di ricomporre il significato di un atto tragico, di fare i conti non solo con il senso della morte, ma anche con la sua realtà. L'abbandono involontariamente subito, il distacco e il conseguente vuoto gettano Leo nella più totale incoscienza di sé. Non sa più chi sia. Non conosce quale sorte possa avere il suo destino. Sceglie la solitudine in tutti i sensi: solitudine come isolamento dal mondo; solitudine come prova dei sentimenti; solitudine come mistica della ricerca. Non è difficile ritrovare nel personaggio di Leo i tratti dello stesso scrittore e ciò non è una novità. Del resto in *Quarantacinque giri per dieci anni* sceglie una citazione da Giovanni Comisso per rendere evidente il suo rapporto con la scrittura: "Tutta questa presunzione di scrivere racconti o romanzi è una buffonesca menzogna. Non resiste narrativamente che la storia di se stesso".

Tutta la narrativa di Tondelli ha sempre giocato la sua forza sulla naturale trasposizione autobiografica, e in questo romanzo il gioco di specchi tra l'io e la scrittura non ha più nemmeno bisogno di velarsi. Lo aiuta il riferimento a Isherwood, ma anche un'altra citazione musicale (Morrissey), più tematica che strutturale, visto che come ammette lo stesso Tondelli il "suono" di questa scrittura va ritrovato nel ritmo costantemente fermo di certa musi-

ca minimale (Wim Mertens come lezione). Morrissey presta a *Camere separate* la voce per la ripetizione di uno stesso tema, riferito a una stagione (la prima giovinezza) che
ancora non è stata risolta, e che offre lo spazio per rivelarsi a un "immaginario ambiguo in cui piacere e dolore sono
inestricabilmente avvinti, in cui la pena della sconfitta diviene il piacere della sensibilità". È una delle chiavi inter-
pretative che Tondelli usa per raccontare chi sono gli
Smiths e perché Morrissey continua a consolare "con la
sua voce sensuale, strascicata e maledetta". È anche un ritratto a specchio del nucleo tematico del romanzo che potrebbe precisarsi citando ancora quelli che Tondelli definisce gli elementi dell'"universo mitico" delle canzoni del
gruppo, una sequenza poetica carica "di difficoltà, di domande non risolte, di angosce, di struggimenti, di conflitti, di passioni, di intensità autodistruttive, di star male...",
salvata da "una sensibilità speciale, acuta, tremante, timi-
dissima, orgogliosa della propria diversità, con quel po' di
maledetto che distingue gli animi più nobili". Tutto questo, oltre a essere il mondo di Morrissey è anche *Camere
separate*, cui potrebbe ben adattarsi una citazione, riferita
sempre da Tondelli, di una canzone degli Smiths per indicare il loro particolare modo di parlare d'amore, di amicizia: "Armoniosamente uniti, camminiamo in controluce:
no, questo non è un amore diverso, è diverso perché riguarda noi...".

Come Morrissey, Tondelli estenua la sua particolare
sensibilità mettendosi a nudo totalmente, assumendo un
tono tra il pacato, il problematico e il malinconico. Ciò
che segna il distacco di Tondelli dal "giovanilismo" è forse soprattutto il tono della scrittura che si snoda in un
flusso piano, da meditazione a volte arresa, altre caratterizzata da una voce roca e quasi avvelenata. È significativo che in questo romanzo ci sia un'assenza totale di dialoghi. Ciò sottolinea maggiormente la volontà di una
confessione come "cura" simbolica. La parola si gioca in
una dolente interiorità, quella che permette uno scavo
anche crudele nei sentimenti e arriva a cogliere bagliori

di vertigine spirituale, nel momento stesso in cui raccontata della propria ricerca di una possibilità di fede. La desolazione di Leo, sempre in fuga da un paese all'altro, emerge quando accetta di guardare oltre la sua "stagione" apparente ed emergono le domande estreme ("Perché si nasce?", "Perché si muore?", "Perché si ama?") e quelle più legate alla quotidianità del suo lavoro ("Che senso ha, oggi, scrivere?", "Quale valore assume la parola, vista in una funzione totalizzante della propria esistenza?"). Sono queste le domande che si pone Leo, anima che si interroga per mettere a nudo le sue contraddizioni, per giungere a poter prendersi cura di sé, mentre percepisce "particolari in chiaro / di chiara luce splendidi /dettagli minimali in primo piano / più forti del dovuto", come i versi iniziali di *A tratti* (*Libretto rozzo dei CCCP e CSI*).

In *Un racconto sul vino* (1988), senz'altro uno dei testi più indicativi per scoprire il "vero" Tondelli, lo scrittore ritorna alla sua Bologna universitaria, alla terra emiliana, al suo rapporto con la cultura del vino, a certi sguardi su sperduti casolari di campagna. Cerca di capire anche il senso di una civiltà contadina che ha perso il valore dei suoi riti e lo fa in prima persona, affrancato dall'identità del "ragazzo" che è stato ("che non sono più io"), legato ai miti del rock e della cultura metropolitana. Lo definisce come un racconto "dove non ci sarà nostalgia, ma semplicemente il desiderio di capire se stessi, di indagare, di raccontare le persone e la cultura che ci hanno contenuti, e di cui il vino è il grande serbatoio di vita e di immaginario". Così un viaggio letterario (ma non solo) riprende lo schema strutturale e gli intenti comunicativi di una ricerca tesa a capire se stesso in relazione all'identità della sua "pianura": "Questo viaggio letterario ricco di vissuti, di esperienze, di ricordi, di volti di amici, inevitabilmente finisce là dove è cominciato, in terra d'Emilia. È occorso del tempo per capire, dentro di me, che pur essendo figlio di una più vasta cultura occidentale, pur essendo un inguaribile estimatore di musica pop e rock, pur essendo un consumatore di cinema americano e di letteratura della beat generation, sono anche profondamente emiliano. E, in questo senso, legato alle mie origini in quel modo tutto particolare – generoso, forse –, esuberante e ansiosamente malinconico che hanno i personaggi della mia terra".

CRONOLOGIA

Pier Vittorio Tondelli nasce a Correggio, in provincia di Reggio Emilia, il 14 settembre 1955:

> Canticchiamo con Francesco Guccini noi nati fra l'estate e l'autunno, in una stagione dell'anno che vede da un lato l'assopirsi e l'assottigliarsi dell'esuberanza estiva e dall'altro il rinascere e il ricrescere dei nostri appuntamenti lavorativi, di studio, di interessi, di attività. Così mentre le giornate si fanno più brevi la nostra attività, al contrario, cerca nuove energie e nuovi stimoli. Settembre mi è sempre piaciuto. Mi è sempre piaciuto partecipare ai party post-vacanze e alle feste della vendemmia, passare una giornata in giro per Sabbioneta, cenare sul Po, correre di notte per la campagna dolcissima, languida forse nel suo ultimo tentativo di dar frutti prima del letargo autunnale. Quelli della Vergine forse sono così: un po' malinconici, un po' autunnali, solitari, pignoli, pessimi partner e ottimi singoli. Hanno una grande vita interiore che non necessita di mondanità per esprimersi. Nello stesso tempo forse sono fin troppo preda di umor nero, di attacchi di atrabile, insomma di malinconia.

Vive la sua infanzia con i genitori Brenno e Marta e il fratello Giulio, in un ambiente che lui stesso definisce di "gente ordinaria, gente comune, gente che batte le strade provinciali e comunali, gente lontana dalla cronaca e dal pettegolezzo". I ricordi del Tondelli bambino rivanno ai colombi del nonno

Dembrao e del padre Brenno ("Mio nonno Dembrao ha sempre voluto che ci tenessi dietro anch'io ai suoi colombi viaggiatori e per questo, finita la scuola, prendevo la bicicletta e andavo a trovarlo, appena fuori la città, nella casa in cui viveva"), alla nonna che lo porta in braccio davanti alla cappelletta con l'altare della Madonna e i vasi di fiori, ma anche ai giochi con archi e frecce:

> quelli che si costruivano in bambù con la nostra ghenga di amici appena adolescenti nei campetti e nelle pratibe, con frecce insidiose e intenti bellicosi: si cacciavano le rane lungo i fossi e i canali, per farne trofei e addobbi da sistemare nelle capanne di frasche, alla cui ombra parcheggiavamo le biciclette.

1967-1968

Dodicenne inizia a frequentare la biblioteca comunale, con la quale mantiene negli anni una consuetudine di rapporti. Così ricorda la biblioteca in cui per la prima volta era entrato da ragazzo:

> La vecchia biblioteca si trovava nell'ala di un palazzo cinquecentesco ora allestita come Museo Civico. Un soffitto a cassettoni decorato e dipinto, e pareti immense di vecchi libri su cui probabilmente aleggiava ancora lo spirito di chi in quelle stanze abitò, la poetessa Veronica Gambara, il Nicolò Postumo autore di *Fabula de Cefalo*, il custode perennemente con il toscano biascicato in bocca e terribile nei confronti di noi bambini visti sempre come guastafeste o rompiballe.

Legge soprattutto romanzi d'avventura e i primi due che prende in prestito sono *Le tigri di Mompracem* di Salgari e *La primula rossa* della baronessa Orczy. Tra le sue letture "infantili" cita:

> un *Viaggio al centro della Terra* in legatura plastificata "di lusso", pubblicato nell'aprile del 1963 dall'editrice Boschi di Milano, un *Boris Gudunòv* delle Edizioni Paoline, un *I ragazzi della via Pal* del 1954 delle edizioni Malipiero di Bologna. Nella collana "Mughetto" dell'editore Carroccio un'*Isola del Tesoro*. Per la serie "Sui sentieri del West", curata da Tullio Kezich e Roberto Leydi ecco *I tre cavalieri di Alamo*. Per le edizioni Principato un altro Giulio Verne, *Nord contro Sud*. Il formato di questi libri è più o meno

quello di un news magazine. I caratteri tipografici sono in corpo assai leggibile, le copertine colorate e di tanto in tanto illustrazioni, semplici schizzi in bianco e nero oppure tavole fuori testo.

1969-1976

Frequenta il liceo classico Rinaldo Corso di Correggio e partecipa alla vita delle comunità giovanili dell'associazionismo cattolico. Scrive i primi testi per i giornalini ciclostilati, editi in ambito oratoriano, per esempio "Noi... noi e gli altri", periodico degli "aspiranti" (Azione cattolica) di Correggio, o "Spazio Aperto", supplemento di "Movimento ACLI", ciclostilato in proprio, della cui redazione Tondelli fa parte e cura la sezione delle recensioni culturali. Nell'editoriale del primo numero così vengono spiegati gli intenti:

> Questo giornale vorrebbe essere espressione dell'esigenza di noi lungamente maturata di farci carico delle ansie e dei problemi dell'uomo d'oggi. Come cattolici ci sentiamo interpellati dalle istanze che emergono da un corpo sociale in continuo movimento; se da una parte la situazione ci coglie talvolta impreparati nel proporre soluzioni e alternative, dall'altra ci sostiene la fiducia nell'uomo, nella sua capacità di lottare per ideali e valori di fondo. La necessità di creare un luogo di dibattito stimolante per la realtà locale ci spinge a sollecitare la più vasta collaborazione, nell'ambito di un pluralismo autentico e coraggioso che solo può far crescere una coscienza democratica.

Ricorda spesso le estati in montagna, con la colonna sonora di Lucio Battisti e *Fiori rosa, fiori di pesco* "cantata a squarciagola sul pullman dei campeggi estivi", o i cori intorno ai falò "con dieci chitarre per volta a dirigere giovani ugole innamorate e malinconiche, prima della rivoluzione".

Tutti lo chiamano Vicky e così firma i suoi primi scritti e anche la riduzione teatrale per uno spettacolo, rappresentato a Correggio, dal *Piccolo principe* di Antoine de Saint-Exupéry. Così spiega le ragioni della scelta:

> Questo libro non è una sorta di favola estraniata dagli altri scritti e dalla filosofia del "poeta-aviatore", ne è forse invece la sintesi. Il vagheggiamento dell'infanzia, della fantasia, quell'umanitarismo lirico che predomina in *Terra*

degli uomini e dal quale si sono stralciati i monologhi del Pilota, l'ironia verso qualsiasi grandezza e smania di potere, il poetico discorso sulla responsabilità e sull'amore che si concreta nell'episodio struggente dell'addomesticamento della volpe, l'esortazione a una vita spirituale, alla meditazione ("l'essenziale è invisibile agli occhi" ripete il Piccolo principe seguendo la sua volpe), tutti questi motivi sono presenti e avvolgono la favola con una evidenza maggiore di qualsiasi altra forma letteraria. Queste quindi le motivazioni più razionali della nostra scelta che emergono direttamente dal testo e che si è cercato di comunicare nello spettacolo.

Nel 1974 sostiene gli esami di maturità:

Di quegli esami, affrontati al liceo classico Rinaldo Corso di Correggio nel luglio del 1974, posso ricordare solamente dettagli abbastanza esteriori: gli spostamenti in bicicletta al mattino presto, per raggiungere la campagna e lì, sotto un pergolato, ripassare i programmi di italiano e di storia; gli inviti frenetici dei compagni a partecipare a gruppi di vacanza-studio nelle seconde case, fresche e tranquille, a Campiglio, a Pomposa, sul lago di Garda, in Val di Fassa; il training autogeno condotto, la sera, su basi musicali di Leonard Cohen; le sigarette Gauloises, il meticoloso rito scaramantico di infilare nel taschino della camicia, a sinistra, una cartolina di saluto della fidanzata; le telefonate ansiose dell'amica del cuore per alleggerire, chiacchierando, la paura che inevitabilmente prendeva in certi momenti: l'angoscia non tanto del dover rendere conto di un ciclo di studi bene o male terminato, ma proprio l'idea stessa dell'essere esaminati, guardati, giudicati, valutati come persone, con i propri tic, le insicurezze, i difetti di linguaggio, le emozioni, i sentimenti… Quegli esami di maturità si risolsero poi, come nella maggioranza dei casi, senza traumi e senza particolari contraccolpi.

Cambiano le sue letture: dal romanzo d'avventure passa soprattutto al "giallo", da Chandler a Scerbanenco.

Inizia anche a scrivere testi narrativi: "Ho sempre scritto, cominciando a sedici anni con il solito romanzo sull'adolescente frustrato".

In un frammento inedito, ritrovato tra le sue carte, nel 1981 così si rivede adolescente:

> Alzo i miei occhi ai monti di dove verrà il mio aiuto? L'aiuto mi viene dal Signore creatore del cielo e della terra…
> Ho sedici anni e sto male. Sto male l'ho detto molte volte, ci sono cresciuto con quella frase, ho sempre saputo le ragioni del mio star male, era tutto perfettamente chiaro nella mia testolina di quindicenne. Il mio amore frocio, la coscienza di essere artista e di voler fare, scrivere, poetare ecc. Volevo fare il critico cinematografico.
> Soluzioni di morte, il buio del cinema… soluzioni di vita farmi monaco, meditare pregare.
> Una volta; tante volte mi hanno detto che Gesù era il mio amico. Io ho sempre pensato più a Dio che a Cristo. Cristo era anche uomo e questo fatto mi blocca, un uomo, non è possibile… Dio mi piace, l'idea di Dio mi affascina, mi coinvolge. Dio. Dio è un vero uomo. Nella mia mente di sedicenne Dio è forte perché dice: "Ti fidanzerò con me nella giustizia e nel diritto e nella benevolenza e nell'amore ti fidanzerò con me nella fedeltà e tu conoscerai il Signore". Io, sedicenne, ero fidanzatino di Dio e mai l'avrei tradito. Ora che ho dieci anni di più so che l'ho sposato e non lo tradirò mai. Il discorso comunque è questo: ho perso un amico. Un giorno Dio era il mio amico, e parlavo con lui ogni notte, tutte le notti prima di addormentarmi e gli parlavo durante il giorno e durante i pomeriggi e durante le messe che però non mi sono in verità mai piaciute troppo. Neanche adesso mi piacciono. Trovo volgare pregare Dio fianco a fianco con gente per cui Dio è molto diverso dal mio Dio. Io sono geloso del mio Dio e non voglio darlo a nessuno. Io sono per lui e lui per me. Non ho paura, non è un trip paranoico, il mio misticismo non mi fa paura. Sento Dio sento che Lui è l'Unico. Ho perso un amico. Ne ho acquistati altri e diversi.

1977-1978

Cambia la colonna sonora e mutano anche i riferimenti generazionali: "Battisti lo si abbandonò poi, verso il 1977, non perché le sue canzoni non piacessero, ma forse perché si era cresciuti e già era il tempo di Francesco Guccini, di Francesco De

Gregori, di Antonello Venditti, degli Inti Illimani e bene o male, si era passati attraverso l'ineguagliabile esperienza radiofonica di *Per voi giovani*".

Tondelli si iscrive al corso di laurea in Discipline Arte Musica e Spettacolo (DAMS) dell'Università di Bologna. In uno scritto così ricorda quel periodo:

> Si sarebbe sentito in contatto con tutti i suoi coetanei, li avrebbe cercati iscrivendosi all'Università di Bologna, li avrebbe trovati solo per rendersi conto che la propria vita si sarebbe giocata in solitudine e avrebbe potuto unirsi agli altri unicamente attraverso l'esercizio solitario e distanziato di una pratica vecchia quanto il mondo: la scrittura. Avrebbe capito che non sarebbe mai stato un protagonista, ma un osservatore.

Frequenta cineclub, lavora brevemente in una cooperativa teatrale e per i programmi culturali di una radio libera. In uno scritto inedito, ritrovato tra le carte dello scrittore, così precisa le ragioni della sua solitudine, del proprio malessere interiore in quegli anni, la sua separazione dagli altri:

> Studiavo teatro e spettacolo, avevo molte energie ma era sempre andata buca. All'Università mi sentivo malissimo, tutta la storia che poi s'è fatta, anni dopo, su Bologna è sempre stata per me alquanto seccante. Stavo male, avevo entusiasmi e energie e idee ma intorno vedevo solo pressappochismo, noia e frustrazioni. Vivevo a Bologna solo, come qualsiasi fuorisede, frequentavo le birrerie e le osterie ma ero timido e strafottente. Disdegnavo la compagnia dei ragazzi del mio corso. Li ritenevo ignoranti e faciloni. Scrivevo ma non facevo leggere a nessuno le mie sceneggiature. Mi imbarcai in un gruppo teatrale universitario, ero il solo disposto a lavorare sul testo, tutti gli altri recitavano e volevano educare il corpo. Lasciai perdere prima di incominciare. Io mi vergognavo. Il mio corpo l'avrei bruciato e arrostito, lo vedevo corrompersi ogni giorno, lo dovevo lavare e vestire e approntare, lo dovevo curare perché era sempre malaticcio soprattutto d'inverno, lo dovevo far riposare benché non ne avessi voglia e non volessi mai dormire. Soffrivo già di insonnia da un paio di anni e quello era uno dei miei principali problemi. Ero scorbutico, ipersensibile e permaloso. Nessuno poteva guardarmi in viso per più di

qualche secondo. Arrossivo. Non riuscivo a intervenire alle lezioni perché il solo pensiero di prendere la parola mi dava tachicardia e mi faceva avvampare e sudare. Agli appelli sentire il mio nome era causa di una spossatezza terribile. La mia altezza mi dava problemi come durante l'adolescenza quando proprio non riuscivo a muovermi senza inciampare e sbattere contro gli spigoli di qualunque oggetto fosse intorno. Avevo smesso la squadra di basket benché fossi ritenuto un promettente dilettante: schiacciavo a canestro a due mani, davanti e dietro. Avevo un buon piazzato ma tutti dicevano che mancavo di agonismo. Il mio corpo mi infastidiva, anche il viso. Avevo pochissima barba. Non ero proprio complessato ma terribilmente disturbato di avere un corpo. Lo sopportavo appena. Non ci giocavo mai. Tutto per me era interiorità, invisibilità, spiritualità. Tutto era per me, in fondo, una grande autodistruzione.

Nel 1976 entra a far parte del Comitato di gestione del Teatro Asioli di Correggio:

> Ho sempre avuto bisogno di un'espressione artistica. Magari all'inizio, quando la pensavo, non era la scrittura. L'ho scelta in quanto era il mezzo più diretto, forse più semplice, attraverso il quale potevo mettermi lì, di notte, e immaginarmi una storia senza bisogno di niente.
> A me del resto interessava molto il cinema e lo spettacolo, tanto che mi sono iscritto al DAMS di Bologna, proprio con questo indirizzo. Mi sarebbe piaciuto collaborare in questo campo. Intendiamoci, la scrittura non è stata un ripiego: ha sempre rappresentato il sottofondo della ricerca di un'attività artistica attraverso la quale poter vivere un po' meglio.

A Bologna frequenta i corsi di Umberto Eco e di Gianni Celati. A proposito di una tesina sulla cultura del vino nasce una discussione così ricordata da Eco:

> La tesina di Tondelli era esattamente come la racconta lui: si capisce subito dal suo riassunto che era scintillante, ricca di citazioni impreviste, certamente assai personale. Era un bel pezzo saggistico – e per quanto ricordo molto ben scritta: e questo ha motivato l'andamento del litigio, perché mi rendevo conto di avere di fronte un giovanotto d'ingegno.

Scrive un nuovo romanzo, è già il secondo, e lo porta ad Aldo Tagliaferri, alla casa editrice Feltrinelli e dalla cui riscrittura nasceranno i racconti del libro d'esordio:

> Per me il fatto di scrivere è sempre stato legato al sogno, al desiderio. Quel primo testo – il dattiloscritto che ha preceduto *Altri libertini* – molte pagine, un linguaggio ricercato, con anche delle pretese strutturali notevoli, inviato alla casa editrice Feltrinelli, rivisto col senno di poi, diventa una questione molto personale, non pubblicabile, forse proprio per questo motivo. È un inventario dei desideri di una persona di diciotto-diciannove anni, con tutto ciò che può esserci in una vita di provincia. Ogni cosa, in quel tipo di vita, risultava molto controllata, socialmente, a livello familiare.

Le frequentazioni bolognesi e, successivamente, milanesi, cambiano anche le prospettive e i riferimenti culturali: Tondelli rivede il suo misticismo e la sua ansia di assoluto. Si rivolge, come afferma lui stesso, "alla contemplazione delle religioni e delle filosofie dell'Estremo Oriente"; legge il quotidiano "Lotta continua", il mensile "Re Nudo" e ogni tanto "Lambda" e romanzetti, diari, confessioni, pubblicati in gran numero da piccole case editrici, in questo periodo, per "testimoniare una collettiva voglia di prendere la parola".

1979-1980

Scrive alcuni racconti del libro d'esordio, *Altri libertini*, "in modo che ciascuno di essi, pur costituendo una unità a sé, confluisse in un romanzo sostanzialmente unitario che è quello della mia terra e dei nostri miti generazionali".

Un ruolo essenziale è rivestito da Aldo Tagliaferri:

> La prima cosa che ho imparato nell'apprendistato eseguito sotto la guida di Aldo Tagliaferri, redattore editoriale e critico letterario, è stata quella di riscrivere. Quando mi presentai nel suo ufficio con un bel volumone, frutto di un anno di lavoro, mi aspettavo un'immediata pubblicazione. Giuro che non mi passava nemmeno per la testa il fatto che quelle quattrocento cartelle sarebbero state ridotte, strapazzate e, infine, dimenticate per far posto a quello che sarebbe diventato il mio libro d'esordio.

Si sposta spesso da Correggio a Milano che intuisce come "la città della fantasia, della libertà, del desiderio", che vive nel segno di una contemporaneità, perdendosi nella "poesia dei ghetti urbani e dei quartieri periferici" e vivendo "ogni ora un proprio sogno".

Altri libertini viene pubblicato da Feltrinelli nel gennaio 1980 e ottiene subito una grande attenzione da parte del pubblico, soprattutto giovanile, e della critica. Il libro viene sequestrato dalle autorità giudiziarie per il reato di oscenità venti giorni dopo la sua comparsa in libreria, quando era già stata approntata la terza edizione. Il processo si celebra a Mondovì (Cuneo) nel 1981 e manda assolti con formula piena l'autore e l'editore.

A febbraio inizia la collaborazione per il quotidiano "Il Resto del Carlino" con *Warriors a Correggio*, un articolo su un carnevale "improvvisato e autofinanziato", organizzato da una quindicina di ragazzi.

Si laurea con una tesi su "Letteratura epistolare come problema di teoria del romanzo", relatore è il professor Paolo Bagni. Racconta la cronaca di quella giornata, il 26 febbraio, in via Zamboni, a Bologna sul "Resto del Carlino", con un articolo *La lode! La lode!*, che così Tondelli conclude:

> Eppure è stata per tutti una giornata importante, magari soltanto curiosa, soltanto una leggera perdita di senso, la spossatezza che fa dire. "Che farò ora e dove andrò e come sarà domani?"; magari è stato soltanto un incontrarsi di storie che, per un attimo, si sono avvicinate e intrecciate e che subito dopo, come è naturale, si sono disperse: ognuno per la sua strada. Ma, in fondo, fa bene pensare che, nonostante tutto, il dolore e l'esasperazione e la frustrazione della nostra esperienza giovanile, nonostante le sofferenze e le bastonate e le precarietà di questi anni universitari; nonostante tutto questo, la vita si rivela ogni tanto come una sottile e delicata vibrazione che raccorda e uniforma il tono di diverse esperienze e diverse storie.

In aprile parte per il servizio militare, che lo vede in caserma prima a Orvieto e poi a Roma:

> Già in quel freddo aprile ottanta in cui sono partito, non con terrore ma con curiosità, per il servizio militare molte cose erano cambiate rispetto alla naja degli anni settanta. I "proletari in divisa" non c'erano già più, ma circolavano ancora "guide per la sopravvivenza" edite da Stampa Al-

ternativa o fanzine prodotte dalla controcultura giovanile. Il nostro atteggiamento generale era di svacco, trasandatezza, noia. Il principio: fare tutto più in fretta possibile per mantenere uno spazio laterale per sé in cui parlare di musica, di libri, di "storie".

1981

A febbraio, su "Il Resto del Carlino" e "La Nazione", inizia a pubblicare una serie di articoli, *Il diario del soldato Acci*, in cui racconta episodi e atmosfere del servizio di leva che sta svolgendo. Si tratta di dieci "cronache", scritte "tra impedimenti e costrizioni di ogni genere", che anticipano i temi del romanzo che fra breve inizierà a scrivere: *Pao Pao*. Tondelli pensa anche a una riduzione televisiva: "una serie di telefilm di breve durata che vede come protagonista appunto Acci, i suoi amici, e l'esercito d'Italia. La scansione nei tempi brevi del racconto permette una traduzione televisiva efficace e quasi naturale".

Scrive anche un adattamento cinematografico, *Altri libertini (versione rock)*, in cui rilegge in un altro contesto i temi del libro d'esordio.

1982

Con le cronache, pubblicate in marzo, di un viaggio nella "Londra postmoderna che la nostra immensa e alacre provincia giovanile continua a sognare", quella *London Calling* "crocevia e corto circuito" di comportamenti, malesseri e mode musicali, si conclude la collaborazione al "Resto del Carlino".

Di lì a pochi mesi inizia a collaborare con "Linus". Il primo articolo è *Trip savanico*, e parla delle nuove mode bolognesi "postmoderne", tra gallerie e discoteche, con tutti i ragazzi della "Bologna creativa a danzare sulle interferenze tribali della musica elettronica", uno sguardo alla "ventenne fauna, estroversa e creativa, che pratica i territori contigui del teatro, dell'arte figurativa, della performance, della musica". A Bologna, Tondelli si trasferisce in una casa di via Fondazza e tra le sue frequentazioni ci sono Andrea Pazienza e Francesca Alinovi. Ricorda Paolo Landi:

> In quegli anni Tondelli seguiva con curiosità il "trip savanico" della Raffaello Sanzio agli esordi, il "neodandysmo" di Andrea Taddei e Padiglione Italia e il "percorso parallelo e proficuo" dei suoi coetanei della postavanguardia: dai Ma-

gazzini Criminali a Falso Movimento. Stralci di storia irripetibile consumata, con la "velocità" teorizzata allora da Franco Bolelli e Franco Berardi "Bifo".

A giugno viene pubblicato da Feltrinelli il secondo romanzo, *Pao Pao*, che gioca sulla sigla PAO (Picchetto Armato Ordinario) e già ne indica il contenuto: la descrizione di quel rito di passaggio rappresentato dalla caserma.

1983

Risale a quest'epoca l'idea di un romanzo sui primi anni ottanta che avrebbe dovuto intitolarsi *Un weekend postmoderno*. Scrive tre capitoli, ma poi abbandona il progetto.

> Era per me il tentativo, poi rimasto sulla carta, di fare un romanzo proprio traducendo, trascrivendo le parlate dei party di quegli anni. Praticamente dovevano essere cinque, sei, sette feste, una a Firenze, una a Bologna, una a Milano, una a Londra, in cui si descriveva con una lingua molto cantata, quasi poematica, molto mischiata, con i dialoghi inseriti senza virgolettature nel testo, con una lingua abbastanza strana... Anche come leggibilità era molto forte, troppo forse...

Ci sono altre ragioni che spiegano l'abbandono del progetto: la scoperta degli eccessi legati a quelle "euforie", l'omicidio di Francesca Alinovi:

> Per me, gli anni ottanta finirono già lì, nel 1983, durante quel fine settimana dove, sotto l'apparenza di una *fiesta mobile* di ragazzi allegri, e anche scatenati, si rivelarono la follia dei rapporti, l'eccesso di certi riti e anche la paura. Dopo fu solamente il momento dell'osservazione e della riflessione, del lavoro sul materiale più o meno autobiografico.

Progetta il romanzo *Rimini*, la cui elaborazione lo impegnerà fino al 1985.

1984

Nei primi mesi dell'anno scrive la prima stesura del testo teatrale *Dinner Party*, nella casa di via Fondazza a Bologna.

> È una storia di trentenni, di una generazione a cui è difficile affibbiare delle etichette, un dramma un po' violento e

un po' sofisticato. L'ho finita una settimana fa [12 aprile, N.d.C.]. Ci dovrò lavorare ancora un mese, ma sono soddisfatto. La commedia era un genere ancora inesplorato per me, e mi entusiasma. Conto di metterla in scena a Firenze la prossima stagione... Ero bloccato su un nuovo romanzo non riuscivo ad andare avanti, a trovare il finale giusto. Stranamente la liberazione è venuta pensando al teatro. *Dinner Party* l'ho scritta di getto. Due settimane di lavoro giorno e notte. Il plot era quello di un mio vecchio racconto, che doveva diventare un romanzo e invece s'è trasformato in una commedia originale, serrata.

La pièce teatrale riflette il mondo di Tondelli e gli ambienti che frequenta, come ricorda Paolo Landi:

> Dentro c'è tutta la sua vita in quel periodo, tra Bologna, Firenze e Milano: la "fauna" del Kinky e i party a casa di Enrico Coveri e di Patrizia Adami Rook; la conferenza "Fenomenologia dell'abbandono" presentata da Anna Maria Papi al Teatro Humour Side di Firenze, organizzata in fretta per accaparrarsi il "gettone" di presenza e che invece lo segnerà aprendo in lui una fase di crisi profonda; gli amici Roberto Daolio, Luciano Bartolini, Nicola Corona, Gianni Sozzi, Alessandro Pungetti, Monica Sarsini, Andrea Pazienza (artisti, critici, stilisti) che ritroveremo, con i loro tic, nei personaggi della commedia.

È spesso a Firenze ("un'indimenticabile girandola di feste e palazzi, scandita dai capodanni che, dal 1983, fino alla sua morte, Tondelli passava in questa città", Landi) dove la scena giovanile, tra mostre, avanguardie teatrali, sfilate di moda, feste è esuberante:

> Mi sembrò di trovarmi nel posto giusto al momento giusto. Un po' come quando frequentavo il DAMS, a Bologna, negli anni caldi fra il 1975 e il 1979... Così sono passati i miei anni a Firenze. In tante case, in tanti appartamenti, in tante feste fino al mattino che mi davano la sensazione – tangibile e concreta – di vivere in una città nella quale non mi restava molto tempo per riflettere sui miei guai intimistici; o, se questo avveniva, dove sentivo la protezione, la comprensione, l'abbraccio della città stessa che magicamente si accordava con quelle riflessioni.

Presentato da Anna Maria Papi, e con una scenografia composta da opere di Monica Sarsini, Tondelli pronuncia a Firenze una conferenza il cui corpo centrale è la lettura di brevissime citazioni, in forma di frammento, sul tema dell'abbandono ("abbandono d'amore, abbandono della persona amata, abbandono delle cose o forse anche della realtà").

Inizia la prima stesura di *Biglietti agli amici*:

> Questo è l'ultimo biglietto che scrivo. Il primo risale all'aprile ottantaquattro, una notte, a Firenze. Da allora tante cose sono cambiate nella mia vita e forse la più importante riguarda queste pagine che non si chiamano più "Appunti per una fenomenologia dell'abbandono", ma semplicemente *Biglietti agli amici*.

Incontra François Wahl delle Edizioni Seuil di Parigi, che pubblicherà l'edizione francese di *Pao Pao*. Inizia un rapporto di stima reciproca. Negli anni Wahl diventa un interlocutore importantissimo, cui Tondelli sottopone al vaglio critico tutti i successivi progetti letterari:

> Per alcuni scrittori è stato importante Calvino, per altri la lezione di Celati. Per quanto riguarda il mio caso devo fare i nomi di Aldo Tagliaferri e François Wahl in Francia. Non è però che abbia avuto altri interlocutori. Avrei voluto averli, perché questo mi aiuta a scoprire quello che non so.

1985

A maggio esce il romanzo *Rimini* che segna il passaggio di Pier Vittorio Tondelli dalla casa editrice Feltrinelli alla Bompiani.

Il libro viene accolto dalla critica come un romanzo di consumo, etichetta che non piace allo scrittore il quale vede in *Rimini* il tentativo di descrivere la Riviera adriatica "come 'contenitore' di storie diverse... un affresco, forse una sinfonia, della realtà italiana di questi anni, e dei vari modi – quello sentimentale, quello drammatico, quello esistenziale – di raccontarla".

È tra i libri più venduti dell'estate e diventa soprattutto un fenomeno di costume. Viene presentato in un luogo di culto della città, il Grand Hotel, da Roberto D'Agostino, in una serata di luglio "all'insegna dell'immaginario collettivo su Rimini", in concomitanza con l'inaugurazione della mostra bolognese (stessa organizzazione della festa) "Anniottanta".

Intorno al romanzo scoppia anche una polemica in seguito alla cancellazione della presentazione del romanzo nel salotto di Pippo Baudo a *Domenica in*, già annunciata da "Sorrisi e Canzoni TV". La motivazione non convince lo scrittore che commenta:

> Nonostante uno degli autori della trasmissione avesse accettato, dopo la solita trattativa, di ammettere il romanzo alla presenza del faraone (Pippo Baudo), nonostante il capostruttura della Rete avesse per tre volte ribadito la presentazione "in base agli intrinsechi valori del romanzo", all'ultimo momento pare sia intervenuto il direttore della Rete, o chi per lui, per bloccare la presentazione. Motivo ufficiale: come non presentiamo film vietati ai minori, così facciamo con i romanzi. Più probabilmente si dice, la storia della misteriosa morte del senatore cattolico (la parola democristiano non viene mai fatta nel libro) e alcune sequenze erotiche hanno turbato i dirigenti televisivi così come nell'80 *Altri libertini* turbò l'allora magistrato dell'Aquila Bartolomei, fino a spingerlo al sequestro.

Sulle pagine di "Linus", con un articolo intitolato *Gli scarti*, prende l'avvio il "Progetto Under 25", che alcuni mesi dopo trova la collaborazione della piccola casa editrice Il Lavoro Editoriale di Ancona. Scrive Tondelli:

> Il progetto Under 25 è varato, e il nostro augurio è che, di anno in anno, scalando l'età dei partecipanti, esso diventi un divertente e piacevole appuntamento con i modi di raccontare delle nuove generazioni, una sorta di gioco a cui, in qualità di lettori, non ci stancheremo di partecipare.

Al 31 dicembre, termine fissato per partecipare al primo volume, alla redazione del Lavoro Editoriale giungono quattrocento testi e, già nei primi mesi del 1986, un altro centinaio.

Inizia a collaborare con "L'Espresso" e con il "Corriere della Sera", ma il rapporto con il quotidiano milanese si interrompe dopo un'intervista al gruppo teatrale I Magazzini (*Dialoghi in strada con i Magazzini non più criminali*) pubblicata a dicembre.

Per la nuova versione della commedia in due atti, intitolata *La notte della vittoria (Dinner Party)*, inviata alla 38ª edizione del premio Riccione-Ater per il Teatro, gli viene assegnato il Premio speciale intitolato alla memoria di Paolo Bignami, con la seguente motivazione:

Opera che, nella cornice apparentemente tradizionale di un ambiente borghese, esprime, con dialogo asciutto e ironico, umori e inquietudini di una generazione degli anni ottanta e segna l'ingresso nel teatro di un narratore emergente.

Risalgono a quell'epoca alcuni progetti cinematografici relativi alle sue opere letterarie:

> Il mio interesse per un cinema che sia soprattutto cinema fatto di storie drammatiche e non solo di becere commedie gergali, si concretizzerà in un film tratto dal mio precedente libro *Altri libertini* che Daniele Segre sta cercando di "montare" con altri giovani registi di area milanese come Giancarlo Soldi. Si tratterà di un film a episodi, ogni episodio un giovane regista e un diverso stile cinematografico: sarà un film che non nasconde l'ambizione di proporsi come eventuale capofila di una nuova cinematografia italiana.

Il film non sarà mai realizzato, come anche la trasposizione cinematografica di *Rimini*, di cui Tondelli inizia a scrivere in questo periodo un progetto di sceneggiatura con il regista Luciano Mannuzzi:

> In sostanza immaginavo che una atmosfera da fine del mondo attanagliasse la Babilonia estiva delle vacanze in modo da poter raccontare storie e trame che, proprio per essere inserite in un tale contenitore, divenissero più forti. Più rappresentative. E quindi il racconto dell'insensatezza, della futilità, della frivolezza, della stupidità, ma anche dell'emozione, dei momenti eccitanti di vita, degli incontri del sesso balneare, tutto ci sembrava molto più forte se visto sotto questa specie di campana di vetro di un reale pericolo nucleare di cui nessuno però sembrava o voleva accorgersi. Questo progetto, anche per incoerenze interne, è stato abbandonato e sostituito, pur restando come atmosfera generale la cui elaborazione si annuncia imminente.

Il 30 novembre, al Teatro Asioli di Correggio debutta, in prima nazionale, lo spettacolo teatrale di Gianfranco Zanetti, tratto da due racconti di *Altri libertini*: *Postoristoro* e *Autobahn*. Tondelli partecipa all'adattamento teatrale.

A dicembre inizia la collaborazione con il mensile "Rockstar", che durerà fino al 1989. Firma una fortunata rubrica "Culture Club" (il gruppo di Boy George ha certamente un suo ruolo nella scelta del nome), che tra consigli di lettura, cronache musicali, emozioni diventa una sorta di "diario in pubblico" e una conversazione diretta con i giovani lettori del periodico.

1986

Tra marzo e aprile si trasferisce a Milano, in un appartamento di via Abbadesse, al numero 52. Racconta i motivi che lo spingono a cambiare città in una lettera a François Wahl, spedita da Bologna, il 26 marzo:

> È da un po' di tempo che non ricevo notizie da Parigi e mi auguro che tutto vada per il meglio. Sarei dovuto venire lì a febbraio ma prima il lavoro per il film *Rimini*, poi un cambio di abitazione mi hanno fatto saltare i programmi. Quando avrà questo messaggio sarò infatti già a Milano e avrò lasciato questa casa dopo quattro anni. Con essa anche un periodo della mia vita che *Rimini* ha un po' chiuso. Per questo cambio casa e città. […] Ho comprato una Tanka tibetana, la mia prima Tanka. È un pezzo del XVIII secolo. Rappresenta il Paradiso di Amithaba, il Buddha della luce infinita. Dovrò un po' restaurarla, ma spero protegga la mia nuova casa.

Sono frequenti i viaggi in Europa, soprattutto in Germania e in particolare a Berlino, città assai frequentata anche negli anni precedenti:

> Nei primi anni ottanta il mito di Berlino, del suo punk, delle case occupate di Kreuzberg, dei suoi teatri e della drammaturgia, di un modo di vivere disinibito e "facile" appariva come il più radicato presso le giovani generazioni. In tanti siamo andati a Berlino, in quegli anni. Molti sono restati, si sono sposati e ora hanno figlioletti biondi che frequentano le scuole elementari.

Il tema del viaggio è anche al centro di alcuni racconti (*Ragazzi a Natale*, *Questa specie di patto*) pubblicati su "Per lui" e "Nuovi Argomenti" (*Pier a gennaio*).

Cura il primo volume del "Progetto Under 25", *Giovani Blues*, che esce nel maggio 1986 e presenta i racconti di Andrea Canobbio, Andrea Lassandari, Roberto Pezzuto, Giuliana Caso, Paola Sansone, Rory Cappelli, Alessandra Buschi, Giancarlo Visconvich, Claudio Camarca, Vittorio Cozzolino, Gabriele Romagnoli. Il tema di fondo è individuato in "una condizione giovanile contesa fra quotidianità e avventura, una condizione leggera o al massimo agrodolce, mai disperata e tragica".

Per le edizioni Baskerville, una piccola editrice di Bologna, che esordisce proprio con questo testo, pubblica *Biglietti agli amici*, un libro "personale", "un libro artigianale, curato, prezioso". Inizialmente "avrebbe dovuto essere un 'livre d'art': cinquanta copie in tutto e le tavole astrologiche e angeliche disegnate da un artista". Nell'edizione che va in stampa il libro ha invece una struttura particolare legata alle ore del giorno scandite dalle tavole angeliche e astrologiche ricavate da Barrett. Del libro sono stampati pochi esemplari, solo un centinaio di copie. Una versione, quella destinata alle persone cui i "biglietti" sono dedicati, riporta il nome per esteso, quasi per una personalizzazione del libro. Questa tiratura ha carattere privato e non viene messa in vendita. L'edizione che arriva in libreria, con tutte le copie autografate dall'autore, invece, pur se identica a quella a carattere privato, sostituisce, nelle dediche, ai nomi per esteso, le iniziali dei nomi degli amici. Per mantenere il carattere privato della pubblicazione lo scrittore chiede, inizialmente, ai giornalisti cui l'ha inviato di non parlarne:

> Lo scorso Natale ho fatto un libro che mi ha interessato tre anni, finché non ho trovato un editore disposto a pubblicare solo qualche centinaio di copie, solo per recuperare una parte di spese (io volevo fare 24 copie). Si tratta di un libro molto intimo, quasi un breviario che ora per ora – sono ventiquattro pagine, una per ogni ora del giorno – mette insieme dei frammenti, dei piccoli testi, viaggi per l'Europa, trascrizioni di canzoni. Io non ho voluto che questo libro finisse in mano ai critici dei giornali, venisse sbattuto sul tavolo di una redazione. Facendo questo libretto ho riscoperto il significato che può avere per un autore la pubblicazione, l'aprirsi, il comunicare.

1987

A marzo partecipa a Trento al convegno "Il racconto: attualità della letteratura", dove presenta una relazione intitolata "Un momento della scrittura".

Cura il secondo volume del "Progetto Under 25", *Belli & perversi*, che viene pubblicato nel dicembre 1987 e presenta i racconti di Andrea Mancinelli, Francesco Silbano, Romolo Bugaro, Giuseppe Borgia, Renato Menegat, Andrea Demarchi, Tonino Sennis. Non c'è un tema preciso che unisce i racconti, ma certamente una maggiore attenzione "agli aspetti letterari della proposta".

Per la casa editrice Mondadori lavora al progetto di una serie editoriale, "Mouse to Mouse", che si propone di:

> esplorare quei territori culturali non immediatamente riconducibili alla letteratura e alle sue pratiche, luoghi non marginali, non emergenti nella società. Cerca quindi le narrazioni nel mondo della moda, della pubblicità, delle arti figurative, dello spettacolo, del rock.

In ottobre partecipa al convegno internazionale di studi su Jack Kerouac, che si svolge nella città di Québec, in Canada, con la relazione "Influenze di Kerouac sulla letteratura italiana degli anni ottanta", sottolineando l'importanza che lo scrittore ha avuto nell'allontanare la narrativa italiana dal suo provincialismo:

> Nella sua opera vedevo più lo scrittore, più il poeta, che il viaggiatore senza soldi diventato improvvisamente un uomo di successo, un narratore alla moda.

1988

In primavera, con un marchio di copertina disegnato da Luis Frangella, vengono pubblicati i primi due titoli di "Mouse to mouse", scelti da Tondelli: *Fotomodella* di Elisabetta Valentini e *Hotel Oasis* di Gianni De Martino.

Alla Columbia University con Alain Elkann, Enzo Siciliano, Manfredi Piccolomini, David Leavitt presenta il numero americano della rivista "Nuovi Argomenti", che contiene la traduzione del suo racconto *Pier's January*.

Tiene una serie di conferenze in varie città italiane sul "Progetto Under 25", in cui ribadisce l'importanza del lavoro letterario con i giovanissimi:

> Fin dall'inizio, Under 25 si è dunque costituito sia come osservatorio sulla realtà dei giovani che scrivono, o che iniziano a scrivere, sia come vero e proprio strumento di

lavoro letterario. Non si fonda un rigido statuto teorico, nonostante il suo fermo limite anagrafico. Non vuole privilegiare poetiche né proporre delle teorie della letteratura. Nello stesso tempo, è indubbio che il materiale preso in esame, o pubblicato, può fornirci gli estremi per una ricognizione, non esclusivamente letteraria, nell'universo giovanile di questi anni.

Scrive un lungo saggio in cui rivaluta la figura dello scrittore americano John Fante e che viene pubblicato come introduzione alla traduzione italiana di *Sogni di Bunker Hill*, l'ultimo romanzo di Fante pubblicato da Mondadori.

Inizia a lavorare al romanzo *Camere separate*.

1989

A marzo tiene a Guastalla una serie di incontri con gli studenti delle scuole superiori, intesi come "un seminario sugli scrittori, il Po e l'Emilia, per invitare a leggere e a scoprire gli scrittori della loro terra, confrontare i luoghi e le descrizioni".

In primavera pubblica per Bompiani il romanzo *Camere separate* che rappresenta una sorta di svolta. È, come dice l'autore:

> la storia di un percorso scandita in tre movimenti-capitoli concentrici e contigui come un'operetta di musica ambientale. Il tema della morte, del lutto per la perdita del compagno, la religiosità, la madre, il paese, i viaggi, l'amicizia costituiscono il tessuto narrativo di una complessa ricerca di interiorità e di approfondimento.

Con Alain Elkann e Elisabetta Rasy lavora al progetto di una rivista letteraria, a tema monografico, "Panta", il cui primo numero esce nel gennaio 1990, pubblicato da Bompiani. Per lo scrittore la rivista rappresenta la possibilità di intraprendere un dialogo tra narratori che:

> nasce dal confronto e dall'impegno di un gruppo di autori italiani, fra i trenta e i quarant'anni, che hanno esordito nel corso degli anni ottanta e che sono cresciuti come giovani scrittori o nuovi narratori.

La dimensione collettiva del lavoro di progettazione della rivista è testimoniata dai vari incontri organizzati, con una base d'invito molto ampia. Il fine di quelle riunioni lo si ritrova in una lettera del 12 giugno 1989, inviata a vari narratori. Scrive Tondelli:

> Il progetto si sta attestando da un lato in un fronte generazionale per quanto riguarda gli autori, dall'altro in una serie di "temi" forti da trattare. Prevediamo di uscire con tre numeri l'anno a tema monografico. Di tutto questo vorremmo parlare con te, per ascoltare le tue opinioni, i tuoi suggerimenti, l'eventuale tuo impegno a scrivere e a progettare i prossimi numeri.

Per la rivista progetta un viaggio a Grasse, in Costa Azzurra, sulle tracce dello scrittore Frederic Prokosch, che avrebbe voluto intervistare. Improvvisa giunge però la notizia della morte dello scrittore. Compie lo stesso il viaggio e ne riporta anche una serie di suggestive fotografie, da lui realizzate ad accompagnamento del testo.

Compie numerosi altri viaggi in Tunisia, a Budapest, ad Amsterdam, per reportage giornalistici che pubblicherà su vari giornali da "L'Espresso" a "Chorus". Assume una grande importanza, anche letteraria, un viaggio autunnale in Austria, sulle tracce di due scrittori che ha molto amato, Ingeborg Bachmann e W.H. Auden:

> un viaggio sentimentale alla ricerca di luoghi e presenze letterarie, di paesaggi, di abitazioni, di ultime dimore; un viaggio immaginato sui libri e che ai libri, ai romanzi, alla poesia, necessariamente riportava". Alla fine però il "viaggio d'autunno" si rivela "come un continuo pellegrinaggio fra cripte, tombe, cimiteri, lapidi, effigi, sarcofagi imperiali, bare, spoglie più o meno care.

Incontra il critico Fulvio Panzeri per una lunga conversazione da pubblicare in un volume sulla "nuova narrativa italiana", annunciato dalle edizioni Transeuropa-Il Lavoro Editoriale di Ancona.

Incontra Giorgio Bertelli, delle edizioni L'Obliquo di Brescia, per definire il progetto di un nuovo libro in edizione limitata e tre ipotesi di lavori futuri: un saggio su Arbasino, la ripresa del racconto *Pier a gennaio*, una versione in volume di *Viaggio a Grasse*, testo e fotografie.

1990

Per l'editore Leonardo pubblica un lungo racconto sulle "sue" colonne sonore, *Quarantacinque giri per dieci anni,* apparso nel volume antologico *Canzoni* (contiene racconti di Palandri, Manfredi, Lodoli, Van Straten).

Partecipa attivamente all'organizzazione della mostra "Ricordando fascinosa Riccione", organizzata per la 40ª edizione del premio Riccione-Ater per il Teatro e compie accurate ricerche d'archivio sul rapporto tra gli scrittori del Novecento e la Riviera adriatica. Per il catalogo scrive anche un ampio saggio, *Cabine! Cabine!,* in cui rivaluta scrittori come Guareschi, Scerbanenco, Arfelli e cura una scelta antologica sulle immagini letterarie di Riccione e della Riviera.

Collabora con Luciano Mannuzzi alla stesura di numerose versioni del soggetto che sarà poi la base del film *Sabato italiano,* uscito nelle sale cinematografiche nel 1992.

Con Fulvio Panzeri inizia a lavorare al progetto *Un weekend postmoderno* che nasce con l'idea di riunire in un ampio e complesso "romanzo critico" tutta la produzione giornalistica, letteraria e saggistica realizzata nel corso degli anni ottanta. Dopo un vaglio classificatorio e critico del materiale a disposizione, si pensa di realizzare due volumi, uno dedicato alle "cronache degli anni ottanta" e l'altro alle "scritture degli anni ottanta". Durante l'estate viene organizzato il primo volume, pubblicato in autunno da Bompiani. Tondelli così lo definisce :

> un viaggio per frammenti, reportage, illuminazioni interiori, riflessioni, descrizioni partecipi e dirette, nella parte degli anni ottanta più creativa e sperimentale. È un viaggio nella provincia italiana, fra i suoi gruppi teatrali, fra i suoi artisti, i filmmaker, i videoartisti, le garage band, i fumettari, i pubblicitari, la fauna trend che da Pordenone a Lecce, da Udine a Napoli, da Firenze a Bologna ha contribuito a rivestire quegli stessi anni ottanta, vacui e superficiali in apparenza, di contenuti e sperimentazioni, al punto da proporre, come capitale morale del decennio, non più una città, ma l'intera provincia italiana.

Cura anche il terzo volume del "Progetto Under 25", *Papergang,* che viene pubblicato in novembre da Transeuropa e presenta i racconti di Silvia Ballestra, Guido Conti, Raffaella Venarucci, Giuseppe Culicchia, Alessandro Comoglio e

Frediano Tavano, Angeliki Riganatou, Andrea Zanardo che danno luogo:

> a un volume diverso dai precedenti, senz'altro più riflessivo, e questo – senza far torto a nessuno – grazie soprattutto alla scrittura e al lavoro delle ragazze, i cui testi hanno dato uno spessore inedito, meditato, sofferto, talvolta ironico, spesso cinico, ma sempre estremamente vitale, all'intero progetto.

Presso Seuil esce l'edizione francese del romanzo _Rimini_ alla quale Tondelli lavora, con la traduttrice Nicole Sels, operando un lavoro di revisione del testo.

1991

In aprile si trasferisce da Milano a Bologna. Scrive per lo più articoli, prefazioni o interventi da pubblicare in volume, come quello sulla Madrid di Almodóvar. L'ultimo articolo viene pubblicato il 18 agosto sul "Manifesto" e si chiude con la prospettiva di una possibile speranza:

> Alla ripresa autunnale, dunque, noi semplicissimi e non graduati cittadini continueremo a lavorare, cercando con tutte le forze di impedire ai freak della politica di invadere anche la nostra intimità, di corrompere la nostra capacità di fare progetti, di sentirci legati agli altri. Poiché, mentre tutto sembra andare a fondo nella melma delle menzogne e dei giochi di potere, ci sono nuove generazioni che danno speranza. Gli anni novanta riscoprono la partecipazione, l'impegno e, cosa ben più importante, la solidarietà. È per questo che, nonostante il sipario di ombre dell'estate, in fondo è possibile intravedere la luce.

Dopo un viaggio in Tunisia, alla fine dell'estate viene ricoverato all'ospedale di Reggio Emilia. Sceglie il silenzio rispetto alla malattia (AIDS). Incontra solo pochi amici e nel letto d'ospedale scrive solo brevi appunti su un progetto letterario che gli sta a cuore e non riuscirà a realizzare, _Sante messe_:

> Struttura delle "Messe" [...] 1) Dodici come i segni zodiacali e i rispettivi angeli protettori. 2) Ventitré come le lettere dell'alfabeto angelico "scrittura degli angeli". Forse dieci testi.

Si riavvicina alla religione cattolica. Legge e appunta la *Traduzione della prima lettera ai Corinti* di Giovanni Testori. Rivede anche alcuni libri già editi con l'intento di preparare una versione definitiva.

Per *Altri libertini* appronta una revisione parziale del testo volta a eliminare gli errori e modificare espressioni lessicali (in particolare le bestemmie) all'interno dei racconti. Per *Biglietti agli amici* ipotizza nuovi destinatari e nuovi biglietti. Anche in questo caso il lavoro non viene ultimato.

Pier Vittorio Tondelli muore il 16 dicembre 1991. Viene sepolto nel piccolo cimitero di Canolo, una frazione di Correggio.

NOTA ALL'EDIZIONE

La presente edizione raccoglie l'opera completa di Pier Vittorio Tondelli, incluse le opere che lo stesso autore ha individuato come significative per il proprio percorso e comunicato al curatore letterario, nel momento in cui gli affidava tale curatela, indicando anche la versione da ritenersi definitiva.

Trattandosi qui di ordinare non una scelta significativa dall'opera dello scrittore, ma di proporre, a quasi dieci anni dalla sua morte, il "corpus" integrale dei suoi scritti, per ragioni editoriali, si è resa necessaria la suddivisione in due volumi. Ciò ha comportato anche una strutturazione dell'opera che risultasse facilmente percorribile dal lettore. È stato "naturale", ma in linea con le intenzioni manifestate dall'autore, che a suo tempo ha raccolto e riscritto in *Un weekend postmoderno* gran parte della produzione di tipo saggistico, suddividere i due volumi, a seconda del genere letterario degli scritti. Del resto la produzione cosiddetta saggistica è stata concepita da Tondelli come "sottotesto" o, meglio, materiale preparatorio e legata alla produzione più propriamente letteraria: "Queste pagine costituiscono un po' il sottotesto dei miei romanzi. Rappresentano realmente il laboratorio. E questa è un'occasione anche per affermare che cosa ha significato fare lo scrittore in questi dieci anni". Così il primo volume riunisce il "corpus" dell'opera letteraria, mentre il secondo presenta i materiali più significativi della ricerca letteraria di Tondelli, il "sottotesto" parallelo all'opera letteraria propriamente definita.

Nel primo volume sono presentate le opere letterarie, dai romanzi (*Altri libertini*, *Pao Pao*, *Rimini*, *Camere separate*) ai testi teatrali (*Dinner Party*), dalle prose letterarie (*Biglietti agli amici*) ai racconti (la serie de *Il diario del soldato Acci* e quella dei racconti via via pubblicati e ripresi nel volume *L'abbandono*). È stato necessario suddividere le sezioni dei testi, originariamente pubblicati in *L'abbandono* (Bompiani 1993), nei due volumi, così da rendere più organico e chiaro per il lettore il percorso nell'opera di Tondelli.

Le opere letterarie del primo volume sono presentate secondo l'ordine cronologico di pubblicazione, tuttavia si è preferito non isolare i racconti della sezione omonima al fine di rispettare rimandi e connessioni tematiche tra gli stessi. La sezione dei "Racconti" è stata quindi collocata in modo da evidenziare i cambiamenti tra la prima fase dell'opera tondelliana, caratterizzata dalla poetica della "scrittura emotiva", e la seconda che privilegia la variazione sul tema della "fenomenologia dell'abbandono".

Le opere sono proposte nell'ultima versione a stampa, salvo eventuali correzioni di refusi, presenti nella prima edizione. Per quanto riguarda *Altri libertini*, nei primi due racconti, *Postoristoro* e *Viaggio* il testo è stato adeguato alle modifiche e correzioni proposte dall'autore, come indicato nella relativa nota al testo. Di *Dinner Party* si presenta l'edizione Bompiani 1994, mentre di *Biglietti agli amici* si riprende l'edizione definitiva (Bompiani 1997).

La sezione *Il diario del soldato Acci* viene ripresa, integralmente, da *L'abbandono. Racconti dagli anni ottanta* (Bompiani 1993), mentre la sezione "Racconti" viene ripresa dallo stesso volume, a eccezione del racconto *Circolo londinese*, che si è preferito non riproporre in questa edizione. Nella stessa sezione viene aggiunto un testo inedito, il soggetto cinematografico *Sabato italiano*, uno degli ultimi scritti letterari di Tondelli, senz'altro il soggetto più significativo tra i molti scritti dall'autore. L'inclusione di questo inedito vuole quindi documentare un aspetto importante del lavoro letterario dello scrittore, quello relativo alla "scrittura" per il cinema.

Altre carte inedite, soprattutto appunti di lavoro e parte dell'epistolario, riferito a questioni strettamente letterarie e editoriali, sono proposte nelle note ai testi, a documentazione del metodo di lavoro, assai organico dello scrittore, basato sulla progressiva elaborazione di idee centrali e di temi suggeriti da un'attenta osservazione della realtà circostante o da una riflessione profonda sul proprio essere. Si tratta di una metodologia che parte da riferimenti schematici, spesso disorganici, i quali illustrano comunque il centro tematico dell'opera. In una fase successiva lo scrittore elabora alcune situazioni narrative, o un'ipotesi di "trama", per poi procedere alle varie stesure del testo. Nei romanzi, a una prima stesura segue poi la definitiva. Nel caso di *Dinner Party* o di *Biglietti agli amici* l'elaborazione definitiva è molto più complessa e le varie stesure, prima di giungere a quella definitiva, sono numerose. Le note ai testi, in questi casi, descrivono i vari dattiloscritti consultati e ne trascrivono alcune pagine esemplificative dei cambiamenti e delle modifiche che intercorrono tra una versione e l'altra.

Come criterio generale nella scelta degli inediti da pubblicare, in presenza di più versioni, se non diversamente esplicitato nella nota al testo, si è optato per la stesura più avanzata. Nella trascrizione dei dattiloscritti, e delle eventuali correzioni autografe, si sono seguiti fedelmente gli stessi limitandosi alla correzione di sviste e refusi.

Nel secondo volume vengono invece presentati gli scritti più propriamente saggistici, idealmente riconducibili a due tipologie, le "cronache degli anni ottanta" e i testi relativi alla riflessione sulla scrittura, sulla lettura e sull'elaborazione letteraria in genere. Si riprende il volume *Un weekend postmoderno* (Bompiani 1990), che raccoglie le "cronache degli anni ottanta", riviste e riscritte dall'autore, in modo da dare una struttura organica a gran parte degli scritti giornalistici o ai saggi pubblicati come prefazioni o interventi in volume.

Seguendo l'indicazione dello stesso Tondelli nel delineare l'assetto definitivo della sua opera (anche in questo caso il ripensamento rispetto all'edizione a stampa delle varie opere è una costante, come rilevato dall'epistolario o dalle dichiarazioni rilasciate nelle interviste) si è scelto di non includere nella sequenza di *Un weekend postmoderno* la sezione "Under 25", che nel volume originario era indicata come ottava, ma di isolarla come sezione autonoma.

Per le stesse ragioni, dopo aver valutato la natura di alcuni scritti proposti in *L'abbandono* e posteriori, come redazione, all'uscita di *Un weekend postmoderno*, si è ritenuto necessario completare il percorso "tematico" esplicitato dall'autore. Così due scritti di "viaggio" (*Viaggio a Grasse* e *Madrid, itinerario notturno*), assai importanti e affini alla sezione "Viaggi", vengono in essa compresi, seguendo l'ordine cronologico di stesura e quindi posti come scritti conclusivi della sezione. Inoltre gli "ultimi scritti" dell'autore, proposti nel volume *L'abbandono*, nella sezione "Ombre dell'estate", sempre per l'affinità tematica al percorso strutturato dal *Weekend postmoderno*, vengono proposti a chiusura delle "cronache degli anni ottanta".

Il secondo volume riprende da *L'abbandono* anche un testo, *Quarantacinque giri per dieci anni*, parallelo a *Un weekend postmoderno*, in cui l'itinerario negli anni ottanta è costruito a livello tematico, attraverso le "colonne sonore" che hanno accompagnato lo scrittore e il racconto del suo rapporto con la musica.

Oltre a "Under 25", i testi sulla scrittura e la lettura sono compresi nella sezione "Il mestiere di scrittore", ripresa da *L'abbandono*, alla quale si aggiunge la sezione "Letture". Qui sono raccolti una scelta delle "recensioni", delle prefazioni o dei risvolti di copertina scritti da Tondelli. L'inclusione di questi testi serve a documentare un aspetto importante del lavoro dell'autore: il suo modo di approcciare la lettura, il piacere di leggere espresso attraverso le impressioni, le curiosità, le domande relative ai libri letti. Quello del lettore è un aspetto importante della personalità di uno scrittore come Tondelli, e la proposta di questi scritti vuole testimoniarne gli aspetti più interessanti.

Chiude il volume una sezione di conversazioni, scelte tra le più significative e meglio strutturate, anche come ampiezza dei temi trattati, in modo da costruire un itinerario che documentasse ulteriormente la riflessione dello scrittore sul proprio lavoro letterario. Nella scelta si sono privilegiate conversazioni scritte dallo stesso Tondelli (è il caso dell'intervista per "Westuff" a Stefano Tonchi, il cui dattiloscritto originale è stato ritrovato tra le carte dello scrittore con correzioni autografe) o dallo scrittore riviste e corrette. Solo nel caso della conversazione con Giuseppe Marchetti si è proceduto nella trascrizione di un'intervista televisiva, trattandosi di documento importante, in quanto rappresenta l'ultima intervista concessa da Tondelli.

F.P.

OPERE

Romanzi, teatro, racconti

ALTRI LIBERTINI

a Rosanna

POSTORISTORO

Sono giorni ormai che piove e fa freddo e la burrasca ghiacciata costringe le notti ai tavoli del Posto Ristoro, luce sciatta e livida, neon ammuffiti, odore di ferrovia, polvere gialla rossiccia che si deposita lenta sui vetri, sugli sgabelli e nell'aria di svacco pubblico che respiriamo annoiati, maledetto inverno, davvero maledette notti alla stazione, chiacchiere e giochi di carte e il bicchiere colmo davanti, gli amici scoppiati pensano si scioglie così dicembre, basta una bottiglia sempre piena, finché dura il fumo.

Ora che già di pomeriggio il piazzale della stazione è blu azzurrino con i fari degli autobus che tagliano la nebbia e scaricano gli studenti s'arriva presto, verso le diciassette; ma quando il tempo è buono e il vento spazza i binari e razzola le carte sui marciapiedi e si vedono controluce le montagne, giù verso Sud, allora si va tardi, quando ormai solamente i militari di leva pestano i tacchi nell'atrio e qualche marchetta ubriaca, non più la calca chiassosa dei ragazzini e delle magliarine che si litigano i fotoromanzi con quelle dita già callose per i tanti sabati e domeniche e pomeriggi a far rammendi alla cucitaglia delle madri. Ma nel grande atrio, stasera, il vocio scalpicciante è insistente come nel foyer di un granteatro.

Giusy arriva ogni giorno, puntuale come una maledizione saltellando sui tacchi e spidocchiandosi la lunga

coda di capelli che alle volte nasconde nel cuffietto peruviano; distribuisce occhiate veloci passando svelto in
mezzo ai crocchi di studenti brufolosi che vengono dalla
campagna alle scuole professionali qui in città e c'hanno
le gambe curve e tozze e i fianchi larghi, ma anche culi
rotondi e sodi e pare che i muscoli che si sfregano duri
alle cosce debbano sprizzare via da quei blue-jeans intirizziti di nebbia, come nei pullman che la domenica dra-
gano la provincia e rimorchiano verso le balere, ormai
sospesi perché di sera, al ritorno saltavano pure mutandine e reggiseni e in fondo sui sedili allungati si consumavano gare di chiavaggio e pompinaggio, anche fra
maschi...

Giusy passa dritto e imbocca il corridoio che immette
alla sala d'attesa e poi in fondo al Posto Ristoro. Dalla
vetrata che accompagna il percorso guarda verso i binari, scorge i ragazzi che sui marciapiedi attendono di salire sulla littorina delle Reggiane, saltellando prima su un
piede e poi sull'altro, quasi in seduta di footing e urtandosi e ridendo dietro le sciarpe arrotolate al viso. S'arresta per accendersi una sigaretta. Sbircia nella sala d'attesa, abitudine, non una volta sola c'ha rimorchiato su
quelle panche, ne avrebbero da raccontare quelle mura
screpolate, storie di sbronze maciullate e violenze e pe-
staggi e paranoie durate giorni interi senza mangiare
senza pisciare, accartocciato nell'angolo, stretto nel
giubbotto che pareva di vedere la gente volare dalla vetrata del corridoio e i treni sfrecciavano come fulmini
squarciando il silenzio del trip e come s'allungavano i
muri intorno e come stridevano le chiacchiere dell'assistente che era arrivata a prelevarlo, tu farai e tu vivrai e
sei giovane e vincerai e conoscerai la via, chi lo poteva
sopportare quel borbottio imbecille, fatti i cazzi tuoi.

Sulla panca, solitario un barbone mangia una crosta
di grana con del pane attento a non disperdere neanche
una briciola della sua cena. Giusy lo guarda. Il barbone
si lecca le dita e accartoccia quello che rimane in una
stagnola, poi nel pacchetto delle nazionali e lo mette

nella tasca del paletot nero. Giusy lo lascia, continua a seguire la luce del Posto Ristoro che traspare in fondo dalla porta a vetri. Si stropiccia gli occhi entrando, ordina un cappuccino al bancone che sta lì alla sinistra. Il barista ghigna *benealzato*, Giusy saluta storto. "Visto qualcuno?"

"Stasera solo quello lungo. Stava qui..." Si guarda in giro. Non lo vede. "Boh... Tornerà." Ruota la manopola del vapore il latte gorgoglia e fuma.

"Non bollente" borbotta Giusy "cazzo stacci attento!"

Il barista toglie il latte, lo versa nella tazza. Giusy ne beve un sorso, si strofina la barba macchiata di schiuma. "Stava solo?"

"Che ne so? Ha chiesto di te, s'è guardato in giro..." Alza nuovamente gli occhi "Eccolo che torna".

Giusy controlla nella specchiera di fronte e vede il Bibo avvicinarsi. Si volta e l'altro lo raggiunge posandogli un braccio attorno alle spalle. "Cazzo Giusy, un'ora che aspetto ziocane. C'ho cinquanta carte, forza forza che scoppio." Lo guarda attendendo la risposta. Giusy non fiata. "C'ho cinquanta carte perdio, non farmele marcire... Avanti, cazzo che aspetti?"

Giusy gli stringe il braccio: "Senti non stare a far casino in mezzo alla gente, lasciami finire qui...".

"Ehi, ma ce l'hai, l'hai portata?... Eh, cazzo, io aspetto, non ce la faccio più poi magari mi freghi non hai roba. Non l'hai? Devi dirmelo, prendo il treno e cerco altra gente, non mi frega mica un cazzo, no, ma tu ce l'hai qui, subito, vero?"

"Aspetta!... Gliela fai a stare in piedi?"

Bibo s'arresta. Sgrana gli occhi. Ridacchia girandosi verso il centro del Posto Ristoro. "Cristo, certo che ce la faccio stai a vedere, non sono mica marcio... che credi... che casco come un sacco di merda? C'ho i soldi diavolo, mai strippato una volta coi soldi in tasca!"

Giusy sorride. *Meglio così.*

Si dirigono verso gli sgabelli del vecchio self-service che non funziona più e sta di spalle al bancone cosicché bisogna attraversare in tutta la lunghezza il locale e questo vuole dire incontrare gente. Anche facce di merda. E infatti la Molly stiracchia un ciao ancora ubriaco dalla notte precedente e chiede cento lire, loro la mandano affanculo e gridano al barista di portare due campari corretti e magari un paio di brioscine che ci si tira su.

La Molly c'ha sessantanni e siede in un angolo della distesa dei tavoli accanto alla sua valigia di cartone specorito legata con una corda e con su appiccicata la cartolina adesiva di Lugano, ma dentro non ci tiene un cazzo, paura che freghino quando è fatta e appisolata. Così il suo guardaroba se lo porta addosso, una maglia sull'altra, una braca nell'altra e quando sta seduta pare una botola di lardo ingolfata nel pastrano di raso nero e nel fazzoletto sbiadito che le copre la fronte. Non ha denti, solamente un mozzicone allungato che le sbuca dalle labbra piegate, anche a bocca stretta, e sembra stia sempre fumando una cicca. Le scarpe sono peduline di cuoio nero, con le stringhe gialle e la suola di gomma consumata e le arrivano sopra alle caviglie perché le ha comprate larghe, dentro almeno quattro calze. Ora pare persino appisolata davanti al bicchiere di folonari e la rivista unta, il mento è appoggiato al seno, quasi russa. Ogni tanto si smuove, fa per grattarsi i baffi, ma non dorme, vigila, come sempre una mano stretta alla valigia, l'altra distesa lungo il bordo del tavolo in attesa che piova qualche elemosina.

La Molly e Giusy non vanno d'accordo perché hanno una storia insoluta di cento carte che Giusy dice gliel'ha rubate lei quando poi non s'è fatta più vedere per dieci e passa giorni e nessuno sapeva dove se ne fosse andata, magari morta crepata nella cantina di via Bassa, ma quando è tornata al Posto Fistoro, qui in città, anche il più scalcagnato del giro l'aveva capita che era scappata a Lugano, perché ci teneva l'adesivo appiccicato su quella cartellaccia ed era nuovo e lucente e lei proprio scema. E quella volta c'è stato grande casino col Giusy che la pigliava a botte e le sputava in faccia, ma poi era arrivato

il Johnny e aveva aggiustato lui le cose dando cento carte al Giusy che però si sentiva di avere subito un torto e
un furto e con quelle cento carte non lo si metteva di
certo in pace. Ma la Molly ha sempre negato tutto di
questa bislacca storia e ha sempre detto di no, *l'è minga
veira* nel suo dialetto mantovano-carpigiano ancora più
sbracato perché non ha i denti e quando parla è come
una cloaca col suo ritornello delle *scentolire* che certi pidocchiosi le avranno insegnato avanti di rubarle un
qualche straccetto. Così è restato cattivo sangue anche
se al Posto Ristoro ci si dimentica piano piano di tutto
perché la vita è davvero vita cioè una porcheria dietro
l'altra.

Giusy e Bibo sugli sgabelli a fumare e mandar giù il
beveraggio.

"Senti Giusy, io qui ho i soldi, almeno due bustine me
le devi dare, prima me le dai, prima fai il grano e dopo io
sparisco e non mi vedi più, ok?... Allora fuori la roba!"

Giusy lo fissa negli occhi. "Non ce l'ho ora..." Calmo.

"Che? Vuoi dire che mi tieni qui a rota per niente,
gratis, non sganci un cazzo?"

"Ora non ho niente, sono pulito, verso mezzanotte
tutto quello che vuoi. Aspetta."

Bibo bestemmia, manda giù d'un fiato quello che resta nel bicchiere. "Ok, un'altra volta" dice alzandosi,
"accidenti a te, lo dicevi subito e finita."

L'altro s'accende una sigaretta. "Te lo stavo dicendo,
aspetta, per cinquanta carte te ne do tre."

Si ferma. Alza tre dita. "Sicuro che non mi freghi?"

"Senti Bibo, quando t'ho mai fregato? Cazzo, abbiamo cominciato insieme, t'ho mai fregato una qualche
volta? Dillo, avanti, quando t'ho rifilato roba fradicia?
Mi sta cara la tua pelle amico, mica roba da niente. Un
amico..." Ridacchia.

Ok, fa Bibo, ma ora se ne va a cercare da un'altra parte perché coi soldi in mano non ci resiste mica, ma domani si rivedranno e gliele comprerà, con quali soldi,
boh, però lo farà, domani.

Giusy lo segue con lo sguardo uscire verso il corridoio. In fondo la macchia chiara di un impermeabile. Si ferma col Bibo a parlottare. Giusy bestemmia, fa per scendere dallo sgabello, l'impermeabile entra nel Posto Ristoro, si avvicina tendendo la mano, *ehilà Giusy!*

Una bestemmia ingoiata e digerita. Accidenti. "Ehilà Johnny, novità?"

"Sediamoci, sediamoci, d'accordo?"

Giusy annuisce. Si accomodano a un tavolo poco lontano dalla posizione della Molly. "Vuoi fumare" dice a Giusy. Estrae un pacchetto di Lucky Strike, ne porge una; fa il gesto anche per la Molly che s'è curvata in avanti non appena l'ha visto entrare e quasi sbatteva la fronte sul bicchiere per quell'inchino sruffianato. Ma Giusy alza il braccio e toglie le sigarette dalla mano di Johnny. "A quella vacca non darci niente."

Johnny ride. "Veniamo a noi, ti va? ...Come stai a roba in questi giorni? Bene? Male? ...Dimmelo forza."

"Mmmm Johnny stammi bene a sentire. È un mese che non si vede un quartino che sia uno in questo trojajo e questo lo sai benissimo, perché il giro l'hai in mano te e noi non si scappa, c'è un cazzo da fare. Se te vuoi fare il torchio coi terroni, affari tuoi, ma che poi vinca te o loro, qui non ci ritroverai nessuno del giro di prima, tutti spariti, scannati, fuori! ...Allora che cazzo vuoi sapere, se la magra ci sta ammazzando, dillo te, che vuoi sapere?"

Boccata di fumo verso l'alto. "Altre storie... Ricordi il nostro affare? Ricordi di quant'è?" Giusy respira. "Cinquecento Johnny. Me lo stai a chiedere ogni volta che ci si incontra, cazzo!"

"Perché così te ne ricordi." Spegne la sigaretta. "Pensi di concludere questa sera?"

"Avessi cinquecento sacchi me ne volerei via!" Di scatto. Johnny allarga le labbra, finge un sorriso. "Come la Molly?" Una bestemmia, toccato, fregato, mai barare con Johnny cazzo. Giusy si stropiccia la barba, ha capito benissimo, mai volarsene via coi soldi di altri, almeno mai tornarsene indietro dopo, e invece per quanto lontano lui andasse ora, non saprebbe rinunciare al Posto Ristoro, vi tornerebbe al primo pasticcio. In qualsiasi altra città dovrebbe ritrovare i contatti, girare e girare andando in bianco per chissà quante notti, dovrebbe conoscere nuove questure, altri poliziotti, ricominciare tutto da capo a forza di botte e strizze e paure. No, Giusy non fuggirà così alla cazzo di cane, lo farà, ma quando sarà ormai sicuro di poter rinunciare al Posto Ristoro. Per sempre, qualsiasi difficoltà capitasse. Una volta via, mai più tornare indietro. Cancellare e basta.

"Non ho niente stanotte per le mani Johnny, te lo giuro" dice infine "non c'ho un cazzo."

"Ok, ok..."

"Ti ho visto col Bibo, gliene hai data?"

Johnny lo guarda duro. "Non giro con la merda in tasca." Cazzo che vuole? Via, aria, che viene a fare questo imbecille al postoristoro, fra di noi che cazzo vuole il Johnny col suo Burberrys sfarfagliante, diosanto che vuol sapere, *stanotte fottuto d'un partigiano Johnny che cazzo vuoi?*

"Bisognerà pure Giusy che un giorno o l'altro si concluda questo affare, nell'interesse soprattutto tuo..."

"Certo, certo" l'interrompe "Johnny lo so questo, lo so che l'interesse lo pago io, ma mica ci facciamo sopra delle menate, io ti devo questi soldi e grazie al cazzo, appena li faccio su te li passo, sono già tuoi, puoi fidarti no? Mi trovi sempre qui, sai dove abito, cosa ti costa darmi qualche tempo in più..."

"Hai detto te che c'è la magra, mica io. Io dico solamente che stasera sono sei mesi, sei."

Giusy sbotta a ridere. "Cazzo è l'anniversario, facciamo festa Johnny, cosa dici? Sei venuto per festeggiare i sei mesi del debito, tanghero d'un Johnny, forza che beviamo, paghi te, festeggi te."

Johnny si alza, infila le mani nel suo impermeabile, sibila una battuta fra i denti, una cosa perfetta, d'occasione, se fossi in te non riderei, ghigna adesso che dopo cazzi acidi, la vedremo. Si fissano seri. "Un mese Giusy, neanche un'ora di più, ok? Tieni, fuma pure alla mia salute." Lascia il pacchetto sul tavolo, getta un'ultima slumata alla faccia del Giusy. "A presto."

Pestarti i coglioni figlio di puttana. Giusy prende una sigaretta e l'accende. La Molly ridacchia, c'è bisogno che dice niente lei, ha capito tutto, nessun segreto al Posto Ristoro. Però lo maledice il partigiano Johnny che non le ha dato da fumare, gli bestemmia dietro, sputacchia nel fazzoletto e infine lo guarda uscire dal locale con quel suo passo corto e stretto quasi tenesse tra le cosce una scarica impellente di diarrea.

Nel bar entrano chiassosamente alcuni ragazzi che trappolano attorno al Brack-Out, infilano la moneta, si litigano il turno. Iniziano la partita bip bip trrr, urlacci e bestemmie diavolo d'un giochino elettronico, al Giusy gli sale il sangue alla testa. Una fighetta si distacca dal gruppo, accende il juke-box esce una canzonaccia di Grace Jones. S'accende una paglia e muove il culo, non si guarda attorno, non si preoccupa di niente, fischia il sound e basta la fighetta. Giusy non ci vede più. *Evviva gli scannati del Postoristoro!*

Sbatte giù il vermouth che aveva ordinato, un impeto di tosse lo fa strabuzzare, sputa nell'incavo del gomito, si strofina le labbra. Deve alzarsi e correre all'aria perché quando capita un colpo di tosse così deve fuggirsene al fresco e buttare nei polmoni dell'aria pulita sennò ricompare la bestia dell'asma e non passa prima di cinque giorni.

Fuori fa freddo e così scende i gradini del sottopassaggio. A metà si arresta, si accoscia di lato all'ingresso del marciapiede tre. Respira contraendo lo stomaco, uno... due. Un po' meglio. Poi piega il naso. Riconosce un profumo, si guarda attorno, dalla scala scende Liza. Proprio odore di checca sfranta. Si avvicina tacchettando. *Giuuuuuusy.*

Lui si cala il cuffietto peruviano fin sulla bocca. Getta una pernacchia. "Gentile, soffia lei, per una vera signora, cazzo." Ora gli è di fronte, in piedi. Allunga la gamba per toccarlo. Giusy non fiata. "Ehi, bucato fatto?" Tossisce guardandosi intorno. "Ehi Belin guarda che non ti chiamo l'assistenza proprio no. Se stai male cazzi tuoi, anzi dillo subito che vado via, prima che questa puzzaccia di cadavere mi ammazzi pure me. Ehi..." Lo calcia più forte, Giusy rutta. Si alza il cuffietto, va' là siediti che ti faccio uno spino.

Liza sorride, si alza il pellicciotto e gli si mette accanto a gambe aperte. Incrocia le mani sulle ginocchia piegandosi tutta in avanti. Guarda le dita abili di Giusy che rollano il tabacco. Incomincia a chiedere, dopo a chiacchierare e poi a confessarsi e Giusy accende lo spino, però Liza non tace un secondo, non tace perdio e a Giusy gli si ficcano le palle per traverso, anche perché Liza regge lo spino e lo tiene lì come c'avesse un cazzo e lo guarda e ci chiacchiera sopra così il fumo cola via e allora che cazzo si sta a fare? Giusy glielo prende di mano, lo fuma tutto fino al filtro. Lei lascia fare. Dopo è allegria. Si abbracciano e ridono nel sottopassaggio e Liza non ci riesce a tenersi dentro la voglia che ha di scoparselo il Giusy e allunga le dita, dai facciamolo adesso, e Giusy ridacchia, dice che ha beccato lo scolo in questi giorni ed è pericoloso, non se ne può fare nulla, tra l'altro sono due settimane che non chiava più da quando gli hanno consegnato le analisi e gli antibiotici. "Cazzo, proprio peccato, sfiga continua" piagnucola Liza. "Eh non incazzarti che non c'ha colpa nessuno di queste cazzate qua" consola lui. Liza ride e lo accarezza e Giusy se ne va via lasciandola alle scale del marciapiede tre, ma a un certo punto si volta indietro e la guarda e le concede un sorriso tanto che lei si porta la mano alla boccuccina e gli lancia un bacino sulla punta colorata delle dita e Giusy strabuzza gli occhi in alto e poi a destra e poi in basso e ancora in alto quasi seguisse il percorso sballato di quel bacio in arrivo e alla fine fa un ciocco con la lingua e stramazza a terra col palmo aperto sulla guancia, il messaggio è arrivato.

Al Posto Ristoro Molly è accomodata con la Vanina che è una ragazzona di vent'anni, ma gliene daresti cinquanta forse più, la faresti lì lì per la sepoltura. È gonfia e grassa e ha la pelle brufolosa e tanti puntineri che la sfigurano e altre eruzioni rosse su tutto il viso e il collo piagato da una feroce scottatura d'olio bollente che lei dice è stata una disgrazia, ma al postoristoro tutti sanno da quali braccia piovono le disgrazie.

Vanina saluta e Giusy risponde stancamente. Le chiede i soldi per un beveraggio. "Devo cominciare il lavoro, gnanche cinquanta lire."

"E allora fai presto" dice Giusy "che l'ultimo treno per la campagna è fra poco eppoi non ne trovi più nessuno che viene a farsi il servizietto" e non finisce di parlare che sbotta a ridere, anche la Vanina che sta al gioco, lo fa sempre, mica può fare altrimenti se le ricordano la specialità delle sue tette.

Se ne stanno lì a cicalare raccontandosi qualche cazzata come vecchi amici, tanto che un estraneo non crederebbe che fra Giusy e Molly ci sta invece quell'astio che c'è. Poco più tardi arrivano i terroni e invadono il tavolo portando altre sedie. Giusy fa per alzarsi, non gli piace la nuova compagnia col Salvino capobanda che è confinato qui al Nord, fetente mafioso, e traffica come un dannato e c'ha soldi per tutto, mai una volta però che faccia i favori, gli basta guastare la piazza, il Johnny che tiene duro, giocano peso, chi ci rimette il popolo del Posto Ristoro, dannati terroni. Fa per alzarsi però qualcuno lo trattiene posandogli la mano sulla spalla e gli dice senza scampo fatti un vermouth e Giusy acconsente cazzo, si rimette seduto e chiama il barista.

Quello che gli ha offerto da bere è proprio Salvino, che ha ventisei anni, è moro arruffato e al collo gli pende una catena d'oro che potresti camparci cent'anni a smerciarla. Salvino beve poi il martini e tocca il bicchiere al Giusy come per brindare e dice "A te" guardandolo benevolo.

I terroni sono quelli che di solito si sbattono per poche lire la Vanina e Giusy sa anche quella storia che ha

fatto tutte le bocche del postoristoro, cioè che una notte
i terroni caricano la Vanina su un furgone e dopo si de-
positano in campagna che era primavera e il cielo mite e
le stelle lucide, e poi si mettono spogliati nudi davanti a
lei e Vanina abbassa gli occhi a vederli tutti lì, cinque
amori per la sua verginità, nudi e dritti e coi denti bianchi e sfavillanti al buio e lei montanara disambientata,
diciottenne alloggiata dalle suore, la prima domenica del
mese s'alza alle cinque e sale sul pullman e raggiunge la
famiglia sull'Appennino, paese di millecinquecento abitanti durante l'estate, sennò cento duecento e il prete
sempre ubriaco di sassolino e i mongolini a fare i chierici, i bambini della valle tarati, incesti, vita solitaria fra i
castagni e le querce e i prati brulli dell'Appennino con
le foglie tenere e marce e leggere e Vanina che abbassa
gli occhi e guarda e balbetta *che volete fare?* non lo sa,
però l'intensità della scossa fra le gambe sale e stringe lo
stomaco e le tempie si inumidiscono leggere e tiepide
che paiono baciate dalle perle e allarga le braccia e trema, troppo bella quella scossa, troppo diretta al cuore e
Vanina che abbassa gli occhi... Dopo la violentano tutti
insieme facendo il turno sopra e sotto e in bocca e fra le
tette che aveva già grandi e grosse e la abbandonano nuda coi suoi straccetti imbiancati da un lato e dieci carte
infilate davanti e quando i contadini la trovano all'alba
Vanina se ne sta ancora lì a gambe aperte e ride e dice di
lasciarla nel fossetto che sta bene e allora s'è capita che i
terroni avevano buttato dentro anche anfetamine o altri
acidi qualsiasi, e fino a Natale se ne restò al San Lazzaro
perché fatta fatta, anche nel cervello e continuava a
chiedere a tutti di portarla in campagna, in quel fossetto
che c'ho lasciato le mutandine mie.

I terroni bevono ancora e Salvino si fa portare una
bottiglia intera di vermouth e ne versa per primo a Giusy e lo guarda stringendo gli occhi finché dice "Vieni a
fare un giro con me che tengo della roba" ma Giusy rifiuta, lo sa che Salvino non regala niente per niente, così
ripete il suo no, non ci vuole avere a che fare col mafio-

so, tra poco arriverà Guerrino da Bologna e allora ne avrà. Così si alza e va via e prende la bottiglia cafone e dice "L'hai presa per me, no?" tanto che Molly bestemmia, ma poi si rinchiude bofonchiando nel foulard perché le arriva un pugno da un terrone che ha capito che il Giusy stasera è nell'occhio del Salvino e quindi intoccabile, come già successo la primavera scorsa al cantiere dove i terroni tutti quanti manovalano, con un garzoncello che portava i secchi di chiodi e che non voleva starci tanto da costringerli a violentarlo e preparare insieme il buco all'ultimo, al Salvino.

Giusy esce sul piazzale della stazione. La nebbia è fitta, non riesce a distinguere i confini della piazza. Qualche persona appare controluce. Di lato scorge la Ford dei Vigilantes, all'interno la luce è accesa, sono in due, probabilmente ascoltano la radio, fumano. Alla guida c'è William che è sulla cinquantina e c'ha la panza grossa del bevitore e una volta gli è pure scappato un colpo di pistola al Posto Ristoro durante una rissa e l'hanno sospeso dal servizio e sembrava che ce ne fossimo liberati per sempre, ma l'anno dopo è tornato a fare il gradasso e pigliare da bere senza pagare e menarsi su e giù la pistola Smith and Wesson neanche dovesse farla venire e così lo chiamano sceriffo e lui ci gode come dirgli dottore, eccellenza, cavaliere... mille fottutissimi cancheri sceriffo William! Giusy ritorna nell'atrio, si siede sulla panca. Non manca molto all'arrivo del Guerrino, una mezz'ora, sempre che il treno sia puntuale. Dopo ce ne sarà da smerciare e usare almeno per una settimana e così potere campare un po' meglio e sarà come fossero arrivati davvero i tempi belli e la neve pioverà sulle braccia, zac, tutta dentro s'apre il paradiso, forza Rino, arriva, fai in fretta cazzo, diavolo d'un michele strogoff!

E mentre Giusy sta lì a farsi pippe arriva il Bibo completamente sfatto che gli si siede davanti e per poco non si molla tutto, cioè stramazza a terra. "Ehi, Bibo che c'è" fa Giusy accogliendolo in braccio, "cazzo t'è presa nostalgia vecchio amico, ehi che ti succede?" e si scosta

per guardarlo in viso ma se lo sente svenire e poi irrigi-
dire e allora lo fa sedere e finalmente lo guarda e vede
che il Bibo è a secco e alza la mano con le cinquanta carte strette fra le unghie, cazzo è rimasto proprio a secco,
accidenti ai tempi duri. Bibo, come va?

Si riprende un poco, si solleva sulle spalle sospirando.

"È andata questa, l'ho fatta dalla piazza a qui, cazzo ci
sono riuscito Giusy, mica mi ammazza la magra vaffanculo!"

"Tieni duro che fra poco arriva il Rino, tieni duro poi
passa. Ma se non gliela fai chiamo qualcuno... col CIM
come stai?"

"In merda" sputa Bibo "mi fanno dannare per del
metadone cazzo, cominciano che devi fare la professione di buona condotta, non vedrò mai più gli stessi amici
e cambierò casa e me ne andrò via e non ci cascherò mai
più e troverò da lavorare e non sarò mai più lo stesso uomo cazzo." Si ferma. Rimangono in silenzio. Bibo sembra essersi ripreso. Continua: "Però era un giro buono
ziocane, benemale si rimediava in tempi come questi...
poi ho ciulato dieci scatole di metadone, cazzo stavano
lì, cinquanta flaconcini dritti dritti e facili roba da sbavare e io sbavavo cazzo, lei l'hanno chiamata di là e io veloce come una scimmia tiè, li ho messi in saccoccia e sono scappato dalla finestra, cazzo c'avevo già duecento
carte che mi entravano nel naso cazzo, ora potevo com-
prarci della roba buona e quella sbatterla ai marci del-
l'osteria Sozza; faccio un volo dalla finestra t'ho detto e
scrocio nello sceriffo, ziocane, sbatto sul suo panzone e
mi faccio un livido così qui, guarda col calcio della pistola e lui mi dà un cazzotto e mi riporta dentro e dopo
hanno trovato le scatole e il giro è sfumato, cazzo, volato
via d'un colpo e le duecento carte giammai le rivedrò,
erano già mie, lì nelle mie mani che si strusciavano... eppoi via, carta straccia, proprio così, merda. Non le ho viste più". Giusy ridacchia. Gli dice se vuole un po' di fumo per tenersi su il buco, o un Campari che lo sostiene
ancora meglio. Bibo risponde che può aspettare però

meglio andare al marciapiede tre che ormai il corriere strogoff verrà annunciato.

Il convoglio arriva poi al binario, compare fra la nebbia scura col sibilo della sirena e con lo sferragliare delle ruote sugli scambi della stazione. Si piazzano verso l'ingresso del sottopassaggio, uno da una parte e uno dall'altra. Bibo avvista per primo il Rino, gli corre incontro, Giusy lo segue. Scuote la testa. Ci siamo cazzo. Poi vede la faccia scura di Rino e anche se lontano capisce che va male, sempre peggio. "Non ce n'è che cazzo ti devo dire, lo Skippy l'aveva promessa vaccaeva, l'anticipo gliel'ho dato, stai tranquillo tutto è girato bene però cazzo oggi m'ha telefonato e ci siamo visti e insomma hanno beccato il trasporto a Verona, che ci vuoi fare, li hanno beccati, mica fila sempre liscia lo sai, li tenevano d'occhio forse, boh, insomma niente, per questi giorni un cazzo."

Bibo rimane senza parole. Sbianca. Aveva le cinquanta carte già pronte, il laccio emostatico se lo tirava tra le dita nella tasca del giubbetto e invece niente, rimanere vuoti e freddi. Giusy bestemmia, scalcia malamente in un mucchio di cartoni per l'imballo, una due tre volte. Urla. Stringe i pugni. Ma c'è niente da fare, ha ragione Rino. Meglio tornarsene al caldo. Dopo, sugli sgabelli del postoristoro, nella luce moscia e senza ombre a svaporare in silenzio il nervoso.

Stanno lì come cani bastonati, il Bibo sbianca, si fa livido di più sempre di più, dice che se gli prende di nuovo una strizza si caga sotto perché non c'ha la forza di reggersi neanche un muscolo. Ed è sempre più ingolfato e rattrappito e Giusy sa che da un momento all'altro salterà, sono due giorni che non fa buchi, non resisterà ancora per molto. "Rino che si fa se Bibo sbotta?" chiede sottovoce. Rino non risponde, beve la grappa. "Portalo all'ospedale."

"Cazzo, è un inferno, povero diavolo. Mica c'ha il collasso. È solo a rota e basta."

Bibo intanto comincia a sudare, si liscia in continuazione la fronte, si guarda le mani bagnate, balbetta che ha caldo e che ha i brividi e non regge la schiena dritta. Giusy lo prende sottobraccio, lo alza. "Mettiamolo sulle panche, almeno si stende, la roba la trovo io, faccio presto, tu stagli vicino ok? Se vedi che va fuori vattene, lascialo lì e vattene, sono grane per tutti."

Rino se ne va dal Posto Ristoro col Bibo, barcollano ubriachi.

I terroni siedono sempre lì a bere e farfugliare cazzate con la Vanina e con Liza e con Molly. Giusy si siede in un angolo. Fissa Salvino afferrando un bicchiere e reggendolo alto.

"Che c'ha il tuo compare?" gli chiedono.

"Boh, cazzi suoi, che ne so, stanco... fatto... Affari suoi."

Salvino gli versa da bere. Attende che Giusy abbia terminato. Lo guarda, Giusy risponde allo sguardo e così gli scappa un'occhiata delle sue, quelle che han fatto morire tutti quanti le hanno conosciute perché quando guarda così si capisce che di lui ti puoi fidare, ma sul serio, fossanche per ruberie e scazzate. "Andiamo a fare un giro."

Si alzano dal tavolo, quando sono ormai sull'uscita del Posto Ristoro Giusy parla. "Ho bisogno di buchi, subito. Te come stai?" Salvino scrolla le spalle come dire vieni che andiamo.

Sul lato ovest della Stazione, al di là delle latrine s'apre uno spiazzo gremito di rotaie che dà verso un capannone per lo smistamento delle merci. Oltre, seguendo una mezza dozzina di binari morti si giunge a un secondo spiazzo, molto più limitato del primo nel quale sostano alcune vetture viaggiatori. Sono quattro carrozze senza scompartimenti, di quelle in cui si sale direttamente alle panche di legno, rigide e fredde come il marmo. Emergono ritmicamente dal grigio nebbioso colorandosi di arancione. È la luce dell'insegna intermittente del BOWLING che sovrasta questa zona della ferrovia, dall'altro lato dello svincolo della sopraelevata e fiata quel giallo appannato in cui emergono le carrozze.

Salvino conosce il finestrino che rimane aperto, lo tira giù con uno strappo, s'infila dentro approfittando degli spazi bui dell'insegna luminosa. Giusy lo segue. Dentro si siedono uno di fronte all'altro, Salvino fa cenno di tacere, rimanere di pietra, finché il guardiano non termini il giro di controllo. Seguono il faro della torcia elettrica scrutare tra i binari e la nebbia e le cataste di legname e le fiammelle violacee degli scambi. Infine allontanarsi in direzione del deposito.

"Ok" dice allora Salvino "ora stiamo tranquilli. Io vado in fondo un attimo, prendo qualcosa, te rollati il joint." Getta in grembo una stecca di almeno dieci grammi. Giusy estrae le cartine, le distende sul palmo della mano mentre l'altro scasina nel buio del fondo carrozza, che cazzo farà? Salvino torna poi con un sacco a pelo e una coperta ispida, la carrozza era davvero gelida. Giusy sorride, ok ci siamo. Si distendono lungo il corridoio, fianco a fianco, guardando verso il tetto della carrozza, la luce gialla del Bowling entra dai finestrini, sembra pulsare. Accendono il joint. Mentre se lo passano Giusy attacca. "Voglio l'ero, se non l'hai vado, tutto inutile."

Salvino respira forte, mmmm, trattenendo il fumo nei polmoni, stringendo gli occhi. Emette il respiro d'un colpo, a fondo. Fiuhhhh. "Stai tranquillo."

"Allora subito, prima ce l'ho meglio è."

Salvino gli allunga una busta, poi un'altra.

Giusy si alza sul tronco. La fiuta, solleva il maglione, la scioglie, stringe il laccio, si fa. Salvino lo spia dal basso, sulla bocca una smorfia ebete, la stonatura del fumo. Quando vede che Giusy toglie l'ago, si slaccia e fa uscire il cazzo duro. Prende a masturbarsi finché Giusy non lo raggiunge al fianco. Sono ora vicini, Salvino gli tasta il culo. Giusy si volta, si getta sotto. Stringe gli occhi. *E ora fetente d'un mafioso onnipotente fa' pure quel cazzo che vuoi! Eccomi a te!*

Quando Giusy raggiunge la sala d'attesa in cui aveva lasciato Bibo e Rino, è ormai molto tardi. Nell'atrio la figura minacciosa dello sceriffo, un marocchino spiantato che dorme in un angolo, l'impiegato della biglietteria dietro ai vetri blindati. Anche la sala d'attesa è deserta. Giusy si mette al Posto Ristoro, non pensa niente, manda giù un toast e una birra seduto al solito sgabello. I terroni se ne sono andati portandosi dietro la Vanina. È rimasta la Molly, quella c'ha le mattonelle al culo, un qualche ragazzino che smercia fumo, qualche vecchio. Si sente toccare a una spalla. Alza ruttando la testa.

"Uéééééé" starnazza Liza "guarda che te t'aspettano ai cessi i tuoi compari, be' che cazzo stai a fare qui?"

"Boh! Vattene via..."

"Uéééééé, avanti! 'Namo, 'namo. Forza!" Lo spinge fuori dal Posto Ristoro.

Nel vestibolo delle latrine non c'è nessuno. Giusy bestemmia. Si volta verso Liza incazzato. Poi sente un rantolo, si avvicina all'ultimo gabinetto, la porta accostata, l'apre. Dentro c'è Bibo con gli occhi sballati e Rino che lo regge sotto alle ascelle e bestemmia. Gli ha slacciato i pantaloni. "Cazzo Giusy, lo dovevi rifilare proprio a me? Se l'è fatta addosso, ha la cagarella cazzo, guarda, ha immerdato anche me!"

"Sfiga, sfiga!"

"E fa' qualcosa, l'hai trovato il buco?"

"Sì, sì..." Mostra la bustina di neve, non appena la metterà in vena Bibo si riprenderà e allora sì che lo potranno portare da qualche parte o chiamare l'assistenza oppure ne penseranno qualcun'altra, magari solo metterlo a letto. Ma intanto Bibo rantola e balbetta e si contorce lo stomaco e dice che si sente tutto un muscolo tirato verso il basso e che se non lo reggono forte ci si annegherà in tutta quella merda e se ne andrà giù per la latrina e soffocherà nel buco delle fogne e poi morirà *Rinoooo tienmi il braccio che sto cadendo!!!*

Giusy si smuove d'un colpo da quell'intontimento. Gli scopre le braccia, bestemmia. "Non c'ha vene, cazzo

Rino non c'ha più vene buone!" Rino grida di fare presto che non ne può più: "Avanti sbrigati!".

Giusy gli stringe il laccio ma le vene non escono, gli incavi lividi e neri e più su macchie gialle di sangue rappreso, niente da fare. Allora gli afferra il cazzo, lo tira su e giù, tenta di masturbarlo, farglielo diventare duro, Bibo continua a sudare e svuotarsi di merda acquosa e sbavare e sempre grida di tenerlo lontano da quel buco che sta scivolando, lentamente ma scivola, perdio è già nella merda fino alla pancia e ficca le unghie nelle braccia di Rino che bestemmia e guarda Giusy, la sua mano che scopre il cazzo del Bibo. "Ma che fai, sei pazzo?"

"Taci imbecille, taci!" grida. "Vattene via! Prepara la siringa!" Liza si fa sulla porta, sbotta in un Oooooohhhhh e una bestemmia. "Stai alla porta cazzo" sbraita Rino "se entra qualcuno siamo fregati tutti!"

Liza si copre la bocca, scappa indietro. Giusy regge il Bibo per i capelli, lo tira a sé, gli affonda il viso sul petto. "Non diventa duro diocane, ehi Bibo fallo diventare duro, forza Bibo, fatti forza, stammi a sentire, guarda, è grosso è grande, è il tuo cazzo Bibo, si gonfia, diventa duro... Metticela tutta Bibo, lo senti? Ce l'ho in mano, lo sfrego cazzo sei te questo, il tuo cazzo, hai chiavato tante fighe con il tuo cazzo, tutte le fighe del postoristoro, godevano come vacche quelle troie e sbrodavano, si contorcevano quando te glielo sbattevi dentro e le impalavi con questo cazzo forte e grande e duro, su e giù che le montavi come adesso Bibo avanti e indietro... Dai, fallo rizzare Bibo, che succede alla tua pistola, ci hai sparato tante seghe, più seghe di tutti e come facevi coi vecchi, ehi Bibo cosa facevi coi vecchi, cazzo glielo facevi vedere ai giardini come si usa un cazzo, come facevi coi vecchi pidocchiosi? Eh il tuo cazzo, gli sborravi davanti a quei vecchi lerci, davi spettacolo col tuo cazzo, te e il tuo cazzo Bibo! E loro sbavavano e ti coprivano di cento lire e te le raccoglievi tutte quelle monete, grazie al tuo toro, ehi Bibo sei te questo, il tuo cazzo sei qui, si gonfia Bibo come si gonfia, si alza, sei un chiavatore Bibo, il migliore, stai chiavando, si rizza, si rizza, mette le ali Bibo, è grosso, è ritto, è grande, su e giù, cazzo! Figa! Avanti e indietro, sbrodavano accidenti, te lo succhiavano con la figa questo cazzo, se lo sbattevano dentro fino ai coglioni e urlavano Bibo, come urlavano? vieni? vieni? ora adesso, vieni! dai Bibo ci siamo è duro è duro è in orbita! È un missile! Vieni, forza!!! Bibo!!! Sei partito, sei in aria, sei fuori Biboooooo!!!" Dentro l'ago, zac.

Sul marciapiede tre Giusy saluta il Guerrino che torna a Bologna. Attende che il convoglio scivoli via sui binari ghiacciati della pianura. Guarda verso i vetri illuminati e ferrugginosi del bar, scorge l'ombra rancida della Molly che sta scatarrando e bevendo il solito bianco con la valigia stretta in pugno, le peduline di cuoio nero... Bibo aggrappato a uno sgabello, la testa tra le braccia, in silenzio finalmente fuori. Esce poi nel piazzale, si sente fatto, la testa sbatte, vengono su le rogne. Si ricorda del Salvino, ora gli starà alle calcagna e lui ha dovuto cedere, maledetti tempi di magra, porca magra che quando arriva non si riesce a raccattare in giro nemmeno uno spino tranquillo per andare avanti, sempre menarsela con facce di merda, l'impermeabile del Johnny, lo sceriffo canchero, la vecchia strega sempre lì; sempre la valigia in mano eppoi non sposta il culo di un metro... E vai, vattene via povera sfigata, aria!!!... Ma in fondo chissenefrega del Johnny e di tutta la baracca del postoristoro, io ci voglio sopravvivere anche se l'ho capita ormai che nel sangue e nella merda ci dormo da quando son nato per cui non me la meno più di tanto, qualcosa succederà o s'aggiusterà e non ha importanza adesso quello che sarà domani o posdomani e ancora dopo, perché primaoppoi qualcosa cambierà e sarò uomo e non me la farò più con tutti i porci lerci del postoristoro e troverò una donna e ci farò dei figli e mi sbatterò coi buchi fin che ho vene e soldi e un pezzo di culo da dar via, perché perché perché.

Nel piazzale la nebbia si fa più chiara attorno ai lampioni. Giusy si avvia barcollando verso casa. Quasi mattino. La prossima notte tornerà al Posto Ristoro come sempre oppure se ne andrà via dalla città e da tutti e il Bibo lo lascerà. Ora non lo sa che ha tanto sonno e fifa da smaltire che le gambe gli sembrano le stampelle in legno di un povero martire della Patria.

MIMI E ISTRIONI

I Maligni noi ci chiamano le Splash, perché a sentir loro saremmo quattro assatanate pidocchiose che non han voglia di far nulla, menchemeno lavorare e solo gli tira la passera, insomma altro non faremmo che sbatterci e pergiunta anche fra noi quando il mercato del cazzo non tira; ma noi si sa che è tutta invidia perché un'uccellagione come la nostra non gliel'ha nessuno in zona per cui è del tutto inutile che quando ci vedono passare a braccetto o in auto ferme al semaforo, ci gridino dietro uscendo dai bar e dai portici o abbassando i finestrini delle loro Mercedes: "Veh, le Splash, i rifiùt ed Rèz". È veramente inutile. Perché a noi non ci frega un bel niente della nostra reputazione, soprattutto in questo merdaio che è Rèz, cioè Reggio Emilia, puttanaio in cui per malasorte noi si abita e che si vorrebbe veder distrutto e incendiato usando come torce i capelli di quelli lì, proprio loro, appunto, i Maligni.

Così succede che ci fan terra bruciata intorno come appunto è successo per l'Enoteca di corso Matteo Maria Boiardo in cui ci si riuniva tutte le sere tranne mercoledì, fermata di turno. All'Enoteca si stava abbastanza bene soprattutto perché a due passi c'è il Cineteatro Lux che fa programmazione porca e molti puttanieri capitavano poi a bere da noi e quando capitavano erano risate e godimenti perché noi li si provocava, soprattutto la Nanni che non porta mai le mutande nemmeno d'inverno e allora si alzava il sottanone e incrociava le gambe e loro che occhi! si vedeva che sbavavano e la Nanni stiracchiava il gioco per un po' facendo finta di niente poi d'un colpo diventava seria e s'incazzava fissandoli e sbraitava e li sborsettava con la tracolla di cuoio che faceva anche molto male con tutti quei cordini borchiati che pareva una frusta sadomaso e urlava Bruttiporci, pidocchiosi che avete da guardarla! eppoi ci si alzava con le nostre sottanone e andavamo via lasciando il conto da pagare. Così qualche volta riuscivamo a divertirci ma poi all'Enoteca hanno alzato i prezzi e cambiato arredamento e messo su ogni tavolo le candele colorate in bicchieroni di cristallo e fatto un guardaroba all'ingresso ed è arrivato un giro bene, un po' di magliari, qualche avvocatucolo sui trentacinque vestito da Cimurri, qualche figlio di papà, qualche sbandato intellettuale di destra. E non si è più riuscite a vivere perché quelli giocavano sul duro e noi purtroppo lo si è capito tardi quando la Sylvia si è coinvolta di uno di questi e lo fissava sempre finché una sera l'ha seguito al cesso e l'ha preso dal di dietro e gli ha sibilato "fatti scopare" e lui non l'ha fatto dicendole brutta troja, così noi tre vediamo scendere dai cessi la Sylvia nera infumanata, un cazzo per ricciolo insomma, e si siede al tavolo e prende la bottiglia di vernaccia e ne beve mezza tutta d'un fiato e a collo eppoi si pulisce le labbra col dorso della mano e dice che lui l'ha snobbata e quasi scoppia a lacrimare. Noi non si capisce bene la questione ma quando vediamo tornare l'uomo, sempre dai cessi, allora sì che capiamo e l'accusiamo forte di aver violentato la Sylvia che sta qui a frignare e guardate come l'ha ridotta e gli amici suoi prima ridono, poi si fanno seri e alla fine dicono che se non togliamo la nostra topa dalle sedie ci sfracellano di botte e io, che son la Pia, penso a tagliare la corda, ma la Nanni s'incazza e prende slancio con le sue cordelle borchiate, ma uno la stoppa e le lancia un gran ceffone sul collo che quasi mi sviene in braccio. E allora tentiamo la fuga anche perché i porci del Cineteatro Lux si fan coraggio e insomma si scuoton le tombe e si sollevano i morti e anche loro fan minacce e ci alziamo, per dio se ci alziamo, ma la Sylvia resta un poco indietro a lacrimare sul suo amore svaporato e si prende un calcio alla gamba eppoi scappa anche lei e si arriva trafelate alla nostra Dyane, si sale, si avvia e si lascian gli aguzzini padroni per sempre dell'Enoteca.

La sera allora ci si dà appuntamento sui gradini della fontana di Piazza Camillo Prampolini che è un po' come dire il cuore di Reggio e infatti lì ci sta il palazzo del municipio e il duomo col suo sagrato e i piletti che sembrano tanti priapini e una volta noi ne abbiamo colorato uno coi gessetti che sembrava proprio un cazzo circonciso, tutto rosso come lo si era conciato. La piazza è grande e un tempo era anche più vivibile, ora praticamente non c'è nessuno che abbia vent'anni che possa transitarvi liberamente perché tiene in tasca il foglio-di-via e qui in provincia i Carabbenieri non van tanto per il sottile, insomma questo era il centro di ritrovo e svacco pubblico ed è naturale che ora l'abbian ripulito, perché nessuno sopportava che il cuore della propria città venisse così infartato dai capelloni e dalle lesbiche. Comunque noi ci si ritrova ancora, in attesa di piazze migliori, anche se si sta attente a non far baccano, ma una sera succede che siamo così ubriache che non ce ne impipa proprio nulla e prendiamo a scorrazzare per la piazza sulle nostre biciclette colorate e ci inseguiamo strepitando e poi facciamo il filo ciclistico a un ragazzo belloccio che passa e scappa con noi dietro che in coro cantiamo son la mondina, son la sfruttata e son la proletaria che giammai tremò e lui se la ride ma ci ha un po' di fifa perché sa che siamo le SPLASH, le scatenate che più scatenate non si può, nemmeno col Ginseng.

Lui poi finisce a rintanarsi all'Hotel Posta che è lì a due passi e noi si torna indietro pedalando come matte e la più bella è la Benny che ha una ciclo rosa confetto con su dei fiorellini viola e tutto un campionario di foulard e

straccetti technicolor e indianerie traforate e sgargianti
legate alla sella così che quando va forte sembra abbia la
coda; ma anche le nostre son belle che ci abbiam messo
tre mesi a verniciarle e sistemarle, anche quella della Sylvia che prima dell'operazione era un Solex, ora invece
una leggiadra Graziella.

Noi continuiamo a girare la piazza rincorrendoci e cantando come lupe in lunapiena, con la Nanni che a un certo
momento dice "Fate tutte quante silenzio" e noi d'improvviso ci si stoppa e la si guarda. Lei allora prende fiato
e poi butta fuori un "Veeeeehhhh, ma te chi seiiii!!!!" e
noi capiamo e riattacchiamo in coro a squarciagola: "Son
la mondina son la sfruttata e son la proletaria che giammai
tremò-o-o" e si pedala sgangherate e si passa di corsa il
portico del Broletto che sembra di stare a Venezia perché
in alto c'ha degli archi e delle guglie ricamate e lì c'è il
Cantinone dove prendiamo altra birra e poi ci buttiamo in
Piazza San Prospero che di notte è bellissima perché sul
fondo c'è una chiesa con davanti quattro leoni di marmo
grandi grandi tipo Duomo di Parma che ci si sta in groppa
e occupano tutta la piazza tanto che sembran i quattro
moschettieri. Noi buttiam giù le biciclette e saliamo a cavalcioni e dominiamo la piazza così alte e ruggenti e se alziamo gli occhi c'è il cielo neronero con tutte le stelle che
luccicano e sembra proprio di stare in un film longobardo
e barbaro.

E allora la Sylvia salta su e si mette a fare la Silvana
che sarebbe una battona bolognese e la Nanni fa la Falana, battona romana, persone vere conosciute ai tempi
chiacchieroni delle autocoscienze, e cominciano a dialogare e c'è da sputtanarsi lo stomaco dalle risate a vederle
in piedi sui leoni più alti che si passan la battuta. Poi la
Benny si mette anche lei in piedi e racconta la vecchia
storia del pompino volante sulla bianchina che è il suo
pezzo forte e come fa la checca lei nessuno è tanto capace. E mentre siamo lì che ci meniamo tutte le nostre cose s'apre una finestra e una donna ci dice di andare a letto sporcaccione delle Splash, eppoi arriva un uomo e ci

butta contro dell'acqua che però non ci becca e noi per tutta risposta a far pollaio e starnazzare sempre più forte e si ride ma poi intravediamo oltre il porticato del Broletto una sfumatura azzurra lampeggiante e capiamo che si deve lasciar lo spettacolo e prendere le ciclo e scappare, ma era soltanto un'autombulanza che portava a casa una morta.

Quando svaporiamo la sbronza ce ne torniamo a letto oppure Benny va in stazione a trovar le residuate dei viali che son tutte amiche sue e così ne impara sempre di nuove seduta ai tavolacci del Ristoro. E queste sono anche le serate migliori perché si sta bene tra di noi e non abbiamo bisogno di nessuno, tantomeno di maschi perché quando stiam così siam davvero le Splash e nessuno ci resiste.

Dopo quella brutt'avventura dell'Enoteca torniamo a bazzicare a NEW MONDINA CENTRORADIO, 98 e/Ottocento Mgh in Modulazione di frequenza ciao a tutti, che sta in un sottoscala dalle parti del bar Ludovico Ariosto, e che si divide con il collettivo Mèlies che sono poi fotografi e persino cinematografari che lì hanno attrezzeria e camera oscura e bisogna proprio dire che l'hanno scovata bene, perché peggio del ti vedo non ti vedo che c'è lì, nemmeno al mamertino.

Trasmettiamo tutte insieme molto spesso la notte e chiacchieriamo e predichiamo con la favella lesta come proprio ubriacate dall'etere. La Sylvia di solito maneggia il mixer, io i dischi e la Nanni ci parla su, ma poi tutte interveniamo come fossimo sempre in ogni tempo e in ogni luogo dalle alpi alle piramidi cioè, dal manzanarre al reno; però si fan anche cose più serie e culturali e si vanvera soprattutto delle nostre povere eroine Cinderella e Joan-of-arc oppure Alice o la Virginawulf o quella sfigata poveraccia dell'Epifania che ogni anno tutte le feste gliele fanno portar via.

Succede che una sera che siamo a trasmettere della desinenza *a* nella poesia e dal pomeriggio siamo lì con

altre ragazze a preparare il materiale eccettera eccettera
e c'è anche l'amministratrice della Responsabilità Limitata, cioè l'Udelia, la Sylvia chiude i microfoni nostri ed
esclude la bobina che sta passando, poi si getta all'ar-
rembaggio e dice "questo è un SoS, questo è proprio un
SoS attenzione attenzione stiamo affondando nei debiti,
sob sob!" e noi la guardiamo che non abbiam parola ma
con gli occhi ci diciamo, la Sylvia, la Sylvia è passata alla
follia altroché SoS, ma lei continua a blaterare e dice c'è
una cambiale da pagare che scade domattina, se non
c'aiutate voi anneghiamo, aiuto aiuto, questo è un SoS!
L'Udelia allora che è rimasta rintronata perché il giro
dei soldi l'ha in mano tutto lei, prende a incazzarsi e le
strappa il microfono di mano e le dice "che cazzo succede, che stai a vanverare sei ammattita?". Ma la Sylvia
continua "è un SoS, ah quanti debiti cancheri a loro", e
così s'accapigliano e interveniamo anche noi e mentre
siamo lì in diretta a sbraitare state ferme, arriva la Frida,
presidente della Responsabilità Limitata, dio se la porti,
che ha sentito puzzo di bruciato ed è corsa subito al sottoscala. E si lancia nella mischia e urla all'Udelia che i
soldi lei li ha sborsati e allora che cazzo di storia è questa
che si deve ancora pagare una cambiale? Sporca ladra
che ne hai fatto dei miei soldi e l'Udelia "Ho pagato, ho
pagato" ma l'altra sberla uno schiaffo che la colpisce in
pieno. Poi continua a saltarle sopra che l'Udelia è ormai
kappaò e la pesta e urla come un'indiana che noi pensiamo "veh, come si amano le lesbiche". Dopo ci scuotiamo dalla nostra stupefazione e le fermiamo mentre la
Sylvia si mette una mano alla bocca un po' sbadata e si
lascia sfuggire un oibò, cioè come dire che cazzo ho
combinato.

Così passa la notte che abbiamo messo in trasmissione un nastro registrato di poetesse milanesi molto brave
e cerchiamo di risolvere quel che è successo, ma la Sylvia dice "ecco la prova" ed estrae la cambiale e dice pure che s'è lanciata a far la pulzella perché così la reazione

più immediata, il pubblico più coinvolto, lo scazzo davvero scazzo, insomma tanti soldi in breve tempo.

La Frida presidente rabbrividisce a questa logica spianata e le strappa di mano la cambiale e senza leggerla la sbatte sui denti dell'Udelia e le dice brutta ladra sei alle strette e via una sberla e noi a tenerle e reggerle che si capisce che son come galli nel serraglio, pronte solo a far la guerra. Poi la Nanni afferra la cambiale mezza straccia e ci legge su l'indirizzo e quando legge "Radio Salomè" capisce l'equivoco e s'alza in piedi trionfante "non si paga, non si paga", cioè la cambiale è delle concorrenti, mica nostra. Silenzio. Tutto un girar d'occhi sul foglietto. Udelia si muove, s'allunga, alza il braccio a quindicimila fotogrammi per secondo, mezzo minuto dopo prende il foglietto, lo porta davanti agli occhi, li apre e li chiude nella messa a fuoco, legge col pensiero, tutto tace, niun si muove, restituisce il bigliettino alla Nanni, apre la bocca e fa "oooooohhhhhhh". Quindi torna nella sua posizione, fa il replay sempre rallentata che noi pensiamo "veh, come le han fatto beni i corsi di mimo e gli addestramenti al corpo, proprio bene" e finalmente grida "Non è nostraaaa!".

Noi applaudiamo tutte in coro, meno la Frida che le è andato persino storto il sigarillo che fumava. Lei capisce che s'è presa un accidente per niente e che la colpa è solo di quella tonta della Sylvia. Aggredisce dunque lei questa volta dal di dietro e noi riusciamo a far ben poco perché c'è la pioggia degli sputi dell'Udelia che pare un tornado, così rinsavita. In breve, dobbiamo ancora una volta correre ai ripari e lasciare il nostro rifugio e metter su qualche rimedio che sembra proprio che dove arriviamo noi fischia sempre forte il vento e infuria la bufera.

Ci diciamo di metterci tranquille che è il solo modo per smaltire le ciucche d'attivismo e le scazzate. Però sembra che le avventure non ci voglian proprio voltare il culo e ci cascano addosso anche senza che noi le cerchiamo, insomma siamo sempre in ballo, quindi balliamo.

Ci facciamo dunque un giro al Cantinone dove ci sono

dei ragazzi freak e dove si può suonare la chitarra e cantare e dire robaccia e qualche volta a me mi scappa una scopata col garzoncello che è alto e ben fatto e ha un viso da
bambino che è uno scioglimento. La Sylvia prende a lavorare a mezzagiornata dalle scopine che son poi le bidel-
le delle scuole riunite in collettivo. Nello stesso periodo
la Nanni si licenzia da segretaria nello studio di un notaio
e viene ad abitare con me, che son sempre la Pia, perché
la quarta Splash, Benny, va con un uomo di Milano e per
me, la Pia, l'affitto da sola è troppo e così anche la Nanni
va via di casa che era l'unica ad esserci rimasta, benché di
noi la più vecchia, venticinque anni. Benny si chiama Benedetto ed era un uomo o meglio un ragazzo ma ora fa la
checca con noi ed è il quarto asso del nostro Poker Godereccio e succede alle volte che qualcuna di noi ci fa all'a-
more, perché è molto dolce, ma bisogna farlo fumare un
casino, sei sette spini per metterlo in tiro, a patto naturalmente di tenergli un dito infilato per di là, sennò care
mie, nemmeno provarci.
   È un momento che si sta dunque abbastanza bene e
non c'è così paranoia come nei mesi addietro quando la
nostra Dyane era un lacrimatoio e sol che aprivi una portiera inondavi tutta quanta la pianura d'Emilia, perché
c'era sempre qualcosa che andava storto un Hatù sette-
bello che deragliava in loco, o gomme forate in campagna, insomma una vera e propria maledizione mentre al
Cantinone si sta benone finché non arrivano gli eroinomani a far da padroni e io, la Pia, m'innamoro perdutamente di uno di questi che dapprima mi fa filo, poi d'improvviso scompare. Così trascorro le mie giornate sul
lettuccio a guardare dalla finestra e sperare che il mio ragazzo arrivi e si faccia all'amore perché con lui non sono
mai stata così bene, davvero davvero. Nemmeno quando
stavo con uno di Parma che mi regalava gli ori che poi io
rivendevo alla botteguccia di via Filatoio e me lo pagava-
no bene tutto quel vilmetallo giallo, bianco, azzurro e
persino blu. E lui c'aveva un pied-à-terre a Modena dalle
parti del Galoppatoio e lì si stava a far esperimenti d'a-

more con la guida delle trecentoventi posizioni che aveva comprato ad Amburgo, eppoi si finiva a cenare all'Ortica, sulla Secchia, e a me mi piacevano da morire quegli spaghetti verdi conditi appunto col sugo d'ortiche. Niente, quel mio uomo non si fa vivo, il Tony non si vede proprio e io l'immagino a bucarsi dentro un bidone della spazzatura o fra i sacchi neri dell'immondezza che è la stessa identica cosa perché son sempre un letamaio, altro che Trash! qui il mio Tony mi muore per una stricninata troppo dura e io allora come farò?

Una notte arriva verso le tre, mentre Nanni ed io profondamente dormiamo perché troppo bevute al Cantinone. Arriva con gli occhi sbalzati fuori che gli pendono come due tette e ha una voce scatarrosa che nemmeno carondimonio, e la saliva secca e oscena attorno ai labbroni screpolati, insomma una cosa da far spavento e infatti noi due ci spaventiamo finché non lo si riconosce per il Tony e lui sviene, così, nel pieno del riconoscimento come a teatro. Lo butto allora nella vasca e gli faccio una doccia e un po' mi fa schifo perché ci ha due mutande una sull'altra per ripararsi dal freddo povero piccolo con tutta la sua grincia appiccicata su e ci ha anche tre maglioline, un fac-simile di Lacoste e un pulloverino tarmato e una dolce vita Americastracci e puzza, a ogni strato che gli sollevo puzza sempre di più e ci ha anche delle croste gialle sotto le ascelle e le braccia diomio secche e contorte che sembran i rami della croce di Gesù, insomma è ridotto proprio male tanto che la Nanni mi guarda e dice di mettere il Lisoform nell'acqua del bagno ma poi decidiamo per il bicarbonato e qualche cucchiaino di Pedorex che non fa mai male e gli facciamo la doccia tenendolo su per la testa perché altrimenti, svenuto com'è, ci si può affogare davanti agli occhi in tutta quell'alka seltzer. Gli metto dopo il mio accappatoio quello a fiori gialli e blu che sono d'altra parte i miei colori preferiti e che ho fregato al Coin quella volta che se mi svuotavano il pelliccotto ci facevano un altro supermarket, insomma lo vesto un po' e gli faccio il caffè e per cinque giorni anche la madre, e

lui finalmente si riprende finché una bella sera che siamo
in atteggiamento intimo, lui si alza, mette le mie mutande
perché le sue le abbiamo gettate, i miei blue-jeans, un maglione della Nanni ed esce. Io lo rincorro nuda come sono fin sul pianerottolo e gli grido dalla tromba delle scale
amore mio torna indietro, ma indietro non torna. Torna
invece la porta dell'appartamento che si sbatte e mi lascia
nuda e tremolante sull'ammezzato dove son costretta ad
attendere il ritorno della Nanni che mi trova mezza assi-
derata che ci vorranno tre giorni a rimettermi. Mentre sono lì coperta dai plaid e aspirine che mi sgelo, arriva
Benny, in souplesse. La Nanni ed io mica capiamo tanto
bene la situazione e pensiamo sia un po' sballata per i cazzi suoi perché continua a muoversi tutta lenta e si vede
che vuol dire qualcosa ma che gli fatica a salire. La inco-
raggiamo e la facciamo sedere finché lei non dice "Ahimè
m'ha piantata, il porco m'ha piantata, una bella finocchia
come me giovane e carina, piantata e sotterrata, ahimè
ahimè cosa sarà di me?". La Nanni va a prendere un po'
di beveraggio e torna con del fernet che gli diluisce nel-
l'acqua minerale, dice bevi Benny, bevi che ti farà bene,
ma lei si sbroda tutta, sembra farlo apposta, quel che entra in bocca lo ricaccia nel bicchiere così che ci viene tutta una puzza di fernet che anche la nostra gatta, l'Arialda,
s'imbriaca e miagola storta.

  Quindi Benny inizia a parlare e va avanti fino alle otto di sera ininterrottamente, una frase, una sigaretta, un
po' di brodaglia di fernet, un'altra frase, un'altra sigaretta e via, tanto che io m'addormento e sogno il non più
mio Tony che si fa un fix di fernet nei cessi della stazione insieme alle checche sfrante che bazzicano colà.

  Benny la teniamo in casa perché lasciarlo solo non si
può, magari sarebbe capace di commettere una sciocchezza tipo lanciarsi dal balcone anche se qui siamo al
primo piano e non si farebbe un gran male. La Sylvia ci
raggiunge la sera dopo il lavoro dalle scopine e così durante un'autocoscienza ci accorgiamo che da un po' ci
siamo lasciate andare tutte e quattro con i nostri perso-

nali coinvolgimenti e questo non è possibile, insomma dall'esterno parrebbe che abbiam messa la cosa a posto, mentre noi invece non lo vogliamo assolutamente. E ci si fa forza e per il sabato si prepara una grande uscita di quelle da Poker-Splash e si decide di andare al Marabù di villa Cella dove son circa tremila cazzetti e si può far un poco di follia.

Quando entriamo al Marabù si sente che nell'aria c'è del buono e che di certo si conclude, lo si sente e quando è così i termometri sono i nostri capezzoli che si fan rigidi e le saccocce della Benny che si restringono. Per prima cosa andiamo verso uno dei tre bar, naturalmente quello di destra, al piano superiore dove ci sta anche il tivù color schermo gigante e dove una volta la Sylvia ha addirittura scoperto due che si chiavavano nella penombra tanto che poi c'era il divanetto bagnaticcio e lercio e lei ci ha messo su un Kleenex che poi ha sbattuto in faccia a uno che la molestava e che non le toglieva le mani dal culo. Al bar beviamo quattro Martini cocktail e civettiamo elegantemente avanti e indietro e facciamo le tontarelle e disponibili, insomma srotoliamo per intero la nostra carta moschicida cosicché tutti i grulli che passano e tendono le orecchie resteranno inequivocabilmente invischiati. Benny è uno schianto. Ci ha messo tutto il pomeriggio a prepararsi e s'è depilata e rasata e fatta la mascherina e profumata e truccata e ci ha un vestito lungo alla gaucho che finisce in due stivaletti appena un po' sopra alla caviglia e questa gonna pantalone è di raso fluttuante e lucido che quando cammina controluce gli si vedono le gambe e le cosce che ce le ha veramente belle, sul serio. Sopra si è messa una camicetta bordeaux anche lei tutta svolazzante, tirata su con gli spallini come una giacchetta e coi suoi capelli cortissimi è davvero bella soprattutto per via dell'anellone che le vien giù a destra fin quasi sul collo. Noi l'abbiamo aiutata con un filo di buon cagàl sulle palpebre e le abbiamo fatto lo shampoo all'henné e poi io le ho prestato un piccolo gilettino bianco con le perline che lei distrattamente s'è messa sopra alla chemise *volante*. Io ho su dei blue-jeans stinti stinti con le bretellone pal-color e una camicetta aperta sul davanti che mi fa le tette penzoloni, che mi piace così, e inoltre due stivalacci di pecora che purtroppo si vedono solo se sto aggrappata allo sgabello dell'American bar. La Sylvia è invece tutta freak o meglio, dà anche un po' sul folk perché tiene gli zoccolacci che così si capisce che non è venuta per ballare, lei. E la Nanni, be' lei la più ganza, è uno splendore che luccica tutto il Marabù.

Il primo che si invischia mentre noi cicaliamo alla quattro sorelle è un ragazzone che ha le mani pesanti e che punta dritto alla Sylvia. Non è bello, lo lasciamo perdere dopoché ci siam fatte offrire un giro di Ferrari Nazionale. Ne arrivano altri tre che insistono poco perché vogliono arrivare subito al sodo e a noi non va di buttare subito le nostre carte e dobbiamo faticare a tener ferma Benny che è tutta un bollore dopoché uno del terzetto l'ha toccata sulle chiappe e ha infilato il dito avanti indietro nell'anella e slumava quel su e giù, fremente il baffo. Ma alla fine riusciamo a tenerla buona anche se si deve faticare parecchio, soprattutto la Sylvia che grida seccata "andatevene via" e accompagna le parole con una finta sborsettata ma tanto basta perché le si rovesci sulla moquette tutt'intero il consultorio che ci teneva dentro, preservativi, vaseline, pilloline, ovuli e diaframmi, creme spermicide oli antibambinetti, persino il lubrificante gustoforte KY della Benny, quello di scorta.

Mentre lei è china a raccogliere il nostro fabbisogno con noi che bestemmiamo e ridacchiamo torna a farsi vivo il primo, quello dalle mani grosse che a rivederlo sembra quasi belloccio forse perché noi siamo digià bevute, e torna con tre amici che fanno l'intorto. La Nanni cede per prima a uno molto ganzo tutto un bel pelo rosso fuoco, alto e bello e scompare verso la pista a ballare perché han messo i lenti ed è proprio questo il momento per soppesare il partner. La Sylvia va via con mano di fata e si sbattono la lingua in bocca mentre scendono le scale. Gli altri due ce li sorbiamo Benny ed io. Non sono molto ma sono giovani e carini, diciamo studentelli sui vent'anni eppoi quello che ha gli stivaletti piace al Benny che se lo mangia con gli occhi. Loro propongono di uscire a vedere il cielo e noi ci tocchiamo in silenzio, perché è proprio tutta da ridere. Usciamo dal Marabù con la nostra contromarca che per fortuna non è mica un timbro indelebile sul braccio come fanno al Picchiorosso o in certi ostelli del Nordeuropa; ci danno un cartellino e voilà, il gioco è bell'e fatto.

Prendiamo la loro auto che è una Citröen DS a sei piazze tutta bianca e linda che sembra Moby Dick e c'ha il pelo d'agnello riccioluto sui sedili divanetto e lo stereo nel cruscotto e persino tre fiaschettine di Ballantine's tanto che io mi sciolgo e mi dico guarda questi giovani Holden come si dan da fare, e brindo a loro, insomma lo confesso ne sbatto giù una da sola. Loro fumano anche un joint di quelli antichi fatti a tre cartine una sull'altra, mentre la balena bianca col muso alzato corre veloce verso la campagna. Ci si ferma davanti a una cascina abbandonata e si vede che loro vengono sempre qui a sbattersi dopo il Marabù perché vanno dritti e lesti verso il fienile che sta dietro e ci posteggiano l'automobile così sicuri che non lasciano alcun dubbio. Benny sta sul sedile posteriore e ha già preso ad armeggiare tanto che si sente il rumore dei suoi gemiti e allora dico al partner lasciamoli un poco soli che noi si fa un girettino al fresco anche se la rugiada pesa. Camminiamo per una buona mezz'ora tenendoci la mano e limonando al profumo della campagna che di notte pare buono e se facesse solamente un poco più caldo sarebbe davvero un ottimo trip starci a far l'amore distesi sull'erba e in faccia le stelle. Ma poi torniamo in macchina che Benny ci chiama e facciamo le nostre cose.

Ritorniamo al Marabù e al bar ritroviamo le altre due che se la ridono e ci raccontano quello che hanno fatto, ma sembra che l'unica che ha goduto è la Nanni. Beviamo un altro giro di berlucchino eppoi risaliamo sulla nostra Dyane e ce ne torniamo a letto soltanto in tre perché la Sylvia si perde per strada con mano-di-fata e noi ci fa ridere immaginarla che fa cosacce su e giù per la via Emilia.

Le storie del Marabù avanzano per un paio di mesi ogni sabato, ma poi ci si stanca perché ci accorgiamo di avere la piazza rovinata e anche se circolano due-tremila cazzetti, quelli abbordabili si sono già fatti tutti. Torniamo al Cantinone, ma lì gli eroinomani hanno installato il giro e Tony, il mio Tony che è tornato, non fa che sparlare del nostro poker tanto che un giorno salgono in casa i Carabbenieri nell'intenzione di trovare della polverina perché quel pirla del Tony ha dichiarato che viveva con noi, cosa che non è vera o almeno lo è stata per non più di cinque giorni. Così la terra bruciata attorno a noi si fa sempre più invadente fin quasi a sommergerci e dobbiamo pensarne un'altra, magari tornare a fare cultura col vecchio giro ora che torna la diletta primavera e la stagione sembra proprio bendisposta a un grande aiuto. Infatti: come quando in un sottobosco ben docciato e acquazzonato nascono funghetti trallallero-trallallà, così in città nostra tutto uno sbocciare di cappelle e prataioli, cioè collettivi giovanili e gruppi autogestiti, sempre la solita gente variazionale s'intende, che saltella qua e là nel solito farsi e disfarsi ermafrodita che vede ad esempio New Mondina Centroradio fondersi con Radio Salomè e dare i natali alla piccolina, cioè Radiolilith; il Mèlies frazionarsi in tre sottogruppi, il Vertovmenia, i più documentaristi, i Godardiani, quelli che non si capisce bene, e i Gruppotapes Selvaggi in cui andiamo spesso e volentieri pure noi. Ma la crème della crème tutta a costituire il PERFORMANCE GROUP che si occupa di cose belle e strane che succedono da ogni parte, ma soprattutto in questa terra qui. E diventano davvero bravi e competenti, ognuno, con le sue mansioni e specializzazioni, pronti a lanciare un Happening internazionale la 1ª RASSEGNA INF-ART, giornate di arte infinita, che vedrà coinvolta tutta la città. Così cominciamo a leggere libri e sfogliare ciclostilati e farci un poco di retroterra e dopo, passato l'esame di ammissione, prendiamo ad andare alle riunioni dove c'è gente venuta anche di lontano attratta dall'aura di questo gruppo che davvero sembra il migliore. Ma si è solo all'inizio, ce ne rendiamo conto quando li andiamo a trovare nel loro capannone che per arrivarci si deve percorrere un largo viale fiancheggiato dai platani e tutto il casino del traffico di Porta Pazienza.

Però è bello, il capannone. Sta alla fine di un prato incolto con le erbacce alte che in mezzo si è formata una doppia corsia tracciata dagli pneumatici delle auto, così sembra di attraversare la giungla che ci sono anche due tigli e un terzetto di platani larghi che ci starebbe bene una persona dentro al tronco, in stato paranoia. Poi ci sono anche degli sterpi soprattutto lungo il muricciolo sbrecciato che si arrampicano e s'intrecciano e s'aggrovigliano come furie e lì non ci si passa però sta bene che prende una parte del tetto spiovente del capannone e persino alcuni finestroni tutti a scacchi come di una fabbrica inglese fine Ottocento, rivoluzione industriale & compagnia bella. E questi stanno in fila l'uno appresso all'altro nel numero impreciso di sette, insomma per tutta la fiancata che dà sull'ingresso. Davanti al capannone c'è una specie di loggia con le travi allungate e una tettoia di tegole e la terra battuta e polverosa con qualche ciuffetto di verde macchiaiolo. Qui ci vengono incontro alcuni del Performance Group e soprattutto Giulio che c'ha proprio la stoffa magica dell'artista e del capobanda anche se è solo addetto elettricista.

Lui comunque ci porta dentro come fossimo turiste dicendo alla vostra destra e alla vostra sinistra così che noi guardiamo or qui or là in sincrono sballato e non si capisce nulla. Però qualcosa si vede cioè barattoli di vernice, tubetti di tempera, pennelli, forbici, scotch, rulli, pastelli e matite, corde ed elastici, gomme e fermagli, graffette, legnetti, spazzole e mastelloni di cartapesta e scagliola fusa, insomma tutto un armamentario povero e creativo così riconoscibile per quei barattoli di Vinavil e

lastre Bristol e carta da pacco disposta su scaffali eternit,
anche se è bastato un colpo d'occhio. Comunque noi si
avanza come al centro di una navata coi Giulio davanti
dritti dritti all'ara là in fondo, cioè una piattaforma di legno un poco rialzata sulla quale discutono gli altri in
mezzo a microfoni, altoparlanti, spots e faretti mille
watt. Però noi stiamo ancora guardando il lungo disegno sulle pareti come dipinto dalle mani di tanti fanciul-
li che non si capisce bene se lo ha fatto Sebastian Matta,
o Emilio Vedova o non piuttosto la compagnia Victor
Jara invece di quei bambini. Perché prima il capannone
era un deposito di camion che si vede come hanno sconnesso il pavimento, poi una cooperativa di pittori ci ha
messo le mani eppoi anche il Comune con festival del-
l'Unità e infine un esproprio da parte del collettivo di
animazione e di qui al Performance Group dove si son
ritrovati tutti, cioè camionisti, pittori, pubblici impiegati, mimi, istrioni e messi comunali.

Così ritroviamo vecchie facce e conversiamo e accendiamo le nostre sigarette mica a disagio per niente. Comunque non si vuole che loro interrompano le prove o
quel che stavano facendo e si dice fate fate che noi vi
guardiamo. E loro riprendono a sputare nei microfoni e
masticarli e ruttarci dentro che noi diciamo un poco im-
barazzate "però recitan bene" e quasi quasi applaudiamo quando Jimmy fa una scoreggia di petto che più bene di così non si può. Poi uno dice abbiamo recitato
Phono-Rimbaud e allora a quel punto lì le mani ce le
spelliamo sul serio.

Poi si discute fino a tardi anche sulla performance di
Cecio, cioè un meccanismo complicato che porta il pubblico sulla piattaforma, oi oi oibò, che sian tornati i Living Theater? Niente smancerie, tutti calmi, ci si accon-
tenta di molto meno che gli eroi e così c'è una cuffia sul
palcoscenico da cui esce un rumore che viene raccolto
dal microfono sottostante vicino a una sedia che così
sembra ci sia qualcuno che parla, ma non c'è però nessuno. E allora, mistero? da chi vien quel parlottare e sussur-

rare che la cuffia spedisce lesta lesta e ci arriva qui seduti?
Chi mai s'avvarrà di quella innocua cuffia messa lì per
aria tutta stentarella per vomitarci imperi e voci misteriose? Mistero mistero. qui nessuno lo vuol svelare, il Cecio
s'attarda, si gratta la panza, però non dice niente, tutto
top secret. Quando noi vediamo che dalla sua bocca proprio non si becca un cazzo decidiamo di levare le sottane
e di andare in osteria che è quasi tardi per cenare.

In osteria ci sediamo accanto al muro in un falso separé con tutta una luce alla Vittorio Storaro, gialla e rossa mischiata alla perfezione, insomma un arancione ful-
vo e così caldo che sembriamo davanti al focolare in un
film o in una luce di Michelangelo Merisi detto il Cara-
vaggio. Be', qui ci siamo noi col Cecio e Giulio e Riccio;
poi fuori dal separé l'Udelia e la Frida inseparabili e le
altre. Beviamo beviamo e mangiamo panini caldi, ai formaggi al gulasch e allo speck e il mio preferito, il Gaucho, piccante alla follia come un bacio di Cary Grant.
Così mi bevo davvero tanto e faccio un gran miscuglio
in pancia con birre e frizzantini e me ne sto dunque per i
cazzi miei a leggere quel che c'è sul muro che sembra
proprio che chiunque sia di qua passato abbia tracciato
qualcosa non solo sul muro, anche sul tavolaccio, inci-
dendolo chi più chi meno. Insomma tutto un inventario
colorato di autodefinizioni, brandelli filosofici, slogan
semiseri, invettive, quartine rime e porcate, gridi inni e
slogan tutti sovrapposti gli uni agli altri e inseriti tra parola e parola a far fuori irresistibili ironie e tutto nel gergo mischiato e poliglotta della fauna stessa cioè molto
italiano cencioso, molto tedesco sublime, persino gotico
ahimè, molto angloamericano e parecchio slang, qualche francese da boudoir, qualche graffito arabo, sumero
o indiano e persino una evidente traccia di cirillico scritta col pantone vermiglione accanto a Culo culo orgasmo
del futuro. E io a leggere e mutare parole e rubar matite
a tutti e graffiare anche col cagàl e far gestacci e creare,
dio che sballo creativo, dio che sbornia, dio che sssss-
sbausciata dell'ego!

Dopo l'osteria siam tutti fradici che non abbiam la forza nemmeno di rollar su uno spino perché più di così si crepa, e prendiamo a girare tutte abbracciate e cantare la Marsigliese o la Contessa e quando siamo nei pressi di una fontana c'è la corsa a bere e bagnarci e raccattar sportine di plastica e far gavettoni soprattutto al Giulio e al Cecio e al Jimmy che noi siamo bene organizzate. E la guerra prende tutta la piazzetta che arrivano altri a dar man forte ai vili ma noi controlliamo la fontana e guerrigliamo proprio bene tanto che poi loro si arrendono intopati dietro a una cinquecento bagnati come al mare. Dopo nessuno ci ha più sonno e andiamo a far tardi per la campagna, ma siamo un po' spompati tutti quanti lo si vede che non facciamo che cantar canzoni di dieci anni fa Lucio Battisti e Luigi Tenco e Fabrizio de André, insomma torniamo ragazzini, le prime festicciole, i bacetti, le scampagnate in bicicletta, i primi intorti, le gnoccate là in quel bel posto vicino alla bonifica e ai mulini di mia cugina e le prime strette di culo e i pattinaggi sulle piste delle balere, tutto prima del liceo, della politica, dei concerti; ahhhh che regressioni lo sballo in questa notte di luna!

Con il Performance Group si resta un po' di tempo e assistiamo a tuttequante le sedute e aiutiamo a spedire inviti e ciclostilare i programmi e far l'occhiolino al Cecio che ci dica finalmente quel che noi vogliamo. Poi una bella sera quando sta a lui provare ci dice di metterci tutti a sedere in mezzo alla platea e ci impone di comportarci naturalmente e lo dice per un bel po', siate naturali, siate naturali che noi crediamo oddio quello ci manda i leoni nella fossa e noi star lì a guardare, *nature*.

Poi confabula col Giulio e smacchinano attorno a cavi e fili e noi ci si accorge che sopra la testa, agganciati ai travi del capannone stanno due microfoni a testa in giù che pendolano gravi gravi. Dopo tutto un fischio che ci portiamo le mani alle orecchie e poi un gracchiare e gracidare di microfoni e noi a dire "vaccaeva" e sentircelo un attimo appresso ripetercelo un poco storpiato. Così s'intuisce il mistero, pianopiano, e si guarda tutte in mezzo al palco quella seggiola vuota e quella cuffia e ci si immagina una persona seduta lì nel vuoto che parla con la nostra voce e sente la nostra voce. Diosanto che trip dell'immaginazione, ecco d'un tratto l'immagine-rappresentazione dell'uomo sottomesso a un processo d'informazione dominato dall'energia elettrica, ecco chi ha centrifugato il nostro sistema nervoso centrale, ecco finalmente la materializzazione di quel che docent, maxima cum causa, e in stretto pas-de-deux Marshall Mc Luhan & Umbert d'Ecò!!!

Così applaudiamo e diciamo porcate che sentircele dopo ripetere fa ridere e il Cecio gongola e dice vedrete quando sarà pieno di gente e noi continuiamo ad applaudire e ci prende la voglia di far su qualcosa anche a noi fossanche un videotape, però l'importante è partecipare.

L'idea ci viene quando prendiamo ad andare a Modena, nelle birrerie dove non ci conosce nessuno e i locali son belli e puliti e c'è gente in gamba e industriosa, così a prima vista. E anche Modena è una bella città e la notte ci divertiamo a girare ubriache i viali spingendoci fin verso la Fiat Trattori dove stanno le lucciole e lì succede che la nostra idea diventa proprio così quando ci mettiamo a chiacchierare con loro e pensiamo di fare un filmato e anche un collettivo sull'esempio della Ulla, e della Falana, quella romana. La Sylvia riesce a procurarsi dai Gruppotapes un Akai 110 che è un tragattino quarto di pollice e funziona quando funziona, ma a noi basta. La Nanni che ha preso a lavorare al Consorzio Socio-sanitario riesce a grattare all'Ortofonista che è il capufficio un magnetofono, io porto una Zenit per far foto. Non si vuole però far soltanto spettacolo, anche prender coscienza e dibattere, per cui il Benny produce e tira in cinquanta copie la bibliografia del nostro seminario e noi volantiniamo alla Fiat Trattori e invitiamo all'auto-coscienza e al gruppo di studio e alle riprese tuttequante perché i momenti vanno integrati e non si può soltanto starsela a menare senza prender coscienza. Giriamo qualche metro di nastro magnetico dell'Akai, ma è notte e quand'è ora di veder la registrazione è tutto buio e non si distingue nemmeno il falò. Svolgiamo anche una bobina ma le voci son gracchianti e lontane, insomma la documentazione è davvero un disastro e quando la mostriamo al Performance Group nessuno osa guardarci in faccia e stanno lì come imbarazzati ma poi Cecio dice che fa proprio schifo e che robe così non si possono spacciare per cultura, seppur alternativa, perché diomio bisognerà pur salvaguardare un attimo di chiarezza e pulizia mica come voi che girate al buio e non si vede un'ostia di niente. Noi lo guardiamo e c'incazziamo subito e ci prendiamo come solito a botte e borsettate e gli diciamo che non capisce un cazzo lui, perché il nostro tape è un very-very tape cioè una comunicazione quotidiana eccetera eccetera. Ma lo scazzo rimane, dopo ci cacciano anche da lì e per fortuna che è rimasto in piedi il collettivo della Fiat Trattori che quando è l'ora di riunione si vede arrivar gente, ma tanta tanta, un'auto dietro all'altra che in breve lo spiazzo diventa un assedio alla carovana dei coloni perché ci han messo le macchine tutte intorno e continuano a fare girotondo quasi si divertissero a giocare agli indiani anche a un'ora sì tarda. Poi ne sbucano fuori due, ma mica son lucciole, hanno baffi e coltelli e spranghe e dicono se non ve la filate vi massacriamo e le lucciole giù a ridere che si sentono i loro singulti uscire dai finestrini semiabbassati e noi ci si rimane di merda, ma non perché ci han tradite, perché abbiamo fifa.

Ma Modena è bella e si respira di primavera un odore buono, di provincia alacre e intellettuale, insomma più civile della nostra Reggio e dei suoi paraculi. In birreria conosciamo altre donne e anche un paio di ragazzi che fanno l'università e sono nostri coetanei. Con loro ci si diverte, si fa mattino e una sera ci invitano in una villa a Freto, vicino Serramazzoni, molto bella, con quattro candidi pastori marchigiani che abbaiano per il parco. Noi ci diamo dentro con gli alcolici e finisce che io vado a letto col Pietro e la Sylvia con Luciano che è il più bello dei due. Ci vediamo spesso anche con le ragazze, la Tilde, la Fefi, la Tully, l'Anny, la Mirka e la Katy tanto che si pensa di metter su una comitiva per il convegno femminista giù Roma. Se ne discute per qualche sera ma poi il Benny pianta il casino perché dice di sentirsi emarginata e quando la Tilde, non l'avesse mai detto, esce maldestra con tu sei un maschio, non prevaricare, Benny strabocca, prende la caraffa del Frascati e la rovescia addosso alle modenesi e dice che sono stronze e anche noi tre lo siamo perché non si vuole capire una sega di niente e che quelle come noi non vogliono far guerra al cazzo, ma soltanto addomesticarlo mentre il cazzo va domato con la frusta e col fuoco e tutto questo si fa con le finocchie che son la vera rivoluzione, quindi anche con lei la Benny. Le modenesi pigliano spavento e cacarella e nel locale pesa un silenzio di piombo e tutti tendon le orecchie, chi farà la prima mossa?

Poi una voce stridula si alza e insulta Benny dicendole uccellona e noi tre non possiamo far finta di niente come le altre e ci alziamo e rovesciamo altro vino e si accende una mezza rissa finché non ci spingon fuori ma la Sylvia ha la forza di urlare sulla porta che a noi non frega un cazzo dell'ideologia, ma solo delle persone tout-court e che le alleanze si stringono sui vissuti e mica sulle chiacchiere insomma anche se non è proprio il caso di dirlo, gettate come siamo in mezzo alla strada, diciamo che ne abbiamo piene le palle e quindi ce ne andiamo via. Poi ci rimettiamo in ordine e smaltiamo la sbornia in Piazza Grande girando avanti e indietro con la Benny che ci tiene sottobraccio e sussurra fra i lacrimoni che ancora non terminano di scendere "Grazie ragazze, siete state fantastiche..." e allora ci si consola sui gradini della piazza vicino a un freakettino che strimpella e zufoletta e Benny che come un disco ripete fra il cagàl che sbava tutto, il suo timido "grazie ragazze".

In questo modo sfuma il giro delle birrerie ma poi se
ne trova un'altra vicino al Fini dove s'attende l'estate,
insomma ci svacchiamo su quelle botti per un altro mese
finché non viene la buona stagione per tornare in collina, sopra Reggio, in quei ristorantini ammodernati che
dominano la pianura e da cui anche la nostra città persa
là in fondo tra le volute di vapore e le luci sembra pressoché bella e vivibile. Per agosto come lo scorso anno ci
si divide e si scioglie il Poker Splash. È nei patti. Uno
straccio di indipendenza e di autonomia, ognuna per i
cazzi suoi, una boccata d'aria per non trasformare il nostro sodalizio in carcere. Lo scorso anno, al ritorno tutto
è andato bene e ci son voluti due mesi, fino ai morti praticamente per sciogliere gli arretrati e la voglia accumu-
latasi di star insieme, tra donne. Quest'anno la Sylvia
parte per Capraia, la Nanni per la Grecia, Benny per la
Spagna e io per la Turchia. Ma quando ci si ritrova a settembre si capisce che qualcosa di nuovo è purtroppo arrivato. E non sarà mai più come prima.

L'avvio è di Benny, che si presenta in osteria vestito da
uomo con la barba e il portamento virile che quasi non
lo si riconosce tanto è cambiato ed è davvero, conciato
da maschio, un gran bel pezzo di ragazzo. Dice che deve
riscoprire la propria eterosessualità, che anzi qualsiasi
definizione del comportamento gli sta stretta e che per
quanto lo riguarda farebbe a meno degli omo e degli
etero, perché esiste soltanto una sessualità contigua e
polimorfa e allora bisogna iniziare a superare questi set-
tarismi di merda e liberarci finalmente dai condizionamenti, "Come sto facendo io con lei" e ci mostra una
bella ragazza che teneva nascosta e dice che di lei è proprio innamorato, ma tanto tanto. Insomma care mie il
tempo dello svaccamento è terminato. Poi si versa da
bere. Noi lo guardiamo il Benedetto e la Nanni non trattiene un sorriso, lui lo coglie, si alza e se ne va dicendo
serio alla ragazza sua amante "Queste non sanno ancora
che vuol dire innamorarsi". Ma noi non si dà importan-

za all'accaduto e il Benny è meglio che ci abbia tradite così che in altri modi.

Più tardi succede la cosa della tivù privata che manda un galoppino a casa della Sylvia. Quando mi telefona è sconvolta. Dice che vogliono fare un programma su di noi, una ventina di minuti, perché certe voci sono giunte fino a loro e così ci si accorge di essere diventate un numero da esibizione tivù locale, Ventiminuti con... La cosa non passa liscia. Ora fatichiamo persino ad uscire di casa, si diventa isteriche al limite del suicidio collettivo che si sfiora quando la Sylvia lascia aperto il gas nella cucina in cui siamo Nanni ed io; Nanni a sua volta mette il solfato di rame nelle nostre tazze all'ora del tè, io preparo due fiale di acido, una per la Sylvia e una per la Nanni. Ma per fortuna o puro caso non succede nulla e solo l'Arialda ci rimette le penne. Ci lasciamo scoglionate con la promessa di risentirci quando ognuna avrà pensato il daffare, ma non ci vediamo quasi più se non per combinazione.

La Nanni litiga il mese seguente con l'ortofonista perché non gliela fa più a sopportare il suo modo invadente di relazionarsi con tutti, grandi e piccini, e apre un negozietto di macrobiotica e astrologia, "Cucina con le stelle". La Sylvia lascia le scopine e prende a dare lezioni in un pensionato di donne madri riunite in gruppo autogestito, io mi accorgo che si è giocato troppo forte per i nostri nervi e così anche la Sylvia che mi scrive un letterone che mi farà piangere e bestemmiare. Dice che abbiamo pagato troppo caro il prezzo per la ricerca di una nostra autenticità, che tutto quanto abbiamo fatto era giusto e lecito e sacrosanto perché lo si è voluto e questo basta a giustificare ogni azione, ma i tempi son duri e la realtà del quotidiano anche e ci si ritrova sempre a far i conti con qualche superego malamente digerito; che è stata tutta un'illusione, che non siamo mai state tanto libere come ora che conosciamo il peso effettivo dei condizionamenti. Di Nanni invece vengo a sapere troppo tardi quando è in clinica per aver ingerito troppi Mogadon. Gli ultimi giorni, mi raccontano, era una medusa a secco, un Es scaricato e circonciso e fiacco.

Ci ritroviamo con Benedetto e la Sylvia lungo il corridoio d'aspetto mentre le fanno la gastrica e ci abbracciamo forte e diciamo forza forza che gliela fa, ma c'è quasi nausea per quegli anni sbandati e quel passato che vorremmo anche noi rigettare assieme alla Nanni, quel pomeriggio vuoto di febbraio.

VIAGGIO

Notte raminga e fuggitiva lanciata veloce lungo le strade d'Emilia a spolmonare quel che ho dentro, notte solitaria e vagabonda a pensierare in auto verso la prateria, lasciare che le storie riempiano la testa che così poi si riposa, come stare sulle piazze a spiare la gente che passeggia e fa salotto e guarda in aria, tante fantasie una sopra e sotto all'altra, però non s'affatica nulla. Correre allora, la macchina va dove vuole, svolta su e giù dalla via Emilia incontro alle colline e alle montagne oppure verso i fiumi e le bonifiche e i canneti. Poi tra Reggio e Parma lasciare andare il tiramento di testa e provare a indovinare il numero dei bar, compresi quelli all'interno delle discoteche o dei dancing all'aperto ora che è agosto e hanno alzato persino le verande per godersi meglio le zanzare e il puzzo della campagna grassa e concimata. Lungo la via Emilia ne incontro le indicazioni luminose e intermittenti, i parcheggi ampi e infine le strutture di cemento e neon violacei e spot arancioni e grandifari allo iodio che si alzano dritti e oscillano avanti e indietro così che i coni di luce si intrecciano alti nel cielo e pare allora di stare a Broadway o nel Sunset Boulevard in una notte di quelle buone con dive magnati produttori e grandi miti. Ne immagino ventuno ma prima di entrare in Parma sono già a trentatré, la scommessa va a puttane, pazienza, in fondo non importa granché.

Stamattina mi sveglia alle sette e un quarto il Gigi e dice che ha il colpo buono, ha trovato un parente che gli anticipa tre milioni di lire al sette per cento a partire da tre mesi. Si tratta di fare un viaggio in India, a Bombay, comprare quel che c'è da comprare e tornarsene in Italia. In non più di dieci-quindici giorni i tre milioni diventeranno sette o otto vendendo naturalmente al doppio del prezzo di costo quel che si è arraffato. Ma io ho detto di no. E finalmente se n'è andato. Mi ci è voluta mezza bottiglia di gin per riprendere sonno, il che è avvenuto saranno state ormai le nove. Ricordo di aver controllato in cucina l'ora quando mi sono alzato di nuovo per rispondere al telefono, un paio di minuti, mica di più, che avevo ripreso a dormire. Per tutta la giornata Gigi mi ha tartassato con la faccenda di Bombay, è tornato all'ora di pranzo e ha continuato a menarla. La nuova telefonata è stata la goccia fatale. Ho bestemmiato ininterrottamente finché non ha riagganciato, ed è salito appunto verso la una. La novità è che ha trovato due biglietti per un volo charter in partenza da Amsterdam col prezzo praticamente dimezzato rispetto a quello Alitalia. Allora è stato tutto un conteggiare il superiore margine di guadagno a confronto con i cambi di valuta e le spese doganali e i passaggi attraverso il fiorino olandese. La storia ha iniziato ad appassionarmi, ma è durata ben poco, il tempo che Gigi ha impiegato per ricordarsi di essere a secco da oltre quarantottore. È sbiancato, s'è fatto livido, ho avuto paura, sono dovuto correre al CIM dove è in cura, prelevare l'assistente di turno e fargli il buco. Dei tre milioni non si è più parlato, Gigi ha sonnecchiato e giocherellato con una collanina di vetro, ha fumato le mie sigarette, l'ho lasciato che pizzicava la chitarra.

Bruxelles ci piace nell'estate del settantaquattro, troviamo a Les Marolles un caffè in cui si beve Trapiste e da cui si guarda Place du Jeu-de-Balle, al mercoledì c'è una sorta di marché aux puces, tragattini e robivecchi da tutto il contado fiammingo. Bruxelles è meno cara di

Parigi, più provinciale e più nordica. Ci serve per smaltire l'esame di maturità e i sonnolenti anni dell'apprendistato. Scopriamo tutt'insieme la birra, il sesso, les trous. Ai giardinetti del Petit Sablon andiamo spesse volte perché si trova gente giovane come noi, si fuma canapa, si suona e si chiacchiera su che faremo da grandi. Lì una notte conosciamo Ibrahim che è egiziano e lavoracchia da queste parti, parla un francese corretto, ha qualche anno più di noi. Ci si vede ogni sera e a noi piace soprattutto quando ci racconta la guerra che ha fatto l'anno prima al Sinai, anche se spesso tende a strafare con i suoi carrarmati stella rossa che a sentir lui era il solo di tutti gli arabi che stava sulla torretta a sbracciarsi e dare ordini e come fischiava il piombo d'Israele e come rimbalzavano le mitraglie sulla corazza del T 55, pareva di stare al tirassegno tanto che poi solleva immancabilmente la camicia e mostra la cicatrice, però non si capisce bene come abbia fatto a ferirsi proprio lì.

Quando finiamo i franchi andiamo a lavorare con lui in Rue des Tanneurs. Puliamo i vetri di un ospedaletto-ambulatorio, laviamo i pavimenti, scrostiamo gli usci, intonachiamo e verniciamo, anche i termosifoni che son la mia specialità perché si lavora da seduti col pennello angolare come lo specchietto del dentista e non si fatica più di tanto. Lì conosciamo anche gli svizzeri che sono in due e stanno sempre a farfugliare per i cazzi loro e non sono mica tanto espansivi, tutt'al più quando Gigi arriva a lavorare in ritardo loro canticchiano allegri e strafottenti "Arriva Giggi l'ammoroso, tralalà" che è l'unica canzonaccia italiana che conoscono, poveri les suisses. C'è poi anche Jeff che parla solo fiammingo ed è un casino comunicare perché stiracchia non più di cinque vocaboli inglesi e trequattro tedeschi, ma a gesti e sorrisi e pacche si riesce comunque. Ci pagano una miseria ogni finesettimana, però c'è sempre la risorsa della cassa comune che ci passano per il mangiare e allora si riesce a fregare qualche franco in più stiracchiando sulle vivande e facendo i morti di fame con le infermiere che così si commuovono e passano le bifsteck, gratis. Dormiamo sempre lì in Rue des Tanneurs in uno scantinato che è poi una cave immensa e anche bella e con un odore buonissimo di margarina fritta e io ci sto bene e penso anche il Gigi.

La sera ci ubriachiamo. Ibrahim percorre tutta Rue de la Régence da Place Royale fino al Palais de Justice che sta in un immenso piazzale e si vede dall'alto tutta quanta Bruxelles, le guglie di Notre Dame de la Chapelle che sta lì sotto a fianco di un cavalcavia, i cristalli nerastri del Palais des Communications che ci andiamo a telefonare in patria, i grattacieli, le piccole piazze, le stradine contorte e lastricate, i grandi boulevards tra i platani, un'Europa diplomatica e veloce, un terzomondo cencioso e disperato e commovente come i ragazzi che vivacchiano alle Galeries Saint Hubert o alla Gare du Midi in attesa del treno per Amsterdam di cui Brussel quella fiamminga, è il serbatoio... in mezzo alla strada tra i taxi e le auto diplomatiche che sfrecciano e i tram che van sottoterra come i metro, canta "Gigi, Gigi, tansa-na-knicky" e balla che sembra un burattino e dice che è un ritornello egiziano e funziona così: si sostituisce il nome dell'amico e si ripete la strofetta che vuol dire "sei il mio grande amico" o più in generale "mi piace che me ne sto con te". La impariamo subito ed è tutto un ciondolare a braccetto con Jeff che regge lo spino, ci guarda, non capisce ma tarantola anche lui. Dormiamo in un unico stanzone nei sac-à-coucher. La prima notte Ibrahim ci impressiona perché si corica con una papalina e sotto la testa mette un coltello piuttosto lungo e ricurvo che pare una scimitarra da fiera. Guardo Gigi e gli dico in dialetto "questo qui ci sgozza" e lui "stai tranquillo, tutt'al più ci incula". E ride e capisco che è bevuto e Jeff nel suo angolo suona la chitarra, suona male, davvero molto male, una ninna nanna per non dormire. La notte un po' insonne avanza. La luce di un lampione azzurra e livida entra dagli abbaini e si sente amplificato dal sotterraneo il cick-ciack di qualche ubriaco che passa. Gigi dorme, lo guardo col faccino che spunta dalla mummia. Gli è cresciuta la barba, ma ne ha poca e solo il mento e parte delle guance ne sono ricoperti, però lui ci tiene ugualmente al suo pelo. C'è un tavolaccio al centro della stanza su cui sono giornali e lattine di Stella Artois e mutande. Sento dei rumori, mi volto, intuisco la sagoma di Ibrahim che s'alza ed esce a fatica dal suo giaciglio. Mi rannicchio dentro stringendo gli occhi. "Tu dors?" chiede. Ho un brivido e non rispondo, son già morto. Mi scuote. "Aide-moi, s'il-te-plaît." Bestemmio. "Qu'est-ce-que il y a?" Vuole che lo aiuti a spostare il tavolo contro il muro. Mi alzo, infilo gli slip, sento il freddo della cave sotto ai piedi. Sistemiamo infine il suo sacco a pelo sul tavolo. Si corica, è contento di dormire più in alto di tutti, l'egiziano. "Bonne nuit mon ami" dice poi tutto felice. Bonne nuit Ibrahim, bonne nuit.

Il lavoro termina nel volgere di quattro settimane. Abbiamo rimesso a nuovo tre stanzoni, un paio di uffici e tante piccolissime cellette per le visite del medico, ognuna con il vestibolo che dà in un altro stanzino d'attesa e finalmente nell'ambulatorio ed è stato veramente faticoso verniciare dentro quei labirinti con la pittura bianca che colava dal soffitto sulle nostre teste e appiccicava i capelli e il viso e le braccia nude e dopo nella lavanderia nemmeno la doccia, sedevamo in fila negli scompartimenti dei grandi lavandini di cemento come in una tinozza e a turno giù secchi d'acqua gelata uno in faccia all'altro, tutto un guerreggiare di spruzzi e shampoo e grida poliglotte nel cantinone lavatoio. Per la prima volta Mme Lévy-Glady, sua maestà la direttrice, si fa viva con un paio di assistenti. Viene a visionare il lavoro ma non si complimenta. Dice che per i soldi che ci ha dato non è affatto un buon lavoro e questo lo riferirà agli I.B.O. che le han mandato gente straccia e fannullona, come per esempio les italiens. Gigi le grida vaffanculo ma lei naturalmente non afferra. Poi dice che abbiamo tre giorni di tempo per lasciare la sua clinica di beneficenza, ma non di più, in fondo è già fin troppo

buona che ci lascia soggiornare per il fine settimana e
poter così visitare i pizzi delle beghine, giù ai musei che
ancora non si è potuto farlo per l'orario di lavoro e non
si possono mica mandare a casa i turisti senza che abbiano apprezzato le meraviglie di Bruxelles. I primi che se
ne partono sono gli svizzeri che andranno a Parigi e così
per la sera combiniamo un gran ristoro d'addio, noi
cuoceremo gli spaghetti, Ibrahim preparerà il cous-cous
e les suisses il pirren-müessli, come dessert. Jeff invece
dice che il massimo che può fare è invitare gente e così
la sera, nella sala mensa siamo in tanti, davvero troppi e
gli svizzeri hanno preparato un pentolone pieno di yogurt e frutta fresca e Ibrahim il cous-cous sbagliando
però le dosi così che ne ricava solo tre piatti di quella
poltiglia giallina e gli italiani invece a darsi da fare intorno alle pentole d'acqua bollente e al sugo rosso sangue
che fa senso vederlo far le bolle sul fuoco. Quando viene
il momento di scolare la pasta ci sono tutti addosso che
hanno il languorino di stomaco per quel bloody-mary
che bolle in pentola e noi a dire andate via che c'intriga-
te e sedetevi un po', mica c'è niente da vedere, nessun
trucco, nessun miracolo, e dopo riusciamo finalmente a
smammarli però succede che mentre io verso il pentolone nello scolapasta, in piedi su uno sgabello per fare
centro, Gigi si scotta col vapore e caccia un urlo e molla
tutto nel lavandino, due chili di spaghetti in giro nello
sporco. Io prendo a ridere a vedere il Gigi tutto lessato e
con gli occhiali appannati che resta lì fermo impalato a
vedere i vermicelli che scappano per il buco del lavandino e allora mi piego a metà tutto ingolfato dai singulti
che non riesco nemmeno più a respirare e lui sbotta in
una madonna e subito dopo sibila "datti da fare impia-
stro!". Intanto gli altri si voltano per vedere che cazzo
combiniamo in mezzo a quel vapore e quelle grida, ma
Gigi sorride da gran dama e dice, un attimo cari e siamo
pronti e loro tornano a chiacchierare mentre noi, di
spalle, ce la facciamo sotto dal ridere, però bisogna uscire dall'impasse al più presto, mica possiamo menarla per

molto questa storia, la pasta scuocerebbe e gli spaghetti diverrebbero lumaconi freddi e insipidi e loro se ne accorgerebbero e allora tutto a puttane, i soliti italiani pasticcioni. Così Gigi ha un lampo e sluma verso la dispensa, vede uno straccio di quelli per asciugare le stoviglie, l'afferra, si benda la mano e via, dentro al lavandino a raccattare gli spaghetti scivolosi e bollenti e metterli nella pentola, e sibila di far così anch'io e farlo presto prima che se ne vadano tutti giù nel gorgo del sifone, e smuoviti che nessuno se ne accorgerà, ma io sono sempre piegato in due che me la rido a vederlo tutto bestemmiante che dà manate agli spaghetti e ogni tanto si volta pure come niente fosse e sgrana un sorriso paraculo verso i commensali cioè come dire tutto fila liscio, state buoni e vedrete che bontà, slurp slurp. Dopo, quando si sono recuperati spaghetti a sufficienza io verso il sanguinaccio sempre fra i singulti trattenuti che non gliela faccio più a continuare la commedia del grand-chef e allora mi ricordo d'un colpo che non ho messo il sale nell'acqua di cottura, accidenti a me, e sbianco, tanta fatica per niente. Però lo dico subito al Gigi piagnucolando, il sale il sale, cazzo l'ho scordato Gigi, e lui s'incazza e sbuffa e prende il barattolo del sale e lo sparge sulla pasta con gesti ampi a mo' di croce e ci fa sopra scongiuri e benedizioni alzando gli occhi verso la cappa nera della cuisine, e io sbotto a ridere matto d'un Gigi che non sei altro, ma ormai è fatta, portiamo la zuppiera in tavola e quando è ora di dividere le porzioni diciamo che non abbiamo più fame e che in fondo è tutta una questione di gentilezza che usiamo loro perché lo sappiamo fin troppo bene, noi, che di queste squisitezze non hanno mica l'occasione di vedersele in tavola ogni giorno, fortuna nostra, e così gli spaghetti furoreggiano nei piatti e loro si complimentano e ci stringono la mano e sorridono leccandosi i baffi, dopo però scappiamo in una pasticceria che abbiamo i crampi allo stomaco per la fame, le risate e l'occhiolino complice che ci stringevamo mentre gli altri sforchettavano nei loro piatti.

Il giorno dopo gli svizzeri se ne partono e ci lasciano sulla porta della nostra clinica di beneficenza che serve soprattutto gli immigrati di questo quartiere che son tutti marocchini e spagnoli e tante volte abbiamo visto le donne vestite di marrone dalla testa ai piedi con su il panzone che facevano ginnastica pre-maman mentre noi le spiavamo dalle impalcature della nostra Sistina. A Les Marolles sono tutti fuoriusciti, di ogni razza. Abitano questo vecchio e bellissimo quartiere, però malsano e trasandato. Di italiani non ce ne sono, quei pochi rimasti in Belgio stanno ancora alle mines, gli altri sono ormai tornati. Però tutti qui hanno il ricordo della nostra razza e quando giriamo Rue Blaes per la spesa ci riconoscono e ci fanno festa, anche i musulmani ai quali tante volte abbiamo fatto la gaffe di chiedere del prosciutto e quelli "Rien viande de porc! Rien!" ma poi, capita la buonafede, han fatto i gentili e i simpatici. E questa storia dei musulmani ha avuto anche dei risvolti nella nostra convivenza in Rue des Tanneurs perché la sera che era di turno in cucina Jeff aveva preparato un potage Campbell's senza tanto badare a quello che c'era nella scatola e Ibrahim dopo qualche cucchiaiata comincia a farsi serio e stropicciare il naso e grattarsi il mento pensieroso e lisciarsi il baffo perplesso e chiedere infine che cosa c'è nel piatto e noi "verdure, son verdure Ibrahim" ma lui sembra proprio che avverta in gola un brutto, davvero brutto sapore e allora corre nel cestino dei rifiuti, recupera la scatoletta e legge gli ingredienti, poi arriva incazzatissimo dove sediamo a mangiare e urla che l'abbiamo fatto apposta qui c'è della carne impura e via di seguito, tanto che noi subito ci spaventiamo ma poi ci gettiamo a ridere perché Ibrahim si mette col capo a terra a far scongiuri e belare non si capisce bene che cazzo di Allah e poi s'infila alla bruttodio un dito in gola per vomitare quel pezzetto di wurstel che c'era nel piatto... Ma soprattutto gli spagnoli sono bellagente e ci trattano come fossimo americani sbarcati in centrafrica, tutti premurosi e gioviali. Conosciamo Gonzales che ha una drogheria e noi gli abbiamo esaurito la scorta di spaghetti. Ci presenta il figlio di sedicianni che verrà poi con noi qualche sera al Jeu-de-Balle a bere la Trapiste. Gonzales ci racconta ogni volta degli Italiani che ha conosciuto, "Ah, les italiens!" dice aprendo il suo sorriso baffuto e grasso eppoi estrae dal bancone una chitarra e intona funiculì-funiculà cha-cha-cha e io rido e applaudo e la moglie esce dal retrobottega e ci offre un sorso di vino spagnolo con la piccola Esterella di cinque anni stretta al sottanone e noi stiamo bene a sentirci italiani e ne siamo anche fieri e orgogliosi che capiamo che questi legami qui sono nati tra la gente che lavora mica trattati a tavolino da diplomatici o ministri del cazzo, che di loro ci vergogniamo sì, altroché.

Gonzales lavorava nei pressi di Liegi, quindici anni prima, alle miniere. Coi soldi messi da parte ha aperto la drogheria, suo figlio Miguel studia da meccanico e non vuole lasciare la Belgique e lui allora finge di strattonarlo dietro al banco e gli dice in spagnolo che ancora non ha visto il sole né il mare di Spagna e non sa nemmeno cos'è la luce di Siviglia perché se li avesse visti non parlerebbe così. Ma poi sorride e beve un goccetto di vino e gli luccicano gli occhioni neri, ma tanto neri come il carbòn. Se ne parte poi anche Jeff, torna a casa sua, vicino Gand. Gigi Ibrahim ed io decidiamo di passare sull'Amstel. L'egiziano ha degli amici ad Haarlem, ci ospiteranno, si fumerà roba buona. L'ultima notte in Rue des Tanneurs la passiamo insonni. Sul Boulevard d'Anspach, nei pressi di Place de la Bourse, abbiamo rimorchiato in una discoteca due ragazze, Christine e Nicole. Christine è con me e da quando ci siamo slumati è praticamente un continuo passarcela in bocca, per strada, al caffè, sul trammetrò. L'altra sta col Gigi, è bruttina ma ha due grosse tette e i capelli lisci e lunghissimi. Nella cave ci strapazziamo, Ibrahim lo abbiamo tenuto fuori dal gioco, è già brutto esser doppiati, come in un pessimo film dal sincrono sballato, da un'altra coppia. "Non, non Ibrahim, je t'en prie. Attend au cafè." Per me è la prima volta che scopo fino in fondo con una ragazza ma sono fatto dall'alcool e la storia mi prende bene. Gigi ne fa tre e continua a limonare anche quando Christine ed io ci siamo rivestiti ed usciamo verso il caffè, Ibrahim starà bestemmiando perché è tardissimo. Infatti lo troviamo al centro della piazza che gioca con delle lattine di birra. Mi vede mentre sta per scalciare attraverso una porta che si è fatto con cassette e cartoni e mi corre incontro ci abbracciamo gli dico ridendo "Joking apart, when you're drunk you are terrific, when you're drunk" eppoi prendo la chitarra e gli canto tutt'intero il pezzo di Robert Wyatt che è Sea Song e allora mi faceva letteralmente impazzire, a diciottanni. Ubriaco fradicio Ibrahim mi sta ad ascoltare mentre Christine ci saluta, affonda le mani in tasca dei blue-jeans e scompare verso le scalinate che portano su al Palais de Justice illuminato dal chiarore del mattino. Verso le cinque ci sorprende un'automobile della Police, siamo accartocciati sui gradini della piccola chiesa del Jeu-de-Balle che strimpelliamo tutte le nostre cose di amici in sbornia dura. Ci chiedono dove abitiamo, diciamo che siamo ospiti, non facciamo nessun cenno al lavoro, infine ci restituiscono i documenti e se ne vanno. Torniamo a letto. Gigi e Nicole dormono, lei s'è infilata nel mio sacco a pelo. La scuoto, le dico di tornarsene a casa che io non so come fare a dormire e lei risponde che non c'ha casa e di lasciarla in pace che ha sonno. Guardo Gigi che almeno mi aiuti lui, però mi accorgo che non dorme, è immobile con gli occhi spalancati verso il soffitto, che avrà di tanto interessante? Lo strattono, ma non risponde, gli sfugge soltanto un sorriso antipatico. Gigi comincia così coi buchi, ad Amsterdam non si farà altro, ma la roba è buona e quando torniamo in Italia non si è più suonati di tanto. Con Ibrahim ci lasciamo ad Haarlem dove si abitava per quello scorcio di settembre. Insieme si è sniffato parecchio, io non mi fido a bucarmi, un giorno lo farò ma non mi piacerà troppo vedere il mio sangue salire come una fumata in siringa e poi tornarsene in vena, ma a quel punto della mia avventura non mi fregherà più nulla.

Amsterdam è sporca e puzza. Sui canali c'è tutta la sozzeria umana che riesco a immaginare. Da Haarlem Gigi ed io decidiamo di passarvi per conto nostro un po' di giorni, dormiremo al Vondel Park; altrimenti, se farà brutto tempo, in uno sleeping qualsiasi. Per prima cosa ci siamo seduti in Dam Plaze, non facciamo in tempo a posare il culo che subito ci si avvicina un nero e prende a biascicare la sua litania "Hasch, hasch, el-es-di, hasch, hasch". Scuotiamo la testa, non ci son soldi. Chiedo di accendere una sigaretta rollata col Samson a una ragazza che siede accanto, lei mi passa la pipa con la marja, la conosciamo, è francese, di Rennes. Un uomo sui trenta si avvicina e guardandomi fa camman girando appena la testa. La scuoto anch'io imbarazzato in un no. Gigi ridacchia dicendomi del finocchio. Allora mi alzo, raggiungo alle spalle l'uomo, lo sfioro sul braccio "Yeah, but where to?" e lui sorride e mezz'ora dopo entro al Thermos I in Raamstraat che è una sauna affollata come una piazza nel giorno di mercato. Lui paga l'ingresso anche per me, ci spogliamo, mi fa un pompino e mi regala qualche fiorino chiedendo se mi potrà rivedere. Io scuoto le spalle. Gigi lo trovo sempre sui gradini della fontana del Dam che limona con la ragazza di Rennes. "Hai fatto la marchetta?" dice. Dico di sì e che ora tengo finalmente i soldi per un pasto decente perché del Wimpy e dei suoi Hamburger pommes-frites non ne posso più.

Al Vondel fa freddo, ma c'è un gruppazzo scannato di italiani in circolo che cantano, suonano e fumano un joint dietro l'altro grandi come cannoni e rollati con dieci cartine, minimo. Accendono un piccolo falò, ci mettiamo col sacco a pelo lì vicino. Gigi e la ragazza fanno un buco e bevono birra da una maxi lattina. Mario ha venticinque anni, è bello. D'improvviso penso che andarci a far l'amore sarebbe bello, molto bello baciargli la barba. Mi rannicchio al suo fianco, quando mi passa la marja mi struscio al suo braccio e gli bacio le dita. Lo al-

za raccogliendomi, ci passiamo il fumo in bocca, ci baciamo, entro nel suo sacco a pelo che abbiamo aperto
un poco lontano, facciamo all'amore ma è soprattutto
un odore, il suo, il mio, quello un po' rancido di naftalina del panno trapuntato. Il falò brilla intermittente nelle
ultime scintille di fuoco, la cenere tutt'intorno si smorza
al chiarore della prima luce che filtra dagli alberi. Come
tante lumachette gli altri dormono nei loro panni, a due,
a tre, soli, raggruppati, in fila. Mario non vuole che me
ne vada quando tento di portarmi fuori per tornare nel
mio sacco a dormire. Così ci baciamo eppoi ci alziamo e
ci teniamo la mano e passeggiamo sull'erba fredda e ru-
giadosa fin verso il lago. Ci sediamo sul pontile del chio-
sco, un'esile pagoda ricamata nella luce sognata del mattino, ci abbracciamo e parliamo sottovoce come dopo
bevuti per non perderci lo starnazzare delle anatre e dei
cigni che lenti si muovono dal canale. Di lì a poco aprono il cottage, beviamo il caffè e nella toilette ci laviamo.
Mario dice che tornerà presto in Italia e che se voglio
posso tornare in autostop con lui, gli dico che ho il
B.I.G.E. che vale fino ad ottobre e che sarebbe per me
sciocco rinunciare a un viaggio già pagato. Lui scuote la
testa e dice fai come credi. Poi si ficca le mani in tasca e
un'erbetta in bocca e scalcia i fiori lungo il lago che sembra dire non mi frega un cazzo, però ci sto male. Dopo
succede che io lo raggiungo e quando gli sono proprio al
fianco gli do una spallata ridendo e dico mavalà e lui
perde l'equilibrio che sta cadendo nel lago e tende la
mano e io l'afferro e continuo a dire non ci credo che fai
l'incazzato per una scemenza del genere e anche lui non
ci crede perché ridacchia e mi morde un dito e poi io
scappo e lui dietro di corsa ma non mi prende mica,
perché ci ho due gambe che quando le meno vado proprio forte e facciamo così gli stupidini finché non mi
stanco e ci ho il fiatone e mi butto sotto a un albero. Mario mi raggiunge con un tuffo che si fa anche male alle
costole povero Mariolino, a gettarsi in quel modo, però
siamo vicini e ci stringiamo per i capelli e lui mi scuote la

testa e dice che gli sembra di stare in un film di Lelouch tanto si sente rosa, di dentro. Chiacchieriamo e a me piace starmelo a sentire con quella sua bella parlata fiorentina e quel suo modo di gesticolare nemmeno fosse un ragazzo di Napoli. Poi mi suggerisce una cosa per il ritorno e io mugugnerò un poco, poi dirò sì e anche Gigi lo dirà. Infatti non è stato difficile. Abbiamo trovato quasi subito a chi vendere i biglietti di ritorno. Gigi sputtana immediatamente le centocarte che abbiamo raccolto e ci compra dieci quartini. Io mi incazzo quando lo vedo tornare senza soldi e Mario s'incazza pure lui, dicendo che di noi non ci si può fidare e che è cosa da grulli esser così scasinati perché ci fregheranno sempre. Allora prendo le bustine che Gigi ha avuto il pudore di far rimanere al di fuori del suo braccio e torno al Dam. Contatto solo gli italiani, dà più fiducia ad entrambi. Riesco a piazzare cinque dosi a quindici carte l'una a dei ragazzi calabresi appena arrivati e contenti del prezzo che qui, per quanto caro, è sempre enormemente inferiore che da noi. Una la divido con del bicarbonato e ne faccio tre che mi spariscono dalle mani appena propongo il prezzo di un deca. Le tre restanti le tengo come fondocassa. Telefoniamo ad Haarlem per dire che non torneremo e che si partirà l'indomani da Amsterdam. Così la sera ci vediamo al Rokin con Ibrahim che è venuto per dirci addio ed è una sera un po' piagnona perché sembra che non ci si debba mai più rivedere, campassimo pure centanni, gli indirizzi si perderanno fra i cassetti e gli inchiostri svaporeranno e le voci si scorderanno e tutto il resto si scioglierà piano piano, per cui sappiamo che sono gli ultimi momenti, però chissà. Così giriamo per Amsterdam tutti ubriachi e fumati e Ibrahim mi tiene un braccio e dall'altro c'è il Mario che così sembriamo la pariglia del can-can. Poi viene l'ora che c'è l'ultimo treno per tornare e Ibrahim deve portarsi alla stazione anche se fatica a distaccarsi perché sono stati tempi belli. Allora in stazione succede che me mi tiene per ultimo all'abbraccio e quando ci sa-

lutiamo mi dà un bacio in bocca e dice se lo so che m'a-
mava e allora io dico che lo sapevo vecchio mio
Ibrahim, certo che lo sapevo. Poi il treno gialloazzurro
parte e noi ce ne andiamo con Gigi che dice che sono
proprio un finocchio nato e sputato e io gli dico di sì,
che la mia voglia di stare con la gente è davvero voglia e
che non ci posso fare un cazzo se mi tira con tutti. Mario
assiste divertito scuotendo la testa ricciolona. Dopo, sa-
lutata la donna di Rennes, partiamo anche noi.

Col Gigi ci lasciamo a Francoforte, poco più avanti
dell'aereoporto, dopo un litigio furioso, in mezzo all'autostrada tre pazzi italiani gesticolanti e bestemmianti al
cielo del Nord. Gigi che scavalcava lo spartitraffico e si
mette nella direzione inversa e urla che ne ha piene le
palle di questo ritorno bislacco con due finocchi che
non fanno altro che metterselo nel didietro e lui davvero
non ne può più e non è assolutamente possibile che ci
siano ancora dopo quattro giorni che siam partiti quelle
tre dosi, che cazzo si tengono lì, mica faranno dei figli o
si moltiplicheranno. E allora io torno con voi a patto che
mi ridiate le dosi, ma noi siamo inflessibili, soprattutto
Mario, e Gigi lo lasciamo su un BMW che risale al Nord,
saprà cavarsela, ma è da sconsiderati bruciare le uniche
nostre risorse tutte d'un colpo. Non ci carica nessuno,
ormai è un'ora che attendiamo appoggiati al guard-rail e
ai nostri zaini Invicta, Gigi sarà ormai lontano un centinaio di chilometri, poco più poco meno... Finalmente
una Benz attacca i fanalini rossi dello stop, un attimo
dopo averci sorpassati; raccogliamo la nostra roba e corriamo e Mario ride, io chiedo perché e lui dice stringendo gli occhi che mi piaceva da morire a quell'età i ragazzi che per ridere stringevano gli occhi, e lui dice allora
"Aspetta e vedrai". E quando raggiungiamo la Benz vedo, e mi metto a ridere anch'io perché davanti, seduto
come un pascià, c'è il Gigi che non ci guarda nemmeno
e dice spezzante "Forza finocchi che andiamo" eppoi al
guidatore "Battista..." e quello non capisce ma se la ride
con questi matti di italiani e così si riparte e quando ci

scarica, verso Monaco, ci facciamo i tre quartini rimasti, uno per uno e vaffanculo.

Agosto è bello starsene a casa con la città vuota nessun rompiballe in giro, magari arrivi che senti la tua solitudine farsi pesante ma è un gioco diverso ed esser soli fa molto più male in mezzo alla gente, allora sì che è doloroso e pungono le ossa e il respiro è davvero brutto, come vivere un trip scannato e troppo lungo. Ma agosto è bello starsene soli in città, prendere l'auto e girare fino a mattino spingendosi pieni di alcool verso la montagna che tutto è uno scenario disteso e silenzioso e passi col rombo dell'auto come al cinema, uscendo dal quadro un attimo dopo esservi entrato e non si rovina nulla. La via Emilia è la dorsale di questo mio agosto inquieto e torpido, selvatico e morbido. Stasera mi sono messo in macchina lasciando il Gigi a sonnecchiare, menomale che la faccenda di Bombay è morta lì. Ora non voglio muovermi, soltanto scorrazzare la notte in questa prateria. E la scommessa è venuta da sé. I bar tra Reggio e Parma, ventuno? No, trentatré.

Quando torniamo in Italia ci iscriviamo Gigi ed io all'università, a Bologna. Affittiamo una stanza con uso cucina da una signora anziana che occupa un'altra camera sul lato opposto dell'appartamento, fuori porta Saragozza. Lo stabile è dello Iacipì e la nonna, a rigore, non potrebbe subaffittare visto che la casa l'ha gratis, così siamo costretti a contrabbandarci per nipotini suoi con tutti gli inquilini e con l'ispettore del comune. Sullo stesso pianerottolo sta un vecchietto e anche lui ha studenti, il greco Grigorys che fa ingegneria ed è un fuoriuscito che a quei tempi là c'erano ancora i colonnelli. Con Grigorys ci si trova qualche sera che nevica a tirare una briscola, i vecchietti contro noi due, ma se la vincono sempre loro perché il greco è proprio negato a giocare alle carte eppoi c'è il fatto che non vuole imparare tutti quei segni di bocca e strizze di naso e slumate d'occhi per indicare re cavallo regina e fante e non si può mica comunicare senza i segni, cosa che sanno invece benissimo gli avversari che guardarli giocare sembra di stare al cabaret. Così perdiamo una partita sull'altra ma son sconfitte queste che non lasciano traccia, nemmeno nel portafoglio perché i vecchietti giocano cinquanta lire ogni tre punti e così, se va proprio male, al massimo lasciamo sul tavolo l'equivalente del biglietto dell'autobus. Quando poi i colonnelli vacillano e cascan nella polvere altri patrioti vengono da Grigorys e per molte notti c'è festa grande con tutti gli abitanti dello stabile e si ride e si balla con tutti i fuoriusciti al quintopiano dello Iacipì.

Noi però resistiamo novembre e dicembre e un po' di gennaio, poi subaffittiamo a due pesaresi per cinquanta carte come tangente. L'affitto è di venticinque mila mensili, più una quota per il riscaldamento e il gas. La nonna è contenta dei pesaresi perché sono ordinati e tengono i capelli corti e non fanno chiasso tutti i santi giorni come invece facevamo noi che allora imparavamo a suonare la chitarra e il flautodolce e si riusciva benemale a fare tutto Viva Chile degli Inti Illimani. Si trova poi casa, una bella casa, dietro Piazza Maggiore dal gennaio. La lasciano tre ragazze che son passate a psicologia a Padova non resistendo all'ambiente di lettere. Non han voluto tangenti, Gigi ridacchiava dicendo che erano proprio sceme. Il nuovo appartamento è di tre stanze più un salottino e i servizi, così cerchiamo un terzo per dividere le spese visto che la casa sopporterebbe benissimo anche quattro persone, ma tre son sufficienti ad andare avanti ed abbassare di ventimila l'affitto, insomma trentacinque a testa. Naturalmente col nuovo, Luca, è cominciata una storia e Gigi stanco di aver sempre a che fare coi finocchi, ha preso una ragazza e l'ha portata in casa e in quattro l'atmosfera è ancora vivibile però era senz'altro meglio prima, perché la Tony si porta continuamente appresso due stronze che fan magistero e non capiscono letteralmente un cazzo e insomma a marzo è scoppiato con me il grancasino "Tu sei misogino, odi le donne perché le temi", "c'hai l'invidia del pene" fino al fatidico "Sei fermo alla fase anale, bella mia" e allora io non ci ho visto più; ho afferrato il volume più pesante del Testut di Luca che fa medicina e gliel'ho sbattuto in testa alla Tony che s'è messa a sanguinare e Gigi ha mollato il cazzotto e sono svenuto. Siamo ritornati in due, Luca s'è disamorato e m'ha lasciato, la Tony è scomparsa, l'affitto è risalito paurosamente a più di cinquanta carte a testa, nel settantacinque non sono pochi soldi, rimaniamo in arretrato, il primo mese non succede nulla, il secondo ce la sbrighiamo con un paio di telefonate io che faccio la cieca di sorrento e Gigi la muta di portici, a giugno ci cacciano i carabinieri proprio quando dobbiamo sostenere gli esami per mantenere quei minimi soldi che da casa ci passano.

Gigi ha ripreso a bucarsi e spesse volte lo seguo anch'io. Finisco alla Montagnola che in quel periodo stan rimettendo a nuovo e non c'è tanto giro. Non fatico ad andare a battere, l'unico ostacolo è che son schifiltoso e al massimo ne rimorchio uno perché poi mi viene a piacere troppo e dimentico di chiedere i soldi, e comunque, alla Montagnola, sotto un bel lampione scrostato nasce l'amore con Sammy che è studente alla Johns Hopkins, dove pare insegni in quegli anni anche Francesco Guccini. Sammy è di Boston, è bello, cammina tutto all'americana che è uno schianto e a me mi piace da morire sentirlo raccontare degli States e anche giocarci a basket, quando capita, con i compagni del suo corso che son tutti bravi, soprattutto il nero Christopher che è un grande champion e come fa le entrate lui nessuno è capace. Christopher m'insegna i trucchetti del giocatore nei dopopartita quando gli altri si ritirano per la doccia e noi invece si resta lì a provare le entrate e le sospensioni e tutte quante le diavolerie che lui purosangue ha imparato in strada e gli piace vedere che faccio progressi, anche a suonare sulla chitarra i blues mentre lui miagola e ulula e si stropiccia l'ugola, du-dudu, du-dudu yeahhhhhhh!!! Poi Christopher se ne va via che ha terminato il semestre ed è meglio così perché altrimenti me ne sarei innamorato cotto e lui non c'ha soldi e si sarebbe fatta la fame, bohème sempre bohème che due maroni. Sammy invece è ricco, ha sempre il conto in banca più che spalancato, suo padre è avvocato e ha fatto pure la guerra in Sicilia e ama davvero l'Italia così come Sammy che ogni tanto sale ai vialetti della Montagnola a raccattare qualche briciola sparsa di eros mediterraneo. Io me lo faccio volentieri, lui c'ha il vizietto di andare anche con le donne e questo lo fa più interessante, poi trova da lavorare a Gigi all'interno della Johns Hopkins come servo di cucina, a me mi mantiene con qualche deca che gli piace infilarmi fra le chiappe prima di chiudere la porta. Andiamo ad abitare dalle parti del Palazzetto dello Sport e cominciamo a frequentare le osterie bolognesi. Gigi si mette poi con Anna che è molto bella, addirittura uno schianto, ma anche Gigi è molto bello, ogni anno che passa diventa sempre più bello. Poi Anna tenta di convincerlo a lasciare quel lavoro da sguattero così malpagato e tenta di ammaestrare anche me, vuole che lascio il mio Sammy perché uomo della CIA. Ma io le dico che non è possibile che la CIA viene a spiare proprio noi e lei risponde che la vedrò, mai fidarsi degli imperialisti, stop. Gigi alla fine cede e lascia i piatti della Johns Hopkins anche perché ora gli piace osservare quello che fa Giuliano Scabia all'Università e nei quartieri e pure le cose di Gianni Celati sul romanzo della frontiera, Natty Bumpoo e Davy Crockett, e per questo ha bisogno di giorni liberi da mattino a sera. Insomma ad agosto ci troviamo ancora senza una lira col rischio di esser sbattuti fuoricasa che più che una casa è una topaia e quando piove gocciola il soffitto ed è sempre umidiccio, ma meglio che dormire nelle nicchiette dei portici di via Zamboni come fanno molti altri senzatetto. Tante volte Anna dorme con noi nello stanzone e mi piace sentirli fare all'amore e succede che poi si chiacchieri fino al mattino, loro due nudi che sembra-

no angeli e io che getto loro addosso qualcosa perché
anche se è agosto e fa un caldo infame, diciamo sui tren-
tagradi, nel nostro sottotetto ci sono correnti che così
possono anche divenire pericolose, ti becchi poniamo
un torcicollo e per dieci giorni sei bellefatto. Ma loro
non vogliono preoccuparsi e se ne fregano e gettano gli
straccetti topati e restano nudi e belli e al Gigi gli pende
il coso davanti e ad Anna le cose rotonde e tremolanti e
camminano per lo stanzone in cerca di vino finché il Gigi non si ficca una spina nel piede, bestemmia e torna a
letto con l'Anna che cerca di toglierla e gli regge in alto
la gamba che dalla mia posizione sembra lo debba perfino inculare, così d'un tratto. Sammy mi lascia, semplicemente. Non viene ad un appuntamento e capisco tutto.
Così corro alla Johns Hopkins e mi dicono che è tornato
a Boston e che non tornerà fino a novembre e io bestemmio e mi vengono i lacrimoni perché Sammy era pur
sempre un amore e un amico e uno che mi passava i soldi
e porcodio ora non abbiamo una lira e Gigi s'è preso l'in-
fezione al piede e l'Anna s'è trasferita da noi, alla topaia
di via Massarenti, e gli passa la penicillina e gli antibiotici
e lo cura e lo fascia e Gigi lo sorprendo una sera che quasi piange fra le sue braccia e dice che non gliela fa più e
vuole morire e allora io mi alzo e lo raggiungo e lo strattono violento e poi gli urlo, no! Tu non mi lasci in questo
merdaio da solo, ok? e allora taciamo, poi piano piano io
sorrido e anche l'Anna e anche il Gigi che s'asciuga il viso e ora ridiamo forte, sempre più forte e Gigi di lì a poco guarisce, è settembre, tornano i bolognesi, il clima è
migliore, insomma riusciamo, un poco, a star bene.

Molto spesso cuciniamo in casa, soprattutto uova.
Uova bollite, strapazzate, incamiciate, fritte, sott'olio,
sotto spirito, in salamoia, in naftalina, affumicate, alla
piastra, in frittata, in omelette, a fette, a dadi, a taglioli-
ne, all'occhio di bue, alla coque, brinate, gelate, bollenti,
alla crema, gratinate, affogate e ripiene. Quando va bene
mangiamo degli hamburger findus che vengono a costa-

re qualche centinaio di lire mica di più; molto spesso si
va a verdura (alla mensa quasi mai perché non piace il
casino) ma quelle costano e Gigi non s'adatta a mangiare quelle congelate così capita di rinunciare a una fetta
di castrato per un paio di carote, ma ora che Anna abita
con noi si mangia da ricchi, tutte le granaglie integrali e
biologiche e macrobiotiche, mastica-mastica e non ti
riempi mai lo stomaco. In osteria ci sono i panini e della
buona birra e del vino in caraffa che si manda giù bene e
in osteria, in via San Felice, incontriamo una sera Max
che non sa dove andare a dormire perché l'ostello è fuori Bologna e non ci sono più autobus, ma anche se trovasse una bicicletta o un passaggio quello ha già chiuso
da un pezzo come se tutti fossero dei polli che vanno a
letto alle ventidue. Così viene su da noi in topaia a dormire e ci prende anche gusto e resta dieci giorni, tanto
che noi gli chiediamo almeno di contribuire alle spese
ordinarie visto che ha messo casa senza che nessuno gli
dicesse nulla e che per giunta porta anche delle coquet-
tes come si trattasse di un puttanaio. Max finge di incazzarsi, ma capisce che il convento è in malora e sborsa un
deca che nasconde spiegazzato nelle mutande e a me mi
fa schifo prendere in mano quel foglio lercio ma poi
penso che il denaro è merda e la merda non fa male a
nessuno e allora chi se ne frega se questo qui puzza di
cacca e di piscio, lo prendo, lo apro, lo distendo corro
fuori e ci compro alla Feltrinelli di Piazza Ravegnana
qualche libro, poi torno a casa e la sera ci leggiamo tutti
insieme un po' di Céline, un po' di Rabelais e un po' di
Daniel Defoe.

Max sparisce senza dir nulla la notte stessa. Pensiamo
abbia trovato altri allocchi che lo sfamano gratis e la sua
perdita non ci è pesante. Piuttosto pesa il fatto che Anna
è incinta e non vuole abortire perché si sente dentro
qualcosa di suo e per due o tre sere non si parla d'altro
che di uteri e vagine e spermini e raschiamenti e consultori e radicali e bambinetti che nasceranno quando noi
saremo a dar gli esami di giugno, il prossimo anno. Però

il pensiero che dentro la pancia dell'Anna cresce come un fiore un bambinetto alla fine commuove anche Gigi, ma giochiamo alla sacra famiglia per non più di due giorni. E anche Anna capisce che è davvero impossibile che nella sua pancia ci sta un pargolino, perché sarebbe davvero un disastrato alluvionato a scegliere di venire al mondo nel trojajo di Via Massarenti. Dice invece che era solo un ritardo, che le analisi col Predictor erano sballate e non doveva fidarsi in quel modo al gioco di mamma-non mamma, che ora lei è sana come una lupa, che sta bene e che era del tutto impossibile che si fossero sbagliati con le pilloline e i patentex. Gigi sembra sollevato e dice che l'emozione di essere padre per quei giorni non lo faceva dormire e anch'io dico qualcosa e vedo l'Anna che prima comincia a sbiancare e poi si fa rossa e ancora bianca che sembra candeggiata, e suda, suda e trema. Le chiediamo che c'è e lei si stringe la pancia e si mette le mani a pugno in mezzo alle cosce e grida con quanta voce ha in gola e poi le solleva che sono piene di sangue e di schiuma e noi ci guardiamo e Gigi corre immediatamente in strada, si scaraventa dalla topaia, e per fortuna lì vicino c'è il pronto soccorso del quartiere. Arriva e urla "Perdio venite con me che la mia Anna sta male" e in un paio lo seguono e vengono su in casa, mi gettano da parte buttano l'Anna su un lettino e la portano via. In strada rimaniamo fissi con gli occhi che seguono la luce azzurrina perdersi nel traffico. Gigi mi abbraccia, piange e dice, mentre risaliamo a fatica le scale, che era tutto vero, non si era mica sbagliato, per due mesi è stato un ragazzo padre e ora la povera Anna chissà come starà. Ma l'Anna si rimette in quattro giorni, torna alla topaia di via Massarenti e ci abbracciamo; è dimagrita ma è ancora bella e col Gigi si chiavano subito, lei arriva con le tette fuori e Gigi è già nudo da quando l'ha vista dall'abbaino incedere sotto ai portici con tutto il suo coraggio in viso e la sportina del supermercato ciondolante fra le mani.

Rimaniamo insieme ancora un po', Bologna diventa

sempre più fredda e gelida, è inverno, conosco Danilo
ed è come aver inghiottito il fuoco. Mi piace, mi piace,
mi piace. Andiamo a vivere insieme, lasciamo la topaia
con le sue finestrelle e gli abbaini aperti sul portico e il
pavimento di legno sconquassato e il cesso fuori, sul bal-
latoio. Anche Gigi ed Anna vanno via e partono per Roma. Gigi ha smesso di bucarsi da un pezzo anche perché
non c'erano soldi e l'amore dell'Anna lo ha tenuto un
po' fuori eppoi si cresce, questo è innegabile, si cresce,
perdio quanto siamo cambiati dall'estate di Amsterdam
e non siamo più dei bambini che si sentono offesi, vogliamo le nostre responsabilità, Gigi va a Roma con
l'Anna a lavorare in quartiere alla Magliana con un
gruppo di teatro che abbiamo conosciuto fra Strada
Maggiore e Via Guerrazzi, un lavoro di quattrocinque
mesi. Io con Dilo sto bene. Insomma alla stazione ci salutiamo ed è come salutassimo noi stessi partire e sparire
dal treno della prima giovinezza.

Dilo ed io torniamo abbracciati anche sull'autobus,
poi si libera un posto vicino all'uscita e Dilo si siede e io
in piedi davanti gli reggo la mano e ci guardiamo fissi
fissi che appena a casa faremo l'amore per tutta la notte
tanta è la voglia e il bene, ma un vecchio s'avvicina e mi
spinge col gomito che mi fa un male boia, perché prende il didietro del fegato che è ingrossato e inceppato e
dice catarroso "Spurcacioun" e passa per uscire. Dilo
che ha sentito e mi vede piegato e tutto storto, s'incazza
e riesce ad afferrarlo per il cappotto tenendolo metà su e
metà giù dall'autobus con le porte automatiche che si
aprono e si chiudono e l'autista urla al vecchio di togliersi dai piedi ma Dilo lo trattiene e gli dice del bastardo e alla fine lo calcia e lo butta giù, ma intanto uno sui
trentacinque corre dal fondo dell'autobus verso di noi e
grida di lasciare stare quel vecchio, brutti culi, e io m'az-
zuffo con questo qui e prendo un cazzotto alla bocca
dello stomaco che non gliela faccio più a respirare, ma
poi vedo Dilo che salta dall'autobus e urla di venir giù e

di far presto e allora salto in mezzo a un gruppetto di
gente che non capisce bene quello che sta succedendo,
ma quando vedono il vecchio che si lamenta allora ci
guardano e in un paio ci inseguono gridando che siamo
ladri e il vecchio scatarra che è vero e che lo abbiamo
scippato e anche il guidatore dell'autobus scende per
vedere il fatto, ma ormai siamo lontani, abbiamo svoltato per via Galliera eppoi girato in un androne, io ci ho
un fiatone che quasi mi getto per terra e muoio lì sulla
strada. Ma Dilo mi spinge, mi incita e mi chiama pove-
rastella e suggerisce fattiforza e così prendiamo un'altra
viuzza e sbuchiamo nel traffico incasinato del mezzogiorno, su via Marconi. Piango seduto sul muricciolo di
Sant'Isaia che abbiamo faticosamente raggiunto; piango
e struscio i piedi sull'erba e singhiozzo che non riesco a
spiaccicare una parola. E Dilo mi prende la mano tra le
sue e sussurra "Lo so che la vita da finocchi è difficile,
ma non permetteremo a nessuno di torturarci, non lo
permetteremo ok?". Dopo mi appiccica un bacio sulla
fronte, ce la mette tutta, il caro mio Dilo dice scemate e
fa il grandecapo e mi offre da bere uno Scotch e poi un
altro che sembra dobbiamo festeggiare non capisco che
cosa. Poi nella casa di Dilo distesi sul letto a sentire dei
dischi, lasciare che la musica entri nella testa e la riposi,
luce morbida... Like a bird on the wire, like a drunk in a
midnight choir I have tried in my way to be free, like a
worm on a hook, like a knight from old-fashioned... fingere che tutto sia passato, ma il silenzio imbarazzato del
dopranzo dice tutto il peso che ho dentro, che mi prende il respiro e il cervello e non basta Tim Buckley, I am
Young, I will live, I am strong I can give You the strange
Seed of day Feel the change Know the way, Know the
way... e non basta che le mie dita giochino fredde con
quelle di Dilo.

    ...Non ho soldi per comperare dei buchi o una stecca
di fumo, ci do dentro con l'alcool... Un giorno sto male.
Tutto succede non appena accendo la prima sigaretta, al
mattino. Durante la notte ho sofferto qualche strizza allo

stomaco o giù di lì, ma non ci ho fatto caso, ci sono abituato, poi viene un dolore alla testa, fortissimo. Mi devo sedere e gettare la sigaretta. Il respiro è pesante e improvviso mi prende un pugno acidoso sotto le costole e mi sembra di sentire gorgogliare del veleno, il fegato brucia, un fuoco fitto al basso ventre e così mi piego portandomi le ginocchia sugli occhi e sento caldo che scotta scendermi in pancia e non capisco come, ma il retto si scarica come un sifone violento nel pigiama e sporco la poltrona e intanto i dolori aumentano e vedo le mie frattaglie e il sangue e urlo e sudo e il cuore strapazza irregolare, ho paura di morire, ho paura di venir trovato sudicio cadavere nella stanza e sento questo odore decomposto e disfatto e ne ho orrore... Dilo mi trova svenuto all'ospedale. Mi risveglio con l'infermiera che mi lava passandomi con una spugna e dice "Ieri ha bevuto troppo, e non solo ieri" e così resto a disintossicarmi, ma son giorni veramente brutti e i miei sogni troppo brulicanti di pulci d'acqua che si ingrandiscono nei lavandini fino a straripare e coprire il pavimento, ma soprattutto c'è l'assenza, questa maledetta assenza di Dilo e del suo corpo. Avercele delle braccia grandi tutta la città per poterti coprire e stringere ovunque tu sia amore mio, avercela una lingua di mille leghe per leccarti e un uccello in volo sopra ai mari e ai monti e ai fiumi per raggiungerti affezionato mio caro, e per venirti dentro e strusciarti e spezzare così questa atroce lontananza e invece rimango solo, la notte tutt'intorno tace e la mia stanza invece urla e grida per te che non ci sei, io, io non ce la faccio proprio più. Così dopo sei giorni scappo e torno da Dilo e gli dico "Io mi salvo solo vicino a te" e comincia una lenta convalescenza cullata dal marzo bolognese e dalla voce romana di Dilo che mi percorre con le sue lunghe dita da pianista che io prendo in bocca e passo sui denti e succhio e si gioca mentre viene anche aprile ed è primavera, passeggiamo ai Giardini Margherita, sono uscito da un tunnel, solo ora mi rendo conto di quei mesi invernali drunkato drunkato che ho rischiato di lasciarci le penne.

Dolcissimo Dilo aiuta a studiacchiare per gli esami, ma a me non importa tanto di queste scadenze e invece è lui che dice di andare avanti, almeno per avere qualche soldo dai tuoi, anche solo per quello, lui lavoracchia un giorno sì e tre no alla sede regionale della RAI, prima faceva il fotografo, poi l'operatore e adesso fa ogni tanto delle trasmissioni come tecnico di regia, ma è un lavoro di merda, anche se ben pagato, perché alla RAI si sta di merda, sembra d'essere in clinica ognuno col suo camice bianco, ma a maggio scadrà il contratto dopo non si sa cosa fare, intanto ci sono cinquecentomila lire che ha da parte e vuole assolutamente che ci prendiamo una vacanza in Marocco, insiste, e la mattina del ventun maggio io do l'esame, la sera lui termina le registrazioni, il ventidue siamo a Roma, prendiamo il charter e la mattina ci svegliamo che fa caldo, il sole è giallo, il mare è blu, il nostro orgasmo, sul tappeto, è proprio un orgasmo.

La mattina facciamo sempre l'amore appena svegli nel guardare dalla finestra dell'albergo il mare, e restiamo una settimana a fumare e spinellare come autentici marocchini e una sera dico a Dilo "Pensa se potessi avere un figlio da te" e lui ridacchia "non stare a scazzare" però anche al Dilo gli piacerebbe se avessimo un pargolo dal nostro amore, poi diciamo che siamo scemi, proprio stupidi, che abbiamo la fortuna di non rimanere incinti e ci diamo dentro, nel deserto, gli altri dieci giorni.

Nell'oasi si sta bene la notte che fa freddo e il cielo sembra un albero di Natale tutto luccicante, Dilo ed io nei sacchi a pelo accanto alla tenda, contiamo le stelle, siamo insieme a tre ragazzi francesi, gay simpatici e furbi che non strafanno come le superchecche di cosanostra e sono anche molto belli, Michel è quello che mi piace di più e sta insieme a François che ha i capelli dritti che gli scendono a metà della schiena e una gran barba e la mattina, quando esce dalla tenda e va verso il pozzo sembra un dio magro e dinoccolato che cammina sull'acqua. Il terzo si chiama Jean-Paul però tutti lo chiamiamo Paulette perché sembra una donna e ha i seni al

silicone che stanno ritti all'insù e pazienza se non assomigliano proprio a quelli di Paulette. Hanno una tenda
larga e attrezzata e un piano di viaggio dettagliato, perché vogliono scendere fino al Kenia e poi tornare in aereo e quasi quasi Dilo ed io facciamo il pensiero matto
di seguirli, ma dura un attimo perché stiamo bene così,
noi due, senza affaticarci nel centrafrica. Quando loro
partono lasciandoci nell'oasi ci baciamo tutti sulla bocca
e sorridiamo promettendoci di rivederci a Parigi per
l'anno nuovo, Paulette mi regala una pipa da puro tutta
intarsiata e colorata, col fornellino in pietra e allora ci
facciamo un'ultima fumata in gruppo, poi Michel si
avvicina e pasticciamo un po' insieme e allora mi chiedo
cosa pensi Dilo che ci sta guardando e non riesco a darmi da fare come vorrei, è la prima volta che vado con un
altro da quando lo conosco e non è così facile, poi mentre Michel mi succhia in bocca giro gli occhi e vedo Dilo
che entra nella tenda per mano a François e dico andiamo anche noi, e così facciamo l'amore tutti e quattro
mentre Paulette carica la pipa e ce la passa ed è davvero
divertente perché a un certo momento Dilo ed io ci incontriamo vis-à-vis attorno al cazzo dritto di François,
uno da una parte e uno dall'altra e ci guardiamo come
dire "toh, guarda chi c'è" e allora prendiamo a ridere e
scopiamo per nostro conto mentre i francesi ci guardano e dicono anche un po' seccati "Vite, vite que nous on
met les voiles!". Il giorno dopo partono davvero e torniamo a salutarli.

Il rientro in Italia è brutto perché siamo a luglio e a
Bologna fa un caldo infernale. Ma non appena apriamo
la porta della casa troviamo una lettera che sta lì per terra con nemmeno tanta polvere sopra. La leggiamo, è Gigi che è tornato ed è venuto a cercarci e ha lasciato il
messaggio infilandolo dalla porta. C'è il nuovo indirizzo, usciamo, lo troviamo e la sera siamo di nuovo uniti,
con l'Anna che è davvero bellissima e Gigi davvero sereno, insomma che sia sul serio la volta buona?

In osteria ci ubriachiamo col tocai che fa schifo così

acquazzonato e ce lo fanno pagare fin troppo quel diluvio giallino giallino che sembra pipì di un infante. Ma c'è molta nostalgia quella sera del grande rientro, noi quattro seduti al tavolo a mangiare panini e tagliatelle, io che non avevo nemmeno tanta fame. Gigi ricorda di Bruxelles e della mia prima scopata e sembra sul serio divertirsi e anche l'Anna e persino Dilo che queste fole non le ha mai sapute e a un tratto arriva persino a sussurrarmi dell'etero e io allora gli tocco il cazzo sotto il tavolo e dico "ho voglia di stare con te a scopare tanto ho bevuto" e lui "pazienta un po', mettiti così" e mi prende la gamba passandola fra le sue che più intricati e scomodi di così, però sto bene a sentirglielo duro, col ginocchio. Loro sono andati dalle parti del Pilastro, un po' fuori Bologna, ma hanno un appartamento grande e vivono con due del gruppo teatrale che ha lavorato a Roma e sembra stiano bene, ma Gigi vuole andare a Milano, dice che con Bologna ha chiuso, che gli ricorda troppi casini e ora che è il settantasei e abbiamo vent'anni e qualcosa benemale è successo, non si può tornare indietro a fare la vita scassata di prima, insomma a Milano andranno a lavorare in zona undici, lui l'Anna e degli altri che hanno conosciuto in questi ultimi tempi e sembra ci siano anche dei soldi. Sono ubriaco duro e mi propongo, Gigi mi guarda luccicando gli occhi, davvero vieni con noi? Io dico di sì, verrò con voi e anche il Dilo verrà e saranno tempi belli e ci divertiremo ad abitare tutti insieme, ma Dilo scuote la testa e dice di no, che non se la sente di andare a Milano, che nei quartieri ci ha già lavorato troppo quando faceva il fotografo e di Centri Sociali e Comitati di Zona ne ha strapiene le palle. Gli dico sei stupido a fare così, ma è irremovibile. Ci diamo quindi appuntamento per il giorno dopo all'ora di cena e lì si vedrà meglio che fare.

A casa sul letto Dilo parla parla e chiacchiera, se vuoi andare vai, io non ti fermerò ma io m'addormento e il mattino dopo non mi rivolge parola. Gli chiedo che cazzo ha, ma non vuole rispondere e mentre prepara il caffè e le uova gli monto da dietro sulle spalle e lo bacio sul collo e lui mi scuote la testa, mi mette le mani sotto alle gambe e m'ingroppa a cavalcioni e mi porta ridendo in giro per la casa e fa il cavalluccio nitrito e spazzito e io rido e ci gettiamo per terra sulla stuoia, facciamo l'amore sfuracchiato, è bello è bello, no resterò con te a Bologna, non ci riesco proprio amore a lasciarti nemmeno un'ora, io ti amo ti amo perdio quanto ti amo amore mio.

Settimo anno settimo mese poco importa, la crisi è avviata e galoppa come un fulmine, tanto che quando ce ne accorgiamo è ormai troppo tardi per porvi rimedio chiarendoci le idee e le voglie e tutte quante le cose che girano per la testa e che ognuno rimugina in quei silenzi a tavola sempre più pesanti e in quella attesa nel letto che tutti e due vorremmo più lunga possibile, cioè non far niente, solo dormire così in santa pace. Poi lo scazzo.

Dilo si incarica lui di far scoppiare il casino e questo succede una sera che fa caldo e i nervi sono tesi, ma proprio tanto. Comincia a far battute stronze sul fatto che bevo troppo, che spendo e spando soldi in birre di prima classe e ai caffè a ogni ora, anche quando vado in osteria con i compagni del mio corso e a sentir lui, pagherei sempre io per tutti, coi soldi suoi. Gli dico non è vero, queste sono palle belle e buone. E lui venefico urla di chiudere la ciabatta almeno ora che quando sono seduto davanti a un bicchiere non lo faccio mai e mica una ma tante volte mi ha portato a casa completamente fatto che gli facevo persino schifo poi a pulirmi e lavarmi e sempre leccarmi il culo nemmeno fosse la gatta madre, ostia! E io comincio ad arrossire e a incazzarmi e capisco che c'è guerra e dico qui c'è anche dell'altro, non è mica possibile che mi fai carico di queste merdate, no, tu mi vuoi buttar giù dalla tua vita il perché non lo so ma tu c'hai qualcosa di rogna dentro e te la sfoghi con me. Dilo allora tace, poi infila dritto il corridoio e se ne va, però qualcosa ha detto, cioè che non capisco un cazzo e amen. Mi lascia dunque solo ma io penso che s'ac-

queterà e che ritornerà, ma passano le ore e viene mattino e ancora non è tornato, io mi sono bevuto nell'attesa,
non gliela faccio a stare sveglio e m'addormento. Ma
nemmeno nella tarda mattinata quando riprendo conoscenza lui è in casa. Allora scoppia la crisi anche a me e
mugugno per tutto il giorno quel che gli dirò quando si
rifarà vivo e ne sentirà allora, cosa crede? Che io non abbia faticato ad accettare il suo attivismo sfrenato, mai
fermo un istante, sempre con la testa qui e là e progetti
di lavoro e collettivi e interventi e storie varie e il suo
odio per il cinema, proprio te cinematografaro di merda, cinefilo della malora con la puzza sotto il naso che
non gli piace nemmeno Jaws! e quante di liti fatte su
quel film di Spielberg eppoi su quelli di Dario Argento
che a me piacciono tutti, mica ci ho il puzzo come lui
che la crisi del cinema italiano è perché ci sta l'invasione
degli americani! Oooooh bruttofesso bocchinaro rottin-
culo ciucciacazzi te e il cinema italiano, affanculo! Ahhh
quante che ne sentirà non appena osa ritornare il grande
padre, ah se ne sentirà er romanaccio de Roma caput
mundi, 'st'infame, 'sto zozzone, 'sto disgrazziato, alla
malora! Ma i giorni passano e Dilo non torna proprio,
tanto che penso m'abbia abbandonato sul serio, sfigato
io che non lo voglio capire. Ma chissenefrega amore
mio, io ci sopravvivo lo stesso senza te, lo vedrai diosanto, lo vedrai che sono ormai capace di farmi la mia vita
da solo. Tanti proponimenti, tutto in merda. Da solo
non gliela faccio, è difficile difficile, guardo la tivù da
mattino a sera, nient'altro; la notte ai cinema e bazzicare
le osterie per vedere se lui c'è, persino davanti alla sede
della RAI a fare picchettaggio per guardarmelo anche solo passare davanti. Ma niente, sparito, dileguato povera
stella, me e anche te.

Via un giorno dietro l'altro dal calendario a muro,
tutti foglietti che si perdono per la cucina e stanno lì tra
i piedi a ricordarmi ogni momento che Dilo non torna,
ogni foglietto un giorno di noia. Poi una sera che sono
sul letto a leggere sento far casino attorno alla serratura

e così mi alzo e faccio appena in tempo ad arrivare sull'ingresso che entrano trequattro mai visti prima e con loro c'è Dilo e mi salutano con mezzo sberleffo come dire ci hai anche il maggiordomo, eppoi vanno in cucina a mangiare. Dilo s'incazza subito e fa battute odiose perché il frigorifero è vuoto e sguarnito che pare la siberia, e c'è solo una qualche birra a metà e così dice a me che sto in disparte ma di che vivi, che mangi? E io, vivo d'aria, non si vede, non lo vedi brutto stronzo come son ridotto che non ti fai più vivo, ma con chi gliel'hai accidenti, che t'ho fatto e chi è questa bellagente, almeno fammi conoscere con chi vivi, cazzo! Ma lui fa il superiore e gli altri se ne escono che sentono la bruttaria che tira. Così restiamo faccia a faccia e ci guardiamo dritti negli occhi in un interminabile silenzio, finché la sua bocca non accenna a un sorriso smorfiosetto e quando vedo che sta proprio lì lì per ridere mi getto fra le sue braccia e gli lancio un cazzotto allo stomaco e mentre è ripiegato uno schiaffo e gli urlo tu mi ammazzi, tu mi ammazzi e continuo a menarlo e poi lui si rialza e mi sbatte contro lo stipite della porta e mi dà un calcio sulla gamba e urla anche lui e mi chiama marchettaro che lo sa bene quel che facevo alla Montagnola eppoi non solo lì. E io gli do un altro cazzotto in faccia e lo stringo per i capelli che ci ha il sangue che gli cola e gli grido avanti sputa tutto e lui sputa e dice fra uno schiaffo e l'altro e pugni e calci che voleva starsene da solo e che la vita a due gli ha rotto il cazzo, perché noi la si pensa diversamente e io devo ancora imparare a reggermi con tranquillità questi rapporti e smetterla di bere che così mi rovino, guarda lì ci hai già la panza gonfia. "Risolvi invece i tuoi casini e datti da fare, mica l'ubriacone da mattina a sera, sempre a piangere sulla mia spalla se uno ti dice finocchio. Guarda chi sei per la madonna, che da quando viviamo insieme anch'io ci ho preso paranoie e nevrosi e tutte le avemarie del caso!" Non ci meniamo più ora, ma siamo in piedi uno di fronte all'altro senza parole a leccarci le ferite e io non ho il coraggio di alzare gli occhi e capisco che veramente sono peggio dell'edera, dove m'attacco muoio e forse c'ha ragione lui che non faccio altro che scaricargli addosso tutte le mie paranoie, cioè dire sempre, fai te che per me è lo stesso. E infatti Dilo lo dice che questa mia passività gli ha rotto il cazzo, perché uno non può mica starsela a menare per tutta la vita se è così, ma piuttosto viversi bene e anche meglio degli altri. Questo lo dice sottovoce come se sussurrasse mentre si tocca la bocca e si guarda le dita insanguinate. Mi lascia lì e va verso il bagno e quando mi passa davanti io non ho il coraggio di far nulla, ma sento un singhiozzo dietro l'altro e metto giù le lacrime in silenzio. Poi mi faccio forza e lo raggiungo davanti allo specchio che si sta medicando e si è tolta la camicia e le braghe e c'ha dei segni rossi anche sugli stinchi. E lui non mi caga, fa come non esistessi finché alzo la testa e pure il braccio per toccarlo e allora ruggisce di scatto schiaffandomi quel gesto e grida di sparire, prender aria, raus, raus, che non ti posso più vedere lì pietoso a chiedere il bacio della pace e piangere che non sai fare altro e l'han capita tutti ormai che sai fare solo quello, via via! sloggiare e circolare! E a questo non sono mica preparato e scappo via che mi sento meno della cacca. Dopo arriva lui che me ne sto sdraiato sul letto a pancia in giù e al buio e tutto sbavato e dico "Scusami Dilo non volevo proprio farti male che ti amo che di più non potrei e ho scazzato a prendermela così, lo so" e lui si siede accanto, poi si mette sopra e mi copre e appoggia la testa sulla mia e dice sottovoce hai fatto bene, perché queste cose uno se le deve scegliere da solo e farsele da solo e io t'ho lasciato solo un poco, perché non è giusto che tu viva sempre addosso a me e lo so che non abbiamo un modello per il nostro amore, ma questo va anche bene perché ci obbliga a trovarcelo insieme tutti e due e crescere insieme e accettare quel che capita con tutte le conseguenze, mica bere o rimuovere o far finta che non accade niente anche dentro a noi solo perché ci vogliamo bene, cioè anch'io ti amo, ma per questo vorrei che tu comprendessi che prima o poi sarai solo e questa storia la ricorderai se t'ha fatto crescere sul serio e io l'interrompo e dico che non le voglio sentire queste cose, che ci soffro, ma lui continua "Anch'io vorrei che non ci si lasciasse mai, davvero, io ti amo" e allora alzo su la testa e lo guardo e lui s'avvicina con la mano e mi dà un buffetto sotto al naso tutto smoccciolante e mi prende fra le braccia e continua a sussurrare io ti amo e allora ci stringiamo ancora più forte eppoi facciamo all'amore tutto dissestato e ammaccato con la faccia gonfia e gli occhi neri e le ossa rotte, senza luce e senza musica, ma va bene così è meglio così è stupendo così.

E si apre una storia nuova nella nostra vita, più consapevole, più adulta, perché le crisi e i cazzotti van bene quando servono ad andare avanti e si risolvono con scazzo che non è giusto far sempre i piagnoni e i vittimari e dar la colpa a chi non si sa chi, cioè sappiamo benissimo a chi dover torcere le budella ma bisogna pure andare avanti e lottare per quel minimo che ancora ci resta e cioè anche solo un rapporto, una storia, un amore e insomma mille e mille ricordi anche belli e strasognati e magari d'un tempo davvero passato che si stava bene a fare i ragazzi, be' tutte queste cose non valgono la benché minima speranza di un'ora finalmente adulta e migliore per tutti e per questo qui si vivacchia e ci si dispera, mica farsi pippe e nostalgie da mattino a sera. Insomma inizia settembre e ce la passiamo abbastanza bene soprattutto quando arriva il quattordici e io faccio ventunanni e Dilo mi regala una bicicletta nera e lucente e sono tutto preso dalla commozione e gli getto le braccia al collo e gli dico che tutto è davvero fantastico. Poi nel pomeriggio percorriamo i viali dei Giardini Margherita, io che pedalo e lui sulla canna col gelato che sbrodola sulle braccia e mi piace da morire sentirgli il suo odore appoggiandogli le labbra al collo e dietro le orecchie. Fino a sera pedaliamo un po' ubriachi quel magnifico quattordici settembre, un caldo primaverile, una luce schietta che quando il sole va giù i mattoni di

Bologna avvampano rossi come se la città dovesse da un momento all'altro bruciare e noi restare i soli superstiti scendendo allacciati dai colli verso le macerie sulla nostra bicicletta fiammante.

Ognitanto riceviamo posta da Anna e Gigi che a Milano sembra se la passino comsì-comsà, qualche scazzo, qualche miseria e un po' di tranquillità. Con Dilo non ci sono casini, siamo molto innamorati, vivacchiamo da froci tranquilli ma succede che in autunno tutto si mette in moto come una corrente sotterranea che butta i germogli, un germinal anticipato che ci getta in collettivi e riunioni e si vede che nelle osterie c'è qualcosa di nuovo, forse soltanto più voglia, ma non so bene di cosa. Dilo e io siamo nel collettivo omosessuale, la maggior parte sono studenti fuorisede ma ci sono anche marchette e superchecche e qualche criptochecca che ha fiutato l'aria nuova e viene alle riunioni come se dovesse andare a battere, non dicendo nulla ma roteando gli occhi, tutto un su e giù di ammiccamenti ma è giusto che sia così e ottobre-novembre è tutto un grandaffare, preparativi di spettacoli e recitals e uscite fuori disastrose nei cinema che quando arriviamo noi in ventitrenta tutti chiassosi ci guardano come pazzi, ma nessuno si azzarda a dir niente e noi ce la ridiamo perché andiamo benone. Verso la fine del mese Gigi ci invita a Milano, dice che all'inaugurazione della Scala ci sarà casino eppoi una festa in Piazza Vetra e insomma "se voi venite ci si rivede e ci si diverte". E così per Sant'Ambrogio Dilo ed io si va a Milano, l'appuntamento è in Piazza Duomo nelle prime ore del pomeriggio, noi sbarchiamo in Centrale al mattino, ma si sente che è una brutta aria quella che ventila. Mangiamo qualcosa dalle parti di via Torino e Dilo dice "Esco un attimo a prendere le sigarette" gli dico "va bene" e vado al cesso. Quando esco inizio ad aspettarlo ma passa un'ora e non lo vedo tornare così che arrivo all'appuntamento da solo e Gigi e Anna sono fermi in mezzo a dieci poliziotti che li perquisiscono e chiedono i documenti e io mi tengo da parte ma Piazza Duomo viene completamente assediata dalla polizia che è tutto un cellulare e schieramento di scudi e camionette che fa venir freddo perché loro si battono i manganelli sulle gambe e sembra debbano caricare i turisti da un momento all'altro. L'Anna la lasciano, ma Gigi viene portato su un furgone con altri e spariscono. Io aspetto che l'Anna arrivi dalla mia parte, poi ci abbracciamo e le chiedo che cazzo succede e lei dice che son tutti stronzi, quelli che hanno incendiato gli autobus e quelli che si menano lì vicino e io le dico "Non trovo più Dilo" e allora andiamo a casa sua perché non c'è niente da fare e passiamo la notte in soggiorno, ma prima di arrivare in Regina Giovanna abbiamo superato quattro posti di blocco e sempre è stato un farsi mettere le mani addosso e declinare a bassa voce il nostro nome. Ma tutto è andato bene per noi due, anche se mentre trascorre la notte pensiamo che forse il Gigi lo stanno menando e Dilo... vorrei che se ne fosse tornato a Bologna, che non m'ama più e che m'ha lasciato così senza dir nulla, in un bar di via Torino, il giorno di Sant'Ambrogio. La notte succede casino e quello che abita con loro torna con la testa mezza spaccata e sanguinante ma non ci si fida a portarlo al pronto soccorso. Lo medichiamo come si può, poi verso le due viene uno che fa medicina, lo visita e dice che non è tanto grave, ma che sarebbe meglio portarlo al pronto soccorso, non a Milano. Lui non ci vuole andare, dice che si sente benone, poi sviene e si è costretti a chiamare un taxi e Anna e lo studente di medicina lo accompagnano e spariscono. Resto in casa da solo, mi maledico per essere stato così ingenuo a venir su, ma non ci si aspettava questo casino. Verso le quattro ritornano tutti e tre, hanno trovato un medico che non ha segnato la visita e ha accettato di mettergli a posto il cranio senza avvisare il piantone. Viene mattino e siamo ancora lì, il ferito che dorme, Anna ed io con gli occhi gonfi, un gran puzzo di mozziconi e lo studente continua a fumare celtiques una dietro l'altra. Verso le dieci e trenta suonano al telefono e Anna risponde concitata, poi sbuffa e sorride appena, capisco che è il

Gigi che è tornato e bisogna aprirgli la porta. Ma Anna si volta e dice "C'è anche Dilo, tutto ok" e allora scendiamo di corsa, ci abbracciamo ci baciamo e "porcodio prima che si torni a Milano"...

Nella vasca da bagno Dilo racconta la brutta giornata. Appena uscito dal bar chiede a un passante dove sia una tabaccheria, questo gli indica la piazza, lui s'incammina e scrocia d'un tratto in un blocco volante della polizia che chiude la strada con le camionette per traverso. Lo fermano, vedono che è di Bologna, che ha l'accento di Roma e quindi pensano che è uno sbandato e precario venuto su per far casino e dunque lo portano dentro. Nello stanzone palestra della questura Dilo si trova con un centinaio e più di altri ragazzi, i più giovani avranno tredici anni, i più vecchi ventisei, tutt'al più ventotto e incontra pure due in completo da tennis con le borse e la tuta che passavano dal metrò del duomo e li hanno messi dentro, così imparano a girare con quelle racchettazze contundenti. E infine trova anche Gigi e si fanno coraggio dicendo che non s'azzarderanno a far niente, che forse a mezzanotte, terminata la prima alla Scala, li lasceranno andare e invece devono attendere le nove del mattino e trascorre una nottata con gente terrorizzata e altra che fa confusione e Dilo lo chiamano in un ufficio tre quattro volte e ogni volta sempre la stessa domanda e i confronti con i fonogrammi che hanno richiesto alle questure di Roma e Bologna. Ma per fortuna è incensurato e così con il Gigi lasciano finalmente via Fatebenefratelli e se ne tornano in Regina Giovanna. "Però ad esser sincero ci ho avuto una fifa che..." io non lo lascio continuare, mi avvicino ancora di più, l'acqua esce sciabordando dalla vasca. Dopo mangiamo insieme qualcosa, ma decidiamo di tornarcene a Bologna il più presto possibile, Gigi dice "Peccato" noi "Un'altra volta andrà meglio" e li salutiamo sulla porta, anche il ferito che apre gli occhi e li strizza perché è l'unica cosa che può fare, tutto immummiato com'è.

Il settantasette inizia con Dilo ed io a Paris, chez les folles. Ci si diverte abbastanza, merito dei boulevards innanzitutto, ma poi m'accorgo per la prima volta che la vita a due mi sta impoverendo, che non riesco a sopportare di stare con altri e tutto mi dispiace perché sento come avessi messo la testa a posto, che poi non è vero. Però in quella settimana non ho tempo per pensarci sopra troppo perché siamo sempre sballati a forza di haschisch che è ottimo e di marja che è buona, ma così buona che ti stona soltanto l'odore. Michel una mattina entra nella mia stanza, io mi sveglio e guardo Dilo che dorme nella sua solita posizione col cuscino sopra le orecchie. "Tu viens boir un café?" Tossisco. "Ça-va Michel." Usciamo, fa freddo, i miei Levi's diventano duri di ghiaccio e ogni passo è una sofferenza. In un bistrot che sta aperto tutta la notte beviamo il caffè e mangiamo dei croissants caldi caldi, saranno le sei al massimo. Michel mi prende la mano e dice che non gliela fa più, che è stanco e che vuole morire. Gli dico Michel non menare queste cose di mattino per carità, ma lui d'improvviso si mette a piangere e io mi commuovo perché vedo questo ragazzone di trent'anni bello e pulito che piange, piange senza singulti, lascia soltanto che le lacrime scendano sulle guance e sui tovagliolini con gli occhi sbarrati e assenti e io lo vedo in una visione come una statua miracolata e ho paura e allora gli afferro il braccio e lo scuoto e per pietà Michel destati e andiamocene. Finalmente si muove e lo trascino sul boulevard, eppoi scendiamo al Quai e fa freddo che quando uno di noi parla gli si appanna il fiato come una nebbia in cui l'altro si perde. E Michel parla, perdio quanto parla quella mattina che ci facciamo tutta Montmartre nel gelo e finalmente ci scaldiamo in un caffè e beviamo due pernod a testa; parla lento come se ogni parola gli costasse una tremenda fatica a salire alle labbra, ma io continuo a tenerlo sottobraccio perché sento che abbiamo bisogno uno dell'altro quel giorno così attaccati siamo un po' più forti, ognuno nelle sue miserie. E dice guarda, io mi sento che tutti mi leggono dentro come fossi di vetro chè non ho più nemmeno un angolo in cui tenerci il cuore e il mio territorio di libertà, no, mi fanno male gli occhi della gente, è un momento così tante volte è passato, ora sono qui tutto terremotato di dentro e sento questo sisma che mi traballa le budella e se sto seduto anche la sedia che l'altra notte al cinema ho gridato terremoto, terremoto e la gente ha urlato, però ero solo io e Paulette s'è messa a ridere, però non mi passa non mi passa santiddio, e piango una lacrima sull'altra che non so da dove vengano fuori, però escono e sembran mare, salate e blu. E io gli dico te agli altri non devi manco pensare che sono tutti stronzi idioti e non sanno nemmeno che cosa voglia dire essere liberi o felici, mentre tu lo sei perché hai la tua vita con gente bella che ti vuol bene e allora che ti frega, pensa a te che vali, pensa a noi che siamo la razza più bella che c'è, me lo ha insegnato Dilo questo, ridi, ridici pure su, noi sì che siamo una gran bella tribù. E allora sembra che piano piano tutto passi, ma si sa bene che non basta dire due parole o inventare uno scherzetto o fare una rima sciocca, e che quando uno ci ha i cazzi suoi, be', sono veramente suoi, non c'è da fare un cazzo, manco gli stoici gli epicurei o i filosofi, niente. Non si può impedire a qualcuno di farsi o disfarsi la propria vita, si tenta, si soffre, si lotta ma le persone non sono di nessuno, nel bene e nel male. E quando c'è un po' di coraggio in più o quando i pugni in tasca sono davvero serrati e le labbra strette e gli occhi piccoli, quando c'è paura ma tanta tanta e non si sa bene di cosa, però c'è sempre gente che ti segue anche nel cesso, succede. Anche per Michel succede e noi non si è potuto impedir nulla. François e Paulette e Lucien tornano alla sera, non si sapeva dove rintracciarli. Siamo sconvolti e per fortuna c'è Dilo che è forte e parla lui alla police e agli altri. Rimaniamo altri dieci giorni finché François non perde quello slavato delle orbite e Michel riposa al camposanto.

A Bologna ci è difficile inserirci nuovamente in quello

che si era lasciato e non appena a febbraio si occupa l'università dico a Dilo "non me la sento, ho bisogno di stare solo con te e basta, cerca di capire amore" e lui dice "ti capisco, ma vieni anche tu che è bello vedrai, stanotte si dorme là e così anche domani e c'è posto per noi, ce lo siamo conquistato, perdio non lo capisci?" ma io proprio non capisco e finisce che resto chiuso in casa anche a marzo e il mio pensiero è continuamente al corpo di Michel che sotto terra si decompone e si scioglie e io non riesco a sopportare questo pensiero di morte e scrivo che voglio essere cremato perché questa corruzione del corpo non la sopporto e non tollero che dove Dilo ha baciato crescano le bestie, ma Dilo non capisce questo mio sfarmi a pezzi tanto che lo vedo sempre meno, anche a fare l'amore. E finisce, così... Una notte mi alzo dal letto e prendo a girare per casa e guardare dalla finestra il cielo, poi torno sotto le coperte e mi alzo e prendo una matita e scrivo "Caro Dilo ti lascio che sono stato tanto bene assieme a te come mai mi era accaduto e non importa che ora ti dica quanto ti ho amato e ti amo, perché sai benissimo che non appena riguardi a quello che siamo stati, li trovi facilmente i segni del nostro amore. Sono tutti lì che dicono ciao a me che me ne vado perché proprio non ce la faccio a immaginarmi il tempo dello squagliamento e del deterioramento, con te che arriverai qui e comincerai a cancellare tutto e io non voglio che si apra la battuta di guerra, tutti e due lanciati a stracciare le belle cose che siamo stati, c'è solo tristezza quando si finisce una storia come la nostra, lasciamola dunque così, io non voglio infierire". Dopo, via.

A Milano Gigi e Anna sono contenti di rivedermi e mi chiedono notizie di quello che si fa a Bologna che a stare a sentire i giornali succede la rivoluzione, ma io dico non so nulla e loro capiscono che sono a secco, terribilmente a secco. Mi sistemo sul divano della cucina e al mattino devo alzarmi presto e rimettere il letto a posto sennò non si passa e non si sa come preparare il caffè. Seguo Gigi che lavora in una scuola elementare, una classe lui, una l'Anna e una Bepi al mattino, al pomeriggio altri tre che devo ancora conoscere. Imparo da Gigi a fare qualcosa, gli sto sempre dietro e dimentico giorno dopo giorno Dilo. Il lavoro mi prende molto e c'è un mese che faccio anche il pomeriggio e poi le riunioni coi genitori e arrivo alle mie quattordici ore di lavoro giornaliero, ma stiamo andando bene e c'è un collettivo che al Centro Sociale vuole collaborare. Ci si mette insieme, bambini, maestri genitori e ragazzi e si preparano delle uscite nel quartiere e delle storie da raccontare e tanti tanti disegni di come erano le case trentanni fa e le vie e i mercatini e poi un plastico e ore e ore di registrazioni coi pensionati che al circolo raccontano senza interruzioni e così, piano piano si raccoglie il materiale per costruire una rappresentazione e una storia del quartiere e della gente che ci lavorava e succede che... una mattina mi chiamano in direzione didattica e lui da dietro la scrivania mi dice che non è colpa sua, che non può farci niente, ma alcuni genitori hanno avanzato obiezioni e che a lui non interessa la misura dei miei gesti, né il tono della mia voce e nemmeno con chi me la passi la notte, ma... sbatto la porta e torno in aula come nulla fosse successo, ma il giorno dopo mi sento crescere contro l'antipatia e le difficoltà e l'ostilità e anche le persone con cui prima lavoravo e si andava bene anche la domenica che m'invitavano a pranzo, anche loro sì sembrano spiacenti, ma... Io dico che alla fine è giusto che me ne vada perché a incrognirmi in questa faccenda rischierei di sputtanare quei due mesi di lavoro e trascinare nello svacco anche altri che invece sono proprio quelli che devono continuare e quindi dico al Gigi, è meglio che continui tu e io ti seguo dal di fuori, perché non è colpa loro, di quelli che lavorano e si fanno il culo se faticano ad accettare un finocchio, pazienza, qui sono in gioco troppe cose per una storia che invece è solo mia e quindi un fatto personale, pazienza, lo so che la vita da finocchi è difficile... Ma alla fine lascio tutto e quando Gigi dice che ha saputo chi è stato a mettere il veto sul mio nome

al consiglio d'interclasse, che ora sono pronti a mobili-
tarsi contro quel fascio e quel direttore che vogliono
bloccare il nostro lavoro, anche allora dico lascia perdere, non me la sento di affrontarli, sto solo, sto qui a dise-
gnarti le carte di Propp e magari ne faccio delle stampe
da vendere perché stanno venendo bene e continuo a
far gli aquiloni che ancora me ne chiedono tanti... Il
giorno che c'è la festa e tutti escono ed entrano dalla
scuola e nelle strade c'è una bella confusione e i muri
delle case sono rivestiti dai disegni dei bambini e dalle
storie dei vecchi, Gigi mi dà duecentomila lire e dice
che non ne ha di più, ma quando il comune salderà allora ce ne saranno altrettante perché ho lavorato sodo e se
il lavoro è venuto bene che sembra si faccia il contratto
anche il prossimo anno e un libro per l'Emme Edizioni,
è anche merito mio; io allora dico che vado via, a Bologna, e do qualche esame al Dams, poi prima di prendere
il treno in Centrale gli scrivo una lettera e gli dico che la
strada per cambiare la scuola è ancora lunghissima e che
non serviranno queste feste e queste uscite e che quando
non ci sarà scuola la scuola allora sì che funzionerà e
sarà bella finalmente, perché uno si alzerà e andrà al cinema e a fare all'amore ed è questa la scuola, cioè l'esperienza, mica la normalizzazione, te lo dico io che ho imparato più da un pompino che da ventanni di esami.

Vedo Dilo dopo questi mesi nella sua casa, gli porto
come regalo una fiaschetta rivestita di pelle con su scritto Gin e una pipa che ho comprato sottocasa. Mi accoglie con un bacio leggero sulle labbra che contraccam-
bio tremando. Nella sua camera c'è un ragazzo molto
giovane e dall'aria dolce che legge James Baldwin, mi
guarda "tu devi essere quello che ha imbrattato tutta la
casa, o no?" e sorride alzandosi e io arrossisco e sto per
dire, va be' sono io lo sporcaccione, però lui allunga la
mano e ce la stringiamo e capisco quel poco che c'è da
capire. Mi passa al fianco uscendo, ci guardiamo negli
occhi e lui li riabbassa prontamente e arriccia il naso
quasi timido. Dilo si siede sul letto e dice siediti qui an-

che tu e lo raggiungo e gli prendo la mano e la bacio e l'accarezzo ma lui dice "quello che hai scritto è stato terribile, ora sì che è davvero finita" e allora mi getto tra le sue braccia e ci baciamo dentro la bocca, ma sono offset così offset che mi viene da vomitare e mi alzo e dico "Dilo ora non ho più casa qui a Bologna e volevo chiederti se avevi un posto, non più di un mese, quel tanto che serve a trovare una sistemazione decente e riallacciare i vecchi rapporti" e lui m'interrompe e dice capisco, ma reggeremo questa nuova situazione? Scuoto la testa e dico di no, che non la reggerei e non la reggo nemmeno adesso e che stupido che sono stato a venire, devo sempre rovinare tutto accidenti e non capisco mai quando è ora di dire basta alle storie e così riprendo la mia roba ed esco, lui Dilo non m'ha accompagnato, s'è limitato a tenermi gli occhi addosso come dovesse gelarmi di sale. La casa non si trova, non si trova e resisto una settimana mica di più a dormire all'ostello e mi dico che è giunto il momento di tornare a casa, a Correggio, che in fondo da quando sono partito tre anni fa sarò tornato non più di cinquesei volte.

Piantar radici diventa così facile che arriva agosto e nemmeno ho voglia di andarmene via, ma poi acconsento e mi imbarco in una spedizione in auto verso Londra con vecchi amici del liceo e tra questi c'è Rosanna con cui studiavo ogni giorno al ginnasio e si facevano tanti sogni insieme e si ascoltava *Per voi giovani* e si andava spesse volte al cinema e allora sì che c'era tanta voglia di starci al mondo e allacciare intensità e circuiti con tutti e nessuno riusciva a fermare la selvatichezza di quelle giornate trascorse a immaginarci adulti e forti e duri, noi contro tutti. Con l'Università ci siamo persi di vista e dopo, anni dopo anche per sempre, ma adesso abbiamo tante cose da raccontarci e nessuno dei due immagina quel che poi accadrà una brutta giornata di aprile. Partiamo dunque e dopo ventiquattr'ore ininterrotte di viaggio tocchiamo l'Inghilterra e prendiamo alloggio a

Kilburn, sulla Bakerloo Line della metropolitana di Londra. Siamo in quattro e la sera facciamo di solito tardi sbevazzando avanti e indietro, soprattutto lager bier che qui è davvero buona e non ha niente a che spartire con le birre bionde del continente. Lasciata l'underground verso mezzanotte percorriamo il viale cantando e ridendo verso il villino in cui alloggiamo e che fa tanto Free-Cinema, John Schlesinger tanto per capirci. Da un lato della strada in leggero pendio sbucano tre ragazzi di corsa e ci arrivano addosso e poi ne saltano fuori altri quattro e ci prendono a botte e allora scappiamo e raggiungiamo di corsa la casa, ma la fuga ci ha sgranati e l'ultimo è quello che ha le chiavi per cui noi tre siamo lì trepidanti e bestemmianti e gli urliamo "sbrigati, sbrigati!" ma lui è lento e non gliela fa e viene raggiunto e menato e noi si rimane davanti al cancelletto impalati dalla paura, ma dura un attimo, bisogna aiutarlo povero cristo, e lo raggiungiamo urlando inferociti tanto per spaventarli ma quelli non si spaventano e ci menano e prendiamo anche una coltellata che per fortuna è solo di striscio e sfodera il giubbetto, ma le chiavi sono fortunosamente passate nelle mani di Rosanna che corre sola verso la casa, corri corri vecchia stella, eddai che gliela abbiamo ormai fatta e così apre finalmente la porta e riusciamo a ritirarci, malconci ma salvi. Così io sul letto, mentre riprendo fiato e cerco di allontanare la paura dico che domani me ne vado e che Londra mi fa schifo e che ci sono troppi delinquenti in giro se arrivano a menare anche noi che siamo scassati e lisci che più lisci non li trovi nemmeno negli sleeping da dieci penny. E infatti il giorno dopo Rosanna ed io torniamo indietro e lasciamo gli altri due con la macchina diretti a Edimburgo, in Scozia e spendiamo i soldi del soggiorno per il rientro in treno. Mentre trasbordiamo a Calais, le dico senti, sono stanco di farmi menare e prendere sempre botte e non gliela faccio più con questa vita scassata e vorrei mettermi tranquillo perché sono stanco di tutta questa cialtronata che è la mia vita e se una volta pensavo che avrei

anche potuto esser felice solo che trovassi un uomo da
farmi, ora dico che anche questo non basta perché non
si vive in un letto o in un cinema o in un appartamento o
in un cesso e io sento la mancanza di tutto quello che
non è cinema, non è appartamento, non è letto e non è
cesso cioè sono stanco e vorrei dormire per una eternità
e magari svegliarmi che tutto è cambiato e finalmente si
sta bene e non bisogna menarsela tanto con l'alcool e i
buchi e i soldi e... Poi lei dice che faccio la lagna e di
smetterla lì perché cerco sempre giustificazioni e meglio
sarebbe se mettessi la testa a posto che è il solo modo di
sopravvivere in questo merdaio che si chiama Italia e allora le dico che son tutte cazzate e che in Italia sopravvi-
vi solo se hai la lira e anche così fai una vita di merda
perché... insomma torno a Correggio da solo perché Rosanna la perdo a Milano che si prende un treno per la
Versilia e se ne va nella sua casa al mare e mi dice anche
vuoi venire, ma io rifiuto, non ho nessuno a casa, starò
bene e mi riposerò vedrai, vedrai, vedrai... Poi a Correggio diventa tutta una morte civile ed erotica e intellettuale e desiderante che ti chiedi la gente come fa a sopravvivere e capisci la sera, guardando dal balcone le
stelle e la luna che il prezzo è davvero alto e che sono
tutte sublimazioni e che è vero, più si vive più si è costretti a castrarsi e ...Viene settembre, faccio ventidue
anni e sono solo. Mi faccio un giro di mura sulla mia bicicletta e penso a Dilo e al suo corpo e alla sua voce e alle sue dita che mi piaceva tanto tenere in bocca e succhiare come caramelle, poi a Michel che non c'è più e a
François eppoi a Mario quella notte al Vondel Park e a
quel risveglio sottile e sognato e a Ibrahim che chissà
che fine ha fatto poveraccio, e a Sammy che non è più
tornato, porco agente della CIA, e a Luca e a Christopher
e alle partite di basket e ai blues sulla scalinata di Santo
Stefano e allora vedo tutti i miei amori come perle di
una collana sbandata e che altro non faccio che staccare
queste perle e ormai c'è rimasto soltanto il fildirafia e sono a secco, così a secco che quasi mi imbarco nel servi-

zio militare e mi impicco così ce l'hanno loro proprio
tutta la colpa di questo mio fallimentare tirar di conto.
A Reggio mi faccio poi un giro di buchi e arrivo a farne
tre-quattro-cinque-sei-sette al giorno anche se non so
più bene cosa sia il giorno e cosa la notte e dormire e
star sveglio e così passo tute le ventiquattrore in piazza
finquando mi danno il foglio di via e torno a Bologna,
ma senza buchi non gliela faccio e meglio tornare a Correggio, al CIM che almeno me la passano loro e ho benemale una casa. Quando Mattia arriva a Correggio io sono scoppiato sfatto, ma non più di tanto perché l'istinto
di sopravvivenza è l'istinto di sopravvivenza, e da questa
tautologia nascono i giorni migliori, senz'altro. E Mattia
lo vedo in vasca una mattina alto e bello che arriva all'u-
no e novanta come me e quando lo abbordo mi piace da
morire girare con lui che mi fa sentire normale e la gente
ci guarda che sembriamo i figli del Walhalla perché uno
alto da solo è uno scherzo di natura ma in due è una razza superiore. Di Mattia m'innamoro e facciamo sempre
le tre-quattro del mattino a contarcela e menarcela in giro per la campagna e le vecchie case di Correggio che a
lui di Mantova piacciono tanto e gli ricordano quei pae-
sini della bassa che ci stai bene perché non c'è pula nelle
piazze a rompere i coglioni. E a Correggio prende a nevicare e mentre nottambuliamo pieni pieni di alcool, la
neve ci fa i capelli bianchi come vecchi ma basta che li
scrolliamo e siamo ancora ventenni e siamo belli... lui sa
che sono finocchio e una notte cerco di baciarlo e di
stringerlo ma non succede nulla, non si va più in là di
qualche carezza imbarazzata, tantonemmeno riesco a
strappargli un pompino che ne ho voglia-voglia che quasi scoppio. Dopo tutto si corrompe e si sfalda col disge-
lo che inizia subito dopo Natale e per Capodanno c'è il
sole e Mattia se ne va e mi dice che è stato bene ma deve
tornarsene a Mantova a studiacchiare e "ti ringrazio che
mi hai insegnato tante cose" e lo vedo partire e scoppio
a piangere in sala d'attesa che si avvicina una suora e fa
povero figliolo e io la guardo e le dico porcodio, fatti i

cazzi tuoi che sto malemale che di più non potrei. Torno a Bologna ma c'è sempre Mattia alto e bello con quegli occhioni biondazzurri che mi fanno impazzire, ma lui si sbatte con le donne, io sono tagliato fuori e giro per Strada Maggiore come un tagliato fuori, cioè guardo i miei piedi e sento di camminare sui carboni accesi come un mentecatto invasato che ci prende gusto a far bruciare i piedi suoi, tanto non li sente neanche suoi. Così faccio un bislacco tentativo di suicidio perché ad ammazzarmi non gliela faccio, ma tentare sì e allora passerò un poco di tempo in clinica e almeno avrò da dormire e mi faranno tanto valium che mi piacerà. Mi sveno il polso sinistro e vedo il sangue e ho paura, ma poi mi faccio anche il destro, il tutto nella toilette di un bar e mentre divento dolce lascio che il mio sangue sbuchi fuori di sotto la porta che se entra qualcuno mi portano dritto dritto all'ospedale, ma nessuno viene e allora dico che potrei anche morire e ho paura e sto per urlare ma tutto dura un attimo perché poi prendo gusto ad abbandonarmi in terra e ascoltare i miei sensi partire e sento la mia voce che dentro dice stai calmo, ora ce l'hai fatta, stai calmo, dormi che hai vinto e chiudo gli occhi e mi sveglio tanto tempo dopo in clinica con la gente intorno, ed è davvero un brutto risveglio perché ormai ero più di là che di qua ed era molto più difficile tornare indietro che continuare, ma la cameriera ha dato l'allarme che ero tutto rosso e sanguinante e a forza di trasfusioni e cure m'hanno fatto tornare quaggiù nella merda, poi giorno dopo giorno dico meglio così, è come se fosse passata la crisi, ho voglia di vivere.

Ed è Karla la mia nuova voglia di vivere, Karla con le storie del suo bosco boemo e la sua voce scricchiolante, Karla con il suo corpo un giorno grasso, uno secco, i capelli ora lunghi ora corti, Karla che scende dal suo reparto nella mia corsia e si siede sul lettuccio e racconta e la notte vado io su e strizzo l'occhio all'infermiera di guardia, tanto sa che sono frocio e che tengo il permesso del mio indagacervello. Insomma è Karla questo mio ri-

sveglio, Karla che nient'altro è che una bella ballata di
Leonard Cohen, una canzone ubriaca e roca. Chiacchieriamo chiacchieriamo, lei ventottenne spiantata e ricca
appena separata da un maschio italiano stronzo e gigolo,
io un po' a secco come sempre, un po' euforico come
sempre. Dura una settimana perché poi mi dimettono e
allora sono costretto ad andarla a trovare in clinica perché lei non la lasciano ancora. Facciamo progetti insieme, non appena fuori si andrà ad abitare sopra Verona
dove ha una casa e io accetto e ho voglia di andare con
una donna e di starci a far l'amore e di viverci insieme.
Io non so bene ma con Karla è sempre un interrotto comunicare e anche i silenzi fra noi sono belli perché non
pesano, insomma è un'empatia molto forte e dura il
tempo che dura. In Piazza delle Erbe, a Verona, un giovedì che siamo scesi per il mercatino incontro alcuni ex
di quando avevo quel giro di buchi a Reggio Emilia.
Sento un pugno allo stomaco e strattono Karla dicendole di entrare nel primo bar e di perderci, ma loro mi
hanno visto, mi inseguono e mi vedono con questa bella
donna che è Karla e chiedono soldi dicendo che a Reggio non si può più stare, che sono tutti pieni di fogli di
via, tanto che in città possono incontrarsi solo sugli autobus, mentre a Verona ce n'è quasi come ad Amsterdam. Io dico che non buco più e che non c'ho i soldi e
cerco di svicolare verso Piazza Brà e in effetti li lasciamo
lì e torniamo a casa, ma la notte dormo molto male e il
giorno dopo sono sballato e nevrotico e litigo con Karla,
ma lei sembra capire e non reagisce. Dopo ci si saluta
freddi come bambini che hanno sciupato il gelato.

Dilo abita sempre nella stessa casa di Bologna, ma in
compagnia di un ragazzo che non è giovanissimo, ma è
uno schianto, un corpo stupendo anche sopra ai vestiti e
infatti fa il ballerino al Comunale. Quando suono il
campanello le gambe mi tremano, poi lui appare ed è
gentile, ma io lo sento freddo anche quando offre del tè
e mi guarda con le braccia incrociate sorridendo, come
dire, racconta un po' la vitaccia che fai. Ma io non apro

bocca, non ci riesco. Lui dice che mi trova sciupato, l'altro, il ballerino, non dice nulla, poi alla prima parola che gli esce capisco che è uno straniero perché col Dilo se la menano in inglese. Dilo dice che ha avuto notizie dal Gigi, che se n'è tornato a Correggio e che con l'Anna hanno rotto e che non sapeva dove trovarti. Ma io voglio parlare d'altro e anche se la faccenda del Gigi mi stupisce, mi sento solo di fare all'amore con un uomo e soprattutto con Dilo che da quando l'ho lasciato un anno e più fa, non l'ho potuto fare con nessuno. Ma poi la svoglia mi prende perché capisco che non c'è più nulla da fare e quando un amore finisce, finisce sul serio e non ci sono pezze o nostalgie che lo possano togliere dal sepolcro. Purtroppo.

Sul treno di ritorno per Reggio di fronte c'è un ragazzo sui venticinque che mi guarda e ogni tanto sorride e quando a Modena gli altri dello scompartimento scendono, si alza di scatto, chiude il separé e abbassa le tendine e dice che così si è più tranquilli. Poi allarga le gambe e mi guarda. Abbasso gli occhi e mi volto indifferente verso il finestrino e conto le teste delle persone che sostano sui binari. Ma il cuore palpita e anche il sesso e perdio la fortuna che tutti capiscono che sono finocchio anche 'sto stronzo. E lo stronzo mi tocca la gamba e fa piedino che quasi rido e grido brutto puttaniere che cazzo vuoi? Ma poi non lo dico perché sarebbe veramente un controsenso e anche se lui non c'ha molta verve non gli ci vuole molto a dire apri il culo e io sblat. Non appena il treno s'avvia cambia posizione e si mette al mio fianco e mi tocca la coscia con la mano. Al cesso c'è puzza e fa freddo e la luce è livida e scolora come sotto il tavolo di un chirurgo e lui tira fuori la sua anatomia e la sbatte in faccia e dice fammi un pompino e io lo prendo in mano e in bocca e gli stringo le cosce e mi faccio chiavare in bocca ma lui poi mi distacca e dice voltati e io mi volto e lo mette dentro tutto e mi brucia, ma vengo e viene anche lui dicendo ce l'hai così tenero che sembra una figa e io mi volto sudato e gli dico la gente come te serve solo a far pompini brutto idiota e lui prende a scazzottare e a dire scemate ma io non l'ascolto, non posso, perché penso a Dilo, caro Dilo ora sì che t'ho fatto finire.

Al Posto Ristoro della stazione di Reggio bevo quattro fernet di fila poi mi metto a fare lo stop verso casa e arrivo che è notte, suono dal Gigi, è lì, ci abbracciamo e "Siamo ancora insieme, vero?".

Agosto trascorre lento, solo, la notte a girare per la campagna e contare i pioppi sugli argini e bere. Il Gigi ora starà dormendo, la mia scommessa è persa. Non importa... Sulla mia terra, semplicemente ciò che sono mi aiuterà a vivere.

SENSO CONTRARIO

Sulla terrazza del BOWLING una sera noiosa e ubriaca, bere martini uno dietro l'altro prima vodka e poi gin, sentire le chiacchiere di un tizio sballato che ne ha passate di tutti i colori perseguitato com'è da un Burberrys chiaro. Una serata davvero vuota, le olive finiscono, il tizio che impreca e bestemmia e non gli basta scaricare la rabbia sui birilli, no deve pure rompere le palle.

Guardo dalla vetrata di cristallo la città stretta nella notte. Oltre il cavalcavia le luci della stazione, di lato invece la piccola palestra di karatè, ci lavoro un pomeriggio su due, tenere in ordine i registri dei corsi, spazzolare la moquette, strusciare le piastrelle dei bagni, controllare le serrature degli armadietti nello spogliatoio, centocarte al mese. Davanti la piazza con la filovia, le pensiline, la gente che aspetta battendo i tacchi.

Specchio il mio viso affaticato e sudato, appena terminata la partita del Torneo Amatori, persa per un soffio cazzo, due birilli. Poi capita al bar Ruby e si vede subito che cerca la mia faccia in mezzo alla gente, perché non appena mi scorge gli si illumina il sorriso e non sembra piu tetro come quando è entrato. Così si avvicina e fa ciao toccandomi sulla spalla e dice in un orecchio vieni, ho voglia di stare con te. Lo guardo, penso mi mancava proprio stanotte un cesto di braccia in cui rannicchiar-

mi, dico di sì, hai fatto bene Ruby a venirmi a cercare, va
be' dimmi dove andiamo.

Ruby ha ventisei anni, mi fa da fratello maggiore in
serate come questa, non lo conosco da molto, ci siamo
incontrati a un concerto rock, me l'hanno presentato,
non sapevo fosse frocio così a prima vista tutti gli attributi del maschio pieno di sborra, la barba arruffata che
s'attorciglia sul petto, la piega delle chiappe soda e mu-
schiosa, un cazzo che esplode dai jeans ad ogni passo,
certo che non l'avrei mai detto non credevo che un frocio potesse parlare solo in dialetto e fare il delinquente,
no, e certo che incula bene, mi piace starmene con lui a
sonnecchiare, mi protegge, mi rannicchio nel sudore
delle ascelle, ma una volta al mese non di più, in fondo è
monotono ha la scopata drammatica, recita urla, non ha
gran talento, il suo cazzo è l'unico ad avere talento, stasera, stanotte lo vedremo.

Ha lasciato la sua seicento lungo il piazzale coi fari accesi tanto era sicuro di rimorchiarmi. Salgo su, be' hai
pensato allora dove andare? Risponde che mi vuole godere un poco, ci si vede così di rado, e insomma ho pensato a un pasto godereccio a Montericco, sopra Reggio
dove si beve dell'ottimo chianti a caraffe e si mangiano
verdure ai ferri e buone granaglie. Così dico che va bene, che per me è tutto ok, che un pasto decente non lo
rifiuto mica, altroché.

Accendiamo lo stereo, vale più quella cassettina nera
lì che dieci seicento messe insieme, ascoltiamo gli effem-
me. Infiliamo poi la strada per lo Stadio e dopo passiamo a lato dell'Arcispedale; la via corre dritta fra le colline ora anche a Canali dove stanno i milionari e ci
bazzica ancora gente che conoscevo, ognitanto. Poi dico
ho voglia di uno spino, perché so che il Ruby ne ha sempre piene le tasche e infatti ridacchia attendi un minuti-
no *putél*, passato l'incrocio. Dopo senza indicare la direzione con la freccia, svolta verso il fosso a lato e si
stoppa, così di brutto. Esce, cazzo, proprio ora deve pisciare, ehi Ruby non metterci tanto, sgrilla presto, cazzo.

Mi accendo la sigaretta e mentre sto trappolando con la radio sento tutto un frrrr-frrr e un grattare attorno alla macchina e sferragliare sotto al cofano, diomio la concorrenza di altri ladri, ma invece è Ruby che s'accanisce disteso in terra e cerca un sacchettino di cellophane che dopo porta in macchina ruttando trionfante. A me mi piglia una gran fifa perché oltre a una stecca di merda da cinebrivido c'ha anche tante bustine di neve e accidenti a lui se qui ci fermano ci sbattono in galera per il resto della nostra vita, kaputt. Soprattutto il Ruby schedato e condizionato come si ritrova che a rubare un pollo si farebbe dieci anni filati e se ora è fuori è solo grazie all'amnistia del presidente galantuomo, viva il presidente. Così la fifa al culo si fa sempre più impellente e arriva un battito di paranoia, subito volato via non appena si scalda il fumo e l'odore è proprio buono.

Ruby ha una pipa speciale per queste cose e se l'è fatta da solo come un narghilé da taschino, cioè ha preso dei tubicini di plastica e li ha inseriti lungo la canna della pipa, uno in alto e uno più vicino al bocchino. Poi li ha infilati, nell'estremità libera, in un vasettino di ansiolin e, attenti al prodigio! pieno d'acqua. Così il fumo viene deviato nel primo tubicino, transita per l'ansiolin, si raffredda, torna su nell'altro eppoi in panza nostra, olé. La droga prende bene e subito e comincia dalle gambe e poi sale sale e prende lo stomaco che ti senti come dopo un pranzo di famiglia e poi la testa e finalmente sballi e allora son tutte rose e fiori, davvero, no problem no cry.

Guardo tranquillamente fuori dal finestrino abbassato, ho il braccio penzoloni e quasi tocco terra, ma quando me ne accorgo lo tiro su e il gioco è fatto. Ruby canticchia e allunga la mano fra le mie gambe e mi stoccazza, io lascio fare che mi piace creare intimità, però poi gli dico di pazientare un po' che non mi va che mi spari una sega così alla malandrina. La sera è limpida e tirata a lucido e stringendo gli occhi è possibile vedere lontano giù fino a Reggio con le sue luci gialle e azzurre e in fondo, dalla parte opposta, la sequenza gradevole delle montagne una a ridosso dell'altra come s'ingroppassero e anche se ormai è notte si distingue il vertice del Cusna e il Ventasso e il Cavalbianco che bambino scorrazzavo in lungo e in largo perché amavo la montagna e soprattutto quella poca libertà che però sembrava allora tanta tanta, più di così non se ne può. Attorno a noi invece le colline che paiono intatte in quest'oscurità, ma basterebbe un raggio di luce più intenso, la doppia wu di Cassiopea più vicina e a quel punto mortale apparirebbe il loro grembo squarciato dagli speculatori delle ceramiche piombate, operai con la vescica incancrenita, bambinetti coi polmoni già distrutti e incatramati dalle scorie, grrrr.

Intanto abbiamo imboccato una stradicciola in salita un poco oltre Albinea e la carcassa della seicento traballa come c'avesse la scossa su per quei tornanti di ghiaia. Dura poco, al fine le nostre gomme scricchiolano neorealisticamente sulla piazzola di sosta.

Apro lo sportello e il fumo esce, sembra una mongolfiera che si svuota, siamo già belli e suonati tutti e due. Mi getto su Ruby, lo abbraccio nel tentativo di reggermi in piedi e poi ce la passiamo forte in bocca e sento quel suo buon puzzo di whisky che è uno scioglimento, giammai non resisterò a labbra umide di whisky, ahimè, però come hai fatto bene a venirmi a cercare amico mio.

L'osteria è una vecchia casa di montanari che poveretti sono scesi a lavorare l'argilla piombata che già sapete, e nella stalla hanno ricavato una taverna con tutto attorno l'intonaco grezzo, ci si può neanche appoggiare accidenti, ti buca tutto. Ci sediamo allora sulle botti che fan da seggiolini e ordiniamo da bere e da mangiare, intanto ci facciamo fuori la tazza ripiena di pop-corn che sta lì sull'altra botte-tavolino a dire siate i benvenuti.

C'è altra gente, più o meno i soliti fauni che s'incontrano in questi anni di rincoglionimento generale, però belli e vivibili né più né meno degli altri. Piuttosto non ci sono vecchi come ancora in molte osterie della bassa Reggio che li vedi coi loro toscani biascicati fino all'inverosimile e appiccicati all'angolo delle labbra che nemmeno uno sbadiglio sboccalato riuscirebbe a far cadere, sempre pronti a ricordare e canticchiare, una volta avviati non si fermano più. Se ne stanno scomparendo anche loro insieme ai prezzibassi, alle tovaglie di plastica, ai muri scrostati e caliginosi, però ci si può almeno appoggiare. Restano in pochi qua e là e quando li si incontra è un indefinibile trapasso d'esperienza che capita, un attimo di comunicazione, quella vera, persino ardente e si rimane poi lì tutta la notte a menarsela su e giù dagli anni, avanti e indietro nel tempo in una bella confusione che però è la storia viva e anche storianostra. Ma qui non ce n'è e noi si continua a bere e parlottare finché non arriva un ragazzetto e chiede se c'abbiamo del fumo. Ci guardiamo in faccia prima di rispondere e poi lo facciamo insieme, ci siamo capiti, Ruby dice no, e io sì. Cazzo! Così il ragazzino sta a fissarci, insomma ne avete o non ne avete? E io ribadisco il mio sì e Ruby il suo no, allora alzo la voce, Ruby non fare la pella! Se ne va bestemmiando a prenderlo, io strizzo l'occhio al ragazzino, così si fa.

Si chiama Lucio questo pupazzetto, ha una voce gracchia, fa apprezzamenti sul Ruby, lo conosce bene lui e anche quelli del suo giro lo conoscono, perché il Ruby gliene ha date tante di bustine gratis, cioè solo per un pompino. E ridacchia e chiede se ce n'è di quella roba lì e io dico ce n'è, ma non basta mica che lui ti succhia il cazzo, che credi? Se vuoi venire con noi ci vieni a letto. Allora guarda storto, l'ho ammazzato il furfantello l'ho stracciato, poi alza gli occhi e dice non mi chiedi mica una grande novità, per cui savà, savà. Dopo se ne torna al suo tavolo e quando Ruby rientra gli dico che bella roba ho combinato cazzo, lui se la prende e dice che a fare marchette ci va senza il mio interessamento, cioè io voglio stare con te che mi frega di quello lì? Ma io racconto tutto imbriacato di quello che si potrebbe combinare in tre e dico porcate e maialate e la cosa mi prende, mi appassiona, più bevo e più c'ho voglia e guardo Lu-

cio che sorride anche lui povera bestia e batte i tacchetti
che si vuole sbrigare al più presto. Ma noi ancora dobbiamo far fuori il secondo e bere almeno un altro litro di
chianti e poi del fernet che ci si risollevi un poco, almeno lo stomaco. Ruby paga poi tutto lui, usciamo sulla veranda, si vede il castello, sul picco della collina di fronte,
a guardia della valle con tutte le sue luci colorate, perché è una balera e non ci si può entrare prima dei trentanni, così almeno dice Ruby, nessuno c'ha venti carte
da sputtanare solo per entrare in quel trojajo lì. Sulla veranda ci sediamo con le gambe penzoloni e ci facciamo
una sveltina, di fumo che credete? cioè come dire uno
svuotino con l'emmesse. Lucio ci raggiunge, dice dove
cazzo vi siete cacciati. Ruby risponde sgarbato. Comunque siamo pronti a scendere dalla collina verso il lupa-
nare.

Non appena vede la seicento carcassona il moretto
piagnucola e dice di volere stare davanti sennò ci vomita
tutto addosso, cinquemila di conto letteralmente in merda. Va' dove vuoi faccio, non mi frega mica niente a me
stare aggruppato come un abortino, mi va bene così.

Ruby scende i primi tornanti in folle e io comincio a
bestemmiare, se ci molla il freno voliamo dritti filati a
Reggio, ma lui niente, se ne sbatte dei miei timori, ride e
grida olé dal finestrino e ne infila uno nell'altro, oo-ooo-
oolé fuori due! si rattrappisce attorno al volante, si curva tutto anche lui come un timone e sghignazza, piantala
di fare il matador, cazzo! Finalmente arriviamo in falso-
piano, in fondo luccica lo STOP della provinciale, penso
attaccherà il motore, frenerà accidenti, ma Ruby nulla di
tutto questo, ride ride e pure il riccioletto ride, e la seicento corre come una maledizione verso il giallo io stringo gli occhi e dico frena, frena accidenti, e Ruby fa
wooowwwww, ficca dentro la terza, un'impennata, tutto
un rumore e vibrazioni e grancasino che la carcassa sembra dovere fare splut splut da un istante all'altro. Ma al-
l'incrocio tutto bene, mi sciolgo un poco. Ad Albinea
Ruby non s'arresta a uno stop, passa dritto con le mani

inchiodate al volante e la zucca riversa all'indietro verso di me aaaggghhh! E io per carità Ruby mi fai crepare stacci attento! E anche Lucio capisce che questo qui non c'ha più senno e raffica una sequela di madonne che tutto il paradiso arrossirebbe per cent'anni. La carcassa è lanciata come uno sputnik, sembra si facciano i duecento mica gli ottanta, e dieci chilometri più avanti al semaforo fermo sul rosso Ruby finge di arrestarsi, scala in seconda, il motore ha un'impennata da scalzarci fuori, la lamiera tossisce, poi getta la terza e riparte e giù a ridere, anche io, si sta bene così sballati, neanche paura. Ridacchio e dico Ruby mi fai morire, però lo dico come dicessi mi fai godere.

Abbiamo acceso lo stereo, massimo del volume naturalmente, e urliamo la miusic che salta fuori e passiamo per un qualche centro abitato con gli abbaglianti accesi che la gente esce fuori dai bar e applaude, evviva, passa il cantagiro. E siamo tutti contenti e scannati che ci diamo anche cazzottini sulle spalle e io m'attacco al collo del Ruby e gli faccio un succhiotto ridendo, che mi dice sembro proprio Nosferatu. Dopo s'avverte un suono come di una sirena, mi volto e vedo dal lunotto un faro azzurro che lampeggia, ostia la pula! Ma Lucio dice che sono i Vigilantes panzoni e che ha visto la loro Ford un trecento metri prima e anche Ruby controlla nel retrovisore e li inquadra giusti giusti e allora stacca una bestemmia e dice porcodio questi fascisti, ammazza 'sti sceriffi, ma di che cazzo s'impicciano, che cazzo vogliono questi tutori scassati della fobia collettiva che non fanno altro che snidare coppiette nei campi e fare i sadici e i coglioni a chiedere documenti a tutti, anche a me 'sti pistoleri di merda m'hanno fermato, brutti stronzi che si credono nella prateria, che l'inferno se li cucchi e se li ciucci accidenti a loro! Io continuo a tenere sotto controllo la situazione e urlo, i gringos sono alle calcagna cazzo! e fai qualcosa diosanto, ma quel che Ruby può fare è solo spegnere i fari, sfigato lui, la macchina di Zerozerosette, ah se gliel'avessimo che goduria! Scrasch

scrasch due missiloni nel culo e loro BUUUM! spariti scoppiati, ah che goduria!

Il frastuono del motore tirato al massimo e le vibrazioni non ci fanno più parlare e così ognuno grida per conto suo e non si capisce un cazzo di quello che blateriamo. Lucio lo vedo che piagnucola e trema e c'ha la cagarella. Io dico le distanze come uno scorer su Lancia Stratos: centocinquanta, cento, ottanta, settanta ci sono ormai addosso e lancia il razzo diocane, dai! Ma Ruby non capisce e io strattono Lucio e gli grido nell'orecchio tieni aperti i tubi e passa al Ruby quel che ti dico cazzo che lui non si può voltare povero cristo, e renditi almeno utile! Ma lui s'incazza duro e si mette a tremare tanto che lo devo tenere fermo e lui grida mettetemi giù mettetemi giù, neanche c'avessimo il seggiolino volante, povero idiota. Intanto loro ci sono ormai addosso e il nostro vantaggio si assottiglia e io dico accidenti qui ci prendono la targa e primaoppoi ci chiamano in questura, ma Ruby tranquillizza, è rubata è rubata, niente problemi, solo seminarli, così che mi prende un colpo e in galera mi ci vedo digià.

Ormai abbiamo raggiunto il rettilineo e fra poco si entrerà in Reggio da Santa Maria orapronobis! se riusciamo a mollarli lì è fatta, ma con la nostra fuoriserie sputafuoco ci vorrebbe almeno Goldrake, via più veloce della luce!!! Quelli dietro sempre col faro addosso che oramai ci hanno fatto la polaroid e buona notte al secchio. Arriviamo al semaforo con un distacco ridotto veramente al minimo, dieci quindici metri. È rosso. Sospiro. Ruby si butta a pesce nell'incrocio, è l'ultima occasione, lo sappiamo tutti e tre o la va o la spacca, cazzo! Così stringiamo gli occhi e il cuore in mano e tratteniamo il respiro per l'apnea di quell'incrocio da attraversare che sembra lungo come un'autostrada. Ma nel mezzo, nessuno. Il clacson, il lampeggio degli abbaglianti e il casino arrestano una Dyane rossa con quattro scalmanate sopra, a un paio di metri eppoi subito all'uscita un camion passa davanti come una diapositiva nera, un attimo di buio, ma poi siamo subito di là e il faro azzurro invece ancora dietro. A luci spente ci inoltriamo in un vicolo e facciamo all'incontrario sensi unici e divieti di transito, poi finalmente sicuri arrestiamo la macchina dall'altra parte della città, in periferia, dietro il campovolo. Scendiamo. Ma non c'è tempo per riposarsi un poco. Ruby comincia a smontare quello che si può ancora recuperare, lo stereo e altra roba. Lucio ed io strappiamo la targa e la gettiamo nel prato incolto. Facciamo tre chilometri a piedi e in silenzio, dopo raggiungiamo la casa del Ruby.

Sudiamo abbondantemente, si vede dalle nostre facce non appena ci gettiamo sul letto. Lucio prende a dire che vuole subito quello che gli si era promesso e anche il doppio perché la fifa che deve smaltire non la caccia mica via con un quartino solo. Ruby è attaccato alla bottiglia di whisky, non risponde. L'altro alza la voce svegliando dal rintontimento anche me. Ruby prende una fiala di morfina e gli dice tieni questa e non rompere il cazzo, e lui s'incazza e urla che questa è roba da fradici e che i patti erano una pera... poi capisce la faccenda, si butta dentro quello che c'è e così sia. Io mi affianco a Ruby, mi passa da bere, ho una voglia terribile di toccare qualcuno...

... Mi sveglio nel pieno della notte, l'orologio segna le tre e un quarto guardo il corpo nudo di Ruby il suo cazzo ammosciato il suo torace l'altro è riverso a pancia in giù non mi piacciono granché le sue cosce torno a letto non riesco a chiudere gli occhi penso e ripenso rumino e rigurgito che sia sul serio fuori? Bacio la guancia pungente di Ruby scendo dal letto vado a pisciare mi vesto esco di casa c'è freddo ormai sono le cinque da un po' cammino nella città deserta respiro e cammino. Incontro uno spazzino in piazza mi dà da fumare anche da bere dal bottiglione di folonari. Mi metto verso casa in attesa di un passaggio o della prima corsa dell'autobus di linea accendo la sigaretta ho la lingua gonfia un sapore disgustoso in bocca mi bruciano gli occhi mi sento meno che uno straccio. Ormai la luce è forte salgo sull'autobus non ho soldi, mendico dai pochi passeggeri mi siedo guardo dal finestrino la città perdersi nella periferia la campagna sfilare... Sento come mi fosse improvvisamente cresciuto dentro un vuoto enorme.

ALTRI LIBERTINI

E verrà ormai il Natale, anche quest'anno, già da tempo fervono i preparativi per la settimana sulle Dolomiti, a casa dell'Annacarla, e le ricerche dei pacchidono e di tutte le cianfrusaglie colorate dell'occasione, il Tolkien's Calendar, le agende in seta di Franco Maria Ricci, i tabacchi Dunhill per la pipa e anche quel poco di Laurent Perrier che si riesce a fare su stiracchiando il prezzo dai grossisti, cioè sette carte alla bottiglia.

Però col Natale viene anche l'anno nuovo, si deve chiudere la vecchia amministrazione, pagare il canone e il bollo e l'assicurazione e le altre porcherie, anche all'università. E a Bologna in questi ultimi giorni c'è gran casino, tutta la folla incazzata dei ritardatari coi piani di studio da consegnare e gli attestati di frequenza e il rinvio del militare, perché poi non c'è più tempo e anche le agenzie pirata non accettano più commesse, per cui ci si deve sbrigare da soli, fare ore di sosta e attesa e di bestemmie e poi finalmente guadagnare il portellino, sbattere giù gli incartamenti e dopo correre in stazione a ciuffare il treno, nemmeno il tempo di bersi un cioccolato da Zanarini o farsi il Pavaglione in santa pace ora che appunto le vetrine sono stracolme di bellaroba, ma davvero. E così sempre di corsa su e giù dall'autobus e dai treni e dai pullman per tornare in questo cesso di paese staccato dal resto del mondo e per fortuna che sono giorni belli, senza nebbia che altrimenti tornerebbe l'isolamento assoluto e sai che bella gioia starsene in quarantena coi paesani. Ma finalmente è finita, è finita con le resse e le strafile e le code agli sportelli. Affanculo ora con tutto, bisogna soltanto aspettare Natale che almeno per un po' ce ne andremo via.

Ci troviamo ogni sera al bar dell'Emily Sporting Club che è sotto al pallone pressostatico della piscina che così d'inverno diventa coperta mentre in estate rimane all'aperto in mezzo a tutti quei pratolini fioriti. Lì siamo sempre in sette otto a sbevazzare e dir cazzate e dare calcinculo al tempo che c'ha proprio solo bisogno d'esser così strapazzato per avanzare con un tantino appena di brio. Siamo sempre i soliti assatanati che ci conosciamo da quando eravamo bambinetti e già all'asilo ne avevamo pieni i coglioni gli uni degli altri. Insieme comunque abbiamo frequentato le scuole materne, le elementari e poi le medie, anche le superiori e dulcis in fine tutti nello stesso ateneo bolognese, anche quei paraculi del Vincenzo Manfredini o dell'Alfredo Canerelli che potevano benissimo frequentare giurisprudenza a Modena, ma gli anni che passano qui legano, ma legano tanto che son venuti a Bologna anche loro, così per non dimenticarsi le nostre facce. Dopo ci sono la Ileana Bertelli che però la chiamiamo tutti quanti Ela e Annacarla Pellacani che qui è digià stata presentata come padrona dell'appartamento in Val Badia, e anche Raffaella Martellini che è cicciona e sta sempre a mangiarsi cioccolata ed è un poco spaccaballe perché fuma a scrocco e mangia di continuo e ci ha dei capelli lunghissimi a riccioloni che noi diciamo si fa i bigodini con le cicche delle multifilter la sera quando è a letto che si legge *Cime Tempestose*, fumando naturalmente due pacchetti di roba e infilandosi i mozziconi addosso perché di posacenere non ne ha. Di donne, basta. C'è un altro ragazzo che si chiama Vittorio Martellini, il fratello della cicciolona, ma non si vede quasi mai allo Sporting, non lo so proprio il perché. Infine ci stanno un paio di busone e una si chiama Miro, l'altra son io.

Succede che un pomeriggio di questi, verso sera, capita al bar dello Sporting dove tutti siamo rintanati, un gran figone, alto e bello, tutto biondazzurro e colorato che si siede e ordina un drinkaccio. Avrà sì e no i nostri ventidue anni e si vede anche di lontano che è un figlio della buona razza dei maschi trionfatori, lo si vede per come cammina, con il passo da conquistatore e il suo incedere sprezzante che dice bellefighe rottinculi son qua io, niente paura ce n'è per tutti. E invece sembra proprio che per tutti non ci sia assolutamente un briciolo, perché il Miro gli si fa incontro e comincia a cicalare con la sua parlantina scivolosa che noi si capisce che il primo passo dell'intorto è cominciato, anch'io lo capisco dal mio sgabello e un po' mi dispero perché io non sono mica una checca della gran razza del Miro che coi numeri che c'ha si può fare Keith Carradine su un piede solo e senza scomporsi tanto nel far filo, oppure Burt Reynolds con gli occhi chiusi e Miguel Bosé per traverso e per rovescio, no, io sono di quell'altra razza di checchine schifiltose e piagnone che finiscono sempre, mannaggia a noi, a far intorto ai bambinetti e rischiare anni di prigione se va bene, altrimenti bastonate e legnate sul groppone e non solo mica lì. Ve lo garantisco. Comunque il Miro prende a fare il paraculo intorno a questo e io sento che gli dice persino vieni a casa mia per questi giorni che ti fermi e balle varie. Eppoi se la svignano insieme e prima di uscire dalla portaoblò il Miro dice a me "paga tu anche per l'Andrea" si dà un colpo al culo e oplà se ne va. Le altre che erano in piscina a nuotare vengon su come ranocchie quando c'è lunapiena e cominciano a far domande e starnazzare e chiedere chi era quello lì che me lo sbatterei sul tavolo, senza tanti complimenti e così via, tanto che io m'incazzo e vado fuori e dico belle mie, è il Miro che se lo gode, chiudete pure tutte in coro le passerine, sblat! Però loro mi inseguono fino a casa l'Annacarla, la Ela e la Raffy cicciolona cosicché son costretto a raccontare chi era quello là e ci prendo gusto perché racconto un sacco di balle e loro che bevono come delle assatanate. Dopocena si va poi al cinema che danno *Sebastiane* per mio diretto interessamento, un mese di telefonate al gestore mi son fatto, e ci divertiamo a sentir parlar latino soprattutto io che proprio non reggo la sequenza del martirio e mi vengo addosso come un pippaiolo, ma questa è un'altra storia, che non racconterò.

Il mistero attorno allo straniero resiste, non si breccia nemmeno nei giorni seguenti. Noi non si capisce proprio come il Miro faccia a starsene in casa e non rispondere al telefono e nemmeno al portone d'ingresso; non lo si capisce mica tanto come da un giorno all'altro si sia messo in testa di non farsi più vedere nemmeno all'ora dell'aperitivo o la sera allo Sporting, come fosse la cosa più semplice di questo porcaccio mondo smettere le abitudini. Eppure nessuno è riuscito a rintracciarlo, tanto che dopo un po' si pensa abbia preso il volo e noi ad augurarci che precipiti al più presto.

La sera stessa di tutti quei fumamenti di testa e cogitazioni e fatture intorno al Miro ce lo vediamo sbucare davanti in compagnia della Walchiria, ci tiriamo su con la vita, finalmente è tornato da noi a raccontare. Però quel che racconta sottovoce non è cosa gradevole, cioè due giorni di intorto per non beccare un cazzo, ahimè. E dice pure che l'Andrea non si dà, non si dà porcaputtana e che ce le ha messe tutte per farsi far su, ma quello irremovibile duro come un sasso, cioè moscio moscio perché proprio il Miro non gli tira "pensa un bel ragazzo come me snobbato dal primo lombardo che capita tra le chiappe e vedi anche tu Chicca mia che quello si guarda le ragazze come le dovesse sbranare e fa tutte moine da granfiga perché non ci vuole mica tanto a capire che loro, le troje, lo puntano e se lo farebbero anche in apnea, anzi se lo cuccano digià là sotto, ostia non vedi che non tornano più su ostia ci annegano sotto agli occhi la malora!".

Però poi tornano tutti a galla, la Ela l'Annacarla e l'Andrea e anche la Raffy col suo chewingum impermeabile, tanto per sgranocchiare qualcosa anche lì sotto. E il Miro riprende la tiritera e dice che l'Andrea fa il fotografo ed è arrivato quaggiù per un servizio sulle cascine e le viuzze d'Emilia, che due maroni, e che a tavola è una cosa insopportabile che si vorrebbe fare tutti i piatti emiliani dai tortelli di zucca a quelli d'erba, ai tortellini di carne alle fettuccine gialle e verdi al ragù naturalmente eppoi le lasagne al forno con la besciamella che ha assaggiato tante di quelle volte ma che gli piacciono ancora moltissimo e per la miseria non l'hanno stufato neanche un po'. È la fatica a fargli assaggiare il couscous e il kascha fritto nel tamari e le alghe kombu in insalata e il nituké di carotine e tuttequante le cose biologiche, ma lui niente, irremovibile anzi ha detto che se io m'ostino a voler mangiare quelle porcherie lui se ne sarebbe andato all'osteria e io "vai vai all'osteria sporco turista di merda, vaqueros dei miei stivali" ma cosa vuole questo lombardo Chicca mia accidenti a lui. E questa è stata la prima sera, quando l'ho abbordato che c'eri anche tu. Se ne è uscito all'osteria ed è tornato imbriacato. Io lo ospito volentieri che non si sa mai quel che può succedere ma un po' mi sta rompendo il cazzo con tutte queste manie folkloriche che quasi gli chiamo su il coro di New Mondina Centroradio e glielo butto in pasto, poi vede se si diverte ancora. Ma in fondo penso che lui abbia voglia soprattutto di donne purtroppo, questo l'ho capito un po' tardi però l'ho capito. Guarda solo come si divertono questi etero di merda e ognitanto lo vedi anche te che l'Andrea guarda qua e sembra salutarmi, ma io non ci credo, ripete sempre la stessa cosa e sfotte, come se non lo sapessi anch'io dannato me che le ragazze han fascino. Imbecille di Andrea, lo so, lo so, porcaeva lo so, che anche la figa ha il suo fascino...

La notte la facciamo poi dall'Annacarla, nella sua soffitta di Piazza Bonifazio Asioli dove in questi anni ci si è sempre ritrovati a tirar mattino tanto da farla diventare un'istituzione del giro nostro, un po' come lo Sporting.

E in quelle stanze piene di spot arancioni e paralumi violacei è successo un po' di tutto e non c'è nessun fricchettino che sia passato da queste parti che non abbia trovato ospitalità tra gli Oscar Mondadori sparsi qua e là e tutt'intera la collezione dei Classici dell'Arte Rizzoli impilata come pronta alla rivendita tra la collana grigiobianca di Psicologia e Psicoanalisi di Feltrinelli, gli Strumenti Critici Einaudiani e quelli di Marsilio e di Savelli un po' bistrattati in seconda fila accanto alle Edizioni Mediterranee e alla Biblioteca Blu e ai Centopagine e ai rari Squilibri, troppo pericolosamente accanto agli Adelphi e ai Guanda civettosamente sparsi accanto ai beveraggi; e non c'è stato nessun precario capitato quaggiù a settembre a vendemmiare che non si sia stonato di tutti quegli incensi Made in India sempre accesi e sparsi, dai secchissimi bastoncini Musk di Lord Shiva agli aromi primaverili dei Bouquet dei Three Birds e a quelli Agarbatti cioè Jasmine, Patchouly, Rose, Amber, Violet, Chameli, Lotus, Mogra e quegli altri cofanetti sparsi del Panda Brand Incense ancora Ambergris e Jasmine, eppoi Sandal Wood e Cypre vicini quasi a confondersi coi sottilissimi Meigui Xiang, Tan Xiang, Tisian Tsang altri bastoncini fragili e sottili e puzzolenti anche dalle loro scatole cellophanate come quelli impastati al talco, i tibetani Wing Tun Fook pestilenziali davvero, insomma non c'è stato nessuno che una volta uscito da quelle stanze coi bracieri accesi senza soluzione di continuità non abbia stramaledetto quegli odori, così come non c'è stato nessun intellettuale della nostra provincia che qui non sia venuto a rovistare fra le centinaia di dischi e la selva dei posters e manifesti e gigantografie accatastate e usate come seggiole, oppure appesi alle pareti assieme alle sete e ai tappetini di cammello, come la foto di Carlos e Smith ancora riconoscibili all'Azteca di Città del Messico col pugno alzato e guantato di nero sul podio della premiazione, un gagliardetto dell'UCLA accanto a Mark Frechette e Daria Halprin spersi nel boro di Zabriskie Point e appena distinguibili sotto altri manifesti i capelli zazzeruti di Pierre Clementi nei Cannibali di Liliana Cavani, il viso spigoloso di Murray Head a confronto col pacato Peter Finch in Sunday, Bloody Sunday e appena la scritta Al Pacino in Panico a Needle Park e un guantone di Fat City e la città frontiera di The Last Picture Show, il ciuffo di Yves Beneyton nei Pugni in Tasca, quello di Giulio Brogi in La Città del Sole, Sotto il segno dello Scorpione, l'Invenzione di Morel e anche una foto di scena di John Mulder Brown che abbraccia la sagoma di Jane Asher nella piscina di Deep End e un'altra di Taking Off, una di Joe Hill, una delle Quattro Notti di un Sognatore che lambisce il viso di Hiram Keller nel Satyricon di Fellini che un po' si confonde con le locandine del Fantasma del Palcoscenico e quelle di The Rocky Horror Picture Show e sopra due disegni di Ronald Tolkien comprati da Foyles dignitosamente rivestiti di vetro come il piccolo Escher e le fotografie che riempiono tuttaquanta la parete e per la maggior parte autografate come quella di Francesco Guccini, di Peter Gabriel, di Marco Ferreri ritratto per le giornate del cinema italiano il due di settembre del settantatré, Annacarla coi capelli sciolti e le spalle nude, Ferreri con una camicia bordata di pizzo sul davanti e poi ritratti scattati qua e là a convegni e simposi e seminari e convivi, giornate rassegne e dibattiti a cui nessuno in questi anni si è sottratto... così nella mansarda ci prepariamo a far un cenone che qualcuno ha portato una stecca di fumo da Bologna e non bisogna mica farla invecchiare quella roba. Così ci facciamo uno spino e l'antipasto col prosciutto, poi un cilum e gli spaghetti biologici conditi con la verdura bleah, eppoi una pipata e un bicchiere di vino. Prima della carne in scatola una fumatina tanto per non trascurare il ritmo e alla fine insieme ai dolcetti della Raffy un ultimo joint avanti dello svacco di là, nell'altra stanza che vi ho già detto, a sentirci vecchiaroba ma ottima dei Jefferson Airplane e Soft Machine, qualcosina dei Gong e degli Strawbs e qualcos'altro di Lou Reed tanto per non scontentare il Miro. Poi altri spinelli

assieme a Trespass dei Genesis che tutti noi ricordiamo
a Reggio Emilia che eravamo quindicenni o poco più e
anche se capivamo ben poco di musica ci piaceva la gente colorata e chiassosa, certo piaceva perché si trovava
sempre un hippetto con cui limonare nelle gallerie del
Palasport o fare intorto e cicaleccio nei sottopassaggi. E
qui nella stanza passiamo la mezzanotte però non c'è
molta calma e tranquillità, l'Andrea non sta fermo un
istante e sembra fiutare le ragazze tutte quante e il Miro
sempre dietro a quattro zampe sulla moquette a tenerlo
buono. Poi si capisce che di tutto quell'annusamento la
Ela è la beneficiaria perché l'Andrea pianta la cuccia
proprio addosso a lei e si mettono a pomiciare spudora-
tamente sotto l'abat-jour e tutti quanti li vediamo senza
alcuna fatica, basta alzare gli occhi e te li trovi intrecciati lì, lunghi e distesi. Così cresce tensione e aumenta il
voltaggio della serata tanto che poi si vede, altroché se si
vede crescere la corrente, è tutto diventato uno sprizzar
scintille, il Miro che frigge luminoso e incazzato nel suo
angolo solitario e l'Annacarla che fa lo stesso, ancor più
offesa da padrona di casa così malcagata, insomma tutta
un cacciar faville dagli occhi, dai capelli, dalle mani e
anche dai denti.

Poi quando Raffy mette sul piatto Bob Marley e nessuno riesce più a star fermo loro i gabbati prendono l'occasione al balzo per ritirarsi a testa alta e ritmo di vudù. Difatti ci passano al fianco fieri e incazzati come due leonesse
e scompaiono nell'altra stanza a confabulare.

Che avran poi da dirsi noi ce lo immaginiamo senza
tanta fatica, è solo una questione di far combaciare i
punti di vista per togliere Andrea dalle braccia della Ela
e riportarlo in gioco. Insomma una questione di trame e
intrighi per cuccarsi il bel lombardo, senza alcuna esclusione di colpi. Perché si sa che dalla Ela gli uomini possono anche morirci perché è una bella figa, questo è innegabile, lo ammette persino l'Annacarla che però si
dice Granfiga e i maschi li usa per sbattere e morta lì,
mica come la Ela che gli uomini li vuole fare innamora-

re. E c'è sempre guerra tra le due e sempre si trovano un Granlombardo sulla strada come l'anno addietro con quello di Stresa che ha iniziato lei, ma poi la Ela lo ha fatto coinvolgere e allora amen. E ora che un altro affascinante barbaro è calato ha iniziato l'altra ma una battaglia non è la guerra, questo si sa e una guerra non è tale senza piano strategico e soprattutto senza grido di lotta e cioè "all'attacco, all'attacco" che col Miro sembra urlare in quel gesticolare sovraeccitato che li ha presi. La dichiarazione c'è stata. Vivaddio dunque, *si trami, si trami!!!*

Viene poi mattino, cioè sono le cinque e anche se l'alba non si vede si sente in gola che è tardi. Il Miro alza i tacchi per primo e dice Andrea, io vado, piantala lì che torniamo a casa. Ma l'Andrea non si scompone e il Miro s'incazza ed esce solo e arriva a casa smadonnando l'Ela, tanto che per le strade del borgo è tutto un risuonare di "Ela, Ela, Porca Ela!" quasi fosse una processione e invece è solo il Miro che ulula come un indemoniato e cerca fra i portici la casa. Ma lo sgobbo è pesante: ospitare un maschio e poi farsi metter fuorigioco subito dalla prima passera, qui bisogna battere in ritirata e darsi da fare, per prima cosa lasciarlo fuori stanotte e fargli pensare tutte le cose brutte che deve pensare, farlo infine salire eppoi recitare indifferenza, non aprire la ciabatta, costringerlo a sentirsi un pezzo di merda, un accattone, sfruttatore e magnaccia, mangiapane a tradimento. Questo si farà e dopo un paio di giorni l'Andrea capirà finalmente quale è il suo vero letto in questo paese di merda!

Ma no, suvvia non è debolezza. Un conto è parlare quando una persona, anzi la Persona, non c'è e un altro quando ti sta guardando con quegli occhi superfighi che anche se gli volgi le spalle sai benissimo che ti stanno appiccicati addosso e li senti come lanciassero tutto il loro voltaggio supersex, senza risparmiarti un centimetro di senso... e Andrea è bello, troppo bello per tenergli il muso e il Miro proprio non gliela fa a fare il duro ora che l'Andrea è appena rientrato e saranno ormai le sei.

No, è troppo difficile perché qui c'è il coinvolgimento, l'amore, e allora il Miro si fa coraggio e cerca di pensare un'azione per gettarlo dalla sua sponda, poi si decide, primo si volta, dopo lo guarda, gli si getta addosso, lo spoglia, gli fa un pompino e lo sbatte fuori casa. Bella progressione no? Però non lo fa. Se ci fosse coraggio lo farebbe altroché. Ma quando si decide e si volta l'Andrea non sta più lì e il Miro lo cerca allora nella camera da letto e lo scopre nella penombra che russa tra le lenzuola a torso nudo senza nemmeno il pudore di coprirsi le chiappe, nemmeno il timore del freddo e rigido inverno emiliano. Eccolo dunque il Granlombardo supervitaminizzato, eccolo il virgulto omogeneizzato del sessanta, un po' di nicotina sui denti, la barba sfatta, un russare invadente, un culo che... il Miro se ne sta lì a guardare e lacrimare in silenzio sopraffatto da tanta bellezza. E spiando il Maschio Addormentato s'addormenta pure lui.

Prende a nevicare nei giorni seguenti e noi ci si sente soprattutto per telefono tanto per non rischiare di vestirsi e approntarsi per il gran freddo e dopo non trovare nessuno, una volta fuori, nemmeno allo Sporting che oggi resterà chiuso perché devono spalare la neve che si è ammassata sulla cupola che così può anche diventare pericolosa, cioè cadere tutto come un palloncino bucato.

Io mi guardo spesso la televisione, riesco a raccattare anche film scomparsi o introvabili e una mattina di queste infatti riesco a captare Una Stagione all'Inferno che è un film su Rimbaud, non un granché, però ve lo dico tanto per fare un esempio di quel che si può ramazzare sulle bande selvagge. E me ne sto lì nel sacco a pelo sdraiato in terra col telecomando a portata di mano e una tazza di menta bollente accanto, anche al pomeriggio quando ci sono gli Ufo Robot che proprio mi piacciono come cartoni animati. Poi a una cert'ora devo lasciare tutto lo spiegamento e correre al telefono che suona da cinque minuti e ostia a lui non l'ha capita che non gli si vuole rispondere. Tutto incazzato dico chi è che suona al mio convento accidenti a te? e dall'altra parte è tutto un singhiozzare e sospirare e fare gulp e gasp che non capisco se ride o se piange quello di là, poi alla fine dice sono il Miro, ci sono novità.

Così mi vesto per la grande traversata di Piazza Leonarda Cianciulli, la Saponificatrice di Correggio, brrrr, e metto gli stivali di gomma e una mantellina gialla che ho espropriata alla Rinascente perché davvero carina, come al porto.

Il Miro sta sul divano a pancia in giù e un braccio pende verso il tappetino per terra dove c'è una bottiglia di Wiborova messa nel contenitore sottovuoto del frigorifero. E beve come fosse acqua del rubinetto. Poi m'accorgo che c'è anche la Ela in un angolo che dice "Che cazzo sta succedendo che l'Andrea non lo vedo mica più? Io credevo stesse qua" e allora interviene il Miro e fa "L'Andrea ha detto che veniva da te e poi non glielo domando quasi più dov'è che se ne va quando esce, non mi caga, non mi caga che devo fargli, anche l'interrogatorio? Cazzi tuoi cara Ela perché io non gl'impedisco nulla, tanto fa sempre quel che vuole lui... Però dove sarà?". Io dico non l'ho visto, cosa volete che ne sappia io e allora Miro beve un altro sorso e passa la bottiglia alla Ela e poi a me. Ci facciamo un paio di giri finché non ci si libera la mente e allora si capisce dov'è che s'è cacciato quel gran pirla dell'Andrea. Una folgorazione, tutti e tre ci guardiamo, ci facciamo seri e dopo spalanchiamo gli occhi, un unico grido "Annacarla, lei la bestia con chi è?".

Non si è poi faticato tanto a capire quel che si doveva e cioè che Andrea s'è messo a fare il fedifrago con l'Annacarla piantando in asso la Ela che poverina appare uno straccio e non fa che dire lo amo, lo amo si vede che lo amo, guardate qua, son pallida e smagrita, tutta smunta dalle pene dell'amore, tutta sfatta dal coinvolgimento della passione, guardate qua come riduce l'amore rinnegato, ahimè ahimè cosa accadrà di me? E il Miro a far da coro greco, a stracciarsi le vesti e i capelli tutti

quanti sul sofà e poi una volta in piedi s'attacca a tutti i
suoi tendaggi reggendosi la fronte con il polso e sempre
un ahimè anche quando cascano le tende e lui scivola
col culo sul parquet e gli esce una madonna che non sta
né in cielo né in terra tant'è grossa. Così avanti per tutta
la serata che io mi rompo il cazzo a star nel lacrimatoio e
dico belle mie la mi avete stufato proprio tanto, a un'altra volta, bye e vado via sotto la neve che riprende a
scendere e sembra si diverta un casino la maledetta a ca-
dermi sugli occhiali che così non ci vedo proprio una sega di niente.

L'Annacarla quindi l'ha spuntata e s'è messa con l'Andrea che pensa questa qui è davvero la donna più affascinante del paese e nemmeno la Ela la batte perché è
sensuale e quando sgrana gli occhi è il caso di dire che te
la fa vedere tanto è arrapante e trasparente che le leggi
fin sotto l'ombelico, appunto. E hanno trascorso insieme queste due notti dall'Aroldo in osteria dove Annacarla gli ha fatto l'occhiolino e gli si è avvicinata dicendo
sono amica del Miro e già ci siam visti anche a casa mia
te lo ricordi o no? Andrea se lo ricorda mica tanto bene,
ci aveva un po' l'appannatura con tutto quel fumo però
si dice dovevo proprio essere stonato se non l'ho vista
prima, poi pensa che non è mai troppo tardi, questa sì
che è una gran bella verità, meno bella che in questo
paese si conoscano tutti e il giro vada a senso unico però
chissenefrega. E in questo modo attacca l'adescamento
a bicchieri di vino tanto che l'Andrea si meraviglia di come beve questa qua e allora gli si scioglie il cuore perché
le ragazze che gli stanno dietro a bere gli piacciono, perdio se gli piacciono, di più, le ama. C'è anche un gruppetto di freaks nel locale che una volta bevuti si sono
messi a suonare la chitarra e cantare e ballare così che
Andrea s'è avvicinato e s'è preso l'armonica che stava
inutilizzata e ha fatto la sua parte e l'accompagnamento
eppoi anche Annacarla s'è gettata nella mischia e ha preso la chitarra e gli altri li stavano a sentire in silenzio per-

ché facevano tutto Bob Dylan, ma bene, così bene che pareva suonassero insieme da cent'anni e anche gli attacchi erano perfetti e l'Annacarla che cantava con la sua voce nasale che pareva Carole King, però è lo stesso, tutti a divertirsi. Anche la padrona dell'osteria che doveva chiudere all'una ma poi rapita dalla musica s'è addormentata su una sedia ed è stata lì a spigozzare da una parte e dall'altra che sembrava seguisse il sound e invece più probabilmente dormiva. Quando si è svegliata erano ormai le due e ha dovuto far fuori il baraccone anche quei trequattro vecchietti rimasti lì a ridere e piangere fra i loro bicchierozzi perché la giovinezza non c'è più e questa sì che è disperazione quando ti senti proprio uno scartino che sei lì solo per morire. Ma il trip li prende anche loro e si mettono a cantare e vociare e ballare incerti sulle gambe e tirarsi le carte addosso e anche il vino sulla testa e offrono toscani comuni avanti e indietro, proprio a tutti, ed è come offrissero un tesoro.

Quando escono tutto è bianco e blu, c'è una gran luna da innamorati con tutte le stellette e i lumicini e tanta neve dappertutto così che l'Annacarla e l'Andrea si mettono a coprirsi di neve e gli altri continuano a suonare e ballare nella piazza e allora diventa tutto un volare di palle di neve e crearsi barricate e prepararsi munizioni dietro alle auto in sosta anche se ogni tanto c'è qualche disertore che col fiato corto raggiunge i due amanti sulle scalette del monumento all'Antonio Allegri, detto il Correggio. E lì a passarsela forte in bocca stretti stretti ben attenti a schivare le palle quando tutti li bersagliano e sembra proprio siano al muro della fucilazione. Ma tanto che importa, loro se ne fregano e si gettano sempre più l'uno addosso all'altra e Annacarla infila una mano gelata sotto l'ascella dell'Andrea e lui le tocca il seno e lo sente vibrare e inturgidirsi al freddo delle dita, eppoi a rifare le stradine e i portici tenendosi per mano fino alla casa di Annacarla che lì, al caldo, succede quel che loro vogliono. Poi l'Andrea deve tornarsene a dormire dal Miro che sennò s'insospettisce e s'incazza da sbatterlo fuori e ora non è proprio il caso di lasciar l'affare che diventa sempre più piacevole. Però subito il giorno dopo a mezzogiorno si ritrovano e stanno a far l'amore chiusi in casa e mangiano e bevono e fumano e scopano ed è questo star bene diosanto, questa è bellavita, avere una gratificazione dietro l'altra e non pensare a niente se non ad abbracciarsi e succhiarsi da ogni parte. Questa sì sarebbe bella vita poterla far per sempre mica bisogno di soldi e lavorare e studiare e partire e perdersi...

Ma l'andazzo è ormai scoperto, la Ela continua a dir che sta male che le sembra di morire addirittura a saperlo tra le gambe di quella là e il Miro che smadonna e urla e corre per la casa stracciandosi le vesti come un'invasata da Zagreo. Poi s'acqueta e si fa accanto alla Ela e si raccontano tutto quel che Andrea gli ha smosso dentro nella vita e nell'immaginazione e così si scoprono alleati di sconfitta e la Ela parla parla e dice proprio tutto, anche qualcosa che forse avrebbe dovuto tacere. Ma si sa che quando si comincia a buttar fuori non ci si controlla più e così Ela dice che l'Andrea è un buon ragazzo e che la colpa non è sua di lui, ma dell'Annacarla se ci si trova in questo inghippo e che anche del Miro pensa bene, cioè gli è simpatico, ma davvero, solo che lui non può mica rimuovere tutta una soffitta di condizionamenti e tutta un'educazione, cosa vuoi Miro, bisogna capire, gli ci vorrebbe del tempo, se solo avesse tempo, l'ha detto – proprio così – il Miro mi piace, ma dovrei avere del tempo davanti per impararmi a vivere bene queste cose. Non fa in tempo a terminare che il Miro scatta dal sofà e inizia a saltellare si accende il More e si lancia in una dichiarazione di prammatica che non fa una grinza, tutta un farò così e colà eppoi... toglier l'Andrea dalle grinfie dell'Annacarla sennò ce lo sfinisce caramia.

Viene poco dopo il giorno della grande occasione del Miro perché Andrea svegliandosi vede un poco di sole e dice andiamo a girar Modena che la voglio vedere questa bella città che ricordo anche un libro di bellefoto, ma veramente, fatto da un tale che invece non ricordo più. Così mi porto la Nikon e faccio un servizio anche là. Partono dunque, il Miro s'imbelletta, prende il suo Toyota e via, verso Modena a girare in lungo e in largo da Piazza Sant'Agostino a Piazza Grande dove sta il Duomo e lì infatti entrano perché è il pezzo forte di Modena anche se ci sta un presepio e tutta un'avemaria natalizia che fa vomito. Poi si fermano sotto al porticato da Molinari a bere un frullato di frutta esotica che al Miro costa una follia, ma per Andrea ne farebbe ben altre follie, altroché. E da Molinari incontrano un culo di quelli da infarto con cui il Miro aveva una storia avviata quand'era poco più giovane e aveva più capelli in testa mica come adesso che tocca ormai il quarto di secolo e sulle tempie si vede certo che si vede, ogni mattina a tirarsi il ciuffone e farlo cadere bene a coprire tutte le toppe. Be', questo bellissimo qui si chiama Edy e fin dai saluti col Miro non fa che strabuzzare gli occhi sull'Andrea e fingere di cicalare col Miro invece guarda il ventenne di Andrea che Miro continua a tenere stretto al braccio e piega la boccuccia in una smorfia superiore come dire spegni il culo cara Edy, questo è mio.

Ma l'Andrea si lascia fare il filo da grandingenuo e così devono imbarcare sul Toyota anche il nuovo acquisto, sai che allegria per il Miro guidare nel traffico incasinato delle festività costretto a occhieggiare tra i semafori mentre invece vorrebbe tener dietro soprattutto alle mani dell'Edy che chissà cosa combinano; cosicché a un incrocio rischiano di ramazzare su una cinquecento bianca che fa zig-zag come pilotata da un imbriacato duro. L'Edy li invita a bere in un locale di cui è mezzapadrona e anche se è chiuso a quest'ora di pomeriggio ci tiene le chiavi. Così scendono al dancing e accendono le luci e si bevono una bottiglia di Krug tuttaquanta. Ma Andrea continua a farsi far su e scuotere la testa come dire sempre sì e sorridere spudorato ai quattro venti finché il Miro si accorge che tutto quel che fa è per pigliar in giro l'Edy e allora prende gusto al gioco e se la ride di nascosto a vedere l'Edy così rimbeccato che nemmeno se ne accorge, poveroooo! Insomma un qualche momento di distensione finché non arrivano al China verso le ventidue e trenta e lì bevono altro Krug, perché nel frattempo hanno raccattato quattro checche modenesi compagne del passato-passato e con loro hanno cenato da Fini. Ma lì al China il Miro comincia a rompersi le palle in mezzo a tutta quell'orda di assatanati che si mangerebbero l'Andrea anche sul momento e pure lui s'è scogliionato poveretto, non sa più come parare i colpi. Così se ne vanno via piantandoli lì mezzi bevuti col conto da pagare, anche la Cicci che è stato un grande amore dei diciott'anni del Miro ma ora fa pena che è sui quaranta e non si dà pace neanche un po'.

Di ritorno verso casa sul Toyota lanciato fracassone sulla provinciale invasa dalla neve e dallo smerdo del pantano non si dicono una parola per qualche minuto. Poi Andrea comincia a dire che quelli di Modena gli stavano sul cazzo e che aveva preso gusto a stare al loro gioco mica più di tanto, perché poi veramente s'era smaronato e depresso con queste teatrali. Allora il Miro ha cominciato a sciogliersi che quasi mollava il volante e ha cominciato a realizzare che forse quella notte, a letto, non sarebbe stato solo. Questo ha capito quando l'Andrea completamente bevuto gli si è addormentato sulla spalla che era sul punto di mollar la jeeppona lì e avventurarsi per una stradicciola e farselo su due piedi. Ma ha iniziato a dirsi resisti, resisti, sei forte Miro, tienlo in caldo che il gioco è fatto calma, calma. Così sono arrivati nella stanza da letto dove il Miro ha preso a fargli fare l'amore mentre lo svestiva, ma è stata dura, proprio dura, poi però l'Andrea s'è riassettato, ha capito l'antifona e c'ha preso gusto. O almeno così dice Miro. E ne è sicuro, ma così sicuro che se domani riprovassero gli strapperebbe dalle labbra persino un pompino che per un maschio è quel tabù così tabù che non ce n'è assolutamente di più.

Così avanzano i giorni verso il Natale e ormai si è alla vigilia, pronti alla partenza per le Dolomiti. Riprende a

nevicare e fioccare con più intensità dei giorni precedenti. Il tempo si volta decisamente al brutto e la mattina
quando guardo Piazza Cianciulli la scopro sempre maggiormente imbiancata e ghiacciata come se tutto fosse addormentato. Ma noi tutti si sa che c'è del grosso ancora
che serpeggia lì sotto in silenzio, senza tanto casino, ma
che primaoppoi scoppierà. E allora si salvi chi può.

Inizia il Grande Squagliamento, d'un tratto col sole
della Vigilia. Le strade sono inzaccherate di neve scivolosa e sporca che poi la notte ghiaccia e la piazza sembra
allora fatta di sabbia con su tutte le dune e montagnette
del colore grigiosporco della terra. La Ela s'è disamora-
ta, una cioccolata in tazza dietro l'altra ha dimenticato
quello che lei chiama il suo scivolone. Allo Sporting si fa
le sue nuotate in santapace e sembra davvero essersi cal-
mata mica come pochi giorni fa che non si dava pace
d'esser stata piantata e smessa lì come una trojetta. E come parla del suo cedimento! Dice che l'Andrea è un fes-
sacchiotto, che non ha capito d'esser arrivato in un paese in cui tutti lo vogliono scopare e venir così manovrato
come un semplice e godereccio vibratore, mica come lui
la pensa cioè son venuto e v'ho sbattute tutte quante.
Poveretto il Gran Cazzone, lui se ne andrà, che spanda-
spanda le sue avventurette, noi si resterà in paese e saremo proprio noi a ridere e contarcela questa bislacca storia per tanti altri inverni.
Ma la Ela tende un poco a strafare e non tiene mica
tanto in considerazione ad esempio il poveretto del Miro che dopo aver provato per una volta le braccia del-
l'Andrea, è sempre lì a sospirare e bramare e gocciolare
di ti amo, ti amo Andrea, io ti voglio bene, sono coinvolto eccettera eccettera. E non fa altro tutto il giorno e lo
bracca e gli dice tutto quello che gli passa per la testa,
cioè ti amo ti amo non lasciarmi mai più che se questo
tuo interessamento e amore insiste abbi l'onestà di chiamarlo col suo nome e smettila di trastullarti coi desideri
di un compagno di gioco; se quello che sta succedendo

tra noi deve essere amore, che amore sia, trallallà con la
A maiuscola e tutte le conseguenze del caso, accidenti.
Perché tu Andrea lo devi capire che quanto sta succedendo tra noi è il segno evidente di un innamoramento
di quelli veri che stracciano e io non dico di tirarlo fuori
e mettermelo in mano, noo! queste sono cose che deciderai te, ma almeno il riconoscimento teorico della nostra storia io lo esigo, insomma io vorrei che tu chiamassi le cose con il loro nome e non ti nascondessi dietro è
successo quel che è successo. E allora ti prego Andrea
allarga le braccia; lasciami entrare, non sai la bellezza
che ti appartiene piccolo, lascia che sia io a dimostrare la
tua cecità, lascia che sia i tuoi occhi, il tuo specchio Andrea e allora rifletterò chi tu sei e sarò anche il vento, la
pioggia, il tramonto, il deserto e l'alba alla finestra per
quando cercherai il cammino nella notte, lasciami entrare tra le tue braccia Andrea lasciami, ehi piccolo *I'll be
your mirror*... io ti amo e ti bramo amore mio e allora se
devi nasconderti e scappare preferirei che non avessi
mai fatto quello che hai fatto, se poi dovevi scegliere di
abbandonarmi e di lasciarmi in questo letto così grande
e così vuoto sempre più vuoto che non ci dormo più
neanch'io la miseria, perché così lo tengo con l'odore
del tuo corpo addosso e mi faccio la mia sindone miracolata che odora per sempre di te...

Senti Andrea tu sei meraviglioso, ma lo capisci che
t'amo? Lo capisci che mi stravolgi la vita e il cuore e anche i nervi e che se prima ti ho preso come un passatem-
po ora mi mangio le dita perché io non sono fatto per
scherzare sul sesso, nooooooo, io m'innamoro e basta,
non ho nient'altro da fare in questo puttanaio, vivo solo
nel cuore dei miei coinvolgimenti e tu perché vorresti
uccidemi lasciandomi così d'un tratto?

Tutto questo il Miro lo recita dapprima al telefono
con me e una volta ottenuta l'approvazione, davanti allo
specchio e poi mi chiama a vedere la prova generale in
camera da letto che quando Andrea ritornerà resterà di
schiantos a vederlo così invasato d'amore, soprattutto

quando additerà il letto e afferrerà il lenzuolo per portarselo alla bocca e fare la pietà Rondanini, col telo in grembo.

Ma Andrea non rincasa. Viene invece l'Annacarla tutta pimpante e in grantiro che dice "Bella giornata amici miei, davvero bella giornata col Granlombardo". Miro s'incazza e dice che è una terrorista e provocatrice a comportarsi così mentre lui è ancora lì che si spreme d'amore e che tenta in qualunque modo di tenersi incollato l'Andrea che invece scollato si è e non torna più, quanto dovremo aspettare?

Ma poi l'Annacarla viene cacciata perché ha davvero sorpassato ogni limite nel descrivere in lungo e in largo le sue notti concludendo con la mi sono stufata del portento che a letto non è nemmeno un granché, e il Miro non gliel'ha fatta più e l'ha sbattuta dalle scale con un calcio nel culo che però non le è arrivato, ma la sequela degli insulti, quella sì che è arrivata, una teoria di bruttafiga, smaialata, trojara, mangiacazzi a tradimento e bocchinara e chiavicona e paciana e gugiolona e per decenza non ne riferisco più. Ma poi l'Andrea rincasa che era andato a girare sul Toyota del Miro e far fotografie e diapositive su questa Emilia produttiva e selvatica girando tutta la campagna fino al Po. Rientra e il Miro fa la sua granscenata ma senza ottenere più di tanto perché al momento del grand-clou l'Andrea, svaccato sul sofà, gli dice indifferente "prendi 'sta pallina che ti calmi" e gli dà un'oppiata che il Miro manda giù e sballa per sette ore difilate lì sulla sponda del letto col lenzuolo addosso a mo' di toga, come un eliogabalo.

Il giorno dopo è proprio la Vigilia e la gente tacca il portico con su i fagottini colorati di porcherie, ma soprattutto enzobiagi e pierochiara che si vendono come confetti a una pesca per zitelle. E lì alla libreria Niccolò Postumo s'incontra casualmente l'Andrea con la Ela. Si scambiano un saluto così così e chiacchierano di malavoglia, soprattutto l'Andrea che non vede l'istante di fuggirsene, perché si sente un poco in colpa per essersi comportato da imbecille con lei e lei lo capisce l'imbarazzo e lo sfrutta a suo vantaggio facendo insinuazioni e battutine finché non arriva anche l'Annacarla con la Raffy e allora l'Andrea bestemmia lì incassonato che non riesce a fuggire e le battute son sempre più pesanti e scoperte che lo prendono dritto dritto al cuore, maledetto e porco paese che incontri tutti al momento meno opportuno. Ma poi la situazione sembra aggiustarsi perché escono verso il bar e l'Andrea cerca di svignarsela. Ma non ci riesce, loro lo ficcano al Veronica Gambara dritto dritto prendendolo sottobraccio e presentandolo a tutto il bar che se la ride di nascosto e Andrea arrossisce di vergogna, maledetto paese che si capisce che tutti san tutto di tutti. Così continua il pomeriggio ma poi Andrea non gliela fa più a restare e allora si alza e se ne va rosso dalla rabbia senza nemmeno alzare la mano in un gesto di saluto, ma stramaledicendo a labbra strette questi idioti provinciali sempre pronti a tramare tra di loro e contro gli stranieri. Affanculo!

Allora decide di scappare e a puttane il servizio fotografico e tutto quanto il resto, lui se ne torna in Brianza, passa il Natale e ripara in Tunisia, altroché. E si prenderà la rivincita a danno dell'unica persona con cui al momento se la può prendere cioè il Miro che in fondo gli dispiace un poco che lui gli vuole bene sul serio mica come la troja dell'Annacarla che gl'ha voltato le spalle senza nemmeno avvertirlo, ma lo farà mi dispiace Miro ma lo farà.

Così quella stessa notte dice al Miro andiamo a girare per le campagne e stiamocene un poco per i fatti nostri che del casino della truppa mi sono stancato e vorrei parlarti e starti vicino magari senza dir niente, però fuori dai coglioni, anche da questa casa, per favore fallo per me. E il Miro non dice nulla ma dentro è sciolto come la neve al sole e gli affida le chiavi del Toyota dicendo guida pure tu, vai dove vuoi, nella tempesta nel terremoto e anche nel nubifragio, basta che tu mi stia vicino, alle porte del sole o della pioggia andiamo amore mio. Così escono dal paese e molto spesso la mano sulla cloche la tengono tutti e due e si sorridono tanto che il Miro allunga le dita e lo stoccazza ma l'Andrea non dice niente e lascia fare. Poi s'arrestano sul ponte dell'autostrada e Andrea dice, scendiamo giù a guardare il passeggio e il Miro in un baleno scende, raggiunge il parapetto e guarda giù e alza molle all'indietro una mano e dice "Ahhndrea Andrea che bella persona che sei" e muove le dita come dovesse suonare un pianoforte, attendendo di intrecciarle con quelle dell'altro, però sente una sgasata e si volta, troppo tardi, l'ha scaricato lì al freddo porcaputtana e già è lontano giù dal cavalcavia. Così Miro prende a bestemmiare e ululare, poi pensa che così non risolverà un cazzo allora si mette a fare l'autostop che chissà qualcuno ha pietà e lo carica nella bufera che s'è alzata. Niente, niente, bestemmie su bestemmie lì ai margini della provinciale che non ha nemmeno un montone addosso perché dentro al Toyota era un'alcova tutta bella calda. Altre bestemmie finché non s'arresta una cinquecento bianca che lo carica e al Miro sembra di riconoscerla questa bianchina e soprattutto quel modo imbriacato di guidare sulla strada, però non si ricorda dove. Arriva dunque a casa, sale di corsa le scale e quante ne ha in testa per fargliela pagare! Ma Andrea fa la volpe furbacchiona, sa con chi gioca la riscossa, così si fa trovare nudo col cazzo in aria nel letto del Miro e finge di dormire. Il Miro si precipita dentro urlando come una furia e quello scuote appena la testa ricciolona e fa "ah, sei tu?". Così che al Miro gli crolla tutto addosso e pensa anche sia scemo questo qui, chi può essere vaccaeva, Carlo Marx? Così si scrolla tutta l'acqua e la neve che s'è preso sul cavalcavia e sputa fuoco dalla bocca ma l'Andrea comincia a frignare e fa su tutta una tiritera perché quel che ha fatto lo ha fatto solo per vedere se lui lo amava veramente, che voleva metterlo alla prova perché non avrebbe sopportato d'esser trattato come una marchetta e se lui s'incazzava per quello scherzettino da bambini allora voleva dire che non l'amava manco per il cazzo, cioè tutte parolacce senza significato alcuno. E al Miro gli luccicano gli occhi ora e dice stupidino, stupidino, birbantello d'un Andrea l'avevo capita cosa credi e che pensavi eh? e fa quindi risposta da gransignore come avesse perso dieci milioni al casinò e s'alzasse con filosofia dicendo al mondo c'è chi vince c'è chi perde, va così lasciando persino la mancia al croupier tanto per chiudere in bellezza e magari dopo suicidarsi in laguna. E infatti il Miro fa buonviso, ma poi si ritira un attimo in bagno e si dà un cazzotto tanto per smaltire il nervoso. Poi gli si getta nelle braccia e cerca di dimenticare e l'Andrea non fa che dire ti amo ti amo non ti lascerò, finché s'addormenta e il Miro resta lì a guardarlo asciugandogli con le labbra le gocce di saliva e benedicendo la sinusite che lo fa dormire a bocca aperta e così lo può succhiare anche quando riposa e dice povero piccolo e lo bacia avanti e indietro finché viene mattino e il sole entra dalle finestre e la neve gocciola sul davanzale e sembra suonare come uno xilofono. S'addormenta dunque e pensa così bene non sono stata mai.

Si risveglia il giorno dopo che è Natale e le campane del borgo scasinano allegre, è nato è nato, si risveglia riposato e sorridente e fa micio micio mio allungando il braccio, ma questo *plumf* sul materasso freddo, il Miro si volta, vede il letto vuoto e gli prende mezzo canchero. Divenuto poi tutt'intero quando legge nella specchiera di fronte, tracciato col suo kajal:

GOOD-BYE BUSONA!!!

Tutto il pomeriggio di questo fottutissimo Natale passato a casa del Miro per risollevarlo dall'infarto che il Merry Christmas di Andrea gli ha provocato. L'Annacarla, la Ela, la Raffy ed io e anche altri tutti intorno al suo corpo allentato sul sofà, su quel talamo non ci tornerà, non ci tornerà cazzo, vivesse cent'anni. Noi non si sa più né cosa dirgli né cosa fargli dopo le premure tuttequante

usate, insomma cominciamo a svaccarci anche noi e dire
senti Miro, non farla così lunga, che sarà un Andrea in
più o in meno, renditi conto che quello era un ingenuo e
s'è visto come è scappato con la coda tra le gambe, lo sappiamo che forse tu ci hai rimesso più di tutti in questi
giorni, ma guarda la Ela che anche lei era cotta e sballata
e poi ha capito con chi aveva a che fare e s'è ripresa, insomma è stata un'infatuazione, e cerca di rimuovere diosanto almeno per questi giorni che domani ce ne partiamo e chi s'è visto s'è visto, pensa piuttosto a tirarti su con
tutti i buon deutsch che ci saran lassù altroché lombardi,
veri Walhalla diomio! Miro, Miro fatti forza!

Ma tutto sembra inutile per svegliarlo dal collasso e
così la notte facciamo la veglia accanto al sofà perché solo non c'è da fidarsi a lasciarlo.

Il giorno dopo tutti i preparativi al dunque, indaffarati
a caricar gli sci e le borse e tutto quanto sulle nostre auto
finché non resta che passare dal Miro a prelevarlo e fare
l'estremo tentativo, ma quello è ancora sotto shock non
mangia non beve, insomma è più di là che di qua. Poi
l'Annacarla s'incazza e urla di togliere il culo da quel tri-
clinio del cazzo e che se vuole venire a Corvara bene, che
si sbrighi sennò cazzi suoi, noi ce ne andiamo ugualmente. E Miro fa cenno svolazzante con la mano e gli occhi
chiusi come dire andate andate lasciatemi a morire nella
mia disperazione di rottincula snobbata, e l'Annacarla
bestemmia e si dirige verso l'uscita. Poi prima di chiudersi la porta alle spalle dice peggio per te Miro, ci si deve
fermare a Bolzano a caricare quei due di Brescia con cui
si è d'accordo da settembre, peggio per te che non ti vuoi
la rivincita. E allora il Miro s'alza su e riprende a favellare
e darsi schiaffetti sulla fronte e buffetti sulle guance, come ha potuto dimenticare? Fa per alzarsi ma la fatica è
tanta perché essere lasciati così proprio sul più bello è un
bel magone di fiele da sbatter giù e anche tutta una ferita
in salamoia e alcool nelle bruciature e aceto nelle piaghe,
insomma non gliela farà a rimettersi, un martirio è pur
sempre un martirio chi gliela fa a fare superman... ma no,

ma no, gliela farà il Miro, alla faccia dell'Andrea gliela
farà. "Annacarla, Porcaela aspettate, scendo, mi preparo
voglio la rivincita. E non son così sicuro che la passerete
liscia questa volta, voi due!"

Così finalmente si parte, si lascia il borgo e s'imbocca
l'autobrennero con le nostre tre auto incolonnate, si ritira lo scontrino e via sulla strada. Si passeranno dieci
incredibili giorni lassù come da qualche anno a questa
parte. Ma io non farò il Capodanno con la ghenga tuttaquanta. Tornerò il trentuno a Reggio Emilia per il cenone con tutti i pedé della mia razza che hanno affittato
un hotel tutto intero perché ci sarà festa grande e gran-
baldoria per il prossimo anno 1979 che pare allora andrà in gran moda, in tutto il mondo, l'ano del fanciullo!
Obsssssssssssssssss...

AUTOBAHN

Lacrime lacrime non ce n'è mai abbastanza quando vien su la scoglionatura, inutile dire cuore mio spaccati a mezzo come un uovo e manda via il vischioso male, quando ti prende lei la bestia non c'è da fare proprio nulla solo stare ad aspettare un giorno appresso all'altro. E quando viene comincia ad attaccarti la bassa pancia, quindi sale su allo stomaco e lo agita in tremolio di frullatore e dopo diventa ansia che è come un sospiro trattenuto che dice vengo su eppoi non viene mai.

E Laura diceva, mi ricordo, che questo faceva male ahimè davvero molto male come ti siringassero da dentro le budella e le graffettassero e punzecchiassero, insomma tanti scorpioncini appesi al tubo digerente così che poi dovevi per guarire cercare un disinfestatore che ti imponesse i fluidi, magari girando mezzitalia e trovatolo fare poi sala d'attesa in compagnia di melanconici stultiferi biliatici neurotici et altri disperati con artrosis e acciacchi d'ossa, persino invasamento del Maligno.

E l'Angelo, anche ciò mi rammento e ve lo passo, questa scoglionatura che dà sul neuroduro la chiama Scoramenti, al plurale perché quando arriva non vien mai in solitudine. Si porta appresso nevralgie d'ossa, brufoletti sulle labbra o nel fondoschiena ma poi i più gravi mali, quelli della vocina; cioè chi sei? cosa fai? dove vai? qual è il tuo posto nel Gran Trojajo? cheffarai?

eppoi ancora quelli più deleteri, i mali del non so giammai né perché venni al mondo né cosa sia il mondo né cosa io stesso mi sia e quando son proprio gravi persino il non so quale sia il mio sesso né il corpo né la cacca mia, cioè i disturbi dubitativi della decadenza.

E contagia. Ostia se contagia. Casa mia divenuta tante volte ospedaletto, sul mio lettuccio Chiara che guardava l'aquilone del soffitto e ruttava invece che parlare. Ma io capito quei rutti e tradotto per voi "non ho caromio nessun progetto di me, menchemeno realizzazione libidica o razionale, ruth".

Eppoi Maria Giulia, sempre in cameretta mia con su il contagio, si contava i riccioli e boccheggiava e vedevo che malediceva quel fulmine a ciel sereno che era caduto addosso a lei che non se lo aspettava proprio che arrivasse, ma una volta giunto, come digià detto, fatica boia, ma tanta tanta a cacciarlo via, il fulmine. Insomma saputo quel che vi era dovuto lettori amici miei, vi passo a fare il menastorie di una sera come tante con su le belve degli scoramenti che a rimanere fermo non ci riesco trenta secondi d'orologio, mi sento un passerotto che ha perduto il nido, faccio un bar didietro all'altro e un beveraggio appresso all'altro perché il vino è farmaco dei mali e credete a me, questa è l'unica risposta che al mondo c'è.

In tale stato di coscienza bevute dunque sette vodke a credito dall'Armando, lavati dieci tavoli e consegnati cappuccini al ragioniere d'ufficio sopra il bar come baratto, ingoiati poi due Pinot triveneto, due Albana in compagnia del Simposio dell'Osteria e sbausciate infine due birrette da trecento lire dall'Aroldo, cioè entra entra vino santo strapazza il dolore, produci calore, sciogli l'uovo del mio cuore, fammi infine vomitare e cacciar lontano il mio gran male. Dopo messo in cinquecento che dico così di certo passerà. Però di soldi mica ne tenevo tanti nel portafoglio, fortuna era che ci stava la benzina almeno per scorrazzare un paio d'ore cioè la lancettina diceva due quarti e traballava ballerina più verso il quattro quarti che la barretta opposta. Da questo capito il fatto, tutt'intero.

Ma dentro non ci capivo proprio niente di quel che succedeva e impossibile continuare silenziosamente la notte; dentro che granbaccano che avevo! Come una fiera di paese anco coi mangiafuochi che sputavano fiammelle spiritate e gli elefanti d'India che saltavano sui trespoli e tutto un tremolio di saltimbanchi e culbuttisti e trapezisti, funamboli e giocolieri, persino bertuccette e oranghi tanghi mai fermi porcodio cinque minuti.

Bestemmiata la malattia, ostia se la bestemmio sulla mia cinquecento bianca come il latte e scappottata ora che è primavera, o almeno sembra, cioè una bella aria fresca di marzo pazzerello che gira come un fringuelletto tra le mie gambe e petto ed esce poi da dove è entrata, cioè il tettuccio. Così metto una marcia più forte dell'altra e pesto l'acceleratore come la tavoletta della batteria e infatti ci canto sopra un bel reggae, di quelli sdiavolati e vado forte sulla strada, scanso i gatti e i topi della campagna, le ranocchie dei fossati, sempre forte bella guida, neanche paura. E scalare, che goduria! Sembra di stare a dar cazzotti al motore, ai pistoni, alle biellette e anco agli stronzi porci che m'incrociano con gli abbaglianti sparati sui miei denti, gli si secchino le palle, accidenti! Poi d'un tratto fiutato nel marzo pazzerello un buon odore, allargati i polmoni, litri e litri di buon odore dentro, che gioia l'ho ritrovato il buon profumo selvatico e libero, non lo farò scappare. Accidenti a te respiro mio che non ti riesce di trattenerlo dentro un po' di più questo odorino, ma fatti forza allarga il naso, sì l'hai ritrovato, esulta e impreca, all'inseguimento, e via!

Però mentre io sul mio ronzino scappottato sono lanciato all'inseguimento, dovete sapere alcune chiacchiere e portare un poco pazienza, tipo accendervi una sigaretta se c'avete il vizio, o bere una cocacola o dare un bacio alla vostra compagna se siete in compagnia, e se siete soli, be' cazzi vostri io non lo vorrei proprio ma se è così è così, non menatevela tanto; quindi passo a dirvi le menate che vi devo cioè che al tempo degli scoramenti io abitavo in Correggio, Reggio Emilia ma non è detto che ora che abito in altro loco non abbia più gli scoramenti, ma in quel tempo erano davvero frequenti, fulmini a ciel sereno, ho detto. E lo ripeto qui.

Correggio sta a cinque chilometri dall'inizio dell'auto-brennero di Carpi, Modena che è l'autobahn più meravigliosa che c'è perché se ti metti lissù e hai soldi e tempo in una giornata intera e anche meno esci sul Mare del Nord, diciamo Amsterdam, tutto senza fare una sola curva, entri a Carpi ed esci lassù. Io ci sono affezionato a questo rullo di asfalto perché quando vedo le luci del casello d'ingresso, luci proprio da gran teatro, colorate e montate sul proscenio di ferri luccicanti, con tutte le cabine ordinate e pulite che ti fan sentir bene anche solo a spiarle dalla provinciale, insomma quando le guardo mi succede una gran bella cosa, cioè non mi sento prigioniero di casa mia italiana, che odio, sì odio alla follia tanto che quando avrò tempo e soldi me ne andrò in America, da tutt'altra parte s'intende, però è sempre andar via.

Ma ci son notti o pomeriggi o albe e anco tramonti, anche questo dovete imparare, che succede il Gran Miracolo, cioè arriva su quel rullo l'odore del Mare del Nord che spazza le strade e la campagna e quando arriva senti proprio dentro la salsedine delle burrasche e dell'oceano e persino il rauco gridolino dei gabbiani e lo sferragliare dei docks e dei cantieri e anche il puzzo sottile delle alghe che la marea ha gettato sugli scogli, insomma t'arriva difilato lungo questo corridoio l'odore del gran mare, dei viaggi, l'odore che sento adesso come un prodigio e che sto inseguendo sulla mia ronzinante cinquecento con su gli scoramenti e dentro tanto vino e in bocca tanta voglia di gridare. Sono sulla strada amico, son partito, ho il mio odore a litri nei polmoni, ho fra i denti la salsedine aaghhh e in testa libertà. Sono partito, al massimo lancio il motore, avanti avanti attraversare il Po, dentro ai tunnel tra le montagne di Verona, avanti sfila Trento sulla destra e poi Bolzano e poi al Brennero niente frontiere per carità, non mi fermo non mi fermo, verso Innsbruck forte forte poi a Ulm, poi via Stuttgart e Karlsruhe e Mannheim, una collina dietro l'altra, da un su e giù all'altro, spicca il volo macchina mia, vola vola, Frankfurt, Köln, forza eddai ronzino mio, ormai ci siamo, fuori Arnhem, fuori Utrecht, ci siamo ci siamo ostia se ci siamo senti il mare? Amsterdam Amsterdam! Son partito chi mi fermerà più?

Così me ne corro e quanti di pensieri che tengo nella mia crapa o piuttosto pensieri di stomaco, la testa ronza solamente come il monoscopio della tivù; nella pancia invece è lì che ci tengo tutti i miei fumamenti come bussolotti del lotto, dite un numero vi guardo dentro che pensiero ci sta.

Ma continuo a volare e dovete sapere che fatti dieci chilometri, fatti venti comincia a stringermi la vescica in mezzo alle gambe. Tengo duro 'codio io ci ho fatto un patto di non fermarmi questa notte di libertà perché so che se mi fermo poi vien su la malinconia del viaggiatore e faccio il gran filosofo, dico vado non vado, torno non torno e non è proprio bello a questo punto menare le cazzate.

Fatti altri chilometri passo quindi sopra al flumen Po tutto luccicante nella notte che sembra la stagnola di un presepio che fa il ruscelletto eppoi finisce nello specchietto della mamma vicino alla grotta a far da laghetto, io e mio fratellino grande ci mettevamo le oche, mio cugino invece ci faceva la pipì da sopra una sedia e diceva piove piove sul laghetto.

Passato il Po tanta pipì che ingrosserei il delta e le valli di Comacchio se dovessi scaricarmi da quassù. Così mi costringo e faccio sosta in una piazzola, ma non per far pipì quanto piuttosto bisogno di un fernet sennò gli scoramenti, quelle fiere, tornano a saltar fuori. Bisogna sempre tenerli caldi caldi che scottino se li fate raffreddare sarà tutto un umor di novembre, tetro e nuvoloso e allora me la scrivete poi voi una cartolina dall'asilo degli sbalinati.

All'Area di Servizio Po, parcheggio la mia cinquecento ma prima di scappar giù a cambiar acqua al merlo mi conto i soldi in tasca, magari mi son sbagliato e ci ho più grano di quel che ho contato l'ultima volta, insomma mille lire in più per un panino. Niente, porca la miseria, solo monetaccia spicciolata, ottocentocinquanta lire e dieci dracme, ma quelle mica le posso spendere che sono un regalo di un amico mio.

Raggiungo dunque il posto per lo scaricamento che non ne posso proprio più. Dopo, che pisciata! A gambe larghe e chiappe strette una mano dura sulle piastrellette di formica a lato, e la testa china a guardare il prodigio fumante, che fumata lettori miei! Poi saltellando qua e là per la piazzola di sosta mi trovo a svicolare nel baretto solitario e mi metto al banco dicendo fernet. Uno tutto secco e allampanato che pare Bela Lugosi dice lo scontrino ce l'hai? E io lo guardo dico no, però versami il fernet che poi lo faccio. Ma quello niente, sta lì a guardare fisso fisso che sembra proprio l'uomo lupo e attende la fattura così che dopo mi volto e vado alla cassa però non c'è nessuno seduto lì dietro. Torno a voltarmi con gran sorriso come dire Bela Lugosi che faccio ora? Ma lui non sta più lì per cui guardo in alto e in basso alla ricerca del pipistrellone e dopo me lo vedo alla cassa seduto che fa tic-tac come alla macchina per scrivere e infine dling! il talloncino.

Lo prendo e vado al banco e dico "fernet please" davanti allo specchio tanto so il giochettino e Bela Lugosi primaoppoi arriverà. Però altri che sono entrati non capiscono bene me che parlo a nessuno dicendo "fernet please" che sembro un disco e mi guardano un po' storti come dire c'ha le rotelle ammaccate povero diavolo e dopo vanno a destra del bancone e lì mangiano e bevono e si ristorano perché da quell'altra parte c'è Bela Lugosi che li serve calmo e placido al passaggio e me non mi caga neanche un po', come non c'avessi il talloncino. Tanto che io m'incazzo e grido brutto canchero uccellone d'un Bela Lugosi, dammi da bere che sennò ti pianto un palo nella gola e la finisci di fare il lupacchione grrrrr! Dopo tanta attesa arriva il beveraggio.

Taccagno! Per cinquecento lire me ne versa un goccino che sembra una caramella al fernet, allora se lo sapevo facevo prima a comperare le caramelle e spaccarmele in boccuccia come ovini, di certo risparmiavo, ah se risparmiavo. Alla brutta faccia vostra taccagni dell'autostrada più bella che ci sta!

Quindi mentre mi volto infumanato ho una visione. Strabuzzo gli occhi poi metto anche gli occhiali che tenevo in cinquecento. Infatti uscito e poi tornato. Lei stava sempre lì che guardava col sorriso. Che bella bambina! Ci avrà sì e no quindici anni, però è bella e si vede che mi guarda bene lì davanti al bancone dei taccagni. Prendo la mia mano nell'altra e dico be'? Lei mette la sua manina e dice be' anche lei. Dopo fatta così conoscenza corriamo fuori e andiamo dietro il casotto che c'è anche un lampione, sempre dicendo be' come due pecorine innamorate.

Le do un bacio? daglielo daglielo dice dentro la vocina e così glielo do, ma quanto coraggio ci è voluto. Poi anche lei mi bacia sulla fronte e tira via col dito i capelli perché li tengo lunghi e non sta bene per una bambina baciare i capelli di un giovanotto. Succhiamo succhiamo lei la fronte e io la guancia così timidini tuttedue che voi lettori furbacchioni non ve lo sareste mai aspettato da un duro come me. E invece facciamo proprio così dietro al casotto e vicino al lampione che ora s'è spento però c'è la luna che ci tiene compagnia, una gran bella luna piena, capita la solfa del Bela Lugosi? Poi lei dice che io le racconto la mia storia e io chiedo ti fa piacere davvero? Dice di sì e allora comincio a raccontare, ma quante balle che le dico, tutte fregnacce, io son questo qui e faccio questo qua, tutte menate voi che lo sapete che sono un povero diavolo con su gli scoramenti. Ma Lei spalanca là boccuccia e dice ooohhhhhhh a ogni mia fandonia e quante che ne racconto sono ricco son famoso, son scrittore ah quante che ne dico che non stan né in cielo né in terra e manco nel mio mare. Il mare, il mare! io non posso fermarmi qui, ho il mio odore da seguire, devo correre, l'autostrada mi aspetta, non ci ho tempo caramia!

E qui svanisce la visione e lei diventa sempre lei però

io capisco il trucco. Te ti han mandato i correggesi per
fermarmi, vattene via stregaccia bella che fai finta di credere alle mie balle, ora t'ho capito l'inganno, vattene
via! Corro al mio ronzinante, salto dentro dalla cappotta
metto la prima e parto forte senza nemmeno salutarla.
Lasciata sull'erbetta inglese del retrocasotto, con su il
pullover e i bottoncini rosa in aria, così impara a voler
fermare il mio viaggio!

Però mentre corro di nuovo sulla strada la vocina dentro dice facevi bene a fermarti con la bellina, dove vai? chi
sei? Piantala piantala vocina del cazzo, coscienza inquieta
dei miei stivalacci sdruciti, fanculo te che se non taci ti
porto dritta dritta da uno junghiano e poi me la racconti
se parli lunga e distesa sul sofà. Tante minacce, la vocina
tace e s'assopisce nella cuccia. Finalmente. Canto una
canzone e mi faccio da me l'accompagnamento come
qualche pagina indietro battendo i piedi e le mani sul ferro della capote scappottata e insomma vedo in alto le stelle e dopo, fatti altri chilometri, anche delle ombre nere. A
un più attento esame rivelatesi le montagne sopra Verona.

Goditi dunque occhio mio il ramingar contando stelle, goditi queste montagne che paiono ostriconi arribal-
tati, goditi il canto del ronzinante, dei pistoni e dei cilindri, il traballio lucente e mercuriato dell'Adige, ora a
sinistra dopo un ponte un'ansa e a destra, ma dritto l'a-
sfalto, ah chi ci fermerà? Alla faccia del cazzo e della mia
visione, brutta fatina che volevi arrestarmi! Alla faccia
vostra vado finché ho benzina vado, porci scoramenti
che bollite in pancia ora vi centrifugo dal muscoletto
mio, fuori fuori che sto correndo addosso alla mia felicità. Però poi son costretto a fermarmi di nuovo che il
ronzinante fa sput sput. Ehi, ehi, carcassetta mia non
abbandonarmi proprio ora, altri chilometri altra strada,
tanto non ci ho soldi damned damned! Vai fin che puoi!

Dopo, fermato.

Stavolta la piazzola si chiama Area di Servizio fiume
Adige, ne ho fatta di strada, il beveraggio è terminato, in
folle arrivo dentro appena un venti metri, mica tanti di

più. Infatti raggiungo a piedi l'autogrill, lei la mia bianchina la lascio lontana. C'è notte fredda e buia attorno al posto di ristoro e qualche sagoma scura di Tir e qualche Mercedulo di buon doicc e qualche bicicletta, di lavoratori penso io. Mi siedo sul gradino di cemento e faccio rollare una sigaretta col Samson e anche mumble mumble che farò ora? Dopo si accende un lungo albero di Natale nel bel mezzo del buio e fa un gran rombo. C'è tutto un filo di belle lampadine colorate e quando si illuminano io capisco che è il bestione del Tir che se ne va e il Babbetto Natale che sta alla cabina lassù in alto mi saluta col braccione da Popeye perché io agito la mano e canto in mezzo alla piazzola: "Bello albero di Natale beato te che te ne vai verso il nord. Ah se gliel'avessi io un bestione così, sempre in giro a zizzagare altroché! Bbello che sei con tutte le luci, vai vai e corri finché puoi".

E lui parte e io gli corro dietro festoso e sbracciato che quando gli son vicino mi sgasa in faccia tanto che poi non vedo nulla in quella nebbia puzzolente, solo intravedo qualche lumicino come il Pollicino della fiaba. Eppoi in quello smog sale un masso nero, però non lo scorgo perché ci inciampo addosso, ma dopo lo vedo grande e per giunta vociferante. Perché fa porcamadonna!

Tutto imperplessato guardo in basso. Che ne dite lettori miei? Mumble mumble, altro miracolo, altra visione che siano ancora i correggesi una ne fanno cento, mille ne pensano accidenti a loro? Macché visione, macché miracolo. Il sasso s'alza su e diventa un autostoppista colorato, finalmente che il vapore dell'albero s'è un poco diradato.

Oeeeee scusa tanto amico mio, ma non t'avevo mica visto cretino io così appallottolato, oé scusa tanto ma davvero che mi dispiace che dormivi e t'ho svegliato.

Ma sei proprio tonto, dice l'autostoppista, mica dormo non vedi che giro un film? Ecco l'Arriflex tienla in mano.

Cazzo, questo qui è un cinematografaro. Io mi sciolgo un poco. Dice faccio un film, dico ho capito, ma così al buio?

Filmava le luci dell'autostrada più bella che c'è, questo

ho capito poi più tardi nel bettolone dove mi ha offerto
un cappuccino perché io non ci ho soldi. Così parliamo e
cicaliamo. Lui dice che questo è il primo film, ma poi ne
farà degli altri, tutti film di viaggio alla miseria l'italietta e
la commedia, qui caromio nessuno sa più un cazzo, bisogna registrare le autostrade e i movimenti, ok?

Ah, che due maroni questa Italia, io ci ho fame amico
mio una gran fame di contrade e sentieroni, di ferrate, di
binari, di laghetti, di frontiere e di autostrade, ok?

Senti amico mio bisogna gettarsi nelle strade senza tante scene o riflettori, bisogna cercare soltanto una frontiera e un limite da scavalcare, bisogna gettare le nostalgie e
i retrò, anco riflussi e regressioni, via gli interni i teatri e
gli stabilimenti. Si dovranno invece ricercare periferie,
ghetti e marciapiedi, viali lampioni e cantinette, anco
però sottoscale soffitte e sottotetti, ok?

A morte, a morte! Alla forca! alla ghigliottina! al patibolo! al supplizio! alla gogna e alla garrota! all'esecuzione! alla fucilazione! all'impiccagione! alla defenestrazio-
ne i mafiosi i teoreti i politologhi, i corsivisti, le penne
d'oro, le grandifirme, gli speculatori del grassetto e del filmetto, a morte! a morte! i mistificatori, le conventicole, i
salotti, i milieu, i gruppi e i sottogruppi, le compagnie, le
quadriglie e le famiglien, al rogo, al rogo, ok?

Ma il cineocchio mio amerà, oooohhh se amerà la
fauna di questi scassati e tribolati anni miei, certo che
l'amerà. L'occhiocaldo mio s'innamorerà di tutti, dei
freak dei beatnik e degli hippy, delle lesbiche e dei sadomaso, degli autonomi, dei cani sciolti, dei froci, delle
superchecche e dei filosofi, dei pubblicitari ed eroinomani e poi marchette trojette ruffiani e spacciatori, pre-
cari assistenti e supplenti, suicidi anco ed eterosessuali,
cantautori et beoni, imbriachi sballati scannati bucati e
forati. E femministe, autocoscienti, nuova psichiatria,
antipsichiatria, mito e astrologia, istintivi della morte e
della conoscenza, psicoanalisi e semiotica, lacaniani jun-
ghiani e profondi. Eppoi tutti quanti gli adepti di Kri-
shna, di Geova, del Guru, del Brahamino, dello Yogi.

Indi ogni discendenza, bambini di Dio, figli di Dioniso Zagreo, nipotini di Marx, illegittimi di Nietzsche, pronipoti del Marchese, figlioletti delle stelle, sorelline di Lilith luna nera e fratellini di prometeo incatenato, anche bastardini di Frankenstein, abortini di Caligari, goccioline di Nosferatu. E ancora tutti quanti i transessuali, i perversi, i differanti, i situazionali, gli edipici, i preedipici e i fissati, i masturbatori e i segaioli, i corporali, i biologici, i macrobiotici, gli integrali, gli apocalittici, i funamboli, gli animatori, i creativi, i performativi, i federativi, i lettristi, i brigatisti, i seminaristi, i fiancheggiatori, i mimi e gli istrioni, i funerei, i piagnoni, i mortiferi e i bestemmiatori, i blasfemi, i boccaloni, i grafomani e gli esibizionisti e i masochisti e tutta quanta quell'altra razza di giovani Holden e giovani Törless, giovani Werther e giovani Ortis, giovani Heloïse e giovani Cresside, giovani Tristani, giovani Isotte, giovani Narcisi e Boccadori, giovani Cloridani e Medori, giovani Euriali e giovani Nisi, Romei e Giuliette. Eppoi nuovi trimalcioni, e nuovi Hidalgo, autori da giovani da cuccioli e da scimmiotti, oppiomani, morfinomani, spinellatori, travoltini, trasversali, macondisti, marginali, baleromani, jazzisti e reggomani, depressi, angosciati, nostalgici, dipendenti, studenti e figli. Nonché stupratori viziosi e incannatori. E questi caromio, saranno i personaggi e le figure del nuovo cinema mio, il Rail Cinema, il DRUNK, very-drunk, CINEMA, ok?

Io li filmerò. Filmerò i di loro amori, le lacrime, i sorrisi, le acque, gli umori i colori e le erezioni, i mestrui le sifilidi, le croste, gli amplessi i coiti e le inculate, i pompini e i ditalini, quindi i culi le tette e anco i cazzi filmerò. Insomma, ok?

Me mi vien voglia di dirgli all'amico stoppista cinematografaro del drunk-cinema, vè se ti manca uno scorato ecco ce l'hai qui davanti a te e magari incominci da me se tu ci metti la benzina si potrebbe andare in giro insieme a visionare tutti questi amici tuoi, un po' come allo zoo safari, insomma dopo glielo dico quando quasi viene giorno perché l'abbiamo menata in lungo e in largo, come ci avete senz'altro capito. Però io penso che con questo qui c'è proprio dell'affinità elettiva ed è un segno del destino che l'abbia incontrato così posso proseguire il viaggio mio verso... Aaaghhh! il mio odore! Chi m'ha rubato l'odore? Non lo sento mica più, aiuto aiuto ai ladri ai rapinatori, ahimè son tornati i correggesi, a rubarmi il mio odore?

Odore, odorino mio di Mar del Nord, di libertà e gioventù, evvieni ancora nella mia pancia, eddai non far così, vieni, sniff e sniff odorino mio ci stai ancora? Dimmi che ci sei!

Me ne giro col naso all'aria nella piazza di sosta Adige e cerco il buon odorino che se non lo trovo al più presto m'infogno in questa puzza d'italietta e muoio, cioè perdo la rotta e allora che diverrà mai di me perduto con i porci scoramenti addosso? Dopo che giro per un po' in questo stato il mio amico dice sono ubriaco io che non posso mica girare così col naso all'aria e fare sniffe e sniffe come ci piovesse polverina.

Ah, stupido che sei nuovo amico mio, se l'avessi sentito il mio odore, se te lo fossi tenuto dentro una notte intera che salti che faresti a ritrovarlo. Gli correresti dietro come me, anche coi piedi e basta, odorino mio salta fuori.

E invece quel che salta fuori è un ruttazzo, ma un ruttazzo che sembra tremino le montagne e arrivare il terremoto, così che la gente salta fuori dal banco del ristoro e viene nella piazzola in mezzo ai rifiuti e ai piedi del mio amico che filma da per terra e fa così il replay del porcamadonna. E dopo il rutto primo viene su alla gola un gran magone d'aria che la gente fa uuuahhhhh di spavento e si tappa le orecchie; epperò lui non esce ma ridiscende in bassapancia, plumf. E la gente fa aaaahhh come dire menomale che gli è sceso. E dopo invece il gran bordello perché il mio stomaco si mette a far pulito e getta tutto in fuori lo sporco che ci tiene. Vomito, vomito, che vomitata!

La gente di nuovo fuori sulla piazzetta in mezzo agli sporchi della mia pancia e ai puzzi e rumoracci sbrang dei ventoni, olé, è digià sciupada la terza guerra mondiale coi gas atomici e tutto il resto pensa la gente, perché c'è tutto un flusso bagnato che salta fuori dalla bocca e io sto lì piegato con la bocca spalancata bleah e vedo venir fuori di corsa ogni cosa della mia pancia tanto che penso mi venga fuori di lì tutto, anche le gambe e le braccia che poi mi rivolto come un guanto. E non finisce mai lo sbocco! Sopra ai piedi viene a cominciare come un fiumiciattolo che fa per traverso la piazzetta, svolta dietro ai pini e giù ad affluire nell'Adige, lì dietro.

Tutto fuori. Scrash, scrash, sputa sputa stomaco mio l'ho capita sai via gli scoramenti, fuori i porci indemoniati, avanti getta che poi guarisci; e difatti dopo comincio a ridere e fare il giullaretto perché non mi sento più gli scoramenti addosso e sto benone che guardo il mattino che vien su e dico toh la notte ha digià voltato il culo. Toh, che bello, però son stanco, stanco morto. Contento ma fiacco. L'amico mio viene lì vicino a me che guardo il bel mattino che alza il culo e dice caromio io me ne parto vuoi che andiamo? Magari magari amichetto mio tutto biondo e lentigginoso come sei, magari ci tenessimo i soldi per fare il pieno al ronzinante, alla faccia dei petrolieri speculatori di questo porco mondo. Non ho grano, che fare? Dice lui, non preoccuparti, andiamo in autostop. Che? Lasciare la cinquecento cavalli, lasciarla lì a srugginirsi tutta sola quando io lo so bene che anche lei ci piacerebbe mangiar asfalto e polveroni dietro al mio odorino, no, no io di qui non mi movo senza lei. E allora?

Salutato amichetto tutto biondo imbarcato su un altro grandalbero di Natale verso Trento, salutato col magone nella voce e gorgoglio di pancia, era pur sempre un compagno di strada, ciao biondo cinematografaro, salute a te che te ne vai per le città ciaociao vero compagno di quelli veri che ci han capito tutto della nostra historia quotidiana, davvero ciao con lacrimuccia e fazzoletto e colpettino di clacson del ronzinante, non ci rivedremo mai più ah questo lo so, ma terrò pur sempre in giro per le strade un amico in più, vai vai, è stato bello, ognuno c'ha il percorso suo. Così di nuovo mi ritrovo in solitudine con l'odorino sempre vivo che se lo perdo il racconto finisce a questa riga qui. Ma il problema è trovare grano, magari un portafoglio pien di deca, ah questa sì che sarebbe fortuna rottincula, mica prendere un treno in orario.

E un portafoglio dice ciao in mezzo alla piazzola, vien qui prendimi son tuo. Miracolo, miracolo. È davvero un portapila, fortuna sculata, volete vedere che sta vuoto?

Niente male, recuperate venticarte. Faccio il pieno, ronzinante mio si riparte, corriamo dietro al nostro odore avanti. Proprio fortuna sfacciata ma quando uno ci sente che l'odore che serra in pancia è proprio il suo arriva anche la fortuna. Solo questo vi voglio dire credete a me lettori cari. Bando a isterismi, depressioni scoglionature e smaronamenti. Cercatevi il vostro odore eppoi ci saran fortune e buoni fulmini sulla strada. Non ha importanza alcuna se sarà di sabbia del deserto o di montagne rocciose, fossanche quello dell'incenso giù nell'India o quello un po' più forte, tibetano o nepalese. No, sarà pure l'odore dell'arcobaleno e del pentolino pieno d'ori, degli aquiloni bimbi miei, degli uccelletti, dei boschi verdi con in mezzo ruscelletti gai e cinguettanti, delle giungle, sarà l'odore delle paludi, dei canneti, dei venti sui ghiacciai, saranno gli odori delle bettole di Marrakesh o delle fumerie di Istanbul, ah buoni davvero buoni odori in verità, ma saran pur sempre i vostri odori e allora via, alla faccia di tutti avanti! Col naso in aria fiutate il vento, strapazzate le nubi all'orizzonte, forza, è ora di partire, forza tutti insieme incontro all'avventuraaaaa!

IL DIARIO
DEL SOLDATO ACCI

UNO

Prendo il treno, mi dico: "Okay, è tutto fatto; ora cominicerà una storia nuova; uscirò dal buio di questa notte come un altro uomo; ho diciannove anni e mi tocca cominciare daccapo". Questo mi dico quando getto il mio sacco da marinaio sul convoglio diretto a O..., per incorporarmi nell'esercito d'Italia. "Ah, una brutta storia" direte voi, "davvero brutta." Lo so, accidenti, e c'ho paura: qualcosa mi scioglie le gambe, ma c'ho coraggio da vendere e fegato da smistare per tutti. Qualcosa probabilmente inciso nel DNA si sveglia, dico è un momento arcaico questo, anche se non c'è guerra, anche se non c'è lutto: la partenza del soldato è una storia molto vecchia, ma non mi fa paura.

Non ho voluto vedere nessuno in stazione, non mi piacciono gli addii e non mi piacciono i fazzoletti. Nemmeno Lulù ho voluto vedere, però le ho telefonato al culmine della notte; suo padre ha detto: "Ohilà, che bravo giovanotto! Fino in fondo deve rompere le palle; ah, ma ti sistemeranno; ah, se ti sistemeranno, dio buono!". E qui s'è messo a gracchiare al telefono e a fare le cose che ha sempre fatto con la mia persona, finché non è venuta la moglie a tirarlo via, che quasi si mangiava l'apparecchio per la rabbia di me che sto al telefono e la goduria di me che vò a soldato, e lo ha supplicato, dicendogli: "Molla lì quella povera bestia; e fallo almeno per la tua moglie e le tue bambine, che poi ti viene il crepacuore, e a noi chi penserà?".

E insomma, come avete capito l'andazzo è questo: io amo Lulù, la figlia, lei ama me, povera bestia, e il padre invece no. Lui odia tutto di me: i capelli, i vestiti e la mia musica. Mi chiama la "sua" croce. C'è chi ha avuto l'infarto e chi ha avuto me che gira per casa. Così non ho parlato con Lulù e così non ho salutato nessuno.

Il mio vecchio voleva accompagnarmi che quasi gli luccicavano gli occhi e faceva tutta una scena senza parole davanti alla sua televisione, con grandi assensi di bocca, come dire: "Figliolo, il momento è grave, ma ce la farai. Noi ce l'abbiamo fatta", e a me non veniva voglia di dirgli che certo, lui ce l'aveva fatta perché il nonno aveva sgozzato un paio di maiali per imboscarlo in ospedale durante il grande conflitto, e allora avrebbe anche lui potuto fare altrettanto, invece di fare il padre intristito e orgoglioso che io parto in armi; questo gli avrei voluto dire: "Dammi un maiale, santocielo, e non farmi andare via dalla mia Lulù!". Ma, in fondo, io so che lui è contento che parta per questa faccenda, così smetto le mie manie e i miei capricci, e cambio pelle come un rettile. La madre poi è contentissima e dice: "Dai, dai che perdi il treno; vuoi andare o ti dobbiamo tenere ancora qui?". E mentre io sto per dirle qualcosa, lei mi blocca con un grido: ah, le faccio perdere il bacio di Lady Susanna!

Ma il fatto è che lei non vede l'ora che vada via perché così ritornerà padrona unica e sovrana dei cibi di casa, cosa che io le avevo tolto, cucinando le mie cose macrobiotiche che lei non può vedere né annusare né sentire, e quando io cucino lei apre tutte le finestre della casa e anche le porte della cantina, e corre come una pazza a dar aria al solaio e al cesso, che casa nostra pare tutta una Siberia, e chi passa davanti al cortiletto dice: "Eh sì, quella è gente un po' strana", ma non sa che di strani in casa sono solo in due: padre *et mater*.

Non salutati i vecchi, non salutati i miei Rock Boys.

Una settimana fa abbiamo fatto una grande prova, giù alla stazione, e io sapevo che per me era l'ultima, almeno per questi dodici mesi, ma non l'ho detto e, alla fine della serata, il Lucio s'è avvicinato e m'ha detto: "Acci, hai fatto scintille stasera!", e io sapevo il perché, ma ho taciuto.

Solo la mia Fender nuova di zecca ho salutato. Le ho fatto un grande discorso mentre la spolveravo e la riponevo. Per pagarla, ho lavorato per tutta la stagione della vendemmia, appena finiti gli esami della maturità, appena diventato geometra, secondo le libidini di casa mia. La mattina d'ottobre partivo alle sette, e mi piaceva anche alzarmi presto e incrociare in bicicletta tutti gli operai e le donne che vanno alla campagna, con le loro sporte e i loro fazzoletti. Io passavo da Lulù e facevamo un pezzo in bicicletta assieme, e io l'accompagnavo alla sua scuola liceale, e sulla piazzetta i suoi amici le dicevano: "Perché vai con gli zingari?". Ma a Lulù non gliene fregava niente. Dopo, via in campagna fra le zanzare e le sporcaccione delle vecchie contadine che ne sanno una più del diavolo, soprattutto con i ragazzetti come me. Ecco, questo m'è venuto in mente mentre riponevo la mia amata Fender, e allora m'è venuto di dirle molte parole d'amore e di farle molti discorsi di cuore, che però non vi posso dire. I ragionamenti dell'amor sincero non si scrivono così sui giornali, si fischiano dentro e danno pace.

Ora sono sul treno lanciato nel pieno della notte. Russano i compagni di viaggio. Non ho detto "addio" a nessuno; non mi piacciono gli addii. Sono sempre troppo lunghi.

DUE

A O... sono arrivato alle sei e mezzo, dopo quella notte
senza addii, passata sul treno ad aspettare l'alba di questa nuova storia. Sono sceso dal convoglio; faceva freddo. Ho riconosciuto altri compagni d'avventura, stavano con le facce perse nel vuoto e gli occhi pesti e la
bocca gonfia. Battevano i piedi; una volta ripartito il treno eravamo rimasti solo noi, inconfondibili con le nostre sacche e i nostri sorrisi sperduti. Alcuni si stringevano le mani; fa molto meno male la lontananza se hai
qualcuno a cui dire: "Mamma mia". Ma io non ho avvicinato nessuno e anche ora, fermo sul piazzale, aspettando il camion militare che ci porterà alla caserma, non
parlo e non guardo. Vedo solo me come un viaggiatore,
con la curiosità di quel che sarà nuovo, col passo lento e
il pensiero svelto. Non ho guardato gli altri ragazzi; ho
consegnato la mia cartolina di chiamata e sono salito sul
camion, ridacchiando: oibò, vediamo che mi preparerà
la sorte.
   La caserma è molto grande e molto vecchia e molto
gelida e molto "casa di nessuno". Dentro sono tutti in
divisa verde, e questo mi fa effetto, il primo effetto: qui
si cambia pelle per davvero, accidenti, il mio vecchio
aveva ragione. Ci portano in una saletta non più squallida di tanto, e un soldato viene a chiedere se abbiamo
droghe o coltelli o armi o altre illegalità portatili. Dopo

ci fanno camminare in fila verso il centro della caserma, che è un piazzale d'asfalto immenso e sconnesso e quadrato, con solo un qualche salice ai lati, che raccoglie le lacrime di tutti i soldati e più salice piangente di così non ne ho mai veduti. Nemmeno nei miei viaggi. Comunque al nostro passaggio si alzano gli schiamazzi e le grida dei soldati che pare vogliano schernirci – gli imbecilli –, come dire: "Ah, che tocca a voi; ah, se ci state a morire qui dentro, altroché!". Ma io faccio passeggio da gran signore e dimostro con fierezza e portamento tutti i miei diciannove anni e il mio diploma di geometra: "Ah, brutti idioti e sadomaso, Acci è arrivato e vedrete come saprà giocare la partita!". Intanto, intruppati e schierati, le guardie ci ammassano in uno stanzone-palestra davvero enorme e polveroso e male illuminato. Io vado subito verso i finestroni piombati, e allora c'ho un primo e unico momento di commozione, porcaeva: vedo al di là una strada e signore che girano frettolose coi bambini, e vecchietti con la spesa, e insomma guardo il tran tran quotidiano che non sarà mai più mio per questi dodici mesi. Mi mordo il labbro, ah come amo la libertà, ah come amerei stringere il braccio della mia Lulù, e farmi questa passeggiata mattutina, in una città che non conosco, come turisti, come viaggiatori, come amanti...

Arrivano altri disgraziati nello stanzone-palestra, ogni mezz'ora un gruppo di una ventina, così che un paio d'ore dopo siamo in parecchi, e ormai c'è un vociare e stringere alleanze tra i nuovi venuti. Ogni tanto un soldato entra e grida: "Chi è di Milano? C'è qualcuno di Milano?", e allora vedo le facce tristi diventare sorridenti, e qualcuno si getta correndo verso il soldato dicendo: "Io, son qui!", e fanno capannelli e si passano informazioni: "Com'è la vita qui?", "E le licenze?", "Dove ci manderanno?", "Come si mangia?".

I nuovi come me si riuniscono a seconda della loro città, e parlano e ridono e si fanno coraggio; io invece sono sdraiato a terra e guardo il soffitto e penso: quando finirà? Lulù, i Rock Boys, la mia Fender, il mio giardino, i miei vecchi, i miei disegni e i miei progetti. La mia storia è annebbiata, non mi dà sollievo pensare a quello che sono stato il giorno prima, ma solo agitazione. Quando lo capisco, mi alzo e cerco anch'io i miei alleati.

Succede che un paio di guardie entrano e dicono di far silenzio e fanno un appello, e fra questi ci sono anch'io. Lasciamo la palestra verso l'ufficio selezione, in cui a una decina di macchine da scrivere stanno altrettanti soldati, e qui, davanti a uno molto gentile e molto calmo, io dico quando sono nato e che scuole ho fatto, dico che so parlare la lingua degli inglesi e che suono la mia Fender, dico che non ho mai fatto pere e che sono di religione cattolica, ma credo molto nella reincarnazione, nella meditazione, nel satori e nello zen e il tiro con l'arco. Credo in Siddharta e credo in Govinda, credo nel dharma e credo nel mio presente karma, ma non ho mai fatto professioni di fede. Credo in Jack Kerouac e credo in Scott Fitzgerald, credo in Peter Handke, anche se non lo trovo troppo comico, credo in Oscar Wilde, anche se era un po' fighino, continuo a credere in Jacopo Ortis, anche se non l'ho mai studiato. Non credo invece più in Hermann Hesse, anche se l'ho molto amato.

Il soldato dice che gli frega niente di queste corbellerie e smette di fare il dolce, dicendo perentorio: "Vai di là", e io obbedisco (chissà come sarebbe fiero il mio vecchio a vedermi così zelante e così poco recalcitrante, gli andrebbe in cortocircuito il suo televisore, altro che). Di là si ripete la stessa storia – più o meno –, e a me piace che tutto quel che dico loro lo scrivano e lo battano – tic-tac, tac-trrr – mi sento proprio bene a dare le interviste, e mi lascio anche prendere un po' la mano, perché dico che conosco la West Coast e c'ho tanti amici per di là, e pure quella canaglietta di Wim Wenders è intimo mio, e sono stato proprio io per primo a convincerlo a girare con quello strafatto di Dennis Hopper che lui non voleva, ma io l'ho preso sottobraccio e gli ho detto: "Senti Wim, quel Dennis lì ci sa fare, dagli una Polaroid in mano e vedrai che ti combinerà", e lui m'ha creduto e ha fatto, diciamo, un buon filmetto.

Questo racconto ai soldati che mi intervistano finché il mio turno finisce e mi portano, sempre scortato come un galeotto, di sopra nel magazzino, dove ritiro coperte e lenzuola e anche posto branda e armadietto. Insomma, dopo che m'hanno anche vestito e cambiato e intruppato, amici miei, da ora in poi sono un soldato. Non godrò di libera uscita se sarò punito, non potrò dire la mattina: "Oggi farò questo e farò quello", perché c'è già chi pensa per me; non dirò che ho voglia di Lulù perché me la faranno passare, non vedrò più la mezzanotte un po' ubriaca delle mie osterie, perché qui alle ventitré suona la ritirata. Non poltrirò nel letto la mattina o il pomeriggio, non vedrò la televisione di mio padre, non leggerò la notte i fumetti con la lampada, non berrò la camomilla se lo stomaco mi punge, non porterò le mie collane e i miei capelli lunghi, non combinerò i colori dei vestiti né cambierò cravatta se c'è festa. D'ora in poi sono il soldato, e tutto per me è archiviato.

TRE

E così ora sono un soldato. Ho al collo una piastrina di metallo con su scritto quando son nato e tanti numeri per il mio riconoscimento che, se finirò la mia meglio gioventù maciullato sotto un malvagio Leopard, porteranno alla mia madre e al mio padre come unica cosa che di me non morrà, e loro un po' lacrimeranno, ma certo, oh certo, diranno: "Povero figliolo, ha dato la sua vita per la patria; tendeva un po' a strafare, ma era un bravo ragazzo il nostro Acci", e così si consoleranno che non ho bruciato gli anni miei come tanti altri.

Ho un posto letto cigolante e traballante, con l'inquilino del piano di sopra che sembra proprio il padre della mia Lulù che – come sapete – in mia presenza rutta e sbava per mettermi fuori gioco; ho una divisa per l'estate e una divisa per l'inverno; ho una divisa per il lavoro e una per la libera uscita; ho tante divise ma, in fondo, sono solamente due combinate diversamente a seconda delle occasioni e delle stagioni, ho i mutandoni dell'esercito, il pettinino con su scritto FFAA, il rasoio per i miei pochi peli con su inciso FFAA, il sapone per lavarmi con scritto niente, solo "sapone", che se a uno gli viene il tocco di mangiarlo che sappia almeno che cosa manda giù; ho un cucchiaio, un coltello che non ferisce e un bicchierino di stagno che devo lavare ogni volta dopo l'uso e badare che non mi freghino; ho una mensa in cui devo fare mezz'ore di code e strafile per mangiare ciò che non si dice; ho un armadietto che terrebbe appena la mia chitarra Fender, e invece ci deve stare tutto il mio bagaglio di civile e di soldato, qualche libro e qualche foto di casa mia. Ho una bandiera tricolore che devo riverire da mattina a sera come fosse una gran dama; ho un capitano superiore che devo compiacere come fosse il professore; ho pure un colonnello che però non si mostra quasi mai, fa solo degli strani giri ti-vedo-non-ti-vedo dietro le colonne della piazza d'armi o dietro i cipressi, per spiare quel che pensano i soldati e poi urlare dietro: "Ah, lei soldato gira con le mani in tasca: l'ho beccata, l'ho beccata!". Così che quando si vede un gatto miagolare o un merlo saltellare, tutte noi reclute si pensa: è quel pazzo del comandante, ne inventa una più del diavolo per scovarci, mannaggia alle scuole di guerra che li fanno così abili!

Ho inoltre, ogni tanto, un fucile FAL per le mani e una baionetta verde sulla cintura, che per averli mi fanno firmare tre volte alla consegna e cinque volte alla restituzione, come avere un prestito in banca. "Ah, signore, vuole un fucile automatico: qui e poi qui e poi ancora qui, firmi di là e firmi di qua, trascriva il numero di matricola dell'arma e se lo impari bene a memoria... Forza... Forza... AZ 3476558... Imparato? E quello della baionetta? MM 666392... Allora?"

Ho un inno militare su cui marciare, la canzone del granatiere da imparare, un motto imperativo – "A me le guardie!" – da gridare. Ho uno spirito di corpo da assimilare e una vecchia storia di prodezze e di valori da rispettare. Ho alamari rossi e bianchi che mi fan sembrare un carabiniere e un basco nero con su un fregio a fiaccola che non si spegne. Ho dieci latrine per i bisogni corporali da usare con tutti e duecento gli scagnozzi della mia compagnia; ho un servizio docce per grazia di Dio molto meno efficiente di quello di Dachau; ho una bella parata di lavandini ghiacci tutti in fila e con lo scolo in fondo, per cui chi arriva primo si mette al primo rubinetto, il secondo al secondo e così via, perché – se non lo avete ancora capito – c'è chi si lava il piede profumato e chi l'affare ingarbugliato, chi la mano operosa e chi il buchino di mimosa, chi i dentini infreddoliti e chi i nasini puliti, chi riversa col colpo di gola il surplus dei suoi bronchi incatramati e chi vi getta l'umore delle gengive insanguinate: tutto lì nel lavandino, e tutto scorre e tutto fila via e tutto rotola come il nostro mondo fin verso il buco finale, dove l'ultimo arrivato vede sfilare di tutto un po'... Ma via, non siamo così osceni!

Ho un'infermeria molto attrezzata e ospitale, dove tutto si cura con l'aspirina FFAA, anche i dolori per la mancanza della mia Lulù; ho uno spaccio-truppa per le pizzette e le aranciate e per telefonare, con anche due tivù come in un collegio salesiano, tanto per non sentirci orfani; ho dei grandi porticati e dei grand'alberi sotto cui passeggiare e meditare; ho un caporale che mi dice sempre: "Devi scoppiare!", anche se lo incontro nelle ore di libertà vigilata, la sera, lui sempre uguale, io dico: "Ciao caporale", e lui col ghigno sadico: "Devi scoppiare!", tanto che ormai non lo saluto mica più.

Ho tante malinconie e tanti pensieri, ma quel che più importa è che finalmente intorno a me vedo altri soldati: vedo ragazzi che hanno le mie storie, vedo giovinotti che la sera portano segni di riconoscimento come me, e io li scruto e li seguo fra i giornali che leggono e le riviste che comprano e le parole che dicono; li guardo come camminano e come corrono, come sorridono e come piangono, che cinema preferiscono e che musica ascoltano nelle loro radioline, che sigarette fumano e come le truccano... E così un bel giorno, dopo gli inizi increduli e diffidenti verso tutto e tutti, mi sono trovato anch'io spiato e scrutato e sbirciato. Insomma, aprite le orecchie, la cosa più importante è questa qui: finalmente io, Acci, non sono più solo. Ho scovato i miei alleati. Ormai faccio parte di una gran bella tribù. E tutto, piano piano, comincia a ricrescere. Comincia a rifluire il tempo della mia vita. Non sono più solo, siamo ormai una tribù.

QUATTRO

È venuto dunque il momento di presentarvi i miei scagnozzi e i miei amici conosciuti in questo primo mese passato al Car di O.... fra addestramenti, marce, saluti alla bandiera e prove di tiro. Fin dalla prima sera di libera uscita si creano ingorghi di affettività e di interesse, che si trascinano per qualche tempo; dopo i gruppi si rimestano, arriva gente nuova, si va più per il sottile nella ricerca degli alleati. Nei primi giorni di naja, infatti, le amicizie si creano su qualsiasi pretesto e, nello stesso tempo, un'ora trascorsa con un compagno d'armi equivale perlomeno a un mese di frequentazione nella vita civile, tanta è la necessità di avere qualcuno con cui parlare, sfogarsi e raccontare e sognare.

Io mi sono sempre tenuto sulle mie, almeno per i primi tempi, e non la penso come uno dei miei amici che parla di "cariche affettive ambulanti" quando sei sotto naja, per cui ti senti come un nervo scoperto e vagabondo che cerca un qualsiasi partner per attaccarsi. Io sono sempre stato molto selezionatore, non ho preso abbagli come, per esempio, il Tony che, con uno con cui andava d'accordo e parlava di musica, ha intavolato una becera discussione su quelle strane cose che si chiamano "politica" e ha scoperto che questo è un gaglioffo del Fronte della giovinezza, e quasi si accoltellavano, con me che dicevo: "State calmi. Tony qui vai dritto a Gaeta, santi numi, vieni via!", ma lui niente, bolzanino testardo e crucco, ha continuato a far la lotta in una stradina del paese, finché noi non s'è riusciti a separarlo. Ma alcune ore dopo quelli del Fronte ci hanno teso un'imboscata, e abbiamo dovuto scappare come polli.

Qui, comunque, nell'ala fantasma e disabitata della caserma abbiamo fissato il nostro quartier generale, e qui veniamo la notte a sentir musica a basso volume e farci fuori le bottiglie di vino che qualcuno rimedia sempre giù in paese con gesto di mano. C'è poi Enzo, che è romano e ormai ha finito la naja, ed è stato lui a farci scoprire il nostro rifiugio. Inoltre c'è un tipo alto e malinconico che va in tiro solo di notte, e se lo vedi di giorno è veramente un'altra persona, ma la sera, dopo il contrappello, si trasforma e parla come un registratore e racconta come una macchinetta, e a me piace questo signore che pare faccia lo scrittore, perché è molto gentile; lui lavora alla fureria e mi fa avere i permessini e non mi mette di servizio notturno e, insomma, con lui sto bene.

Comunque fra i miei scagnozzi c'è il Tony, appunto che suona divinamente la chitarra e sa fare tutta l'epoca d'oro del pop; e poi c'è Michele, che è di Trento e come canta lui nessuno è capace. Riesce a fare i ritmi di gola e ad accompagnarsi da solo col tema e col motivo che pare un'orchestra ritmica e a sentirlo è davvero piacevole, soprattutto in quelle notti fuggiasche passate su alla sesta compagnia, che è una compagnia fantasma in quanto è disabitata e diroccata e sta all'ultimo piano della caserma, e per entrarvi i nostri predecessori hanno forzato una porta e messo una spranga che sbreccia il pavimento, così che noi si passa come gatti attraverso la fessura, uno alla volta e bene attenti a non farsi scoprire. Una volta dentro si sta in santa pace fra camerate deserte e polverose e diroccate e pericolanti, sotto il tetto che ogni tanto spolvera calcinacci, basta un filo di vento.

Oltre al bolzanino Tony, al trentino Michele, al giovin scrittore milanese, a me, Acci, sono della partita un torinese molto piccolo e molto brutto che si chiama Alvaro e suona il violoncello ed è un grande donnaiolo e viaggiatore, come fra poco vi racconterò, e poi Renzu che a me piace da impazzire come parla, perché lui viene da uno di quei paesi da tombola geografica che non so nemmeno dove sono e, appunto, solo li ho sentiti nominare quando giocavo a questa tombola, e la città si chiama Macerata, come dire Crotone o Matera o altre città per me inesistenti.

Renzu assomiglia molto a Li'l Abner di Al Capp non solo per il suo inconfondibile sound, ma anche perché ha lo stesso fisico massiccio e lo stesso ghigno e la stessa salopette, che lui ci mette tutte le medaglie dei Devo e Clash e Talking Heads e Joy Division, e pare allora un generale molto punk e molto freak. Con Renzu mi trovo a meraviglia, e ci sono alcune notti che vado a dormire sotto la sua branda; sposto lenzuola e materasso e mi ficco lì, perché lui ne ha sempre da raccontare di meravigliose. Il giovin scrittore invece è malinconico – come ho detto –, dice che un giorno ha perso il "senso" e ora deve cercarlo da mattina a sera, ma non lo trova mica più, e quasi si fa frate qui in Umbria, perché almeno a questo punto un senso ce l'ha.

Ma il più fantastico è invece Alvaro, il violoncellista che a sedici anni ha fatto il mozzo e ha girato tutti i bordelli di Singapore e della Malaysia e ha fatto innamorare con le sue prodezze amatorie tutte le indigene, tanto che poi lo chiamavano Sandokan e quando arrivava lui nei bordelli era gran festa. Alvaro continua a sorprenderci perché, anche se ha solo ventitré anni, ne ha già combinate di tutti i colori: ha fiutato tutte le droghe, ha provato tutte le emozioni, dal deltaplano al paracadute, dalle immersioni ai vasti oceani, dal kamasutra al tao del sesso, e insomma lui predica, e noi lo ascoltiamo. Ma la nostra combriccola si disfa poi nell'adunata mattutina, ognuno col suo plotone e il suo incarico. Ci si rivede a mensa e poi per la libera uscita, ma questa è una storia che vi rimanderò alla prossima puntata.

CINQUE

Succede che la nostra ghenga si ritrova davanti alla caserma alle diciotto, ora della libera uscita. Già per tutto il giorno si sono scambiati i messaggi e i programmi per la serata, così capita spesso che ci si ritrovi in otto, dieci davanti al Bedford del Tony, che è un furgoncino molto grande e molto attrezzato, con sei casse stereo e tendine fiorate e seggiolini comodi, roba insomma da grande freak mitteleuropeo. Si comprano provviste e litri di questo ottimo vino che fanno in Umbria e si gira cantando e vociando, con l'hifi al massimo del volume: si va al lago, alla diga; si va a Todi e a Perugia; si va alle rovine etrusche o al castello indemoniato, oppure si sta semplicemente a vagabondare per i tornanti e le macchie, seguendo strade e viottoli sperduti. Tony guida come solo un bolzanino sa fare e, se mai siete stati sulle Dolomiti, capite perfettamente quello che voglio dire. Il giovin scrittore urla e dice: "Vai piano, per carità!", e il magico Alvaro, l'ex mozzo violoncellista, sghignazza e si strapazza con il vino e dice: "Ah, signori, mi sembra di stare come quella volta giù nelle Antille; eravamo su un catamarano in preda a un tifone, io e una bella indigena e un vecchio lupo di mare della Nuova Zelanda con un occhio solo, l'altro l'aveva perso in una rissa a Hong Kong per via di un poker andato male, quand'ecco un'onda gigantesca ci alza dal livello del mare di dieci metri e più, apperbacco: pareva di volare, ma no, volavamo davvero da un maremoto all'altro io e lei, che avevo comprato per cinque dollari giù a Saigon e aveva quindici anni ma già era donna fatta, cribbio; be', lei mi si aggrappa e dice che non ha paura, e io prendo allora il mio violoncello e suono e, non lo credereste, il mare s'è calmato e la risacca ci ha aiutati ad approdare su un atollo, dove ci siamo nutriti per quindici giorni esclusivamente di banane e noci di cocco. Abbiamo solo perso il vecchio nostromo giù nell'oceano, ma poi ebbi occasione di incontrarlo in una taverna di Nantucket, anni dopo, e mi disse che l'aveva salvato una sirena; insomma, era ormai troppo in là con il cervello!".

Michele e Renzu cantano e seguono il sound, e succede che a un certo punto finiamo dietro a un pullman pieno zeppo di turiste che guardano questa scamionata di soldati e si mettono a provocare dal lunotto posteriore; saranno almeno una decina di pollastrelle bionde e belle, e il Tony non ci vede più e fa il pazzo-pirata guidando senza mani e coi denti e coi piedi, cose insomma da far spavento, e sul sedile davanti arrivano tutti i commilitoni a sbracciarsi e a mandar baci di bocca e a strizzare gli occhi; poi le sbarbe alzano un cartello con scritto: "Sei bello!!!", e allora tutti dicono: "Son io, è me che vogliono", e allora si sorpassa, ci si stoppa a una piazzola, si scende e ci si mette in fila e, quando il pullman ci raggiunge, noi salutiamo e gridiamo e ci facciamo vedere nella strepitosa potenza dei nostri vent'anni malandrini, meno naturalmente il giovin scrittore che dice che queste cose non gli danno il "senso", che come sapete lui ha perso e non ritrova più.

Finita la storia con le turiste (finita, in verità, quasi a cazzotti fra Enzo il biondino e Michele il trentino per il primato di quel "Sei bello"), si imbocca una stradina e si arriva a un torrente che taglia il nostro percorso, ma non ci fermiamo e facciamo il guado fra gli spruzzi dorati e la luce del tramonto che filtra macchiaiola fra i cespugli e gli arbusti, e sotto abbiamo una musichetta molto country e molto selvaggia, e allora pare di stare in un gran bel trip nel Wyoming.

In una radura presso il lago accendiamo il fuoco e ci scaldiamo i polli che Renzu ha fottuto nelle cucine della caserma da un suo collega paesano e beviamo tanto vino, e insomma ormai viene buio, facciamo foto e tiri di sassi e teniamo stretto Enzino, che s'è spogliato e vuole farsi un bagno, ma col freddo che fa non conviene proprio. Il giovin scrittore è abbastanza allegro; tira i sassi nel lago e mi dice: "Vedi Acci, la cosa è molto semplice, basta saper scivolare sull'acqua come i nostri sassi: tre, quattro, cinque volte, e fermarsi a mezz'aria. Io so che andiamo senz'altro a fondo, ma so anche che posso star fermo in volo. Se ora ci fosse una donna qui, io, senza dubbio, avrei vinto la forza di gravità". E io lo guardo e non posso far altro che dirgli: "Per fortuna che sei allegro, Albertino, sennò non so se ti butterei nel lago subito, te e i tuoi discorsi".

Così vanno le nostre storie di soldati in questo primo mese, tutte le nostre forze a dimenticarci che siamo in divisa da mattina a sera, e che fa piacere trovarsi a menare le storie e le serate come se si fosse ancora a casa nostra. Ci divertiamo molto e siamo sempre allegri, ma su tutto c'è un'ombra di precarietà. Sappiamo benissimo che fra qualche giorno, dopo la cerimonia del giuramento, ognuno prenderà una strada diversa e non ci si rivedrà, e che questi allentati momenti da gaglioffi non torneranno più. Ma è troppo presto per starci a pensare. C'è già Albertino a fare il filosofo, io voglio solo raccontare.

SEI

Avanzano così i giorni del nostro addestramento fra marce, istruzioni, adunate e fughe in libera uscita, attendendo soltanto l'arrivo del giorno in cui si celebrerà la cerimonia del giuramento. Per questo una mattina, intrappolati sui traballanti CM, siamo andati al poligono per sparare le nostre schioppettate e lanciare la bombetta di rito, praticamente una lattina di Coca-Cola che, a un certo punto, fa "pum", liberando una nuvoletta bianca e candida, ma il più delle volte fa cilecca così che per farla brillare deve intervenire il maresciallo dell'armeria, fermare tutti, ritrovarla, innescare un detonatore e poi fare un ciocco molto violento e molto rumoroso che le colline intorno odono e rimbombano.

Quella mattina al poligono – mattina piovosa e tetra e molto scorata, con Renzu che aveva beccato un'otite e non c'era modo di farlo restare in infermeria, e Alvaro invece sempre chiacchierone e avventuriero: "Ah, ragazzi, potrei raccontarvi di quella volta giù nell'Alto Volta in cui fummo attaccati dai ribelli nazionalisti, e io che non avevo mai preso in mano un fucile, detti battaglia, ma loro erano in numero davvero impressionante e dovemmo ripiegare verso la savana dove, non ci crederete, un branco di rinoceronti ci incalzò dall'altra parte e così, preso tra due fuochi, dovetti scappare su una sequoia gigante... No, quella volta fu invece giù in Sudamerica, corpo di mille alci, me ne stavo appollaiato lassù, come un fagiano di quelli che si cacciano in Jugoslavia, e lì appunto partecipai a una battuta di caccia che vi dovrei proprio raccontare..." – quella mattina al poligono, dunque, il giovin scrittore si ustionò molto pericolosamente il palmo della mano destra per aver imbracciato il fucile dalla parte della canna, naturalmente rovente dopo aver sparato un paio di caricatori, e urlava come un ossesso, buttando elmetto e zainetto per il poligono, e sbraitava, correndo in lungo e in largo, e sempre un "cài cài" e ululati e gridamenti, con il capitano che dalla sua postazione non si reggeva il panzone dal ridere e fra i singulti diceva: "Ah, giovane scrittore, non lo vede che il fucile non è una penna? Ah, non lo vede? Non lo sente?", e rivolto ai tenenti e caporali, sempre più ingolfato dai singhiozzi che quasi pareva il padre della mia Lulù, diceva: "Ora lo vedono questi intellettuali che il fucile si usa con le palle!", e tutti ridevano e sbraitavano al giovin scrittore: "Torni qui, torni qui!", ma lui niente, pazzo come Orlando, correva e stramalediceva, e io l'ho raggiunto e gli ho curato la scottatura, ma Albertino continuava a mandar giù rabbia e fiele, e non si dava pace d'essersi comportato – a sentir lui – come un Enzosiciliano d'occasione, buono solo a tirar penne e nulla più. Ma poi la rabbia è passata, e siamo rientrati in caserma un po' malinconici, ma salvi, meno Renzu che con la sua otite ha sputato il cervello, e ora sta ricoverato con la febbre a quaranta gradi.

SETTE

Viene poi il giorno del grande giuramento. Da una settimana circa non abbiamo tregua, sempre a marciare intorno alla piazza d'armi e a disporsi in fila per plotoni e compagnie: prima i massicci granatieri, poi i prodi lancieri, seguono tre plotoni di ferrei artiglieri e, *dulcis in fundo*, lo squadrone degli animosi bersaglieri che "marcian placidi e leggeri quei goliardi militar". Il fatto è che la cerimonia del nostro giuramento avverrà in forma solenne davanti alla piazza principale della città, dove già da adesso hanno eretto palco d'onore e tribune per il pubblico sempre riverito, e la notte è molto malinconico girare per le stradine, sentendo lo sferragliare degli operai che battono i tubi Innocenti, malinconico perché l'ora s'avvicina e la nostra tribù si scioglierà. Il giovin scrittore e io siamo ancora in attesa di destinazione, ma degli altri abbiamo già saputo tutto: Alvaro come musicante raggiungerà casa sua, Torino; Tony, idem per Bolzano; Renzu se ne andrà a Civitavecchia; e Michele a Roma, a Pietralata; mentre Enzino il biondino rimarrà qui, a O... Comunque si continua a marciare e a provare il grido della nostra ventenne fedeltà alla patria, di giorno e di notte, in interno e in esterno, marciamo e cantiamo con un capitano che dice una cosa, il tenente un'altra, il colonnello non si sa bene cosa ne pensi; ma poi una notte alle quattro si sente un allarme, e allora tutti bisogna correre sul piazzale e inquadrarsi; e poi si sentono una musica gracchiante in tutto quel buio e un plotoncino che segna il passo e rauchi ordini urlati nella notte; e poi si torna a dormire, ma si scopre, l'indomani, che è arrivata la bandiera di guerra.

E quando passa lei, con la tenebra o la luce, se piove o è sereno, bisogna riverirla: questo, appunto, c'ha detto il colonnello, presiedendo alla prova del giuramento, dando naturalmente ordini contraddittori e differenti da quello che avevamo imparato, ma tant'è, qui bisogna obbedire e non farsi assolutamente sentire.

Succede però che il giovin scrittore venga chiamato a rapporto dal colonnello un paio d'ore prima della tanto attesa cerimonia ed esca dalla palazzina comando praticamente in lacrime, senza possibilità alcuna di consolazione. Il fatto è che il capo gli ha ordinato di riprendere via cavo con un tragattino videotape l'intera parata e soprattutto di commentarla. Albertino naturalmente non sa che pesci pigliare ed è ridotto ormai a tutto un "Ahimè, ahimè, cosa sarà di me; che dico e che riprendo che non so nemmeno distinguere un sergente da un tenente, un plotone da un battaglione; e, in fondo, che mi frega di tutta questa puttanata, io non so che dire né che fare; ahimè, ahimè, cosa sarà di me?". E io gli dico: "Senti, non drammatizzare, c'è qui Acci; io so usare quella roba lì, e facciamo che io ti svolgo le riprese e tu inventi il commento, insomma, basta dire: 'Ecco i prodi granatieri e i saltellanti bersaglieri.' Be', non è facile?".

Così la mattina prestabilita, Albertino e io siamo davvero una bella troupe, e ci presentiamo sul piazzale in anticipo per studiare le inquadrature e metterci d'accordo. E, mentre attendiamo, ci facciamo un aperitivo col vinello di qua; e poi un altro bicchierozzo, perché siamo pronti e i soldati invece non si vedono, poi un altro per ingannare l'attesa, e insomma finisce che, quando finalmente s'odono le note della banda, siamo proprio a nostro agio, siamo pronti, pronti siam!

Ci gettiamo in mezzo al piazzale e filmiamo innanzitutto il pubblico col commento del giovin scrittore, che più o meno dice: "In questa terra baciata dall'arte e dalla natura, fra un pubblico prestante e festante, simbolo della patria intera che qui viene a rendere gloria ai suoi valorosi, ecco, fra i cieli splendenti e i venti ridenti, arrivano i soldati, nella potenza della loro gioventù, nel fiore della propria eterna e imperitura giovinezza: eccoli, eccoli; deh, salvateci dal maligno, alé!". E poi si passa a inquadrare la bandiera, e facciamo un primo piano bellissimo, e Albertino fa tutta una tiritera, dicendo che il verde son gli occhi di Lulù e il bianco la sua pelle e il rosso l'ardore del suo italico cuore, e arriva persino a spiegazzarla al vento affinché io la riprenda attiva e funzionante. E poi passiamo in rassegna tutti i nostri milleduecento amici schierati, e Albertino parla e parla, e io filmo e filmo, e dico al generale: "Un po' a sinistra, sire, e guardi qua", e al colonnello: "Saluti, saluti i telespettatori", e per tutti Albertino ha un commento *ad hoc*, e insomma quando tutto è finito e noi brindiamo al successo, svaccati fra gli operai che smontano le impalcature viene a pescarci la ronda che ci ordina di rientrare a rapporto immediatamente. Risultato: invece della sospirata licenza premio, ci sbattono in cucina dalle sei del mattino alle dieci di sera a pulire e strusciare cose innominabili. Questo il degno epilogo della nostra trasmissione e del nostro senso del dovere. Insomma, amici miei, ora va veramente male. A giorni migliori, quindi.

OTTO

Ho fatto ritorno a casa. Una licenza breve che più breve non si può: quarantotto ore di permesso; parto il venerdì pomeriggio e devo rientrare allo scadere della domenica. In mezzo quindici ore di treno, un paio per l'autostop compresa l'attesa al crocicchio della statale, in corrispondenza con la deviazione per il mio borgo, sedici ore di sonno alla media appunto di otto ore per notte, e il tempo restante – una ventina di ore – per (a) riabbracciare la mia Lulù; (b) brindare con i vecchi Rock Boys ed eventualmente tirare con loro la mia Fender e lanciarci in una jam-session in onore a questo tempo ritrovato; (c) fare una stressante colazione domenicale in famiglia, con annessa intervista dei parenti alla Bobby Gervaso: "Che sogni ha fatto iersera, soldato?", "Quale cibo preferisce avanti ogni assalto?", "Qual è l'ultimo pensiero prima di addormentarsi?", "E il primissimo al risveglio?", "Se fosse Raquel Welch, come indosserebbe la divisa?", "E se fosse Lagorio Lelio, ministro socialista?", "La difesa è un bene o un male?", "E il centrocampo?", "E la Nord-Est come la mettiamo?", "Preferisce un attacco per via terra o per via mare?", "Un caporale o un generale?", "Meglio il pollo o la fettina?", "Metedrina o anfetamina?", "Tre alzabandiera o un picchetto in polveriera?", "Il cuciniere o il bersagliere?"; (d) passeggiare solo e pensoso per i viali e i giardini della mia città, fiutarne l'aria e respirare in giro qualcosa che sono stato e che qui continua per tutti, meno che per me. E, infatti, da tutti i programmi che ho fatto e le idee che ho messo in testa, ho ricavato niente di niente, uno zero assoluto. Volevo far questo e far quello, girare di qua e per di là, perché sentivo che l'energia cresceva mentre il treno avanzava verso casa, e la voglia aumentava a mano a mano che il sound dei pendolari diveniva sempre più simile al mio, a quello dei miei amici e dei miei vecchi, ma ho fatto buca. Sdraiato finalmente sul letto a contemplare questo orrendo *down*, questo inquieto ammaraggio nella mia vecchia atmosfera, la musica che andava, la sigaretta che tirava, è arrivato un grosso colpo di vuoto. E la mia testa che continua a martellare: "Sono un soldato, o sono ancora quel che ero prima di partire?". E mi accorgo che a questo non c'è risposta, ora: non sono né l'uno né l'altro, non il dovere e non il tempo passato; sono soltanto bloccato in una zona di coscienza *mu*. Sono semplicemente una persona diversa e nuova, e non riesco a interpretarmi.

Prima di partire per il mio servizio di soldato, la mia pelle si faceva rasare solamente con acqua bollente, sennò erano dolori e tagli; non riuscivo a dormire se in camera c'era un filo di luce o una voce risaliva dalla strada: buio e silenzio assoluti; la vista di una latrina mi dava il voltastomaco: non avrei mai saputo come bisognasse inginocchiarvicisi; ora, in questa prima giornata di rientro, l'acqua bollente mi fa ribrezzo e la mia pelle si increspa, al water nemmeno pensarci e, per dormire, ho dovuto accendere la radio e la lampada come se fossi nella mia camerata: piccoli cambiamenti e insignificanti adattamenti, direte voi; certo, però anche Lulù se ne accorge e, quando ci incontriamo ai giardinetti, quella stessa sera del mio ritorno breve, comincia a ripetermi: "Sei strano; oh, sei strano, Acci mio!", e io le dico che lo so, che ha ragione, sono ormai straniero, tutto qui.

Così questa prima licenza in quarantotto non va assolutamente bene; è ancora una questione di adattamento,
riadattarsi al tuo letto che non è più tuo, alla tua casa e
ai suoi nuovi spazi, ai tuoi amici e alle ore e agli appuntamenti del portico e della città, alla presenza attonita di
Lulù, alla luce, al buio: santocielo, non ne posso più di
questo sfasamento continuo e intermittente, che non
riesco mai a stare tranquillo un'ora perché c'è sempre
qualcosa che cambia, e un giorno sei qui e il giorno dopo sei là, un'ora in caserma, un'ora a casa, un'ora con gli
amici nuovi e una con amici vecchi; e poi come se questo non bastasse, ci si mette pure la "primavera che il bel
tempo rimena", e invece sono acquazzoni, e un giorno
fa caldo che senti voglia di luce e sole e mare e spiagge, e
uno invece torna il freddo, e un giorno è buio presto e il
giorno dopo non arriva mai la notte perché arriva invece
l'ora legale, e quindi, signori e signore, bambini e smor-
fiosette, ADATTIAMOCI ALL'ORA LEGALE, cambiamo i bio-
ritmi e il metabolismo, forza avanti; e poi c'è l'inflazione
e dopo la svalutazione, e quindi adattiamoci alla lira ri-
pudiata e, insomma, io voglio un posto tranquillo dove
non mi senta sempre così sfasato e riadattato, porcaeva.
IO VOGLIO CHE MI RESTITUISCANO AL PIÙ PRESTO, E CON
MILLE SCUSE, TUTTI GLI ALBERI DEL VIALE CHE HANNO
POTATO SENZA NEMMENO CHIEDERMELO!!! Ah, come
farò a luglio senza i fiori gialli e profumati dei miei tigli e
senza la loro ombra nella calura d'agosto; ahimèèè, anche ai viali potati mi devo adattare, anche ai loro tralicci
bombardati, a un'estate sciapa e senz'ombra, all'illuminazione nuova, alle facce nuove!!! Accidenti, che brutto
trip questa licenza breve, povero Acci, povero Acci...
Voglio ritornare subito da Renzu e dal giovin scrittore e
da Enzino; voglio che loro mi spieghino quello che mi
sta succedendo, se sto cambiando, se sto crescendo, se
insomma sono dal mio vecchio equilibrio alla débâcle
più completa. Poi la domenica arriva; salgo sul treno più
stanco di quando sono arrivato: maledetta licenza breve,
già terminata proprio un'ora dopo che stavo adattando-

mi a casa mia, adattandomi alle belle braccia di Lulù che mi stringevano e che sembravano dirmi: "Acci mio, ora ti riconosco, sei quello di sempre, il mio Acci". Ma il treno parte, maledetta licenza breve.

NOVE

Sono infine tornato alla caserma dalla mia così poco licenziosa licenza breve, un altro viaggio dentro il buio della notte come quello che mi ha visto partire, ma questa volta so già cosa mi attende: il posto di guardia, la camerata sonnolenta e l'odore dei soldati che mi prende il respiro non appena giungo alla mia branda. Potrei riposare ancora un paio d'ore prima della sveglia, potrei cedere al sonno, potrei distendermi e dirmi: "Okay, fra un po' si balla, ma goditi questo silenzio", e invece piano piano, non appena i miei sensi si allentano, tutto il rumore di una camerata assonnata si rivela, impercettibile, inafferrabile, ma poi sempre più distinto: russare, cigolare, qualche parola smozzicata, uno si gira, uno si scopre, uno comincia un discorso... Devo stare in silenzio assoluto e tendere i nervi come un gatto, devo allungare le orecchie e fissare davanti a me un punto imprecisato, devo fare lunghi sospiri per raggiungere i bordi di questo mondo incosciente, in cui le intimità si allargano e i gesti scattano meccanici e le parole sono soltanto rotoli e mugugni e i corpi sono troppo paurosamente simili a macchine gettate in manutenzione, a robot impazziti e arrugginiti, e ognuno sta vivendo la propria storia, ma io posso soltanto sfiorare di ognuno un respiro o una frase storpiata; questo mi dice il silenzio di una camerata di soldati di notte: che siamo macchine a cui hanno staccato i circuiti e che vanno alla deriva fra brusii, vagiti e grida... Non dimenticherò questo museo delle cere, questo scantinato dei rifiuti, questo senso di vuoto, i compagni che si muovono con gli occhi chiusi e parlano con la bocca storta e s'agitano impacciati e, all'improvviso, accendo un fiammifero per allontanare con il suo "skreech" il senso di sentirmi in mezzo a un plotone di morti viventi... Ma poi, all'adunata del mattino, mi dicono che m'hanno messo di guardia e che dovrò montare il giorno stesso, e quindi anche la notte che verrà sarà insonne e stanca e girata male di testa, e allora io penso che non ce la faccio più: no, ragazzi, io, Acci, non stringo più i denti e mi smollo lì sul piazzale come un sacco bucato e sfatto; e allora qualcuno avrà pietà di me, mi getterà in un'infermeria e mi darà tranquillanti e calmanti per farmi riposare. Ma Renzu dice che non si fa così, che questo è il modo per iniziare una brutta tiritera di ricoveri e ospedali militari e rientri e partenze, e non uscire più da questo brutto trip del militare, lasciarci il cervello, insomma. E allora io mi faccio forza e faccio la mia guardia alla polveriera vuota perché, se il nemico viene o il brigatista fa capolino, io gli sparo due schioppettate e mi guadagno una licenza premio, e così farò l'eroe e tutti saranno contenti e fieri di me, Acci, che ho messo in fuga il bandito e il malandrino e ho salvato l'onore della patria nostra, della nostra Italia da cartolina e da parata che ha bisogno di questa polveriera vuota per salvarsi la verginità che naturalmente più non ha, visto che tutti la spuazzano di qua e di là: "Uèèèèè, bella Italia, ven chi a fare un girettino col bel soldato Acci, che sono l'unico che non t'ho mai fregata né tradita, anima mia!". E ora devo persino fare la guardia ai seggi elettorali, per la miseria, non potete capire quei quattro giorni sballottati di qua e di là, e messi agli ordini di un carabiniere molto sveglio e molto onesto, lui dorme sul letto, e se lo è fatto preparare, e si becca tutti gli omaggi degli elettori che spartisce poi la sera con la sua bella mogliettina, mica con noi due soldati che dormiamo per terra e mangiamo porcheria con i soldi nostri, e dobbiamo an-

che farci la barba ogni mattina perché l'ispezione arriva...
Ah, quella volta dell'ispezione generale che ci ha fatto lavare cinquanta volte le stesse piastrelle, come delle Cenerentole: tutti in ginocchio a strusciare gli stracci imbevuti di nafta per dare il luccichio, altro che cera! E poi sono saltati fuori delle piante e dei vasi di fiori, e noi a dirci: "Oilalà, la nostra compagnia pare proprio una serra tutta verde e bella, con i fiori nel corridoio e le palme all'ingresso di ogni camerata", e il generale è passato in un baleno e, in un baleno, le piante son sparite e son tornate alla palazzina comando, e la stessa storia è successa durante la visita di una scolaresca che il colonnello portava avanti e indietro per lo stesso corridoio perché era l'unico decente, e i professori a congratularsi e a dire: "Guardate i soldati come sono puliti" mentre noi c'eravamo spezzati la schiena per quella buffonata; ma poi il giovin scrittore è riuscito a prendere due ragazzi dal seguito e a portarseli in giro per altri corridoi e altre compagnie e, insomma, a fargli aprire gli occhi, che tutto insomma è forma vuota e cialtronaggine, e sul vostro tema dovete descrivere l'odore che sentite qui, non quello della cera nel corridoio passato al maquillage... e, insomma, dei dolori del soldato non gli frega a nessuno perché tanto noi veniamo e passiamo, e un anno non è poi tanto lungo e ci si può anche addormentare dentro; però sappiate che, quando vedete un soldato, dovete immaginarvi subito le sue notti di guardia e i suoi avvilimenti, e i suoi viaggi in treno, i suoi campi operativi, il suo armadietto e le sue licenze brevi e, per favore, fatelo per Acci, non dite mai e poi mai: "Che bella divisa, soldato!"; fatemi questa cortesia, me l'ha detto un vecchio e quasi svenivo. Con le divise si fanno solo guerre e non felicità. Parola di Acci.

DIECI

Vi ho finora risparmiato – e Dio me ne renderà merito – qualsiasi racconto sui "borghesi". Era mia intenzione lasciarli perdere e tralasciare, nello stesso momento, tutta la mistica e la simbologia dello scaglione congedante, con i vari ritmi del *count down* del chicchirichì e del coccodè, del ritornello insopportabile: "Con la pioggia e col sereno, anche oggi un giorno in meno". Ma i fatti prendono la mano, e io devo raccontare di una delle solite serate in cui questi ragazzotti impavidi e fiore della patria rientrano dalla libera uscita completamente fradici e, come di consueto, dopo il contrappello e il silenzio – che nessuno fa rispettare, visto che fino alle due, tre questi fan casino e urlacci e gridamenti – si scaraventano per i corridoi della compagnia e invadono una camerata e accendono le luci e sbrandano quei poveri cristi che dormivano stremati da un picchetto o da una guardia o da una *corvée*, e bagnano con sacchetti e buste quattro o cinque appena arrivati, così, spavaldamente, senza ricorrere al buio e all'omertà mafiosa dell'"Io so chi è stato, ma non sono affari miei", e insomma questi timidi e impauriti subiscuno, anche se non capiscono bene il fatto; poi uno si spiega e dice che loro, nel pomeriggio, hanno osato rivolgere la parola a un borghese e guardarlo fisso negli occhi, e che queste cose, per rispetto, non si fanno e così impareranno: ah, se impareranno che il borghese è un signore e un padrone, e che tutti i suoi tiramenti sono legge e chi si ribella ha praticamente chiuso con i propri nervi. Il capostecca entra dunque nella camerata con il suo basco pieno di stelle tricolori e intermittenti e la giacca della DROP intessuta di nastrini e avemarie tricolori e cordoni e fiocchetti, e sempre queste stelle intermittenti e luminose al posto dei bottoni, che una sera che girava al buio per la sua compagnia, tanto per risplendere meglio in tutta la sua massiccia potenza, il Jean ha urlato, svegliandosi di colpo: "Oddio, il fantasma della Mariagoretti", e quello si è infumato nero e ha radunato tutta la squadraccia dei borghesi colleghi suoi, e hanno acceso le luci e fatto un appello alle due di notte e a tutti, in piedi davanti alle brande, dicevano: "Sei stato tu!!! Sii uomo!", e minacciavano feroci quelli che volevano dormire e li battevano con la stecca: "Senti la stecca del borghese!", e meno male che Jean ha avuto il buon senso di star zitto e di accusare il falso, sennò... Così hanno proceduto al rastrellamento, e hanno preso ognuno un nuovo arrivato e ci hanno giocato a flipper e alla motoretta e al juke-box e al salto della rana e a tante altre porcherie che non ho alcuna intenzione di spiegarvi, tanto sono prevaricazioni imbecilli e ingiustificabili soprusi e, insomma, tutti si doveva guardare e applaudire e tacere sennò sarebbe toccata la stessa sorte, e a tutto questo i soldati si abituano perché così va la vita nelle caserme, e gli ufficiali lasciano correre in nome della goliardia e poi anche fra loro se ne fanno di tutti i colori con quelli di prima nomina; però, a un certo punto, arriva un momento – quel momento che di solito si chiama "il limite" – e tu non sai perché scatti proprio quella sera lì che tutto è nella norma, e la violenza segue sempre la medesima consuetudine, qui come nel resto delle caserme, però quel momento ogni tanto scatta, come in quest'altra notte in cui i cinque nuovi sono bagnati e violentati; nel cervello di qualcuno sta per arrivare il clic, e peggio per i borghesi che non lo stanno assolutamente comprendendo.

Il capostecca è completamente fradicio e a malapena si regge in piedi, strafatto da tutti i suoi altarini e dal vino, e barcolla e grida: "È finita!", e tutti i suoi aguzzini lo stesso: scalciano e pestano con gli anfibi le coperte e i materassi e salgono sugli armadietti e gettano gli zaini di sotto e baccagliano come matti e si passano il whisky come se fosse acqua e bevono e sputano, e poi fanno mettere in ginocchio le cinque vittime, completamente spogliate e con la gola completamente riversa, così che spargono alcool e vino sulle loro bocche dagli armadietti, e chi fa centro nella gola vince una bottiglia; e quanto alcool gira quella notte e che fetore, e ben presto alcuni cominciano a rantolare e a vomitare a casaccio e a reggersi lo stomaco e a strizzarsi il cervello: "Dio, quanto mi gira la testa!" e "Sbattila! sbattila!", e così fanno a colpi di zucca contro l'armadietto, finché non salta la serratura, e loro giù a dar botte da orbi che non sentono manco il dolore, anestetizzati come sono, e quando vedono il sangue che riga gli occhi, cominciano a ballare e a tenere il dito in aria e, a questo punto, c'è un bordello fortissimo e tutti assonnati, in mutande, stanchi e avviliti, si mormora: "Crolleranno, perdio, sol che crollino e si ritorni in branda", ma nessuno tiene conto in quel momento che lì in mezzo c'è uno che sta veramente male, qualcuno a cui la rabbia sta salendo al cervello, e questo qualcuno non è tra i carnefici e non è nemmeno fra gli astanti.

Lui, quello a cui prende a girare veramente male la testa, sta tranquillo a fare il piantone in armeria, ai bordi del corridoio e della caciara. Appena arrivato al reparto, subito subissato da servizi sfiancanti e da guardie, senza licenza da almeno quaranta giorni, fa semplicemente il piantone all'armeria, e sembra che il casino non lo turbi per niente, finché il capostecca non commette l'errore di andare a piantare zecche anche a lui, sbraitando e vomitando: "Perché non bevi, e perché non guardi, e perché non festeggi il nostro congedo, che per noi è finita e per te, malefico, c'è ancora una vita". Lui non risponde; ha gli occhi fissi al vuoto; lo strattonano e lo prendono, ma lui niente, non si muove, finché lasciano perdere e tornano a spaccare tutto nelle camerate e, mentre questi si rotolano in terra e stracciano lenzuola e mandano all'aria le brande, lui si alza. Freddo e impassibile si avvicina al gruppo, sempre più vicino, e nessuno gli fa caso finché non si sente un grido disumano, e la sua faccia è stretta in una smorfia bestiale, e così, solo adesso ci si rende conto che ha in mano una spranga di ferro, ora che comincia a pestare come un indemoniato il capostecca e a maciullarlo, mentre gli altri cercano di fermarlo, ma son troppo ubriachi e lui è lucidissimo, e molti non si vogliono mettere in mezzo, e c'è una bagarre insostenibile e presto tutto il corridoio fra le camerate diventa un ring di calci e di botte, e i cinque si fanno coraggio e si gettano a menare come ossessi, smontando brande e facendo barricate; e pestano e urlano, ed è come se succedesse una rivoluzione, perché tutti i nodi vengono al pettine e non si riesce a tenersi fuori, e allora Albertino, Renzu e io cerchiamo di correre fuori e chiamare l'ufficiale di picchetto e svegliare tutto il corpo di guardia, ma siamo bloccati e presi a botte; e io allora sento un suono sordo, uno shock secco, e mi guardo la gamba e vedo uscire sangue, e grido e grido e cado per le scale e, insomma, viene dato l'allarme e arrivano gli aiutanti di sanità con gli ufficiali medici; ma la scena è spaventosa, c'è uno con la testa rotta in mezzo a un lago di sangue e di vomito; ogni tanto sulla sua divisa strappata si accende intermittente una stella tricolore.

Seduto nel suo angolo all'armeria, imbrattato e lacerato, il piantone si guarda le mani e parla con loro, e sottovoce dice: "Aveva ragione, per lui è finita!".

Così, con una gamba rotta, dopo quindici giorni di ospedale militare e dopo sei mesi e cinque giorni di naja, sono messo in congedo e rispedito a casa. Non ho salutato nessuno; avrei voluto farlo, ma tutto è stato così frettoloso e precario; poi, un giorno, arriva una lettera, qui a casa, è di Albertino: "Il sardo è morto dopo una settimana di coma profondo. L'altro è a Peschiera, ma gli stanno facendo perizie psichiatriche e pare non ne avrà per più di un paio d'anni. Tutti i congedandi hanno beccato trenta giorni di rigore e stanno ancora qui. Nessun giornale ha detto niente; quello crepato sai da dove veniva; per me non se ne sono accorti nemmeno a casa sua. Qui tutto bene, non è successo niente perché niente può succedere. Addio".

PAO PAO

Ma Renzu, il mio grande amico Renzu, lo rivedo dunque per l'ultima volta in una parata primaverile di granatieri a Roma, a quasi un anno da quel nostro primo e gelido inizio di servizio militare su alla rupe di Orvieto, fine aprile dell'ottanta o giù di lì, ma ancora un vento gelido e sferzante spazzava la piazza d'armi mentre i ragazzi marciavano e correvano, i ferrei granatieri, i prodi artiglieri e i piccoli e saettanti bersaglieri che incontravo ogni giorno all'infermeria con vescicacce aperte e contusioni ai piedi per via di quegli anfibi così rigidi e appunto così militareschi che dovevano calzare come scarpettine da danzatrici e batterci sopra i ritmi e la grancassa come proprio allievi del Bolscioj.

All'infermeria del Car io andavo a vomitare e lamentarmi per la sinusite che con quel freddo era tornata a farsi viva, la maledetta, ma nessuno era capace di curarmi, le inalazioni non si potevano fare, solo aspirine si potevano fare, per via rettale e per via orale, nel braccio nel culo e nella panza, solo aspirina, come una barzelletta da caserma, se hai mestruo o menopausa l'unica cosa che ti salva è il pasticcone di aspirina FFAA una specie di bomba ad ogiva grande come cinquantalire che poi ha procurato ulcere di stomaco, dissenterie e diarree. In quell'inizio di servizio militare dunque stavo da cane per via dei miei malanni e quando il fratello telefonò da Pesaro per sentire come me la cavavo e come andavano le mie cose io piansi, come una vite tagliata, si ruppe tutto e piansi, a ventiquattranni piansi rintanato nel telefono d'angolo dello spaccio, vergognoso e intrippato, piansi e mi disperai e non avevo parole e dissi solo sto di merda che di più non potrei, e allora il fratello fece altre telefonate, anche lui era di leva in quell'anno benché ormai alla fine, si sarebbe congedato ad agosto con il grado di tenente medico, ma forse l'ha sofferto più lui questo apprendistato in divisa, lui ventottenne sposato e un po' spiantato, l'avevano beccato ai corsi AUC con un telegramma espresso esattamente dieci giorni dopo la sua cerimonia di nozze, nessuno se lo aspettava, ma quando la Patria chiama si deve partire, alzare i tacchi e salutare.

Il fratello se ne stava dunque al Car di Pesaro Urbino ma faceva vita più da pendolare che da ufficiale, una settimana a casa e una in infermeria, un tran-tran così precario da lasciarci le penne. Però mi venne in aiuto, lui continuava a dirmi: "Ti faccio venire con me a Pesaro, vedrai non mi sarà difficile, ti metto in infermeria come aiutante di sanità, non farai né appelli né contrappelli, licenze te le firmo io, vedrai vedrai". Ma io avevo talmente il terrore di questi dodici mesi da schiavo che preferivo non pensarci e continuavo a dirgli quando sarà ora ce la farò, vedrai ce l'ho sempre fatta, in fondo che saranno dodici mesi, no, no non ci voglio pensare ora, ho tutt'altre storie per la testa, figurati se penso a queste cose qui, no lasciamo tutto in mano al destino, chi lo sa... Ma il destino arrivò puntuale e maledetto con la cartolina azzurra di chiamata alle armi per il sedici aprile al 6° Btg. granatieri "Guardie" di stanza alla caserma Isonzo in Orvieto, Terni. E io partii.

Un lungo viaggio dentro alla notte, in piedi davanti alla ritirata della carrozza con il sacco di tela blu pieno di cose e oggettuncoli e souvenirs, qualche mia foto con gli amici, qualche libro di Le Carré, un po' di angoscia che trattiene il respiro ogniqualvolta mando il pensiero a ciò che m'attende, ma anche tanta curiosità e voglia di non sottomissione e dirmi sempre che dopo i trip e gli amori buchi e le paranoie della vita in provincia non può accadermi nulla di peggio, ormai sono temprato, un po' di paura che fa sempre bene sentirsi vibrare addosso nell'entrare in storie sconosciute, ma anche calma e se è possibile serenità, insomma sono pronto.

Il treno dondola dentro alla notte, la carrozza è zeppa, mi stendo in terra a fumare, tiro una canna con del nero ottimissimo che hanno regalato gli amici del borgo qualche sera prima, non ho fatto nessuna festa d'addio, non mi piacciono gli addii, ho imparato a scantonarli; non esiste nulla di definitivo figuriamoci gli addii e i fazzoletti e le strizzate di mano.

Ho preso il treno a mezzanotte e venti su consiglio del fratello che ha decretato solenne: "Prima arrivi nella bolgia e meglio è. Se sei già lì di mattino presto puoi essere selezionato coi primi, sceglierti la branda e l'armadietto, avere già i vestiti e soprattutto iniziare dall'inizio". Sublime tautologia che ha reso però l'entrata nell'esercito d'Italia nient'affatto violenta, ma una sorta di penetrazione soffusa e assonnata, sono arrivato a Orvieto alle sei e mezzo del mattino, ho atteso con altri pochi sventurati l'arrivo del camion militare, ho declinato le mie generalità e sono stato portato su alla rupe quando ancora la caserma doveva svegliarsi e quindi è stato una specie di risveglio lento, sono entrato in purgatorio e non all'inferno come invece è successo a tanti altri arrivati di sera o di notte, attesi dalle grida dei najoni e dei vecchi, strapazzati, urtati, scaricati da un ufficio all'altro, senza lenzuola e senza branda, tutti per terra sui loro sacchi, come bestie, gente che aveva il fiato corto e la gola secca e insomma avevi in pieno il senso di una nuova storia che ci avrebbe invischiati per tanti mesi e poi ancora altri e altri ancora, a distanza di anni dal congedo, sarebbero riemerse certe immagini e scattati quei benedetti flash che ogni militare ha, devi tornare a soldato. Ma io sono arrivato presto nella nebbiolina di Or-

vieto Scalo senza salutare nessuno al borgo, partendo
come un fuggiasco al culmine della notte, come un ladro
già deciso a lasciarmi tutto dietro alle spalle. E già sul
convoglio ho fiutato immediatamente altri visi e altre
storie, ragazzi che partivano come me per la prima volta
e soldati che tornavano in caserma per l'ultima licenza,
si sarebbero congedati da lì a qualche giorno. Ma ero
molto sicuro di me e mi facevo forte dicendomi non permetterò certo ai militari di distruggermi, oh non mi ridurrò come Vinny mai più uscito dal trip in divisa, ormai cariatide di se stesso che si ficca dentro di tutto e
tratta le sue braccia come bidoni della spazzatura buttando ero, anfetamine, valium, roipnol con le siringhe,
stravolgendosi con supposte micidiali a base di morfina
e oppio che danno ai malati di cancro al retto, pastic-
candosi di acidi ed eccitanti, iniettandosi sotto la lingua
con aghi sottilissimi, facendosi nelle gengive, nei piedi,
sulle mani, dietro ai ginocchi, sul cazzo, sul collo, ovunque senta un po' del suo marcio sangue pulsare Vinny sa
che quello è il posto giusto, povero Vinny che ha iniziato
a farsi proprio in quei mesi in divisa a Pordenone, scoppiato fatto per via delle guardie stressanti una dietro al-
l'altra, settimane senza riposare né dormire e allora giù
con gli eccitanti almeno per star sveglio in quelle garitte
solitarie come la cella di un condannato a morte e poi le
anfetamine in vena che smaltiva correndo nel piazzale
con gli altri bersaglieri, la fatica, la spossatezza, correre,
correre e non dormire e allora dentro gli acidi e la polvere e il brandy dello spaccio e il cordiale del perfetto militare, Vinny ha cominciato così spacciando poi nelle camerate, gli hanno trovato un giorno un bel po' di roba,
l'ispezione è passata, Vinny davanti al suo armadietto
che tremava e tremava e sudava e si diceva be' almeno
mi cacceranno via di qua, meglio la galera che l'altana, e
invece il capitano apre l'antina, il tenente fruga tra gli
abiti, le bustine sono lì, evidenti, che brillano alla luce
davvero come neve, Vinny che sta crollando, loro che
abbassano gli occhi, fingono di non vedere niente, ri-

chiudono e passano avanti e Vinny la sera alle cinque torna a montare di guardia, così per sempre... Vinny che vedo pochi giorni avanti la mia partenza e ancora mi racconta chiuso nei cessi del bar sottocasa di come trafficava e di come passava le licenze rincorrendo i pusher per mezzitalia e io che dentro a quel cesso ignobile gli reggo il braccio e glielo tiro e lui che non becca la vena, io che sudo e gli dico fai presto fai presto e lui che spreca mezza siringa tentando di eliminare le bolle e io fisso nella testa il pensiero non mi ridurrò come Vinny, no, non lo permetterò, non sarà certo il militare che mi farà scoppiare così... E allora benché conoscessi di queste allucinanti storie sulla vita in divisa, storie date di prima mano e nelle situazioni più impensate, sapevo che il rischio maggiore che avrei corso non sarebbero stati i militari ma gli stessi compagni. Con loro avrei avuto a che fare giorno e notte, ufficiali e marescialli allora non mi impensierivano, credevo di sapere come cavarmela con loro, per questo ero molto calmo in quell'ingresso di naja, e forse ingenuamente anche un po' contento per il fatto che avrei conosciuto gente nuova e forse bella e che quindi sarebbe stato come sempre un anno con i suoi dolori, ma anche con i suoi amori. Cosa che puntualmente è giunta.

A differenza di molti altri appena arruolati sapevo già non solo la mia destinazione definitiva, ma anche l'incarico e il ruolo che avrei svolto sotto leva. Al Distretto di Modena, qualche giorno prima della mia partenza, una talpa nient'affatto discreta mi informò di tutto questo dicendo che ho l'incarico 231/A equivalente a "caporale istruttore" e che dopo l'addestramento farò un breve corso per essere inserito nel quadro permanente dell'Orviet-nam da cui nessuno più spostarmi potrà. La notizia era abbastanza buona, starsene in un Car è abbastanza un privilegio perché non si fanno campi armati ed esercitazioni in tenda, e insomma non si è reparto operativo ma semplice battaglione addestrativo. Inoltre ogni venti giorni cambia completamente la fauna dei militari, arrivano i nuovi, c'è un ciclo continuo che permette di respirare un po' e scalare i mesi con molta meno noia che in altre carceri. Abbiamo quindi brindato e bevuto quella mattinata di spionaggio e insomma, sul treno, possedevo già un minimo di coordinate possibili, sapevo che avrei sempre preso quel convoglio, che la stazione di Orvieto mi sarebbe divenuta familiare, che in quella piazza d'armi avrei fermato il tempo, che non sarei stato trasferito; che avevo un solo grande adattamento da compiere per cui non avrei dovuto, dopo un paio di mesi, ricominciare tutto da capo, che il vino di queste parti mi avrebbe sempre sorretto e avrei sempre avuto a disposizione una navata del Duomo tutta mia per piangere e disperarmi o fare meditazione trascendentale. Così che arrivato alla caserma guardando i muri mi dico: mi affezionerò a queste pietre, soffrirò su questa piazza gelida, fumerò e mi innamorerò sotto al porticato e tutto insomma scorrerà via senza tanti intoppi fra pene, amori e delusioni e tutto finirà come è iniziato, un altro treno e via pronti per la solita storia... Faccio i conti con me stesso, potrei essere a lavorare, in carcere, in colonia o a scuola, è la stessa storia, esattamente identica, che c'è di diverso fra un capitano e un capufficio, un professore e un maresciallo? Nulla. Sempre nell'istituzione, sempre gente a controllarti, sempre dover rendere conto, non sono mai stato libero e non lo sarò mai, il mondo mi può cadere addosso fra un momento e allora che vado fantasticando? Di che cianciando? Ero già del tutto preso dai miei bisogni di diffusione d'amore per le stanze e gli oggetti e le atmosfere, già curiosavo tra gli alberi e i cespugli, già sognavo e fantasticavo e mentre scendevo dal camion, volgevo lo sguardo attorno come un matto, volevo vedere e sapere e digià conoscere, non seguivo la fila degli altri che parevano mezzi condannati a morte con la testa bassa e lo sguardo spento, io mi sentivo un fuoco di curiosità e soprattutto la voglia di cominciare e di andare dentro, prima si fa meglio è, prima ci si dice questa è la mia storia e non c'è niente al mondo che possa scostarla di tanto così, prima ci si mette la coscienza in pace e allora si possono aprire gli occhi e guardare e curiosare e allacciare immediatamente sguardi di complicità, scrutare i muri, sbirciare i cessi, odorare le camerate e i corridoi, leggere gli annunci e i doveri del soldato, piazzarsi all'interno dell'ambiente, circondarlo del tuo self, allungare e protendere la propria storia per inscenarla lì, d'ora in poi è tutto lì, sarà tutto lì.

Ho adocchiato immediatamente i luoghi in cui avrei potuto fare canne. Dopo ho imparato che non esistono luoghi appositi in caserma, è tutta la caserma che è una fumeria peggio di Istanbul dalle cucine alle latrine, dai dormitori ai consultori, dai magazzeni agli uffici alle garitte alle panchine al monumento al prode granatiere, tutto va bene, tutto fa brodo, tutto è fumo con l'arrosto. Ma questo non potevo saperlo allora quando avevo in tasca quelle caccole di nero che stavo già immaginando dove piazzare. Insomma guardavo e curiosavo, non parlavo, questo assolutamente no, non ero loquace quella mattina, c'ero solo io e volevo essere solo io. Dovevo fare tutte le mie cose e distribuire attorno i pezzetti del mio dissennato senso come in un giochetto di costruzioni, là andrò a bere, là a pisciare, qui a dormire e lì ahimè a soffrire. Camminavo con gli altri nuovi nel piazzale, ci hanno rinchiusi nella grande palestra e lì c'è stato più niente da fare. Sono crollato di botto negli occhi di Lele. E non ho più potuto fingere d'essere solo.

Lo stanzone palestra in cui resterò per quasi due ore insieme a gruppi sempre nuovi di reclute ha delle strette e alte finestre che guardano verso la strada. Ci sono alcuni materassini ginnici polverosissimi sui quali molti si sdraiano; c'è un cavallo con maniglie, ci sono funi e pertiche, ma soprattutto c'è questo grande disagio che serpeggia nelle chiacchiere stupide dei ragazzi, tutti hanno un generale che li protegge, uno zio maresciallo che li sorregge, i napoletani hanno i compà, i sardi i fratelli della lega sarda, i milanesi hanno amici altolocati, i romani hanno gente, i bolognesi fingo di non sentirli, i calabresi hanno sorrete e mammete, i pugliesi non si capisce che cazzo abbiano se una confraternita o una congrega di zitelle, i toscanacci hanno una parlata da ghigliottina, antipaticissima e sbracata, i livornesi poi questa "s" che par tutta uno scivolo lascivo, i piemontesi hanno grandi occhi spalancati, insomma nel giro di due minuti dal timido silenzio iniziale scaturisce tutta la babele dell'Italia rustica e regionale, ognuno raccolto fra quelli della sua terra cosicché salta fuori un casino poliglotta, una sarabanda del dialetto e del falsetto, tutta una kermesse del vocio nazional-popolare da dare i brividi. Io guardo al di là della finestra sbarrata. Scorgo un signore che esce di casa col cagnolino al guinzaglio. Ho il primo spiazzamento da che son partito, dico vedi, tutto questo per un anno non sarà tuo, non ci saranno spese o compere da fare, non ci sarà libertà di andare e vagare, non ci sarà mai un gesto così automatico e per questo così immensamente libero e slegato e autonomo come quello di quel signore che si sta aggiustando il cappello, che sorveglia il barboncino, che esce a passeggio. Potrai fingere, oh questo sì, ma ora sei un soldato e tutto per te è archiviato.

Ma non sono l'unico a tacere. C'è Lele. Il primo sguardo che ho incontrato e che mi lascerà soltanto un anno esatto dopo a Roma, il sei di aprile in una trattoria di Trastevere. Emanuele. Come Renzu, Elio, Tony, Gianni, Michele, Maurizio, Giulio, Renato, Antonio, Raffaele, Stanislao, Paolo. Come Beaujean, Miguel, Pablito, Enzino, Baffina, Bella Perotto, tutti i volti della nostra combriccola in divisa che ora, in quest'altro e terzo aprile da che son partito io sogno e inseguo e ricalco e descrivo, gente che ho amato e a cui ho voluto granbene, gente che non m'ha lasciato, ragazzi bellissimi e altissimi, poiché questa che state leggendo è tutta una storia di gente alta e gente bella, di eroi da romanzo, impervi, granitici, sublimi. Questo è il racconto trafelato di come

ci siamo incontrati e di tutte le intensità che ci hanno
travolto per quei dodici mesi. Voglio molto bene ai miei
amici. È per loro, gli altissimi, che ricordo questa storia
che una volta c'era e ora non più. In onore al glorioso e
gayoso 4°/80 che riprendo a raccontare.

C'è dunque subito Lele seduto sull'asta di equilibrio
con altri ragazzi che lui non guarda e che non sente. Ai
piedi ha zoccoli di cuoio arancione e a tracolla una sacca
dello stesso colore con frangette e motivi floreali punzo-
nati. Indossa jeans nemmeno tanto scoloriti. Calzettoni
gialli da roccia. Capelli lunghi ma non troppo. È alto un
metro e novantasette, spalle larghe e levigate, occhi li-
quidi-liquidi e bagnatissimi e neri, sopracciglie da serpente affusolate e interminabili che estendono il taglio
orientale e selvaggio degli occhi. Eppoi c'è questa bocca
che non si può descrivere. Denti assolutamente non perfetti, ma labbra grandi, lucide, come vi avesse spaccato
sopra una fragola al sanguinaccio, labbra morbide, labbra pericolosissime. Ma il dettaglio che attira la mia attenzione è semplicissimo, un particolare banalissimo e
casuale, una minima nota che lo eleva come un dio al di
sopra di tutta la babele dialettale, le bestemmie e le cazzate che gli altri gridano; un dettaglio su cui chiacchiere-
remo moltissimo mesi dopo e che sempre resterà un po'
come il segnale indelebile nella memoria di quel nostro
primo incontro senza gesti, né parole, né sguardi consapevoli. Seduto dunque sull'asta di equilibrio, perfettamente isolato dalla calca becera che ci circonda, con una
serenità assolutamente orientale e un'imperturbabilità
del tutto zen, Lele legge una copia gualcitissima del
quotidiano *Alto Adige*. Trac! Ci sono dentro fino al collo. Qualsiasi altro foglio avesse letto, lo giuro, non mi
avrebbe fatto la stessa impressione. Non avrebbe attirato il mio sguardo nemmeno con la Cambridge in mano.
Che roba. In questo macello di disperati che stanno per
andare alla forca, in questo casino di guaglioni e compagni e strilloni e pescivendoli e scoreggioni e bestemmiatori e casinisti e intriganti e ignoranti c'è questa perla as-

soluta di libertà, Lele, che sfoglia l'*Alto Adige*. Come in
una qualsiasi stazione ferroviaria, come da un dentista o
nell'atrio pigioso di una segreteria universitaria, come
fosse mille miglia lontano nello spazio, completamente
alienato dal mondo e da se stesso, immerso nella tranquillità paurosa dei suoi boschi e delle sue montagne,
ecco Lele che legge l'*Alto Adige*. Con il suo viso da zingaro felice, il suo abbigliamento da freak distinto e consapevole, la sua calma, Lele mi incatenerà a sé per una
storia che sarà lunga come i nostri trecentogiorni, con
scazzi e pause e litigi e impennate e licenziosità, ma che
resterà per sempre il segno di quella nostra naja.
    Ma Lele non si accorgerà di me. Sono sempre lì alla
finestra a fumare come un turco. Non ho abbigliamenti
estrosi, solo una gran faccia da matto – diranno gli altri
nei giorni seguenti – per via dei miei capelli tagliati a
spazzola e raddrizzati in alto come davvero già leletriz-
zati. Sono andato dal barbiere un paio di giorni prima di
partire. Non avrei mai permesso che lo facessero loro.
Indosso un giubbotto americano di tela bianco, jeans ormai bianchi stretti al di sopra della caviglia, maglioncino
verdazzurro e clarks beige. La barba è sparita a febbraio
e ritornerà sul mio viso solo l'inverno successivo sotto
forma di pizzetto. Peso in questo periodo novantacin-
que chilogrammi e la mia altezza è stabilizzata sul metro
e novantatré. Quindici giorni dopo accuserò al bilancino dell'infermeria ottantacinque chilogrammi. Al termine del Car-Avanzato ottanta-ottantuno e questo sarà poi
il peso costante delle mie frattaglie per tutta la naja, estate, autunno, inverno e nuova primavera compresa.

    Ogni tanto si affaccia allo stanzone un gruppo di sol-
dati con fogli matricolari ed elenchi e cartoline precetto,
chiama a sé alcune reclute, queste raccolgono i sacchi e
li seguono. Sento chiamare il mio nome, da solo. Mi tolgo dalla finestra e mi dirigo verso il soldato. Questo domanda molto cortese se son io quello che cerca, gli dico
di sì. La cosa è strana perché questo ragazzotto non ha

né fogli, né tabulati in mano e soprattutto non grida e starnazza come tutti gli altri militi. Mi fa uscire prendendomi al braccio. Lo seguo sotto al porticato, dice di non preoccuparsi, che non starò malissimo, che vivacchierò come tutti, gioie e dolori e tanta noja, che forse ogni tre settimane potrò avere una licenza ecc. ecc. Gli chiedo dove mi sta portando. "C'è una sorpresa per te."

Allo spaccio che sta dalla parte opposta al salone-palestra e in cui non posso entrare perché ancora in borghese, stanno gruppetti di najoni rancidi, incartapecoriti e brutti. Mi chiedo se diventerò sporco e zozzo come loro, con quel colorito grigio scuro sulla pelle che ogni soldato mette dopo non più di una settimana di caserma, il colorito delle notti insonni, delle docce che non funzionano, dell'acqua gelida dei lavatoi, il colorito della inappetenza, dello svaccamento, della ripulsa, dei malanni, delle nostalgie, della promiscuità, dei vincoli, della subordinazione. Il colorito di un prigioniero. Loro mi guardano strafottenti, sono soltanto una recluta, una "spina", e valgo meno di niente. Dicono battutacce, chiedono soldi e sigarette, cercano di fare qualche scherzo. Sto al gioco. Finalmente il soldato che mi ha condotto fin lì esce dallo spaccio in compagnia di un secondo granatiere. Allora capisco e sorrido e ci abbracciamo.

Abbiamo fatto un paio di anni insieme al liceo del borgo, anche se Giorgio era più avanti di me di tre anni. È laureato in lingue, gli mancano tre mesi al congedo, qui è furiere della Quarta Compagnia, conosce tutto e tutti. Mi fa coraggio. Gli dico che non mi sarei mai aspettato di trovarlo in questo carcere, lui risponde altrettanto di me. Passeggiamo insieme verso la palestra in cui devo tornare a prelevare il sacco. Giorgio dà i primi utili consigli, dice che ha saputo il giorno in cui sarei stato immatricolato e aspettava il mio arrivo. Pare abbia già parlato di me a un certo capitano, un buon dattilografo è sempre utile negli uffici. Succede insomma che un paio di ore dopo essere entrato in caserma preparato a non guardare più indietro, a non ricordarmi gli amici di casa né i passatempi né tutte le mie pippe, dopo che mi sono detto dentro per ore e ore sono una persona nuova e assolutamente indefinita, mi definiranno ora queste mura e queste facce, succede che mi riannodo alla solita mia esperienza. I lacci tornano a stringersi, i legami a congiungersi. In fondo ovunque tu vada non sei mai solo, né sconosciuto. Appunto, nulla di definitivo.

Il molto cortese e molto educato Giorgio, sempre un po' lento con quella sua andatura da intellettuale alto due metri, un po' impacciato nella sua drop invernale, con il suo viso buono e fiducioso e compassato e imperturbabile, Giorgio dunque mi introduce alla vita di caserma. Lui la sera esce pochissimo, fa vita ritirata, non ama le compagnie né il chiasso. Ha la sua posizione di prestigio in una stanzetta che divide solo con altri due furieri, due antine dell'armadietto e una branda singola, in mensa il tavolo riservato dai compagni di scaglione, è benvoluto, non rompe il cazzo a nessuno, nessuno glielo rompe, nella sua fureria lavora fino a notte inoltrata, non ha casini con le reclute, è in buoni rapporti col comando. Lo ringrazio per avermi cercato, un viso amico lo si apprezza più di ogni altra cosa in questo limbo indefinito in cui siamo capitati. Ma Giorgio deve correre alla Palazzina Comando, dice solo di stare tranquillo e non fare sciocchezze, che se mi adatterò non sarà poi una vita così difficile, lui farà il possibile per infilarmi in un ufficio. Torno alla palestra proprio mentre il gruppetto che ci dovrà incorporare pronuncia il mio nome. Mi metto in coda e vado in direzione dell'Ufficio Ordinamento. Lele non c'è più.

Questo è dunque un ufficio spazioso che sta sotto al porticato di fronte ai distributori di caffè e di fianco alle latrine da giorno. Dentro è tutto il casino di una redazione di ciclostilati studenteschi, venti macchine per scrivere che ticchettano veloci, altrettanti ragazzi che fanno domande, le reclute che rispondono, firmano, passano fogli, prima di qua e dopo di là, tutto un alzarsi da una seggiolina e passare a un'altra, le stesse domande

ripetute quattro-cinque volte prima da quello del lato
ovest, poi da quello al sud, poi all'est e via, tutta un'intervista curiosissima e indiscreta, se prendi droghe, se
bevi, se hai malattie veneree, se suoni uno strumento
musicale, se sai le lingue estere, che professione fai,
quanti fratelli, quante sorelle, quante zie cugine nonne e
bisnonne. Che scuola hai fatto, sei vergine davanti o dietro, sai usare la macchina per scrivere, sai avvitare un rubinetto, potare un giardinetto, sai far questo e sai far
quello, un uovo al tegamino o un tè al gelsomino e continuamente ti cacciano in mano opuscoli del buonsoldato, rivistine contro la droga in caserma, la storia del prode granatiere e del sesto battaglione in cui hai l'onore di
servire la tua Patria, e ora vai di qua e siediti di là, credi
in Dio o nella Madonna, nel Karma o nel tuo presente
dharma, in Santa Romana Chiesa o in San Silvestro. Sei
comunista o sei fascista. Insomma tutta una storiaccia
nauseabonda di definizione del tuo te, una storiaccia da
calcolatore sì-sì-no-sì, devi compilare questionari, riciclare carte d'identità, portare foglietti da un tavolo al-
l'altro tutto secondo un percorso prestabilito al termine
del quale mi trovo in un angolo in compagnia di un solo
ragazzo. Ci stanno infatti dividendo in quattro gruppi a
seconda delle compagnie, pare che qui in seconda siamo
i meno numerosi. Arriva il furiere della Terza Compagnia e raccatta i suoi dicendo avanti spine spinacce alzate le chiappe, facendo urla e gridamenti mentre i soldati
ridacchiano e le reclute-spine anche loro, tanto per stare
al gioco. Arriva Giorgio a prendersi i suoi della quarta.
Mi fa un breve cenno d'intesa, raccoglie i questionari e
se ne fila via con il gregge. Finalmente arriva un tipo anche per noi due, aria anticipatissima da commesso di
banca, parlata lombardoveneta sbracatissima. Urla e grida anche lui, forza forza e via e presto. Saliamo in Seconda Compagnia che sta proprio sopra l'Ufficio Selezione. Ancora sopra è invece alloggiata la Prima
Compagnia con entrata però diametralmente opposta
alla nostra. Di fronte, come riflesse in uno specchio, le

restanti compagnie. La sezione che unisce le due ali maggiori è destinata al Plotone Comando e Servizi, il quadro permanente in cui dovrei finire anch'io con i soldati che lavorano negli uffici del Comando, nelle autorimesse, nelle cucine, nei magazzini e nella "minuto-mantenimento". L'ala opposta a questa parte non c'è poiché costituisce l'ingresso alla piazza d'armi e dà sul boschetto, sul viale d'accesso, e sui viali di servizio. Cucine, mensa, infermeria, sartoria e docce stanno dietro il Plotone Comando in un altro fabbricato separato dalla caserma da un vialetto con alti pioppi che a sua volta scende verso nord alle autorimesse e ai depositi di nafta e carburante.

Questa nostra Seconda Compagnia è un lungo, enorme, corridoio con vetrate altrettanto lunghe e vuote che danno sulla piazza d'armi. Lì sono tredici camerate dette "squadre" ognuna delle quali può ospitare da venti a trenta soldati. All'entrata di Compagnia, sulla sinistra sono gli uffici del Comando Compagnia; a destra l'armeria, i cessi e uno stanzone con tele e tavolo da ping-pong come in un orfanotrofio. È proprio qui che torno a rispondere a tutte le domande. Sono assegnato in quinta squadra assieme all'altro, un tipetto di Piacenza, operaio, diploma di perito meccanico, diciannovanni, la bocca sempre aperta e stupita. Siamo i primi. Scegliamo le brande verso il fondo della camerata, non troppo vicini alla finestra per via degli spifferi, né troppo all'entrata per via del corridoio. Metà degli armadietti sono completamente fuori uso, le antine divelte, le maniglie contorte, senza i cassetti. Ne piazziamo di fronte alle nostre brande due che ci sembrano in buono stato. Ci accompagnano in magazzino per le lenzuola, i panni e le coperte. I materassi sono a dir poco lerci, chiazzati e macchiati, anche qui ci si arrangia passandone in rassegna anche dalle altre squadre almeno una ventina per trovare quello meno sporco e puzzolente. Ormai è mezzogiorno. La Compagnia è deserta, ci consegnano una ciotola, forchetta e cucchiaio di stagno, un bicchiere di latta. Non ho fame e non vado in mensa. Nel pomeriggio ci attendono la visita medica e la vestizione.

La storia di questo mio cuore diverso procura immediatamente la prima grana. Me lo aspettavo. Tutto come ai tre giorni nel settantatré-settantaquattro. Anche allora trovano una specie di soffio al cuore. A quei tempi io faccio parecchio sport e non ho mai sofferto di aritmie o strane pulsazioni o accelerazioni improvvise del battito cardiaco, nemmeno sotto sforzo prolungato. Allora faccio tutti gli esami del caso, elettrocardiogrammi e compagnia bella, se c'è un modo per evitare la naja va bene. I tre giorni a Piacenza diventano una settimana, code, strafile, ospedale militare, visite e controlli. Il tutto per sentirmi dire che non ho niente, il mio cuore è a posto e sono idoneo a servire l'Italia. A Orvieto la stessa storia. Dopo una brevissima auscultazione mi mettono da parte con i tisici, biliatici, storpi, scompensati, rachitici. Tornano a spiare il battito dopo qualche flessione e il tenente medico mi spedisce al Celio per l'indomani. Sono incazzatissimo e furente. Proprio non mi va di andarmene appena arrivato, cambiare subito aria, ambiente e in fondo fare il segregato all'OM, sottopormi ad altre visite per sentirmi dire, un'altra volta ancora, che il mio cuore è sanissimo, che anche lui poveretto ha un battito personale e particolare, una musichetta diversa dagli altri cuori, ma non per questo malata. Sono seccato. Nemmeno rivedere Roma mi va. Ma è così e si può far niente.

E mentre torno alla piazza d'armi con le altre reclute tutto incazzato e stonato, arriva un caporale stronzissimo che urla brutte spine dove vi eravate cacciate, un'ora che vi cerco! Ah imboscati della madonna, in fila, attenti, più dritti figli di cane, allora, allora forza alla vestizione, inquadrati op, op. Ed ecco il secondo e tragico spiazzamento della mia carriera militare, una perdita di senso improvvisa, una caduta di ritmo e di presenza, intruppato davanti alla saracinesca semiabbassata dei magazzini mi sento svenire. Mi appoggio al compagno, questo è un biondino di Como, ha un dente spezzato e un viso da fanciullo americano. Gioca a basket. Chiede se sto male, io dico di sì ma che lo reggo. È un male tutto di cervello: che sto facendo? che sto aspettando? dove sono capitato? Lì davanti a quel magazzino scuro e buio come un inferno insieme a una cinquantina di ragazzi ho davvero, per un istante, il senso della tragedia, che non ci sono più io, che non ci sono mai stato; io me ne sono andato e dove non lo so. Silenzio. La piazza d'armi tace nella luce senz'ombra del primo pomeriggio. Qualche soldato in mimetica attraversa i porticati spedito, con la testa bassa. Le cime dei pioppi frusciano al vento, un pacchetto vuoto di sigarette è trasportato al centro del piazzale. Subito un soldato corre dai porticati a spazzarlo via. Noi in piedi, inquadrati davanti al muro. Un'attesa estenuante, è già passata un'ora, un'ora di coda, di fila, di ansia. Ho bisogno di bere. Ho bisogno di droga, devo ritrovarmi al più presto. Accendo una sigaretta, il caporale si avvicina di corsa e dice violento di buttarla. Non lo guardo. Sto cercandomi accidenti, devo reagire, devo farmi un pensiero di testa buono, una prospettiva rassicurante, una via di uscita da questo stato di vischiosa incoscienza, che ci faccio, un anno, dodici mesi, non ce la farò, oddio non ce la farò, un'estate, un inverno, quante settimane, che ci faccio, come sopravviverò, che vogliono questi, che devono obbligarmi a imparare, che cercano?

Si alza improvvisa la serranda con un cigolio cimiteriale, uno skreech rullato, rabbrividisco, escono di corsa una trentina di ragazzi con i calzoni penzoloni, le camicie fuori, si trascinano alcuni zaini militari stracolmi di indumenti, perdono le scarpe, gli impermeabili. Sempre ne escono, a due, a tre, a frotte con gli occhi stravolti, le bocche affaticate, non finiscono mai di uscire nella luce della piazza d'armi, alcuni si litigano una camicia, corrono, poi più niente, silenzio, il buio del magazzino comincia ad allentarsi, ci spingono dentro. Il biondino mi urta e mi spinge, ma lo fa con educazione, si scusa ridendo. Scaffali altissimi che si perdono nel soffitto invisibile, odore pungente di naftalina e di umidità, un corridoio strettissimo e infinito fra queste pareti di indumenti appesi, alcuni soldati sono in fondo davanti a un bancone, barbe lunghe, grida, di qua, correte qua maledetti, forza forza, avanti. Bisogna gridare la propria taglia, passare alla misurazione, provarsi le scarpe in piedi, gli anfibi, quelle da libera uscita, quelle da ginnastica, gli scarponcini di servizio. Poi via dentro una tuta mimetica, fuori da una camicia, mi consegnano tutta roba troppo stretta, chiedo sempre la taglia maggiore, magliette verdi in cui non riesco ad infilare manco un braccio, fa freddo, mezzo nudo entro in un drop, poi in un paio di mutandoni di lana spinosissima, i calzini saranno da bambini accidenti, io calzo il quarantasei di scarpe e vaffanculo! Questi soldati addetti alla vestizione continuano a sbraitare gettando di continuo bracciate di indumenti nei nostri sacchi, maglioncini, camicie, calzetti, mutande, naftaline, gettano cappotti, cravatte, baschi e berretti, gettano insulti e bestemmie e cazzate, continuo a chiedere sempre la taglia massima, prendo molti affanculo, due reclute si bisticciano una giacca, è mia, non è mia, mammete e sorreta, tutto un bordello, un casino, maglie che volano, jeans che saltano, mutande calpestate, mimetiche strapazzate, maglioncini coi buchi, manciate di naftalina, giacche, giacchette, giubbetti, asciugamani, fazzoletti, calzettoni, buttano tutto, un casino della madonna, il biondino ha perso una sua scarpa, cerca di tornare indietro rimontando la fila, viene spinto, insultato, gettato da parte, deve scivolare fra le gambe degli altri, spingere, dar di gomito, riesce a guadagnare un cinque-sei metri, ma non trova più la sua scarpa, comincia a gridare chi ha visto un'All Star rossa, 'codio, chi l'ha ciulata, i soldati lo minacciano, non stesse a rompere il cazzo, lui con la sua canottiera, in mutande, con un solo calzino infilato e strette alle mani due zaini ricolmi di indumenti, carte, cellophane, rimonta altri metri, arriva al bilancino, trova la sua scarpa in un angolo, vedo la sua mano in alto che la regge e la sventola, capisco tutto, lo stavo aspettando guardandogli il resto dei suoi indumenti. Riprendiamo la corrente, arriviamo al termine del bancone proprio di fronte all'ingresso, dobbiamo aver girato su noi stessi poiché ora siamo lì, ma almeno venti metri sul fondo, davanti a una parete coperta di specchi e inutili séparé. C'è dunque una signora molto decisa nell'aspetto, sui cinquanta e passa, grassotta, occhialuta e kapò che ficca le mani dappertutto, stropiccia i bicipidi, carino metti quello che ti vedo, togli quello, e corre come una ossessa fra un séparé e l'altro, dà il benestare, bisogna farsi vedere con la drop completa, con la mimetica, con l'estiva, con la tuta di servizio, mettersi in coda e sfilarle davanti, lei controlla. I soldati della vestizione corrono da lei e dicono "Comandi signora" e lei "Cocco mio a questo toro gli hai dato una terza, ma cosa pensi, cosa fai, via una quinta, presto presto!". "Comandi signora, bene signora." Io mi lamento, niente va bene, tutto troppo stretto, lei s'incazza con un soldato, dice di tirarmi fuori le camicie che lei ha messo da parte il giorno prima, quello dice che non ci sono, lei lo manda affanculo. Io resto lì in mutande come un salame rimbecillito, con la giacca in terra, lo zaino spalancato e stracolmo, i piedi nudi, arriva un maresciallo e urla che faccio lì impalato senza combinar niente e io dico aspetto la sarta e infatti lei mi raggiunge proprio in quel momento e dice lo sto mettendo a posto io e il maresciallo scivola via e se la prende con un altro, alza le tendine dei séparé e se ne trova uno che ha l'aria di far niente urla e grida, tutti devono muoversi, darsi da fare, tutto un bordello, camicie, calzettini, braghe, mutande, il mio maglione, accidenti il mio maglione, un altro s'è infilato nel mio séparé dove ho lasciato la roba, bestemmio, qui ti portano via tutto in un istante e sempre dentro a un vestito e fuori in un altro, non capisco più niente, tengo d'occhio il mio portafoglio, penso solo a quello, dico che se mi fottono anche questo sono fregato davvero. Poi tornano alcuni soldati con altro vestiario, torno a provare e torno a indossare, il maglioncino senza maniche sarà per una bambola accidenti, come è possibile non ci sia una taglia maggiore? e lei la bestia calmati calmati questa è la quinta, non vedi? e io dico che sarà pure una quinta ma per rachitici mongoloidi, non siamo in un Car dei granatieri e com'è che se arriva uno di due metri non c'è di che vestirlo? La trojona pianta spilli e aghi dappertutto, dice di non muovermi, non ci riesco e lei punge, mi fa salire su una sedia, si mette a posto una tetta, va dietro al mio culo proprio con la faccia lì, fa dei segni con il gesso, poi sale un altro, lei corre di qua e di là, strapazza coglioni, tira giù braghe e mutande e sempre ride e sempre scherza, bel fagotto caromio, così la tua fidanzata ti vedrà bello e pulito, prendi questo, getta quello, no, no, perdio, vieni di qua, mettiti così, no salta giù, monta su, ce l'hai la ragazza? Eh? Che mestiere fai? Forza, forza, continua a domandare e chiedere come un robot impazzito, si dedica a tutti, cinquanta ragazzi in un colpo solo, ha la tetta trionfante di spilli, lo chignon ispido di forcine, un lapis mangiucchiato tra i denti, occhiali con la catenella, scrive, detta, stoccazza, le sue mani cicciottelle arrivano dappertutto e che fortuna la tua ragazza cocco, quanta roba, di qua, via di là, e te bello mio te l'han dato il soprabito? No aspetto. Aspetta aspetta che te vien moscio. Forza, forza, ricordate che una volta usciti di qua non si torna più indietro, vi tenete quella roba che vi siete presi e non vi si cambia più, adesso o mai più cocchibelli, forza forza! Alla fine arrivo al bancone del maresciallo, devo rovesciare di nuovo l'intero corredo dai tre zaini, un paio di caporali lo controllano registrandolo sulle schede verdi, il maresciallo sovraintende e firma. Mi mancano due paia di calzini, le scarpe da libera uscita, una camicia e tutt'intera la drop perché non c'è la taglia adatta. Corrono a prendere quel che possono, la porcellona ritorna, mi mette in mano un foglietto, vieni in sartoria fra una settimana, accende una sigaretta e fila via.

Finalmente sono arrivate le diciotto, scatta la libera uscita, la mia prima libera uscita del mio primo giorno di naja. Mi consegnano un foglietto firmato dal capitano che mi autorizza ad uscire. Sono fortunato. Il fratello dice che a Pesaro le reclute non possono uscire per la prima settimana, e qui ad Orvieto molti non hanno avuto questo permessino temporaneo e staranno in camerata. Io, che fortuna, posso uscire, posso vedere Orvieto, posso ubriacarmi e respirare, posso ficcarmi in una libreria o in un cinema, soprattutto posso farmi fuori quel che mi rimane del nero.

Il piacentino lo invito con me. Abbiamo parlato di musica e sembra che ci siamo. Appena fuori dalla caserma, faccio su la pipa e l'accendo. Gli chiedo se vuole tirare, dice che non è sua abitudine. Matto, rifiutare del nero così devi essere proprio matto. Quello non risponde, per me non ha capito un cazzo, sono depresso. Chiedo a un tizio la via per il Duomo, ce la indica. Prendiamo a salire. Il nero va giù benissimo, ma quel che è meglio vien su ottimamente. Mi sento le gambe molli, prendo a ridere con il piacentino. Dopo succede quel che succede, la storia di quel primo nero di naja si rivelerà fondamentale, quindici giorni dopo sarà decisiva. Non lo potevo sapere. Giravo con la mia pipa per la stradina di Orvieto che porta giù nella piazza del Comune, quando un ragazzo esce da una pizzeria, mi prende il braccio e mi trascina dentro. Lo guardo interrogativo. Pietro è strafatto di alcol, m'invita a bere con lui e mangiare, ha sentito l'odore della mia pipa mentre passeggiavo in giù e ora che tornavo non mi ha lasciato scappare. Anche Pietro è arrivato stamane, sta in Terza Compagnia, vent'anni, un viso molto sexy di boxeur, ottimo corpo, sodo, atletico, bei denti, parlata alternativa colta e tranquilla, voce rauca. È veronese, mi presenta ai suoi amici, il piacentino l'ho perso. Così tiriamo la seconda canna, altro vino e altro whisky, uno stravolgimento da orbi. Parliamo di alcuni concerti dell'estate precedente, di cinema, rivistine punk e dei Clash che fornirono la colonna sonora di tutto quell'anno in divisa. Finalmente sto un po' bene, lo sapevo, lo sapevo che avrei trovato degli alleati, dei compagni e degli amici, beato me che giravo con quella pipa per Orvieto. Insomma un trionfo, si dimentica la caserma, ancora non abbiamo un passato militare da raccontarci come invece accadrà l'inverno successivo, sempre con Pietro, incontrato per caso a piazza Colonna, nostro quartier generale di Roma e trascinato poi a Trastevere a mandar giù filetti di baccalà e tanto vino; allora avremmo guardato a questo nostro primo e casualissimo incontro con molta più ironia e saggezza, ma adesso siamo tutti baci e abbracci, io, il pugile, l'altro veneto che verrà domani al Celio, un toscano e poi non lo ricordo più. Torniamo fradici in caserma, allegrissimi, senza renderci conto di niente, oltrepassiamo le guardie come se tornassimo dalla balera, abbracciati e schiamazzanti. Poi il contrappello, infilo la maglia e a letto. Non soffro più di insonnia come a casa. Strano, ma immediatamente sono già di là.

Al Celio siamo entrati verso le undici di sera in un gruppetto di otto-dieci malandate reclute chiassose e un po' ubriache del vino dei Castelli che abbiamo tracannato lì a due passi, in una trattoria proprio dietro il Colosseo consigliata da Lello un avvocato molisano della mia Compagnia che sorprendentemente ritroverò poi compagno di camerata e di ufficio da lì a due mesi fino al giorno del nostro congedo. Ma io me la intendo soprattutto con un giovane della collina bergamasca, si chiama Alessandro, parla malissimo in lingua ma anche col dialetto non sa cavarsela granché. Ha vent'anni, lo hanno spedito qui anche lui per via del cuore. Fa il camionista e ha una gran faccia da pazzo. Possiedo ancora un'istantanea che lo ritrae in mimetica mentre fa la fila per la mensa: occhi spiritati, viso aguzzo, pizzetto e barbetta biondiccia, volto da alpino ubriaco. Non prende droghe, gli piace fumare *ms* non truccate dalle mie pipe, prenderò da lui questo vizio e me lo cullerò quando starò veramente male e solo e in altra situazione con gente diversa e nuova, allora riempirò la mia pipa con una sigaretta liscia e fumerò lento e grave e pensoso e sarà anche meglio che tirarsi un cannone poiché si tratterà di uno sballo appena appena percettibile, di una infinitesimale vibrazione della coscienza, di un soffice languore del ricordo, Alex e me, seduti su una panchina del Celio in un tramonto romano di aprile che non arriva, segregati al padiglione Osservazione senza possibilità di uscita, a raccontarci le cose che si raccontano due reclute, che vita fai e come stai e che farai... Ma proprio non gliela faccio a starmene in questo carcere silenzioso dove non si odono rumori di trafffico, dove non arrivano né voci né lamenti, dove i ricoverati girano come androidi appestati nelle loro sacche di fustagno marron, strascicando i piedi dai calzini biancolerci, facce bruffolose, gambe rotte, barbe incolte, tutto un abbrutimento e una sconcezza, non mi ridurrò mai così, no, non lo potrò, questo è il mio chiodo fisso da che son partito, due giorni. L'ho già detto e lo ripeto qui: se dovessi perdermi nella disperazione come un pezzente barbone mentecatto che si trascina da un pub all'altro come un alcolizzato all'ultimo stadio sarà solo perché qualcosa in me non ha girato nel verso giusto. Solo io sarò la ragione del mio male, non permetterò a nessuno né ad alcuna situazione di infilarsi lì, nel godimento della mia dannazione e della mia storia distrutta poiché anch'io sono stato un ragazzo e ho sognato e mi sembra ormai di avere perduto tutto: tutto, meno la possibilità di eliminarmi senza alcun boia.

Ma non ce la faccio. Qui alle diciassette è tutto spento e chiuso, una lercia e vecchia suora ha distribuito un'immonda cena che olezzava di Mom e Mitigan e antimicotici. Una suora piccola, baffuta, grassa che strilla come un soprano dalla sua finestra e getta le mele addosso a noi che facciamo la coda strepitando: "In fila! in fila! In ordine!". Quelle mele qualcuno le ha rispedite alla vecchia fetente e lei s'è asserragliata dietro i vetri. In compenso gli infermieri, altri ragazzi di leva lì imboscati come i suoi leccaculo, hanno sospeso la distribuzione di quel brodino melmoso. Non c'è né da lamentarsi né qualcuno a cui poter fare rimostranze. La baffuta ha decretato "A letto senza cena". Figuriamoci, alle cinque del pomeriggio. Devo uscire, devo scappare. Con Alex abbiamo sentito in giro la chiacchiera che da una qualche parte esiste un varco che i ricoverati di Roma usano per fuggire nel primo pomeriggio e passare la notte a casa. Ma non sappiamo bene a chi chiedere. Prendiamo a passeggiare per i vialetti asfaltati. Arrivo a un'uscita secondaria. Il soldato di guardia dice di circolare. Non mi fa avvicinare, io faccio il tonto, dico mi son perso, mangio l'erre, la esse e la zeta così che lui pensi che sono imbecille e sfatto e innocuo. Ci casca. Gli faccio tutta una storia che devo assolutamente uscire dal Celio, che sono ormai a rota, che spacco tutto perché sto male e senza ero, che mi hanno sbattuto lì nella mattinata e si sono scordati di me. Lui mi fissa, sta molto sulle sue. Cerco di andargli più vicino, mi metto a inciampare nei miei piedi, cazzo, non deve pensare assolutamente che sia pericoloso. Lui stringe il fucile con le mani sudate che lasciano tracce umide e bagnaticce sul ferro. Infine cede: "Segui quella strada, dietro ai distributori, passa di lì. Arrivi al Circolo e da lì puoi scavalcare salendo sulla tettoia. Ci sono degli alberi, va be'... arrangiati". Me ne vado via. Alex tornerà in Osservazione a coprirmi, se mi cercano deve dire che sono andato al padiglione chirurgia, il più lontano, a salutare un amico e che se mi sono perso lui può farci niente, il Celio è immenso, che so dove s'è ficcato? Trovo i distributori e le rimesse, tutto deserto, tutto assente. Proseguo sempre tranquillissimo come passeggiassi, fumo una sigaretta, mi guardo intorno il meno possibile, canticchio quel pezzo di Tim Buckley che ritroverò poi in bocca a Miguel, sette mesi dopo, e sarà come essere di nuovo a casa: Once I was a soldier and I fought on foreign sands for you... Finalmente arrivo al circolo. Il silenzio dei vialetti si va sempre più frammentando, c'è un ronzio nell'aria che serpeggia quasi impercettibile, una vibrazione sonora come di un altoparlante acceso, di una mosca che vola, una frequenza che si fa sempre più intensa e definita e netta, man mano che avanzo, sempre più complessa e variegata, non uno ma due, tre, quattro ronzii, cinque sei, un rumore, un disaccordo crescente sempre più forte, più complesso, nitido, sempre più nitido, il muro, la breccia, il rumore sempre più acceso. Salgo in alto, mi avvinghio a un ramo, mi butto di là e cado in pieno nel traffico incasinato del tramonto romano che mi prende e mi eccita e m'abbraccia nei suoi autobus, nei taxi, nelle strombazzate, nei fischi delle guardie, nelle sirene dei caramba, nei cani che abbaiano e i bambini che strillano, la vita. Meraviglioso canto di Roma, ci sono dentro, ci sono affogato, mi allargo anch'io fra la gente e le macchine con il cuore gonfio. Una improvvisa sensazione di avercela fatta.

Lì dal Colosseo compro i giornali del mattino prima, mi faccio confezionare quattro panini, prendo due birre e qualche mignon di fernet. In farmacia compro le gocce per il mal di testa di Alex e i fazzolettini di carta. Al bar bevo whisky e telefono al fratello, tutto ok, tutto bene. Lui manda a dire che domani arriverà un suo compagno di corso AUC che sta lì a Villa Fonseca e che cercherà di farmi avere una convalescenza. Sto meglio, molto meglio. Pronto a tornare.

L'ebbrezza dell'uscita dal Celio è durata un'oretta, poco più. Sono tornato appena in tempo per farmi fregare branda e coperte. Merda. Dormirò alla Dermo come la notte scorsa, l'ho detto, siamo arrivati tardissimo e ci hanno sparpagliati di qua e di là. Alex ed io ci siamo infilati al pianterreno della Dermo perché abbiamo visto uno entrare dicendo che c'erano alcuni letti disponibili. Oddio, a me non andava tanto di riposare fra quei letti, sifilomi, scoli, prostatiti, verruche, escrescenze, tumefazioni, infezioni, tenie, tigne, bruffolacci, bubboni, pus, tricomonas e via dicendo. Però non gliel'ho fatta dalla stanchezza. Mi sono coricato vestito con l'asciugamano sotto il capo. Nello stanzone saremo stati non più di sette-otto, tutt'una ala è ancora libera. Bene dormirò ancora alla Dermo, l'importante è avere un po' di alcol da stravolgersi.

Alex dorme in Osservazione nel posto letto che ci hanno assegnato durante la mattinata. Davvero mi sono fidato a farmi coprire da lui. È un ingenuo allo stato brado, molto più di me, ma questo in fondo non dispiace. Parla spessissimo di Dio, ha una grande vita interiore, io penso. Però non è cattolico praticante. Dice cose molto poetiche e "naturali" sull'universo, parla poco di figa. Pare anzi non abbia mai scopato. Chi invece ha scopato tanto, ma tanto da frustrarsi l'uccello è un antipaticissimo zuccone toscano grezzo come una caverna, alto e grosso e imbecille con un viso da bagnino. Anche lui viene dall'Infermeria di Orvieto, per tutto il viaggio altro non ha fatto che far tresche con un parmigianino dal coglione gonfio e discutere di fighe, pare ne abbiano strapazzate insieme più di quelle disponibili sulla faccia della terra. Insomma proprio tutte: madri e figlie, danesi, inglesi, sassoni, slave, ceche, spezzine, calabresi, greche, amatriciane, carbonare tutte le hanno fatte, tutte, le gemelle siamesi, le mongoline di Mongolia, le passere comuniste, fighe cinesi, fighe dissidenti, tutte, tutte, di sotto e di sopra, di lato e di fianco, tutto uno strofinio di glandi e vagine, scopate da mille dollari, eiaculazioni da milioni di lire, pompini e ditalini, inculate e strapazzate, negli ascensori, nelle cabine, nelle ritirate, in treno, in autostop, un collegio di suore deflorato, educande sverginate, mestrui irrispettati, chiavaggi a quattro cilindri, in prima, in seconda e retromarcia, mai che abbiano subito un fiasco, sempre a canna dura, bambine, lattonzole, segretarie, commesse, dottoresse, supplenti, fighe ardenti, cancerogene, giornaliste, negli ospedali, nelle corsie, nelle scuole, nelle autoscuole, sempre lì a chiavare e scopare come conigli con la sarta e la badessa, ballerine e ciclopesse, femministe e lesbicone, scompensate, rifugiate, sempre un su e giù, tutto un tramestio di chiappe, una sbrodata dietro all'altra, un orgasmo in fila all'altro, sempre eiaculazioni, sempre sballi, fottii e tramestii, insomma questi due li guardi in faccia e vedi una figa al posto del cervello che s'illumina e s'accende in mille watt. Il panzone toscano ha sempre la faccia aperta in un ooohhh da alienato. Si gratta continuamente i coglioni, se lo mena e se lo tocca. Il parmigianino col varicocele pare abbia una palla grande come un pallone da football, anche lui se lo mena e se lo tocca, lo aggiusta, lo palpa. Stanno sui letti lerci dell'Osservazione a sbrodare per Vampirella e Sospirella, si chiamano l'un l'altro quando c'è una scena al top. Vieni, vieni, starnazzano, guarda come mi è diventato duro, eh tocca, eh tocca, senti senti, be' anche me, cazzo se ci fosse una figa, una figa diosanto, non so che farei, tu come la prenderesti? Così, no mettiti così, ecco io la scopo così, le metto una mano qui e poi qui... Alex li guarda ridendo. Io dico che vado a cercare un letto alla Dermo anche per stanotte e ci si rivedrà domani. I due figaioli ormai sono a un punto dallo scoparsi, li saluto, Alex grida che non stessero a fare troppo i finocchi. Loro sbavano in una grassa risata, ah ah, proprio noi. E continuano a strizzarsi l'uccello.

Ho con me un romanzo, mi siedo su una panchina ma ben presto devo smettere perché fa buio e il lampione manco ci tenta un istante ad accendersi.

Insomma non mi hanno dato la convalescenza. Il medico amico del fratello mi è venuto a cercare; ha parlato con un capitano, ha letto il mio elettrocardiogramma e s'è congedato dicendo: "Vedrò quel che posso fare, ma non contarci proprio. È tutto a posto".

Sottotenente Mariani è stato molto gentile, un biondino rossiccio molto carino, con la faccia pulita, un paio di baffetti appena segnati, una bella parlata senza inflessioni dialettali. Ha chiesto notizie del fratello e gliele ho passate. È tornato due ore dopo allargando le braccia, niente da fare, e così il giorno appresso, di mattina, mi hanno congedato dal Celio con la classifica "Idoneo-

Rientra al Corpo". Alex invece è stato catalogato di Quinta e tutti gli dicono che sarà rispedito a fare il camionista non appena ritornerà ad Orvieto. È molto preoccupato, dice se non mi prendono vuol dire che sono grave e allora vuol dire che sto davvero molto male, perché qui arruolano tutti, ma io mi sento bene, lo giuro, che avrò? Gli dico di stare calmo, che appena a casa farà degli esami seri e magari qui si sono sbagliati, un fortunato errore. Ma Alex è tesissimo, si batte il cuore continuamente, gli parla, chiede che ha, se sta bene e se sta male. Con il suo cuore parla lo stretto dialetto bergamasco e io non capisco un cazzo, se lo interroga, vuole che lo ascolti anch'io, gli dico che sta bene, tutto regolare, devi essere contento che non fai questi dodici mesi. Girovaghiamo per Roma, in direzione della metropolitana. Alex vorrebbe vedere San Pietro, non l'ha mai vista e quella piazza lo farebbe star meglio. Allora dico ok, andiamo in Vaticano, vedrai che bello e che immensa quella basilica, una cosa stupenda eppoi saliremo in alto e ci cucchiamo tutta Roma d'un colpo, dai, però facciamo in fretta, abbiamo poche ore prima dell'ultimo treno valido per la caserma di Orvieto.

Aspettiamo il bus, ho fatto i biglietti in tabaccheria e quando esco di nuovo sui fori imperiali Alex è tristissimo, ha cambiato idea, vuole mangiare e tornarsene a Orvieto al più presto. Ripigliamo la metro, raggiungiamo Termini e saliamo sul convoglio quando ancora il sole è alto e la giornata di aprile frizzante e deliziosa.

Adocchiamo uno scompartimento occupato da tre ragazze piuttosto oche dall'aspetto, turiste senz'altro, probabilmente inglesi, ma grandi cosce e belle tettine cremcaramel che fanno strabuzzare gli occhi del mio amico Alex sempre intrippato per via del suo cuore malmesso. Dice niente Alex, si ferma di botto davanti al vetro e le fissa meravigliato e io vuoi che ci sediamo lì? Ma lui niente, mugugna, arrossisce, tossisce, chiude gli occhi, li riapre. Come uno scemunito pastore sardo che non ha mai visto una figa rosa e bella in tutta la sua carriera, Alex ap-

poggia le grandi dita al vetro, mette le labbra sopra e vi
fiata e sbava che pare debba venirsi addosso così su due
piedi. Allora io entro, chiedo permesso, avanti, indietro,
strattono Alex tutto rosso e congestionato ma non si vuole muovere. Fa tutte delle strane boccacce spingendo lo
sguardo verso i suoi piedi. Sto per incazzarmi, ma poi capisco che sta a canna dura e gonfia che quasi gli strappa i
jeans e quindi non si può muovere sennò che figura ci fa?
Io gli chiedo, ma a Bergamo che combinate? E lui niente,
resta nel corridoio. Finalmente si disarrapa e viene a sedersi di fronte a me. Le pollastre sono americane, studia-
no a Firenze per quattro mesi, sono appena diciottenni,
oche l'ho già detto, belle mica tanto, solo una quella che
sta parlando della sua macchina fotografica, una Nikon
professional che vale di più di tutti noi cinque messi insieme. Parlottano dunque le statunitensi, a dire il vero
belano e starnazzano con gridolini, ma Alex sembra apprezzare. Sono abbastanza discinte, shorts, camicette,
treccine sulle schiene scoperte. Dico: "Vuoi che parliamo
con loro?". Alex arrossisce di nuovo, dice né sì né no, ma
emette un latrato di cane affamato che più chiaro di così
proprio non potrebbe. Intanto entriamo e usciamo dalle
gallerie. Ho voglia che Alex si smuova e salti alla gola delle oche, per me ora lo fa, ora no, no, oddio Alex si muove,
stavolta lo fa, lo fa mi gioco un occhio che lo fa. Buio.
Galleria. Mi aspetto di udire un verso, il suono secco di
uno schiaffo. E invece niente. Alex sta sempre lì a fissare
il capezzolo rosa della lentigginosa. Allora provo a intrattenere io, parlo con il mio inglese elementare e piattissi-
mo e poverissimo, abbastanza però per capire alcuni fatti. Ethel è di Washington Dc, Pearl invece di Boston e
l'ultima pensate un po', 'sta tacchina che non sa emettere
una parola in francese è nata, vissuta e cresciuta a Lowell,
Massachusetts. Io mi infiammo e chiedo se ha mai visitato la tomba di Jack Kerouac, se c'è ancora la casa natale
della famiglia, se è monumento nazionale, se c'è la disca-
rica in cui il piccolo Jack andava a giocare, la palestra, il
fiumiciattolo, la tipografia. Chiedo, ma forse per via della

pronuncia o molto più probabilmente perché questa anatra proprio nemmeno sa di essere al mondo, cavo fuori
niente di niente. Non conosce i romanzi di Kerouac,
Scott Fitzgerald le dice niente, Norman Mailer meno che
meno, Hemingway, be' questo sì, ha fatto un riassuntino
a scuola del Vecchio e il mare. Basta! basta! Mi alzo. Non
ne posso più di stare con le tre sorelle indiane. Ma mentre
sto per uscire Pearl mi offre del vino, anche ad Alex lo offre, così direttamente dalla bottiglia. Mi risiedo e facciamo una bevuta. Le donzelle tutte belle tre sorelle creti-
nelle offrono anche sandwich e sigarette, il solito vizio
degli americani. Noi mangiamo, beviamo e ruttiamo.
Alex sembra aver finalmente dimenticato il suo cuore,
addirittura arriva a strofinare la gamba contro un braccio
di Ethel che gli sta davanti. Giuro che alla prossima galleria il bergamasco fa il colpaccio, però non mi va più di
scommettere. Insomma finiamo che ben presto siamo ad
Orvieto, ho cercato di farle scendere a visitare il Duomo
ma non è stato possibile sono attese a Firenze da tutto il
branco delle oche in trasferta. Alex ed io salutiamo. Raggiungiamo la caserma Isonzo in tempo per vedere gli altri
sciogliere le righe per la libera uscita. Come sono cambiati, tutti rapati, tutti uguali, tutti vestiti da soldati. Li ho lasciati solo qualche giorno fa con barbe e capelli e orecchini e anelle e maglie sbrindellate e zoccoli e ora li ritrovo in
fila a marciare, salutare, gridare "A me le guardie!". Maledizione. Tutto da capo. Sale la malinconia, come rintracciare fra queste mille reclute Lele? Come riconoscersi? Ormai il gioco è fatto. Alex s'è infilato nell'ala della
sua compagnia. Non lo vedrò più. Il giorno dopo farò l'i-
niezione e starò malemale per cinque giorni. Tornerà la
sinusite, torneranno raffreddori, diarrea e vomito. A Orvieto prende addirittura a nevicare per qualche ora.
Quando mi rimetto vado alla fureria di Alex, sembra che
nemmeno sappiano chi è. Infine tramite l'aiuto di Giorgio vengo a sapere che Alex è stato mandato a casa in
congedo. La Patria non l'ha più voluto. Non ci siamo salutati né abbracciati, non sapremo più niente l'uno del-

l'altro. Sono molto triste, molto malinconico. Fa freddo e
dentro fiumi ghiacciati mi abbattono. Esco dalla compagnia di Alex, m'imbatto in un soldato, praticamente gli
rovino addosso. Chiedo scusa. Massì, certo, è Pietro il veronese. Chiede dove mi sono ficcato, io dico invitami a
cena e lo racconterò. Oh certo fa lui, passo a chiamare un
altro, aspettami di sotto. Accendo la pipa. Pietro arriva
con uno altissimo e bellissimo. Mi presenta. Be', signori
miei, è proprio Lele. Tutto allora, per un attimo, riprende
a funzionare.

Intanto piove e fa freddo. La rupe di Orvieto è perennemente affossata nelle nebbie ghiacciate e fra pochi
giorni sarà maggio. Un aprile così bizzoso, fradicio e pungente anche da queste parti non lo ricordano da anni. La
mattina alle sette, quando i perfidi caporali passano a
scuotere le brande urlando sadici Sveglia, Sveglia poltro-
ni cialtroni, forza in piedi spinacce malefiche, la piazza
d'armi, dabbasso, è una landa di cemento fumosa e nebbiosa di cui non scorgi i confini. Il sole sembra non esistere se non in slavatissimi riverberi chiari che trapassano le
nubi basse verso mezzogiorno. Ma intanto piove. Piove.
A dirotto, a scrosci, a catinelle, a fiumi, a laghi, a cascate.
Un diluvio ghiacciato che sembra non avere termine.

I giorni passano. L'addestramento procede sotto ai
porticati dirimpetto alle compagnie, avanti e indietro.
Manca ormai una sola settimana alla cerimonia del giuramento che avverrà in forma solenne nella piazza del Duomo con parata storica, assegnazione di medaglie al valor
militare, discorsi di altissimi generali. Anche per questo i
comandanti delle compagnie sono isterici, vorrebbero
più sole per poterci far scoppiare meglio, far correre i bersaglieri placidi e leggeri, saettare i lancieri, marciare rom-
banti i granatieri. Ma si devono accontentare.

Il raffreddore non passa, non passa accidenti anzi
continua a complicarsi con bronchiti e sinusiti e faringi-
ti. Il fratello telefona da Pesaro al collega dell'infermeri-
ria, ma lo sbattono più volte al centralino e la sua chia-

mata rimane lì per ore ingarbugliata fra cavi e spinotti. Dopo quella notte atroce post-punturamento con tremiti di febbre e spasimi di petto – il respiro proprio non saliva e benché tutti i compagni gettassero i loro panni su di me io continuavo a tremare e soffocare finché non arrivarono a visitarmi e ricoverarmi in infermeria – dopo quella notte in cui la puntura maledetta mi ha trapassato da parte a parte come la corda di un arco teso, sono tornato in camerata. I miei malanni non comportano né esoneri, né riposo in branda. Cerco disperatamente un luogo caldo in cui seccare tutte queste acque che perdo dal naso, dalla bocca e dal culo, basterebbe un luogo caldo, bollente e asciutto perché mi stagionassi come un baccalà in men che non si dica e dopo, guarito, potrei affrontare un po' meglio questa insana depressione che mi ha travolto. Nei bar di Orvieto continuo a bere tazze di tè arricchite con sciroppi e misture fluidificanti, ma ciò di cui ho voglia è solo sprofondarmi nel silenzio di un letto caldo.

Scrivo in quei giorni quasi un centinaio di cartoline illustrate, scrivo a tutti, a gente che non vedo da anni, ad amici del borgo, a conoscenti, a illustri sconosciuti. È molto importante riannodare queste tresche di affetti. Mi serve a non sentirmi un pesce completamente affogato nella sua acqua febbricitante. Dopo quella sera di ritorno dal Celio in cui alla Mezza Luna abbiamo cenato con Pietro da Verona e Lele e altri ancora, non ho più visto nessuno. I malanni mi hanno isolato. Nessuno mi viene a cercare ed io sono troppo giù di corda per intrattenere qualsivoglia relazione. Sto solo. Ho bisogno e voglia di star solo a scrivere, canticchiare i miei motivi di testa e disperarmi. Mi dico che questa odiosa primavera primaoppoi scatterà, il cielo si aprirà, gli alberi ricresceranno e anch'io, lo so, starò di nuovo meglio.

Ma intanto continua a piovere e far freddo. Se devo restare qui un anno intero non saprò come fare a gennaio. I caporali dicono che in quei giorni di freddo intenso si è costretti a dormire con un doppio pigiama di lana militare, maglioni, tre-quattro paia di calzettoni, sciarpe, berretti di lana e guanti. Le coperte benché raddoppiate non bastano. Molti sistemano le brande accanto, dopo il contrappello, per scaldarsi con la reciproca vicinanza. I fiati sembrano nebbie. Rientrando di notte da una licenza si ha l'impressione di trovarsi in un campo di geyser con tutti questi cumuli di coperte che fumano. Ma anche adesso la temperatura non scherza. Lavarsi è atroce, radersi addirittura proibitivo, quando sei sulla turca con le brache calate i muscoli si irrigidiscono e non c'è verso di farla, tutto un brivido che ti rattrappisce. Io, che sono sempre stato delicatissimo di intestino, mi sciolgo invece in scariche di dissenteria così violente da farmi lacrimare gli occhi. Sembra che tutto di me si perda nella cloaca, che fugga, che vada via per i tubi puzzolenti, e io vorrei che non tornasse più.

Mi hanno assegnato in fureria. Giorgio s'è dimostrato gentile, premuroso e soprattutto di parola. Ha tramato mentre me ne stavo al Celio, ha continuato a mettere pulci nelle orecchie mentre ero malato e ora finalmente un caporale mi viene a chiamare mentre sto marciando come un automa impazzito e dice di mettermi a posto, rivoltare il bavero del maglione, e salire in Comando Compagnia. Dice dovrai fare questo e fare quello, battere i tacchi e alzare la testa, fai come faccio io, stac! Saliamo in Compagnia. Mi tolgo i guanti e il basco nero, sistemo maglione e bottoni. Qui fa abbastanza caldo, un lieve tepore nel corridoio lustratissimo del Comando. Alcuni soldati stanno facendo le pulizie del mattino, innaffiano piante e fiori. Il caporale ed io attendiamo. Finalmente il capitano esce affiancato dai due tenenti e da un furiere. Il caporale si avvicina e si presenta. Mi guardano. Sono tutto intrippato in quel che dovrei fare, presentarmi recluta tal dei tali a rapporto, battere i tacchi. Ma non viene niente. Sorrido, tendo la mano e dico molto piacere. Il caporale fa una smorfia disperata. Il capitano sembra quasi imbarazzato, poi sorride e mi invita nel suo studio. Dice che ha preso in esame il mio dossier e che gli serve un bravo dattilografo per certe pratiche da sbrigare. Inoltre vuole un soldato che si occupi delle domande di Avvicinamento, di L.I.S.A. e delle richieste di assegnazione speciale nei Caramba e nei Parà. Mi consegna una cartella azzurra dicendo di leggermi ben bene le circolari ministeriali che regolano la materia, guardare il fac-simile della domanda e iniziare con celerità visto che il termine di presentazione di queste domande è di venti giorni dalla data di incorporazione e già ne son passati più di metà. Si prodiga in qualche consiglio: "Non voglio avere il tavolo pieno di domande da firmare, chiaro? È lavoro inutile, a Roma bocciano tutto. Quindi sconsigli più che può e se proprio rompono le palle faccia inoltrare la domanda e che vadano all'inferno. Intanto batta a macchina questi elenchi. È tutto".

Eccomi dunque tolto di peso dalle marce, dai piantoni di camerata e di armeria che spezzavano ogni due ore il riposo notturno in modo atroce, e ficcato in fureria, che è poi questo bordello di due stanzini con ogni sorta di raccomandati orvietani e scansafatiche. Il mio primo giorno in fureria lo ricordo molto bene perché ho beccato cazziatoni da ogni parte e soprattutto il soldato Salarda mi strillava addosso come proprio inferocito. Salarda è il soldato che odio di più, deve fare tutto lui, toccare tutto lui, tiene sottochiave matite, gomme, carta inchiostrata, biro, penne, graffette e puntine da disegno. Ha tutti gli elenchi lui, i servizi li assegna lui, gli appelli li fa lui, le adunate le chiama lui. È un bresciano facciadacazzo con un culo basso e il naso aguzzo e una parlata sbracatissima e volgarissima. Sa solo gridare e intimidire, esiste solo lui, sa fare tutto lui. Mi siedo alla macchina per scrivere dopo aver detto chi sono e che compito devo svolgere. Nessuno mi guarda, nessuno dice niente. Comincio a trascrivere tutti questi dati che sono poi i rapporti trimestrali dell'armeria, colpi sparati da ogni F.A.L. o Garrand, bombe esplose, bombe recuperate, proiettili mancanti che però non mancano mai, nastri di mitragliatrice MG usati, ecc. ecc. Tutte cifre incolonnate, una cosa pallosissima e gli elenchi saranno almeno un centinaio, mi ci vorranno tre-quattro giorni. Improvvisamente la Salarda scatta dal suo tavolo e grida se ho finito. Dico di no, che se ha la minima idea di cosa sto facendo può benissimo capire che si tratta di un lavoro lungo. Be' questo qui invece s'incazza e strappa il foglio dalla macchina e dice scansati che devo fare i rapportini e insomma tutta una sgridata becera che io batto a macchina lentissimo e che se credo di dettar legge lì dentro appena arrivato mi sbaglio di grosso, spina spinaccia ti bagno la faccia. Io non perdo la calma, figuriamoci, manco riesco a parlare per la faringite e via discorrendo. Mi alzo lentamente, raduno i fogli e dico ora puoi divertirti te soldato, è tutta tua. Goditela. Vado alla finestra a guardar piovere. All'altro tavolo due soldati stanno compilando i ruolini che sarebbero le registrazioni di tutti gli spostamenti di ogni singolo milite della Compagnia: licenze, ricoveri, trasferimenti, punizioni. Non alzano il naso dai libracci polverosi. Penso che siano un po' vili, che avrebbero loro potuto dire alla Salarda di calmarsi, che certo non lo potevo dire io che non conosco nessuno e sono appena arrivato. Però qui mi sbaglio sul conto del Gatto e della Volpe. I due si dimostreranno poi molto gentili e carini e divertenti e premurosi. Innanzitutto il Gatto, che è piccolo barbuto e minuto, mi si avvicina alla finestra, mi porta nell'altra stanza e dice di non far caso alla Salarda che tanto fa sempre così con tutti. La Volpe, più alto, più vecchio, pallido e scantonato mi inviterà poi a bere un caffè, chiederà chi sono e che faccio.

Il Gatto Alessio studia all'Università di Roma, è ternano, di un paesino vicino ad Orvieto che si chiama Allerona in cui m'inviterà una domenica di maggio e lì nel sole abbagliante di quel picco di tufo faremo una colazioncina casereccia veramente deliziosa con porchetta ed erbe e pane tagliato a fette così grandi che paion dischi volanti e naturalmente ottimo vino venduto a centolire il bicchierino per la strada. Sarà quella domenica finalmente estiva la sagra dei Pugnaloni, una specie di festa del Maggio o del bruscello, ogni contadino ha preparato una piccola cosmogonia di terra e di cielo che pare un presepio e al centro del ripiano la frasca giovane e verde di un albero, ed ecco lì tutti i carri che si snodano per le stradine tortuose dalla rocca fino alla chiesa fra canti e processioni e benedizioni e gonfaloni, un paesino grande come cinquantalire tutto raccolto in sé per una festa antichissima che Alessio sta studiando per la tesi e che mi spiega in ogni dettaglio. Saremo con la Faffa e il di lei uomo, quella domenica, sono venuti a trovarmi dal borgo, ho prenotato loro l'albergo in piazza del Capitano del Popolo, un palazzo medioevale bellissimo con grandi scale e una cappella interna proprio di fianco alla loro camera in cui vado per la doccia e le abluzioni che mancano tanto, quanto davvero ho sospirato per dieci minuti su di un bidé profumato.

La Volpe Franco è proprio di Orvieto, deve discutere solamente la tesi in giurisprudenza, non diventeremo proprio amici come con Alessio però lui userà sempre carinerie nei miei confronti, un giorno che mi han messo di guardia è venuto a prelevarmi nel piazzale all'ora dell'adunata e ha sistemato tutto scambiandomi con un PAO (Picchetto Armato Ordinario). Oltre a questi e alla Salarda in fureria sono un altro ragazzo di Orvieto un po' fascio e scansafatiche, ma con cui diverrò conoscente per certi break con pizzette al rosmarino che lui si fa portare dal suo cameriere ogni mattina al posto di guardia; un caporalmaggiore piccolo e strabico, anche lui ternano, timido e preciso che si chiama Paolo e che poi si raffermerà col grado di sergente. Infine c'è il Jolly che è questo ragazzotto Rotundo, piccoletto, con le nocche e le unghie morsicchiate all'inverosimile, i baffetti e la cresta di capelli. È caporalmaggiore addetto allo smistamento della posta. È l'unico suo incarico: ogni mattina deve andare al Posta e Viaggi, ritirare le lettere della Compagnia, smistarle per squadre e consegnarle a vari caporali perché le affidino ai legittimi destinatari. Se

qualche soldato è già partito controlla nei ruolini dove è
stato trasferito, lo segna in rosso sulla busta e la riporta,
la sera, al Posta e Viaggi con le altre missive in partenza.
Tutto qui. Rotundo dorme in una cameretta isolata col
magazziniere, altro imboscato orvietano che ha un fisico
della madonna, alto e perfetto e un viso aguzzo da californiano. Questo gioca a tennis al Circolo Ufficiali col
capitano, va a nuotare alla Smef ogni giorno e fa il suo
jogging ogni mattina nei vialetti dietro la palazzina Comando, insomma fa vita da gran signore. Ma se lo può
permettere, talmente bello e disteso che ti basta guardarlo cinque minuti per far andar bene la tua giornata.
Rotundo invece è un po' ritardato mentale, per questo
lo hanno assegnato a quel compito fantasma di distribuire la posta che si può svolgere in non più di venti minuti al giorno. Ha una parlata terrificante, mai sentito
uno parlare così. Rimpiango di non averlo registrato
quel sound gutturale e ripiegato completamente in sé,
Rotundo non dice le parole, le mangia, le gorgheggia, le
deglutisce, le manda giù e poi su, ma storpiatissime, le
rumina biascicandole, tossendole due e tre quattro volte
per via anche della balbuzie; le ricicla, le strafà, le canta
con lo stomaco. Una parlata incredibile, stretta stretta,
ternana pecoraia, burina con inflessioni siciliane dove è
stato in orfanotrofio e cadenze romane dove ha vissuto
in collegio e musichette della provincia di Terni più
oscura, quella che poi conoscerò anch'io durante quei
disgraziatissimi seggi elettorali di giugno. Ma Rotundo è
un piacere sentirlo cantare, fa i motivetti della tivu, gli
slogan pubblicitari, scrive poesie fuori dal tempo e dallo
spazio della parola, agita le braccia morsicchiate e la sua
cresta di capelli Peppino de Filippo. È bruffoloso anche
sui baffi e ha un'andatura insostenibile danzata e saltel-
lata sulle chiappette. Ha piccolissimi occhi marron, bui
e stretti però sempre molto interrogativi. Con Rotundo,
vero braccato dalle leggi della sopravvivenza, poverissimo ragazzo che non ha mai conosciuto né padre né madre ma solo istituti, caserme e lager di stato, che è stato

arruolato dai suoi tutori all'età di sedici anni e ancora
adesso, dopo due anni in divisa, deve terminare la leva
perché da ogni corso addestrativo volontario che ha fatto lo hanno sbattuto via dopo sei-sette mesi e sempre ha
dovuto ricominciare da capo; che poi si raffermerà perché non sa dove sbattere la testa finita la leva, tanto gli
sembra inconcepibile una vita senza camerate e capuffi-
ci e uniformi; personaggio così tipicamente deamicisia-
no da risultare addirittura una macchietta caratteriale,
una psicologia burattina, un doppio letterario e affettivo, un sedimento scrostato dall'inconscio collettivo,
quindi senza nemmeno la possibilità di essere considerato individuo ma solamente un déjà-vu; con Rotundo insomma ci siamo intesi, lui una sera ha belato che ero l'u-
nico che lo rispettava e che con me stava bene. E via
scorregge di gola e tramestii di petto e accordi adenoi-
dali e manciate di balbuzie.

Insieme abbiamo fatto un paio di canzonette che lui
poi interpretava nella fureria gremita di caporali e furieri e sergenti. Mi tampinava dicendo che esigeva delle
poesie da me e che io ero obbligato a fargliele perché lui
era mio superiore. Allora ho scritto tutta una filastrocca
goliardica che faceva "In Seconda Compagnia c'è una
bella fureria iah iah oooh" e ogni caporale aveva la sua
strofetta feroce e venefica. Grande successo del recital
post-contrappello di Rotundo, applausi, battimani, cori,
grida e sganasciate. I najoni tutti riuniti per beffeggiarlo,
ma lui li ha tenuti in pugno e da quella sera ogni caporale aveva un battesimo nuovo e sarcastico e insomma è
successo che non hanno fatto più gli scherzi violenti e
stupidi che gli facevano, anzi il loro modo di deriderlo
era più confidenziale, quasi più attento. Ma certo non si
poteva far finta di niente quando Rotundo passava dalle
camerate vestito per la libera uscita stretto in quei suoi
completini beige o azzurrini con spallucce tiratissime e
martingale buffissime e revers larghi come padelle e
pantaloni scampanati che più di così eran gonna-panta-
loni, proprio non si poteva. E i suoi panciotti da piccolo

terrone emigrato in Svizzera, i baffetti lustri, la cresta alta e lucente di Tricofilina, la sua andatura squaqquerata
e saltellante. Filippo Rotundo tornerà improvvisamente
nella mia vita militare otto-nove mesi dopo con un fatto
casuale e straordinario che mi ecciterà a tal punto da
farmi telefonare a tutti e fare la spiata. Più avanti lo racconterò, quando sarà il momento. Voglio che caschi in
questa storia così dall'alto, come è capitato a me. Vi
metto solo sull'avviso. Un piccolo prurito.

Oltre a questi colleghi di fureria c'è un sergente maggiore balbuziente e antipatico, nevrotico all'inverosimile
ma per questo innocuo. Ha i capelli crespi e forforosi, le
mani sudaticce, una bocca piccola e sempre sbavata di
saliva. In ufficio viene pochissimo, solo per far casino e
pagare i viaggi e decade. Quando arriva tutto deve funzionare, essere alacre e nevrotico. I foglietti devono girare a vuoto, la macchina per scrivere ticchettare, le antine
dell'archivio sbattere, le porte saltare, le finestre crollare. È contento solo così, se la fureria è un campo di battaglia. Io continuo, Salarda permettendo, a battere gli
elenchi dell'armeria. Ogni tanto faccio un salto dall'ar-
miere a chiedere spiegazioni e mi trattengo poi con lui a
chiacchierare e guardare dalla finestra i compagni che
nella piazza d'armi marciano inquadrati e intruppati.

La storia delle domande di Avvicinamento segnerà –
come vedrete – tutti i miei dodici mesi di servizio militare.
Ora, in fureria continuo a ricevere soldati con le storie più
assurde: sposati, maritati, terremotati, alluvionati, everso-
ri, disastrati, figli di grandi invalidi, gente senza casa e senza tetto, nonni orbi e mutilati, madri senza tette, sorelle
senza gambe e soprattutto orfani, figli unici di madre vedova, figli di genitori separati, divorziati, figli di concubi-
ne, figli di cani, figli di ragazze madri, figli di spretati, gente con dieci fratelli a carico e nonni settantenni, figli di
emigranti, di espatriati, di esiliati, di carcerati, figli di ga-
leotti e sanculotti, figli di arteriosclerotici, colostomizzati,
cardiopatici, infartuati, svenati, madri senza utero, padri
senza retto, fratellini mongoloidi, morbo di Parkinson,

tumori, angina, pace-maker, by-pass aortico, traumi cranici, fibrillazione ventricolare, pezzi di cervello in poliestere, vesciche in plexiglas, fegati in perspex, dio come è malata l'Italia, come è sventurata, tutti pensionati, invalidi al dieci, trenta e settantun per cento, ansiosi, biliatici, neurovegetativi scoppiati e fusi, equilibri psicofisici saltati, inconsci rivoltati, insonnie, psicosi, soffi al cuore, tutta una marea di genitori in carrozzella e madri in barella, storie di un'Italia policlinica e poliambulatoriale, certificati su certificati, e io raccolgo, schedo, istruisco, compilo, quanti anni hai, che mestiere fai, manca il certificato di nascita accidenti, manca lo stato di famiglia, ragazzi padri, sverginatori, mariuoli, mammete e sorrete depresse alla follia, insomma un bordello indescrivibile. E i soldati continuano a chiedermi se l'esito della loro richiesta sarà favorevole, continuano a tampinarmi alla mensa, allo spaccio, nei cessi, mi consegnano certificati alle due di notte, mi svegliano, mi tartassano come fossi il padreterno quando poi san benissimo che son lì da dieci giorni e queste domande le faccio per la prima volta nella mia vita e quindi ne so molto meno di loro che han girato distretti militari e uffici e ministeri. Ma c'è niente da fare. In fureria con l'avvicendarsi dei giorni e il prossimo scadere dei termini di legge è ormai tutto un piangerai della madonna, una filiale della Saub, tutti attorno al mio tavolo a srotolare elettrocardiogrammi, mostrare radiografie, far brillare scintigrafie, ecografie, TAC e compagnia briscola. Tutti a frignare e strillare con le loro mamme vedove e i padri traditori, i fratelli, le sorelle, gli zii e i cugini di campagna. E io sempre attento e scrupoloso che mi dico sta a me fare andar bene queste cose che potrei anche sbattermene il cazzo e mandarli al diavolo tanto questi andranno via fra poco, dopo il giuramento, e chi li vede più? E le loro pratiche finiranno al Ministero fra scaffali e scartoffie e archivi e biblioteche e maceri e allora? Ché mi sbatto tanto? Invece sono sempre pronto a correre dietro alla gente, far firmare, raccomandare, istruire e compilare. Mi serve per passarmi il tempo e iniziare un po' a vedere con chi sto, quali facce ho intorno, quali storie e quali affetti.

Quindi continuo con la testa china a scrivere, correre di qua e di là per via dell'Olivetti e dei fogli protocollo, chiedere il parere al capitano, timbrare e bollare. Ministero della Difesa - Milesercito - VIII Divisione - ROMA, tutte le domande le spedisco lì con bella intestazione, ottima impaginazione, spillo, graffo, firmo e timbro.

L'atmosfera nella bella fureria iah-iah-ooh si sta finalmente scaldando. La Salarda continua a strillare con tutto e tutti come un'isterica. Succede che entra un soldato e chiede di me, entra senza bussare e dice: "Devo fare la domanda di avvicinamento, posso?" e mentre io mi alzo per riceverlo la Salarda tutta nera e tutta calda grida che qui è un casino, che io m'allargo troppo con queste domande, che pare che l'ufficio sia diventato mio, che l'accozzaglia di spine malefiche entra senza bussare e riverire, insomma una porcilaia e maialaia senz'ordine né controllo. A questo punto scatto io e dico senti mia bella, te te ne stai al tuo cadreghino del cazzo a farti gli affari tuoi, ai miei ci penso io, chiaro? E dico al soldato, entra pure e non far caso all'isterica. Al che tutta la fureria ride e strabatte e Salarda se ne va infumatissimo giurando che gliela pagherò. Ma io non mi preoccupo tanto del furiere Salarda perché poveretto con tutto il baccano che fa è ormai isolatissimo e nessuno lo prende in considerazione per cui se vuole tramare ai danni miei deve farlo da solo e dunque risponderne in proprio. Povero imbecille di Salarda che nei giorni a venire tenterà addirittura di imbonirmi e leccarmi e quasi confidarsi con me – una domenica pomeriggio che stavo di servizio e lui non era uscito perché senza assolutamente alleati – di tutte le sue manie artistiche e le sue idee sull'arte. Perché lui ha scovato un posticino dietro ai magazzini dove va a dipingere, cose da naïf del sottosuolo, albe e tramonti e tutto un afflato poetico e un soffio della natura e una vibrazione dell'albero gentile a cui chiavavi la pargoletta nana, tutte storie così. E avendo io ormai familiarizzato e bevuto e fumato con tutta la Compagnia, intimo del

tenente coetaneo Bobby Cortesissimo, invitato per qualche cicchetto di whisky dal capitano nel suo studio, allora
la serpe si fa sotto con tutte le sue storie, povera repressa,
ma io non concederò tanto così, nulla più di un "be'" e
"cioè". Povera dunque la Salarda, che poi ha fatto la fine
che ha fatto mesi e mesi dopo, trasferito dalla Compagnia
e allontanato dal capitano per la sua insolenza e boria, si
credeva di comandare tutto e tutti, era dentro a un trip del
potere unico, ne ho visti tanti comportarsi come lui con il
cervello bevuto fino in fondo dall'ideologia militaresca,
ragazzotti ignoranti e imbecilli che per via di un miserri-
mo gallone si permettevano cose atroci con i nuovi arrivati. Ma tant'è. Io continuo a fare queste pratiche di avvicinamento, a giostrare con tumori e paraplegici, a spiare i
compagni che nella piazza d'armi van su e giù inquadrati
nei plotoni. E nemmeno mi accorgo che il tempo finalmente s'è voltato al bello, che le dighe si son chiuse e che
finalmente, se tieni le finestre aperte, anche nelle ammuf-
fite camerate vibra l'aria nuova della primavera.

Mi riprendo così un po' del mio self sbrodato e annacquato, lo asciugo nelle lunghe passeggiate solitarie,
lo distendo al sole caldo negli scorci delle piazze, lo cu-
ro, lo secco, lo allargo e lo espando davanti al muricciolo che s'apre improvvisamente sulla vallata, sulle colline,
sulle cime degli alberi e sui meravigliosi ceppi dei vitigni. Qui, all'angolo panoramico, verrò molti pomeriggi
e mi aprirò a questo stupendo teatro con la vecchia massicciata percorsa dai merci e le corsie dell'autostrada e il
tragitto lucente della Direttissima Firenze-Roma percorso dai TEE scintillanti che guardo incrociarsi, scorrere,
filare e snodarsi a fondovalle come in un plastico perfetto. Mi aprirò dunque e mi distenderò a questo panorama umbro, alla macchia che attacca le colline, ai boschi;
mi allargherò in questi sguardi dall'alto che danno pace
e senso e finalmente quel lungo e lieve respiro di cervello che conferma la tua presenza al mondo, che suggerisce qui, ora, finalmente ci sei.

Esco dal mio letargo malaticcio, dalle aspirine e dagli sciroppi. Riprendo a leggere, scrivo addirittura qualche lettera, ma quel che faccio è soprattutto passeggiare e camminare.

Il percorso che ora preferisco mi porta lontano dalle viuzze strette di Orvieto percorse da brigate di najoni, da dialetti contrastanti, da gruppi folkloristici e regionali, i sardi che ballano ubriachi a braccetto, i napoletani che cantano a squarciagola, i toscani che gridano sconcezze. Preferisco andare verso l'antica porta di Orvieto, di lato al Pozzo di San Patrizio, rasentare le mura medioevali, risalire il fossato e scendere il viottolo che porta a valle. Il percorso è breve ma la prima volta, così immerso in un trip monacale tutto Hermann Hesse, meditativo e allargato intorno e in me stesso con sublime dilatazione dei miei confini interiori, la prima volta impiego una ventina di minuti. Sbaglio strada a una biforcazione, giungo a una casa di contadini vecchissimi e dimenticati da tutti. Ma arriverò a pochi secondi in più dei cinque minuti, cronometro al polso, quando dovrò correre allo Scalo per il treno della mia prima licenza breve, soprattutto voglia di fare un bagno bollente nella vasca di casa mia, di radermi tranquillo ascoltando Mondoradio, di cucinarmi qualche pietanza. Ma a me piace inerpicarmi per la rupe, questo discenderla nell'assoluto silenzio dei sentieri di montagna, senza traffico e senza uomini. Ripenso molto allora alle gite sulle Dolomiti quando scendevo dai rifugi precedendo gli altri e solo camminavo sulla via del ritorno. Ho sempre amato le discese a valle, mi rappacificano, mi distendono. Non sono più uno stambecco che ama inerpicarsi, salire sempre più in alto, svettare. Preferisco il soffice down dei sentieri che riportano a casa.

In libera uscita esco dunque solo. Non lego con quelli della mia camerata, che sono tutti giovanissimi e terroni. Quelli della fureria, abitando nei paraggi, se ne filano a casa ogni sera e tornano il mattino seguente alle sette. Comincio così a curiosare un po' fra le osterie e le bottiglie-

rie, vado al cinema, prendo un po' di sole sugli scalini del
Duomo. Lele non lo incontro e pure se lo incontrassi certo non mi azzarderei a chiedergli compagnia visto che ci
siamo blandamente conosciuti solo quella sera di ritorno
dal Celio. Alex non c'è più e Pietro da Verona è partito
per una licenza speciale GMF. Ma non mi preoccupo. Sono del tutto preso da queste immagini del passato che
scattano improvvise nei miei sensi. Sono quasi divertito
da questi flash che tornano dal rimosso come se tutto il
serbatoio del ricordo mi si rivoltasse, ma delicatamente.
Mi scruto, mi guardo e cresco. Ho anch'io la mia storia, i
miei sedimenti e i miei territori d'affetto. Non avrei mai
pensato che il servizio militare, almeno in questa prima
fase, si insinuasse nella mia esistenza scrostando piacevolmente immagini ed emozioni del tutto dimenticate e
che riviste oggi, fine aprile dell'ottanta, appaiono così
perdute da ricercarle con passione e accanimento, da stu-
diarle, rivederle, riassorbirle. Tutto in me si muove come
se questa del soldato e della sua partenza fosse una storia
antichissima e remota incisa nel DNA, un codice collettivo
che quando scatta decifra e informa tutto il tuo self. Non
l'avrei creduto. Avevo terrore di tante situazioni e invece
anche questi attimi mi appagano. Tutto dentro di me con
la primavera si muove. Un po' anche il sesso che non tirava da giorni e giorni come se tutte le storie del bromuro
allungato nei pasti fossero vere. Non saprei dire. Però ora
so che c'è qualcosa che vibra anche dentro di me e che
riannoda il senso mio con quello circostante. Non so dire
precisamente di cosa si tratti, ma è qualcosa che non mi
separa e soprattutto non mi divide. Ecco, questo è vero.
C'è qualcosa di imprevedibile e misterioso che mi attacca
a me e agli altri. Qualcosa che incolla. Che unisce. Oh,
non mi do proprio pensieri per via di Lele e compagni.
Non mi preoccupo. So che se son rose fioriranno.

Avanzano intanto i giorni del nostro addestramento fra
marce, adunate, prove generali, lezioni teoriche, interrogatori, falsi allarmi, tiri di bombe e spari di fucile. Fra le

montagne di Terni siamo andati un mattino freddissimo e nuvoloso poi risoltosi in un tramonto coloratissimo e tenue, caricati sui traballanti CM con fucili, elmetto e zainetto tattico. Lì dentro pareva di crepare asfissiati. Aveva cominciato a piovere e l'acqua gocciolava sulle panche del camion, ma non si potevano tappare tutti gli spifferi, avremmo dovuto fare i conti con la nafta del tubo di scappamento che entrava convogliata dal giro d'aria. Il puzzo è tremendo, molti sollevano il maglione fin sulle guance pur di filtrare quell'aria malsana, gli scossoni sono violenti soprattutto quando imbocchiamo il sentiero di montagna. I FAL cadono dalle braccia, gli elmetti cozzano, molti si trovano distesi gli uni sugli altri, gridano e ruttano. Me ne sto tranquillo appoggiato al retro della cabina di guida. Ho di fronte a me un ragazzo che è la copia esatta di Li'l Abner, bocca enorme, ciuffone, occhi piccoli e stretti, corporatura massiccia. Non scambiamo però chiacchiere. Ci incontreremo di nuovo nel corridoio della Compagnia un pomeriggio un po' euforico in cui scattavo istantanee e polaroid a Lele e combriccola e lui stava seduto all'ingresso della camerata sullo sgabello del piantone, riderà sotto i baffi e ghignerà finché poi non ci incontreremo davvero, una sera di libera uscita, nella stessa pizzeria in cui m'ha abbordato Pietro Veronese e allora non ci sarà più nulla da tenersi dentro, diverremo amiconi e compagni e ci scriveremo lunghe lettere di disgrazie e pene anche ora che non ci vediamo più e siamo molto separati dalle lontananze di terra e di cielo, però ci scriviamo e ci raccontiamo la vita che facciamo, anche oggi con Renzu ci si sente... Ma quel giorno al poligono proprio non avrei creduto che fra noi sarebbe passato tanto sentimento nei giorni a venire, questo non lo avrei creduto nemmeno partendo quella dannata mattina sul treno dell'arruolamento, ma le occasioni della vita, si sa, sono infinite.

Comunque comincio un po' a sciogliermi e far tresche. Lele lo incontro al bar della piazza del Duomo mezz'ora prima del rientro. È una notte tranquilla e luminosa. I najoni sono ormai tornati in caserma o si trattengono al bar del piazzale autocorriere, davanti alla Isonzo, a gettonare le canzonette preferite. Appare dunque deserta la piazza del Duomo, non rimbombano più i colpi secchi dei carpentieri e degli operai che stanno installando il palco d'onore per la cerimonia del giuramento. Tutto tace, i fari gialli illuminano la facciata della basilica. Per tutta la giornata camion carichi di sabbia hanno fatto la spola per ricoprire il selciato in vista della partita di calcio fiorentino che due squadre giocheranno in costume medioevale quella stessa domenica. Sarà la festa di Orvieto, soldati, turisti, familiari, calciatori, colombe al plastico, operai e vigili urbani che transennano. Ora, di notte, non si odono più quei rumori. Giacciono accatastati i tubi innocenti. I falegnami non battono sulle asce come se stessero preparandoci la forca. È dunque un momento un po' sospeso e rarefatto, anche la landa più deserta appare meno vuota di un qualsiasi luogo costruito per accogliere uomini e da questi disertato; e così appunto, come una costruzione disertata, appare Orvieto quella notte in cui entro al bar. Sono abbastanza ebbro, ordino altro vino. Dietro di me in fondo al piccolo corridoio qualcuno sta telefonando. Riconosco Lele benché sia di spalle. Innanzitutto ha gli zoccoli e la tracolla di cuoio. Tiene una gamba appoggiata all'altra come un trampoliere. Con la sua mole abbraccia tutto quanto l'apparecchio telefonico, lo sommerge, lo stringe, lo lega a sé. Ha il capo abbassato sulla cornetta. Molto poetica e molto cara immagine di Lele perso nelle sue nostalgie d'amore lontano, lei, la bella è sempre in Alto Adige, pare abbiano bordelli per il solito fattaccio di fedeltà e tradimenti. Lei non sembra resistere alla lontananza di Lele. Si consola con chi capita. Lui sta da bestia. Con me dirà soltanto che non è assolutamente geloso, che il loro è un amore responsabile, che lui è tranquillo. Io non ci credo e non ci crederò, nemmeno mesi dopo ci crederò quando la bella se la spasserà con tutti gli anglosassoni del suo tour estivo e Lele sarà sempre a corto di lira per via delle telefonate in England.

Oh, non ci credo proprio, penso che per lui sia la sola ragione di sopravvivenza mantenersi calmo. Con tutto il bordello del militare dovrebbe anche sommare i problemi di cuore e sarebbe a posto. Ma lui non sarà mai così sincero, terrà tutto dentro anche quando la sua bella scoperà più o meno sotto i suoi occhi con un nostro comune amico del giro militare. Anche allora di fronte all'evidenza dei fatti Lele dirà niente, si barricherà dietro al suo viso stupendo allargando soltanto le labbra in un sorriso ingenuo. Parlerà poi Lele per notti e giorni del suo angelo sterminatore, lo vagheggerà, lo sognerà, sarà sempre sulla punta del suo cuore e del suo cazzo e noi un po' prenderemo il largo da lui e da quella campana che a tutti i costi vuole erigersi. Lele cristallizzato nel suo amore lontano, Lele che non ci sta. Lele che pensa alla sua figa, sempre a quella, solo a quella. Lele che non sa accorgersi di ciò che gli sta crescendo intorno...

Ma in questa serata nel cantiere spento della fabbrica del Duomo stringiamo finalmente amicizia, lui torna dal corridoio verso il bancone dove sto bevendomi ormai tutto. Saluta e lo saluto anch'io offrendogli un po' di bianco che lui manda giù di colpo. Torniamo in caserma insieme, sto molto bene al suo fianco, non ho problemi di passo. C'è un accordo che subito nasce fra le nostre andature, un ritmo fra i nostri discorsi, la bellezza di scoprire un continente nuovo. E questa terra a cui approdo è naturalmente lui, il mio Lele.

Quanto ho poi amato il mio Lele, quanto l'ho desiderato. Volevo mangiarmelo il mio Lele, aderirgli addosso come una spugna bagnata, volevo succhiarmelo e bermelo d'un fiato il mio Lele. Lo volevo con me, volevo schiantarmi sotto le sue reni, volevo annegarmi nelle sue grandi braccia, volevo appiattirmi sulla sua pelle tesa e vibrante come una seta. Volevo cacciarmelo in fondo al cuore il mio Lele, volevo cullarmelo in testa come una canzoncina e fischiarmelo dentro come un accordo. Volevo sbronzarmi del suo odore, volevo aggrapparmi ai suoi lombi e alle sue gambe alte, volevo stringere le sue spalle, volevo succhiare il suo petto e ingoiarmelo, volevo urlare con Lele, volevo sentirmelo venire in grembo, volevo entrare nella sua schiena spianata, volevo baciarmelo, trastullarmelo, confonderlo nei miei movimenti di amore, nei fremiti, nei gemiti. Volevo poi trovarmelo accanto il mio Lele, volevo scrutarlo, lo volevo disteso e finalmente placato, lo volevo felice. Io amavo il mio Lele. Ero completamente bevuto dal mio amore.

Ci troviamo ora ogni serata di libera uscita per pranzare in qualche osteria noi due soli, da Sciarra, alla Gitana, alla Mezzaluna, all'Orso Bianco, all'Oste Secco. Spesso ci incontriamo anche in caserma nelle pause o nei pre-adunata, facciamo insieme la fila per la mensa, ci litighiamo la moneta per i caffè e gli scontrini dello spaccio. Ma è soprattutto in libera uscita che ci raccontiamo e ci conosciamo, davanti a quelle carbonare e amatriciane fumanti che intrecciamo le nostre intimità.

Lele ha dunque ventidue anni, liceo artistico alle spalle, senza professione né fede. Ha fatto il cameriere in Inghilterra, disegni pubblicitari in una agenzia di Bolzano, la sua città, ha fatto viaggi e pellegrinaggi nei paesi caldi. Non è un tipo molto loquace, usa la bocca molto per mangiare, mai visto sparire i panini in gola in questo modo, un due tre e via. Nei sabati pomeriggio e nelle domeniche in cui la libera uscita scatta presto compriamo qualcosa nelle rosticcerie e veniamo a mangiare qui al muricciolo panoramico, con le gambe sospese nel vuoto. Gli racconto di questo posto, come mi ha salvato qualche giorno prima, come mi ha guarito. Anche Lele è venuto spesso da queste parti, conosce tutti i buchi di Orvieto, piazza del Capitano del Popolo ad esempio che è bellissima, silenziosa, e che io nonostante i miei vagabondaggi non conoscevo ancora. Di qui poi si arriva a un altro punto panoramico, a ovest, da cui si domina la strada verso Bolsena. Anche qui, accanto a una piccola chiesa pericolante, grandi allargamenti di respiro, pace e un po' di tranquillità. Alle volte ci stendiamo nell'erba del piccolo giardino e sonnecchiamo vicini, ognuno perso nei suoi tiramenti. So che Lele pensa a Bolzano, alla sua bella e a tutta la sua vita in borghese. Non è come me che mi sono messo il cuore in pace, pronto a tutte le occasioni. Lui è ancora molto preso dalle sue storie, mostra le fotografie giganti che ha fatto in Turchia e in Marocco ma sarebbe meglio non le mostrasse affatto, vederlo tutto discinto e nudo con i suoi lunghi e boccoluti capelli, il suo viso da zingaro, diomio, eppure Lele è qui a portata di mano e di cuore, così terribilmente vicino, così facilmente abbordabile. È certo che anch'io devo piacergli, dopo le nostre bevute giriamo allacciati come tutti i soldati, ci strofiniamo, ci tendiamo le mani e gli occhi nei saluti notturni. Ma Lele è sempre molto distante, è a Bolzano, e non c'è nulla al mondo che lo convinca di essere qui con me.

Intanto è passato anche il giuramento, la festa della caserma, le visite dei parenti. Presto, fra tre giorni, lo scaglione si frantumerà, chi assegnato a Roma, chi a Civitavecchia, chi a Maddaloni e Salerno. Lele sa che andrà al 7° Bgt. Meccanizzato "Cingio" al Tiburtino. È molto preoccupato. Si raccontano cose orribili sulla caserma e poi c'è il fatto che il suo incarico di assaltatore non promette niente di buono. Dovrà marcire sotto le tende nei campi invernali, fare assalti alla baionetta di giorno e di notte, dormire nel fango, montare una guardia sull'altra, scoppiare come un pezzente. Dovrà pagare le quote del congedo ai najoni, obbedire, soffrire. Dovrà passare poche e rare licenze, tornarsi ad ambientare, ricominciare tutto da capo e in un modo completamente nuovo. In fondo qui siamo tutti appena arrivati, al Cingio si dovrà scontrare con l'assurdità degli scaglioni congedanti, con la tiritera dei nonni, vicenonni, borghesi e capistecca reggitori della sacra insegna dello scaglione congedante. Non potrà nemmeno godersi tanto Roma visto che la caserma sta a un'ora dal centro storico e la libera uscita è come una manciata di secondi che finisce sempre quando cominci ad apprezzarla.

Ma intanto cerco di consolare il mio Lele in quelle ce-
nette a due come proprio innamorati, gli dirò vedrai, vedrai che te la caverai, ma lui ha sempre questi occhi bastonati e le labbra un po' piegate. Nemmeno il vino
riesce a distenderlo. E così, giorno dopo giorno, lo ritrovo sulla piazza d'armi inquadrato con tutti gli altri pronto a salire sul CM e partire per Roma. Lo vedo con la sua
borsa a tracolla sopra la divisa, la schiena un po' curva,
gli occhi bassi attenti ai suoi zaini e fagotti. In piedi, sotto il sole di questo maggio che finalmente riscalda e ab-
baglia, Lele risponde alla chiamata e sale sul camion. Ci
siamo salutati senza tanti complimenti davanti alla sua
Compagnia. Un breve saluto da soldati io che invece
avrei voluto abbracciarlo per un'eternità. Lui ha detto,
ora vattene, non c'è niente di sentimentale in uno che va
via. Gli ho detto scriverò e mi farò sentire, in fondo le
persone a cui tieni non le perdi mai. Lui ha sorriso e detto ciao. La sera prima da Sciarra, gli ho detto che gli volevo molto bene, che gli ero affezionato e che l'amavo.
Lele s'è molto divertito, è parso allentato per la mia confessione d'amore. S'è un po' sciolto, ha raccontato che
queste cose gli capitano addosso di continuo, mi ha
chiesto se pare proprio un frocio. Gli ho detto di sì. Ha
trangugiato il fernet. Prima o poi ci cascherò, ha aggiunto. Ci siamo presi le mani e abbracciati, sotto al tavolo,
le gambe. Ero tutto qualcosa che usciva, mi sentivo andar via in quell'abbraccio, dagli occhi, dalla bocca e dal
sesso. Era come fossi una corrente che straripa. Una diga che si apre. Tutto in me bolliva, le mie acque, il mio
sangue, il mio umore. Il vino mi scaldava e il viso di Lele
nella piccola trattoria era l'unica ragione perché conti-
nuassi a esserci. Ma c'è stato niente da fare. Ci siamo salutati. Ha detto, mi dispiace che per te vada così, non
vorrei farti star male. Ho risposto che va tutto bene, è
tutto a posto. Abbiamo molto riso e molto corso quella
notte ubriaca dell'addio, ci siamo abbracciati e stretti
dentro a un portone a far su l'ultima canna. Ho cercato
di baciarlo ma lui ha serrato le labbra scuotendo il capo

divertito. Siamo arrivati al cancello gridando come matti, ma tutti erano ubriachi e alticci quella sera dell'addio.

E ora, nella piazza d'armi che smista verso altre storie tutti i miei amici, io sento in pieno questa precarietà degli affetti e della vita che ti dà il servizio militare, questo essere in balia di trasferimenti e ordini e comandi. Non reggo proprio la gente che va via. Mi rintano allora dalla porcona della sartoria che dovrebbe aver finalmente preparato e stirato la mia drop. La sera stessa, su consiglio di Gatto Alessio, fermo il capitano al comando e gli chiedo di poter andare in licenza visto che il mio compito è terminato e le domande di avvicinamento ormai scadute. Dice vedrò, ora di certo no. Il giorno dopo, al mattino, torno alla carica. Alle undici mi consegnano il quarantottore, faccio il mio sacco, corro a piedi allo Scalo e alle undici e trentotto precise, puntualissimo, salgo sul treno della mia prima licenza breve. Ho proprio voglia di riposare la testa fra i miei oggetti e le mie vecchie consuetudini. Devo ritrovarmi. Ne ho bisogno. Soprattutto devo rifare le scorte di afgano.

Tutto però è così rapido, il viaggio di andata è già quello che mi riporta in caserma e la stazione in cui scendo non è quella di Modena, ma il piccolo e basso caseggiato di Orvieto Scalo, arrivo verso le cinque e trenta del mattino, un altro viaggio dentro la notte traballante del convoglio di pendolari, immigrati, terroni, soldati puzzolenti, lattine di coca rovesciate appiccicose nei corridoi, latrine intoppate, scarichi mefitici, cartacce, briciole, avanzi, mozziconi di sigari, giornali strappati che volano dagli scompartimenti verso il passaggio delle carrozze risucchiati dall'aria fredda e ferrosa delle gallerie dell'Appennino. Vetri rotti, sonni pesanti, aria di fatica, orbite gonfie, fiati stagnanti, denti arrugginiti dalla notte in bianco, la lingua smerigliata, le mie sigarette, il freddo. Appoggiato a un seggiolino nel corridoio cerco di leggere, ma la testa si fa pesante, di piombo, di marmo, le gambe rattrappite, ripiegate. Cerco di

stendermi ma non è possibile. Calo sugli occhi il berretto di lana per raccogliermi un po' il pensiero, arriverò ad
Orvieto già stanchissimo e per nulla riposato, maledetta
licenza, davvero maledetta licenza breve.

Nel piazzale antistante la stazione ancora addormentata e buia non sono previsti autobus fino alle sei e trenta.
Ho bisogno assolutamente di distendermi anche per una
sola mezz'ora. Prendo un taxi che mi porta fin su alla rupe. Al cancello dell'Isonzo mi fanno attendere, io bestemmio. Mi stanno rubando minuti preziosi di riposo,
fra poco più di un'ora scatterà la sveglia e dovrò essere
già pronto e in forma. Sto male, mi sento vuoto, un down
terribile e scoglionato. Finalmente il capoguardia viene
ad aprire il cancello, corro in Compagnia, tutto tace, entro in camerata e improvviso come un flash arriva al cervello l'odore dei soldati che dormono, un puzzo di naftalina, di polvere, di corpi non lavati, di bocche non
sciacquate, un odore che poi conoscerò benissimo nei
tanti altri rientri all'alba, il puzzo dei corpi di guardia,
delle lenzuola, dei panni, l'odore dell'olio lubrificante di
cui sono impregnati i fucili e che s'attacca ai vestiti peggio
di una tigna, il fetore dei posti pubblici, dei giacigli, dei
bivacchi, odore di fumo, di alcool vomitato, odore di una
camerata di notte che ti segnerà inequivocabilmente per
tutti quei dodici mesi e che ti separerà dal tuo branco abituale, dai vecchi amici, dalle compagnie di casa. Avverti-
ranno in te un odore diverso e strano e tu avvertirai in loro qualcosa che non t'appartiene più, che riconquisterai
certo coi mesi e gli anni a venire, ma che per ora ti è assolutamente estraneo. Per questo rincorrerai i tuoi simili,
dilatando le narici riconoscerai quelli come te, gli stessi
persi nell'identico trip. E sarà proprio questo a salvarti, a
farti accettare il tuo nuovo branco, a farti capire che i vecchi equilibri sono del tutto saltati e che ora sei una persona diversa in cerca di alleati, alla disperata ricerca di ragazzi che abbiano il tuo stesso odore.

Ma intanto avanzo nella camerata notturna illuminata
solo dal fioco bagliore della luce nel corridoio, avanzo

fra cumuli di coperte, fra cigolii di brande, fra bestemmie e gemiti, avanzo e mi dico sol che mi getto in branda a dormire un po'. Così srotolo il cubo, distendo la coperta e mi ficco a letto, vestito con il berretto tirato giù.
Un grande respiro d'addome, dico ora dormo, ora per
un po' non ci sono più, fra un attimo ricomincerà tutto,
intanto però mi godo questo raccoglimento in me. E invece, piano piano, non appena i miei sensi si allentano si
rivela tutto il brusio di una camerata perduta nella notte, impercettibile, inafferrabile, remoto eppure sempre
più distinto, russare, cigolare, imprecare, borbottare, sillabe smozzicate, uno si gira uno si scopre, uno comincia
un discorso senza capo né coda. Devo restare in silenzio
assoluto e tendere i nervi come un gatto, devo allungare
le orecchie e fissare davanti a me un punto imprecisato,
devo fare lunghi sospiri per raggiungere i bordi di questo mondo incosciente in cui le intimità si allargano e i
gesti scattano meccanici e le parole sono soltanto ranto-
lii e mugugni e i corpi troppo paurosamente simili a
macchine gettate in manutenzione, a robot impazziti e
arrugginiti, a codici disuguali, a doppi tragici delle nostre vite, e ognuno ora sta vivendo la propria storia, ri-
sorgendo i fantasmi, sognando situazioni al di fuori del
tempo, ognuno sta rigettando i detriti della propria storia, li sta digerendo, assorbendo oppure vomitando,
sputando, scoreggiando, eiaculando. Il cesso è del corpo
come il letto del cervello. Questo mi dice il silenzio attu-
tito di una camerata di notte: che siamo macchine in balia di se stesse a cui hanno staccato i circuiti e che vanno
alla deriva fra brusii e vagiti e grida evacuando dagli
sfinteri cerebrali le proprie frequenze emotive e nervose.
Non dimenticherò questo orribile museo delle cere,
questo scantinato di automi inesorabilmente riciclati
giorno dopo giorno, questa accozzaglia di androidi
spenti e fuorigioco, i miei compagni che si muovono con
gli occhi chiusi e parlano con la bocca storta e s'agitano
impacciati. Non dimenticherò quelle vibrazioni di paura
per sentirmi fra un plotone di morti viventi, fra linguag-

gi così incomprensibili da apparire del tutto alieni, di altri mondi e di altre galassie. E invece siamo noi sprofondati negli abissi e negli universi che siamo noi, laggiù, in fondo, lontano nell'antro misterioso del profondo. Mi accendo una sigaretta, non ho più sonno. Tremo come una foglia nel gorgo dell'uragano.

– (Ma è tutto già successo, e succederà di nuovo quella sera in cui non sentii i Weather Report giù al Palazzetto di Roma per il loro concerto che invece attendevo da mesi, serata davvero memorabile sotto il cielo molto Star Wars della capitale con i Boeing colorati che solcavano il blu intenso e le stelle planetarie che si muovevano – ne sono certo – e traballavano attorno ai loro sistemi, la sera in cui non feci quello che dovevo fare o quello che avevo programmato trovando un'insana soddisfazione a lasciarmi solo in un bettolaio stracolmo di turisti a buttar dentro il terzo litro di birra – e non sarebbe stato l'ultimo – quella tiepida sera in cui vagavo fra Trastevere e Campo de' Fiori confuso in mezzo ai turisti e ai soldati in libera uscita e alle coppiette mercenarie di Ponte Sisto che mi guardavano vogliose perché quelli erano tempi in cui potevo far girare la testa a chiunque, erano i tempi del successo e della voglia di stare al mondo, i tempi supremi del mio egoismo che mi permetteva di star a mio agio con tutti, con i coatti del Circo Massimo, i negri di Termini, i battoni dei Cinquecento, i punkettari di SS. Apostoli, gli intellettuali dei salotti, i cinematografari delle terrazze, be' quella sera nutrivo una brutta storia dentro come una bestia che mi rodeva e mi faceva pensare e metteva tutto sossopra con macabri pensieri di morte per cui decisi che non mi sarei fatto vedere dove mi si aspettava poiché tanto la mia immagine era già là e già sapevo come sarebbe andata a finire, insomma la noia forsanche la malinconia accidiosa di dire tutto è sempre uguale e simile a se stesso da che mondo e mondo e invece io ho paura come fossi il primo uomo, quella sera così pericolosamente incline a un suicidio bevuto e cinico che per fortuna o puro caso

talmente era evidente che non sfiorò neppure il nervo
più scoperto, quella sera bighellona e vagabonda e
ubriaca e meditabonda sull'acqua limacciosa del Tevere,
ecco quella sera incontrai a piazza Argentina, miracolosamente incontrai il vecchio compagno di università Gabriele, a Roma per il corso nella Guardia di Finanza, e lo
trascinai sotto un albero del lungotevere e gli dissi quel
che tutta sera stavo dicendo a me, ho vent'anni ed è ora
che capisca come va il mondo, e lui avrebbe raccontato
di tutti i suoi sfasamenti di caserma e aggiunto: è tutto
un problema che noi siamo cariche affettive che vanno e
girano e s'attaccano dove s'attaccano senza possibilità di
spiegazione, insomma quel che sta succedendo o ci succederà non puoi né spiegarlo né prevederlo, tutto meno
che la morte. E io allora al quarto litro di schifosissima e
pisciatissima birra avrei come un pezzente vomitato giù
dall'argine e avrei detto non mi piace come vanno le storie della gente, nemmeno la mia, è come se tutto fosse
troppo piccolo e racchiuso quando invece sento il mio
cervello partire e volare e alzarsi mio dio fin verso quel-
l'oltre che non posso dire, non so, ma che ci sto a fare
qui dove il Tempo m'insegue e mi bracca e non sono più
io sempre diverso da un attimo all'altro e mi dimentico,
mi dimentico, le cose che cambiano, i muri, i cieli che
s'illuminano, qual è la nostra vera storia? E Gabriele
avrebbe poi accompagnato il di me fantoccio in albergo
e buttato su letto, avrebbe solo detto passerà, quel che
c'è di buono in tutto quello che provi è che domani
nient'altro rimarrà che una cicatrice suturata di quel che
provi, che si riaprirà e si richiuderà fino alla fine così come le ore si aprono e si chiudono una nell'altra poiché il
Tempo ti ammazza, questo è certo, ma anche ti salva.
Sarà allora in quella sera scazzata in cui il terrore della
mia consapevolezza al mondo quasi quasi era giunto ad
abbattermi come una bestia al macello, sarà in quella
notte che deciderò di non aprire più parentesi nella mia
vita senza la certezza di poterle chiudere, di non spingere più con le droghe il mio cervello in un tempo vuoto

dal quale non si torna indietro se non con una sola ineli-
minabile certezza, che io non sei tu, non lo sei mai stato
e non lo sarai mai, solo un sacco di sangue marcio che va
al diavolo...) –

Poi tutto riprende, alzarsi, sistemare il posto-branda,
riempire l'antina dell'armadietto con la biancheria pulita, sistemare le camicie, i pullover, i jeans, il dopobarba.
Indossare la mimetica, gli scarponcini neri, lavarsi, sti-
racchiare due chiacchiere con i conoscenti, far la fila davanti alla latrina per svuotarsi, correre all'alzabandiera
dabbasso quando ormai tutti strepitano e strombazza-
no. Parte dunque il disco nella piazza d'armi e così, al-
l'adunata del mattino, mi accorgo che siamo veramente
pochi. Non c'è più la Quarta Compagnia, non c'è la prima e manca la terza di Lele. Siamo solo il quadro permanente e noi della seconda per il periodo di addestramento prolungato detto Car-Avanzato. Così dopo il
disbrigo dei servizi giornalieri corro in Terza Compagnia per rivedere il corridoio e le stanze in cui ho accompagnato tante notti il mio Lele. Stanno pitturando e
riverniciando, tutto cambia da un giorno all'altro e mi
sembra invece di aver vissuto sempre qui.
Torno in fureria, non ho molto da fare. Le domande
di Avvicinamento sono già state inoltrate e il mio compito è praticamente terminato. Essendo negli uffici della
Compagnia sono esonerato dai servizi armati e dalle
corvée. Faccio niente. Sto a chiacchierare e gironzolare
per la caserma, a pigliare caffè allo spaccio e pizzette.
Porto ogni tanto le licenze in Comando, accompagno
Rotundo al Posta e Viaggi, lo aiuto a smistare le lettere
nelle camerate, gli faccio capire che il soldato del Protocollo non è uno ma sono due gemelli e quindi non deve
preoccuparsi se ne vede uno qua e subito dopo uno là,
nessuno ha il dono dell'ubiquità. Imparo a sbrigare le
faccenduole della Compagnia, tenere i ruolini aggiorna-
ti, controllare l'assegnazione della decade, mettere in firma i permessini e i pernotti, fare i rapportini giornalieri,

rispondere al telefono senza aver bisogno di nessuno a cui chiedere e domandare. Ma quello in cui sono più bravo e riesco meglio è chiacchierare e raccontare. Divengo ben presto amico degli anziani caporali che transitano dalla fureria per imboscarsi. Li tengo un po' alla larga, non uscirò mai con loro, ma una mezz'ora di pettegolezzi di Radionaja li concederò. Me la intendo bene col Tenente Bobby che è molto gentile e signore e scoppiatissimo perché sempre gravato dai picchetti e dai servizi. Lo andrò a trovare al Corpo di Guardia e mi fermerò con lui a parlare di Modena, dove ha la ragazza e dove capita spessissimo. Poi succede quella storia bellissima e cioè che mentre torno dalla mensa in cui ho pranzato con Giorgio, mi ferma un biondino e fa tutta una tirata che io non capisco. Dice dunque questo, hai rivisto Gigi? E io chi è? Ma sai quella sera in pizzeria, mi ha parlato di te. E io continuo a scuotere il capo, penso chissà che vuole questo. Ma il biondino, per niente impensierito dai miei mumble-mumble va avanti e quasi abbiamo già percorso tutto il tragitto dalla mensa alla Compagnia quando finalmente viene al dunque. "Insomma, se non capisci la piglio in breve, ne hai ancora di quel nero favoloso?" E io resto lì e dico no, purtroppo no, se n'è già andato da ventigiorni accidenti. E il biondino mi guarda sconsolato e dice fa niente e sta per andare via quando io scoppio a ridere e dico che poteva venire subito al dunque e non farsi problemi, che siamo tutti nella stessa sbrindellata barca, per cui... Anche lui ridacchia e così ci imboschiamo al magazzino e ci conosciamo.

Dunque il biondino si chiama Enzo, è alto, lentigginoso, magro-magro, una bocca in cinerama, gesticolone, occhi verdissimi, mai fermo, nevroticissimo ma non patologico, parla un sound romanesco molto bello e molto morbido, quello del Flaminio e zone adiacenti. È caporalmaggiore perennemente in lite col capitano, gli mancano solo quattro mesi al congedo, è geometra, sta in "prima squadra" nella mia Compagnia. Gli dico che non l'ho mai notato prima e lui rimbecca che invece m'ha tenuto d'occhio per via del nero che avevo fumato quella prima sera con un suo carissimo amico che poi aveva fatto la spiata a tutto il giro sballato della Isonzo e che purtroppo se n'è già andato a Civitavecchia. Ecco, questo mi piace. Che con tutto il mio credermi fine osservatore e fine pensatore manco mi sono accorto che per venti giorni sono stato tenuto d'occhio, guardato a vista, che si sono informati sul mio conto e sapendo che sarei dovuto restar qua hanno preso tempo. E io allora sono sempre più felice, dico ho trovato la mia Compagnia.

Con Enzino ci si dà appuntamento per qualche ora dopo dietro l'infermeria, mi presenterà alcuni amici che hanno roba. Poi dice meglio che non ci vedano troppo insieme perché sono sputtanatissimo. Ci si lascia quindi lì dallo scalone della Compagnia. Sono eccitato, vado in camerata, e recupero dall'armadietto il necessario: pipa, chiloom, cartine e tabacco. Passo allo spaccio a bere una birra e dopo, tranquillo e fischiettante, mi dirigo all'appuntamento.

Il posto per la canna è un anfratto nel muro dell'infermeria dalla parte che guarda verso le prigioni femminili. C'è solo un piccolo camminamento fra il muro di cinta della nostra caserma e l'infermeria, un piccolo e melmoso fossato. Lì, davanti alla rientranza della palazzina sono un paio di ceppi di pioppo e due-tre cassette da frutta sistemate in circolo. In mezzo i resti bruciacchiati di un bivacco. Quando arrivo gli altri sono già lì. C'è Alvaro, primo violoncello del Regio di Torino con cui farò sganasciate e spisciate divertentissime nei giorni a venire, lui faccia da mezzo imbriaco, piccolissimo e storto nelle gambe e nel viso, Magico Alvermann somigliantissimo a Marty Feldmann per via degli occhietti tondi tondi e in fuori come quelli di una rana e naso aquilino e barbetta alla Conte di Cavour e corpo piccolo molto Hobbit della terra di mezzo e piedi che quando sta dritto si aprono uno a destra e uno a sinistra come su di un filo da equilibrista. C'è poi un bolzanino a nome Tony,

anche lui sui venticinque-sei come Alvaro, tutto peloso e
nero e truce come un orchetto e infatti i suoi li han tra-
piantati lì dalla Calabria nel ventennio famoso. Tony è
completamente scoppiato per via della sua agenzia di
casseforti e sistemi di sicurezza che sta fallendo, visto
che ne è l'unico titolare e la sua donna la segretaria che
però nulla sa di casseforti e combinazioni e lui il Tony è
disperato marcio. Ha già fatto una licenza breve durante
il Car perché alla Nato di Vicenza s'era ingarbugliato un
allarme e lui ha dovuto correre là a riattivarlo con grandi
bestemmie del nostro capitano che non voleva conceder
la licenza, ma poi, si sa, ha dovuto cedere per via delle
telefonate americane. Insomma il Tony è quello più in
dura per il fatto del lavoro e spesso s'imbriaca e tira dei
fatti cancheri e delle fatte madonne ai militari e alla patria che sembra proprio una girandola senza limite di invettive e improperi e insulti fatti in ladino, tedesco e ma-
drelingua. C'è infine Enzino il biondino che rolla come
un dannato e ridacchia sottosotto e mi presenta. Gli altri
già mi conoscono per via delle domande di avvicinamento inoltrate, ma io non li ricordo, e loro subito a
chiedere quando arriverà la risposta, ma io li fermo e dico belli miei parliamo d'altro.

Quella prima sfumacchiata dietro l'infermeria sarà l'i-
nizio della nuova storia del Caravan in cui conoscerò un
sacco di gente e ne combineremo di tutti i colori noi del
pulmino. Infatti una sera che siamo tutti sfatti e persi
per Orvieto rimorchiamo anche Renzu che è appena reduce da un acido fatto durante il piantone d'armeria e
non ha assolutamente dormito per questi due giorni trascorsi a rimpiangere la partenza napoletana del suo amico Nappetti Walter; e quindi Renzu è giù di corda e tutto un lasciamento terribile. Quella sera lo trasciniamo
nella nostra combriccola e diverremo inseparabili per
quei venti giorni. Ci sono inoltre due spiantati casertani
piccoli e buffi e punkettari appena appena arrivati dal-
l'Ospedale Militare con un sacco di ottima roba, marocchino e libanino giallorosso. C'è un najone amico di En-

zino, suo compagno di scaglione, milanese. C'è quel biondo che m'ha sorretto il primo giorno della vestizione e che è finito dopo il Car nella nostra Compagnia, ma è troppo per bene e oltre un po' di vino non va proprio. Insomma nelle libere uscite saliamo tutti sul Bedford del Tony e girovaghiamo per la campagna umbra imbriacandoci e stonandoci con litri e litri dell'ottimo vino che fan qui e mangiando galletti arrosto e pizze al taglio e sentendo ottima musica con lo stereo del Tony che ha sei casse dislocate sul furgone, due davanti, due dietro e due ai lati.

Basta dire che Tony è bolzanino per capire in che modo può guidare il suo Bedford fra le strettoie di Orvieto o di Todi o di Gubbio, tutte città che abbiamo raggiunto nei sabati e nelle domeniche turistiche e stravolte. Il Magico Alvermann è sempre quello che sta davanti, comodissimo con l'indice sulla cartina d'Italia e naturalmente fa il navigatore e dice per di qua e per di là finché non si becca una via morta e allora viene retrocesso in ultima fila. Musica naturalmente a tutto volume e noi schiamazzanti e urlanti come quel giorno del lago di Bolsena raggiunto in una meravigliosa giornata di maggio quando ci è capitato davanti un pullman di turiste francesi e allora via a strombazzare e sorpassare rischiando frontali a ogni metro finché le pollastrelle si sono accorte di noi che facevamo l'intorto e hanno iniziato a mandar baci e abbracci radunandosi tutte al vetro posteriore dell'autocorriera e non finivamo mai ed Enzino e Tony e Renzu che dicevano quella è mia quest'altra è tua e insomma se le litigavano finché il Tony non ha sorpassato, il magico Alvermann capocciato contro a un box che era tutto un bitorzolo e un promontorio ovunque lo guardassi, e s'è arrestato a un duecento metri dal pullman e nella piazzola di sosta tutti giù a pisciare sulla strada e mostrare il pregio dei nostri vent'anni e quando è passato il pullman urla e grida come proprio dei soldati affamati e insomma s'è finito a cenare in una trattoria sul lago col Tony che alla chitarra faceva roba strappalacrime

Inti Illimani e compagnia bella e noi a sbrodare e struggerci finché non è arrivato a Morti di Reggio Emilia e allora a quel tempo lì siamo crollati.

Insomma il nostro concerto ambulante inizia ora ogni sera e prosegue poi su alla Compagnia Fantasma dopo il contrappello fino a notte fonda tanto che il giorno dopo siamo sempre sfatti e smorti, per me non ci son problemi visto che ho un compito da svolgere altrettanto fantasma, ma per gli altri, a lungo andare, il ritmo delle stonate pesa. Ma non c'è tempo per pensare a quello che accadrà l'indomani quando saliamo alla Quinta Compagnia che è poi il piano più alto della caserma di Orvieto e disabitato in quanto tutto una perdita dai tetti, dalle porte e dalle vetrate rotte. Per entrare qui bisogna forzare una porta di legno che i nostri predecessori hanno sbrecciato in basso. Si striscia dunque sotto alla portapia mentre un paio sollevano i legni dai cardini arrugginiti e si entra nel buio del corridoio. In terra sono giornaletti porno, resti di falò, fazzolettini, cicche, vetri, imposte, brande accatastate e inservibili, insomma tutto l'armamentario di una soffitta umida e polverosa. Ma in fondo al corridoio è ancora intatta l'aula delle lezioni sistemata come un'aula universitaria con banconi e gradinate. Qui stanno i nostri tre gatti Piave, Isonzo e Tagliamento, noi portiamo da mangiare i resti delle nostre colazioni e anche quel po' di latte in polvere che si riesce a fregare dalle talpe messe di servizio in cucina; qui si fanno le canne a lume di candela bene attenti a ricoprire con vecchi e lerci panni la vetrata che dà sulla piazza d'armi e quindi molto pericoloso sarebbe far filtrare all'esterno un bagliore quando tutti sanno che lassù è abbandonato e disertato. Così dopo il contrappello sgusciamo dalle brande, passiamo a darci il segnale e usciamo uno alla volta, in silenzio, dalla Compagnia. Ci si trova tutti su al covo con bottiglie e spinelli e pasticche e mangianastri tenuto però a volume minimo. E così a lume di candela proseguiamo i nostri svacchi raccontandoci, ridendo e sciogliendoci in quelle immagini nebbiose che l'haschisc racconta insieme al vino e alla stanchezza e che sembrano darci, per qualche ora, i movimenti perduti della libertà.

Tutto il peso dei servizi della caserma ricade ora sulle spalle della nostra Compagnia allo stesso modo in cui ricadeva sulla Quarta quando siamo arrivati. È la regola. Per sbrigare le necessità della vita alla Isonzo una Compagnia su quattro, a turno, si trattiene. È toccato a noi. I ragazzi sono pressati dalle guardie, dalle corvée, dai Pao, dalle pulizie, dall'NCC. In più bisogna fare la seconda puntura e i malati si sprecano. I disponibili diventano sempre meno, licenze non se ne vedono, il clima si fa ogni giorno più pesante, cominciano a volare gavettoni di notte, le prime risse, le violenze. Anch'io faccio un paio di Pao, due ore di guardia e quattro di riposo per ventiquattrore. Differentemente dalle guardie possiamo riposare in branda e svolgere il servizio in coppia. Così quella sera buia e scoglionata in cui dovrei rimanere in caserma di servizio vado dal Bobby che è tenente di Picchetto e gli dico fammi uscire per l'amor di Dio che proprio non gliela faccio a rimaner qui quando tutti son fuori a far canne e divertirsi, fidati di me, tornerò in tempo per le undici e montare, fidati di me. E Bobby cortesissimo dice vai che ti copro io. Così m'involo in camerata, mi cambio e scappo verso l'osteria dove sono gli altri con chitarre e amatriciane e spinelli, vado lì di corsa e dico ci son anch'io brutti bastardi, e così ridiamo e chiedono come ho fatto ad uscire e chi ho corrotto e tutte quelle solfe lì. Ma all'osteria c'è una ragazza freakkettona che serve a tavola, è la figlia della padrona e hanno queste due stanze puzzolenti e fintoetrusche con rilievi murali e pittature di satiri e fauni e nature pompeiane, ma hanno anche prezzi stracciatissimi eppoi si può far casino perché è luogo sconosciuto ai najoni, quindi si sta con gli sballati orvietani e con lei e tutto il nostro giro. Renzu sta ridendo come un pazzo. È vestito con la sua solita salopette piena di medagliette come un generale, Sex Pistol, Joy Division, Clash sempre Clash che poi vedremo insieme a Bologna per la loro prima tournée italiana dopo aver ottenuto un funambolico trentasei ore ed essere coperti nel rientro dal solito Bobby e dall'Enzino. Ma ben presto è ora di tornare in caserma, io sono fatto che non mi reggo in piedi ed è infatti Renzu che mi porta davanti all'armadietto e dice di indossare la mimetica e ripigliare il fucile e andare dabbasso per il servizio. Ma io comincio a strillare noo, la mimetica nooo! e poi a cantare non l'avevo desiderata onnonnò, tanto che lui si spiscia dal ridere e non capisce la tragedia di me che non voglio entrare nel vestito del soldato. Così va a chiamare gli altri perché Stronzissimo Stravella, il nuovo tenente, ha cominciato a fare il contrappello e già è in prima squadra. Allora si mettono in tre a cacciarmi nella mimetica e scappano al postobranda appena in tempo per rispondere "Comandi". Io esco invece tutto imbriaco con il fucile e scarpino strascicato verso lo scalone. Stravella mi vede, esce dalla camerata e chiede che faccio, perché non sono al mio posto, resta punito. E io dico, vèee lasciami in pace che proprio stasera la mimetica mi prende male ma così male che non c'hai manco idea, e lui torna a chiamare e dire attenti e quelle robe lì e io dico ormai giù per le scale che sono di Pao e devo montare e se non vado subito se la piglia lui la responsabilità. Paopao scoppiatissimo dunque quella notte, Bobby dice che se tardavo un altro po' avrebbe dovuto mandar le guardie a cercarmi e scovare un sostituto e scombinare i turni e i riposi, oh certo se la sarebbe cavata ma io, la disgrazia della patria, non avrei più dormito per le ritorsioni e le vendette, insomma un gavettone di piscio o cacca dietro l'altro. Ma alla fine sebben fatto e stonato son arrivato, mi caricano il fucile e prendo il mio posto dietro al Club del Granatiere che dovrei sorvegliare e badare e curare e nessuno fare avvicinare, insomma dovrei far la spola avanti e indietro e dire chi va là alto là e tutte queste cantate che proprio non mi frega un cazzo se dovessero arrivare i brigatisti e i terroristi, che volete che faccia? Io dico be' se volete far una partita a biliardo avanti prego signorini miei, visto che siete arrivati fin qui prendete e rubate tanto funziona una minchia di niente, ci danno caricatori sigillati e Garrand inceppati, figuriamoci io che salvo l'onore della Patria dopo che ne han fatte di tutti i colori per sbaraccarla giù, ah no, io mi sbatto davanti al Club del Granatiere e mi metto a dormire con il mio socio di Pao che dice sei matto, se arriva l'ispezione, se arriva il colonnello, se arriva la pattuglia e continua a punzecchiarmi perché mi alzi e riprenda la guardia, ma poi io mi scazzo e gli dico senti bello mio tu fai la tua guardia e se arriva l'ispezione intoni la bella gigogì che io capisco tutto e mi sveglio, intanto però dormo, ok? Così passano in breve le due ore notturne, ogni tanto sbatto la zucca per terra e riapro gli occhi, ma di mettermi in piedi proprio non ho nessun tiramento. Viene il cambio e torno in branda all'una. Ma alle cinque devo rimontare per l'ultimo turno fino alle sette ora della sveglia e quando il compagnozzo viene a svegliare sono così incazzato e stravolto che lo piglierei a pugni. Pazienza, vado da Bobby che torna a riarmare il fucile e mi mette alla porta della caserma fino alle sette. E così quando termino il mio turno e vorrei almeno riposare in branda per dieci ore filate, inizia invece la giornata del soldato con alzabandiera e pulizie e lustramenti e sgorgacessi e lavacri alle finestre e abluzioni ai lavandini e candeggine e ammoniache e detersivi oplà lo sporco se ne va versati a profusione senza capo né coda, i piantoni lustrano, ramazzano, spazzano tutto un frou-frou della scopata e della strigliata e passano cere e stracci e pezzuole, lustrano le brande e gli armadietti, le finestre e le ginestre, lustrano i lavandini e gli scarichi versando detersivi e stumpamerde e poi tirano la catenella e allora salgono dalla latrina le millebolle blu del lindo e del pulito, sale odore di petunia e profumo di Bitinia, tutto un olezzo che il capitano scortato dall'antipaticissimo Stravella annusa con le narici all'insù e gli occhi chiusi così che capisce al volo da quale parte proviene e se tutto va per il meglio.

Così io non posso assolutamente svaccarmi in branda e dormire-dormire-svenire-morire, no, perché c'è tutta la solfa dei piantoni e lustratori allora me la svigno in

Compagnia Fantasma, mi faccio un giaciglio alla meno peggio e tento di dormire almeno fin quando l'outsider gatta Caporetto viene a strusciarsi con tutte le sue piattole sul mio viso e procurarmi così, la dannata, un'allergia di sternuti e di singulti.

Magico Alvermann ha sempre storie incredibili da raccontare e noi le beviamo con infinito piacere visto che nessuno di noi ha mai trovato nella sua carriera un menestrello tanto abile. Alvaro dunque è stato dappertutto, dice di essersi imbarcato per la prima volta a sedicianni con il padre su di un mercantile verso l'Estremo Oriente. Qui ha avuto la sua iniziazione in un bordello di malesi bellissime e armoniosissime con curve e tette che lui racconta sinuosamente gesticolando, buttando la lingua in fuori e producendo pause che ci tengono tutti lì in sospeso, insomma Alvaro vieni al dunque! È stato alle Filippine, al Borneo, a Hong-Kong, in Nepal, in India, alle Galapagos, alle Barbados. È stato in Pakistan sempre per via di navi e scambiomerci e lì ha conosciuto il Pakistano bianco. Tutti sbarran gli occhi. Ma come, ma come? Non era nero? No ragazzi, molto meglio, davvero sublime, quasi un acido, anzi decisamente più completo di un misero acido sintetico. Il pakistano bianco è ricavato dal nero lasciato ammuffire in appositi contenitori e alla temperatura giusta, come uno champagne, ragazzi. Si scrosta poi quella muffetta e la si fuma, questo è il non plus ultra, credete a me.

Molte altre stranezze abbiamo imparato dall'enciclopedico magico Alvermann, tanto che quando sei completamente fuso fai molta fatica a scambiarlo per un umano. Lo crederesti più uno gnomo, un folletto, uno spiritello. Lui che scrive queste lettere sublimi alle sue donnine trenta-quarantenni che lo adorano e lo amano e lo ricoprono di posta e missive e regalucci. Scrive dunque attacchi mozzafiato del tipo: "Ah mia dolce donzella nella mia lontana solitudine rimpiango la tua favella, dall'alba al tramonto penso sempre al mio ritorno quando finalmente scioglieremo questa atroce lontananza – oh mia diletta – in infuocati abbracci, baci mordaci e fulmini e saette. Ah perbacco bella mia quando ti rivedrò? Quando suonerò il tuo corpo come eravam usi nelle lunghe notti d'agosto? Quando accorderò il mio animo traboccante alla tua fonte sorgiva? Anima mia, io ti penso sempre e sempre e sempre...". Eppoi finita questa lettera ne attacca un'altra sempre con gli occhietti rivolti in alto e la matita in bocca e la manina sulla barbetta da nanerottolo, magico Alvaro che spiegava ai ragazzotti e ai picciotti come scrivere lettere, come condirle d'affetto, come farle palpitare. E tutti attorno alla sua branda a ringraziarlo e baciargli la mano e riservargli poi in mensa il posto e l'aranciata, aveva tutto un suo scodazzo l'Alvermann che pareva la processione del Venerdì Santo.

I suoi capolavori però erano quelle canne nelle bottiglie di coca che riusciva a rollare anche alle tre del mattino su al nostro covo, era un piacere e un godimento vederlo impastarle e mischiare e leccare e far su il filtro, provare l'ebollizione dell'acqua e via discorrendo. Faceva canne meravigliose e imponenti con filtri lunghi dai trenta ai quaranta centimetri tanto che a fumarli sembrava di star lì a suonare le trombe di Gerico perché il fumo arrivava talmente forte e talmente in blocco che rimanevi sottochoc per dieci minuti buoni. Usava naturalmente la frutta: arance, pere, mele, susine, ananas e banane trafitte dai filtri e dai joint; usava i chiloom, le pipe, e cartine di mais, quelle integrali, quelle macrobiotiche e quelle alla menta assolutamente introvabili in Italia benché confezionate a Fabriano. Insomma era il nostro dio. E come le condiva queste canne: "Ah cocchi miei or mi sovvengo di quella volta giù nell'Alto Volta allorché una mandria inferocita di bisonti caricò la spedizione, avevo diciottanni allora ed ero con un vecchio baleniere di Nantucket che poi non ho rivisto più, perché i bisonti caricarono così forte e così improvvisamente che mi ritrovai svenuto in un villaggio di aborigeni curato dallo stregone che poi scambiò sua figlia per il mio zippo, una bella negrettina sapete, con quelle tettine aguzze e struzze, uno sballo insomma, e che fichetta che aveva nera e tesa come seta, be' insomma a lei dopo ho dato la libertà appena arrivati a Capetown, ah no sto confondendo, quello era l'anno successivo e stavo lì per una storia di diamanti, sì sì ora ricordo perfettamenente...".

Fabulatore innato dunque questo Alvaro che quando è vestito da soldato non capisci se è una pianta o un fungo, abbiamo fatto un Pao assieme un giorno che pioveva come dio la mandava e per Orvieto transitava addirittura il Giro d'Italia e la caserma era tutto un trojaio di autolettighe e ambulanze e barellieri e crocerossine. Alvaro aveva preso a far tresca con una di queste suffragette e le faceva dei Bye-bye tremendi sotto la sua mantella grigioverde che lo rendeva, appunto, un fiore di bosco. Io mi spanciavo dal ridere finché non è passato il capitano che ci ha riconosciuti e ha sbottato in un oh finalmente la cultura in armi, eppoi ha fatto un'intervista impossibile, ma per fortuna Alvaro ha risposto lui che con la sua paraculaggine se la sa sempre cavar bene.

E quella notte di Pao tetra e uggiosa arrivò finalmente Renzu, il grande amico Renzu, con una bottiglia di Veuve Cliquot sgraffignata giù per la via del Duomo e me la fece stappare dicendo che l'aveva portata per me e ci siamo molto abbracciati e sbronzati quella volta delle ruberie perché poi il vizio ci aveva presi e di solito lui fregava libri e li regalava e anch'io facevo altrettanto, tranne quella notte in cui lo andai a trovare al posto di guardia completamente sfatto sul suo giaciglio lercio, lo andai a trovare di nascosto e gli portai tre mignon di fernet e una fetta di torta ai mirtilli che mi ero tenuta in tasca per tutto il tempo della libera uscita. Insomma ci usavamo molte gentilezze e molte carinerie in quei giorni, e addirittura successe che io spostai più volte il mio postoletto in squadra di Renzu e Agi Carcassai e dormivo con loro dopo le visite al covo del piano di sopra.

Agi Carcassai è un ragazzotto di leva, quindi giovane e scemotto che gira per Orvieto tutto in casual firmato,

Ray-Ban, Barrows, e Nikon a tracolla. La sua teoria è
che conciato così bene le fighe lo pigliano per turista e
non per soldato disperato e quindi gli si incollano. Agi
Carcassai ci ha fatto crepare perché ogni settimana aveva un morto o un infortunato in famiglia per cui riusciva
sempre a beccarsi licenze e GMF, i maligni della sua città
dicevano che aveva i nonni nel freezer del suo ristorante
e il padre glieli sgelava all'occorrenza per poi re-ibernar-
li una settimana dopo. Ma l'Agi Carcassai non aveva mai
fumato né si era sbronzato e tutto ciò glielo abbiamo insegnato noi, i traviatori, con sommo godimento perché
quando lui si stonava ne diceva di tutti i colori, poi dopo
quella notte in cui è partito dritto dritto sul violento non
lo abbiamo più voluto e gli abbiam detto che queste sono cose da paraculi fighini e fascistelli e che in caserma
c'è fin troppa violenza perché ci mettiamo anche noi a
provocar risse e tafferugli. Ma quella notte di rientro
dalla libera uscita Agi Carcassai era proprio partito e
continuava a rotolarsi sulla branda dicendo poesie di
quand'era bambino e strafalcioni terribili e sempre: "Ah
Renzu come me gira, ahi come me gira! Nun la tengo
Renzu, quanto me gira, è un vortice, un gorgo, ahi, ahi"
e noi abbiamo ridacchiato per i primi dieci minuti, ma
poi la lagna è continuata per un'altra buona mezz'ora
finché tutti urlavano dalle camerate. "E impiccati! E
sbattila contro al muro!" e lui rispondeva e gettava insulti e diceva che avrebbe rotto il culo a tutti se solo osa-
vano andargli vicino. Poi sono intervenuti i caporali che
si credono sempre di poter fare il bello e brutto tempo;
sono intervenuti e hanno fatto il passo falso. Tornano ad
accendere le luci, gli vanno vicino, gli scuotono la branda, gli dicono senti cocco qui ti sbattiamo sotto le docce
se non la finisci e allora lui: "Voi sbattere me, vi rompo il
culo" ed è saltato giù dal letto tutto peloso e nudo che
sembrava uno scimmione e ha preso a dir cazzate e gli
altri a rispondere e tutti si dicevano non mi toccare, e
chi ti tocca, sei stato tu, no non io, perché mi guardi, e
chi ti guarda, e chi ti caga, e chi ti vede, io ti vedo, non

osare, ma chi osa, osa tu, no oso io, mammete e sorrete,
e siamo sempre lì, insomma come si sa il preludio delle
botte. Che sono poi puntualmente giunte con tiri di materassi e cuscini e sfasciamenti di brande e armadietti e
bucchine, e sfacimme tanto che tutta la Compagnia era
un zero in condotta e volavano bottiglie e grimaldelli e
giornalacci osceni che i più furbi si prendevano e andavano a leggere dal piantone dell'armeria. Sono poi inter-
venute le guardie con l'ufficiale di picchetto a calmare
tutta l'accozzaglia di siciliani e calabresi e brasiliani e
terroni e milanesi e ticinesi e marchigiani che se le davano di santa ragione. Però dopo quella sera l'Agi Carcassai non ha più fumato con noi.

Intanto dimenticavo il mio Lele, lasciavo che il suo ricordo si espandesse nei dormiveglia e si dilatasse come
una nebbia calda nelle mie passeggiate al lato nord. Volevo imparare a non soffrire per la sua assenza; lasciavo
vagare nella mia testa i pensieri di cuore come leggere
condensazioni di umori, li spingevo e li soffiavo dentro
di me, li lasciavo girare e circolare, permettevo loro di
espandersi ed estinguersi. Non offrivo resistenze, non li
volevo trattenere, non mi volevo arrestare in loro. Stavo
cercando di non soffrire. Solo così potevo evitare una
tempesta.

Ma ormai ero sempre più raramente solo. La nostra
ghenga si riproduceva ogni giorno con diramazioni sempre più estese e vincoli sempre più trafficati. Enzino ed
io eravamo un po' il terminale di Radionaja per il fatto
che non avevamo un incarico ben definito e quindi ci si
poteva dedicare pressoché a tempo pieno a imbastire
trame e smistare relazioni. Dopo l'alzabandiera salivamo
in Compagnia Fantasma a farci una canna con quanti
non erano comandati di servizio. Questo era il buongiorno. Dopo iniziava la parte più difficile, arrovellarsi
ore e ore a cercar di passare il tempo senza combinare
un cazzo. Facevamo allora alcuni salti in fureria tanto
per pigliar una carta e passeggiare poi fra la Palazzina

Comando e gli uffici della Compagnia. Si andava a trovare qualche caporale imboscato in sartoria o dal calzolaio, si faceva visita a quelli che pittavano i corridoi e si dava una mano di colore tanto per lasciare un segno; poi un caffè sotto al porticato, un giretto in fondo al parco a trovar le guardie e chiedere se avessero bisogno di qualcosa, una pizzetta allo spaccio, un consiglio al Bebo che tosava le piante nel vialetto ed era il mastro giardiniere della Isonzo. Poi a mensa. Nel dopopranzo la stanchezza cominciava a farsi viva e lo svacco a divenir pesante. Ma come al solito Magico Alvermann aveva trovato una soluzione. Con il fatto del suo violoncello e tutta la sua paraculaggine, qualche telegramma dal Regio e qualche telefonata fatta bene, ma proprio, era riuscito a beccarsi una licenza e portarsi in caserma il suo violoncello. Così nelle ore libere in cui c'è il solito svacco nelle camerate con guaglioni che fanno treccine tricolori come tante beghine e picciotti che ricamano penne a sfera con i nomi delle fidanzate e delle vergini e delle sorelle tanto che tutta la camerata sembra proprio un carcere per via di tutte queste galeotte attività manuali & pratiche da convento e ospizio e brefotrofio – naturalmente molto più "carcere" che se non fossero tutti in silenzio con gli occhi pesti e gli anfibi lerci a slumare il soffitto – insomma il Magico Alvaro tira fuori il suo violoncello, si sgranchisce le dita e attacca a suonare con tutto il suo scodazzo del Venerdì Santo che spegne radio e mangianastri e cassette e dice soldati ascoltate l'arte vera. Lui quindi sul suo cadreghino circondato da najoni e baffoni e facce stravolte che lo ascoltano e dicono ooohhh e bohhhh fin quando ne arriva un altro con un violino appena appena recuperato, ancora in borghese perché ha fatto un salto ad Arezzo con un sette-tredici. Per cui tutti i musici in un paio di giorni rompono il cazzo al capitano per via delle licenze dello strumento e in breve la Compagnia è tutta questa sala di concerto con flautisti e citaredi e menestrelli e contrabbassi che di più proprio non si potrebbe. E i musici hanno talmente preso il sopravvento che ormai non si sentono più Hit-parade in compagnia e tutti solfeggiano e gorgheggiano che pare un monastero gregoriano. Il capitano comincia ad innervosirsi e io lo becco un giorno che fa tutta una tiretera al tenente e quasi piange perché dice che la sua Compagnia non è mai stata un'aula da concerto e questi qui invece paiono davvero al conservatorio e accidenti anche l'armeria non ha più fucili e mitragliette, ma è tutta piena di contrabbassi e violoncelli, fanfare, pifferi e trombette che sembriam le majorette mica il Sesto Granatieri! E allora il tenente suggerisce di istruire la banda perché suoni l'Inno Patriottico all'alzabandiera con grande soddisfazione del colonnello e lustro per la Seconda Compagnia. Così iniziano le prove di Mameli dall'alba al tramonto, una cosa da impazzire perché c'è questo cazzo di strombazzamento da mattino a sera e non si può star tranquilli, tutto rimbomba e riecheggia dai cessi all'armeria, dalla fureria allo scalone e loro sempre lì con pifferi e trombe e violini, una cosa da dar di matto. Così viene il giorno della prima esecuzione, il nostro capitano ha l'onore di dar lui gli ordini e sfilare la sciabola e la cintura azzurra e tutte le sue medagliette così che quando grida signorini bene bene sull'attenti oplà, sbucano di corsa dal portone della Compagnia i musici con tutti i loro violini e fagotti in spalla guidati dall'Alvaro che inciampa e strampola nel suo violoncello e quasi stramazza a terra tanto che Renzu comincia a ghignare e dice ma chi sono questi qua, l'esercito della salvezza? I musici sapranno anche suonar bene ma sono assortiti malissimo in statura, ci sono due altissimi, tre nani, Alvaro che ha sempre quell'aspetto di rampicante non innaffiato da cent'anni e insomma pare proprio la banda del West. Ma mentre questi corrono per il piazzale e si inquadrano davanti alla bandiera parte il solito disco con scorregge e strofinii e gracchiamenti e pernacchiette ta-tatataaaa e via. Il capitano fa occhi della malora, il tenente corre dallo stronzo centralinista che non è stato avvertito, il povero, e manco può vedere quel che succede nel piazzale perché è mezza talpa. Si arresta il disco. Il capitano ripete il via e partono finalmente i violini e le fanfare e il violoncello che poi manco si sente nel casino di quei due flauti di Merano che quasi quasi piantan lì un Holeleidi da tirarsi giù i calzoni e sguindolare come tante sorelle capinere. Insomma una cosa da far spavento, le trombe che vanno per un verso, i violini per un altro, il trombone che fa trum-trum come in discoteca, e i pifferi pereppeppè come nel paese dei campanelli e poi zaczac degli archetti e zum-zum del magico Alvaro e tin-tin e bum-bum, tutto un concerto l'Italia s'è desta, una babele, una pagliacciata della madonna tanto che poi la banda è stata sciolta e a noi del giro dei maligni è anche un poco dispiaciuto perché ci si era ormai abituati a correre ai cessi con tutto il sound del mambo e svuotarsi con il tango, era davvero bella cosa quindi peccato peccato.

Ma i maledetti lasciamenti sono dopo sopraggiunti in una notte di bufera e tempesta su alla Quinta Compagnia a lume di candela con canne e joint che giravano a ciclo continuo e i bagliori del temporale avvampavano i nostri visi come in una discoteca al quarzo e lo stereo gracchiava perché ormai scarico e a secco come probabilmente si era tutti noi, dieci o undici del vecchio giro che l'indomani ci saremmo salutati e abbandonati ognuno alla propria destinazione. Notte quindi insonne e trafelata e abbioccata di ritorno da quei disastrosissimi seggi elettorali di inizio giugno ottanta sparsi nelle montagne di Terni fra cafoni e pecorai e carabbenieri che hanno razzolato vini, cibarie e dolcetti per le loro famiglie e a noi soldati scalcinati hanno lasciato meno di niente. Maledettissimi seggi notturni in cui si doveva montar la guardia con elmetto e zainetto e maschera antigas e le ronde e le pattuglie che suonavano a ogni ora all'ingresso di questa bislacca scuola elementare in cui eravamo asserragliati come carbonari, io che invece avrei voluto spalancare tutto e gettar via urne e preferenze e schedine che tanto non avrebbero vinto, i cafoni, nemmeno centolire. Ero tallonato da un sergente tracagnotto firmaiolo e facciainculo con cui trovai subito il modo di litigare per via della branda, lui faceva un cazzo, intortava le scrutatrici e squaqquerava col compà carabbeniere e noi tre invece sempre dritti e sempre in piedi anche quando c'era da sostituire quell'altro di Cielle che era sempre imboscato nella chiesa del villaggio per salmi vespri lodi e messe; e la notte manco una rete, tutti a dormire in terra o sulle scale o sotto i banchi della scuola ammassati verso la parete. Lì mi ero fatto una tana che parevo un trapper, avevo messo una coperta in alto e sotto il materassino e così poteva anche parere la capanna dello zio Tom o di un terremotato e alluvionato, ma non esisteva altra sistemazione, naturalmente tornarono bronchiti e sinusiti, figuriamoci, quattro notti sui pavimenti gelidi della montagna.

Ma la notte degli addii fu terribilmente languida e malinconica, mi perdevo nelle grandi braccia di Renzu, gli dicevo vedrai vedrai, gli facevo il contropelo in quella sua ispidissima barbanera che poi avrei ricordata per tanti mesi ancora e fu tutto uno scambiarsi affettività ed indirizzi e guardarci un po' curiosi come ragazzi che non si sarebbero più rivisti, quasi a voler trattenere nel pensiero un viso, una mano, una parola e pensare che tutto quel tempo dell'affiatamento e delle carinerie e degli amori era già finito, quindi ti guardo ti guardo perché mi pare – dannazione – di non averlo fatto mai.

Sarei allora partito l'indomani mattina con destinazione Roma, caserma Macao, Brigata Autonoma Raggruppamento Ministero della Difesa Esercito (BARDIFE) trasferimento improvviso e sorprendente, il capitano della Selezione mi manda a chiamare quando ancora sono lì in fila all'armeria per depositare il fucile e le pallottole dei seggi, e allora vado e questo mi dice che l'indomani me ne andrò al Ministero con altri tre-quattro, che la mia destinazione è cambiata e che là mi troverò davvero molto bene.

La mattina della nostra partenza siamo tutti lì noi del Car Avanzato sulla piazza d'arme inquadrati a seconda delle varie destinazioni, con la drop e i sacchi e i fagotti e i fogli di viaggio in mano. Enzino verrà a salutare, verranno il Gatto Alessio e la Volpe Franco, verrà Rotundo, verrà Bobby cortesissimo che rivedrò a piazza di Spagna il febbraio del prossimo anno finalmente congedato e disteso, ma è soprattutto con Renzu che ci salutiamo, ho fatto appena in tempo ad allungargli del fumo comprato apposta da uno strozzino della Terza Compagnia, gli ho detto, ti servirà almeno i primi giorni. Così eccomi nella stazioncina di Orvieto Scalo per un viaggio breve esattamente identico a quello di due mesi prima per il Celio, ma ora senza sapere né il come né il quando completamente fatto in un vortice di haschisc dove andrò e cosa farò, mi perdo nelle gallerie della direttissima, sto male male, arrivo a Roma stanchissimo e strafatto, ma per fortuna il lager è lì a due passi da Termini, bisogna consegnare le schede al furiere, trovare un posto branda e un armadietto non scassinato, andare in magazzino per il materasso e le coperte, disfare gli zaini, rimettere gli abiti nell'antina, eseguo tutto meccanicamente, sento gli sguardi curiosi dei najoni addosso, ma non ho la forza né di parlare né di salutare. E il giorno dopo comincia questa naja romana io che invece credevo di rimaner al Sesto per sempre e già lì avevo i miei angoli e le mie passeggiate e ora invece questa caserma strana con carabinieri a cavallo che sfilano ogni mattina e soldati tutti in taglia minima, bassotti e tracagnotti da far schifo. Lascio gli alamari biancorossi del Sesto Granatieri per le ridottissime mostrine arancio dei Reparti Autonomi, cambio il basco nero con uno kaki ridottissimo, scucio lo scudetto della brigata dalla manica della giacca, ma mi frega niente, l'importante è piazzarsi il più presto possibile in questa nuova storia.

Nelle mie libere uscite non so bene cosa fare, di solito pranzavo nei ristorantini per turisti di Campo de' Fiori o di Trastevere, non andavo nelle birrerie e nemmeno nelle pizzerie, non sopportavo l'idea di trovare altri militari, stavo solo e pensoso seduto ai piedi di Palazzo Farnese a guardare il cielo notturno di Roma ed ero un po'

come una vecchia zitellina uggiosa e pensosa e malinconica, avevo il sound dei miei amici in testa e questo mi
faceva lacrimare perché di loro non mancavan tanto i ricordi dei visi o i sorrisi che avevo stampati bene in mente, ma soprattutto la voce, le loro cantilene, le loro inflessioni che mi facevano strabattere perché erano cose
nuove e cose belle e nient'affatto arroganti com'è il romanesco che invece Enzino parlava in un modo stupendo oppure il dialetto di Macerata che è terribile ma Renzu lo recitava con tanta gentilezza e grazia anche quando
bestemmiava che io sballavo e volevo parlare come lui e
muovere le sillabe come lui con lo stesso gesto di bocca
e lo stesso movimento di cuore, eppoi tutte le cadenze
piemontesi e sabaude e del lombardoveneto, insomma
io stavo lì a piazza Farnese completamente rapito dalla
mia babele di affetti vocali, espandendo le mie leggere
disgrazie in quel profondo blu notte e bevendomi litri e
litri di disastratissima birra in lattina e cantandomi qualche accordo di quelli buoni per sentirmi meno solo, ma
era tutta una bugia, mi guardavo e mi accorgevo che c'e-
ra niente da fare: finivo dove finivano le mie mani, le
mie labbra inaridivano una sull'altra.

   Libere uscite dunque e week-end solitari di quell'inizio giugno, passeggiate, grandi meditazioni in S. Luigi
dei Francesi, svacchi pomeridiani al Pincio per sentire almeno un po' di sole caldo e tiepido nelle ossa e odore di
terra attorno. Moltissimi film, qualche teatrino e i soliti
caffè. La testa non si rassegnava, continuava a mandarmi
a Bolsena, agli svacchi sugli scalini del Duomo, a Lele, a
quel falò che s'era faticosamente acceso con canne e sterpi verso l'imbrunire in riva al lago di Corbara in una di
quelle ultime uscite del nostro giro carichi di vino e cibarie e musica a tutto volume ed era stato bellissimo perché
ci si era perduti nella macchia e arrivati di fronte a un ruscelletto Tony era sceso per controllare il guado e infatti,
lentamente, siamo passati dall'altra parte spingendo il
Bedford e insomma su era una musica tutta country e il
sole andava giù fra gli alberi dorati e lo giuro a nessuno in

quei momenti veniva da dirsi sono a fare il militare, tutto
troppo armonioso e stupendo e così sulla riva del lago
Enzino gareggiava a lanciare sassi e farli rimbalzare, Tony
s'era appartato con la sua chitarra e disteso un panno accanto al furgoncino la pizzicava malinconico, io passeggiavo con Renzu cercando di non entrare in quel fango
nerastro e bruciacchiato che limitava i confini del lago,
tutti lì, di nuovo riuniti attorno al fuoco a cantare con
Magico Alvermann e imbriacarci e mangiare pizzette ormai fredde e polli carbonizzati e rollare canne su canne
senza pensare al dopo, senza mai per un attimo accorger-
ci che quello era già un passato e un rito, un festeggia-
mento anticipato del tempo che ci avrebbe distaccati e di
nuovo gettati ognuno nella propria storia separata, ma io
lo sapevo, lo sapevo maledizione che era già tutto finito
ma fingevo, non avevo via di scampo, mi dicevo sto bene,
sono felice, devo ricordarmelo che qui, ora, stanotte sto
bene, anche se in fondo ero molto malinconico quando
mi specchiavo nei grandi occhi liquidi di Renzu, anche
lui forse sapeva... E a Roma mi sento quindi come questa
bacchetta di pianta appena recisa dal suo tronco, ancora
gocciolante di umori e scintillante di quelle rugiade bevute nel ceppo, ma non so, non so se il mio destino sarà ri-
fiorire e trapiantarmi come sempre su altre storie e altri
incroci e di là di nuovo ripartire e splendere e mischiarmi
e intrecciarmi, oppure seccarmi e morire e diomio finire e
non conoscere più quelle riproduzioni e quei riciclaggi di
me che mi facevano star bene e dirmi son contento, in
fondo basta che abbia qualcuno da amare, basta un territorio di diffusione d'affetto e sarò per sempre salvo. Ma
Roma mi appare ora un brulicare di storie assolutamente
arido, un deserto in cui non c'è posto per le mie intensità;
è ancora tutto troppo chiuso nella mia testa, tutto troppo
trattenuto. Posso solo osservare, curiosare, scrutare negli
altri i movimenti di senso, questa è l'unica cosa che mi dà
pace: mi metto in purgatorio e mi lascio vivere negli spostamenti collettivi.

Ma è proprio in uno di quei rientri in caserma spossati e solitari e bevuti che alla fermata dell'autobus in Corso Vittorio mi vedo passare davanti Beaujean nello splendore imberbe dei suoi diciannovanni che si sbraccia e fa sorrisi e saluta e allora io dico ma questa pupa qui io la conosco, questo era con me a Orvieto. Così ci siamo abbracciati come amiconi e conoscenti anche se in verità non lo eravamo affatto perché quella era la prima volta che ci si incontrava a distanza così ravvicinata. Beaujean era in compagnia di René un altro ragazzo del nostro stesso scaglione che stava ora in un magazzino dei Lanceri a Tor di Quinto ed era siciliano e intellettuale e naturalmente perdutamente innamorato di Beaujean che un po' lo snobbava e lo smollava e dava anche appuntamenti buchi le domeniche alla spiaggia di Ostia in mezzo a tutte le maligne del Buco fra le quali la Bella Perotto, altro ragazzo transitato per Orvieto del nostro stesso scaglione, il glorioso e gayoso quarto ottanta.

La Bella Perotto era dunque questo ragazzone piemontese di due metri con gambe affusolatissime e lunghe proprio come le sue erre e le sue esse. Aveva un faccione molto largo ma io non ricordo fosse grasso – come sosteneva sprezzantemente invece René la Baffina – benché avessimo fatto una doccia assieme, ricordo solo che era dotatissimo di cazzo, una cosa un po' anomala come ha poi confermato Beaujean che lo aveva sorpreso tutto cotto e rosolato sulla spiaggia di Ostia circondato da un tiaso di sorelle che se lo spupazzavano e se lo ungevano cinguettando leggiadre: "E guardo il cazzo dall'oblò – però ci sto òòò" e la Bella Perotto era sempre lì nuda e distesa con tutte le froce attorno e non appena visto Jean arrivare era saltato su per corrergli incontro con tutte le vele-al-vento che strillavano torna qui torna qui, ma lui niente, dritto in braccio a Beaujean a sigillare il loro nuovo incontro, ma poi il Giane si stufò di andar con lui perché non poteva starsene un attimo tranquillo con tutte quelle assatanate e manco togliersi un centimetro in più di guardaroba che tutte volavano e sfarfallavano come indemoniate, anche dietro al casottino delle bibite.

Comunque la Bella Perotto io la ricordo ai tempi del Car perché al mattino mentre tutti i maschi granatieri si perdevano in abluzioni del cosciotto e in lavacri dell'ascella in tutto in giubilo e un tripudio del gluteo, dell'anca e del polpaccio, lui compassato e in completa souplesse si rifaceva le sopracciglia e si passava il fondotinta sull'acne spacciandolo per crema curativa. E stava sempre alle calcagna del Beaujean anche quando lo misero di Nucleo Controllo Cucina a distribuire le merende ai soldati e un giorno passò Jean senza salutarlo e questa lo rincorse per tutto il bancone del self-service strillando: "La mevvendina, tò la mevvendina" agitando in aria un paio di croissants impacchettati, con il maresciallo di controllo che faceva occhi severissimi e il tenente di picchetto che quasi svenne nel vedere questa pazza con il grembiulino biancolercio correre tra i fornelli e le marmitte sollevandolo come una sottana e sculettando come una vecchia troja.

La Bella Perotto venne dunque trasferita a Roma in compagnia di Beaujean il quale, non appena ebbe la possibilità, lo aggregò al Quartier Generale e lo spedì via perché proprio non tollerava di uscire la sera con questa a braccetto che lo sputtanava per tutto il continente militare gridando: "Me non mi volevano nell'esevcito e invece sono qui e gliel'ho messo in culo!". Be' quella sera in Corso Vittorio quando incontrai Beaujean – e soprattutto nelle serate seguenti – ebbi nettissima la sensazione che lui mi accogliesse a braccia aperte nel suo giro per liberarsi d'un colpo sia della sorellanza con la Bella Perotto sia dell'insistenza amorosa della Baffina. Cosa che puntualmente avvenne.

L'amicizia con Jean diventò allora molto più di una solidarietà cameratesca, fu il crescere e solidificarsi di una dolce consuetudine che non si sarebbe esaurita con il termine della naja, ma che avrebbe sorvolato quei dodici mesi proiettandosi poi nella quotidianità di una sospiratissima convivenza bolognese che dura tutt'ora fra ribalderie e slanci di affettività e scazzi furiosi e musilunghi, insomma il senso di non aver vissuto quei mesi in divisa come tanti altri ragazzi dentro una parentesi e un ricordo – per cui quell'anno resterà per sempre un buco nero, una naja da morir di noja, uno svaccamento atroce, un transitare solo alla superficie degli amori e degli amici – piuttosto il senso di aver sconfitto vittoriosamente quel periodo, che sulla carta si preannunciava come blocco del cervello in paure e piagnistei e sofferenze, rilanciandolo nell'esperienza e nel *fluxus* della nostra vita, cosicché anche tutta questa storia che racconto con l'intenzione poi di non raccontarla più, continua a mischiarsi e continuare nel ritmo dei nostri giorni, Baffina che proprio oggi, a distanza di un anno esatto dal congedo nostro telefona da Berlino e sarà da noi, alla casa di via Morandi, per l'inizio del prossimo mese; e Sorriso che Jean incontra in certi localini milanesi fin troppo lanciato sulla strada della sua gayezza quando a Roma spingerlo a baciare era impresa addirittura galattica, ma poi, poi il tempo e la cura e gli effetti lo hanno fatto crescere e capire e finalmente vivere, *quando nei giardini di Augusto Imperatore ci siamo abbracciati la luna dolce è tramontata*...; e Pablito trovato sorprendentemente a Frith Street, a Soho, garzoncello scherzoso e scazzato di una bottega italiana e con lui abbiamo messo su quella stanzettina a West Kensington fra spagnolite arzille e canadesi battoni e marocchini e irlandesi e giamaicani che pareva di star sempre in mondovisione; e Miguel – dolcissimo Miguel – che verrà a trovarmi al culmine di una penosissima perdita d'identità e di senso globale e sospirerà: "soltanto dimmi che si nasce e si muore e che è tutto qui" e altro non riuscirò a proporgli che una bevuta micidiale trascinata da un bar all'altro della Via Emilia con cocktails ammazzafegato nelle balere squallide della bassa e birre nelle discoteche eroirock e colpi di grazia ai buffet ingialliti delle stazioni ferroviarie e alle sei del mattino, rincasando, riuscirò finalmente a dirgli tutti quelli che hai incontrato provano ciò che tu senti dentro, però non s'ammazzano. Si tratta solo di crearsi una finzione; e Renzu che continuerà a mandarmi le sue lettere incazzatissime di odio contro tutto e tutti, università, denaro e polizia, Renzu che non ho più rivisto...

Roma è dunque innanzitutto l'ozio delle domeniche pomeriggio in Santa Maria in Trastevere con Beaujean che stende la sua candida camicia sulla conchiglia di marmo dopo averla sciacquata nell'acqua gelida della fontana ed io che arrivo trafelato agli appuntamenti per via di certi riposini da cui non so distogliermi. Ma a Trastevere si fa anche alleanza con un gruppo di intellettuali indigeni prêt-à-porter che stampano una rivistina settimanale di annunci economici e note di vita dalla capitale e con mio stupore fra questi sono addirittura certi residuati bellici della controcultura che da ragazzo vedevo come il massimo del massimo ed ora invece fanno anche un poco di pietà senza capelli e appesantiti nella pancia e nel didietro. Valentino l'ho appunto conosciuto qui in una pizza al taglio verso l'imbrunire di un sabato in cui passeggiavo senza meta dolcemente perso nella marea di turisti estivi. Nel piccolo e rovente locale dove sto mangiando un piatto di pizza ai carciofi entra un ragazzone sui trentanni, grasso e con un faccione amichevole incorniciato dalla barba ricciuta e un sorriso che è tutto un programma, largo e a occhi stretti. Ha un fascio di giornali in mano, ne porge uno, dice che devo comprarne assolutamente una copia. Chiedo di dare uno sguardo. Alla fine compro il ciclostilato, lui offre birra e si va insieme a proseguire la vendita, abile arruolato. Sul foglio romano poi scriverò alcune cose sulla vita in caserma che mi verranno praticamente estorte a casa di Max, direttore responsabile, il giorno prima di andare in tipografia. Così tramite il Valentino conosciamo altra gente e soprattutto alcuni simpaticissimi coetanei come Piero e Nicola e la Betty con cui si rolleranno

canne mediterranee e si faranno scampagnate a Calcata,
vicino Viterbo, dove alcuni hanno casa.

Calcata è un paesino in miniatura che sta su una roccia abitato prevalentemente da freaks in trasferta. Lì andremo Beaujean ed io alcune volte per toglierci di dosso
l'odore militare e vivere un poco fra persone civili e non
sempre fra najoni e saranno pure serate magnifiche e
notti di luna licantropica e sballi ecologici e ritorni sfat-
tissimi sul trenino delle Ferrovie Nord che ci ricondurrà
a Piazzale Flaminio.

Nicola e Betty non hanno più di un quarto di secolo,
abitano insieme dietro Fontana di Trevi in un abbaino
sottotetto nemmeno tanto alto visto che noi vi dovremo
sempre transitare con la testa china e attenti a non versare il tè o strabattere lo stereo o trascinarci appresso il
guardaroba della Betty che sta appeso in mezzo alla
mansarda come un séparé. Con Nico si va benissimo, lui
ora lavora in una libreria, scrive romanzi polizieschi, fa
lavori teatrali con la sua donna – che è attrice drammatica – e lo ritroverò miracolosamente proprio questa mattina, aprile ottantadue, in qualità di critico teatrale di un
quotidiano romano e allora correrò appunto qui al tavolo per chiacchierare un poco del suo giro e di quello che
è stato anche il nostro fino allo scadere dell'autunno.

Nico gentilissimo telefona poi all'ufficio del Ministero
dove presto servizio per annunciare prime, raduni e oc-
casionissime culturali alle quali assolutamente non si
può mancare ed è appunto da lui che vengo a sapere di
un certo happening a piazza di Siena con stelle e pianeti
del vecchio underground americano e della new wave
italiana. Così quando arriva la fatidica sera chiedo un
permessino notturno in Compagnia, salto sul cinquantadue e vado a Villa Borghese. Non fatico a ritrovare il giro, stanno tutti lì a vender sangrìa lungo il percorso del
galoppatoio tanto che quando mi avvicino il Nico esulta
e versa un bicchierino di poltiglia che par sangue di bue
e ride e schiamazza, anche la Betty e gli altri così che capisco, il furbacchione, che son già più di là che di qua.

La storia della sangrìa venduta al Festival dei Poeti sarà uno dei veri avvenimenti di quell'estate romana perché dopo il successo di quei ventilitri venduti in non più di tre ore tutto il giro non faceva che stare nelle cucine delle case a fare intrugli e miscugli e naturalmente girava per le stanze uno di quei tanfi che avrebbe fatto imbriacare duro tutto l'esercito d'Italia, uno sniffo e via. Si andava dunque a vendere agli angoli delle strade quel nostro prodotto e non c'era che l'imbarazzo della scelta, tutta Roma sembrava crepitare quell'anno di spettacoli, fuochi artificiali, circhi equestri, performances, happenings; insomma ovunque una via s'allargava in piazza, un viottolo in pratina, un campetto in uno slargo o un bagnasciuga in arenile ecco lì improvvisamente sorger le tende dei saltimbanchi, ergersi i palchi dei musicanti e tirar su le gonne alle damine. Era davvero un'aria di festa, la musica usciva dai tombini delle fogne, le piazze erano lavate con detersivi e schiume di diverso colore e soprattutto odore, gli obelischi illuminati e l'Isola Tiberina trasformata in lunapark. Con il nostro panchettino ambulante ogni sera si cambiava il luogo di stazionamento e vendita, una sera a via Giulia, un'altra all'Isola, una terza ai SS. Apostoli, una quarta in Campo de' Fiori e così via. Evitavamo soltanto piazza Navona, troppa concorrenza e troppa polizia municipale che proprio in quei giorni trucidò sotto i nostri occhi terrorizzati una ragazza, in Santa Maria di Trastevere, lei su una cinquecento scassatissima e loro dietro, come in un film, e noi tutti lì nella distesa del bar persi nelle nostre chiacchiere sul giornale e su certi concerti celtici, scattammo in piedi attoniti e poi si fuggì giù per via della Scala fino a raggiungere Porta Settimia e rintanarci lì in quella birreria che poi sostituì la piazza ormai definitivamente bruciata. Ma a piazza di Siena bevevamo come matti – inizio del fallimento della nostra impresa di sangrìa – e facevamo gli scemi, Nico e Antò e me, e ci si divertiva parecchio a vedere quei vecchi santoni di William Burroughs e Allen Ginsberg fare i bambinetti rollando dietro al palco le

canne fra fotografi impazziti dalla gioia e i giornalisti al
settimo cielo e gli intellettuali romani un po' sornioni e
sufficienti come dire basta basta, ancora qui? E allora io
corro incontro al Burroughs scavalcando le nikon e le
arriflex spianate e le braccia dei miei amici che dicevano
oh no, non far la pazza, onnonnò non lo puoi far. Ma io
volo verso il grande vecchio e non appena l'ho davanti
faccia a faccia lo fisso negli occhi con uno sguardo intenso, uno dei migliori della mia carriera e questo qui
biascica seccato un cosa voglio, se può far qualcosa visto
che sto lì a far l'indiano e dire niente, ma io lo tengo in
pugno e dico guardo i tuoi occhi, voglio solo specchiar-
mi nei tuoi occhi e lui allora fa una smorfia trattenuta da
gentiluomo galattico, una cosa appena percettibile e mi-
suratissima e poi scandisce con la sua voce ferma in fondo lei è un romantico perché crede ancora che gli occhi
siano lo specchio dell'anima, mi permetta di dirle che
così non è, e poi arrivano gli altri che m'hanno visto in
piedi mogio e taciturno e dicono pure che sono scemo,
sono arrivato fin lì e non ho beccato nemmeno una firma sul decolté. Comunque si continua a star lì a piazza
di Siena in quel carosello ottimo con grandi bicchieri di
alcolici e frittelle pakistane e quindi tutti ebbri e bevuti
e stracannati dietro ai pini marittimi dove si va a pisciare
e rollare senza soluzione di continuità, un po' braccati
veramente da certi conti e baronesse con la fregola del
militare che fanno occhiolini e dispettucci di bocca come fossimo marchette dei Cinquecento e noi allora li si è
presi a provocare, avevo appena trovato uno del giro di
Orvieto che ora sta all'Ascietta e con lui alto e bello abbiamo fatto nu poco i giggolò menando il can per l'aja,
comunque una di queste prede, il conte Borsky, lo rein-
contreremo più avanti molto più che casualmente e nel
suo appartamento berremo qualche drink, ma questo
più avanti nel tempo, all'inizio del nuovo anno.

   Il soldato che incontro assieme a Nico ed Antò si
chiama Michele ed io lo ricordo a Orvieto perché era in
compagnia del mio amato e benedetto Lele e come lui

originario del Trentino Alto Adige; per cui non mi lascio sfuggire l'occasione e chiedo del comune amico. Ma Miguel proprio non sa passare informazioni, come Radionaja vale un cazzo, lui sta incasinato come una belva in gabbia, ha dei problemi con un fascistissimo tenente e naturalmente non riesce a rassegnarsi. Per cui scintille e scazzi e servizi armati pesantissimi e nessuna licenza. Pare però che il maresciallo dell'armeria in cui presta servizio sia un tipo calmo e insomma nemmeno tanto sgradevole per cui ora che è di picchetto Miguel se ne può star fuori, il furiere lo copre al contrappello e "così al tenente glielo metto in culo visto che non ha voluto rilasciarmi il permessino".

Antò invece è di Roma, abita a piazza Bologna e frequenta l'Accademia delle Belle Arti, anzinò un corso universitario che sembrerebbe l'Accademia ma non è, nemmeno un corso di laurea visto che è di tre anni, insomma non so bene cosa sia, ho sempre annuito ma non ho ancora capito. Con Antò sono spesso ragazze artiste molto gradevoli e sbarazzine e non già strafatte e sciamannate e trascurate come quelle della mia adolescenza; no queste sono graziose, intelligenti, docili, sottomesse e non alzano la cresta, davvero brave. Be' andrò poi a una loro esposizione molto okay, con pareti imbiancate appena appena percorse da tenuissimi tracce di pastelli e tele trattate con deliziosi ornamenti di colore, insomma una cosa tres joli. Antò viene da piazza Bologna con un Ciao scannatissimo sul quale il suo metro e novanta di altezza sta un poco arricciato, inoltre ha una marea di capelli al vento e un occhio miope da far paura sempre serrato come in ferragosto e così quando transita per la piazza pare di vedere un orso Yogy che gira per il circo. Ma con Antò faremo anche lunghe confidenze di arte in un giardinetto interno di una gelateria trasteverina in cui si cercherà scampo alla calura dell'agosto, faremo chiacchiere e telefonate e intrecceremo un po' delle nostre storie finché poi improvvisamente, a settembre, lui partirà per il Battaglione addestrativo alpini Mondovì e io ne seguirò allora gli spostamenti attraverso il terminale di Dife-Esercito e mi leggerò la sua pratica top-secret e insomma sarà un modo meno forte di dirci addio, un modo da talpe infiltrate e maneggione, ma sarà così non ci vedremo più, l'ultima volta il suo nome punteggiato sul foglio perforato che esce dal terminale, il suo incarico, le sue destinazioni, la sua domanda di trasferimento che viene respinta dalle mie stesse mani... Antò e Miguel fanno ben presto conoscenza anche per via dell'ulteriore canna che ha preso a girare quando ormai il galoppatoio è pressoché deserto, le luci si stanno smorzando e le nostre damigiane altro non possono offrire che un poco di frutta macerata e manco per il cazzo alcolica. Se la stanno a menare su certi complessini londinesi che alcuno di noi ha mai sentito nominare, stanno facendo ora tarda, io devo rientrare alla Macao, saran già le due di notte. Nico mi dà un passaggio sulla sua moto. Rientro quindi molto giusto, una corsa breve e veloce giù dal Pincio e attraverso i sottopassaggi arancioni e deserti e tutticurve della Nomentana fino al Castro, si sbuca davanti alla guardiola, scendo, saluto il Nico, ci diamo un appuntamento e rientro nella camerata buia e assonnata assolutamente non disperato come saranno altri ritorni in branda, ma contento ed euforico, almeno ho un letto per dormire.

Con Miguel invece non ci si vedrà per più di un mese, a forza di menarla per via dell'ufficiale di picchetto amico suo, è rientrato quella notte dopo le tre, è stato processato su al Comando, ha beccato una settimana di rigore da scontarsi con il prolungamento della ferma, è stato trasferito dall'armeria alla Compagnia d'Onore, quindi a far continue guardie all'Altare della Patria e tutti quei santini e quelle madonnine lì che han bisogno dei suoi ventanni per tirare avanti. Tutto ciò comunque si apprende a piazza Colonna, come ho già detto il nostro terminale alternativo di Radionaja visto che le stazioni ufficiali girano tutte attorno alla vasca del Bernini a Navona e noi lì, quella piazza d'arme, la si snobba senza tanto pensarci su. Chi porta la notizia è naturalmente Beaujean che dal suo Ufficio Ordinamento tiene la Brigata Granatieri sotto controllo più di me che sto in XX Settembre.

Quella sera della funesta notizia siamo anche con Baffina, quella dei Lanceri di Montebello, la quale è tutta scalpitante ed elettrizzata. Le chiediamo che ha, che cazzo sta a succede, poi si scopre che deve volar via per un appuntamento, che ha rimorchiato un gioiellino diciottenne alle docce nel pomeriggio e l'ha invitato a uscire con lei. Beaujean ed io ci guardiamo negli occhi strampalati. Come come? E non ce lo mostri? Non lo presenti? Non lo fai conoscere? Non lo metti sul mercato? Ah no carissimi, proprio no, dice lui che evidentemente deve avere ancora le stimmate scottanti per la storia abortita con Beaujean, a forza di appuntamenti buchi, visto che proprio non è scemo, lo ha capito, altroché se lo ha capito. E s'è comportato di conseguenza, pronto a render pan per focaccia, mica lagnarsi e piangerci su. Comunque Baffina se ne va verso la Gelateria Giolitti e noi si devia per il Pantheon, così, tanto per fare una breve veleggiata attorno alla colonna e veder se nella rete s'invischia un qualché di consistente.

Non si resiste più di tanto in mezzo a tutte quelle vele distese che par di stare a una regata, con la Vasco da Gama che ci gira attorno galeotta e tanto insistente che par debba arpionare con il rostro da un istante all'altro. Eppoi le tre caravelle che son checchine pigmee sui sedici-diciotto e girano attorno al basamento cinguettando l'hit-parade come coniglie e spruzzando nebbie di odiosissimo Christian Dior e sempre pigolano e starnazzano e slumano invidiosissime queste Longuettes che siam noi due, sempre di più, più in fretta giran le Nanettes, ora la Nina ora la Pinta ora la Santa Maria, grazie, prego e così sia. Fattostà che noi ci prende un po' a girare la testa in tutto quel vascheggimento da anatroccole e insomma finisce che ci mettiamo al caffè a sospirare ed è appunto lì, in quell'attimo di relax, che Beaujean incontra gli occhi del Tom-Tom, il dardo è scoccato, l'amore cominciato.

Il Tom-Tom è in compagnia di quattro-cinque gay dal baffo fremente e dal bicipite suadente che stanno ingurgitando un frappé alla fragolaccia guardandosi attorno come scalmanate. Avranno tutti dal quarto di secolo alla trentina, non di più, e il Tom-Tom coi capelli cortissimi e un viso quadrato pare essere senz'altro il più giovane. Per cui Beaujean è tutto un dar di gomito a me e chiedere sotto i baffi se quella ci starà e tutte le solfe del genere, insomma io dico che mah, ora vado al cesso, ci penso e lo saprà. E quando torno dalla suburra del caffè Pantheon loro son già lì a cicalare e stragattare tanto che penso non mi resta che una birretta alla Peroni, il tram e sognidoro. Così faccio bye bye e torno dentro.

Il giorno dopo il telefono del mio ufficio scotta. Chiama Beaujean per raccontare tutta la storia col Tom-Tom, che questo vive lì a due passi in via della Scrofa all'ultimo piano di un palazzo meraviglioso e sta lì con un altro di cui non si capisce bene se è l'amante o il coinquilino. "Insomma succede che noi si va e quell'altro, il terzo, cioè il Dane dice dopo un po' oh devo correre a comprar le sigarette scusatemi e non è più salito, figurati, son venuto via alle dieci e trenta per pigliar l'ultimo autobus e ancora non era rientrato, due ore e passa per un pacchetto di sigarilli? Comunque una cosa carina, un giochino niente male e Tom-Tom è bravo e simpatico fa l'architetto arredatore, una cosa così, guarda una casa messa di un bene ma di un bene ed è piccola però si vede che lui se ne intende, ah sì. Be' io stasera ritorno, poi ti dirò."

E dopo che Beaujean ha attaccato telefona la Baffina dal suo magazzino e dice che con il nuovo è andata benissimo, cioè non si becca niente, però il nuovo acquisto s'è dimostrato caldo e affettuoso e anche ora, guarda, se n'è appena appena andato, tutta la mattina che sta qui a tenermi compagnia, d'un affettuoso che non hai idea, mi ha aiutato a stendere le lenzuola e le magliette che 'ste stronze si son ridotte tanto, ma tanto che paion quelle di un neonato. Be' a stasera, a piazza Colonna.

Insomma il telefono sul mio tavolo era un continuo

squillare e informarmi delle storie che in quell'estate prendevano finalmente piede fra la nostra brigata e che sarebbero culminate, almeno per me, in un terrificante febbraio-marzo che ancora mi trascino e a cui mi piace riandare in certi momenti sospesi in cui guardo da questa casa i tetti rossi di Bologna e allora chiamo il Beaujean e gli dico, dimmi come ero quando amavo l'Erik, stavo bene, stavo male? E lui che conosce il gioco "Eri stupendo, davvero sublime nel tuo amore".

Anche Roma non è più allora una città sconosciuta e impenetrabile e tutto sommato difficile per chi non è lì per turismo ma per sbrigare benemale una pratica burocratica in sé né buona né cattiva, basta saperla usare, quanto piuttosto finalmente lo scenario per i nostri intrighi d'affetto e di sex, gli scazzi, le noie, le bevute, le confidenze sussurrate sui gradini di una chiesa o su una panchina buia in un qualche giardinetto.

Sotto il cielo di Roma, ad esempio, dalle parti dei Fori Traiani ci siamo finalmente visti con Enzino e tutto il suo giro romano durante una sua licenza. Ci si è dati appuntamento di fronte al cinema Rialto che posso raggiungere tranquillamente a piedi dalla mia Caserma. Attendo dunque sul muricciolo che costeggia via Magna Napoli, attendo e finalmente da un Dyane azzurro vedo sbucare la chioma biondoliscia dell'Enzino che fa sorrisi e movimenti di testa eppoi mi corre incontro, ma accidenti non riesce ad attraversare, io e lui di fronte, in piedi, cercando di allungarci mani e sorrisi, ma il flusso delle auto è continuo, da una parte e dall'altra, saranno le sei e mezza di sera eppoi filobus, autobus, taxi, motorette, tutta Roma sembra risalire da piazza Venezia, restiamo quindi così come due burattini l'uno di fronte all'altro finché Enzino non si getta nella mischia e fra clacson e frenate e tutuu di autobus ci raggiungiamo e ci abbracciamo, lui dice ti trovo in forma e anch'io glielo dico e il Tony e Renzu e magico Alvermann?

Abbiamo poi scavalcato quel muro e quel cancello con

Bloue che s'è dimostrata ragazza perfetta, alta e slanciata e scattante, e siamo entrati nella zona archeologica, loro conoscevano il posto migliore per rollare, io li seguivo ridacchiando arrampicandomi per colonne e mura finché non si è raggiunti una terrazza ad arcate e di lì si vedeva tutta la sottostante piazza Venezia e i Fori e il Colosseo e se spingevi stretto lo sguardo in fondo anche l'Aventino e il cuppolone e la torre del Campidoglio. Cala presto la notte e i jet solcano il cielo ed Enzino si ritira con Marco a pisciare, allora dico a Bloue che il suo ragazzo è fantastico, che è davvero beata a stare insieme a lui e lei risponderà un po' storta cosicché capirò che fra i due non corre poi tutto il buonsangue che invece immaginavamo. Ma intanto questo nero prodigioso salta su e torna al cervello periodicamente come nella bocca di un ruminante e tutto ciò ci fa ridere e dire passeranno anche questi mesi in divisa, Enzino, e sarai libero come tu vuoi ma non credere che allora non sia peggio. E lui storcerà il naso, si congederà di lì a due mesi, continua a contare i giorni, li conterà e un bel giorno li finirà e allora? Allora ci si rivedrà d'inverno davanti al Cimitero del Verano e lui mi dirà di tutti i suoi progetti, che davvero è dura, ora sì, è bella ma tanto difficile. E Bloue sorriderà, bellissima Bloue dal fisico alto e slanciato e questa parlata spiritosissima sempre ghignante e un sound che era tutta una musichetta, romano proprio per niente; e il Marco con cui ci saremo già visti altre volte in Galleria a Valle Giulia e lì, dov'ero capitato per un contatto, ci saremmo salutati e chiacchierati e naturalmente lui mi avrebbe portato nella sala psichedelica del museo d'arte moderna dicendomi, questo è un luogo storico degli sballati della capitale e lì in quel buio intermittente e silenzioso che si riflette negli specchi come in un labirinto, mi sarei un po' perso ma non avrei avuto paura, ero troppo tranquillo, davvero tutto troppo maledettamente calmo.

Eppoi tutti gli altri scenari romani del nostro soggiorno in divisa: Trastevere che ritroverò già pieno di ricordi la sera avanti il nostro congedo e Via Giulia e palazzo

Farnese con i suoi piedistalli su cui avrei poi finalmente
baciato – ancora una notte tesa e ghiacciata come un cristallo – il mio Lele. E le passeggiate domenicali a Villa
Borghese, a Villa Torlonia e gli amori intrecciati a ridosso del muricciolo di Villa Ada. Insomma anche Roma
non è più qualcosa di duro che si oppone alla nostra esistenza quotidiana, ma sempre più un giaciglio morbido
sul quale dare il via all'espandersi dei nostri nervi e dei
nostri sentimenti di testa. Quindi va bene, per un po' va
bene.

Sabato due agosto ottanta nella grande camerata
pressoché deserta per via dei quarantotto e dei permessini di fine settimana in una penombra tiepida che trapassa la polvere delle nostre brande accatastate renden-
dole nemmeno poi tanto male, ma quasi gradevoli sotto
gli archi e le colonnine a volta che reggono questa ex
scuderia d'inizio secolo, la radio trasmette la solita colonna sonora di qualsiasi ora libera all'interno di un dor-
mitorio e quindi discomusic, canzonette del festivalbar,
sceneggiate napoletane, giochini e indovinelli con un
trapasso maniacale da una stazione all'altra in un vortice
di frequenze non mai stabilizzate che sono poi in definitiva il vero accompagnamento musicale di tutte quelle
stesse ore. E così fra parole smozzicate e sfrigolii d'antenna si capta dal canale nazionale quel che è successo a
Bologna. Scatto in piedi e chiedo al najone in mutande
di farmi ascoltare bene, di tornare sull'edizione speciale
del giornale radio. Così riusciamo a beccare il fatto, la
stazione di Bologna è saltata, parlano di una caldaia. Arriva un casertano dagli uffici trafelatissimo, getta i vestiti
sulla branda, si spoglia buttando tutto nello zaino, deve
prendere un treno a Termini fra quindici minuti. Anche
lui dice di questa storia, che al Ministero c'è un po' di
confusione ma che tutti credono in una fatalità e allora
io dico che è davvero sfiga alta e massima che qualcosa
si rompa proprio di sabato e per giunta d'agosto e non
invece alle tre del mattino di un qualsiasi uggioso e te-

dioso novembre quando tutto tace ed è deserto, insomma ogni ora è quella buona per tirare i remi in barca, però accidenti. Questa è stata la mia prima pensata, così su due piedi. Lo ricordo benissimo perché poi sono uscito per Roma a comprare i giornali del pomeriggio e la sera, alla Galleria Colonna dove noi senzatele spesso si andava per raccattare notizie nazionali, si sono finalmente viste le immagini tremende in compagnia di una piccola folla curiosa e muta fatta soprattutto di turisti e di altri senzatele come noi. E lì appunto davanti a tutto quel sangue e quella distruzione orrenda non ci sono stati più dubbi, certo che non poteva essere una maledetta caldaia, figuriamoci, tutta l'ala buttata giù, il sottopassaggio che per tante volte s'era percorso con la Faffy e le altre compagne di università tutto andato con quello scoppio, tutto lì che fuma nella polvere e nel sangue davanti ai nostri occhi.

Il fatto di Bologna con quelle cento e più storie distrutte ci atterrì, erano anni insomma che non succedevano cose del genere e mai era accaduto con un potenziale così alto di vite falciate. Non ho parlato comunque di tutto ciò la sera con Beaujean, è troppo giovane, e non può ricordare né piazza Fontana, né piazza della Loggia poiché anch'io non ricordo il Vajont, solo una notizia persa lungo il cammino della mia esistenza. Mentre invece quegli altri fatti sono tutta una continua risonanza di cortei, assemblee scolastiche, scioperi e manifestazioni, sono insomma qualcosa che fa parte ormai del mio disastrato senso globale, per cui quella sera parlavo con Baffina e mi sono accorto, proprio per la presenza taciturna del Beaujean, che anche noi stiamo invecchiando, che abbiamo anche noi dei pezzi di storia tragica che abbiamo visto svolgersi ora dopo ora e continuare e svanire e sedimentarsi nel ricordo e cambiare.

Ma quella sera del due agosto ottanta è stata anche la sera in cui ho rivisto il mio Lele, lo abbiamo beccato in uno slargo di Corso Vittorio, è stato Miguel a portarmici e io, lo giuro, non potevo credere alle mie braccia che lo circondavano e gli dicevano finalmente che gioia ti abbiamo ritrovato.

È successo così. Con Baffina sono tutto meditabondo e pensieroso e intrippato in fumamenti di testa e di ricordo che ho già detto, Beaujean cammina al mio fianco, poi lo sento fare un urletto, dice c'è Miguel, c'è Miguel. Così alziamo lo sguardo e in effetti lì da piazza Capranica vediamo Miguel che esce dalla Spaten in compagnia di un altro alto e dal viso buffo che poi impareremo si chiama Paolo. Miguel è felice di rivederci, ci abbracciamo, io dico che si avevano pessime notizie su di lui e quasi lo davamo per spacciato fra un'altana e una garitta. Ma Miguel sembra di buonumore, è finalmente riuscito a beccarsi la prima licenza dopo novantatré giorni di prigionia e domani partirà per Bolzano e non sa proprio se al momento tornerà, forse guarda caso si spezzerà un braccio cadendo da una roccia o forse sarà un incidente sulla strada senza testimoni, mah e bah. Ci presenta l'amico che è un toscano e lavora alle cucine del Cingio e pare faccia una vita malefica, sempre inseguito da marmitte e marmittoni. Paolo è anch'egli di leva per cui ha diciannovanni, e abita dalle parti di Montevarchi, è accanito di new wave che in quel tempo era sicuramente il massimo del massimo. Ha con sé alcune rivistine musicali e il Siddharta di Hermann Hesse, fa grandi sorrisi di bocca, stringe gli occhi che diventano piccoli piccoli e quasi un segnetto nero perso nel volto. Ha enormi sopracciglie un po' tozze che Beaujean con tutto il suo aristocratico fairplay dice assomigliare al suo coker, sì davvero ma ti dico che sono identiche!

Loro comunque si aggregano al nostro terzetto. Si parla del fatto di Bologna, Miguel è già informatissimo e con lui proseguo il discorso iniziato con Baffina. A un certo punto, e saremo quasi davanti al Caffè Eustachi per il cappuccino serale di Beaujean, scatta qualcosa in me. Vado dal Pablito e gli chiedo se conosce un certo Lele visto che dovrebbero stare nella stessa compagnia. Pablito serra gli occhi, dice oh, certo s'era insieme ad

Orvieto, stesso scaglione e tu? Certo certo, ma come sta, che fa, dov'è? Radionaja trasmette e informa. "Lele ha dovuto fare un campo estivo fra i monti di Rieti, la Compagnia è tornata una settimana fa o poco più. Quindi ha preso una licenza, è tornato stamane, l'ho visto in Compagnia addirittura abbronzato, di sera solitamente esce solo, non so quel che faccia, molti cineclubs questo sì, ha poca lira come tutti, credo gli piaccia star solo. Sempre per via di quella donna, gli deve aver bevuto il cazzo fino in fondo." Ok, lo interrompo, so la storia, lo conosco, ma come fare a incontrarlo? Miguel che ha seguito il discorso dice di fare un salto a mangiare dalla Parmigiana che sarebbe un postaccio terribile fra Corso Vittorio e Campo de' Fiori in cui si cacciano duemilacinque senza vino per un piatto di pasta e un secondo, quindi si può fare. Dalla Parmigiana è una fila di almeno sei-otto persone che attendono di poter sedere ai tavoli lerci e ingozzarsi di quel poco che il convento smista direttamente dalla cucina. Infatti il ristorantino funziona come una sorta di self-service, bisogna apparecchiarsi il tavolo, ordinare alla cuoca, la Parmigiana incazzosissima, e poi attendere che lei gridi dai fornelli il piatto pronto. Allora bisogna correre e far presto poiché se le si fa aprire il becco per due volte è solo per lanciare insulti e sbatterti addosso le pietanze. Comunque qui verremo parecchie volte a sbarazzarci degli obblighi di pancia e conosceremo poco a poco anche la fauna dei clienti fissi, alcuni stranieri, tre seminaristi uruguayani che altro non fanno che farci l'occhiolino e che Beaujean oggi dice essere ormai spretati, qualche freak sopravvissuto, qualche sbandato senzatetto o alcolizzato cronico. Comunque noi cinque si sceglie un tavolo e guardacaso non appena ci si siede risale dalla toilette un bel ragazzo che non si fatica ad identificare per il glorioso Lele.

Pare dunque ancor più bello il mio Lele, a viso aperto, con gli occhi liquidi liquidi e lievemente arrossati dall'alcool, un grande sorriso che mi abbraccia tutto, le sue grandi braccia, la sua mano che si serra nella mia. Lo invito a restare con noi, dice volentieri, ma prima saluto gli altri con cui ho cenato, ti dispiace?

Eccolo di nuovo qui il grandedio che chiacchiera disteso della sua licenza bolzanina e di quello che ha passato in questi tre mesi in cui non ci si è più visti né sentiti. Gli dico delle mie ricerche, lui che di me aveva avuto notizie da un certo caporale capitato giù per una parata, ma non lo lascio continuare, gli prendo le dita e le bacio. Beaujean e Baffina sono tutto un occhio e tutto un gomito fremente per sapere chi è quel figone alto due metri e così sexy che manda tutta una elettricità per la sala che par di stare all'Enel, ma io non faccio confidenze e non mi smollo. Usciamo poi mezzi imbriachi, Miguel ha rollato un joint micidiale e lo accende proprio lì per via dei Pettinari verso Ponte Sisto. Sul lungotevere ci svacchiamo come brave sorelle, Baffina attacca Beaujean con tutta una solfa del perché mi hai mandato a Fiumicino, se non mi volevi vedere ti bastava farmi andare alla Magliana, no? E Miguel e Pablito che ascoltano la radio distesi sul muricciolo ed io poco più in là che abbraccio e bacio il collo del mio Lele e gli dico che questa è una serata fantastica, davvero ottima, ci siamo ritrovati e questo basterà, perdio se basterà. E Lele sarà quella sera molto disponibile e sinuoso e molle addirittura nei suoi spostamenti di labbra, riderà moltissimo, chiederà insistentemente di lasciarlo un attimo, di dargli tregua, che queste cose non le ha mai fatte e santocielo almeno un po' di tempo, ma riderò anch'io e gli dirò avremo tempo mio caro, tutto quel che vuoi.

Ricado così in una passione travolgente, non faccio che telefonare a Beaujean tre-quattro-cinque volte al giorno per dirgli quello che mi sento dentro e che mi travolge tutto, sono sempre lì attaccato al telefono del corridoio della VIII Divisione anche perché beccare il numero del centralino della Brigata è impresa ardua, ognivolta almeno dieci-quindici tentativi eppoi una volta ottenuta la comunicazione chiedo l'interno centoven-

ti e finalmente Beaujean, se non è imboscato alle docce
o al bar, mi risponde. Insomma quando termino le mie
lamentazioni di sex di solito ho una coda alle spalle di
qualche colonnello o tenente o maggiore che dicono
niente, ma che occhiatacce! Però che ci posso fare se
tutto il giorno e la notte e anche se dormo o se sto sveglio, se cammino se passeggio se mi sbronzo la mia testa
corre sempre al corpo di Lele, alla sua parlata a quel suo
modo dinoccolato di muoversi e camminare, alle sue cosce distese e lucide nel sole di una domenica ferragosti-
na a Villa Borghese, lui in ridottissimo costume da bagno disteso su un telo, Beaujean in invisibili shorts di
jeans ed io ferocemente attaccato alle mie scarpe, calzini, camiciole, jeans pesantissimi, sudato, stravolto, ma
perdio se faccio tanto di togliermi anche un solo fazzoletto di tasca avrei un'erezione da qui a Katmandù, mi
sentirei già nudo e liberato e azzannerei quel collo di Lele che mi fa impazzire e mi ficcherei intero nella sua
grande bocca e insomma meglio star qui serrato dentro
l'armatura che correre quel rischio, meglio godere per il
momento solo con lo sguardo, lasciarlo scivolare sul corpo rosso di Lele che si arrotola nel sole come un serpente, movimenti impercettibili della sua pelle, fremiti di
muscoli che come onde di risonanza si ripercuotono dal
tallone su fino al gluteo... Meravigliosa domenica di ferragosto dunque in una Roma naturalmente deserta percorsa solo da qualche troupe di cinematografari e da
qualche brigata di najoni e di turisti stranieri e dalle mille e una vibrazioni del mio amore che irradio dall'alto di
piazza del Popolo come un'antenna selvaggia.

   L'estate con Lele dunque sono soprattutto i nostri appuntamenti alla vasca di piazza Colonna e le camminate
fino a Trastevere per cenare in una qualche birreria o
pizzeria, noi sempre in otto dieci poiché la fama del nostro giro gODereccio si spande nelle caserme, si dilata fra
i vapori delle docce, si propaganda da sé in quelle passeggiate notturne a Monte Caprino o nelle veleggiate al
Pantheon. Io faccio coppia fissa con Lele e con lui giria-

mo sempre avvinghiati e abbracciati, di solito Lele infila l'indice destro nel passante della mia cintura ed io la mano nella sua tasca sinistra e spesso ci ritroviamo così aderenti nell'andatura, così armoniosi nei nostri quasi due metri di altezza che mi pare di dominare tutta questa folla nana di Roma che striscia ai nostri piedi, che urla, che stragatta, che romba e pena e sbraita e noi invece che passeggiamo olimpici sull'onda delle nostre serafiche stature e spesso allora riesco persino ad appoggiare la testa nell'incavo del collo di Lele e mi sento in un giaciglio caldo e odoroso e sto bene, allora sto bene.

Beaujean, che ha lasciato la storiella col Tom-Tom tramutandola in serena amicizia e in cenettine riposanti del sabato notte prima di inabissarsi nelle follie ballerine di via della Purificazione, Beaujean dunque si rimorchia un paio di ragazzi dalla sua compagnia, uno di questi Vincenzo lo ha arpionato in modo sublime. Succede insomma che lui esce dalle docce ogni giorno stretto nel suo accappatoio rosso fuoco e sciabattando e zoccolando si fa per traverso tutta la piazza d'armi per poter raggiungere la sua compagnia, passando in rassegna naturalmente la Compagnia d'onore che è lì sul selciato a marcire di marce, anche il Miguel, che infatti un giorno ha riferito che Beaujean è sputtanatissimo in caserma perché marca come una vecchiatroja e io gli ho risposto figurati, ma se è sempre così misurato, proprio non ci credo. E invece Miguel racconta tutta la solfa di Pitti-uomo con Beaujean che dopo il contrappello indossa tutte le divise militari comprese quelle della parata storica e corre per tutto il corridoio di Compagnia dicendo ecco signori il completo invernale, cappottino stile coloniale color kaki e alamari rosso carminio argentati, ecco lo stile estivo camicina e pettorina verdegrigia e calzoncini in gabardine antipioggia, cinturina in corda intrecciata, ecco lo stile primaverile primosole... e tutti a batter le mani e gridare e farsi in quattro per aiutarlo a prepararsi mentre la bolgia acclama e scalpita tanto che dopo un po' tutti sfilavano per il corridoio come mannequin, con i soliti najoni senza misura che tutti nudi si mettono il cazzo fra le cosce e così pare anche che tutto il reggimento sia d'improvviso passato giù di là per Casablanca... Insomma da quella volta lì ho dovuto dar ragione al Miguel, non mi è costato fatica, infatti ridevo come un matto nel vedermi Jean sfilare davanti a tutti quei repressi che si saran menati il cazzo per mesi e mesi pensando al suo fisico superbo, sedotti a vita dalla sua allure... Beaujean quindi attraversa il piazzale in tutto un giubilo di fischi e bbona e divina da non riferire e si accorge di un tizietto che lo marca sfacciatamente. Con questo poi si vedranno ai giardinetti dietro al posto di guardia e faranno alcune cosucce innominabili col rischio di essere sorpresi da una ronda di notte e finir tutti non di certo in gattabuia ma piuttosto in un'orgia colossale. Ma è andata bene e lui s'è rimorchiato questo Vincent di Pescara che è tutto un bigliettino d'amore e una strofa di passione, insomma innamorato marcio e sfranto.

C'è inoltre la Baffina col suo bel Maurice che è quel famoso rimorchiato alle docce dei Lanceri, anche lui giovanissimo con occhioni blu scuri e i capelli crespi e neri e un viso molto affusolato e antico nei lineamenti e un corpo lungo e stretto da adolescente e una statura non troppo elevata, appena un metro e ottantasette, due centimetri in più del quoziente minimo per poter far parte della nostra società. Maurizio ride sempre, fa il pittore, ha terminato lo scorso anno il liceo artistico, è di Arona sul Lago Maggiore e guarda caso è il più anziano di tutti noi, dal punto di vista di scaglione naturalmente. La storia del suo rimorchiamento alle docce sarà davvero un classico dei nostri pettegolezzi, pare che Baffina sia andata in quel posticino in orario deserto, verso le tre del pomeriggio e abbia visto Maurizio farsi una doccia un poco malandrina, insomma farsi una pippa nell'acqua bollente. Baffina gli si è messa dietro e gli ha detto che aveva un culotto stupendo, così bianco in confronto all'abbronzatura generale e lui ha sorriso,

Miss Sorriso, e ha detto che era merito del sole di Ostia. Figuratevi, da lì al Buco il gioco è fatto. Se lo è trascinato la sera al Giolitti, hanno parlato e sono diventati amici e Radionaja spettegola che questo baci benissimo, ma faccia solo quello, non gli tira e non lo prende, va be' accontentiamoci. C'è inoltre Luigio da Forlì che è stato portato nel giro da Sorriso visto che dormono nella stessa camerata. È un ragazzone di ventitré anni molto americano nell'aspetto, ipernutrito, con la mascella larga e un po' cadente, i denti piccoli e aguzzi, le labbra carnose, le spalle imbottite. Pare sia un campione di nuoto o qualcosa di simile, ad esser sincero l'espressione ebete da pesce ce l'ha proprio tutta, certo però che è pederasta, insomma se la fa coi ragazzini massimo tredicenni. Il Pedé non è simpatico a nessuno non certo per via dei suoi gusti – che sono certo prelibati – quanto piuttosto perché insiste nel dire che lui non fa le cose con i suoi amichetti del corso "Nuoto e Tuffi", ma li ama, semplicemente li ama. E tutti noi a dire ok, questo va bene però spiegati meglio. E lui a fare tutta una menata che i suoi allievi li lava e li pulisce e li bracca e li asciuga e li insapona però niente di più, se ha da scopare va con una donna perché di certo lui non è omozezzuale, non lo è mai stato e non lo sarà mai. Cominciamo a capir più niente, insomma dannato di un Luigio vieni al dunque! E lui, be' io faccio solo cose pulite, capite io mi sento una cosa pulita dentro quando amo i miei ragazzini, una cosa bella e limpida che niente ha a che vedere con i froci o quelle cose lì, infatti prima di me c'era un altro istruttore e tutti sapevano che era così, insomma una culana, e questo proprio andava sul duro e infatti ci odiavamo alla follia, poi l'hanno beccato con i minorenni in casa per un'orgia e credo che sta ancora dentro, però sulle prime nessuno ci credeva, i ragazzini tornavano a casa e dicevano mamma, mamma l'istruttore fa il culano e le mamme giù botte, chi ti ha insegnato a parlar così male? Insomma i ragazzini si erano stufati perché non solo lo prendevano per il di là, ma pure a casa se dicevano cari genitori quel signore lì ci fa fare strane cose, e non potevano dir di più visto che il finocchio era rispettatissimo e al di sopra di ogni sospetto. Be' poi ci si è messo in mezzo il prete che sentiva tutte queste solfe dai bambinetti e ha organizzato tutto con il maresciallo e cose così, insomma quello credo stia ancora dentro. Però io queste cose non le faccio, io sono pulito, mica come voi che siete froci.

Il Pedé diceva sempre queste storie e noi non se ne poteva proprio più finché una volta che era stonato di fumo racconta che poi a questi ragazzini qualcosa faceva e non solo succhiotti per di là ma pure fotografie e robe così tanto che Beaujean era inorridito e girava quella sera per Roma dicendo, mio figlio non gliel do a lui lì proprio no, nemmeno per un'ora gliel darei. Ma il Pedé per fortuna veniva con noi sempre meno, preferiva battere il Lunapark dell'Eur e smistare figurine con i bambinetti di Tor di Quinto che lo attendevano quando usciva dalla caserma saltandogli al collo come tanti scimpanzé.

Ci sono inoltre Miguel e Pablito e un terzo cuciniere molto punk che porta l'orecchino solo durante le libere, ma per i miei gusti è troppo etero, davvero troppo. Insomma il nostro giro di consorelle della patria comincia in quel periodo ad allargarsi a macchia d'olio, le storie si intrecciano, arriveranno sempre nuove prede e noi ci divertiremo. Il senso di trovarsi in un continente spensierato di chire arzille.

Le nostre tavolate sono quindi sempre allegre e vocianti, canne che girano senza soluzione di continuità e litri e litri di birra che in quell'estate mandavo giù in quantità di più di tre a sera e intrecci veramente pazzeschi di piedini e ginocchietti sotto ai tavoli delle trattorie. Beaujean continuava ad essere insoddisfatto delle sue storie e forse era un poco dispiaciuto che io me la filassi tanto bene col mio Lele mettendolo un po' in disparte, ma il Giane fu molto carino quell'estate, si metterà da parte in nome della nostra amicizia riservandosi però in seguito di scoccare il dardo fatale che mi aprirà finalmente gli occhi sulla natura del mio innamoramento per il Grandelele. Ma chi non si mette da parte è il nuovo acquisto di Baffina, Miss Sorriso, che sluma al mio indirizzo in modo del tutto inequivocabile. Ma non posso avere tempo per lui, sono troppo fino in fondo bevuto dalla mia storia ritrovata. Così una sera dico a Lele che mi son stancato del casino della truppa e che vorrei fare con lui una cenettina a due come ai tempi dell'Orvietnam, è arrivata lira da casa e non ci saranno problemi di sorta. Così disertiamo l'appuntamento di piazza Colonna, gli altri andranno – come dirà Beaujean al telefono l'indomani – in un'osteria in fondo a Governo Vecchio che verrà detta La Vecchina e in cui sverneremo non appena le piogge fredde dell'autunno renderanno impraticabili i rendez-vous attorno alla fontana di piazza Colonna. Con il mio Lele andiamo invece in una trattoria toscana, ho voglia di trattarmi bene e soprattutto di farlo star bene. Chiacchieriamo quindi moltissimo di cinema tedesco che a quel tempo piaceva tantissimo e chiacchieriamo un po' delle nostre storie, e quando siamo un po' bevuti gli prendo un ginocchio sotto al tavolo e gli dico che ho voglia di far l'amore che non ne posso più e che ho voglia di schizzare finalmente con lui verso le stelle. E Lele sonnecchia e dice che queste cose non le sente, che è affezionatissimo a me, che non potrebbe farne a meno, che in fondo anche se a modo suo mi ama, ma... E allora io gli dico che questo mi disastra tutto e mi fa sentire un po' sfasato perché se io sento qualcosa di forte e di grande e di eccezionale penso sempre che anche lui senta così, insomma che ci sia un accordo in quello che passa per il cazzo e per i nervi, però se tu dici questo io non so più, credevo fosse solo una questione di tempo e il tempo amore mio te l'ho lasciato. Ma Lele sorride e mi prende le mani lì sul tavolo e dice quasi quasi ora qui io ti bacerei fino in fondo alla tua gola ed io arrossirò e dirò merda con me la spunterai sempre tu.

Quella sera usciamo poi dalla trattoria ancora abbrac-

ciati come nei giorni addietro, ma ho una consapevolezza in più, un fremito diverso che serpeggerà dentro anche quando ci lasceremo a piazza San Silvestro davanti
all'autobus sessantuno che odierò a morte, certo che l'odierò, mi toglierà sempre i miei amici sul più bello. Succederà quindi a Firenze durante una mia licenza trascorsa lì nella bellacasa di Filippo, ospite suo per quel pugno
di notti in cui continueremo a ragionar dell'amor disperato e ripudiato, io che dirò sto troppo male, quasi non
me ne rendo conto ma sempre finisce tutto così, io che
sto malissimo perché sono innamorato e l'altro che sta
ancor peggio perché non in grado di reggere tutto il peso del mio affetto. E Filippo dirà: "Perché tu ti perdi nel
tuo amore, ti abbandoni nel tuo amore quando invece
anche un bambino sa che egli è una macchina diversa da
sua madre e che quindi non potrà mai più raggiungerla
in pienezza e completezza e invece tu vuoi completamente perderti nelle braccia dei tuoi amanti, dimenticarti, innestarti su di una storia meravigliosa proprio
perché non tua. Ma noi siamo macchine e l'unico modo
per non soffrire dell'amore è lasciare che le storie ti sfiorino, ti accarezzino, ti penetrino quel minimo che è possibile. Non puoi voler di più. È impossibile voler di più.
Devi lasciarti solamente sfiorare dal tuo amore, se fai
tanto di alimentarlo bruci, come stai bruciando ora". E
tornando a Roma di notte avrei pensato per tutto il tempo del viaggio, nella silenziosa carrozza dondolante, alle
mani tese e aperte di Filippo che si accarezzavano l'una
sull'altra, si sfioravano e ognuna procedeva poi nella sua
direzione per poi tornare a sfiorarsi e congiungersi e
toccarsi come nel gesto di una preghiera sacra, avrei dovuto essere così, ma sapevo che non ce l'avrei mai fatta.
   E il giorno dopo la quotidiana chiacchierata al telefono con l'Ascietta – interrotta solo da un vocione che dice: "Belle signore dobbiamo prendere la linea, ci scusino tanto!" – io che racconto a Beaujean quel che non è
successo e lui che sparla invece della serata in osteria e
della Baffina che non tiene mai le mani a posto, la bene

detta siciliana. La sera stessa mi rivedo con Beaujean mezz'ora prima dell'appuntamento solito, ore diciannove piazza Colonna, e possiamo così parlare tranquillamente di ciò che mi sta travolgendo. Dico che forse se la cosa continua così io morirò, starò di merda, forse farei bene a prendermi una licenza, star via qualche giorno e lasciargli un po' di libertà. E Beaujean dice che forse questa è soluzione ottima adattissima e mentre io faccio il proponimento di non veder più Lele, lui, il maledetto, arriva da dietro, mi copre gli occhi e mi bacia sul collo, proprio dietro l'orecchio, ci riallacciamo e ci dirigiamo fischiettanti dalla Vecchina, Beaujean scuote la testa e non mi parlerà per il resto della serata.

Settembre ottobre sono dunque queste libere uscite dietro piazza Navona nelle osterie che smistano un vinaccio giallino giallino, io che invece preferisco la birra fossanche quell'amara e gasatissima del Bibo's. Ma sono anche serate in cui la nostra ghenga comincia ad allentarsi, in cui girare in otto-dieci sfegatati per Roma non diverte poi più di tanto, insomma la ricerca inconsapevole di equilibri nuovi.

Comunque gli itinerari sono più o meno gli stessi e dal Pantheon benemale si continua a dover transitare. Ed è appunto lì che una sera di settembre troviamo il vecchio giro di Trastevere appena reduce dalle vacanze in Grecia e con loro sono naturalmente il Nico, la Betty e un certo francese trentunenne di nome Bertrand che ha una Rover 2000 bianca e bellissima e pare faccia il regista teatrale. Naturalmente ci fermano e ci invitano poi sulla terrazza del Bertrand per una cena fredda, figuratevi se resistiamo. Lì dal Bertrand è tutta una Roma luminosa che pare un presepio, una brezza gradevole e panini e un poco di formaggi e insalate che spariscono non appena arriva il plotone di noi soldati. Bertrand pare abbia il pallino di Miguel, non fa che arpionarlo e tenerlo all'amo, chiacchiera, lo porta in giro per la casa, racconta e lo invita per il week-end a Capri. Miguel rigidissimo nonostante le canne declina e prende a star male tanto che poi si deve lasciare la bella casa perché la festa improvvisamente pare tutta un piangerai. Ce ne andiamo dunque recuperando Lele con ancora in bocca un dolcetto e un altro in mano e quando siam lì per via Ripetta Miguel fa tutta una tirata che di finocchi è stanco, che con degli uomini è costretto a stare tutto il giorno e tutta la notte, che se continua così diventa busona pure lei, no lui, e questo non lo vuole, insomma se ne torna alla caserma e non lo si vedrà per un bel po'.

La storia del Miguel non ci ha sconvolti più di tanto però è senz'altro il segno che qualcosa sta cambiando, che non basta volerci bene e rispettarci nelle nostre storie, che insomma siano due mondi un poco differenti e così è la vita, se quello ha la perversa voglia della figa che ci possiamo fare noi?

Con Lele alla fermata del sessantuno ci diciamo che forse è meglio non vedersi per un po', che me ne andrò in licenza, che non ho problemi ma solo stanchezza e quindi mi riposerò e quando ci si rivedrà sarà come ricominciare una nuova volta e forse allora sarà la volta buona.

La licenza la faccio col Jean e me ne vado su alla sua cascina longobarda senza nemmeno avvertire i miei quando passo per Reggio Emilia. E lì ci distendiamo, andiamo al Garda, in discoteca al Carnaby, facciamo grandi passeggiate sulla riva dell'Oglio, fra Brescia e Cremona. Torno a Roma e mi precipito a piazza Colonna per le diciannove. Con mia grande sorpresa c'è solo Maurizio. Un segno del destino.

Sorriso è davvero una granpupa. Questo non me lo toglierà mai nessuno dalla testa. Non solo la storia di essere stato rimorchiato alle docce la dice già lunga sul fatto suo, ma soprattutto quei tic che non possono esser trattenuti dal suo carattere, né repressi dai modi, né rigurgitati dalle parvenze mi confermano quel che già io so. Come qualcosa che sboccia nonostante l'aridità, qualcosa che vibra nell'aria nonostante la bonaccia, qualcosa inciso nel suo proprio sangue Maurice è dei nostri, dica quel che dica, ma sarà dei nostri, lo giuro.

Sicuro del fatto mio, così limpidamente certo delle mie antenne e del fiuto della mia razza commetto il primo grande errore. Faccio tutto troppo facile. Dico questa ci sta, è figa a non finire, è invaghita di me, me la trascino a Villa Borghese, me la faccio e così sia. E invece con Maurizio inizierà mio malgrado una lunghissima storia che mi farà soffrire e quasi dar di matto una notte all'Amnesie di Milano quando ci rivedremo a un anno da quel nostro congedo e se anche vincerò, anche se mi potrò dire avevo visto giusto, non mi ero sbagliato, anche se correrò alle cinque del mattino a telefonare a Palermo e svegliare la Baffina per farle la spiata, io piangerò completamente ubriaco sulla spalla nuda di Myriam e le dirò: "Quel ragazzo mi ha preso per il culo un anno intero, ha mentito per dieci lunghi mesi e come potrei far finta di niente? È solo una rivincita che mi prendo, quando invece ho perduto su tutto il fronte. E Myriam farà allora un caffè leggerissimo nella casa insonne di piazza Napoli e ce lo berremo piano piano quasi al buio, solo il corpo nudo di Maurice tagliato nella luce gialla dell'altra stanza che dorme sul letto disfatto. Ma quella prima sera romana tête-à-tête con Miss Sorriso io continuavo a dirmi che sarebbe stata cosa facile e cosa svelta per cui non stiamo ad aspettare gli altri e andiamo in trattoria. E lì lui mi racconta di tutte le cose che può raccontare un imberbe appena uscito dal liceo, i suoi amori, le sue furie artistiche, le sue giornate inconcludenti, l'attesa verso la vita, diventerò qualcuno o no, sarà poi vero quel che mi sento, non sarà che poi di fronte a questo spiazzamento dell'esistenza che ruota e ruota non mi troverò fallito con un lavoro di merda e allora che sarà di tutte le mie illusioni? Come posso fare, aiutami a capire quel che sono e che diventerò, qual è la maniera giusta per impararsi da se stessi? Magiche ingenuità del mio Maurice che mi stenderanno anche quella sera bevutissima davanti ai suoi occhioni blu e lui sarà bravissimo a dribblare le mie insistenze amorose, davvero

consumato. Così giorno dopo giorno mi ritrovo incatenato a una seconda storia che inizia a prendermi sempre di
più, telefono costantemente ai Lanceri di Montebello,
riannodo il contatto Baffina, voglio da lei saper tutto di
Maurice, che fa, come si comporta in caserma se si fa seghe coi giornalini porno, se ha un particolare amico, cosa
dice in camerata. Voglio un dossier. Dal Ministero telefono alla caserma di Tor di Quinto esigendo un rapporto
completo. E che nessuno osi discutere!

Ma Baffina dice di smollarla lì che lei ci ha già provato e quello non ci sta, manco per il cazzo che ci sta.
Beaujean dice di tirare i remi in barca, quello stupidotto
non mi merita ed io è ora che la finisca di star dietro a
tutti questi gigolo che altro non fanno che sfruttarmi e
sempre spillarmi i soldi dalle tasche nemmeno tu fossi
l'Agakan ostia! Ma non lo vedi, non lo capisci imbecille
che quel pirlotto del Lele ti sfrutta? Come puoi non ac-
corgerti di ciò che è evidente e lampante e disteso sotto
il sole? Litigherò con Jean quella sera a piazza Colonna,
gli prenderò la testa e gliela immergerò nell'acqua gelida
e dovrà intervenire un vigilantes di Palazzo Chigi a separarci, con i nostri urletti isterici e i pugni e i calci abbiamo attirato l'attenzione di tutto il Corso, io continuavo a
gridare col labbro spezzato che Lele era il mio amore e
lui, Beaujean, solo invidioso e inviperito se a me le storie
non si fermavano con una scopatina malandrina, anzi. E
lui a darmi del matto e gridare che non ho capito un cazzo di niente della vita e son sempre in giro a chieder
spiegazioni e filosofie e sempre sempre sospirare come
un dio del vento che se si ferma per un attimo lo sfrigo-
lamento d'aria attorno divento un morto. Ma mentre
siamo lì arriva Lele, arrivano gli altri, anche il Pedé che
si prende un bel cazzotto in pancia e chiedono che succede. Io prendo Lele per le spalle e gli dico vieni andiamocene a bere qualcosa e lasciamoli lì e allora ci rifugia-
mo in una birreria di via del Babbuino fuori dai nostri
consueti giramenti romani, e lì nella *cave* io dico ordina
pure tu, per me birra e qualcosina che non costi troppo,

dobbiamo stare nelle diecimilalire, non ho di più. E vado al cesso a bagnarmi e riassettarmi e quando torno al tavolo c'è Lele l'amatissimo che si spupazza un gulasch della madonna con patate al cartoccio e un buon litro di birra rossa e io lì sul tavolo due wurstel rinsecchiti senza nemmeno crauti, solo una cacatina di mostarda gialla e lercia. E allora dico niente, mangio bevo e dico niente e mi guardo il mio Lele che mangia e ingurgita e non ho la forza di pensare niente. Così pago il conto e non appena fuori gli dico che io lo amo, che lo amo alla follia, ma lui deve decidersi o sta con me, o mi accetta nel suo corpo o niente, preferisco non vederlo più. Lele sembrerà cadere dalle nuvole, dirà qualche frase smozzicata, che mi vuol bene eccetera eccetera. E io gli rispondo che non le voglio più sapere queste cose, non ho più soldi e maledico la miseria magra e porca e sono stanco, stanco e mi sembra quasi che tutti vi prendiate gioco di me e se anche sono stato bene che di più non avrei potuto, ecco, ora dico che anche questo deve finire, preferisco ritirarmi e stare un po' da solo che ad essere sincero dai tempi di quelle passeggiate per la rupe non lo sono stato più. E Lele allora saluta, lo accompagno al sessantuno, poi prima che ci lasciamo lo faccio inciampare nei suoi piedi e lo trascino in un portone, gli butto le braccia al collo e ci baciamo, bravissimo Lele che bacia stupendamente e che mi struscia con la sua lingua morbida per tutto il volto, che mi avvinghia nel suo odore ma che presto si interrompe. Gli dico addio. Lo ricambia. Ci siamo salutati davvero in fretta. Ho appena fatto in tempo ad allungargli di nascosto nella tasca venticarte.

Comincio allora a guardarmi attorno con interesse, una prima volta, in caserma e nel mio ufficio al Ministero. La Macao non mi piace, i soldati che circolano sono tutti mezzi gobbi e storpi e nella quasi totalità meridionali, il che non è un difetto, sia chiaro, solo un cromosoma diversificato. Il mio compagno di branda è un casertano giovincello ma scafato con il viso aguzzo e i denti

accavallati in modo impressionante. Ha occhi chiarissi-
mi e miopi, è abbastanza alto e tornito. Ha una parlata
addirittura incomprensibile ma il più delle volte lo fa
apposta a tirare quel dialetto per mostrarmi la sua superiorità di ragazzo del Sud che sa far tutto, si destreggia
con tutto, non piange assolutamente miseria e soprattutto non ha bisogno della mia compassione di imbranato
figlio di mamma del nord. Lui mi ha abbordato non più
di due giorni dopo il mio arrivo alla Macao. Dormivo su
di un letto singolo, vicino alle finestre e lui aveva il postobranda superiore libero. Un giorno arriva lì che sono
strafatto di roba come un baccalà e dice che sono le due
di notte, il contrappello è passato già da un po' e quindi
farei meglio a spogliarmi e mettermi a nanna. Credo di
averlo ringraziato con un mugugno incomprensibile,
dopotutto, benché vestito, stavo dormendo. Il giorno
dopo dice perentorio di mettermi sopra al suo posto, dice che stanno arrivando i nuovi da Macomer e non vuole finire con un cuciniere condannato a destarsi ogni
mattina alle cinque e quindi disturbare con tutto il tric-
trac dell'armadietto e delle catene e dei lucchetti. Così
cambio armadietto e da allora inizia quella convivenza
scazzatissima che durerà fino al suo congedo, uno scaglione avanti al mio. Fra noi è di continuo un litigio. Lui
non sopporta che io rientri tardi la notte con i miei permessini falsificati e faccia dunque casino nel coricarmi.
Insiste perché vuole che prepari il letto prima della libera uscita così non sentirebbe i cigolii maledetti di me
che srotolo le coperte e che lo tengo desto. Seguirò il
suo consiglio per non più di un paio di volte, non mi va
di cedere immediatamente ai suoi tiramenti così che il
giorno dopo son da parte sua musilunghi e sfuriate in
dialetto con tutta la sua brigata casertana che ride e
schiamazza al mio indirizzo.
    Stani mi ha sempre chiamato il Maeshtro e sta sempre
a fare tiritere sul Maeshtro qui e Maeshtro là che crede
di capire tutto e non sa fare un cazzo. Ogni mia distrazione è un punto a suo vantaggio. In quell'autunno pio-

voso e annacquato ad esempio, quando rientravo alle
quattordici dall'ufficio completamente fradicio, lasciavo
distesi sui termosifoni i vestiti e gli asciugamani invece
che riporli sottochiave nell'armadietto e inzaccherare
tutto quanto. Naturalmente così facendo ho perduto il
corredo un paio di volte finché un giorno non gliel'ho
fatta più e ho starnazzato davanti a tutta la camerata che
io ero una principessa e se loro erano ladri burini così
alla fame e alla miseria da aver addirittura bisogno dei
miei asciugamani, dei miei calzini e delle mie mutande,
facessero pure ecco l'armadietto, prendete o gentaglia,
non son figlio di questa lercia roba e così facendo ho
schiavato la mia antina e buttato tutto in terra camicie e
magliette verdi e pigiama militare e baschi e cappelli,
tutto, proprio tutto e insomma non me lo aspettavo, ma
come topi dalla fogna son saltati fuori gli armieri e i cucinieri pezzenti e quegli altri lerci e han preso tutto, una
scena da far paura, più io gettavo roba più arrivava gente a prenderla e a litigarsela, quando io insomma credevo di aver fatto una gran recita e che tutto mi fosse restituito. Così mi son gettato in branda, il Compà mi è
venuto vicino tirando dalla mia pipa e ha detto in una
nuvola di fumo che proprio non capisco un cazzo, che
sono una tacca, che valgo una sega di niente e io gli ho
risposto che è vero, che proprio ha ragione lui.

Compà Stani ha recuperato nel giro di una notte tutto
quanto mi era stato rubato in quei tre-quattro mesi, ha
detto ammira la potenza dei terroni, ammira e statte zitto. Da allora ho avuto molta più fiducia in lui, gli ho
consegnato il doppione delle mie chiavi dello zaino e
dell'armadietto perché spesso, strafatto com'ero, le perdevo o, quel che peggio, le lasciavo nel cassetto di latta
dopo aver fatto scattare il lucchetto. Così poi dovevo
correre ai suoi piedi e recitare prima tutta la lagna che
lui è essere superiore e perfettissimo e dopo farmi riaprire l'antina.

Benché giovanissimo il perito nautico Stani prese a
proteggermi da tutti i gaglioffi di congedanti e borghesi

che una volta davvero se l'erano presa durissima con me. Mi cacciavo spesso nei pasticci. Quella volta della licenza di due giorni tramutata da me stesso in un cinque più due con permessini falsi e coperture di furieri e in ufficio al Ministero e cose del genere, quella volta in cui credevo di averla scampata mi raggiunge una telefonata minacciosa a casa; devo rientrare immediatamente in Compagnia, mi hanno scoperto, il caporale di giornata è stato punito con una settimana per colpa mia e io rischio il processino. Così corro a Roma e quando rientro stravolto tutti son lì a dirmi l'hai fatta grossa imbecille e ora la paghi e io che sprezzante urlo la pago la pago bastardi, cazzi miei. E il capitano mi fa un cazziatone della madonna dice che non sono un bambino e che è inutile che giochi a fregar lui e gli altri che queste storie delle fughe le sanno e conoscono da cent'anni e se dovessero beccar tutti non avrebbero altro tempo né per mangiare né per dormire. Però mi credeva più furbo davvero più scaltro, pazienza riprenditi la tua licenza e tornatene a casa subito. Io sono lì in piedi su quell'odiosa posizione dell'attenti che non posso muovere manco un braccio e una manina quando invece son sempre gesticolone e maneggione e infatti senza mani riesco a dire niente, sto lì con le lacrime agli occhi stravolto e stanchissimo e dico che la fuga l'ho fatta perché stavo impazzendo e la mia donna è andata in Cina con una borsa di studio e chi la rivedrà? Il capitano mi porge la licenza che io non avevo ritirato essendo scappato due giorni prima, il caporale doveva ritirarla e nasconderla lui, ma s'è fatto beccare ed io di conseguenza. Prendo il foglio e torno a casa, altri due giorni di pausa eppoi ritorno. E allora cominciano i guai perché se ho messo tutto a posto col capitano facendomi calpestare nell'orgoglio, con la giustizia dei najoni il conto è aperto, e qui son davvero cazzi. Interviene dunque Compà Stani che si mette a tramare e smistare relazioni, fa il dolce imbonitore con uno che lavora nel suo ufficio e che è capostecca, quindi signore e padrone, e per di più di un paesino vicino a casa sua. Poi

continua con gli altri ogni sera in quelle riunioni ai lavatoi post-contrappello in cui si discute chi punire per gli
sgarri. Viene dibattuta la mia questione, l'offesa va lava-
ta, io mi sono ribellato, ho messo nei pasticci uno e ora
devo pagare, occhio per occhio ti getto il malocchio.
Compà Stani mi difende, dice tutte delle storie in dialetto che io non capisco però ce la fa, vengo amnistiato e
messo sull'avviso per la prossima volta, un passo falso e
sono spacciato e bagnato. Ma tutto poi si risolve con il
passar dei giorni, loro si congedano e arriva un'altra legge a dominare, sempre così, scaglione dopo scaglione alla resa dei conti, una cosa da dar di matto, alle volte mi
pareva di essere davvero un idiota a menarmela con
questa gente che manco sapeva parlare e stava tutto il
giorno a spugnettarsi coi giornaletti e cantare i giorni al-
l'alba, dieci venti o trenta, chicchiricchì e coccodè. Davvero impazzivo. Non tolleravo la violenza terribile di
questi ragazzi, questo costituirsi come tribunale del popolo e decidere ogni notte i gavettoni e i lucidi e le
schiume a chi aveva sgarrato da non si sa bene quale retta via. Ma quella volta della fuga andò bene, ero già
avanti di scaglione s'era a febbraio se ben ricordo e Stani stava entrando nei congedanti. E quel che è buffo fu
che lui ottenne la mia assoluzione per un banalissimo
motivo: se loro avessero fatto il gavettone da dieci litri di
acqua e piscio e compagnia bella avrebbero anche bagnato il suo letto e il suo viso, e questo era inammissibi-
le. I congedanti burini dissero che Stani aveva ragione,
non mi si poteva bagnare perché avrebbero spruzzato il
nonnino di sotto. Così la spuntai.

Ma le storie della camerata di centodieci uomini tutti
lì fianco a fianco non sempre andavano così lisce. Si capiva che sarebbe bastata una scintilla più violenta per
appiccar l'incendio, in qualsiasi occasione. E fu proprio
col congedo dell'ottavo che scoppiò il casino, talmente
grande che poi per qualche mese regnò, la notte, il più
assoluto silenzio, i borghesi spegnevano la luce subito
dopo il contrappello e ordinavano il silenzio radio. Che

da tutti gli sfatti e sfranti della stamberga veniva con gran gioia rispettato. È successo quel che succede ogni martedì d'inizio mese in tutte le nostre italiche caserme, un gruppo di ragazzi che si congeda e saluta il suo passato militare sfogando la rabbia e le amarezze e le sofferenze di dodici mesi in divisa. Noi stavamo già in branda quando loro sono rientrati in venti completamente ubriachi e sfatti cantando a squarciagola e travolgendo tutto quanto avevano sul cammino, brande, armadietti, altra gente, materassi, cuscini, stereo, bottiglie, giornali. Appena si sente questo bordello Stani mi viene a chiamare, dice di saltar giù dal letto immediatamente e di vestirmi e dice anche fai presto Maeshtro, fai presto stanno arrivando. Io non capisco molto bene: un minuto prima c'è il solito svaccamento della nostra camerata con guaglioni che cantano malafemmina, altri che giocano a dama, altri a carte rintanati nelle brande a castello, ci sono quelli che spinellano e quelli che commentano l'ultimo accoppiamento porno e adesso in un attimo tutto un bordello indescrivibile, lucchetti che saltano, catene che traballano, gente che esce di corsa dai bagni con lo spazzolino ancora infilato in bocca e si precipita a vestirsi. Insomma mi infilo la mimetica bestemmiando e mi dico bene ora si balla. I najoni entrano dunque sputando e calciando e reggendo bottiglie di grappe e whisky e fiaschi di Chianti che rosso sbrodola dalle loro gole e vermouth e altre porcherie. E iniziano a sbraitare tutti in divisa sull'attenti al postobranda sennò vi facciamo schiattare luride spine e così dicendo vanno ai loro armadietti e si spogliano e si mettono tutto l'armamentario del nayone congedante, completamente nudi, anfibi, basco luccicante di stelline tricolori, stecca in mano e prendono a girare fra le brande e poi uno dice a tutti in mutande forza forza e fanno baciare la stecca e fare il cucu a qualche malcapitato e sempre bere e tracannare e sputare in terra tanto che il pavimento ben presto è peggio di una fogna e io penso ma crolleranno, perdio se crolleranno una sbronza così non la si può reggere per più di un'ora. E infatti ben presto fra il casino e il bordello il capostecca urla voglio cinque spine, datemi cinque spine e tutti i suoi scagnozzi a vedere fra le foto che teniamo attorno alla branda chi è dello scaglione più giovane. Così ne beccano cinque spauritissimi e appena appena arrivati e li mettono in ginocchio e li fanno ubriacare e se questi non bevono li reggono in tre-quattro e gli gettano la canna in gola e ben presto uno di questi si mette a vomitare e strafogare e allora lo buttano via con una pedata stampata nel didietro. Insomma spostano le brande e così il corridoio si allarga eppoi il najone dice ora vi faccio vedere la corsa e così dicendo monta sulle spalle di uno di questi e prende a cavalcarlo come un cane e gli altri pure e tutti urlano perché i quattro son partiti e corrono come indemoniati a carponi. Stani fa il tifo e dice pure a me di farlo, ma io ho lo stomaco chiuso e raggelato e lui allora sibila: "Maeshtro non t'azzardà a fare o' fesso, non te sognà, grida fesso grida" e io prendo a urlare e sfogarmi ma non gliela faccio e mi ficco in bocca una bottiglia. Poi i quattro arrivano al traguardo e i ragazzi che han fatto da stalloni si gettano in terra stremati e calpestati dagli anfibi lerci degli altri che versano vino e birra e whisky nelle loro gole senza soluzione di continuità e si spruzzano l'uccello dicendo bevi bevi cocco mio, ma ben presto alcuni cominciano a rantolare e vomitare a casaccio sulle brande e sui vestiti e reggersi lo stomaco e strizzarsi il cervello dio quanto mi gira la zucca, e sbattila! e sbattila! e così fan a colpi di testa contro gli armadietti, in otto-dieci son lì a dar zuccate con tutti intorno che urlano oooohhh mentre il caprone piglia la rincorsa e poi uaaahhhhh quando cozza la fronte contro il metallo grigio. Altri najoni invece passano dalle brande e dicono presentati e mettiti sull'attenti e baciamo il cazzo che per me è finita bucchine e per te malefica spina c'è ancora una vita. Poi comincia a schizzare qualche spruzzo di sangue ed è come un'eccitazione senza freno, loro paiono imbestialiti, capocciate della madonna, trangugiano mezza bottiglia di whisky e via contro l'armadietto, sempre più forte, completamente inebetiti e anestetizzati dall'alcool a ridere sempre più forte e massacrarsi lì contro e uno dice be' ragazzi ora basta, non l'avesse mai detto, si becca la stecca sul grugno e deve correre ai lavandini a tamponarsi l'emorragia. Finalmente un'antina salta e il najone vincitore viene portato in trionfo per la camerata con tutto il viso macchiato di sangue e lui dice e urla sono il migliore e tutti a osannare e gridare insomma un bordello indescrivibile e noi tutti assonnati, in mutande, stanchi e avviliti a sospirare sol che crollino e si ritorni in branda; ma nessuno tiene conto che lì in mezzo c'è uno che sta veramente male, qualcuno a cui la rabbia sta salendo al cervello e questo qualcuno non è fra i carnefici e non è nemmeno fra gli astanti.

Lui, quello a cui prende a girare la testa veramente male, sta tranquillo a fare il piantone armeria ai bordi del corridoio e della caciara. Appena arrivato al reparto, subissato da servizi sfiancanti e da guardie, senza licenze da almeno cinquanta giorni, fa semplicemente il piantone armeria e sembra che il casino non lo turbi per niente finché il capostecca non commette l'errore di andare a piantare zecche anche a lui sbraitando e vomitando perché non bevi e perché non guardi e perché non festeggi il nostro congedo. Lui non risponde, ha gli occhi fissi al vuoto, lo strattonano e lo prendono, ma lui niente, non si muove finché non lo lasciano perdere lì a terra all'ingresso della camerata. E tornano dentro a far bordello a calpestare e insozzare finché non si sente un urlo disumano che gela la camerata. Da terra il piantone si alza e corre dritto verso il capostecca, furioso, sparato, gli si getta addosso azzannandolo con un morso alla gola, il najone si divincola, ha gli occhi così sbarrati che paiono debbano schizzare in aria da un momento all'altro. Si divincola e grida ma quell'altro non cede, gli si buttano addosso in tre-quattro ma son troppo ubriachi e lui lucidissimo e cosciente con i denti ficcati nella gola squarciata del najone che spruzza sangue come una fontana, e allora c'è una ba-

garre insostenibile e presto tutto il corridoio fra le due file di brande diventa un ring di calci e botte e i cinque che
erano stati prima violentati si fanno coraggio e si gettano
a menare come ossessi smontando brande e facendo barricate e pestano e urlano ed è come succedesse una rivoluzione perché tutti i nodi vengono al pettine e qualcuno
corre a urlare nel piazzale, noi si grida dalle finestre, arrivano le guardie con il tenente di picchetto ma nessuno
osa immischiarsi nella rissa. Come una belva braccata il
soldato che ha mollato il collo della preda è rintanato in
un angolo, ansima e sbuffa, l'altro si contorce come un
pesce in una pozza di sangue e di vomito e di whisky puzzolente. Gli armadietti saltano, gli zaini volano, i najoni si
gettano improvvisamente nell'angolo, calciano il ragazzo, lo pestano, lo maciullano, gli strappano i vestiti, quello sviene o almeno così sembra e poi nel volgere di non
più di un minuto tutto si calma misteriosamente e si
estingue. Ma quella notte nessuno riuscirà a dormire, io
me ne andrò con Stani nel piazzale a smaltire la paura e il
mattino ci vedrà ancora lì con gli occhi sfatti e le labbra
gonfie e la barba che punge.

Ma Compà Stani è stato magnifico in quei mesi, io ho
messo molto tempo a capirlo ma è stato magnifico. Con
lui sarei uscito in libera solo una volta e lo avrei portato
al cineteatro Volturno a mostrargli un po' di scosciettare
e me lo sarei visto quasi svenire durante la passerella,
tutto quel ben di dio a non più di un metro dalla sua
portata. Magico Stani che in fondo era nient'altro che
un ragazzetto intraprendente e che mi ha fatto piaceri
enormi, ha preso subito in mano lui l'andamento del nostro condominio e si curava della pittatura, della manutenzione e dell'ordinaria amministrazione sapeva sempre in anticipo la data delle ispezioni e dei controlli e
così eravamo premuniti. Diabolico Stani che strizzava
l'occhio perché nella mia antina al posto delle solite fregnacce e figacce che i soldati appendono e delle pin-up
con il barilotto aperto e delle tettone, per non dire di
certi accoppiamenti che quando arrivava l'ispezione era

tutto peggio di un sex shop di Amburgo, ne volavan fuori di tutti i colori, cazzi in gomma, fighe in plastica, preservativi lubrificanti, col serbatoio, in budello di porco, in ventre d'agnello, in prostata di vacca e insomma io avevo appiccicato soltanto una mia foto e i disegnini di Maurice e lui allora strizzava l'occhio, capiva, ma non condivideva. Meraviglioso Stani che poi lascerà nascosta nel mio armadietto una agenda che ancora ho con su questa dedica che ora riporto in tutto il suo fulgore: "Ricordati che per il mondo non sei nessuno, ma per qualcuno sei più di un mondo" e che scriverà un bigliettino pasquale arrivato qui l'altro giorno e dirà: "Maeshtro, sarò lì per la Strabologna podistica del venticinque aprile. Ti sarà difficile trovare il gruppo Amatori Marciatori Arci-Uisp di Sant'Arpino, ma se ce la fai ti vedo con piacere" e al momento non so ancora se mi sarà possibile andare, però mi piacerebbe.

Alla Macao dunque resto il meno possibile e quelle volte che sono di servizio piantone comandato a ramazzar i cessi e lustrare con la nafta i pavimenti riesco sempre a non parlare e leggere un libro. I miei compagni oltre a Stani sono Lello, avvocato molisano, e altra sparsa fauna siciliana o abbruzzese che proprio non ricordo. Di Lello ho già parlato, era con me al Celio quella prima volta quando ci ha portato a mangiare in una fiaschetteria dietro al Colosseo. È stato trasferito qui con me, ha studiato a Roma e ha un pied-à-terre che sfrutta con pernotti e permessini. Ha la mia età e con lui mi getterò in quell'impresa terribile del Giornale della Seconda BARDIFE che faremo uscire fino a un mese dal nostro congedo. Succede che dopo qualche mese che siamo a Roma il capitano ci chiama a rapporto e dice che avrebbe piacere che la Compagnia avesse un giornale come luogo di comunicazione e confronto fra la truppa e i superiori. E ha pensato a noi due. Lello è entusiasta, io molto meno. Ogni mese si affiggerà poi in bacheca questo giornale che altro non è che una decina di fogli scritti a macchina che hanno un editoriale, una rubrica che segnala trattorie e posti economici in cui poter mangiare, un'intervista a qualche comandante e notizie varie dal continente militare Cobar, Coir, Cocer e compagnia bella. Io riesco a scrivere pochissimo però faccio scrivere gli altri e son sempre lì a chieder a questo e a quello di fare una paginetta sul torneo di pallavolo o sulla partita di calcio e così via. Mi occupo delle interviste come è successo quando sono arrivati i nuovi tenenti e io mi son presentato dicendo son la stampa e vorrei un'intervista e quelli guardavano con occhio malefico, però poi mi sono fatto raccontare. La perla di queste interviste è stata comunque con un certo sergente maggiore simpaticissimo che proprio non conoscevo perché stava in un'altra Compagnia e questo s'era talmente a me attaccato che mi spediva i piantoni in branda all'una di notte perché mi prelevassero e portassero da lui. Serg Magg Bianchin poi mi riceveva in vestaglia da camera con su i gradi d'oro appicciccati e con tutta una colonna sonora che pareva la cappella sistina, un gregoriano da far spavento. E lì a lume di candela cominciava l'intorto e ogni tanto bussavano alla sua porta e lui diceva scusami caro, si ritirava, sentivo che parlottava piano e diceva cose del tipo "son impegnato te ghe dico che son impegnato no? Certo che me ricordo de ti e de la licensa, domani caro, domani". Poi ritornava tutto sorridente e diceva: "Ti me ga da scusar carino, ma ghe se tuti che voglion i miei favór e mi non so mica tanto come far, te capìo giornalista o no?". E io dicevo certo sergente certo continui pure il suo discorso e allora Bianchin via che parlava di tutte le sue messe e avemarie e alla fine mi congedava con una benedizione, salvo il giorno dopo farmi arrivare da un messo addirittura in ufficio degli strani bigliettin.

Ma il Bianchin è stato spassosissimo quel pomeriggio d'ozio estivo in cui si chiacchierava all'ombra delle verdi palme della Macao, lui sul muricciolo, in piedi per poter guardarmi dritto dritto negli occhi e mantenere almeno lì la superiorità di grado, io che mangiucchiavo un ghiacciolo tricolore che mi sbrodolava dannatamente le dita e l'avambraccio; e mentre s'era lì a ciacolar lui continuava a salutare a destra e manca sfavillando l'occhio vispo e facendo strizzatine di bocca a questo e a quello e agitando la manina all'indirizzo di certi bonazzi in shorts da libera uscita come proprio la Queen Elisabeth II che aveva ammirato la settimana prima lì dal Quirinale e per tre giorni altro non m'avrebbe detto: "Una fatina, ea è pari a una fatina, bea, bea, bea che ti non poi capir" e infatti io non capivo se stava lì a belare o che cazzo dire. Insomma mentre siamo lì nel piazzale esotico a un certo punto si fa serio, si china un po' e mi dice: "Carino ghe semo, mettiti sull'attenti che arriva n'altra sorea!" e io ridacchiando mi volto e vedo avanzare leggiadro un certo maggiore e allora mi rabbuio e batto il tacco e quello: "Comodo, comodo soldatuccio manchiam solo del tè, né?".

Insomma il Bianchin era simpaticissimo, mi potevo nascondere nel suo studio quando scattavano certe pallosissime adunate ginniche convocate ogni quindici giorni per tenerci in forma, inoltre ha anche stragattato per me credendomi di farmi piacere, tanto che mi hanno mandato a un colloquio con il colonnello della Rivista Militare allo Stato Maggiore che mi voleva con sé e io ho declinato l'invito, non sarebbe stato male come lavoro però ero ormai agli ultimi mesi in divisa e non avevo voglia di un altro spostamento. Ma il colonnello della Macao s'infuriò e mi mandò a rapporto e ordinò di andare immediatamente a presentarmi come effettivo al "Sestante" perché certo lui si sarebbe stimato ad avere un suo soldato in quel posto là. Però come ho detto, non ne feci niente, finsi di dimenticarmi o chessoio, avevo già perfettamente capito la logica del nostro esercito se fai tanto di scansarla per i primi dieci minuti è fatta, nessuno si ricorda più di te.

Comunque io continuavo ogni sera a uscire con gli amici di piazza Colonna e così facendo destavo un qualche sospetto, in camerata tutti chiedevano dove andassi e che facessi che sparivo sempre. Ma per questo sono stato molto abile, ho sempre detto la pura verità, mi vedo con la gente alta di Orvieto e che loro pensassero pure quel che volevano.

Al Ministero le cose sono un poco più complicate ma nient'affatto tragiche. Sto in segreteria della VIII Divisione Milesercito dove vengono smistate e vagliate le fatidiche domande di avvicinamento che già durante il Car mi han dato filo da torcere. Tutta la mia carriera militare segnata da quei fascicoli, da ricette mediche, cartelle cliniche, stati di famiglia, modelli centosette, dichiarazioni di invalidità e via discorrendo. Il colonnello della Divisione ha concesso fiducia e sono per il momento l'unico soldato di leva che scrive su queste cartelle il parere "favorevole" o "contrario" motivato in base alla Circolare Ministeriale che tutto regola e amministra. È chiaro, il mio è soltanto il primo anello di una certa catena di revisioni, dopo viene un sergente maggiore che corregge, un maresciallo che vista e il colonnello che firma e il Generale Comandante di tutte le divisioni che spedisce a busta ormai più o meno chiusa. Però dopo i primi tempi un po' indecisi riuscivo a sbrigare le pratiche senza troppi errori di valutazione in brevissimo tempo, anche curandomi di certe situazioni che a parer mio benché non previste dalla circolare abbisognavano di una certa elasticità, insomma su il timbro favorevole. Quante storie mi son passate fra le mani in quei dieci mesi, ho letto centinaia e centinaia di fascicoli, di storie incredibili, madri in lacrime che scrivevano in modo illeggibile al Presidente, gente che diceva di aver sacrificato alla Patria un braccio, una gamba, la propria vita e che quindi ora dalla Patria si attendeva almeno una qualche considerazione, perché se mio figliolo è di Caltanissetta me lo mandate a Pordenone? Di queste solfe ne ho lette e sentite a migliaia per lettera, al telefono, di persona. Subito ero commosso, ricordo una vicenda incredibile di un contadino sardo che aveva fatto scrivere la lettera dal prete della sua parrocchia e alla fine aveva siglato con una croce e io allora presi a girare come un pazzo per i corridoi del Ministero facendola vedere a tutti gli ufficiali e dicendo che non era possibile che ci fosse ancora gente ridotta così e si spendessero tutti quei soldi per armerie e cose del genere, mi prendeva una rabbia terribile, facevo tutto favorevole finché il colonnello mi ha chiamato e ha detto che se son gentile d'animo sta bene, però vedessi un poco di fare per benino il mio lavoro e non tutta un'avemaria come se fossimo in una confraternita e non nel patrio esercito. Così mi sono lentamente distaccato da quelle storie che arrivavano sul mio tavolo ogni mattina timbrate e protocollate e ufficializzate ed era sempre più difficile leggervi dentro il vero spessore, le vere tragedie che sono davvero tante, potrei parlare di questo a lungo, ma non credo sia il caso. Una volta raggiunta un po' di professionalità che qui non esito a chiamare cinismo, anche il mio umore si è un poco sollevato, sbrigavo più pratiche e avevo più tempo da passare ai bar e agli spacci del Ministero con i compagni che raccattavo ai vari piani di palazzo Esercito. Soprattutto più tempo per le galeotte telefonate di Radionaja.

Ma chi ha immediatamente cominciato a rompere il cazzo nel Ministero è un pecoraio burinissimo della zona di Rieti alto non più di un metro e sessanta e magrissimo, addirittura filiforme. Questo, tale Quidam, ha un viso così terribile che sembra uscito dalla penna di un caricaturista di freaks: testa aguzza e a pera, naso direttamente attaccato alla fronte piccolissima e inclinata e senza alcuna parvenza di orbite, occhi strettissimi e vicinissimi, mento inesistente tutto coperto dalle labbra sottili e sporgenti, peluria sotto le orecchie a cavolo e al posto dei baffi. Quidamquondam non sa parlare e non conosce nemmeno, io credo, l'alfabeto della nostra lingua. Sta in ufficio con me a fare il portapacchi, in un primo momento faceva le pulizie e un giorno s'è infilato nell'Ufficio del colonnello, lui presente, e ha preso a spolverargli il tavolo con il piumino sotto al naso dicendo: "Spostate cossì n'attimino che te

spolvero lu tavolu" e il colonnello faceva occhi strampalati e si chiedeva se ce l'avesse con lui il Quidamquondam o
con qualcun altro, però c'era nessuno alle sue spalle, soprattutto quando il picciotto ha preso ad alzare un lato
dell'enorme scrivania e dire tutto rosso "Eh forza, eh forza" così che il capo s'è guardato in giro e ha capito che era
a lui che si rivolgeva e allora s'è alzato, ha preso l'altro lato
del tavolo e lo ha alzato assieme allo scopino. Questi ha rimesso a posto il tappeto, ha spazzato e s'è congedato dicendo pressapoco "Ora te ne stai pulitu Colunnello, sempre comandi al tuo soldato Quondam!". Così che
impietosito il comandante lo fa restare in ufficio non solo
più come spazzatore degli immobili ma come tuttofare. Il
Quidam impara così a scrivere a macchina, lentamente,
ma impara. Impara a intestare le lettere, a fare i versamenti alla posta di via Firenze, impara a rispondere al telefono
usando il "lei" e non sempre il "tu" (*Driinnn*. Pronti, sono
il soldatu comandatu a star qui e te chissia? U generale? U
senatore? 'Spetta chi te passo o Signore Colonnellu, 'spetta lì eh.) impara insomma quel po' di cose che nessuna famiglia, né scuola disertata gli ha mai insegnato e che come
moltissimi altri della sua razza emarginata solo facendo il
servo può apprendere. Ma lui non capisce ancora chi è e
che ci sta a fare lì che tutti lo canzonano, proprio non capisce, gli basta raffermarsi, firmare, prendere quella miseria
di baffo del cazzo per sentirsi qualcuno, uno che c'è, uno
che non si può ignorare. E quindi con me è sempre guerra. Lui non tollera che io appena arrivato faccia un lavoro
in un certo senso di responsabilità e non solo il passacarte
come lui e quell'altro Scortamiglio Gianfrancesco che è
tutto un programma. Questo qui rosso rosso di capelli,
con una traspirazione corporea addirittura mefitica quel-
l'estate senza condizionatori, romano piccoloborghese,
figlio di un impiegato ministeriale delle Poste e quindi già
dalla famiglia programmato a fare il timbracarte per tutta
la vita, questo è geometra, poco più intelligente del Quondam, ma non per questo meno imbecille. È magro, rachi-
tico, curvo curvo, altino con braccia penzoloni che quan-

do cammina si muovono alternate come pagaie, occhi acquosi, bocca storta e una voce a settantotto giri che ogni
tanto fa cilecca e allora questo sembra vanverare in play-
back. Non fuma e non beve. Ha sempre pastiglie, ricosti-
tuenti, vitamine e pillolette per le tasche. Osserva diete ri-
gorosissime e ricette di mamma sua, insomma un
abortino di ventanni. Fra i due appunto non scorre buonsangue, anzi. Sono sempre pronti a fare buonviso davanti
al maresciallo e al colonnello e poi accoltellarsi nello stanzino dei dattilografi, in fondo alla Divisione, con gridamenti e urlacci in romano e reatino da far spavento, non
perché violenti, ma proprio perché assolutamente inno-
cui visto che il massimo che si dicono è stupidu, burinu,
imbecille, scemotto, tracagnetto e se proprio fanno i catti-
vissimi, paraculo. Io sto nel mezzo. Continuo a raccogliere alternativamente le carinerie dell'uno sul conto dell'altro, Scognis dice che Quidam è spia del capitano della
Macao e che quindi non devo assolutamente chiedergli di
coprirmi per qualche fuga, finirei subito scoperto. Quidam dice invece che Scognis è la spia del maresciallo ed è
raccomandatissimo per cui si crede di fare il buono e
brutto tempo e non rispetta nemmeno il suo grado di caporalmaggiore l'infame, per cui va bagnato e affogato in
branda. Insomma questi sono sempre lì che tramano e
che brigano uno alle spalle dell'altro e io comincio anche
a stancarmi di stare in tutto questo giamburrasca che pare
di essere in un collegio di ritardati, fra orfani imbecilli e
mongoloidi. Per cui faccio vita a parte. Anche al Ministero dunque mi comporto come alla Macao, sto con gli occasionali compagni d'arme e penna solo per lo stretto necessario, per un panino, una tazza di tè al limone o un
campari corretto che il Barrese ci intrugliava gratis e di
nascosto allo spaccio dello SME. Per il resto faccio le mie
pratiche, i miei giri all'archivio dove sta Stani e al terminale dove sta Lello, le mie telefonate, la lettura del giornale
imboscato all'ufficio timbri che sta un po' fuori mano, in-
trufolato in un sottoscala pieno di fascicoli e cartacce e pile e rotoli e cataste e lì dentro, come topi, un tre-quattro

soldati guidati da un giovane maresciallo a far timbri tutto
il giorno in quella luce fioca ma bellissima e così polverosa
che trapassa dalle persiane verdi e alte; soprattutto quando faceva caldo io amavo quell'ufficio quasi dimenticato
da tutti, mi piacevano quei tavoli macchiati di inchiostri e
soprattutto quelle pareti di gialli fascicoli accatastati fino
al soffitto. Pensavo che lì non esisteva il tempo, che in fondo la noia dei giorni che scorrono via poteva lì esser solamente registrata dallo scatto quotidiano del datario in cima al timbro in bronzo della Divisione, il più importante,
il più prezioso, quello che regnava incontrastato sulle altre centinaia di timbri in plastica e che veniva ogni pomeriggio ritualmente riposto in cassaforte.

La stanza dei timbri è allora un luogo in cui fuggire
dalle insistenze burine del Quidam e dal puzzo dello Scognis, per poter chiacchierare e sfumazzare con quel maresciallo tutto grasso e gonfio e gonzo che in fondo è one-
stuomo, un poco pavido ma bravuomo. Ha fatto ai suoi
tempi il Lyceum Classico, poi un inizio universitario interrotto dalla donna incinta e dai bollini sul libretto talmente innumerevoli da spedirlo dritto dritto nel trip del
militare e non farlo uscire più. Armando sono quindicianni che sta lì nello stanzino dei timbri a picchiare sulle
veline ministeriali come un uomo del sottosuolo. Il suo
record martellante è di centoquarantadue timbri esatti al
minuto ottenuti però quando era giovane e non adesso
che ha più di quarant'anni e nell'avambraccio comincia a
vedersi, ostia se si vede talmente tanto che presto passerà
la visita per l'invalidità, e sempre infatti qualche timbro
un po' sfuocato e qualche macchiolina e un po' di sfumatura non di certo come ai tempi eroici della prontezza e
nitidezza; mai e poi mai però impronte digitali ah no,
proprio no o buonsoldato, però ad essere sinceri qualcuna ci scappa, ma il timbro buono e ottimo deve essere nitido, melius abundare quam deficere nell'inchiostratura,
mai troppo però sennò trapassi il foglio e insozzi tutto;
deve essere rivolto in modo perfetto verso chi lo guarda
anche se è orbo, sta a te piazzarlo in modo così esatto da

poter essere ammirato su tutti i fronti e ci vuol pazienza mio caro et philosophiam, io glielo dico sempre a quei testoni lì che timbrano di qua e di là e sopra e sotto e tutto storto io glielo dico ogni mattina che è una missione questa del perfetto timbratore, ma c'è niente da fare, non capiscono, non hanno studiato come noi due caro miles gloriosus, che ci vuoi fare, vale atque valeas soldato, vale, vale...

Maresciallo Armando lo incontrerò pure sui treni delle mie licenze brevi diretto a Firenze dove ha la moglie e i tre figlioletti. Per il resto della settimana lui vive in caserma a Roma, continua a quarantanni a fare il collegiale, quanta tristezza mi porterà addosso la storia di Armando per cui mi affezionerò anche, parlerò spesse volte con lui, gli dirò fra quelle carte inchiostrate e le centinaia di timbri sparsi a montagne sulla sua scrivania e le cartacce unte delle pizzette che gli compravo in via Napoli, un po' delle mie idee sul continente militate, lui dirà che in fondo sono vere, tutti son lì per un pezzo di pane e io per fortuna, per fortuna caro Armando che nessuno di voi ci crede. E gli stringerò dunque la mano la mattina avanti il mio congedo, per la prima volta in borghese fra i corridoi del Ministero col jeans, il giubbone e una lacostina azzurra incravattata in una sgargiante regimental verdeblu che tutti gli ufficiali invidieranno perché ha su l'aquila dorata dell'Air Force e loro, basta vedere un poco di militaresco che van in godimento; gli stringerò dunque la mano molliccia e sudaticcia e macchiata di inchiostro e timbrature e gli dirò che mi farò vivo, primaoppoi ci si rivedrà maresciallo Armando, ma questo non sarà vero, sarà una piccola menzogna. Ai militari una volta ho detto addio, l'unico vero e lungo addio della mia vita.

Intanto non vedevo più il mio Lele, le nostre licenze non combaciavano per cui quando lui era a Roma io stavo a casa e viceversa. Inoltre a piazza Colonna non lo si incontrava quasi più, una volta Beaujean riferì di averlo visto passare per via del Corso con la testa china, lui che di solito ergeva il suo bel viso sopra tutto e tutti, e di aver avuto così la sensazione che volesse scantonare la vasca di Radionaja, infatti passò oltre senza nemmeno voltarsi agli starnazzi suoi, di Vincent, del Pedé e della dolce e cara Baffina.

Cresce così la storia con Maurizio, lo vado a trovare su a Tor di Quinto una domenica che fa il comandante della guardia e si presenta in parlatorio tutto impeccabile nella sua mimetica tanto che io gli dico, si vede che la usi poco coccomio, sembri appena uscito dalla vestizione. E infatti il bel Maurice è imboscato benissimo in Compagnia, quasi l'uomo di fiducia del suo giovane capitano che se lo porta alle scuderie a trottare, in campagna e persino a casa sua sulla Salaria; e gli ha messo a disposizione uno stanzino sopra al Minuto Mantenimento nel quale Maurizio lavora di pennello e spatola, fa quadri per il capitano, il comandante e i generali, fa bozzetti e cartoncini per certe scene di guerra e di valore che adornano l'aula di Compagnia, insomma il pittatore tuttofare. E per i suoi servigi non fa né guardie né servizi se non proprio il minimo indispensabile per passare di grado da caporale a caporalmaggiore e congedarsi da sergente.

Quella domenica dunque di un ottobre fulgido che presto però si sarebbe sciolto in piogge e acque insistenti e noiose e addirittura gelide, ci salutiamo nel parlatorio tutto sistemato come un salottino da discoteca con divanini in velluto e stereo e addirittura piccolo bar. Ci guardiamo e ci abbracciamo, lui fa un salto fuori dalla porta, controlla che nessuno sia nei paraggi e allora mi salta al collo e mi bacia ringraziandomi per essere venuto, il nostro primo bacio, il primo segno di una relazione continuamente interrotta che sarebbe durata fino al suo congedo e poi anche oltre fino ad estinzione quella fatidica notte milanese.

Maurizio è davvero un bambino, bacia come un forsennato, appena fai tanto di sfiorargli le labbra subito t'inghiotte. Mi piace, mi piace, i suoi occhi, le sue gambe

alte e affusolate da adolescente, la sua piccola lingua.
Dopo quella sera dalla Vecchina in cui ha riversato tutte
le sue domande senza risposte, sera condita dalle solite
lenticchie e salamelle e litri di bianco dei Colli, Maurizio
ed io ci vediamo regolarmente. Andiamo un paio di volte a cena dal Tom-Tom in compagnia di Beaujean, giriamo per Roma allacciati infilandoci nei vicoli bui a limonare forsennatamente come due ragazzetti, passeggiamo
ai fori tenendoci per mano, lui spesso la ritrae non appena vede arrivar gente, ma io lo serro e gli dico che è un
punto a nostro favore tutto questo che non abbiamo
paura di nessuno mai e per di più così, teneramente uniti dal nostro affetto. Per le strade di Roma per le piazze
e i giardinetti dunque passeggiamo nella dolce consuetudine delle nostre mani intrecciate sostando ogni tanto
a berci dalla bocca e io sarò contentissimo e dirò che così libero e padrone di me non mi son sentito mai, che
deve essere quest'aria frizzantina, questo tramonto e
questo cielo blu a farmi sentire così, devono essere i turisti, i romani, non lo so, ma non succederà mai più che
io passeggi in patria per mano con il mio ragazzo, davvero mai più. E quando viene l'ora del rientro in caserma
lo accompagno a piazza Augusto Imperatore per l'ultimo tram e anche lì i nostri saluti sono baci e abbracci
nascosti dietro gli autobus verdi o le statue delle basiliche. Andremo poi molte volte sui gradini dell'Ara Pacis
ad attendere quell'ora fatale del rientro e lì persi nel
traffico del lungotevere e distesi su quelle pietre dolcemente declinanti avanzeremo un petting frenetico sempre singhiozzante non appena le urla dei najoni che
rientrano giungono come frecce avvelenate a disturbare
le nostre intimità a cielo aperto. Così mi stanco delle li-
monate dietro agli autobus e sui muriccioli e negli angoli dei palazzi sempre con il rischio per Maurice di essere
riconosciuto dai compagni di galera e quindi sputtanato.
Sono stanco, stramaledettamente stanco che ci traffi-
chiamo per le strade e solo lì, negli anfratti, sulle panchine buie di Castel Sant'Angelo, nei vicoletti di Traasteve-

re, davvero non ne posso più. Vorrei una casa, una topaia, un tetto per le nostre storie. Sono quelli giorni in cui continuo a menarla con Beaujean per il fatto che non abbiamo uno straccio di posto per toglierci dalla strada e che tutto quel po' che combiniamo avviene sempre lì, in piedi, inginocchiati, sdraiati in terra, dietro a un cespuglio, sulla gradinata buia di una chiesa. Sono terribilmente avvilito di gettare tutto il mio affetto per le strade polverose e come unica tana la caserma, la camerata, la mia branda cigolante persa fra decine di altre brande uguali, anonime, uniformi, la vita del soldato. Ma con Sorriso non si va più in là di tanto, oh sì una gran bell'amicizia, visite guidate a tutti i musei, matinées domenicali ai teatri, cinemini d'essai e cineclubs, Accademia di Santa Cecilia e Goethe Institut, ma niente di più, lui continua a dirmi che non è gay e che non lo sarà mai e che mi vuole bene solo come amico e per questo mi rispetta, ma quel che fa lo fa solo per rendermi contento perché la insisto tanto. Ma non me la dà a bere, proprio no e così litigheremo disastrosamente una sera in trattoria quando io dico che voglio il riconoscimento teorico della nostra storia, che esigo che lui si dichiari apertamente e solarmente omosessuale, che per me è di capitale importanza, una ragione di vita o di morte, che senza quella bolla lì ben timbrata e protocollata io non mi sento di andare avanti, proprio no. E lui sorriderà e dirà che so già come la pensa e che è tutto inutile, fai pure quel che vuoi. Così ci lasciamo in Governo Vecchio e non ci rivedremo per qualche settimana. Ma le mie antenne sono sempre pronte a captare qualsiasi segnale provenga da Maurice, non faccio che parlare di lui con Baffina e Beaujean, non faccio che far romanzi attorno alla nostra storia e insomma dico che quello è frocio sputtanato ma non ha colpa, è ancora troppo giovane e non sa come va il gioco; in fondo io non posso esser violento, avrà anche lui tempo per scoprirsi queste intensità, oh l'avrà, non lo posso di certo sapere ora ragazzi ma quel che è sicuro è che su di lui mi gioco il braccio, le gambe e puranco la mia testa: è dei nostri. Ma Baffina dirà che non è vero che mi sbaglio e faccio anche male a comportarmi così, volere tutto e subito anche quello che non si può e Beaujean dirà che son tutte cazzate, in queste cose patti chiari godimento lungo. La storia con Maurice mi disastra tutto, prima il Grandelele e ora lui, sono stanco, davvero molto stanco.

Poi arriva una telefonata da Radionaja, Maurizio ha beccato lo scolo, sta al Celio ma non si può assolutamente dire con il giro della Vecchina, corro all'Ospedale Militare, lo trovo alla Dermo in quello stesso stanzone in cui la primavera scorsa ho dormito anch'io appena appena arruolato. Ha gli occhi gonfi, dice che si vergogna tanto e vuol sapere come ho fatto a rintracciarlo. Gli dico che tutto questo non ha importanza e non mi frega niente, guarirà in nemmeno cinque giorni, però c'è una cosa che mi deve dire in tutta sincerità e nel nome del nostro passato affetto, è successo con una donna o un ragazzetto? Maurice non ha esitazioni, dice che senz'altro dev'esser stata una tedesca con cui ha scopazzato la settimana prima in uno di quei suoi week-end a Frascati dove ha il cugino e una dependece di casa sua. Dico che lo capisco, sono sollevato e lo saluto.

Ci rivediamo poi a sua completa guarigione e lui spingerà i suoi baci molto in là con quel suo fare infantile che mi ha completamente rapito in quel poco tempo che ci siamo conosciuti e per parte mia anche amati. Ma il tempo incalza, lui sta per congedarsi e tornarsene ad Arona e io voglio assolutamente concludere, non mi frega più tanto di riconoscimenti teorici, anzi, il modo per arrivare al top è forse proprio nel non chieder nulla, lasciare che i corpi si attraggano, e le scintille scocchino, senza parole, senza discorsi, lasciarsi, abbandonarsi sotto a questo cielo romano che odio, troppo persistentemente presente nelle mie storie da essermene nauseato. Finché poi ci si saluterà con Sorriso a Termini, sul treno del suo congedo, lui piangerà come un bambino, mi ficcherà la lingua in bocca davanti a tutti e mi dirà ti voglio rivedere. E ci si rivedrà appunto a Milano per quel week-end fatto di ristorantini cinesi e bettole sui navigli e discoteche alla moda, ci si rivedrà e allora, prima di finire finalmente a letto insieme, confiderà bevuto e stracannato che a Roma aveva un trentenne amante fisso per tutti quegli otto mesi e che non l'ha mai detto perché si vergognava e che al Celio era andato per via di una storia con un ballerino ramazzato a piazza Barberini e quei passaggi a Frascati altro non erano che porcellonate con un regista israeliano ramazzato a Valle Giulia. E io allora gli dirò sei una lercia e stupida e presuntuosa figlia di vacca, solo questo sei, un pezzo di troja da far schifo. Così vanno le nostre storie, ma poi faremo all'amore, non mi piacerà più di tanto sarò sempre lì a chiedermi quale sarà il prossimo colpo, basta una sola menzogna perché il dubbio travolga tutta una vita; faremo all'amore dunque e poi, una volta venuto, come sapete, telefonerò in lacrime a Beaujean e a Palermo e dirò agli amici che avevo visto giusto, che non mi ero sbagliato, questo era una troja e noi, merda, non ce ne siamo accorti. Mi dichiarerò dunque vittorioso quella notte, magra vittoria per un anno di tradimenti.

Ma le occasioni della vita stupiscono mai abbastanza nella loro insensata frammentarietà che poi un bel giorno miracolosamente si salda in una sottile e delicata vibrazione che riaccorda e riannoda e uniforma il tono di diversi percorsi e allora, nonostante i dolori e le precarietà dei nostri anni giovanili la vita sembra rivelarsi come una misteriosa e armonica frequenza che schiude il senso e fa capire; e allora in quell'attimo abbagliante tutto pare ricomporsi nella gioia di sentirsi finalmente presenti agli occhi della propria storia, la pazzesca consapevolezza di trarre a sé tutti i fili intrigati e sparsi del proprio passato come sta appunto succedendo a me, ora, nella luce calda di questa città in cui ogni giorno, miracolosamente, incontro qualche personaggio di questa storia che vi sto raccontando a distanza di anni da quando è accaduta, Giorgio non più

visto da quell'inizio di leva ad Orvieto che viene a salutarmi l'altra notte sugli sgabelli dell'American Bar, una sera
ormai inoltratissima davanti a un paio di Martini sprege-
voli a cui sto domandando il senso di un mio impasse esistenziale e narrativo; e Alfonso che domenica sera, nella
discoteca di Riccione mi raggiunge con una bajadera al
braccio urlando: "Ehi tu, sono il Barzetti del Sesto Granatieri!" e mi picchia sulla spalla benché ci sia visti solo un
paio di volte sui treni delle nostre licenze brevi, e il Pedé
trovato oggi pomeriggio nel battuage di via Indipendenza
alla disperata ricerca di una marchettina quindicenne che
lo fa dannare e impazzire... Ma le occasioni della vita stupiscono mai abbastanza nella loro disperata frammentarietà che in un attimo si salda e poi, un attimo dopo,
svanisce inghiottita dall'insensato ritmo delle ore e dei
giorni.

È allora una Roma fredda, piovosa e bagnata, spazza-
ta da pungenti raffiche di vento che si insinuano tra le
gambe e le braccia quella che io percorro solitario senza
più i miei amici, tutti spediti al Sud a spalare macerie e
rivoltare i cadaveri del sisma del ventitré novembre. È
una Roma ormai definitivamente invernale quella la cui
luce si spegne già nel primo pomeriggio e che io scruto
annoiato stretto nel mio giubbone di tela bianco seguendo meccanico come un androide i passi che portano
ogni sera, insistentemente dalla Vecchina e su quei tavoli mandar giù le piovvigginose pietanze e bere il giallino
dei Colli che mai come ora fatica a scaldare. Ma questa è
anche la gelida Roma in cui incontro Erik, il mio volpac-
chiotto Erik, il mio amore per sempre.

Siamo dunque lì nelle tre stanzette di via Laurina a
casa del Bertrand con Nico e Betty e Valentin e tutta
una caciara di intellettuali romani e signorine mondane
e vecchie chire appena reduci dal Teatro in Trastevere
per la prima del nuovo lavoro del nostro ospite, appunto il Bertrand.

Con Nico ci siamo stracannati di ero sul suo Toyota
dopo aver girato mezzaroma per beccare il pusher, lo

abbiamo poi trovato a San Lorenzo in compagnia di una ragazza stracciata e sfatta che s'è dovuta accompagnare fino al piazzale Flaminio per l'autobus suo, ma tanto era sulla nostra via. Così dal Bertrand ci facciamo davvero bene, lui continua a chiedermi di Miguel, io dico che non ci starà mai, è inutile che lui la meni, dovrebbe avere una figa come una caverna per contenerlo e questo proprio non mi pare gli sia possibile né ora né mai. Ma mentre son lì appoggiato al muro che osservo tutta questa fauna zampettante e cicaleccia i miei occhi acquosi e rossi si fermano un istante sull'Erik che è questo ragazzo austriaco sui trentaquattro-cinque-sei, capelli biondi e lisci lisci e radi e scantonati sulle tempie alte, barba a posto, abbastanza corta e a ciuffetti scuri, grande bocca e largo sorriso, occhi chiari non saprei se sull'azzurro o il verdepallido, altezza più che ottima, diciamo un metro e ottantotto, così ad occhio e croce. Indossa una giacca in tweed che non si toglierà per tutta la serata e un dolcevita color lampone e un paio di jeans a tubo e ai piedi un paio di calzature da sballo, scarpe davvero ottime e che anch'io metterò più avanti, rossocuoio e lavorate a mano. Ma in quel primo sguardo che vorrei dire distratto anche se so benissimo che non lo fu, non trovo nulla di così affascinante in lui, un bel ragazzo questo sì, raffinato e composto e non gesticolante ma niente di arrapante su due piedi come ad esempio il Grandelele. È invece molto probabile che io sia stato soggiogato già quella prima sera dal suo modo di accorgersi di me guardandomi di taglio con la coda dell'occhio e spingendo la testa nella direzione opposta; oppure dal suo modo di rispondere garbatamente alle insistenze smaniose di una virago quarantenne che gli sta sempre addosso e non lo molla un attimo, quando insomma basta avere un po' d'antenne e si capisce che l'Erik quelle cose lì non le fa proprio. Ci siamo poi rivisti casualmente alla biglietteria del Parioli per uno spettacolino barocchetto di cui Erik ha curato le musiche, niente di speciale sia chiaro, però un buon professional. E lì nel foyer ci siamo detti che forse in un qualche luogo ci si era già incontrati e infatti lui ha detto dal Bertrand, o certo ora lo ricordo, è stato per quella noiosissima serata dal Bertrand. Ed è finita che siamo andati in un pub lì dietro per un drink e ci siamo chiacchierati e io ho detto che mi avrebbe fatto molto piacere uscire una sera tranquilla con lui per un concerto, diciamo sabato prossimo al Nazionale. Ma Erik ha detto che era occupato, ora sta lavorando al missaggio del nuovo film e deve riguardare certi arrangiamenti che il regista vuol modificare e quindi è tutta una seccatura, lavorare nel cinema è davvero una seccatura, soprattutto per un musicista come lui, tutti lì a dar ordini e comandare e manco sanno, i poveri, scrivere un sibemolle in chiave. Però anche questo si fa, visto che me lo sono scelto io come mestiere e ci ho anche penato dietro appena arrivato qui in Italia che avevo ventanni o poco più, è stata dura, davvero dura... però ad essere sincero nemmeno più di tanto.

Con Erik ero intenzionatissimo a non smollarmi alla prima occasione e anzi, più vedevo che fra di noi cresceva l'interesse e forse anche la voglia più io tenevo duro, discretamente, ma non volevo buttarmi subito lì sul letto e buonanotte. Anche se Erik mi incuteva una soggezione che un po' mi inibiva, io lo desideravo. Sapevo già, probabilmente, che quella sarebbe rimasta una storia unica e importante nel fluxus della mia esistenza per cui non volevo sciuparla, volevo curarla, farla germogliare affinché poi sbocciasse in un grande amore. E Bertrand mi diceva, tienilo caldo fidati di me che Erik è già innamorato alla follia.

Con Erik è dunque quello un periodo in cui ci si sente abbastanza, il concerto per il sabato va buco ma ne fisserà subito uno lui per il giovedì successivo. Così, senza insistenze e senza troppe telefonate, le mie settimane hanno un nuovo scopo e una nuova ragione di vita. Poi viene Natale, prendo la licenza ministeriale e torno al borgo, anche Erik torna in Austria, ci si rivedrà soltanto alla fine del gennaio successivo quando finalmente le piogge si asciugheranno in un anticipo primaverile che mi vedrà brillare in tutto il fulgore di questa nuova storia.

I Granatieri di Sardegna rientrano alle caserme romane il dieci di gennaio dopo cinque settimane di ordine pubblico fatte là dove già sapete. La notte di capodanno accendendo la televisione a casa di amici del borgo, su in montagna, per lo stappo della mezzanotte, ho visto Miguel; smagrito, ancor più pallido di quando l'ho lasciato a Roma, gli occhi infossati e bui nonostante il colore del televisore fosse spinto al massimo. Il giornalista intervista dunque i nostri prodi soldati che stanno per festeggiare il nuovo anno sotto le tende e la neve delle baraccopoli dell'esercito e sembrano tutti lì festanti e giubilanti attorno al fuoco e abbagliati dai fari delle telecamere che paiono boy scouts in viaggio di nozze. L'inviato speciale si avvicina a un gruppo di najoni che fan sorrisi e strepiti e agitano la mano zozza per salutare i nonni e i babbi, e allora sbuca fuori un cazzo di generale che dice più o meno che è venuto anche lui al freddo e al gelo per brindare nelle gavette dei suoi soldati e patire con loro i disagi di questa vita che è spartana ma sommamente formativa e insomma c'è di che star tranquilli o gente cittadina dell'Italia, finché avrete ragazzi spassionati come questi non vi potrà succeder alcunché di male. E allora è tutto un viva viva e botti e giubili e il vinaccio da campo viene versato nelle gavette rancide e tutti son lì a bere e festeggiare, gli incoscienti, tutti meno Miguel, appena appena inquadrato in una panoramica veloce, ma è lui, non può essere che lui.

Caporalmaggiore Beaujean invece ha scritto un bigliettino giulivissimo in cui dice che fa niente da mattino a sera, ordini non ci sono e nemmeno lavoro ora che l'emergenza è finita, solo far le guardie ai depositi di vestiti e alimentari che sennò ti fregan tutto. E scrive che s'è imboscato al Quartier Generale delle operazioni da campo e sta lì su una cassa a prender fonogrammi e portarli in giro sulla jeep da un punto all'altro del terremoto e ha anche un aiutante autista bellino e carino che gli porta tutte le trousse e le pochettes in quei viaggi per i monti e per le valli tanto che quando arriva lui all'avamposto pare arrivi Mister Livingston tanti pacchettini e portatori ha dietro alle spalle. Beaujean sembra se la passi nemmeno tanto male, non certo come in quel periodo di ottobre in cui era sbattuto a fare le guardie una dietro all'altra e proprio così, di ritorno da una settegiorni di servizio continuo a Monte Romano ce lo eravam visti apparire a piazza Navona in una sera di pioggia insistente e fredda, durante un raduno radicale. Eravamo Lele, Guglielmino, Miguel, Baffina, Sorriso, il Pedé e me, rintanati ai tre scalini bevendo grappe a ripetizione e ci vediamo sbucare dalla pioggia fitta fitta il Beaujean intabarrato nel suo pastrano nero, grande sciarpa di lana antracite che strascicava nelle pozzanghere e cappellaccio alla fra Diavolo, pallido, smagrito, diafano, una figata di apparizione insomma tanto che io sbrodolavo tutto e gli facevo festa e gli dicevo sei bellissimo e sublime, tutto un trip preraffaellita e parnassiano, tutta una bohème e un preromantico, un look funereo e cimiteriale e sepolcrale, insomma amico mio che hai fatto? E lui è quasi svenuto nelle nostre braccia tossicchiando perché era raffreddato alla follia e allo stremo delle forze tanto che io ci son rimasto di un male, ma di un male, perché bello e affascinante e misterioso così Beaujean non è mai stato, lo giuro. Insomma quello è stato il suo periodo nero che era venuto a ruota di un altro nerissimo, poiché come si sa le sfighe uno se le tira appresso come avemarie. Beaujean infatti era innamoratissimo di Faccia-da-Cazzo un tipo che poi mi presentò talmente sex, ma così tanto che appunto te lo faceva veder lì, negli occhi. E con questo granatiere gigolò erano diventati amicissimi, si leggevano le centouno storie zen prima di addormentarsi, si davano appuntamenti alla mensa e allo spaccio, si facevano fotografie e ingrandimenti, si chiacchieravano per tutta la notte, insomma quelle cose lì da ragazzini affettuosetti, però Beaujean non s'azzardava ad andare più in là di tanto per paura di perderlo quindi solamente qualche doccia presa insieme, qualche misuramento di genitali e qualche lotta sulle coperte distese del magazzino in cui la belva lavorava. Insieme rollavano canne su canne e allora quand'erano completamente fatti la belva gli saltava alla gola e diceva che se lui così bello e sensibile e colto e affettuoso fosse stato donna lo avrebbe scopato volentieri, così in un attimo. E Beaujean che rispondeva, ma no, ma no cosa ti salta in testa e così facendo cercava di togliersi da quell'abbraccio mortale, poiché se avesse continuato anche un solo secondo in più gli sarebbe partito il robo e allora come giustificarsi? Così durante quel freddissimo autunno la belva arrivò addirittura a unire la sua branda a quella del Beaujean e farla diventare come un letto matrimoniale e ficcarsi lì nudo e senza veli accanto al corpo bollente del Giane e dicendogli, la bestia, ma sei sempre tutto caldo, che fortuna così scaldi anche me.

I chiarimenti sono poi sopraggiunti la sera avanti il congedo dell'Undicesimo, Faccia-da-Cazzo e Beaujean che si abbracciano e piagnucolano come proprio diciottenni e si dicono ci rivedremo, oh sì che ci rivedremo, ma questo non succederà mai più, un amore rovinato e come un bene consumato, non ti torna indietro mai. Loro comunque sono sempre lì che si abbracciano e si tastano finché Beaujean non spinge la lingua in fuori e quell'altro se la becca in un sol colpo, tutta e per di là, eppoi salta su dicendo non sarai mica frocio, no? E Beaujean figurati! Frocio io! Così hanno continuato a limonare per un po', ma Beaujean era tutto un mollamento di dolore e un lasciamento di terrore, di chi si era innamorato accidenti, per chi aveva buttato le notti a sospirare, chi aveva cercato nelle adunate e negli spacci e nelle marce, sempre lui, solo lui, la sua belva, che ora sta stringendo ma è come se stringesse al cuore solo il proprio dispiacere.

Faccia-da-Cazzo supersex se n'è poi andato con il suo torace savanico e l'occhio selvaggio e il culo prorompente e a dir la verità anche un po' basso; se n'è tornato al suo Piemonte in festa lasciando il Beaujean stracciatissimo e completamente a secco, lo sentivo per telefono, gli chiedevo come va e lui sospirando, ma come vuoi che vada, sono qui smessa e sfatta che paio un baccalà.

Temevo quindi per i bollori del Beaujean quando Radionaja ha informato della loro partenza per il Sud, ma il suo bigliettino m'ha disteso e mi son detto che siamo davvero bravi, i migliori, sappiamo adattarci e non menarcela per più di tanto. In fondo una volta scottati per benino e fino in fondo niente può più succedere, il peggio è andato.

A piazza Colonna quella sera del solenne rientro siamo proprio tutti al grancompleto con gli umori effervescenti delle grandi occasioni. E così ci imbarcheremo in ottodieci verso la Vecchina per tracannare e cantare come matti in onore al nostro tempo ritrovato e lì, in Banchi Nuovi, troveremo anche Baffina da un po' alla macchia ma si capisce subito il perché. Infatti lei è tutta immersa in una tavolata siciliana con il marito Jerry Caltanissetta, la di lui sorella con l'amante Edy, e l'amica del cuore Giò, più un certo signore calvo e luminoso che non si fatica più di tanto a riconoscere per il conte Borsky, quello che ci aveva provato a piazza di Siena, accidenti è digià passata un'altra estate. E allora uniamo i tavoli di Free Sicilia con il nostro giro e il Conte che sluma e quasi sviene a vedere tutti questi bei soldati, tanto che paga tutto lui, cinque giri di grappa compresi. E così ci mischiamo fra canti e grida alla fauna acciaccata e gracidante che lì staziona, fauna ultra ottantenne ma nient'affatto sconfitta dal tempo; infatti sono sempre dalla Vecchina a far baccano e cantarellare stornelli accompagnandosi con la chitarra e mostrando in giro foto dei bei tempi, quando calcavano le scene e facevano tournées folkloriche a Chianciano Terme e fra questi c'è una simpaticissima sdentata con l'aria di essere ancora sulla breccia nonostante tre vedovanze, due conflitti mondiali e cinquesei parti che non le son sopravvissuti.

E sta lì tutta truccata con i suoi fintiori liberty a ricevere il baciamani dei ringalluzziti coetanei che se la spupazzano e l'applaudono quando recita a memoria e nel silenzio generale non uno, non due, ma dieciventi sonetti sporcaccioni del Gioacchino Belli. E così fra porcellonate giacobine e gerghi insulari e canti nordici tutto il salone rigurgita e rimbomba fra abbracci e risa e stringimenti e puntamenti della Edy che proprio non si stanca di guardarmi, la rospetta. Poi vengono issate le imposte con l'Alfredo padrone che finge di cacciarci via ma noi si sta lì fino a tardi tanto tutti abbiamo un permessino, si sta lì e si canta come se il tempo fosse fermo in quell'osteria così romana da sembrar tutta emiliana, le nostre storie, il momento ardente delle nostre vite intrecciate al di là degli anni e della storia. Eppoi percorriamo Governo Vecchio tutti incatenati sotto le ascelle, io son con Grandelele ritrovato e Beaujean e Miguel talionato dal conte Borsky e il vino circola ancora portato a spalle dalle retrovie, Pablito, il Pedé e tutta Free Sicilia. Poi a piazza San Silvestro ci salutiamo e io dico al Jean che forse ho una storia nuova non lo so ora ma presto lo saprò. E lui mi abbraccia e dice spero vada tutto bene, sentiamoci al telefono domani, anzinò facciamo fra una settimana che sto partendo per la licenza premio.

L'ultima settimana di gennaio Erik si fa vivo al Ministero, dice son tornato e avrei piacere di vederti, ti sta bene il prossimo week-end? Io dico di sì, cercherò di tenermi libero, poi subito a combinare il numero dell'Ascietta, Beaujean risponde, gli dico bellamia ormai ci siamo. Corro poi in Compagnia alla Macao e mi metto in fila per i rapportini e quando sta il mio turno batto i tacchi al capitano e chiedo un trentasei. Così arriva il sabato, finisco con l'ufficio a mezzodì mi butto sotto le docce gelide della Macao e corro dall'Erik in via Archimede visto che son due giorni che telefono e non riesco a beccarlo, sempre occupato. Lui viene ad aprirmi al cancello del villino in cui abita da solo; ci salutiamo, gli dico che l'ho cercato ma che non rispondeva per cui eccomi qua.

Ah sì, fa lui distrattamente, devo aver staccato il telefono, scusami tanto così che io capisco che voleva proprio
avermi lì all'appuntamento costringendomi a farmi vivo.
Beviamo qualcosa, un tè leggerissimo e affumicato con
un po' di latte, saran le quattro e mezza del pomeriggio.
Erik passeggia nel salotto, mette un disco. Si siede accanto a me, mi guarda. Mi alzo per riporre la tazza e gli
dico se ha pensato a qualcosa per il pomeriggio perché
mi andrebbe di uscire. Dice che si potrebbe fare un teatro, controlliamo sul Corriere e decidiamo per Sankay
Yuku che ho già visto l'estate prima alla rassegna di via
Sabotino con Nico e Betty, ma che lui ancora non conosce. Prendiamo l'auto, si va all'Argentina, si vede lo
spettacolo che per fortuna piace. Nel foyer Erik mi presenta ad alcuni amici suoi incontrati lì tra una sigaretta e
l'altra, poi mi tocca sul braccio e dice o torniamo subito
in platea o ce ne andiamo via, proprio non li reggo. E allora io dico torniamo da te che non ne posso più ed Erik
sorriderà, oh come si stringeranno i suoi occhi quella
magica volta, mi circonderà con un braccio e scappere-
mo verso la sua tana. E lì finalmente staremo insieme.
   È scesa la sera, Erik chiede se voglio mangiar qualcosa, io che sto benissimo così nel suo letto ma se mi sforzo proprio uscirei per mandar giù un boccone svelto
svelto prima di rientrare in caserma. Erik mi guarda e mi
bacia le dita e dice che aveva tutta l'intenzione di chiedermi di passar da lui la notte ma non aveva considerato
il fatto che son soldato imprigionato. E io allora rispondo che volevo sentirmelo dire questo, che se lui ci tiene
proprio posso fare qualche telefonata e sistemare tutto,
cioè passar la notte lì. E allora Erik dice fallo subito ti
prego, intanto vado al bagno. E così io tutto raggiante
mi vesto e raggiungo Erik lì dalla doccia e gli dico vedi
questo foglietto, era già tutto a posto ma lo avrei mangiato se tu non m'avessi chiesto di rimaner con te, e allora lui strabuzza gli occhi e dice ridendo che son terribile, meglio guardarsi dalle mie grinfie.
   Lì nel ristorante cinese chiacchieriamo distesi e final-

mente appagati della nostra storia e soprattutto, ora si può dire, di ciò che abbiamo pensato l'uno dell'altro in questo mese in cui ci siamo benemale conosciuti. E così, parlando e sbacchettando giungiamo al sakè e ne beviamo tre-quattro a testa finché io non sento tutto un bollore dentro e ho voglia di scappare a casa e ficcarmi fra le sue braccia, gli dico Erik per favore andiamo da te. E allora via sull'auto che io guido nel traffico incasinato del sabato notte e finalmente davanti alla sua casa, nel giardino, nella sua tana d'amore.

Nessuno mi bacerà mai più come il grande dio Erik, non saran certo Lele né Sorriso né altri ancora, nessuno saprà mai più contenermi in un modo così caldo e acquoso e bagnato e molle e profumato, nessuno mi succhierà dentro le orecchie come sapeva fare Erik, il bravissimo, il migliore. E nessuno mi farà soffrire tanto quando ci lasceremo e ancora io chiederò a me stesso se davvero amavo il mio Erik, se ero tutto per lui come dicevo o se invece altro non è stata che una bella storia nata all'improvviso e non programmata, una delle tante storie che sempre ogni giorno ci auguriamo accada di nuovo e il cui solo pensiero basta a spingerci la notte, ogni notte, alla ricerca di quel cesto di braccia fingendo con noi stessi e mentendo, poiché l'amore è come un dono degli dei che si muove sulle ali del vento sempre inafferrabile e sempre inseguito; l'amore non è mai là dove lo cerchiamo e vola via da dove lo crediamo. Proprio per questo e dell'amore e degli dei dobbiamo imparare a fare senza.

Ma intanto sono completamente rapito da quelle ore passate accanto al mio Erik, tutta la notte non s'è dormito, sono troppo agitato benché abbia fatto l'amore e in modo bello e appagante, non voglio lasciare le dita di Erik alle quali sono intrecciato, sento di scivolare nel sonno, che la mia presa si allenta e ho paura, così resto sveglio, non voglio precipitare in me, voglio stare qui fra le gambe del mio Erik, spiarlo nel sonno, incollarmi alla sua pelle e al suo corpo che amo e che finalmente ho scoperto, le braccia di Erik, le cosce di Erik, la sua nuca, i denti, la lingua, gli alluci di Erik, il culo di Erik, il cazzo di Erik... e quando ormai è mattina basta uno spostamento del suo corpo sul mio per sentire di nuovo la voglia e il desiderio crescere e accavallarsi dagli occhi alle mani al sesso, facciamo un amore assonnato e semicosciente, ci rivoltiamo nel letto, ci baciamo e lui mi dice voglio che mi vieni in bocca e io gli dico anch'io lo vorrei, se non conosci la razza del tuo amico che razza di amico sei?

Verso mezzogiorno un sole pallido entra dalle persiane aperte filtrando attraverso i rami morti degli ippocastani e i lunghi aghi degli abeti ancora gocciolanti. Erik mette un nastro e va in cucina e dopo una buona mezzora torna con un vassoio enorme ricolmo di ottime cosucce che par debba sfamare un battaglione e la fame che io ho è davvero quella, mando giù le uova strapazzate, imburro pane nero, bevo Jasmine Tea, spalmo i croissants salati di robiola valdostana e gelatina di more, poi il caffè, un po' di formaggi dolci e ancora caffè questa volta con latte e infine una canna con del buon marocco che Erik tiene in un cassettino, così che poi ho di nuovo sonno e l'abbiocco mi prende fra le braccia del mio amore, torniamo a letto, chiacchieriamo teneramente, la musica ci accompagna, viene la sera e nessuno ha ancora osato mettersi addosso uno straccio di vestito. Alle ventitré è il mio Erik che m'accompagna alla Macao, mi lascia giù in Castro Pretorio, lo sfioro sulla barba, sono stato bene, gli dico, davvero tanto.

La storia con Erik va a gonfie vele, non facciamo che telefonarci e darci appuntamenti malandrini davanti al Ministero o all'ingresso della Macao. Comincio a seguirlo nel suo lavoro faremo un motivetto insieme e alcuni pomeriggi andrò con lui alla Vasca Navale per visionare in moviola il lavoro appena terminato e gli dirò che è tutto perfetto e lui davvero fantastico. Con gli amici dunque mi vedo un po' meno ma Radionaja smista le mie novità e il telefono della VIII Divisione mi aggiorna quotidianamente sulle storie delle sorelle. Beaujean verrà poi a trovarmi in ufficio un mattino in cui gli telefonerò mezzo disperato e gli dirò che non gliela faccio più a stare fra questi militari che mi rubano il tempo e le voglie e le energie quando invece vorrei essere tutto dell'Erik e vivere solo accanto a lui e respirare solo per lui; e allora dalla Tiburtina Beaujean arriverà in completo drop con su tutti i nastrini biancorossi del granatiere e ci abbracceremo e gli offrirò un caffè allo spaccio dello Stato Maggiore e lui alla fine dirà io credo di conoscere quel che senti, davvero ti invidio. Ma il tran-tran con Erik ha una pericolosissima caduta angosciosa una di quelle prime sere insieme, siamo lì da piazza Ungheria per mangiare un hot-dog svelto svelto, saranno al massimo le nove della sera. Usciamo dal bar e salgo in macchina, abbiamo già fumato molto, ridiamo per niente, io ciondolo come una marionetta attorno al suo collo lungo, Erik dice qualcosa in tedesco, io che se fa così non lo capirò proprio mai. Siamo dunque in auto e iniziamo a baciarci forsennatamente e mordicchiarci, io gli dico che lo amo e lui che questo non lo vuol sentire, allora io faccio occhio torvo e dico davvero io ti amo e lui diciamo piuttosto che stiamo molto bene insieme, tutto qui, Ich bin nur ein Bahnhof auf deiner Strasse... Poi mi avvicina l'orecchia al capo, la sovrappone alla mia e inizia a strusciarsi sempre più forte, avanti e indietro e in circolo, sempre più svelto, anch'io seguo il ritmo, avanti e indietro e dentro, non sento l'orecchia, il lobo è infuocato, strusciamo ancora più forte, sento il suo rumore dentro, il sangue mi va alla testa, non ragiono più, Erik continua a stantuffarmi nell'orecchio, lo incolla al mio, lo unisce, lo attacca, lo fa aderire, lo ficca dentro e ruota e ruota e gira e sospira, sempre più svelto, più forte, più caldo, caldo bollente, e geme e anch'io gemo e parto e sudo tutto, non avverto i rumori circostanti più niente, solo il ronzio del suo cervello e del mio ormai a fuoco e poi anche le teste si strofinano e le nuche, davanti, di la-

to, di sotto, di dietro eppoi ancora le orecchie calde e
bollenti e piene di sangue e umidicce e allora sospiro e
mi allargo e prendiamo a ridere, ci fermiamo un istante
ansanti, io dico nessuno m'aveva mai scopato con un
orecchio e il dio Erik ridacchia, mi spinge dentro uno di
quei suoi baci da sballo e allora gli dico davvero non ho
più un buco che non sia tuo e lui riderà ancora, davvero
stiamo troppo bene insieme, troppo... È successo tutto lì
dopo la scopata elefantina di piazza Ungheria quando
Erik ha sussurrato "troppo" e poi più niente, nessun'altra parola, come inceppato. Ci siamo guardati negli occhi un attimo, lui li ha subito riabbassati di taglio, ha acceso il motore della macchina ed è partito, ho avuto
paura. Nella sua stanza da letto abbiamo poi fatto l'a-
more, Erik è venuto, io no, la testa continuava a ruotar-
mi male, proprio male, stringevo le spalle bianche di
Erik mentre tentava di entrarmi dentro, lo baciavo sui
capelli, lo accarezzavo fra le natiche, arrotolavo le mie
dita nei ciuffi del suo ventre eretto, mi dicevo sono qui
con l'Erik e sto scopando e io lo amo alla follia, ma questo non basta, accidenti non basta proprio. Non era mai
successo e ancora non s'è mai ripetuta quella vibrazione
di paura che mi ha irrigidito il cervello fin quasi a iber-
narlo in una zona staccata, completamente fuori. Io amo
il mio Erik, ma non mi basta e c'è nient'altro, assolutamente nient'altro, che io possa fare. Tutto il mio amore
s'era rivoltato improvvisamente in una zona desolata di
angoscia, che può fare di più un uomo quando ama oltre
l'amore?

Comincio a star male, con Erik ci vediamo soltanto in
quei week-end di un febbraio luminoso e assolato, io
che voglio solo stare a letto e riposarmi dalla settimana
in divisa, lui che deve lavorare per il nuovo film e pare
abbia solo una settimana per scrivere la musica. Dormo
solo, Erik tira di coca tutto il giorno e di notte non dorme, non fa che passare dal pianoforte al tavolo al mobi-
lebar, sempre così, qualche accordo, qualche appunto

un drink. La domenica mattina è ancora lì a lavorare quando io mi sveglio, ha il viso stravolto, non concede nemmeno un bacio e per il resto lasciamo stare. Me ne vado, gli telefono più avanti durante la settimana, sono riuscito ad avere un pernotto e vorrei dormire a casa sua. Ospitalissimo Erik dice vieni, ti aspetto e poi quando arrivo non risponde al citofono, torno al bar per telefonare e ancora niente. Arriva mezzanotte e sono ancora lì sulla strada cercando di tirare sassolini alle sue finestre. Finalmente mi verrà poi ad aprire verso le due, io che urlo il suo nome come una lupa e i vicini che abbaiano inferociti e minacciano di chiamare il centotredici. Quando lo bacio per salutarlo mi vien voglia di dargli un cazzotto ma vedo che è troppo fatto, troppe cicche nella stanza e troppi bicchieri attaccaticci. Così me ne vado a letto e il mattino dopo alle sei e trenta la sveglia telefonica comincia ad urlare, mi alzo, mi vesto con la drop, cerco di chiamare un taxi che non trovo. Vengono le otto e sono ancora lì, allora sveglio Erik che s'è appisolato sul divano e gli dico portami tu al Ministero sennò son guai mi cacciano in Mancato Rientro e non mi congedo mai più. Lui sta per bestemmiare, ha lavorato tutta notte e solo alle prime luci del mattino s'è messo a riposare, ma non impreca più di tanto, visto che è signore non lo fa e così mi accompagna in via XX Settembre e mi lascia lì, solo un buffetto assonnato sul viso. In ufficio sto malissimo, scappo nella stanza dei timbri ma viene subito il Quidam a rompere il cazzo e dire che sono nu stupidu che scopu tutta notte e nun lavoro di giorno e chitte credi di essere, forza veni eh veni di là da u maresciallo che te le sona! E io gli dico senti pezzo di merda che non sei altro, io ti rovino, ti sbatto giù dalla finestra se solo t'azzardi a sfiorarmi razza d'un pezzente burino e allora lui se ne scappa con quella sua andatura gobba che altre volte mi avrebbe divertito alla pazzia, ma non oggi, oggi certo no. E torna col maresciallo e tutto il personale del mio ufficio e allora il capo chiede se ho menato il Quondam e io dico no, certo che no an-

che se volentieri l'avrei fatto e lui allora dice "Non badare a questo imbecille però se solo ti azzardi a mettergli le
mani addosso te ne torni disponibile in Compagnia, è
chiaro?". E io mando giù la rabbia e dico al maresciallo
ora me ne vengo con lei in ufficio mi dia cinque minuti
per bere un tè allo spaccio. E allora torno alla segreteria
faccio qualche pratica di avvicinamento ma la testa non
funziona, vado ai terminali e in sala medica a chiedere al
colonnello medico alcune spiegazioni di certificati am-
bulatoriali che non riusciamo a decifrare, insomma faccio un po' di lavoro ma sono completamente sfatto, in
qualsiasi stanzino entro trovo il modo per litigare, me ne
vado sbattendo le porte e dando dell'incapace a tutti così che alle due del pomeriggio ho una sfilza di richieste
di punizione e cicchetti e cazziatoni da far spavento. Ma
a me la fauna orba e storpia del Ministero non fa né caldo né freddo, li disprezzo tutti, le segretarie che non lavorano, i sottoufficiali che parlano solo di campionato
di calcio e altro non san fare che schedine e sistemini, gli
zoppi, gli sciancati, i paralitici, i guerci, i lesionati, gli invalidi, i mutilati, tutti lì, tutti lì, infognati negli ascensori
e negli uffici a passar carte e fare un cazzo e tutto sulle
spalle dei soldati di leva, tutto il lavoro, io sto a dar di
matto, vado al bar dell'ebreo e mentre sto lì a far la fila
per il talloncino arriva uno che pare un'ameba perché
allunga il braccio davanti e io mi volto per vedere chi è
'sto sfegatato e allora c'è questo qui che ha un braccio lì
e l'altro ancora all'ingresso e una gamba a metà sala, insomma un mostro schifoso con la lingua bavosa penzoloni tanto che quasi io gli mordo il braccio in segno di
disprezzo per lui e tutta la sua corte dei miracoli. E mentre giro avanti e indietro per i fascistissimi corridoi cercando di smaltire la rabbia torna il Quidam a pizzicarmi
e allora faccio finta di niente, vado svelto e lesto e questo cagnettino dietro che per fare un passo dei miei gli ci
vogliono i motori al culo e lui sta lì a sgambettare e far
càì-càì e leccarsi le ferite e dice dormi bagnato stupidu e
tutte le avemarie del gergo militare, ma io non lo sento

nemmeno e svoltato un corridoio mi arresto di botto e mi giro, lui mi sbatte con la zucca a cavolo sulla pancia e quasi cade a terra, lo calpesto e me ne volo via.

Poi un bel giorno dico all'Erik che non gliela faccio più, non mi fa scopare e manco riposare e allora che cazzo di storia è? Dove saran finiti quei gloriosi primitempi che continuano a frullarmi in testa come in un rallentatore? Dimmelo tu Erik, io lo so che non mi ami ma perdio diciamocelo, se non mi vuoi proprio rivedere dillo e sia finita, però se lo dici mi ammazzi fino in fondo. Ed Erik resta lì un po' perplesso sorseggiando lento il caffè leggermente appoggiato alla seggiola di ferro battuto col sole del giardino che gli taglia il viso e dice niente, mai avvertita così astralmente distante una persona. Insisto e insisto e piagnucolo e alla fine Erik mi abbraccia e dice che s'è comportato male, ma è stata colpa del lavoro tu lo capisci no? E io dico che certo lo capisco ma non lo reggo questo ritmo e in fondo sono a fare il militare e anch'io ho tutti i bordelli del caso, insomma io ti voglio bene e voglio star con te, adesso, subito ed Erik si alzerà e dirà che sono peggio di un bambino, faremo all'amore sulla veranda quel pomeriggio rotolandoci per terra fra le cicche e i bicchieri e i dischi e gli spartiti che volano leggeri e frusciano sotto i nostri corpi come foglie tenere della primavera, un tappeto di musica per poter sognare ancora un po'.

Il giorno dopo arrivo al Ministero alle nove e mezza sfrecciando giù dal taxi davanti all'ingresso secondario del palazzo per non farmi scoprire da un qualche capoccia rompicazzo, ma becco tutt'intera la brigata della mia Divisione scesa in strada per le colazioni e le pizzette e questi allora mi gridano dietro e mi fan beffe che arrivo a lavorare in taxi e in ritardo come una primadonna e io togliendo il basco dirò certo carimiei io sono la divina e allora giù frizzi e lazzi, davvero divertente mattinata al Ministero. Poi succede quella cosa che ho già annunciato pagine indietro, insomma sono lì davanti al terminale del cervello elettronico per sbrigare un paio di pratiche e sono lì da dieci, venti, trenta minuti in piedi e strafattissimo per la notte insonne. Allora dico al tecnico che se il terminale è guasto me lo dica pure che non farò la spia, ma lui è presissimo dalla storia che sta cercando di inserire e manco mi degna di un'occhiata. Ma gli viene bene niente e allora dà un gran cazzotto al cervellone, si volta e chiama l'ufficiale e dice ma questa è proprio strana quel nome non salta fuori e il calcolatore s'inceppa e allora anche l'ufficiale si mette a stragattare sulla tastiera, ma c'è niente da fare, attendi attendi e salta sempre fuori il tracciato *Concurrent Date Base*. E allora l'ufficiale telefona giù alla sala del cervello elettronico e dice che il suo terminale ha qualcosa che non va, non è possibile che ci sia da più di un'ora un'interferenza su di un nominativo. Allora da giù mandano un tecnico il quale smonta il video e dice è tutto a posto, tutto in ordine. Richiedono così un'altra volta il nome del soldato e il calcolatore dopo un qualche segnale s'inceppa di nuovo, loro bestemmiano e poi d'un tratto lo schermo verdolino s'illumina e salta fuori un "Nome sconosciuto al terminale" e via la rotellina che trascrive sulla carta perforata. Riprovano e questa volta esce un "Militare Congedato" tanto che si guardano e dicono questo terminale dà di matto, come è possibile che risulti tutto questo se la pratica di 'sto imbecille lo dà ancora a Orvieto? Così mi si drizzano le orecchie chiedo permesso e guardo sul monitor il nominativo richiesto e allora m'illumino e prendo a ridere e dico, ma questo lo conosco, la so io la storia tutt'intera. Così che poi mi mandano a rapporto dal Generale Comandante di Milesercito e lì spiego quel che so del Rotundo e della sua richiesta di rafferma che appunto stan vagliando, magico Rotundo che con la sua disastrosa carriera militare ha mandato in tilt persino il computer della Difesa.

Sono euforico quel mattino, le armonie della vita che si rivelano e tutta la solfa del caso, sto bene e racconto la storia, quella stessa sera, a piazza Colonna a tutto il giro magicamente ricomposto dopo le licenze premio e le ordinarie e tutti che chiederanno che ho fatto e dove mi sono cacciato e io dirò soltanto, sono stato bene, spero di continuarlo ad essere ancora per un po'.

E invece tutto si squaglia con Erik in una notte litigiosissima con scazzamento ad altissimo voltaggio e terminale crollo nervoso. Lui che infognato nel lavoro non ne può più di me, che sta sempre lì a far programmi e organizzarmi i finesettimana nemmeno fosse l'alitur. Io che dico non stare a menar cazzate, non ne puoi più di me e basta. Eppoi tutta la solfa che ha girato mezzaroma che io appena sveglio voglio assolutamente del rock decadente e cimiteriale e ad altissimo volume e lui invece musica barocca e altre storie cinguettanti e passerotte di zufoli e violini e viole del pensiero. A questo punto si capisce che siamo alla resa dei conti, c'è più niente da fare, un amore terminato è peggio di un impero devastato, tutto un tramonto verso i secoli bui. Eppure si tenta un recupero, Erik che dice crudelissimo bene da adesso proponi tutto tu, vediamo che cazzo sai combinare oltre a metterti l'uccello in aria che pare sai fare solo quello e per giunta nemmeno così bene. E allora io gli dico bene signore in carrozza, e così dicendo ciuffiamo gli impermeabili e usciamo nella notte romana. Guido io, guido. Faccio un paio di sensi vietati lì dai Monti Parioli, poi scendo da Valle Giulia e mi immetto nel casino del lungotevere oltrepasso il Palazzo di Giustizia e via verso Banchi Nuovi, parcheggio con uno strattone lì da Castel Sant'Angelo e presto entriamo nel tanfo dell'osteria della Vecchina. La mia rivincita è dunque portare a cena il sofisticato e raffinato Erik Kollendhorf nel trojajo della fiaschetteria, metterlo a tavola con tre-quattro ubriaconi che presto iniziano a importunarci di domande, fargli buttar giù il bianco dei colli e quelle lenticchie che mi hanno nutrito per tutti i mesi dell'inverno. Erik è impacciato, deve continuamente ruotare su se stesso per permettere agli ubriachi di raggiungere il cesso e svuotarsi. Loro gli appoggiano le mani sulle spalle, lo strattonano, lo urtano e lui sempre prego, dignitosissimo e cortese. Ma io leggo nei suoi occhiverdi l'odio di essere lì incastrato e quando arriva la Vecchina con i soliti involtini e trippa alla mentuccia, lui chiede secco una fettina che proprio non esiste. Costretto dunque a mangiar insalata verde il non più mio Erik si destreggia ora con una cariatide sdentata e lercia di quasi novantanni che gli sta facendo tutta una tiritera sul fatto che prima era conte e barone e diosacosa e ora proprio niente, solo uno svuotino senza roba alcuna. Ed Erik che stropicciandosi le mani dice interessante, davvero, curioso nel suo italiano perfetto ma sempre con quella musicalissima cadenza gutturale della sua linguamadre, un sex da stramazzar lì di brutto. Io continuo a mangiucchiare, faccio piedino all'Erik, lui fa scatti terribili con la testa ma non riesce a licenziare l'ubriaco, finché anch'io appagato mi stanco pago il conto e dico mi hai già fatto divertire cazzarola d'un bell'Erik, ti porto a nanna. E lì in auto lui che me ne dice di tutti i colori e racconta balle che non stanno né in cielo e manco in terra tanto son grosse. E si capisce che non vuole darmela vinta, dice guarda quel posto era magnifico, una fauna così popolare e autentica, ma esistono ancora questi posti sublimi in Roma? E io che penso ohhh ci siamo, adesso chissà che teorizzazioni, chissà che saggi. E infatti lui salta fuori con la sua giovinezza austroungarica e le birrerie e le sbornie e tutto quel folk e quel pop che s'iniettava a litri negli anni del conservatorio, ma io non credo a un cazzo, niente di niente. E giunti in via Archimede io dico ora entro solo un attimo, chiamo il taxi e me ne torno alla Macao, posso? E lui fa certo. Così mi attacco al telefono e mentre sono lì che sbevazzo un cognac vedo l'Erik che mi scruta dal divano. Dico che c'è? E lui, niente. Capisco che è furioso. Poi dice "C'è una cosa che non mi va giù di questa storia. Che solo a sfiorarti mi vien duro".

Sarà quella l'ultima volta che ci vedremo, ci si lascerà il mattino successivo dopo aver fatto l'amore con un'intensità che nemmeno ricordavo, ci siamo regalati questo addio, tutti e due decisi a costruirci in quell'ultima notte almeno un buon ricordo. Erik ha detto addio nel modo migliore in cui poteva dirlo. Per parte mia anche adesso, ascoltando la sua voce che canta *Nur ein Bahnhof*, sto cercando la maniera giusta.

Ma Renzu, il mio grandamico Renzu lo rivedo per l'ultima volta in una bella mattinata romana di fine marzo a non più di una decina di giorni dal nostro congedo, lo rivedo per l'annuale parata dei Granatieri inguantato e lustrato e intruppato con altri mille come lui incolonnati a mostrare al popolo d'Italia la prestanza della propria gioventù; lo rivedo il mio Renzu che marcia e sfila giù da via Nazionale al suono della grancassa e della marcia dei Granatieri di Sardegna fra tutto un popolo festante di reduci con gli alamari biancorossi di stoffa al collo e bandiere tricolori dai palazzi e gagliardetti della Brigata che penzolano dagli alberi al vento di questo marzo finalmente primaverile. Il tam-tam di Radionaja ha dunque trasmesso la notizia della granparata militare, la voce è arrivata alle mie orecchie mentre passavo da Campo de' Fiori diretto al Settimiano dall'altra parte del Tevere, credo sia stato il Beaujean che non rivedevo dalla sua ordinaria a passare la notizia, senz'altro lui s'è attaccato al mio braccio nella bottiglieria di fianco al cinema, perché io stavo già lì a sbronzarmi da qualche tempo e quindi lui è arrivato dopo. Fattostà che dopo i nostri abbracci lui dice tutta la storia della parata e del raduno nazionale dei Granatieri per cui alla Brigata stanno risistemando capannoni e ali delle caserme e corridoi per accogliere tutti i reduci spediti dall'Associazione e loro, i militari di leva, devono lavorare come pazzi, sgomberare magazzini e soffitte, portare da un posto all'altro della fortezza carichi di brande e materassi, raddoppiare i servizi alla mensa e così via perché verranno anche un paio di compagnie dalla Grancarri di Civitavecchia e una delegazione da Orvieto per cui si potranno rivedere Renzu e l'Agi Carcassai e Pietrino Veronese e insomma tutta la combriccola dell'Orvietnam che da allora non si è vista più. Così quel giorno fatidico esco presto dal Ministero con un permessino e corro verso le nove e mezza alla Macao perché la parata storica partirà da lì e invece la sfilata dei reduci e degli ex granatieri da Santa Maria Maggiore per congiungersi poi al corteo in piazza Esedra e da lì scendere insieme per via Nazionale fino all'Altare della Patria dove ministri e generali e presidenti e medaglie d'oro li attenderanno insieme a picchetti della marina, dell'aeronautica e dei carabinieri. Alla Macao è tutto bloccato, la polizia impedisce a chiunque di percorrere Castro Pretorio, una Compagnia a cavallo smista il traffico verso il Policlinico e l'Università, il percorso che fra poco i granatieri percorreranno è in parte transennato, gagliardetti tricolori dappertutto, bandierine e fregi a fiaccola. Mi appunto al petto il tesserino magnetico del Ministero della Difesa con su la foto e i timbri; arrivo davanti all'ufficiale di picchetto che però non mi vuole fare entrare e allora io dico ma come, ma come? Sono l'inviato speciale della rivista Esercito e devo assolutamente veder tutto, ho un appuntamento con il comandante di RAMDIFE e lei mi ferma qui? Alla fine lui acconsente e io sgambetto veloce verso la piazza d'armi dove i granatieri del Cingio sono già schierati in plotoni davanti ai camion e fra questi c'è naturalmente il Grandelele lì in prima fila con la faccia stravolta sotto al sole che su quel cemento incatramato comincia anche a battere senza troppi complimenti. Poi arrivano altri dieci-undici camion e questi provengono dall'Ascietta e fra questi soldati in guanti bianchi riconosco gente del Car e tutti si sbracciano e io corro da un camion all'altro e stringo mani e rido come un pazzo tenendomi calcato il basco in testa che ci prende gusto, il maledetto, a volarmi sempre via; ma poi arriva un tenentino di due metri e mi dice di girare al largo che pare che arrivino gli americani e invece non è vero. Finalmente altri traballanti CM e fra questi cinque da Civitavecchia. Io sono lì nel piazzale, in piedi sul muricciolo sotto le palme, i camion mi sfilano davanti e io mi sbraccio e grido Renzu, Renzu e finalmente vedo l'Agi Carcassai che fa un versaccio e grida il di me nome come un indemoniato. Ma Renzu non lo scorgo, proprio non gliela faccio, so che c'è ma come distinguerlo fra altre centinaia simili in tutto a lui? Poi finalmente la banda prende a suonare la marcia dei granatieri, i ragazzi in costume storico sfilano come tanti tableux vivants, davanti quelli del Seicento, poi quelli napoleonici, poi quelli del regno e così via. Allora corro verso l'uscita e mi arrampico sul muro del Castro lungo il viale e lì li vedo sfilare tutti, proprio tutti, finché nel plotone in fondo non scorgo Renzu, impassibile, sudato, lo sguardo dritto, la mascella serrata, le mani inguantate e rattrappite sul fucile, il suo passo cadenzato. Ma lui non può scorgermi. Così corro avanti fino a piazza Esedra fra i passanti esultanti e scolaresche vocianti e il fiume dei reduci che mi travolge fra alamari di stoffa biancorossi e visi vecchi e storpi e gridamenti e tutti lì ad applaudire ed acclamare i prodi granatieri, gli autobus fermi sotto il sole, i taxi che suonano i clacson, la gente che guarda e s'affolla prima di qua e dopo di là e a questo punto uno mi mette una mano sulle spalle e dice più o meno ehi ehi che felice rivederti, ed io mi volto ed è quell'odiosissimo tenente Stravella con il capitano di Orvieto e allora sono infognato lì con loro a parlottare, ma intanto la parata si snoda e già sta per scendere per via Nazionale tutta indrappeggiata con striscioni e coccarde patriottiche e sempre la gente che esulta e acclama, gruppi di reduci già imbriachi che si trascinano abbracciati fra un bar e l'altro e hanno ricamate sul giubbetto tutte le battaglie e le spedizioni che han fatto e medaglie e medagliette e fregi sui baschi come dei goliardi, ma io sono lì intrigato con questi due e non gliela faccio a smollarmi finché non approfitto di una loro distrazione e scappo via, ma Renzu, il grande amico Renzu non si accorgerà di me finché quasi non lo sfiorerò con un versaccio e allora lui finalmente volterà un attimo il viso al mio indirizzo e io salterò sulle teste delle persone e correrò fra le transenne e mi sbraccerò gettando il basco in aria e lui nient'altro farà che una smorfia trattenuta e raggelata, lì in prima fila del suo plotone, al centro, ecco Renzu che mostra il pregio della sua razza marchigiana, il Renzu dello Champagne fregato a Orvieto e delle canne e delle

sbronze per le stradine della rupe, il Renzu dei seggi elettorali, il Renzu che saltava davanti al Duomo cantando il
mio nome con quel suo sound preziosissimo che non ho
più sentito, mai più, il Renzu ora inquadrato che non può
parlare né muoversi lì intruppato e incastrato da far paura e io che continuo a chiamare il suo nome correndo giù
per via Nazionale passando davanti a Grandelele a Miguel e Beaujean e tutti gli altri che sfilano e marciano e
battono il tempo della grancassa, e gli grido sto bene caro
Renzu e fatti vivo e lui storcerà gli occhi, solo quelli e finalmente i nostri sguardi si incontreranno per un attimo
fra la folla e sarà come ci fossimo detti mille cose e io riderò a quello sguardo e m'illuminerò a quel suo bagliore,
Renzu che spinge le pupille nell'angolo dell'occhio e mi
incontra e io prenderò a gridare di nuovo spingendomi
fra la gente e le donne e i turisti e i marocchini, mi farò
largo in quella calca di persone che strepitano e applaudono e sorridono, ma Renzu non potrà dir niente, manco
una parola, manco un saluto con le mani o un gesto di
bocca, segnerà il passo e alzerà il fucile davanti alle autorità, ma dirà niente, solo la grancassa che strabatte la marcia e la mia voce Renzu, Renzu che si smorza infine nel
caos di piazza Venezia stracolma di auto e di gente.
Ma il viso di Renzu, colto in quel colpo d'occhio giù
per via Nazionale, resterà sempre un flash abbagliante
nella mia esistenza come il corpo del mio amatissimo Lele baciato l'ultima volta il sei di aprile dietro Largo Argentina, ci saremmo congedati il giorno dopo e non ci saremmo più rivisti; Lele che se ora tornasse anche solo per
un saluto fra le mie braccia mi getterebbe in una nostalgia
senza limite e probabilmente altro non saprei fare che
piangere e lacrimare nell'incavo di quel suo collo meraviglioso, ed Enzino e Magico Alverman e Pablito che sta a
Frith Street anche adesso che io scrivo e Miguel con cui ci
siam visti prima dell'Inghilterra e Baffina che passerà da
noi, alla casa di via Morandi, all'inizio del mese prossimo,
e Sorriso che ancora insiste nonostante tutto il peggio fra
noi sia successo, ma lui da grandingenuo sempre lì a scri-

vere e chiamare, e Beaujean che ora sta dormendo sui libri di là, nell'altra stanza, e tutti gli altri che continuo fortunosamente a incontrare a mille miglia di distanza mentre sto scrivendo questa storia, poiché le occasioni della vita sono infinite e le loro armonie si schiudono ogni tanto a dar sollievo a questo nostro pauroso vagare per sentieri che non conosciamo.

Bologna, 23 aprile 1982

DINNER PARTY
Commedia in due atti

PERSONAGGI

GOFFREDO OLDOFREDI, detto FREDO, avvocato
GIULIA OLDOFREDI, sua moglie
MANFREDI OLDOFREDI, detto DIDI, suo fratello minore
ALBERTO GRANDI, loro giovane amico
MAVIE DI MONTERASSI, editrice
TOMMY TRENGROVE, amico di famiglia
ANNIE, attrice
JIGA, cameriera

La scena si svolge in casa Oldofredi
durante il pranzo in onore del rientro in Italia di Tommy.
È domenica 11 luglio 1982.

PRIMO ATTO

È il tardo pomeriggio di domenica 11 luglio 1982. Siamo nel salone di casa Oldofredi. È un soggiorno molto "tropical" adorno di piante e di alcuni oggetti di alta tecnologia quali un potente impianto hi-fi, un personal computer, un videocitofono nascosto fra kenzie e palme. Naturalmente, trattandosi della tana di una generazione di trentenni o poco meno, anche alcuni oggetti metropolitani come, per esempio, un plastico in cartoncino dello skyline di Manhattan... Non si preciserà comunque la città in cui si trova questa casa. Si tratta di una qualsiasi città italiana.

Il fondo del soggiorno è chiuso da una vetrata scorrevole, oltre la quale si intravede un'ampia terrazza. Qui sta il tavolo preparato per il pranzo.

Quando inizia la rappresentazione il soggiorno è avvolto nell'oscurità. Solo qualche raggio di luce filtra attraverso i tendaggi che chiudono la vetrata e l'accesso alla terrazza. In un angolo sono Giulia e Alberto. Sudati, avvinghiati sotto l'inutile refrigerio di un ventilatore di tipo coloniale, si baciano, si mordono, si scontrano, seminudi.

GIULIA Ora basta, ti prego Alberto; ora smettiamola. Mi manca il fiato; mi manca il respiro... Basta.

ALBERTO Ancora un po'; stiamo così ancora qualche minuto. Ecco.

GIULIA Stanno arrivando; devo prepararmi ad affrontarli.

ALBERTO È ancora presto, stai tranquilla.

GIULIA Dici bene tu.

ALBERTO Siamo solo noi, io e te. Nient'altro ti deve importare adesso.

GIULIA Come puoi non capire?

ALBERTO Zitta, sst! Parleremo un'altra volta. Fammi stare qui con te solo un altro po', in silenzio. Così, abbracciami forte, così... Stai bene così?

GIULIA Sì.

ALBERTO Devi avere fiducia in me: fidati di questo abbraccio, fidati della mia pelle contro la tua. Abbiamo solo questo ora, ma dev'esserci sufficiente. Io e te, Giulia. Quando stiamo così, va tutto bene, okay?

GIULIA ... Tutto bene.

ALBERTO Tutto senza problemi.

GIULIA ... Senza problemi.

ALBERTO Tutto sta andando benissimo.

GIULIA ... No, non ce la faccio. È più forte di me. Lasciami.

ALBERTO Dove vai?

GIULIA Ho sete.

ALBERTO Torna qui.

GIULIA Ho caldo. Devo muovermi, devo prepararmi; stanno sicuramente tornando dall'aeroporto.

ALBERTO Giulia, vieni qui e stai calma. Ti dico che c'è ancora tempo.

GIULIA Non è vero! Sono quasi le otto.

ALBERTO Alle otto, ce ne andremo. C'è un "quasi" tutto per noi, ora.

GIULIA Che abbiamo fatto di male per essere costretti a incontrarci come dei congiurati? Per fingere, tramare, contare un pugno di secondi come se fosse l'eternità. Sono sei mesi che andiamo avanti così.

ALBERTO Abbiamo bisogno di tempo.

GIULIA È proprio questo che ti voglio dire! Più tempo per noi.

ALBERTO   Più tempo per prepararci a lasciare questa
casa e vivere insieme.

GIULIA   No, Alberto, dobbiamo solo trovare il modo
per dirglielo.

ALBERTO   Tuo marito ti ama.

GIULIA   Io non più.

ALBERTO   Ed è il mio migliore amico.

GIULIA   Però, se sua moglie apre le gambe, tu non ti tiri
indietro, vero?

ALBERTO   Io ti amo Giulia. Stai perdendo il controllo.

GIULIA   I miei nervi li ho mandati a farsi benedire la
prima volta che ti ho visto. Ero già completamente
uno spasimo che pulsava per averti. Come ora.

ALBERTO   Giulia...

GIULIA   Devi aiutarmi allora, amore mio. Solo dormir-
gli accanto sta diventando intollerabile. Non ce l'ho
con lui. Ce l'ho con il fatto che tu non sei lì, di fianco
a me. Ed è colpa mia.

ALBERTO   Fredo non s'è mai preoccupato fino in fondo
di te, renditene conto. Non hai nulla da rimproverar-
ti. Non si tradisce un marito che non c'è.

GIULIA   Mi stai imprigionando allo stesso modo: lui
con le convenzioni del matrimonio, tu con quelle del-
l'amante. È la stessa cosa. Io voglio essere libera, voglio che tu mi aiuti ad avere una relazione con te come ogni donna libera. Devi parlargli.

ALBERTO   Non posso ora. Mi ha insegnato tutto, non
posso colpirlo così. E c'è di mezzo il mio lavoro.

GIULIA   Usa il suo cinismo: te l'ha insegnato, questo?

ALBERTO   Gli ho detto che... Niente.

GIULIA   Cosa?

ALBERTO   Nulla. Non gli ho detto nulla di noi.

GIULIA   Fa caldo, un caldo infernale, e non abbiamo
via d'uscita.

ALBERTO   Non dire così, ti prego.

GIULIA   Allora lo affronterai?

ALBERTO   Sì... Sì.

GIULIA   Stasera glielo dirai?

ALBERTO   Sì, amore mio.

GIULIA   Va meglio ora, molto meglio.

ALBERTO   Ti amo, lasciati abbracciare ancora.

GIULIA   Stiamo prendendo tutto troppo sul serio. Dov'è finita la leggerezza? L'essere frivoli, il divertirsi, il viaggiare, il ballare e l'ubriacarsi fino all'alba. Dov'è finita tutta la nostra disponibilità? Siamo come larve nel buio di questa stanza. Non la voglio così la mia vita.

ALBERTO   Stasera c'è il pranzo con Tommy.

GIULIA   E allora?

ALBERTO   Non si può stasera, Giulia.

GIULIA   Come?

ALBERTO   Dovremo fingere un altro po', solo qualche giorno.

GIULIA   Quindi?

ALBERTO   Mi sembri scema! Quindi un cazzo! Non possiamo rovinargli anche la festa!

(*Alberto ha alzato la voce. Dalla parte opposta del soggiorno si sente provenire un indefinibile borbottio.*)

GIULIA   Hai sentito?

ALBERTO   Cosa?

GIULIA   Qualcosa che scricchiolava, forse.

ALBERTO   No.

(*Si sente, ora con precisione, un secondo grugnito, quindi uno sbadiglio. Dal buio si alza una sagoma nera, che avanza a fatica verso il centro della sala. È Didi.*)

DIDI   Dio mio, quanto mi gira!... Perché è così buio? Che ora è? Devo cominciare quel romanzo...

ALBERTO   È quella poiana fradicia di tuo cognato.

GIULIA   Ma come? Avevi detto che se ne stava in camera sua.

ALBERTO   Invece è qui.

GIULIA   Avrà sentito?

ALBERTO   È ubriaco, sotto al tavolo.

DIDI (*arrancando verso la terrazza*) Jiga!!! Jiga!!! Che ore sono? Perché fa buio?

GIULIA   Sto impazzendo. È tutto troppo forte: i miei pensieri sono troppo forti, la mia paura è troppo forte...

ALBERTO   Stai giù!

GIULIA   Toglimi le mani di dosso! È casa mia, questa!

ALBERTO   Andiamocene! Rivestiti, forza, prima che ci veda.

GIULIA   Così finalmente tutti lo sapranno.

ALBERTO   Sta' zitta!

(*Didi ha raggiunto faticosamente la vetrata e alza la tenda. È la luce del crepuscolo che entra nel soggiorno, una luce che scopre i due amanti affannati a rivestirsi.*)

DIDI   Jiga!!! Rispondi quando ti chiamo!

JIGA (*fuori scena*)   Sì, eccomi.

(*Rumore di stoviglie e imprecazioni.*)

ALBERTO   Via, adesso, dai!

(*Giulia e Alberto escono.*)

DIDI   Ecco che bestemmia! Imparasse a miscelare bene il Martini sarebbe meglio. Jiga, che combini?

JIGA (*fuori scena*)   Tutto okay, signorino Didi. Sto preparando i cocktail.

DIDI   Lo sento.

(*Squilla il telefono. Mentre risponde, Didi batte svogliatamente i tasti della sua macchina per scrivere.*)

DIDI   Vado io. Lascia perdere e pensa agli ananas. Pronto? Ciao Fredo, tre quarti d'ora e sarete qui, okay. Anche prima? Meglio. No, non ho visto Alberto... Che ne so se verrà anche Annie!... Sta' tranquillo, va tutto bene, qui. Jiga si sta dando da fare... E Tommy?... Bene... Addio. (*Rivolgendosi a Jiga.*) Stanno arrivando Jiga, escono ora dall'aeroporto. Hai preparato la stanza degli ospiti?

JIGA (*fuori scena*)   Sì, signorino Didi.

(*Didi lascia la macchina per scrivere e si siede alla console del computer, sul cui monitor avanza stancamente un gioco elettronico.*)

DIDI   Devo cominciare quel dannato romanzo. Sono tre anni che provo e riprovo. Niente. È assurdo. So già come andrà a finire. So tutto. Conosco ogni parola di quel romanzo che non ho scritto. Ma "non scriven-

dolo", non so ancora niente. E allora mi chiedo: "Perché devo cominciare, se già non esiste più un inizio?".
(*Entra Alberto.*)

ALBERTO   Problemi con l'ispirazione?

DIDI   Dov'eri? Non ti ho sentito entrare.

ALBERTO   Sinceramente, di te, mi piace molto questo, Didi che, pur vivendo nella stessa casa, non vedi, non ti accorgi e non senti nulla al di fuori di quel che accade nel pantano della tua testa. Sei un compagno straordinario! Fredo è arrivato?

DIDI   Ha telefonato ora dall'aeroporto. Credo che per le nove saremo tutti a tavola.

ALBERTO   Vado a prepararmi, allora.

DIDI   Fa' prima una sfida con me, avanti.

ALBERTO   Perderai.

DIDI   Mi piace moltissimo perdere. È un'eccitazione che possono avere solo pochissimi privilegiati. Quelli come te, che vincono sempre, sono così banali. Vuoi bere?

ALBERTO   Niente alcool.

DIDI   Allora bevo io.

ALBERTO   Sei già fradicio. Risparmiati per il pranzo.

DIDI   Non starmi addosso. Fai il cazzo che vuoi, ma non starmi addosso per queste storie, d'accordo?

ALBERTO   Era solamente per non avere una topa sfatta a tavola. Quando sei sbronzo, sei così deprimente. Dai l'impressione d'un razzo coi motori accesi che romba, romba e non parte mai. No, non partirà proprio mai. Avanti comincia.

DIDI   Già. Devo smettere di bere.

ALBERTO   Quando vuoi, capisci.

DIDI   Devo smettere di fumare.

ALBERTO   Certo!

DIDI   Le droghe le ho dimenticate da anni, ormai. Non mi resta che la vita per sballare.

ALBERTO   Dovresti dedicarti a un'attività più sana e più vitale.

DIDI   Potrei scrivere un trattato sul mah-jong e l'arte di sbronzarsi in crociera.

ALBERTO   Intendevo qualcosa di creativo...

DIDI   Ho capito. Vuoi che scriva un libro su di te.

ALBERTO   Di certo, la mia immagine non se ne gioverebbe. Qualunque cosa esca dalla tua penna di fagiano riuscirebbe a intossicare i lettori dopo appena due righe.

DIDI   È per via dell'inchiostro. Annata 1956. Bacche di ginepro macerate a novanta gradi. Annata olimpica.

ALBERTO   Ecco! Potresti smerciare inchiostri energetici, al ginseng. Più vitali.

DIDI   So che la tua speciale dieta di arrampicatore sociale ne prevede tonnellate. Per compensare il superlavoro sessuale.

ALBERTO   Allevamento del lombrico.

DIDI   Con te come verme rosso californiano?

ALBERTO   È l'unico modo in cui puoi diventare ricco limitandoti a rivoltare merda. Che è la cosa che ti riesce meglio. Mi spiace, hai perso la partita.

DIDI   Io odio l'elettronica! Chi diavolo se ne sbatte dell'elettronica. Mi fa schifo! Mi fa ribrezzo! Cos'è tutta questa follia collettiva; tutti lì, tutti lì – i giornali, i bambini, le donne incinte – tutti lì con l'elettronica! Sa scrivere un libro, l'elettronica? Avanti! Sa fare arte? Graphic art, cibernetic art, digital art, computer art: che roba è? Sa fare l'arte? Cazzate! Accendi il televisore, non voglio più toccare nulla di elettronico.

ALBERTO   Prima o poi dovrai arrenderti.

DIDI   Mai! Sono felice di essere completamente fuori moda, fuori tempo massimo. Il mio ideale è morto e sepolto; sono una reliquia impotente contro le vostre sfumaturine colorate.

ALBERTO   Hai quasi trent'anni, Didi, e non hai prodotto nulla: solo questi abortini di testi che anche tu non leggerai mai. Credi che tutto sia questione di grandi personaggi, e tu cerchi di esserlo. Col risultato che sei sempre più sbronzo. Non c'è nessuna grandezza nell'alcool. Forse un po' di pena.

DIDI   Perché in te e nei tuoi scagnozzi c'è?

ALBERTO   Mi stupisce che qualcuno ancora creda negli astratti furori dell'arte.

DIDI   I tuoi decori saranno così, imbianchino. Tu sei tutto sulla cresta dell'onda, io razzolo sul fondo dell'oceano.

ALBERTO   Ecco fatto. Basta staccare questi fili e disattivare il computer. Impara.

(*Il televisore trasmette in diretta la telecronaca dell'incontro di calcio Italia-Germania per la finale dei mondiali di calcio. La trasmissione è iniziata da pochi minuti. Lo speaker sta dando la formazione della Germania Occidentale. Subito dopo incomincia la finale.*)

ALBERTO (*continuando*)   Ti va di vedere la partita?

DIDI   Da ragazzi eravamo fanatici di calcio, io e Fredo. I grandi ci chiamavano i fratelli Charlton; sai, Bobby e Jackie Charlton. Ah, grandi uomini, quelli! Nel 1966, eravamo a Wembley, con Tommy. Gran finale! Inghilterra 4, Germania Occidentale 2. L'Italia fu eliminata dalla Corea, ricordi? E allora si faceva il tifo per l'Inghilterra. Tanto più che il mio club preferito era il Tottenham; e Alfred Ramsey, che allenava la nazionale, veniva proprio da lì. Negli anni trenta, giocava come terzino nel Tottenham. Poi fu fatto baronetto; l'unico nella storia del calcio inglese.

ALBERTO   E Fredo?

DIDI   Fredo cosa?

ALBERTO   Qual era il suo club del cuore?

DIDI   Il Liverpool: maglie e calzoncini completamente rossi. Comunque era per via dei Beatles. Io avevo invece la maglia bianca e i calzoncini blu che sono i colori del Tottenham. Me li aveva regalati Tommy.

ALBERTO   Già, Tommy. Sono curioso di conoscerlo.

DIDI   Ti piacerà.

ALBERTO   Ne sei così sicuro? I nostri gusti sono differenti.

DIDI Un artista come te non può sfuggire al suo fascino. Parlare con lui è come avere il mondo ai propri piedi.

ALBERTO Mi piace il footing.

DIDI Ti faccio un esempio. (*Prende il primo libro che gli capita.*) Tu dici: "Sai, Tommy, sto leggendo 'Aisherwood'". "Isherwood, caro. Christopher Isherwood." "*Incontro al fiume* è bellissimo." "Ah, l'ho letto, l'ho letto. Solo ora è stato tradotto? Avrei potuto prestarti la mia copia con dedica, se ti interessava tanto. Ero nel Laddak quando lo lessi, bah. Il caro, vecchio Christopher; l'ho incontrato due anni fa, in California; lui e il suo amico sono l'esempio di una coppia perfetta, di un'intesa fra uomini assolutamente unica, forse perché il suo amico è di quarant'anni più giovane. Quanto alla sua scrittura io la trovo, come diciamo noi, *underwritten*, o, se preferisci, una buona *second class*, capisci?"

ALBERTO Va' avanti.

DIDI È fantastico. Conosce tutto e tutti. Da un americano ci si aspetta praticità, un modo di fare e di pensare molto rozzo. Tommy non ha niente di questo. Ha studiato in Inghilterra e, lì, ha conosciuto mia madre. Il suo animo di americano lo ha messo tutto negli affari. Quando era in Congo con mio padre, si procurò un sacco di sculture, e così ora ha una delle più complete collezioni di arte africana del bacino del Congo.

ALBERTO E che ci faceva in Congo con tuo padre?

DIDI Affari. Commerciavano, smerciavano.

ALBERTO Cosa?

DIDI Le merci che produceva mio padre, è ovvio.

ALBERTO Fredo mi disse che la vostra famiglia produceva esclusivamente oggetti d'arte.

DIDI Sì. Erano collezionisti di armi antiche.

ALBERTO E da quando arrivò Tommy come socio d'affari non si limitarono più a questo, vero?

DIDI Che vuoi che ne sappia io? Non me ne è mai fregato niente degli archibugi di mio padre.

ALBERTO   Ho voglia di conoscere il vostro amico Tommy.

DIDI   La finale di Wembley del 1966! Avevo otto anni; Fredo, tredici. Mio padre era morto da poco, il giorno del mio ottavo compleanno. Allora Tommy ci portò via dall'Italia per un po'. Accompagnò noi e la mamma a Londra; ci portava allo stadio... Da qualche parte dev'esserci una fotografia di Fredo in braccio a Bobby Charlton: ha un'espressione incredibile come fosse realmente in paradiso fra le braccia del suo eroe. Non voleva più scendere, e sai cosa successe?

ALBERTO   Racconta.

DIDI   Fredo si mise a piangere! Lì. Si mise a piangere in mezzo a tutti, con Charlton che lo accarezzava e Tommy che farfugliava con Bobby Moore. Incredibile. Non ho mai visto Fredo piangere.

ALBERTO   Nemmeno io. Non me lo immagino. Tommy quindi era molto amico di tua madre.

DIDI   Credo che l'amasse anche. Mia madre era un'inglese molto riservata. Penso che anche le amicizie la infastidissero. Era venuta in Italia a diciott'anni, e cadde subito nella trappola del vecchio Oldofredi. Si sposarono. Lei amava quel toscanaccio di mio padre, forte come una quercia, e adorava Firenze come tutti gli inglesi. Comunque immagino che Tommy l'amasse molto. Mi ha raccontato Fredo che mamma chiedeva spesso di lui negli ultimi giorni, in clinica. Forse era un modo per ricordarsi del babbo.

ALBERTO   Da quanto non vedete Tommy?

DIDI   Cinque anni. Stasera conoscerà Giulia. Fredo è eccitatissimo, ha telefonato dall'aeroporto... Ah, ha chiesto se verrà anche Annie.

ALBERTO   Annie?... No, non verrà.

DIDI   Peccato. Ci tenevamo a farla conoscere a Tommy.

ALBERTO   Sì, era una buona idea. Annie però non potrà esserci; ha altri impegni, stasera.

DIDI   Non glielo hai nemmeno chiesto.

ALBERTO   Cosa?

DIDI Non vuoi farla conoscere. Tutto qui.

ALBERTO Non voglio che tu la massacri, caso mai. Annie mi piace molto.

DIDI Gli piace molto! Ma se sei innamorato perso di lei! Ti basta bere un goccetto che si conoscono nei minimi dettagli le vostre scopate e hai il coraggio di dire: "Mi piace molto". Come se fosse una mousse al cioccolato!

ALBERTO Sono innamorato, mi piace da impazzire, mi stravolge completamente. È una furia che mi ha sottomesso, va bene così?

DIDI E allora invitala. Forza telefona!

ALBERTO È inutile.

DIDI Telefona!

ALBERTO Sembra io sia la serva, qua dentro!

DIDI Jiga!

JIGA (*fuori scena*) Sì, Didi.

DIDI E quella chi è?

ALBERTO Piantala, Didi, stai seccando. Non ti immagini a cosa stai andando sotto.

DIDI Andrò sotto la cresta dell'onda.

ALBERTO Crepa!

DIDI Ma pensaci. Sarebbe una doppia consacrazione. Fredo con Giulia e tu con Annie.

ALBERTO Tommy ci sposa e tu festeggi con una sbronza. È così?

DIDI Viviamo in questa casa da sei mesi, e magari sarà così ancora per molto, visto che non ti dai tanto da fare per cercarti un altro posto.

ALBERTO Avevo bisogno di ospitalità, e Fredo me l'ha offerta. Sta' tranquillo che non appena avrò una casa nuova farò le valigie.

DIDI Lascia perdere. Voglio dire che ormai ci conosciamo abbastanza bene, ti pare? E invece, da quando hai questa Annie per la testa, hai messo un muro alla nostra confidenza: non ve la faccio conoscere, non ve la faccio vedere, non la porto, non la spreco con voi...

ALBERTO   Ho chiesto ad Annie di venire. Ha detto di no. Ora facciamola finita.

(*Suonano alla porta.*)

DIDI   Che sia Annie?

ALBERTO   Vaffanculo!

DIDI   È Mavie!

ALBERTO   Vado a cambiarmi.

DIDI   Farai questa telefonata?

ALBERTO   La farò dalla mia camera.

(*Alberto esce.*)

DIDI   La curiosità mi fa impazzire.

(*Didi va verso la porta e prende a gridare.*)

DIDI (*continuando*)   Mavie, Mavie! Ce la fai?

MAVIE (*fuori scena*)   Arrivooooo!

DIDI (*dopo aver spento il televisore*)   Di questa Annie so tutto: quante ottave raggiunge in gridolini d'orgasmo, quanto guadagna, che voce ha, che reggitette porta, però non l'ho mai vista. Nessuno, a quanto so, l'ha mai vista... Mavie! Tutto bene? Ecco la tacchina degli scandali che arriva.

(*Entra Mavie.*)

MAVIE   Ciao, amore... Scandali?

DIDI   Accomodati Mavie, siediti. Mi sembri fresca come un bocciolo di rosa.

MAVIE   Davvero? Sai, con questo caldo, non si può essere in forma. Ho tanto sperato che diluviasse, oggi pomeriggio, e invece solo qualche scroscio... Più caldo di prima... Oddio... E l'ascensore?

DIDI   Fredo sostiene che è meglio senza. Una selezione naturale.

MAVIE   Come?

DIDI   Abitare all'ultimo piano e non avere l'ascensore. Uno ci pensa due volte, prima di salire, ti pare?

MAVIE   Portami da bere, ti prego Didi.

DIDI   Jiga ha preparato dei cocktail tropicali con poco poco alcool, ti va?

MAVIE   Che cara la vostra filippina, l'ho sempre sostenuto: meglio le filippine delle eritree, e meglio le eri-

tree delle etiopi. Però meglio le etiopi delle indonesia-
ne, devo onestamente riconoscere. Ancor meglio delle pakistane. Qualche tempo fa sono arrivate quelle
povere cambogiane, sfollate in modo così impressionante su quelle bagnarole stracariche. E Amalia ne
smistava per beneficenza: un po' di qua, un po' di là.
Ho rischiato, assumendo una coppia. Sono bravissimi
per quanto riguarda il giardino, davvero bravi. Ma,
per quelle cose, non si trattengono. La ragazza ha sedici anni ed è già incinta. Ma come si fa?

DIDI   Per questo non darti pena, Mavie.

MAVIE   Dici?

DIDI   Le cambogiane non si riproducono in cattività.

MAVIE   Allora posso tirare un sospiro di sollievo.

DIDI   Allora vuoi bere?

(*Didi va verso la cucina.*)

MAVIE   Sì, portami qualcosa. Amelia mi ha parlato delle
capoverdine. Sono l'ultima novità.

DIDI   Non ne so nulla.

MAVIE   Non potresti chiedere a Jiga?

DIDI   Lo farò. Eccoti il tuo cocktail.

MAVIE   Grazie. L'altro giorno ho visto Alberto correre
per la strada come un indemoniato. Mi è crollato addosso e nemmeno s'è preso la briga di salutare. Che
strano. Non è che hai qualcosa di scandaloso su di lui
da raccontarmi?

DIDI   Niente che possa interessare il tuo giornale.

MAVIE   Un ragazzo così affascinante dovrebbe avere
qualcosa di scandaloso attorno. Serve a far circolare il
nome. Sono andata al suo vernissage, la scorsa settimana.

DIDI   So che ha avuto una discreta accoglienza.

MAVIE   È stato un trionfo! Era presente tutta la video
generation. Mai visti tanti ragazzi in galleria.

DIDI   Era un bar: il Live in Tokio.

MAVIE   Che geniale, Alberto. Ha fatto di quel caffè una
galleria d'arte. Come a Berlino e a New York.

DIDI Non mi interessa. Sto lavorando al mistero del mondo. Ho troppo da pensare ai fatti miei.

MAVIE Oh, è molto di moda l'occultismo, se è per questo. I sabba e le messe nere vanno fortissimo. Non hai idea di quante lettere arrivino nelle redazioni su queste stramberie.

DIDI Un po' di vodka?

MAVIE Da' retta a me: Alberto farà molta strada. Tuo fratello ha un grande intuito. Ne ho conosciuti di artistucoli che cercavano la sua protezione. Alberto è partito con il piede giusto.

DIDI È uno squallido approfittatore.

MAVIE Per l'amor del cielo, Didi! Ha talento!

DIDI Lo vedremo.

MAVIE È anche tu hai talento; tutta la vostra video generation ne ha.

DIDI Mi fai un favore, Mavie?

MAVIE Dimmi, cocco.

DIDI Una promessa che durerà per tutta la serata, vuoi?

MAVIE Va bene.

DIDI Non stare a sbrodare su queste cose!

MAVIE E perché, poi?

DIDI Cos'è questa storia? Come "perché"? Ti sembra il modo? Che vuol dire "look generation", "video generation", "atomic generation", eh? Lo sai tu, che vuol dire?

MAVIE Suvvia. Voi siete la generazione dell'immagine, siete cresciuti negli anni sessanta: la televisione, la musica rock, James Dean, l'elettronica.

DIDI Lascia perdere l'elettronica.

MAVIE Siete una generazione postmoderna, gommacea, detritacea. Tu, Fredo e Alberto avete suppergiù la stessa età, no?

DIDI Come se questo significasse qualcosa. Trovo orribili, francamente rivoltanti, le cose che fa Alberto. Non c'è dramma, non c'è sangue, non c'è passione.

MAVIE Come sempre, sei eccessivo.

DIDI Davvero? Stammi a sentire: una generazione non si distingue forse da un'altra per il cambiamento dei gusti?

MAVIE È ovvio.

DIDI Guarda che anche le ideologie sono questioni di stile e di gusti. Zitta, zitta! Questo non lo si discute. È così e basta. E allora facciamo un gioco tu e io; un gioco sul gusto e sullo stile. Ti va?

MAVIE Mi inviti a nozze.

DIDI E farciremo di marroni una tacchina.

MAVIE Come?

DIDI Eccoti qualche istruzione per l'uso. Io, Didi, mangio sempre in casa. Fredo nei suoi ristorantini massimo venti persone, prenotazione entro le undici del mattino, menu *nouvelle cuisine*. Alberto invece pratica il fast-food. Bene?

MAVIE Oddio anche tu con i quiz gastronomici! Non se ne può più, non se ne può più. Non accendo nemmeno il televisore, sai? È disgustoso.

DIDI Perché mi interrompi? Abbiamo quindi tre colonne con i nostri rispettivi nomi: Didi, Fredo, Alberto. E tante caselle orizzontali per gli argomenti. Nella prima riga, argomento "Cucina" e, sotto i nostri nomi, avremo...

MAVIE Ah, ho capito! Dunque: 1, "Casa"; 2, "Ristorante"; 3, "Fast-food"...

DIDI Un altro esempio. Argomento "Musica". A me piacciono le ballate pop degli anni settanta. A Fredo il jazz e ad Alberto, la dance-music. Capisci Mavie?

MAVIE Mi piace, va' avanti.

DIDI Resto ancora sull'argomento "Musica", che è facile. Dove ascoltiamo la musica? Io in casa, di solito. Fredo nelle cantinette e Alberto nei videobar. Insomma sono tutte questioni di gusto. Questioni di stile. Questioni di generazione, mia cara Mavie. È chiaro?

MAVIE Perfettamente.

DIDI Allora si parte. "Vestiti": io adoro la seta, indosserei sempre seta.

MAVIE   Lo so, caro.

DIDI   Non sta ancora a te rispondere. Risparmiati. Fredo preferisce vestirsi di pelle: cuoio, camoscio, renna, quello che vuoi. E Alberto?

MAVIE   Plastica. Stupendi vestiti di plastica.

DIDI   E di gomma, ti correggo. Comunque ci siamo. Argomento generazionale: "Biancheria intima".

MAVIE   Subito così sul difficile?

DIDI   Ti aiuto. Io non indosso biancheria intima – mutande, intendo –, mai e in nessuna stagione dell'anno. Alberto solo coordinati Calvin Klein comprati da Bloomingdale's. E Fredo?

MAVIE   Direi senz'altro biancheria maxi, anni cinquanta.

DIDI   Brava! Un goccio di vodka per la mia Mavie giocherellona!

MAVIE   Mi piace! Sei un vulcano, Didi.

DIDI   Aspetta! Fra poco verrà il difficile, e non potrai permetterti di sbagliare, sai!

MAVIE   In fatto di stile, non sbaglio mai.

DIDI   Avresti potuto mettere almeno un gioiello su quel décolleté.

MAVIE   Dici?

DIDI   Le camicie le preferisco senza collo. Fredo indossa solo quelle fatte per lui da Brooks Brothers e le allaccia con la collezione di gemelli di mio padre. E Alberto?

MAVIE   Hawaiane. Non c'è alcun dubbio, *tropical shirts*!

DIDI   Io indosso giacche larghissime e quasi sempre usate. E Fredo?

MAVIE   Solo tweed.

DIDI   Ma non in estate.

MAVIE   Indossa il madras come tweed, però.

DIDI   Hai ragione. E Alberto?

MAVIE   Lui non porta giacche. Al massimo qualcuna da smoking, colorata.

DIDI   Altra vodka per Mavie, che vince tutto. E anche per me, naturalmente. Se Fredo compra un cappello?

MAVIE   Compra un Borsalino.

DIDI   E Didi?

MAVIE   Un colbacco.

DIDI   E Alberto?

MAVIE   Un basco.

DIDI   E coi maglioni?

MAVIE   Per te, cardigan. Fredo, pullover con il collo a "v"; Alberto, invece, rifiuta totalmente questo capo d'abbigliamento.

DIDI   Sublime, sublime. Cambiamo argomento: "Televisione".

MAVIE   So che non la guardi mai e che, al contrario, Fredo e Alberto ne sono fanatici.

DIDI   Piccolo errore, attenta!

MAVIE   Ma come? Ricordo lo scorso capodanno, a casa mia. Se ne sono stati per un bel po' attaccati al televisore.

DIDI   E non hai notato che Fredo aveva la cuffia? Hai perfettamente ragione quando dici che tutti e due guardano il televisore, tuttavia ti correggo: tengono acceso lo schermo. Perché Alberto usa il televisore senza audio. Solo immagini, mia cara. È la video generation.

MAVIE   Interessante.

DIDI   Veniamo un po' al difficile. Come saprai, nel campo dell'arte contemporanea, solo Jackson Pollock. E Fredo?

MAVIE   La body art.

DIDI   Ignorante. La "transavanguardia". Non puoi sbagliare così. È così rock la transavanguardia, come fai a non capire?

MAVIE   E Alberto?

DIDI   Lo devi dire tu.

MAVIE   Alberto, vediamo... Il concettuale: no. Il comportamentale: no, no. Land art? No, scusami Didi, dammi una pausa di riflessione. Ci rimangono... Mail art? No. È l'era dell'elettronica, quelle cose postali sanno così d'Ottocento. Alberto non può amarle. Dunque...

DIDI   Non lo sai, non lo sai.

MAVIE   Vediamo.

DIDI   I graffitisti! I graffitisti! Keith Haring, Kenny Sharf, Ronnie Cutrone, Rammellzee! Futura 2000, Toxic One, James Brown, Richard Hambleton, Crash e Lady Pink!

MAVIE   Mi sto annoiando.

DIDI   Per noi tre, il miglior film italiano del dopoguerra è...

MAVIE   Mi chiedi l'impossibile.

DIDI   Sei tu che affermi che abbiamo la stessa età e apparteniamo alla stessa generazione. Quindi abbiamo gli stessi gusti. L'hai detta tu, questa porcheria. Io non ho detto niente. Niente di niente.

MAVIE   Mi sto annoiando.

DIDI   Avanti, gli scrittori stranieri. Per me, i russi; Dostoevskij, naturalmente. Per Alberto, Patricia Highsmith. E per il mio caro fratellino?

MAVIE   Io non leggo mai.

DIDI   Eccole! Sanno tutto della look generation e poi non ne conoscono nemmeno i gusti!

MAVIE   Stai diventando arrogante.

DIDI   L'hai voluto tu. Argomento "Scrittori italiani"! Non dici niente? "Registi stranieri!" Niente? Argomento "Sesso". Argomento "Abbronzatura". "Barba e capelli!" Ancora niente? "Danze", "Balli", "Teatro", "Feste", "Città", "Capitali", "Fiumi", "Monti", "Montagne", "Aerei", "Automobili"! Niente! Non dici niente perché non sai niente. Te e tutte le tacchine che zompettano nei tuoi giornali, quelle cancerogene del cazzo. Ma come fate a non capire? È così semplice. È sulla bocca di tutti. Lo dicono anche le stracciacazzi che non esistono più le generazioni; tutto si consuma troppo in fretta. È quello che dico anch'io. Non esistono proprio le generazioni stratificate ogni venticinque, dieci o due anni. Sono delle spaccature verticali, degli abissi che fendono diacronicamente il tempo. Lo sforzo sta tutto nel non essere accomunati agli altri poiché nessuno che abbia meno di trent'anni è accomunabile a un altro. È un coacervo di stili altrui, è il vertice, l'apoteosi dell'inautenticità, lo capisci questo?

MAVIE   Capisco che sei ubriaco.

DIDI   Non sanno dire altro! Nient'altro... Sono un sentimentale, Mavie.

MAVIE   E l'alcool è il tuo unico amore. Diceva così anche mia figlia, prima di diventare eroinomane. Poi lo diceva a proposito dell'eroina. E poi delle pasticche e di quelle porcherie lì. Voglio sperare che ora la tomba sia davvero il suo vero e unico amore.

DIDI   Mi spiace che...

MAVIE   Dacci un taglio e smetti di intossicarti!

DIDI   Smettere di bere? Un giorno di questi, lo farò... Dovrò abituarmi a una vita senza colori; i sentimenti mi appariranno più sbiaditi, le vostre facce più stranite... Sarà molto difficile, ma lo farò. Non posso continuare così ancora per molto. Uno di questi giorni, qualcosa dentro di me s'inceppperà. Sarà un "crac", un cigolio d'interiora. E, di punto in bianco, sarà tutto diverso. Sarà peggio, molto peggio. Sarà maledettamente difficile addormentarsi ogni notte senza ubriacarsi.

MAVIE   Fa caldo. È sera, ma fa caldo.

DIDI   Vuoi giocare ancora con me?... Restano migliaia di domande.

MAVIE   Tu rispondi a questa: "Allora dove andava Alberto così di fretta?".

DIDI   Da Annie, credo.

MAVIE   Annie? Annie... Annie. Non mi dice niente questo nome. La conosco, questa Annie?

DIDI   Non ne ho idea.

MAVIE   Viene spesso qui? Magari l'ho conosciuta a qualche party.

DIDI   Inutile che ti sforzi. A quanto ne so, nessuno ha mai visto Annie.

MAVIE   Ed è innamorato di questa donna?

DIDI   Al punto da essere così geloso da tenerla nascosta.

MAVIE   Alberto geloso? È così poco anni ottan... E da quanto stanno insieme?

DIDI   Credo che ormai siano sei mesi.

MAVIE   E, in tutto questo tempo, non hai mai avuto occasione d'incontrarla?

DIDI   Per me, è un fantasma.

MAVIE   Sento odore di scandali.

DIDI   Buona, Mavie. Alberto diventa una bestia su questo argomento.

MAVIE   E dove l'ha incontrata?

DIDI   Alla tua festa di capodanno.

MAVIE   A casa mia?

DIDI   Ma non al party. Alberto è sceso in strada per fare un giro da solo. Era ubriaco e voleva prendere un po' d'aria. Non si sentiva bene. Barcollando, ha raggiunto i viali e si è scaricato vicino a un albero. Si è fermata una macchina. Una voce gli ha chiesto se poteva fare qualcosa per lui. Alberto ha risposto seccamente. Ma la voce ha insistito, per niente rassicurata da quella risposta. Si è avvicinata e hanno cominciato a parlare. Alla fine, quella se l'è caricato in macchina e l'ha portato a casa.

MAVIE   Era un angelo.

DIDI   Era Annie.

MAVIE   Che capodanno, quello. Anche Giulia si è sentita male. Ricordo benissimo che mi ha chiesto l'auto per andarsene. Bisogna comunque che telefoni subito a Mabel, alla redazione. Gli deve cacciar dietro un paio di fotografi. Mascia farà il pezzo.

DIDI   Vedo già i titoli.

MAVIE   Ho la quota di maggioranza in *Candida*, oltre a esserne la direttrice.

DIDI   Quando scrivevo per *Candida* e firmavo Elizabeth Woolf, tu ne possedevi solo il diciotto per cento.

MAVIE   Come passano gli anni.

DIDI   E le azioni si accumulano.

MAVIE   Ma stasera ci sarà questa Annie?

DIDI   Chissà.

MAVIE   Non trovi che sarebbe "squiziosissimo" avere l'anteprima di questa apparizione?

DIDI   Non è detto che tu non l'abbia.

MAVIE   Alberto è così genialmente imprevedibile.

DIDI   L'imprevedibilità della video generation. Naturalmente. Stanno salendo le scale. Direi che sono proprio loro.

(*Entrano Tommy Trengrove e Fredo Oldofredi. Tommy regge un bonsai giapponese e qualche borsa da viaggio. Dietro di lui un baule, valigie e, accaldatissimo, Fredo. Tommy si arresta un metro oltre la soglia e spalanca le braccia, sorridendo. È il suo modo di salutare. Didi infatti va verso di lui e, calmo, si getta in quell'abbraccio.*)

TOMMY   Sono veramente felice di vederti, piccolo mio.

DIDI   Come stai?

FREDO   Mi aiuti a portar dentro i bagagli?

TOMMY (*rivolgendosi a Didi*)   Sì, caro, fai questo prima di tutto. Poi parliamo. (*Guarda Mavie.*) Non credo di conoscere questa bella signora.

FREDO   Ciao, Mavie; Tommy Trengrove, il nostro festeggiato.

MAVIE   Molto piacere, Tommy.

TOMMY   I ragazzi mi hanno parlato di lei.

MAVIE   Com'è andato il viaggio?

TOMMY   Benissimo. Ho viaggiato in compagnia di un monsignore che, alla dogana, è riuscito a farmi passare davanti a tutti. Avevo un po' di timore per un paio di *sku-thang* tibetani che ho rimediato a Tokio, ma lui è stato bravissimo. Un vero gentiluomo. Effettivamente, mi accorgo sempre di più che per viaggiare decentemente in Italia bisogna essere dei preti. Oh, Didi, stai attento a quella borsa rossa. Ecco, appoggiala lì. Ci sono alcuni *cadeaux* per voi. Fredo, quella la puoi portare in camera mia. Tu, Didi, adesso vai in cucina, per favo-

re, e portami qualcosa di ghiacciatissimo da bere.
Niente alcool, però. E lei, signora, come sta?
(*Didi esce.*)

MAVIE   A parte il caldo, benissimo. Ho un certo appetito, ora.

(*Didi torna con il carrello dei* tropical fruits.)

TOMMY   Per me, un po' di succo d'ananas.

MAVIE   Quello stupendo verdolino è papaya?

DIDI   Certo, Mavie.

MAVIE   Allora succo di *lime* con vodka.

FREDO   E i regali?

TOMMY   Giusto. Prima Didi, che è il più giovane.

DIDI   Ma è una cartuccia-giochi, stupendo!

TOMMY (*soddisfatto*)   È l'ultimo videogame uscito a
Tokio.

DIDI   È fantastico.

TOMMY   Be', provalo.

DIDI   No, no. È fantastico che, da una settimana, io
tenti di giocare con questo programma e tu lo porti
dal Giappone come appena uscito di fabbrica.

TOMMY (*risentito*)   Ma è proprio così! È l'ultima novità
in fatto di videogame.

(*Didi gli porge una cartuccia-giochi identica.*)

TOMMY (*continuando*)   Fammi vedere. Sembrano proprio uguali.

DIDI   È fantastico, è fantastico. È... È l'Internazionale
Occidentale. È l'impero senza più province: solo un
grande cuore occidentale che pulsa in perfetta sin-
cronia.

FREDO   Parto da Fiumicino con una canzoncina in testa:
When You Call Me Lover. Scendo due ore e mezzo dopo a Heathrow e, nella hall, la filodiffusione me la rimanda. Tre giorni dopo parto per New York, arrivo al
Kennedy, salgo sull'elicottero e, zac!, *When You Call
Me Lover*. Una settimana dopo, sono a Los Angeles,
stessa storia. Affitto una Buick e corro nel New Messico. Sulla strada, accendo l'autoradio e cosa sento?

FREDO e DIDI   *When You Call Me Lover.*

FREDO Torno in Italia e, a Cagliari, Radio Nuraghe trasmette: "Eccovi ora l'ultima novità".

FREDO, DIDI e MAVIE (*cantando*) *When you call me lover*
To say me
I am your beautiful hunter.

FREDO È questa, Didi, che chiami l'"Internazionale Occidentale"?

DIDI Certo, fratellino.

TOMMY Mi farò cambiare il videogame, altroché; nessuno mi ha mai imbrogliato, figuriamoci quei musi gialli! Mi renderanno i dollari, stai sicuro!

FREDO Mi è capitato tutto questo esattamente lo scorso inverno. Otto mesi prima di te, Didi.

DIDI Quello che ci differenzia è che tu, Fredo, vai in giro come un matto, ti capitano le tipiche cose dei viaggiatori, ma ti capitano e basta. A me invece non succede niente, però capisco al volo. Basta avere le antenne e non conta più muoversi come si faceva un tempo. Io non esco di casa da non so quanto; è il resto che viene da me.

MAVIE L'Internazionale Occidentale! È eccitante. Vorrei che ci fosse anche Alberto. Quel ragazzo è sempre così sintonizzato su tutto.

FREDO Non te la prendere, Tommy. Sono finiti i tempi in cui ci portavi dai tuoi viaggi i primi longplaying dei Beatles, il primissimo Charlie Brown, l'ultimissima t-shirt. Questa cartuccia è arrivata prima di te... Ora, però, voglio il mio *cadeau*.

TOMMY (*porgendogli un sacchetto di plastica*) Fredo queste non le avrai mai sentite. Sono registrazioni di gruppi rock di Tokio. Più una pista originale dei Japanes.

FREDO Originale? Ma come l'hai avuta?

TOMMY Passavo per lo studio di registrazione della Yellow Records; ero con il presidente. Niente di losco, stai tranquillo. È la base di un pezzo nuovissimo.

FREDO (*rigirando la cassetta tra le dita*) Per me, in studio, la stanno ancora cercando. La voglio sentire subito. (*Va verso l'hi-fi.*) L'ascolterò in cuffia per non disturbare.

MAVIE   Non sarà la *Butterfly* per caso? Un altro po' di papaya.

DIDI   Mavie, veramente la papaya non l'hai voluta, prima. Hai preferito il *lime*.

MAVIE   Davvero? E quella azzurra cos'è?

DIDI (*che ha raggiunto il vassoio di fianco all'impianto hi-fi e, quindi, sta a gomito a gomito con Fredo*)   Questo? Pesca con Bolls.

MAVIE   Ah, bene. Allora un po' di *lime* con un goccio di vodka.

(*Didi ha uno scatto nel versare da bere e urta il mobile, dal quale cadono decine e decine di cassette, anche quelle che Fredo aveva posato lì mentre si accingeva a inserire lo spinotto della cuffia. Le cassette quindi si mischiano.*)

DIDI   Cazzo!

FREDO   Sta' attento! Sei già sbronzo fradicio?

DIDI   Non l'ho fatto apposta.

(*Didi raccatta le cassette; dopo qualche attimo, ne inserisce una a caso.*)

TOMMY   Su, ragazzi.

DIDI   Ecco. È questa, Fredo. Calmati.

FREDO   Ma quella non aveva scritto sopra niente. Perché Tommy non l'hai catalogata?

TOMMY   Non farò più regali per il resto della mia vita.

MAVIE   Il piacere del regalo è solo per chi lo fa.

TOMMY   Sì, sì. Penso anch'io così, signora mia.

MAVIE   Perché non mi chiama Mavie?

DIDI   Chiamala Mavie, Tommy. Falle questo piacere.

TOMMY   E Giulia dove sta? Ho portato qualcosa anche per lei. Dei vestiti.

MAVIE   Adoro i vestiti giapponesi. Me li faccia vedere subito, Tommy.

TOMMY   Volentieri. Didi, sono nella valigia di cuoio: sì, quella.

(*Queste ultime battute vengono recitate sfumando il*

*volume della conversazione, come se si smorzasse l'au-
dio in scena. Infatti, parallelamente, entra in dissolven-
za incrociata un altro audio: una voce femminile, quella
incisa nella casseta che Fredo sta ascoltando in cuffia.
Fredo diventa sempre più serio, fino a immobilizzarsi
con il bicchiere in mano, nel sentire quella conosciutis-
sima voce che anche gli spettatori ora odono ben definita: la voce di Giulia.)*

VOCE DI GIULIA   ... Una questione di forze non control-
labili. Come se questa mancanza di te squilibrasse
completamente il mio campo di forze. Oggi, ho portato un bozzetto dal mio studio a quello delle modiste.
Mi sono accorta subito, entrando, che mi guardavano
strane. Mi sono avvicinata al tavolo. Ho fatto per posare il disegno. C'era uno specchio. Ho visto il mio
volto. Era contratto. Come sotto l'effetto di uno sforzo terribile. Non sono riuscita a posare quel cartoncino. Reggevo un foglio di carta, non un baule. Ma lo
sforzo era per me identico. Qui, in casa, gli oggetti mi
cadono dalle mani. Vanno via. La teiera, per esempio... *(Ride.)* Non so più come prenderla. L'afferro e
mi sguscia via... La prendo come dovessi prendere
una penna, non una teiera. E questo con tutto. I cappotti, i vestiti, le sigarette. Non mi controllo più. Fra
me e Didi ridotto come tutti sappiamo, stiamo di-
struggendo la casa... *(Rumori nel nastro.)*

*(Entra in scena Alberto, in abito da sera. Saluta Tommy
e Mavie. Saluta Fredo, toccandolo leggermente su un
braccio. Poi si allontana verso gli altri ospiti.)*

VOCE DI GIULIA   ... Tu sei la mia forza, Alberto, l'equilibrio delle mie forze. Gli oggetti stanno tornando da
me. Sono felice. Guardavo dentro i tuoi occhi... Sentivo le mie forze tornare. I fluidi risalire. I pensieri girare bene nella testa. Noi ci attraiamo per merito di
quella stessa forza che manda alla deriva i continenti.
Per noi, è di segno opposto. Ci spinge l'uno nelle
braccia dell'altro. Ci placa. Le cose non mi abbando-

nano più. Le forze tornano. Si fissano sui nostri corpi uniti. Ed esplodono...

(*Didi si avvicina a Fredo, gli toglie la cuffia.*)

DIDI   È stato sconvolgente?

ALBERTO   Mi fai sentire quella cassetta?

TOMMY   Come ti è parsa?

MAVIE   Su, Goffredo, dicci le tue impressioni! Sei stato così assorto. Dev'essere stupenda!

FREDO   Andate al diavolo!

MAVIE (*rivolgendosi a Tommy*)   Non gli avrà mica regalato sul serio la *Butterfly*?

FREDO   Scusatemi, la cassetta è bellissima. Grazie, l'ho sentita a volume troppo... forte. Ho mal di testa. Fa un caldo... Un caldo infernale.

DIDI   Oh, Tommy, vieni. Andiamo a prepararci per il pranzo. Avrai voglia di rilassarti un po', no?

TOMMY   Ho voglia di un grande, vasto, energico, contortissimo massaggio ai piedi. Soprattutto di questo, ho voglia.

DIDI   I miei massaggi ti sono sempre piaciuti.

TOMMY   In questo sei uno yankee perfetto Didi, l'unico italiano che sappia rinvigorire un corpo stanco.

(*Tommy e Didi escono.*)

MAVIE   Allora, Alberto, verrà questa tua amica di cui tutti parlano?

FREDO   Verrà, verrà, verrà...

ALBERTO   Annie è desolata, ma si è trovata costretta a rinunciare all'invito.

MAVIE   Che peccato! Comunque do un cocktail giovedì prossimo, al Phuket Club, per i venticinque anni di *Candida*. Ti prego di invitarla a nome mio.

ALBERTO   Non sono ancora stato in quel locale. Annie me ne ha parlato molto bene.

MAVIE   Davvero lo conosce? Giulia e io stiamo preparando una sfilata per l'inaugurazione. A Giulia piace moltissimo, forse è lei che ne ha parlato ad Annie.

ALBERTO   Non credo che si conoscano.

MAVIE   Strano. Comunque mi fa piacere che se ne parli

già. C'è una grande attesa per l'inaugurazione di quel locale, paragonabile a quella per il momento in cui ci presenterai Annie.

ALBERTO   Verrà il momento, Mavie, te lo prometto.
(*Suonano alla porta.*)

ALBERTO   Vado io... Ah, è Giulia!

MAVIE   Bene, ormai ci siamo tutti. Quell'aperitivo di Jiga mi ha messo un certo languorino.

FREDO   Non ci siamo ancora tutti, manca Annie. Ho fatto preparare il posto a tavola.

ALBERTO   Annie non verrà, te l'ho detto.

FREDO   Mi spiace, ne ho parlato molto a Tommy, tornando dall'aeroporto. Resterà deluso: lui ama avere il controllo completo della situazione.

ALBERTO   Finiamola con questa storia di Annie, d'accordo? Se Annie fosse qui, avrei solamente voglia di stare con lei; e questo non mi sembra delicato nei vostri confronti.

FREDO   Delicato! Sarebbe atroce se *lei* si appartasse con te sotto i *nostri* occhi. Non trovi che sarebbe atroce?
(*Entra Giulia.*)

GIULIA   Scusate, ho dimenticato le chiavi.

ALBERTO   Ciao, Giulia!

FREDO   Ciao amore, lasciati abbracciare.

MAVIE   Vieni, cara, accomodati. Ci sono degli aperitivi meravigliosi. Quello verdolino è un portento.

GIULIA   Grazie, devo cambiarmi. Sono in ritardo. Tommy?

FREDO   È nella sua stanza, con Didi.

ALBERTO   Vado a dire a Tommy che sei arrivata.
(*Alberto esce.*)

FREDO   Mavie ti dispiacerebbe raggiungere Jiga e controllare come sta andando? Vorrei approfittare della tua consulenza.

MAVIE   Andrò a spizzicare, ho fame.
(*Mavie esce.*)

FREDO   Siamo finalmente soli. Devo dirti qualcosa.

GIULIA   Senti, Fredo, parliamo dopo. Sono in ritardo, non voglio far aspettare Tommy.

FREDO   E no. Dovremo invece parlarne adesso.

GIULIA   Che ti succede?

FREDO   Sono tuo marito, Giulia, e tu sei ancora mia moglie...

GIULIA   Questo lo so.

FREDO   ... La responsabilità di quanto succederà qui, stasera, ce la prenderemo insieme. Se ancora esiste una gerarchia, tu – Giulia – ne sei al vertice, sei la padrona di casa. Hai delle responsabilità verso di me e soprattutto verso Tommy. Tutto deve scorrere liscio, capisci? Niente inconvenienti...

GIULIA   ... Quali inconvenienti?

FREDO   Ho un problema, Giulia.

GIULIA   Questo caldo finirà per darti alla testa.

FREDO   Aspetta...

GIULIA   Non fare scenate, ti prego.

FREDO   Bisogna che te lo dica: ho sostituito il piatto di pasta con un risotto di verdure al curry con banane rosa...

GIULIA   Bene, non ci saranno gli spaghetti alle cozze, allora. Mi sembra che tu abbia fatto benissimo. Mi volevi dire questo?

FREDO   ... Ma ho mantenuto come entrée le animelle di vitello all'erba cipollina, e poi gli astici con crema fredda di peperone. Sorge il problema di quale vino servire. Cosa dici?

GIULIA   Ne abbiamo discusso tutto ieri, Fredo. Manterrei il tuo Gavi dei Gavi di Gavi Ligure.

FREDO   Giulia, non puoi ammazzare la delicatezza di quel risottino con l'acidulo del Gavi. Non puoi tradirlo così.

GIULIA   Perché non fai servire il Riesling di mia madre?

FREDO   Sì, è un'idea. Ma non potrebbe neutralizzare le animelle con le erbette aromatiche, eh?

GIULIA   Già. Facciamo una cosa, servili tutti e due: prima uno e poi l'altro.

FREDO Ah, tu faresti così. È nel tuo stile fare così? Fedifraga!

GIULIA Ti prego, Fredo, lasciami andare a preparare.

FREDO "Prima uno e poi l'altro", dice! Come una pochade: il vino leggero, il vino acidulo, poi ancora quello frizzantino. Ma come si fa? Bisogna decidere Giulia. Niente mi infastidisce di più della possibilità di scelta, a tavola. Ci vogliono ordini precisi e tenute di condotta ferree. Mica si può scherzare su queste cose!

GIULIA Il secondo piatto è rimasto quello che ho scelto io?

FREDO Suprême di faraona al tè di Ceylon.

GIULIA "Suprême di faraona al tè del Kenia", vorrai dire.

FREDO Ho cambiato.

GIULIA Anche a me piace cambiare.

FREDO Ti piacerà "scambiare", presumo.

GIULIA Be'...

FREDO Il vino è lo stesso: il Marzemino d'Isera di Rovereto.

GIULIA Ligure?

FREDO Rovereto di Trento. In Liguria fanno forse del Marzemino? Siamo andati tre mesi fa a comprare quel vino, Giulia. Dove hai la testa? A che pensi? A chi?

GIULIA Vado a conoscere Tommy. Poi mi farò una doccia fredda: la consiglio anche a te. Di cuore.
(*Giulia esce.*)

FREDO Una doccia fredda... Più fredda di così non potevo farla. Io... non sento più niente... Era il mio più caro amico e lei la mia... Che dovrei fare? In casi come questi, si piange? O si ride? O si prende con filosofia? O si sbatte la testa contro il muro? Come reagisce la gente a... casi come questi? Uccidendo? Dando fuori di matto? Seppellendosi? Andando a puttane? Puntando tutto al gioco? Forse la gente si ubriaca, e basta. E mette tutto tra parentesi... Avevo un amico e non avevo niente, invece. Avevo una moglie che amavo e mi faceva piacere pensare a lei, ero felice di andarci a letto senza

complessi di colpa verso il mio cazzo... Avevo una ragazza che amavo: mi sono riposato in lei, non avevo bisogno di nessun'altra. Era la mia amica... Mia moglie...
Dopotutto, era una che... Avevo... Avevo due amici, e
ora... Come si fa in casi come questi? Si piange, ci si ammazza, si finge che non sia successo nulla? Non lo so. Io
non ho una risposta per questo. Nessuno mi ha mai insegnato come ci si comporta in casi del genere. Di solito
si dice: "Dimentica, lascia che esca dalla tua testa, falla
fuggire poiché lei se ne è già andata via, dedicati al tuo
corpo, prenditi una vacanza, dimentica. Conosci altre
donne, leggi buoni libri, cambia casa. Sei stato abbandonato e ora devi solo prenderti cura di te...".
(*Fredo esce. Parlottando, entrano in scena Didi,
Tommy e Alberto. Sono vestiti da sera. Sono sulla terrazza e quindi li vediamo in fondo al palcoscenico dietro le tende. Stanno accendendo le candele sul tavolo
apparecchiato. Una lieve folata di vento agita le tende.*)
DIDI   Che fa? Piove?
ALBERTO   L'aria è così satura d'umidità...
DIDI   Come elettrizzata. Come dovesse scatenarsi un
   temporale.
TOMMY   Cadrà solo qualche scroscio.
ALBERTO   È un tramonto strano. Le strade sono deser-
   te, le piazze vuote. È questo che provoca la tensione.
DIDI   Sono tutti a vedersi la partita. Se vedi qualcuno
   girare, è un disertore.
ALBERTO   Forse non gli interessa quello che combinano
   a Madrid.
DIDI   Si tratta della tua Annie, allora...
ALBERTO   Perché?
DIDI   Perché gioca solo in casa.
TOMMY   Avete mai visto una tempesta di sabbia?
DIDI   Non mi hai mai portato in Africa.
TOMMY   Marrakech... Ero a Marrakech. La tempesta di
   sabbia si fa sentire nell'aria molte ore prima. Tutti gli
   abitanti lasciano le loro case, e la città è tetra e deser-
   ta, abbagliata da una luce innaturale, proprio come

qui adesso. Gli abitanti si radunano in riva al mare. C'è un silenzio irreale...

(*Alberto, Tommy e Didi guardano il cielo, muti. Si scorge la nitida sagoma di un jumbo che lo attraversa.*)

TOMMY (*continuando*) Quello che è straordinario è la sospensione delle coscienze, come avviene ogni volta che il cuore misterioso del mondo sussulta.

DIDI È stato preparato un coperto in più.

ALBERTO Come?

DIDI Jiga credeva che arrivasse anche Annie. Lo toglierò.

(*Entra Mavie, proveniente dalla cucina.*)

MAVIE Giulia!

(*Entra Giulia, che si fa aiutare da Mavie per sistemare la lampo dell'abito da sera.*)

GIULIA Sì?

MAVIE Sei stupenda. Il menù è ottimo.

GIULIA Non credo, assaggerò molto. Questo caldo mi ha fatto passare l'appetito.

MAVIE Fredo è davvero un genio per queste cose. Bravissimo. Un menù così anni ottanta. Lui e Alberto sono ragazzi di gran gusto.

GIULIA Alberto è diverso.

MAVIE Ma è chiaro. Se entrano in un negozio, Fredo esce con un paio di jeans e Alberto con una felpa americana. Ma Didi, con cosa esce Didi?

GIULIA Mavie! Che vuoi che me ne importi con cosa esce!

MAVIE Esce con un pantalone classico. O no? No, forse Didi esce con la felpa perché sta in casa; Fredo con il pantalone classico; e Alberto con un paio di jeans. Sì... No, no. Didi con i jeans, Fredo con la tuta e Alberto con il pantalone classico. No, impossibile. Vediamo... Se Alberto sceglie un pantalone, sceglie un madras, certo, quindi la felpa a Didi e i jeans a Fredo. No, no. Fredo, i knickerbockers, Alberto, i bermuda hawaiani, naturalmente; e Didi... Didi?

GIULIA   Didi non esce mai di casa, lo sai. Ma che stai a dire?

(*Didi arriva dalla terrazza con il coperto in più.*)

DIDI   Jiga siamo pronti. C'è un coperto in più.

(*Arrivano anche Tommy e Alberto.*)

GIULIA   E quello per chi era?

MAVIE   Per la fidanzata di Alberto.

GIULIA   La fidanzata di Alberto? Ma la fidanzata di Alberto non c'è.

DIDI   Infatti porto via il coperto. Che si fa? Si pranza col morto?

(*Suonano alla porta.*)

DIDI   Chi sarà?

(*Entra Fredo, in smoking, aggiustandosi il cravattino. Guarda il monitor del videocitofono.*)

FREDO   Vado io, non preoccupatevi.

(*Fredo va verso Didi, gli prende il coperto e lo mette in mano ad Alberto.*)

FREDO (*continuando*)   A questo punto, lo devi riportare in terrazza.

ALBERTO   Cosa?

MAVIE   Sei bravissimo, Alberto. Che sorpresa carina!

FREDO   Mavie, Giulia, Tommy, Didi, il mio caro amico Alberto avrà il piacere di presentarci...

(*Entra Annie.*)

FREDO (*continuando*)   Annie, la sua fidanzata. Grazie per la sorpresa. Vieni, entra. Ti si aspettava.

MAVIE e DIDI   Annie!!!

TOMMY   Annie, sono felicissimo di conoscerla.

GIULIA   A... Annie?

ALBERTO   Ciao, Annie.

ANNIE (*buttandosi tra le braccia di Alberto*)   Alberto amore mio, scusa se ti ho fatto aspettare.

SIPARIO

SECONDO ATTO

Siamo sulla terrazza di casa Oldofredi. Anche qui la vegetazione è abbondante; sopra un paio di capitelli stanno i box dello stereo (in modo che si possa ballare). Al centro, il grande tavolo preparato per il pranzo.

Il secondo atto inizia riprendendo esattamente le ultime battute dell'atto precedente. I personaggi sono nella stessa posizione, però ora, li vediamo da dietro, in attesa che raggiungano la terrazza.

(*Suonano alla porta.*)

DIDI Chi sarà?

(*Entra Fredo, in smoking, aggiustandosi il cravattino. Guarda il monitor del videocitofono.*)

FREDO Vado io, non preoccupatevi.

(*Fredo va verso Didi, gli prende il coperto e lo mette in mano ad Alberto.*)

FREDO (*continuando*) A questo punto, lo devi riportare in terrazza.

ALBERTO Cosa?

MAVIE Sei bravissimo, Alberto. Che sorpresa carina.

FREDO Mavie, Giulia, Tommy, Didi, il mio caro amico Alberto avrà il piacere di presentarci...

(*Entra Annie.*)

FREDO (*continuando*) Annie, la sua fidanzata. Grazie
per la sorpresa. Vieni, entra. Ti si aspettava.

MAVIE e DIDI Annie!!!

TOMMY Annie, sono felicissimo di conoscerla.

GIULIA A... Annie?

ALBERTO Ciao, Annie.

ANNIE (*buttandosi tra le braccia di Alberto*) Alberto,
amore mio, scusa se ti ho fatto aspettare.

ALBERTO Hai fatto bene a raggiungerci. Ti ho già parlato dei miei amici: Mavie, Giulia, Fredo, Didi e
Tommy.

MAVIE Che graziosa ragazza.

FREDO Vogliamo andare a tavola?
(*Tutti i personaggi arrivano ora al centro della terrazza
e si siedono a tavola. Didi, seguito da Jiga, appena entrata, porta il vassoio con la prima pietanza.*)

MAVIE (*rivolgendosi ad Annie*) Venga a sedere qui vicino a me.

ANNIE Sarò accanto ad Alberto?

FREDO Certamente.

TOMMY Qual è il mio posto?

DIDI Non trascurate Tommy. È geloso!

MAVIE (*rivolgendosi a Tommy*) Avanti, si sieda. È vero.
Il nostro centro d'attenzione si è spostato su Annie.
Sia indulgente.

TOMMY (*rivolgendosi ad Annie*) Sono vanitoso. Darò
battaglia per avere il controllo della conversazione.

ANNIE Sarò un osso duro.

DIDI Le sfide mi commuovono.

ALBERTO Figuriamoci! Se non hai sangue fresco, crepi.

DIDI Mi diverte vederti come un toro nell'arena.

TOMMY Ho visto una corrida nella Plaza Monumental
di Barcellona. Un bellissimo toro ha incornato il matador...

DIDI È normale.

TOMMY ... Le sue corna hanno funzionato come un
paio di forbici. Lo hanno forato proprio qui: zac! E
così è saltato fuori.

MAVIE   Il toro?

DIDI   Ora si chiama "toro"? Mavie, sei fantastica!

TOMMY   No, il torero non si è fatto nulla. Niente sangue. È stato uno strip-tease fuori programma.

DIDI   Vuoi dire che è rimasto col membro all'aria?

TOMMY   Non avete visto le fotografie? Erano su *Time*, e su tutti i giornali.

MAVIE   Non pubblichiamo immagini di cattivo gusto, noi. Non lo permetto.

TOMMY   E dove trovate i finanziamenti?

MAVIE   Ci sosteniamo da soli. In verità, sono costretta a grandi battaglie con la pubblicità. Lo scorso mese, ho lasciato duecento milioni della campagna di un profumo femminile, e sa perché?

DIDI   Coglioni! È una coglionata perdere tanti soldi.

MAVIE   Se accettassi un certo genere di immagini, perderei una buona fascia di lettrici. In un certo senso, quindi, ho guadagnato.

ANNIE   Che pubblicità era?

MAVIE   Giovanotti in uno spogliatoio. Si preparavano a un incontro di boxe. Uno dei due era completamente nudo. L'altro lo guardava con un'espressione violenta. Aveva il volto tumefatto. L'headline diceva: *"Trofeus. Quando combattono per te"*.

TOMMY   Si combatte sempre per una donna.

GIULIA   Anche per un uomo, se è per questo. (*Rivolgendosi ad Annie.*) Ci siamo già incontrate da qualche parte?

ANNIE   Può essere. Sono un'attrice e ho fatto parecchi servizi fotografici.

MAVIE   A ben giudicare, il suo viso non mi è nuovo.

ANNIE   Non è il genere di fotografie che lei pubblica.

MAVIE   E allora che genere è?

DIDI   Mavie. Se Annie è un'attrice, ammetterai che abbia quanto meno posato nuda.

ANNIE   Nudi d'arte.

MAVIE   Non dovrebbe rovinarsi questa sua bella immagine con la pornografia.

ANNIE   Non ho mai girato servizi fotografici e non lo
farò in futuro.

MAVIE   Brava!

ANNIE   Non mi va di lavorare in quelle condizioni. Una
volta, incontrai una di quelle ragazze. Ero al bar degli
stabilimenti De Paolis. Ci siamo guardate casualmente. I nostri occhi si sono presi all'amo. Non so perché.
La ragazza era ancora in abito di scena. Credo che
stessero girando una Cleopatra o una Messalina hard-
core. Il suo sguardo cercava complicità. Era come se
lei mi dicesse: "Anch'io faccio la tua vita. E tu quindi
sai cosa significa". Era inutile che io mi dicessi: "Tu
non hai niente a che fare con questo genere di cose".
Ero senza difese. Era uno sguardo che non ammetteva repliche. Ti costringeva a guardare te stessa in un
modo spietato.

GIULIA   Le sembrerà strano, Annie, ma non avevo mai
sentito parlare di lei, qui in casa.

ANNIE   Perché strano?

GIULIA   Perché tutti la conoscono.

FREDO   Non ti eri accorta che Alberto aveva una ragazza?

GIULIA   Di questo, credevo d'essermi accorta.

MAVIE   Lavori troppo, Giulia. Ti ci vorrebbe una buona vacanza.

DIDI   Si conoscono da capodanno. Non eri anche tu a
quella festa?

ALBERTO   Certo, Giulia. È lì che ci siamo conosciuti. È
stato un colpo di fulmine. Che dura anche adesso.
Devi credermi.

GIULIA   Sarà il caldo, sarà il lavoro, ma non so più a chi
credere.

FREDO   (*rivolgendosi ad Alberto*)   Ho parlato con Zurigo.

ALBERTO   Novità buone?

FREDO   Non precisamente. La tua personale è rinviata.

ALBERTO   E non ti hanno detto altro?

FREDO   Potrò essere più preciso domani. Risentirò i

nostri amici. Ma, al novanta per cento, non dovremo più contare su quella data.

TOMMY   Quando sarebbe stata la mostra?

ALBERTO   A metà ottobre.

TOMMY   Peccato. Sarò ancora in Europa a ottobre. Sono molto curioso di vedere i tuoi lavori. Quelli in sala mi sono piaciuti davvero. E, a Londra, com'è andata? Ho ricevuto il vostro biglietto, lo scorso dicembre, al mio indirizzo della Fulham Road. Ma, quando è arrivato a Tokio, l'esposizione era già finita.

FREDO   A Londra, è andato tutto bene. Ci siamo anche divertiti. In quei mesi, Alberto era molto più disponibile – devo riconoscere – a un certo genere di impegni. La colpa è tua, Annie, se non si riesce più a trascinarlo nemmeno a un party.

ANNIE (*rivolgendosi ad Alberto*)   E per me stai facendo tutto questo?

ALBERTO   Non sto facendo proprio niente. Non ho colpa di niente.

ANNIE   Stai trascurando i tuoi amici.

ALBERTO   Pare proprio che il tuo amore mi abbia stregato. È come vivere in una congiura. Non fate che accusarmi. Sinceramente, non ho tramato nessun complotto.

MAVIE   Le dobbiamo delle spiegazioni, Annie. Fino a pochi minuti fa eravamo certi che non sarebbe arrivata. Poi, d'improvviso, è saltata fuori come in un gioco di prestigio, lasciandoci – devo ammettere – tutti sorpresi. Direi che ha lasciato di sasso anche Alberto.

ALBERTO   È proprio quello che intendevo con "complotto", Mavie.

ANNIE   È stata una decisione improvvisa. Un insieme di circostanze favorevoli mi hanno fatto annullare i miei impegni, all'ultimo momento. Così mi sono precipitata da voi. È arrabbiata?

MAVIE   Figuriamoci. Lasci perdere quelle fotografie, però.

DIDI   Dicono che l'amore allarghi lo spirito, che lo fac-

cia entrare nell'universo. Tu, Alberto, sei l'esatta prova del contrario. La chiusura al mondo.

FREDO   L'amore è il sentimento che ha meno a che fare
con l'uomo: è sempre troppo ridicolo.

ANNIE   Non mi sento né goffa né ridicola.

FREDO   Intendevo riferirmi alle situazioni che si creano
intorno all'amore.

TOMMY (*rivolgendosi a Giulia*)   Non vuoi difendere il
tuo matrimonio?

GIULIA   Perché?

FREDO   È la femmina che difende la tana. A ogni costo,
contro qualsiasi intrusione.

GIULIA   E se il pericolo si nascondesse insidioso nella
stessa casa?

FREDO   Sarebbe una tragedia.

DIDI   O una farsa. Il genere tragico è definitivamente
tramontato, c'è ancora bisogno di dirlo? L'unica forma tragica è l'ironia. Perché non permette la tragedia.
(*Jiga incomincia a togliere i piatti; l'operazione prose-
guirà durante la battuta di Tommy.*)

TOMMY   O perché l'ironia è il senso di una tragedia
mancata. Comunque, sono d'accordo con te. È proprio questo generale clima di catastrofe che non favo-
risce un'adeguata rappresentazione dell'evento tragico. A quanto ne so, in Italia nessuno ha scritto
qualcosa di decente, per esempio, su un uomo di stato, padre di una famiglia tradizionale, docente universitario, che improvvisamente viene tolto di mezzo.
Oppure su due fratelli, uno dei quali viene ammazzato in un modo "veramente osceno", se mi passate l'e-
spressione, semplicemente per ricattare l'altro, accusato di tradimento e di delazione. O, ancora, su un
ragazzo di provincia, pieno di sogni rivoluzionari e ar-
tistici, che viene fatto fuori presumibilmente dai suoi
stessi compagni per storie di ricatti. Non solo. Qui interviene anche un vecchio padre ex partigiano che si
mette a rompere le scatole a tutti e va alla ricerca della verità come un pazzo visionario. Queste e tante al-

tre sono tragedie, perché, come sempre, alla base c'è l'elemento umano; ci sono poi le passioni, gli affetti famigliari; c'è la ragione di stato, c'è l'utopia rivoluzionaria che è come dire l'ira degli dei. Eppure, al momento, nessuno è in grado di proporre queste rappresentazioni. Oh, non solo per mancanza di talento, che è un'altra forma contemporanea dell'ira degli dei, ma perché in Italia non esiste un'intelligenza collettiva per fare tutto questo. E, d'altra parte, non credo che la risposta sia rintracciabile nel fatto che il popolo voglia solo divertirsi. Balle! Diciamo piuttosto che la tragedia, ora, è sempre un po' più fuori di noi. Qualsiasi modo di rappresentarla sarà sempre limitato. Non universale... Diciamo, una tragedia "discreta". (*Jiga esce.*)

MAVIE   Per parlare così, forse non è stato sposato.

TOMMY   Il matrimonio non è fatto per me. Però mi manca.

FREDO   Stai diventando vecchio.

TOMMY   Questo è innegabile.

MAVIE   Sono stata sposata, un tempo. Mi sembra che sia passato un secolo.

TOMMY   È divorziata?

MAVIE   Abbandonata. È una cosa diversa. Non mi vergogno a dirlo. Sono stata abbandonata da un'ora all'altra.

TOMMY   Mi spiace.

MAVIE   Non deve dispiacersi per cose di cui non ha colpa.

DIDI   Le persone non dovrebbero amarsi. Mai. Attacca il tuo cuore a una povera bestia, a un paesaggio, a un albero, a uno scoglio. Attaccalo a un libro, a un quadro. Ma non inchiodarlo addosso a un'altra persona. Mai. Finirà sempre che ti lascerà.

MAVIE   Il nostro matrimonio non era dei più brillanti. Ma ci sono modi per rimettere sui binari giusti la storia fra un uomo e una donna. Anche sopportare la

noia reciproca. Andandosene, lui ha scelto il modo
più facile.

TOMMY   Ne è ancora innamorata, vero?

MAVIE   No di certo!

TOMMY   Volevo dire: non si trova a pensare a lui, a parlargli, a rivedersi al suo fianco?

MAVIE   Come succede con un caro estinto. Sono passati
tanti anni. È stato un inferno. I dolori si incatenano
uno nell'altro. Non ti danno tregua. Tutto fa male...
Se ora passassi il mio dito sulla fiamma di quella candela, so che non sentirei un millesimo di dolore rispetto a quello che avrei provato, facendo lo stesso
stupido gesto, quindici anni fa.

TOMMY   E adesso? Come sta?

MAVIE   Sono felice. No, non darei un briciolo della mia
felicità di ora per quella insieme a quell'uomo.

GIULIA (*mettendo un dito sulla fiamma*)   Odio il fuoco.
Ho il terrore del fuoco. Eppure non sento nulla.

DIDI   Se uno teme l'acqua, morirà annegato. Se ha paura del fuoco, bruciato. Se è allergico alla corda, troveranno certo il modo di ficcargli un cappio al collo. La
natura non ci riserva molte sorprese: è sempre la solita storia. Duemila, cinquemila anni assolutamente
uguali. Quello che ci accade è lì, identico: amore, abbandono, follia.

TOMMY (*rivolgendosi a Mavie*)   È una donna veramente
interessante, mi creda.

MAVIE   Lo so.

TOMMY   Davvero straordinaria. Mi farebbe piacere incontrarla per qualche ora.

MAVIE   Mi lasci il tempo di pensarci!

DIDI   È l'unica persona di mia conoscenza che sia uscita da quindici anni di analisi col sorriso sulle labbra.
E, soprattutto, l'unica che poi non ha scritto poesie.

MAVIE   Il professore diceva "Signora, deve imparare a
desiderare se stessa. Né più né meno". Credo d'averlo
imparato, finalmente. Solo questo voglio insegnare alle mie lettrici. Niente diete né stress ginnici né pale-

stre: mangiate quello che volete, fate l'amore più che potete e imparate a desiderarvi.

DIDI E per chi non l'avesse capito?

MAVIE C'è sempre il mio manuale in vendita.

TOMMY Oh, me ne regalerà una copia con dedica, spero. Come si intitola?

MAVIE *No-no cyclette.*

DIDI Appunto. Faccio servire il risotto.
(*Didi si alza.*)

ANNIE Gli astici erano deliziosi.

DIDI Lo dirò a Jiga.
(*Didi esce.*)

TOMMY (*rivolgendosi a Giulia*) Qualcosa non va?

GIULIA Niente.

TOMMY Ho ricevuto alcune tue fotografie. Sei ancora più bella. Sono contento di averti conosciuto.

GIULIA Non preoccuparti se mi distraggo. Questo è un mese molto intenso per noi. Presentiamo le collezioni alla stampa e ai compratori. Niente è mai pronto per tempo. Devo correre da uno studio all'altro. E nelle pause, come questa domenica, lo stress si accumula. Non riesco a starmene tranquilla, con tutto il lavoro che avrò domani.

TOMMY È sbalorditivo l'interesse che c'è attualmente per la vostra professione.

MAVIE Siamo nel massimo splendore della moda. Vogliono tutti diventare stilisti, mannequin, grandi sarti.
(*Entrano Didi e Jiga.*)

DIDI Idiozie. Fate di un sarto un filosofo. Di chiunque possieda una Singer uno stilista. Fra poco, avrete talmente riempito le persone di queste fesserie che andranno nelle boutique a chiedere di essere curate per il mal di denti e per l'ansia.

GIULIA Questo dipende dalla mancanza di fantasia degli intellettuali.

DIDI Non voglio avere a che fare con le mutande di nessuno. Tanto meno trapanare denti.

ANNIE L'altro giorno, cercavo Palazzo Campolungo. Ho chiesto a un ragazzo.

DIDI Che tipo era?

ANNIE Uno qualunque. Mi risponde subito: "Palazzo Campolungo? È facile. Attraversa la strada là di fronte ad Armani. Svolta a destra dov'è Gianni Versace. Prosegui dritto verso Gianfranco Ferrè. Fai altri venti metri, passa di fianco a Gucci e, proprio all'angolo, infila un vicolo. È il retro dello show-room di Missoni. Be', quel vicolo sbuca sulla piazza". "È facile," diceva. A me sembrava di essere a Pitti Donna. "Poi," dice, "attraversa la piazza dalla parte dei negozi. Non puoi sbagliare. Ci stanno Biagiotti, Fendi, Ungaro e Lancetti. A destra c'è Palazzo Campolungo. Vai lì, nella sede di Valentino?"

(*Jiga esce.*)

MAVIE Delizioso, quel ragazzo.

FREDO Vorrei sapere che ne pensano Mazzini, Cavour e Garibaldi a essere così spiazzati.

MAVIE Sono convinta che quel ragazzo informatissimo assomigliasse ad Alberto.

GIULIA Impossibile, ti avrebbe indicato la strada sbagliata.

FREDO No, non lo conosci ancora bene. È preciso e puntuale. Qualità rare per un artista. Dovreste approfondire la vostra amicizia, almeno finché Alberto si trattiene da noi.

ANNIE Se continui così, Fredo, diventerò gelosa.

FREDO Di chi? Di me? Di Giulia?

ANNIE Di tutti voi. Siete una strana famiglia. Non c'è un padre, non c'è una madre. Non avete figli. Eppure si sente che, in questa casa, vive una famiglia. Che c'è una donna.

DIDI Venga ad abitare qui anche lei. Le cedo la mia camera. Monterò una tenda qui in terrazzo.

ANNIE Davvero?

FREDO Diceva per scherzare, naturalmente.

DIDI E perché?

MAVIE   Ogni alveare ha la sua ape regina.

DIDI   E ogni cortile la sua tacchina.

ALBERTO   E ogni stormo la sua poiana. Come fattoria degli animali non è male.

DIDI   È la contemporaneità che produce queste convivenze. Dieci anni fa erano prodotte dall'ideologia e le chiamavano "comuni". Ora se ne servono solo i tossici. La mancanza di appartamenti liberi produce invece "fattorie". Uno spunto interessante, Alberto. Ma il problema è: chi si servirà delle fattorie, fra dieci anni?

ALBERTO   Gli scrittori, se sono ridotti come te.

TOMMY   Fredo, raccontami come hai conosciuto il tuo rampollo, allora.

FREDO   Ero in stazione. Stavo aspettando un treno che tardava. Così mi spinsi a passeggiare fin nella zona dei binari morti. Era primavera; l'aria era tersa. In cielo splendeva una luna affilata come un rasoio. Poi vidi un'ombra, ferma, in piedi, a una decina di metri da me. Fui irresistibilmente attratto da quella figura pensierosa. Le stazioni portano questo genere di sentimenti. Mi avvicinai; prendemmo a chiacchierare. Alberto disse che aveva molte difficoltà in quel periodo: aveva lasciato gli studi per dedicarsi esclusivamente alla pittura. Ancora, però, non riusciva a guadagnare abbastanza.

ALBERTO   Ero veramente depresso, in quel periodo.

DIDI   Eri oppresso dai conti che non tornavano.

ALBERTO   La matematica non è mai stata il mio forte. Non si può risolvere un problema algebrico attraverso il senso della bellezza, per quanto esso sia sviluppato.

FREDO   Allora gli chiesi di poter vedere i suoi lavori. Pensavo che, se fossero stati buoni, non avrei avuto difficoltà a parlarne ai nostri amici e a fargli conoscere qualche gallerista. Il talento di Alberto ha poi fatto in modo che io ne diventassi il legale.

TOMMY   Fatemi vedere un artista che non sia stato povero e io vi mostrerò un povero artista. Quanti anni fa è successo?

MAVIE   Parole sante!

FREDO (*rivolgendosi ad Alberto*)   Ti ricordi quand'è successo? Con precisione, ti ricordi di quella prima notte, eh? Ti ricordi?

ANNIE   Ma certo che se ne ricorda. Me ne ha parlato tante volte.

ALBERTO   Sta' zitta!

ANNIE   E perché?

ALBERTO   Non puoi saperne niente.

ANNIE   Ma come? Sono la tua fidanzata. Qui tutti mi conoscono!

GIULIA (*alzandosi*)   Scusate. Non mi sento molto bene.

MAVIE   Che ti succede, Giulia?

GIULIA   Dev'essere il caldo.

FREDO   Non trovo che faccia poi così caldo.

(*Entra Jiga con il risotto.*)

ALBERTO (*raggiungendo Giulia*)   Giulia, torna a sederti. Fidati di me, ti prego. Non dobbiamo cadere nella trappola.

GIULIA   Con quale coraggio, hai la forza di parlarmi?

FREDO (*raggiungendo in fretta Giulia e Alberto*)   Sto qui io con te. (*Rivolgendosi ad Alberto.*) Puoi tornare a tavola. Ci penso io.

GIULIA   Non so cosa mi stia succedendo.

FREDO   Non cercare scuse con me.

GIULIA   Vorrei stare sola.

FREDO   Trovi volgare la fidanzata di Alberto. Ma che c'entra lei?

GIULIA   È stata una sorpresa sgradevole.

FREDO   Anche per me. Non me l'aspettavo proprio stasera. Eppure era davanti ai miei occhi.

GIULIA   Cosa?

FREDO   Credo di essere stato un marito insignificante per te.

GIULIA   C'è una cosa che avrei dovuto dirti; ora mi pesa come una colpa troppo grande per essere taciuta.

FREDO   Avanti.

GIULIA   È molto difficile.

FREDO　È difficile per tutti e due accettare questo stato di cose...

GIULIA　Che non è più come un tempo.

(*Jiga esce.*)

FREDO　... È difficile accettare come unico rapporto il voltarsi le spalle, trovare che abbiamo ancora qualcosa da dirci solo se uno dei due è vicino a un crollo nervoso.

GIULIA　Io non ti amo più, Fredo.

FREDO　Non è fondamentale per vivere insieme. Potremmo imparare a rispettarci senza ferirci.

GIULIA　Non credo che tu abbia mai capito cosa vuol dire "Rispettare il corpo di una donna".

FREDO　Ti ho sempre vista accanto a me con profonda dolcezza.

GIULIA　Sei molto caro. Ti voglio bene, in fondo. Come a un fratello, o a un compagno di giochi. C'è una complicità che ci lega. Noi siamo deboli, abbiamo entrambi bisogno di qualcuno che decida per noi.

FREDO　Questo lo credi tu.

GIULIA　Voglio essere desiderata e posseduta. Ho bisogno di questo: ho bisogno di sentire che appartengo a un uomo.

FREDO　Perché non potrei essere ancora io?

GIULIA　Non hai mai concesso niente a questo mio desiderio.

FREDO　Ti amo, Giulia.

GIULIA　Non è più sufficiente.

FREDO　Ora hai trovato quell'uomo, vero?

GIULIA　Lasciami!

FREDO　L'hai trovato in questa casa, eh?

GIULIA　Mi stai facendo male.

MAVIE (*dal tavolo*)　Ehi voi due! Come va?

GIULIA (*liberandosi dalla stretta di Fredo e tornando a sedersi*)　Meglio, grazie.

TOMMY　Mi fa piacere.

MAVIE (*rivolgendosi a Tommy*)　Voglio bene a Giulia co-

me a una figlia. Alla nostra età si cerca sempre un figlio da qualche parte. Anche lei, Tommy?

TOMMY   Loro sono figli, per me. E anche Giulia, ora.

MAVIE   Quello che c'è di buono è che si possono scegliere. Cosa che ovviamente non succede con i figli
reali. Si hanno sempre troppi sensi di colpa per averli
messi al mondo.

DIDI   Vale anche per i propri genitori. La mia vita sarebbe stata diversa se avessi avuto Tommy come padre, per esempio.

TOMMY   Cosa ci aspetta dopo questo risotto?

GIULIA   Dirò a Jiga di portare il sorbetto alla menta.
(*Giulia esce.*)

MAVIE   Giulia è stupenda. Sa quello che vuole. Ed è ancora così giovane! Ha una grande passionalità nel lavoro. Ma che le è successo?

FREDO   È molto stanca.

MAVIE (*ad Annie*)   Una donna oggi è molto più di un
uomo. Tanto che è il maschio a perdere la sua virilità
per assomigliarci.

ANNIE   Gli uomini non ci riusciranno mai. (*Stringe la
mano di Alberto.*) Amo Alberto perché riesce a farmi
sentire completamente donna. È il mio uomo.

DIDI   A noi ha raccontato che, ogni volta che vi incontrate, lo fate cinque volte...

ANNIE   Davvero ha detto questo?

DIDI   ... Seduti, in piedi, carponi, da tergo...

MAVIE   Ohi ohiii, Didi!

DIDI   ... Da tergo, Mavie, che ci vuoi fare? È la video
generation. Da tergo e di sponda, esatto?
(*Entra Giulia con il vassoio dei sorbetti.*)

ANNIE (*rivolgendosi ad Alberto*)   Ha dimenticato qualcosa?
(*Giulia serve le coppe, lasciando per ultima Annie.*)

GIULIA   Faccia a faccia. Mi piace vedere il mio uomo
che fa l'amore. Mi piace rubargli quel momento che
lui non può tenersi: l'unico momento in cui, probabilmente, è sincero.

ALBERTO Sta' zitta, Giulia!

GIULIA Mi piace succhiare il ventre del mio uomo, mi piace spremerglielo finché non grida di piacere, mi piace ficcargli...

ALBERTO Piantala! Sei stanca. Non hai il senso della situazione.

FREDO Giulia, torna a sederti.

GIULIA C'è qualcuno che si scandalizza? È ridicolo. Con quello che succede in questa casa, qualcuno ha la forza di scandalizzarsi? Annie, la turba tutto ciò?

ANNIE Posso capire.

GIULIA E tu, Mavie? No, no, ne hai passate troppe. E Tommy? Impossibile. Quel fagiano fradicio di Didi? (*Rivolgendosi a Didi.*) Ti scandalizza tutto questo?

DIDI Non più di una bottiglia di whisky a secco. Mi può far pena, ma non mi scandalizza.

GIULIA Allora Fredo dice di amarmi, eppure mi lascia completamente scoperta. L'unico che si preoccupa sei tu, Alberto. E credo di sapere perché.

ALBERTO Ti stai incastrando con le tue stesse mani.

FREDO Che vuoi dire?

TOMMY Perché non ci gustiamo questo sorbetto?

DIDI Sento qualcosa nell'aria, qualcosa che mi eccita terribilmente. Un odore che si avvicina, che si fa forte, che impregna l'aria...

(*Un boato sale dalle case del vicinato. Urla ed esclamazioni. Un paio di botti esplodono nell'aria. L'Italia ha segnato il primo gol.*)

DIDI È gol!

GIULIA (*rivolgendosi ad Annie*) E lei sa perché? Non gliel'ha mai detto?

ANNIE Cosa?

GIULIA Che ha capelli bellissimi.

ANNIE Ne ho molta cura.

GIULIA Prima di sposarmi, anch'io li portavo lunghi. Ti ricordi, Fredo?

FREDO Una lunga e morbida coda di capelli che ti dondolava sulla schiena.

GIULIA   Non ho più tempo, ora.

ANNIE   Si deve trovare il tempo per avere cura di sé. È un dovere verso la nostra femminilità. Gli uomini possono anche riderci sopra. Ci sfottono per il tempo che perdiamo a prepararci prima di uscire. Per le creme da notte. Per il coiffeur. Per la manicure. Per i lunghi bagni d'alghe. Per i saponi naturali, i cosmetici, lo shampoo alla propoli. Poi ci rubano il profumo di nascosto. Non dico le creme antirughe *aux cellules fraîches*...

GIULIA   Hanno una lucentezza incredibile.

ANNIE   È questione di una dieta appropriata.

MAVIE   In questo, sono d'accordo.

GIULIA   Li posso toccare?

ALBERTO (*rivolgendosi a Giulia*)   Torna a sedere.

GIULIA   Sono bellissimi. Ma io, iooooo sono la donna di Alberto!
   (*Giulia afferra i lunghi capelli biondi di Annie, li porta in alto, estrae il coltello e dà un colpo come per tagliarli. Le resta in mano una parrucca.*)

ANNIE (*con profonda voce maschile*)   Vaffanculo!

DIDI   È il puzzo del sangue; l'ho in bocca e sono felice!
   (*Restano tutti stupiti. Più per l'uscita di Annie che per il gesto di Giulia. Annie blatera qualcosa, cercando di riprendere il suo falsetto, ma tutto si risolve in un patetico tentativo soprattono. Alberto non ha la forza di reagire. Giulia si risiede, prendendosi la testa fra le mani. Fredo cerca di accarezzarla, ma quel gesto gli muore davanti. Tommy si alza, prende la parrucca e la dà al travestito Annie.*)

TOMMY   Credo che un colpo di vento le abbia fatto scivolare qualcosa.

ANNIE   *Et voilà!*

MAVIE (*ridendo istericamente*)   È troppo buffo.

ANNIE   Ditemi che non sono i miei capelli. Ditemi che non sono miei, quegli stracci.

MAVIE   Qual è il maschile di Annie?

DIDI   Alberto è il maschile di Annie.

ALBERTO   Finisci con questo "spapereccio", beccamor-
to! Io non so chi sia questa Annie.

ANNIE (*con voce maschile*)   Come non lo sai! (*In falsetto.*) Sono la tua donna.

ALBERTO   Raccatta la chioma e sparisci!

TOMMY   Non essere disgustoso. Non c'è niente di male
in questo: l'amore non ha limiti.

ALBERTO   È l'odio che non ha limiti.

FREDO   Capisco solo ora perché non ci hai voluto far
conoscere Annie prima.

ALBERTO (*rivolgendosi a Giulia*)   Andiamocene. Ora è
tutto finito.

GIULIA   Avevi un amante, quell'ermafrodita!

ALBERTO   Non è vero. Non la conosco, quella!

FREDO   Ora esageri. Fa' quello che ti pare, ma lascia in
pace mia moglie.

MAVIE   Giulia, che sta succedendo?

GIULIA   Che ero innamorata... E lui era tutto per me.
Talmente tutto che in realtà, girando per la strada o
prima di addormentarmi, mi chiedevo se ciò a cui
avevo legato il cuore fosse niente. Un perfido niente
che mi stava marchiando.

FREDO   Era niente... Niente.

ALBERTO   Non è così! Non è così!

DIDI   Quante amanti hai, Alberto!

ALBERTO (*dirigendosi verso Annie*)   Non conosco questa pazza. Non so come sia arrivata fin qui. Non l'ho
mai vista in vita mia; lo giuro! Ho solo finto di conoscerla. Pensavo a uno scherzo. Ecco!

ANNIE   Io sono la tua donna. Mi hanno invitata proprio
perché sono la tua compagna. Tutti lo sanno, qui.
Nessuno mi farà più cambiare idea.

ALBERTO   Mi sembra di impazzire. Non è vero niente!

DIDI   Continuando così, le perderai tutte e due.

GIULIA (*rivolgendosi a Fredo*)   Ti prego, portami via.

FREDO   Appoggiati a me.

GIULIA   Non so cosa pensare... Mi dispiace... Anch'io ti
ho sempre visto vicino a me con profonda dolcezza.

ALBERTO   Non puoi tornare da lui! Ti ha umiliata per cinque anni! Ascoltami!

GIULIA   Non voglio guardarti... Averti in testa mi stordisce.

ALBERTO   Devi credermi, Giulia. Non so come sia potuto accadere. Io non la conosco, quella. È una mia invenzione...

ANNIE   Io sono qui.

ALBERTO   ... Era lo schermo dietro cui nascondevo la nostra storia. Era il mio pretesto per poter parlare di te.

FREDO   Dacci un taglio!

ALBERTO   Ho detto di aver conosciuto Annie a capodanno. È vero. Ho conosciuto te a capodanno. E abbiamo fatto l'amore sull'automobile di Mavie. (*Rivolgendosi a Mavie.*) Sulla tua automobile, Mavie!...

MAVIE   (*rivolgendosi a Tommy*)   Mi versi da bere? Non voglio più essere lucida.

ALBERTO   ... Mi credi, ora?

FREDO   Avresti dovuto tagliarti il cazzo piuttosto che mettere le mani addosso a Giulia. Questo almeno me lo dovevi.

ALBERTO   Mi avresti distrutto.

FREDO   Lo farò. Stanne certo.

ALBERTO   È tardi. Posso camminare da solo. Non m'importa di Zurigo. Non puoi più far niente, Fredo. Mi hai messo in orbita. Io ci sto.

FREDO   Prenditi la tua Annie e vattene!

ALBERTO   Annie mi è servita per farti capire che, in realtà, stavo parlando di Giulia. Volevo che tu ci arrivassi da solo... Eri il mio amico.

DIDI   E allora ricacciamo nell'armadio questo fantasma! Sciò, sciò!

ANNIE   Giù le zampe! È una vita che una come me sogna questo momento. Mi avete accettata. Annie è una donna che ha un ragazzo, che ha degli amici che parlano di lei. Che la invitano a cena. Io resto Annie.

ALBERTO   Finiscila!

ANNIE   Allora, cocco, non ci siamo capiti! La mia parola vale quanto la tua... Ti sei sempre vergognato di me. Perché? Non ho forse dato la prova a tutti, qui, stasera, di essere una vera donna, non solo a letto?

ALBERTO   Chi ti ha fatto venire qui?!?

ANNIE   Sei stato tu.

ALBERTO (*afferrandole i polsi con violenza*)   Chi ti ha chiamato? Avanti! Dillo!

TOMMY   Fermati! -

ANNIE   Sono mesi che parli di me come la tua donna.

ALBERTO (*prendendola in mezzo alle gambe*)   Ti faccio diventare io una vera donna!

ANNIE   Basta! Sei stato tu!

MAVIE   Smettila! L'ammazzerai sul serio.

DIDI   È un uragano. Voglio sentirmi finalmente vivo dentro un uragano!

TOMMY (*raggiungendoli*)   Fermati, Alberto!
(*C'è una colluttazione. Fredo è immobile sulla sedia. Guarda come se quella lotta non lo riguardasse. Giulia è accasciata e beve. Didi gesticola ormai ubriaco. Solamente Tommy e Mavie vanno in aiuto di Annie, che continua a ripetere la sua verità. Con un violento ceffone, Alberto fa cadere Annie, che rotola a terra, battendo la testa. Tommy trattiene Alberto che sta per gettarvisi sopra; lo schiaffeggia ripetutamente per placarlo. Intanto Mavie corre verso il corpo esanime di Annie.*)

MAVIE (*chinandosi su Annie*)   Annie... Annie... Ha perso i sensi. Chiamate un medico!

FREDO (*come stordito*)   Cosa?

MAVIE   Svegliati! Chiama un dottore!

DIDI (*bevendo*)   Annie è morta. Viva Annie! Prosit!

MAVIE   Dammi un segno di vita. Su, forza piccola. È tutto finito, questa volta. Ti portiamo via, ora. Andrà tutto bene.

TOMMY (*rivolgendosi a Fredo*)   Fredo, aiutami. Non guardarmi come un pazzo scatenato. Scuotiti!
(*Secondo gol dell'Italia. Clacson. Trombe. Urla. Boati. Continueranno finché i tre ragazzi non resteranno soli.*

Copriranno le battute seguenti. I personaggi urlano per farsi capire.)

TOMMY   Chiamate un medico.

FREDO (*raggiungendoli accanto al corpo di Annie*)   Non riesco a fare nulla.

MAVIE (*rivolgendosi a Tommy*)   Mi aiuti lei. Portiamola di là.

(*Mavie e Tommy escono, portando Annie che si regge a fatica. Il boato sta decrescendo. Subito dopo, Giulia si alza per uscire. Si ferma sulla soglia.*)

GIULIA   Uomini... Maledetti froci!

(*Giulia esce. Restano in scena soltanto Fredo, Alberto e Didi.*)

DIDI (*affacciandosi al balcone*)   La volete finire, marmaglia!

FREDO   Poveraccia. Era così eccitata all'idea di questo pranzo...

DIDI   Chi? Annie?

FREDO   ... Ma ancor più all'idea di recitare un personaggio. Quasi le è capitata la gloria maggiore. Quella di morire in scena.

ALBERTO   Che stai dicendo?

DIDI   È incredibile.

FREDO   Che mia moglie se la facesse con lui è incredibile!

DIDI   Sei stato tu, vero?

FREDO   A far che?

DIDI   A invitare Annie.

FREDO   Che importanza ha, ora?

ALBERTO   Ti credevo cinico. Quanto hai fatto stasera va molto più in là.

FREDO   Dico la stessa cosa di te.

ALBERTO   Eravamo amici, un tempo...

FREDO   E il tempo ti è servito solo ad affilare gli artigli.

ALBERTO   Annie non è mai esistita. Tu hai chiamato quella poveraccia. L'hai pagata? Paghi sempre.

DIDI (*rivolgendosi a Fredo*)   Non dargli retta. L'hai scornato. È stato geniale, un vero colpo da maestro.

FREDO   Nel doppiogioco, lui è il migliore.

DIDI   E allora, avanti, sbranatevi! Duello finale.

ALBERTO   Ma vaffanculo, vecchia poiana "sfradicita"!

DIDI   Siete sull'orlo, ma vi manca il coraggio.

ALBERTO   Che ne sai, tu? Mi sei sempre stato sui coglioni, te e la tua superiorità. Non riesci a mettere insieme nemmeno due parole. Non hai passioni né sentimenti. Scortichi gli altri come una iena famelica, li squarti per avere un po' di carne fresca. Vattene! Esci da questa casa! Va' a vedere come vive la gente della tua età: quanto si sbatte, quanto si diverte. Come soffre, come urla di terrore. Esci, tu e la tua letteratura paralitica! Non ti resta che ammazzarti. E lo sai perfettamente.

DIDI (*ispirato*)   Il giorno in cui il luppolo non darà più birra e l'orzo non fermenterà più, trasformandosi in malto (e quindi in ottimo, in sublime, distillatissimo e fumoso whisky); quando l'uva non darà più vino e le mele sidro, e anche una misera e banale pera marcia alcool; ecco, in quel giorno sventurato per l'umanità e maledetto dalla natura, io mi ammazzerò.

FREDO   Sei pazzo, Didi.

DIDI   Sono come voi. Esattamente come voi. Con una sola differenza: non ho mai giocato sporco.

ALBERTO   Ti affoghi nell'alcool perché non puoi fare altro. Ti chiami fuori dal gioco perché il gioco è sempre sporco, le parti fregano di continuo e la partita risulta eternamente truccata. Ti chiudi in casa e ci compiangi perché facciamo parte del gioco. E allora ti pongo queste domande: "Se lo sporco ignobile gioco fosse il tuo? Se tu, Didi, fossi la vittima incastrata e massacrata di chi ha giocato al mito dell'autodistruzione, di chi l'ha predicato ai quattro venti e ne ha fatto ragione di orgoglio, ma dal quale è venuto fuori mietendo miriadi di vittime fra ingenui disadattati come te, fra esibizionisti artistoidi della tua risma?". Allora io ti domando: "Qual è lo sporco gioco? Chi ha giocato sporco?".

DIDI   Per farmi largo, non mi sono mai ficcato a letto con qualsiasi straccio di editore.

FREDO (*rivolgendosi ad Alberto*)   Lascialo stare.

DIDI   Perché vi sto scoprendo, vero?

ALBERTO   Dacci un taglio. Il massimo che sai fare è scavare nella carne già frolla.

DIDI (*rivolgendosi a Fredo*)   Se hai fatto tutto tu, Fredo, perché proprio un travestito? E perché le altre volte in cui è successo che tua moglie si divertisse con qualcuno, tu non hai mai protestato?

FREDO   Non mi ero mai sentito così minacciato da vicino.

ALBERTO   Che ne sai tu dell'amore, visto che non esci di casa da anni?

DIDI   Se l'amore produce queste bassezze, preferisco la castità. Avanti, Fredo, rispondimi!

ALBERTO   Non dargli retta. È fradicio.

DIDI   Ma che noioso! È tutta la sera che zittisci gli altri. Ma che vuoi? (*Rivolgendosi a Fredo.*) Su, raccontami.

FREDO   Amavo Giulia.

DIDI   Balle! Tu amavi Alberto!

ALBERTO (*avvicinandosi minaccioso*)   Avvoltoio!

DIDI   Vuoi mandare tutti all'ospedale? Fredo mi sentirà, vero fratellino? Allora: cominciamo da lontano. Che idiota sono! È chiaro che di Giulia non ti è mai importato più di tanto. La tua messinscena era unicamente a beneficio di Alberto: gli hai massacrato Giulia davanti, l'hai fatta scoprire, perché lui si rivolgesse di nuovo a te.

FREDO   No, perché Giulia tornasse da me.

DIDI   Cazzate! Cosa ci va a fare uno in stazione, di notte, fin nella zona dei binari morti? Non va certo a prendere la "tintarella di luna". Quella notte tu eri a caccia, Fredo; cercavi un ragazzo da portarti a letto e hai trovato Alberto.

ALBERTO   È stato un caso.

DIDI   Che tu hai sfruttato al volo.

FREDO   Sei ubriaco.

DIDI   Non ne posso più di queste storie: sempre ubriaco, folle, matto. Non vuoi che dica quello che ho capito? Perché proprio un travestito? Hai voluto accusarlo di quello che tu sei e che ti fa impazzire.

FREDO   Sei ridicolo. Nella tua testa, tutto deve quadrare come in un romanzo.

DIDI   È perfetto così.

FREDO   Questa è la vera malattia del tuo cervello. Tutto deve quadrare, non dai speranza a niente.

DIDI   No, no. Tu sai cosa voglio dire.

(Didi si toglie le scarpe da sera e, una dopo l'altra, le butta davanti a Fredo.)

DIDI *(continuando)*   Ecco! Vedi quelle scarpe? Guardale bene, concentrati! Sono le scarpe di un ragazzino di quindici anni; di tredici, forse. Sono le tue scarpe da football. *(Gli si avvicina.)* Guardale! Hanno i tacchetti di cuoio, non di gomma come avevano le mie. Hanno i laccetti rossi e il piccolo stemma del tuo club preferito cucito sul fianco. Le riconosci?

FREDO *(come ipnotizzato)*   Lo stemma del Manchester United... Quanti anni avevo?

DIDI   Eravamo ragazzi...

FREDO   I fratelli Charlton...

DIDI   Bobby...

FREDO   Jackie.

DIDI   Il babbo ci aveva abituati a giocare con la squadra dei grandi.

FREDO   Alla sua morte, è stata la volta di Tommy.

DIDI   Dicevano che così saremmo cresciuti più in fretta.

FREDO   Che saremmo diventati uomini.

DIDI   Sono le tue scarpe, quelle. Puoi prenderle.

FREDO   Le mie scarpe...

DIDI   Quelle che spesso dimenticavi negli spogliatoi. Le riconosci?

FREDO   Negli spogliatoi?

DIDI   Senti lo sciacquio delle docce? Lo scroscio del getto d'acqua bollente... Un rubinetto aperto... Una goccia che cade sulla mattonella. È un ritmo... Non c'è nessuno, ormai... Gli stanzini ben allineati... Vuoti. Li vedi?

FREDO   C'è molto vapore. Gli specchi sono appannati. Hanno dimenticato un pettine. C'è un lungo capello biondo. Una goccia scende, lentamente, lungo quel filo.

DIDI   Sei tornato negli spogliatoi. Hai dimenticato le scarpe. Le tue scarpe.

FREDO   Le mie scarpe da football.

DIDI   Le dimenticavi spesso. Dovevi tornare indietro. Negli spogliatoi vuoti.

FREDO   Le dimenticavo...

DIDI   Da fuori, qualcuno ti chiama: "Fredo! Fredo!".

FREDO   Fredo...

DIDI   Sono io che ti chiamo. Con l'autista. Ma tu non vieni. Non arrivi. "Fredo!" Lo senti che ti sto chiamando?

FREDO   Ti sento.

DIDI   Ma tu non vieni. Non arrivi... Dove sei?

FREDO   Sto camminando negli spogliatoi. Guardo il pettine... Cerco le mie scarpe.

DIDI   "Scccccchòòò!!!" D'un tratto il sifone di un cesso.

FREDO   C'è qualcuno!

DIDI   Qualcuno ha tirato la catenella.

FREDO   Non sono solo... C'è qualcuno.

DIDI   È lui che stai aspettando con il cuore in gola?

FREDO   C'è qualcuno.

DIDI   È per lui che sei tornato negli spogliatoi a cercare le tue scarpe? Fra i vapori. Quell'odore di uomini.

FREDO   Erano ragazzi, avranno avuto vent'anni.

DIDI   Ma, per i piccoli Charlton, quelli erano uomini.

FREDO   Non c'è nessuno.

DIDI   Allora sei tornato solo per sognare... Libero dagli occhi dei grandi.

FREDO   Sognare?

DIDI   Quel paradiso che non ti sarebbe mai appartenuto. Il regno degli uomini. Sono le tue scarpe. Prendile! (*Boato dalla strada. È il 3 a 0 per l'Italia. Didi continua. Dopo un attimo in cui tutto sulla scena pare bloccarsi.*)

DIDI Sono le tue scarpe. Hanno i laccetti rossi. I tacchetti di cuoio.

FREDO (*scuotendo la testa*) Le mie scarpe?

DIDI Prendile, riconoscile! Sono le tue scarpe di allora. E tu sei quello stesso ragazzo che ha amato un altro ragazzo senza riconoscerlo! Prendile!

FREDO Le mie scarpe da football... Se avessi usato questi scarpini da frocetto, per giocare, avresti perfettamente ragione, Didi.
(*Entra Tommy.*)

ALBERTO Come sta quel... quella ragazza?

TOMMY Mavie la sta riaccompagnando a casa.

FREDO Giulia?

TOMMY È ridotta a uno straccio.

FREDO Ha chiesto di me?

TOMMY (*rivolgendosi a Fredo*) Quella ragazza, Annie, mi ha raccontato qualcosa: avrei preferito non sentire.

FREDO Mi è piaciuto. Mi è piaciuto in un modo selvaggio.

ALBERTO Si soffoca. Si sta morendo, qui.

TOMMY (*rivolgendosi ad Alberto*) Giulia ha chiesto di te.
(*Alberto esce. Restano in scena Tommy, Fredo e Didi.*)

TOMMY Sediamoci di nuovo a tavola. Siamo fra noi, come una volta. Tommy e i suoi due pulcini... Siamo ancora una famiglia.

FREDO Che schifo!

TOMMY Sono arrivato in un momento sbagliato.

DIDI Fa buio... Datemi da bere. (*Didi si accascia sul tavolo.*)

FREDO Dormirà fino a domani.

TOMMY Sta molto male. Perché non me l'hai detto?

FREDO È la sua strada: la sta percorrendo fino in fondo.

TOMMY Dovevi avvertirmi. Era tuo dovere.

FREDO Sei stato via tre anni.

TOMMY Sarei tornato.

FREDO Puoi forse fare qualcosa?

TOMMY   Come no! Qui in Europa, conosco cliniche che farebbero risorgere un mulo.

FREDO   Se intendi fare questo, lascia perdere.

TOMMY   Non voglio crederci.

FREDO   Dentro le persone esistono luoghi che nessuno può immaginarsi di raggiungere. Non sai se siano di disperazione o di vita. Forse sono la stessa cosa sovrapposta.

TOMMY   Scriverà quel libro?

FREDO   Da sé, non caverà mai niente: il suo cervello è ormai un pantano.

TOMMY   Aveva talento. Ho visto gente riprendersi da situazioni molto peggiori.

FREDO   Ormai ti preoccupi di qualcuno che purtroppo non c'è.

TOMMY   Non è morto.

FREDO   Sei vecchio, hai rimorsi.

TOMMY   Di cosa? Vi siete presi quello che volevate. Non vi è stato imposto nulla. Avete voluto distruggere, non credere a niente.

FREDO   Volevamo semplicemente qualcuno che ci comandasse.

TOMMY   Ogni regola, purché fosse veramente tale, vi mandava in bestia.

FREDO   Didi e io volevamo soltanto essere sottomessi: eravamo ragazzi; dovevamo essere istruiti alla vita. Ci avete lasciati soli.

TOMMY   Ragazzi come voi hanno ammazzato senza pensarci due volte.

FREDO   È lo stesso fanatismo che spinge Didi a bruciarsi le budella.

TOMMY   E te a giocare con chi ami fino a distruggerlo.

FREDO   Siamo cresciuti pensando che, al di fuori di noi, tutto fosse sbagliato, che la sola verità possibile fosse quella dei nostri desideri. Ma quali desideri? La scuola era uno schifo; il lavoro, uno schifo; l'università, uno schifo. La burocrazia, lo studio, lo stato, la famiglia, la legge, la religione: tutto congiurava contro di noi. Fingono di non ricordarsene, oggi, ma è così.

TOMMY   Siete degli uomini, ora!

FREDO   Che vogliono ancora qualcuno che li comandi. Che non sanno agire.

TOMMY   Sei un uomo, ora!

FREDO   Che non sa tenersi attaccata la propria donna.

TOMMY   Giulia tornerà.

FREDO   Come ha fatto mamma con te?

TOMMY (*bevendo*)   Alla tua salute, Tommy.

FREDO (*avvicinandosi a Didi*)   Sei quello che vede più in là di tutti. È sempre la stessa storia. Identica. E non ci abituiamo mai. Niente ci insegna niente.

TOMMY   Sono stanco.

FREDO   Ti conosco da tanti anni. E non ti ho mai visto turbato. Stasera, hai abbandonato la tua freddezza, hai cercato la mano di Mavie.

TOMMY   E con questo?

FREDO   Hai sempre preteso che le donne cercassero la tua.

TOMMY   Siamo tutti alterati, stanotte.

FREDO   Una storia identica. Come Alberto con me.

TOMMY   Mavie mi aspetta. Me l'ha chiesto lei, s'intende.

FREDO   Era il giorno in cui Didi compiva otto anni: il vecchio si è buttato da una scogliera con la sua Alfa Romeo.

TOMMY   Non ci sono ombre su quell'incidente.

FREDO   Come puoi esserne così sicuro?

TOMMY   State ancora vivendo con i soldi dell'assicurazione.

FREDO   Esistono molti modi per mascherare un suicidio...

TOMMY   Hanno la collaborazione delle migliori polizie del mondo.

FREDO   ... O un omicidio.

TOMMY   Ora basta. Didi potrebbe sentirci.

FREDO   Così ridotto?

TOMMY   È stata una disgrazia. Tuo padre guidava come

un demonio. Era ossessionato. In Congo, le cose andavano male. Rifornivamo un gruppo e, subito, questo passava dall'altra parte. Non sapevamo più di chi fidarci: dei belgi, dei secessionisti, dei patrioti, dell'ONU... Tuo padre era un uomo molto coraggioso, una vecchia quercia... Ma facile alle depressioni come ogni carattere chiuso.

FREDO Lo ricordo così vagamente. Ricordo quando tornavate dai vostri viaggi. Sai, Tommy, stasera, in questa casa, quando siamo entrati c'era la stessa atmosfera.

TOMMY C'era un buon pranzo.

FREDO C'era che Didi ci aspettava.

TOMMY Mancava l'Henry Moore in fondo al giardino: tua madre lo faceva illuminare con le torce. Era il segno del ritorno.

FREDO Hai sempre amato mamma.

TOMMY Sì.

FREDO E il vecchio era il tuo migliore amico.

TOMMY È così.

FREDO Ha retto per tanti anni, poi è crollato. Il giorno del suo compleanno.

TOMMY Ti ho già spiegato.

FREDO Gli lasceremo credere che un padre diverso dal vecchio Oldofredi avrebbe potuto cambiare la sua vita: è questo che pensi?

TOMMY Gli voglio bene.

FREDO Io molto di più. È mio fratello, porta il mio stesso nome.

(*Tommy esce. Restano solo Didi e Fredo. Sono gli ultimi secondi di gioco. Dalle case vicine entra la voce del telecronista che scandisce i secondi che mancano alla fine della partita. Poi quelli oltre il novantesimo minuto.*)

FREDO Vieni, Didi, fatti forza. Balliamo un po', avanti! Vedi che ti reggi in piedi.

DIDI È così buio...

FREDO Ci hanno abbandonati, ma che importa? Balliamo!

DIDI   Ballo solo il tango.

FREDO   E io solo disco-music.

(*Boato di fine partita. L'Italia è campione del mondo. Sulla terrazza di casa Oldofredi i due fratelli sono abbracciati, immobili.*)

SIPARIO

RIMINI

a A.T.

Parte prima

IN UN GIORNO DI PIOGGIA

Che lo voglia o no, sono intrappolato in questo rock'n'roll. Ma sono un autore e sono un musicista, per molti versi un entertainer.

Joe Jackson, in una intervista

Verso mezzogiorno la segretaria di redazione telefonò in cronaca per dirmi che il direttore voleva parlarmi. "Venga tra quindici minuti" aggiunse.

"Perché non ora? Sono libero" dissi.

"Fra quindici minuti" fu la sua risposta. E riattaccò.

Mi restava dunque poco tempo per fare un bell'esame di coscienza, ripassarmi bene a memoria gli ultimi pezzi, ricordarmi i servizi, gli articoli e tutto quanto avevo scritto in quegli ultimi giorni. Mi sembrò evidente che da qualche parte avevo scazzato. Forse avevo riferito con imprecisione una notizia o trascritto infedelmente un breve colloquio telefonico con un informatore della questura. Boh. Rinunciai dopo qualche minuto. Era tutta energia sprecata. D'altra parte se il direttore si prendeva la briga di convocare un umile e giovane cronista nel suo ufficio, un tipo come me che il più delle volte non arrivava nemmeno a firmare i propri articoli, un nulla insomma, questo poteva avvenire solo per quello che in gergo si chiama "cazziatone".

"Un idiota di lettore avrà disdetto l'abbonamento. Si sarà sentito offeso in non so che diavolo di storia, valli a capire" dissi a voce alta.

Bianchini, il vice-caposervizio, che in quel momento sedeva alla scrivania di fronte alzò gli occhi sornione.

"Grane in vista?"

"Penso di sì. Il capo mi vuole."

"Allora sono grane." Tornò con lo sguardo ai suoi telex. "Ma non farci caso. Più vai avanti più ti accorgi di quanta gente sia pronta a sentirsi offesa non appena scrivi qualcosa. Non fanno altro che scrivere lettere ai giornali." Prese il fazzoletto e se lo passò sul cranio calvo per detergere il sudore. Faceva caldo. "Fra quanto devi andare?"

"Un quarto d'ora."

Bianchini sbuffò. L'estate era già scoppiata. Si respirava male, ci si muoveva con fatica, il sole – che sole? un riverbero chiaro e indistinto e senz'ombre – non capivi da dove potesse mai arrivare, dall'alto, dal basso, forse da quell'orizzonte di antenne televisive che disegnavano i contorni della periferia milanese come graffiti sbavati. Inoltre già afa. E non s'era che a giugno.

"Tre quarti d'ora di attesa per i complimenti, mezz'ora per i chiarimenti, venti minuti per i rimproveri, quindici per le sfuriate. Va così" disse Bianchini. "È da un sacco di tempo che qui sta andando così."

Imprecai fra i denti. Mi restavano ancora pochi minuti per togliere il culo da quella poltroncina di plastica che il caldo rendeva appiccicaticcia come una seconda, ignobile pelle; pochi minuti prima di uscire dall'ufficio, percorrere il corridoio, salire due rampe di scale, imboccare un secondo corridoio e poi, finalmente, entrare nell'anticamera della direzione. E lì incontrare lo sguardo delle due dattilografe, la voce rauca della segretaria di redazione con il suo bell'accento di milanese ricca e colta e squisitamente invecchiata, i grandi occhiali rosa, la bocca sottile e affilata serrata fra un paio di labbra appena strusciate da una passata di rossetto opaco e discreto. Mi avrebbe detto "un attimo Bauer, avviso il direttore che lei è qui", e lo avrebbe detto senza guardarmi, senza chiedere nulla come l'esecutore neutrale di una sentenza. E quella mattina, fra pochi minuti, quella sentenza sarebbe stata pronunciata contro di me.

Mi allungai nella poltroncina facendola ruotare verso

la finestra. Cacciai la figura di Bianchini dietro le spalle. Ero solo, in silenzio, improvvisamente calmo. Il mio sguardo vagò annoiato e lento oltre i vetri verso la periferia in cui era stretto l'edificio del giornale, un edificio bianco, in origine, ma ormai grigio, uguale ai tanti altri edifici, capannoni, rimesse, garages, fabbriche che si trovano oltre la cintura dei viali di Milano. Edifici che sono la periferia, il suo colore, il suo respiro, la sua gente. Guardai nelle stanze di una ditta, al quinto piano dello stabile di fronte. Una ragazza batteva i suoi rapportini quotidiani sui tasti di una macchina elettronica che carrellava velocemente avanti e indietro. Non mi sembrò stanca, né abbattuta, né tantomeno sottomessa al proprio lavoro. Era semplicemente una dattilografa che stava svolgendo il proprio mestiere. Poi si fermò, allungò il braccio verso una bibita, ne bevve un sorso e tornò alla macchina per scrivere. In quel preciso istante entrò nello specchio della finestra la figura di un uomo. Si rivolse alla ragazza. Fui sicuro, almeno per un attimo, di vedere comparire sul suo viso un largo, temperato, rinfrescante sorriso.

Un rivolo di sudore mi scese dalle tempie. Presi a sudare. La mia attenzione restava fissata all'esterno. Osservai il lavoro che si stava svolgendo in un laboratorio di pelletteria e poi, in un altro edificio, altre segretarie altri impiegati rinchiusi negli uffici, vaganti per i corridoi, fermi a chiacchierare, raccolti in due-tre alle finestre per fumarsi una sigaretta; e poi le luci accese nelle abitazioni, le insegne dei negozi, le aste dei tram che scoccavano scintille d'amianto negli incroci dei reticolati elettrici e quei bagliori, quegli striduli flash mi apparvero come le condensazioni di una generale atmosfera di tensione che regnava nei nervi e nelle teste di tutti. Ma io continuavo a sudare, lì, sulla poltroncina che da tre anni occupavo in quella redazione, continuavo a sudare. Sudavo sulla fronte, sotto le ascelle, nelle palme delle mani. Sudavo dietro le spalle e in fondo alla schiena, sudavo in mezzo alle cosce e in quel paio di scarpe da yacht sfasciate. Mi sentivo andar via in quell'acqua pesante e molliccia e salata che stavo spurgando senza soluzione di continuità, come una maledizione. Ma ero tranquillo, stranamente tranquillo.

Vidi uomini che attraversavano lenti la strada, donne in attesa dell'autobus cariche di sporte e pacchi, bambini che scorrazzavano lungo i marciapiedi urtandosi e destreggiandosi tra i banchi della verdura, i cumuli di spazzatura che debordavano fin sulla strada, le cassette di acqua e di vino davanti ai negozi. Indagai in altri uffici e in altre finestre, mi misi a canticchiare un blues tamburellando le dita sulla coscia, un blues che mi piaceva molto, un tempo, e che ora tornava fuori come fossi del tutto sereno, tranquillo e niente di male stesse per accadermi; un blues metropolitano che parlava di una stanza d'affitto e di un materasso logoro e di cinque cents, ma ero sereno: la serenità che si può avere solamente quando il peggio è stato fatto. Vidi altre persone che si affacciavano alla finestra e guardavano fuori esattamente come stavo facendo io in quel preciso momento e con la stessa assenza di sentimenti, in quel preciso istante, sotto il finto sole del mezzogiorno, in un afoso mattino di metà giugno, a Milano, il diciotto giugno millenovecentoottantatré.

"Pr-prego, entri. Come sta?" Il direttore si appoggiò con entrambe le mani ai braccioli della poltrona per farsi forza e, mantenendo la testa rivolta ai fogli che aveva sul tavolo, fece per alzarsi. Quando fu definitivamente in piedi, mi guardò con interesse. Aggirò la scrivania e mi raggiunse tendendomi la mano. Sembrava una presentazione e in effetti, da tre anni che lavoravo al giornale, quella era la prima volta che entravo nel suo ufficio. Con me avevano sempre trattato i marescialli, ogni tanto qualche ufficiale. Il Colonnello si sprecava per la prima volta. "Stavo pe-pensando a quando ero un giovane cronista come lei, Bauer" continuò. Muoveva la testa in avanti con impercettibili tremiti ogni volta in cui gli si inceppava in gola l'emissione di una parola. Non era una vera e propria balbuzie, era piuttosto un tic di linguaggio, un tic che probabilmente aveva dovuto nascondere agli inizi della carriera, correggere, forse vincere, ma che ora lasciava correre senza problemi, anzi con una specie di compiacimento, come si mostrano le cicatrici ottenute in combattimento. Voleva semplicemente dire: da questa poltrona posso permettermi di parlare come voglio e tu sei obbligato a capire. Dietro il tavolo, appoggiata su un ripiano di cristallo alto un mezzo metro, si trovava una scultura di Henry Moore. La fissai. Il direttore se ne accorse. "Ho d-deciso che rimarrà qui anche quando avrò fatto le valigie. L-lo sa che con il primo di agosto lascerò questo incarico?"

Sì, lo sapevo che se ne sarebbe andato in pensione. Tutti lo sapevano. Accennai con lo sguardo.

"Il suo caporedattore ha pre-preparato in questa cartella il frutto dei suoi tre anni di lavoro..."

"Ho fatto del mio meglio."

Il direttore mi squadrò: "Tutti lo facciamo, Bauer".

Ci fu un istante di silenzio. Il direttore spostò lo sguardo verso la finestra, accarezzò con gli occhi il suo Henry Moore e tornò infine su di me. "Co-conosce Rimini?"

"Rimini?"

Si alzò in piedi. "Pr-prepari le valigie. Andrà a passare due mesi laggiù." Disse "laggiù" come se si fosse trattato del Sud Africa. Mi sentii lusingato. Il suo ordine era molto più di un semplice ordine poiché era stato formato con quelle precise parole, solenni e retoriche, che si riservano alla crema della nostra professione, gli inviati speciali. Ero troppo giovane per un'investitura di quel genere, ma pur sempre di una investitura si trattava. Avevamo raggiunto la porta dell'ufficio. La aprì. Mi congedò senza dirmi "buona fortuna" o "in bocca al lupo" o frasi del genere. Disse solamente: "Addio", e gliene fui grato.

La segretaria di redazione mi venne incontro reggendo una busta gonfia di fogli. Erano gli ordini. La guardai con aria di sfida, ma la sua espressione rimase neutrale. Faceva parte del suo mestiere. Veder cadere una testa o assistere a una incoronazione per lei erano la stessa cosa, tappe insignificanti sul percorso della propria carriera. Ma, poiché un buon maresciallo si riconosce dal numero di ufficiali che lo hanno comandato e non dal numero di soldati che lui stesso ha fatto filar dritto, mi concesse un sorriso di congedo. In quel momento la stavo infatti onorando.

"E allora quanti minuti ci vogliono per una promozione?" dissi, tornando di corsa da Bianchini.

"Quindici" rispose. "È sempre stata così. Da quando c'è il vecchio."

Scoppiammo a ridere. Bianchini si alzò e mi abbracciò tutto sudato e molliccio e grassoccio com'era. "Quando parti?"

"Devo leggere gli ordini."

"Ah" fece lui piegando la bocca e alzando il mento come per dire "capisco". L'euforia del primo momento svanì di colpo. Bianchini si asciugò più in fretta del solito il collo e la nuca con il suo fazzoletto sporco. Sembrava un pollo cotto. Mi trattenni presso la sua scrivania aspettandomi un elogio o un complimento che invece non vennero. Lo sentii ostile. Tornai alla mia scrivania. Guardai il foglio bianco già in macchina. Battei meccanicamente qualche tasto, ma non riuscii a concentrarmi. Che me ne importava di quell'articolo? Era roba vecchia, ormai. Scrissi il mio nome lentamente, un tasto dietro l'altro, poi lo riscrissi, e poi ancora finché la macchina cominciò a carrellare velocemente e le mie dita spedite batterono i tasti con furia e il ticchettio della macchina, sempre più veloce e ritmico, tasti, spaziatore, carrello, tasti, tasti, interlinea, spaziatore, divenne una musica, la mia musica, il canto. Scrissi di getto il pezzo di quella mattina, con una velocità e lucidità che non

avevo mai conosciute. Estrassi il foglio dal carrello, mi
alzai e lo feci scivolare sul tavolo di Bianchini.

"Sono sicuro che andrà bene" dissi, prendendo la mia
giacca. Bianchini non alzò nemmeno la testa da quelle
veline che stava scrutando come un contabile di banca.
Non guardò il pezzo, né lo toccò. Me ne andai.

Trascorsi il pomeriggio a leggermi gli ordini. In verità
non erano veri e propri ordini, ma una serie di burocra-
tici fogli ognuno con l'intestazione del giornale e la sigla
dell'ufficio a cui avrei dovuto riconsegnarli una volta
compilati: ufficio personale, amministrazione, ufficio
viaggi e così via. Dovevo scrivere il mio nome e cognome, data e luogo di nascita e ogni sorta di inezie riferibili alla mia vita anagrafica. Tutto questo faceva parte della promozione.

Verso sera cercai di rintracciare Katy allo studio, ma
trovai più volte il suo telefono occupato. La mandai al
diavolo. Va bene, vivevo in casa sua, lei era la mia donna,
mi piaceva, volevo invitarla in un qualche ristorantino
per cenare in intimità – e non, come solitamente accade-
va, con tutta la sua brigata di stilisti froci, indossatori, sartine, fotografi e parrucchiere. Avrei voluto quel momento, quella serata soltanto per noi due. Ma Katy non
rispondeva al telefono. E quindi che andasse al diavolo.
Così presi la Rover e mi cacciai allo Yellow Bar. Certi momenti, certe vittorie, le puoi solamente festeggiare con il
tuo barman di fiducia.

Quando entrai nel piccolo cocktails-bar erano da poco passate le sei. Il fumo stagnava nel piccolo locale nonostante un grande ventilatore a pale si desse languida-
mente da fare per smaltirlo. Armando stava al banco. Lo
salutai e gli chiesi di prepararmi qualcosa di forte. Mi
guardai intorno e incontrai lo sguardo di Lanza. Si avvicinò.

"Che stai bevendo?" disse, pizzicandosi i baffi.

"Non so ancora. Dipende da lui" e indicai Armando
che stava miscelando il mio intruglio.

Lanza guardò nel mixer. Fece un grave cenno di assenso. Aveva una quarantina d'anni ed era, a detta di tutti, un buon cronista. Soltanto che non decollava. E nessuno sapeva spiegarne il perché.

"Ci stai dando dentro, vero?"

Portai la coppetta alle labbra. "Festeggio qualcosa di importante."

"Katy è incinta?" fece e si mise a ridere.

Nel giro di pochi secondi mi trovai circondato da un gruppetto di colleghi attirati dalla sua risata. Mi stavano addosso come poiane assatanate di pettegolezzi.

"Parto lunedì" dissi misteriosamente.

"Ah. E potremmo sapere per dove?"

Scrollai la testa. "Non fatevi troppe illusioni. Resto in Italia."

"Quel vecchio rimbambito del tuo direttore l'ha pensata bene. Al posto suo ti avrei spedito via già da tempo. Non si trova tanto facilmente gente così giovane e così arrivista come te" rimbeccò Marianetti. Avevamo un conto aperto da anni e si vedeva. Finii il mio beveraggio: "C'è chi arriva e chi è arrivista una vita intera".

Tutti risero e Marianetti mandò giù il rospo. Ero eccitato, i colleghi mi battevano pesanti manate sulle spalle e ordinavano da bere. In breve ci trovammo tutti alticci.

"Ci vuoi dire allora dove cazzo vai?" chiese Lanza, il primo che aveva abboccato all'amo. Per tutta risposta chiesi il conto. Lanza tornò alla carica e anche gli altri. Cominciai a sentire caldo, ma forse era lo Yellow che non mi piaceva affatto, quel pomeriggio. Entrò una ragazza e finalmente distolsero l'attenzione. Guardai anch'io, non era niente male. Marianetti fu il primo a staccarsi dal gruppo e avvicinarla. Lentamente, anche gli altri cambiarono angolo preferendo quello in cui s'era seduta la ragazza. Rimase solo Lanza.

"Dovunque tu vada amico mio" disse con malinconia, la voce incerta e umida della sbronza, "io ti auguro che sia la volta buona."

"Sarà la volta buona" dissi.

Armando fece scivolare il conto sul bancone. Lasciai cinquanta carte sotto il bicchiere.

Mi sentii in dovere di dirglielo allora, di penetrare quegli occhi lucidi di tante notti in redazione, di scarpinate, di delusioni per aver visto tanti altri passargli davanti, cambiare ufficio, ricevere incarichi importanti e lui, il Lanza, invece, sempre inchiodato lì. Mi sentii di comprenderlo. Parlai sottovoce, ma in tono fermo: "Ho la direzione della Pagina dell'Adriatico".

"Ah, la Pagina dell'Adriatico" disse, senza espressione. Mi guardò e ripeté quella frase come si fosse inceppato. Forse anch'io, in quel momento, lo stavo ferendo. Invece, dopo un paio di minuti si mise a strillare come un pazzo: "Ehi, ragazzi, il nostro Bauer ha la direzione della Pagina dell'Adriatico!".

Cercai di zittirlo, ma era troppo tardi. Gli altri si voltarono verso di me. Mi guardarono stupiti come dovessi da un momento all'altro salire sul patibolo. "La Pagina dell'Adriatico!" e giù a ridere come se si trattasse della miglior barzelletta che avessero sentito.

Li mandai affanculo e uscii. Anche lo Yellow, come il mio ufficio con Bianchini, non faceva più per me.

Ma era davvero un lavoro importante o forse invece si trattava semplicemente di un noiosissimo spostamento di sede, un banale trasferimento? No, no. Cristo, una buona dose di elementi obiettivi assicurava il colpo grosso. Innanzitutto la Pagina dell'Adriatico non era una pagina, bensì un inserto che il nostro quotidiano pubblicava in appoggio alla diffusione estiva per raggiungere i lettori sul luogo di vacanza. E visto che la maggior parte del nostro pubblico era costituita da un pubblico popolare, il cosiddetto "pubblico famigliare" quello, tanto per fare un esempio, della vacanza tutto compreso in pensione o in un piccolo appartamento, quello con la "moglie in vacanza" e il capofamiglia che fa la spola, ogni week-end, per andare a trovare il proprio nido, ecco che la scelta della riviera adriatica per far uscire il giornale diventava una via obbligata. Se il nostro piccione viaggiatore, per tutti i motivi di questo mondo, o forse anche per un solo, l'abitudine, sceglieva quella zona d'Italia per le proprie ferie, a noi non restava altro da fare che seguirlo. Gli fornivamo le notizie della sua città e in più, con il supplemento, la cronaca del luogo della sua villeggiatura. Gli facevamo comprare un solo giornale e gliene davamo in cambio due.

Il secondo elemento importante consisteva nell'entità della tiratura: quindicimila copie possono far sorridere l'editore di un giornale inglese, non certamente uno italiano, anzi. Terzo dato di fatto: il mio stipendio che cresceva. Quarto: la mia nuova qualifica di caposervizio alle province. No, non si trattava di un bluff. Era un'ottima occasione. Che quegli idioti dello Yellow facessero spallucce non poteva che rallegrarmi. Avrei avuto paura se si fossero complimentati più caldamente. Questo sì sarebbe stato il bacio di Giuda.

Indubbiamente, però, esistevano anche degli aspetti negativi. Non si dà una cosa nuova senza una controparte. Solo che ancora non riuscivo a vedere dove si celassero queste insidie. C'erano sì, i rischi della tiratura, il fatto che se dopo un mese, e anche meno, le vendite non avessero subito un incremento o al peggio si fossero stabilizzate in acque stagnanti, bene, allora avrei dovuto alzare le chiappe un'altra volta. Questo era un primo rischio da valutare con attenzione. Ma più ci pensavo più non lo consideravo tale. Era impossibile sbagliare. La nostra testata aveva più di ottant'anni di vita, era una abitudine radicata in una precisa fascia sociale di lettori del nord Italia. Perché avrebbe dovuto vacillare proprio nel momento in cui ci mettevo le mani io? No, non esisteva. C'era piuttosto il fatto della mia totale ignoranza del luogo. Rimini per me era semplicemente una espressione geografica simbolo di vacanze a poco prezzo, confusione, intasamento. Ma anche questo, a ben vedere, non era un vero e proprio rischio. Avrei avuto i miei collaboratori locali. E allora? L'unico rischio poteva a questo punto annidarsi nel mio ritorno a Milano in settembre. Già. A questo non ero ancora preparato a pensare. E forse era l'aspetto più pericoloso. Una volta tornato in sede il mio grado mi avrebbe inevitabilmente messo in conflitto con i colleghi, in particolare con Bianchini. Ma perché pensarci ora?

Ero così intrippato in quei fumamenti di testa che quasi investii un paio di passanti all'altezza di Porta Venezia. Pigiai sul clacson come un indemoniato. Si scansarono. Stavo raggiungendo casa di Katy, dalle parti di Piazza Repubblica, in cui abitavo da quando l'avevo conosciuta, sei mesi addietro. Avevo scelto, senza pensare, la strada più lunga per arrivarvi. Ero troppo eccitato. Mi fermai lungo il viale, scesi dalla macchina ed entrai in un negozio. Avevo bisogno di bere un altro po' e il nostro frigidaire, a quanto ricordavo, era completamente a secco. Comprai sei lattine di birra inglese, acqua tonica e whisky. Faceva ancora molto caldo quando lasciai la macchina al portiere e mi avviai verso l'entrata principale dell'edificio. Un caldo greve e grigio che però, data l'ora, le otto e mezzo, cominciava a lasciar spazio alla notte. La portinaia stava inaffiando le piante davanti all'ingresso usando un lungo tubo di gomma e bagnando l'alzata di cemento su cui stavano i vasi, diffondendo così attorno un acre odore di pioggia polverosa. Mi salutò con un cenno del capo. Le risposi ed entrai nell'atrio.

L'abitazione di Katy stava all'ultimo piano, a una quarantina di metri da terra. Era un appartamento abbastanza grande, ma non abbastanza per due persone. C'era una sola stanza da letto, una grande sala rettangolare, una cucina, un antibagno spazioso che fungeva da guardaroba e un bagno. Il problema era appunto costituito da quell'unica stanza da letto. Katy e io eravamo individui liberi, autonomi, completamente assoggettati al nostro lavoro. E questo andava magnificamente bene. Ma non conoscevamo orari comuni se non nei week-end. E allora tutto diventava troppo stretto.

Entrai in casa. Mi diedi immediatamente da fare per

prepararmi un beveraggio. Passai quindi in sala e accesi lo stereo inserendo la prima cassetta che trovai lì in terra. Controllai le chiamate della segreteria telefonica. Nessuno aveva lasciato niente di importante. Allora, con il bicchiere, raggiunsi il bagno.

Venti minuti dopo mi sentii finalmente a posto. La doccia era riuscita a rilassare il mio cervello e a cacciare quei pensieri che da quella maledetta mattina lo avevano intasato. Mi distesi in poltrona con lo sguardo rivolto alle finestre, accesi una sigaretta e respirai profondamente controllando il movimento degli addominali. Mi arricciai distrattamente i peli del pube. Mi strofinai l'uccello, lo ispezionai, tesi i muscoli delle gambe. Ero solo, ero nudo e al buio: come se tutto aspettasse la nascita di un uomo nuovo.

Il profilo notturno di Milano entrava dai larghi vetri con gli indistinti bagliori della metropoli: i fumi, i chiarori, le insegne pubblicitarie, le luci rosse e arancioni e azzurre. Mi fissai su quelle luci. Sentii crescermi dentro un'inquietudine nuova e strana. Versai un goccio di whisky. Sentii freddo sotto i piedi. Il mio sguardo, come nel pomeriggio, vagò attorno a quelle luci, le accolse fino a trasformarle interiormente. Fu tutto chiaro. Per anni avevo inseguito quelle luci desiderando più di ogni altra cosa di essere io un faro, un punto luminoso nella notte. E invece ancora, a ventisette anni, dovevo accontentarmi di ammirarle da lontano, dall'altra parte, attraverso i cristalli di una finestra. Non brillavo da solo. E solo questo invece da anni e anni io desideravo, solo per questo, come tutti i giovani avevo dato il via alla mia carriera abbandonando inutili studi, università e gettandomi nel lavoro. E ora, forse, l'occasione giusta si stava presentando nella mia vita. Non potevo più continuare a guardare quelle luci come in uno specchio. Volevo di più, molto di più per la mia vita, volevo essere là. Volevo il successo e volevo la lotta. Volevo infrangere quei cristalli e gettarmi dall'altra parte, fra quei bagliori e bruciare. Sentivo che era l'occasione giusta.

Avvertii il rumore delle chiavi che giravano nella serratura della porta d'ingresso.

"Che fai lì al buio?" chiese Katy entrando.

La salutai con un grugnito. "Mi sono addormentato... Che ore sono?"

"Le due." Attraversò la sala e accese le luci della camera da letto.

"Già le due? E perché non hai telefonato?"

"Lo sai Marco, il lavoro."

La sentii spogliarsi: il fruscio della gonna che scendeva, le scarpe che volavano per la stanza. Raccolsi l'asciugamano e lo attorcigliai attorno ai fianchi. Barcollai verso la cucina.

"Sei sbronzo?" chiese Katy sporgendosi dalla camera. Non le risposi. Sentii poco dopo lo scroscio della doccia e così preparai un melone e qualche fetta di prosciutto solo per me. Katy mi raggiunse avvolta nel suo accappatoio bianco. Si sedette sullo sgabello di acciaio al mio fianco. "Che ti è successo, oggi?"

Esitai a rispondere. Alla fine scelsi di tacere. E fu una scelta giusta perché lei attaccò immediatamente una brutta storia. "Devi avere pazienza, caro" disse sottovoce. "Ancora un mese. L'undici luglio ci sono le sfilate a Firenze e dopo prenderemo finalmente una vacanza. Avrei pensato a qualcosa per settembre. E tu?"

"Non ho progetti... Vuoi un po'?"

"Ho parlato con Ellen stamane. Chiede se per agosto andiamo da lei. Non ti sembra una buona idea? Poi a settembre partiremo."

"Da Ellen?"

"A Pantelleria."

"Il mare mi sembra una buona idea."

"Sono felice di sentirtelo dire." Si avvicinò con la testa e strusciò i capelli dietro il mio collo. Sapeva come farmi eccitare. Questo mi piaceva di lei. Che a trentasette anni (o forse più) dormendo poche ore al giorno, strillando per ore con le sue sartine e le sue modiste di fiducia, impartendo ordini ai disegnatori, ai grafici, agli stilisti, tornando a casa nel cuore della notte, era sempre pronta a farlo. Come quella sera. Appoggiò le labbra alla mia schiena e prese a mordicchiarmi. Finii il bicchiere di birra. Mi voltai. "C'è una cosa che dovrei dirti."

"Non ora Marco, non ora." Mi fissò con gli occhi stretti per la stanchezza e il desiderio. "Non parliamone adesso."

"Come vuoi" dissi, abbracciandola, "ma ricordati, dopo, che in questo momento avrei voluto dirtelo."

"C'è un'altra donna?" Le sue labbra continuavano a strusciarsi contro il mio collo, il petto, le spalle.

"No, non è questo." La vidi abbassarsi.

"Allora non c'è niente che tu possa dirmi di tanto importante. Assolutamente niente."

La sollevai da terra. Le feci scivolare l'accappatoio. La baciai in bocca, a lungo.

"Mi spiace, sai, per questo week-end... Ma il lavoro... Il lavoro..." Furono, quella sera, le sue ultime parole. Mi aprii la strada con le dita, poi entrai deciso. Katy mi serrò tra le braccia. Mi dissi: anche tu non fai più per me. Come il vecchio bar, come la vecchia stanza di redazione. Siete tutti arredi del mio passato. Io vi sto lasciando e quel che è peggio è che non ho rimorsi. Vi lascio come si lascia una lunga, noiosa convalescenza. Per vivere.

Fu una lunga masturbazione nel corpo caldo di Katy. Ecco, non fu nient'altro per me che una lunga, ritmica, accelerata sega dentro di lei. Ma, come spesso accade in questi casi, lei non se ne accorse. Facemmo l'amore e quando tutto fu finito, sul letto, prima di spegnere la luce, mi accarezzò. Era il suo grazie per avere ancora una volta ricreato la magica intesa dei primi tempi. Non sapeva che le stavo dicendo addio. Ed essendo io ancora troppo giovane, ingenuamente ero portato a rendere assoluto quello che mi stava accadendo. Credevo ancora che un addio fosse un saluto definitivo, un addio per sempre. Stavo bruciandomi le navi alle spalle, come solitamente si dice. Era vero. Io non avevo più, da quel momento, nessuno che mi legasse al mio passato. Ero un uomo nuovo, nudo, solo che partiva per conquistare il mondo. Ma forse si trattava solamente della conquista di se stessi, di un sé ancora una volta impulsivamente confuso dentro il proprio sogno.

Nei giorni seguenti mi diedi da fare per preparare la mia partenza. Mi sorbii un sacco di riunioni in redazione per decidere l'assetto complessivo della Pagina dell'Adriatico; mi accordai con i grafici per la veste tipografica, scelsi un carattere diverso per l'impaginazione delle rubriche giornaliere in modo da separarle dal resto delle notizie e dai servizi. Scesi nell'archivio a rileggermi le passate edizioni, feci centinaia di fotocopie, riportai sul mio taccuino i titoli dei servizi che mi erano parsi più interessanti e che anche in questa edizione avrei voluto riprendere. Sfogliai, lessi, copiai, annotai. Fu un buon lavoro. Di quelli che io preferivo: breve e intenso.

Vidi Katy, in quei giorni, solamente la notte. O, per meglio dire, avvertii la sua calda e morbida presenza accanto a me nel letto. Parlammo di sciocchezze, le chiesi del lavoro, e lei del mio. Eravamo molto cortesi in quello che in definitiva nient'altro era che un abbandono. Naturalmente non le comunicai le mie intenzioni. Soltanto, il giorno prima, la avvertii del fatto che sarei andato a Rimini per lavoro.

"Starai via molto?" chiese.

"Un po'... Dipenderà dal giornale."

Katy sbadigliò. "Capisco."

Pensai fosse finita lì. Invece, quando ormai ero addormentato, sentii la sua voce roca che diceva: "Credo che tu mi stia lasciando".

Mi voltai verso di lei. Era appoggiata allo schienale del letto e si massaggiava delicatamente la fronte. Piuttosto, se la tormentava.

"Ma che dici?" dissi senza convinzione.

La sentii sorridere. "Ho dieci anni più di te e cento storie in più. Non credere che mi dispiaccia. Va così. Perché stare a farci dei problemi?"

"Non ti sto lasciando" mentii. "Devo solo partire. È diverso." Non disse niente. Il silenzio era imbarazzante. Non riuscii nemmeno a sfiorarla. Era veramente separata da me, come non lo era mai stata. Nemmeno prima di conoscermi, nemmeno quando eravano due perfetti estranei che vivevano ai lati opposti della città. C'era una forza sotterranea e sconosciuta che ci avrebbe fatti incontrare. Ora invece, quella stessa forza, ci spingeva lontani.

"Non stai soffrendo, vero, Katy?" ebbi la forza di aggiungere.

"No. Non sto soffrendo" disse lentamente. "In fondo eri pur sempre qualcuno che mi faceva fare l'amore, che mi baciava. Eri pur sempre il mio uomo. Eri 'qualcuno'."

"Vuoi che facciamo l'amore?" Detto così era chiaro che non lo avremmo mai fatto. Era solamente una maniera efficace per difendermi. Mi sembrò che sorridesse.

"Sono molto stanca, sai il lavoro... Le sfilate..."

Il mattino dopo mi svegliai nel letto vuoto verso le sette e mezzo. Preparai il caffè, feci una doccia e sistemai i bagagli. Chiamai la portiera all'intercitofono pregandola di salire per darmi una mano. Arrivò dieci minuti dopo. Non fece domande e questo mi piacque talmente tanto che al momento di lasciarle le chiavi dell'appartamento, perché le riconsegnasse a Katy, affidai alla sua mano aperta una mancia esattamente doppia di quanto ero solito darle per il disbrigo dei piccoli piaceri domestici. Me ne andai in fretta da quella casa. Mi sentii di aver pagato il silenzio. Come se avessi sottoscritto un patto.

Sull'autostrada del Sole, un'ora dopo, stavo già molto meglio. Faceva caldo, ma la giornata s'era aperta in un quieto e rilassato sole estivo che illuminava compiaciuto la pianura del Po. Accesi l'autoradio, ascoltai un po' di musica, fumai una sigaretta. Il traffico procedeva veloce in entrambi i sensi di marcia. Le vetture di chi si stava recando in vacanza erano poche e riconoscibili, soprattutto con targhe estere. Pensai al lavoro che mi attendeva da lì a poche ore. Tutto filava alla perfezione. Ogni tanto dovevo correggere la frequenza di una stazione radio poiché il segnale, con l'aumentare dei chilometri, si allontanava e veniva disturbato da uno più vicino. Ma non mi seccava. Quelle voci che cominciavano a gracchiare fino a sparire nel nulla assorbite da altre voci e altre musiche, altro non erano, in realtà, che le tabelle di marcia del mio viaggio. In qualità di segnali avevo non tanto i cartelli dell'autostrada quanto quelle frequenze elettroniche. Così che non fu un pannello segnaletico che mi avvertì dell'arrivo a destinazione, bensì le note avvolgenti di una allegra mazurka romagnola diffuse nitide da Radio Antenna Rimini nella luce ormai accecante del mattino e del mare scintillante, verso mezzogiorno.

La sede della redazione era in un palazzotto a cinque piani nel centro di Rimini, sul corso che dà verso l'Arco di Augusto. Era un edificio dei primi anni sessanta né bello né brutto, un edificio anonimo abitato in maggior parte da ragionieri, geometri, liberi professionisti, qualche commerciante. La targhetta del nostro giornale sul campanello era anonima come quelle degli altri inquilini: una semplice scritta battuta a macchina che riportava il nome del giornale e l'indicazione del piano, il primo, scala A.

Salii a piedi. Mi venne incontro un uomo sui cinquant'anni che si presentò come il corrispondente. Avevo parlato con lui al telefono, nei giorni precedenti e riconobbi la voce. Aveva una pronuncia inconfondibile impastata nella fortissima cadenza romagnola.

"Sono Romolo Zanetti" disse, con un breve sorriso di cortesia. "Faccio il corrispondente qui da vent'anni."

Ci stringemmo la mano. Mi fece entrare per primo.

La redazione era composta di tre stanze, più un bagno e un cucinotto. Nella sala grande stavano tre scrivanie, un grande divano addossato a una parete ingombra di riproduzioni di stampe antiche, due poltrone su cui erano appoggiate riviste e quotidiani senza nessun ordine apparente, un buffet con vetrinette colmo di bottiglie, un lampadario a gocce, due finestre e una porta-finestra da cui si passava per raggiungere il balcone affacciato sul Corso.

"Le piace?" chiese Zanetti, avvicinandosi al buffet e prendendo due bicchieri.

"Sì, mi piace" risposi perplesso.

Offrì del porto e mi spinse, con gentile premura, verso una seconda sala in cui stavano due telecopy collegati con Milano. Alla fine mi fece entrare nel suo ufficio arredato come un vero e proprio studio.

"È qui che vengo a scrivere i miei saggetti" disse compiaciuto.

"Quali saggetti?"

"Mi interesso di storia antica, sa? Prenda pure." Mi consegnò una pubblicazione di una trentina di pagine stampata da una tipografia di Rimini. Lessi il titolo. Si trattava di uno studio condotto sull'iscrizione di una lapide funeraria romana. Ringraziai Zanetti e spinsi l'opuscolo nella tasca della giacca. Tornammo nel salone. Mi misi a girare per la sala guardando le riviste impilate, i tavoli, le macchine da scrivere. C'era ovunque molta polvere. Il tappeto, per esempio, non sembrava battuto da un secolo.

"Non si preoccupi" disse Zanetti che si era accorto delle mie smorfie. "La donna delle pulizie è venuta soltanto ieri. Per riaprire la stanza. Ma tornerà."

"Riaprire?"

"D'inverno sono il solo che lavora, qua dentro. Sto nel mio studio. Qui ricevo una qualche visita. Interviste di prestigio, capisce?"

Annuii.

"Lo scorso inverno non è successo nulla" disse rassegnato. Si palpeggiò la gola. I suoi modi erano vagamente untuosi, la sua voce, al contrario, simpatica. Portava un paio di occhiali con lenti a mezza luna che si toglieva e metteva in continuazione. Aveva i capelli brizzolati, corti e curati in modo maniacale nel taglio sopra le orecchie e sulla nuca. Non c'era un pelo di troppo. Era grasso e la sua pancia generosa eplodeva dalle fettucce delle bretelle tirate. Indossava un completo beige e non portava cravatta.

"Vuol forse dirmi che il porto è stato aperto due anni fa?"

Zanetti tossì. In quel preciso momento suonò il telefono. Mi avventai al ricevitore. "Sì?"

"Romolo! Sono... Chi parla?" Era la voce di una ragazza. Una voce sensuale e calda.

"Bauer."

"Ah, è già arrivato?"

"Eravamo d'accordo per la mezza, signorina Borgosanti" dissi gelido, guardando Zanetti. Abbassò gli occhi come fosse colpa sua.

"Telefonavo per avvertire... Fra dieci minuti sarò lì."

"La aspettiamo."

Zanetti si avvicinò. "È una brava ragazza. Sono tre anni che lavora qui d'estate. È molto intraprendente."

Era un complimento? "Talmente tanto che non sta qui" dissi.

"Quello è il suo tavolo." Indicò la scrivania verso la finestra.

"Perché il 'suo'?"

"Per via della sedia" disse sottovoce quasi confidasse un segreto.

Mi venne da ridere. "La sedia?"

Il corrispondente raggiunse il tavolo e scostò la sedia. Cristo, non era una sedia, era una poltroncina Luigi XV con il tessuto ad arazzo e una scena di passeggio cittadino nell'ovale dello schienale e tanti ghirigori sulle zampette e sui braccioli! Avevo voglia di bestemmiare. Quella cretina s'era addirittura portata la poltrona come i generali sul campo di battaglia. Zanetti mi invitò a provarla. "È per via della schiena. Susy è a disagio con quelle altre" disse Zanetti, con l'aria di voler aggiustare qualcosa.

"Certamente. E a che ora prendete il tè, qui?" Lo guardai con aria di sfida. Parve offendersi. Ritrasse improvvisamente le dita dal bracciolo che stava accarezzando.

"Com'è che gli altri praticanti non sono qui?" dissi.

"Ne abbiamo uno solo. Arriverà a luglio."

"Santiddio!" urlai. "Me ne hanno promessi due. Vogliono ingrandire, alzare la tiratura, allargarsi e mi danno una principessa del pisello e un diavolo di praticante! Non stiamo lavorando al supplemento di un giornale letterario letto da qualche marchesa. Stiamo facendo una professione moderna, dinamica, veloce. Non voglio avere l'impressione di lavorare a un giornale rococò. O al foglio della Deputazione di Storia Patria! Molte cose cambieranno, qui dentro, glielo assicuro."

"Potrà cambiare quello che vuole, Bauer. Ma non la mia sedia."

Mi voltai. Era lì che si stava togliendo la giacchetta gettandola distrattamente sul divano. Era la principessa e che razza di principessa. Aveva capelli neri, occhi neri, pelle abbronzata, un paio di gambe affusolate inguantate in calze trasparenti, nere, scarpe col tacco alto anch'esse nere. E una camicetta senza maniche di seta bianca che lasciava indovinare un paio di tette da schianto, ritte e dai grandi capezzoli scuri.

"Mi chiamo Susanna Borgosanti" disse la fata. Era una favola, una bellissima favola.

"Ciao, Susy" fece Zanetti.

Mi avvicinai per stringerle la mano. La porse lentamente con un gesto dinoccolato. "Molto piacere" soffiò guardandomi dura negli occhi.

"Sono contento che lei sia arrivata. Stavo facendo rilevare alcune questioni a Zanetti." Mi arrestai. "Vorrei fare una riunione e vorrei anche il marmocchio. È possibile?"

"È possibile" disse lei.

"Alle diciotto?"

"Certo. Alle diciotto."

"Allora a stasera. Ah, dimenticavo. Voglio anche il fotografo. Provvederò io stesso ai beveraggi, non disturbatevi." E uscii.

L'abitazione che il giornale mi aveva assegnato per l'intero periodo del mio incarico in riviera si trovava a un paio di chilometri dal mare in direzione dell'aeroporto. Era un piccolo centro alberghiero situato in mezzo a palazzi alti parecchi piani e piccoli appezzamenti di terreno coltivati con cura. Aveva la forma complessiva di un fortino costruito con colate di sabbia bagnata da ragazzini in riva al mare. E non solo perché il colore delle abitazioni era identico, il grigio intenso del cemento armato, ma soprattutto per la forma dell'insieme costituita da torrette e guglie tremolanti come disegnate da un Gaudí daltonico e particolarmente in preda a "delirium tremens". Si chiamava *Residence Aquarius* ed effettivamente l'impressione che offriva a prima vista era la stessa che si ha nell'osservare, attraverso la deformazione ottica dei cristalli, quei sassi tutti buchi e anfratti che si dispongono sul fondo degli acquari domestici perché i pesci vi prendano alloggio. Aveva forma circolare e nel centro una grande costruzione simile a una tenda da circo, sempre però fitta di guglie e tremolii, ospitava gli uffici della reception, il ristorante, un supermarket con rivendita di tabacchi aperto fino a mezzanotte. Un viottolo di ghiaia derivava dalla strada principale e immetteva nel parcheggio in cui una grande insegna luminosa diceva: "RESIDENCE AQUARIUS - APERTO TUTTO L'ANNO" e più sotto, in caratteri corsivi: *Wir sprechen Deutsch - On parle Français - We speak English*.

L'interno del "fortino" oltre che dalla grande tenda di cemento era occupato da due piscine che si incastravano l'una nell'altra proprio nella parte della vasca meno profonda e destinata ai bambini. Attorno un prato all'inglese con aiuole di fiori multicolori.

Mi avevano assegnato l'appartamento numero quarantuno. Un ragazzo mi aiutò a portare i bagagli. Era un tipo foruncoloso con i capelli rossi al di sotto dei vent'anni. Disse lì c'è questo e là c'è quello come recitasse un rosario, senza nessuna espressione. Una volta davanti all'abitazione, aprì la porta, appoggiò le valigie in terra, aggiunse qualche altra giaculatoria e se ne andò.

L'appartamento era un ambiente unico che si sviluppava in un piano rialzato a vista dove erano un letto a due piazze e una branda. Al piano terra, invece, si trovavano riuniti nell'unica stanza una piccola cucina monoblocco, un divano, un tavolo rotondo, un ripostiglio e la stanza da bagno. C'era anche un piccolo caminetto con una griglia elettrica. In sostanza, pensai, l'appartamento poteva ospitare comodamente sia una famiglia di quattro persone sia una soltanto, offrendo in entrambi i casi l'impressione di starci né troppo larghi né troppo stretti.

Cercai nel frigorifero qualcosa da bere e trovai soltanto birra italiana. Stappai una lattina guardandomi attorno alla ricerca del telefono. Lo trovai al piano di sopra, accanto al letto. Mi sdraiai, lanciai le scarpe in aria e feci il numero del giornale chiedendo del vicedirettore Arnaldi.

"Tutto bene?" chiese, poco dopo, la sua voce.

"L'appartamento va benissimo. La città pure, la redazione è in buono stato. Ma perdio! che razza di armata mi avete dato?"

"Il professore non ti sta bene?" Mi immaginai il suo ghigno sarcastico.

"È proprio perché è un professore! In quanto alla principessa, deve avere un sacco di grana, da come si veste, un sacco di uomini dietro e un sacco di belle idee per il cervellino. Ma perché diavolo fa la giornalista?"

"Chiediglielo."

"Ok. Glielo chiederò... Dovrò fare molti cambiamenti. Voglio la tua autorizzazione..."

"Quali cambiamenti? Vacci piano, Bauer. Tu sei il responsabile e ti giochi la partita, ma stai attento. Ricordati: sono solo due ore che hai messo piede lì. Loro ci vivono da anni. Ricordalo. Hai bisogno di loro più di quanto non creda." Presi a slacciarmi meccanicamente i bottoni della camicia. Cominciavo a diventare nervoso. "Mi dai questa autorizzazione o no?"

La voce di Arnaldi si fece tesa come una lama. "Certo che te la do. Ci fidiamo di te."

Sbuffai. "Ci voleva tanto?" Abbassai il ricevitore e

chiamai il ristorante dopo aver consultato il cartellino con tutti i numeri dei servizi.

"Numero quarantuno" dissi non appena una voce femminile ebbe risposto. "Vorrei ordinare un piatto di scampi alla griglia e qualche lattina di birra inglese."

"Le consiglierei del Bianchello del Metauro o dell'Albana di nostra produzione" disse la signorina.

"C'è qualche differenza con la birra?" dissi sarcastico.

"... Certamente, signore" fece imbarazzata.

"Allora vada per la birra."

Accesi una sigaretta, mi spogliai e presi una doccia cercando di organizzarmi ben bene le idee in testa per quella riunione che mi attendeva di lì a poche ore.

"Ecco come intendo organizzare il nostro lavoro" dissi alzandomi in piedi e posando il bicchiere vuoto su una scrivania. Eravamo nella sala grande della redazione da una ventina di minuti circa. Erano le sei e mezza del pomeriggio. Avevo portato con me un paio di bottiglie di scotch e qualche bibita da allungare per sbloccare un poco la tensione che immaginavo alta. Almeno per quanto mi riguardava. Zanetti era seduto sul divano di fianco a Susy e mi guardava con una nota di apprensione. Ogni tanto Susy si infilava le dita fra i capelli, formava un ricciolo e lo stuzzicava tenendo gli occhi bassi. Il moccioso invece ci dava dentro con lo scotch. Si chiamava Guglielmo, aveva l'aria sveglia e mi piaceva. Aveva detto che la sua massima aspirazione era diventare cronista sportivo. Lui stesso giocava in una squadra di rugby. Aveva un buon fisico e reggeva bene l'alcool: le prime qualità che si chiedono a un buon giornalista. Di questo fui contento. Sapevo che avrei potuto fidarmi di lui. Il fotografo invece era un ragazzone attorno ai quaranta, del tutto calvo sul cranio ma con due sbuffi di capelli arruffati che gli scendevano da sopra le orecchie e dalla nuca. Aveva un paio di baffi prodigiosi, foltissimi e neri. Gli occhi piccoli, gonfi, dalle pupille cerulee erano incassati nel volto come se qualcuno glieli avesse cacciati indietro. In realtà tutto il suo viso aveva una espressione bastonata e schiacciata come il grugno di un mastino. Era grasso, tozzo, con piccole mani cicciottelle. Portava anelli di fattura grossolana a entrambi i mignoli e una pesante catena d'oro pendeva al centro del petto premendo contro i peli del torace. Indossava una camicia nera aperta fino all'ombelico e un paio di jeans stracciati e scampanati in fondo. Ai piedi un paio di scarpe da tennis con un buco in coincidenza dell'alluce destro; ma anche quello di sinistra premeva e tendeva la tela per far capolino. Cosa che sarebbe avvenuta presumibilmente entro un paio di giorni. O forse, quella sera stessa.

"Innanzitutto vorrei che qui ci organizzassimo come in una redazione centrale. L'unica differenza sarà che ognuno di noi diverrà l'unico responsabile del proprio settore e non riceverà nessun altro aiuto se non da se stesso." Andai con gli occhi sui loro visi. Erano attenti e tesi. "La Pagina dell'Adriatico" proseguii, "svolge soprattutto un servizio di cronaca. Per questo non sorgono molti problemi se non quello di distribuirci bene le fonti di informazione e i settori di intervento. Ma la Pagina dell'Adriatico vuole anche essere qualcosa di più e di meglio. Vuole offrire un servizio di informazione completa non soltanto su quel che succede ma anche su tutto ciò che è nell'aria. Inoltre, essendo un giornale popolare, dovremo assolvere a una funzione di intrattenimento. Il lettore deve sentire anche dal proprio giornale che è in vacanza, che ha tempo da dedicare a se stesso e al proprio divertimento. Potenzieremo le rubriche quotidiane di consigli e suggerimenti per la vacanza. Daremo questi consigli e nello stesso tempo gli offriremo il modo per tenersi informato senza annoiarsi."

Feci una pausa e mi versai un goccio di scotch. Stavo andando bene, benché parlassi a braccio. Mi stavano seguendo con attenzione. Non era ancora fiducia, ma attenzione, sì. Solamente il fotografo rollava distrattamente una sigaretta col tabacco olandese.

"Ecco il piano" ripresi. "Il nostro corrispondente ufficiale, lei, Zanetti, si occuperà della cronaca giudiziaria, di quella nera e, se sarà il caso, di quella gialla. Questo perché Zanetti già conosce, ed è conosciuto, da tutte le fonti indispensabili a questo genere di informazioni: carabinieri, questura, commissariati di zona, procure. Non credo, d'altra parte, che avrà molto lavoro in questo periodo di vacanza. Quindi a lui spetteranno anche i rapporti con gli enti pubblici, in particolare con l'Azienda di Soggiorno e con gli uffici turistici delle varie municipalità costiere. Le sta bene?"

Zanetti trasse un profondo sospiro. Si palpeggiò la gola. "Questo fa già parte del mio lavoro" sottolineò.

"È per questo che continuerà a farlo. Ma lo farà, se possibile, in modo nuovo, più svelto e più sbrigativo. Mi bastano le notizie. Non voglio i commenti. Abbiamo poco spazio e dovremo sfruttarlo al meglio."

Parve rassicurato. Quando attaccai con Susy, la sua espressione divenne quasi felice. Sapevo il perché. Per il momento non lo avevo estromesso dal suo studiolo.

"Per quanto riguarda te, Susy, ti occuperai della cronaca rosa, della cultura e dello spettacolo. Questo perché voglio che tu copra tutti gli avvenimenti con lo stesso stile. Non mi interessa se ci sarà un concerto di Schönberg o uno di Mick Jagger. Voglio sapere dove alloggiano il direttore d'orchestra o il cantante. Voglio il loro parere sulla Riviera e non sulla loro musica. Voglio sapere cosa mangiano prima o dopo il concerto. È sufficientemente chiaro?"

"Vuoi scandali o semplicemente pettegolezzi?"

"Oh, no, mia cara" dissi, fingendo di ridere. "Voglio semplicemente alzare la tiratura."

"Tutto qui?"

"Avrai tre rubriche quotidiane: moda, salute, gastronomia."

Susy rise apertamente. Era la prima volta che lo faceva da quando l'avevo conosciuta, qualche ora prima. Rise spingendo avanti la bocca e aprendo le labbra in modo da spalancare la visione dei denti bianchissimi e serrati. Il suono della risata aveva qualcosa di estremamente infantile. Si arrotolava su se stesso per riprendere poi più squillante. Solamente nel momento in cui portò con eleganza le dita contro le labbra – qualche secondo più tardi – parve placarsi. "Mi devi scusare" disse, "ma non ho nessuna intenzione di sgobbare tanto su queste sciocchezze."

"Se sono sciocchezze non ti costeranno fatica" risposi appoggiandomi al ripiano della scrivania. "E poi, come saprai, queste cose *sono* il giornale."

Ci fu qualche attimo di silenzio imbarazzato. Il fotografo tossì ripetutamente e si versò un po' di aranciata.

"E per me?" intervenne Guglielmo. Si stropicciava le dita nervosamente. Restavano pochi settori ancora da coprire e già intuiva, con apprensione, quale sarebbe stato il suo.

"Ti occuperai di giovani e di sport. Tornei cittadini, gare di bocce, maratone di paese, vela, wind-surf, tornei di pesca, competizioni per la costruzione di castelli di sabbia, pugilato, basket, minigolf. Tutto. Ogni giorno voglio almeno cinque servizi di sport. Non ha importanza di quale sport si tratti, ma li voglio. Non dovrai preoccuparti per la lunghezza: dal semplice trafiletto alla cartella e mezzo. Mai di più. E anche interviste agli atleti, dal semplice turista che fa la gara di nuoto al campione arrivato qui per un torneo importante. Abbiamo da queste parti l'autodromo di Misano e l'ippodromo di Cesena. Voglio sapere chi li frequenta, chi gioca ai cavalli, chi paga un centone sopra l'altro per fare un giro di pista su una Ferrari presa a noleggio. Non voglio dichiarazioni di dirigenti, allenatori, amministratori, politici. Non frega niente a nessuno. Tanto meno a me. Voglio solo i protagonisti sul campo. E per te, Guglielmo, vale lo stesso discorso di prima: non mi interessano le tattiche di gara, né chi ha deciso che il tal ciclista dovesse scattare proprio a quel chilometro in cui ha preso avvio la sua fuga. Voglio sapere con chi sono venuti qui. Se con la moglie o la fidanzatina o l'amante o la mamma.

Solo questo mi interessa. Non siamo un giornale sportivo. Siamo un giornale di cronaca spicciola. Tutto ci riguarda, ma solo il particolare ci interessa. Ok?"

Il ragazzo rimase serio e immobile. Mi guardò, e la sua espressione era quella che cercavo. Diffidenza, ma volontà di scavalcare quella stessa diffidenza impegnandosi al massimo. Dimostrarmi quello che poteva valere.

"Ognuno di voi, ogni giorno, fin d'ora sa quello che deve fare. Sa quali avvenimenti coprire. Ma ognuno, ogni giorno, sarà tuttavia disponibile per le eventualità del momento: sarà l'inviato e il caposervizio di se stesso. Per quanto mi riguarda, oltre a coordinare il lavoro e mantenere i contatti con Milano, mi occuperò dei servizi speciali." Mi guardarono in un modo interrogativo. Li lasciai nel loro brodo. Poi riattaccai: "Questo vuol dire, prima di tutto, i servizi fotografici".

Il fotografo ebbe un balzo e mi guardò con curiosità.

"In apertura di supplemento voglio tutti i giorni una sequenza di fotografie organizzata come un servizio. Fotografie di notevole richiamo e curiosità. Potrà anche trattarsi di una sola foto svolta, però, con ingrandimenti successivi di un qualche particolare, come una notizia."

"Non ci sono tante cose qui da fotografare. Le solite turiste a seno nudo."

"Il tuo compito è di dimostrarmi il contrario."

"Non c'è nient'altro" insistette il fotografo.

"Ci sarà. Perché tu lo troverai o lo inventerai. Il reportage di prima pagina sarà la tua rubrica fissa. Sei un giornalista a tutti gli effetti."

"Certo. Ma..."

"D'accordo?" Lo stavo pungolando.

"Non so se riuscirò... Ogni giorno..."

"Sappiamo tutti che tu ci riuscirai."

Spense la sigaretta nel posacenere. Sbuffò il fumo dalle narici. Stava dicendo di sì. Non gli lasciai certo il tempo per fare obiezioni. Mi bastava che, davanti a tutti, non opponesse una resistenza valida. Gli avrei lasciato una vita intera per essere perplesso, ma non un secondo per rifiutare.

"Non ci resta che definire gli aspetti tecnici. Riunione alle dodici e trenta per definire i servizi. Fissa con Milano alle diciannove per la trasmissione dei pezzi. Una settimana, a partire da mercoledì, di numeri zero. Il primo di luglio si parte sul serio. Obiezioni?"

"Per me sta bene" disse per primo Guglielmo.

"Ok. E per gli altri?" Nessuno rispose. Così fu necessario stanarli uno a uno. "Zanetti?"

"Vorrei solamente sapere... Chi farà le corrispondenze nazionali?"

"Oh. Sempre lei, naturalmente. Ma non si preoccupi per questo. Quando avremo un fatto così importante da passare in cronaca nazionale quel telefono squillerà come un demonio. E non ci darà tregua... E tu, Susy?"

"Sei tu il capo, no?"

"Johnny?"

Il fotografo si grattò la pancia con quelle sue mani da porcellino ben pasciuto. "Sta bene" ammise.

"Nient'altro, per oggi." Mi diressi verso la sedia su cui avevo appoggiato la giacca. Anche gli altri si alzarono. "Resta inteso" dissi prima di andarmene, "che tu Johnny trasferirai qui la tua camera oscura. Fattura pure le spese che dovrai sostenere." Bestemmiò fra i denti. Ma era fatta. Non volevo correre il rischio che si imboscasse. Per nessuna ragione al mondo. Era quello più libero. Era quello che dovevo imprigionare per primo.

I cambiamenti che imposi furono accettati con qualche mugugno, soprattutto da parte di Zanetti che trovò ogni occasione buona per manifestare il suo dissenso scuotendo la testa, ma poi, in fondo, lasciandomi fare. Riunii le scrivanie al centro del soggiorno in modo che si potesse lavorare gomito a gomito. Tolsi dalla porta le vecchie stampe e feci appendere una grande cartina geografica che raffigurava la costa dalla foce del Po fino al promontorio di Gabicce. Centotrenta chilometri all'incirca che costituivano la nostra zona di intervento. Sul cerchietto che indicava Rimini infilzai uno spillo rosso. Alla base della cartina misi una cassettina divisa in piccoli scompartimenti, ognuno ripieno di spilli dalla capocchia colorata. Distribuii i colori: bianco a Susy, giallo a Guglielmo, blu a Johnny e verde chiaro a Zanetti. Io mi tenni quelli rossi. Ogni componente della nostra redazione avrebbe dovuto segnalare sulla cartina la propria presenza in qualsiasi località diversa dalla redazione. In questo modo avrei sempre avuto la situazione dei movimenti sotto controllo e, in più, mi sarei reso conto con un solo sguardo se per quel giorno stavamo coprendo tutta la zona che ci era stata assegnata, non tralasciando nemmeno un qualche fottuto borgo sperduto nel delta del Po.

A Zanetti feci poi stendere un elenco, in ordine alfabetico, di tutti i centri turistici della nostra zona di operazione, diviso in tre settori: settore rosso, settore arancione, settore giallo. Nel primo vennero raggruppati i centri turisticamente più importanti, nel secondo quelli di medio interesse e nel terzo quelli di interesse minore. Susy riportò questo elenco in un grande pannello che appendemmo alla parete di fondo della sala. Ogni mattina avremmo per prima cosa riportato il titolo degli articoli relativi alla zona o al centro turistico di cui ci eravamo occupati. In questo modo potevamo quantificare in ogni momento il numero di servizi che si occupavano di una determinata località, correggere errori e dimenticanze, supplire a mancanza di informazione su un certo settore facendo cadere – per esempio – un grande reportage su una gara di bocce in una località fino a quel momento trascurata. Tutto questo lavoro aveva un solo punto debole e cioè che la notizia, l'accadimento di cui ci saremmo dovuti occupare, poteva nascere improvviso, e magari proprio nella città più improbabile. Una tale eventualità ci avrebbe costretti a sbancare. Ma, a fronte di questo evento improbabile esisteva un lavoro quotidiano, scrupoloso, e programmato a tappeto che ci avrebbe messi in grado di far cadere la notizia dove la situazione lo richiedeva. Dove, per essere chiari, la situazione delle nostre vendite languiva. In questo senso la redazione era una vera e propria "cucina" – come viene chiamata in gergo giornalistico. Almeno come la intendevo io: eravamo certamente in quel posto per seguire lo svolgersi degli avvenimenti, ma soprattutto per farli accadere. La Pagina dell'Adriatico doveva *fare* informazione. In tutti i sensi e a qualunque costo.

Johnny sistemò la sua camera oscura volante nel cucinotto. Lì avrebbe sviluppato i negativi e stampato sbrigativamente i provini a contatto. Una volta scelte insieme le fotografie, avrebbe potuto andarsene con tutta tranquillità nel suo studio per le stampe da trasmettere a Milano. In quanto al menabò, lo avremmo preparato nello studio di Zanetti usando il videoterminale e così, in una prima redazione, lo avremmo trasmesso a Milano. Il vicedirettore lo avrebbe visionato e, una volta approvato, passato in fotocomposizione. In questo modo potevo gratificare il vecchio corrispondente organizzando nel suo studio la riunione giornaliera e dandogli così l'impressione che ci si recasse tutti quanti da lui per i fatti importanti, quale tributo alla sua anzianità di servizio; nello stesso tempo lo tenevo in pugno facendolo poi venire ogni mattina nella "cucina" per programmare i servizi.

Nei giorni che seguirono cominciammo a lavorare sul serio collaudando soprattutto il mio metodo di organizzazione del lavoro. Li trascinai tutti quanti dalla mia parte. Non soltanto Guglielmo, che era quello che dimostrava di seguirmi con più accanimento e foga, ma soprattutto Susy. La principessa doveva essere trattata sempre con il velluto. Mi adeguai. La accarezzavo, la gingillavo, la gratificavo e, tutto sommato, la lasciavo in pace. E lei veniva dalla mia parte come attratta da una forza lenta, ma irreversibile.

Una sera, verso le undici, la incontrai seduta a un caffè di Riccione. Avevo lasciato il mio appartamento per cercare un posto in cui mandare giù un boccone in compagnia di qualche sconosciuta.

Per i primi giorni, avevo deciso di fare vita appartata. Non intendevo farmi coinvolgere dalla atmosfera di cameratismo che si stava costituendo in redazione. Preferivo conoscere a poco a poco i miei collaboratori e, soprattutto, separare il lavoro dai momenti di svago. Questo significò, alla resa dei conti, una sola pessima cosa: consumare il pasto serale in solitudine nell'appartamento quarantuno. Tutt'al più seguire, dalle finestre aperte, i giochi in piscina di un paio di coppiette di tedeschi farciti di birra.

Presi la Rover e seguii il lungomare in direzione di Riccione. La strada era illuminata e piena di gente. Si trattava in maggioranza di stranieri, poiché i turisti italiani sarebbero arrivati in massa solo nei mesi seguenti. L'impressione fu che quelli avessero assunto, in tutto e per tutto, il contagio delle nostre cattive maniere: attraversavano la strada come pollastre ubriache senza rispettare né le precedenze né i pochi semafori accesi. Gironzolavano sui risciò e sui tandem eseguendo miracolose serpentine fra gli autobus e le automobili con il risultato di intasare il traffico. Gridavano, schiamazzavano, stiracchiavano "ciao" a tutti con quelle mani sporche di gelato sciolto o di pizza o di spaghetti al sugo. Una ragazzina bionda, esile, dal viso arrossato dal sole, mi venne incontro e chiese un passaggio parlando un italiano stravolto. Aveva una minigonna bianca a pois minuti color pervinca, una maglietta nera e un foulard giallo allacciato attorno ai fianchi. Dissi che non era il caso. Tirò fuori la lingua e si piazzò seduta sul cofano. Il semaforo scattò sul verde. Alle mie spalle la colonna di vetture prese a eccitarsi suonando il clacson. Suonai anch'io, ma lei niente, restava lì seduta sul cofano della Rover come fosse il suo salotto e salutava e alzava le braccia fischiando "tschuß" a tutti. Continuai con il clacson. La ragazza si distese con la schiena e alzò le gambe in alto battendole come dovesse nuotare. I passanti si erano fermati e formavano una piccola folla curiosa. Mi sporsi dal finestrino: "Togliti, perdio!".

"Mi porti allora? Mi porti?"

Da dietro tuonarono: "E portala!".

Scesi dalla macchina. La afferrai per il polso e le diedi uno strattone. "Sali, avanti!"

La ragazza gorgheggiò qualcosa, fece un paio di inchini al suo pubblico e salì come su di una Limousine. E naturalmente l'autista ero io.

"Dove vuoi andare?" chiesi.

"Non lo so. Voglio fare un giro in macchina."

"E quando ti viene la voglia ti piazzi in mezzo alla strada e assali le persone come stasera?"

"Poi torno indietro" disse come fosse la risposta più naturale di questo mondo. Abbassò il finestrino e sporse completamente la testa. I suoi capelli biondi entravano nell'auto come tante fiamme d'oro liquido. Urlò qualcosa, cantò, agitò le braccia. Allontanai la mano dalla cloche e la tirai dentro.

"Come ti chiami?"

"Claudia... Ti importa qualcosa?"

"Sei tedesca?... Austriaca?"

Non rispose. "Sei sola qui?"

Chiese una sigaretta e si grattò il naso. Fu un brutto gesto. Un gesto che parlava da solo. Ci sono molti modi per togliersi un prurito dal naso, ma ce n'è uno solo, inequivocabile, eseguito con il palmo della mano, che dimostra che quel prurito non è un fastidio momentaneo, ma il semplice segno di un anestetico assunto in dosi massicce. Come quando si esce da una camera operatoria. Come quando ci si era trattati come si era trattata lei.

"Mi fermerò a Riccione" dissi.

"È lo stesso..."

"Non abiti in albergo?"

"No."

"Sei ospite di qualcuno?"

Cacciò un urlo: "Voglio scendere! Fammi scendere!".

"Non posso ora! Aspetta!"

Gridò con tutto il fiato che aveva in gola. Si attaccò al mio braccio e prese a tirarlo con tutte e due le mani.

L'auto sbandò, ma non mi fermai. Ero incolonnato e mi sarei fatto tamponare. Rallentai. "Sto fermandomi!" dissi.

Claudia cacciò un altro urlo e mi azzannò il braccio. Sentii un dolore acuto. La macchina scartò sulla destra nella zona di sosta dell'autobus. Claudia schizzò fuori. Si mise a correre nella direzione opposta cercando di fermare un'altra macchina. La chiamai più volte. Fu inutile. Finì inghiottita dai fari accesi e dalle luci della strada.

Arrivai a Riccione. Oltrepassai il ponte sul canale del porto e deviai a sinistra. Mi immisi nel traffico lento del lungomare. Grandi fari illuminavano il retro degli stabilimenti balneari. La sequenza ordinata delle cabine – dipinte a blocchi con tonalità pastello – aveva in sé qualcosa di metafisico e infantile nello stesso tempo: come si trattasse di un paesaggio costruito per i giochi dei bambini – le casette, i tettucci, i lettini, gli oblò, le finestrelle, le tinte tenui, il rosa confetto, il verdolino, il celestino, l'arancio, il grigio-azzurro, il giallo limone, il viola pallido e altri colori di balocchi e zuccheri filati e frutte candite – oppure di un assemblaggio ordinato di altri materiali per altri uomini e in questo caso il colpo d'occhio mi sembrò il ponte di un gigantesco transatlantico arenato sulla sabbia, una portaerei sulla cui pista di lancio scorrevano le automobili e i cui alloggi erano appunto là, sistemati in quella fila di costruzioni chiare. Dalla parte opposta stavano gli alberghi, un paio di nightclub, un campo da minigolf, un giardino brullo con qualche pino marittimo agonizzante. Arrivai a una rotonda immersa nella luce e parcheggiai. Lì sfociava un grande viale pieno di luci, insegne al neon, tavolini dalle tovagliette bianche affacciati sul passeggio, biciclette, stormi di turisti che procedevano lentamente. Striscioni luccicanti di lampadine congiungevano i due lati del viale passando al di sopra dei pini come festoni luccicanti. Mi immersi nel flusso della passeggiata. Alzai gli occhi, ma non mi fu possibile scorgere l'altezza del palazzi. Ma erano veramente palazzi di cento piani come si era indotti a credere abbagliati da tutte quelle luci sospese a mezz'aria o non invece dei semplici condomini? L'illusione era perfetta. Non avevo mai visto nulla di simile in Italia. Ovunque suoni, musiche, luci, insegne sofisticatissime che si accendevano e spegnevano seguendo un ritmo preciso; disegni elettronici che si svolgevano su pannelli grandi come schermi cinematografici procedevano da destra a sinistra e poi da sinistra a destra e poi trasversalmente e dall'alto in basso e viceversa controllati, nella immensa varietà di combinazioni, da un computer: scritte, slogan, figurazioni grafiche, labbra che sorridevano spargendo bollicine frizzanti, che succhiavano cannucce, gelati, bibite... E in mezzo, per strada, camerieri in giacca bianca e alamari coloratissimi che procedevano spediti reggendo in equilibrio su una mano vassoi colmi di gelati e creme e sorbetti dai colori fluorescenti, long-drinks decorati con minuscoli parasoli di carta cinese, ventaglietti, piume di struzzo, ruote di pavoni. E poi il profumo improvviso e sapido di una grigliata di pesce cotta lì, sulla strada e ragazzi in completo scuro e doppiopetto che invitavano nei night-clubs della costa promettendo ragazze, champagne e ogni disponibilità. Flash di fotografi e paparazzi. Disegnatori e ritrattisti ognuno con il suo cavalletto appoggiato al tronco rugoso di un pino marittimo e intorno circoli di gente curiosa e bambini in posa e donne sedute con le mani in grembo e il profilo di tre quarti e l'occhio emozionato per l'eccitazione di entrare a far parte del quadro. Ragazzi in canottiera e jeans strettissimi appoggiati alle loro motociclette, i capelli lucidi di brillantine e gomme, i bicipiti potenti, piccoli orecchini ai lobi delle orecchie. Crocchi di ragazze cinguettanti. Playboy con catenelle d'oro attorno al collo, ai polsi, sulla caviglia appena sopra il mocassino e anelli alle dita e bracciali e orologi scintillanti. Frotte di ragazzini che si rincorrevano urtando la gente per darsi grandi manate sulle spalle e tirarsi i capelli e fischiare alle tette e alle gambe che passavano. Coppie innamorate sempre ferme e pensose e indecise davanti alle boutique, ai negozi di antiquariato, alle edicole colme di souvenirs. Risciò che fendevano il flusso della folla come piccole vedette rompighiaccio. Ragazzi di colore che improvvisavano un breaking al suono di uno stereo portatile. Gruppi di turisti tedeschi che intonavano allacciati inni bavaresi alzando boccali da un litro di birra. Omosessuali tirati a lucido che procedevano come tanti robot girando continuamente la testa indietro o di lato in movimenti indipendenti dal resto del corpo. Checchine fragili e vaporose e leggiadre che sostavano ai tavolini dei caffè e delle gelaterie come tante farfalle nei calici dei fiori: bevendo un sorso qui e uno là e la testa sempre per i fatti suoi. Macho dai baffi frementi che procedevano avanti e indietro come tanti bambolotti big-jim in fase di collaudo oppure a una parata militare. Ragazze seminude che sembravano uscite da *Cleopatra* o *La Regina delle Amazzoni*. Altre invece addobbate secondo un look savanico e selvaggio: treccine fra i capelli lunghi e vaporosi, collanine su tutto il corpo, fusciacche stampate a pelle di leopardo o tigre o zebra messi lì per scoprire apposta un seno o una coscia. Vecchie signore ingioiellate che slumavano avide dai tavolini tutto quel panorama di baldanza e prestanza fisica e mostravano con orgoglio le rughe sul volto e la pelle grinzosa sulle braccia, simboli di tante altre e ben migliori stagioni, simboli del trionfo del navigato e del vissuto sull'inesperto e sull'ingenuo. Lesbiche longilinee che passeggiavano altere con le mani ficcate nelle tasche della giacca Giorgio Armani e non degnavano alcunché di sguardi o gesti, immerse com'erano nella loro vita parallela e differente. Gente comune che si sbrodolava le braccia fino ai gomiti per via dei "coni" squagliati.

Girai per la strada lasciandomi incantare da quel brulichio di segni e di luci e di musiche finché la sua voce non mi chiamò, una, due volte.

Susy era seduta al tavolo di una grande gelateria tutta acciai e cristalli e granito, lustratissima e algida come un igloo. Scorsi il suo braccio alzato in un segno di saluto.

Portava un paio di lunghi guanti di raso nero che lasciavano scoperte le ultime falangi delle dita.

"Che ci fai qui?" chiese con una nota di finto rimprovero.

"Sopralluoghi... È la prima volta che vengo da queste parti."

I due ragazzi che sedevano in sua compagnia presero queste parole per una battuta. Risero. Risero da ricchi. Quasi tossendo.

"Dovrò portare gli occhiali da sole, la prossima volta" dissi, sedendomi.

"Davvero non conoscevi Riccione?" domandò Susy. Mi presentò i suoi amici. Quello che si chiamava Carlo era un tipo sui trent'anni. Tutti i capelli in testa e tutti i muscoli a posto. Portava una Lacoste bianca sotto una giacca a disegni madras blu e verde. L'altro, Gualtiero, mi parve più giovane. Una variazione esile sullo stesso tipo. Portava un paio di occhiali dalla montatura trasparente e vestiva una tuta da ginnastica bordeaux. Mi chiese se giocavo a tennis. Dissi di sì.

"C'è un torneo notturno che inizia a luglio. Sto cercando un compagno per il doppio."

"Mi piace giocare di notte" ammisi. "Ma non so se siamo allo stesso livello."

"Le propongo un paio di set per provare. Ha tempo stasera?"

Non volli dare l'impressione di tirarmi indietro per incapacità o impreparazione. Ero un buon giocatore. Soltanto che ero lì per lavorare. E il lavoro era tutto. Così la presi alla larga. "Il giorno dopo non è un problema, per voi?"

Mi guardarono interrogativi. "Intendo la fatica da smaltire, il dover ritrovare la concentrazione per il lavoro..."

"Ancora non ha preso il ritmo di questa città" disse Carlo. "La gente crede che sia un posto di villeggiatura. È al contrario un luogo faticosissimo. Si vive di notte, tutta la notte. Se ne accorgerà fra pochi giorni quando la riviera funzionerà nel pieno delle proprie possibilità: discoteche, locali di intrattenimento, feste per i turisti, sagre di paese... E la nostra industria principe macinerà giorno e notte: a qualunque ora potrà trovare qualcuno con cui divertirsi e togliersi tutte le voglie che ha, di qualsiasi genere. Qui la chiamano l'industria del sesso."

"Credevo fosse il mare, l'attrattiva maggiore."

"Quello è per le famiglie" sorrise Susy. "È dei bambini e delle nonne. Dei clienti delle pensioni tutto-compreso. Per gli altri c'è solo a metà pomeriggio. Il tempo per scottarsi un poco. Poi inizia la notte."

Arrivò il cameriere. Ordinai un aperitivo.

"Il fatto curioso" proseguì Carlo, "è che molti snobbano la nostra riviera. Ma più per sentito dire che per altro. Dici Rimini o Riccione e subito quelli pensano alla pensioncina, alla piadina e alla mazurka sull'aia. E dicono Rimini per carità, l'Adriatico, via! Poi li porti qui un week-end e non si toglierebbero mai più. Ho visto un sacco di gente con la puzza sotto il naso implorarmi poi di cercargli una camera anche alla pensione Elvira, anche un sottotetto senza bagno. Disposti a tutto, pur di consumare qui qualche notte."

Il discorso mi interessava più di quanto non mi interessassero la mia cena, Susy, il Martini che il cameriere aveva appena appoggiato sul tavolino. "Fa l'albergatore?" domandai.

"Oh, no. Ho la direzione di un paio di boutiques qui in viale Ceccarini. Non ha idea di quanto vendano i nostri negozi durante la stagione. Le collezioni invernali più costose spariscono in quattro-cinque giorni. E i clienti non sono mica miliardari, sa? Persone normali, gente che non vuole far sapere in giro che stacca assegni da venti milioni alla volta soltanto per il guardaroba. Arrivano dalle città di provincia, dalla Lombardia, dall'Emilia, dal Veneto e assaltano le collezioni. Poi spariscono. Sembrano tutti americani."

"Ma non è la stessa cosa. Questo non è il Sunset Boulevard o la Quinta Strada."

"Certo" disse serafica Susy, "l'importante è farlo però credere. E crederci. Ma ora andiamocene. Ti porto a mettere qualcosa sotto i denti. Avevi fame, no?"

Prendemmo la sua auto, una vecchia spider Alfa Romeo. Il motore rombò salendo la collina di Riccione alta. Susy guidava con molta perizia, ma anche con una specie di disinvolta sbadataggine. Si voltava verso di me e sorrideva nel vedermi preso a scrutare il paesaggio.

Faceva fresco ed era piacevole viaggiare scoperti. L'odore della salsedine si mescolava a quello della collina, degli alberi, della campagna. Abbordammo un piccolo tornante. Improvvisamente il cielo di un profondo blu notte si aprì sulla visione della riviera con le strisce luminose delle automobili, i fari, le insegne degli alberghi non più distinguibili se non in confusi bagliori luminosi. E le città, le città dai nomi così perfettamente turistici – Bellariva, Marebello, Miramare, Rivazzurra – apparvero come una lunga inestinguibile serpentina luminosa che accarezzava il nero del mare come il bordo in strass di un vestito da sera. Poiché se da un lato tutta la vita notturna rifulgeva nel pieno del fervore estivo, dall'altro esistevano solo il buio, il profondo, lo sconosciuto; e quella strada che per chilometri e chilometri lambiva l'Adriatico offrendo festa, felicità e divertimento, quella strada per cui avevo da ore in testa una sola frase per poterla descrivere e cioè "sotto l'occhio dei riflettori", ecco, quella stessa scia di piacere segnava il confine fra la vita e il sogno di essa, la frontiera tra l'illusione luccicante del divertimento e il peso opaco della realtà. Ma non si trattava che di un lungomare e non di un regno. Si trattava di una strada sottile che separava i due territori di desolazione della terra e del mare. Dall'alto vidi tutto questo e tutto questo mi piacque, mi eccitò; forse anche mi confuse. Se qualcuno avesse percorso in tutta la sua lunghezza quella strada, senza uscirne mai, avrebbe forse veramente vissuto il sogno. A patto di non sbandare mai né da una parte né dall'altra. Era necessario camminare in linea retta, senza oscillazioni. In fondo, come aveva detto Susy al caffè il trucco era piccolo e banale. "Basta crederci" aveva detto. "L'importante è farlo credere." Funzionava. Io stesso ne ero ormai prigioniero. Crederci era più forte di me.

Raggiungemmo un casolare posto sulla sommità di una collina e lì, finalmente, consumai la mia cena. Susy mi fece compagnia soltanto al momento del dessert. Era golosa. Mi appuntai questo particolare. Sarebbe sempre potuto tornarmi utile. Poi le parlai di Claudia. Ascoltò in silenzio il mio racconto.

"Sei sicuro che fosse drogata?" chiese infine.

"Ho una certa esperienza in proposito."

"Personale esperienza?"

"In un certo senso... Quando cominci a lavorare in un giornale, il minimo che ti può capitare è passarti una notte dietro l'altra in questura. E i poliziotti, ti posso assicurare non sono il genere di uomini che preferisco."

"Deve essere eccitantissimo."

"Non più di un film pornografico. Promette sempre qualcosa e non rende nulla."

Susy rise. Terminò il dolce e appoggiò un lembo del tovagliolo all'angolo delle labbra.

"Perché ridi?"

"Così... Ci farai l'abitudine."

"Ai film porno?"

"Ai tossici. Ad agosto calano qui come tafani impazziti alla ricerca di sangue. In città l'eroina scarseggia e il mercato si sposta. E col mercato anche i consumatori."

"Vorresti occupartene tu?" dissi serio.

"Un articolo? Una notte in questura o cosa?"

La fissai: "Credo che metteresti insieme un buon pezzo".

"Moda, gastronomia, salute. Più pettegolezzi vari. Ho forse dimenticato qualcosa dei miei compiti?"

Era una sfida. Come ogni sfida, stupida e insensata. Soltanto un esercizio di eleganza. "Come vuoi" dissi.

"Ammetto che il mio metodo di organizzazione del lavoro possa aver creato qualche fastidio. E, implicitamente, qualche buco... Tu hai la sensibilità adatta per fare un servizio del genere. O vuoi lasciarlo a Guglielmo?"

Dischiuse le labbra in un accenno di sorriso. "Questo non mi riguarda, Marco."

Era la prima volta che pronunciava il mio nome. Fu un buon colpo, da parte sua. Non ci si abitua mai abbastanza a essere chiamati dagli estranei con il proprio nome di battesimo. È sempre un battito un po' strano e piacevole essere riconosciuti per quelle "quattro" sillabe; e quando ciò accade partendo dalle labbra di una bella donna, bene, allora ha un senso quasi magico. Lo si interpreta come una promessa. E si è stupidamente felici di abbassare la guardia. Di cedere l'onore delle armi. "Va bene, Susy" sussurrai, "ho capito. Vogliamo andare?"

Nei giorni seguenti il ritmo del lavoro al giornale accelerò parallelamente all'avvicinarsi dell'alta stagione. Avevamo già messo insieme cinque numeri zero e, sebbene non fossi ancora completamente soddisfatto, mi accorgevo che procedevamo nella direzione giusta. Le informazioni su cui lavoravamo per trasformarle in notizie e articoli cominciarono a ricoprire i nostri tavoli con la posta del mattino. In quei giorni di fine giugno, contavamo sulla costa ben cinque feste di "benvenuto all'estate", tre sagre di paese con il loro contorno ora di grigliate di pesce sulla spiaggia, ora di abbondanti bevute di vino locale, ora di carri allegorici costruiti soavemente con fiori. Inoltre un torneo internazionale di boxe, l'inaugurazione dei corsi estivi di wind-surf, la celebrazione dei venticinque anni di attività di un importante circolo velico di Riccione. Avevamo concerti d'organo alla basilica Malatestiana, la festa del café chantant con tutti i locali interessati che avrebbero suonato, la stessa notte, fino all'alba. Avevamo mostre, spettacoli teatrali e un festival del Cinema Giallo. Due convegni internazionali: uno a Gabicce sui "serials" televisivi e uno a Misano sulla stampa femminile. Il materiale dunque non mancava.

Come sempre il problema consisteva nell'organizzarlo e noi eravamo sufficientemente rodati per gestirlo con una certa professionalità.

Johnny preparò una dozzina di servizi fotografici più un centinaio di foto sciolte scattate a caso. Fra queste insistette perché ne scegliessi una in particolare. Era una foto sensazionale. Anche commovente. Johnny l'aveva scattata il giorno d'apertura, visitando una sorta di parco di divertimenti chiamato "Italia in Miniatura". Percorrendo i vialetti del parco si potevano vedere, tutte insieme, la cupola di S. Pietro e la Torre di Pisa, il Cervino, il lago di Garda e la Mole Antonelliana, il ponte di Rialto e il Vesuvio. Certo, era un parco di divertimenti che non aveva in sé niente di straordinario e che me ne ricordò uno simile nei pressi di Lugano. Eppure la foto di Johnny aveva centrato qualcosa di importante in quello sfondo di cartapesta e scagliola e travi di legno; ma non avrei saputo dire cosa. I vialetti apparivano deserti, una panchina vuota, un'asta per innaffiare il prato e, sullo sfondo, le costruzioni monumentali. In primo piano una coppia di turisti stranieri con le macchine fotografiche al collo, le borse da spiaggia in mano, le scarpette di tela. La donna aveva un fazzoletto in testa gonfiato dal vento e un abito che assomigliava più a un grembiule di lavoro che a un vestito vero e proprio. L'uomo, anche lui anziano, aveva un viso scavato con un gran naso spiovente. Portava occhiali di metallo dalle lenti a forma rettangolare, una camicia a mezze maniche lasciata fuori dai pantaloncini corti. In mano reggeva una sporta di tela su cui era possibile leggere: "Saluti da Rimini". I due vecchi guardavano in macchina sorridendo e tenendosi per mano. Erano gli unici personaggi in campo. La foto era stata scattata dall'esterno del parco, in modo che la scritta Italia in Miniatura incorniciasse il quadretto famigliare. Sullo sfondo risaltavano il Vesuvio e la Torre di Pisa. Mi feci stampare una copia in grande formato e la appesi nell'appartamento quarantuno, di fronte al mio letto, in modo da potermela gustare con tranquillità. Per molti giorni guardai, in seguito, quella fotografia cercando di cogliere in essa un qualche significato nascosto o una qualche sentimentalità che l'obiettivo aveva focalizzato, ma che ancora il mio cervello non riusciva a puntualizzare. Opportunamente svolta in una sequenza di quattro fotogrammi – totale, piano americano, primo piano dei volti, dettaglio della scritta "Saluti da Rimini" sulla borsa di tela – quella fu, comunque, la fotografia di benvenuto del nostro primo numero che andò in edicola la mattina del primo luglio con una tiratura di quindicimila copie e l'appoggio promozionale di una discreta campagna pubblicitaria.

Verso Oriente correvano le nuvole sospinte dal vento testardo di una limpida giornata estiva, quando il rinascere della bella stagione è ormai una certezza che dà aria ai
polmoni e rende i pensieri frizzanti e facilmente eccita-
bili; quando l'odore dell'aria carica di profumi arriva in
città dalla foresta del Grunewald sospinto dal vento e il
Tiergarten esplode nella varietà delle specie arboree, dei
colori freschi, dei fruscii allegri delle piante, del canto
degli uccelli; e nei vialetti appartati, nel cuore di Berlino
Ovest, gli studenti passeggiano tenendosi per mano, rin-
correndosi fra i pontili e i laghetti; e le statue neoclassi-
che si spogliano dai muschi e dalle muffe invernali come
altrettanti rettili per risplendere, con una nuova levigata
pelle, al sole. Una giornata luminosa in cui era sufficiente passeggiare lungo la Sprea, accarezzare con lo sguardo le chiome dei salici curvati nell'acqua e dal lento
scorrere dell'acqua resi ancor più sinuosi, per sentirsi
crescere dentro le voglie e i desideri dell'estate, dei viaggi, di nuovi incontri sentimentali.

Il pungente freddo berlinese fatto di neve, pioggia
acida che non lasciava scampo in quei pomeriggi bui fin
da mezzogiorno, di nottate nei caffè e nelle Kneipen e
nei salotti degli amici, s'era finalmente sciolto in un accavallarsi di giornate sempre più tiepide e calde e rigo-
gliose nonostante le intemperanze meteorologiche della

primavera: i caffè esponevano i tavoli all'aperto e già la sera era abitudine cenare nel mezzo del chiacchiericcio intellettuale di Savignyplatz o in riva alla Sprea, a Kreuzberg. E nei week-end prendere la prima delicata tintarella sulle spiagge del Wannsee riposando, la notte, in uno chalet nel cuore della *foresta verde*.

Era il pomeriggio del ventitré giugno e Beatrix guardava dalla vetrina del suo negozio di antiquariato il passeggio frenetico sulla Kudamm. Proprio nel tratto di marciapiede davanti al suo negozio posto tra la Giesebrechtstrasse e Clausewitzstrasse, due ragazzi avevano appoggiato al tronco di un ippocastano un grande registratore. Erano ragazzi turchi spintisi nella lunga via centrale per rimediare qualche soldo. Il registratore a tutto volume diffondeva musica rap e i due saltimbanchi si davano il cambio esibendosi in quella danza dinoccolata, slegata, frenetica e in fin dei conti comica nei suoi risvolti da pantomima. Beatrix guardò i ragazzi, i passanti e i turisti che formavano un semicerchio davanti a loro e, prima di andarsene, lasciavano una ricompensa dentro un canestro appoggiato di fianco al registratore. Aveva voglia di andarsene via, chiudere il negozio e partire. Da troppi mesi ormai quel pensiero la stava soffocando.

Beatrix era una donna né bella né brutta, alta, dai lunghi capelli neri e lisci che lasciava cadere sulle spalle strette e ossute. Aveva grandi occhi azzurri, labbra appena pronunciate e grandi denti che rendevano il suo sorriso simpatico, infantile, confidenziale. In quanto all'età appariva come una donna fra i trenta e i quarant'anni con la spigliatezza dei primi e la maturità dei secondi. Dieci anni prima era stata sposata con un americano, militare di carriera. Un matrimonio tiepido che era durato per lei anche troppo, cinque anni. Ora Roddy se ne stava in una base militare in Italia nei pressi di Udine. Aveva sempre amato vivere in Europa e una volta lasciata Berlino, avendo la possibilità di scegliere un altro paese dell'Alleanza Atlantica per svolgere il suo servizio, aveva optato per l'Italia. L'ultima volta che si erano sentiti, Beatrix aveva appreso che presto se ne sarebbe partito per gli USA poiché, come molti militari statunitensi, situazione a Beirut permettendo, avrebbe terminato la carriera in America. Roddy si era poi fatto vivo con una lettera natalizia. Aveva scritto, tra le altre cose, di essere diventato padre per la seconda volta. Beatrix sapeva perché Roddy le aveva scritto questo, per non risparmiarle una stoccata. Voleva figli e lei assolutamente no, non ne avrebbe mai voluti, non gliene avrebbe dati.

Beatrix abitava ora, di nuovo, in Leibnizstrasse, all'incrocio con Mommsenstrasse, a due passi dal negozio, in una zona costituita da abitazioni ordinate con la facciata dipinta in tinte pastello molto simili a quelle di Amsterdam. Erano palazzine ricostruite dopo la guerra, presuntuose e appariscenti. Avevano un'ampia scala davanti alla porta d'ingresso e una siepe che le separava dal marciapiede. Beatrix era nata in quella casa e anche Claudia, pur se venuta al mondo in modo drammatico in una clinica di Schöneberg, aveva sempre vissuto lì. Sempre. Non volendo considerare i sette mesi e più da quando era partita. O per meglio dire: sparita.

Dopo il fallito matrimonio, Beatrix era dunque tornata a vivere in Leibnizstrasse. Rolf Rheinsberg, suo padre, esercitava la professione di avvocato. Un uomo secco e scattante che lavorava ancora dieci ore al giorno nonostante i suoi sessantacinque anni e un cancro al polmone che lo avrebbe stroncato di lì a due anni. Era stato appunto Herr Rheinsberg a convincere Beatrix ad aprire il negozio sulla Kudamm. La vedeva infelice, stanca, disorientata. Aveva dapprima tentato di convincerla a riprendere gli studi ed entrare così nel corpo accademico dell'Università Tecnica, ma tutto era stato inutile.

"Ho solo due amori che mi legano alla vita, papà" aveva risposto Beatrix. "Occuparmi di arte e di te. Nient'altro."

"Vorresti aprire una galleria?" chiese Herr Rheinsberg.

"Oh, no, papà. Qualcosa di più solitario."

"Potresti avviare un negozio di antiquariato, allora."
Beatrix si fece seria.

"Prova a farti venire in mente qualcosa. Non sarà poi così difficile per te."

"Art Nouveau. Credi che avrà successo?"

"Ah. Molto bene, Beate. Possediamo già ottimi pezzi."

"Non vorrei disfarmene."

"Ne comprerai degli altri. Non preoccuparti."

Nel settembre del millenovecentosettantasette, Beatrix iniziò i lavori di ristrutturazione del negozio. Si trattava di due locali che avevano ospitato, dalla metà degli anni cinquanta, un laboratorio di alta moda. Beatrix scelse di mantenere i soffitti stuccati nel gusto dell'epoca, ma fece abbattere una parete in modo da ricavare un solo grande locale per l'esposizione. Quella parte che costituiva il laboratorio di sartoria vero e proprio fu smantellata e, al suo posto, Beatrix piazzò l'ufficio separato dal locale solo da un paravento viennese a tre ante del 1899. Mentre i lavori di ristrutturazione procedevano Beatrix cominciò a viaggiare per l'Europa in cerca di pezzi adatti. A Londra fece acquisti per oltre diecimila marchi portandosi a casa argenti e servizi da tè in porcellana d'epoca. A Parigi i prezzi le apparvero immediatamente proibitivi. Comprò alcuni quadri con la consapevolezza che non li avrebbe mai venduti per la loro bruttezza, ma costavano poco. Erano tele di piccolo formato e rappresentavano alcune marine, tre nudi femminili con chitarra e un ritratto di gentiluomo. Furono i pezzi che vendette per primi. Il colpo grosso comunque lo ebbe a Bruxelles. Si trovava in Belgio da qualche giorno. Aveva girato i mercatini provinciali di Bruges e di Gand senza trovare niente di particolare. Aveva ancora da spendere parecchi marchi e non voleva tornarsene a mani vuote. Raggiunse Bruxelles stanca e avvilita. Un sabato mattina girò fra i banchetti del Jeu de Balle. Guardò argenti, tazze, servizi sbeccati, gioielli, molte stampe, parecchi libri, qualche mobile. Comprò solamente un paio di scarpe, ma non per il negozio, per sé. Stava per scendere verso il Petit Sablon quando si imbatté in un piccolo banco che esponeva piastrelle di ceramica decorate con motivi floreali. Cominciò a guardare quelle piastrelle leggermente più piccole del consueto formato quindici per quindici. Si trattava, per la maggior parte, di oggetti recenti, ma fra questi esistevano almeno una trentina di pezzi ottimi, originali degli anni dieci-venti. Chiese alla ragazza della bancarella se fosse stata in grado di procurargliene delle altre, ma solo di quel certo tipo. La ragazza disse di sì, che poteva. Solo al momento di pagare Beatrix chiese disinvoltamente dove se le fosse procurate.

"Molte le stacchiamo dalle vecchie case" disse lei.

"Tu e chi altri?"

"Siamo un gruppo. Andiamo nelle case che devono essere demolite e facciamo traslochi, ripuliamo cantine, solai, cose di questo tipo. Io vedo quelle piastrelle ed è un peccato lasciarle lì alle ruspe. Allora con Léon-Luis abbiamo pensato di staccarle."

"Sono bellissime" disse Beatrix.

"Ne vanno rotte molte. Non è facile staccarle bene."

Beatrix ebbe un sussulto. Pensò a quei ragazzi intenti a sbattere giù con scalpelli pareti in maiolica di ingressi e bagni e salotti. Lo facevano per aiutare i paesi del Terzo mondo, aveva detto la ragazza. Da brava berlinese di buona famiglia, Beatrix realizzò che forse, se ci avesse messo le mani lei stessa, sarebbero stati tutti più contenti, i ragazzi e il Terzo mondo.

Si trattenne a Bruxelles una settimana. Herr Rheinsberg telefonava tutti i giorni all'hotel. In negozio avevano bisogno di lei per decidere alcune questioni che l'architetto non si sentiva di risolvere da solo. Beatrix chiese tempo. Raccolse le sue piastrelle, trovò una fabbrica che aveva molte rimanenze di magazzino e fra queste alcune serie di piastrelle d'epoca. Beatrix comprò. Aveva fiutato la sua pista e la stava seguendo come un segugio.

L'inaugurazione dell'Art Nouveau avvenne quello stesso anno sotto le festività natalizie. Un improvviso successo, poi acque ferme. Beatrix non si lasciò scoraggiare. Non aveva bisogno di guadagnare. Collezionava piastrelle e le rivendeva ad architetti che se ne servivano per arredare o impreziosire appartamenti rimessi a nuovo. Con il passare del tempo, Beatrix si specializzò in questo settore. Continuava ad acquistare servizi di porcellana, gioielli e anche vetri dipinti, ma la sua passione erano esclusivamente quelle piastrelline decorate nei modi più strani e dai colori che, nonostante il tempo, mantenevano la loro brillantezza; e, più di questa, il fascino di una grande stagione del gusto calata intatta – come per magia – nelle piccole cose di uso domestico e quotidiano.

Il tintinnio dei campanelli appesi a fianco della porta di ingresso la avvertì dell'arrivo di un cliente. Beatrix si voltò e scorse un uomo sulla cinquantina, di aspetto distinto, barba e capelli ben curati.

"Parla francese?" le chiese.

Beatrix annuì.

"Potrei dare un'occhiata ai suoi oggetti?"

"Bien sûr, Monsieur."

Tornò a sedersi dietro il tavolo di cristallo e finse di correggere alcuni appunti sulla carta. Ogni tanto controllava il visitatore con la coda dell'occhio. Se i loro sguardi si incontravano, lei sorrideva, come per dire prego, il negozio è suo. L'uomo parve attratto da un servizio di argenti custodito in una vetrinetta in stile dagli stipiti laccati di nero.

"Posso aprirla, se vuole" disse Beatrix.

"Non si preoccupi, Madame" fece lui, "voglio solo guardare."

Beatrix ebbe l'impulso di mandarlo al diavolo. Erano giorni che turisti di ogni sorta entravano nel negozio e se ne uscivano senza acquistare nulla. Faceva parte del mestiere, beninteso. Lo sapeva. Ma non ci si era ancora abituata. Tornò con lo sguardo su quei fogli bianchi. Prese il lapis e scarabocchiò qualcosa: dapprima una linea circolare, poi una spirale e da questa altri vortici di segni che si sovrapponevano, si snodavano, ricomparivano come geroglifici incomprensibili. Finché da quel gomitolo confuso di grafite non risultò netto un percorso, una traccia, un nome. Il nome era Claudia e Beatrix altro non aveva fatto che scriverlo inconsciamente in ogni calligrafia, in ogni schizzo, in ogni disegno. Si alzò dal tavolo e si avvicinò all'uomo. Voleva dirgli di andarsene, che avrebbe chiuso il negozio e che, se fosse stato veramente interessato, avrebbe potuto ripassare un altro giorno. Invece si fermò al suo fianco e lo guardò come si guarda un complice atteso da lungo tempo.

"Le piace?" disse sommessamente.

"È un pezzo notevole" notò l'uomo. "Ormai è difficile trovare in commercio tanke di questa fattura."

"È molto bella" ammise Beatrix come la vedesse per la prima volta.

Si trovarono fianco a fianco, leggermente ricurvi con gli occhi puntati verso il basso. La tanka era appoggiata in terra, dietro una piccola sporgenza della parete, come fosse capitata lì, per caso, da poche ore. Era ricoperta da un vetro sbeccato agli angoli e visibilmente fratturato verso il basso. In corrispondenza dell'angolo destro inferiore il vetro mancava completamente. L'uomo si chinò e introdusse le dita fino a sfiorare la miniatura di uno Yidam. Percorse con l'indice il contorno di fuoco che emanava dall'immagine della divinità, seguì le screpolature del lapislazzulo ossidato che rendeva l'originario colore azzurro intenso di un verde scuro e profondo. I contorni delle immagini sacre erano bordati di oro zecchino e rilucevano alla luce dei fari della galleria.

"L'ho avuta da mio padre" disse Beatrix. "Si è stancato di tenerla in casa."

"Quant'è il prezzo?"

"Tremilacinquecento marchi."

L'uomo si pizzicò la barba. Svolse mentalmente la cifra in franchi francesi. L'equivalente di diecimila franchi. Sì, era un prezzo interessante. "Potrei vedere il retro della tanka?" disse infine uscendo dai suoi calcoli.

Le sembrò una richiesta accettabile, ma fastidiosa. "Bisognerà smontarlo" disse.

"Temo proprio di sì. Ma non c'è altro modo per vedere se i *cakra*, i centri vitali, sono animati attraverso un *Bijiamantra*. Sarebbe la miglior prova della sua bellezza."

"Va bene" cedette Beatrix, "mi aiuti a portarlo di là."

Raggiunsero insieme il retrobottega. Era uno stanzino senza finestre colmo di cornici, piastrelle impilate su scaffali come tanti libri, attrezzi di falegnameria, barattoli di colle e vernici. Appoggiarono la tanka in terra. Fu necessario spaccare completamente il cristallo per estrarre il dipinto senza rischiare di ferirsi con le schegge. L'uomo maneggiò il cacciavite con molta destrezza per staccare i chiodi che stringevano il sottile cartone su cui la tanka era stata adagiata. L'uomo parlava descrivendo lo Yidam Yamantaka, il soggetto centrale della tela. Disse che la raffigurazione era canonica e perfetta, non solo per le dimensioni – settantacinque centimetri per cinquanta – ma soprattutto per l'iconografia. Il dio dalla testa di toro era stato dipinto con tutte le sue diciotto paia di braccia innalzanti gli attributi delle passioni umane dalle quali Yamantaka – "il distruttore" dall'aspetto terribile, dalle collane di teste umane mozzate e putrefatte, dal mantello di pelle di elefante appena scuoiato e grondante sangue, dal *lingam* infuocato conficcato nella vagina della compagna Paśa stesa e sottomessa ai suoi piedi – liberava. Indicò con il dito il Buddha Bianco Vairocana posto in verticale rispetto alla testa di toro furente. Disquisì di colori e di famiglie asserendo che la discendenza dello Yidam Yamantaka poteva procedere più dalla famiglia del Buddha Vajra come dimostrava l'identico colore blu del corpo e la radice del nome in tibetano: Vajrabhairava – piuttosto che non dal Buddha Bianco. Beatrix lo ascoltò scrutando la tanka come fosse la prima volta. Erano dieci anni che la vedeva, ma quella era effettivamente la prima volta. L'avrebbe venduta e le sarebbe mancata. E solo allora l'avrebbe apprezzata e rimpianta. Come con Claudia.

Finalmente fu il momento di sollevare il dipinto per osservarne il retro. Beatrix era emozionata. La circospezione del francese l'aveva soggiogata fino a renderla partecipe di quella scoperta. L'uomo distese la tanka a rovescio. Dei piccoli segni color vermiglione erano sparsi al centro e agli angoli in gruppi di tre. Guardando in trasparenza, come l'uomo fece, era possibile notare che ogni sillaba era stata dipinta in corrispondenza della testa, della gola e del cuore delle divinità. Era questo che il francese voleva sapere. "Ho una carta di credito" disse, senza togliere gli occhi da quei mantra.

Beatrix disse che andava bene. Passarono nell'ufficio dietro il paravento e siglarono la vendita. Poi l'uomo raccolse la tanka e l'arrotolò con cura tra due veline. La mise sottobraccio e fece per uscire. Beatrix lo accompagnò verso la porta. Al momento di stringergli la mano per salutarlo, con un tono di voce assolutamente inadatto all'occasione, un tono drammatico e implorante, domandò: "Come ha fatto a sapere che la tanka che lei cercava era qui?".

L'uomo non parve sorpreso. "Vuol dire perché il suo negozio vende antiquariato del novecento?"

"Esattamente questo."

Gli aveva posto la mano sul braccio e glielo stringeva. La pressione aumentò, anche la forza, l'intensità. Beatrix voleva una risposta. L'uomo allora distaccò la mano, gliela prese tra le sue e la strinse amichevolmente come una carezza. Le sue parole furono: "Je ne cherchais guère cette tanka, Madame. C'est elle qui a cherché moi".

Nella sala da pranzo la luce era morbida e soffusa. Hanna stava servendo la cena a Beatrix scivolando silenziosamente fra la cucina e la sala; ma l'intuito di vecchia servitrice l'aveva già da tempo avvertita che il suo *gulasch mit spätzle* non sarebbe stato nemmeno sfiorato dalla forchetta di Beatrix. Nonostante ciò compariva di tanto in tanto in sala per accertarsi che la sua signora desiderasse qualcosa di diverso, magari qualche sottilissima fetta di prosciutto della Foresta Nera o una porzione di formaggio; ma Beatrix non alzava nemmeno la testa dando a intendere di avere qualcosa da chiedere. Solo percorreva con la punta del dito l'orlo del bicchiere, lo sguardo fisso alla trasparenza di quel vino del Reno.

Hanna tornò in cucina. Si sedette al tavolo, sull'orlo della sedia, e si versò un boccale di birra. Ne bevve un lungo sorso chiudendo gli occhi e alzando la testa all'indietro. Infine si alzò, afferrò il mestolo e versò nel piatto il gulasch. Silenziosamente, si mise a intingere una fetta di pane nero nel sugo denso e scuro. Nelle due stanze il silenzio era assoluto. Sotto la luce potente della lampada alogena, Hanna consumava la sua cena con le orecchie ben attente al minimo segnale proveniente da quell'altra stanza avvolta dalla penombra delle candele accese in cui Beatrix non mangiava, non si muoveva, non fiatava.

Erano rimaste sole. Oddio, Hanna era sempre stata sola in tutta la sua vita. Nata sessant'anni prima a Oberndorf am Neckar, nel Baden-Württemberg, da una famiglia poverissima, aveva sempre servito. Dapprima a Stoccarda, poi a Colonia e infine a Berlino da Herr Rheinsberg. Il buon Rheinsberg che preferiva la cucina sveva sopra ogni altra e che proprio per questo l'aveva presa con sé quindici anni prima. Il buon Rheinsberg rimasto vedovo con due figlie terribili sulle spalle: una ragazzina di appena sei anni, estroversa capricciosa, già invadente, e una signorina di vent'anni, Beatrix, che si sarebbe sposata solo per poi tornare in quella stessa casa a martoriarlo con il suo matrimonio fallito. E accanto a tutti lei, Hanna, con la sua saggezza tautologica di contadina sveva per cui la vita è la vita, l'amore è l'amore e il dolore soltanto e semplicemente il dolore; Hanna che fra pochi anni se ne sarebbe tornata nella sua Germania, in quella vera, e avrebbe abbandonato finalmente quell'isola bastarda che era Berlino Ovest: una città in cui aveva soltanto visto gente morire, donne crescere per poi tornare ragazze o addirittura sparire dalla faccia della terra come Claudia. "È il pensiero di Claudia" si disse, scrollando la testa come per darsi ragione. "È quella piccola vipera che torna a torturare la sorella come anni prima ha fatto con il padre, il povero Herr Rheinsberg. Ecco cos'è. Mica gli spätzle."

"Hanna?" disse in un soffio leggero Beatrix. L'aveva raggiunta in cucina. Si maledì per non aver prestato attenzione a quello scricchiolio del parquet, ma era troppo immersa nei suoi pensieri. "Hallo" rispose alzandosi.

Beatrix si sedette all'angolo del tavolo invitando la domestica a fare altrettanto. "Non stare in piedi, Hanna, ti prego." La sua voce era dolce e scivolava via come la linea dei suoi capelli lungo le spalle, pensò Hanna.

"Vuoi qualcos'altro per cena?"

"Non ho fame... Un goccio della tua birra."

Hanna si procurò un boccale e versò una abbondante dose della miglior birra di Berlino, la Schultheiss. Poi la guardò come aspettasse qualcosa.

"Dovrò partire fra qualche giorno" disse Beatrix.

"Capisco" fece Hanna. Non le sembrava ci fosse qualcosa di tanto eccezionale in quel discorso. Mise le mani in grembo e si accarezzò le dita grassocce e violacee. Era ancora in attesa.

Beatrix la guardò negli occhi, spostò lo sguardo verso la birra e poi verso la cucina. Accavallò le gambe e si avvicinò con il busto al tavolo come dovesse avvicinarsi ancora di più ad Hanna. Hanna la guardava e aspettava, ma cominciava a capire. Erano mesi e mesi che si chiedeva quando sarebbe giunto quello stesso momento. Infine Beatrix parlò.

"Andrò a cercare Claudia" disse.

Come se improvvisamente fra le due donne tutto fosse chiaro, come se la conversazione avesse imboccato un terreno su cui entrambe erano scese in lotta come alleate, un terreno di battaglia che le vedeva dalla stessa parte, Hanna parlò con impeto. "La polizia non ti ha saputo dir niente?"

"No."

"E quell'altra... Come si chiama?"

"Nessuno mi ha saputo dir niente" tagliò corto Beatrix.

"Sono i turchi! Io lo so, Beate, che sono i turchi" fece Hanna. Era diventata paonazza e parlava con foga. Come tutti i berlinesi, o i tedeschi in generale, si sentiva minacciata dalla emigrazione turca benché, in quello stesso periodo, il Governo Federale iniziasse una massiccia campagna per favorirne il reimpatrio promettendo in cambio grosse somme di marchi.

"No, non credo che si tratti di questo" fece Beatrix. "È Claudia che ha scelto così. Ma adesso io so che devo partire."

Hanna si versò altra birra per essere pronta a soccorrerla.

"So cosa vuol dire fallire, sbagliare. Essere costretti a tornarsene indietro. So che non è mai un ricominciare. Si finge che sia così. Si dice: ora tutto riparte in una direzione nuova, e può anche essere vero. Ma certo non ricominci niente di niente. Continui proprio dal tuo vicolo cieco. Da nessuna altra parte se non da quel punto lì... Claudia ha bisogno di me ed è troppo giovane per ammetterlo a se stessa."

"È sempre stata una ragazzina così testarda" ammise Hanna, in tono consolatorio.

Beatrix si alzò. Non poteva tollerare si parlasse di sua sorella come si parla in genere dei morti.

"Ti chiedo una sola cosa, Hanna" disse, uscendo dalla cucina. "Puoi restare in casa finché non sarò tornata? Te la senti?"

Hanna si stropicciò ancora più forte le mani. "Io spero, Beate, che quando verrà agosto tu e Claudia sarete di nuovo insieme."

Beatrix sorrise: "Non appena tornerò, potrai prenderti le tue ferie. Intanto puoi chiamare qui tuo fratello, o chi vuoi. C'è la camera degli ospiti".

"Non sarà necessario" fece Hanna con gli occhi lucidi. "Tornerai prima di agosto."

Beatrix guardò la donna seduta con il capo chino, i capelli grigi pettinati accuratamente in treccine arrotolate sulle orecchie, guardò il gulasch in cui galleggiavano, ormai freddi, alcuni pallidi spätzle.

"Sai, Hanna" disse. "Papà diceva sempre..."

"Che la cucina sveva è l'unica vera cucina tedesca." Hanna sorrise. "Lo so, Beate, lo so."

La camera di Claudia era rimasta esattamente uguale da quando se ne era andata, a sedici anni, per vivere in un appartamento di Hausbesetzer a Hallesches Tor. Allora c'era un ragazzo nella sua vita, un ventenne magro e allampanato, dai capelli candidi che si chiamava Emmett. Con lui rimase un anno o poco più. Emmett era un "politico", un giovane uomo pieno di ideali e di convinzioni e cause perse. Faceva parte di un gruppo violento, rabbioso, distruttivo. Aveva avuto noie con la polizia, ma in quegli anni tutti i ragazzi come lui erano passati sotto le forche caudine dei manganelli dei poliziotti. Emmett però reagì a quel pestaggio in modo diverso dagli altri. Con l'apatia e col cinismo. Claudia lo lasciò. Preferì Ossi, un amico che viveva nella stessa casa occupata. L'alba in cui la polizia li fece sfollare, l'alba che decretò la rinuncia di Emmett agli ideali e alle cause perse, li vide protagonisti di una occupazione feroce e inedita. Mentre la polizia pestava, Claudia, Ossi e altri ragazzi distrussero e incendiarono uno stabile sfitto in Ratiborstrasse. Di là dal muro, a poche decine di metri, i vopos guardavano, come sempre impassibili, le violenze di quell'altra incomprensibile parte del mondo.

Con Ossi, Claudia rimase qualche mese. Poi tornò a casa nella vecchia camera dal soffitto blu.

"Mi sono stancata di quella vita" disse una notte a Beatrix.

"Ne sei sicura?"

"Non so... Ho avuto paura."

Si erano abbracciate e avevano dormito nella stessa stanza. Ma Beatrix sapeva che prima o poi Claudia avrebbe di nuovo abbandonato il nido. Era troppo giovane, troppo diversa. Tutto quello che le poteva offrire era la tranquilla vita borghese di Leibnizstrasse. Una vita senza uomini, senza emozioni: una calda placenta femminile che poteva sì difendere dall'ansia della vita, ma non preservarne gli effetti distruttivi. Cominciarono a litigare, sempre più spesso. Claudia era insofferente a tutto, detestava gli orari della vita in comune e Beatrix – nonostante le dicesse che non era importante sedersi a tavola tutte nello stesso momento – doveva continuamente sorbirne i sarcasmi e la violenza.

"Sei una povera zitella! Ecco quello che sei!" urlò Claudia una sera, a tavola. "Io non ti voglio, non voglio la tua protezione di fallita. Perché te la devi prendere con me se gli uomini ti mollano? Cristo, perché? Mi sembra di impazzire! Così benpensanti! E io devo star qui a scaldare il letto a una povera cretina di frigida che non ha capito niente di niente."

Intervenne Hanna, quella sera. L'afferrò con le sue forti braccia di contadina e la sbatté sulla poltrona. "Non azzardarti a parlare così a tua sorella!" minacciò, rossa in volto e feroce. Claudia ebbe paura che quella donna grassa, vecchia, liberasse tutta la sua forza e la picchiasse. La vide china su di lei, con i denti gialli, enormi, che le sbucavano dalle labbra tirate, i piccoli occhi grigi ancora più piccoli e feroci, le braccia grosse, dalla pelle vizza alzate sulla sua testa. E allora abbracciandosi il volto e rannicchiandosi gridò: "Beate! Beate!".

"Tornatene in cucina, Hanna" disse Beatrix, accorrendo in suo aiuto, la voce calma, lentissima, estranea. "Tornatene in cucina."

Qualche giorno dopo, Claudia lasciò la casa. Se ne andò apparentemente tranquilla dicendo ad Hanna che avrebbe telefonato in seguito per dare un recapito. In Leibnizstrasse le due donne attesero quella telefonata per oltre un mese. In certi momenti Hanna si avvicinava a Beatrix e la guardava interrogativa. Erano momenti che un estraneo non avrebbe riconosciuti tanto faceva-

no parte di una comunicazione intima e consueta fra le
due donne. Erano momenti che cadevano nel bel mezzo
di una conversazione su cosa preparare per cena quando improvvisamente Hanna si ripiegava in un mutismo
assoluto e solo i suoi occhi ripetevano incessanti quella
domanda; oppure quando Beatrix, rincasando, chiedeva
chi avesse telefonato e Hanna scuoteva la testa e la guardava e le sue braccia abituate fin dalla fanciullezza a non
conoscere mai un attimo di tregua o di riposo, tremavano per l'impazienza e l'impotenza, quasi volessero, a
ogni costo, darsi da fare per cercare la piccola traditrice.
Da quei giorni Beatrix cominciò a temere il silenzio che
si creava fra lei e Hanna. Beatrix non era una donna abituata a parlare e discorrere. Il solo modo che conosceva
per comunicare con gli altri era agire. Quando le sembrò che il suo matrimonio fosse sull'orlo del baratro,
non cercò minimamente di rimetterlo sui binari giusti,
prese la porta di casa e abbandonò Roddy. Mesi più tardi, quando la sua infelicità era diventata insopportabile
non solo per se stessa ma anche per Herr Rheinsberg,
non fece tante discussioni. Accolse il consiglio del padre
e agì, aprendo il suo Art Nouveau. Non aveva mai temu-
to i silenzi dunque, eppure in quei faticosissimi trenta
giorni la presenza muta di Hanna aveva cominciato a
torturarla. E quando la domestica avviava il suo discorso, sempre quello: "Non abbiamo, Beate, notizie di
Claudia?" lei, con fastidio rispondeva sempre nello stesso modo: "Io non so niente. E tu?". Ma ogni volta era
sempre più difficile e ogni volta faceva sempre più male.
Sapeva che non avrebbe resistito a lungo su quella strada, sempre calma, e forte, e serena a dire a Hanna che
non c'era da preoccuparsi, Claudia avrebbe saputo badare a se stessa, era ormai una donna e loro invece due
povere ansiose abbandonate. No, non avrebbe retto per
molto. I piccoli occhi grigi di Hanna erano sempre più
penetranti con lo sguardo del rimprovero e Beatrix
avrebbe un giorno capitolato e fatto l'unica cosa che da
tempo ormai, da quando era morto suo padre, avrebbe

voluto fare: gettarsi nel grembo di Hanna e piangere e accarezzare quelle grandi dita di contadina passandosele sulle guance e sentire la sua vicinanza e domandarle infine, senza parlare, i segni e i gesti della sua protezione materna. E Hanna di certo non avrebbe risposto no alla sua bambina.

Un giorno, finalmente, il telefono squillò. Era la voce di Claudia modulata in un tono irriconoscibile, basso, gutturale e impastato di saliva. Disse che stava bene e che sarebbe presto partita per Amsterdam con alcuni amici. Beatrix le chiese di avere quel numero di telefono e Claudia glielo dettò velocemente. Non appena si furono salutate, Beatrix ripeté il numero sulla tastiera. Le rispose, imbarazzata, la donna che stava facendo le pulizie all'Art Nouveau. L'aveva persa di nuovo.

Un altro segnale di Claudia giunse in Leibnizstrasse con la posta del mattino, sotto Natale. Si trattava di una cartolina proveniente da Londra che raffigurava Piccadilly Circus. Diceva: "Sto partendo per Hammamet. Buon Natale". Beatrix la mostrò esultante a Hanna. "Vedi?" le disse. "Non c'è da preoccuparsi. Sta bene. Si diverte." Hanna ebbe molto da ridire su quella cartolina. Beatrix non capiva il perché. Finché un giorno Hanna, servendo delle *Maultaschen* ammise: "Non si è ricordata di me. È la prima volta che non mi fa gli auguri per l'anno nuovo".

Il terzo e ultimo segnale di Claudia giunse sotto forma di telegramma ai primi di aprile. Claudia chiedeva soldi e forniva come recapito l'indirizzo di un hotel di Roma. Beatrix consultò il centralino internazionale ed ebbe il numero di telefono dell'hotel. Chiamò Roma sforzandosi di parlare italiano. Furono necessarie quattro chiamate per sentirsi sgarbatamente rispondere che la signorina Rheinsberg non alloggiava più da quelle parti. La linea cadde e la quinta chiamata servì a Beatrix solamente per farsi dire il nome del direttore dell'albergo che si trovava però fuori Roma. Due giorni dopo, Beatrix riuscì finalmente a parlare con il signor direttore Toscanelli.

Questi assicurò che poteva mandare il vaglia bancario e che garantiva sotto la propria responsabilità di custodirlo finché la signorina Rheinsberg non fosse passata a ritirarlo. Beatrix non si fidò e non spedì i mille marchi che Claudia aveva chiesto. *Hotel Tiberio, via Nazionale, Roma.* Le tracce di Claudia si perdevano lì.

Senza accendere la luce, Beatrix entrò nella camera dal soffitto blu. La luce dei lampioni sulla strada entrava dalla finestra rischiarando gli oggetti, i mobili, le piccole cose di Claudia. Sulla parete opposta al letto brillavano decine di piccole stelle fosforescenti, di diversa grandezza, che solo il buio rendeva visibili. Erano disposte a caso su una superficie di circa un metro quadrato e davano l'impressione reale di una finestra aperta sul buio stellato della notte. Beatrix si distese sul letto e fissò le piccole stelle finché la decisione di mettersi alla ricerca di quella piccola seminatrice di guai fu talmente pressante da costringerla a muoversi. Si alzò, accese la luce, cominciò a frugare tra gli oggetti di Claudia fingendo con se stessa che fosse la prima volta. Ma tutto era già accaduto infinite altre volte, ogni volta che Claudia scompariva.

In un piccolo cassetto dello scrittoio Beatrix trovò il pacco di lettere. Sfece il nastro rosa che le teneva unite e cominciò a leggerle, una per una, meticolosamente. Impiegò più di un'ora per passarle al setaccio. Erano lettere di Emmett, biglietti di Britta, un'amica d'infanzia, altre lettere di amici, un paio sue, di Beatrix. Lesse tutto con attenzione e conservò, fuori dal pacchetto che aveva ricomposto, soltanto un biglietto di Emmett. Risaliva al periodo in cui lui e Claudia si erano separati. Era una lettera abbastanza breve, una facciata e mezzo, scritta con una calligrafia lenta e precisa. Emmett ricordava una notte di amore con Claudia, la loro prima notte d'amore, e lo faceva con una malinconia fredda e controllata del tipo "questo mi è stato dato e questo mi è stato tolto". La lettera terminava con una quartina di Kurt Tucholsky, un autore che Emmett, come tutti i ragazzi berlinesi della sua razza, non poteva non amare. Diceva:

Aus weiten Hosen seh ich dich entblättern,
halb keusche Jungfrau noch und halb Madame.
Ich laß dich sachte auf der Walstatt klettern...
Du liebst gediegen, fest, und preußisch-stramm.[1]

Beatrix la rilesse e la mise da parte. Cercò di concentrarsi su ciò di cui avrebbe avuto bisogno per la sua ricerca. Senza alcun dubbio, una fotografia di Claudia. Non ne possedeva di recenti. Cercò affannosamente fra i cassetti, i ripostigli, i libri, le riviste, i dischi, ma fu tutto inutile. Si gettò esausta sul letto. Il suo orologio segnava le tre e quaranta. Chiuse gli occhi per qualche istante, cercando di rilassarsi. Quando li riaprì, qualche minuto più tardi, sapeva dove cercare. Si alzò, aprì le ante dell'armadio, estrasse l'ultimo cassetto colmo di biancheria e ne rovesciò il contenuto sul parquet. Prese i due diari, strappò la linguetta fiorata che li sigillava e li aprì. Erano libri rilegati a mano, di buona carta, dura e color dell'avorio antico. La copertina era di chintz imbottito. Prese un tagliacarte e lacerò la stoffa. Nel primo diario non trovò niente. Ripeté l'operazione e già mentre la lama affilata penetrava stridendo nella tela, emerse l'orlo di una fotografia.

Beatrix tolse tutto il contenuto da quel singolare nascondiglio. Si trovò in mano un piccolo dente da latte la cui corona era rivestita di un sottile strato d'oro; una mediaglietta, anch'essa d'oro, un tovagliolo da bar macchiato di chiazze marroni su cui Claudia aveva scritto una poesia, e tre fotografie. Sentì una fitta stringerle lo stomaco. Esaminò quelle foto. Erano in bianco e nero, stampate da un dilettante, probabilmente ingrandite parecchie volte. In una Claudia appariva nuda, con il suo corpo ancora adolescente, morbido e quasi pingue, di quella rotondità che hanno le ragazze prima di diventare

---

[1] Quando i tuoi bei mutandoni vai calando / sei un poco verginella e mezza una Madama. / Dal risalir la rena io ti sostengo... / oh mia dolce, volitiva, signorina prussiana.

donne. Stava in piedi e guardava verso uno specchio che rimandava il lampo di un flash.

Nella seconda fotografia Claudia era abbandonata su un letto sfatto, i lunghi capelli biondi le ricoprivano parte del viso, ma lasciavano intravedere le sue labbra truccate e aperte in un sorriso di imbarazzo, o di piacere, forse. Un braccio di Claudia era riverso dietro la testa e Beatrix notò che l'incavo dell'ascella era pulito e tenero, senza l'ombra di un pelo. Eppure, inequivocabilmente, Claudia era già donna. La terza fotografia, che tutto faceva supporre essere stata scattata insieme alle precedenti, ritraeva Claudia adagiata sul ventre eretto di un ragazzo magro, biondo, di cui si poteva scorgere solo la parte centrale del corpo poiché il viso era nascosto dalla macchina fotografica puntata verso lo specchio. Claudia si protendeva verso quel membro eretto, sproporzionato rispetto all'esilità del suo viso e del suo corpo. Aveva l'aria di divertirsi, di essere dentro a un gioco. Beatrix abbandonò la prima e più facile ipotesi: che si trattasse di foto rubate sul set di un qualche schifoso imbroglio pornografico. Pensò che fossero solamente i ritratti dei momenti di amore, i primi, fra due ragazzi. In questo caso, quasi certamente, il biondo era Emmett.

Si alzò, ripose il resto del contenuto nel cassetto, prese la lettera e le fotografie e uscì dalla stanza. Ormai era decisa a partire. Avrebbe aspettato soltanto la fine di giugno per chiudere il negozio. Tutto quello che avrebbe portato con sé di Claudia sarebbero dunque stati un biglietto e tre fotografie erotiche, inutili feticci di un passato che forse Claudia stessa non avrebbe riconosciuto più.

Erano da poco passate le quattro del pomeriggio. Il caldo incombeva fra le vetture lucide di sole, le cartacce e i binari ferrugginosi. Ma non fu precisamente questa l'immagine più netta che Robby percepì muovendo i primi incerti passi sul suolo di Rimini.

Faceva caldo, probabilmente attorno ai trentacinque-trentasette all'ombra. E questo caldo appiccicoso e denso, un caldo sporco, praticamente nient'altro che la traspirazione evaporata nell'atmosfera di quelle decine e decine di migliaia di bagnanti che in quello stesso momento prendevano il sole sulla striscia di sabbia della riviera, ecco, un caldo umano, non un caldo puro, e per questo già istintivamente insopportabile – benché tutto ciò costituisse una sensazione grave e a suo modo importante, non era minimamente paragonabile a quell'altra immagine-sensazione che gli aveva folgorato il cervello pochi istanti prima, mentre scendeva dalla carrozza del convoglio: "Ma questo è già un set".

C'era dunque qualcosa di intimamente *artificiale* in ciò che aveva intorno, *totalmente* predisposto quasi come quel caldo opprimente e animalesco che fiutava nell'aria immobile della stazione. Era tutto non naturale. Tutto troppo dannatamente perfetto. Come sopraffatto da questo pensiero si arrestò all'inizio del sottopassaggio. Estrasse dalla tasca interna della giacca un kleenex e s'asciugò il viso. Spinse lo sguardo verso il primo binario per cercare Tony. Aveva un appuntamento preciso. Ma aveva già sforato di due ore. Centodieci minuti per l'esattezza.

Venne urtato e poi trascinato dalla calca nel sottopassaggio. Si trovò a sbattere contro la schiena scamiciata di una signora dai capelli corti e ossigenati color del marmo. La signora trasportava a fatica una valigia e una borsa voluminosa. Robby si scusò, ma la donna proseguì noncurante il suo cammino ondeggiando sotto il peso delle sacche e delle spinte della folla. Ai lati Robby era premuto da un vecchio che teneva per mano un ragazzino, e da una signora con il capo ricoperto da un fazzoletto bianco a pois gialli limone. La donna gli allungò un colpo con il gomito. Robby bestemmiò. La guardò feroce. Quella proseguì come seguisse un pensiero fisso, la fronte aggrottata e le sopracciglia contorte. Aveva braccia nude, flosce, bianchicce, rigate dal sudore; braccia larghe di contadina, braccia di pastafrolla. Attorno altra gente, ragazzi, ragazze, signore ancora giovani, zaini, valigie, sportine da supermercato, passeggini, freezer portatili, canestri da pic-nic, ombrelloni. E tutti premevano addosso a lui ora sulle caviglie, o sulla schiena, o alla bocca dello stomaco. Finalmente intravide la luce del sole che rischiarava l'uscita dal sottopassaggio. Prima di poterla raggiungere, si beccò un colpo in mezzo alle gambe. Guardò in basso e vide un bambino che reggeva una bottiglia di acqua minerale. Ebbe voglia di spaccargli la testa. Continuava a procedere ondeggiando e il traguardo di luce, là in fondo, sembrava irraggiungibile. Altre persone, parenti o amici, si erano ammassati ai lati della scalinata ingombrando così l'uscita. Non appena riconoscevano qualcuno, gli si gettavano al collo, lo abbracciavano. Le valigie prendevano a levarsi sulle teste degli altri. Il flusso dei viaggiatori così non soltanto defluiva all'esterno come i rivoli di un piccolo ruscello agonizzante percorrono il greto di un torrente, ma si gonfiava sempre più nello sbarramento della scalinata

simile a una diga. Le grida della gente divennero osses-
sionanti, l'odore della grassona insopportabile. La macchina da scrivere che portava nella mano sinistra s'in-
trappolò nella tracolla di una sacca. Robby tirò, ma una
forza uguale e opposta alla sua rispose. Sentì il braccio
dolente per lo sforzo. Fu sul punto di mollare la presa.
Diede uno strattone stringendo i denti e si liberò. Vide
qualcuno, a un paio di metri da lui, vacillare. Gli augurò
sinceramente di cadere e di essere calpestato fino alla fine dei suoi giorni.

Raggiunse l'atrio della stazione. Appoggiò a terra la
sacca e la macchina da scrivere. Accese una sigaretta.
Aspirò il fumo talmente forte che la testa prese a girargli
e lo stomaco brontolò strizzato come una spugna. Gettò
la sigaretta. Era un sacco vuoto. Non mangiava dalla sera prima.

Attorno a lui bivaccava un gruppo di ragazzi dai capelli lunghi fino alle spalle vestiti solamente con canot-
tiere e jeans ora tagliati al ginocchio, ora ridottissimi a
guisa di shorts, ora lunghi e stretti al polpaccio. Un paio
tra loro portava in testa cappellacci di cuoio grezzo cuci-
ti con fettucce e laccetti di pelle. I ragazzi, una decina in
tutto, erano distesi gli uni accanto agli altri e rollavano
sigarette nello stesso identico modo in cui i coetanei di
Robby di mezza Europa, e lui stesso, lo avevano fatto ad
Amsterdam, al Vondel Park o al Dam, quindici anni prima: gli stessi gesti, la stessa maniera rituale di tranciare il
tabacco erboso con le unghie lunghe e affilate, gli stessi
sacchettini – addirittura – del Samson, del Drums, del
Clan, dell'Old Homburg... Dov'era allora la differenza
fra quegli altri ragazzi dei primi anni settanta e questi?
Gli stessi zoccolacci ai piedi, le sacche di stoffa indiana,
gli orecchini, i piedi sozzi, le guance sporche di barba, i
gilet di stoffa indossati sulla pelle nuda. Erano comparse
o erano *veri*?

La voce di Tony lo chiamò in quel preciso momento.
"Sono qui! Forza!"

Robby si voltò verso l'uscita e vide Tony, in piedi sulla

sua macchina che agitava le braccia sporgendosi dalla capote abbassata. Un vigile gli si era avvicinato minaccioso. Tony continuò a sbraitare: "Spicciati! Sali, dai!".

Robby afferrò la portatile e la sacca e corse verso l'uscita. Non fece in tempo a salire che già Tony aveva ingranato la marcia e stava schizzando via.

"Ho avuto un sacco di grane, sono stravolto, non mangio da non so quanto, la mia giacca di lino è ridotta a uno straccetto da Porta Portese e quel cazzo di treno ha cominciato a fermarsi subito dopo Roma. E a Foligno..."

"Per chi mi hai preso?" lo interruppe burbero Tony. "Per l'ufficio reclami delle Ferrovie?"

"No, è che... Ti stavo spiegando i motivi del mio ritardo."

"E a me che importa?"

Robby mugolò qualcosa fra i denti. Probabilmente un vaff.

"E allora, come stai?" riprese Tony sorridendo e toccandolo sulle spalle. Aveva scherzato. Non era affatto un burbero. Era uno a cui piaceva scherzare. Soprattutto con il suo vecchio amico Robby.

"Bene. Sto bene" tagliò corto Robby.

"Da domani si comincia. Sei in forma?" Gli appoggiò una mano sulla coscia. Robby la tolse con una smorfia. "Voglio mangiare."

"E vorrai anche bere." Esitò un istante. Si fece premuroso. "Come ti va con l'alcool?"

Robby socchiuse gli occhi annoiato. Finse di guardare fuori dal finestrino con attenzione. "Pare stia tornando di gran moda."

"Ti trovo in gran forma" ridacchiò Tony.

Con il miglior tono blasé che conosceva, Robby gli terminò l'osservazione con un "Nonostante tutto". E abbassò la testa e allargò le braccia in una grande riverenza.

Tony abitava presso una zia in un piccolo condominio a tre piani costruito nei tardi anni cinquanta come si poteva facilmente dedurre osservando le colonnine decorate di mosaici multicolori che ornavano l'ingresso principale e quella piccola vasca con pesci rossi e ninfee e un ippocampo in bronzo alto mezzo metro dalla cui bocca fuoriusciva ormai solo un rivoletto di acqua e non più un getto zampillante polverizzato attorno dalla pressione.

Il condominio era situato a un duecento metri dal mare, oltre il sottopassaggio della ferrovia che taglia in due tutti i grossi centri della costa adriatica. La zona, pur non appartenendo alla privilegiata prima linea, era fitta di pensioni a conduzione famigliare dai nomi quasi esclusivamente femminili: Pensione Iris, Pensione Elvira, Pensione Afra, Pensione Tilde, Pensione Gabriella, Pensione Dolores, Pensione Ebe...

Tony portò Robby nell'appartamento. Dopo che ebbero mangiato, appesantiti dalle due bottiglie di sangiovese, si stesero in camera di Tony, Robby in poltrona e l'altro sul letto.

"Allora, qual è la tua grossa idea?" attaccò Robby aspirando finalmente con piacere un'ampia boccata di fumo.

"E la sceneggiatura?"

"L'ho portata, l'ho portata con me. Sta bene e non vede l'ora di crescere."

"Bene... Mi spiace, sai che non potrai fermarti qui."

"Che vuoi dire?" Robby si fece nervoso. "Come non posso restare qui! E dove vado?"

Tony mantenne la sua calma. Aveva, naturalmente, previsto tutto. "Per i prossimi tre giorni potrai stare al Meublé Kelly qui di fronte. Poi cercheremo un'altra sistemazione. Credimi, non è facile trovare una stanza singola in alta stagione. Ho fatto del mio meglio."

"Ma io sono scemo! Sono il più grande imbecille di questa terra. Il più idiota!" Robby si diede un pugno sulla fronte, e poi un altro, prima con la mano destra e poi con la sinistra. "S'è mai visto uno più rincretinito di me? Ho quasi trent'anni, ho lasciato perdere tutte le mie manie artistiche del cazzo, sono un buon sceneggiatore di fumetti, ok, ok, non è gran che, visto che ero partito per fare il grande autore, ma ora mi sta bene, ho un po' di lira, e niente! Mi imbarco in questa storia con il più perfido amico che abbia mai conosciuto!"

"Non farla tanto lunga. Sarà un ottimo film!"

"Un ottimo film, dice!" Aveva cominciato a gironzolare per la stanza andando avanti e indietro come un robot. Non appena cozzava contro il muro faceva marcia indietro e ricozzava dall'altra parte. "Un ottimo film! Ma se non abbiamo una lira. Se sono dieci mesi, venti, che scriviamo questa sceneggiatura e nessuno, nessuno si fida a darci il becco di un quattrino! Ma perché sono venuto qui! E poi mi sbattono in uno squallido albergo, per giunta! Camera e cesso sul pianerottolo e mogli traditrici e bambini e crucchi! Dio mio! La mia idiozia non ha limiti!"

Tony lo guardò divertito: "Calmati, Robby... Sei il più grande scrittore di cinema da vent'anni e più a questa parte".

Robby arrestò quella sua forsennata marcia muro a muro. Guardò l'amico così calmo e compassato, disteso sul letto, un braccio dietro la testa, le gambe accavallate. Fece un broncio e disse: "Sul serio?".

"Ma certo. Starei qui se avessi per le mani uno straccio di imbrattacarte a mio servizio?"

"Be', no... No, certamente."

"E allora?"

"Allora un cazzo!" Robby precipitò di nuovo nell'isterismo. "E chi mi paga l'albergo? Avrei dovuto farmi le mie vacanzine con Silvia, in Spagna, altroché. E invece! Stupido! Stupido! Stupido!"

"Ti dirò una cosa, Robby" attaccò Tony, tirandosi su come per dare ancora più importanza alle sue parole. "Quando ci siamo conosciuti all'Istituto, tu mi stavi sulle palle, e sai perché?"

"Perché mi sbattevo più ragazze."

"Perché tu sapevi tirar fuori una trama da qualsiasi cazzata ti dicessero. Sapevi imbastire in un'ora di lavoro dieci pagine fitte di dialoghi che raccontavano più di Guerra e Pace. Ecco perché mi stavi antipatico. Perché eri il migliore. E lo sapevi."

Robby precipitò in poltrona sudato e sfatto. "Sono passati cinque anni, da allora. Faccio lo sceneggiatore di fumetti popolari. E mi pagano, per questo."

"Ma puoi fare molto di più."

"Senti, caruccio. Io non sono come te. Non ho una famiglia alle spalle che mi passa la lira per fare il contaballe. E non c'è lavoro per me. Ho scritto cinque sceneggiature e nessuno si è mai sognato di farne un film, mai!"

"E *Feeling?*"

"Lascia stare!" sbraitò Robby.

Tony conosceva, il dannato, dove far sbattere la lingua. "E *Feeling?*"

"Non ne voglio più parlare, mai più. E quello non è nemmeno il mio titolo! Mi hanno fregato il soggetto, ok. Hanno fatto un film da un miliardo e mezzo, ok. E allora? Io sono lo scemo che non ha depositato la sceneggiatura. L'ho pagata cara. Sbagli di gioventù. Me l'hanno fregato e basta. Avevo ventitré anni, che ne sapevo di trovarmi in mezzo a un branco di iene pronte solo a spolparti? Il produttore dice: non ne voglio sapere. Io me ne sono andato. Ha chiamato quei due paraculi, gli ha raccontato il soggetto, ha aperto il rubinetto e hanno montato il film. Punto e basta. Idiota me. L'avvocato si è messo a ridere quando sono andato a chiedergli di avviare la causa. Mi ha dato dell'imbecille anche lui. Ecco, basta. Finita."

"La tua idea era buona. È questo che volevo dirti." Tony si alzò dal letto. "Seguimi" disse deciso.

Raggiunsero la cucina. Sul tavolo erano rimasti gli avanzi del pasto, le bottiglie vuote, i piatti sporchi ripieni dei gusci dei crostacei, qualche fetta di pane sbriciolato. Tony invitò Robby a sedersi. Era un buon regista, Tony. Dava ordini, sapeva cosa voleva e dove intendeva arrivare. Robby obbedì. Si sedette al suo fianco.

"Vuoi whisky?"

"Un po' di vino."

Tony stappò un'altra bottiglia, aspettò che Robby bagnasse il becco e infine parlò. "Fingi che questa tavola sia il cinema italiano. E che noi vi sediamo pronti per mangiare qualcosa. Siamo affamati, vogliosi, pieni di desiderio di mettere le mani su questa tavola, perché sappiamo che è la nostra vita. Che il nostro futuro dipende da quello che troveremo qui. È il nostro mestiere. Abbiamo studiato per questo, ci siamo sbattuti per anni e anni. E non per meritare la gloria o il denaro o cazzate di questo genere. Ma semplicemente perché lo sentiamo nel sangue. Perché lo sapremmo fare meglio di altri. Perché abbiamo più idee, più testa, e forse perché abbiamo anche sofferto, per arrivare qui, più di tanti altri. Veniamo dal nulla. Nessuno ci ha obbligato a scegliere questa strada, però l'abbiamo seguita inventandocela giorno per giorno sulla base esclusivamente del nostro talento. Non vogliamo rubare niente a nessuno. Portiamo soltanto noi stessi. I nostri progetti, le nostre storie, le nostre letture, i nostri sogni, le nostre donne, le nostre fantasie. Questa è la novità. Non siamo parassiti. Siamo organismi assolutamente efficienti. Se noi ci sediamo qua non è per arraffare quello che d'altra parte non c'è più, ma per portare qualcosa di nuovo. Mi segui?"

Robby terminò il vino. Avrebbe voluto mandarlo al diavolo, ma in fondo Tony stava magnificamente recitando la parte della sua stessa gioventù, dei suoi anni d'apprendistato quando una quantità enorme della sua adolescenziale energia veniva sprecata e buttata al vento solo per cercare di capire chi cazzo fosse lui, Roberto Tucci, e cosa volesse dalla sua vita. Come avrebbe allora potuto dirgli vai a farti fottere? Non aveva anche lui desiderato le stesse cose, trascorso in cineteca, fin da ragazzo, tutti i suoi pomeriggi, trascurato la scuola per attraversare la città fin dove un qualche cinema aperto fin dal mattino proiettasse qualcosa, qualunque cosa? Non aveva sputato sangue per ottenere l'ammissione all'Istituto Superiore di Studi Cinematografici dopo uno, due, tre rifiuti consecutivi, anno dopo anno? E con che si era mantenuto quella sua prima giovinezza, se non con la speranza di entrare a far parte un giorno del sogno? Certo, lui, Robby, aveva mollato. Silvia non avrebbe potuto mantenerlo e passargli i soldi per il resto della sua vita. E allora benvenuto ai fumetti popolari, se questo serviva a tirare avanti. E al diavolo il resto! Ma in fondo quelle parole lo stavano scaldando. Stavano riaccendendo un fuoco, quel fuoco che aveva scaldato la sua vita fino a poco tempo prima.

"Bene" proseguì Tony. "Ci sediamo a questo tavolo. Però... Come puoi vedere non ci hanno lasciato più niente. Le bottiglie sono a secco, i piatti sono sporchi. Un po' di insalata affogata nell'olio. Hanno fatto baldoria prima di noi. Hanno consumato tutto. Hanno divorato tutto. Non si sono preoccupati di rifornire il frigorifero. Non hanno coltivato l'orto. Non hanno messo il vino in cantina. Non c'è più niente." Si fece solenne: "Noi ci sediamo qui davanti ai miseri resti di quello che è stato un buon pranzo. Ciò che hanno preparato l'hanno divorato fino in fondo". Fece una pausa. "Siamo arrivati tardi. Però siamo arrivati. Siamo seduti qui. Abbiamo le nostre idee e le nostre provviste come quel vino che tu ora stai bevendo. Abbiamo coraggio. E allora se guardiamo bene su questa tavola vediamo che in fondo, poi, c'è qualcosa. Qualcosa che non apparirà a prima vista, qualcosa che va oltre la desolazione e lo smarrimento di questa tavola depredata. Qualcosa per cui nessuno darebbe niente... Guarda bene."

Trascinato dall'enfasi di Tony, Robby cominciò a fissare il tavolo. Ma non scorgeva nulla di così importante. Niente su cui si potesse – attenendosi alla metafora di Tony – costruire qualcosa. Niente da cui partire.

"Allora? Hai visto?"

"No" disse Robby.

"Guarda bene. Immagina che questa tavola rappresenti il capitale. Il danaro necessario per produrre un film. Il nostro film."

"Niente. Non c'è niente."

"Guarda bene. Sforzati! Fai lavorare il tuo cervello!"

"Piantala con queste balle!"

"Guarda bene! La tua fantasia!" incalzò Tony.

Robby scattò in piedi furioso: "Merda! Non c'è niente!".

"Apri gli occhi bastardo!"

"Niente, niente, niente!"

"Guarda meglio! Avanti!"

"Cristo! mi farai impazzire. Non c'è un cazzo su questa tavola. Solo briciole!"

Tony si alzò in piedi a sua volta. Lo abbracciò. "Lo sapevo che potevo fidarmi di te."

"Come?" balbettò Robby sfinito.

"Hai visto giusto. Abbiamo le briciole. E dalle briciole partiremo. Questa è la mia idea."

Robby ammutolì. Si scostò con fastidio dall'abbraccio e andò verso la porta per uscire. Si fermò sulla soglia. Si voltò indietro lentamente. Guardò il tavolo spoglio, guardò Tony che raccoglieva quelle briciole fino a riempirsi il palmo della mano, lo vide innalzarlo come un'offerta al cielo e, scuotendo la testa, disse: "Tu sei pazzo, Tony. Completamente pazzo".

Meublé Kelly, ultimo piano. Robby se ne stava da un po' disteso sul letto della cameretta ricavata nel sottotetto di quello che fino a dieci anni prima, si vedeva, era stato un buon albergo e ora invece faceva pietà. Non accese la luce per evitare che le zanzare arrivassero attratte dal suo sangue dolce. Il caldo era insopportabile, il soffitto troppo basso, il letto troppo corto. E lui era lì, disteso e confuso, incapace di prendere una qualsiasi decisione. Aveva lasciato sgarbatamente Tony dopo quella discussione e aveva raggiunto l'albergo desiderando solamente di farsi una doccia, gettarsi a letto e chiarirsi le idee. Le complicazioni erano iniziate immediatamente. Quello che doveva essere il padrone, un uomo maturo ma con un viso ormai decrepito fiorito di venuzze spappolate sulle guance e sul naso, non aveva registrato la prenotazione. Robby insistette e fece casino finché non arrivò un ragazzo, il figlio, che ammise di aver ricevuto la telefonata di Tony e di aver potuto riservare solo quella cameretta in cima alle scale. Mentre salivano, Robby notò un odore strano, stantio, che usciva dalle pareti, dal passamano della scala, dai legni del pavimento.

"Cos'è" disse.

Il ragazzo che lo accompagnava finse di non capire. Si guardò intorno facendo una smorfia come per dire: Io non sento niente. L'odore si fece più forte. Non era solamente il puzzo del legno vecchio, della polvere, dell'aria chiusa e viziata. Era qualcosa di diverso. Si fermò. "Non sente una puzza strana" domandò Robby, "come... di bruciato?"

Il ragazzo cominciò a ridere. "Ah, non si preoccupi. È solo il fumo del mio cervellino fritto."

Robby ridacchiò in modo inquieto.

La seconda seccatura fu sotto la doccia. L'acqua non usciva se non a piccole gocce fredde. Aspettò qualche minuto, poi sfinito chiamò il ragazzo. Venne così a sapere che in quasi tutta Rimini non era possibile fare una doccia fra le sei e le otto di sera poiché tutti i bagnanti tornavano in quell'ora alle pensioni e si preparavano per la cena. L'acquedotto municipale – così improvvisamente prosciugato – non era in grado di erogare l'acqua ai piani alti e, in certi momenti di punta, nemmeno a quelli bassi. Robby si immaginò migliaia e migliaia di persone come lui, mezze insaponate, con i capelli pieni di schiuma, sorprese nude e sole davanti a quel getto d'acqua che languiva. Si sedette sul water e aspettò fino alle otto e mezza.

E ora, disteso su quel letto, un pensiero fisso l'aveva ormai conquistato: riprendersi i bagagli, raggiungere Genova e lì attendere il passaggio di Silvia. Era ancora in tempo per salire sull'auto degli amici di Roma e raggiungere la Spagna. E che Tony andasse al diavolo, lui e quel cazzo di film.

Cercò di dormire. Dalla strada proveniva il chiasso dei giardinetti davanti alle pensioni in cui le famiglie prendevano il gelato o i dolci con tutto il contorno di televisori accesi, radio, stereo, bambini in lacrime, nonne che non tacevano manco a strappargli la lingua, mamme isteriche che litigavano con i loro mariti su quale programma televisivo seguire. Qualcuno andava ossessivamente avanti e indietro su un dondolo cigolante. Lo scricchiolio giunse insopportabile alle orecchie di Robby battendogli il tempo, i minuti, i secondi di quel dormiveglia assurdo. Prendere una decisione. Abbandonare Tony, tuffarsi, di lì a qualche giorno, nel mare tranquillo di Mojācar, fare all'amore con Silvia sulla spiaggia granulosa della costa spagnola, ubriacarsi con la sangria scurissima, densa e ghiacciata. Giocare, la notte, alle slot-machines centinaia di pesetas in compagnia dei vecchi delle osterie e delle taverne. Chiacchierare con i punkettini di Barcellona e di Madrid, ballare, leggere, dormire, nuotare con Silvia... Oppure sfogliare ancora una volta quella maledetta sceneggiatura, riprendere tutte le osservazioni a matita che nel corso degli ultimi mesi vi aveva apposto con ritmo quasi maniacale, rimetterla a posto insieme a Tony, lanciarsi ancora una volta sperando in Dio, se mai un qualche Dio, ovunque fosse, potesse mai dare ascolto alle piccole fregole di due giovanotti che si erano ficcati in testa, fin da ragazzi, di sbancare lo schermo bianco. Già, piccole fregole. A guardarle ora, in quella squallida camera arredata come per un bambino, con un inutile scrittoio in truciolato rivestito di plastica, una specchiera appesa alla porta, un comodino che doveva servire anche come armadio, una sedia di ferro verde, un lavandino, sul cui fondo il metallo ossidato irradiava screpolature verdastre. Ma allora, quindici anni prima?

Si passò una mano sulla fronte e la scoprì fradicia di sudore. Si alzò dal letto. Non avrebbe saputo con che forze continuare. Ma avrebbe continuato. E solo per un motivo: proprio il rispetto profondo, amoroso quasi, per quel ragazzino che era arrivato testardamente fino a quel punto estremo, in quella camera e in quel letto. In altre parole per rispetto e amore verso la propria storia. Aprì la finestra. Una leggera brezza salata entrò nello stanzino. Aspirò profondamente, prese la sceneggiatura, accese l'abat-jour e cominciò a leggere. Erano le tre del mattino. Intorno tutto, finalmente, taceva.

L'insegna luminosa del night-club *Top In* finalmente si spense. Faceva ancora buio, ma Alberto sapeva che quando sarebbe arrivato davanti alla pensione le prime luci dell'alba avrebbero inaugurato il nuovo giorno provenendo dalla linea nebbiosa del mare. Ci si era abituato. Era già un mese che andava avanti così tutte le notti. E fra poco, non appena l'alta stagione avrebbe riversato altre decine di migliaia di turisti sulle traverse di Milano Marittima, sarebbe andato a letto ancora più tardi, avvolto già dalla luce del mattino. Salutò davanti all'ingresso del *Top In* gli altri suonatori. Gli offrirono un passaggio in auto. Alberto rifiutò. "Fumerò l'ultima sigaretta" disse.

Si incamminò sul lungomare, le mani infilate nei pantaloni da smoking, il bavero di raso nero alzato sulle guance ispide di barba, la super senza filtro fra i denti. Faceva fresco, il mare livido si era ritirato per la marea e scopriva i detriti di una giornata di vacanza infilzati nella sabbia sporca. Fra poco i bagnini sarebbero scesi in spiaggia con i loro attrezzi e avrebbero spazzato via la fanghiglia e i cumuli di alghe morte, le cicche delle sigarette, le lattine di birra, i kleenex stropicciati e sfilacciati dall'umidità, qualche preservativo sformato abbandonato quella stessa notte, forse solo pochi attimi prima.

Alberto guardò il mare. Il chiarore freddo del mattino si diffondeva nel cielo senza ancora illuminare. Ogni tanto incontrava una coppia di ragazzi ubriachi stesi sul marciapiede. Dormivano. Russavano.

Attraversò il lungomare all'altezza della XVI traversa. La percorse per qualche decina di metri e imboccò il viale interno fiancheggiato dagli ultimi, intossicati, esemplari arborei di quella che per millenni, e fino solo a qualche decennio prima, era stata la grande pineta ravennate. Faceva buio pesto lì, in quella via stretta fra gli alberghi e gli alberi, come fosse ancora notte. Le luci delle receptions illuminavano le entrate in cristallo e marmo rosa degli hotels di prima categoria rendendoli simili a tante palazzine di un gioco di società. Era tutto falso. Solo la sua stanchezza, sospesa fra la depressione e una zona di coscienza neutra, era vera. Gettò la cicca per strada. Portò gli indici delle dita alle orecchie come per stapparsele. Ronzavano, quella destra, in particolare, gli doleva. Non appena giunto a casa, avrebbe messo le gocce.

Avanzò ancora una cinquantina di metri fino a incrociare la traversa della sua pensione. Mise le mani in tasca alla ricerca delle chiavi di ingresso. Ne aveva un duplicato. A quell'ora nessuno si sarebbe alzato per aprirgli. Arrivò pochi istanti dopo. Prese dal quadro la chiave n. 38 e salì a piedi fino al terzo piano. Raggiunse lentamente il pianerottolo e poi il corridoio in fondo al quale stava la sua stanza. Fu allora che uno squarcio di luce tagliò l'oscurità del piano. Proveniva dalla camera di fronte alla sua. Alberto fece qualche altro passo e la luce sparì. Tutto tornò buio.

Rinchiuse la porta alle sue spalle. Tolse la giacca, le scarpe, i pantaloni, i calzini. Andò in bagno. Prese una lattina di birra dal lavandino in cui galleggiavano ormai solo un paio di cubetti di ghiaccio. La stappò. Ne bevve un lungo avido sorso sbrodolandosi di schiuma il mento e il torace. Gli piaceva l'odore della birra. Si gettò sul letto chiudendo gli occhi. Le orecchie ronzavano. Non trovò la forza di alzarsi e cercare le gocce. Voleva soltanto ammazzare quella notte e addormentarsi. Un'immagine dapprima gli impedì di prendere sonno. Gli era parso, nell'istante in cui aveva voltato il capo verso quella fonte di luce, di aver intravisto un'ombra. Ma non poteva esserne sicuro. Non era nemmeno certo di saper riconoscere – l'indomani – da quale camera era provenuta. Le dita si allentarono attorno alla lattina di birra. Si addormentò. Una zanzara lo infastidì per le otto ore del suo riposo.

Il volo Pan Am 641 in partenza alle dieci e quindici dall'aeroporto di Berlin-Tegel diretto a Francoforte attendeva sulla pista, coi motori accesi, in corrispondenza del cancello di imbarco numero quattordici. Era un DC9 atterrato soltanto da pochi minuti e destinato a far la spola quotidiana fra le due città tedesche occidentali che nessun aereo della Lufthansa, la compagnia di bandiera, poteva però collegare. Nel piccolo e grazioso aeroporto di Tegel atterravano solamente aerei della Air France, della British Airways e della Pan Am. Il cielo di Berlino Ovest apparteneva agli "alleati" come un anacronistico bottino di guerra: loro potevano percorrere il corridoio aereo sopra il territorio proibito della Repubblica Democratica; loro potevano assicurare lo scambio delle genti e dei popoli inalberando, alto nei cieli, il vessillo della libertà. Loro erano i vincitori. Almeno da questa parte del mondo.

Quella mattina Beatrix attendeva, seduta su una poltroncina in resina gialla, di salire a bordo. Era lievemente ansiosa. Masticava caramelle americane alla violetta. Quando tutti i passeggeri provenienti da Francoforte furono usciti dal braccio meccanico che collegava l'aereo direttamente con il corpo dell'aerostazione, il funzionario della compagnia agganciò la catenella di metallo da una parte all'altra del tunnel chiudendo il passaggio verso la saletta arrivi e aprendolo verso la hall. I passeggeri in partenza, una ottantina, si accalcarono verso il bancone dello steward per consegnare le carte di imbarco. Beatrix aspettò che la ressa defluisse, si mise ordinatamente in coda, consegnò il cartoncino azzurro. Lo steward depennò il suo nome dalla lista augurandole buon viaggio. Dieci metri più avanti, entrò nella fusoliera dell'aereo. Prese posto accanto al finestrino nella zona riservata ai non fumatori.

Cinquantacinque minuti dopo, in perfetto orario, il DC9 rullò sulla pista dell'aeroporto di Francoforte. La prima parte del viaggio era filata via liscia e tranquilla. Le condizioni del tempo sul "continente" non erano delle migliori se raffrontate alla mitezza del clima dell'isola berlinese. Il cielo era coperto e l'aria probabilmente calda e pesante. Probabilmente. Come tutti i passeggeri che facevano scalo a Francoforte per viaggi di media distanza, Beatrix non avrebbe messo nemmeno per un istante il naso fuori dai corridoi, dai tunnel, dalle sale di attesa. Si sentì come incapsulata, un involucro con un po' di sangue, nervi e materia cerebrale pressato in un tubo e sparato, sotto pressione, a migliaia di chilometri di distanza.

Raggiunse un atrio grande come l'intera Nollendorfplatz. Controllò il suo volo sul cartellone elettronico e si diresse, senza indugi, verso il nuovo check-in. Aveva un'ora da impiegare. La trascorse in parte nel free-shop dove non comprò nulla e in parte seduta al bancone di un bar. Un grande Tupolev con la scritta in caratteri cirillici dell'Aerflot attraversò lento lo specchio della grande vetrata come un mastodontico mammifero tecnologico. A Roddy, il suo ex marito, piacevano gli aerei. A Beatrix invece non piacevano o dispiacevano più delle navi o dei treni: tutti racchiudevano un sottile senso di minaccia che nessuna abitudine ai viaggi avrebbe potuto scalfire. Per il resto: si trattasse di un transatlantico o di una bagnarola, di un Jumbo o di un vecchio, decrepito Caravelle, a lei non faceva né caldo né freddo. Era una donna pratica, vagamente intellettuale, sufficientemente colta. Non aveva puzze sotto il naso ed era, nel modo in cui solo i berlinesi sanno essere, prudentemente snob. Una solida e volitiva signorina prussiana: *Gediegen, fest und preußisch-stramm.*

Questa volta si trattava di un Boeing 727 della Lufthansa. Beatrix salì a bordo e rintracciò il proprio posto. La fila era costituita da tre poltroncine, tutte e tre occupate da giovanotti italiani, in maniche di camicia e cravatta allentata, che sfogliavano chiassosamente un quotidiano dalla carta rosa. Beatrix controllò il proprio talloncino con la plaquette fissata in alto sul bagagliaio. I numeri corrispondevano. Sorrise cortese verso i tre giovanotti mostrando il talloncino della carta di imbarco che le assegnava il primo di quei posti. Non le importava che metà della carlinga fosse ancora vuota. Quello era il suo posto. Gli italiani si guardarono facendo finta di non capire e parlandosi sotto i baffi neri e scambiandosi gesti. Beatrix non si spostò. Arrivò una hostess, Beatrix spiegò il problema e quella fece sloggiare gli italiani. "Signori, i vostri posti sono laggiù, prego" disse in inglese. I tre slacciarono le cinture e si alzarono. Quando sfilarono uno a uno davanti a Beatrix dissero qualcosa e risero insieme. Beatrix non capì. Non fu un male. Se avesse riconosciuto quelle parole, sarebbe quantomeno arrossita, e non avrebbe perduto l'imbarazzo che dopo qualche decina di minuti. A ogni modo, bene o male che fosse, il problema della lingua cominciò a farsi sentire.

Mentre sorvolavano Zurigo, mezz'ora dopo all'incirca, a bordo venne servita una colazione. Beatrix chiese solamente una tazza di caffè. Il suo vicino, un uomo di Amburgo che viaggiava in compagnia di una ragazza, le offrì una coppa di *sekt*. Beatrix rifiutò. Poco dopo l'uomo tornò alla carica chiedendole informazioni su Roma. Beatrix rispose senza entusiasmo. Approfittò di una domanda della ragazza rivolta all'uomo per estrarre il suo manuale di conversazione italiana e immergersi nella lettura. Era un vecchio libro appartenuto a sua madre e che Beatrix aveva usato nei precedenti viaggi in Italia. Sfogliandolo, ritrovò le annotazioni a matita che sua madre, prima di lei, aveva scritto a Taormina, Napoli, Venezia. Trovò anche un suo disegno dai tratti infantili vergato a penna. Beatrix aveva allora non più di sei o sette anni. Più tardi, con lo stesso manuale, si era presentata a un corso di lingua italiana che un ragazzo di Milano teneva nella sua stanza di Lützowplatz. Era un ragazzo magro, moro, con un paio di occhietti vispi e sempre in movimento. Beatrix sorrise a quel ricordo. A quel tempo studiare l'italiano era il tocco di classe che si esigeva da tutte le ragazze di buona famiglia come lei. E, innegabilmente, lei preferiva la dolcezza e la musicalità di quella lingua che ogni italiano parlava a suo diversissimo modo, alla gretta funzionalità della lingua inglese contemporanea che poi, sposando Roddy, sarebbe diventata la lingua del suo fallito ménage: la lingua dei litigi e delle incomprensioni più che la lingua del sentimento.

Arrivata a Roma prese alloggio in un hotel di Piazza Barberini che la sua agenzia di Berlino le aveva riservato per quattro giorni. Arrivò nella stanza e immediatamente chiamò l'Hotel Tiberio.

"Sono Beatrix Rheinsberg. Il signor direttore Toscanelli, per favore."

"Non abbiamo posto" disse una voce gutturale.

"Was?"

"Full up... Engombré... Tutto pieno, capisce?"

"No, no." La voce di Beatrix era angosciata. "Cerco il signor Toscanelli. Herr Toscanelli, il direttore." Sentì un rumore violento come se il ricevitore fosse stato sbattuto contro una parete. Seguirono parecchi gracidii e una scarica di frequenze sonore. Sospirò, pensando che la comunicazione fosse caduta. Invece la voce di Toscanelli esordì prepotente:

"Chi parla?"

Beatrix ripeté il suo nome.

"... Cosa posso fare per lei?"

Questo non si ricorda niente, pensò Beatrix. "Si tratta di mia sorella Claudia. Claudia Rheinsberg."

"Ora ricordo... Oggi non ho tempo. Venga domani, domani alle cinque."

Beatrix accettò l'appuntamento e riagganciò. Sospirò profondamente. Si affacciò alla finestra, guardò il cielo di Roma, l'azzurro caldo, quella luce che sembrava soffiata nel cristallo, le nuvole che procedevano placide gonfiandosi e rotolando una addosso all'altra come in un gioco di piccoli animali domestici. Non conosceva Roma. Aveva sì dei ricordi e delle immagini riguardanti quei viaggi in compagnia dei genitori. Ma niente di più delle solite visioni turistiche: il Colosseo, San Pietro, Trinità dei Monti. Avrebbe quindi fatto una passeggiata. Era a Roma, era contenta di esserci.

Toscanelli era un uomo sui sessant'anni, di statura piccola con una chioma di color giallognolo che teneva acconciata all'indietro con energiche sferzate di spazzola e con brillantina. Portava un paio di occhiali di resina chiara. Le lenti avevano una lunetta di spessore diverso per correggere il presbitismo. Indossava una camicia chiara e un paio di pantaloni sostenuti da bretelle. Ai piedi calzava un paio di scarpe beige di corda intrecciata.

Quando Beatrix si presentò all'Hotel Tiberio, erano le cinque esatte del pomeriggio e Toscanelli la stava attendendo dietro al bancone della reception di quello che era, a tutti gli effetti, soltanto un grande appartamento. Il palazzo d'inizio secolo ospitava in tutto tre hotel e due pensioni. Leggendo le varie insegne davanti all'unico portone di ingresso Beatrix s'era chiesta in cosa risiedesse la differenza fra gli uni e le altre. Si trattava in effetti di un palazzo trasformato da affittacamere senza scrupoli in bivacco per turisti squattrinati. Non c'era ascensore, non c'era luce sulle scale.

"Mi ricordo di sua sorella" esordì Toscanelli, chinandosi sul libro delle registrazioni. "Ecco qui. Si è fermata due settimane, dal ventotto marzo all'undici aprile."

"Era sola?"

Toscanelli alzò lo sguardo verso Beatrix. "La camera occupata dalla signorina era una camera doppia."

Beatrix non si ritenne soddisfatta. Continuò a guardarlo interrogativa.

"Ne passano tanti" disse il direttore, "e non viaggiano mai soli... La signorina era senz'altro in compagnia."

Estrasse il passaporto e glielo mostrò. "Sono sua sorella. Si fidi. Avanti..." Pensava che, nel caso Claudia avesse diviso la camera con qualcuno, sul registro sarebbe dovuto risultare almeno il nome di questo qualcuno. Toscanelli comunque non dava l'impressione di cedere delle informazioni più del dovuto. In quel momento due ragazzi di colore, etiopi così a prima vista, sbucarono dal corridoio e raggiunsero il bancone. Beatrix ne approfittò per appartarsi, estrarre dal portafoglio un paio di biglietti da diecimila lire e ripiegarli in un foglio di carta. I ragazzi consegnarono la chiave e uscirono. Mentre Toscanelli era ancora girato verso il quadro per rimettere la chiave nella apposita buchetta, Beatrix infilò velocemente il danaro sotto il registro in modo che sporgesse un lembo di carta moneta. Toscanelli si girò. Si accorse subito dell'omaggio. Fissò Beatrix. Lei si girò fingendo di seguire lo sviluppo di uno sbiadito decoro dipinto sul soffitto. Quando tornò con gli occhi verso Toscanelli, lo vide intento a scrivere su un piccolo foglio. Lo ripiegò e lo allungò a Beatrix.

"Addio, signora Rheinsberg" disse.

Beatrix prese il foglietto e se ne andò.

Giorgio Russo, via Ciceri 35/4 b, Palermo. Seduta a un caffè di Piazza Venezia Beatrix rilesse quel foglio centinaia di volte cercando il modo giusto per agire. Andare a Palermo? Con la speranza di trovare Claudia in casa di quel ragazzo? Ma era poi un ragazzo? Se fosse stato un uomo sposato, adulto, a Roma per impegni di lavoro? No, questo no. Non avrebbe alloggiato in quella stamberga. Però avrebbe potuto raggiungere Claudia da un altro albergo, questo poteva essere. Oppure la vedeva di pomeriggio, dopo il lavoro e magari... Le ipotesi si accavallarono fino a confonderla, fin quasi a farla una buona volta desistere dall'idea che si era cacciata in testa ormai da molti mesi: cercare Claudia. Doveva insistere, non aveva ancora cominciato. Aveva una traccia. Doveva persuadersi di questo, del fatto che in mano stringeva un foglio e che su quel foglio era scritto il nome di una persona che aveva passato due settimane in compagnia di Claudia. Da un certo punto di vista, partita così allo sbaraglio, questo era molto. Era già tanto.

Tornò in albergo. Si fece servire un piccolo pranzo sulla terrazza della sua camera. Chiese di poter consultare l'elenco telefonico di Palermo. Quando lo aprì, si accorse che la lista delle famiglie Russo occupava un paio di pagine. Fu necessario spulciare a uno a uno quei nomi e quegli indirizzi. Presa dallo scoramento, lasciò tutto e fece cercare alla segreteria telefonica. Le diedero in breve otto numeri telefonici di abbonati corrispondenti al nome che aveva chiesto. Non uno corrispondeva però a quell'indirizzo. Tornò alla carica riprendendo tutto daccapo. Finalmente lo trovò. Corse al telefono.

"Sono un'amica di Giorgio" disse, non appena dall'altro capo una voce femminile ebbe risposto.

"Giorgio non c'è. È via."

"Dove?"

"Mio figlio è lontano da casa da tanto tempo... Non lo sappiamo."

"È importante signora... Devo parlargli."

"Cosa ha combinato?"

"Come dice?"

"Cosa ha fatto quel disgraziato ancora?"

Beatrix avvertì l'angoscia in quella voce. Cercò di tranquillizzare la signora Russo. "Niente di male signora... Sono una amica. Sono a Roma. Vorrei salutarlo."

La donna mugugnò qualcosa di incomprensibile. Poi ci fu un lungo silenzio. Beatrix non seppe come continuare la conversazione. Non trovava le parole, né le espressioni. Finché dall'altra parte non udì una sequenza di singhiozzi. La donna stava piangendo, stava parlando, ma in un modo assolutamente incomprensibile. Si lamentava, raccontava alcuni episodi con passione e foga, ma Beatrix riusciva a comprendere, ogni tanto, solamente il nome Giorgio. Si fece forza e interruppe lo sfogo della donna. Ormai aveva preso la sua decisione.

"Verrò a Palermo... Signora... Partirò domani. Mi sente?"

No, non la stava ascoltando, non capiva e non voleva capire. Stava solamente sfogando in quell'apparecchio di plastica tutto il dolore e l'angoscia che erano, in quello stesso momento, il dolore e l'angoscia di Beatrix. Riattaccò. Ma non fu sicura che la signora Russo avesse sentito il suo buonanotte.

Il sole cadeva a picco sulla riviera. Luglio era iniziato da pochi giorni e già il paesaggio balneare aveva subito notevoli modificazioni nell'ambiente e nella fauna umana. La sera, ad esempio, diveniva più difficoltoso muoversi in automobile sul lungomare o sulla provinciale, all'interno. Le arterie stradali erano intasate dal traffico. Per raggiungere Riccione da Rimini, un pugno di chilometri, si poteva tranquillamente impiegare un'ora e mezzo. L'età media dei turisti era notevolmente scesa. Con la fine di giugno erano partite le nonne con i bambini più piccoli. Ora arrivavano in massa i ragazzini per godersi le vacanze dopo la chiusura delle scuole. Ne incontravo sempre più spesso riuniti in gruppi che si muovevano sulla spiaggia o lungo i viali delle città come grandi meduse. C'era infatti sempre il più pigro che restava indietro e raggiungeva di corsa il branco che si era fermato ad aspettarlo; le ragazzine che si fermavano a guardare i negozi mentre i ragazzi protestavano venti metri più avanti; le coppiette che si stringevano dietro un albero causando il blocco della compagnia. Una volta riuniti avanzavano speditamente per un po' finché non erano costretti ad arrestarsi di nuovo. E così di seguito.

Quella mattina mi trovavo al Rimini Squash Inn al km. sette della superstrada per San Marino condannato a sputare sangue e sudore contro la supremazia agonisti-

ca di Guglielmo. Giocavamo da appena dieci minuti. I
muscoli delle gambe, pressati dagli scatti continui, avevano preso a tremare. Le spalle mi dolevano. A quindici
minuti chiesi un break. Uscimmo dalla saletta insonoriz-
zata e raggiungemmo la piccola tribuna in legno chiaro.

"Ti credevo più in forma" disse Guglielmo.

Mi passai l'asciugamano sul viso. "Lo credevo anch'io" dissi fra un respiro e l'altro.

Guglielmo era in perfetta forma. A dir la verità, con il
fisico che si ritrovava, si sarebbe detto che non avesse
fatto altro, in tutti i suoi vent'anni, che faticare nelle palestre o sguazzare nelle piscine. Quando prendemmo insieme la doccia, un'ora dopo, lo osservai con invidia. E
non tanto per quel sentimento di esclusione che la presenza del suo corpo atletico, asciutto, dalle proporzioni
perfette e dalla muscolatura flessuosa e ben visibile in
ogni parte, inequivocabilmente mi suscitava: esclusione
da certe performances fisiche, appunto, o forse anche
erotiche; quanto piuttosto di quella particolarissima forma di invidia che è alla base di qualsiasi sentimento o situazione di complicità fra maschi. Una invidia che poi è
tutt'uno con l'ammirazione e forse, anche, l'emulazione.
Guglielmo mi piaceva; per quanto si possano piacere,
tra loro, due uomini.

Avevo fissato un appuntamento con Susy al termine
del match, alle undici esatte davanti al bar dello Squash
Inn. Arrivò molto prima e si sedette a godersi lo spettacolo oltre la parete di cristallo. Quando uscii dal combattimento, me la trovai davanti.

"Divertita?" chiesi. Ero seccato. Non mi piaceva si as-
sistesse alle mie sconfitte.

"Come no?" Si alzò in piedi e fece per raggiungerci.
Aveva un paio di occhiali da sole, i capelli tirati all'indietro, una canottierina elastica aderente e scivolosa come
la pelle di una lontra. Portava un paio di pantaloni di
garza indiana, larghi e vaporosi stretti alle caviglie con
cordoncini neri. Reggeva in mano uno straccetto di giac-

ca nello stesso tessuto. Un completino del valore di un paio di stipendi.

"Ci vediamo dopo la doccia" dissi, svicolando dai saluti.

Mezz'ora dopo la raggiungemmo al bar. Guglielmo bevve il suo frullato di verdure e sparì. Doveva essere a Riccione all'arena di viale Lazio, per mezzogiorno. La sera si sarebbe svolto un torneo internazionale di boxe e doveva raccogliere le interviste durante la cerimonia della pesatura. Susy e io, invece, ci mettemmo in viaggio per la "spiaggia dei desideri". Tornammo in direzione di Rimini per qualche chilometro fino all'incrocio con la provinciale, deviammo a sinistra, in direzione nord-ovest e ci immettemmo nel traffico lento, ma scorrevole della grande strada. Destinazione: Lido di Classe.

Susy guidava con più grinta del solito. Il sole era accecante. L'asfalto grigio "mollava" come una pista di neve a primavera. I grumi fluidi di catrame luccicante sbucavano dalle fenditure del manto stradale come fiotti di sangue dalle ferite. Non potevamo vedere il mare. Fu un lungo, noioso viaggio attraverso la campagna, le coltivazioni di alberi da frutta, i pioppi. Bellaria, Cesenatico, Cervia e finalmente arrivammo. Susy uscì per prima dalla spider. Tirò una cordicella di canapa che portava in vita e i pantaloni caddero improvvisamente ai suoi piedi. Uscì prima con una e poi con l'altra gamba da quel soffice ammasso di stoffa. Quella che mi era sembrata una semplice canotta era in realtà un costume da bagno intero. Prese un cappello di paglia che stava dietro al sedile e se lo appoggiò sulla testa. "Forza, esci! Che fai ancora lì?"

Tolsi la camicia e la gettai in macchina. Rimasi con un paio di pantaloncini corti e le mie *Spring Court*. Avevo dimenticato gli occhiali da sole. Fu una seccatura.

Davanti a noi la strada in ghiaia finiva nella sabbia. Un muricciolo di cemento alto un metro e mezzo delimitava la zona di accesso alla cosiddetta "spiaggia dei desideri", un tratto di costa non appaltato agli stabilimenti balneari, in cui chiunque poteva fare campeggio libero. Lì risiedeva l'unica colonia naturista della riviera; e siccome nessuno arrivava per chiedere una lira, l'intero lido si era trasformato nel ricettacolo di un turismo squattrinato e fricchettone che nessuno avrebbe sospettato esistere standosene ad arrostire sotto le grandi e ombrose tende, su un lettino a losanghe, in un qualsiasi bagno di Riccione.

Pochi metri oltre l'ingresso iniziavano dune di sabbia costellate qua e là da ciuffi di canne rinsecchite. La rena era grossa, pesante e mischiata al calcare sbriciolato delle conchiglie e dei molluschi. Cartacce e lattine di birra ovunque. Cicche di sigarette. Una sportina di plastica rosa sventolava stracciata su un giunco come l'ultimo vessillo di un naufrago. Attraversammo le dune. Susy procedeva leggera tenendo in mano, sopra la spalla, i suoi sandali. Ogni tanto si voltava per controllare che la seguissi.

Oltre le dune si apriva la spiaggia libera. Avvistammo i primi turisti completamente nudi che prendevano il sole distesi su esili stuoie di paglia. Dal mare provenivano richiami e grida: un gruppo di ragazzi sguazzava verso la riva giocando a uno strano tipo di football acquatico: né pallanuoto, né calcio. Erano "naturalmente" nudi.

"Forse dovremmo toglierci il costume" propose Susy.

"Se vuoi." Non ne avevo la minima intenzione. Stavamo lavorando. Non era una gita di piacere. E io ero il suo capo.

"Non mi sembri molto convinto" fece lei.

"Lasciamo perdere."

Si fece maliziosa: "Hai forse qualcosa... che non va?".

"Perché? No, naturalmente... Devi fidarti sulla parola."

Il grosso dei turisti si ammassava in prossimità di una baracchina di legno con il tetto in lamiera. Davanti una scritta ormai cancellata dal sole diceva: RINFRESCHI.

"Andiamo là" disse Susy.

Raggiungemmo il capanno evitando di calpestare i corpi distesi al sole. Qualcuno ci squadrò come chi ha commesso un reato contro la pubblica decenza. I più, invece, non davano rilievo né attenzione alla nostra passeggiata vestita.

Gran parte dei bagnanti era giovane. Molti avevano i capelli lunghi, ma parecchi anche il cranio completamente rasato. Un gruppo di punkettini prendeva il sole in circolo. Al centro un grosso stereo diffondeva del rock ossessivo e martellante. Piccole tende canadesi erano fissate oltre il capanno verso una linea di dune che si ergeva parallela alla linea del mare. Al di là era possibile notare la chiome rinsecchite di una sequenza di pini marittimi.

Ordinai qualcosa da bere al ragazzo del capanno. Era un tipo sui trentacinque, capelli stopposi lunghi fino all'ombelico, pelle grinzosa, anellino all'orecchio sinistro e fascia di cotone indiano, color lilla, avvolta sulla fronte. Fumava marijuana arrotolata in sigarilli che accendeva in continuazione, uno dopo l'altro, tre lunghe aspirate e via. Quando parlò mi accorsi che era quasi completamente senza denti. Gli dissi che eravamo giornalisti a caccia di notizie sulla fauna che frequentava la spiaggia libera. Il tipo guardò prima me e poi Susy. Poi ancora me. Poi il suo sigarino e Susy. Sbuffò una zaffata di fumo azzurrognolo e dolciastro. Portò davanti al mio viso la mano destra: pollice e indice si sfregarono svelti a indicare una ricompensa. Allontanai con fastidio quella mano. "Andiamocene" dissi a Susy.

"Perché?"

"Andiamocene!"

"Io resto qui. Vediamoci fra mezz'ora. Fatti un giro e poi torna. Mi fermo a chiacchierare con Pedro."

"Non azzardarti a dargli una lira" sibilai.

"Fra mezz'ora qui." Non lasciava alternative.

Agguantai la mia lattina di birra e proseguii lungo la spiaggia. Un centinaio di metri più avanti, oltre la riva di un fiumiciattolo sporco, vidi un cartello issato su un giunco. Diceva ONLY GAY. Attraversai senza esitazione il Rubicone ed entrai nella riserva.

Oltre il piccolo corso d'acqua, il paesaggio non differiva se non per il fatto che i corpi stesi al sole parevano essersi dileguati. Eppure sentivo della musica e lì, stesi in riva al mare, stavano una decina di teli da bagno. Mi guardai intorno. Intravidi lontano il profilo di qualche figura isolata; qualcun altro prendeva un bagno. Improvvisamente avvertii delle grida concitate – come di una rissa – che provenivano dalle dune. Quando fui in grado di afferrarle – capirne decisamente la provenienza, l'entità, l'espressione, la forza – riconobbi la sua voce. Corsi là. Johnny stava difendendosi dall'assalto di un gruppo di uomini, alcuni in tanga, altri nudi, altri ancora con un pareo attorno ai fianchi. Gridavano insulti e tentavano di strappargli dal collo le due macchine fotografiche. Johnny riusciva a difendersi abbastanza bene, calciando e vibrando grosse manate che però non raggiungevano nessuno e funzionavano soltanto come fuoco di sbarramento. Avevo ormai raggiunto la sommità della duna. Corsi nella loro direzione gridando. Il gruppo esitò un attimo.

"Vieni via!" urlai a Johnny.

Ci fu un momento di sospensione durante il quale il gruppo, preso alla sprovvista, non seppe come muoversi. Johnny ne approfittò per indietreggiare e raggiungermi. Ripresisi dal loro stupore, gli uomini tornarono a gridare. Uno di loro rincorse Johnny. Lo affrontai. Era un uomo sui quarant'anni, abbronzato, baffi e capelli corvini. Tinti. Aveva una catena d'oro al collo, un bracciale d'oro alla caviglia, una serie di anelli d'oro e avorio ai polsi.

"Non ti azzardare a pubblicare quelle foto" gridò.

"Fa il suo mestiere" dissi.

"Vaffanculo! Vaffanculo! Vaffanculo!"

"Calmati... Nessuno pubblicherà niente di niente."

Non parve rassicurato. Gli altri ci stavano raggiungendo. Johnny si teneva alle mie spalle. Era sudato, sporco di sabbia, perdeva sangue dal naso.

"Venite a fotografarci come allo zoo. Perché non ci lasciate in pace? Beccamorti. Strozzini... Ecco che razza di gente siete."

"Nessuno voleva infastidirvi" dissi calmo, guardandolo negli occhi.

"E quella palla di lardo cosa ci faceva dietro le canne?... Ehi, lardona! Ti sei goduta lo spettacolo?"

"Dacci un taglio" dissi. Gli altri ci avevano ormai raggiunto. C'era una sola cosa da fare. Allungai il braccio all'indietro e ordinai a Johnny di togliere i negativi.

"Ma come?" balbettò lui.

"Dammi i negativi, sbrigati!"

Parvero rassicurati. Fecero alcune smorfie e battute.

"L'hai capita, eh, pupa!" disse quello degli anelli.

"Non sono la pupa di nessuno" sputai gelido, "tantomeno tua."

Sentii il peso dei rullini nell'incavo della mano. "Tieni. E ficcateli in culo."

Il tipo prese i due rullini. Le checche sbottarono in grida acute di vittoria. Sembravano pellirossa. Avevano ottenuto i loro scalpi. Raggiunsi Johnny. Quando fummo abbastanza lontani per non essere sentiti gli sibilai: "Che diavolo ci facevi, lì?".

"Fotografie."

"Questo lo so, Cristo!" Mi voltai. I sioux danzavano sulla sommità passandosi attorno al collo la pellicola srotolata.

"Hai fatto buone foto?"

"Erano ottime. Ma per lo più impubblicabili."

"Perché?"

"Era un'orgia."

"Potremmo mascherarle" dissi.

"Ma io... Io gliele ho date indietro!"

Mi arrestai. Era troppo. "Cosa?"

"L'hai detto tu."

Imprecai. "Non avevi un qualche cazzo di rullino vergine addosso?"

Balbettò qualcosa. Chinò la testa dandosi un pugno alla mascella. "Le tasche piene ho! Piene!"

Non dissi nulla. Me ne andai per conto mio. Come avrei potuto dirgli che non aveva capito niente del nostro mestiere? Né lo avrebbe capito mai?

Raggiunsi Susy al capanno. Era circondata da una dozzina di persone che chiacchieravano sovrapponendo le loro voci e i loro gesti. L'impressione era che avessero fatto un tredici e si stessero spartendo il bottino. Susy, naturalmente, con il taccuino in mano, teneva i conti.

"Ah, sei qui" fece, non appena le fu possibile intravedermi nella piccola calca. "Dammi una mano."

La afferrai per il polso e la trascinai via. "Abbiamo materiale a sufficienza."

"Un rompiballe. Ecco chi sei Marco Bauer. Un grande, enorme, perfetto rompiballe."

"Non strillare" rimbeccai. "Non strillare anche tu come quelle fagiane arrostite là sopra!"

"Fagiane?" Sgranò gli occhi.

"Ora andiamocene via, vuoi? raggiungiamo la tua spider e voliamo via." Cercai di essere calmo. "Mi sto scottando e non intendo passare il resto dei miei giorni a spalmarmi di creme."

"Se tu avessi seguito i miei consigli, rubrica salute, Pagina dell'Adriatico, non saresti a questo punto, cocco."

"Vorrà dire che d'ora in avanti mi impalmerai tu, Susy." Cristo! L'avevo detto. Ed era troppo tardi per correggermi.

Mi guardò civettuola: "Impalmare?".

"Spalmerai. Ho detto spalmerai! Finiamola!" Sul suo viso si aprì un sorriso di vittoria.

Raggiungemmo la macchina. Era una fornace. Fui costretto a proteggermi la schiena con la camicia. Susy eseguì una perfetta retromarcia.

"Facciamo il lungomare" disse. "A quest'ora è libero. Si fila come su una macchia d'olio."

"Confortante."

"Sono tutti in pensione per pranzare. È l'ora migliore, sai, per andare alla spiaggia o prendere un bagno."

"Non mi bagnerei in quell'acqua per tutto l'oro del mondo."

"Prenditi un pattino e vai al largo. È pulita."

"Sarà." Non ne ero affatto convinto. Depuratori o non depuratori avevo sguazzato in ben altre acque. In tutti i sensi.

Raggiungemmo Lido Adriano. Non avevo mai visto niente di simile. Non era un villaggio turistico, era un enorme cantiere edile. Palazzine a più piani, ma soprattutto complessi residenziali e condomini a torre riempivano il paesaggio come avrebbero potuto riempirselo dei ragazzini giocando a Monopoli non su un tabellone, ma su una pianta della zona. Agenzie immobiliari erano ovunque. A ogni incrocio un grande cartellone dipinto mostrava un villaggio residenziale con piscine interne, il nome dell'impresa di costruzioni, dell'architetto, dell'ingegnere e sotto, a caratteri estesi, l'agenzia che curava la vendita. Ne contai una ventina e solo nell'attraversamento del centro. Forse fu per questo che tornando a Rimini, fermi a un semaforo, la mia attenzione si incentrò su uno di quei cartelloni. Era affisso al limitare di un cantiere edile appena all'inizio del territorio del comune di Rimini. Una gru arancione spostava grandi blocchi di mattoni. Sentii gli ordini del capomastro. Non so per quale motivo particolare mi impressi bene in mente il nome dell'impresa di costruzioni. Si chiamava Immobiliare Silthea.

L'articolo uscì due giorni dopo come servizio di apertura del nostro supplemento a firma di Susanna Borgosanti. La sequenza di fotografie era ordinata, come al solito, su quattro finestre: ragazze a seno nudo, primi piani e in fondo il cartello con scritto "only gay". Il titolo era invece organizzato su tre livelli, *A dieci chilometri da Ravenna* – UNA SPIAGGIA A LUCI ROSSE – *cronaca di una vacanza diversa.*

Quello stesso pomeriggio, dopo la consueta riunione

per decidere il lavoro, me ne andai verso le sei. Lasciai Guglielmo e Zanetti a trasmettere i pezzi. Susy – che non si era fatta vedere per tutta la giornata – cercava un cavaliere per un cocktail-party. Lo aveva chiesto a me e non me l'ero sentita di rifiutare. Si trattava della conferenza stampa della giuria di non so quale premio letterario. Susy avrebbe dovuto fare un salto per coprire l'avvenimento. Per quanto mi riguardava, non mi era mai fregato gran che di questi appuntamenti mondani. E se avevo accettato era solo per fare da spalla a una bella donna come Susy. In questo, d'altra parte, ero allenatissimo. Con Katy, in tutti quei suoi insulsi ricevimenti di moda fra checche americane, grandi sventole di donne, pubblicitari, *buyers*, stilisti, avevo imparato l'arte del perfetto accompagnatore. Sorridevo, se ne avevo voglia, stringevo qualche mano sudaticcia olezzante di vetiver, non scambiavo che poche parole con chi mi veniva presentato e facevo di tutto per non venir presentato a nessuno. Katy, ogni tanto, mi abbandonava in compagnia di qualche direttore delle vendite o cose del genere. Parlavamo di vela o di sci nautico, se si era a luglio; altrimenti di sci alpino, se si era a gennaio. Possedevo un guardaroba adatto e una faccia buona per tutte le occasioni. Questo succedeva con Katy. Ma a un cenacolo letterario no, non ero mai andato. Con Susy tutto succedeva come in una estenuante partita a scacchi. Mossa dopo mossa, ora all'attacco, ora in difesa, cercavamo reciprocamente di stanarci. Nessuno dei due aveva ancora in tasca lo schema vincente. Per il momento ci studiavamo, ci guardavamo, ci annusavamo. Ognuno fermo e rigido sulle proprie posizioni.

Alle sette precise parcheggiai la mia Rover davanti al l'ingresso del Grand Hotel Splendor di Riccione. Si trattava di una straordinaria costruzione di inizio secolo che sorgeva nel mezzo di un prato all'inglese, sul lungomare. L'edificio era strutturato in tre padiglioni. Il corpo centrale terminava con una torretta, gli altri due a cupole moresche. Dietro il pesante muro di cinta e le cancellate la facciata monumentale mi apparve un po' lugubre. In alto, sul pennone della torre sventolavano tre drappi: uno bianco e giallo con lo stemma del Grand Hotel, un secondo con i colori della municipalità di Riccione, il terzo con il tricolore nazionale.

Mi incamminai per i vialetti di ghiaia bianca. Un paio di giardinieri cercavano affannosamente di regolare un innaffiatore a pioggia situato a ridosso del muro di cinta. Lungo un viale passeggiavano tre signore. Portavano sulla testa cappellini il cui diametro e la cui foggia apparivano un insulto alle leggi dell'equilibrio. Avevano in mano qualche libro. Si fermarono per scambiarseli facendo un sacco di moine. I loro vestiti erano rosa corallo, verde acquamarina e giallo topazio con disegni color albicocca: tre caramelline sparse nel verde tenero del prato.

Entrai nell'atrio. Era un grande salone che si sviluppava su due livelli. Subito a lato della porta d'ingresso stavano la reception, qualche divano di cuoio scuro e invecchiato, uno stipo di legno che raccoglieva i quotidiani nazionali più una ampia rassegna di stampa estera. Il pavimento era costituito da un parquet sistemato a grandi scacchi in cui le venature del legno, a seconda della posizione, rendevano lucida o opaca la superficie. Superati tre scalini si apriva il salone vero e proprio che si affacciava sul mare attraverso una grande veranda. In alto scorreva tutto intorno una balconata. L'arredamento era moderno e quasi disinvolto. Grandi divani rivestiti di stoffa stampata a fiori bianchi e gialli, kenzie agli angoli, paralumi, moquette color ottone. Le porte-finestre che davano sul mare erano attraversate da una piccola folla di ospiti del Grand Hotel. Per quanto il viavai fra il salone e la terrazza fosse notevole, tutto si svolgeva in una atmosfera tranquilla, come ovattata. I fruscii delle vestaglie da bagno, delle tende, il tintinnio dei bicchieri di cristallo che i camerieri portavano su grandi vassoi di argento, gli stessi piccoli clangori dei monili, delle collane, dei bracciali che le donne indossavano, costituivano risonanze che riempivano l'ambiente, senza saturarlo. Anzi, erano proprio quei riverberi di chiacchiericcio, quei "Cameriere!" pronunciati con decisione e mai volgarità, quel lieve zoccolare sul marmo della terrazza delle ragazze in costume da bagno, il tonfo sordo di una sacca che cadeva o il click prezioso di qualche accendino che scattava per fare fuoco, che costituivano l'ambiente stesso. Senza quei piccoli e insignificanti rumori di lusso quotidiano, il salone, la veranda, il terrazzo, il colore del mare, l'ondeggiare dei teli sulla spiaggia sarebbero banalmente e semplicemente stati se stessi: pallidi contenitori in cui una sacca cade e un accendino si accende. In quel viavai ovattato essi vibravano come la voce stessa dell'ambiente: essi esprimevano il fascino della situazione e delle persone, essi erano il Grand Hotel, il suo glamour, la sua inconfondibile musica.

Un cameriere percorse il salone facendo tintinnare un campanellino d'argento. Avvertiva che al piano superiore stava per iniziare la conferenza stampa del Premio Internazionale Riviera. Vidi un gruppo di persone avviarsi verso le scalinate. Le seguii. Mi arrestai un attimo, prima di salire nell'ascensore, per vedere se Susy era arrivata. Niente.

Entrai nella sala conferenze. Una grande scritta, sul fondo, diceva: XXVII Premio Internazionale Riviera. Al tavolo stavano alcune persone illuminate dai riflettori delle televisioni. Mi sedetti in ultima fila, estrassi il taccuino e guardai dalle vetrate, il mare, che iniziava proprio in quell'ora ad assorbire l'ultima gamma di fuochi della giornata.

"Come sta andando?" soffiò Susy, sedendosi nella poltroncina accanto alla mia.

Mi girai a guardarla, destandomi da quel torpore che mi aveva preso: le onde sui tralicci del piccolo molo dell'hotel, la schiuma del mare sulla sabbia, i camerieri che riponevano le poltroncine in giunco, una fila di lampadine gialle che aveva da poco preso a illuminare la passerella di legno gettata sul mare fino al gazebo in ferro lavorato come un merletto...

"Non dirmi niente. Non voglio sapere niente. Non mi interessano i motivi del tuo ritardo" dissi. "È mezz'ora che vanno avanti e ancora non hanno presentato i libri in concorso. Non fanno altro che omaggiarsi e ringraziarsi. Sono insopportabili."

"Per questo ho tardato un po'..."

Un angelo. Ecco chi era Susy in realtà. Nient'altro che un delizioso angioletto di cui avreste fatto volentieri a meno.

"Quello in fondo, l'ultimo a destra è Michel Costa. Hai letto il suo romanzo?"

"Sono un lettore da due soldi."

Stavamo bisbigliando come due scolaretti in presenza di un professore nemmeno tanto severo.

"La signora al suo fianco" proseguì Susy, "è Bianca Monterassi. La danno tutti favorita. Partecipa al Premio per la terza volta. Non ha mai vinto."

Guardai il personaggio in questione. "O vince quest'anno o mai più."

Susy ridacchiò. "Ha ottantadue anni. Alcuni dicono ottantacinque. Ha dichiarato di aver già terminato il suo prossimo romanzo.

"E quell'altro in blu?"

Susy emise un mugolio interrogativo.

"Vicino al microfono, laggiù" dissi a voce più alta. Fummo zittiti da un commesso che indossava la marsina dell'hotel. Girava avanti e indietro lungo il corridoio con le mani unite dietro la schiena come un poliziotto. Lo lasciammo allontanare.

"È Lupo Fazzini. Ma non vincerà. Ha scritto libri migliori nel dopoguerra. Tutti se lo tengono buono perché è lui che fa passare le recensioni dei libri in televisione."

"Cosa ha scritto?"

"*Tornerai amore mio.*"

"... È il titolo di una canzone di ' 'e o?"

"Ha riscritto la storia d'amore ' ' te e Beatrice"

fece con aria di rimprovero. "Dicono ci siano pagine molto disinvolte."

"Disinvolte?"

"... Osé. Piccanti."

Provai a immaginare cosa poteva esserci di pruriginoso in un argomento del genere. Leggevo solo gialli e nemmeno con continuità. Di fronte a quei ruderi, certo non potevo sentirmi in soggezione. "Tu l'hai letto?" chiesi. La faccenda un po' mi incuriosiva.

"Figurati. Io sono per l'outsider." Aveva l'aria di chi la sa molto lunga.

"Chi è?"

"Bruno May."

Ero davvero un disastro. Quattro in letteratura contemporanea. Sempre che volesse nominarsi tale una letteratura che indagava fra le lenzuola del Poeta. Meglio sarebbe stata "medioevale". Trovatori, tromboni e compagnia bella. Nemmeno "cavalleresca" sarebbe stato appropriato. C'era ben poco di cavalleresco. Come intellettuale, non valevo una cicca. Dissi a Susy che l'avrei aspettata al bar. Non cercò di trattenermi.

Mi sedetti su uno sgabello direttamente al bancone. Il bar era pressoché deserto. Due barman riponevano alcune ciotole con i resti dei salatini che avevano accompagnato l'ora dell'aperitivo. Erano ormai le otto e mezza. Avevo fame. Ordinai un Martini alla vodka. Avevo un solo desiderio, che di sopra finissero e dessero il via al party.

Un'ombra mi scivolò al fianco ordinando una bottiglia di birra e un bicchiere di gin. Si fece versare mezzo bicchiere di birra rossa. Aggiunse il gin, poi di nuovo la birra e sulla schiuma versò le ultime gocce di quel che rimaneva nel bicchierino. Guarnì tutto con una fettina di limone.

Il tipo era sui trenta. Aveva un paio di jeans, scarpe di tela, una giacca a quadrettoni blu e verdi, una camicia dal colore azzurro stinto. Aveva i capelli di un castano chiarissimo con riflessi biondi che evocavano un buon taglio eseguito almeno due mesi prima. Un ciuffo gli scendeva sull'occhio destro. Spesso, con un veloce gesto della mano, lo ricomponeva tirandolo dietro l'orecchio.

"Mette il gin dappertutto?" chiesi. Mi ispirava.

Si voltò verso di me. Aveva occhi tagliati come un orientale affusolati e profondi, di un verde intenso. "Anche nel dentifricio" disse. E scoppiò a ridere.

Accennai con le labbra a un sorriso di convenienza.

"Se vuole glielo insegno. Ho notato che assisteva alla preparazione" fece lui. Non attese nemmeno la mia risposta. "Allora: 3/4 di birra rossa, 1/4 di gin, una fetta di limone. Si ricordi: solo *pale ale* inglesi e rosse tedesche. Buone anche quelle di grano. Niente francesi. Criticabili quelle olandesi. Ho provato anche con la birra giapponese. Non è male, sa?"

"Come si chiama?"

"Il Lungo Addio..."

Non me la sentii di fare osservazioni.

"Vuole assaggiare?" chiese, avvicinando il bicchiere.

Ne bevvi un sorso. Non era male.

"Per il gin non ci sono problemi. Vanno bene tutti. In Spagna ho visto correggere la birra con il brandy. Ma io preferisco il mio Lungo Addio... È una bevanda così sentimentale. Non trova?"

Restituii il bicchiere. Mi rifeci la bocca con il Martini.

Il tipo aveva voglia di parlare. "Come sta andando di sopra?" disse.

"Perché lo chiede a me?"

"Via! Puzza di giornalista lontano un miglio."

"È forse proibito?" dissi secco.

"Oh, no, amico mio. Non se ne deve risentire." Diventò di colpo premuroso. Spinse addirittura un braccio attorno alle mie spalle. "Non era mia intenzione dire qualcosa di male. Vuole qualcos'altro?"

"Lasci perdere. Mi attende un party tra poco. E ne uscirò ubriaco fradicio."

"Tanto vale cominciare subito!" Era allegro. Ci guardammo negli occhi per qualche secondo. Aveva una

smorfia disegnata sul viso, qualcosa di eternamente ironico, come se tutto gli procurasse un motivo per ridere.
Qualcosa che si vede sulla faccia dei pazzi. Ma nel suo
caso ispirava una sensazione di divertente complicità.

"Mi chiamo Marco Bauer" dissi tendendogli la mano.

"Molto piacere, amico mio. Molto piacere... Ma, se
mi consente, non metta mai più vodka nei suoi Martini.
Non c'è buona vodka in Italia. Meglio il gin."

"Ne prenderò uno americano, allora."

"Le faccio compagnia... Bauer."

Osservammo la preparazione dei cocktails fumando
una sigaretta. Attraverso i cristalli della vetrata notai che
la terrazza era ormai predisposta a ospitare il party.
Grandi tavoli dalle tovaglie candide erano sistemati uno
di fronte all'altro. Faceva ormai buio.

"Anche lei è qui per il Premio Riviera?" chiesi.

"Più o meno" disse con una smorfia.

"Sa cosa penso di lei?" azzardai. "Lei è uno di quei
giovanotti che si intrufolano ai parties per riempirsi lo
stomaco. Un mezzo artista, un mezzo critico, un curioso... Un gigolò."

"Ne avrei la stoffa?" domandò incuriosito.

"A prima vista direi di sì."

Ridacchiò e buttò giù il drink d'un fiato. "Ho l'aria
più dello squattrinato o dell'arrampicatore sociale?"

Il gioco doveva piacergli parecchio, così rilanciai.
"L'uno e l'altro. Ma certamente, un tempo, lei ha conosciuto il lusso."

La sua risata fu talmente aperta e spontanea da trasci-
narmi completamente dalla sua parte. Notai che uno
strano luccichìo, un riflesso, proveniva dai suoi denti.

"Che ho detto di male?" dissi fra i singulti.

"Un giorno... Un giorno le racconterò qualcosa di me.
Ma ora vada, amico mio. I suoi colleghi stanno assalen-
do i viveri." Fu invece lui ad andarsene per primo, veloce, con quella strana andatura curva, come di un vecchio. Notai la sua altezza. Qualcosa in più del metro e
ottanta. Guglielmo l'avrebbe indovinata al millimetro

con tutta la sua esperienza di palestre e campioni. Io non avrei potuto. Però sopra il metro e ottanta. Di questo ero sicuro. Un metro e ottanta ero alto io.

Chiesi il conto. Salatissimo. Vedendomi perplesso, il barman disse: "Sono comprese le consumazioni del suo amico".

"Il mio amico?"

"Si è fatto fuori – se mi permette – dieci bottiglie di birra e una mezza di gin."

Maledetto scroccone! Corsi nella hall. Scrociai dritto nelle braccia di Susy che, sotto le lampade dei reporters, sorrideva al braccio di Michel Costa.

"Oh, Marcooooo" cinguettò, "posso presentarti il più grande scrittore esistente sulla faccia della terra?"

Il flash di un fotografo mi abbagliò.

Mi svegliai il giorno dopo alle sette con la testa pesante, lo stomaco in fiamme e una nausea violenta. La luce filtrava dalle tapparelle e macchiava le pareti e il soppalco. Seppi immediatamente che il tempo era nuvoloso.

Raggiunsi il bagno, pisciai, mi guardai allo specchio. Era stata una brutta sbronza. Ricordavo tutti i particolari, il Grand Hotel, Susy, Michel Costa, il presidente del Premio Riviera, l'aragosta e le ostriche e il riso ai frutti di mare. Ricordavo di aver vomitato come un disperato. Poi più nulla. Chi mi aveva portato a casa? Forse io stesso con la forza automatica dell'incoscienza?

Presi una bottiglia di minerale e ne bevvi mezza, d'un sorso. Avevo la bocca arsa dalla nicotina e la gola di sabbia. Chiamai il servizio ordinando un litro di caffè bollente. La testa continuava a girarmi. Non mi sarei rasato. Non sopportavo lo schifo della mia faccia gonfia.

Due ore dopo mi ero rimesso in sesto quel tanto per apparire decente agli occhi della redazione. Presi gli occhiali da sole e uscii.

I colleghi erano sul posto di lavoro, solerti e indaffarati. Salutai. Mi sedetti alla scrivania.

"Dove ti sei cacciato stanotte?" domandò Susy.

Grugnii. Doveva senz'altro aver assistito alla scena del rigetto e chissà quali altre stronzate mi erano uscite dalla bocca.

"Eri in gran forma, Bauer. Davvero splendido."

"Sul serio?" Non capivo fin dove volesse arrivare con la provocazione.

"La conversazione con Michel è stata superba. Gli sei piaciuto."

"Effetti dell'alcool" dissi sciattamente.

"Allora vedi di fare una buona provvista per stasera."

"... Perché?"

Susy mi raggiunse. Si sedette sul mio tavolo dopo aver spostato la macchina da scrivere. Accavallò le gambe. "Come perché? Ma se hai così insistito!"

"Oddio, Susy, ero..." Mi corressi. "Se ho insistito significa che volevo..."

"Allora: alle sette all'aeroporto per la conferenza stampa di Benjamin Handle. Party alle nove nella villa di Michel. Discoteca a mezzanotte. Night-club alle tre. Per me va benissimo."

"Ho accettato questo?" dissi a metà tra l'affermazione e la domanda.

"La tua proposta dello streap-tease è venuta come la ciliegina sulla torta..."

In quel momento il cielo tuonò. La luce del giorno si trasformò in un riverbero livido che appiattiva e distanziava le cose, i muri, i tetti delle case. Mi avvicinai alla finestra.

"È solo un temporale estivo" fece Susy. "Tra poco tornerà tutto come prima."

"Puoi controllare le previsioni del tempo?"

"Perché?"

"Non fare starnazzamenti inutili! Ti ho detto una cosa! Falla, perdio!"

"Vaff... Bauer!" strillò Susy e uscì. Andò a rifugiarsi nello studio di Zanetti.

"Guglielmo. Voglio sapere le previsioni meteorologiche per le prossime quarantott'ore. Sai come fare?"

"Credo di sì." Immediatamente compose un numero sulla tastiera del telefono.

"Se questo temporale va avanti per qualche giorno, non avremo più niente da scrivere" borbottai.

Cominciò a piovere. L'acqua batteva sui vetri spinta da un vento sferzante. In strada i passanti correvano, coprendosi con i teli da spiaggia.

"Ne avremo per qualche giorno" annunciò Guglielmo. "Si tratta di una perturbazione molto estesa."

"Quanti giorni?"

"Stanotte e domani, senza dubbio."

"... Cosa fa la gente a Rimini, a Cattolica, a Riccione quando piove?"

"Tante cose... Guarda la televisione, va al cinema."

"E poi?" Stavo pensando. Era una fatica terribile. La testa mi scoppiava.

"Giocano a carte nelle pensioni... I ragazzi stanno nelle sale giochi..."

"Mmmmm... È un buon argomento. *Video games.* Inventa qualcosa. Un campione di queste macchinette, intervistalo. Poi intervista i gestori. Voglio sapere quante sale giochi sono registrate in riviera, quanto presumibilmente incassano, come sono cambiate... Non ti sembra una buona idea?"

Piovve in continuazione per tutto il pomeriggio. Dopo il primo violento scroscio della mattinata il cielo s'era improvvisamente aperto in squarci di un azzurro ribaldo e tentatore. I villeggianti avevano raggiunto, pieni di speranza, le spiagge. Se un bagno era fuori discussione, almeno avrebbero potuto fissare l'abbronzatura esponendosi a quei raggi di sole che filtravano dalle nuvole come in una raffigurazione religiosa. La Riviera aveva un aspetto prodigioso. Verso il promontorio di Gabicce s'addensavano nuvoloni neri e gravidi di pioggia. A Rimini, invece, una luce spettrale e metallica illuminava tratti di spiaggia e di mare. Oltre, verso Cesenatico, altri nuvoloni, altri raggi di sole, altri squarci argentei. La linea del mare pareva un neon acceso. Una striscia di chiarore pallidissimo e freddo separava infatti la linea color mercurio delle acque da quella gonfia e sinuosa del cielo.

Verso le quindici il cielo si coprì di nuovo nella sua interezza fino ad abbassarsi coprendo i tetti delle case. E ora, pochi minuti prima delle sette, eravamo già al buio. E annegati di pioggia. La Rover procedeva sull'asfalto lucido della provinciale come una grande e lenta barca. Il peso della carrozzeria dava stabilità alla linea di guida per cui potevo, con sicurezza, spingermi in certi sorpassi che un'altra vettura avrebbe reso rischiosi. Susy m'era di fianco. Ancora pochi chilometri e avremmo raggiunto l'aeroporto di Miramare.

"Sei sicura che il charter atterrerà ugualmente?" domandai.

"Ho telefonato." Era ancora imbronciata dalla mattina. A volte, era davvero una ragazzina. In fondo non aveva più di ventitré anni.

"Dicevo per dire... Senti, Susy, finiamola. Ho agito come un gran cafone, me ne rendo perfettamente conto..."

"Puoi dirlo" mi interruppe.

Cambiai argomento. "Chi è questo americano che andiamo a ricevere?"

"Un concorrente del premio Riviera."

"Ah." Mi dimostrai interessatissimo. "E cosa ha scritto?"

"Ha venduto ottantamila copie. Se tu sei uno zotico di giornalista arrivista e arrogante e prepotente io non so cosa farci. Se tu, Bauer, sei quel gran figlio di puttana ignorante, incolto e gretto che sei non chiedere alla tua Susy di poter supplire ai tuoi baratri di inciviltà."

Accesi una sigaretta. "Se la pensi così."

"Certo che la penso così!"

Restammo in silenzio. Nell'abitacolo dell'auto solo il rumore dei tergicristalli ci teneva compagnia. E il battito della pioggia sulla capote. Raggiungemmo l'aeroporto. Parcheggiai l'auto. Susy schizzò via di corsa.

Nella stanza che fungeva da sala d'attesa una folla di

operatori televisivi bivaccava accanto alle telecamere a spalla. Altre persone discutevano animatamente in un angolo. Riconobbi i giurati del premio Riviera. Susy li aveva raggiunti. Parlava con tutt'altre espressioni di quelle che le avevo visto sul viso poco prima. Era disinvolta, aveva parole per tutti, stringeva mani, scribacchiava sul taccuino brani di conversazione. Fingeva benissimo. Sapevo che era incazzata come una iena.

Notai con soddisfazione che mancava Michel Costa. Forse avrei potuto svicolare da quella serata senza dover ricorrere a scuse di sorta. Bastava che il francese fosse rimasto bloccato in casa per via dell'acquazzone. Dopotutto si doveva andare da lui. Avrei sempre potuto perdermi lungo la strada. Se non fosse arrivato, avevo mille concrete possibilità di riuscire a ficcarmi a letto per le nove.

L'altoparlante annunciò in quel momento l'arrivo di un volo. I fotografi e gli operatori si precipitarono verso l'uscita "Voli Internazionali" con le telecamere, i cavi, i registratori, i faretti e tutto il resto. Susy mi passò al fianco senza salutarmi. Un funzionario dell'aeroporto percorse il corridoio gridando: "Non è quello! Non è su quel volo!". Ma nessuno lo stava a sentire. I giurati del premio Riviera procedevano insieme tenendosi a braccetto e inchinandosi continuamente l'uno all'indirizzo dell'altro. Conversavano come vecchi compagni di università. O come baroni. Il funzionario si stancò di gridare. Si fermò e girò i tacchi. Gli chiesi che avesse. Rispose sgarbato: "Che facciano quel che vogliono. Là sopra non c'è".

Pochi minuti dopo i passeggeri di un volo nazionale entrarono nella hall correndo, bagnati fradici. Parlavano in tedesco. Erano pieni di sportine di plastica e di souvenir e macchine fotografiche. Una donna sui trentacinque anni si appartò in un angolo in attesa della riconsegna del bagaglio. Mentre tutti gli altri passeggeri si riunivano attorno alla guida, lei resisteva solitaria e silenziosa. Aveva estratto da una borsa una spazzola e si

stava lisciando i lunghi capelli bagnati. Non era una bellissima donna. Ma era interessante. Era vestita con molta cura. La si notava. Forse per il fatto che viaggiava sola
e non aveva l'aria di chi fosse venuto in vacanza. Incontrai il suo sguardo. Lo ricambiò per un istante. Lo riabbassò. Tornò a occuparsi dei suoi capelli. In quel momento i fotografi, i colleghi, le autorità del comitato di
accoglienza guadagnarono l'atrio. Delusi come avessero
perso ai cavalli. Borbottavano tra loro, gesticolavano, fu-
mavano rabbiosamente le sigarette.

"Non era su quel volo" disse Susy.

"Lo sapevo."

"E sai anche allora quando Handle atterrerà?" C'era
sarcasmo nella sua voce. Mi intenerì.

"Ho una proposta da farti" dissi.

"Quale proposta? Un articolo? Una intervista?"

Le cinsi la vita con un braccio. La sentii morbida e flessuosa come un'arpa. "Vieni a dormire da me... Subito."

Fu sul punto di dire qualcosa, ma non sentii niente.
Mi guardò.

"Perché me lo chiedi?"

"Perché è quello che vogliamo tutti e due. Fin dall'i-
nizio."

Fece sì con la testa. Accennò un sorriso: "E il pezzo?".

"Andrai domani al suo albergo."

Lasciammo l'aeroporto filandocela via come avessimo
commesso un crimine. La pioggia scendeva senza tregua. Il cielo nero di tanto in tanto mostrava, in un bagliore, le sue nervature elettriche. Come avesse un corpo
e un sangue fosforescenti che il rombo del tuono annunciava pronti a una fotografia siderale. Lo stridore di quei
flash non ci abbandonò finché non raggiungemmo l'appartamento quarantuno.

Non appena l'aereo ebbe raggiunto quota, come liberata dalla tensione, Beatrix, improvvisamente, si addormentò. Erano esattamente quattro giorni che non riusciva a chiudere occhio. La fatica del viaggio s'era fatta

sentire tutta d'un colpo. Dopo la telefonata alla signora
Russo, Beatrix era uscita in giro per Roma incapace di
prendere sonno. Aveva ormai deciso la partenza. Il personale dell'albergo le aveva prenotato un posto sul rapido "Peloritano" in partenza dalla stazione Termini il
giorno successivo alle undici e quaranta. Sarebbe arrivata a Palermo la notte stessa attorno alla mezzanotte. Era
invece arrivata alle cinque del mattino, stremata, in hotel. Aveva riposato qualche ora. Ma fu un sonno pieno
di incubi, di treni che non partivano, di grida che non
uscivano dalla bocca spalancata, di partenze sempre con
la dolorosa sensazione di aver dimenticato qualcosa. Era
riuscita a ottenere un appuntamento con la signora Russo per le quattro del pomeriggio. Si era presentata in anticipo alla porta di quel palazzone alto e squadrato senza
nemmeno una strada asfaltata per poterlo raggiungere.
La famiglia Russo abitava al pianterreno, in un apparta-
mentino di tre stanze. La donna era vedova. Tre ragazzine piagnucolose giravano per casa strillando e prendendosi per i capelli. Beatrix rimase fino a mattino ad
ascoltare le pene di quella donna ancor giovane e già
completamente distrutta dalla vita, dalla perdita del marito, dalla fuga di un figlio tossicomane, mezzo delinquente, balordo al punto tale da inviarle una cartolina
con i saluti da una località turistica. Come se quelle po-
veracce avessero bisogno di cartoline e fotografie e baci
e abbracci e non invece, dell'indispensabile per vivere,
per uscire da quella miseria, anche morale, che Beatrix
aveva avvertito appena entrata in casa. I mobili erano
accatastati in una unica stanza: tavoli, sedie, armadio,
credenza. Nelle restanti erano solamente reti e materassi. Le pareti della camera di Giorgio erano decorate con
ritagli di giornale e posters ingialliti di pop stars strappati da qualche rivista musicale. Nel piccolo ingresso il telefono era lucido e posto su un mobiletto laccato di giallo. Poggiava su un centrino di pizzo bianco.

Per tutta la notte la signora Russo raccontò alla strana
signora tedesca la sua vita, quella del marito, quella del

figlio. Superato il primo momento di diffidenza – Beatrix aveva dovuto parlare attraverso la porta di ingresso per una buona mezz'ora prima di poter essere accolta in casa – la signora Russo s'era gettata in una confessione disperata, sincera, appassionata. Non chiedendosi se quella donna straniera la potesse comprendere, non preoccupandosi di disturbare il sonno delle figliolette, non considerando il fatto che Beatrix avrebbe potuto anche essere agente di una qualche squadra narcotici, Interpol o cose del genere; parlò a ritmo continuo sostenendosi di tanto in tanto con un bicchierino di vino marsala che offriva all'ospite con rude gentilezza. Beatrix capì ben poco di quello sfogo se non che la donna faceva di professione l'inserviente in una scuola e anche il figlio Giorgio l'aveva fatto prima di rubare una certa somma e fuggirsene via. Il seguito era una accozzaglia di fughe, litigi, abbandoni, ritorni a casa, promesse non mantenute, dichiarazioni di buona condotta non rispettate, botte, ancora botte, sempre botte.

Fu nel cuore della notte, verso le due, che la donna, stremata, finalmente tacque. Beatrix chiese allora di poter vedere quella cartolina. La donna gliela mostrò. Beatrix tese la mano per prenderla e poterla così guardare da vicino. La donna ritirò con un gesto fulmineo il cartoncino e lo pose, stringendolo, sul petto. I suoi occhi erano grandi e rossi. Beatrix ebbe paura. Versò del marsala nel bicchiere e ne porse un sorso alla donna. Un'ora dopo, finalmente, la vide assopirsi. Beatrix studiò il modo per guardare quella cartolina, ma ben presto si accorse che non esisteva altro modo se non quello di portarsela via. Aspettò finché non ebbe la certezza che la donna si fosse addormentata profondamente. La chiamò per nome due o tre volte senza ricevere risposta. Si decise. Si alzò in piedi lentamente, come a rallentatore. Uno scricchiolio della poltrona le fece gelare il sangue. Spiò il labbro inferiore della donna che aveva preso a tremare. Un sibilo usciva ritmico con il respiro. Si avvicinò ancor di più, fino a pochi centimetri dall'orlo della cartolina che spuntava dal seno. Sudava. Le dita le tremavano. Fu sul punto di lasciare tutto e scappar-sene via. In quel momento odiò la donna, capì che doveva odiarla per poterle rubare quella misera reliquia. Così mi-sera e così, forse, importante per lei.

Sentì una bambina tossire, ma ormai era troppo tardi per ricomporsi sulla seggiola. Fu un gesto secco e deci-so. Con l'indice e il medio della mano arrivò sul lembo della cartolina che sporgeva dai seni e la sfilò via. Uscì dalla stanza. Il cuore batteva. Aveva compiuto un gesto banale, in fondo, ma il fatto di averlo compiuto in un paese straniero, ai limiti di una città che non conosceva, in un'ora in cui il silenzio rende tutto più forte, più tra-gico, più irreale, la turbava e la confondeva. Ma ce l'ave-va fatta. Sentì l'irrefrenabile impulso di ridere. Raggiun-se il piccolo ingresso e fu terribile.

Incontrò due occhi spalancati, sorpresi, insonni. Una delle bambine, in piedi, scalza con i capelli neri, arruffa-ti, la stava fissando impaurita. Beatrix non pensò a nulla, non volle pensare che quel mostriciattolo avrebbe co-minciato a urlare e frignare in una lingua strana e violen-ta; che le sarebbero stati tutti addosso sbucando da quelle casematte di cemento ancora umido e polveroso, riversandosi in strada per prenderla. Non ebbe tempo. Era già fuori nella luce chiara del mattino. Fece di corsa una ventina di metri cercando di ricordare, in quell'in-trico di case e di viottoli in cui le fogne scorrevano allo scoperto, il percorso fatto con il taxi la sera prima. Si fermò esausta dopo un centinaio di metri. Si prese il viso tra le mani e strinse gli occhi. Il battito del cuore e il re-spiro decelerarono gradualmente. Non si sentiva, intor-no, alcun rumore. Solo il cinguettio dei passeri, distante, annunciava il nuovo giorno.

Rientrò in albergo e si chiuse in camera con tre giri di chiave. Si gettò sul letto e guardò la cartolina. La calli-grafia era assolutamente indecifrabile, un corsivo piatto e minuto che non le dava scampo. Solo la firma era leg-gibile. Proveniva da una località in riva al mare chiamata

Bellaria. Bellaria... *Schöneluft*... Guardò la data del timbro postale.

L'undici giugno di quell'anno. Praticamente un mese prima. Aprì la sua guida d'Italia. Quando si accorse che avrebbe dovuto risalire l'Italia per raggiungere quella città gettò via con rabbia la cartolina. Chiamò la reception e chiese come poter raggiungere quel posto nel tempo più breve. Le consigliarono un volo per Bologna o per Pisa. E da lì avrebbe proseguito in auto. Ma erano voli settimanali. Avrebbe dovuto attendere qualche giorno.

Tutto invece accadde poi miracolosamente. Rimase chiusa nella sua stanza tutto il pomeriggio e tutta la notte. Guardò la televisione, telefonò a Hanna, a Berlino, cedette al sonno, ma sempre con un occhio solo. La presenza della signora Russo la inquietava, veniva a disturbarla continuamente. E se quel ragazzo era un tossicomane non poteva più farsi illusioni su come avrebbe trovato Claudia. Sempre che l'avesse trovata. Non appena sentiva dei passi lungo il corridoio, correva a chiudersi nel bagno. Poteva essere lei, la signora Russo: un fagotto nero e tetro pieno soltanto di risentimento e di rabbia.

Il giorno dopo scese per fare due fotocopie di quella cartolina che, in una busta, rispedì alla famiglia Russo. Una fotocopia la ripiegò nel portadocumenti, l'altra la spedì all'Art Nouveau. Non c'entravano presentimenti, né particolari fobie. Si trattava di una questione di precisione e di puntiglio. Stava seguendo una traccia. Ne avrebbe lasciata dietro di sé un'altra. Fu comunque nella hall dell'hotel che apprese la notizia. Un gruppo di turisti tedeschi era immerso nei preparativi per lasciare l'hotel. Era una comitiva di farmacisti che aveva affittato un volo charter col quale giravano il Mediterraneo. Le tappe del viaggio erano scandite da visite ai mosaici bizantini più importanti. Provenivano infatti da Istanbul ed erano diretti a Ravenna. Partivano alle cinque di quel pomeriggio dall'aeroporto civile di Punta Raisi. Beatrix rintracciò il capocomitiva e spiegò il suo problema. Non voleva restare a Palermo altri quattro giorni in attesa di un volo. Il treno e la nave erano fuori discussione. Il capocomitiva non fece problemi. Le avrebbero dato un "passaggio" all'aeroporto di Miramare di Rimini. Beatrix scoppiò dalla gioia. Salì in camera e preparò i bagagli. Non riusciva a crederci. Stava realmente partendo.

Un violento scossone la svegliò. Aprì e richiuse gli occhi ripetutamente come per accertarsi del luogo effettivo in cui si trovava. Era a bordo dell'aereo, un vecchio Caravelle rombante e tremolante nell'occhio di un temporale. La hostess girava fra i passeggeri accertandosi che le cinture di sicurezza fossero allacciate. Per poter procedere, era costretta a sostenersi agli schienali dei passeggeri e a uno scorrimano posto sul tettuccio della carlinga. L'aereo vibrava ruggendo alla furia del temporale. Più volte Beatrix avvertì i vuoti d'aria prenderle lo stomaco. Probabilmente il comandante stava cercando di prendere quota e superare l'ostacolo. Ma non era così semplice. Controllò l'ora. Mancavano quindici minuti alle sette.

L'aereo prese a scendere, poco dopo, preparandosi all'atterraggio. Il comandante rassicurò i viaggiatori sulla manovra. Gli anziani turisti non avevano l'aria di essere troppo spaventati. Si passavano pilloline e pasticche come si trattasse di caramelle. Degustavano e sorridevano. Quando finalmente poté scendere a terra, aveva le gambe completamente addormentate e stanche. Una pioggia battente spazzava la pista d'atterraggio. Le hostess e un paio di funzionari del piccolo aeroporto facevano la spola tra la scaletta dell'aereo e la sala arrivi con grandi ombrelli aperti. Ma non ci fu modo per nessuno di evitare l'acqua. Beatrix, abituata a camminare sotto la pioggia costante dell'inverno berlinese come tutti senza ombrello, prese il suo bagaglio a mano e attraversò l'atrio. Sostò in un angolo. Estrasse la spazzola e tentò di lisciare i capelli aggrovigliati. Era fradicia. Desiderò un bagno bollente. Una folla di fotografi stazionava nell'atrio.

Fu un'immagine piacevole. Anche se sapeva che non erano venuti per lei.

"Spegni quelle luci, per favore" disse Susy.

Eravamo appena entrati nel mio appartamento. Sapevo che sarebbe finita così. L'unico guaio è che non sapevo da dove cominciare. Spensi le luci. I bagliori del temporale e l'illuminazione notturna del giardino schiarivano le stanze. Eravamo due ombre fradicie, due silhouettes annegate e con una gran voglia di far l'amore. Raggiunsi il bagno. Presi un paio di "spugne" e ne passai una a Susy.

"Asciugati un po', se vuoi" dissi.

Afferrò al volo l'asciugamano e iniziò a frizionarsi la testa. Non si era ancora tolta l'impermeabile.

"C'è un caminetto, qui" disse.

"Sì. Ma è falso." La raggiunsi.

"È semplicemente un caminetto per cucinare alla griglia. Non è finto... Come si fa ad accenderlo?"

"Hai freddo?"

Susy non rispose. S'era chinata attorno alla presa elettrica. La afferrai, sollevandola. Aveva una bocca profumata, morbida. Sentii i piccoli denti serrati. Si allontanò decisa dalle mie braccia. In quel momento mancò la luce. I lampioni del giardino si spensero e così le braci di plastica rossastra che avevano cominciato a scaldarsi.

"Susy" chiamai, "Susy?"

Avvertii un rumore accanto alla porta d'ingresso. "Sei lì? Rispondi! Che ti prende?"

La porta si spalancò e una spruzzata di acqua gelida entrò nella stanza. Feci quei cinque metri che mi separavano dall'ingresso chiamandola. Nessuna risposta. Pensai che se ne fosse andata. Corsi fuori. Immediatamente mi resi conto che non la avrei mai trovata, così al buio. Se voleva andarsene al diavolo l'avrei lasciata andare per i fattacci suoi. Mi avvicinai alla piscina. La pioggia cadeva sull'acqua che aveva ormai raggiunto il livello del terreno circostante. Probabilmente alcune foglie o alcuni arbusti portati dal vento avevano ostruito gli scarichi. Sentii delle voci che si avvicinavano. Vidi nel buio intrecciarsi i fari delle torce elettriche. Qualcuno mi illuminò.

"Che ci fa qui, signor Bauer!" disse un inserviente del residence. "Torni dentro. Lasci fare a noi."

Aveva una mantella di plastica e la sua barba gocciolava come il muschio di un ruscello.

"Ha visto una ragazza?"

"Ha voglia di scherzare? Qui si sta allagando tutto!"

Mi imbestialii. "Le ho chiesto se ha visto una ragazza! Con un impermeabile chiaro. Alta, capelli scuri."

"La signorina che è scesa dalla sua auto?"

"Sì, certo. Proprio lei."

"Non mi vorrà dire che l'ha persa al buio."

Avrei voluto bastonarlo e dargli la torcia sulla testa. "Sono fatti miei!"

Arrivarono altri inservienti gridando per riconoscersi al buio. Spingevano un carrello con su attorcigliato un grosso tubo di gomma.

"Per cortesia, signor Bauer, si tolga dai piedi. Dobbiamo lavorare."

"Ok, ok. Mi faccia accompagnare a casa" dissi. Cominciavo ad avere freddo. Un ragazzo del residence mi accompagnò fino alla porta. Era impossibile, senza torce elettriche, riconoscere l'entrata dei vari alloggi. Quando ero uscito, pochi minuti prima, l'acqua della piscina mi faceva da specchio riflettendo quel poco di luce che proveniva dal cielo. Ora invece l'avevo alle spalle.

"È qui, signor Bauer" disse il ragazzo illuminando il numero quarantuno.

Feci per aprire. Ricordai però di non averla affatto chiusa. Esitai con la mano sulla maniglia. Poi spinsi. Era chiusa a chiave. Dall'interno.

Il temporale non accennava a una tregua. Gli uomini lavoravano attorno alla piscina. Avevano avviato un motore a nafta. Sentivo il puzzo arrivare fino davanti all'ingresso della mia abitazione. Si scambiavano urla e comandi e sopra tutti martellava il rumore dei cilindri e del motore avviato a pieni giri. Corsi indietro orientandomi alle luci delle torce. Inciampai nel tubo di gomma. Caddi strusciando sull'erba del prato inglese ormai ridotta a un viscido pantano.

"Che diavolo fa ancora qui!" tuonò il capo inserviente. Mi stava accecando con la torcia elettrica puntata sugli occhi. "Si tolga, perdio!"

"Mi dia una pila!" gridai.

"Lei è pazzo. Vede l'acqua? Fra pochi minuti qui sarà tutto un lago!"

Il motore a nafta tossicchiò un paio di volte. Poi riprese con un rumore ancora più assordante. Un uomo gridò qualcosa in dialetto. Gli risposero prima in due, poi in tre, quattro. Tante voci. Ero stordito. Mi faceva male la gamba. Il ragazzo che mi aveva accompagnato poco prima mi si avvicinò: "Si sente male?".

"No, no... Ho bisogno della tua torcia."

"Non posso proprio, signor Bauer, mi dispiace."

Fui costretto a inventare una scusa plausibile. Dissi che avevo lasciato aperto il rubinetto del gas e dovevo assolutamente correre a chiuderlo. Si lasciò convincere. Quando sentii il pesante manico della pila nelle mie mani, mi sembrò di aver ricevuto un tesoro.

La gamba mi faceva ancora male. Non era stata una caduta grave, ma avevo beccato in pieno un sasso. Avvertivo il dolore serrato e localizzato del colpo. Raggiunsi l'appartamento. La finestra che guardava in direzione della piscina era chiusa. Usai il manico della torcia elettrica per rompere il vetro. Infilai una mano e la aprii. Non fu difficile. L'unico guaio era la gamba, ma a quel punto, non mi importava più niente.

"Susy!" gridai non appena fui dentro. "Che cazzo ti è saltato in mente?"

Nessuno rispose. Illuminai con la torcia il percorso davanti ai miei passi. Mi tolsi le scarpe fradicie e la camicia incollata alla pelle. Nella stanza faceva un caldo infernale. Presi a sudare. Improvvisamente cadde sotto il cono di luce un indumento. Era la camicetta di Susy. La chiamai. Niente. Ormai sapevo che era lì, vicina, sempre più vicina. Quasi ne sentivo il respiro. Mi spogliai completamente. Ripresi a illuminare il pavimento: una scarpa, un'altra, i suoi pantaloni. Guardai in bagno, niente. Illuminai il soppalco. Scesi verso la scala. Sul primo gradino, seminati come una traccia, stavano i suoi slip. Li raccolsi e li strofinai sul volto. Tutto mi stava eccitando da pazzi. Il suo odore, il suo respiro. Lo sentii nettissimo, largo. "Susy" sussurrai. Presi a salire le scale. La volevo e lei voleva me. E sapevo dove si era cacciata. Sussurrai il suo nome sempre più piano, più dolcemente, finché non raggiunsi il soppalco. Illuminai la parete e poi, finalmente il letto. Se ne stava lì come una belva braccata con gli occhi spalancati, nuda, completamente nuda, le labbra aperte in quel respiro affannoso. Le illuminai il volto. Continuai a chiamarla per nome. E lei continuava a fissare quella luce poiché sapeva che dietro di essa, al buio, si muoveva il suo desiderio. Scesi con la torcia sul collo e poi sul seno e sul ventre che palpitava e fremeva. Abbassai ancora la luce. Il cazzo mi faceva male tanto era gonfio e grosso. Illuminai le sue cosce, poi le gambe che si accarezzavano una sull'altra. Gettai la torcia in terra e le andai sopra. Mi afferrò il cazzo con forza e lo guidò decisa. Aveva la bocca spalancata nella mia, gemeva e sospirava contorcendosi. Il buio diventò di nuovo totale, il motore, nel prato, faceva un fracasso infernale. Mi mossi dentro di lei con accanimento e forza e desiderio. La nostra pelle sudata e bagnata sgusciava dai nostri abbracci. Cominciai a sentirla vibrare fin nelle viscere sotto i miei colpi. Alzò le gambe sopra i miei fianchi, puntai i piedi sul bordo del letto e mi tuffai dentro, sempre più dentro e lei era lì che mi stava divorando, inghiottendo, senza che nessuno dei due potesse nemmeno per un istante immaginare che tutto avrebbe conosciuto una fine. Le accarezzai un seno, lo accolsi fra le mie labbra, lo succhiai. Lei mi strusciò con la lingua sotto le ascelle. Strinse le mie natiche ficcandoci le dita e accompagnando i miei movimenti sinuosi, sempre più accavallati gli uni sugli altri, finché non fummo quell'unico movimento straziante che ci schizzò lontani fino a raggiungere il centro segreto di ogni uomo. Tutto poi, lentamente, si acquetò e si calmò decelerando. Riprendemmo a respirare, a odorarci, a strusciarci con la lingua. Intorno tutto taceva e c'era pace. Era buio, era caldo. C'era odore di terra. Poco dopo, gettando casualmente lo sguardo al di là della finestra e intravedendo le torce degli uomini che lavoravano mi accorsi che la pompa meccanica non aveva mai smesso di funzionare. Nemmeno per un istante.

Quella notte avevano finito più tardi del solito. Il temporale aveva scaraventato nel night-club più gente di quanta se ne fosse mai vista nello stesso periodo, prima dell'alta stagione. Il numero di streap-tease era stato replicato tre volte e ancora il pubblico non si decideva ad andarsene. Sembrava che tutti avessero la dannatissima voglia di imbarcare, quella notte. Le entraîneuses del *Top In* erano stanche e ubriache per tutto quello scadente champagne che avevano fatto ordinare ai loro clienti solamente per farsi accarezzare una coscia o stringere una tetta.

C'era stato un po' di brivido, poco dopo la mezzanotte, quando il padiglione di tessuto bianco e azzurro che congiungeva l'ingresso del locale alla strada era crollato sotto il peso della pioggia e le sferzate del vento. La direzione aveva proibito altri ingressi. Alberto aveva sperato di andarsene a dormire. E invece tutto era continuato fino a mattino. I clienti vennero fatti entrare dall'ingresso degli artisti. Con un supplemento sul prezzo d'entrata. Sennò come avrebbero potuto accorgersi delle pance gonfie delle spogliarelliste? Delle bottiglie di whisky che rotolavano ormai a secco sui loro tavolini da trucco? A un certo momento della notte era entrata una comitiva poliglotta e starnazzante di "ooohhhh!" e "aaahhhh!" con tutto un seguito di fotografi. Alberto aveva sbattuto la porta calciandola col piede. Aveva preso il suo sax e si era messo a suonare. Anche la birra, quella notte, faceva schifo.

Quando finalmente l'ultimo gruppo di avventori se

ne fu andato, Alberto salutò gli amici dell'orchestra e si diresse verso l'uscita. Sostò un paio di minuti, appena fuori, boccheggiando muto con il viso rivolto verso l'alto, gli occhi stretti, le braccia aperte e tese, le narici dilatate. Aveva smesso di piovere. I pini marittimi gocciolavano, grandi pozzanghere si erano formate sui vialetti delle traverse, l'aria portava con sé forti odori: di mare, di terra, di ozono, di marcio, di sabbia bagnata, di legno verniciato, di asfalto, di resina. Alberto tornò nel suo camerino, aprì la custodia di pelle nera e imbracciò il sax.

Raggiunse il lungomare. Si sedette sul muricciolo e cominciò a suonare. Attaccò con una libera esecuzione del ritornello dell'hit della stagione:

> I'm Nobody! Who are you?
> Are you – Nobody – too?
> Then There's a pair of us!

Il testo – aveva letto – era stato scritto da una poetessa americana cent'anni prima, ma quello che veramente lo faceva impazzire era la musica. Anche perché sapeva arricchirla al momento giusto entrando in anticipo su certe battute. Passò poi a una versione sincopata di un pezzo di Joe Jackson che lo faceva rabbrividire per la bellezza finché non si accorse di stare eseguendo una musica completamente nuova e diversa, una musica sua che non aveva mai sentito prima ma che in quel momento seppe di avere sempre conosciuto. E questo fatto gli diede piacere e carica. Si alzò in piedi e iniziò a scendere i gradini che portavano alla spiaggia. Aumentò il fiato. Un discreto chiarore aveva ormai completamente dissolto il buio della notte. La sabbia era bagnata e pesante. Il mare si riversava sulla costa sabbiosa con grandi onde color della terra bruciata. La risacca lambiva la prima fila di ombrelloni. Alberto suonò con tutto il fiato che aveva nei polmoni, muovendosi sulle gambe e abbassandosi fino a chinarsi quasi e toccare l'acqua del mare. Il ritmo lo aveva ormai preso, non conosceva più la stanchezza e il tedio e il dolore di quella alba bagnata e fredda, di quel momento umido che gli aveva intorpidito il sangue e da cui solo suonando si sarebbe purificato.

Suonò con foga, passione, con rabbia, con amore e il suo canto rauco si aprì attorno a lui e dai suoi polmoni, dal suo cuore, dal suo vecchio sax si allargò alla spiaggia, superò la linea colorata delle cabine, si distese sul viale del lungomare, raggiunse il molo del porto dove le onde della burrasca si infrangevano con spumeggiante violenza; raggiunse i viali alberati, le insegne spente degli hotel, i parcheggi delle vetture, le cime dei pini frustate dal vento, le barche attraccate nei porti che mordevano gli ormeggi come cavalli selvaggi desiderosi di libertà; andò sull'insegna del *Top In*, su quella della sua pensione, sui viali di circonvallazione e finalmente si aprì fino ad abbracciare tutta la riviera. Andò sui volti tirati dei camerieri e delle ragazze di servizio che fra poco avrebbero dovuto alzarsi per raggiungere le cucine unte e bollenti e sature di vapori; andò sui posteggiatori di taxi che sonnecchiavano con il capo reclinato sui vetri dei finestrini, una rivista aperta in grembo; andò sulle cabine telefoniche, sui binari viscidi e luccicanti delle stazioni, sugli strass delle puttane e dei travestiti che raggiungevano le loro stamberghe di lusso, andò sui corpi molli degli amanti addormentati e finalmente placati dopo una notte d'amore, andò sui visi dei portieri di notte accucciati nelle loro sdraie pieghevoli, andò nelle camerate delle colonie per bambini, in quelle per vecchi, raggiunse finalmente quella porta, di fronte alla sua stanza, in cui – ormai lo sapeva – stava sognando una donna, una donna che ancora non aveva osato mostrarsi durante quei suoi ritorni all'alba ma che ogni notte lo attendeva. E il suono del suo sax, la sua musica, fu come il rauco grido di dolore delle cose e degli uomini colti in quel momento bagnato, all'alba, dopo il diluvio.

PENSIONE KELLY

Hanno sempre detto che sono nato proprio nel momento in cui la polizia stava facendo irruzione al Grand Hotel, qui a Rimini, per sequestrare tutte le partecipanti al concorso di Miss Italia e controllarne i documenti. C'era una vera e propria crociata mossa da un senatore abruzzese con tutto il contorno di istituti religiosi e pie donne e dame della San Vincenzo che non potevano sopportare che quelle fanciulle divenissero prede del mondo del peccato e si mostrassero così, mezze nude, a mezzo mondo facendo quelle foto sulla spiaggia e sul corso e poi le passerelle alla sera per le votazioni; soprattutto a quegli uomini che le misuravano con il metro della sarta e a quegli altri che, dai primi tavoli, col sigaro acceso, in frac, seguivano le loro curve come fossero la pista di un autodromo. Loro pensavano fosse una cosa immorale e un traffico di minori e allora la polizia dovette intervenire, tutti fermi, mani in alto e cose del genere.

Il babbo era andato al Grand Hotel insieme ad alcuni amici. Non aveva comprato i biglietti per entrare nel salone, perché costavano cari e poi non gli piaceva di farsi vedere in mezzo a tutti quei camerieri e tappeti e specchiere e poltrone di velluto e fotografi e mamme intrepide che ne combinavano di tutti i colori per mostrare i pregi delle loro bambine. Aveva preferito, come quasi tutti quelli come lui, i curiosi, i lavoratori, diceva, starsene là fuori e vedere

*sfilare le finaliste tra due ali di folla e sotto i flash dei fo-
tografi e i fari dei riflettori del cinegiornale. Poi ci fu la
storia della polizia, e io stavo nascendo.*

*La nonna mandò l'altra sua figlia, mia zia Adele, a cer-
care il babbo in paese perché non sapeva dove fosse nonostante io da un paio di ore mi davo da fare a tirar calci per
venire al mondo. Mia zia era una ragazza di diciannove
anni allora, e molto frizzante e allegra e spiritosa, girava
tutto il giorno per la spiaggia e andava a ballare con le
amiche e conosceva dei bei ragazzi di Milano e Torino e di
Arezzo e insomma non aveva molta voglia di lavorare lì in
pensione. Era sempre vestita molto bene e aveva dei bei
capelli biondi e il suo culetto era davvero una mela, come
diceva lei, e allora va fuori, al caffè e chiede del babbo e
quando sa che è al Grand Hotel si precipita con il bel risultato di farsi mettere dentro anche lei dalla polizia perché non aveva i documenti e stava lì a sfarfallare in quel
casino. Poi però il babbo l'hanno trovato e gli hanno detto
che era nato il suo Renato e lui allora è corso in pensione
a vedermi e mi ha trovato tutto paonazzo e cianotico che
stavo soffocando per via del cordone ombelicale e la leva-
trice per fortuna fu molto pronta e svelta e salvò la situazione. Mamma ha sempre detto che mi beccai tante botte
per cominciare a respirare e finalmente vivere. Poi tornò
anche la zia Adele in lacrime accompagnata da un carabiniere. Be', se devo cominciare proprio dall'inizio questa è
stata la prima notte della mia vita.*

*La nostra pensione si chiamava Pensione Kelly perché
la proprietaria, una signora di Bologna, molto ricca, amava molto Grace Kelly. Il babbo l'aveva presa in affitto due
anni prima, nel 1953 e noi vivevamo lì anche d'inverno,
al primo piano. C'erano diciotto stanze e cinque persone
di servizio: due cameriere ai piani che facevano le camere
e le pulizie; due di sala che servivano ai tavoli e si occupavano anche della cucina e una capocuoca che si chiamava
Irene ed era un donnone di più di cinquant'anni, con un
grosso paio di occhiali e grosse braccia bollite e un collo
che sembrava quello di certe negre che hanno su tutti quei*

*cerchi di ferro, ma l'Irene li aveva poi di carne. Era dispo-
tica e molto energica e spesso aveva da dire con la nonna
Afra che, in quanto a stazza, non era da meno. Mamma si
occupava della cucina e soprattutto della spesa al mercato
e delle provviste. Il babbo invece teneva i registri degli
ospiti e stava alla reception e sorvegliava un po' tutto.*

*Avevano sempre da fare e così io e mia sorella Mariella
che aveva cinque anni più di me eravamo sballottati sempre in braccio ai clienti. Se penso a quegli anni non ricordo niente per esempio degli inverni in pensione, solo
qualche ricordo di scuola, la bidella che veniva a versare
inchiostro nei calamai, un maestro terrone che bacchetta-
va sulle nocche delle mani appena facevamo una macchia
sul quaderno di bella calligrafia, il direttore che dal suo ufficio comunicava a tutte le classi per via di un altoparlante
appeso sopra al crocefisso e ogni tanto mi sembra ancora
di sentire quella voce che gracchiava: "A tutte le classi –
Attenzione – A tutte le classi". No, se penso a quegli anni
mi vedo soltanto in braccio ai signori Marcello di Perugia
che venivano in pensione in carrozzella dalla stazione dei
treni. O a giocare sotto l'ombrellone delle signorine "vu".
Le chiamavano tutti così le signorine perché non si erano
sposate ed erano già donne mature: Vanda, Vally, Vulmerina e Vera. Erano donne bellissime e mia sorella e io ci
divertivamo con loro perché ci portavano a spasso ed erano tutte uguali, magre e secche e alte perché erano gemelle, e ci compravano i bomboli e le focacce e alle volte anche l'uva caramellata infilzata negli spiedini ed era di tre
colori: bianca, rossa e nera.*

*Mamma si alzava ogni mattina alle cinque. Doveva sta-
re dietro a me e nello stesso tempo alla pensione. Mamma
aveva ventotto anni quando io nacqui ed era il perno di
tutta la pensione. Era alta, alta e bionda come un colonnello tedesco e infatti il babbo la chiamava gestapo. Me la
ricordo sempre molto nervosa e tesa e stanca per il lavoro.
Il babbo si alzava invece più tardi, alle sette, quando le
donne erano ormai tutte in cucina a lavorare per preparare le colazioni che si servivano dalle sette e mezza fino alle*

dieci. Poi c'era il pranzo all'una e la cena alle otto. Il pesce al venerdì, il pollo al giovedì, le paste o i dolci la domenica. A ferragosto grandi cocomerate. Il babbo univa tutti i tavoli della sala da pranzo e per quell'unico giorno i clienti mangiavano insieme come a una festa di nozze e anche il babbo e la mamma sedevano lì. Noi piccoli ci mettevano da una parte, praticamente fuori dalla sala, davanti al bancone della reception. Tutti i bambini della pensione insieme. L'Irene ci serviva le pietanze. Poi finiva sempre a guerra con le scorze delle angurie.

D'inverno i miei genitori passavano i mesi a risistemare la pensione, riverniciare gli infissi, fare miglioramenti alle camere, riadattare le tubature dell'acqua, cambiare i sanitari. Andavano anche via per qualche giorno sulla loro auto, una Appia grigia con il tetto bianco. Si recavano in certe cittadine della campagna e dell'Appennino come Cagli, Acqualagna, Gualdo Tadino, Fossombrone per reclutare del personale stagionale da mettere agli ordini dell'Irene. Molto spesso, in quei mesi invernali si parlava di soldi, di conti, di guadagno, di perdite, di prestiti. Il babbo voleva rilevare la pensione. Diceva: "Se continuiamo così fra un paio di anni diverrà nostra e la trasformeremo in un bell'hotel". La mamma era invece più lungimirante. "Guarda che cosa hanno fatto gli altri. Un prestito in banca e via, un hotel nuovo di pacca. Voglio andarmene da questa casa. Spenderemo di più a rimetterla a nuovo che a farne una di sana pianta."

Fu così che sul finire degli anni cinquanta i miei genitori contrassero con una banca locale un grosso prestito. Il comune concedeva molto facilmente licenze edilizie, assisteva allo sviluppo assecondando gli imprenditori turistici. Non c'erano problemi allora. Stava per scoppiare il boom e gli istituti di credito, le banche, badavano a fare buoni affari senza preoccuparsi tanto di prevedere o programmare. Tu chiedevi i soldi e loro te li davano. Erano lì per questo. La mano d'opera non era un problema. C'era come un patto non scritto, ma rispettato sia dai sindacati che dagli imprenditori che più o meno funzionava così: per ogni as-

*sunzione in regola quattro in nero. In fondo tutti avevano
bisogno di lavorare. La costa stava esplodendo, diventando un ottimo affare, sia per chi lavorava tre mesi sia per
chi rischiava con debiti e prestiti. Fu così che nel 1961 ini-
ziarono i lavori del nostro nuovo hotel. E fu in quegli ultimi anni in pensione che accadde quel fatto. Avevamo
ospiti un gruppo di ragazzi inglesi, occupavano quattro
stanze all'ultimo piano. Ogni notte tornavano pieni di
birra svegliando tutta la pensione. Avevano i capelli corti
e la sera mettevano giubbotti di pelle nera anche se faceva
caldo. Erano arrivati a Rimini in moto. Quando pioveva
stavano ore e ore in garage a lucidare quelle moto enormi.
Io ero piccolo e alle volte stavo con loro, anche se la mamma non voleva. Diceva che tagliuzzavano la biancheria,
gettavano stracci nel gabinetto del piano di sotto apposta
per intopparlo, che erano ubriaconi e rissosi e sulla spiaggia avevano fatto una guerra con i coltelli e le chiavi inglesi tanto che era dovuta intervenire la polizia a dividerli.
Da loro avevo imparato a fare un gesto che io adoperavo
continuamente e più i miei dicevano che era un gesto
sporco, più io lo facevo. Con l'Irene, la nonna Afra, con la
zia Adele che intanto si era sposata e aveva preso con suo
marito una pensione davanti a una balera, a Bellaria, che
sarebbe poi diventata lo* Chez Vous *e lì fui preso in braccio da* Shell Shapiro *e baciato e fotografato che andai su
tutti i giornali, perché i* Rocks *mi piacevano da ragazzo e
anche a mia sorella Mariella e siccome non potevo entrare
per via dell'età mi intrufolai fra le canne di bambù che
formavano il recinto e quando mi videro mi misi a piangere, ma poi mi presero in braccio e stetti lì fino alla fine. Insomma quel gesto lo facevo con tutti e continuamente. Si
trattava semplicemente di chiudere il pugno e alzare il dito medio e poi spingere in su la mano e dire "Facoff" che
per me equivaleva a "Pugacioff" o cose del genere, come
un gesto di battaglia. Proprio non avevo idea di quel
"Fuck-off", Cristo! Allora successe che una notte, ero molto piccolo, sei anni, cinque, sentii dei rumori e mi svegliai
e salii al piano degli inglesi e vidi che una camera era*

aperta e allora mi avvicinai e quello che scoprii... Insomma non mi resi conto, facevano alla lotta in tre sopra a una delle cameriere. E ridevano e si divertivano e allora, quando io entrai, uno di loro mi guardò storto e saltò giù dal letto tutto nudo. Aveva quel coso enorme e rosso fra le gambe e la faccia cattiva e si avvicinò con gli occhi di fuoco e allora spaventato io gli feci il saluto che mi avevano insegnato loro e balbettai "Fa-cc-off" sicuro che mi avrebbe riconosciuto come amico, ma lui disse rifallo e io lo rifeci e diventava sempre più cattivo e alla fine mi prese per i capelli e mi sollevò di tanto così da terra e sentii quella cosa lucida e pungente alla gola, qua, e quello scatto metallico e quelle parole in inglese che non capii. Mi disse che non dovevo piangere sennò mi tagliava la gola e io sentii il coltello che pungeva come uno spillo. Poi Stella, la cameriera disse di lasciarmi stare e si coprì con un lenzuolo e mi accompagnò fino davanti alla mia camera dicendomi: "È un sogno. Tu stai sognando, Renatino. Non dirlo a nessuno perché tanto poi domani non ricordi più niente". Così mi addormentai e il giorno dopo capii che era veramente un sogno, perché quando incontrai l'inglese che mi aveva tenuto fermo con il coltello, vidi che sotto il costume da bagno non poteva avere quel coso così grande e anche Stella mi baciò e mi sorrise ed era un'altra ragazza da quella che io avevo sognato. Sì, per anni fui convinto che si trattasse di un sogno finché non vidi dei giornaletti che alcuni svedesi avevano lasciato in una camera e mi sembrò di capire anche toccandomi... Poi miracolosamente tornava la buona stagione, l'inverno finiva ed io avevo voglia di rivedere la pensione piena di gente, giocare con le signorine "vu", andare in stazione a prendere i signori Marcello e farmi portare a casa in carrozzella. Cambiava il personale della pensione e l'Irene stava invece sempre lì. Finché nella primavera del 1963 non ci trasferimmo all'Hotel Kelly. Nel frattempo mi era nata un'altra sorellina che chiamammo Adriana... Sai? Qui dentro è proprio come nei film. Anche le sbarre.

Parte seconda

RIMINI

Scesi di corsa dalla Rover e raggiunsi un gruppo di guardie municipali schierate a proteggere l'entrata alla spiaggia. Estrassi il tesserino rosso. Si fece avanti un vigile piuttosto alto, sui quarant'anni. Aveva tre stelle sulle spalline. "Che c'è?" disse portandosi la mano tesa sulla fronte.

Spiegai chi ero e cosa ero venuto a fare. Cercai di guardare quello che stava accadendo dietro le sue spalle: un viavai abbastanza tranquillo di infermieri, poliziotti, uomini in borghese, giornalisti. Riconobbi la sagoma di Zanetti. Era lui che mi aveva telefonato.

Faceva caldo. Il cielo, dopo i temporali dei giorni scorsi, si era messo decisamente al bello. La sabbia, in superficie era asciutta. Il mare invece ancora agitato: le bandierine alzate sui pennoni per tutta la lunghezza della costa segnalavano il rosso: pericolo e divieto ai mosconi di scendere in acqua.

Oltrepassai il cordone di guardie municipali e scesi in spiaggia. Zanetti mi corse incontro: "Non l'hanno ancora recuperato". Era eccitato, completamente bagnato di sudore. "Vedi l'acqua come si è fatta pulita? È tutto a riva. Pesci morti, alghe, barattoli, sacchetti di plastica. Arriva tutto a destinazione, quando c'è una grossa mareggiata... Anche sorprese come quella."

Raggiungemmo insieme il luogo delle operazioni. Sulla spiaggia era stata predisposta una base. Quello che avveniva di importante era a un centinaio di metri davanti a noi, oltre la scogliera di grandi massi di cemento armato gettati per proteggere la spiaggia dall'erosione dell'acqua. Tre giovani infermieri sostavano accanto a una lettiga in attesa di trasportare il cadavere all'obitorio. Erano seduti su seggiolini pieghevoli, cercavano di ripararsi dal sole con cappellini fatti con la carta di giornale. Più avanti un gruppo di poliziotti teneva sotto controllo lo svolgimento delle operazioni sugli scogli. Avevano binocoli e un walkie-talkie gracchiante.

"Ci siamo" sentii dire da uno di loro.

Un gommone nero con le insegne della polizia sbucò dalla barriera degli scogli dirigendosi verso la spiaggia. Era seguito da un paio di motoscafi che presto però puntarono al largo per attraccare al porto più vicino. Sul gommone stavano tre sommozzatori e un uomo in borghese. Il cadavere era avvolto in un telo bianco bagnato e sporco di alghe, di fango e di sabbia. Fu portato a riva e deposto sulla portantina. Fummo allontanati e ci fu proibito di scattare fotografie. Insieme ai colleghi corremmo dal commissario. "*Come è successo? Chi l'ha trovato? Avete idea di chi si tratti? È un uomo o una donna? Chi ha fatto la segnalazione? Quanti anni ha? Perché stava sugli scogli? Quanto avete impiegato a tirarlo su? È stato ammazzato? Suicidio? È italiano o straniero? Il cadavere è integro?*"

"Calma, calma" disse il commissario, "saprete tutto. Non abbiamo, al momento, nessun elemento per poter fare dichiarazioni. Cercate di capire. Dobbiamo lavorare."

"Ha fatto un primo esame del corpo?" chiese un collega.

"Non posso rispondere."

"Non era il motoscafo del questore quello che si è allontanato così in fretta? Ci è sembrato di riconoscere il prefetto... Può confermare?"

"No comment. Convocheremo una conferenza stampa nel pomeriggio."

Il commissario cercò di farsi largo dirigendosi verso la strada. Gli agenti lo proteggevano dal nostro assalto, ma non era facile, per loro. Eravamo come api attorno al miele.

"A che ora la conferenza stampa?"

"Permesso!... Non appena il medico legale ci avrà dato qualche elemento utile. Permesso, signori!"

"Signor commissario! Ancora una domanda!..."

Fu inutile. Si ficcò nella sua auto e partì facendo fischiare le gomme. Due alfette lo seguirono rombando. L'autolettiga si avviò lenta scortata dalle auto delle guardie municipali. Diedi appuntamento a Zanetti in questura.

Aspettammo tutto il pomeriggio. Man mano che il tempo trascorso negli uffici della mobile cresceva le ipotesi sull'identità del cadavere si accavallavano, si contraddicevano, si confermavano. Una voce prese a circolare verso le quattro. Informava che si trattava di un uomo politico molto in vista. Come sempre succede in casi del genere, era impossibile verificarne l'autenticità e nemmeno la provenienza. Poteva averla messa benissimo in giro l'uomo delle pulizie. Ma due ore più tardi era sulla bocca di tutti e gli inquirenti, pressati dalle nostre richieste, non confermavano né smentivano e quindi lasciavano capire che qualcosa di grosso era nell'aria. Fu possibile invece appurare con sicurezza che il prefetto in persona era su uno dei motoscafi. L'attesa divenne angosciosa. Mi tenevo in contatto sia con Susy alla redazione che con Milano. Curiosamente una prima conferma venne proprio da Milano. Il nostro notista politico, a Roma, aveva saputo qualcosa. Era sulla bocca di tutti negli ambienti parlamentari. E a Rimini invece nessuno diceva niente. Operammo con Zanetti alcuni collegamenti esaminando tutti i parlamentari residenti nella zona. Ma era una faticaccia. Nonostante questo Susy, in archivio, stava preparando il materiale insieme a Guglielmo.

La notizia, in via ufficiosa, venne data alle sei e quaranta. E il nome prese a circolare freneticamente fra i telefoni, i taccuini, le chiacchiere. In quanto alle cause della morte si parlò vagamente – anche alle sette e mezzo, ora in cui fu convocata la conferenza stampa – di morte per cause dovute ad annegamento. L'identità del cadavere era ormai il segreto di Pulcinella. In tutte le redazioni di Italia, da una buona mezz'ora, si rivoltavano gli archivi per stendere i "coccodrilli" sulla immatura scomparsa del senatore Attilio Lughi.

Coprimmo l'avvenimento con un articolo di Zanetti in cronaca nazionale e tre nella Pagina dell'Adriatico. Susy abbandonò i suoi articoli di moda per ricordare, nostalgicamente, una sua festa di compleanno in braccio al senatore. Guglielmo stese un articolo sugli aspetti medico-legali della faccenda e io scrissi la cronaca spicciola. Fu un buon lavoro. Il giorno seguente Arnaldi, il vicedirettore, mi telefonò.

"Voglio le tue corrispondenze in cronaca nazionale" esordì. Gli feci presente la posizione di Zanetti. E il fatto che dovevo pur sempre mandare avanti il supplemento.

"Arrangiati. Voglio un pezzo che metta in chiaro luci ed ombre e dubbi sulla morte del senatore. Aggressivo, documentato. Niente sbrodate, è chiaro?"

"Non c'è molto da dire oltre la versione ufficiale..."

"Ci si può buttare in acqua e si può essere buttati. Questo vorrei sapere, Bauer."

"Non sono un detective" ridacchiai.

"Certamente. Per questo non voglio che tu mi provi l'una o l'altra delle versioni. Voglio solo che me le racconti."

Mugugnai qualcosa e riattaccai. Presi il notes e raggiunsi Zanetti. C'era una copia del giornale sulla sua scrivania. La aprii e trovai la biografia di Attilio Lughi.

"Ora, Zanetti" dissi, "voglio che tu, data per data, mi racconti tutto quello che sai. Quello che si dice in giro, nei caffè, sotto i portici di Rimini. Cosa pensa la gente di questa storia e cosa ne pensi tu. Senza problemi. Sarà facilissimo, devi solo buttar fuori tutto. Cominciamo dal dodici aprile 1923."

Romolo Zanetti mi guardò con aria di sfida. Aveva già capito il perché gli stavo facendo quelle domande. Sapeva che andava così. E non stette a pensarci sopra troppo.

"Era nato in una villa di campagna, a Sant'Arcangelo. La sua famiglia era una famiglia di proprietari terrieri da generazioni. Qui la terra..."

"Non perdiamoci. Dove abitava?"

"A Sant'Arcangelo. C'è la villa padronale e nel borgo una casa che aveva sistemato come studio. Ultimamente viveva lì."

"Solo?"

"Ho già scritto queste cose."

"Solo?"

"Una anziana domestica. Una contadina di ottantacinque anni. Fu la sua balia. Attilio spesso diceva: mi ha fatto nascere e mi seppellirà."

"Perché diceva così? Si sentiva minacciato? Era malato?"

"Forse solamente perché l'Argia era più arzilla di lui."

"Leggo qui che è stato decorato per la sua partecipazione alla Resistenza..."

"Lughi ha sempre detto che si è trovato coinvolto, all'inizio, senza quasi rendersene conto. Tieni presente che era cattolico. Aveva studiato dai gesuiti a Ravenna e poi si era iscritto alla Università di Bologna. Durante il fascismo, e soprattutto dopo l'entrata in guerra, i cattolici cercavano di tenersi fuori dalla mischia. Sono contro la violenza e l'ipotesi di una guerra civile certamente non è nei loro progetti. Come gli altri partiti, anche il Partito Popolare è stato sciolto. I cattolici hanno però i loro circoli studenteschi come la FUCI, c'è l'Azione Cattolica, ci sono le parrocchie e proprio molti di questi preti svolgeranno un ruolo attivo nella lotta di resistenza; quasi mai imbracciando le armi, ma nascondendo soldati, collegando gruppi di partigiani, offrendosi spesso come ostaggi alle SS. In questi circoli discutono, tengono conferenze, si organizzano, ma sempre mantenendo le distanze dal partito comunista, da quello socialista e dai gruppi di Giustizia e Libertà che sono invece i primi a unirsi nel CLN. Questa è la situazione. E Attilio Lughi poco più che diciottenne sta, per il momento, a guardare. La situazione precipita il dieci novembre del 1943 quando il maresciallo Graziani, ministro della difesa della Repubblica Fascista, emana l'ordine di chiamata alle armi delle classi '23, '24, '25. Chi non si presenta è automaticamente un disertore e viene passato per le armi. Lughi è a Bologna. Con altri studenti fugge verso la collina, sa che si stanno costituendo gruppi di partigiani pronti a inquadrare sbandati come lui. Si rifugiano in una chiesa. Il parroco altri non è che il tenente cappellano della 9ª Brigata "Santa Justa" costituitasi da poco in quella zona. Ora Lughi c'è in mezzo. Maturerà in quei due anni di montagna, fra il '43 e il '45, le sue convinzioni politiche. È la prova del fuoco. In tutti i sensi. Partecipa all'assalto al Distretto Militare di Bologna in cui vengono distrutti i fogli matricolari della leva. È fatto "commissario di compagnia" dal comandante. Organizza inoltre azioni di sabotaggio della linea ferroviaria della Porrettana. Nel giugno del '44, benché giovanissimo rispetto alle leggendarie figure dei capi della resistenza fa parte del CUMER, il Comando Unico Militare dell'Emilia Romagna. E continua a combattere nella sua brigata. Sì, la sua vocazione politica si forma in quei due anni."

"E a Roma?"

"Dopo la liberazione va subito a Roma. Però lo tengono a studiare. Fa parte del gruppo dei cosiddetti 'professorini', i cattolici di sinistra. Partecipa alle loro riunioni, vive i loro drammi, gli scontri di politica estera con De Gasperi, quelli di politica interna ed economica. Ma sempre un po' dal di fuori. Studia infatti per laurearsi. E ci riesce. La esperienza del cattolicesimo populista si sfalda agli inizi degli anni cinquanta. Nel '51, dopo il congresso di Venezia del '49, i capi carismatici si ritirano dalla vita politica. Tra il '54 e il '58 Fanfani diventa capo del consiglio come erede di quella linea di 'Iniziativa

Democratica,' ma ormai di quegli ideali è rimasto ben poco. Lughi però non si ritira come gli altri. Finora è stato fermo a studiare, a osservare, a scrutare e imparare. Ha fiuto politico, è ambizioso, conosce i giochi della democrazia parlamentare. È alla Camera nel '63 proprio nel momento in cui nasce l'immobilismo politico del centrosinistra. Nei quattro anni precedenti, il governo Moro ha dato il via ad alcune grandi riforme: nazionalizzazione dell'industria elettrica, riforma della scuola media, eccetera. Nel '64 invece tutto si blocca fino ad arrivare alla crisi delle elezioni del 1968. Lughi vive questi anni in continua tensione. Probabilmente, in cuor suo, dà ragione ai vecchi 'professorini': i giochi del partito, delle alleanze, gli interessi corporativi, le pressioni internazionali sviliscono qualsiasi tensione ideale e qualsiasi progetto. È eletto senatore nel '68, proprio in quelle elezioni da cui i socialisti – vecchi alleati – escono massacrati e nuovamente divisi. È tutto molto confuso. Lui stesso è eletto come indipendente. Vuole continuare a lavorare nella politica perché è consapevole del proprio talento, ma la sua particolare e isolata posizione non gli permette di ricoprire incarichi di governo. Non sa rassegnarsi alle regole del gioco. È sempre più sfiduciato. Tutto confuso. Lui aveva creduto di resistere, un testardo romagnolo coi piedi ben affondati nella terra. Ma a quel punto qualcosa si è definitivamente incrinato."

"Il flirt con la contessa Baldini risale a questo periodo, no?"

"Sì. È di questi anni."

"E prima? Non aveva avuto donne, prima?"

"Che si sappia no. Era uno scapolo di ferro. Un cattolico duro di quelli *'poiché non sei né caldo né freddo ti vomiterò dalla mia bocca'*."

Lo guardai. "E che vuol dire?"

"Che certamente ogni notte non andava a spassarsela con qualche bella collega."

C'era risentimento in quella battuta. Il risentimento provocato dal fatto che, passando i tempi, nulla veniva

più riconosciuto uguale. Soprattutto in campo morale.
Zanetti mi vedeva come un giovane rompiscatole senza
tatto, incapace addirittura di pensare che un uomo arrivasse ai quarant'anni senza aver mai toccato una donna.

"Era un uomo integro, caro Bauer" riprese. "Il resto
te lo lascio immaginare."

"Siamo rimasti al '68, a Palazzo Madama. Il senatore
inizia a covare una crisi personale così grande che lo farà
dimettere dalla sua carica. Tra l'altro entra, per la prima
volta, in ballo una donna."

"Non è solo questo. La crisi era già avviata nel momento in cui aveva scelto di entrare nel *gruppo misto* del
Senato e non più in quello del suo partito. E c'è anche
un'altra versione dei fatti. Che avesse stretto troppi legami con i giovani della sinistra extraparlamentare."

"Piano, piano. Restiamo alla signora contessa. Che
donna era?"

"Una signora della sua età, separata dal marito, di origine siciliana."

"Non c'è una sua fotografia?"

"Non credo. Da queste parti nessuno l'ha mai vista.
E, come ti ripeto, non era una relazione ufficiale. Lei era
ancora sposata e quindi non avrebbe potuto contrarre
un secondo matrimonio. Li avevano beccati un paio di
volte insieme in un ristorante, e qualche altra volta nel
medesimo salotto. Tutto qui."

"Il senatore si innamora, rifugge nella braccia di una
matura nobildonna e dimentica i suoi guai con la politica. È giusto?"

"Non ha mai avuto guai con la politica. Solo guai personali. Si torturava da solo. Come gli eremiti. Nello stesso identico modo."

"Dov'è questa contessa Baldini?"

"È morta nel 1971."

"... E l'altra pista?"

"I gruppuscoli?"

"Sì."

"Se vuoi sapere come la penso, è stata una montatura.

Insegnava all'Università Statale. Erano suoi allievi. Politicamente li teneva distanti, ma non avrebbe mai potuto disprezzarli."

"Perché?"

"Perché erano gli unici, in quel momento, ad avere le stesse sue idee. In loro sentiva gli entusiasmi della vita in montagna durante la Resistenza. Sentiva qualcosa di nuovo. Non avevano gli stessi metodi, questo no. Ma molte idee in comune, sì."

"Ho capito... I suoi, chiamiamoli amici, ne hanno approfittato per rendergli la vita ancor più difficile e toglierselo dai piedi."

"Può essere andata anche così... Attilio dichiarò sempre che si era trattato di una crisi personale, che avrebbe scritto in una pubblicazione i motivi di questa scelta, che non si trattava di fallimento, ma solo di riflessione, di una pausa di riflessione."

"Con la contessa, magari."

Zanetti mi guardò storto: "C'è forse qualcosa di male?".

"Ti era molto amico Lughi, vero? L'hai chiamato per nome."

Si asciugò il sudore dalla fronte, faticò a rispondermi. "Credo che per tutti noi, venuti dopo, abbia rappresentato qualcosa di grande. Anche per il semplice fatto di avere raggiunto Roma. E a diciott'anni c'è sempre bisogno di un punto di riferimento."

"Zanetti" borbottai, "vuoi farmi credere che avevi la vocazione del politico?"

"Non hai classe, Bauer. Sarà la tua fine" sputò.

"Per ora pensiamo a quella di Lughi" dissi tranquillo. "Il nostro amico lascia dunque Roma nel '69 e torna qui a Rimini."

"A Sant'Arcangelo."

"Certo. A Sant'Arcangelo. Avendo deciso di non fare più politica."

"Stai attento, Bauer. Era solo una 'pausa di riflessione'. Infatti tre anni dopo sarebbe tornato in politica."

"Già. Leggo qui: *riprende i contatti politici a livello re-*

gionale e comunale. Nel 1975 si parla addirittura di una sua candidatura come sindaco nel quadro della politica del compromesso storico. I comunisti lo vogliono in qualità di cattolico o come indipendente sopra le parti?"

"Loro vogliono averlo. Punto e basta."

"Ma Lughi non accetta. Perché?"

"Preferisce il semplice ruolo di consigliere comunale. Non ha problemi che scottano da sbrigare e si mantiene in quel liquido vitale della politica in cui è sempre vissuto. Poi nel '78 accetta di entrare in giunta."

"Un anno prima di lasciare ancora una volta la politica, no?"

"Lascia tutto, definitivamente, nel 1979. L'aria non è buona. Sei mesi dopo, infatti, la giunta salta, ne viene costituita un'altra con l'ingresso dei partiti laici. Ha scelto un buon momento per chiudere. Dopo non sarebbe più servito a nulla e nessuno."

"A quel punto sono tutti 'indipendenti'."

Zanetti ridacchiò apertamente a questa mia battuta. Ne fui sorpreso. Non avevo ancora capito da che parte piegasse. O forse, non piegava da nessuna parte. Un cinico anarchico, come molti della sua terra. Uno gnostico contemporaneo? Se così era, lo sentii simpatico per la prima volta.

"Da allora alla data della sua morte trascorrono all'incirca quattro anni. Che ha fatto?"

Zanetti si era ricomposto, ma come ringalluzzito. Si dondolò nella sua sedia girevole. Parlò più lentamente gustandosi le frasi. Non sudò più. Sapeva di aver fatto colpo su di me.

"Abitava a Sant'Arcangelo... Veniva a Rimini in piazza per il caffè, leggeva il giornale, se ne tornava via. Stava lavorando ai suoi diari."

"Guidava l'auto?"

"Aveva un autista."

"Chi è?"

"Il nipote dell'ex balia."

"E dove vive?"

"Qui a Rimini. Sulla circonvallazione. È un buon ragazzo. Un po' tocco, ma un buon figliolo."

"Come, tocco?"

"Ritardato mentale, come si dice? È stato recuperato in pieno. Guida la macchina."

"Che macchina è?"

"Una automatica."

"La mia Rover TC2000 non gliela farei guidare."

"Con il tuo stipendio non potresti permetterti un autista. Nemmeno ritardato."

Incassai senza battere ciglio. "Poi che faceva?"

"Controllava l'amministrazione della sua proprietà. A settembre e ottobre curava la produzione del suo vino. Scriveva su riviste, teneva i contatti con il suo vecchio gruppo."

"E dov'è questo vecchio gruppo?"

"In un monastero. A Badia Tedalda. Sull'Appennino, nel cuore del Montefeltro... Andava là anche per lunghi periodi. La prima volta fu durante i tre anni che separano la sua fuga da Roma e l'approdo al consiglio comunale di Rimini, dal '69 al '71. La seconda dopo il '79."

"Ogni volta che lasciava un incarico andava a farsi prete?"

"Se la vuoi abbordare da questo punto di vista..."

"Dimmene un altro allora."

"È sempre lo stesso. È un cattolico, l'unica donna che ha trovato sulla sua strada non ha potuto sposarla ed è morta. Forse pensa che la verità della sua vita sia proprio la vita monastica. Altri lo hanno fatto."

"Non mi sembra credibile..."

"Pensa a Bisanzio. Un imperatore su due quando non è scannato, finisce in monastero la sua vita, pregando e riflettendo sulla miseria umana. Sulla solitudine e sulla *vanitas vanitatum*."

"Poi torna a valle..."

Zanetti fece di sì con la testa.

"Ultimamente?"

"Non saprei. Poteva andarci quando voleva. Ma certo non per periodi lunghi. L'avremmo saputo."

"Da chi?"

"Non lo avremmo visto al suo tavolino per il caffè e la lettura del giornale."

"Ah" feci. "Per ora mi basterà."

"Non puoi scriverci niente. Sono cose risapute e stradette." Era un rimprovero al vicedirettore di Milano. Lo sapevo. Mi alzai e feci per uscire. "Un'ultima domanda, Zanetti. Il senatore era un uomo ricco?"

"Non abbastanza da ammazzarlo" fu la sua risposta.

Il giorno dopo, di buon mattino, decisi di fare un salto nell'abitazione del senatore. Presi con me una cartina stradale e imboccai la provinciale verso Sant'Arcangelo. Zanetti aveva ragione. Tutto quello che mi aveva detto, i giornali l'avevano già scritto. In un modo o in un altro. Le crisi di coscienza, l'amore senile, il ritiro, la ricomparsa in pubblico. Se volevo scrivere qualcosa di nuovo, avrei dovuto darmi da fare. Dal commissariato ancora non si era avuta una chiara risposta. Annegato, questo sì. Ma omicidio o suicidio? E, nel caso si fosse suicidato, come avrebbe potuto raggiungere gli scogli in giacca, cravatta e scarpe ai piedi? E con quale imbarcazione? Avrebbero dovuto trovarla da qualche parte, e invece niente. Era una grana. Da un punto di vista strettamente giornalistico, non prometteva niente di accattivante. La gente si scanna per sapere tutto sull'assassinio di una fotomodella, ma certo non gli frega un cazzo di un vecchio senatore trovato coi polmoni piena di acqua. Sembra routine.

Correvo sulla mia Rover e mi chiedevo perché a Milano se la prendessero così a cuore. Speravano veramente che io, da solo, avrei portato un contributo alle indagini? Bene, se così era si sbagliavano di grosso. Mi ero fatta una opinione, la più plausibile. A forza di entrare e uscire da seggi politici e monasteri e alcove titolate, quel vecchio aveva strippato di brutto. S'era preso un canotto, aveva raggiunto il largo, aveva bucato la plastica e si era inabissato. Amen. Questa era la mia idea. Chi avrebbe avuto interesse a farlo fuori? Non i compagni di partito, poiché non aveva mai ricoperto incarichi di governo, data la sua particolare posizione politica, e quindi non era potuto venire a conoscenza di affari riservati o chissà quali imbrogli. Non potevano essere stati i parenti della nobildonna – siciliani, delitto d'onore – perché Lughi non l'aveva né sposata né impalmata. Anzi, lei si era tolta di mezzo con una malattia veloce e fulminante. Allora? Restavano soltanto quei due maledetti buchi nella sua vita: il primo dopo l'uscita dalla politica romana; il secondo dopo l'uscita da quella locale. Solo indagando in questi buchi forse sarebbe venuta a galla la verità. Bisognava quindi andare a Badia Tedalda e a Sant'Arcangelo. Erano le sole tracce.

Appena uscito da Rimini attraversai l'autostrada del sole e imboccai la statale. Sant'Arcangelo si trovava subito lì: un borgo medioevale ai piedi del quale si era sviluppata una cittadina uguale a tante altre con villette, viali alberati, zona industriale e artigianale. La parte antica era dominata da un castello e dalla torre di guardia da cui, nei giorni buoni – dicevano – si arrivava con lo sguardo fino al mare e a dominare le valli del Marecchia e del Savio. La casa del senatore stava in una piazza a forma di ventaglio, ripidissima. Era una casa a tre piani attaccata ad altre costruzioni simili, con una piccola porta di legno incassata in un portale di tufo scolpito. Nella piazzetta stavano una latteria, un piccolo bar con i tavoli esposti all'aperto e un castagno secolare ficcato nel mezzo di una piccola aiuola. Avevo lasciato la Rover un centinaio di metri più in basso poiché era impossibile entrare nel borgo se non a dorso di mulo o a piedi. Attraversai la piazza e subito dal bar sbucarono alcune persone. Non si avvicinarono più di tanto. Stavano in piedi a osservarmi.

Suonai più volte il campanello. Non ebbi risposta. Mi voltai verso gli uomini chiedendo se sapessero ci fosse qualcuno in casa.

"L'Argia è da suo nipote" disse uno.

"Dove li posso trovare?"

"Giù in pianura, verso Rimini. A Santa Giustina" rispose un altro. Parlavamo tenendoci alla distanza di una decina di metri. Mi avevano detto che i romagnoli erano gente aperta e simpatica e ospitale. Con me furono quanto meno diffidenti. Mi avvicinai ugualmente. "Conoscevate il senatore Lughi?"

"Stava là" disse uno.

"Che uomo era?"

Mi risposero le solite cose che si dicono dei morti. Tutta brava gente, tutti onesti, tutti santi. A Milano, mi era capitato di fare un bel po' di questi servizi del "giorno dopo", andare dalle portiere, dalle donne delle pulizie, dai coinquilini, dagli amministratori dei condominii, dal vicino di porta. Poteva trattarsi di un delinquente con una fedina penale più nera dell'inferno e quelli dicevano sempre: "Che brava persona, così onesto!". Una volta mi capitò una squillo accoltellata nella sua abitazione e fatta a pezzi. Non trovai nessuno disposto a dire che se n'era accorto, come se una squillo fosse nelle apparenze dimessa come una lavandaia. Nessuno che nell'ascensore avesse annusato un profumo un po' troppo forte, l'avesse vista al mattino rincasare tutta truccata e abbigliata come fosse andata al cenone di San Silvestro. Niente. Non se ne accorgevano. Erano tutte brave persone, lavoratrici tranquille e cose del genere. Così dopo una decina di minuti di avemarie sul senatore me ne andai. Tolsi il biglietto da visita dalla giacca e vi scarabocchiai sopra un messaggio per Argia e suo nipote. Firmai e imbucai nella fessura di fianco al campanello.

Raggiunsi la Rover. Era ancora presto. Guardai la cartina e decisi di raggiungere Badia Tedalda. Dovevano essere, così a occhio e croce, solo una cinquantina di chilometri, anche se di strade di montagna. Avrei proseguito da Sant'Arcangelo per una decina di chilometri fino a immettermi sulla statale numero 258 nei pressi di Verucchio. Avrei risalito il corso del Marecchia, attraversato il Montefeltro fino al confine con la Toscana. In novanta minuti avrei dovuto farcela. Forse sarei arrivato addirittura in tempo per scroccare un pasto ai monaci. Sempre che di monaci si fosse trattato.

La Rover entrò in riserva a pochi chilometri da Novafeltria, più o meno a metà strada dalla mia meta. Feci il pieno a un distributore vicino al palazzo comunale, un edificio suggestivo del XVII secolo. Chiesi quanto mancasse a Badia. L'uomo seppe solamente dirmi: "Dritto. Vada sempre dritto". Arrivai comunque a destinazione verso la mezza, dopo aver attraversato un paesaggio assolutamente fantastico, in cui borghi medioevali si inerpicavano sulle alture per poi essere inghiottiti dai boschi di querce e castagne e dalla macchia appenninica. Il fiume Marecchia mi accompagnava. L'aria era fresca ed eccitante. Avevo fame. E da queste parti dovevano avere anche del buon vino.

Mi venne ad aprire un ragazzo dall'aria francescana. Aveva un paio di jeans larghissimi, sandali ai piedi e una camicia a scacchi rossi e neri aperta fino a metà del torace. Al collo portava un rosario di legno.

"Vorrei parlare con Padre Michele" dissi.

Il ragazzo sorrise, ma non mi lasciò entrare. "Vado a vedere. Riceviamo i visitatori solo su appuntamento, una volta ogni quindici giorni. Non so se potrà fare eccezioni... Il motivo della visita?"

"È per l'affare Lughi. Dica semplicemente così. C'è un giornalista che ritiene stiano dicendo un sacco di fesserie sul conto del senatore. Ed è qui per sapere la verità. Dica questo. Nient'altro."

"Il suo nome?"

"Bauer. Marco Bauer."

Ringraziò e chiuse la porta abbassando gli occhi. Non mi restò che aspettare.

Il monastero era un edificio tozzo del XVI secolo. Era situato nel mezzo di un castagneto secolare raggiungibile da Badia Tedalda attraverso una stradina ghiaiosa e stretta, lunga un paio di chilometri. C'era un corpo centrale che aveva l'aspetto di una vera e propria muraglia difensiva. Accanto una costruzione di epoca più recente che assomigliava a una cascina. Dall'altro lato, una chiesa con una torre campanaria di origine romanica. Attorno allo spiazzo ghiaioso cresceva una vegetazione rigogliosa e profumata. La campana suonò l'una.

Attesi ancora qualche minuto e finalmente il portone si riaprì. Ma non apparve il ragazzo di prima. Quella che vidi fu una faccia che per qualche minuto mi era stata amica. Un viso indimenticabile, almeno per quello che mi era costato averlo incontrato. Nel suo sorriso, come quella sera, brillava qualcosa che ora seppi riconoscere: un minuscolo diamante incastonato nel secondo incisivo destro.

"Avanti, entra" disse lui, notando il mio stupore. "Non avere quell'espressione da bambola."

"L'ultima volta che ci siamo visti, se non sbaglio, era in un posto per niente simile a questo" dissi. Non mi decidevo ad entrare.

"Trovi che esista qualche differenza fra il bar di un Grand Hotel e un monastero?"

"La gente direbbe che sì, c'è qualche differenza."

Mi afferrò deciso il braccio e mi trascinò dentro. "Si sbaglia" disse serio, "sono entrambi luoghi mistici e assoluti." Ridacchiò.

"Mi devi una sbronza salatissima" insinuai.

"Impossibile. Sono completamente al verde. Da tempo, ormai... Ti ho visto dalla finestra dello studio di Padre Michele. Ti sta aspettando. Ho insistito non poco per farti ricevere."

"Vuoi sdebitarti?"

"Per niente! Vorrei solo che quando hai finito tu mi dia un passaggio a Rimini. Sono venuto in stop... Vai là, no?"

"Cosa ti fa pensare che accetterò?"

"Mi va di pensarla così."

Attraversammo un lungo salone con il soffitto a travi scoperte e qualche panca di legno bucherellato appoggiata ai muri. Senza incontrare anima viva, percorremmo il chiostro fino a una porta da cui s'innalzava una scala di pietra.

"Ecco. Sali pure" invitò con un gesto.

Feci qualche passo. Mi voltai. "Posso sapere il tuo nome?"

"Bruno May. Credevo lo sapessi."

In effetti mi diceva qualcosa, ma non sapevo chi potesse avermi parlato di lui e in quale occasione. Cercai di sforzarmi, sapevo di essere molto vicino alla soluzione.

"Ti sta aspettando" fece Bruno. "Verrò io, poi, a riprenderti."

"La ringrazio di aver accettato questo incontro" dissi non appena fui entrato nello studio. Padre Michele, al secolo Giovanni Maria Miniati, mi attendeva in piedi a lato della finestra. Lo studio aveva un aspetto carismatico. Mi sarei aspettato pareti spoglie, un inginocchiatoio e un crocifisso. Trovai invece una parete ricolma di libri, un lungo tavolo in legno di noce ingombro di carte, una poltrona di cuoio scuro. Pareva lo studio di uno psicoanalista. O di un rettore universitario. Qui c'era però anche una grande croce secentesca. E una icona scura grande più o meno come la pagina di un quotidiano.

"È amico di Bruno" fece lui. Ma non aveva l'aria di chiederlo. Semplicemente di constatarlo.

"Lo conosco da appena qualche giorno, se devo essere sincero."

Sorrise. "Apprezzo la sincerità."

Parlammo per qualche minuto del mio lavoro. Era lui che faceva le domande. Quando gli spiegai perché ero venuto, si fece pensoso senza tuttavia perdere quell'aria di profonda calma, di lentezza quasi, del suo volto e del suo modo di parlare.

Era un uomo abbondantemente sopra i settant'anni. Magrissimo, alto quanto me, canuto, con un profilo aguzzo, grandi orecchie che conferivano sacralità al suo volto, come a un Buddha. Aveva mani nodose e curate che muoveva con gesti eleganti e ariosi. Restò in piedi per tutto il tempo del nostro colloquio. Mi offrì un liquore che distillavano nel monastero e un sigaro Avana che rifiutai. Non volevo impestare l'aria fresca e profumata di carta antica che regnava nella stanza.

"Sono mie vecchie amiche" disse, come per scusarsi di quella civetteria. "Ero un gran fumatore, da giovane. E loro ogni tanto se ne ricordano. Peccato che così vadano sprecati."

"Quando ha visto l'ultima volta il senatore Lughi?" dissi bruscamente.

"Qualche tempo fa. Non posso essere preciso. La dimensione del tempo qui è molto diversa da quella del mondo normale." Pronunciò la parola "normale" quasi con aria di scusa. "Esiste una particolare legge della relatività nei monasteri, lo sapeva?"

Abbozzai un sorriso. Lui continuò: "Ricordo comunque che quando veniva quassù si trattava sempre di momenti assai delicati per lui. Credo abbia rimpianto per tutta la vita la scelta religiosa. Ma uomini come lui sono più utili alla società. E questo Attilio lo sapeva molto bene. In lui c'era continuamente questa sofferenza, come di un assoluto non risolvibile".

"Onestamente, padre. Che impressione si è fatto della sua morte?"

"Dal mio punto di vista, non ha alcuna importanza come sia morto... Lei mi capisce?"

"Non troppo" ammisi. Il mio taccuino restava disperatamente vuoto. Cominciai a credere che non avrei cavato un ragno dal buco. Tentai un'altra strada. "A quanto sa, il senatore aveva problemi economici?"

"Se ne aveva, non ne ha mai parlato con me. Per delicatezza."

Avvertii la stoccata vibrarmi nel petto. Dovevo tener duro. Questo era un bonzo inattaccabile. Ma qualcosa, ora lo sentivo, gli avrei cavato fuori.

"Lei conosceva la contessa Baldini?"

"La conobbi quassù. Con Attilio. Si fermarono qualche giorno. A Pasqua. Forse potrei ricordarmi anche l'anno."

"Fra il sessantotto e il settantuno" dissi.

"Forse è come dice lei."

"Potete ospitare delle donne qui?"

"Questa è una comunità. Può restare chiunque. Ci sono ex tossicomani che lavorano qui, ci sono ragazzi che hanno bisogno di silenzio e di preghiera, ci sono donne. Non siamo un ordine religioso. Abbiamo soltanto alcune regole di 'convivenza', mi capisce?"

Feci un cenno affermativo. Perché non avrei dovuto capire?

"Erano innamorati?"

"Credo di sì."

"Perché si lasciarono?"

"Non credo si siano lasciati. Lei morì di cancro." Il mio piccolo tranello non aveva funzionato. Certo che lo sapevo che non si erano lasciati. Così diceva la versione ufficiale. Ma poteva anche esserci dell'altro. Non c'era. Giocai sul duro. "Il senatore le aveva mai manifestato l'intenzione di togliersi la vita?"

Mi guardò a lungo, poi abbassò gli occhi. "Sì, me lo aveva detto. Era molto solo, ultimamente."

"Quando ultimamente?"

"Gliel'ho detto... Non ricordo. Aspetti. Deve essere stata la metà di giugno. Gli consegnai gli avvisi di pagamento per la manutenzione del monastero. Si era offerto di liquidarli."

"Quindi non era povero."

"Non credo fosse però ricco."

"Perché proprio a giugno manifestò, secondo lei, quell'idea?"

"Non saprei. Disse solamente che continuare era per lui molto difficile. Disse solo questo. Sono costretto a continuare, ma mi chiedo se valga ancora la pena."

"Come ha interpretato quelle parole?"

"Come quelle di un uomo stanco di lottare per la propria sopravvivenza."

"Non poteva esserci dell'altro?"

"In che senso?"

Scossi la testa. Non lo sapevo. "Forse" tentai, "aveva in gioco qualche azione che lo stava stremando."

"Si era tolto dalla politica da un pezzo."

"Ritiene però che possa essersi ugualmente cacciato in un qualche pasticcio?"

Padre Michele attardò qualche secondo a rispondere. Fece una lunga inspirazione. Poi aggrottò la fronte. Le sue sopracciglia grigie si congiunsero al centro della fronte solcata da rughe come le due estremità della grande faglia del Pacifico. Ne sentii lo stridore. È molto di più. Per un istante prese sopravvento in lui il grande oratore, il politico, il teorico che era stato fino all'età di quasi cinquant'anni. E fu la sua orazione funebre, il compianto sull'amico morto.

"Ho smesso di occuparmi di politica quando mi sono accorto che avrei potuto cacciarmi solo nei pasticci" disse con una voce robusta, tuonante. "Il pregio di Attilio, come uomo politico, differentemente da noi, era il possesso quasi genetico di una concretezza che gli riconduceva, nella prassi, sempre il senso esatto delle cose, la proporzione delle situazioni. E nel medesimo tempo quella stessa concretezza, la condizione del suo pensiero e della sua azione, gli facevano istintivamente alzare la guardia di fronte ai tranelli."

"Vuol dire allora che è impossibile?" Finsi di scrivere qualcosa. Il vecchio parlava con il linguaggio arrovellato dei politici. Fu un effetto strano vedere un monaco attorcigliare le frasi fin quasi a storpiarle.

"Lo escluderei" rispose distendendosi. "Se ha combinato qualcosa, può essere successo solo a Roma. Ma sono passati tanti anni, ormai."

"Ho una mia idea, padre" dissi. "Che il senatore venisse quassù ogniqualvolta sentisse, in coscienza, di dover espiare qualcosa di male che aveva fatto. L'essersi accompagnato con una donna, per esempio, senza averla mai sposata."

Ci fu un accenno di sorriso sulle sue labbra. "Non credo sia così semplice. Tutto è sempre molto più complicato. Bisogna diffidare della banalità e della semplicità. Lei crede che qui tutto sia più semplice solo perché più austero? Si sbaglia. Qui arrivano gli animi più tormentati..."

"Come Bruno?" mi venne istintivo dire.

Mi guardò con apprensione. "Bruno è diverso. Bruno sa godere del mondo... Per questo non si dà pace."

"Lo conosce bene?"

"Solo da qualche tempo. Me l'ha portato un vecchio amico francese, Padre Anselme, perché lo tenessi qui... Se ne andò dopo un paio di giorni. Se ne va e poi torna, una, due volte l'anno... Perché vuole sapere queste cose? Le interessa Bruno, le interessa la personalità del povero Attilio o forse le interesso io?"

"Niente di così complicato, padre. Quel ragazzo mi deve qualcosa. Tutto qui."

"Potrei sapere che genere di cosa?"

"Ha giocato con me, una sera. Pochi giorni fa."

"E ha perso?"

"No. Io ho perso."

Mi guardò con un sorriso di complicità. Mi accompagnò alla porta. "Non si preoccupi, Bauer. Tutti abbiamo perso, con lui."

Lasciammo Badia Tedalda verso le quattro del pomeriggio. Non era stata una giornata fruttuosa, a vederla dal mio punto di vista. Mi ero massacrato di chilometri e di montagna per ritrovarmi il taccuino vuoto e quel pazzoide al fianco. Sarei dovuto correre in redazione, buttar giù un paio di cartelle turistiche nell'impossibilità di raccontare una qualche briciola di notizia inedita riguardo alla vita privata del senatore. A Milano non sarebbero stati affatto contenti.

Bruno si appisolò pochi chilometri dopo una cittadina chiamata Pennabilli e dormì fino a Villa Nuova. Quando si svegliò, mi guardò con un'aria stranita e diffidente, come fossi un semplice autista. "Quando arriveremo?" chiese.

"Ancora mezz'ora."

Bofonchiò qualcosa. Ebbi un'idea. "Perché non prendi un paio di quei fogli che stanno là dietro e scrivi quello che ti dico?"

"Se ti fa piacere..."

"Mi farà guadagnare tempo."

Prese i fogli e una penna. Incominciai a dettargli il pezzo su Lughi. Scriveva senza fare osservazioni, chiedendo solamente di rallentare quando il mio dettato era troppo veloce. A quel punto ricordai chi mi aveva parlato di lui. Era stata Susy, al Grand Hotel nel corso di quella noiosa conferenza stampa sul premio Riviera. E lui, Bruno May, era quello che lei aveva chiamato l'*outsider*. Fui bene attento a non dirglielo. Lo guardai con un'aria nuova.

"Basta così" dissi a un certo punto. "Il resto lo scriverò in redazione."

"La calligrafia è chiara?" Mostrò i fogli.

"Sono abituato a leggere di peggio."

"Non dirlo a me" disse ridendo.

Avevamo raggiunto la periferia di Rimini. Gli chiesi dove volesse essere accompagnato. Mi indicò la strada per la sua abitazione. Stava nel tratto di costa fra Rimini e Viserba. Era una villa squadrata, a due piani, in cemento a vista. Una lunga e stretta bow-window di vetri smerigliati la percorreva dall'alto in basso, a sinistra. La parte opposta era occupata da una finestra circolare, di un paio di metri di diametro, che ricordava un oblò. Il tetto era piatto e occupato da una terrazza di cui si intravedevano le aste di ferro per le tende. Era circondata da un giardino di pini marittimi e ippocastani. Cespugli selvatici debordavano in strada affacciandosi dal muro di cinta che si alzava sopra l'ingresso formando una sorta di tettoia.

Uscì dall'auto e mi salutò. "Ti posso chiamare, una di queste sere?"

"Mi puoi trovare al giornale."

"Anche di notte?"

Gli dissi dell'appartamento quarantuno.

"Allora una di queste sere ci vedremo, spero."

Feci retromarcia. Poi, prima di andarmene, lessi il nome sul campanello d'ingresso. Non era un nome molto facile da ricordare, così lo trascrissi: "O. Welebansky".

Chiamò quella stessa notte alle due. La cicala del telefono insisteva da un po'. Sperai si fermasse. Invece continuò a gracchiare come una indemoniata.

"Pronto!" urlai nella cornetta.

"Non stavi dormendo, vero?"

Riconobbi la sua voce. Mi sembrò più morbida, più dolce di quello stesso pomeriggio.

"No... non stavo dormendo. Che ti succede?"

"Devi assolutamente vedere un posto."

Stava telefonando da una cabina. Sentivo il sottofondo di rumori del traffico. "È un'ora strana per fare un giro, non ti sembra?" Ormai ero completamente sveglio. "Facciamo domani?"

"Ti sto telefonando ora. Devi vederlo ora. È importante."

"Dove sei?"

"A Cervia."

Sbuffai. Il gioco doveva piacergli parecchio. "E hai bisogno di qualcuno che ti riporti a casa?"

"... Più o meno."

È completamente pazzo, pensai. "E perché chiami me?"

"Finiamola, Bauer! Chiamo te perché mi piaci. Ti aspetto davanti all'Hotel Milord, sul lungomare. Con la strada libera puoi farcela in breve." Riattaccò.

Rimasi indeciso per qualche minuto. Mi chiesi cosa mai uno scrittore potesse trovare eccitante in un rozzo cronista come me. Cercai di tornare a dormire, ma ormai ero eccitato. Mi vestii e presi l'auto.

Bruno aveva ragione. La strada era sgombra e si filava comodamente oltre i cento orari. In cielo splendeva una luna luminosa. Raggiunsi l'hotel che mi aveva detto. Bruno stava in piedi appoggiato al tronco di un albero.

Quando mi scorse, si avvicinò di corsa. Balzò in macchina. "Sei in ritardo!"

Mi venne da ridere. Mi aveva tirato giù dal letto ed
era ancora capace di farmi la predica. Non dissi niente.
Era davvero un bel tipo. Mi offrì una fiaschetta di argento ripiena di whisky. Bevvi un sorso e mi bruciai la
gola.

"Allora" domandai, "dove vuoi andare?"

Mi indicò la strada. Incominciò a parlare. La sua voce
aveva ripreso quella dolcezza che ormai mi era diventata
abituale, un modo di pronunciare le parole come fossero musica, con inflessioni di accenti toscani e napoletani
che le impreziosivano non sullo sterile versante dell'af-
fettazione e della ricercatezza, ma su quello ben più vitale dell'emozione e del sentimento della gente. Ogni tanto mi guardava con i suoi occhi lucidi. E sorrideva.
Come se solo lui conoscesse la storia.

"Svolta di qua" disse a un certo punto.

Raggiungemmo un tratto di mare dominato da palazzi
in costruzione, cantieri edili, edifici non terminati e non
finiti dalle finestre come occhi neri spalancati nel buio
della notte. Una città fantasma che lambiva il mare. Mi
sentii strano. La luna, alta nel cielo, rendeva tutto più
gelido, più cupo.

"Perché mi hai portato qui?" chiesi scendendo dal-
l'auto.

Raggiungemmo la spiaggia.

"Guarda là in fondo" disse alzando il braccio.

Sulla sinistra avanzavano le luci galattiche della raffi-
neria di Ravenna lanciate sul mare come a indicare il
percorso di una astropista spaziale. Verso l'orizzonte,
sul mare, altre luci gialle e rosse, indicavano i giacimenti
di gas combustibile: piattaforme minacciose come provenienti da un'altra civiltà, da un altro mondo.

Passeggiammo, fianco a fianco, sulla spiaggia. "Ecco
perché ti ho portato qui." Alzò il viso verso il cielo stellato. Restò in silenzio. La sua voce poi divenne un tremolio: "Siamo ormai troppo lontani, amico mio. Siamo

nel cielo. Mille miglia lontani nel buio della notte. Senza nostalgia della nostra casa".

Sul suo viso splendeva un po' folle la luce della luna. Il piccolo diamante incastonato nel dente rifletteva segnali intermittenti alla volta del cielo come messaggi laser. Mi toccò il braccio. Strinse la mia mano. Eravamo uno a fianco dell'altro rivolti al mare come se aspettassimo l'arrivo di qualcosa.

"Chi è O. Welebansky?" chiesi con la voce contratta.

"Il mio agente... Un amico."

"Quello che ti toglie dai guai?"

"Oliviero, qualche volta, mi ha tolto dai guai."

Continuava a tenermi il braccio e la mano.

"Non sono il tuo tipo, Bruno" dissi. La tensione mi prendeva la gola. Lui mi guardò con aria di sfida. Mollò la presa: "Questo, proprio, non sta a te dirlo, amico mio".

Sulla via del ritorno passammo davanti a un grande cartello di una impresa edile che riconobbi. Il temporale l'aveva divelto e ancora non era stato sistemato. Pendeva verso la strada. Uno strappo abbastanza ampio s'era aperto sul nome della Immobiliare che così sembrava semplicemente THEA. Dall'ultima volta che l'avevo visto erano cadute, dunque, le prime tre lettere.

L'*Operazione Briciole,* come ironicamente e con una vena di disprezzo la chiamava Robby, consisteva nel raggranellare una somma di circa trecento milioni di lire con cui dare avvio a una coproduzione cinematografica. Tony aveva fissato quella cifra considerandola un ottimo budget per ottenere credibilità presso un distributore o qualche finanziatore e poter così costituire la cordata per la produzione del film. Il costo dell'opera si sarebbe mantenuto al di sotto del miliardo. Non prevedeva infatti la partecipazione di grandi attori, né di tecnici professionisti strapagati. Il compenso della regia e della sceneggiatura era previsto a percentuale sugli incassi. La colonna sonora originale era già, a grandi linee, in mano a Tony, eseguita da una band inglese. Con trecento milioni, dunque, Tony contava di raggiungere un terzo della spesa complessiva e questo gli avrebbe dato, a suo parere, un notevole potere in fase di realizzazione del film.

Nei dettagli l'*Operazione Briciole* era però tutt'altra cosa, come scalare il cielo servendosi di piccozza, corda e ramponi, pensava Robby. L'idea di Tony era quella di setacciare la spiaggia adriatica, ombrellone per ombrellone, sdraio per sdraio offrendo ai bagnanti la possibilità di diventare produttori cinematografici. Per questo aveva preparato tre differenti tipi di "sottoscrizioni": da dieci, da cinquanta e da centomila lire. In cambio offriva, a film terminato, la divisione degli utili secondo la percentuale di guadagno spettante alla sua società di produzione. In caso di fallimento, e cioè nella eventualità che il film naufragasse, che non reggesse alla programmazione, che non guadagnasse tanto da poter coprire la spesa produttiva, si perdeva tutto. Inoltre, per garantire la massa di produttori da spiaggia, fissava il termine di un anno. Entro quella data o avrebbero riavuti centuplicati, decuplicati o moltiplicati per mille le loro quote finanziarie o avrebbero perso tutto. Prendere o lasciare. Questo era il piano.

Ma c'erano altre grane, come attraversare l'oceano su di un canotto, diceva Robby. E cioè che la massa di uomini necessaria a rastrellare il danaro si riduceva non a un battaglione, non a una compagnia, nemmeno a una pattuglia, ma semplicemente a due persone: lui e Tony. E questo era veramente incredibile.

"Facciamo un po' di calcoli" disse Robby dopo aver ascoltato il piano strategico. Era certo di farlo desistere. Sentiva già l'odore della sua Spagna. "Per raccogliere trecento milioni a forza di diecimila lire occorrerebbero trentamila pazzi scatenati disposti ad aprire il portafoglio. Con una media altamente ottimistica di cinquanta sottoscrizioni al giorno, venticinque per me e altrettante per te, ci servirebbero esattamente seicento giorni, due anni amico mio."

"Non hai calcolato le quote da centomila" disse Tony serafico.

"E allora? Il problema è che in trenta giorni tu devi raccogliere dieci milioni al giorno! Ammesso che io stia qui per tanto tempo! Ammesso che se trovassi un sistema per guadagnare tanto lo voglia sprecare gettandolo in una impresa di cui non so l'esito."

"Hanno venduto la luna, hanno venduto il Colosseo centinaia di volte, stanno vendendo i pianeti, le stelle, stanno spillando danaro promettendo cremazioni nello spazio e funerali su Giove e tu ti preoccupi di vendere delle quote per formare una società? Mi deludi."

Robby avrebbe voluto strapparsi i capelli, uno per uno, e poi i denti, gli occhi e anche le unghie. Tony non capiva. Non c'era niente da fare per farlo desistere. "Poi non è legale" disse infine.

"Perché?"

"Se andiamo in giro a scroccare soldi alla gente primo ci sbattono in galera per accattonaggio, secondo, quando vedono quei fogli di sottoscrizioni, ci arrestano per truffa e terzo, quando li hanno letti, ci spediscono in una casa di cura se non al manicomio criminale. Ecco perché!"

"Non c'è niente di male. Non sfruttiamo nessuno. Anzi. Dal momento che il film incasserà una barca di soldi, noi andiamo in giro a distribuire ricchezza alla gente."

"E naturalmente tutto quello che tocchiamo, solo perché te ti chiami Antonello M. Zerbini e io Roberto Tucci, diventa oro."

Tony versò un po' di birra. Faceva caldo. Erano seduti nel giardinetto della nuova pensione in cui alloggiava Robby. Aveva lasciato quel puzzolente Meublé prima del previsto, non appena la zia di Tony aveva rintracciato una camera libera in un posto più decente. La cameriera che aveva portato le consumazioni si chiedeva perché mai quei due non se ne stessero in spiaggia a prendere un po' di sole piuttosto che litigare come ossessi in quell'ora calda del pomeriggio. Una bambina li guardava sorridendo attraverso il cancelletto della pensione; vi era salita e si dondolava avanti e indietro spingendosi con un piede come su un monopattino.

"Ho preparato tutto, Robby. L'importante è innescare la catena. Poi verranno loro a chiederci di poter partecipare."

"Io mi vergognerei di dimostrare di essere stato abbindolato come un pollo. Non lo direi a nessuno. Manco a mia moglie."

"Ed è qui che scatterà il gioco. I primi saranno così imbarazzati dall'esserci cascati che faranno di tutto per trascinarvi gli amici. Per convincersi, capisci? Perché una truffa solitaria equivale a farsi sbertucciare da tutti, se diventa invece un grosso affare... Allora?"

Robby mugugnò, finì la birra e se ne versò un altro goccio.

Tony tornò alla carica. "Sono solo dieci sacchi! Non stiamo truffando nessuno, perdio! Li spendono per una pizza!"

Robby scattò in piedi. Le gambe gli tremavano per la troppa birra. "Mi hai fatto venire qui con la scusa della sceneggiatura, vero? Per poi incastrarmi in questo modo. Come se io non contassi niente." Era amareggiato.

"Ti sbagli" fece Tony, "ho pensato a te. Che taglia porti?" Estrasse da una sportina un paio di t-shirts azzurre. Le spiegò sul tavolino. Sulla schiena campeggiava una scritta KINO PRODUCTION. "Azzurre come il tuo colore preferito."

Robby aprì gli occhi, li richiuse e li riaprì. Le magliette stavano ancora sul tavolino di ferro battuto verniciato di bianco con la loro bella scritta rossa. Non era un sogno, non era un bieco prodotto della sua fantasia arsa dal sole e dall'alcool. Avrebbe voluto dire mille cose, urlare mille ingiurie e invece una sola domanda gli salì alle labbra attonite. "Perché KINO?"

"Con tutti i tedeschi che stanno qui... Ho pensato al mercato estero. Non ti piace?"

"Mi piace" disse Robby con un filo di voce.

Tony gli diede una pacca sulla spalla e un buffetto sulla guancia: "Andremo forte, vedrai!".

La mattina del quattro agosto si ritrovarono davanti al bagno numero cinquantadue. Erano le dieci. Tony aveva portato in auto tre grandi scatoloni contenenti i fogli ciclostilati delle sottoscrizioni. Robby lo aspettava in strada, seduto sul muricciolo che delimitava l'ingresso alla spiaggia. Aveva una camicia sopra la maglietta azzurra.

"Ti sei pentito?" disse Tony scendendo dall'auto, una

Renault quattro, rossa. "Non fare il bambino capriccioso, fuori la maglietta, su!"

Gli ficcò in braccio un pacco di fogli. "Quelli da dieci carte sono sopra, in mezzo quelli da cinquanta e quelli da cento in fondo. Procediamo insieme, ma quando ne becchiamo uno tu subito corri all'ombrellone vicino. Devono vedere che qualcuno si è già fidato, capito?"

"Andiamo" disse Robby. "Togliamoci questo dente."

"Bene. Cominceremo dal bar. Devono vederci, innanzitutto." Scesero gli scalini di cemento e raggiunsero la prima fila di cabine oltre la quale stava il loro territorio di caccia. Robby cercò di convincersi di quello che stava facendo, doveva crederci sennò era tempo sprecato. Era in ballo e non doveva più giustificare niente a se stesso. Cominciava, in un lampo di follia, a credere a quello che stava per fare.

Nel bar c'era un discreto viavai di gente: ragazzini che facevano la fila per le pizzette e i bomboloni alla crema; bimbi che cercavano di raggiungere il frigorifero dei gelati sollevandosi sulla punta dei piedi, giovani che giocavano a un vecchio flipper o a video-games, qualche mamma con prole attaccata al prendisole come cucciolotti di scimmia, un gruppo di giovinastri abbronzati con mutandine da bagno ridottissime che si davano pacche sulla pancia liscia raccontando porcherie. I due della KINO PROD. si appoggiarono al bancone del bar in modo che la scritta sulla schiena fosse ben visibile a tutti. Tony ordinò da bere controllando, nello specchio di fronte, fra le bottiglie di granita ben allineate, la reazione della gente. Notò un piccolo gruppo che li additava. "Ci siamo" disse urtando leggermente con il gomito il braccio di Robby. Si voltarono insieme con un sorriso smagliante e fintissimo.

Una donna attaccò per prima il discorso. Chiese se facevano fotografie per qualche parte da protagonista in un film. In questo caso avrebbe immediatamente chiamato la sua Sonia dall'acqua. Tony rispose garbatamente, poi la prese sottobraccio e la trascinò fuori, ai tavoli-

ni. Spiegò il suo progetto con grandi gesti. La donna se
ne andò delusa. Ormai avevano cominciato. E più gente
arrivava al bar, più Robby cominciò a credere al miracolo. A un gruppo di ragazzini sui quindici anni arrivò
persino a raccontare, nei tratti essenziali, il soggetto. I
ragazzi gli avevano formato attorno un circolo e lo stavano ad ascoltare con attenzione. Intervennero un paio di
volte per chiedergli spiegazioni sulla trama e più spesso
interessandosi ai meccanismi delle riprese, ai tempi di
produzione, ai trucchi cinematografici. Erano tutti svegli e sapevano quello che volevano. Un ragazzino particolarmente acuto di fantasia, Nicola, propose lo sviluppo diverso di una scena. Robby pensò un attimo e si
accorse che non era affatto male. Parlarono così per una
buona mezz'ora. Quando fu il momento di mostrare loro i fogli ciclostilati, Robby provò disgusto per se stesso.
Stava truffandoli. Non esisteva nessun'altra spiegazione.
Era convinto di quel che faceva ed era altrettanto convinto di estorcere del danaro. Con sua grande sorpresa,
invece, i ragazzini si dimostrarono entusiasti. Alcuni
corsero ai rispettivi ombrelloni, altri gettarono in terra
tutti gli spicci. Sottoscrissero la prima azione della KINO
PRODUCTION, diecimila lire. Marina, una di loro, compiva quel giorno quattordici anni. Il foglio le fu intestato
quale regalo di compleanno dalla compagnia del bagno
cinquantadue.

Il sole di mezzogiorno cominciò a scottare sulla loro
pelle bianchiccia. Avevano raggiunto gli ombrelloni e li
stavano passando al setaccio. La gente era diffidente.
Finché si trattava di parlare si mostravano ben disposti,
cordiali e alle volte addirittura petulanti. Ma quando si
trattava di metter mano al portafoglio, si comportavano
tutti nella stessa sdegnata maniera.

Verso la mezza, la spiaggia si svuotò d'improvviso. Ne
approfittarono per sdraiarsi, esausti, sui lettini liberi e
fare un primo consuntivo. Robby aveva raccolto ventimila lire e Tony dieci. Era un disastro.

La spiaggia era deserta. Rimanevano alcune ragazze a

seno nudo, a prendere il sole sul bagnasciuga. E qualche famigliola che pranzava sotto l'ombrellone estraendo dalle sporte di paglia pastasciutte, polli allo spiedo e fiaschi di sangiovese. Tony avvistò una donna sui quaranta che stava, proprio in quel momento scendendo in spiaggia. Aveva un aspetto promettente, borghese, quasi intellettuale. Saltò giù dal lettino e andò verso di lei. Robby voltò parte per non assistere alla scena. I suoi occhi si puntarono sulla linea azzurra del mare. Seguì i volteggi di un wind-surf, l'avanzare a scatti di un moscone. C'era silenzio. Le voci dei bagnanti gli giungevano lontane. Sentiva la brezza profumata di salsedine accarezzargli i capelli. Pensò alla Spagna, a Silvia e si addormentò.

Quando riprese conoscenza il panorama stava, di nuovo, cambiando. La spiaggia iniziava a riempirsi. Cercò con lo sguardo Tony. Non lo trovò. Cominciò a girare tra gli ombrelloni. Finalmente lo vide seduto sulla sabbia con due marmocchi in braccio. Uno stava piangendo disperatamente, l'altro invece, più grandicello, si divertiva a gettare manciate di sabbia in faccia a Tony.

"Che diavolo fai qui?" domandò Robby.

"Dammi una mano. Liberami da questa peste" grugnì Tony.

Robby si chinò e prese in braccio il bambino che piangeva. Lo cullò. Arrivò la madre ancora gocciolante dal bagno. Vide la scena e strillò. Dovettero andarsene.

"Me ne ha comprata una" disse poi Tony, quasi a volersi giustificare.

"Da quanto?"

"Dieci carte." Sventolò il foglio.

"Ha risparmiato sul prezzo della baby-sitter" fu l'acido commento di Robby.

Il giorno seguente decisero di separarsi. Avrebbero battuto lo stesso bagno, ma andando uno a destra e l'altro a sinistra del corridoio in quadri di granito, adagiato sulla spiaggia come una passerella, che in certe ore del giorno scottava come una piastra di ardesia rovente. In questo modo si sarebbero spalleggiati a vicenda, ma avrebbero raggiunto il doppio di persone. Tony ebbe grane con il bagnino del numero sessantacinque. Era un ragazzone con un paio di mani larghe come pagaie e gambe che sembravano sequoie. Ci fu ben poco da discutere. Quello agitava un ombrellone chiuso come fosse uno stuzzicadenti. Dovettero battere in ritirata. Mangiavano di solito nei bar sulla spiaggia dove era molto più facile combinare qualcosa. Si stava all'ombra e le persone arrivavano al banco con il portamonete. La maggior parte era poi rilassata dall'aver appena fatto il bagno e parlava volentieri. Era più facile che qualche sottoscrizione abbandonasse il pacco che loro reggevano e trovasse la giusta direzione. Ma il ritmo con cui questo passaggio di mano avveniva non fu mai quello che una notte Tony sognò: vide i tre grandi cartoni abbandonati sulla spiaggia aprirsi improvvisamente come investiti da un turbine e tutti i fogli uscire uno dopo l'altro con un suono di battito d'ali e formare un vortice che subito si innalzò altissimo nel cielo come una tromba d'aria e ricadere poi a pioggia su tutta la spiaggia. La gente usciva dall'acqua e correva, abbandonava le sedie a sdraio, veniva a riva con i mosconi, correva dalle strade, dai bar, dai ristoranti, dalle pensioni e si precipitava sulla spiaggia tendendo le mani e guardando in aria e cercando per terra, perché tutta la spiaggia era ormai ricoperta dai fogli come se un grande autunno avesse lì ammassato tutte le foglie della terra. I bambini giocavano con quelle pagine, facevano aeroplanini, aquiloni, barche, cappelli, freccette a cono, facevano maschere, facevano vestiti, torri, festoni, coriandoli, stelle filanti. Gli adulti li prendevano e si abbracciavano e si baciavano per la gioia e non li portavano via, né li ammassavano, ma una volta raccoltili in grandi bracciate li rigettavano in aria per la gioia di poterli riprendere. Dai tre cartoni il turbinio di carta bianca non aveva fine. I ragazzini più agili salivano sui pennoni accanto alle ban-

dierine che segnalavano lo stato del mare, e da lì, chiamavano la gente dagli altri tratti di spiaggia, che poi ac-
correva e gridava di gioia finché tutta la costa non fu un
solo grande momento di festa, di trionfo, di gioia. La
realtà invece era che fino a quel momento avevano raccolto insieme cinquantamila lire.

Robby camminò per qualche decina di metri sul bagnasciuga con la testa china, attento a saltare la risacca
delle onde e non inciampare in un qualche corpo disteso. Indossava la solita maglietta azzurra che la sera, arrivato in pensione, lavava sotto un getto di acqua corrente
e lasciava ad asciugare alla finestra. Aveva un paio di slip
bianchi. Camminava scalzo, tenendo in una mano un
paio di espadrillas sfasciate e nell'altra la cartella con le
sottoscrizioni. Nella ressa del bagnasciuga, fra gente che
giocava a bocce e altri che inseguivano aeroplani gracchianti, tra i fili ingarbugliati degli aquiloni, i palloni, i
freesby, avvistò un gruppo consistente di persone. Si diresse verso di loro. Attaccò discorso con le frange più
esterne. Chiese se a loro interessava il cinema e quale
film avessero visto l'ultima volta che si erano recati in
una sala; chiese se preferivano la televisione, se i film
della passata stagione erano piaciuti, se li divertivano
più quelli americani o quelli italiani; se amavano la commedia, il dramma, il comico, il musical, il tragico, il film
storico, la fantascienza o i cartoni animati. Ben presto la
discussione diventò incontrollabile. Robby si sentì tagliato fuori come un moderatore televisivo estromesso
dal suo dibattito. Ognuno parlava per i fatti suoi, urlando e sbracciandosi. Robby attendeva il momento buono
per piazzare le sottoscrizioni, ma il baccano era ormai
infernale. Fu allora che lo vide. Stava inginocchiato a
terra davanti a un tappeto in cui dominavano i colori
rossi e bruni e su cui erano disposti in ordine collane,
statuette, bracciali, anelli, orologi, zanne di elefante in
finto avorio e statuette in legno finto ebano. Incontrò il
suo sguardo. Indossava un cafetano marrone lungo fino
ai piedi e in testa portava un fez bordeaux. Senza ormai

più clienti, il marocchino si alzò di scatto e sputò una sequela di ingiurie in arabo. Robby era paralizzato. La gente attorno si accorse che stava succedendo qualcosa di poco piacevole. A poco a poco tacque formando loro attorno una specie di arena. Robby farfugliò qualcosa. Il marocchino parlò in francese, gli diede del bastardo e del figlio di puttana. Robby fece per andarsene, ma qualcuno in quel momento lo trattenne. Si girò di scatto e incontrò un altro paio di carboni accesi. I due marocchini cominciarono a gridare, la gente si scansò. Robby aveva una unica speranza, che arrivasse Tony. Lanciò lo sguardo verso la fila degli ombrelloni, ma fu inutile. Cercò di spiegare che non voleva affatto rubare il mestiere a nessuno, che non stava vendendo niente, che passava di lì per puro, accidentalissimo, caso. I marocchini non vollero sentir scuse. Un ceffone beccò Robby al collo. Incassò il colpo. Tentò di restituirlo, ma il secondo marocchino lo teneva stretto. Gli presero la cartella e la vuotarono sulla sabbia. La gente non diceva niente. Solo uno, dai bordi di quella maledetta arena, osò lanciare un "finitela!". Robby si guardò intorno cercando l'alleato. Fu terribile. Vide solamente pance gonfie e grasse e bianche e cicatrici di ernie e appendiciti, mastectomie, ulcere, calcoli renali, calcoli alla cistifellea, alla vescica, vide tette flosce e cosce adipose, rotoli di grasso, ascelle fradicie di sudore, natiche cascanti, scroti lunghissimi, enormi, disgustosi, unghie incarnate, crani calvi, vide moncherini di braccia, gambe poliomelitiche, dentiere d'oro, parrucche, mani finte. Si sentì perduto. L'attenzione dei due marocchini era accentrata sulla sua cartella. Si parlavano fitto, uno dei due si chiamava Kacem. Approfittando della loro disattenzione, riuscì a sfilare dallo slip dell'elastico ventimila lire. Li alzò in alto. Quello che lo teneva da dietro, inginocchiato, prese i soldi. Tony arrivò in quel preciso momento. Trascinò da parte Robby, cercò di sapere quello che era accaduto. I due marocchini gli parlarono velocemente. Tony rispose duro: "Non mi frega una sega se dovete comprarvi venti cammelli per sposarvi, rivoglio quei soldi!".

"Lasciali stare!" gridò Robby. La sua voce era acuta e stridente come fosse sull'orlo di una crisi isterica.

"Ti hanno fregato o no quei soldi!" sbraitò Tony.

"Non me ne importa dei soldi! Sono dei poveracci!"

La gente aveva preso a squagliarsi. Qualcuno andò ad avvisare il bagnino. Tony si azzuffò con il marocchino. Aveva voglia di menare le mani, sentiva l'odore della rissa, dei nervi scoperti, un odore che lo faceva impazzire. Accorsero i bagnini e li separarono. Quando si fu calmato si accorse che i due se l'erano filata. Restò in silenzio. Raccolse uno a uno i fogli sparsi sulla sabbia. Robby, in piedi, lo guardava senza espressione. Vedeva il suo amico chino a terra che prendeva con cura quei fogli stropicciati, ne levava via i granelli di sabbia soffiandoci sopra, li riponeva nella cartellina; vedeva il suo amico, ma tutto gli appariva completamente estraneo. Non si parlarono per tutto il pomeriggio. Robby riprese a girare fra gli ombrelloni abbordando la gente con poche e secche parole: "Vuole comprare un'azione per produrre un film?". Tutto qui. Non si sprecava, non gliene importava nulla. Era aggressivo, se qualcuno lo mandava al diavolo rispondeva sbraitando e menando in aria le mani. Se riceveva una bacchettata rispondeva con un pugno. Trovò una donna, non più giovane. Aveva labbra dipinte di viola, pesanti anelli alle orecchie e una capigliatura di un biondo stopposo. Agli angoli degli occhi due sottolineature di rimmel parevano cicatrici. Il suo corpo, sotto il costume, era una camera d'aria. Lo ascoltò e gli disse di seguirla verso la cabina poiché teneva i soldi nel vestito. Robby la seguì. Girò la chiavetta nella toppa. Entrarono insieme. Dentro, l'aria era soffocante e c'era puzzo di piscio. La luce era scarsa ed entrava a strisce dalle fessure della porta. La donna lo guardò e scoprì i seni. "Voglio i soldi" fece Robby. Lei prese dal borsellino un rotolo di banconote. Fece per darglieli. Si arrestò. "Voglio vederti nudo. Per favore... Fammi vedere come sei fatto, ti prego." Robby sentì una profonda, angosciosa quiete salirgli allo stomaco. Si tolse la maglia. Si abbassò lo slip fino alle cosce. La donna si inginocchiò. In silenzio, si mise a piangere, senza avere il coraggio di toccarlo.

"Dimmi come ti chiami" fece Robby, prendendole i soldi. Li contò. Erano trentamila lire. "Avanti, dimmi come ti chiami."

La donna prese a singhiozzare coprendosi il volto con le mani. Balbettò il proprio nome fissando il sesso di Robby. Scrollava la testa. Non si capiva se piangesse di dolore o di felicità. O di umiliazione. Robby trascrisse i dati della donna su tre fogli. La prese sotto le ascelle e la rialzò. Le ricompose i seni nelle coppette. Poi prese la mano ingioiellata della donna e guardandola fisso negli occhi la portò dolcemente sul proprio sesso. Era un saluto. Uscì dalla cabina. La donna si sedette in terra piangendo, sfogandosi. Poi, prima di uscire, asciugò le sue lacrime sature di trucco in quei pezzi di carta che il ragazzo le aveva lasciato.

Tornò in albergo. Quando chiese al bureau le chiavi della propria stanza, il portiere lo guardò con aria interrogativa. Robby ripeté la richiesta. "Le chiavi della trentadue per favore."

"Signor Tucci, lei doveva lasciare la pensione questa mattina. Le abbiamo già preparato il conto."

Robby si maledì. Era vero. Gli avevano detto, solo qualche giorno, poi dovrà cambiare. E lui se ne era completamente dimenticato. Era nemmeno una settimana che stava a Rimini e aveva cambiato già tre alberghi.

"I suoi bagagli stanno là, nel sottoscala" disse l'uomo del bureau. "La sua stanza è occupata da altri clienti."

Robby pagò il conto. Chiese di poter telefonare. Si sentiva esausto, deluso, preso in giro dal destino. In momenti come questi, in cui tutto girava a rovescio o non girava per nulla, pensava a una sola cosa: eliminarsi. E nello stesso momento in cui questa idea gli sfiorava il cervello subito un'altra, per associazione, gli veniva in

mente. Il viso di Silvia, il suo corpo. La donna che amava, la donna da cui, soprattutto, si sentiva enormemente
amato. La donna per cui continuava a vivere e che, in
momenti come quello, lo legava alla realtà. Telefonò a
Tony per spiegargli la situazione.

"Non potrai venire qui, mi dispiace. Sono arrivati tutti i parenti. Non posso ospitarti."

"Bene. Prendo un treno e me ne vado. E la prima volta che ti incontrerò, dovessero pure passare cent'anni,
Tony, in questo o in qualsiasi altro fottutissimo mondo,
ti spaccherò la faccia. E ti farò mangiare quei fottutissimi fogli uno a uno, e quando li avrai cagati te li rific-
cherò in gola a palate per il resto della tua vita!"

"Mi spiace per quello che è successo oggi" fece Tony.

"Ti spiace? E per quello che sta succedendo stasera,
no? E per quanto succederà fra tre giorni? Mi hai cacciato in questo troiaio e ora me ne tiri fuori."

"Verrò a prenderti... Ma non puoi dormire qui."

"Stanotte io dormirò nel tuo letto, costi quel che costi. E tu nella vasca da bagno! Ecco come faremo."
Sbatté giù il ricevitore, prese la portatile, la sacca e uscì.

Non dovette aspettare molto. Quando avvistò l'auto
di Tony caricò il bagaglio sulle spalle e si ficcò in mezzo
alla strada. Tony arrestò bruscamente la vettura. Robby
salì in macchina senza salutare. Per tutta la durata del
percorso, guardò fuori dal finestrino. Tony non s'azzardò a dir nulla. Di tanto in tanto emetteva un rauco
colpo di tosse, come se quei pezzi di carta avessero preso a girargli, indigesti, fra la bocca e lo stomaco.

"Non sei nessuno, caro Antonello M. Zerbini, nessuno ti fila, nessuno ti prende in considerazione. Se dovessi crepare nessuno, mai, si prenderebbe la briga di venire a ricercare fra il tuo passato per vedere chi eri e cosa
avevi in testa e in cosa credevi o per chi avevi lottato. Le
cose stanno così. Per te e per me. Non diremo mai niente e nessuno avrà mai la voglia di ascoltarci. E per quanto tu abbia quel bastardo di nome che porti, nessuno ti

userà nemmeno per pulirsi i piedi. Ecco qual è la situazione."

Stavano cenando in una pizzeria a una dozzina di chilometri da Rimini, verso l'entroterra. Robby s'era rifiutato di entrare in un qualsiasi locale della riviera fra il casino, la gente, i juke-box, i camerieri sgarbati. Tony l'aveva assecondato. Conosceva Robby e sapeva che, con un po' di vino in corpo, si sarebbe liberato dall'angoscia.

"Nella nostra situazione ci sono altre migliaia di persone" disse Tony, cercando di ragionare. "Di gente che ha idee, fantasia, estro, ma che non ha il becco di un quattrino. Noi dobbiamo far leva su questo. Se andrà bene a noi, vuol dire che potrà andar bene a migliaia di altri e questo vuol dire, in fondo, una sola cosa: che noi renderemo possibile il cambiamento."

"È impossibile" disse Robby a labbra strette. Si versò altro vino.

"Se non è possibile, noi lottiamo affinché diventi possibile... Quando si parte da soli tutti ti danno del matto. Perché hai la tua idea fissa e solo questo conta. Poi, ti accorgi che tanti altri la pensano come te e allora, improvvisamente, ti senti parte di un'onda, un'onda che cresce più va avanti e che bene o male è destinata ad arrivare a riva."

"Arriveremo al mar morto" disse acido Robby.

"Fai come credi. È la sola strada."

"... Io non so, Tony, perché sto qui con te. Se tu me lo chiedi, io proprio non te lo so più dire. Fino a stasera ti ho seguito, ho avuto i miei dubbi, ho cercato di convincermi, ma ti ho seguito. Ora non più."

"Devi tener duro" disse Tony, versando altro vino. Erano alla terza bottiglia. Ognuno parlava per conto suo. Ognuno procedeva per i fatti propri. "Noi vogliamo i soldi. E qui, adesso, i soldi ci sono solamente per i portaborse di qualche politico o il leccaculo di qualche assessore. Hanno preso tutto. Sono dappertutto! O accetti di dipendere da uno striminzito finanziamento di un tizio che

un giorno è assessore alla cultura e il giorno dopo ai ma-
celli pubblici, o accetti di fare professione di fede per
qualche partito o sei tagliato fuori. A meno che tu non voglia fare del comico da borgata o da quartiere: due per-
nacchie, qualche modo dialettale, personaggi grulli e
rimbambiti che non leggono, non pensano, non si tengono informati, non sanno quel che succede un po' più in là
del loro naso. Ecco cos'è il cinema italiano. È semplicissimo. È solo questo. E allora, se tu sei un tagliato fuori come lo siamo tu e io; se non ti va di abbrutirti in sceneggiature pecorecce; se non ti va di trattare con gente il cui
mestiere è unicamente quello di garantire agli altri la libertà di fare un mestiere e non dirigerlo, approvarlo, ta-
gliarlo, censurarlo, allora non ti resta che una sola strada.
Delirare. E augurarti che il tuo delirio scuota quello di altra gente e trovi delle risonanze per diventare un progetto. Questo è quello che noi stiamo facendo. Dovremo
soltanto, d'ora in avanti, gridare più forte... E tu, Robby,
sputerai le tue corde vocali con me."

Verso l'una di notte raggiunsero la casa in cui avrebbero dormito. Fecero piano per non farsi sentire. Robby
inciampò un paio di volte nei gradini e ruzzolò a terra.
Tony temette che vomitasse sul pianerottolo. Si accese
una luce. "Sono io, zia" disse. Sentì la propria voce strana, troppo strana.

Buttò sul letto Robby. Che si addormentò immediatamente russando. Tony prese una coperta e raggiunse il
salotto. La spiegò sul divano, si stese. Cercò di dormire.
Non riuscì. Mezz'ora dopo decise di porre fine a quella
tortura. Si rivestì. Uscì di casa. Si ficcò in una disco sul
lungomare. Aveva la testa pesante, gli occhi gonfi, le
gambe molli. Al primo whisky, la sbronza gli si tirò su.
Una ragazza lo stava guardando. Tony la avvicinò e fece
tutto il possibile per sorriderle. Gli sembrò di strapparsi
la pelle delle guance.

"Niente da fare" disse lei. "Sei troppo fatto."

"Vuoi scommettere?"

La fichetta masticò il chewing-gum come fosse biada. Lo squadrò. Era un bel tipo, Tony. "Hai un posto?"

"Ho la macchina" disse Tony. La fichetta lo arrapava sempre più. Era piccola, tozza, terribilmente sexy, con un gran culo. Una di cui si dice "da sbattere finché non ne puoi più".

"È scomodo. Offrimi da bere che ci penso io."

Raggiunsero il bar. Tony era costretto a reggersi alle spalle della ragazza quando doveva scendere o salire i gradini della discoteca. Era veramente strafatto, ma non aveva quel genere di problemi. Nel suo cervello aveva già il cazzo ritto da ore.

Bevvero qualcosa, un gin tonic per la ragazza e un secondo whisky per lui. "Potremmo andare in spiaggia" propose Tony.

"C'è troppo casino... Non hai una casa?"

"No."

"Va be'... andiamo in macchina. So io un posto."

Raggiunsero la campagna e fecero l'amore. Tony si comportò egregiamente, la fichetta era dolce e morbida e calda e ci sapeva fare. C'era un solo particolare che non andava. Che quella continuasse a masticare il suo chewing-gum.

Quando fu il momento di riaccompagnarla a casa la ragazza diede un sacco di indicazioni finché Tony non si ritrovò in quel dannato posto. "Come è piccolo il mondo" disse.

"Perché?"

"Niente." La ragazza entrò in pensione. Era la stessa fottuta pensione che Robby aveva lasciato poche ore prima. Nello stato psichico in cui era, a mezza strada fra la sbornia, il rientro alla normalità, il down della scopata, la depressione dell'alba, Tony interpretò l'accadimento come un "segno". Ma non avrebbe saputo dire di che valenza fosse: se positiva o negativa.

Alle prime luci dell'alba Alberto salì lentamente le scale della sua pensione facendo tintinnare le chiavi.

Non appena ebbe raggiunto il pianerottolo vide la luce accendersi nella stanza di fronte alla sua. Ormai era una consuetudine. Una delle ultime volte aveva intravisto l'ombra di una donna, sapeva che lo stava aspettando. Fece scattare la serratura. Aprì la porta, finse di fare qualche passo, attese un attimo e la richiuse davanti a sé. Si gettò immediatamente nella parte più buia del corridoio. Attese. Pochi istanti dopo, dalla camera di fronte uscì una donna. Era giovane, aveva i capelli in disordine, una vestaglia trasparente che le arrivava a metà delle cosce. Era scalza. La donna si guardò intorno e raggiunse la porta della stanza di Alberto. Alberto trattenne il fiato. Ebbe paura che i suoi occhi chiari, emergendo dall'oscurità come quelli di un gatto, lo tradissero.

La donna era davanti alla porta. Vi si appoggiò. Sfiorò la maniglia con il palmo della mano come temesse di infrangere qualcosa. Avvicinò la guancia. La appoggiò all'uscio. Fece per rannicchiarsi. In quel momento Alberto allungò il braccio, la trasse a sé e con l'altra mano le tappò la bocca. Cercò i suoi occhi. Si guardarono a lungo. Da una prima espressione di terrore, la donna addolcì il suo sguardo fino a stringerlo attorno alle pupille indagatrici di Alberto come un abbraccio di desiderio. La sua reazione si allentò. Si abbandonò a quell'abbraccio. Alberto continuò a fissarla. Tolse la mano dalla bocca di lei. Restarono così in piedi uno davanti all'altra, illuminati soltanto dal taglio di luce proveniente dalla stanza di fronte. Non si dissero una parola. La donna si incollò al corpo di Alberto. Lui la strinse. Trovarono le labbra. Alberto aprì la porta della sua stanza. Fece per entrare. La donna si staccò dal suo abbraccio. Lo guardò. Raggiunse la propria camera. Entrò. Alberto rimase immobile nel corridoio. Si avvicinò alla camera di fronte fino a sporgersi dentro. Vide due bambini che stavano dormendo e lei di spalle, china su uno dei due. La donna spense la luce. Alberto tornò velocemente nella sua stanza. Lasciò la porta aperta. Andò in bagno e stappò la birra. Gettò la testa sotto il rubinetto dell'acqua fredda. Sentì l'uscio richiudersi.

"Come ti chiami?" domandò raggiungendola.

"Milvia... Tu?"

Glielo disse. "Vuoi bere?"

Milvia fece un cenno negativo. "Tutte le notti ti sento tornare in albergo... Mi sono affezionata ai tuoi passi... Non pensare che io sia matta." Lo guardava con sicurezza e nello stesso tempo timore. Come se avesse già raggiunto qualcosa e avesse paura di prenderlo. Alberto la abbracciò, la baciò. Si stesero sul letto. Nell'amplesso che seguì, arruffato e scomposto, cigolante e soffocato, Alberto disse: "Piano... I tuoi bambini potrebbero svegliarsi".

Le notti seguenti Alberto prese a tornare di corsa dal *Top In* per gettarsi in quell'amore clandestino e notturno che gli era entrato ormai nel sangue. Milvia lo attendeva insonne. Non appena sentiva emergere dall'oscurità silenziosa i passi di Alberto, usciva dalla stanza. Già sul pianerottolo iniziavano a baciarsi e i loro abbracci divennero sempre più placidi e distesi. Non ci fu bisogno di parole. Avanzavano il loro amore nel crescere dell'intimità e della consuetudine dei loro corpi. Certe notti Alberto guardava Milvia, pacata dopo l'amplesso, e le percorreva con la mano i seni, il ventre, le cosce, quasi si trattasse di una creatura di sogno che ancora faticava a credere reale. E, d'altra parte, la loro unione pareva effettivamente costruita della sostanza stessa dei sogni: l'intorpidimento di quelle ore a cavallo fra la notte e il nuovo giorno, la stanchezza, il fiato affannoso che Alberto aveva spremuto nel suo sax fin quasi a rimanerne soffocato; e che poi, miracolosamente, ritrovava nell'abbracciare Milvia. E lei, che a quella creatura della notte aveva affidato tutto il peso della sua insoddisfazione matrimoniale e della ricerca di una felicità, si vedeva – quando ricordava nella luce incandescente della spiaggia i momenti di amore con Alberto – attorniata dalla notte, dal silenzio, dalla sua voce emessa a gemiti e sussurri; e quell'uomo di cui non sapeva assolutamente nulla le appariva avvolto dal mistero, un mistero in cui era lentamente riuscita a penetrare fino a elevarsi, essa stessa, a fantastica creatura della notte. In questo modo i due amanti procedevano nei loro abbracci costruendosi reciprocamente una sorta di loro personalissima leggenda. E così facendo entravano nel mito: Alberto non era solo un uomo, ma tutti gli uomini di questa terra; e lei, Milvia, tutta la dolcezza recettiva e femminea di questo mondo.

Continuava a piovere. Scrosci di acqua fredda la investirono non appena fu uscita dall'aerostazione. Non aveva prenotato alcun albergo, nessuno la stava aspettando e non sapeva dove andare. L'ufficio turistico, all'interno dell'aeroporto era chiuso. I suoi compagni di viaggio si erano imbarcati su di un pullman ed erano partiti già da qualche tempo. Era rimasta sola a controllare la cartina turistica per vedere quanto fosse distante la cittadina di Bellaria.

La piazza di fronte all'aeroporto era sgombra, buia, senza traccia di taxi. Beatrix si voltò verso la hall. Attraverso i cristalli vide i giornalisti, i fotografi, alcuni uomini dall'aria importante che bivaccavano in attesa. Provò un fortissimo senso di separazione, di estraneità; ma non avrebbe saputo dire se erano quelle persone di un altro mondo, o non invece lei stessa, in piedi sul marciapiede, bagnata fradicia.

Finalmente una macchina le si avvicinò. Era una Mercedes blu. Procedeva lentamente con i fari accesi. Alla guida stava un uomo di mezza età con un cappello calcato in testa. Quando le fu a fianco Beatrix fece un gesto con la mano sollevando la cartina stradale. L'uomo si allungò verso il finestrino, lo abbassò e chiese se avesse bisogno di un passaggio. Beatrix fece sì con la testa. Si sentì salva.

L'uomo sistemò i bagagli sul sedile posteriore e fece sedere Beatrix di fianco a lui. "La serratura è rotta" disse, per scusarsi. Beatrix non diede importanza alla cosa, ma si accorse che, di fronte a lei, mancava il tassametro.

"Conosce un albergo che abbia una camera libera?" domandò.

L'uomo disse di sì.

"E quanto mi costerà?"

L'autista sogghignò.

Imboccarono una strada in cui il traffico scorreva lento. Per quanto Beatrix cercasse di controllare i segnali stradali che, di tanto in tanto, apparivano illuminati dai fari della automobile, non sapeva né dove era diretta, né quale fosse il percorso giusto. La pioggia tamburellava senza tregua sulla capote della macchina. L'uomo accese l'autoradio. Beatrix notò un anello al dito medio della mano destra che portava incise alcune lettere. Cominciò a pensare, vertiginosamente. Si chiedeva se sulla capote della macchina avesse visto la targhetta TAXI. Non riusciva a ricordarlo. Magari era spenta e così, al buio, non l'aveva notata. L'uomo taceva. Ogni tanto accartocciava le labbra seguendo, fischiettando, il motivo della canzone che la radio stava trasmettendo. Beatrix lo scrutò con la coda dell'occhio.

"Quanto ci vorrà per arrivare a Bellaria?" chiese infine.

"Un po'" disse l'uomo girandosi verso di lei e sorridendo come per tranquillizzarla.

"Quanto costerà?"

"Niente problemi, Fraülein."

Avrebbe voluto ridere. Sapeva che in Italia, come in qualsiasi altra parte del mondo, i turisti stranieri erano considerati semplicemente come polli da spennare e che anche un passaggio in taxi, alle volte, veniva a costare più di un soggiorno al Grand Hotel. Avrebbe dovuto combinare subito il prezzo della corsa. Era chiaro, ormai, che quello su cui stava viaggiando non era un taxi, ma una vettura abusiva o forse addirittura un'auto guidata da un solitario in cerca di compagnia. Questa ipotesi la fece rabbrividire. Cercò di stare calma, di rilassarsi, di sognare una vasca d'acqua bollente e profumata in cui si sarebbe immersa con gli occhi chiusi e a lume di candela non appena avesse trovato un albergo. Improvvisamente fu scossa dall'ordine dei suoi pensieri dal sobbalzo dell'auto. Guardò dal finestrino e vide attorno solamente il buio. La macchina continuò a procedere lentamente su un terreno fitto di buche.

"Dove stiamo andando?" chiese con apprensione.

L'uomo non rispose e aumentò l'andatura. La macchina urtò violentemente contro qualcosa e sbandò. Si inclinò pericolosamente sulla destra scivolando lungo un fossato. Beatrix sbatté la schiena contro la portiera. Continuò a gridare. Erano immobilizzati in quella posizione pendente. Le ruote mordevano il fango senza tuttavia far avanzare di un centimetro l'auto. Sentì lo stridore delle gomme che scivolavano, il rombo del motore al massimo, gli scatti delle marce che l'uomo tentava di inserire per tirarsi via da quel pantano. Con uno scatto fulmineo e imprevedibile la macchina si raddrizzò saltando sul sentiero. L'uomo riuscì a tenere il controllo della vettura sterzando violentemente. I fari illuminarono un casolare. Beatrix capì di essere capitata nel mezzo della campagna. Non vedeva luci intorno, la pioggia continuava a cadere, lo sportello, dalla sua parte, era bloccato. Gridò. Urlò di voler scendere. Si gettò sul braccio dell'uomo cercando di staccarlo dal volante. Fu respinta violentemente con un ceffone e un pugno che la beccò al fianco. Beatrix si rannicchiò su se stessa continuando a implorare e a piangere. Finalmente si fermarono. L'uomo scese, aprì lo sportello e la trascinò fuori. Beatrix cercò di aggrapparsi al volante. Muoveva le gambe e la testa e gridava, ma non riusciva a liberarsi da quella morsa possente che le cingeva la vita fin quasi a toglierle il respiro. Cedette. E si trovò stesa in terra. L'uomo le piombò addosso. Sentì il suo fiato, la forza delle sue mani che la inchiodavano al selciato. Sentì il suo ventre premerle addosso. Non pioveva più. Beatrix si accorse di essere distesa sotto a un porticato. Sopra di lei, intravide una tettoia di travi di legno e di lamiere alta una decina di metri. Sentì un cane abbaiare in lontananza e altri cani risposero a quei richiami. L'uomo la teneva ferma. Si stava muovendo sopra di lei biascicando frasi incomprensibili. Beatrix lo implorò, si fece remissiva, abbandonò per qualche istante la reazione, ma tutto il suo pensiero era rivolto al dopo, a come se la sarebbe cavata, a come sarebbe riuscita a mettersi in salvo o a raggiungere qualcuno. Il suo braccio destro era rivolto all'indietro sopra la testa. Sentì con la punta delle dita qualcosa di duro, un ciottolo del porticato. Cercò di afferrarlo; ma era conficcato in terra. L'uomo sopra di lei prese a muoversi con più violenza. Sapeva che era questione di minuti. Sentiva quelle mani pesanti frugarle addosso, strappare, togliere, abbassare. Non poteva farci niente. Poteva solo sperare che si sbrigasse presto e non avesse altre intenzioni: sfregiarla, stuprarla con qualche oggetto, sventrarla, finirla... Questo fu il pensiero che la fece scattare. Prese a stringere quel ciottolo, ma non si staccava. L'uomo era ormai sulla soglia. Beatrix cominciò a scavare con le unghie, lo sentì muoversi come un dente che sta per essere estratto. Ficcò le sue unghie ancora più a fondo nella terra umida fino a spezzarle. Sentiva il morso del dolore, ma il sasso ormai dondolava, si muoveva. L'uomo le allargò le gambe. Beatrix resistette. Il sasso stava uscendo dalla sua radice di terra. Poi, finalmente, lo sentì in mano. Alzò le gambe e si puntò con forza sui talloni. Nello stesso tempo colpì l'uomo alla testa con tutta la forza che poteva avere nel suo braccio storpiato. Si inarcò sulla schiena con un colpo di reni. Lo sollevò. Poi sgusciò, rotolandosi sulla sinistra, alla sua ricaduta. Si trovò così improvvisamente libera. Vide la figura dell'uomo distesa a terra e tremolante. Non era stato un colpo fatale. Lo aveva semplicemente intontito. Ora doveva fuggire alla sua reazione. Cercò di alzarsi in piedi. Il battito del suo cuore accelerò impazzito, il respiro non salì, il braccio le doleva e la mano le pulsava come dovesse scoppiare da un istante all'altro. Sentiva la schiena come schiacciata da una pressa, come se le avessero inchiodato una porta e lei dovesse portarsela in giro. Ma riuscì ad alzarsi. E a correre. Il buio della notte la avvolgeva. Le sue grida si spegnevano assorbite dal fragore della pioggia e del temporale. Scivolò più volte sul terriccio sentendo l'abbraccio del fango, smosso e oleoso, come un letto in cui avrebbe voluto sprofondare per riposarsi e nascondersi. L'uomo prese a gridare. Beatrix non si voltò per il terrore di vederselo lì alle calcagna. Sorda a quei richiami, corse finché non intravide le luci della strada e, più rassicuranti, i fanalini rossi delle auto. Il pianto le aveva ingolfato il respiro. Spalancò gli occhi spostando i capelli infangati dalla fronte. Si stropicciò il viso e barcollando, rallentando l'andatura, raggiunse la strada. Era esausta, spaventata, completamente traumatizzata. Non ebbe la forza di alzare un braccio per chiedere aiuto. Le auto rallentavano, la guardavano e proseguivano. Beatrix rimase ai bordi della strada ammutolita, con gli occhi sgranati, le mani rattrappite e incrociate sotto le ascelle. Aveva perduto le scarpe, i suoi vestiti erano stracciati e infangati. I piedi sanguinavano. Dovette aspettare ancora finché non la raccolsero svenuta, in una pozza d'acqua. A quel punto, per lei l'incubo era già finito. Aveva sentito come un'ondata di insperato e dolcissimo piacere salirle dalle gambe e poi dallo stomaco e raggiungere la testa. Come un respiro troppo grande che cresceva, cresceva senza che potesse far nulla per poterlo emettere e, in questo modo, risolverlo nel respiro seguente. Si abbandonò allora a quell'ondata troppo forte e fu come quando, bambina, dopo aver sciato per una giornata intera sulla *collina delle macerie* al Grunewald, si abbandonava esausta in braccio a suo padre chiamandolo "Vaty". Quella notte, a Rimini, quelle stesse sillabe uscirono dalle sue labbra, ma, ad attenderla, fu il duro asfalto della provinciale.

"Come sta? Riesce a sentirmi?"

Beatrix aprì gli occhi, ma la fatica fu troppa. Vide un soffitto bianco, sentì quella voce che le parlava all'orecchio, ma non le riuscì di volgere la testa in direzione di quel suono, né di parlare, né di tenere gli occhi aperti. Ripiombò nel calore vaporoso dell'intontimento. Quando si riprese, solo pochi minuti più tardi, le sembrò di aver dormito un anno intero e di aver udito quella stessa domanda molto, molto tempo prima. Questa volta riuscì a sorridere e poi, faticosamente, a parlare. Chiese un bicchiere d'acqua. I suoi occhi erano inchiodati a quel soffitto bianco di cui ora riusciva a cogliere screpolature, angoli di polvere, macchie di umidità. Accanto a lei sedeva il medico del pronto soccorso. Lo riconobbe. Sapeva che gli aveva parlato la notte precedente, non appena arrivata in quell'ospedale. Non ricordava altro. Quello che era successo, la violenza, la fuga, il passaggio in macchina, le luci dell'ospedale, i camici verdi, il puzzo dei disinfettanti, erano solamente una sequenza di fatti che potevano essere capitati a un'altra persona. Lei si sentiva solamente stremata e nauseata.

"Che ore sono?" chiese ripiombando con la testa sul cuscino.

"Quasi le undici. Abbiamo un bel sole questa mattina" disse il medico. "Stia tranquilla. Non è successo niente di irreparabile. Ha qualche linea di febbre. Niente di preoccupante."

Beatrix trovò la forza di piegare le labbra per dire che aveva capito.

"Abbiamo ritrovato il suo bagaglio... Aveva prenotato un albergo?"

"No" disse Beatrix. Cominciava a sentirsi rinascere le forze, la lucidità farsi strada. Tossì. "Vorrei uscire... Sto bene."

"Nel pomeriggio, signora Rheinsberg..."

Beatrix fu improvvisamente felice. Felice che qualcuno avesse pronunciato il suo nome. L'effetto dei calmanti le accentuò questa sensazione fin quasi all'ebbrezza. Guardò il medico.

"È successo?" chiese.

"Come?" Le si avvicinò ancora di più.

"Non ricordo... Sono confusa."

Il medico capì. Le prese la mano e gliela strinse. "Stia tranquilla. Non è successo niente."

Arrivò all'Hotel Diamante di Bellaria alle due del pomeriggio. Salì immediatamente in camera. Telefonò a Berlino e si sfogò con Hanna senza però accennarle all'accaduto. Si parlarono per una decina di minuti. Hanna trovò quantomeno strana la conversazione che Beatrix le impose e cioè di parlare di suo padre, Herr Rheinsberg, con il pretesto di una pietanza che aveva assaggiato a Roma e che sapeva essere una specialità di Hanna; oppure del suo negozio di antiquariato chiedendo se fossero arrivate lettere o fatture o avvisi di riscossione. In realtà Beatrix aveva semplicemente desiderio di parlare la propria lingua e, tramite ciò, riattaccarsi a se stessa e alla propria vita. Non chiese notizie di Claudia. Più volte fece il nome di Roddy con frasi del tipo "Sai, Hanna, quando ero sposata con Roddy...".

Fece una doccia tiepida per togliersi l'odore della stanza dell'ospedale. Estrasse dalla valigia gli indumenti per il mare e scese alla spiaggia di fronte all'hotel. Faceva caldo e il giallo dorato della sabbia era invitante. Il bagnino le assegnò un ombrellone e un lettino. Beatrix si spogliò, si spalmò di olio solare e si stese. Ben presto avvertì sulla pelle il caldo dei raggi di sole che scottavano piacevolmente. Sentì le voci di alcune donne che parlavano la sua lingua. Sentì il profumo della salsedine e le grida dei ragazzi che correvano sul bagnasciuga. Fu un po' come tornarsene a casa.

Quella stessa sera, per la prima volta, spietatamente, Beatrix pose a se stessa una domanda semplice e, in ap-

parenza, banale; ma la cui risposta, positiva o negativa
che fosse, avrebbe ribaltato le regole del gioco.

Successe mentre si guardava allo specchio immersa
nei preparativi per scendere al ristorante dell'hotel a
consumare la cena. Si stava ripassando il trucco quando
udì provenire dalla strada una sequenza di rumori e di
grida, di clacson e di stereo accesi a tutto volume. Lasciò
il bagno, raggiunse la stanza da letto e si affacciò al balcone. Sul lungomare un gruppo di ragazzi si inseguiva a
bordo di motorette esibendosi in una sorta di slalom i
cui paletti erano rappresentati da ragazze in costume da
bagno che tenevano, alti sopra la testa, fazzoletti colorati. Un altro gruppo, seduto sul muricciolo, stava a guardare facendo il tifo. Ogni tanto applaudiva. Beatrix continuò il massaggio attorno agli occhi per far penetrare la
crema. Poi sentì un urlo, un nome che la fece tremare.
Guardò meglio in mezzo al gruppo.

"Claudia!" urlò un ragazzo scendendo dalla moto.
Una ragazzina gli corse incontro. Si abbracciarono. Per
la prima volta allora Beatrix capì che il suo tentativo, il
motivo per cui si era gettata in quel viaggio in Italia, si
dimostrava, man mano che i giorni passavano, sempre
più vano. Guardando dal balcone del suo hotel, altre
impressioni si collegarono sino a dar luogo, nella sua immaginazione, a un unico quadro d'insieme. Si vide mentre attraversava la spiaggia, mentre percorreva il tragitto
dall'ospedale all'hotel costituito da un "continuum" di
cittadine balneari, hotel e palazzine. Vide la striscia di
sabbia della riviera, la fila ondulata degli ombrelloni colorati e dei pattini distesi sul bagnasciuga e allora, a quel
punto, la sua impresa venne a definirsi come il ritrova-
mento di un ago nel fienile, come riuscire a contare i
granelli di una manciata di sabbia, come fare entrare il
mare in un bicchiere.

Quando aveva letto il nome Bellaria sulla cartolina,
Beatrix si aspettava una città, un borgo del Sud Europa
con qualche decina di abitanti che per vivere aveva scelto, nei mesi estivi, il turismo. Si aspettava una spiaggia di

un qualche centinaio di metri e l'aveva scoperta di centocinquanta chilometri. Si aspettava un paio di hotel, nemmeno di prima categoria, e si era ritrovata immersa in una bolgia di alberghi, pensioni, appartamenti in affitto in cui si muovevano, simultaneamente, milioni di persone. Voleva trovare Claudia, ma la realtà, in quel momento, era che di Claudie ne avrebbe potute incontrare centinaia di migliaia prima di imbattersi in quella giusta. E allora la domanda che le salì alle labbra fu una sola; e una soltanto la risposta. Stava cercando Claudia? No. Questa era la verità. Scese al ristorante verso le otto e mezza. Le avevano assegnato un tavolo d'angolo sul fondo della sala, accanto a una lunga vetrata che immetteva sul terrazzo. Si guardò intorno. La maggior parte dei clienti dell'albergo era costituita da famiglie di giovani sposi che sedevano chiassosamente a tavola con i bambini. C'erano anche coppie di anziani e fra queste Beatrix notò due vecchietti dall'aria simpatica. Capì al volo che erano tedeschi.

Terminata la cena, uscì sulla terrazza. Era indecisa se terminare così la serata ritirandosi in camera e cercare di dormire, oppure fare una passeggiata. Notò che i due vecchietti si erano seduti su di un divano di vimini proprio a un paio di metri da lei. Li guardò a lungo finché l'uomo non si alzò e la raggiunse.

"È sola, qui?" disse in tedesco. Aveva un aspetto simpatico e leggermente cerimonioso.

"Sì" fece Beatrix.

"L'abbiamo notata in spiaggia, questo pomeriggio. Mia moglie e io ci chiedevamo appunto come mai una bella signora come lei si trattenesse a quest'ora in albergo quando tutti escono per cercar compagnia. Se possiamo esserle utili in qualcosa, ben volentieri."

"Mi chiamo Beatrix Rheinsberg" disse porgendo la mano.

Il vecchietto strizzò gli occhi fino a inghiottirli in una fessura di rughe. Sorrise. "Eberhard Weise. Ma prego, venga, le presento mia moglie."

"È la prima volta che viene da queste parti?" chiese la signora Weise, Ulriche Weise, non appena Beatrix le ebbe stretto la mano. Aveva un paio di occhiali decorati con strass e i capelli di un color bianco sfumato di rosa.

"Sì" rispose Beatrix.

"E le piace?"

"Non ho ancora visto praticamente niente" ammise Beatrix.

Il signor Weise intervenne con aria pensosa. "Pensi che fino a stanotte abbiamo avuto un tempo tremendo. Mare mosso, pioggia..."

"Lei ci ha portato il sole, mia cara" disse tutta contenta la signora Weise.

Beatrix guardò le proprie mani, prese a far girare su se stesso l'anello senza dare risposta.

"Vorrebbe accompagnarci a un concerto questa sera?" disse Eberhard.

"Sono un po' stanca..."

"Su, venga" insistette la signora Weise, appoggiandole una mano sul braccio. Aveva una pelle dorata, secca, piena di efelidi. Beatrix, alla fine, acconsentì.

Il concerto della banda della Sesta Flotta degli Stati Uniti si svolgeva sulla piazza del porto alle dieci. Beatrix aveva preso posto accanto ai Weise sul lato destro di una improvvisata platea. Lesse il programma: Glenn Miller, Frank Sinatra, George Gershwin, Cole Porter, canti della Louisiana, arrangiamenti di canzoni italiane degli anni sessanta, colonne sonore.

Puntualissimo, il direttore d'orchestra salì sul podio e il concerto iniziò. La signora Weise le passò il binocolo benché Beatrix non lo avesse chiesto, né desiderasse scrutare quegli undici ragazzi alti, impettiti, in divisa di protocollo, con i capelli tagliati a spazzola, lo sguardo fisso allo spartito. Una volta osservati attraverso le lenti del binocolo le apparvero come undici ripetizioni di un identico modello che conosceva bene: c'era chi aveva il suo naso, chi i suoi capelli, chi il suo taglio d'occhi, chi il collo, chi l'espressione, chi il portamento. Undici variazioni su un unico tema: Roddy.

Restituì il binocolo. Un improvviso calore le salì al volto. "Si sta divertendo?" chiese la signora Weise.

Beatrix annuì. Non desiderava altro che andarsene. Attese pazientemente il termine della prima parte per congedarsi dai suoi accompagnatori.

"Ma come?" disse Herr Weise. "Se ne vuole andare di già."

"Sono molto stanca, scusatemi. Non avrei dovuto accettare il vostro invito. È stato piacevole, ma ora devo tornare."

Il tono della sua voce non ammetteva repliche. La signora Weise capì. "Ci vedremo domani, se lei vorrà" disse con una nota di rimprovero nella voce.

Beatrix tornò in albergo. Non appena fu salita in camera, si mise a cercare furiosamente nella sua agendina l'indirizzo di Roddy. Lo trovò. Voleva scrivere una lettera, una lunga lettera in cui potersi finalmente sfogare, in cui raccontargli del perché si era cacciata in quella storia e del perché, ora, si sentisse un sacco floscio incapace di decidere le prossime mosse. Sarebbe stata una lettera dolorosa e difficile poiché avrebbe avuto il tono della confessione. Roddy era l'unico amico che aveva in Italia, per quanto un ex marito possa essere considerato un amico. Ma era il solo. Doveva parlare a qualcuno dell'episodio della notte prima, certo non avrebbe potuto farlo con quei benpensanti dei Weise. Roddy avrebbe capito e forse anche accettato di incontrarla. Questo pensiero la scosse. Aveva veramente voglia di vederlo dopo tanti anni? Non lo sapeva. Si sentiva esausta; i pensieri le sfuggivano dalla testa con una velocità incredibile, doveva parlare a voce alta per poter pensare e ricordare quello che doveva fare. Camminava per la stanza con l'agendina in mano. Poi si sedette allo scrittoio, prese la carta intestata dell'hotel e cominciò a scrivere. Iniziò tre volte la lettera e altrettante volte i fogli finirono nel cestino. Le era difficile scrivere "caro", proprio non ce la faceva. Eppure Roddy era il so-

lo, l'unico uomo della sua vita, l'unico che aveva amato e
che aveva abbandonato. Forse per questo, per il fatto di
essere stata lei ad aprire la voragine dell'abbandono, non
si era mai completamente liberata dalla sua ossessione. Se
Roddy se ne fosse andato, sarebbe stato molto più facile
dirgli addio. Si sarebbe sentita ferita, umiliata, accecata
dal dolore. E si sarebbe salvata dimenticando tutto, can-
cellando quel dolore e innestandolo in tutti quegli altri
dolori di privazione e di abbandono come in una collana
di perle. Ma si sarebbe riavuta. Così invece – e ora lo sentiva, lo sapeva con una consapevolezza talmente precisa da
stordirla quasi – Roddy ancora le girava nella testa; ancora, in qualche parte della sua personalità, rappresentava
qualcosa di grande e di importante, qualcuno a cui chiedere aiuto.

Riuscì finalmente a scrivere una mezza pagina che subito rilesse e stracciò. Ritentò. Girava attorno al problema, chiedeva notizie della famiglia, delle figlie, del lavoro, ma non arrivava al vero motivo che la faceva resistere
lì allo scrittoio. Se fosse stata una donna semplice e orgogliosa avrebbe scritto poche parole: "Roddy, ho bisogno di fare l'amore con qualcuno, soprattutto con te".
Avrebbe chiuso la lettera e l'avrebbe consegnata al bureau quella notte stessa. Invece tergiversava e dal momento che non era una donna che amasse la falsità e l'i-
pocrisia, non riusciva ad andare avanti. Così, dopo altri
tentativi, riprese l'agenda, lesse il numero di telefono e
chiamò.

Rispose, al terzo squillo, una voce femminile. Beatrix
si scusò per l'ora, disse chi era e che aveva urgenza di
parlare con Roddy. La donna mantenne un tono di voce
cortese. Parlava un inglese storpiato dalla pronuncia di
Roddy. Come lei.

"Hello, Beate" disse la voce impastata di fumo di
Roddy.

Beatrix tornò a scusarsi per l'ora. Aveva voglia di
piangere. Tacque.

"Hello, Beate!... Can you hear me?"

"Roddy..." No, non ce la faceva. Fu sul punto di riabbassare il ricevitore, quando Roddy ebbe un guizzo di gentilezza. Si fece lasciare il suo numero di telefono. L'avrebbe immediatamente richiamata da un'altra stanza.

Beatrix riappese. Raggiunse il letto e si sdraiò. Spense la luce. Oltre le finestre, la linea scura del cielo era illuminata da improvvisi bagliori di fuochi d'artificio. Di tanto in tanto scoppiavano petardi e mortaretti finché di nuovo il cielo tornava per qualche istante a illuminarsi di rosso, di giallo, di azzurro.

"Avanti, Beate, dimmi che ti succede... Come stai?" fece Roddy, non appena lei ebbe risposto al telefono. Parlava ora più distesamente.

"Sei solo?"

"Sì, sono solo."

"Ho svegliato le bambine?"

"Non preoccuparti... Cosa fai in Italia?"

Beatrix sentì nuovamente un groppo di tristezza e autocommiserazione serrarle la gola. Si stava compatendo. Ma aveva assoluto bisogno di qualcuno che la compatisse con lei.

"Non so, Roddy... è tutto così difficile."

"Hai ricevuto la mia lettera, a Natale?"

"Sì... Era molto bella. Tu come stai?"

"Sono felice. Partiremo in autunno per l'Olanda, Den Haag. Ho fatto l'abitudine ai cambiamenti. È sempre Europa."

"... Come sei vestito?"

Roddy sorrise. "Come sono vestito ora?"

"Sì... Voglio saperlo."

"Ho solo una t-shirt addosso e il culo mi sta gelando su questa poltrona di pelle."

Beatrix sospirò rilassata. Se lo immaginò. E provò piacere.

"E tu, Beate?"

"Sono a letto. Fuori fanno dei fuochi di artificio... C'è caldo e ho ancora addosso un abito da sera."

"Di che colore?"

"Grigio. Ma non è un gran che." Beatrix allargò le pieghe della gonna come dovesse mostrarlo. Fece una smorfia. "La seta però è molto bella."

"Beate... Mi sei mancata molto, sai?" sussurrò Roddy. Stringeva il ricevitore alle tempie come dovesse farlo entrare nella sua testa. Le mani sudavano.

"È stato meglio così, Roddy."

"Perché mi hai chiamato?"

Beatrix avvertì una sfumatura ostile nella sua voce. Si ritrasse nel guscio. "Volevo solamente salutarti."

"Dopo tanto tempo?"

"Sono in Italia... Ho pensato a te." Balbettava. Sapeva di non riuscire convincente.

"È mezzanotte, Beate! Vuoi dire che chiami a quest'ora solo per salutarmi?"

Cercò una battuta per sdrammatizzare. "E non sei contento?"

Roddy non rispose. Accese una sigaretta. Beatrix sentì lo scatto dello "zippo". Volle chiedergli se fumava ancora tanto, ma le sembrò un'enorme sciocchezza. Roddy sapeva sfoderare gli artigli. Beatrix capì che a quel punto o si decideva a tirar fuori tutto o riappendeva. S'erano incontrati per un attimo e ora tornavano a essere due estranei.

"Roddy... Roddy" chiamò con un filo di voce.

"Che ti sta succedendo? Beate, dimmi che diavolo ti sta capitando." Era più di una supplica. Era un invito deciso.

"Va bene, Roddy... Telefono a te perché sei l'unico che mi possa aiutare. Ho avuto una brutta storia. Devo sfogarmi."

"Che ti è successo? Avanti!"

Improvvisamente Beatrix sentì di non avere nessuna intenzione di raccontargli della notte precedente, l'arrivo all'aeroporto, il finto taxista, Claudia, la cartolina. Era un delirio tutto suo che ancora non poteva comunicare, poiché ancora non riusciva a stabilirne il nesso con la propria vita. Il fatto che Claudia fosse sua sorella non era sufficiente a motivare tutto quello che stava facendo. Anzi, c'era qualcosa di ridicolo in quel suo girare per l'Italia a caccia di una ragazzina che, nella peggiore delle ipotesi, se la stava semplicemente spassando a suo modo. No, non gli avrebbe detto nulla.

"Anche tu mi sei mancato Roddy. Adesso, in questo momento mi stai mancando da morire." Ce l'aveva fatta. Si sentì meglio, più disponibile, più pronta.

"Vorresti incontrarmi?"

"È impossibile, Roddy. Tu non puoi farlo. Perché succederebbe. E io non voglio."

"Mi piacevi da impazzire, Beate... Ti giuro... Molte volte ti vedo ancora, ti penso... Torno a far l'amore con te. Ma anch'io non potrei più. Non si torna indietro."

"Vorrei capire me stessa, Roddy. Tu puoi aiutarmi?"

La voce di Roddy si fece più suadente, più calma, più roca. Imboccò un registro diverso, un tono sensuale e forte. Senza indecisioni. Beatrix se ne accorse e modulò istintivamente la sua voce, il suo respiro su quelli di lui. Parlarono finché Beatrix non sentì i sospiri giungere dall'altra parte del filo. Sospiri e singhiozzi che si mischiavano ai suoi. Aveva la gola stretta, le tempie sudate, le gambe inavvertitamente si dischiusero come le valve di una conchiglia nell'atto del respiro vitale. Roddy continuò a parlare e anche Beatrix e quello che si dissero non ebbe più importanza. La voce di Roddy, i suoi gemiti, i suoi sussurri accarezzavano il ventre di Beatrix, la percorrevano attraverso il ricevitore, la sfregavano. Beatrix dirigeva quelle parole dove più calde, più forti, più piacevoli potevano essere. Se le stendeva addosso, le guidava avanti e indietro finché tutto il suo corpo non fu un unico sinuoso movimento che vibrava al suono della voce di Roddy, ne seguiva l'accavallarsi dei gemiti, dei discorsi, delle fantasie, dei sussurri sempre più forti, calcando il ricevitore, inarcando la schiena finché dall'altra parte non udì provenire un suono spezzato e un respiro affannoso e poi più disteso che furono anche i suoi: un gemito soffocato, un accelerare e poi decrescere del respiro fino a una regione di quiete incredibile, di lucidità, di conoscenza. Nel cielo della notte ricadevano, come coriandoli di cenere, gli ultimi fuochi.

Quando si svegliò, il mattino dopo, ancora vestita del suo abito di seta, Beatrix pensò che tutto quanto era successo con Roddy apparteneva a un sogno; o meglio, a uno stato della sua coscienza che sentiva ormai lontanissimo e indefinito. Una cosa era certa, però: che non avrebbe cercato Roddy per un bel pezzo. Era tornata indietro solamente per rendersi conto – come aveva detto Roddy – che indietro non si torna. Era stato, per certi versi, anche bello. Ma era un sogno impossibile. Aveva distrutto l'immagine di Roddy coinvolgendolo nel proprio delirio. Ora sapeva che da quella parte non poteva ricavare nulla. Si sentì più libera, come qualcuno che improvvisamente scopra di essere incollato a se stesso più di quanto non avesse mai creduto.

Quando scese in spiaggia, un'ora dopo, incontrò i Weise. Beatrix era preceduta dal bagnino che portava il suo lettino. Si fermò un istante sotto il loro ombrellone.

"Come va, oggi, mia cara?" disse Ulriche, mostrando la sua perfetta dentatura di ceramica. Aveva le labbra dipinte di rosa e un sottilissimo rigo azzurro sugli occhi.

"Va meglio, molto meglio. Sono dispiaciuta per ieri sera."

"Non stia a pensarci troppo, Beatrix" disse Eberhard. "L'importante è che oggi sia perfettamente in forma."

"Sa? Abbiamo in programma una gita in barca tra poco. Vuole essere dei nostri?"

Beatrix pensò che i due vecchietti ne inventavano una ogni ora. Volle mostrarsi curiosa. "E dove?"

"Fino al promontorio di Gabicce. Se viene con me sulla riva glielo mostro. È da quella parte." Herr Weise allungò il braccio. Indicava solamente l'ombrellone più vicino.

"Ci pensi, mia cara" fece Ulriche. "Ci vedremo più tardi." Beatrix salutò e raggiunse il suo ombrellone. Si spogliò. Si distese al sole. Riuscì, per qualche minuto, a non pensare a nulla. Poi prese il sopravvento il ricordo di Claudia. Si sentì in colpa. In fondo stava semplicemente prendendosi una vacanza. "Devo ricaricarmi" si disse come per giustificare la sua inazione. "Devo solo riprendermi un po'. Dopo la cercherò."

La voce della signora Weise, poco dopo, la distolse dal relax. "Allora, ha deciso?"

"No... Non ancora."

"Meglio così, cara Beatrix. È successo un piccolo guaio. E me ne deve tirar fuori!" S'era fatta confidenziale e intima.

"Che razza di guaio?"

La signora Weise si sedette al suo fianco sul bordo del lettino. "Deve sapere, mia cara, che due volte la settimana prendo lezioni di lingua italiana." Fece una pausa studiata per ricevere un consenso di ammirazione. Beatrix tacque. Ulriche proseguì. "Allora è capitato che oggi andremo a fare quel viaggio in barca e io non potrò fare la mia ora di conversazione!"

Sembrava sul punto di piangere. Si lamentò muovendo la pelle delle sue braccia ossute che ondeggiava come scossa da impulsi elettrici. "Capisce, mia cara Beatrix? È terribile!"

Beatrix proprio non capiva dove risiedesse il lato tragico della questione. Preferì starsene zitta.

"Il fatto è che Eberhard è sempre stato contrario a questa mia piccola mania. Dice che ormai non imparerò più nulla. Dice bene, lui, che l'italiano lo parla come fosse nato da queste parti!... Ecco il dramma, Beatrix: io non voglio rinunciare alla mia gita in barca e non posso rinunciare alla mia lezione, altrimenti Eberhard diverrà furioso!"

Beatrix non aveva la minima idea di cosa stesse combinando la signora Weise, ma sapeva, che in un modo o in un altro, la stava intrappolando.

"Se posso far qualcosa..." disse docilmente.

"Grazie. Sapevo che mi avrebbe aiutata."

Come non aspettasse altro, la signora Weise si alzò, la baciò sulle guance e si dileguò tra la folla dei bagnanti improvvisamente assorbita da una chiazza di luce accecante.

"La signorina Rheinsberg?" chiese una voce maschile.

Beatrix aprì gli occhi. Erano passate solamente un paio di ore dalla visita della signora Weise.

"Sì? Sono io..."

"Il bagnino mi ha detto di venire qui."

"Il bagnino?" Beatrix non capì. Pensò si trattasse di un gigolo che aveva voglia di attaccare bottone. "Non ho chiesto nulla. Mi spiace."

"Sono l'insegnante di italiano della signora Weise. Mi hanno detto di venire qui" insistette l'altro.

Beatrix si sollevò dal lettino. Lo guardò. Era un ragazzo non troppo alto con un fisico asciutto e atletico. Aveva la pelle scura e un folto ciuffo di peli gli scendeva dal torace disegnandogli i contorni dei muscoli. Era moro, con capelli lisci né corti né lunghi. Aveva un viso di forma triangolare con la fronte larga, le sopracciglia lunghissime e folte, il naso piccolo, le labbra morbide e ben disegnate.

"Ho capito" disse sorridendo Beatrix.

"Vuole che parliamo in tedesco?" disse il ragazzo sedendosi sulla sabbia.

"Sarà meglio, come inizio."

Si chiamava Mario, aveva studiato a Monaco, ma il suo accento non tradiva l'inflessione di quelle parti. Beatrix seppe che durante l'estate si guadagnava da vivere insegnando l'italiano ai tedeschi, mentre d'inverno faceva il contrario. Si era laureato in Lingue Straniere, ma non aveva trovato ancora un lavoro. Aveva ventotto anni. La sua città era Ravenna. Non fecero lezione – Beatrix non ne aveva assolutamente voglia – ma chiacchierarono, prendendo il più delle volte spunto dalla coppia Weise. Mario si trattenne fino allo scadere della sua ora di lezione. "È stato molto piacevole, signorina Rheinsberg" si congedò alzandosi in piedi.

"Il tempo è già scaduto?"

"Temo proprio di sì."

Allungò la mano per salutare. "È stato davvero molto piacevole" ripeté il ragazzo.

Incontrò i Weise, sul terrazzo, verso le undici di sera. Chiese come fosse andata la gita in mare. Ne erano rimasti entusiasti. Descrissero lungamente i compagni di viaggio, il vino che era stato offerto con prodigalità insieme con gli spiedini di pesce appena pescato. Parlarono dell'accompagnamento musicale, delle fisarmoniche, delle chitarre, dei tamburelli, dei canti.

"E lei, Beatrix? Si è divertita?" insinuò la signora Weise con un pizzico di civetteria. Non attese però la risposta e scivolò via.

Approfittando dell'assenza della moglie, Eberhard sussurrò: "Ho saputo che Ulriche le ha ceduto il suo insegnante di italiano. Detto tra noi: non valeva la pena di spendere del danaro in quel modo".

Beatrix dapprima sorrise nel sentire quelle parole, intendendole ironiche. Ma l'ultima frase la colpì. Si fece seria. "Crede?"

"È un bravo ragazzo. Non se ne pentirà. E lei Beatrix gli darà molte più soddisfazioni che non mia moglie."

"Ma io non ho intenzione di..."

"Benissimo, mia cara" intervenne Ulriche di ritorno. "Il sole le dona. È rifiorita." E poi, rivolta al marito. "Andiamo, Eberhard. Faremo tardi per il café chantant!"

Beatrix li salutò. Rimase sola nel silenzio della terrazza. Non credeva di aver capito bene il gioco. Frau Weise voleva elegantemente sbarazzarsi del ragazzo senza smentirsi agli occhi del marito – facendo così un favore a se stessa – o non piuttosto servirgli quello stesso ragazzo su un piatto d'argento facendo invece un favore a lei, Beatrix? O forse tutte e due le cose insieme?

"È una strana vecchia pazza" pensò Beatrix, andandosene.

La sera, prima di coricarsi, massaggiandosi il viso con

la solita crema e guardandosi allo specchio, sentì qualcosa di nuovo in lei. Stava davvero – come aveva detto Ulriche – rifiorendo? E qual era il sole che l'aveva illuminata? Il sole della costa, il sole dell'Italia o lo sguardo di quel ragazzo, Mario?

Incontrò di nuovo Mario alla spiaggia, tre giorni dopo. Aveva deciso di prendere quelle benedette lezioni al posto di Ulriche.

"Potremmo vederci anche senza questo impegno?" chiese Mario al termine della conversazione.

Beatrix annuì.

"Potremmo cenare insieme. Se ne hai voglia."

"Sì. Ne ho voglia."

"Stasera?... Ti passerò a prendere in albergo alle otto e mezza."

"No, in albergo no" si affrettò a dire Beatrix. "Preferisco incontrarti al Caffè Centrale."

Mario non parve sorpreso. "Come vuoi tu" disse infine.

Alle otto e mezza, puntualissima, Beatrix si sedette alla distesa di tavolini del caffè. Il cameriere le si avvicinò. "Aspetto un amico" disse lei, "ordineremo insieme."

Davanti al caffè, sulla piazza, un gruppo di falegnami e di elettricisti eseguiva gli ultimi controlli attorno a un palcoscenico prefabbricato. Provavano le luci, la tenuta delle quinte, l'intensità della corrente elettrica. Sul palco, il presentatore in jeans e camicetta, chiamava una serie di personaggi. Questi lo raggiungevano, scambiavano velocemente qualche battuta, provavano la postazione in favore delle telecamere e poi se ne andavano lasciando il posto a un altro. Il regista della manifestazione dava ordini servendosi di un megafono. Era collegato con una cuffia al regista televisivo che stava in un grande Tir parcheggiato dietro al palcoscenico. In alto, sul fondale, uno striscione diceva: "XV Elezione dei Tipo da Spiaggia". Beatrix riuscì a tradurre, ma non ad afferrarne il senso.

Mario arrivò scusandosi per il ritardo. La manifestazione aveva causato la chiusura del centro storico alle
macchine e aveva faticato parecchio per trovare un parcheggio.

"Che significa quella scritta?" domandò Beatrix.

Mario sorrise e gliela spiegò.

"Sono curiosa. Andiamo a vedere."

Raggiunsero il centro della piazza. Sul palco sfilavano
i candidati per la prova generale. Avrebbero cominciato
di lì a un'ora e mezzo. Erano divisi, spiegò Mario, in varie categorie: il più alto, il più basso, il più grasso, il più
magro, quello dal naso più lungo, la coppia peggio as-
sortita e così via. Una televisione locale riprendeva in diretta la manifestazione.

Beatrix trovò divertente l'idea. Avrebbe voluto proporre come candidata alla miglior pettinatura da spiaggia Ulriche Weise. Lo disse a Mario e risero insieme. Fu
a quel punto che qualcosa la richiamò indietro rammen-
tandole un ricordo sepolto.

"Che c'è, Beatrix?" chiese Mario. La vide impallidire e
farsi tesa. Il presentatore continuava a chiamare alcuni
nomi e, in particolare, ne ripeteva uno. Nessuno si presentava. Il presentatore continuò a chiamare. Beatrix corse verso il palco. Un operaio la raggiunse dicendo che non
poteva salire. Beatrix si liberò di quella stretta. Intervenne
Mario. Chiese a Beatrix cosa avesse, ma Beatrix non stava
affatto male. Era solo in preda all'emozione di essere finalmente arrivata a qualcosa. "Giorgio Russo! Avanti!
Perché non c'è?" diceva il presentatore battendo nervosamente un piede per terra. Giorgio Russo si fece avanti
inchinandosi alla platea deserta. Era piccolo e magro, ma
con un ovale di volto molto delicato.

"Devo parlare con lui!" gridò Beatrix salendo la scaletta.

"Aspetta! Beatrix! Non puoi andare!" urlò Mario.
Un paio di tecnici lo trattenevano. Vide allora Beatrix
estrarre dalla borsa un paio di fotografie e mostrarle al

piccoletto che faceva di sì con la testa. Mario riuscì a raggiungerla. Il presentatore urlava ingiurie.

"Aiutami a tradurre!" supplicò Beatrix con la voce tremante.

Mario allora svolse il ruolo di interprete fra i due. Non capiva di che parlassero. C'entrava una ragazza di nome Claudia, un albergo di Roma, una cartolina. Beatrix pendeva dalle sue labbra quando era il momento della traduzione. Lo incitava, non voleva si perdesse nei dettagli. Voleva sapere dove trovare quella ragazza. Il piccoletto glielo disse. Mario ripeté in tedesco. Beatrix scosse la testa stupita. "Cosa vuol dire?" chiese incredula. Mario le ripeté il nome. Poi tentò una traduzione: *Märchenland.* Beatrix continuò a non capire: "Ma quale *terra delle fiabe?*".

Dopo quel nostro incontro notturno, non vidi Bruno May per parecchi giorni. Eravamo nel pieno della stagione turistica: cinquemila alberghi e pensioni, duecentocinquanta case per ferie e colonie, cinquantaseimila ville e appartamenti da affittare, settanta camping, tredici porti turistici, centosettantasei campi da tennis, centoventuno cinematografi, centosettantuno dancing e discoteche, centoquaranta club sportivi, quattro aeroclub, millecinquecento stabilimenti balneari, più di duemila bar e caffè, tutto funzionava al massimo delle proprie possibilità.

La vicenda del senatore Lughi era caduta di interesse in attesa che si conoscessero gli esiti delle perizie necroscopiche. La versione che resisteva era ancora quella del primo annuncio ufficiale reso noto dalla Squadra Mobile della questura: morte per annegamento. Bisognava trovare altri argomenti e altri fatti per sostenere la tiratura. Ci davamo da fare come matti. Giocavo a squash con Guglielmo soltanto di mattino presto. I nostri scambi erano sempre più brevi man mano che la mia esperienza cresceva.

Una mattina si presentò in redazione uno strano tipo. Era un ragazzone alto e massiccio, con il cranio rasato, gli occhi allungati e il naso schiacciato. Indossava un completo color avana che gli cadeva da tutte le parti:

non perché fosse largo, ma perché sformato e logoro. Teneva le mani incrociate dietro la schiena e quando parlava reclinava il capo. I suoi occhi guardavano ora il pavimento, ora il soffitto. Non li incontrai mai. Mi porse un biglietto. Lo aprii e riconobbi la mia calligrafia.

"Sei il nipote di Argia?... L'autista del senatore?"

Mugugnò un sì.

"Sono Bauer. Ho scritto io questo biglietto..."

Il ragazzo non dava segni di vita. "Vuoi dirmi qualcosa?" chiesi.

Mi fece capire che era disposto ad aprirmi la casa di Lughi. Presi la giacca e lo seguii.

Guidava una Volvo metallizzata che pareva una portaerei. Non appena fui salito, cominciai con le domande.

"Quando hai visto il senatore l'ultima volta?"

Non rispose immediatamente. Guidava con molta prudenza. Si arrestava cortesemente in prossimità delle strisce pedonali aspettando che qualcuno attraversasse la strada, anche se lontano cento metri. I clacson dietro di noi strombazzavano come forsennati, ma lui scrollava le spalle e non procedeva di un centimetro.

"Hai accompagnato tu il senatore in città l'ultima volta che lo hai visto?"

Finalmente arrivò un sì.

"Perché non sei tornato a prenderlo?"

Non rispose.

"Te lo ha chiesto lui?"

"Sì."

"Cosa era andato a fare in città?"

"Non lo so."

"Aveva documenti con sé? Una cartella, qualcosa?"

"No."

"E che ore erano?"

"Di pomeriggio."

"Di che giorno? Sforzati di ricordare."

Abbordò una curva con lentezza. Il motore a innesto automatico fece dei tossicchii prima di riprendere la velocità. Dalla strada era ormai possibile vedere la rocca di Sant'Arcangelo.

"Era tre giorni prima che lo ritrovano."

"Non ti sei insospettito per questo?" domandai.

"Per cosa?"

Cristo! Era difficilissimo. Bisognava avere una pazienza tremenda. E forse non ero il tipo adatto per questo genere di interrogatori. "Era solito fare queste cose? Farsi portare a Rimini e poi essere lasciato lì? Sparire per qualche giorno?"

"Mia nonna ha trovato una volta un biglietto che dice che era andato a Milano."

"Ma tu l'hai accompagnato in stazione quella volta?"

"Là vicino l'ho accompagnato. Ho già detto tutto alla polizia."

Gli dissi che andava tutto bene. Era teso e cercai di metterlo a suo agio. Il guaio era che io ero più teso di lui. Gli chiesi se il senatore guidasse la macchina.

"Ogni tanto" fu la sua risposta.

"Lo accompagnavi tu a Badia Tedalda?"

"No, lì ci andava per conto suo. Si fermava a dormire."

Dissi che avevo capito. Ormai eravamo arrivati a Sant'Arcangelo. Parcheggiammo la macchina nello stesso punto dove, qualche giorno prima, avevo lasciato la mia Rover. Scesi per primo.

"Però era seduto là dietro l'ultima volta" disse, chiudendo l'auto.

Non mi sembrò un annuncio particolare. Lo guardai. "Vuoi dire nel sedile posteriore?"

"Sì."

"Faceva sempre così?"

"Si sedeva vicino al suo autista Fosco tutte le volte."

"E l'ultima volta invece si è messo dietro. È questo che vuoi dire?"

Fece sì con la testa. Forse avrà dovuto scrivere qualcosa, pensai. Gli chiesi di riaprirmi la macchina. Presi il posto del senatore. Perché aveva voluto sedersi proprio lì? Forse... Sollevai la moquette, cercai fra gli interstizi

dei sedili finché il mio sguardo non si posò sul posacenere. Un piccolo triangolino bianco spuntava dalla scatola di metallo. Estrassi il posacenere. Il cuore prese a
battermi. Presi il foglietto, lo aprii, lo lessi. Dio mio!
Avevo visto giusto! Avevo in mano la prova. Le ultime
due righe scritte dal senatore prima di togliersi la vita.
Due righe soltanto in cui chiedeva perdono. Urlai qualcosa a Fosco. Balzò in macchina. "Portami al giornale!
Di corsa!" gli gridai. "E guai a te se ti fermi a un passaggio pedonale!"

Mi scaraventai nello studio di Zanetti. Chiusi la porta
a chiave e chiamai Milano. Dissi ad Arnaldi quello che
avevo trovato e come avrei dovuto comportarmi. Avevo
in mente di tenermi quel biglietto fino all'ora in cui,
consegnandolo agli inquirenti, nessun collega avrebbe
potuto riprendere la notizia per il giornale del giorno
dopo. Mi fece aspettare al telefono qualche minuto.
Chiese se potevo avere elementi per provarne l'autenticità. Dissi che non ne avevo, ma che potevamo tentare.
L'importante non era la verità, ma la notizia.

"Allora è deciso. Fammi il pezzo per la cronaca nazionale. E per la Pagina dell'Adriatico usa chi hai lì. D'accordo?"

"Va bene... è un buon colpo, vero?" Dovevo sentirmelo dire. Ne avevo bisogno.

"È perfetto" disse Arnaldi. E riagganciò.

Mi guardai attorno. Tutto mi sembrò nuovo. Era stato
facile.

"Lo scoop" dicevano nelle scuole di giornalismo,
"non è nient'altro che trovarsi sul luogo giusto al momento giusto. E questo vuol dire una sola cosa. Avere il
demonio che lavora per voi."

Avevo avuto fortuna. Il caso Lughi era, per quanto mi
riguardava, definitivamente chiuso.

Qualche sera dopo Bruno telefonò per invitarmi a un
party a casa sua. "Ci saranno un po' di amici. Portane
anche tu, se vuoi."

Dissi che stava bene. Arrestai la Rover davanti al cancello della villa. Susy era con me. "Forse riuscirò a strappargli qualche confidenza" disse eccitata. "Non è facile che parli con i giornalisti."

Mi avvicinai al suo collo. Profumava di essenze orientali.

"Vacci piano" sussurrai baciandola. "È un tipetto incandescente."

Si distaccò da me. "So come comportarmi, Bauer. Ora scendi e vieni ad aprirmi la porta."

Tutte le luci della villa erano accese. Il terrazzo era illuminato da sottili lampioni, il grande oblò della facciata splendeva come una luna piena fra i platani e i cedri del giardino. Gli ospiti si muovevano attorno alle sorgenti di luce come falene. Faceva caldo. I profumi del giardino erano forti. La vicinanza di Susy mi inorgogliva. Mi sarei congratulato con me stesso.

Bruno ci venne incontro reggendo in mano un calice di spumante. "Avete fatto un buon lavoro, con quel poveraccio" disse.

"Intendi il senatore Lughi?"

"E chi sennò?"

Ci guidò in mezzo alla piccola folla degli invitati finché non ci lasciò davanti a un uomo di una cinquantina d'anni, alto, distinto, dal volto ambiguo. La sua bellezza era femminea: labbra turgide, zigomi sporgenti, capelli finissimi che ricadevano in un piccolo ciuffo sulla fronte. Aveva occhi straordinariamente chiari. L'eleganza dei suoi gesti mi colpì. Quando si alzò dalla poltrona per venirci a salutare sembrò che tutto, nella casa, si alzasse per renderci omaggio. Nonostante ciò possedeva una naturalezza e una agiatezza di stile che non ci misero in imbarazzo. Indossava un blazer blu notte, una camicia bianca a sottili quadretti rossi e azzurri, un paio di pantaloni color ghiaccio. Il colletto della camicia era abbottonato. "Sono Oliviero Welebansky" disse sorridendo.

"Bruno mi ha parlato di lei" feci e presentai Susy.

"Cosa le ha detto di me?" Teneva una mano in tasca.

"Che è il suo agente letterario."

Inarcò le labbra con un particolare vezzo. "Bruno ha un modo molto fantasioso di chiamare gli amici. È vero. Mi sono occupato anche dei suoi interessi. Ma senza mai pretendere per me una qualifica così ingombrante."

"Sono convinta che vincerà lui, quest'anno" intervenne Susy.

Welebansky la guardò. Il suo sopracciglio si piegò ad angolo retto. "È quello che tutti noi gli auguriamo. Sinceramente ritengo sarà una impresa assai difficile."

"Perché?" disse Susy. Mi sembrò ingenua come un neofita del corpo diplomatico di fronte a una vecchia volpe di ambasciatore. Mi aspettai da Welebansky una risposta strategica. Invece andò dritto come un fulmine.

"Indubbiamente il libro di Bruno è molto buono. La concorrenza, se permettete, addirittura ridicola. Ma questo non basterà a farlo vincere. Il fatto è che a lui non importa un bel niente di quel premio, a parte i soldi. E fa di tutto per dimostrare che non gliene importa niente. Dovrebbe mostrarsi un poco più malleabile, più interessato, più coinvolto. Ha scelto invece di fare solamente il venale. Cosa volete. Personalmente non so dargli torto. Certo non può mettersi a parlare di letteratura con quella gente."

Susy non aspettò altro. Si ripeté convinta delle capacità di Bruno. Disse che non aveva mai letto nulla di così toccante. Presi da bere da un vassoio che un giovane cameriere mi aveva messo sotto il naso. La ricordai quando, avvinghiata a quel francese, Michel Costa, aveva detto di considerarlo il migliore. In questo, Susy era un vero prodigio. Riusciva a essere convincente anche nelle situazioni più contraddittorie.

Lasciammo insieme il salotto per salire in terrazzo. Una grande tavola circolare era sontuosamente imbandita con pietanze fredde a base di pesce. Scegliemmo astici guarniti da creme esotiche dai colori brillanti.

"Hai visto cosa ha preparato Oliviero per me?" disse Bruno, arrivandomi alle spalle.

Mi voltai. "Ciao, Bruno. Ti sei dileguato... Hai già conosciuto Susy?"

"È la tua accompagnatrice, no?" C'era dell'astio nella sua voce. Ma sorrise ugualmente.

"Vorrei parlarle, se permette" fece Susy. "A condizione però di poter riferire sul mio giornale."

Bruno si grattò il mento imitando un atteggiamento pensieroso. "... Il giornale?"

"Lasciamoli soli" disse Oliviero prendendomi al braccio. Ci appartammo sul lato opposto della terrazza. Susy e Bruno si sedettero su un divano in giunco, di fianco a un lampioncino. Bruno teneva in mano una bottiglia colma di spumante versandosene senza interruzione nella flûte. A un certo punto, parlavano animatamente, versò da bere a Susy così velocemente che la schiuma traboccò dal bicchiere e la bagnò sulla mano e sul vestito. Subito accorse un cameriere. Oliviero notò la mia disattenzione alla conversazione. Si accorse di quello che stava succedendo dall'altra parte, ma non diede l'impressione di esserne turbato. Continuammo a parlare finché non sentii la voce di Susy che gridava. "Mi sta facendo male!"

In effetti Bruno si era gettato su di lei e le tirava un orecchio. "Se non ha capito questo non capirà mai niente!" diceva. Continuava a strapazzarle il lobo dell'orecchio destro. Susy gridava. Olivierò schizzò via. Raggiungemmo Bruno. Con fare disinvolto lo prese sottobraccio e lo portò via.

"Che succede?" domandai a Susy.

"È ubriaco... Marco, ti giuro. Io non ho detto niente di male... Quello è un pazzo scatenato!" Era sconvolta. Il suo orecchio era rosso e alcune gocce di sangue le scendevano dal lobo macchiando l'orecchino.

Chiamai il cameriere e feci portare del whisky. La gente sulla terrazza continuava a mangiare e chiacchierare come nulla fosse successo.

"Forza, bevi" dissi porgendole lo scotch.

"È pazzo... completamente" balbettava lei.

A quel punto Welebansky ci raggiunse. Giustificò il comportamento di Bruno con una serie di fatti che erano capitati in quei giorni. Disse che era lo stress e che il ragazzo attraversava un periodo difficile. Comunque non si scusò. Forse non rientrava nelle abitudini della sua razza scusarsi per qualsiasi cosa.

Scesi nel soggiorno e da lì cercai nelle camere da letto. Lo trovai. Stava seduto su di una poltrona, al buio, rannicchiato su se stesso. Aveva in mano una bottiglia da cui beveva lunghe ed estenuanti sorsate. La stanza era spoglia, fatta eccezione per quella poltrona, un letto e una fila di televisori spenti. In terra un groviglio di cavetti e fili elettrici, li collegava alla consolle di un piccolo computer.

"Che ti succede amico?" dissi entrando. "Di sopra la mia ragazza sta ancora dando i numeri."

Bruno alzò la testa. "Mi spiace sia successo con lei." Sussurrava le parole, più che pronunciarle. Quasi le inghiottiva prima di emetterle. Era fradicio come può esserlo solamente un alcolizzato. Un fradiciume di cervello.

Mi sedetti sulla sponda del letto, alle sue spalle. Lui guardava il cielo stellato.

"Capita sempre più spesso" disse. "Non posso farci niente. Vorrei trovare il modo per dirti che non mi interessa più niente di ciò che ha a che fare con l'umano... Odio la gente che mi racconta i fatti suoi. Sono le stesse cose da migliaia e migliaia di anni." Parlava a fatica. Delirava. Non lo interruppi.

"È come se tutto fosse troppo piccolo per me. Non c'è più niente che colpisca il mio sguardo. Niente che possa giustificare la pena di quel mio stesso sguardo. Sento solo questo desiderio di gridare, sento la rabbia di essere prigioniero di qualcosa che è dentro di me. È una zona d'ombra che si allarga come un cancro. Sono costretto a lottare ogni ora del giorno e della notte per contenerla. Ma non ce la faccio. Succederà... E di punto in bianco tutto sarà diverso."

Si fermò un attimo. Voltò il capo verso di me. Aveva

gli occhi piccoli e lucidi. Il suo viso era una maschera di
terrore.

"Ho solo paura che sia troppo presto" disse infine,
quasi supplicando.

Restai di ghiaccio. Non avevo capito una sola parola
di quel che aveva detto. Sembrava un uomo diverso, ma
a pensarci bene lui era sempre un uomo diverso. Quando l'avevo conosciuto al bar del Grand Hotel, su a Badia Tedalda, quella volta in riva al mare, quella stessa
notte. Erano sempre persone diverse. Mi sembrò tutto
irreale e troppo angoscioso. Ebbi voglia di uscire a respirare.

Nel soggiorno, il party era al suo apice: musica, chiacchiere, alcune persone che ballavano, altri che si spostavano da un divano all'altro. Era una fauna internazionale
sulla mezza età, a eccezione di alcune cariatidi imbroncia-
te che bevevano dai calici con uno sforzo estremo dei muscoli facciali stirati da decine di lifting. Parlavano italiano,
ma nessuno lo parlava in un modo vivo. Sentivo le inflessioni straniere accavallarsi l'una sull'altra dando vita a una
lingua asettica, da laboratorio. Mi sembrò di trovarmi in
un aeroporto e loro tanti fantasmi senza storia. Trovai Susy e la portai in un angolo.

"L'hai trovato?" chiese imbronciata.

"Andiamocene" dissi, "ho un bisogno disperato di fare l'amore con te."

Mi guardò sorpresa. Non le avevo mai detto niente di
simile, e mai con quel tono di voce da fine del mondo. Ma
in quel momento sentii la sua presenza accanto a me come qualcosa di estremamente vivo e vitale. Salutammo
Oliviero. Nel giardino la abbracciai e la baciai lungamente. Susy sorrise, la sentivo aderire al mio corpo come una
spugna bagnata, rinfrescante e morbida. Salimmo in
macchina. Si rannicchiò attorno al mio braccio come un
serpente.

"Che strana gente" disse a un certo punto.

La lasciai continuare.

"Non era un solito party. C'era almeno metà della colonia Vermilyea, sai?"

Risposi che non sapevo cosa intendesse. Quella comunque fu la prima volta che sentii parlare di quel giro.

Verso le tre, quella stessa notte, Bruno uscì silenziosamente di casa. Camminò speditamente fino al mare, la testa china, come seguisse una direzione prestabilita. Sul lungomare incontrò una fila di auto incolonnate e ferme in mezzo alla strada. Un paio di vetture della stradale erano messe per traverso e bloccavano il traffico. Bruno si mantenne sul marciapiede. Vide i poliziotti che cercavano di sedare una rissa causata da un tamponamento. Un ragazzo dai capelli lunghi era disteso a terra e vomitava. I suoi compagni ubriachi imprecavano contro un uomo che non osava scendere dalla macchina. Arrivò una autoambulanza a sirene spiegate. Bruno proseguì fin verso la rotonda del Grand Hotel. Fu allora che attraversò la strada con l'intenzione di raggiungere i giardinetti.

Fra gli alberi il buio era fitto e odorava di hashish. Le chiazze di luce che filtravano attraverso il fogliame illuminavano alcune siringhe. Alcuni piccoli fagotti respiravano addossati ai tronchi o distesi sul prato rivelando la presenza di qualcuno nei sacchi a pelo. Bruno si mosse per i vialetti con sicurezza, li conosceva ormai bene. Alla luce di un lampione un ragazzo fumava una sigaretta sdraiato su una panchina. Quando lo sentì arrivare, si alzò a sedere e scrutò nell'ombra. Bruno passò via velocemente. Incontrò, più avanti, una coppia di vecchi che conducevano a mano le biciclette procedendo prudentemente nel lato dei giardini illuminato. Sbirciarono nel buio, incontrarono i suoi occhi. Nessuno si fermò.

Improvvisamente la ghiaia scricchiolò alle sue spalle. Bruno si arrestò. Sentì un rumore di passi che lo stavano raggiungendo. Cautamente si voltò. Scorse un'ombra. Una figura alta gli andava incontro, superò il vialetto e calpestò l'erba a una decina di metri da lui. Bruno non si mosse. Cercò di individuare quella persona. Sentì gli arbusti scrocchiare e poi il fischio di una canzoncina, dapprima tenue, poi sempre più nitido man mano che l'ombra gli si avvicinava. Bruno si inchiodò a terra. Conosceva molto bene quella canzone. La ripescò dalla memoria. Faceva:

> Did I really walk all this way
> Just to hear you say
> "Oh, I don't want to go out tonight"...

I ricordi si scatenarono l'uno nell'altro, lo stordirono. L'ombra lo aveva ormai raggiunto e continuava a canticchiare:

> I don't owe you anything
> But you owe me something
> Repay me now...

Bruno vide un ciuffo di capelli biondi. Alzò la mano come per accarezzarli. "Aelred" soffiò. "Come hai fatto a trovarmi ancora?"

A Londra, tre anni prima, nel tardo pomeriggio di una rigidissima giornata di novembre, Bruno stava partecipando, in compagnia di amici, al vernissage di una collettiva di scultura in una galleria di Floral Street, a due passi dal Covent Garden. L'esposizione si sviluppava su due piani. Nella sala al pian terreno stavano alcune opere costituite da carrelli da supermarket colmi di oggetti elettronici; alcune gomme di auto sovrapposte e impilate per circa due metri di altezza e percorse da striature colorate di vernice; due cartelli segnaletici capovolti e decorati da strisce di plastica nera simile a quella dei sacchi per la spazzatura. C'era inoltre un tavolo dietro cui un cameriere offriva birra e pasticcini. Al piano superiore stavano il resto delle opere e la gran massa dei visitatori avvolta dal fumo delle sigarette. Bruno trovò insopportabile resistere ancora e benché gli *acrohages* lo interessassero per la casualità degli accostamenti simile per certi versi alle associazioni libere della poesia, uscì ben presto. Si fermò sulla soglia della galleria per terminare la sua birra. Un ragazzo stava attraversando la via provenendo da St. James Street. Reggeva un portfolio sotto il braccio. Un ciuffo rossiccio di capelli gli pendeva sul viso ondeggiando a ogni passo di una particolarissima andatura dinoccolata e, nello stesso tempo, strascicata. Bruno lo osservò meglio. Le punte dei piedi leggermente rivolte all'esterno, la schiena curva e un braccio penzoloni rendevano la sua andatura totalmente indipendente dall'esterno, dalle automobili che passavano, dai pedoni che erano obbligati a scansarlo per non farsi urtare, dai clacson che suonavano. Il ragazzo camminava in simbiosi con la propria andatura, così naturalmente sovrapposto alla artificialità del suo passo, così completamente abbandonato alla legge dei gesti appresi (che parlavano di palestre, di basket ball, di cavalli, di lavoro a tavolino) che il suo carattere si diffondeva, completamente svelato, all'esterno. Bruno notò che la sua corazza gestuale non appariva come una difesa, non nascondeva, non occultava; anzi parlava chiaramente e dolcemente. La sua camminata infatti nient'altro era che il tic del suo animo.

Il ragazzo indossava un giubbone da parà color piombo, zeppo di tasche e cerniere. Il cappuccio che scendeva sulle spalle era decorato con strisce sottili di pelliccia maculata. Portava un paio di pantaloni bianchi sporchi di colore e calzava grosse scarpe di pelle grigia che sembravano ortopediche. Quando si incrociarono, si guardarono per un istante negli occhi. Bruno lo seguì con lo sguardo. Vide che salutava alcune persone. Decise di rientrare.

Il ragazzo si era appartato e stava mostrando il contenuto del portfolio a una donna. Bruno si avvicinò e gettò lo sguardo su quelle tavole. Chiese di poterle vedere da vicino. Si trattava di grandi collages fatti con matite, pennini, retini, carte geografiche e topografiche, fotografie dipinte e ritoccate. Riunivano tutte le immaginarie metropoli del globo sotto una medesima atmosfera: fra le cupole della

Piazza Rossa di Mosca spuntavano palmizi hawaiani; caratteri cirillici costituivano scritte pubblicitarie in una Times Square percorsa da una identica fauna umana negroide o asiatica. Una devastazione atmosferica e geotermica aveva ridisegnato il mondo. Parlò al ragazzo. In quel momento Reginald Clive, un critico abbastanza noto, salutò Bruno. Ne approfittò per presentare il ragazzo e così sapere il suo nome. Aelred, così si chiamava, si dimostrò impacciato. Bruno dovette soccorrerlo sostenendo la conversazione. Reginald apprezzò le tavole. Si congedò dicendo che doveva passare in Fleet Street a buttar giù il pezzo. Si diedero un appuntamento telefonico.

"Non sarei mai riuscito a mostrare qualcosa a Clive nemmeno pagandolo mille sterline" disse Aelred.

Bruno gli raccontò come lo aveva conosciuto a Venezia, qualche anno prima.

"Perché non vieni a mangiare qualcosa con me al club?" propose Aelred.

Bruno indugiò.

"È qui vicino... Ho voglia di bere qualcosa di buono. E tu?"

Bruno rispose di sì, aveva anche lui una gran voglia di bere. Salutò gli amici e uscì in compagnia di Aelred.

Il club era nascosto in un intrico di viuzze strettissime attorno al Covent Garden. Per raggiungerlo procedettero uno davanti all'altro poiché non c'era spazio per due. Aelred disse qualcosa a proposito di Charles Dickens che Bruno non afferrò. Giunsero davanti al club. Si trattava di un ristorantino polveroso anni quaranta. Davanti all'entrata stava un panchetto di legno su cui era posto il registro delle visite. Aelred salutò il cameriere e firmò invitando Bruno a fare altrettanto nello spazio riservato ai visitors. Il cameriere spostò il panchetto e li fece passare.

Il ristorante era vuoto. Seguì Aelred che passava tra i tavoli apparecchiati con destrezza. Si diressero verso uno sgabuzzino. Aelred accese la luce tirando una corda che pendeva dalla lampadina spiovente. Più avanti iniziava una scala di legno. La discesero. Immediatamente li investì uno sbuffo di aria calda, odore di sigarette e di alcolici. Si sentiva, in sottofondo, musica rock.

Entrarono in una grande stanza circolare con il soffitto a volta e le pareti verniciate di nero. Al centro stava il banco degli alcolici con un paio di rubinetti per la birra e uno scaffale ripieno di bottiglie ben allineate. Nella parete attorno si aprivano alcune nicchie che avanzavano nel cemento per qualche metro. Il fondo era ricoperto di cuscini colorati. Davanti a ogni nicchia stava l'imitazione di un rudere antico decorato da luci intermittenti. La fauna era abbastanza giovane, sui trent'anni. Aelred presentò Bruno a qualche amico: una soprano critico musicale di una rivista marxista, un pittore calvo e grassoccio, un tenore che aveva studiato in Italia, un architetto che Bruno già aveva visto, nella galleria di Floral Street.

Ordinarono dello scotch e chiacchierarono con i membri del club. Erano tutti alticci, la soprano, un donnone imponente vestita di un robe manteau lungo fino ai piedi, cantò il brindisi della Cavalleria Rusticana in onore di Bruno. Quando finì il club esplose in applausi e grida di compiacimento.

Bruno andò al bancone per un altro scotch. "Bevi qualcosa, Aelred?" Aelred non rispose. Bruno ripeté la domanda, si girò e si accorse che non stava rivolgendosi ad Aelred, ma a un altro ragazzo. Si scusò. Guardò attorno ma non lo vide. Prese il bicchiere e raggiunse il gruppo di prima. Domandò alla soprano se lo avesse visto in giro. La donna fece un grande sorriso e cantò il brindisi dalla Lucrezia Borgia. Bruno scorse una nicchia vuota. Si sedette a bere. Passò mezz'ora. Di Aelred nessuna traccia. Prese un altro scotch e lo bevve d'un fiato. Aveva fame, ma certo non si sarebbe fermato in quel posto a cenare da solo. Chiese al barman due biglietti da visita del club. Uno se lo infilò rapidamente in tasca. Sull'altro scrisse una frase di congedo e il proprio indirizzo. Lo riconsegnò al cameriere pregandolo di consegnarlo ad Aelred qualora fosse tornato. Il barman prese il biglietto e lo infilò in mezzo a due bottiglie di whisky.

Camminò fino a Leicester Square e lì entrò al Salisbury per mandar giù qualcosa. Il pub era affollato e rumoroso. Salutò qualche amico e ordinò un sandwich. Un biondino lo guardò insistentemente. Non era affatto male. Chiacchierarono urlandosi nelle orecchie le parole per potersi capire. La calca li pigiava da tutte le parti. I camerieri passavano fra la gente tenendo alti sopra le teste i boccali di birra che gocciolavano sui vestiti. Bruno disse che aveva un appuntamento ma che, se il boy avesse voluto, il giorno dopo a mezzogiorno si sarebbero potuti incontrare nello stesso posto. Uscì dal locale, camminò fino a Trafalgar Square e lì abbordò un taxi. Poco dopo entrò nel suo appartamento di Cranley Gardens, sulla Fulham Road. Si trattava di un flat di due stanze comunicanti. Nella living room stavano un tavolo, il divano, una poltrona e un caminetto. Nell'altra il letto e il bagno.

Bruno si spogliò, sfece il nodo della cravatta, accese una sigaretta e si allungò in poltrona verso il pallido fuoco del caminetto. Poi si alzò, accese la radio e afferrò la bottiglia di gin. Aveva voglia di urlare. Se fosse stato un poco più paziente, avrebbe atteso Aelred al club finché non fosse tornato. Invece no, via. Già da qualche giorno pensava che, forse, dopo due mesi, stava per giungere il momento del ritorno in Italia. A Londra era arrivato con l'alibi di controllare l'uscita di un suo romanzo. Avrebbe dovuto fermarsi una settimana ed erano invece sessanta giorni ormai che bivaccava fra sbronze, vernissages, teatri, pub, incontri sentimentali che duravano una sola notte. Il fatto era che si sentiva a secco. E questo già da molto, moltissimo tempo.

Il telefono squillò. Bruno lo lasciò suonare. Infine si decise a rispondere. "Chi parla prego?" disse con la voce impastata dall'alcool. Sentiva dall'altra parte il brusio di una riunione e una musica in sottofondo.

"Ehi amico, sono Aelred!"

Bruno fu glaciale. "Ti ho lasciato scritto un biglietto.

Come ti dicevo, un impegno dimenticato mi ha costretto ad andar via."

"Capisco... Ma ora sei libero?"

Bruno fu colto alla sprovvista. Non rispose.

"Sei solo?" insistette l'altro.

"Stavo andando a dormire..."

Aelred cambiò tono di voce. Diventò allegro. "Su, amico. Non sono fuggito via. Ero semplicemente salito in cucina per prepararti una sorpresa. Una straordinaria torta di rognoni e funghi."

"Ho mangiato qualcosa al Salisbury..." fece Bruno.

"E che ci faccio ora con questa roba?"

A Bruno sfuggì un sorriso che Aelred immediatamente colse. "Verrò lì. E mangeremo la mia torta."

Bruno chiuse gli occhi e si abbandonò in poltrona. Disse: va bene, Aelred, hai vinto. Molte altre volte, innumerevoli altre volte quelle parole sarebbero uscite con lo stesso spasimo di tenerezza e abbandono dal profondo del suo animo.

Appoggiò il ricevitore. Rimase qualche minuto in silenzio, senza nemmeno respirare. Si spogliò poi del tutto, andò in bagno e si ficcò nel getto bollente della doccia. Dieci minuti dopo si sentì notevolmente meglio. Passò in camera, scelse una camicia pulita, un paio di jeans e una cravatta verde. Mise ai piedi un paio di scarpe da tennis che non aveva ancora portato. Poi tolse la cravatta e la rigettò nel cassetto. Si era ricordato di averne una dello stesso colore degli occhi di Aelred.

Il ragazzo arrivò mezz'ora dopo. Bruno sentì il motore del taxi scoppiettare sotto la propria abitazione. Si avvicinò alla bow-window e guardò giù. Aelred cercava faticosamente di estrarre dei soldi da una delle tasche del suo giubbotto, ma il portfolio e un pacco voluminoso lo impacciavano. Il tassista uscì, gli resse la cartella e prese i soldi. Bruno sorrise e scese ad aprirgli prima che avesse il tempo di suonare. "Mi spiace essere sparito così all'improvviso" disse Aelred salutandolo, "volevo farti una sorpresa."

Bruno lo toccò sul braccio. "Vieni, sali."

Entrarono nell'appartamento. Aelred appoggiò il pacco sul tavolo. "Hai da bere?" chiese.

"Beaujolais o champagne. Nient'altro. Il gin è appena finito."

"Prima una e poi l'altra. Devo scaldarmi" fece Aelred.

Bruno stappò il Beaujolais accanto al caminetto. Aelred si era seduto sulla moquette, accanto alla poltrona. Era arrossato sulle guance, il ciuffo di capelli biondo ramati era inumidito dal freddo umido della notte. Le sue labbra pallide. Bruno lo guardò sotto la nuova luce dell'intimità e si sentì felice. Felice di poter guardare quel corpo alto e asciutto, quel viso allungato dai lineamenti come scolpiti nella dura roccia delle scogliere scozzesi.

Si sedette in poltrona al suo fianco. Versò il vino.

"Brindiamo alla nostra amicizia" disse, guardandolo negli occhi. Il ragazzo avvicinò il bicchiere. "Brindiamo alla tua bellezza." Bruno lo accarezzò. Aelred gli appoggiò la testa sulla gamba. Lo accarezzò terminando il bicchiere di vino. Aelred allora si alzò in piedi e si portò dietro lo schienale della poltrona. Allungò le braccia chinandosi verso il petto di Bruno. Lo accarezzò e scese a baciarlo. Gli baciò la fronte, gli occhi, e i capelli passandoseli fra le lunghe dita bianche. Bruno cercò quelle mani, le trovò, se le portò sul cuore. Le baciò, succhiò le dita, le nocche sporgenti, si accarezzò passandosi quelle mani sul viso e sulla fronte, stringendosele sulle tempie, coprendosi completamente la faccia. Aelred lo raggiunse. Bruno allargò le braccia e lo accolse in un disteso abbraccio. Si baciarono, giocarono con le labbra, succhiarono come cercando nel respiro dell'altro le ragioni di quel desiderio che li aveva ormai travolti. Si abbandonarono poi sulla moquette rotolandosi lentamente, teneramente abbandonati in un abbraccio che largo pulsava come traendo vita da un unico cuore.

"Mi piaci" disse Bruno. "Mi piaci tanto." Lo abbracciò più forte. I capelli di Aelred rilucevano ancor più fiammeggianti alla luce del fuoco. Bruno li accarezzò, li baciò. Il ragazzo lo guardò con i suoi piccoli e stretti occhi selvaggi. Prese a sciogliergli il nodo della cravatta baciandolo sul collo, percorrendo con la lingua il mento dell'amico, le orecchie. Poi si alzarono tenendosi per mano, lisciandosele, intrecciandole in delicate e sempre diverse sovrapposizioni. Si distaccarono. Guardandosi negli occhi, uno di fronte all'altro, si spogliarono sulla soglia dalla camera da letto. Si abbracciarono di nuovo completamente nudi ed eccitati finché non raggiunsero il letto.

La pelle di Aelred era liscia e chiara come se nemmeno un raggio di sole l'avesse mai sfiorata. Era una pelle tersa come un lago ghiacciato. Bruno la sentì vibrare, accarezzandola, percorsa da una corrente di vita. Lo baciò su tutto il corpo, nelle linee sinuose del collo turgido e scultoreo, nel torace affusolato, nell'addome dove leggeri riccioli biondi iniziavano a crescere per concentrarsi nella linea dell'ombelico ed esplodere nel ciuffo del pube. Sentì il profumo del sesso rigido di Aelred. Scese lungo le cosce così imprevedibilmente muscolose in confronto alla complessità di quel corpo che sarebbe anche potuto apparire gracile nella sua longilineità. Inginocchiato ai suoi piedi, Bruno afferrò i polpacci di Aelred e li sollevò. Si spinse in avanti facendoseli passare sulla schiena. Scese a baciarlo in bocca. Aelred lo bloccò in quella posizione serrandogli i fianchi nella morsa delle sue gambe. Ma non era ancora il momento. Sciolse la stretta liberando il corpo di Bruno. Avevano le mani incrociate. Facendo forza sulle braccia, Aelred lo rovesciò dall'altra parte del letto. Cominciò a baciarlo sui capezzoli. Li mordicchiò, li succhiò, li stirò con i denti. Bruno gemeva. Aelred scese con la punta della lingua a baciargli il membro. Lo inghiottì lentamente mentre la lingua lo avvolgeva morbida e calda. Bruno liberò le mani affondandole nei capelli di Aelred. Dischiuse automaticamente le gambe e la lingua soffice di Aelred lo penetrò delicatamente. Brunò sentì un caldo violento salirgli al cervello, una rilassatezza umidiccia che gli fece distendere il sorriso. Cercò con la mano il cazzo di Aelred e così, stringendosi reciprocamente, riacquistarono la posizione iniziale, distesi uno a fianco dell'altro. Si baciarono ancora a lungo finché Aelred non disse: "Voglio che sia ora". Bruno lo accarezzò nella fessura tra le cosce, gli andò dietro e lo percorse con la lingua salendo fino alla schiena e scendendo fino alla punta del cazzo che stringeva ripiegato sotto. Aelred cominciò a muoversi e Bruno sentì che era giunto il momento. Lo bagnò. Poi risalì, lo abbracciò e cominciò a spingere.

Avvinghiati uno alle spalle dell'altro, le nuche sovrapposte, il respiro veloce, i gemiti, gli ansimi, le grida soffocate, le parole che Bruno sussurrò nell'orecchio infuocato di Aelred, i sospiri, i singhiozzi, tutto si fuse come una corda che vibra e il cui suono si riverbera nella cassa armonica del mondo. Il loro movimento divenne il gesto dei loro nervi, i loro sospiri il canto dell'universo. Quando Bruno finalmente entrò nel corpo di Aelred, qualcosa tra loro esplose e li scagliò insieme in una avventura che solamente loro, in quel momento e in quell'ora, potevano vivere in nome dell'umanità. I loro gesti si fecero più rapidi, la mano di Bruno si sovrappose a quella di Aelred stretta attorno alla colonna del proprio sesso. Erano in orbita. Tutto scomparve. Restò un solo brusio, continuo e monodico, come emesso da una grande cassa di amplificazione accesa, un brusio che fece tremare le loro orecchie e che era la voce del loro viaggio. Il brusio divenne più forte fino a scoprire, oltre a quella vibrazione, un accordo nuovo, unitario e totale che viaggiò in completa sintonia con il loro silenzio interiore. L'eccitazione progredì finché entrambi non raggiunsero, uniti, le soglie dell'orgasmo. La lingua di Bruno si incollò alla bocca di Aelred, la sua mano, sul sesso dell'amico, spinse più forte e più rapidi furono i movimenti dei suoi fianchi. Le cosce di Aelred tremarono sotto la potenza di quelle spinte che lo stavano violando, ma il suo corpo e il suo cervello erano oramai adattati al corpo dell'amico e solo questo volevano, al di là del dolore: essere uniti a lui.

Aelred scoppiò per primo, gridando. Bruno sentì la propria mano inondata da quel succo caldo, aprì gli occhi e vide un secondo schizzo lanciato in alto che si aprì come un fiore. Si sentì un fiore egli stesso, e venne, spingendo con tutta la sua forza. Fu allora che insieme poterono capire, per un istante, come una rivelazione, quel suono che non copriva la loro solitudine ma che la rivestiva di piacere e di sentimentalità nuova. Un suono il cui segreto era nelle altre volte in cui l'avrebbero cercato. Quando Bruno riaprì gli occhi, quando si specchiò nel volto sudato di Aelred, quando lo baciò e lo asciugò con la lingua da quelle gocce che gli scendevano dalle tempie, quando gli accarezzò i capelli, quando i loro respiri ripresero, nel silenzio della stanza, il loro ritmo abituale, quando Aelred pieno di gratitudine e di appagamento gli soffiò: "Doveva esserci nella mia vita questa bellissima prima volta con te", Bruno si abbandonò sul letto e ringraziò Dio per avergli fatto conoscere, attraverso il corpo di Aelred, la preghiera nascosta e universale delle sue creature.

La scoperta travolgente della loro bellezza e ancor più del piacere che sapevano reciprocamente di darsi, li avvolsero, nei giorni seguenti, di un commosso sentimento di gratitudine e di rispetto, qualcosa che non aveva a che fare con l'impeto della passione, quanto piuttosto con l'ebbrezza di una nuova scoperta. In quei momenti di confronto, di amore, di ricerca, entrambi erano consapevoli di essere partiti per una avventura la cui fine sarebbe stata la perfezione del loro rapporto. Si scrutavano, si mettevano alla prova in quegli abbracci d'amore che parevano rivelare, in certe situazioni di felicità, la vera natura del rapporto fra due uomini: come ci si possa amare e come si possa vivere insieme e sostenersi sentendosi fianco a fianco, uniti, dalla stessa parte, proiettati nella conquista di qualcosa. Ma, una volta raggiunta la perfezione del rapporto, perché restava ancora "qualcosa"? E cos'era? Un rito di passaggio verso la vita adulta o una cerimonia di preparazione all'incontro con l'*altro*, la donna? Perché si sentivano "fianco a fianco" e non uno *di fronte* all'altro? C'era differenza fra l'essere schierati insieme e quello di esserlo invece in opposizione? Si poteva progredire ugualmente nel cammino dell'esperienza? Era la stessa cosa?

Bruno fu completamente travolto dal suo amore per Aelred; e anche Aelred si trovò coinvolto in una esperienza nuova che lo assorbì completamente. Bruno era il suo amico, il suo compagno, la ragione stessa della sua vita. Era quel dolce e mediterraneo ragazzo che lo incitava a lavorare, a disegnare, che gli parlava per notti e giorni e gli ricostruiva con i racconti il mondo, che si sbronzava ridendo con lui nei clubs, con cui andava a teatro e attraversava, in certe ore sospese del dopopranzo, i parchi silenziosi di Londra. Era la persona che gli dava coraggio, che lo assisteva, lo accudiva come nessuno aveva mai fatto. Era l'uomo che gli faceva fare l'amore in un modo straordinario toccando tutte le corde del suo sentimento e del suo corpo. Era chi lo placava e chi lo eccitava, chi gli offriva buone avventure di testa e pensieri piacevoli. E lui, Aelred, ricambiava e rispondeva negli stessi termini. Ora sorreggendolo con la sua bellezza quando Bruno appariva stranamente silenzioso come conquistato da un umore freddo e tetro; ora quando cercava la sua mano e lui gliela porgeva e la guidava sul sesso fino a farlo scoppiare; o quando, delicatamente, lo penetrava reggendogli in alto le gambe e in quei momenti, allora, "qualcosa" veniva a turbarlo, come una immagine cacciata lontano che prepotentemente tornava a farsi viva ai suoi occhi. Ed era sempre l'immagine di una donna, il sospiro di una donna, la voce strozzata dell'orgasmo di una donna. Non di una particolare donna, ma dell'essenza stessa della femminilità.

Così un giorno Aelred glielo avrebbe detto, molto semplicemente, approfittando di un momento di distensione, un dopo-sbronza magari quando i colori sono pallidi, le voci roche, e i pensieri vagano nell'aria satura di alcool come leggere condensazioni di idee non ancorate; glielo avrebbe detto ben sapendo di farlo soffrire e di procurargli una ferita violenta. Ma aveva deciso così. Amava Bruno, forse lo avrebbe sempre amato e per questo glielo avrebbe detto.

Si trovarono così faccia a faccia nell'appartamento di Cranley Gardens. Era da poco passata la mezzanotte di un giorno di marzo e faceva ancora freddo. Da qualche tempo erano rimasti senza soldi. Bruno telefonava ogni giorno in Italia per ottenere un anticipo dal suo editore, ma i soldi gli venivano, ogni giorno, negati. I suoi amici londinesi lo avevano abbandonato. Avevano conosciuto Aelred e immediatamente lo avevano messo in guardia da quello "spostato". Bruno, infastidito dal fatto che non riconoscessero il valore del suo ragazzo, smise di frequentarli. Quando si trovò in cattive acque telefonò, ma ebbe come risposta solo una cinquantina di sterline che gli servirono a pagare l'affitto di una settimana. Aelred non guadagnava. Lavorava parecchio ai suoi collages e ai suoi disegni. Ogni tanto arrivava l'assegno da parte di una rivista per lavori pubblicati precedentemente, ma erano come gocce d'acqua nel deserto. La sua famiglia viveva a Perth, nello Strathmore, in Scozia. Il padre aveva abbandonato la moglie e viveva negli Stati Uniti. A Perth erano rimaste la madre e le due sorelle che campavano decorosamente, ma certo non potevano passargli niente di più di quella rendita di duemila sterline annue che Aelred aveva ricevuto come vitalizio dal nonno paterno. Bruno, d'altra parte, aveva terminato da un pezzo il compenso dei suoi diritti di traduzione e non aveva in cantiere, a breve termine, nessun progetto che potesse garantirgli la sopravvivenza. Certi giorni cercava di scrivere, di riordinare gli appunti del suo romanzo, ma erano sempre tentativi destinati al fallimento. Non riusciva a entrarci, a mettersi tranquillo, a incatenarsi per il futuro a una avventura esclusiva e totale come quella della scrittura. C'era Aelred e sapeva che in Aelred qualcosa di oscuro si stava agitando. La prima volta in cui se ne accorse fu quando il ragazzo si assentò da Cranley Gardens per una settimana dicendo che sarebbe salito a Perth. Bruno invece venne a sapere, da amici, che se ne era restato a Londra e frequentava un club a Paddington in compagnia di una ragazza. Bruno non diede peso alla faccenda, ma quando ne parlò ad Aelred si trovò di fronte a una reazione violenta che lo colse del tutto impreparato. Aelred divenne furioso, urlò, sbraitò, ruppe bottiglie e bicchieri nel caminetto. Ma non osò toccare Bruno. Quando poi fecero l'amore, finita la sfuriata, Aelred disse: "È una faccenda mia. E tu non puoi farci niente. È così e basta".

Quella notte dunque Aelred non seguì come di consueto Bruno a letto, ma si sedette sulla poltrona, le gambe allargate, la testa china, le mani in grembo. Bruno si accorse della grana che stava scoppiando. Disse: "Che c'è Aelred?" con il tono di voce più calmo e pacato che conoscesse. Ma non era tranquillo. Era come il mare in una notte di bonaccia: buio e calmo. Ma non tranquillo.

Aelred scostò il ciuffo di capelli, sollevò lo sguardo e parlò. "Dobbiamo lasciarci. Per qualche tempo. È meglio per tutti e due. Devi tornare in Italia e lavorare."

"Non dirmi quello che devo fare, Aelred" disse sarcastico Bruno.

Aelred si stropicciò gli occhi. "Sei stato l'unico della mia vita. Voglio che tu lo sappia."

"Lo so, Aelred, lo so. E ora? C'è qualcun altro?"

Aelred indugiò. "C'è una donna" disse infine.

Bruno assorbì il colpo. "Ne sei innamorato?"

"Non lo so... Non lo so proprio."

"Perché vuoi andare da lei?"

"Devo provare. Ho avuto molte altre donne..." Lo

disse sottovoce, per non irritarlo. Bruno capì che Aelred voleva liberarsi di lui.

"Vattene ora, se lo devi fare" disse Bruno.

Aelred si alzò dalla poltroncina. "Non voglio che tu soffra. Io ti voglio bene, ma è necessario che provi."

"Vattene adesso, perdio!" gridò Bruno.

Aelred uscì dalla stanza senza dire una parola.

I giorni seguenti furono per Bruno un continuo entrare e uscire dagli stordimenti dell'alcool senza mai avere, nemmeno per un istante, un attimo di lucidità. Tutto divenne confuso. Il suo pensiero ruotava per ore attorno a una parola senza tuttavia riuscire a fissarla. I suoi gesti si ripetevano identici mille volte per eseguire la stessa semplice azione senza tuttavia riuscire mai a completarla. Per aprire un rubinetto potevano anche passare delle ore. Bruno rimaneva immobile con la mano sul lavandino completamente perso nei suoi pensieri. Non tentò di scrivere, né chiese aiuto. Balbettava, ormai. Il suo linguaggio era come regredito a uno stadio infantile: conosceva solo poche frasi e poche parole e tutte erano parole che definivano Aelred. I momenti della loro unione gli sfilavano davanti agli occhi inchiodandolo al passato. Era come vedesse continuamente lo stesso film pornografico. Si eccitava e si masturbava al pensiero del corpo di Aelred, ma tutto appariva come in sogno, non ne traeva piacere, non si placava. Il bisogno di Aelred, dei suoi gesti d'amore, della sua voce, del suo corpo divenne l'ossessione. Non era difficile che in certi momenti avesse delle vere e proprie allucinazioni. Si sentiva chiamare per nome, ma in casa sapeva di essere solo.

Aelred tornò dopo quindici giorni. Era ubriaco. Bruno lo abbracciò e lo baciò. Aveva la barba lunga e rossiccia e incolta. Gli disse: "Solo tu sei il mio amore, Bruno". Si spogliò e si inginocchiò ai suoi piedi. Bruno sentì il caldo delle lacrime rigargli il volto. Si abbassò, lo afferrò sotto le ascelle, lo strinse al petto. Aelred singhiozzò sulla sua spalla. Gli disse qualcosa. Bruno parlò tra i singhiozzi: "Poiché tu sei il mio dio, Aelred, di cosa dovrei perdonarti?".

Aelred era tornato senza soldi. Gli servivano immediatamente centocinquanta sterline per pagare un debito. Bruno si diede da fare per raccogliere quella somma. Girò fra amici, andò dal suo editore. Riuscì a ottenere quello di cui aveva bisogno. Non chiedeva. Pretendeva. Quando Aelred ebbe finalmente in mano i soldi, sparì dalla circolazione.

Fu in quel momento che Bruno ebbe la lucidità necessaria per scrivere a Père Anselme, a Parigi. Non gli chiese aiuto, gli parlò solo del suo amore e di se stesso. Scrisse: "Sono incatenato a lui e per quanto tu possa disapprovare, per quanto ti possa apparire stupido e indegno di una persona che tu ritieni, a suo modo, intelligente, io sto bene. Mi basta sapere che mi cercherà e che tornerà da me per essere felice. Perché non può più fare a meno di me. Ho sempre cercato 'tutto' nella vita: la verità e l'assoluto. Ho sempre detestato la gente soddisfatta. Non c'è niente al mondo per cui stare allegri. Niente di niente. Eppure, io che ho lasciato perdere tante volte 'qualcosa' per avere soltanto niente ora mi sto accontentando di qualcosa. E sento che mi basta. E a mio modo sono felice. Amo profondamente Aelred, al punto che vorrei essere lui. Lo giustifico e lo capisco, anche se soffro. Ma se soffro è un problema mio. Io so che mi ama. A tutto o niente ora sto finalmente imparando a preferire qualcosa".

Quando tornò dall'ufficio postale di Gloucester Road, trovò la porta di ingresso accostata. Era certo di averla chiusa uscendo. Le assi di legno scricchiolarono sotto i suoi passi. Arrivò davanti alla porta dell'appartamento. Sentì all'interno delle voci, ma non erano vere e proprie voci. Erano gemiti e sospiri che conosceva bene. Il suo primo impulso fu quello di entrare, ma una voce sconosciuta lo bloccò. Era la voce di una donna, il suo respiro, la sua lussuria. Non ebbe il coraggio di entrare.

Si accasciò davanti alla porta con la schiena appoggiata alla parete. Restò così per parecchie ore. Non pensò a niente. Piangeva e balbettava, come in un disco interrotto, le sillabe del sacro nome di Aelred.

Verso sera finalmente la porta si aprì. "Bruno" disse Aelred, "che ci fai qui?"

Bruno farfugliò qualcosa. Entrò in casa. Bevve un bicchiere di birra, il solo alcolico ormai che potessero permettersi. La ragazza stava seduta in poltrona. Era alta, magrissima e con una grande cresta di capelli rossi. Aelred fece le presentazioni. "È una mia amica. Non sa dove dormire. Le ho detto che può fermarsi qui qualche giorno. Glielo permetteremo, vero?" Bruno chinò la testa. "Sì, Aelred, come vuoi tu."

La ragazza si trattenne una settimana e fu l'inferno. Molte volte Bruno fu sul punto di cedere a quel gesto. Aelred passava dalle sue braccia a quelle della ragazza. "Vi amo tutti e due" diceva allegro. "Siamo una famiglia perfetta."

Una mattina si svegliarono soli. La ragazza era uscita. Bruno parlò con Aelred. "Non ce la faccio più, mandala via" disse. "Scegli: o me o lei."

Aelred lo accarezzò arruffandogli i peli sul petto. "Se io rinuncio a lei, rinuncio a qualcosa a cui tengo. E così sarebbe per te."

"E allora andate al diavolo!"

Aelred riuscì a calmarlo con le lusinghe del suo corpo. Ma fu l'ultima volta in cui fecero l'amore, almeno in quel periodo. Padre Anselme arrivò quello stesso pomeriggio. Capì la situazione al volo. "Non puoi restare con quel ragazzo. Non sa chi è e non potrà mai amare nessuno finché non lo scoprirà. E lo dovrà fare da solo." Detto questo, portò Bruno a dormire nella casa che lo ospitava a Maddox Street.

Due giorni dopo partirono insieme per Roma. Per Bruno tutto si svolse talmente in fretta da non rendersi pienamente conto di quello che stava succedendo. Sapeva di uscire da un incubo. Ma sapeva, altrettanto bene, che un altro incubo, molto più terribile, quello dell'abbandono e dell'addio, lo attendeva.

"Aelred è il mio ideale. Nessuno come lui ha corrisposto a quello che io mi sono sempre immaginato della persona che volevo accanto per la mia vita" disse in aereo, sulla via del ritorno.

"Peccato che fosse marcio" commentò Padre Anselme, succhiando la sua ostrica.

Adieu! my friends, my work is done,
And to the dust I must return.
Far hence, away, my spirit flies
To find a home beyond the skies.

Quella prima notte in cui lo vide, Bruno May se ne stava sulla terrazza dell'Excelsior, a Firenze, in compagnia di un gruppo di ragazzi dal fisico alto e asciutto che lo reggevano a turno con una disinvoltura senz'altro frutto di una certa consuetudine; poiché i giovanotti, certamente fotomodelli o indossatori, riuscivano a dar l'impressione che non fosse tanto lui ad appoggiarsi a loro, ormai incapace di reggersi in piedi per il troppo alcool o troppa polvere o troppe pasticche o troppo dio-sa-cosa, quanto piuttosto il contrario. E cioè che fossero proprio quei gran pezzi d'uomini dai volti perfetti, dai sorrisi smaglianti, dagli occhi luminosi come diamanti o zaffiri o smeraldi a cercare chi prima chi poi il suo sostegno.

Quella prima notte in cui lo vide, Oliviero Welebansky si disse allora due cose: la prima che, per quanto conoscesse la sua vera età, non lo faceva così giovane; la seconda che, come gli avevano riferito alcuni amici, stava realmente, in quel periodo, dando fondo a tutta la sua inquietudine.

Era una notte di metà luglio e faceva caldo. Nell'attico del Grand Hotel si consumava un pranzo che un grande sarto dava in onore della presentazione della sua collezione a Pitti. Quando Oliviero arrivò, era da poco passata la mezzanotte e già una piccola folla in abito da sera sciamava fra gli ascensori e il grande atrio parlando a bassa voce. Erano per lo più giornalisti, fotomodelle, indossatori e personaggi in auge nelle cronache mondane che avevano deciso di lasciare l'albergo per continuare probabilmente la nottata in un qualche salotto o in un night club. Oliviero salì sull'ascensore in compagnia di due modelle che parlavano un inglese sommesso e veloce. Indossavano entrambe lo stesso tipo di abito in paillettes rosso fuoco, ma in due versioni differenti: la ragazza di colore aveva un décolleté vertiginoso, da lasciare senza fiato. L'altra invece, dal viso orientale, una scollatura sulla schiena che si stringeva torcendosi su un fianco fino a raggiungere, sul davanti, la zona dell'ombelico. Fu una salita molto agevole.

Sbucò poi in un corridoio rivestito di raso bianco come una bomboniera. Una gigantesca corbeille di fiori tropicali era appoggiata sulla moquette candida davanti a un tavolino. Data l'ora, la festa volgeva ormai al termine, il cameriere sistemava sul tavolo i cartoncini di invito come carte da gioco estraendoli da un antico bruciaprofumi orientale. Quando vide Oliviero avanzare, preceduto dalle due ragazze, cercò disinvoltamente di radunare gli inviti a mazzetti. La sua espressione era compassata. Ma era chiaro che stava giocando.

Oliviero oltrepassò una prima muraglia di invitati e raggiunse il salone. Un centinaio di persone erano ancora sedute ai grandi tavoli circolari sistemati attorno a una piccola pista da ballo incartata di argento. Dall'alto pendevano come liane grappoli di fiori bianchi che i ballerini spostavano con la schiena, il viso o le gambe. Si divertivano. Lo champagne girava senza ritegno. Alcune ragazze erano ubriache e si dondolavano sulla pista in un seducente controtempo, come stessero muovendosi al suono di una viola d'amore e non di quel rap scatenato diffuso dagli altoparlanti. Oliviero gettò lo sguardo sui tavoli, fece qualche cenno a gente che lo salutava da lontano, ma non si fece avanti. Era capitato all'Excelsior per noia. Certo non lo interessava la gente, quella particolare gente che incontrava da una vita sempre nei soliti posti: a Parigi, a New York, a Firenze, nei luoghi di villeggiatura per miliardari nel subcontinente indiano o in quello sudamericano. La solita gente che affollava le sfilate, i parties, i cocktails, i debutti, i commerci, le operazioni finanziarie, i pranzi, i festivals, i salotti. Era da troppo tempo che la conosceva e non gli procurava alcun brivido. Da trent'anni non era più quel giovane spaurito esule polacco che aveva chiesto asilo alla Francia, che aveva vissuto come un sogno la vita dell'occidente, la notte di Parigi, i boulevard, i café chantant, la musica, i cabaret. Non era più quel ragazzo potente capace di far l'amore per giorni e giorni con vecchie pollastre solamente per provare a se stesso la propria esistenza nel mondo. Era ormai un uomo maturo, solido, roccioso, impenetrabile che preferiva la vita tranquilla della Colonia di Vermilyea, a Roncelle, di cui era diventato, con gli anni, il sacerdote. C'era una frase di Scott Fitzgerald, nel *Crack-Up*, che aveva segnato la sua vita. "In una reale notte fonda dell'anima sono sempre le tre del mattino, giorno per giorno." Per venti anni per lui fu sempre quell'ora finché qualcosa non cambiò e finalmente poté accorgersi di un nuovo mattino, che un nuovo sole era sorto anche per lui.

No, non era andato all'Excelsior per trovare compagnia o fornirsi un pretesto per folleggiare fino a mattino. Era capitato lì come si passa dal bar, per abitudine. Non doveva combinare affari, né intortare un qualche uomo politico per riceverne favori. Non era un talent-scout e nemmeno un patito del sesso facile e veloce. Nessuno gli doveva nulla e lui non doveva niente a nessuno. Non era curioso né pettegolo. Non doveva raccogliere informazioni, né imbastire intrighi, né, tantomeno, soggiacere ai penosi riti della "forma". Era soltanto, forse, un *collezionista*. Molta di quella gente che gli si stringeva attorno lui l'aveva vista cadere in disgrazia, poi riemergere, poi cadere di nuovo. Altri erano spariti per sempre. Conosceva i segreti delle carriere di questo o di quello, ma non perché gli importasse qualcosa, ma solamente per-

ché era un osservatore e osservando traeva conclusioni e
traendo conclusioni collegava e collegando riusciva a inquadrare perfettamente la situazione di un individuo da
un semplice battito di ciglia. Per questo non gli interessava più quel mondo, ma continuava a viverci poiché sapeva che la *society* è una grande rete da pesca che stra-
scica i fondali della contemporaneità smuovendo fango
e prede meravigliose. E ogni tanto rivelando improvvisamente la luce di una perla.

Raggiunse la terrazza. Era una notte straordinariamente limpida. I campanili delle chiese, le torri, la cupola di Brunelleschi, Orsanmichele, si illuminavano sullo
sfondo come tante diapositive turistiche proiettate sulla
parete brillante e quasi fosforescente della città vista
dall'alto. Le serpentine di luci arancioni disegnavano i
contorni dei grandi viali di circonvallazione. Dalla parte
opposta correva la fossa nera dell'Arno contenuta fra
due sponde di luci bianche e spioventi. La facciata di
San Miniato era là, in alto sulla collina, straordinariamente illuminata. Era quasi possibile cogliere il disegno
dei marmi tanta era la sua nitidezza. Una falce di luna le
splendeva sopra. Era tutto come un grande teatro di posa pronto per il ciak. Lo scenario della notte fiorentina
appariva infatti nel suo emozionante sviluppo a tableau,
nella scansione dei vertici, delle guglie, delle lastre scure
dei tetti, come finto. E in effetti era finto. Firenze non
era mai stata *così*. Quello che faceva da sfondo al grande
terrazzo dell'Excelsior era solamente il doppio notturno
di una città mai esistita in quella forma e in quella dimensione e soprattutto in quei tagli di luce così plastici e
così artificiali. Con tutta probabilità, cinquecento anni
prima, una città chiamata Firenze era lì realmente esistita. In quel momento invece si trattava semplicemente di
una fra le tante migliaia di città della notte in cui un occidente agonizzante specchiava la propria inevitabile fine: accendendo candele ai monumenti e al passato come
si fa con le care immagini dei morti.

Oliviero restò a guardare la notte. Quando si voltò,

prendendo una coppa di champagne dal vassoio che il cameriere gli porgeva, gettò il suo sguardo su quel gruppo chiassoso di ragazzi. C'era qualcosa che lo attraeva in uno di loro, la smorfia cinica del suo sorriso, l'essere sorretto a turno dalla compagnia, il suo astrarsi, ogni tanto, dalla conversazione scherzosa per fissare un punto qualsiasi davanti a sé. Poi si riprendeva scrollando la testa, come dovesse uscire da un sogno o dall'immersione in una vasca colma d'acqua. Oliviero lo riconobbe. Provò immediatamente un senso di soddisfazione per essere arrivato al party. Si fermò così, a una decina di metri, appoggiato al parapetto della terrazza, a scrutarlo.

Qualche minuto dopo, Bruno gli si avvicinò. I ragazzi erano rientrati nella sala e dai gesti che si erano scambiati aveva capito che Bruno volesse rimanersene un po' a prendere aria. Lo vide avvicinarsi e appoggiarsi al parapetto, curvato, come dovesse cogliere qualcosa giù in strada. Oliviero non si voltò. Rimase imperturbabile.

"Problemi sentimentali?" disse come parlando fra sé e sé.

Bruno si girò. "Come ha detto?" Rimaneva chinato come un fantoccio sul parapetto.

"D'altra parte è tutto così inefficace" proseguì Oliviero.

"Gli unici piaceri della vita sono l'alcool e le donne. Ma quando sei con una donna non puoi far altro che berci sopra. Perché non sarà più lì quando tu la cercherai."

"L'alcool tiene lontane le belle donne" disse Bruno rialzandosi. Gli chiese il bicchiere e lo finì. "Una volta... Mi sentii molto solo dentro a un uomo."

"Ho letto un suo libro" disse Oliviero.

Bruno sbuffò. "Avrei preferito che non me l'avesse detto."

"Perché?" Lo guardò.

"Era un'altra persona. Le sembrerà ridicolo, ma è sempre così quando si finisce un libro. Chi ha scritto quelle cose è una persona di cui occasionalmente io porto il nome. Niente di più."

Oliviero allora, nonostante conoscesse il ragazzo da pochi minuti, o forse proprio per questo, si azzardò a fargli una domanda, quella domanda che solitamente nessuno fa a un'altra persona nonostante sia la domanda fondamentale di ogni esistenza. Qualcosa che tutti danno per scontato e che nessuno si rivolge. Anche fra intimi. Oliviero sentì che quel ragazzo gli avrebbe permesso quel genere di domanda così banale e così violenta.

"Perché vivi, se non sei felice?" domandò.

Bruno fece una smorfia come per concentrarsi. "Voglio tornare a scrivere... Le sembra una risposta adatta?"

"È così importante per te?"

"Per me lo è."

"È sufficiente?" insistette Oliviero.

"Ogni persona è costretta a crearsi una finzione per poter continuare a vivere. C'è chi pensa alla famiglia, chi al lavoro, chi al danaro, chi al sesso. Ma sono tutte illusioni. Io ho la mia. Non posso fare a meno di crederci."

"T'ho guardato poco fa in mezzo ai tuoi amici. E sai cosa ho pensato?"

Bruno ridacchiò. "Me lo dica."

"Ho pensato: quel ragazzo sta sbagliando tutto. È talmente diverso dalla gente che c'è qui. Né migliore né peggiore. Diverso."

"Stavo facendo qualcosa di male?"

"No, no" disse Oliviero. "Ma ho come avuto una sensazione. Che questa non sia la maniera giusta per te. Tutto qui."

"E quale sarebbe quella giusta?"

Oliviero lo fissò. "Io credo che tu lo sappia già." Restarono in silenzio un paio di minuti. Qualcuno si avvicinò a Oliviero per salutarlo. Bruno gli fu grato per comportarsi come se non si conoscessero. Non fu coinvolto da presentazioni. Prese da bere.

"Ora devo andare" disse Oliviero.

Bruno gli strinse la mano. "Buonanotte."

"Pensa a quello che ti ho detto. Né più, né meno. Solo a quanto ti ho detto" disse, congedandosi.

Bruno abbozzò un sorriso. "Cercherò."

"Potremmo risentirci?" arrischiò Oliviero. "Dimmi solo sì o no. Riuscirò a rintracciarti per mio conto."

Bruno non rispose immediatamente. Gli sembrò tutto così irreale. Per questo disse: "Va bene" per sapere, il giorno dopo, se quell'uomo era vero o solo il frutto di una tra le tante sue allucinazioni.

A Firenze, nel suo vecchio appartamento di costa de' Magnoli, Bruno era tornato dopo qualche settimana passata nella zona dei castelli romani ospite di Padre Anselme. In quel piccolo borgo fra i laghi di Albano e di Nemi sentì le forze tornare come se il pericolo maggiore fosse passato. Abitava nella canonica, una casa fine Ottocento, all'ultimo piano sopra le stanze di Padre Anselme. Passava le sue giornate passeggiando lungo le strade della collina, leggendo, discutendo la sera, a tavola, con il vecchio amico.

Il paese contava circa trecento abitanti ed era composto in maggioranza da vecchi e bambini. C'era un solo bar-osteria, una trattoria, una rivendita di generi alimentari con spaccio di tabacchi. Per il resto, oltre a quelle case di roccia vulcanica, non c'era nient'altro. O meglio, c'era tutta la silenziosa bellezza dei pendii rigati dai vigneti, degli uliveti sensibili al movimento del sole al punto da mutare continuamente colore, di quei boschi in cui ogni tanto i lecci, gli ontani, i platani si diradavano di colpo per fare emergere pareti di tufo a picco.

Ma non riusciva a scrivere. Non riusciva a pensare, se non all'amico. Un giorno telefonò in Cranley Gardens. Il desiderio di Aelred era divenuto troppo forte. Gli rispose la voce di un uomo. Non seppe dargli nessuna indicazione utile. Bruno riabbassò il ricevitore scuotendo la testa.

"Tornerò a casa" disse quella sera a Padre Anselme.

Il vecchio lo guardò. Si aspettava da un giorno all'altro che Bruno rivendicasse la propria libertà. Ma non se lo aspettava sinceramente così presto. "Come vuoi" rispose. "Ti senti sufficientemente tranquillo?"

"Voglio tornare a Firenze a scrivere."

Padre Anselme non disse nulla. Avrebbe voluto spiegargli che era ancora presto, che aveva bisogno del suo aiuto più di quanto credesse, che per guarire definitivamente dal fantasma di Aelred gli sarebbero occorsi mesi e forse anni. Avrebbe dovuto tener conto delle ricadute, dei deliri; si sarebbe trovato improvvisamente al punto iniziale come quel giorno sull'aereo per Roma. No, non si poteva dimenticare così in fretta una storia come quella. Soprattutto se non si era convinti di doverla dimenticare. Non fece obiezioni. Avrebbe soltanto drammatizzato un fatto che invece bisognava far passare come la logica conseguenza delle cose: Bruno era da lui come ospite per qualche tempo. Finito il periodo di convalescenza se ne sarebbe dovuto andare. Ma era troppo presto.

"Perché non rimandi di qualche settimana? A metà aprile partirò per Madrid. Potremmo lasciarci allora" disse soltanto.

"Voglio andarmene ora" gridò Bruno. "Non stare a dirmi quello che devo o non devo fare. Mi sembra di impazzire fra queste galline e questi conigli. Non sono fatto per vivere lontano dalla gente. Voglio tornare a Firenze. Subito."

Il giorno dopo si lasciarono. Bruno salì sul pullman diretto a Roma. Anselme non lo accompagnò. Si salutarono in biblioteca bevendo il tè. "Non mi dai la tua benedizione?" chiese Bruno.

"La prossima volta, quando tornerai, te la darò" fu la secca risposta di Anselme.

Tornare a Firenze. La sua città. Dopo il dolore della separazione tornare a respirare l'aria che aveva allargato i suoi polmoni per la prima volta. Firenze, che lo accoglieva con un abbraccio ordinato e composto. Tornare a frequentare i vecchi amici, le vecchie strade, sentire nell'aria gli stessi profumi, ritrovare i gesti di tanto tempo prima, le abitudini, i caffè, le parole, la lingua. L'abbandono di Aelred lo aveva talmente distrutto che ora aveva bisogno di ricominciare nello stesso luogo in cui era iniziata la sua vita. Era andato troppo oltre. Il suo amore lo aveva lanciato talmente lontano da non poter più nemmeno scorgere dietro di sé la propria *traccia*. E ora, il ritorno a casa, aveva tutta la dolcezza di un soffice ritorno tra le proprie braccia. Tornare a Firenze fu per Bruno come tornare a guardarsi allo specchio: riconoscere i tratti del proprio viso, i propri lineamenti, le proprie espressioni. Da troppi mesi infatti il viso che trovava quando si specchiava, non era il suo, ma quello pallido di Aelred.

Fu in quei primi giorni a Firenze, scendendo a piedi da via San Leonardo fino in costa de' Magnoli, che Bruno provò quella particolare e strana dolcezza che è solo dell'abbandonato, o meglio, di certi istanti che l'abbandonato prova: il sentirsi cioè ancora fidanzato per il resto della propria vita, ma fidanzato in assenza. Questo particolare sentimento allora gli si riversava addosso come venerazione di un corpo che l'amato aveva venerato. Attraverso un tale gioco di proiezioni Bruno sentì di amarsi, di voler continuare a esserci, di voler scrivere. Sapeva che nessuno mai al mondo avrebbe potuto togliergli il ricordo del suo amore. Aelred era come incollato alla sua pelle.

In quei dolci momenti si sentiva infatti come qualcuno che in un qualche modo *ce l'aveva fatta*. Tutto durava un istante.

Pochi giorni dopo cominciò a capire quanto sarebbe stata difficile la sua impresa. Rimaneva per ore davanti alla macchina da scrivere senza che una sola descrizione si concretizzasse sui tasti. Scrivere diventò un incubo. Si trovò in un circolo vizioso: beveva per poter scrivere, ma quando era ubriaco non poteva riuscirci. Si trovò senza soldi, completamente al verde. Dapprima visse dei prestiti di qualche amico, ma a lungo andare il gettito era destinato a interrompersi. Si sentì inutile, perduto, fallito, insoddisfatto, gettato via. Più chiedeva meno gli veniva dato. Pensò a cercare lavoro. Ma questo avrebbe significato l'abbandono della scrittura. E Bruno, invece, ogni mattina, appena sveglio, correva con gli occhi sbarrati alla macchina da scrivere sperando che quello fosse il giorno buono, il mattino miracoloso. Fu tutto inutile. Scriveva pagine e pagine, ma nessuna riga degna di entrare in un romanzo. Gettava i fogli in un cassetto su cui era scritto Diario. C'era un solo pensiero ormai inchiodato al suo cervello: Aelred. Se quello di bruciare era il suo destino, allora lo avrebbe fatto con Aelred. Affittò il proprio appartamento a due fotomodelli californiani. Con i soldi dell'anticipo volò a Londra. Si precipitò al club in cui era andato quella prima sera in cui aveva incontrato Aelred. Non lo fecero entrare. Gli dissero che non vedevano il ragazzo da qualche tempo. I vecchi amici londinesi dimostrarono, nel rivederlo, freddezza e imbarazzo. Bruno riuscì comunque a farsi ospitare da uno di loro in un flat vicino a Earls Court con la promessa che non si sarebbe trattenuto più di tre notti. Per tre notti e tre giorni cercò Aelred senza riuscire a trovarlo. A quel punto, disperato, tornò in Italia. Fu allora che tutto nella sua testa scomparve – il pensiero del libro, la preoccupazione del danaro, il ricordo di Aelred – assorbito dai fumi opachi dell'alcool. E così, completamente fradicio, o completamente a secco – a seconda dei punti di vista – lo incontrò Oliviero quella notte, sulla terrazza dell'Excelsior.

"Pronto!" gridò Bruno seccato all'apparecchio.

Erano le undici di mattina e stava ancora dormendo.

"Ti ho disturbato?" Gli sembrò di riconoscere quella voce.

"Sono a letto..."

"Mi chiamo Oliviero Welebansky. Ci siamo conosciuti due notti fa all'Excelsior, ricordi?"

Bruno sbadigliò. "Molto confusamente."

"Che ne dici di fare colazione insieme?"

"Oggi?"

"Fra due ore passerò a prenderti da Giacosa. Beviamo un drink e poi andremo a Roncelle. Sai dov'è?"

"Sì... Credo di sì."

"Molto bene. Addio."

Arrivò all'appuntamento in perfetto orario, se non altro perché aveva bisogno di bere per ridurre il tremolio delle mani e della testa, e quella era una buona occasione. Si fece preparare due *Long Good-bye* che mandò giù difilato.

"Quando ci siamo conosciuti?" chiese Bruno.

Oliviero lo guardò. "Non facciamone un problema. Cogliamo l'occasione per conoscerci ora. Va bene?"

Bruno ridacchiò. "Lei mi piace, sa?"

Oliviero si grattò la guancia con un dito. "Ti devo avvertire. Non saremo soli a Roncelle."

Bruno fissò i due bicchieri vuoti con aria triste. "Se ha intenzione di gettarmi in un qualche pasticcio è bene che sappia che sono già nei guai fino al collo."

Oliviero gli appoggiò la mano sulla spalla. "Non è per questo. Conoscerai altra gente. Tutto qui. Te lo dico perché sei ancora in tempo a rifiutare."

"Come mai non me lo ha detto prima, al telefono?"

Oliviero lo prese decisamente al braccio e lo portò fuori. Bruno ebbe l'impressione di aver chiesto qualcosa di troppo.

Arrivarono a Roncelle, un piccolo paese a sud di Firenze fra l'Impruneta e il Galluzzo, una mezz'ora dopo. La grande auto di Oliviero svoltò per una strada ghiaiosa finché non oltrepassarono una grande cancellata bianca. La strada divenne più larga. In fondo Bruno scorse tra gli alberi una villa in stile rinascimentale.

"Abita qui?" chiese guardandosi intorno.

Oliviero fece un cenno affermativo con la testa.

"Credevo che in posti del genere abitassero solamente americani. Al più qualche inglese."

"Infatti" disse Oliviero arrestando l'auto.

"Lei è americano?"

"È di Velma. La conoscerai tra poco."

Scesero dall'auto. Bruno seguì Oliviero. Non entrarono nella villa, ma attraversarono un boschetto di noccioli selvatici fino a sbucare sul retro della casa. C'era una grande piscina, una tenda sotto cui alcune persone consumavano una colazione, qualche gruppo in costume da bagno. Seduta su una poltrona di vimini una donna non più giovane, avvolta da un pareo rosso scarlatto, era intenta a dipingere attorniata da una cucciolata di spaniel tibetani.

Oliviero guidò Bruno verso Velma. Lo presentò. La conversazione che seguì, per qualche minuto, fu formale e inconsistente. Bruno adocchiò un carrello di beveraggi. Dalla piscina provenirono spruzzi d'acqua; si erano tuffati e ora nuotavano placidamente. Ebbe voglia di farsi un bagno, ma soprattutto di bere. Oliviero capì e lo portò in un salotto. "Potremo parlare con più calma" disse.

"Non ho molta voglia di parlare. Dopo mezza bottiglia di gin potrei anche provarci."

"Accomodati" fece Oliviero.

Bruno si versò una buona dose di gin. Lo bevve puro, allungato solamente con un po' di ghiaccio. "Ora va meglio" disse quando ebbe finito.

"Allora. Come ti sembra?"

"Ora faccio io le domande" disse aspro. "Chi è quella gente? E perché mi ha portato qui? Cosa volete da me? Risponda prima lei a queste cose."

Oliviero scosse il capo. "Potresti fermarti da noi, se vuoi."

"E a fare che?" Gli sembrarono tutti pazzi. La vecchia vestita di rosso, quell'uomo grande e grosso che sedeva di fronte a lui, quell'altra gente che nuotava in piscina e i cui schiamazzi raggiungevano la stanza.

Oliviero non rispose e cambiò argomento. "Preferisci far colazione fuori o di sopra?"

"Non ho visto di sopra" disse Bruno.

"È una buona risposta" fece Oliviero alzandosi. Si avviarono lungo un corridoio decorato da centinaia di tele e altre opere d'arte contemporanea, fino a raggiungere uno scalone. Bruno si sentì confuso, ma anche eccitato. Questo, comunque, fu il suo ingresso ufficiale nella colonia Vermilyea.

Velma chi diceva avesse settanta chi ottant'anni, ma la sua vitalità era fuori discussione. Era capace di stare in piedi fino all'alba a ballare su quelle sue ancora splendide gambe, e il giorno dopo, alle undici, sedere in giardino davanti al cavalletto e dipingere come se tutto quanto aveva fatto la notte prima fosse semplicemente stato un giro di valzer.

Velma godeva di una ingente rendita che le proveniva da un numero imprecisato di immobili in Italia e all'estero, da pacchetti di azioni finanziarie ereditate dal primo marito, e da quel che restava, in liquido, di un cospicuo patrimonio famigliare di cui era tornata in possesso, completamente, dopo la morte della sorella. Non aveva figli e solo due matrimoni alle spalle. Era una donna alta circa un metro e ottanta, magra, con un viso allungato che si gonfiava sulle guance e sul mento. Aveva grandi occhi turchini e capelli biondi ossigenati con striature più chiare, lunghi fin sulle spalle. Aveva un paio di cosce turgide che si affusolavano sui polpacci sodi fino a congiungersi ai piedi in un paio di caviglie strette e perfette come le ruote di un ingranaggio. Da una decina d'anni la sua attività preferita era una sorta di mecenatismo avveduto. Collezionava opere di artisti contemporanei, finanziava giovani talenti ospitandoli nelle sue case e passando loro, alle volte, un piccolo vitalizio. Si circondava di gente giovane e questo anche per combattere la depressione dell'età. Oliviero Welebansky la affiancava in qualità di amministratore e di consulente. Più che altro il suo compito era quello – come diceva Velma, con la sua bizzarra voce strascicata – di separare le mele marce da quelle buone. E non perché non andasse ghiotta di certi particolari sapori di disfacimento, ma perché, da un punto di vista squisitamente etico, non avrebbe potuto sopportare che il marcio contagiasse il resto o viceversa. La sua casa era uno strano miscuglio di buono e di cattivo, di artisti di valore e di pessimi uomini, di epicurei professionisti e di gente approdati da lei sospinta dai misteriosi flussi dell'esistenza.

Quell'estate in cui Bruno fece il suo ingresso nella colonia, si stava decidendo dove trascorrere un periodo di vacanza. Velma, in questi casi, non sceglieva mai per tutti. Si limitava a fare alcune proposte per bocca di Oliviero, ben sapendo che lo sciame avrebbe sempre seguito la sua ape regina. Molti dipendevano dalla sua figura non soltanto finanziariamente, ma anche psicologicamente. Udo, uno svizzero ancora molto giovane, per esempio, non faceva che gridare il suo nome e recitarle dichiarazioni d'amore quando l'ispirazione veniva a mancargli. Chantal e Nicole, due lesbiche francesi, erano le sue ninfe. La accudivano, la coccolavano, cantavano il suo nome, le dedicavano ogni loro performance. Senza il suo consenso, i membri della colonia non si esibivano mai in pubblico. E a tutti Velma dispensava i propri consigli e, alle volte, anche il fiore avvizzito delle sue gambe.

"Si sta decidendo per il Portogallo" disse in quei giorni Oliviero a Bruno. "Che ne pensi?"

"Dove?"

"Ottanta chilometri a sud di Lisbona. Velma ha una tenuta sull'oceano. Confina con un bosco di sugheri. Non va da molti anni."

Bruno si dondolò sulla poltrona. Erano nel giardino, verso il tramonto. "Non so..."

"Ti farà bene" disse Oliviero.

"Vorrei scrivere."

"Dopo, dopo lo farai. Pensa a tornare in te."

"Ti ho mai parlato di Aelred?" disse Bruno come seguisse un filo del discorso tutto suo.

Oliviero assentì. "Non fai che parlare di lui."

"Già" gli fece eco, "io non faccio che vanverare di lui. E non serve assolutamente a niente."

Partirono per il Portogallo verso la fine di luglio. D'accordo con Velma, Oliviero aveva provveduto a liberare l'appartamento di Bruno, in costa de' Magnoli, dai due indossatori. Ma glielo avrebbe detto soltanto a vacanza finita.

In Portogallo andò tutto liscio. Bruno diede un lieve cenno di miglioramento dimezzando la sua razione alcolica quotidiana. Oliviero gli era sempre alle costole, ma non lo infastidiva. Dormivano in due camere separate sullo stesso piano nel corpo centrale della villa. Gli altri ospiti erano alloggiati in bungalows sparsi per la tenuta.

Una notte, rincasando insieme da una festa in riva al mare, Bruno gli disse: "Ho un solo altro amico insieme a te".

Oliviero si fece più vecchio. Non disse niente.

"Si chiama Anselme. È un prete. Mi ha beccato quando uscì il mio primo romanzo otto anni fa. È sempre in giro per il mondo all'inseguimento delle sue anime. Mi diverto con lui. Gli voglio molto bene. Ma è un po' come te..."

"Cosa vuoi dire?" domandò Oliviero.

"Tutti e due volete tirarmi da qualche parte. Farmi fare una scelta."

"Non ti ho chiesto mai nulla, Bruno" disse Oliviero. C'era un po' di risentimento nella sua voce.

"Il bello è proprio questo. Che non chiedete nulla. Ma è come se lo pretendeste. È una specie di gioco che io devo scoprire."

"Mi farai conoscere il tuo amico Anselme?" chiese Oliviero

"Non so..." Pensò un istante. "No, penso di no. Mi tendereste una trappola." Si mise a ridere.

Raggiunsero il corpo centrale della villa. "Ti sono molto riconoscente per tutto questo" disse Bruno. "Te lo dico una volta per tutte. Non mi piace ringraziare. Questa sarà l'unica volta."

Oliviero si arrestò sulla scalinata d'ingresso. Bruno si fermò qualche passo più avanti. Si girò. Vide in Oliviero una espressione strana. Era tranquillo, sereno e pieno di sé. Era Oliviero Welebansky come mai lo aveva visto. Il suo viso era divenuto realmente il ritratto della sua personalità. Era un viso da ragazzo che ne ha viste troppe: una somma tale di esperienza da divenire universale e, nel medesimo tempo, assolutamente trascurabile. Oliviero allargò le braccia e gli andò incontro. Bruno si adattò a quell'abbraccio. Appoggiò la testa sulla spalla dell'altro. Oliviero alzò una mano per accarezzargli la nuca, ma si fermò così a mezz'aria come avesse paura di romperlo. Gli sfiorò i capelli.

"Buonanotte" gli disse all'orecchio.

Bruno si allontanò da quell'abbraccio. Salì in camera. Dalla sua finestra poté vedere Oliviero passeggiare da solo nel giardino con estrema lentezza. Guardava le cime degli eucalipti, alzava il braccio per accarezzarne le foglie e sentirne il profumo. Poi arrivarono altre persone e l'incantesimo si ruppe. Fu l'unica volta che Oliviero osò toccare Bruno. L'unico abbraccio della loro vita. Per questo, ma non solo per questo, fu indimenticabile.

Tornarono a Roncelle ai primi di settembre dopo un breve soggiorno a Parigi. Bruno ritrovò il suo appartamento sgombro. Trovò fra la posta anche un biglietto di Padre Anselme. Proveniva da Atene ed era scritto sulla carta intestata dell'Olympic Airways. Era vergato nella calligrafia minuta e difficilmente leggibile di Anselme. Era un pensiero di Pascal: "Se vivere senza cercare di conoscere la nostra natura è un accecamento soprannaturale, vivere male, pur credendo in Dio è un accecamento terribile". Più sotto Anselme aveva formulato un breve saluto e annotato la data del suo ritorno in parrocchia. Bruno rigirò tra le dita quel biglietto e lo appoggiò sul tavolo dello studio. Prima o poi, lo sapeva, lo avrebbe ritirato fuori.

Ai primi di ottobre Oliviero organizzò una "serata d'onore" per Bruno in un teatro di Firenze. Monique, una ragazza olandese, avrebbe curato la scenografia coprendo le quinte con grandi pannelli di veline colorate e incollate l'una sull'altra, un trio d'archi avrebbe eseguito musica romantica, e Velma presentato la serata in cui Bruno per la prima volta avrebbe letto alcune pagine del suo nuovo lavoro. Furono spediti gli inviti. Lo scopo era quello di fare avere a Bruno il cachet che la direzione del teatro aveva programmato per un ciclo di conferenze. Organizzando la serata in uno spettacolo, Oliviero era riuscito a strappare una cifra che avrebbe permesso a Bruno di tirare un po' il fiato. La serata fu disastrosa. Il teatro era stato scelto troppo grande, così che risultò vuoto. A metà serata Velma cercò di sollevare la situazione scoprendosi le gambe e lanciandosi in un passo di cha-cha-cha. Ebbe un personale successo che trapelò anche da un paio di resoconti sui giornali, qualche giorno dopo. Bruno si scolò una bottiglia di gin per trovare la forza di presentarsi davanti a quel buco nero che era la platea e pronunciare il nome di Aelred. Abbandonò poi il teatro mentre Velma ballava il cha-cha-cha invitando i presenti a raggiungerla sul palco.

Si ritrovarono tutti in un ristorante di Borgo San Jacopo. Oliviero gli consegnò l'assegno che Bruno infilò nella tasca interna dello smoking. Non disse una parola. Entrò nel ristorante un marocchino a vendere le sue cianfrusaglie. La sala era gremita dalla colonia. Velma troneggiava al centro della tavolata, osannata dai suoi adulatori. Il marocchino si rivolse a Bruno mostrando un paio di collane. Oliviero gli allontanò la mano sgarbatamente. Spinse lo sguardo sprezzante verso Velma: "Allez chez elle" disse secco. "Nous n'avons pas d'argent. Nous sommes les parasites officiels."

Ormai Bruno faceva parte della colonia, in tutto e per tutto. Dipendeva economicamente da una specie di borsa di studio che Oliviero gli aveva messo insieme perché terminasse il suo nuovo libro. Ma Bruno non aveva nessuna intenzione di mettersi a scrivere. Avrebbe scritto di

Aelred, questo era certo, ma così facendo lo avrebbe cacciato definitivamente dalla sua vita. Non voleva considerare quell'amore talmente finito da poter essere imprigionato in una descrizione. Amava Aelred. Certi giorni scriveva pagine e pagine sul sentimento che Aelred aveva fatto esplodere in lui, ed erano pagine che assomigliavano a una partitura musicale, in cui il ritmo del discorso procedeva per poi arrestarsi e continuare su altri toni e altri ritmi fino a riprendere il motivo iniziale, e questo ritorno alla superficie di parole e frasi ormai travolte dal flusso del discorso aveva in sé la bellezza della riscoperta, del riaffioramento alla luce, della rinascita. Ma fu tutto inutile. Le pagine finivano nel solito cassetto. Aelred non lo avrebbe mai amato per quanto lui andava scrivendo. E il suo amore non si sarebbe mai risolto in quelle pagine.

Aveva un bisogno quasi vitale di scrivere, ma sentiva strappar via questa scrittura dal suo cuore come un boia fa con le unghie delle sue vittime. Doveva restare immobile, non far nulla. Non voleva separarsi da Aelred. Se se ne fosse liberato, che dannata razza di liberazione sarebbe stata in realtà? Sarebbe semplicemente morto. Bruno e Aelred morti e mummificati insieme su una stupida pagina scritta.

La presenza di Oliviero divenne per lui ossessiva come un senso di colpa. Si ritrovò seduto al suo scrittoio fissando nel nulla. Poi si accorse, improvvisamente, che da più di un'ora fissava il biglietto di Anselme. Decise di raggiungerlo a Roma.

Si incontrarono alle sette di sera in Piazza Barberini. Faceva freddo. Aveva smesso di piovere da poco. Anselme aveva la macchina al parcheggio sopra via Veneto. Si incamminarono in quella direzione. Anselme non disse nulla, non gli chiese perché avesse voluto quell'incontro, né cosa avesse in mente né come se la passasse. Lo lasciò parlare seguendolo in silenzio. Ogni tanto si arrestava e scrollava la tonaca nera da qualche foglia umida che vi si era appiccicata. Bruno continuava a parlare fissando in terra, non accorgendosi che Anselme non era più al suo fianco. Il traffico di via Veneto era caotico e bloccato in un gigantesco ingorgo. Le luci dei caffè e degli hotel si moltiplicavano sull'asfalto bagnato. I passanti si urtavano nella ressa. Agli angoli delle vie trasversali alcuni giovanotti fermavano la gente per offrire biglietti omaggio per i nights. Gruppi di militari scendevano dal lato sinistro della via gesticolando e facendo commenti ad alta voce sulle prostitute ferme sul ciglio della strada. Anselme e Bruno proseguirono finché non si fermarono davanti alla vetrina di una libreria.

"Cosa vuoi che faccia per te?" domandò Anselme gettando lo sguardo fra i libri esposti.

Bruno si tenne alle sue spalle. "Lo sai!" gridò.

"Me lo devi chiedere." Continuava a guardare i libri.

Bruno tacque. Era furioso.

"Devi semplicemente chiederlo."

"Voglio che tu mi confessi" disse, stringendo gli occhi. Fu uno sforzo tremendo.

Anselme si girò e lo guardò. In quel suo piccolo viso grinzoso come di una simpatica scimmietta, gli occhi chiari sormontati da un paio di sopracciglia brizzolate spesse come un paio di baffi, su quel volto si illuminò un sorriso che solo Chesterton avrebbe potuto descrivere: *"Può andare in capo al mondo ma una lenza lo lega a me. Basta dare uno strappo al filo..."*.

"Sei pronto?" disse Anselme mostrando quel sorriso.

Bruno capì. Balbettò qualcosa.

"Ti senti pronto?" insistette Anselme posandogli una mano sul braccio.

"Sì... Sono pronto" disse Bruno chinando la testa.

Anselme chiuse gli occhi, mormorò qualcosa e fece il segno di croce. Poi lo prese sottobraccio e lo guidò nel traffico caotico dei passanti, della gente, dei taxi che strombazzavano, dei motociclisti che s'insinuavano rombando fra le file di automobili bloccate. Dai finestrini appannati la gente guardava fuori come si guarda oltre le sbarre di una prigione, chiedendosi, nell'apatia dell'ingorgo, cosa avessero da dirsi quel prete con la tonaca fradicia d'acqua e quel ragazzo che si teneva ben stretto al fianco. Procedettero serrati e veloci. Bruno parlò e Anselme lo condusse sicuro fino al termine di via Veneto. Gli diede l'assoluzione, in latino, sulla sua auto, nei pressi del Muro Torto.

"Sei uno sradicato come me. Non abbiamo casa, ma ne abbiamo tantissime. Non abbiamo soldi, ma viviamo nel lusso, non pensiamo al domani ma siamo continuamente in progresso e alla ricerca di qualcosa. Per questo il cattolicesimo ci va stretto da un certo punto di vista. Perché è fatto di oratori, di stanze chiuse, di paura del mondo. Noi invece abbiamo bisogno di aria e di girare. Amiamo quello che può darci il mondo. Non credo sia in sé un fatto negativo. Quello che fa di noi degli apolidi è l'inquietudine di amare Dio. Ma c'è un fatto." Anselme si arrestò e si versò un bicchiere d'acqua. Avevano raggiunto la casa nei colli. Avevano consumato insieme un piccolo pranzo: riso al curry, verdure e un uovo sodo a testa. Bruno innaffiò la cena con una mezza bottiglia di Brunello che era rimasta ancora aperta dalla sua visita precedente. Anselme era astemio e non sprecava nulla. Bruno lo ascoltò rigirando tra le dita il cucchiaio di argento antico con su le iniziali della grand-mère di Anselme. Ascoltava il suo amico senza intervenire.

"Ma c'è un fatto" proseguì Anselme, "che cerchi Dio e non ti accontenti di averlo trovato. Vorresti una vita diversa, vorresti fermarti a riposare in Dio, ma non lo farai perché niente ti basterebbe mai. Molti vedono solo una piccola fessura dove tu trovi invece crepe e abissi. Cercherai Dio per tutta la vita e questo basterà a salvarti. Non smettere di cercare, ma sappi che, ovunque tu vada, ti guiderà sempre la sua Grazia."

Passarono alla biblioteca. Bruno ebbe il permesso di versarsi un bicchierino di Calvados. Non appena Anselme sparì per rispondere al telefono se ne versò un altro paio. Curiosò tra le novità che Anselme aveva ricevute.

Scelse un saggio di lingua inglese sui mistici medioevali della cristianità scritto da un Lama Tibetano. Prese il vocabolario di inglese, scrisse la buonanotte su un foglietto e salì nella sua stanza. Una volta, a Londra, al Ritzy Cinema di Brixton, aveva visto un film: *Tibet: a Buddhist Trilogy*. Si trattava di quattro ore di proiezione divise in tre parti: *A Prophecy*; *Radiating the Fruits of Truth*; *The Fields of the Senses*. La parte centrale del film consisteva nella documentazione della celebrazione di un antichissimo rituale del Buddismo zen conosciuto come *A Beautiful Ornament*. Una decina di monaci riuniti accanto al Lama pregavano recitando le autogenerazioni delle divinità, cantandone le sillabe originarie, i mantra, le trasmutazioni sonore che aveva dato vita ad altre divinità. Ogni tanto si arrestavano per suonare i corni, i campanellini, i piatti alternando così la musica alla preghiera. Non potendo capire quelle parole e non volendo dar troppo peso alle didascalie in inglese Bruno si trovò coinvolto dal sonoro. Si trattava di un ronzio cavernoso che usciva dai corpi dei monaci senza che essi aprissero quasi le labbra o muovessero un qualsiasi muscolo in superficie. Un rotolio di vibrazioni sonore che si accavallavano, scivolavano, si deglutivano una nell'altra. Un suono straordinario e non umano come di gocce calcaree che piovono sul pavimento di una grotta, una eco bronzea che i monaci cullavano dondolandosi sulle gambe incrociate.

Una sola volta gli capitò poi di sentire qualcosa di simile. A Roma. In una basilica. La chiesa era deserta, silenziosa e buia. Solamente una luce calda proveniva dall'ultima cappella laterale della navata. Bruno avanzò. La luce era tremolante e sempre più forte. Improvvisamente il silenzio si arricchì di una vibrazione, come un ronzio, che si faceva più grande man mano che Bruno si avvicinava a quella cappella. Il ronzio si riverberava sulle volte della chiesa penetrando il silenzio. Raggiunse la cappella. Un gruppo di donne anziane recitavano velocemente un rosario sedute su sedie di paglia. Non c'era nessun prete a guidarle. Si alternavano nella recita delle preghiere accordando il loro brusio a quello più forte di chi in quel momento dava l'inizio. Bruno chiuse gli occhi. Ne era certo. Era la stessa identica musica che usciva dalle labbra chiuse dei monaci. La stessa musica che aveva scoperto facendo l'amore con Aelred.

Posò il libro in terra. Ne aveva già lette trenta pagine. Il giorno dopo ne avrebbe parlato con Anselme. Avrebbe ricevuto la sua benedizione e si sarebbe dileguato.

Quando tornò a Firenze era l'inizio di dicembre. Oliviero fu contento di rivederlo e la colonia diede un ricevimento in suo onore.

"Devo incontrare Aelred" disse Bruno, portando Oliviero in una stanza. "No. Non preoccuparti. Lo devo incontrare un'ultima volta. So che sarà l'ultima, per sempre."

Oliviero mugugnò qualcosa. "Sai dove trovarlo?"

"Ancora no" ammise Bruno.

"Va bene. Ti aiuterò. Ma a un patto."

"Lo sai che non mi piace fare promesse. Non sono in grado di mantenerle per nessuna ragione al mondo."

"Verrò a Londra con te" disse gravemente Oliviero.

Bruno sbottò a ridere. "Hai paura che mi perda? O che non torni più indietro in questa gabbia di pazzi? Dovresti augurarmelo, di prendere il volo, se mi fossi veramente amico!"

Oliviero girò per la stanza. "Vattene pure!" gridò. Era furioso.

Una settimana dopo Bruno volò a Londra con in tasca il probabile indirizzo di Aelred frutto delle ricerche di Oliviero. Lo scovò infatti in una stanza ammobiliata a Chelsea. Viveva solo. Era al verde. Reginald Clive lo teneva in ballo da mesi con la promessa di organizzargli una personale alla Graphic Art Gallery nei pressi del Barbican.

"Vuoi che gli telefoni?" disse Bruno. Erano ancora ai

preliminari. Si erano dati appuntamento in un pub a due passi dall'abitazione di Aelred.

"Non servirebbe a nulla" disse Aelred. Era sfiorito in quei mesi. O forse nella mente di Bruno era sfiorito, ormai. Ancora però lo desiderava.

"Reginald pretenderà forse che tu vada a letto con lui" buttò lì Bruno in tono scherzoso.

Aelred si stirò le mani. "Già fatto."

Fu un colpo secco. Cercò di reagire. "Sei stato il suo amante?" La voce gli tremava.

"Qualche volta..."

Bruno scattò in piedi. "Voglio andare via!"

Raggiunsero la casa di Aelred senza parlarsi. Il muro di dolore che li separava era sempre più invalicabile. Aelred preparò del tè. "Mi sei mancato Bruno... È che io sono fatto così. Sono pazzo... In preda continuamente a situazioni che non controllo... So di far soffrire chi mi sta vicino."

Bruno lo ascoltò. Fu un tuffo nel calore della commozione. Ascoltò Aelred che parlava come se piangesse.

Si alzò e lo raggiunse. "Io ti amerò per sempre, Aelred" gli disse. Aelred gli aprì le labbra. Fecero l'amore una prima e poi una seconda volta. Dormirono insieme, nel piccolo letto, tutta la notte e metà del giorno seguente, finché una sera Bruno gli disse: "Dobbiamo separarci. È necessario che ci diciamo un lungo addio se vogliamo continuare a vivere. Io non ho la forza per poter restare con te e poterti aiutare. E per te è lo stesso nei miei confronti. Siamo due deboli attaccati disperatamente uno all'altro. Con una forza sovrumana. Se c'è un mistero nel nostro amore, è tutto qui".

"Allora mi lasci ancora?" disse Aelred.

"Partirò domani."

"Sarà molto difficile per me..."

"Cercherò di procurarti qualche occasione in Italia. Ho un amico. Si chiama Oliviero. Sta facendo molto per me, benché io lo tratti con una specie di risentimento. Forse potrà aiutarti. Ma è necessario che ci separiamo, per sempre. Non cercarmi."

Aelred reagì urlando, offendendo, gridando tutte le porcherie che aveva combinato in sua assenza. Bruno lo lasciò sfogare. Si sarebbe calmato, lo sapeva. Gli si avvicinò e lo spogliò dolcemente. Fu un addio. Fu l'ultima volta. Bruno tornò a Firenze deciso finalmente a scrivere. Nonostante Oliviero gli avesse offerto una sistemazione tranquilla al Sud, si intestardì per scrivere nella sua casa. Chiuso nella stanza cominciò finalmente a riempire un foglio dietro l'altro. Divenne tutto, improvvisamente, molto facile. Ma non perché avesse fatto questo o quello per arrivarci. Non aveva fatto un bel niente. Quello era solamente il momento giusto. Il miglior modo per procedere è restare fermi. Questo fu il pensiero che lo ispirò.

Il manoscritto fu inviato all'editore e passato direttamente in composizione. Con quel romanzo Bruno si sarebbe presentato ai lettori nella primavera successiva in modo da poter partecipare alla finale del Premio Riviera. Ma una volta liberatosi di quel peso, Bruno si accorse di essersi liberato dell'essenza stessa della sua vita.

L'ombra uscita dai giardinetti di fronte al Grand Hotel gli era di fronte. Smise di fischiettare quel motivo.

"Aelred" disse Bruno avvicinando la mano fino ad accarezzarlo. Un colpo violento lo prese alla bocca dello stomaco. Cadde in terra. Sentì altri colpi alle costole e sul cranio e una voce che lo offendeva. Perse i sensi. Quando si svegliò, si trovò spogliato della giacca e pieno di sangue sul volto e sulle mani. Si rialzò a fatica. Cominciava ad albeggiare. Gli ubriachi tornavano in albergo dopo una notte di follie. Tutti erano nelle stesse condizioni, più o meno. Certo, Bruno era sporco di sangue, ma chi dava importanza a quel particolare? Ognuno voleva solo ficcarsi a letto nel più breve tempo possibile. Ognuno voleva dimenticare qualcosa. Barcollò fino a raggiungere la casa. Entrò nella sua stanza. Chiuse gli occhi. Quello che seguì non fu altro che un dolore ridicolo e fulmineo. Per un istante tutti i colori del mondo, tutti gli abbracci del mondo scoppiarono nel suo cervello finché non ci fu più nessun Aelred nella sua vita, né scrittura, né Dio, né alcool, né ferite, né amori né passioni. Soltanto un respiro lento che faticava a venire. Non disse un'ultima parola, né lasciò scritto niente. Fu il suo mattino terminale. Quella parte della colonia Vermilyea che stava dormendo nella villa si svegliò improvvisamente al colpo. Il nuovo mattino era dedicato tutto a loro. Bruno aveva passato le consegne. Che se ne occupassero gli altri, ora, di quel corpo abbandonato sul pavimento. Lui ci aveva tentato per tutta la vita. E non c'era riuscito. Sì, che se ne occupassero una buona volta gli altri. Lui era definitivamente al di là di qualsiasi preoccupazione.

Le torri di Fiabilandia svettavano color rosa salmone nella notte illuminata da grandi fari rendendosi visibili fin dalla provinciale. Alcuni altoparlanti diffondevano all'esterno una musica di flauti come per sedurre il pubblico a entrare nel giardino delle fiabe.

Il parco dei divertimenti sorgeva su una superficie di circa centoventimila metri quadrati, attorno a un lago artificiale, nei pressi di Miramare di Rimini. Non fu difficile raggiungerlo. Beatrix e Mario impiegarono un paio d'ore, però, a causa del traffico congestionato della sera. Giunsero davanti al ponte levatoio verso le undici. Fecero il biglietto ed entrarono.

"Non può essere qui" disse Mario. Teneva per mano Beatrix per impedire che la calca dei turisti li separasse. Lungo i viali del parco la ressa era enorme. I bambini correvano avanti provocando i richiami isterici dei genitori. Turisti di ogni età passeggiavano aprendo la bocca come in un lunapark. Si accodavano placidamente per poter salire sul battello e visitare il lago da cui, ogni tanto, avvolto da una nebbia artificiale, appariva un vascello fantasma. Oppure facevano la fila davanti all'ascensore che li avrebbe condotti nella mano tesa di King Kong, a una trentina di metri di altezza. Un trenino stracarico di turisti percorreva lento l'intero territorio del parco sbucando improvviso da una finta roccia e tuffandosi imprevedibilmente in uno stagno. I turisti venivano schizzati d'acqua. Ma non se la prendevano. Ne avrebbero pretesa di più.

Attraversarono la riserva indiana, salirono su una canoa che li trasbordò sulla riva in cui stavano la casa di Biancaneve e quella di Hansen e Gretel. Di Claudia nessuna traccia. Mario comprò due aranciate da una vecchia travestita da fata per un prezzo sproporzionato. Tornò da Beatrix. Si sedettero su una panchina a forma di fungo. "Allora?" chiese Mario.

"Ero convinta che l'avrei trovata qui" fece Beatrix. "Aveva bisogno di soldi. Poteva essere una di quelle ragazze che vendono souvenirs o strappano i biglietti."

Mario le strinse la mano. La guardò dolce. "Lei sa che la stai cercando?"

"No." Beatrix scrollò la testa e si prese il viso tra le mani. "Non credo."

"Perché non lasci perdere allora?"

"Ha bisogno di me" sussurrò Beatrix.

Mario la baciò sui capelli. "O forse" disse, "sei tu che hai bisogno di lei più di quanto non creda."

In quel momento dagli altoparlanti disseminati nel parco provenne una allegra musichetta. Subito dopo una signorina annunciò, in quattro lingue, che il parco dei divertimenti stava chiudendo. Si pregavano quindi i cortesi visitatori di distribuirsi gradatamente verso le uscite laterali e non intasare il viale principale, quello verso il ponte levatoio e le torri del castello di Cenerentola.

"Dobbiamo andare" disse Mario alzandosi.

Beatrix era esausta. Guardò nel vuoto.

"Ti porto a mangiare. Doveva essere la nostra prima cena intima, ricordi?"

Beatrix si strinse a lui. In quel momento seppe che non avrebbe mai più fatto a meno di quella presenza per il resto della propria vita. Lo amava. Era felice di amarlo.

Si misero in coda per uscire. A una cinquantina di metri da loro un uomo con la divisa del parco disciplinava il flusso smistando i visitatori ora verso destra, ora verso sinistra. Beatrix si alzò sulle punte dei piedi e lo scorse fra i palloncini colorati e i copricapi fiabeschi degli altri turisti. Poteva essere una possibilità. Estrasse le fotografie di Claudia. Quando passò di fianco all'uomo gliele mostrò. Le parole non le uscirono dalla bocca. L'uomo sbirciò le foto.

"Non è roba per me" disse facendo un gesto con la mano come per allontanare dalla sua vista quelle foto pornografiche.

Beatrix resistette con le foto davanti ai suoi occhi. Non riuscì a parlare.

"Finiscila! Devo lavorare, via!" borbottò il guardiano.

La folla premeva alle loro spalle. Mario e Beatrix ostruivano il passaggio. Sentivano il fiato della calca che premeva dietro di loro. Furono sospinti, dapprima lentamente, poi sempre più decisamente, in avanti. Il guardiano afferrò Beatrix per toglierla dal passaggio. La spinse in avanti, verso destra. Poi, improvvisamente, la fissò negli occhi.

"Aspettatemi all'uscita" disse.

Mezzanotte suonò alle torri del castello di Cenerentola. A uno a uno i grandi fari che illuminavano il parco si spensero. Ci fu un gran silenzio. Fuori dal muro di cinta la gente guardava in alto appoggiata alla capote della propria automobile. All'ultimo tocco tutto si spense, poi, d'improvviso, partirono razzi dalla coda fluorescente che solcarono il cielo fino a scoppiare e illuminare l'intero parco di una luce gelida e spettrale. Altri fuochi partirono in sequenza. Alla fine, in un lampo colorato, si illuminò una grande scritta che diceva ARRIVEDERCI. Le luci poi si spensero nel buio della notte. La giornata di Fiabilandia anche quel giorno era finita. La gente applaudì.

Aspettarono il guardiano di fianco all'uscita laterale per una buona mezz'ora. Gran parte delle auto aveva lasciato il parcheggio. I lampioni, disposti ordinatamente come su una scacchiera, illuminavano tante buche nere e vuote. Il parcheggio assomigliava a un campo dopo un bombardamento. E sotto una di queste chiazze di luce stavano loro.

"La troveremo" disse Mario stringendosi a lei. Le accarezzò la nuca. Non le disse che l'uomo aveva probabilmente inteso tutta un'altra faccenda; che gli offrissero, ad esempio, una giovane prostituta per la notte. Non volle turbarla, non volle offenderla. Di lì a qualche minuto avrebbe fatto chiarezza. Per il momento pensava a tenerla tranquilla.

"Voglio dirti che..." S'interruppe. Beatrix alzò lo sguardo. Appoggiava la testa al suo petto, ne sentiva i battiti, il respiro, il profumo. Erano sensazioni che appartenevano a un passato lontanissimo e che ora, miracolosamente, ritrovava in sé.

"Sì?" sussurrò.

"Mi piaci, Beate" disse Mario. Le accolse il viso tra le mani come prendesse delicatamente una grande coppa. La sfiorò sulla fronte e poi scese a baciarla. Beatrix si strinse a lui.

"Vieni da me stanotte" fece Mario. Beatrix lo baciò ancora più forte.

La voce del guardiano li fece tornare alla realtà. "Fatemi rivedere quelle foto" disse avvicinandosi. Mario le mostrò. L'uomo fissò quei pezzi di carta. Gli si inumidirono gli occhi.

"Chi è?" chiese.

"La conosce?" ribatté Beatrix.

Il vecchio restituì la fotografia, abbassò la testa, si stropicciò le mani. "Dovrete aspettare un po'... Lei torna spesso molto tardi."

Si lamentava più che parlare. Come stesse confessando un peccato. Quando disse "lei" un sorriso gli sfiorò il volto. Era un volto duro, di un uomo segnato dal tempo, dal sole e dalla salsedine. Un viso asciutto e grinzoso sovrastato da una capigliatura bianca striata di giallo; un viso di chi, un tempo, era pescatore. Quel timido sorriso lo rese, per un momento, vivo.

"Cosa vuol dire?" domandò Mario.

"Che stanotte, se siete fortunati, verrà qui."

Beatrix scoppiò a piangere nascosta dall'abbraccio del suo uomo.

Attesero per qualche ora nella casupola di servizio del parco. Si trattava di una costruzione posta al lato est del parco dove il lago artificiale arrivava a lambire il muro di cinta. Il guardiano li aveva fatti entrare nella baracca. Si trovarono in una grande stanza-magazzino colma di oggetti dalle forme fantastiche che assomigliava al ripostiglio di un teatro o al laboratorio di qualche falegnameria specializzata in carri di carnevale. A destra si apriva una porta che immetteva in una stanza arredata come la cucina di una casa di campagna: c'erano sedie, un tavolo, fornelli, divano e televisore. Il guardiano offrì del caffè.

"È venuta qui la prima volta circa un mese fa" incominciò fissando il fondo della tazzina con le mani congiunte sul tavolo e la testa china. Mario e Beatrix, abbracciati, lo ascoltavano in silenzio. "Devo essere sincero" proseguì, "non è che la ragazza è venuta qui da sola. L'ho trovata una notte sulla strada, là fuori... Facevo un giro per il parcheggio. Ho visto la sua figura... È una ragazza molto bella, vero?"

Beatrix fece sì con la testa. "Vada avanti, la prego."

"Era molto stanca. Disse che aveva girato tutta la notte e ormai eravamo quasi al mattino. Voleva dormire ma non sapeva dove; era senza soldi. Allora... Io l'ho chiamata qui."

S'arrestò di nuovo. Mario sentì un brivido corrergli lungo la schiena. "Non ci interessa, questo" disse tentando di far procedere il racconto. Beatrix lo guardò dura: "Continui, per favore".

"Non poteva rimanere qui. Ci sono altri guardiani la notte. Allora l'ho portata di là. È stata una buona soluzione. Nessuno potrà mai accorgersene. Alle volte rimaneva dentro un giorno intero. Non so cosa facesse di preciso... Diceva che le piaceva, la riposava..."

"Dove l'ha portata?" chiese Mario.

Il vecchio si alzò con fatica. "Venite" sussurrò.

Uscirono dalla stanza e raggiunsero il magazzino. La parete di fondo era chiusa da un grande portone ad arco sotto cui scorrevano dei binari di ferro. Facendosi aiutare da Mario, il vecchio aprì il portone. Una ventata di aria fresca li investì insieme al profumo dei tigli e dei pini che ornavano il parco. Davanti a loro a fior d'acqua, stava una imbarcazione grande quanto un cabinato da crociera. Era di legno. Aveva tre pennoni alti cinque-sei metri. Alcuni manichini di cartapesta riproducevano le fattezze dei pirati e dei bucanieri. Beatrix e Mario avevano già visto quel vascello procedere nel lago. Si avvicinarono.

"È un semplice motoscafo" spiegò il vecchio, "attorno gli è stata costruita una gabbia di legno che regge la sagoma del vascello. È ancorato a un binario che scorre sul fondo del lago. La sera lo riportiamo a riva per rifornirlo di candelotti fumogeni."

Mario toccò lo scafo. Lo trovò leggero. I pupazzi lo guardarono con un'aria minacciosa. "E Claudia viene qui?"

Il vecchio annuì. Tolse un pannello dalla chiglia del vascello. C'era un passaggio, come una passerella che conduceva al motoscafo vero e proprio tra un groviglio di tiranti e cavi elettrici. Mario aiutò Beatrix a passare. Il vecchio balzò, precedendoli, sul motoscafo e da qui scese nella cabina.

"Ecco" disse allargando le braccia.

Una luce fioca illuminava una branda ricoperta di cuscini. C'era qualche vestito sul pavimento di legno, un paio di riviste, dei giornaletti, delle cassette da registratore. "È qui che viene a dormire" disse.

Verso le quattro del mattino avvertirono alcuni rumori. Erano tornati nella cucina della baracca. Il vecchio aveva continuato a raccontare. Mario voleva chiedergli perché non avesse avvertito la polizia, ma era una domanda oziosa. C'era qualcosa, per il vecchio, che finalmente animava quel paese di cartapesta, quella incredibile città fantasma: ed era il corpo di una giovane donna addormentata nel ventre di un battello di legno compensato. La notte, girando fra quei viali deserti, fra quelle creature di cartone e di plastica, sapeva che in un posto preciso, in quello stesso momento, una ragazza riposava sotto la sua protezione e animava, come per incanto, quel paese fantasma. No, non era soltanto il guardiano di una città di divertimenti e di balocchi. Era il guardiano di una piccola, graziosa e stramba fata calata dal Nord. Questo era il suo segreto. Questo era il geloso gioiello della sua vita.

"Tonio?" sussurrò una voce.

Il viso del vecchio si illuminò. Mario sfiorò Beatrix sul braccio. "Ci siamo" voleva dirle. Beatrix dormiva. Non la svegliò.

Entrò nella stanza. Aveva una minigonna bianca a pois minuti color pervinca. Una t-shirt nera e un foulard giallo annodato attorno alla vita. I capelli erano finissimi e biondi. Le scendevano sulla schiena. Era scalza. La sua espressione fu di stupore, ma più che altro sembrava domandasse perché quelle due persone, quel ragazzo e quella donna addormentata con il capo appoggiato sul tavolo, si trovassero lì.

"Claudia?" domandò Mario.

In quel momento Beatrix si svegliò dall'intontimento. La guardò e sorrise. "Claudia..."

La ragazza si irrigidì. Serrò le braccia lungo i fianchi ed esplose in un urlo. Si girò e scappò via.

Il vecchio scattò in piedi. "Claudia!" mormorò come se implorasse. Mario e Beatrix la seguirono, di corsa, fuori dalla stanza. Nel magazzino era ancora spalancata una porta che immetteva nel parco, di fianco al portone del vascello. Si precipitarono fuori.

"Resta qui" disse Mario. "Stai calma. Te la porteremo indietro." Beatrix non rispose. Lo vide sgusciar via.

Il parco era affondato nel buio. I fari di servizio erano accesi ai lati del recinto in muratura e facevano spiovere una luce fioca. Mario corse attraverso i vialetti finché, fermandosi, si accorse di essersi perso. Non sentiva più lo scricchiolio della ghiaia calpestata dalla corsa del guardiano, né il rumore dei passi di Claudia. Il suo respiro era affannoso. Si guardò intorno. Decise di tornare alla baracca facendo attenzione a non perdersi una seconda volta.

Quando riuscì finalmente a riguadagnare l'ingresso di servizio era quasi mattino. Aveva vagato a lungo fra i viali ripercorrendo spesso lo stesso tragitto. Un chiarore gravido di foschia si allargava sulle costruzioni del parco. La terra era umida e fumava. Nelle acque del laghetto vide nuotare ordinatamente alcuni esemplari di anatre esotiche. Entrò in cucina. Trovò soltanto il vecchio.

"Dov'è?" si preoccupò di chiedere.

L'uomo rispose lentamente: "Quando sono tornato, la sua amica non era più qui".

"E Claudia?"

Il vecchio si alzò facendo leva sui gomiti appoggiati al tavolo. "È quasi giorno. Forse potremo vederle, sempre che siano ancora qui."

"Certo che sono qui! Ho le chiavi della macchina!" La tensione aveva attaccato anche i suoi nervi. Gli sembrò tutto irreale e fantastico. Chi era Beatrix? E cosa ci stava facendo in quel posto da incubo?

Il vecchio prese un grosso mazzo di chiavi appese a un chiodo sulla parete. Mario lo seguì in silenzio.

Percorsero un vialetto per qualche centinaio di metri fino a sbucare davanti all'ingresso principale. Il ponte levatoio era sollevato. Il vecchio si avvicinò a una delle due torri di ferro color rosa salmone, aprì una porticina e vi si intrufolò facendogli segno di seguirlo. Salirono per una scala a chiocciola stretta e buia come quella di un minareto. A ogni torsione della scala un po' di luce entrava da un pertugio aperto nella lamiera. Sbucarono finalmente in un terrazzino largo appena un mezzo metro. Gettarono lo sguardo sul parco.

"Sono là" disse il vecchio puntando l'indice teso.

Mario mise a fuoco la vista. Vide due macchie colorate sedute davanti a una casa dal tetto rosso e gonfio come fatto di gomma da masticare. Attorno stavano uno steccato, qualche pupazzo, un giardino e un pozzo. Beatrix e Claudia erano là, sedute sulla soglia di quella casa di cartapesta. Erano fianco a fianco e davano l'impressione di parlarsi. Ogni tanto gli parve di distinguere il braccio di Beatrix circondare delicatamente le spalle della sorella.

Ecco, finalmente l'aveva trovata. Stava lì, seduta al suo fianco. I mesi che le avevano separate le sembrarono in realtà un istante. Rivedendola, riabbracciandola, ebbe come la certezza che Claudia non l'avesse mai abbandonata. Questa fu la sua gioia più grande: ritrovarla come se non fosse mai accaduto niente. Fu allora che Beatrix cominciò a capire qualcosa del perché si era tanto affannata per riportarsela a Berlino. Fu nello stesso momento in cui la trovò ancora bella, ancora giovane, ancora con i capelli ondulati e lisci, il suo corpo gracile, il suo viso allungato e tenero. Claudia stava vivendo semplicemente il protrarsi di una vacanza iniziata molti mesi prima con la fuga da Leibnizstrasse. Stava cercando qualcosa che orientasse la sua vita. Certo, non l'aveva ancora trovato, ma quei mesi e mesi in giro per l'Europa le avevano dato una solidità interiore nuova. Stava vivendo una avventura tutta sua. Dormire su quella barca, restarsene nascosta una giornata intera là dentro a spiare, dalle finte bocche dei cannoni, i turisti, il fuori, la realtà, guardare quel vecchio che la teneva nascosta, erano situazioni che si era scelta e che, in un certo modo, la appagavano. No, Claudia non stava affatto male. Si era semplicemente persa in quella città della notte – l'intera riviera – e ora tentava di ritornare in se stessa ricostruendo passo dopo passo, fantasia dopo fantasia, la sua storia e il mondo dei suoi desideri. Sapeva che presto tutto sarebbe finito con il sopraggiungere dell'autunno. Le luci si sarebbero fatte più fioche e più tenui, la spiaggia più rada, le strade più

scorrevoli e più vuote. Gli alberghi avrebbero chiuso così come le discoteche, i night-clubs, i parchi di divertimento. E allora se ne sarebbe tornata a Berlino e non in
una casa qualunque, ma proprio in Leibnizstrasse, con
la vecchia Hanna e con la sua dolce Beate. Non c'era
una fuga possibile, per il momento, da quell'universo
femminile senza cui non avrebbe più potuto vivere, da
cui riceveva vita e in cui sconfiggeva la sua solitudine. Se
l'era vista brutta con Giorgio, a Roma. Aveva conosciuto
le siringhe, come a Londra e ad Amsterdam e in Tunisia,
ed era andata troppo oltre in quella vita di sbattimenti e
di miserie: arrangiarsi, trovare un buco, rubare, fuggire
e soprattutto aspettare. Continuare ore e ore ad aspettare qualcuno nei posti più impensabili e assurdi. E quando questo qualcuno arrivava, subito dopo aspettarne un
altro e un altro ancora e così per notti e giorni, anche se
ormai la notte e il giorno erano un unico incubo di solitudine e di attesa. Aveva seguito Giorgio a Bellaria. Poi
una notte aveva incontrato il vecchio e fu un "viaggio"
diverso dentro di sé, dentro quella ragazzina che a quindici anni occupava le case e che a diciannove era ridotta
a uno straccio. Starsene a guardare la folla che si divertiva, galleggiare dondolando per ore e ore in quel ventre
immerso nell'acqua, salire alla superficie, ritornare a
dormire, placare la propria curiosità nell'osservare i
meccanismi dei sogni, passeggiare per i viali deserti con
le creature della sua infanzia miracolosamente riunite
tutte insieme per lei sola, abbracciare i pupazzi morbidi,
chiacchierare con loro. Guardare il vecchio, chiedergli
una colazione, mangiare con lui di nascosto nella cabina
come due fuggiaschi uniti dallo stesso segreto e dalla
stessa battaglia. Sì, era vero. Si era persa, completamente. Ma forse lo doveva fare, una volta per tutte, per togliersi da quella adolescenza troppo dura che aveva conosciuto su a Berlino. In questa terra di sogno,
finalmente, stava tornando alla luce. E ora, mentre Beatrix le teneva la mano, sapeva che ormai l'autunno era

arrivato per lei e la sua storia segreta. "Verrò con te a casa" disse.

In quei momenti Beatrix capì il perché si era imposta di trovare Claudia. In realtà – come si era confessata spietatamente quella sera in hotel – chi stava realmente cercando era se stessa, una donna che seguiva il fantasma di un'altra donna sperando nascostamente nella coincidenza delle loro identità. Si cerca sempre se stessi, in fondo. O qualcosa di noi che non ci è chiaro o non abbiamo capito: le ragioni di una sofferenza o di quella malattia sotterranea che ti prende il respiro ed è nera e umida come la malinconia. Beatrix stava cercando se stessa, questa era la verità. Nel momento in cui si era liberata dell'ossessione di Claudia, si era data pace, se lo era confessato, aveva potuto aprirsi al miracolo della conoscenza dell'altro. Si era innamorata. S'era messa il cuore in pace e magicamente tutto era filato alla perfezione. Aveva trovato il suo amico, aveva trovato Claudia.

Parlarono per ore finché il sole cominciò a scaldarle e i rumori, provenienti dall'esterno, le avvertirono che il parco stava per iniziare una nuova giornata di festa. Si alzarono e si diressero verso il ponte levatoio. Mario le attendeva là, in piedi, accanto al guardiano.

"Claudia verrà con noi" disse Beatrix.

Mario la abbracciò e la strinse forte. Uscirono così, attendendo che il vecchio facesse scendere il ponte. Beatrix salì in macchina sul sedile posteriore. Abbracciò Mario da dietro, stringendogli il petto. Lo baciò sulla nuca. Guardò la linea azzurra del mare sfilare via alla sua destra mentre tornavano in albergo. Claudia si era addormentata.

"Verrai con me a Berlino?" gli chiese in tedesco.

Mario chinò la testa e la baciò sulle mani. Arrestò la macchina ai bordi della strada. "Scendi" disse.

Respirarono all'aria aperta. "Voglio fare l'amore con te" disse stringendola. Beatrix sorrise. Lo desiderava. Lo avrebbe desiderato tante altre volte e sempre con lo stesso entusiasmo. Si sentiva amata e lo amava. Per un attimo una immagine le folgorò il cervello e le diede pace. Era l'immagine di un angelo. Aveva il corpo di Mario e il suo viso e la sua voce.

"Sai chi sono?" le disse.

Sì, avrebbe voluto rispondere Beatrix. Uno straniero. Che parla la mia stessa lingua.

Per quell'anno il Premio Riviera non fu assegnato. La morte improvvisa di Bruno May fece accorrere a Rimini decine e decine di cronisti. In mancanza di altre notizie, il suo suicidio diventò un argomento di prima pagina. La gran parte dei commenti seguì la medesima impostazione: Bruno si era ucciso per protestare contro tutti i premi di questo mondo. Dai loro luoghi di villeggiatura i collaboratori delle pagine culturali telefonarono "coccodrilli" mettendo sotto accusa "l'insulso ingranaggio" che aveva stritolato la vita del "giovane talento", il cui nome, peraltro, riuscì del tutto sconosciuto ai più. Alcuni ebbero il buon ardire di scagliarsi contro il potere editoriale, altri se la presero con i giurati, altri ancora con le cosche e le famiglie che, a loro dire, decidevano in anticipo i vincitori di manifestazioni del genere. La giuria si trovò così bersagliata da critiche, polemiche e anche contestazioni. Benjamin Handle, intuendo che nessuno avrebbe vinto la somma in palio, si ritirò dalla competizione dichiarando solidarietà al "povero ragazzo". Il gesto fu molto apprezzato dalla stampa e gli valse interviste da ogni parte. Il suo libro balzò in vetta alle classifiche di vendita. Quando partì dall'aeroporto di Rimini, c'era più gente a salutarlo di quanta nessuno ne avesse mai vista.

Due giorni dopo, nell'infuriare delle polemiche, la

giuria si dimise in blocco e rinunciò all'assegnazione del premio. Fu indetta una conferenza stampa nella sala convegni del Grand Hotel. Il presidente giustificò il suo gesto e quello dei suoi giurati con queste parole: "Ci è impossibile nel clima di intimidazioni e di aspre polemiche che si è venuto a creare per un atto che non ha niente a che vedere con il nostro compito, assegnare in questo momento il Premio Internazionale di Letteratura Riviera. Riconfermo la fiducia nei giurati e nelle modalità di svolgimento della nostra manifestazione che nulla ha da nascondere e la cui legittimità procedurale è garantita non soltanto da quasi trent'anni di passate edizioni, ma soprattutto dalla consapevolezza di aver consegnato alla Storia opere ormai entrate, a pieno diritto, nell'olimpo della Letteratura".

La soluzione prospettata dal presidente della giuria fu una soluzione che i cronisti esteri definirono, sorridendo, tutta italiana: si sarebbe cioè tenuta a Roma, sede della presidenza del premio, una sessione autunnale che avrebbe conferito il premio a una delle opere in gara. "Cambia todo, no cambia nada" disse un giornalista di Barcellona.

Oliviero Welebanski, insieme a quella parte della colonia che era ospite nella sua villa, riuscì a far quadrato attorno alla salma di Bruno. Nessuno poté scattare una sola fotografia del suo corpo. Io stesso chiesi a Oliviero di poter mandare Johnny. Il suo no ebbe una forte carica di rimprovero. Cercai di risollevare la questione dicendogli che mi avrebbe fatto piacere avere un pezzo con la sua firma sulla Pagina dell'Adriatico. Oliviero mi lasciò parlare senza interrompermi mai, nemmeno quando la mia voce, inarcandosi in mezze domande, lasciava intuire che mi stavo aspettando una risposta. Alla fine il suo rifiuto si ripeté identico.

Ci incontrammo poi davanti alla camera mortuaria, il pomeriggio in cui la salma di Bruno sarebbe partita per Firenze. Faceva caldo e l'aria sapeva di polvere e di sabbia. I colleghi circondarono il feretro spianando i taccuini per raccogliere le dichiarazioni. La colonia tacque.

"Addio" disse Oliviero stringendomi la mano.

Lo fissai negli occhi. "È un brutto mestiere, il mio" gli dissi. "A volte può assomigliare a quello del becchino."

"Nessun mestiere è in sé buono o cattivo" rispose. Teneva sempre stretta la mia mano.

"Ci penserò sopra." Tentai di lasciare la stretta, ma si fece improvvisamente più forte.

"Lei è stato l'ultimo a cui Bruno ha chiesto aiuto, lo sa?"

Mi sentii a disagio. Ero più che imbarazzato. Tossii. "Ripeto a lei ciò che gli dissi quella notte. Non era il mio tipo. E questo vale per tutto. Addio."

Presi Susy sottobraccio e ci allontanammo. Non mi voltai indietro. Avevo solo voglia di sferrare qualche pugno. Trascorsi solo tutta la serata, sul letto, a sbronzarmi. Mi preparai un *Long Good-bye* e fu il mio saluto. Verso le undici telefonai a Susy. "Ho voglia di fare l'amore con te" implorai. La mia voce era una spugna fradicia di alcool e di lacrime. No, non avrei mai pensato che quel pazzo, andandosene, mi avrebbe lasciato così solo. Quando Susy arrivò all'appartamento quarantuno, mi trovò addormentato. Non mi svegliò. Si spogliò e si infilò silenziosamente accanto a me. Sognai di rotolarmi sul ghiaccio fra le pellicce dei leoni marini.

Nei giorni che seguirono fui assorbito dal lavoro al giornale. Eravamo in pieno agosto e la stagione turistica era al culmine. Era necessario correre da un capo all'altro della Costa per coprire gli avvenimenti più interessanti. Anche Zanetti finalmente sentì odore di attivismo e si diede da fare uscendo da quel suo studio ammuffito. Guglielmo, nonostante tutto, riusciva sempre a tirar fuori un'ora per lo squash e un paio per lo sci d'acqua. Susy invece era un continuo smistare inviti per manifestazioni, concerti, teatri, spettacoli, anteprime cinematografiche. Solitamente la accompagnavo. Fu così anche quella sera.

Arrivammo davanti al cinema. C'era una gran folla di gente ai lati dell'ingresso principale. Aspettavano che gli invitati entrassero per occupare i posti rimasti liberi. "È già stato giudicato il miglior film dell'anno" disse Susy, prendendo posto. "A ottobre uscirà nelle sale normali."

"Siamo cavie" dissi, guardandomi attorno.

"In un certo senso sì, siamo cavie privilegiate."

Ci fu un applauso. Gli spettatori si alzarono in piedi e si voltarono verso la galleria della sala. Entrò un gruppo di persone, un branco ordinato ed elegante di giovanotti.

"Ecco gli attori!" fece eccitata Susy. "Quello in mezzo è il regista. Ha raccolto una parte del danaro qui a Rimini. Dicono sia andato ombrellone per ombrellone a chiedere i finanziamenti."

"E quello là in fondo?"

"Chi?"

Indicai a Susy un uomo di mezza età.

"È Fermignani, il produttore. Viene sempre a Riccione, ogni anno, per le vacanze. L'altr'anno ha incontrato il regista in spiaggia e hanno combinato il film."

In quel momento le luci si spensero e la proiezione partì. Al termine, a giudicare dall'accoglienza del pubblico, il successo fu straordinario.

"Come ti è sembrato?" domandò Susy applaudendo e sorridendo verso gli autori, là in alto.

"Non mi intendo molto di cinema" fu la mia evasiva risposta.

Il giorno seguente, entrando in redazione, incrociai una giovane donna vestita di un grembiule azzurro lungo fino ai piedi. Aveva i capelli neri tagliati corti e un crocefisso le pendeva al collo. La salutai con un cenno della testa. Rispose cortesemente, ma aveva l'aria di essere molto preoccupata.

"Chi era?" chiesi a Guglielmo togliendomi la giacca.

"Una novizia delle suore di Sant'Agata."

"E che voleva?" Scorsi la rassegna stampa segnando con il lapis gli articoli di un certo interesse.

"Hanno bisogno di soldi."

Alzai lo sguardo fino a incontrare il viso di Guglielmo. "E noi cosa possiamo fare?"

"Vorrebbero che raccogliessimo fondi."

"Ma è una mania!" sbottai. "Da queste parti ci sono troppi monasteri e troppa gente che fa collette... Bene! Sai noi che risponderemo? Faremo un servizio sul povero turista che ha risparmiato quattrini tutto l'anno per venire in vacanza e non appena arriva, appena posa il culo sulla sdraio, zac! Subito gli chiedono l'elemosina. Questa sarà la nostra risposta."

"Perché ti scaldi tanto?" La voce di Susy giunse dal corridoio. Un istante dopo fece la sua apparizione in sala.

"Il capo si è alzato male?"

"Ciao, Susy" dissi.

"Allora?" Susy si sedette al tavolo e guardò i giornali del mattino.

"Pare che quei pazzi del film di ieri sera abbiano dato il via a un periodo di collette selvagge."

Abbozzò un sorriso facendo finta di capire. "Se è andata bene a loro, perché non dovrebbe tornare a funzionare?"

"Questa volta si tratta di un convento" dissi.

"Le suore di Sant'Agata sono rimaste al verde. Da quattro mesi non ricevono più finanziamenti. Non sanno come andare avanti" annunciò Guglielmo.

Susy si dimostrò interessata. "Sant'Agata Feltria?"

Guglielmo annuì.

"Hanno una specie di asilo in quel convento, no?"

"Una decina di ospiti solamente. Handicappati gravi."

"Lo Stato non sovvenziona questa loro attività?"

"Ufficialmente no. Non può passare finanziamenti a un istituto privato. Lo fa però il Comune. In più ricevono una sussistenza dalla curia arcivescovile. Così ha detto la ragazza."

"Di quanto?"

"Una stupidaggine. Le spese di manutenzione."

Era ormai una faccenda tra loro due. Restai in silenzio ad ascoltarli. Ma quel nome, Sant'Agata Feltria, non mi risultò assolutamente nuovo. Mi alzai e guardai la cartina appesa alla parete. Fu subito chiaro. La strada era la stessa per Badia Tedalda. Bisognava solamente deviare a metà. Susy mi raggiunse davanti alla cartina. Tenevo l'indice puntato contro la località.

"Sì, è quella" disse.

"Chi passava quel finanziamento?" chiesi.

Guglielmo tossì. "... Non me lo ha detto."

"O non hai ritenuto giusto chiederlo?"

"No. No." Si sentiva d'aver sbagliato.

"Devi fare molte cose oggi Susy?"

"Certamente, capo."

La accarezzai. "Perché non vai a fare un salto da quelle parti?"

Susy allontanò la mia mano. "Che intenzioni hai?"

"Dipende da quello che saprai portarmi indietro."

Afferrò la sua giacca e se ne andò sbattendo la porta. Guardai Guglielmo aprendo le braccia e spalancando gli occhi come per dire che non capivo.

"Per me ti fa le fusa, capo" disse lui tornando con le dita sui tasti della macchina da scrivere.

Susy tornò molto tardi, quando ormai il giornale era stato trasmesso a Milano e stavamo per chiudere la redazione. La invitai al ristorante.

"Non mi va che mi tratti così, soprattutto al giornale" disse, quando fummo soli in macchina.

"Preferisci che ti chiami 'amore' oppure 'cara' e ti dica: 'per favore, gattina, potresti andare per caso in quel tal posto sempre che tu passi anche di là per comprarti le sigarette?' Vuoi che dica questo?"

"Sei il solito imbecille" grugnì.

"Vuoi che tutti sappiano che te la fai con me? Non hai che da dirlo. Rendiamo pubblica la nostra relazione. Domani in prima pagina: lei e lui, un amore tra l'inchiostro e il mare. E sotto le nostre foto, scattate naturalmente da Johnny."

"Sei un gran figlio di puttana."

"È una vita che me lo sento dire... Va bene la strada?"

"Svolta al prossimo semaforo" disse. "E poi non ti capisco proprio. È come se tu fossi realmente due persone diverse. Una quando sei solo con me, e un'altra sul lavoro."

"Tu invece sei sempre la solita micetta arrapante." Spinsi una mano fra le sue gambe.

"Vaffanculo!" sbraitò, togliendola.

Raggiungemmo poco dopo il ristorante. Lasciai scegliere a Susy il tavolo. Scartò il patio. "Troppe zanzare" disse. "Andiamo dentro, anche se moriremo dal caldo."

"Che hai trovato lassù?" domandai dopo aver ordinato la cena.

"Abbastanza per un ottimo servizio."

"Questo lo decido..." Mi arrestai in tempo. "Lo decideremo dopo. Avanti."

Susy mi guardò storto. Fui sicuro che per un attimo mi avesse maledetto. E con me mia madre, mia nonna, la bisnonna e la trisavola.

"Le suore di Sant'Agata sono cinque in tutto" iniziò aprendo il notes. "Una madre superiora, tre sorelle e una novizia, quella che è venuta in redazione. Non ha ancora fatto i voti di clausura..."

"Clausura? Ma come possono tenere ospiti?"

Mi rimproverò seccata. "Abbi un attimo di pazienza." Divenni remissivo.

"Appartengono a un ordine fondato nel 1952. Dipendono dal vescovo locale. Hanno l'obbligo di restare nel convento. Possono svolgere, come opera di carità, l'assistenza ai ragazzi handicappati. Questi ospiti sono, al momento, otto in tutto: sei femmine e due maschi.

"Hai potuto vederli?"

Annuì. "Ho dovuto attendere che le suore si ritirassero nella cappella per la recita della sesta... Tre ragazze sono abbastanza emancipate. Morbo di Basedown. Riescono a fare qualcosa."

"Chi li assegna lì?"

Sgranò gli occhi. "Sono i figli della miseria della montagna. Li abbandonano, li lasciano lì. Pensi forse che la vita nell'appennino sia così agevole? Fino a dieci anni fa non sapevano nemmeno cosa fosse un televisore. Ci sono interi paesi formati da tre-quattro famiglie. Hanno tutti lo stesso cognome. Bauer!"

Accusai il colpo. "Da chi ricevevano quei soldi?"

"Benefattori."

"Non hai saputo niente di più?"

"Niente sull'identità. Ma una cosa abbastanza insolita. Ogni mese arrivava al convento la copia di un versamento bancario effettuato a suo favore."

"E perché ti sembra strano?"

"Solitamente non si fa beneficenza in questo modo."

Ci portarono il vino. Ne versai nei bicchieri. "E in che modo si fa?"

"In qualsiasi altro modo tranne che mandare copie di versamenti effettuati il cinque di ogni mese."

Cercai di riflettere. Sì, mi pareva una buona osservazione.

"Da quanto hanno smesso?"

"L'ultimo finanziamento è arrivato il cinque di aprile."

"E perché le pie donne hanno tardato tanto a cercare altri fondi?"

Susy sorrise indugiando. Sapevo che stava tenendomi in serbo qualcosa. "Tieniti forte... Si trattava di venticinque milioni al mese."

"Cristo... Una bella sommetta."

"Già" commentò lei. "Hanno aspettato di spendere fino all'ultima goccia quei soldi prima di rivolgersi a noi."

Arrivò la grigliata che avevamo ordinato. Il cameriere ci servì. Quando se ne fu andato tornai alla carica. "Perché, prima di mettere in piazza i loro affari, non hanno tentato di sapere chi mandava quel danaro?"

"Come puoi esserne sicuro? Hanno tentato di sapere qualcosa. Ma di mezzo ci sono le transazioni bancarie e il segreto. E poi se tu tendi la mano e chiudi gli occhi sapendo che solo in quel preciso momento qualcuno ti metterà il soldo in mano, che fai?"

"Il danaro non ha faccia, nemmeno per i religiosi."

"Soprattutto per loro" fece Susy. Mi venne da ridere.

"Allora che facciamo?" insistette.

"Un'ultima domanda. Quando è iniziato quel fiume d'oro?"

Susy consultò il taccuino. Sfogliò alcuni fogli fino a trovare l'appunto che cercava. "Ecco... Dal marzo del 1979... Ha importanza?"

"Non so... Soprattutto non so se ci riguarda."

"Vorresti dire che ho sgobbato tutto il giorno per niente?"

Le accarezzai la mano. "Non c'è niente in questa storia che possa interessare nemmeno il lettore più accanito. Vuoi che facciamo un pezzo del tipo: mentre tutta Italia si diverte a ferragosto un manipolo di sorelle lotta per la sopravvivenza propria e di un gruppo di poveri ragazzi martoriati, figli della mentalità più arretrata della montagna? Così potrebbe anche andare. Ma a Natale. A Pasqua. Forse anche per Carnevale. Ma mai e poi mai a ferragosto."

"E se io raccontassi una storia?"

"Dovresti inventarla. Se è buona vinci il Pulitzer."

Susy guardò nel proprio bicchiere e sorrise. Le versai un goccio di vino. "Ce l'hai o no questa storia?"

"Certo che ce l'ho. Ha dodici anni e un bellissimo paio di occhi verdi. Soffre di una gravissima forma di distrofia muscolare. Inoltre è nata con una lesione cerebrale che le rende impossibile comprendere qualsiasi cosa. Non parla e non può muoversi. Ma è diversa dagli altri. I suoi occhi sono bellissimi... Ha imparato ieri a dire la prima parola della sua vita. Ti basta?"

Mugugnai. "Miracolo a Ferragosto. Ti va bene?"

"Come vuoi. Ma non voglio sprecare una giornata del mio lavoro."

"Non ti facevo così cinica."

"È a starti vicino."

Era straordinariamente dura e bella. Una stupenda pietra della foresta amazzonica che splendeva davanti ai miei occhi. La desiderai. "Affare fatto" dissi. "Come si chiama la tua bambina?"

"Si chiama Thea."

"Bene. Sboccia una rosa a ferragosto. Due cartelle. E ora, se mi vuoi far felice, vieni a casa con me."

Facemmo l'amore sul mio letto. Forse, davvero, quella donna mi stava stregando. Aveva un modo particolare di ricevere i miei abbracci, un modo tutto suo che Katy, per esempio, non conosceva e nemmeno le tante altre ragazze della mia vita. Ci sapeva fare. Conosceva ormai le mie debolezze in fatto di corpo femminile e se le teneva care. Riusciva a giocarci a offrirle, per poi subito riprendersele finché non tornavo all'attacco con forza. Il suo sesso era duro e ispido come una corazza. Chiuso e protetto da quei riccioli sottili che si univano al centro in un ciuffo spesso. Ma bastava che la baciassi, che cercassi con le mie labbra di sgusciarla, che straordinariamente le sue cosce si aprivano e i suoi riccioli si separavano allo stesso modo in cui i tentacoli fluidi e vischiosi di certe bellissime piante carnivore si aprono e fioriscono quando avvertono le vibrazioni di una preda in arrivo. Sentivo così le sue labbra farsi luccicanti e fluide e la punta del mio sesso inumidirsi all'umore del suo ventre. Entrare allora in quella parte del suo corpo disposta ad accogliermi, così ormai pronta al proprio completamento, era un'azione che mi toglieva il respiro. Mi tendevo come un arco, tutti i muscoli del mio corpo si irrigidivano, i miei occhi si stringevano finché una sensazione di riposo non saliva dal mio ventre e mi faceva per un istante riprendere conoscenza: o meglio avere una nuova, diversa conoscenza di me e di lei uniti. Non un centimetro del nostro corpo veniva allora tralasciato all'esplorazione interiore e fisica. Mi piaceva continuare reggendola seduta sul mio sesso e, abbracciandola, accarezzare con la lingua quella linea sinuosa che dalle orecchie scende fino alle spalle e che in lei era meravigliosa. E Susy, da parte sua, non tralasciava di tormentarmi tra le gambe finché non sentivo una spinta irreversibile prender forza e salire e salire fino a scoppiare sulla sua pelle tesa.

"Aspetta" sussurrò quando i miei movimenti si fecero più forti e più completi. "Aspetta ancora."

La sua voce era un lamento irriconoscibile, strano, rivestito di toni profondi. Mi arrestai e scesi a baciarle i seni. Inghiottii il capezzolo scuro, lo mordicchiai. Il suo viso era sudato. Alcune gocce caddero dalla mia fronte ed esplosero sul suo corpo. Mi sembrò di sentirne il rumore. Era un suono primitivo, rivestito di echi lontanissimi. Susy allungò le dita verso il mio sesso. Sovrapposi la mia mano alla sua. Sentii con la punta delle dita il mio sesso gonfio dentro di lei. "Adesso, ti prego, adesso" sospirai. Tentò con le mani di respingermi puntandole contro i muscoli tesi del mio addome. Spinsi ancora più forte. E i suoi fianchi si mossero per contrastare quella spinta. Fu come se la voglia di raggiungere in lei l'orgasmo fosse il risultato della forza che impiegavo per continuare e che lei usava invece per respingermi e farmi attendere. Ecco cos'era. Non eravamo due forze opposte, ma la somma di due spinte che tentavano di raggiungere la stessa meta. Più lei si opponeva, più io entravo, più il nostro piacere si avvicinava all'apice. Presi allora a torcere quelle spinte come se tutto me stesso dovesse essere accolto in lei. Susy si lamentò, vidi il suo volto fisso in una smorfia incredula. Feci sempre più forte, più veloce, più completamente. Avevo la gola secca, la bocca arsa. Susy spinse una mano fra le mie cosce fino a stringermi i testicoli che sbattevano violentemente sulle sue natiche. Fu allora che ci trovammo dalla stessa parte a muoverci accanitamente. Era ormai questione di attimi. "Adesso" singhiozzai, "adesso!" Susy balbettò sillabe strane, disse il mio nome, lo ripeté storpiato dall'eccitazione. Le vene sul suo collo erano fiumi in piena. Mi strinse il volto tra le mani. La testa mi stava scoppiando, sentivo le gambe molli, il ventre di Susy incollato al mio schizzava sudore a ogni contatto. Fu un attimo. Un urlo che ci trovò insieme in quel momento terminale. Fiondai il mio desiderio in lei e lei inondò il suo in me. Correggemmo le ultime spinte tramutandole in movimenti più pacati, più completi, più calmi. Finimmo così, esausti, uno addosso all'altra. Poco dopo le sue dita presero a giocare delicatamente col ciuffo di riccioli della mia nuca appoggiata al suo seno. Fu in quel momento che un'immagine si mise ben a fuoco nel mio cervello. Una immagine strana: c'era una bambina sotto la pioggia completamente fradicia, seduta su un grande cartello di una impresa di costruzioni. La pioggia lavava via le scritte dipinte finché sul cartello non fu possibile leggere un nome e quel nome corrispondeva a quello della bambina. Di più: erano la stessa identica cosa.

Passai alcuni giorni con quel pensiero fisso, appuntato nel cervello come un chiodo. Ovunque andassi c'era sempre una bambina straziata che piangeva e una società immobiliare che aveva un nome simile al suo e che probabilmente si chiamava come lei. Ma non avevo voglia di mettermi a cercare, o meglio, non sapevo cosa cercare. Mi ritenevo soddisfatto per quello che avevo combinato in riviera. La tiratura della Pagina dell'Adriatico era aumentata notevolmente trascinando con sé il giornale. Mi ero conquistato i galloni sul campo. Quando sarei tornato a Milano, inevitabilmente, la mia carriera avrebbe d'improvviso spiccato il volo. Mi sentivo già caposervizio e poi... Poi mi avrebbero affidato la vicedirezione in qualche testata di provincia tanto per farmi le ossa e finalmente avrei avuto nel carniere tutti i gradi per dirigere qualcosa. Non ambivo certo alla direzione di un quotidiano, ci sarebbero volute troppe tessere di partito e telegrammi di gradimento e note di apprezzamento. Però una qualche comoda rivista mensile...

Andai in quei giorni spesse volte a giocare a tennis, la notte in compagnia di Gualtiero e di Carlo, quegli amici di Susy che avevo incontrato in viale Ceccarini pochi giorni dopo il mio arrivo in riviera. Mi portarono anche su uno yacht, al largo, ad assistere a una partita di *chemin de fer* in cui il banco apriva a dieci milioni di lire. Un giovane industriale brianzolo, un tipetto magro e nervoso, perse più di cento milioni nel giro di venti minuti. Avevo promesso che non ne avrei fatto parola sul giornale. E la mantenni. Ma in quelle notti mi accorsi che in tutta la riviera si giocava più che a Montecarlo, a Venezia o a Campione d'Italia. Le bische erano ovunque: in case private, nei retrobottega di certi ristoranti, in ville sulla collina, sui cabinati che – come quella notte – salpavano da Riccione alle undici per tornare poi all'alba con le stesse persone a bordo ma con uno scambio di danaro nelle tasche da far impallidire. Non mi feci certo trascinare nel vortice del gioco. Le poste erano sempre troppo alte, per uno come me. Accettai solamente una partita a *Mah-jong* in un bar del porto che si protrasse fino a mattino e da cui uscii vincitore di mezzo milione. Combinai prodigiosamente – ma la fortuna, come si sa, aiuta gli audaci – una *rosa dei venti* con coppia finale di *rossi*. Intascai trecento carte. Per il resto mi mantenni su un buon livello e un *colore con serpente* fece il resto. La Romagna, mi spiegò poi Zanetti, era l'unica regione italiana (e forse l'unico luogo d'occidente) in cui il *Mah-jong* fosse diffuso a livello popolare in tutti i bar di ogni paese. C'era addirittura una fabbrica, a Ravenna, che ne confezionava di perfetti in una piacevolissima e luccicante lega sintetica. Feci un salto là con Johnny e ne ricavammo un buon articolo.

Un giorno andai sull'argomento che mi perseguitava con Zanetti.

"Ho visto che da queste parti stanno costruendo un grosso centro residenziale. L'Immobiliare si chiama Silthea o qualcosa del genere."

Zanetti rispose senza alzare lo sguardo dai suoi fogli.

"Sì, lo so."

"Per te val la pena di fare un servizio?"

"Non c'è niente da dire, credo. I giornali ne hanno già parlato a suo tempo."

"Perché?" Masticai il lapis. Mi grattai su una coscia. Il mio tono era quello del finto-distratto. Se un detective fosse entrato, e nella stanza avessero appena rubato centomila dollari, mi avrebbe aguantato immediatamente tanto ero zufolone. Ma Zanetti non era il tipo per queste sottigliezze.

"È una storia lunga e noiosa. Sono anni che va avanti. Il diciotto giugno di quest'anno hanno finalmente iniziato a costruire."

Se non c'era niente per Zanetti, allora era un buon segno.

"Si chiama Thea o Silthea?" dissi. "Non ho letto bene."

"Prima una e poi l'altra. È una Immobiliare del gruppo Sifinv."

"Allora siamo di casa. Hanno il pacchetto di maggioranza del nostro giornale, no?"

Zanetti mugugnò.

"Allora non c'è proprio niente." Mi alzai e mi diressi alla porta. "Un'immobiliare cambia nome e costruisce. Sono cose che capitano."

"In effetti è andata così. Hanno dovuto rifare il progetto per poter costruire e hanno cambiato nome."

"Perché hanno cambiato progetto?"

"Se tu fai un patto con qualcuno e poi ti trovi a doverlo onorare con una persona che ha preso il posto del primo che fai? Sarai pur costretto a cambiare qualcosa anche tu, no?"

Non mi sembrò troppo chiaro. Zanetti, evidentemente, dava per scontato una serie di cose che io non potevo sapere.

"Hai scritto qualcosa in proposito?"

"Nell'ottantuno. Il pretore bloccò i lavori del cantiere."

Non volli saperne di più. Era meglio essere diffidenti di tutto e di tutti in questo genere di cose. Stavo procedendo a naso e non intendevo, per nessuna ragione, smascherarmi.

Trovai in archivio l'articolo di Zanetti. Lo lessi. Diceva che nel 1981 il pretore di Rimini aveva posto i sigilli al cantiere della Thea poiché sul terreno risultava gravare un vincolo idrogeologico imposto dal competente ufficio della regione. L'Immobiliare rispondeva, carte alla mano, di aver stipulato nel 1979 una convenzione con il Comune di Rimini per l'edificabilità di quella zona. L'articolista, e cioè Zanetti, faceva anche notare che in quei due anni la giunta municipale aveva cambiato composizione politica e che l'Immobiliare Thea si trovava in mano una convenzione concordata in un orizzonte politico assai differente. In parole povere, era questo a cui Zanetti poco prima alludeva. C'era un'unica cosa da fare. Andare a vedere quei progetti.

L'impiegato comunale a cui mi rivolsi si lasciò convincere senza troppi problemi. Tentò di rimandare la mia visita con la scusa del personale in ferie e dell'archivio chiuso, ma non riuscì a essere convincente. Salimmo all'archivio dell'ufficio tecnico dopo che ebbe trovato gli estremi delle pratiche che cercavo. Buttò sul tavolo quattro contenitori di cartone grigio tenuti insieme da uno spago annodato: due si riferivano alla Thea e due alla Silthea. Si trattava rispettivamente della copia del planivolumetrico e della concessione edilizia che riguardava i fabbricati. Estrassi dalle pratiche le due copie eliografiche del progetto tecnico e le confrontai. Le differenze saltavano immediatamente agli occhi. La parte sud-est del primo progetto era, nel secondo, scomparsa. Al posto di un paio di palazzine e una buona parte del parco stava un timbro dell'ufficio tecnico del comune che vincolava il terreno al nuovo piano regolatore in data otto febbraio 1981. Questa era dunque, con ogni probabilità, la cessione che la Thea aveva fatto alla nuova giunta per potere almeno edificare sul terreno restante e, in questo modo, non perdere tutto il progetto andando avanti con un braccio di ferro senza realistiche soluzioni.

Non ci vedevo nulla di strano. Se non appariva corretta come "prassi", certamente appariva conforme al costume e all'uso dei tempi per un tale genere di cose: l'equivalente insomma di una bustarella o di una tangente per appalti o concorsi o forniture pubbliche. No, non c'era di che scandalizzarsi. Se quelli della Thea avevano rinunciato a edificare su un pezzo di terreno per poter edificare sul restante avevano semplicemente agito come solitamente si agisce in Italia seguendo cioè la regola dell'"Un po' per tutti purché la fetta maggiore a me". E d'altra parte, la nuova giunta trovandosi con quella fortuna tra le mani non poteva non approfittarne per il "bene pubblico" sottraendo agli speculatori una parte di quel terreno e destinandolo a verde pubblico. In realtà, c'era da scommetterci, in capo a pochi mesi avrebbe apportato una nuova variante al piano regolatore concernente proprio quella zona e avrebbe concesso una licenza edilizia in cambio di qualcos'altro in un gioco di dare e avere assolutamente normale nella nostra amministrazione. Fin qui dunque tutto a posto.

"Ha finito?" chiese l'impiegato.

Composi le pratiche. "Sì, ho finito."

"E ha trovato niente?"

"Niente di interessante. Mi sembra tutto a posto."

"Perché poi non dovrebbe esserlo?" borbottò l'impiegato avvicinandosi al tavolo.

Ripiegai il planivolumetrico della Thea. Sbagliai a seguire le pieghe del foglio, la cui dimensione era all'incirca quella di una cartina dell'intera Europa riprodotta nella normale scala delle cartine automobilistiche. Così non feci coincidere l'intestazione del progetto con la prima pagina. Ritentai. L'impiegato cominciò a innervosirsi e più mi stava addosso bofonchiando più io mi intestardivo a sbagliare. C'era sempre quella pagina scura che saltava fuori al posto della copertina. Il mio sguardo cadde su una costruzione circolare di cui non m'ero accorto.

"Un momento" dissi all'impiegato. "Non ho ancora finito."

Riaprii il foglio. Avevo già riconosciuto in quella pagina la zona che era stata eliminata dal progetto successivo. Scrutai attentamente. Era attraversata da una strada che affondava nel parco. Al centro c'era quella costruzione circolare. Cercai di sapere di cosa si trattasse. Frugai tra le pagine della convenzione. Quando lo scoprii, rimasi sconcertato. Perché un padiglione del genere non c'entrava assolutamente nulla con il resto del villaggio; perché non esisteva un motivo plausibile perché una società privata lo costruisse; perché era semplicemente assurdo che si trovasse in quella posizione, tra palazzine e piscine frequentate solo durante la stagione turistica. Del tutto assurdo. A meno che... certamente. A meno che quella costruzione chiamata "Residenza estiva per portatori di handicap" non interessasse qualcuno in modo particolare. Qualcuno che si accaniva, come accecato da un terribile senso di colpa, a imporre quel nomignolo assurdo, Thea, a qualsiasi cosa. E naturalmente anche a quella residenza.

Senza quasi saperlo, ero già arrivato alla soluzione.

Quella notte una particolare inquietudine serpeggiava in Alberto fino a scuoterlo con violenti sbalzi di umore. Era giunto al *Top In* in ritardo, ma questo in fondo non era un grosso problema. Gli altri orchestrali avrebbero iniziato anche senza l'apporto del suo sax. Il vero guaio era che Alberto si era infradiciato di alcool in giro per osterie e bar. E aveva voglia di menare le mani.

Non appena arrivò, trovò subito da litigare con il cameriere della sala. Alberto gli urlò di andare a fare il servo e che non stesse a rompergli le palle per una bottiglia di whisky non pagata. Il cameriere riferì al direttore.

"Avanti Al, che ti succede stanotte?" gli disse.

"Affaracci miei" sibilò Alberto.

Il direttore si sedette al suo fianco, nel camerino. Si fece mellifluo: "Se c'è qualcosa che non va possiamo parlarne come e quando vuoi... Hai bisogno di un paio di giorni di riposo? Bene. Ne discutiamo, compatibilmente alle necessità della orchestra. Vuoi più lira? Vuoi più tempo libero? Vuoi suonare di meno? Spostare il tuo giorno di libertà? Non devi far altro che chiedere. Mi vedi... Sono qui per questo... Allora?".

Alberto stappò una birra. "Quanti anni ha lei?" domandò.

"Cinquantotto" rispose il direttore. Era un uomo grasso e calvo. Parlava tenendo un sigaro spento tra le labbra. Vestiva uno smoking americano con il cavallo dei pantaloni troppo basso. Aveva un grosso anello al dito e una catena d'oro al collo. La camicia gli stava infatti larga, rendendo visibile quel luccichio. Il direttore non capì quella domanda. Sorrise, ma pensava in realtà a metterlo fuori gioco.

"Mio padre ha la sua età" disse Alberto allungando i piedi sulla sedia di fronte. "Suona nella banda del paese."

"Mi fa piacere. Vedi? Devi rivolgerti a me come a..."

"Non mi rivolgo a lei. È lei che è venuto qui." Ruttò e scoppiò a ridere. "Mi sembra di avere di fronte il vecchio. Tutti e due credete di avere a che fare con una orchestra. Invece dirigete quattro scazzacani che strimpellano schifezze per turisti imbriachi. Complimenti..."

Il direttore arrossì violentemente di rabbia: "Senti, gran figlio di puttana" sibilò roteandogli davanti al naso quel suo dito che assomigliava a una salsiccia. "Non ti permettere questo tono. Sei un poveraccio di musicista fallito! Bene! Questo lo sappiamo tutti e due! E allora prendi quel cazzo di strumento di latta e vattene di là a suonare perché io ti pago per questo. E quella gente là fuori ha sborsato tanti quattrini per entrare qui quanti tu non ne potrai vedere per il resto della tua vita!" La sua gola aveva riempito, nello sforzo di reprimere la collera, il colletto della camicia che ora, finalmente, gli calzava a pennello.

"Suonerò" disse Alberto alzandosi. "È solo questo che vuole da me?" Si chinò e prese il sax. "Suonerò finché quei grassi maiali saranno talmente ubriachi del vostro schifo di champagne e talmente stanchi di ballare che scoppieranno come tante pere marce, uno dopo l'altro. Suonerò anche per lei, direttore. E spero che le budella le si torcano fino a farla crepare."

Raggiunse il palco e iniziò a suonare, benché lo spartito non prevedesse in quel momento la sua entrata. Suonò così per tutta la notte, senza staccare mai. Si sarebbe detto che volesse lui stesso scoppiare nel suono del suo sax. I compagni non tentarono di calmarlo. Quello era anche il suono di vendetta di tutti i musicisti condannati a suonare per accompagnare il chiacchiericcio della gente, per servire come sottofondo agli intrighi delle troie da balera. Lo lasciarono andare per i fatti suoi finché, esausto, non cadde a terra.

Verso mattino Alberto raggiunse la pensione. I suoi passi erano faticosi. Impiegò molti minuti per salire le rampe di scale. Quando fu sul pianerottolo, gettò lo sguardo verso la porta da cui tante volte era provenuta quella luce calda e femminile. Quella mattina, per la prima volta, era spenta. La porta chiusa. Milvia era partita il giorno prima con i suoi figli. Era arrivato il marito e se li era portati via con sé. Fu la prima volta che sentì una profonda, dolorosa nostalgia per quella luce che non c'era più. Barcollò fino alle tende, in fondo al corridoio che trattenevano la luce del giorno. Si aggrappò e tirò con tutta la sua forza. Il chiarore entrò nel corridoio come un lampo. Strinse gli occhi. Pensò che annegare forse doveva essere la stessa cosa: dissolversi rabbiosamente nella luce troppo forte di un nuovo mattino.

HOTEL KELLY

– L'Hotel Kelly – avevamo mantenuto il nome della vecchia pensione – aprì per la stagione estiva 1963. Era un fabbricato di cinque piani, contando anche il piano terra (magazzini, cucine, ripostigli, garage) e il primo piano in cui stavano la grande sala da pranzo, il bar, la sala della televisione con il salotto, la reception eccetera. Le camere, sistemate sui tre restanti piani, erano trentotto. In più c'era un terrazzo in cima al fabbricato che serviva come stenditoio e lavanderia sia per i clienti che per l'albergo.

Avendo aggiunto un servizio bar e aumentato la capienza di ospiti rispetto alla vecchia pensione, anche il personale, di conseguenza, era aumentato. C'era per esempio Gino, un pensionato delle ferrovie, che faceva il portiere di notte; il giardiniere Vainer – mia madre teneva molto alle sue azalee, ai vasi con le palme, ai cespugli di tuja e al pergolato di uva fragola – e anche un uomo di fatica, Celso. L'Irene aveva in cucina una sottocuoca e una sguattera, più le due cameriere di sala che la aiutavano a riordinare. C'era anche un cameriere che si chiamava Luigi e veniva da un istituto alberghiero di Forlì retto da preti; aveva sedici-diciassette anni, era senza barba ma aveva una peluria nera talmente forte sul labbro che sembravano veri e propri baffi. Mi combinò un sacco di guai. Inoltre tre cameriere pensavano ai piani e alle pulizie delle camere. Crescendo, mi misero a lavorare. Era un lavoro che odiavo.

Dovevo ricevere le ordinazioni delle bevande, durante i pasti, poiché non erano comprese nella retta giornaliera. Era umiliante. Ero un bambino molto timido, arrossivo con facilità e anche piangevo spesso perché mi sentivo di sbagliare continuamente. Figuriamoci a trattare con i clienti. Mi facevano sempre sentire un servo. Ero un tipetto sveglio e capivo già come il mondo funzionava. Avevo le mie idee su cosa sarei diventato da grande e non erano sogni o balle del genere, erano veramente dei progetti fatti con carta e penna e nero su bianco. Infatti se un mio amico diceva ah da grande farò l'astronauta e tutte queste cazzate qui io dicevo, bello mio, sono sogni. Voglio dire che avevo già bene in mente quello che era sogno e quello che era realtà. Per questo non mi piaceva stare lì a girare fra i tavoli e ricevere le carezze e come sei diventato grande quest'anno, e che scuola fai, e cosa ti piacerebbe diventare, e tua sorella, e la nonna, e la zia Adele e cazzate del genere. Io ero diverso. Eppoi sbagliavo. Ed erano botte da orbi. Il babbo aveva la cinghia facile e per quanto mamma gli gridasse: "Renato non lo tocchi nemmeno con un dito!" quando restavamo soli, e avevo combinato qualche sgarro, tipo dimenticare di annotare una bottiglia di vino a un cliente, erano botte: mi portava in cantina, mi toglieva i pantaloni e giù una raffica di cinghiate. C'era sempre anche quel rimbambito di Gino, il portiere di notte, da quelle parti. E mai, mai che osasse venirmi in aiuto. Con lui mi vendicai, qualche anno dopo, puntando i piedi e facendo il finimondo per avere il suo incarico. Vinsi e Gino fu licenziato.

Diventavo grande e capivo che l'unica cosa che contava in famiglia era far quadrare quei maledetti conti e poter pagare i debiti con la banca. Per questo mamma si alzava così presto la mattina. Avevano rinunciato a prendere altro personale per risparmiare. Furono anni molto duri, lavoravano come matti e indubbiamente guadagnavano. Però c'era da far quadrare i conti con le banche e gli interessi e i debiti. Il babbo lo sentivo che bestemmiava come un indemoniato contro le banche chiamandoli sfruttatori, *ladri e parassiti che vivono sulle spalle della gente che lavora. Ce l'aveva con tutti, anche mamma ce l'aveva con quelli della banca. Alle volte mandavano me a depositare sul conto un po' di soldi. Era penoso. Molto peggio che entrare in chiesa. Dio. Il Danaro. Il Capitale. Il peccato... Non so se mi spiego... le banche mi hanno sempre intimorito... Avrei potuto assaltare una banca, invece di fare quello che ho fatto con quei poveracci, vero?...*

– ... Quando le cose andarono meglio per la tua famiglia?

– Nel periodo del boom vero e proprio, metà degli anni sessanta. Le aziende di soggiorno avevano stipulato convenzioni vantaggiosissime con la Svezia. Gli svedesi ce li portavano direttamente in albergo al ritmo di quaranta per quaranta. Restavano due settimane, da un sabato fino a quell'altro dopo. Ogni quindici giorni metà dell'hotel si svuotava e questo da maggio fino a settembre. Chi era in partenza consumava l'ultimo pasto a mezzogiorno con grandi saluti e grandi abbracci con il resto dei clienti e naturalmente grandi sbronze. I gigolo erano tutti fuori in giardino che attendevano per farsi l'ultimo giro. I nuovi arrivavano alle sette di sera e subito li si portava a tavola. L'hotel rimaneva semivuoto solo per poche ore e in quel tempo c'era una sensazione molto strana a girare ai piani. Era tutto un andare e venire. I fusti da spiaggia giravano attorno all'hotel nervosi come avvoltoi senza più carogne. Poi la sera erano di nuovo tutti lì assiepati contro il cancelletto, pestando le azalee della mamma per vedere la prima uscita delle "nuove". E fischiavano e si davano grandi gomitate e si lisciavano i capelli e gridavano i loro apprezzamenti!

Tutti gli svedesi bevevano molto. Dovevo aggiornare continuamente il mio registro delle bevande e per non fare arrabbiare mio padre cominciai, di tanto in tanto, ad aggiungere qualche bottiglia in più. Attesi il momento del cambio del turno, quando veniva saldato il conto, per vedere se il trucco funzionava. Funzionò. Così imparai a fare le "creste" e soprattutto a non beccarle più da mio padre che era passato, diventato io più grande, agli schiaffi e ai pugni.

Lavoravano molto, i miei genitori, in quegli anni. La mamma era sempre stanca e pallida e aveva cominciato a soffrire di male ai piedi e di vene varicose. Una volta la sentii piangere e lamentarsi col babbo. Diceva che avevano fatto il passo più lungo della gamba e che non ce l'avrebbero mai fatta a pagare tutto perché più di ammazzarsi di fatica lei non poteva fare. Fu quella notte, credo, che il babbo decise di rompere gli indugi e buttarsi ancora di più sul lavoro. "Prenderemo una dépendance dalla Flora. Lei penserà alle camere e noi avremo da aggiungere solo qualche tavolo in più in sala. Tanto, far da mangiare per centocinquanta o centottanta persone è la stessa cosa. Vuol dire che diremo all'Irene di fare i piatti più piccoli."

L'esperimento della dépendance andò molto bene. Era una casa a due piani di proprietà della Flora, una amica che ogni tanto veniva a fare i lavori per la mamma. La retta per i clienti era identica a quella dei pensionanti. L'unica differenza è che dormivano fuori dall'Hotel Kelly. Il babbo dava un terzo della tariffa di ogni persona alla Flora per il posto letto. L'anno dopo la cosa continuò e arrivammo nel 1966 ad avere tre dépendance e una unica enorme sala da pranzo che prendeva tutto il piano invadendo la sala della televisione e il bar. In questo modo i miei genitori riuscirono finalmente a entrare in pieno possesso dell'hotel e guadagnare, finalmente, molto bene.

Quando diventai più grande e già facevo la prima media, mi impuntai per quella cosa del portiere di notte e i miei genitori acconsentirono. Mia sorella più piccola, Adriana, prese il mio posto in sala, per le bevande, mentre Mariella, la più grande, si sposò con uno di Milano perché c'era rimasta, e sparì dalla circolazione.

In fondo poi mi piaceva stare lì alla reception tutte le notti. Di giorno infatti potevo fare quello che volevo e starmene in spiaggia con i miei amici e fare il bellimbusto a portare il pattìno e nuotare davanti alle ragazzine. Non dovevo più dire agli altri sempre non posso, devo lavorare, vorrei ma devo fare i conti e cose del genere. Ora mi sentivo finalmente meno servo. Quello fu il periodo in cui mi innamorai per la prima volta. Si chiamava Lucia e faceva la cameriera da noi. Era più grande di me di qualche anno, veniva da un paese vicino a Macerata. Era una moretta minuta con grandi occhi molto belli. Fu con lei che feci le prime cose. Ho già detto dei giornali che gli svedesi lasciavano in camera. A dir la verità loro lasciavano anche tutto aperto. Se mi chiamavano all'intercitofono, di notte, per una bottiglia di minerale, o più spesso, per coca e rum, io sapevo già che li avrei trovati tutti nudi in quattro o cinque sul letto e dal groviglio sarebbe saltato fuori un braccio nero e peloso che mi avrebbe salutato in romagnolo. Ma erano belli e simpatici e certo non paragonabili a quei fottuti inglesi... Insomma, le idee di quel che potesse succedere fra un ragazzo e una ragazza non mi mancavano. Tanto più che la notte, verso le tre o le quattro, quando ormai tutti i clienti erano rientrati e nessuna chiave era più appesa al quadro alle mie spalle, salivo in terrazza. Di fronte c'erano altri alberghi, più bassi del nostro. Dall'alto potevo così spiare, non visto, dentro altre camere. Le insegne accese degli alberghi proiettavano nelle stanze una luce sufficiente a far sì che l'idea di cosa potesse succedere una volta a letto, fra un uomo e una donna, non fosse più un mistero.

Lucia mi piaceva, la vera prima cotta. Ci baciavamo per qualche minuto, dietro le pile di cassette dell'acqua minerale, o nascosti tra i fornelli. Mi piaceva. Volevo che mi facesse provare, ma lei diceva: "Sei troppo piccolo Renato, non sei ancora pronto".

Un pomeriggio, verso le quattro, in un'ora morta e silenziosa, quando la mamma andava a riposare e anche l'Irene e gran parte del personale, scoprii Lucia e Luigi che facevano quel genere di cose giù ai garages. Loro certo non si accorsero di me. Fu un brutto colpo. La mia Lucia! Quanto la odiai! Architettai la mia vendetta. Sottrassi dal cassetto del bar alcune diecimila lire, quelle grosse come tovaglie. In hotel si creò il caso, il barman giurò sul suo onore che non ne sapeva niente e il babbo cominciò a sospettare di tutti. I soldi vennero trovati nel cassetto del co-

*modino di Luigi che venne cacciato. Fu la prima volta, ora
mi accorgo, che misi in relazione l'amore con il danaro.
Una relazione un po' tortuosa, ma forse già allora il mio
destino di puttaniere era segnato. Ho sempre pagato, anche da giovane... Per guardare.*

*Molte volte, la notte, ero costretto a rincorrere i play-
boy che si intrufolavano dalle finestre della sala da pranzo
per salire dalle svedesi. Il babbo mi aveva avvertito. Sapeva cosa succedeva e consigliava di tenere gli occhi aperti.
Ma anche lì trovai il mio modo per far funzionare le cose.
Billy, per esempio, che era un amico di mia sorella grande
e che mi pagava i gelati e mi era simpatico, lo facevo entrare di nascosto, a patto però che mi lasciasse vedere. Billy ogni notte saliva di nascosto in una camera e lasciava la
porta aperta e a un certo punto io mi mettevo lì e guardavo. Poi quando scendeva, mi salutava e mi dava la mancia
e alle volte chiedeva: "A quanto siamo?"*

"A centodiciotto" dicevo io.

*"Quest'anno arriviamo a trecento, stai tranquillo, Re-
nato." Io infatti gli tenevo il conto delle scopate che faceva. Poi si fece fregare da una svedese e se la sposò e anche
lui sparì dalla circolazione con tutti i suoi medaglieri colmi di successi e di tacche sulla pistola.*

*Il nostro hotel non era più quella pensione povera ma
decorosa e intima della mia infanzia con le signorine "vu":
Vally, Vanda, Vulmerina e Vera, infatti, avevano scelto la
costa del Tirreno perché meno fracassona. Non c'erano più
i signori Marcello che mi tenevano in braccio e mi portavano a spasso con la carrozzella. Era tutto diverso. Forse perché facevo le scuole superiori e diventavo grande. La mamma era ormai invalida alle gambe e venne operata tre volte
di fila. Non poteva più aiutare in cucina e andare ai merca-
ti. Teneva i conti. Fu in quel periodo che il babbo sgallettò
con una cameriera, la Rina, e prese a giocare i soldi (perché
ne avevamo) e vivere come un riccone assumendo addirittura un amministratore mentre lui faceva solo il padrone.
Mamma non era affatto contenta. Si attaccò a me. Faceva
discorsi strani. Diceva che io ero l'unico fglio maschio e*

non dovevo abbandonarla. Allora io mi attaccai morbosa-
mente a lei. Odiai il babbo, i clienti, tutto. Odiavo le came-
riere che si facevano toccare il culo, gli uomini, i vecchi, i
bambini, i miei coetanei. Tutto era avvolto in un'atmosfera
vaporosa e lessata come di una grande cucina, col puzzo del-
la cucina: vivere, far l'amore, dormire, guadagnare, morire,
tradire, vendicarsi... Nei miei incubi c'era sempre quella
grande cucina con quell'odore. Così una sera dissi a mia
madre: "Per tutta la vita hai fatto la serva agli altri. Ora la
farai a me". Questo le dissi.

Verso i sedici-diciotto quindi cominciai ad avere le pri-
me crisi. Non tolleravo più quel nomadismo per cui ogni
anno avevamo una casa per soli otto mesi e per il resto ci
veniva strappata, sconsacrata, umiliata, distrutta da quei
clienti che rompevano le piastrelle, i letti, bruciavano le
tovaglie, rubavano i bicchieri e i quadri appesi alle pareti.
Per non contare poi quello che avrebbero fatto nelle no-
stre stanze: pisciare nei lavandini, in terra, sporcare e in-
sozzare. Alle volte aprivi un armadio e ci trovavi nascosta,
infilzata, occultata in modo perfetto, una sozzeria incredi-
bile, un preservativo usato, assorbenti, era terribile. No,
non era possibile che la mia vita fosse per una parte del-
l'anno vissuta in una casa che sembrava un monumento
vuoto e buio e poi, per il resto dell'anno, una colonia. La
mia stanza al primo piano che dovevo lasciare così, senza
far niente, alla violenza degli stranieri... Il bancone della
reception. Portiere di notte. Era il mio unico rifugio. Se
non avessi avuto quello, tutto sarebbe successo molto,
molto prima...

Agli inizi degli anni settanta tutto diventò di nuovo di-
verso. La gente voleva spendere sempre meno e divertirsi
di più, voleva cibi più raffinati, servizi più costosi come
fossero al Grand Hotel. Clienti spendaccioni che conosce-
vamo da anni diventarono improvvisamente tirchissimi
come non avessero più una lira bucata. Le dépendances
non furono più di moda per via dei sindacati e delle azien-
de di soggiorno e dei funzionari della Finanza. Erano
aziende in nero e furono spazzate via. Il babbo ebbe guai

*con la Finanza per via di certe tasse di soggiorno che non
aveva pagato in misura giusta; e guai con il personale che
si rifiutava – se assunto per esempio con un contratto stagionale di cameriera ai piani – di dare una mano in cucina. In più fra la servitù era guerra continua perché una cameriera guadagnava più di una sguattera e quest'ultima, a
parità di lavoro, non poteva, per esempio, usufruire delle
mance. Io ero sempre, naturalmente, dalla parte dei servi
contro il padrone – il babbo – e contro i clienti – i ricchi –.
Anche d'inverno, a scuola, ero una testa calda. La situazione peggiorò nel 1974-75 con la crisi petrolifera e poi
andò sempre più giù. L'azienda di soggiorno creò un neo-
logismo che il nostro collettivo politico svillaneggiò un inverno intero: "Mancato incremento". Questo per dire che
si andava in basso. Noi dicevamo che lo sviluppo così improvviso della nostra città era basato su fattori "eminente-
mente" speculativi e di improvvisazione. Mancava una
programmazione seria dell'azienda turismo e soprattutto i
contatti con i consigli di fabbrica delle aziende del Nord
con le quali fare programmi, scaglionare le ferie e fornire
vacanze agli operai. Con il babbo ci furono momenti di
forte tensione. E di scontro. Ma in fondo io lo accusavo
soltanto di trascurare la mamma, di giocare troppi soldi alla roulette e alle carte e di spendere tutto e non fare programmi per l'hotel che da due stagioni ormai non faceva
gli ordinari lavori di manutenzione e ristrutturazione. Nel
1976 la situazione fu davvero pesante. Ci trovammo con
l'hotel al completo per la sola settimana del ferragosto. A
settembre chiudemmo in anticipo. I costi di gestione erano troppo alti.*

*Un'altra estate, avevo più di vent'anni, ormai, presi in
affitto una discoteca con degli amici. La cosa delle discoteche era nell'aria in quel periodo. Pagammo un sacco di soldi per due mesi di attività e alla fine ci rimettemmo. Quando fu il mio turno di pagare i debiti, parlai con mio padre:
"Mi è andata male, " dissi, "mi servono cinque milioni".*

*Mi aspettavo una reazione furiosa. Ero già pronto ai
cazzotti e magari anche a togliere i pantaloni. Invece il*

*vecchio si prese la testa tra le mani e scoppiò a piangere:
"Ho ottanta milioni di debiti" disse.*

"Cosa?"

*Be', ecco la verità: aveva perduto al gioco e non aveva-
mo più niente. L'hotel fu ipotecato. Poi ci fu il disastro. Se
avessimo avuto i soldi per fare i lavori non sarebbe successo, comunque... Una notte prese fuoco il magazzino. Me
ne accorsi verso le tre quando rientrai per dormire. Sentii
puzza di bruciato e seguendo l'odore vidi il fumo proveniente dal piano terra. In brevissimo tempo tutto fu invaso da nuvoloni neri che si torcevano a una velocità incredibile. Arrivarono i vigili del fuoco, i clienti furono fatti
sloggiare e attesero in mutande, sul viale, di poter rientrare. Bruciò tutto il seminterrato. Quando all'alba tutto fu
compiuto lo spettacolo era da stringere il cuore. Trovai la
mamma in cucina, seduta su una cassetta di birra con le
braccia strette allo stomaco. Il puzzo di fumo e di bruciato
era insostenibile. I muri erano come pelle bruciata. In terra una melma nerastra e fumante e schiumosa si stendeva
fino all'altezza delle caviglie.*

"Andiamo via, mamma" dissi. "Ci penseremo poi."

*Alzò il viso e mi guardò con gli occhi spalancati: "Cosa
vuoi capire tu! C'è da lavorare, adesso!" gridò come infu-
riata. Si alzò e prese a spazzare quel pantano ma solo un
pazzo avrebbe potuto farcela senza l'aiuto di una grossa
pompa. Seppi poi che non avevamo l'assicurazione. Il babbo s'era giocata anche quella. Tutto il primo piano fu dichiarato inagibile dai vigili del fuoco e l'hotel venne chiuso. Il babbo lavorò da solo tutto l'inverno seguente.
L'estate successiva ci furono pochi clienti e chi aveva prenotato, una volta visto l'hotel, se ne andava via. Quell'inverno la mamma morì. E la mia sorellina si sposò con un
ragazzo olandese. Rimasi solo con il vecchio. Quando po-
temmo finalmente riaprire, non avevamo più il permesso
per chiamarci hotel e fummo declassati a Meublé. Non
avevamo rifatto i muri, solo ridipinti. Per questo ancora
adesso c'è quel puzzo e quando piove è disastroso. Abbiamo continuato a gestirlo così, come semplice albergo senza*

più fornire i pasti e la pensione completa. I clienti lo usa-
vano solamente per una o due notti in attesa di trovare
una sistemazione migliore. Altri solamente per qualche
ora in compagnia di una mignotta o di un travestito. No,
non avevamo i soldi per rimetterlo a nuovo. Lavoravamo
per pagare i debiti e c'era sempre quella puzza di bruciato
che mi aveva infettato il cervello...

Parte terza

APOCALISSE, ORA

Arrivò alla stazione di Rimini verso le dieci del mattino. Scese dalla vettura di prima classe con calma, cedendo il passo agli altri viaggiatori. Aveva un aspetto cortese e distinto. Vestiva completamente di bianco: giacca e pantaloni di lino, camicia, calzini e scarpe. Il suo viso, nonostante dimostrasse i settant'anni della sua età e fosse solcato da rughe profonde soprattutto sulle guance, appariva fresco e mobile nelle espressioni, in quei suoi cenni gentili per lasciare avanzare le signore nel corridoio dello scompartimento, in quel fissarsi davanti al cartello blu di "Rimini".

Il suo mento era arricchito da un pizzetto di barba bianca con marmoree striature grigie. Portava un paio di occhiali da sole. I suoi capelli erano tagliati a spazzola, candidi e ispidi. Il suo fisico era magro e la sua andatura dinoccolata. Non aveva con sé bagagli all'infuori di una vecchia borsa di cuoio marrone simile alla valigetta di un medico. Si arrestò davanti a quel cartello ferroviario. Poi uscì dalla stazione e chiamò un taxi.

Durante il tragitto il suo sguardo fu attratto dal panorama umano della riviera finché, come spossato da quel viavai frenetico di uomini e donne che attraversavano la strada in costume da bagno, dalle grida e dai richiami che si lanciavano da una parte all'altra dei marciapiedi, si posò sul libro dalla copertina di seta nera che teneva in grembo. Lo aprì facendo una lieve pressione sul segnalibro di pelle che spuntava tra le pagine. Si trovò davanti quella sestina, scritta in latino, che da anni andava studiando tentandone una comprensione e, soprattutto, cercando di svolgerne il significato esoterico. Numerosi appunti tracciati a matita fra i sei versi e poi tutto intorno fino a riempire i bordi della pagina, erano le piccole tracce di quel lavoro. Il professore rilesse la sestina nonostante la conoscesse a memoria e la potesse anche recitare a rovescio, dall'ultimo verso al primo, e addirittura dall'ultima parola alla prima rispettando però la sequenza originale. Erano tentativi che aveva fatto finché non gli era sembrato, un giorno, di procedere nel verso giusto avendo adottato, come chiave di interpretazione, una sequenza di numeri ricavati dalla Kabbalà. Questi numeri potevano riordinare l'intera sestina producendo finalmente un significato profetico. E questo significato era che alla tal ora di un tal giorno di un certo preciso anno la "terra e il sole sarebbero scomparsi e il mare non sarebbe stato più". La grande meretrice seduta sulle molte acque, che aveva inebriato gli abitanti della terra con il vino della sua fornicazione, sarebbe stata consunta dal fuoco e il mare avrebbe sparso le sue rovine fumanti prima di rivoltarsi anch'esso. La grande città di cui si esclamava "Quale città fu mai simile a questa?" sarebbe stata in un attimo ridotta a un deserto di lava, detriti, fango.

Come lui, il professore, fosse riuscito a stabilire l'identità fra la grande meretrice e la costa di Rimini; e soprattutto come potesse essere così certo che proprio in quell'anno, in quel giorno di agosto, l'irreparabile sarebbe accaduto, tutto ciò era oggetto di una conferenza stampa che aveva convocato nella hall del suo hotel il giorno stesso del suo arrivo, alle cinque del pomeriggio. Per questo era arrivato sulla costa. Per avvertire e per ammonire.

Ci trovammo tutti nella hall dell'hotel per la conferenza stampa. Avevo portato Susy con me. Il mio giudizio era

quello di non sottovalutare cose del genere, da qualsiasi
punto di vista. Un libretto letto anni prima sulla psicologia delle masse mi induceva a pensarla in questo modo.
Per questo ero voluto andare di persona. Per rendermi
conto se si trattasse di un pazzo, o di uno scherzo, o di un
personaggio da tenere sotto controllo con cautela e rispetto. Non appena il vecchio parlò, mi dissi che non sarebbe stato il caso di dare troppa rilevanza alla questione.
Il vecchio era dannatamente serio nella sua esposizione.
Avrebbe spaventato persino un guru.

"Cosa la induce a pensare che quanto ci ha raccontato
accadrà?" chiese un ragazzotto di una radio libera.

Il vecchio mosse le labbra e le mascelle come stesse
per masticare qualcosa. "Il libro ha avuto ragione molte
altre volte" disse infine. Parlava con lentezza offrendo
l'impressione di terminare il discorso a ogni parola.

"Può farci degli esempi?" riprese il cronista.

"Ben volentieri." Consultò il libro che teneva in mano
inumidendosi la punta del dito indice per sfogliarlo.
Lesse qualche frase in latino. Tutti i colleghi sbuffarono
di impazienza.

"Traduca, per favore!" disse qualcuno dalle prime file. La sala era gremita. Eravamo in una cinquantina e
l'hotel non era certamente un albergo di lusso. I fotografi stavano inginocchiati ai piedi del vecchio e scattavano
senza interruzione pose ora del pubblico ora di chi parlava. Finalmente il vecchio iniziò a tradurre.

"Si tratta della Rivoluzione Francese" annunciò al termine. "È stata annunciata dal profeta trecento anni prima."

"Come può dire che si tratti del 14 luglio?" chiese Susy. "Ha parlato solamente di fasi lunari. Non di date
precise."

"Faccio un altro esempio" disse il vecchio. "So che
siete increduli quanto lo sono stato io, prima di dedicare
gli ultimi vent'anni della mia vita al profeta. Ma ora vi
leggerò l'annuncio di una grande sciagura. Resterete
sbalorditi." Fece una pausa. "Si tratta di Hiroshima."

Proseguì ancora per qualche minuto con la lettura e le interpretazioni. Ma era come evitasse di spiegare, nel suo rifarsi continuamente ad avvenimenti successivi, i motivi per cui era arrivato a Rimini e soprattutto perché Rimini e non San Francisco o Mogadiscio o Tokio. La Pagina dell'Adriatico non diede troppo rilievo alla conferenza stampa fatta eccezione per un trafiletto di quindici righe che riportava, nuda e cruda, la notizia, e cioè: un professore di latino in pensione è arrivato a Rimini per annunciare ecc. ecc.

Le altre testate non furono avvedute quanto lo fummo noi. Soprattutto le radio private e le televisioni locali si gettarono sull'argomento come iene fameliche. In questo modo cominciò a crescere una psicosi collettiva. Un fatto straordinario, poi, incrementò ancora di più la fobia della gente. Un giovane assalì un pullman di turisti impugnando una pistola e tenendoli in ostaggio per una decina di ore.

Corremmo sul luogo.

La polizia aveva isolato il tratto di lungomare in cui era bloccato il pullman come fa il chirurgo quando chiude una vena con un punto di sutura a monte e uno a valle della zona in cui deve intervenire. Le camionette biancoazzurre della polizia chiudevano il traffico un centinaio di metri prima e uno dopo. C'erano inoltre automezzi blindati dei carabinieri dai cui tettucci sbucavano agenti in assetto di attacco con i lacrimogeni innestati sui fucili. Attorno al pullman c'era il deserto. Riparati dietro una vettura della guardia municipale un paio di persone comunicavano, tramite un megafono, con il terrorista. La scena, vista dall'alto dell'albergo in cui ci eravamo appostati, appariva insensata. Come si stessero girando alcune sequenze di un film. No, non era possibile cercare di capire o anche solo immaginare quello che stavano provando quei poveracci chiusi da ore su quel pullman nel caldo torrido del pomeriggio, senza acqua, servizi igienici, senza mangiare, senza potersi sdraiare, senza, soprattutto, poter capire che cosa volesse da loro quel giovane. E se voleva mai qualcosa, che diavolo c'entrassero loro, con i loro pacchi e le loro sporte e le loro creme solari, sul loro tranquillo omnibus.

"Quanti saranno, là dentro?" chiesi a Guglielmo che era in contatto telefonico con Zanetti.

"Quarantatré" fece lui. "C'è stato un comunicato della agenzia viaggi. Vengono da Manchester. Tutti sui sessant'anni. Avevano in programma una escursione a San Marino e San Leo."

"Si sa chi è quel pazzo?"

"Non sono riusciti a identificarlo. Non ha ancora fatto richieste. Ha urlato semplicemente che se qualcuno si avvicina spara sugli inglesi. C'è da credergli, visto che lo ha già fatto." Tornai alla finestra. I clienti della camera che avevamo occupato non sapevano se guardare con più curiosità me e Guglielmo, che ci davamo da fare con il telefono e la macchina da scrivere, oppure giù in strada la ressa di gente che si ammassava dietro i cordoni della polizia e poi quel tratto di strada improvvisamente deserto, quel pullman, quelle tracce di sangue sull'asfalto.

Durò così per tutto il pomeriggio, fin verso il tramonto. Poi, improvvisamente, nel giro di qualche istante, la situazione si risolse sotto ai nostri occhi senza che avessimo quasi il tempo di accorgercene. Ci fu una corsa velocissima di un gruppo di poliziotti provenienti dalla spiaggia e di un secondo gruppo dalla strada. Il pullman fu circondato. La porta si aprì e un ragazzo scese gettando lontano l'arma. Una donna gli si avvicinò. Lo prese al braccio tentando di allontanare i poliziotti che si erano scagliati sul giovane. Il ragazzo si coprì il viso con le braccia e posò la testa sulle spalle della donna che si sbracciava per farsi largo fra i poliziotti. Raggiunsero l'auto e filarono via inseguiti dalle sirene delle auto della polizia. Sul lungomare restò solo il pullman. Attoniti, esterrefatti, incerti, traballando sulle gambe, spalancando gli occhi, baciando il suolo e l'asfalto torridi e melmosi, i passeggeri uscirono uno a uno. Alcuni crollarono a terra non appena fatto qualche metro. Altri si appoggiarono ai poliziotti, altri ancora furono soccorsi dalle ambulanze. La folla premeva al di là dei cordoni dei poliziotti e applaudiva. I turisti di Manchester crollarono uno dopo l'altro sorridendo e alzando le braccia come quegli atleti che giungono stremati in prossimità del traguardo della maratona olimpica. Erano i vincitori. Ce l'avevano fatta. Ora potevano anche accasciarsi a terra e desiderare di non rialzarsi mai più.

Non appena ci accorgemmo che tutto era finito, scendemmo di corsa dall'hotel e raggiungemmo il pullman. Johnny scattò tre rullini di foto. Dalla questura, più tardi Susy telefonò a Zanetti per dire che il ragazzo era arrivato, si chiamava Renato Zarri, era di Rimini, non faceva parte di nessun gruppo terroristico e stava vuotando il sacco con il magistrato, la dottoressa Giovanna Piola. Era stata questa donna a risolvere la situazione. E lei fu, il giorno seguente, l'eroina delle prime pagine dei giornali.

La buona riuscita di questa operazione non riuscì a frenare la psicosi da fine del mondo che stava ormai stritolando la riviera. Inviati speciali di settimanali nazionali, a corto di notizie, si precipitarono a Rimini e contribuirono non poco a ingigantire il fenomeno. La televisione di Stato mandò in onda uno special nell'ora di massimo ascolto in cui veniva intervistata la gente per strada, si chiedeva cosa pensasse, cosa avrebbe fatto e come avrebbe reagito a quella notte che stava ormai per scadere. Più ci si avvicinava al momento cruciale, più accadevano le cose più impensate. I venditori di attrezzi per campeggio, per esempio, esaurirono i loro magazzini. Tendopoli abusive sorsero qua e là nella campagna a opera di speculatori e di avvoltoi che chiedevano cifre astronomiche per un semplicissimo posto tenda. Una parte dei turisti, soprattutto ragazzi, abbandonò le famiglie e le pensioni per costituirsi in "gruppi di intervento" il cui fine diventò ben presto quello di giocare alla fine del mondo come tanti boy-scouts. Le discoteche più avvedute improvvisarono parties "World's end" e fecero soldi a palate con gente che faceva la fila fino alle tre del mattino per godersi la fine di Babilonia, o di Sodoma o Gomorra. Parties "Caduta di Costantinopoli", "Presa di Bisanzio", "Incendio di Roma" sorsero qua e là dando vita a un look improvvisato fatto soprattutto di veli, parei, fusciacche e nastrini arrotolati attorno ai corpi nudi. Profeti nacquero da un giorno all'altro sulle spiagge. Ammonivano dai mosconi contro la corruzione dei costumi, incitavano a fare penitenza e pregare Dio. Un paio di colonie a Bellaria chiusero i battenti e mandarono a casa i ragazzini. Gli operatori turistici si diedero da fare per screditare quel pazzo fanatico e tenere calma la gente. Poi capirono che non era tutto "male". Infatti la gente che se ne andava disdicendo prenotazioni veniva rimpiazzata sempre di più da curiosi che arrivavano per assistere a quella notte finale. Così, dopo un primo momento di incertezza, anche gli albergatori capirono che la "fine del mondo" aveva dei risvolti positivi. Non avrebbero mai creduto che tanta gente fosse così desiderosa e smaniosa di lasciarsi andare nell'imminenza della fine. In riva al mare, la notte, ardevano grandi falò. La spiaggia sembrava quella di una città del Marocco prima di una tempesta di sabbia quando la gente sfolla verso il mare e fa l'amore continuamente per ore e ore. Tutti i segreti si rendevano palesi, le voglie scoppiavano, i desideri straripavano dalle intimità.

Dal suo hotel, il vecchio guardava la folla. Una grande calma era scesa in lui. Aveva fatto quel che gli spettava. Ora il suo compito era finito.

Il trip della fine certamente non mi scosse più di tanto. Dai fogli della Pagina dell'Adriatico ci limitammo a descrivere gli eventi imponendoci una notevole sobrietà. Quello che stava accadendo fu trattato come si tratta qualsiasi notizia. Eravamo dell'avviso di non cavalcare la tigre. Puntavamo forte sul dopo. Se, come ci aspettavamo, non fosse successo nulla, avremmo sì dato fiato alle trombe una volta dissoltosi l'incubo della catastrofe. Giocavamo sui tempi lunghi. Volevamo vantarci di essere stati gli unici ad avere mantenuto i nervi saldi. Ma quando accadevano fatti gravi – l'assalto a un convoglio ferroviario, completamente prenotato, da parte di passeggeri sprovvisti di biglietto – non era facile restare tranquilli. Si viveva sempre su un equilibrio precario. E spesso la voglia di buttarci tutti da una parte era troppo forte. Nonostante i buoni propositi qualcosa cominciava a incupirsi dentro di me. Tolkien avrebbe scritto: ombre nere, minacciose, si avvicinavano dall'orizzonte.

Una notte decisi di rimanere solo. Salutai Susy. "Sono molto stanco" le dissi. "Non te la prendere."

Mi guardò affettuosa. Scese dalla Rover. Poi si sporse attraverso il finestrino. Mi allungai e ci baciammo.

"Mi piaci, Marco. Sul serio" disse.

Non seppi cosa risponderle.

Arrivai nel mio appartamento verso le undici. Salii di sopra e mi buttai sul letto. Bevvi un sorso di whisky caldo e bruciante. Mi rialzai. I due vecchietti della fotografia di Johnny, appesi di fronte, mi guardarono strani. Forse per effetto della scarsa illuminazione mi sembrarono un po' tetri. Presi il mio blocco di appunti e lo gettai sul letto. Cercai una matita e un foglio bianco. Cominciai a studiare le mie carte. Riportai sul foglio le date e i "passaggi" più importanti in modo da costruirmi uno schema comparato fra le disavventure delle due società immobiliari e quelle delle sorelle di Sant'Agata. Era un'idea. Forse un prurito. Ma da troppi giorni mi stava avvelenando. Così tentai.

Innanzitutto Susy aveva detto che il primo grande versamento di danaro in favore del convento di Sant'Agata era avvenuto nel 1979, a marzo. Nello stesso periodo, diceva l'articolo di Zanetti, la società immobiliare Thea aveva stipulato una convenzione con il comune di Rimini per l'edificazione di quel villaggio turistico. Fin qui tutto era chiaro e procedeva parallelo. I guai cominciavano a saltar fuori negli ultimi tempi. Su al convento avevano smesso di ricevere quei fondi esattamente da quattro mesi. E questo equivaleva a dire che l'ultimo

·versamento era stato effettuato nel mese di aprile. Parallelamente la società Thea si era rinnovata con quell'altro nome e, ad aprile, aveva stipulato la nuova convenzione rinunciando a costruire la casa per ferie per handicappati. In parole povere un fiume di danaro scorreva verso quel convento finché esisteva la Thea. Una volta soppressa tale sigla, tutto si arrestava. Non c'erano molte conclusioni da trarre. Poteva trattarsi di una coincidenza. Più probabilmente, invece, qualcuno aveva fatto ottenere la convenzione del 1979 alla Thea in cambio di danaro. Una volta sfumata questa società, anche il danaro spariva. Ma chi era questa persona? O era un gruppo? Chi rischiava la galera per corruzione, solamente per dirottare una grossa tangente verso un gruppo di pie donne e di ragazzi infelici? C'era una risposta plausibile. Era la stessa persona che con ogni probabilità aveva preteso che nel progetto originario della Thea risultasse anche una residenza per bambini handicappati. Quindi una persona che aveva molto potere. Chi? Fu un lampo. Corsi a guardarmi i giornali e il "coccodrillo" che Zanetti aveva scritto a suo tempo. Il senatore Attilio Lughi si era ritirato dalla sua carica proprio nel 1979. Cristo! No, non poteva essere per due ragioni: la prima che la tensione politica in quel periodo era talmente alta da provocare poi, mesi dopo, la caduta della giunta e l'assunzione del potere da parte di un altro raggruppamento politico. E per questo Lughi, abituato a ben altri giochi di partito, si era tirato fuori. La seconda, che Lughi si era ucciso, come io stesso avevo provato rinvenendo quel suo biglietto poi dichiarato autentico dal perito. No, avrei dovuto ricominciare da capo. Fingere che si trattasse invece del senatore Lughi. Ripercorsi le date e le tappe della vicenda immaginando il vecchio senatore come il mediatore fra la Thea e il comune di Rimini. Tutto filava a meraviglia. E soprattutto c'era un particolare che, pur avendo notato fin dall'inizio, solamente ora si ingrandiva fin quasi a raggiungere l'enormità di una prova. Il convento di Sant'Agata era sulla strada per quello di Badia Tedalda. Il senatore, quindi, lasciando credere di far visita al suo amico di partito, avrebbe facilmente potuto, allungando solo di qualche chilometro, far visita a ben altri amici. In particolare a una ragazza, a Thea.

Nessuno lo avrebbe saputo. Nemmeno le monache, essendo votate alla clausura. Avrebbero solamente intravisto la figura di un uomo maturo e poi lo avrebbero lasciato solo con quei ragazzi. Con Thea. Susy aveva detto che compiva dodici anni in quei giorni. Era nata allora nel 1971. Non tornai con lo sguardo sul "coccodrillo" di Zanetti. Sapevo già cosa era successo al senatore Lughi in quel periodo. Forse potevo anche immaginare chi in realtà potesse essere quella disgraziata ragazza. Non certo – come sosteneva Susy – la figlia della miseria della montagna. No, tutt'altro. Era come nel titolo di un vecchio film di Totò.

Il giorno dopo tutti i giornali della costa avvisarono i propri lettori che era venuto il momento tanto atteso: quella stessa notte la verità sarebbe finalmente emersa. Che si trattasse della fine della riviera o invece della fine di un vecchio maniaco non aveva poi tanta rilevanza. L'importante era che, in un caso o nell'altro, la verità sarebbe emersa. L'incubo si sarebbe disciolto trascinando tutti o all'inferno o nel paradiso della vita-che-continua.

Mi svegliai alle otto con la testa pesante. Non mi feci vedere in redazione. Telefonai a Susy avvertendola che mi sarei fatto vivo nel pomeriggio. Presi la Rover e imboccai la strada per il Montefeltro.

Il convento su a Sant'Agata non assomigliava per niente a quello ben più maestoso di Badia Tedalda. Si trattava di una costruzione a un solo piano di epoca abbastanza recente, metà anni cinquanta. Aveva una forma a "t". Un lungo corpo centrale avanzava verso l'ingresso per poi incontrare, in fondo, il braccio perpendicolare alla cui estremità destra si innalzava un piccolo campanile. L'ingresso al convento era protetto da un cancelletto arrugginito. Suonai alla porta. Mi venne ad aprire la ragazza che avevo incontrato in redazione quel giorno.

"Le è piaciuto il nostro articolo?" dissi, mostrando il giornale.

La ragazza abbassò gli occhi incuriosita sul foglio.

"Non compriamo mai i giornali... Ogni tanto qualcuno ci porta una rivista..."

"Lo può tenere" dissi, appoggiandoglielo in mano. "Non mi fa entrare?"

La ragazza si scostò e, scusandosi, mi fece passare. Percorsi un lungo corridoio seminato di giocattoli rotti e palle sgonfie. Un odore fortissimo di disinfettanti mi stordì. Era insopportabile. In fondo una porta chiudeva la prospettiva.

"Vorrei parlare un po' con lei" dissi, non appena fui dentro.

"Perché?"

"Se volete che vi aiutiamo, dovete fornirci almeno qualche informazione, la pare?"

"Ha ragione" disse remissiva. "Dovrò chiedere il permesso alla madre superiora. Può attendere qui, se vuole."

Mi sedetti su un termosifone scrostato lungo il corridoio. Tentai di aprire una finestra, ma erano sigillate. Non faceva caldo, ma l'odore era sempre più forte. La ragazza tornò dopo una decina di minuti: "Può parlare con la madre, se vuole". Dissi che stava bene. La seguii in una stanza spoglia e umida. Una grande chiazza di muffa color ruggine occupava un lato del soffitto e scendeva come una ragnatela lungo una parete. C'era una sedia. Mi sedetti di fronte al pertugio di legno traforato come in un confessionale. Lo vidi attraversare da un bagliore di luce. "Può parlare" disse una voce roca e nello stesso tempo suadente.

"Vorrei sapere qualcosa su una bambina che si chiama Thea."

"Cosa, in particolare?"

"Da quanto è qui."

"Aveva solo qualche mese quando l'abbiamo trovata."

"È stata abbandonata?"

"L'hanno portata qui."

"Sa chi sono i genitori?"

"Sono creature di Dio. A noi non interessa questo. Non possiamo giudicare. Thea è una nostra figlia, come le altre."

"È mai venuto qualcuno a chiedere di lei?"

Aspettò un attimo a rispondere. "Ogni tanto qualcuno viene a darci una mano. Quando siamo ritirate in preghiera."

Non c'era niente da fare. Provai ugualmente. Estrassi una foto di Lughi e la mostrai tenendola a una certa distanza dalla grata per permetterle di riconoscerla.

"No, non so chi sia" disse dopo un po'.

"Attilio Lughi. Le dice niente?"

"Perché mi fa queste domande?"

"È necessario, madre. Se vuol sapere sinceramente come la penso, credo che non riceverete più quelle offerte... Allora? Le dice niente?"

"Attenda un attimo, prego."

Sentii il fruscio della sua tonaca Lo spioncino fu chiuso. Restai solo. Pochi minuti dopo la novizia che mi aveva fatto entrare tornò nella stanza. Aveva in mano una grossa busta gialla.

"Attilio Lughi, ha detto?" fece lei, guardandomi interrogativa.

Le mostrai la foto. "È questa persona."

"Lo conosco" disse lei. "Ogni tanto si faceva vivo. Restava con i ragazzi. Giocava con Thea. Una brava persona."

Il sangue mi salì, pulsando, al cervello "Ne è sicura?"

"Certo... Ma non si chiamava così."

"E come allora?"

"Signor Francesco..."

Attesi qualche secondo prima di sparlarle la verità. "Sa che è morto?"

La ragazza si portò una mano al viso e mosse la testa come per dire no. Singhiozzò.

"Mi spiace... Credevo lo sapesse. Era su tutti i giornali."

"Noi... Non leggiamo i giornali" balbettò tra i singhiozzi. Cercai di consolarla. "In realtà si chiamava Attilio Lughi. Era un uomo conosciuto. Un senatore."

"E allora questa cosa c'entra?" disse porgendo il plico.

Guardai la busta. La presi. Sull'intestazione del destinatario era scritto: "Attilio Lughi. Casa Sorelle di Sant'Agata. Sant'Agata Feltria. Pesaro". La busta non era ancora stata aperta. Portava il timbro postale del dodici luglio di quell'anno. Cinque giorni prima che il suo cadavere fosse trovato in mare.

Mi fermai tutto il pomeriggio a leggere quei documenti. Quando la ragazza se ne andò per avvisare le altre suore della disgrazia capitata a quell'uomo, ne approfittai per rompere qualsiasi esitazione. Aprii la busta e mi trovai in mano un pacco di fogli scritti con una calligrafia minuta. Inoltre matrici di assegni bancari, numeri di conti correnti e altri foglietti sottili che avevano tutta l'aria di essere matrici di versamenti bancari. Avevo ragione. Il senatore si era fatto corrompere da quella società immobiliare. Aveva intascato il danaro e l'aveva periodicamente versato al convento. Perché? Per togliersi forse quel dannato senso di colpa per aver messo al mondo dodici anni prima una bambina la cui madre sarebbe morta poco dopo, e averla abbandonata lassù. Ecco chi era Thea. E quale il segreto del senatore. Ma la cosa più incredibile era che, fra quelle carte, emergeva nettamente una situazione a cui non avevo pensato fino a un momento prima. Che Lughi cioè non si era affatto ucciso.

E allora, quel biglietto che io stesso avevo trovato? Non capii nulla finché non trovai un'altra volta quella data. Era la terza volta che saltava fuori. In quel giorno, aveva detto Zanetti, la Silthea aveva finalmente cominciato i lavori al cantiere. E in quel giorno, il diciotto giugno 1983, io, Marco Bauer, giovane arrivista, pollo di turno, caprone testardo che pur di arrivare a emergere non avrebbe guardato in faccia a nessuno, povero idiota inesperto dalla zucca di ariete pronta a sfondare porte aperte o mura che altri già avevano sbrecciato senza che il poverello se ne accorgesse, io, Marco Bauer, avevo accettato il mio nuovo incarico lì sulla costa, pensando che il mondo sarebbe stato finalmente mio e le luci e le stelle e tutte quelle cazzate. Merda! Un brivido di paura mi fece tremare. I miei pensieri si aggrovigliarono nei labirinti paurosi del delirio. Ero stato un fesso! L'idiota di turno che avevano usato come e quando gli era parso. La cara Sifinv! Non si occupava solo di cantieri edili! Non passava solo stipendi a portaborse come il sottoscritto. Giocava pesante. E quella volta aveva giocato con me. Uscii di corsa dal convento. Presi la Rover gettando in macchina la busta gialla. Mi fermai in un bar e telefonai a Milano. Chiesi del direttore. Risposero che era andato in ferie e che non sarebbe più tornato poiché il suo mandato era scaduto. Chiesi allora di Bianchini, il mio collega in cronaca. Gli dissi quello che volevo sapere. Dettai il numero del bar per ricevere la risposta e attesi.

Un'ora dopo arrivò la telefonata.

"Allora?" chiesi impaziente.

"Il diciotto giugno, subito dopo di te, il direttore ha avuto un incontro con il legale della proprietà. Ho controllato nell'agendina della segretaria di redazione. Non è stato facile... Mi vuoi dire che razza di..."

Riappesi. Certo! Era stato tutto troppo facile. Io, il grande cronista, avevo risolto il caso. Attilio Lughi: suicida.

Mi avevano servito lo scoop su un piatto d'argento servendosi di quel tonto di Fosco. E io, a mia volta, l'avevo servito al pubblico. Chiamai Susy.

"Vediamoci fra un'ora al motel dell'autostrada" dissi eccitato. "Non mi fare domande e vieni puntuale."

"Marco... Marco..." gridò lei. Ma io non ebbi voglia di risponderle.

Molte volte mi era capitato di aver paura per la mia vita. Ma questa volta era diverso. Era la paura di essere stritolato da un ingranaggio invisibile eppure potentissimo. Qualcosa senza volto e, paradossalmente, con il volto di tutti gli uomini di questo mondo. Bevvi una mezza bottiglia di whisky fino a stordirmi. Poi entrai in macchina e corsi all'appuntamento.

Le automobili sfrecciavano veloci sulla striscia di asfalto dell'autostrada. Cominciava a far buio. Susy mi era seduta accanto, sulla Rover. Di tanto in tanto stringeva la mia mano tra le sue.

"Forse voleva redimersi" dissi, "almeno agli occhi della propria coscienza. Deve aver interpretato le sue disgrazie, la nascita di Thea, la morte della moglie, come un segno, una prova che gli veniva da Dio. I cattolici sono alle volte così banali. C'è sempre *lui* dietro a tutto."

"Perché Lughi ha mandato questo plico a Sant'Agata? E perché ha raccolto questi documenti?"

"Lo hanno minacciato. Sapeva che stava rischiando troppo. Padre Michele lo ha detto: Attilio era molto preoccupato. Si chiedeva se doveva continuare o mollare tutto... Ha affidato la sua vita a quelle donne. E anche la sua morte."

"Perché non ha avvertito la polizia?" chiese ingenuamente Susy.

"Tu l'avresti fatto? Ti saresti fidata? Se tu avessi avuto una esperienza come la sua in fatto di pubblici poteri, lo avresti fatto? Lui stesso si era fatto corrompere. Come poteva fidarsi di altri? No. È stato un gesto disperato, d'accordo. Questa busta poteva rimanere lì per anni e anni. Ma si è fidato. Questo conta."

Restammo in silenzio. Ero esausto, come avessi cambiato di colpo dieci fusi orari.

"Continuo a non capire perché lo abbiano ammazzato."

Aveva ragione. Susy non conosceva tutti i passaggi. E

anch'io avevo molte zone d'ombra sulla vicenda. Ma il quadro complessivo era ormai chiaro nel mio cervello.

"Nel 1979 Lughi riesce a fare avere la convenzione a quella società in cambio della promessa di costruzione dell'asilo e dei soldi. Poi si ritira dalla vita politica. Fin qui è tutto chiaro. Quando però viene il momento di costruire, nel 1981, un pretore interviene e blocca i lavori facendo appello a un vincolo idrogeologico che, a suo dire, gravava su quel terreno prima della convenzione. Lughi ha agito in modo da nascondere questo dettaglio. D'altra parte appare un orpello trascurabile, al punto che la nuova giunta lo insabbierà di nuovo in cambio di quel pezzo di terreno. Guardati attorno. Quante case dovrebbero sbattere giù da queste parti? E in Calabria? E sulla costa amalfitana? E in Puglia? E in Sicilia? No, no. Lughi non ha avuto scrupoli. E io credo che in questo suo agire veramente abbia influito in lui una sorta di certezza del perseguimento del 'bene superiore'. Se guardi la sua formazione politica, la sua attività, tutto diventa chiarissimo. Quanti dei suoi compagni di partito hanno tramato, intascato, corrotto, insabbiato, però con la certezza di agire per qualcosa che in fondo li giustificava? Se non capisci questo, non credo tu possa capire quarant'anni di scandali italiani. Perché non hai mai davanti dei semplici corrotti. Hai gente ben più pericolosa. Gente che agisce con la certezza di seguire la strada giusta. Capisci? In fondo i cattolici sono molto più realisti dei marxisti o dei cosiddetti laici in genere. Ben più machiavellici. Hanno sempre un fine indiscutibile che, appunto, li giustifica agli occhi della propria coscienza. Ma è un fine ultramondano. Cioè tutto e niente. Questo è il punto."

"... Siamo rimasti all'81."

"Già. Il pretore chiude i cantieri della Thea. Quelli della Thea fanno pressione su Lughi. Ma il senatore non ha più molto potere. È fuori dalla giunta amministrativa. Un altro gruppo ha preso il potere. E un altro Cesare vuole il suo tributo. Quelli della Thea si barcamenano. Non posso sapere cosa avranno combinato, ma è chiaro che tengono i piedi su due staffe: il senatore e il nuovo potere. Giungono infine a un accordo. Cedono una parte del terreno e così ottengono il permesso di costruire. Continuano a foraggiare Lughi finché non hanno la certezza dell'accordo. Poi chiudono i rubinetti. Lughi che fa? Si incazza, maledice, fa la voce grossa. Ma ormai è fatta. Siamo ad aprile. La Thea, che ora si chiama Silthea, probabilmente per dare il contentino a Lughi, firma la convenzione. A maggio infatti a Sant'Agata non ricevono niente. Il diciotto giugno iniziano i lavori. Lughi fa la contromossa È imbestialito. Non solo non ha più i finanziamenti ma, soprattutto, è saltata dal nuovo progetto la residenza per minorati fisici. Probabilmente minaccia di spifferare tutto. Raccoglie le prove. Va un'ultima volta a Badia Tedalda. Se il cantiere chiude una seconda volta, Lughi colerà a picco con loro. Al senatore questo non importa gran che. Ha una buona carta nella manica. Confessare i suoi peccati e ritirarsi a Badia. È per questo che li mette alle strette. È per questo che viene fatto fuori. Loro hanno già il piano. E il tuo caro Bauer è parte del loro piano."

Susy scrollò la testa incredula. "Ma come?" disse.

"Lo ammazzano. E io fornirò all'opinione pubblica una versione plausibile di un suicidio. Hanno bisogno di un mitomane arrivista come me che condisca per bene il sugo. L'importante per loro non è che si riesca a provare il suicidio quanto che mai e poi mai nessuno riesca a provare l'omicidio, capisci?"

"Sì..." fece lei.

"Così un giorno Lughi scende a Rimini, si incontra con loro e viene fatto fuori dopo essere stato obbligato a scrivere quel foglietto che io ritroverò. Fine della vicenda. Ce l'avrebbero fatta. Ma il senatore è una vecchia volpe. Sa che le pie donne, lassù, custodiscono una busta piena di prove. E che prima o poi, secondo i disegni della provvidenza, tutto verrà a galla. Ecco qui."

"E ora che facciamo?" disse Susy.

Guardai la busta. "Non lo so... Non lo so proprio."

Mangiammo qualcosa al ristorante di fianco al motel. Avevo bisogno di mandar giù un boccone. Lo stomaco mi sembrava una caverna puzzolente di gin e stretta come una bara. Dovevo sforzarmi di mandar giù qualcosa. Altrimenti di lì a poco avrei rigettato in strada anche le viscere.

La sala del ristorante era illuminata e deserta. Gran parte dei clienti infatti si era radunata davanti al televisore per avere notizie di come procedeva la fine imminente. Dal nostro tavolo potevamo sentire gli speakers alternarsi e dare notizie in diretta. Intervistavano il capo della polizia, qualche sindaco, la gente per strada.

"Torniamo a Rimini" disse Susy.

Accennai un sì. Ero distrutto. Continuavo a fissare sul tavolo quella busta gialla. Proprio non sapevo cosa avrei fatto il giorno dopo. Andare alla polizia? Consegnare tutto? Abbandonare il giornale? Far finta di niente? C'era qualcosa per cui valesse la pena di agire? No, non lo sapevo proprio. Susy restò in silenzio per tutta la durata della nostra cena. Il suo cervello cercava di capire i vari passaggi della questione, ma forse ancora non ci riusciva. Anch'io, d'altra parte, vivevo quei momenti come un incubo. Avrei pagato chissà cosa, tutti gli stipendi futuri della mia grande carriera per qualcuno che fosse arrivato lì a dirmi: "Ehi, Bauer, è solo un sogno". Ma nessuno entrava in quel diavolo di ristorante. E il sogno era sempre più simile alla realtà.

"Guida tu, Susy" chiesi. "Lascia la tua macchina al parcheggio; verremo domani. Ho solamente voglia di cacciarmi sul letto, terminare la sbronza e dormire."

Susy acconsentì. Innestò la marcia della Rover e lasciammo il parcheggio in direzione di Rimini. Poco prima di giungere in città ci trovammo inesorabilmente stretti nella morsa di un ingorgo. Molte auto lasciavano la città in direzione della campagna e della collina retrostante. C'erano stati alcuni tamponamenti. Il traffico era interrotto dalle autoambulanze che per poter raggiungere gli ospedali invadevano la corsia opposta di marcia.

Così, pur viaggiando in senso contrario alla ressa di auto che fuggivano, ci trovammo ugualmente bloccati.

"Potremmo proseguire a piedi" disse Susy. "Non siamo troppo lontani dal centro."

"Preferirei andare a dormire" dissi.

"Ma dove? Il tuo residence è troppo lontano. Potresti però venire da me."

"È una buona idea. Allora che si fa?"

La colonna accennò a muoversi. Avanzammo lentamente per una ventina di metri, poi di nuovo ci trovammo bloccati.

"Non ce la faccio più" strillò Susy. "Ora lascio la macchina!"

"Appena puoi, Cristo!" urlai. "Appena trovi un viottolo, uno spiazzo. Guarda laggiù."

Tra i fanalini rossi delle vetture che ci precedevano scorsi una strada che si addentrava nella campagna. Svoltammo a destra, lasciammo la Rover e continuammo a piedi. Fummo costretti a camminare al centro della corsia perché da una parte e dall'altra il ciglio era occupato da macchine lasciate in sosta. La gente, dentro alle vetture, aveva espressioni neutre e assenti. Più di noia che di paura. Avrebbero senz'altro passato la notte in quel gigantesco ingorgo da cui non avanzavano né potevano indietreggiare. Cercavano scampo e avrebbero dovuto arrendersi all'immobilità. Proseguimmo verso il centro di Rimini. Ai lati della strada, verso i binari della ferrovia, un'auto bruciava schizzando scintille infuocate sull'asfalto. La gente tentava di tenersi distante. Una ragazza piangeva. C'era del sangue. I poliziotti tentavano di far circolare quelle poche auto che potevano, ma era tutto inutile. Quella notte poteva anche non succedere nulla: la terra non tremare, il mare non riversarsi sulla spiaggia, le fiamme non attaccare le case e le piante e ogni genere di costruzione. Tutto poteva restare tranquillo come in una qualsiasi sera d'agosto sulla costa. Il peggio sarebbe in ogni modo accaduto per conto suo.

Stava già accadendo. L'uragano si agitava non sul lungomare, né sulla costa, ma dentro al cervello della gente.

Le strade che portavano a Rimini erano gremite di
folla. Lasciata la provinciale ingorgata dalle auto, ora il
centro appariva in preda ai pedoni. Migliaia, centinaia
di migliaia di formiche che andavano avanti e indietro,
vorticosamente, senza conoscere la propria direzione,
né tantomeno la propria meta.

Afferrai Susy per mano. Con l'altra mi serravo al petto la busta. Avevo il terrore che mi fosse strappata via
dall'urto della gente.

"Facciamo il lungomare" disse Susy. "Tagliamo via
questa ressa. Vieni."

Dovevamo urlare per capirci tra il chiasso infernale.
Raggiungemmo a fatica il grande viale. Lo spettacolo fu
impressionante. La spiaggia, davanti a noi era illuminata
a giorno da fotoelettriche e da grossi fari appesi ai normali pali della luce. La gente era seduta gomito a gomito
con pacchi, tende, asciugamani, sporte, sacchetti di ogni
colore e di ogni dimensione. Tutti guardavano in direzione del mare come se da un momento all'altro qualcosa avesse dovuto sgorgare: un'isola, un vulcano, una balena, un mostro. Ogni tanto, la sequenza della gente
seduta era interrotta da gruppi che, attorno a un fuoco,
saltavano e ballavano e suonavano passandosi fiaschi di
vino. Riuscii a vedere i pattìni che solitamente stanno al-
l'asciutto, al largo. C'erano delle luci che provenivano
dal buio del mare e un cartello che diceva: "La fine del
mondo sul moscone. Cinquemilalire l'ora. Per tutta la
notte".

Proseguimmo fra le motorette dei ragazzi che sfrecciavano in ogni direzione fra urla, bottiglie gettate in terra, richiami, impennate. Da questa parte della città la
forza pubblica era praticamente assente. Ognuno era lasciato solo a se stesso. C'era gente che in ginocchio pregava, altra che ballava, altra ancora che si stringeva e si
baciava. Improvvisamente un gruppo di ragazzi dai capelli lunghi fece irruzione sul lungomare provenendo da

una trasversale. Gridavano come ossessi e facevano ro-
teare delle catene. Trascinai Susy da una parte. Ci ripa-
rammo dietro il tronco di un pino marittino. "Quanto
manca alla tua casa?" chiesi.

"Oltre la rotonda" disse lei.

Feci un lungo sospiro. Le strinsi più forte la mano.
"Forza" dissi. Sbucammo dal nascondiglio. Procedevamo svelti con la testa china come se tutto quanto si stava
svolgendo sulla strada non ci riguardasse. Ma quando
giungemmo alla rotonda, fummo costretti a sollevare gli
occhi.

Un paio di negozi al piano terra di un grande edificio
bruciavano gettando bagliori infuocati sulla piazzetta.
Le macchine erano bloccate in mezzo alla strada. La
gente fuggiva terrorizzata dal palazzo, saltando sulle capote delle auto, lasciando brandelli di vestiti sui paraur-
ti, strillando e piangendo. Dal fuoco sbucarono come
demoni tre-quattro-cinque ragazzi con il viso nascosto
dal passamontagna. Reggevano in mano piastre per hi-fi,
dischi, videoregistratori, telecamere. Gridavano per spa-
ventare la gente, ma era inutile. Nessuno si sarebbe sognato di fermarli. Dall'altro lato della piazza, un grosso
autobus prese improvvisamente fuoco. Fu il panico.
Sentii un rumore provenire alle mie spalle. Mi voltai, ma
fu troppo tardi. Una motoretta mi investì in pieno. Lasciai la mano di Susy. Caddi a terra. Sentii l'odore della
benzina. Era tutto buio là in fondo. Un dolore violento
mi torse la gamba sinistra. Un dolore acuto e veloce e rapido. Non lasciai la busta gialla che tenevo serrata al
petto come una corazza. L'urto mi spinse sotto a una
macchina ferma. Ero incastrato, non riuscivo a uscire.
Vidi del fumo e le gambe di Susy e il suo braccio allungato e il suo viso chino che mi parlava e mi diceva qualcosa e io che dicevo no, no, e scuotevo il capo. I clacson
urlarono da pazzi, le sirene delle autoambulanze, dei vigili del fuoco, tutto gridava sotto quella maledetta macchina. L'olio del motore mi gocciolava sul volto, Susy
continuava, china, ad allungare il braccio. Fu allora che

le consegnai il pacco e il dolore alle gambe divenne più forte. Mi aggrappai con le mani ai ferri del telaio dell'auto, riuscii a togliere il viso da quella carrozzeria puzzolente. Vidi le sue gambe, dritte, il suo volto, le sue braccia accanto al fuoco. La sua espressione assente davanti a quei pezzi di carta che incendiati volavano via nel turbine della fine del mondo. Poi tutto divenne nero e caldo e troppo odoroso. Un odore fortissimo e nauseante. Persi i sensi. Per me l'ultima notte del mondo finì in quel momento.

Il giorno dopo la vita sulla costa adriatica riprese lentamente il suo ritmo normale. Il sole splendeva alto nel cielo, la gente prendeva il bagno sguazzando e divertendosi. Le ragazze si abbronzavano sotto gli sguardi dei giovani che strusciavano sulle piccole dune della sabbia i loro ventri eretti. Il calore del sole si diffondeva nitido e chiaro. Negli uffici del comune e della polizia si faceva l'inventario della notte di fuoco. Tutti si sarebbero aspettati molto, molto di più. Nessuno perse la vita. Qualcuno si ferì, altri ci rimisero l'auto. I proprietari di qualche negozio le vetrine e qualche oggetto. Ma l'incubo era passato e la gente tornava a divertirsi, a cercare di trovare un nuovo modo per divertirsi. Mi svegliai nel mio letto, all'appartamento quarantuno con la testa che martellava e la gamba sinistra che doleva, aggredita da fitte continue. Susy era accanto a me.

"Niente di grave. Stai tranquillo" disse, non appena aprii gli occhi.

La guardai sorridendo. Poi ricordai tutto come un incubo. "Perché l'hai fatto."

"Stai calmo."

"Hai distrutto quella busta!"

Susy mi passò una mano sulla fronte. "Hai ancora un po' di febbre, probabilmente. Vedi di non agitarti troppo."

"Perché?" Stavo implorandola come un bambino.

"Non ho potuto far nulla. L'hai lanciata in mezzo al

fuoco. Datti pace. È finita. Ringrazia di essertela cavata senza nemmeno una rottura."

Chiusi gli occhi e ricaddi con la testa sul cuscino. L'aveva distrutta lei, l'avevo vista con i miei occhi. Come avrei potuto sbagliarmi? Ma capii anche che non avevo nessuna prova per dimostrarlo. Susy avrebbe sempre potuto affermare che stavo delirando. Era davvero finita.

"Voglio restar solo" le dissi.

"Sei sicuro?"

"Sì."

Si alzò. "Allora ci vediamo più tardi. Non preoccuparti per il lavoro in redazione. Farò tutto io. Ho avvertito Arnaldi. È d'accordo. Anzi, ti augura di guarire molto presto."

"Addio, Susy."

Si chinò a baciarmi. "Addio, Bauer."

Ripiombai nel sonno. Quando mi svegliai, sentii di avere un po' di forze. Vidi le chiavi della Rover sul tavolino. Chiamai la portineria. Mi dissero che la mia auto era stata riportata in mattinata al residence. Mi vestii e feci le valigie.

Un paio d'ore dopo avevo già scritto la mia lettera di dimissioni dal giornale. Mi licenziai senza pensarci sopra due volte. Susy teneva molto a quell'incarico. Lei avrebbe fatto molta strada. Per me la partita finiva lì. Staccai la foto dei due vecchi. In quell'istante mi sembrò di capirne il significato che per tante notti mi era sfuggito. Johnny era stato davvero abile. L'aveva spacciata per la foto d'apertura di quel parco di divertimenti. In realtà l'Italia in miniatura stava chiudendo i battenti. Senza dubbio era una foto dell'anno prima. E i saluti da Rimini che si leggevano sulla borsa della donna non erano saluti di benvenuto, ma di arrivederci. Mi aveva ingannato molto bene. Tutti mi avevano ingannato. Compresa Susy. Ora anche Bauer chiudeva i battenti. Accartocciai la foto, la gettai nel cestino e me ne andai. Sull'autostrada, correndo veloce verso Milano, mi sentii improvvisamen-

te come liberato da un grosso peso. Forse mi stavo finalmente liberando da me stesso e dal mio sogno. Da qualche parte doveva pur attendermi una qualche tranquilla
rivista mensile di sport, di giardinaggio o di arte.

Musiche

BAND AID: "Do they know it's Christmas". MATT BIANCO: "Whose side are you on?". BRONSKI BEAT: "Small town boy", "I feel love". LEONARD COHEN: "Famous blue raincoat", "One of us cannot be wrong", "Dance me to the end of love". AL CORLEY: "Square rooms". ELVIS COSTELLO: "I wanna be loved", "Everyday I write the book". DURAN DURAN: "New moon on Monday". ECHO AND THE BUNNYMEN: "My white devil", "Seven seas", "Ocean rain". EVERYTHING BUT THE GIRL: "Eden". JOE JACKSON: "Body and Soul". CINDY LAUPER: "Time after Time", "Money changes everything". LOTUS EATERS: "The first picture of you". MEN AT WORK: "Overkill". ALISON MOYET: "Love Resurrection". PRINCE: "I want die for you". PSYCHEDELIC FURS: "Heaven", "The ghost in you". THE SMITHS: "I don't owe you anything", "Suffer little boy", "Reel around the fountain". BRUCE SPRINGSTEEN: "Born in the U.S.A.". STYLE COUNCIL: "Shout to the top". DAVID SYLVIAN: "Forbidden colours". TALKING HEADS: "Stop making sense". THOMPSON TWINS: "Doctor Doctor". TUXEDO MOON: "Desire". ULTRAVOX: "Hiroshima mon amour". LA UNION: "Lobo-Hombre en Paris". U2: "I will follow", "Pride (In the name of love)", "Sunday Bloody Sunday".

RACCONTI

LA CASA!... LA CASA!...

Be', cocchi miei, dovrei esserci abituato!... Una cosa periodica!... Un avvenimento ciclico!... Un terremoto ricorrente!... Di più! Di più!... Ah, un disastro stagionale!... Una bancarotta dell'ego!... Una défaillance del self!... Una calamità ritmica!... Di più, signorino, di più!... Lo lasci dire a me!... Dieci anni che non esco dal trip!... Un maremoto dei Caraibi!... Un'odissea!... Un labirinto!... E sempre lì che ti aspetta al varco!... Un appuntamento da superbrivido!... Non faccio in tempo a fare un progetto che casco lì!... La casa!... La casa!... Voglio una casa!... L'ho detto!... Un flusso della madonna!... Puntuale come una maledizione... Accidenti... Esco dall'istituto superiore, ho diciott'anni... Faccio un progettino... Faccio l'università... Me ne vado a Bologna, cari miei... Un disastro!... Una débâcle!... L'ho già raccontato in altra sede... Vivo con un'anziana signora... Subaffitto... Una miseria!... Però la casa ce l'ho... I senzatetto studenti mi invidiano... Eh, belli miei, la stanza ce l'ho... Non un gran che... La nonnina non rompe... Però è lontano... Fuori Porta Saragozza, se ben ricordo... Autobus lentissimo... Acqua fredda... Una nevrosi!... Torno a cercar casa... Bologna maledetta!... Un anno e sono in un appartamento di studenti... Un cancan che non vi immaginereste... Ogni ora facce nuove... Amici di amici di compagni di camerati dei cugini... Passano di lì... Ho un divano nella mia stanza... Sempre occupato!... La mia privacy!... La malora!... La miseria che non ci ho più casa allora!... Questi vanno e vengono... Zaini, sacco a pelo e valigie... Pareva il deposito bagagli della stazione!... La mia stanzetta!... Il frigo scassinato!... Il telefono sbancato!... I miei libri dileguati!... Questa è la seconda casa... Meglio prima... Meglio la nonnetta... Più misero, ma più intimo... E tutto sei o sette anni fa... Mica roba da niente... Un flusso periodico... Un mestruo da balena!... Altro che mal di pancia e mal di testa!... La nevrosi, signori miei... La nevrosi!... E l'invidia!... Per ogni bella casa che vedo!... Un'invidia della madonna!... Ma come hai fatto... Una casa così... Acqua calda... A Bologna... Il papà!... Il papà!... Niente affitti, lo sapete... Comperare... Acquistare... Accaparrare... Cento milioni lì sul tavolo e tac!... Il gioco è fatto!... Mica balle... Cento milioni... Roba da clan dei marsigliesi... La mazzetta di papà... *Et voilà...* Acqua calda e telefono, e niente rompiballe... Il papà, il papà!... Un colpo in banca e oplà!... Ma il vostro scribacchino, niente!... La miseria!... La porcheria!... Bologna del c...!... Niente casa per lo scribacchino!... Non ci penso mica più... Ah no!... Mica mi faccio rodere il cervello... Lo stomaco!... Via da Bologna, via!... Non ci penso più... Dopo, la tesi... Ve l'ho detto... Una storia lunga... Lunghissima... Un calvario... Invidia... Nevrosi... Acqua calda... Ho bisogno di una casa... Un affitto... Devo fare la tesi... Devo laurearmi, ormai... Diventare una persona onesta... Certo, belli miei... Una cosa onesta... Una casa discreta... Io e il mio socio di Bergamo... Una cosa così... Due stanze... Bravi ragazzi... Puliti... I denti ogni mattina e dopo ogni pasto... Solo musica classica e liscio... Il sogno di ogni padrone di casa!... Due giovinotti come noi... E niente donnacce!... Solo liscio!... Troviamo un annuncio... Una storia lunghissima... Non fatemi ripetere... Agenzie... Foglietti... Bacheche... Ciclostilati... Spray murali... Cerco casa... Cerco casa... Spargere la voce... Poi troviamo, ho detto... Una proposta... Non si sa mai... Appuntamento alle quattordici davanti all'agenzia... Si va a vedere... Una coda!... Una strafila! Che è?... Il pane gratis?... L'assalto ai forni!... Di più, di più!... Una casa in affitto... Centodieci persone... Anzi di più... Mica esagera il sottoscritto cercatore di casa a Bologna... Capito bene?... Sentito?... A Bologna... Acqua calda... Telefono... Be', torniamo ai centodieci... Una cosa terribile... Studenti... Sposini in abito di nozze... Per commuovere!... Marocchini!... Algerini!... Tunisini!... Pensionati!... Ragazze madri!... La casa!... La casa!... Monoletto o sottotetto!... Bilocale o cantinale!... Mansardato o cascinale!... Capannone o ascensore!... Una casa!... Suorine!... Orfanelli!... Cestisti!... Trovatelli!... Tirati su all'angolo di piazza!... Per commuovere!... Per commuovere!... I manigoldi!... La casa!... La casa!... Banchieri!... Ferrovieri!... *Croupiers!*... Donnine!... Centodieci persone... Un casino che non vi dico... Tutti in macchina... In bici... In sidecar!... In motocicletta!... Sui pattini a rotelle!... In deltaplano!... Tutti in fila a vedere la casa... Una trasmigrazione... Una colonia... Scortati dalla polizia!... Mica balle!... Cellulare e guardia pubblica!... Capirete... Centodieci persone in fila... La marcialonga... Altro che... Botte da orbi... Si ammazzano... Si azzuffano... I banchieri con le ragazze madri... Si tagliano le pance... Una marcia per la vita!... La casa!... La casa!... I bambini... Gli sposini... Le vecchiette con l'arsenico... Una fila di morti della madonna... E i sabotaggi!... I pargoli saltano giù ai semafori e, zac-zac, tagliano le gomme... Polizia!... Polizia!... Le gomme!... Niente... Un macello... Una bolgia... I marocchini buttano giù tutto dall'auto... Trac, un tappeto ci arriva addosso... Pieno di pallottole... Di cancheri!... Di mille fulmini!... Trac, e adesso non vediamo più... La casa!... Un albero!... Sbrang, sbrang!... Crash!... Fuori gioco... La carovana urla... Un polverone... La polizia dice niente... Mai vista quella casa... Mai visto niente... Neanche l'albero... Il bergamasco ha dovuto fidanzarsi... La signorina aveva casa... Ha fatto presto, lui!... Io niente... Il vostro croni-

sta niente... La mia tesi... In treno, la mia tesi... Avanti e
indietro... Una casa!... Una casa... Vado al caffè... Una
casa, per favore... Guardano storti... Pensano: è matto...
È cotto, questo qui... Una casa... Arriva il pronto soccorso... Dov'è il matto?... Scappo via... Il vostro narratore
scappa via... Sempre buca... Faccio il militare... Mi dicono: bravo dottore... Faccio il militare... Mi dicono: bravo soldato... Faccio un'operina... Mi dicono: bravo, però
la mettiamo al fresco un annetto... Mica di più... Niente
da preoccuparsi... Un processino e via... Intanto lei cerca casa... Fa il militare... Si mette a fare il bravo... E dopo via... Tutto liscio... Vedrà... Vedrà... Torno quindi a
cercare casa... Una storia lunga, ho detto... Ho fatto il
processino e la caserma... Acqua fredda... Doccia fredda... Insomma, ora torno a Bologna a cercare casa... Altri tre anni andati via... Una storia lunga... Un flusso periodico... Un mal di pancia!... Le agenzie tutte uguali...
Niente affitti... Solo comprare... Cento milioni... Ci risia-
mo col clan dei marsigliesi!... Sempre uguale... Ve l'ho
detto... Un mal di stomaco a ciclo continuo... Che faccio?... Un annuncio... Due annunci... Referenziatissi-
mo... Be' mica esagero... Che credete?... L'ulcera!... La
gastrite!... La sinusite!... La prostata!... La casa!... La casa!... Diarrea!... Vomito!... Dici: trovo un lavoro... Una
brava ragazza... Faccio la persona onesta... Dici... Una
casa!... Be', mica roba da niente... Una storia senza fine... Un terremoto ricorrente... Senzatetto *honoris causa*... Il vostro scribacchino... Un disastro puntuale... Un
mal di pancia!... Lasciatemi!... Lasciatemi in pace!...

[1981]

DESPERADOS

ISTRUZIONI. Galaxy è l'ultimo videogame, il più sofisticato, il più immaginario, il più difficile. Non si sa chi l'abbia progettato, è una leggenda che passa da cervello a cervello. Il giocatore ha a disposizione una sola astronave, la cui energia si consuma durante il viaggio. Se finisce, si precipita nell'abisso. Ma sulla sua strada il giocatore ha varie possibilità di rifornimento. Per ottenere la vittoria finale, comunque bisogna giungere alla base, attraversando stadi di difficoltà crescenti, mondi da sconfiggere, universi da abbattere. Il giocatore ha un solo colpo a disposizione che gli servirà per fare esplodere il Mostro invasore della propria casabase. Questa è la storia di una partita a Galaxy. Più precisamente, questa è la storia del suo ultimo giocatore. E di chi lo incastrò.

GAME. Si bazzicava insieme in quel periodo, Johnny e me, al Phoenix, una vecchia cantina appena a ridosso dei viali di circonvallazione e della dogana dei TIR che era stata sistemata a svacco pubblico con videogame e birrette e droghe sottobanco da Vincent, un sopravvissuto trentenne quasi calvo e senza denti, che ci aveva iniziati agli stupefacenti e del quale si dice che abbia attraversato il mondo delle droghe in lungo e in largo come un vagabondo, traendone solo un segreto inviolabile.

Quella sera siamo arrivati al Phoenix, Johnny e io, dopo uno di quei pomeriggi di cerca "in cui abbiamo battuto niente di niente, manco uno schizzo per sballare almeno un po' e tenerci la 'rota' lontana". Compriamo da Vincent una manciata di gettoni per i videogame. Ce n'è uno che luccica in modo particolare. Johnny lo spinge nella fessura della gettoniera: quello entra e poi riesce subito con un "dleen". Riprova. Niente. Si incazza. Corre da Vincent: "Ehi, questo non entra!". Vincent si accende una canna: "Riprova". Johnny torna al videogame; il gettone finalmente entra, ma subito viene rispedito nel cassettino del recupero. Johnny lo prende, lo trattiene, lo infila nel taschino dei jeans, ormai rassegnato. Il gettone luccicante cade sonante in mezzo alle altre monete.

YOU'RE READY. Arriva al Phoenix un ragazzetto del giro, stravolto e strafatto, e dice a Johnny di accompagnarlo oltre la tangenziale perché ha un contatto per roba buona e ottimissima. Johnny esce dal Phoenix; inforcano la moto; il ragazzetto ha una bottiglia di vodka caldissima, ne bevono un sorso mentre la moto imbocca le strade gialle dell'anulare. Johnny entra sulle rampe del raccordo con uno stacco di frizione, salta un fossato, attraversa l'asfalto, evita pericolosamente le auto che nella sera intasano le corsie, si butta nell'altra carreggiata; i due urlano e gridano e bevono; troppa la foga, percorrono in senso contrario la pista, sfrecciano incontro alle cinquecento, seicento, millecento, millecinque, millesei, millesette, duemila, le jeeppone, i caravan, le roulotte, sempre più forte, sempre più eccitante, e giù con la vodka; e poi sotto un cavalcavia, altre auto, TIR, camion, container, sempre più svelti, ostacoli sempre più grossi; loro li evitano, svicolano, saltano, frenano, cambiano corsie finché non si lasciano indietro le luci gialle; ce l'hanno fatta, il raccordo stradale si spegne nella notte della periferia; hanno raggiunto il *pusher,* scambiano i soldi con la roba, si fanno e via di ritorno verso casa.

Ma la benzina della moto presto finisce; il ragazzetto

ha fatto una pera troppo grossa; la moto fa "sput sput", e il marmocchietto vomita. Johnny si ferma lungo la strada, gli regge la testa, lo vede vomitare anche l'anima. Cerca poi di avviare la moto, ma c'è niente da fare; la caccia in un fossato; fa lo stop, ma nessuno sembra avere l'intenzione di fermarsi. Johnny prende a star male, si sente di nuovo a secco. Si piazza deciso in mezzo alla strada. Si ferma una Rover. Loro dicono: "Avanti, sali"; lui: "Ho un amico che sta schiattando, non posso lasciarlo lì". Loro: "O tu o lui, scegli".

La Rover sfreccia nella notte al neon. Una bella ragazza bionda guida fumando un sigarillo; dietro, altri due giovanotti tra i quali Johnny è incastrato. "Vieni con noi al party," dicono, "è qui vicino." Johnny sospira. Arrivano a una grande villa adagiata sulla collina da cui si domina la città. Johnny viene trascinato nel salone. Capisce che sono tutti fatti. Beve un drink. Cerca il cesso, vomita. La ragazza bionda lo attende alla porta, gli offre da tirare; Johnny prende energie. Dice: "Devo scappare; starei con te un'eternità, ma devo tornare a casa". Salta il muretto del giardino, arriva alla Rover, accende il motore e via di ritorno verso la città; nel suo cervello, un solo chiodo fisso: la mia casa, ma qual è la mia casa?

Dalle parti del vecchio ippodromo, gli sembra di scorgere Bella Edy, una marmocchietta sui diciassette dei tempi eroici in cui si è cominciato nella cantina del Vincent. Lei sta battendo sulla pista con altri disperati, inguantata nel suo giubbotto di plexiglas maculato; le auto dei vecchi lerci percorrono lentamente la pista alla ricerca di cibo fresco, come in una processione concentrica; ogni tanto si arrestano, sbuffa il fumo delle North Pole dai finestrini semiabbassati.

Johnny scende dall'auto, raggiunge Bella Edy; lei gli getta le braccia al collo: "Vieni, ho qualcosa per te". Si avviano verso le vecchie tribune per guadagnare l'uscita, ma una Mercedes si arresta sfrigolando davanti a loro. Johnny riconosce immediatamente Lampadina e i suoi scagnozzi, cerca di fuggire, corre con Bella Edy verso l'auto, ma la Rover è già piantonata da un brutto ceffo; si maledice, non avrebbe dovuto avere il cuore così debole per la sua pupa; ha rischiato troppo, il territorio di Lampadina è out per lui: troppi bidoni, troppi conti non risolti. Scappano, scappano verso la città vecchia; entrano in un vicolo, poi in un altro, fino a sbucare in un'uscita secondaria del metrò; si cacciano giù, in fondo, sempre più in fondo, e gli altri dietro: Lampadina che urla e gli scagnozzi dietro, le voci come il vento, e loro due strafatti a correre e correre, e finalmente a saltare sul primo treno e lasciarli lì nella luce verdina-giallina della galleria.

Ansimano e sudano e sputacchiano. Bella Edy frigna e piagnucola e maledice Johnny che le ha rovinato il giro, e allora lui le prende un po' di anfe e la lascia sul treno; cambia convoglio; quel solito chiodo fisso: tornare a casa e lì riposarsi e avere un po' di pace. Luccica l'insegna giallo-azzurra del Phoenix, che Johnny ha finalmente raggiunto, stremato e sconvolto. Corre dentro con un ultimo guizzo: silenzio, Phoenix deserto, tutti i videogame accesi e sparanti e gracidanti, e in fondo alla saletta Vincent, gli occhi fissi a lui, le braccia strette al suo baldacchino da cui distribuisce droghe e maledizioni. Johnny non capisce quel che sta provando ora, sente soltanto una violenza salire ed esplodere incontenibile dalle sue braccia e dalla sua gola, che grida imbestialita verso il Mostro. Raggiunge dunque con tutta la velocità possibile Vincent, afferra un posacenere di ferro, glielo conficca in testa; il cranio di quello si apre e, in quel preciso momento, solo allora, Johnny avverte una fitta atroce al cervello, come una scheggia di piombo conficcata nella cervice, e capisce, come in un abbaglio, che d'ora in avanti non avrà più pace, mai più finché almeno non si alleverà anche lui un giocatore disperato per l'ultima partita, qualcuno da ingannare con quel gettone Galaxy che gli brucia ora le tasche, finché anche per lui, Johnny, nel cervello aperto non si accenderà splendente il "game over".

[1982]

ATTRAVERSAMENTO
DELL'ADDIO

Così Aelred glielo avrebbe detto molto semplicemente, approfittando di un momento di distensione, un dopo sbronza, magari quando i colori sono pallidi, le voci tenui e i pensieri vagano nell'aria satura di alcool come leggere condensazioni di idee non ancorate; glielo avrebbe detto ben sapendo di farlo soffrire, di procurargli una ferita violenta, il cui dolore tuttavia non lo avrebbe accecato di colpo, lo avrebbe soltanto stordito, inebetito per lacerargli in seguito il cuore, giorno dopo giorno, fino a farlo impazzire; ma in quel momento, in quell'attimo di azzerante pena, in bilico fra la vita e l'assenza – poiché conosceva benissimo quanto Fredo fosse portato dal proprio carattere a giungere sempre in prossimità del proprio punto di rottura, anche per i fatti più banali del vivere –, in quel momento, dunque, Aelred sapeva che l'altro avrebbe, con uno sforzo disumano ma fecondo, scelto – come sempre – la vita. Forte di questa certezza, quindi, quella stessa sera avrebbe detto a Fredo che tra loro era finita, e con queste semplici parole avrebbe consapevolmente, bestialmente, condotto l'amico sulla china della perdizione, per poi farlo emergere di nuovo alla vita, solo, senza più il suo ragazzo, lui stesso, Aelred. In sostanza, egli forniva al suo grande e insopportabile amore l'occasione di salvarsi, anche se tutto ciò sarebbe passato attraverso l'atroce sofferenza della più completa separatezza, cioè l'attraversamento gelido della parola "addio". Ma aveva deciso così. Amava Fredo, lo avrebbe sempre amato, e proprio per questo non poteva permettersi di giustiziarlo, trascinandolo ancora di più nelle spire insolubili del proprio dolore e della propria pazzia. Anche se Fredo forse avrebbe, per amore, accettato consapevolmente questo definitivo annientamento di sé e della propria arte. Il loro amore si era tramutato giorno dopo giorno in vera passione, una prigione di legami, di pulsioni, di ricatti, di desideri e di bisogni da cui non sarebbero più riusciti a liberarsi se non con un atto di supremo eroismo: dimenticarsi. Ma dopo otto mesi, già ricaduto in un'ennesima crisi, Aelred decise che doveva lasciarlo. E quella sera, fermo e risoluto glielo avrebbe detto.

Si trovarono così faccia a faccia nella stanza da letto di Fredo. Era da poco passata la mezzanotte, e nell'appartamento di Fulham Road faceva freddo. Aelred aveva dimenticato di avvertire Miss Shapiro del fatto che la legna fosse finita, e la donna naturalmente non aveva provveduto a rifornire le scorte. Il termosifone del salotto non funzionava poiché, da giorni e giorni, la caldaia s'era rotta, e anche per questo accidente nessuno s'era dato la briga di preoccuparsene. I due amanti vivevano ormai solo in se stessi, sempre più lontani dai piccoli impedimenti del mondo. Appena rincasati, Fredo dunque si attaccò alla bottiglia, gettandosi sul letto e coprendosi con qualche coperta. Aelred invece indugiava sulla porta della camera. Senza dire una sola parola, Fredo porse la bottiglia di scotch al ragazzo, ma questi la rifiutò, scuotendo la testa. Era immobile, lì davanti a Fredo, ma l'inquietudine vibrava nel suo corpo.

"Avanti, dimmi che c'è," esordì allora Fredo. Voleva che la guerra scoppiasse il più presto possibile. Era questione di delicatezza verso Aelred che, per tutta la sera, trascorsa in un teatrino del West End, non aveva parlato né sorriso; aveva solo vorticosamente spinto gli occhi avanti e indietro, com'era solito fare nei grandi momenti della propria inquietudine interiore. Aelred stava anche ora sulle spine – questo Fredo lo sapeva da molte ore ormai – e tutto ciò era imbarazzante. Egli amava talmente il suo bianco angelo del Nord da non sopportare nemmeno che questi stesse in imbarazzo per causa sua. Fece quindi ricorso – come sempre – alla sua calma e alla sua forza, anche se questo avrebbe significato avvicinarsi al dolore più speditamente. Ruppe gli indugi con quelle parole. Era molto calmo, ma non tranquillo. Era come il mare in una notte di bonaccia, buio e calmo. Ma non tranquillo.

Aelred scostò il ciuffo di capelli e alzò lo sguardo verso l'amico e, senza distoglierlo, si avvicinò al letto, sedendosi di lato. "Hai ragione, Fredo, quando dici che non ti posso bastare. Che l'amore che provo per te non è sufficiente a farci felici perché non raggiungo mai la compiutezza di me stesso. Hai ragione. E io non intendo farti soffrire ancora".

Fredo ingoiò un'altra lunga sorsata di whisky. Poi, con la voce spezzata dalle troppe sigarette e ingarbugliata dall'alcool, disse: "Capisco, Aelred: mi lasci. Ogni innamorato sa che il momento arriva e, fin dal primo incontro, la sua angoscia è la consapevolezza di quel momento. Ora è arrivato anche per me. Solamente...". Si interruppe, tormentandosi la barba rada, trascurata, di qualche giorno. Si fissava le mani lunghe e seccate dal freddo dell'inverno londinese. Non riuscì a continuare.

Aelred lo rimbeccò: "Solamente...".

"Non lo aspettavo così presto. Ecco, solo non lo aspettavo così presto, che vuoi che dica?" Parlava lentamente, ma senza fatica. Faticava soltanto a sovrapporre il suo sentimento alle parole. "Non sto né male né bene; sta succedendo questo e io non posso fare nulla. Non posso piangere, non posso lamentarmi, non posso dirti: 'Amiamoci ancora'. Abbiamo già ritentato tante volte insieme, per arrivare a questo punto. Io soffrirò, ci sarà il tempo per stare male e per non capire più niente. Ma ora capisco... Probabilmente è come quando arriva la morte per un giovane. È lì, la senti, non puoi far nulla, solo piegare il capo. Dici: 'Lo sapevo che devo morire; credevo solamente che fosse un po' più tardi'. Ecco, non così presto, troppo presto... Ma in fondo è sempre troppo presto, per tutti."

Aelred prese la bottiglia e accese una sigaretta. Poi si alzò, avvicinandosi alla finestra. Guardò fuori, ma non vide nulla: non poteva vedere nulla. Pensava solamente a come lasciare la casa di Fredo. Si mise una mano in tasca e strinse il pacchetto di sigarette americane. Dentro, infilato fra la carta interna e la stagnola, aveva messo il piccolo involucro argentato. Gli sarebbe bastato per almeno tre giorni, dopo di che avrebbe avuto bisogno di altri tre giorni per rimettersi. Non ce l'avrebbe fatta e avrebbe riempito di nuovo il suo contenitore d'argento, dicendosi: "Solo un po', un pizzichino, per stare meglio". Ma ormai sarebbe stato troppo tardi e lui, Aelred, così debole, di nuovo intossicato. Di nuovo dentro. Forse per sempre.

Sudò, lì accanto alla finestra, di un sudore freddo e senza dolore. Doveva andar via al più presto, sentiva che se avesse indugiato ancora sarebbe stato troppo tardi, non certo per sé, ma per Fredo. Fra poco il suo ragazzo sarebbe stato ubriaco, avrebbe rigettato – perché ormai non riusciva a tenersi dentro nemmeno una mezza dozzina di whisky – e si sarebbe lacerato dal dolore. Aelred avrebbe dovuto pulirlo e rimetterlo a letto, preparargli un po' di laudano per farlo dormire. Ma non ne aveva voglia. Voleva solamente andarsene via, prima che lui capisse. Si voltò e si accorse che Fredo lo stava guardando in un modo spietato, indagatore. Allora cercò di giustificarsi, di schermarsi da quegli occhi decisi che stavano entrando in lui. "Non ce l'ho con te," disse, "tu non c'entri niente. È solamente un problema mio, cerca di capire. Tu hai fatto fin troppo per me, ma non posso continuare a farti soffrire con la mia vita. Devo sparire, Fredo. Sono confuso, non capisco più niente; ti prego, non prendertela, ma cerca di capirmi." Ora si stava la-

mentando, parlava confusamente, tenendo gli occhi fissi
al tappeto. Pareva un bambino che aspettasse la punizione. E Fredo non lo mollava con quello sguardo maledetto. "È un problema mio, solo mio. Non c'entri, Fredo, lasciami andare; sono confuso. Devo solo rispettare
questo passo che è mio, solo mio. Mi hai troppo amato;
sono stato felice con te, ma ora devo stare per conto
mio, Fredo... Fredo..." Gli si avvicinò, sedendosi sul
fondo del letto. Non voleva essere alla portata delle sue
mani e del suo corpo: sarebbe stato tutto troppo difficile, allora.

"Vuoi continuare a farti, io credo che sia questa la ragione," disse Fredo.

"Ma che c'entra questo?" lo interruppe Aelred, seccato. Alzò le spalle e si mordicchiò un dito. "Che c'entra?"

"È così, e basta. Ci stai ricadendo, lo so. Da come ti
agiti, da come credi di avere la situazione completamente in mano, da come ti sforzi di sembrare lucido. Hai solo voglia di farti, e allora perché tutte queste cazzate su
di te e su di me?"

"Piantala, Fredo! Non è vero niente!" Aelred era incazzato. Dopo il violento litigio di due mesi prima, e la
separazione per oltre tre settimane, non avevano più af-
frontato questo problema. Aelred si era disintossicato,
Fredo anche, e avevano ripreso ad amarsi. E tutto era ri-
cominciato con la freschezza e lo stupore di una rinascita, e la consapevolezza di essere entrambi ancora al
mondo: il cuore che pulsava regolare, nonostante i litri e
litri di schifezze che per mesi aveva dovuto sopportare;
il fegato che continuava a filtrare e a produrre i suoi en-
zimi; la vescica che si riempiva regolarmente e apriva il
miracolo di quello sfogo impetuoso e scrosciante eccetera. Per loro, tutto era come un miracolo, anche mangiare un semplice hamburger senza dover vomitare. Erano
arrivati entrambi al limite, e da quel limite erano tornati
insieme, di nuovo salvi. Perché allora quella sera sembrava che finisse il mondo?

"Non so più come dirtelo, Fredo. È un problema

mio. Ho voglia di stare solo, tu non c'entri niente. Credimi, è così."

Fredo tacque. Bevve una lunga sorsata e accese una Camel. Se Aelred stava di nuovo precipitando, lui stesso era già con le ginocchia a terra. Sentì l'alcool vagargli in pancia con un bruciore; sentì la testa pesante; seppe che avrebbe ripreso a bere. "Vorrei che tu mi baciassi, Aelred," soffiò, "che tu facessi l'amore un'ultima volta con me; vorrei dormire con te e saperti accanto, ma so che tu non puoi. Stai tornando da lei, e niente potrà nulla. Lasci me per gettarti da lei, non è così? Avanti, non è così?"

Aelred alzò gli occhi verso Fredo e raccolse la provocazione. Lo fissò come un lottatore fissa il proprio avversario, poiché entrambi erano nemici quando si parla di queste cose. Avevano deciso di non tornare più sull'argomento; solo due mesi prima avevano detto: "Basta, ricominciamo; ci faremo forza insieme, ci salveremo". Il mistero della loro relazione era racchiuso tutto nell'attrazione che esercitavano reciprocamente le loro debolezze. Erano due uomini senza coraggio, senza carattere, senza forza. Erano due deboli che si amavano. E il loro amore era divenuto troppo forte. Di nuovo nemici. Aelred guardò Fredo e, gelido come solo in quei momenti di orgoglio ferito sapeva essere, disse: "E se fosse così! Che cazzo vuoi? Ti dico di non bere?".

Fredo non rispose. Gettò il viso dalla parte opposta alla figura del suo ragazzo. Strinse gli occhi, e lo stomaco gli si contorse. Una ferita antica che aveva ripreso a far male. Era dunque così. Aelred aveva ripreso a bucarsi: era stato tutto inutile, tutta la loro sofferenza inutile, tutto il suo amore gettato al vento. No, non avrebbe risposto ad Aelred, tremava troppo dentro per poter parlare. Ora si sentiva ai bordi di una landa desolata di disamore. E, ora dopo ora, vi si sarebbe addentrato sempre di più. L'attraversamento dell'addio. Non poteva più guardare Aelred, tremava dalla paura.

Rimasero in silenzio per una decina di minuti. Seduto sul letto, Aelred fissava oltre i suoi piedi con la testa china. Dall'altra parte, Fredo, disteso, accarezzava a occhi chiusi l'orlo della bottiglia ormai a secco.

"È meglio che te ne torni in Italia," disse poi Aelred.

Fredo avvampò. "Lo so io quello che è meglio per me!" Gettò le coperte e si alzò, prendendo a girare ubriaco per la stanza: "Non sopporto che mi si dica quel che è meglio o peggio per me! Lo so io! Ho trent'anni, merda!".

"Tu mi odi, Fredo! Hai sempre detto: 'Non sei abbastanza, Aelred; ti amo, ma non sei abbastanza'. E ora l'hai capito chi sono io?"

Fredo si ributtò a letto. Riprese la bottiglia e la finì in tre lunghi, bestiali sorsi. "Va' via, Aelred!" ebbe la forza di dire fra i rantoli della propria sconfitta.

Il ragazzo uscì dalla stanza, lentamente. Non si voltò a guardare per un'ultima volta il vecchio amico: l'unico uomo che avesse mai amato nei vent'anni della sua vita, il suo fratellino Fredo, il suo amico, il suo *daddy* Fredo. "Sarà inutile," bisbigliò tra sé e sé, "non riusciremo mai più a liquidarci."

Fredo non capì, non sentì e non si accorse che Aelred se n'era andato. Era sul letto e ondeggiava in preda alla sbronza. Ondeggiava il suo pensiero. Poi ricordò come un lampo la battuta di un vecchio travestito in uno spettacolo parigino, cui aveva assistito in compagnia di Aelred. Ricordava benissimo la scena, gli attori maschi in costume femminile, i siparietti e le battute. Soprattutto quella battuta: "Ma non potevate avere figli carini!". E lui e Aelred avevano riso come pazzi. Ridendo, e ora anche impazzendo, si portò verso il bagno per rigettare.

"Aelred," fece appena in tempo a borbottare, come se fosse sulla scena del cabaret di Parigi. "Aelred, ma non potevamo avere figli; è tutto così naturale!" Si rivoltò i visceri nella vasca da bagno, si sfogò e svenne sulla moquette gelida.

[1984]

RAGAZZI A NATALE

BERLINO OVEST. Eccomi qui a girare come un avvoltoio attorno a quel rudere della Gedächtniskirche, la chiesa della memoria, un campanile semidistrutto dai bombardamenti che, nel centro di West Berlin, dovrebbe ammonire gli uomini e il mondo, ricordando loro il trucido mattatoio dell'ultima guerra. Lì, all'Europa Center, fra i negozi illuminati e il traffico veloce della sera, i taxi, le automobili, i veicoli degli eserciti alleati, mi fa più che altro l'effetto di uno spartitraffico. Ci sono a Berlino ben altri segni della follia distruttrice della guerra; ci sono ancora case dall'intonaco scalfito dai proiettili; ci sono edifici che hanno conservato intatta solo la facciata, il resto sono cumuli di pietre coperte di neve. Ma, in fondo, la vera tragedia è che sono qui, solo, con nemmeno tanti soldi in tasca, a girare come un disperato nel traffico della città, a sentire che tutti si augurano "buon Natale" e "buon anno", e io ancora non ho imparato bene questa benedetta lingua. La guerra, la vera guerra, dice Klaus, è questa: non l'odio che getta le persone l'una contro l'altra, ma soltanto la distanza che separa le persone che si amano. Stasera, stanotte, in questa vigilia natalizia, non sono che un povero studente italiano di ventiquattro anni perduto nella metropoli, senza un amico, senza una ragazza, senza un tacchino farcito da divorare bevendo *sekt*. Per questo, in un certo senso, io sono in guerra.

Lascio la Kudamm seguendo il traffico fino a Wittembergplatz. Il cielo è straordinariamente nero e punteggiato di stelle. Al Sud, soltanto in Italia, sarebbe una notte dolcissima e profumata. Qui non sento odori; né, in fondo, è limpidezza questo soffitto vuoto e gelido, spazzato dal vento ghiacciato, che mi costringe a camminare alzando le spalle e guardando fisso a terra. La neve, caduta qualche settimana fa, è ammucchiata in blocchi di ghiaccio ai lati della strada. I berlinesi dicono che è un Natale mite, questo, in realtà è Siberia. Continuo a camminare, sto cercando di concentrarmi; devo trovare una via d'uscita, non posso passare questo mio primo Natale in terra di Germania solo, gettato in strada come un pidocchio. Klaus, il mio compagno di casa, è tornato a Lubecca dai suoi per le feste di fine anno, e così gli altri nostri amici Hans, Dieter, Rudy: chi a Monaco, chi a Francoforte, chi a Stoccarda. È rimasta Katy, l'unica berlinese del nostro giro, amica di Klaus, ma ha un cenone di famiglia e non mi ha potuto invitare. Sento improvvisamente odore di hamburger; alzo la testa e vedo una baracchina a lato della strada che frigge salsicce e patatine. Compro il mio pranzo di Natale, qui a Wittembergplatz, e lo consumo guardando le vetrine illuminate e sontuose del KaDeWe che espongono per un centinaio di metri vestiti lussuosissimi da gran sera, disegnati, manco a farlo apposta, dai nostri del made in Italy.

ROMA. È tutto il pomeriggio che sto dietro 'sto accidenti di permessino "trentasei ore", girando fra la palazzina comando e la fureria e la maggiorità come un invasato isterico, battendo i tacchi e salutando meglio che posso e mettendo lì sul tavolo, bene in vista, il fatidico foglietto che mi autorizzerà a fuggire da questa maledetta caserma, fare un salto in albergo, prendermi una buona doccia, mettere lo smoking e poi filare dritto dritto alla festa di Clara. E invece sono ancora bloccato in branda: manca la firma del colonnello e non posso schiodare. Mi verrebbe voglia di telefonare a quel pirla di cugino generale di cavalleria – pardon, di lancieri – che mi ha costretto a fare il militare qui, dicendomi: "Vedrai, non ti faranno problemi per le licenze; sarai a casa quando vuoi" eccetera eccetera. E invece ecco qui il lanciere Giulio Marini ormai isterico e devastato per un misero "trentasei". Con una festa straordinaria che fra poco andrà a iniziare e che non lo potrà vedere tra gli invitati! Cristo! Io gli telefono a quel pirlone e gli dico questo e quello, e anche quest'altro: eh, lo capirà con chi ha a che fare; ci sono tante sbarbe che mi aspettano, mica posso stare qui con 'sti imbecilli terroni in caserma! La notte di Natale! Figurarsi! Ma che si fottano tutti! Ora vado di là, chiamo Udine e il cugino generale Vitaliano, che sentirà quante ne ha da dirgli il lanciere Marini... Peccato soltanto che papà e mamma siano in montagna e sia ormai inutile telefonare allo chalet. Beati loro, a quest'ora saranno già imbriachi di champagne in un qualche bell'albergo. Beati loro. Magari avranno anche la neve.

CORVARA. Marisa è stupenda. Veramente fuori dell'ordinario. Abbiamo sciato tutto il giorno al Pralongià: piste facilotte, sia ben chiaro, però ottime per conoscersi e fare conversazione, non essendo troppo impegnati nelle discese. Erano già tre giorni che la tenevo d'occhio, quei suoi capelli biondo cenere che tiene sciolti sulle spalle, il modo di fare le discese e quel suo vestirsi con disinvoltura, mica solo tute e scarponi lunari e robe del genere, ma un paio di pantaloni di lana elastica neri che lei dice autentici Fifties – di Laura, la sua sorella grande – e quegli scarponi ridicoli così vecchi da spezzare le caviglie, senza ganci, e invece addosso a lei che classe e che garbo. Le altre del nostro giro sembrano poianine tutte in fila e tutte sceme; stanno sempre lì a fare gli spazzaneve come tante della nettezza urbana, una attaccata all'altra come ochine. Marisa, invece, che fascino...

ROMA. La frittata è fatta. La maggioranza ha chiuso. Il colonnello non si è fatto vedere. L'aiutante maggiore si è dileguato, il tenente di picchetto – che potrebbe firmare – evita di assumersi la responsabilità anche quando gli faccio leggere il codice militare che dice che in mancanza di diretti superiori è lui – il fedifrago – il reggitore della baracca. Il mio permesso langue nel buio di un qualsiasi ufficio: dio mio, che tristezza. Potrei ancora andarmene in libera uscita, ma a questo punto lasciare una festa alle undici e mezzo che senso ha? Sono stanco, annoiato e depresso. Rimango in branda a slumare il soffitto: le mani incrociate dietro la nuca, la sigaretta all'angolo della bocca. I najoni hanno cominciato da un po' a schiamazzare. I cucinieri sono venuti nella camerata semideserta – i beati stanno in licenza – con fiaschi di vino dei Castelli e qualche panettoncino rubacchiato nel magazzino viveri. Si abbracciano e gridano e cantano, guardando le foto delle ragazze. Di questa ciurmaglia non capisco né le parole né i gesti: per me, sono arabi. È ormai mezzanotte. Piangerei dalla rabbia.

CORVARA. Stasera ho fatto prestissimo a far fuori il pranzo tradizionale di ogni vigilia, e cioè tortelli di zucca con amaretti e brandy, pesce marinato di Comacchio, anguilla e salmone fresco. Davvero un record. Lunghissime sono state invece quelle avemarie che la nonna ci obbliga a recitare in piedi davanti alla tavola imbandita e illuminata dalle candele color porpora, ogni anno alle nove in punto: un rosario completo, con tutti i misteri e le glorificazioni e le beatificazioni. Non vedevo l'ora che finisse, infatti; poi ho assaggiato un po' di capitone e sono corso qui alla festa di Marisa.

È un Natale stupendo. Una di quelle cose che si scrivono sui temi a scuola: la neve fuori delle finestre della baita, il panettone, i dolcetti, le bibite e anche lo spumante, benché siamo tutti minorenni e i nostri ci abbiano proibito di bere alcolici. Marisa è al centro della festa. Saremo una ventina qui nel soggiorno della sua casa. I genitori le hanno lasciato carta bianca, andandosene a cenare al veglione dell'hotel Cristallo (perché non ci mandano anche la nonna con le sue avemarie?). Ascoltiamo musica, balliamo, ci guardiamo. A mezzanotte i suoi amici, un gruppetto di Firenze, cantano una canzone, accompagnandosi con le chitarre... È in quel momento che lei mi si avvicina e mi bacia sulla guancia e mi fa gli auguri, prendendomi per mano. I fuochi d'artificio cominciano a crepitare nel cielo. Usciamo di corsa dalla casa, tenendoci per mano. Guardo Marisa: ha le guance rosse; i suoi occhi azzurri luccicano ai bagliori della notte. Ho quindici anni e so quel che un uomo deve fare in queste occasioni. Avvicino il viso alla sua guancia e la sfioro con un bacio. Risponde! Risponde! Zigzagando lenti, dai monti scendono a valle i maestri di sci, reggendo le torce: a me sembrano tante perle di fuoco strette attorno al collo del mio amore. È Natale, e tutti sono felici.

ROMA. I siciliani, i napoletani, gli abruzzesi, i casertani, i sardi, i calabresi e i pugliesi fanno un casino della madonna. Hanno acceso la radio e cantano come indemoniati. Bevono e mangiano, ballano e brindano. Li odio! Li odio! Basta che abbiano da cantare e sono felici! Dio, che strazio! Poi si avvicina alla mia branda un tipo e, porgendo un bicchiere, dice: "Perché non bevi con noi?". È tutto strano, così strano. Mi sembra di non aver aspettato altro. È incredibile come rispondo, timido: "Sì". Improvvisamente sento caldo, e la rabbia tende a sfumare. Non è così male; entro nella festa, prendo a divertirmi e a ridere; scendiamo tutti di corsa nel piazzale e accendiamo un fuoco enorme. L'ufficiale di picchetto interviene a cantare (è napoletano). È subito una gran festa, una povera festa per ragazzi in divisa.

BERLINO OVEST. Ho continuato a camminare fino a raggiungere Nollendorfplatz. La mia casa non è lontana, ma il pensiero di passare questa notte da solo mi gela il sangue molto più della temperatura della Prussia. Il traffico si è diradato. Vedo tante sagome che danzano davanti alle finestre illuminate, come tante farfalle. Saranno felici? Anch'io sono stato felice, almeno una volta, a Natale. Era il mio primo amore. Si chiamava... Oddio, sono passati tanti anni. Aveva capelli biondo cenere, ed eravamo in montagna. La prima ragazza che ho baciato e non ricordo neppure il suo nome!

Un autobus si arresta davanti alla pensilina. È quasi vuoto. Mi va l'idea di farmi un giro solitario per Berlino. Se non altro, fa meno freddo e potrò stare seduto. "Buon Natale," mi dice il conducente. È un tipo abbastanza giovane, sui trent'anni. "Buon Natale" dico io, in tedesco. "Sei turco?" fa lui. Sono già tre settimane che passo qui e parlo ancora come un turco? O è per via del colore dei miei capelli? Dei miei occhi neri? Gli rispondo che si sbaglia. Lui ride e mi invita a una festa. Il tempo di arrivare a Kreuzberg e di finire il turno. "Perché no?" faccio io. D'improvviso non mi sento più in guerra. E so che questo sentimento non ha a che vedere con il Natale né con il Nord, che è sempre il Sud di qualcos'altro, né con Berlino. È una cosa che ha a che fare con la mia vita: qualcosa di intimo e soffice che mi fa star bene, improvvisamente, in quella notte, solo su un autobus, avviato per le strade della mia metropoli.

[1985]

PIER A GENNAIO

1° GENNAIO. È questo il terzo capodanno di seguito che Pier trascorre a Firenze.

Il primo fu un'interminabile girandola di feste e palazzi di cui non conserva il ricordo se non un brindisi in un appartamento rigorosamente art déco e una visita, all'alba, in un club di omosessuali.

Il secondo capodanno Pier l'ha passato a casa di Enrico, sui lungarni. Ricorda un intero squadrone di filippini assoldati per sorvegliare il buon andamento della festa. I camerieri servivano gli antipasti e stappavano lo champagne. Più tardi fu servito il cenone. Pier tralasciò i primi piatti. Preferì gustarsi lentamente un branzino bollito.

Ma quello che Pier ricorda maggiormente di quella notte, e che sta lì nella memoria con tutta la sua carica simbolica, è la mezzanotte. Pier ha lasciato il soppalco dove tutti ballano, sudati e stravolti, e Annamaria tutta fasciata da un lungo abito di *paillettes* nere e rosso fuoco. È salito in terrazza, solo, e ha brindato alle luci della notte fiorentina, gettando poi la coppa a schiantarsi sui sassi dell'Arno. Pier maledice il suo amore. Si augura, quella notte, di poterlo dimenticare per sempre. Non sa ancora quali fatiche dovrà affrontare, quali abissi di vuoto e di insensatezza si spalancheranno nella sua persona. Sa che sarà terribile ma, in quel momento, decide che dovrà farcela. Ce la farà. Ora non lo può sapere: non può neppure immaginare di separarsi dalla fotografia che porta sempre con sé nel portafogli, l'immagine di lui e Alberto che si abbracciano. Ma ce la farà. E allora potrà disfarsi della foto.

Lasciamolo dunque lì, sul terrazzo, con lo smoking comprato a Camden Town, elegante e un po' brillo. Lasciamolo in faccia alle luci di quella notte, poiché deve essere solo. Deve ancora attraversare lo spazio del suo abbandono.

L'anno successivo, invece, Pier trascorre il suo terzo e ultimo capodanno fiorentino in casa di amici. È disteso, tranquillo. Marco lo accompagna. È il loro primo capodanno insieme. Si sono conosciuti a settembre, sono diventati amici. Marco vive in Olanda, dove traffica in un centro italiano di cultura. Pier ha voluto questa distanza, anche geografica, con l'amico. Dopo la burrasca emotiva costituita dalla storia con Alberto – una ferita che brucia ancora –, Pier sta cercando di imparare che l'altro è un "totalmente altro", anche se questa mia espressione, ai suoi occhi, potrebbe mostrare la corda, confondendo ancora una volta il suo bisogno di assoluto. Non so quale fosse allora l'espressione linguistica che Pier avesse trovato per rimettere sui binari giusti la propria vita. Ricordo però un'immagine, e questa immagine è racchiusa in due parole: "Camere separate". Pier vuole una separazione in contiguità e, per farlo, non ha trovato altro di meglio che piazzare fra i due letti millecinquecento chilometri di distanza. Ma, con Marco, sta funzionando. Paradossalmente, in quel capodanno, sta funzionando.

Pier dormirà con Marco, farà l'amore con lui, lo abbraccerà, lo guarderà tranquillo nei movimenti del sonno. A Pier piace guardare il suo amico che dorme. Ha l'impressione che dorma anche per lui.

Quella prima notte del nuovo anno sono dunque insieme nella casa di via dei Serragli che Monica ha lasciato a Pier e che, negli ultimi dieci mesi, è stata il suo quartiere a Firenze. Lì, all'ultimo piano, con le finestre aperte verso un parco secolare alla Böcklin, Pier ricorda l'ultimo abbraccio di Alberto prima della partenza. Ma un anno dopo, in questa notte calma e profumata dal corpo di Marco che dorme, anche la stanza è diversa: diversa la disposizione del letto e diverso il fruscio delle fronde degli alberi nel parco. C'è la luna, e c'è un disteso torpore, caldo e soddisfatto, che gli avvolge l'insonnia accanto al corpo dormiente di Marco. Pier capisce, in questo esatto momento, che l'equilibrio che aveva raggiunto con il vecchio amico era un equilibrio di forze, di scosse e di scintille. Con Marco, invece, si tratta di un equilibrio di vapori e di umori. Come se con il primo avesse preferito l'eccitazione dei fulmini e con l'altro, invece, il senso di sospensione dei nuvoloni gonfi di pioggia che si addensano.

6 GENNAIO. È morto Christopher Isherwood. In questo modo Pier riscriverebbe il finale di *A Single Man*: "Quell'entità che per ottantadue anni si è chiamata Christopher Isherwood si è separata da un corpo sfibrato, che giaceva a letto da tempo e che si chiamava anch'esso Christopher Isherwood. Tutto è ora parente della spazzatura in cortile. Bisognerà sollecitamente portar via entrambi e provvedervi".

Pier non sapeva che Isherwood fosse malato di cancro. Sapeva solamente che, data l'età, sarebbe scomparso presto. Per questa ragione, aveva più volte chiesto all'editore italiano che deteneva i diritti di *Christopher And His Kind* di approntarne la traduzione. Gli sembrava una corsa contro il tempo. Aveva come la certezza che, se fosse uscito quel libro, Christopher sarebbe sopravvissuto. Tutto questo, naturalmente, non ha senso. La ritengo ugualmente l'unica giustificazione alle pressioni insistenti di Pier ogni volta che incontrava l'editore. Come se un libro allontanasse la morte.

Solo oggi, 6 gennaio, Pier sa dare una spiegazione a una frase di *October*:

Cerco raramente di spiegare il mistero della mia pigrizia. Rimproverarsi non è spiegarsi. Eppure, a causa di questa pigrizia, ho sprecato un immenso tesoro di ore e di lavoro. Oggi, con una speranza di vita di otto anni e mezzo, è verosimile che continui a sprecarlo fino alla fine.

Perché Isherwood si dava una speranza di vita fino alla primavera del 1988?

October è un diario che ha come soggetto la morte. Si apre con l'anniversario della scomparsa del fratello, Richard, e, giorno dopo giorno, Isherwood ricorda tutti i cari della sua vita: la madre, il padre, Auden... Come se vivesse già in un dolce camposanto. Pier si è commosso alle pagine in cui Christopher parla del modo di dormire che ha con Don Bachardy. La consuetudine delle loro vite. Pier non sa nulla, *realmente,* del rapporto fra questi due uomini. Sa che hanno vissuto vicini per trent'anni. Sa che da qualche parte, in un qualche modo, questo è stato possibile. E gli basta.

Questa sera brinderà con Marco. Ha prenotato un tavolo nel ristorante che conserva solo per le occasioni più intime, una o due l'anno. Questa sera Pier pranzerà lì, lui e Marco, e brinderanno al loro Chris. Parleranno di Berlino, delle tre case in cui Chris ha vissuto e che loro, pazientemente, hanno rintracciato un anno fa. Parleranno un po' di loro. E Pier, che è un piagnone, si lascerà andare, tenendogli la mano. Sarà felice di essere con Marco. Lo accarezzerà. Anche stanotte crederà intensamente alle mille altre vite che lo contengono e che l'hanno contenuto in questo nostro sofferente divenire, fino al momento della pienezza e della pace, fino al momento in cui il divino che è in noi sarà talmente puro da accordarsi all'Unico. Poiché *Sa ātmā. Tat tvam asi.*

15 GENNAIO. È un momento buono, per me, questo gennaio. Fino a qualche anno fa, avevo paura ad ammettere che le cose mi stessero andando bene. Sapevo che non sarebbero durate e che, essendo ogni giorno un evento assolutamente imprevedibile, probabilmente ciò che era

bianco sarebbe con estrema facilità diventato nero. Questo mi spaventava. Perché? Perché Pier era giovane e soffriva maledettamente della propria incompetenza a risolversi la vita. Erano periodi in cui girava a vuoto, in cui l'immagine stessa di un sé che piroettava vanamente su se stesso gli prendeva continuamente il cervello. Ha attraversato quel periodo. È sopravvissuto.

Per come è oggi organizzata la mia vita, posso facilmente supporre che ancora una volta il bianco cambierà in nero, che da questo gennaio tranquillo precipiterò in un tremendo mese futuro. Questo, però, non mi fa più paura.

Ripenso spesso, in questi giorni di lavoro di sceneggiatura cinematografica, a quanto mi disse Pier, una volta, parlando, credo, dell'India: "Si deve fare tutto il possibile, sapendo che è assolutamente inutile". Come uno scolaro diligente, sto dando il meglio di me in questi lavori a ridosso della scrittura. Ma c'è questa consapevolezza, che per quanto mi impegni o mi adoperi, tutto sarà inutile; che il buon risultato di un film, per esempio, non dipenderà da me, così come la messa in scena di un testo teatrale e anche un libro in cui figurerò come responsabile assoluto. Nello stesso tempo, questa consapevolezza mi rende, in certi momenti, euforico. Veramente libero. È un sentimento che ha a che fare con le stagioni, le piante, la morte, la vita. "Fare tutto il possibile, sapendo che sarà inutile." All'interno di questo paradosso io sto vivendo da qualche tempo momenti assolutamente felici ed equilibrati, momenti in cui non mi sento solo, momenti in cui affido al probabile o all'incerto le vie della mia vita.

Le letture di Pier, in questi primi giorni di gennaio, sono: Cesare Brandi, *Budda sorride*; Roland Barthes, *L'impero dei segni;* Rudolf Otto, *Mistica orientale, mistica occidentale.*

18 GENNAIO. Ieri sera, questa mattina all'alba, Pier ha fatto l'amore. È tornato a casa alle cinque e mezzo del matti-

no. Ha chiamato un taxi per farsi accompagnare. Dalla centrale gli hanno detto: "Buongiorno!". Il taxi è arrivato quasi subito. In quei pochi minuti di tragitto, ha chiesto al conducente se per lui fosse giorno o notte, se, salutandolo al termine della corsa, gli avrebbe detto "buongiorno" o "buonanotte". Anche per il taxista era notte. Smontava di turno alle sei. Pier si è sentito meglio.

C'era molta lucidità, questa mattina all'alba, nella sua zucca. Era tutto molto nitido. Solo qualche ora prima, poco dopo mezzanotte, era fradicio. Far l'amore lo ha disteso. Pier non ha mai avuto problemi con questo genere di cose: alcool e sesso e robe simili. Vede invece che negli altri una cosa esclude spesso l'altra. Se si beve, tutto diventa torpido, le impressioni si fanno sfumate, i colori sbiadiscono, i suoni sono meno percettibili. Marco ha ragione. Dice che dopo un incontro sessuale, di qualsiasi tipo, cambia la visione del mondo, o meglio il mondo entra diversamente nei tuoi sentimenti e nelle tue percezioni. In questo senso, pensa Pier, funzioniamo nell'atto sessuale, come degli elaboratori elettronici in grado di immettere nel sistema operativo una nuova informazione, ricapitolando, ad altissima velocità, tutta la memoria di massa. Il momento in cui la nuova informazione viene accettata dal sistema, il momento sbrigativamente detto "dell'orgasmo", è il momento in cui il sistema si esamina, si ricapitola, si conosce. Tornando a casa stamattina in taxi, sfrecciando sui viali della circonvallazione, tutto *era* lucidissimo. "Lo sa, non ho assolutamente sonno," ha detto Pier. "Non dovrà far altro che mettersi a letto," gli ha risposto il conducente. E così è stato.

21 GENNAIO. Ieri sera a teatro, d'improvviso, nel foyer, fra il primo e il secondo atto, Pier incontra un conoscente del suo partner di gennaio; si avvicina, sta per parlargli, poi chiede semplicemente come va lo spettacolo, se si sta divertendo, le solite cose. In realtà, avrebbe voluto chiedergli come se la stesse passando l'amorazzo, cosa faccia e con chi stia e dove vada di sera, visto che da

quella notte tirata all'alba non si sono più rivisti. Pier è molto timido lì nel foyer, fra tutto il casino della prima, fra vecchi e nuovi amici e bibliotecarie gentilissime che lo fermano e gli chiedono come vanno le sue ricerche e visi nuovi molto molto carini e, insomma, eccolo lì fra tutta la fauna bolognese dei suoi quattro anni qui. Lì, con la zucca pelata e il cappello in testa per coprirsi, si sente più ragazzo, soprattutto quando chiede una penna e scrive sul suo invito il numero di telefono e un breve messaggio: "Mi farebbe piacere che tu mi chiamassi". Poi lo firma e se lo rigira in mano, ma il messaggero d'amore è sparito nella ressa; le luci si spengono a intermittenza per segnalare la ripresa dello spettacolo; poi lo vede che sta salendo la scalinata, ma è troppo tardi. Impossibile raggiungerlo senza figuracce, bigliettini, messaggetti e compagnia bella. Mauro lo strattona e gli dice che ha da fare lì imbambolato a slumare la scala, Pier dice niente, così per sport. Poi tutto il secondo atto con il bigliettino in mano. Quando lo spettacolo finisce, Pier schizza fuori, corre al guardaroba, preleva il *giubbis* e si apposta come una poiana di fronte alla scala, distribuendo saluti a destra e a sinistra ai conoscenti che si chiederanno se lì, impalato e immobile, non faccia la maschera anche lui. Niente, il messaggero si nega; Pier rimane con il suo biglietto. Poi un dopo teatro lì vicino, con altri sette, otto ragazzotti pimpanti ed estremamente colti. Alla fine, Mauro lo riaccompagna a casa. Pier gli fa eseguire una lunga deviazione del percorso, passa sotto le finestre dell'amorazzo, scende dall'auto, si arrampica un po' e lascia il messaggio fra le imposte chiuse.

Voi direte: "Perché tante complicazioni?". E io potrei rispondere: "Forse che un duello può risolversi così di brutto? Non ha forse stile, complicazioni tecniche, regole ferree? Non bisogna impararne l'arte? Esercitarsi, fare allenamento?".

La storia del biglietto a teatro ha restituito a Pier un se stesso più giovane, più carino, più accettabile. Un se stesso universitario che studia, a Bologna, Laclos e *Les liai-*

sons dangereuses. Un sé sobrio, non disperato, non tormentato. Impacciato come sempre, soprattutto per quel genere di affari che nessuno gli ha insegnato, né potrà mai farlo, a sbrigare efficientemente. Ieri sera, a teatro, Pier era *realmente* un Pier di sette, otto anni fa. E ora, ripensandoci qui alla scrivania, lo trova un miracolo.

Non è assolutamente la stessa cosa, ma ecco come James Baldwin in *Another Country* mette in scena tra Cass ed Eric alcuni sentimenti simili:

"Continuavo a pensare," disse Cass, "che crescere significa soltanto conoscere sempre meglio l'angoscia. [...] Cominci a capire anche tu, l'innocente, il retto, hai contribuito e contribuisci all'infelicità del mondo. La quale non avrà mai fine perché noi siamo quelli che siamo."

Ieri sera, a teatro, fermando in un certo senso il suo *divenire* attraverso l'angoscia del crescere e dello stare al mondo, reinserendosi su un sé di anni prima, Pier riusciva a non dare dolore al mondo o, quantomeno, a non sentire il dolore del mondo. Eliminando, per tutta una serie di sue felicità, il fatto che siamo continuamente *altre persone*, era riuscito a ritrovarsi "puro", "retto", "incorrotto".

Oggi, ripensandoci e scrivendone, posso dire che forse, tramite quella sciocca storia del biglietto e del messaggero d'amore, Pier ha ritrovato improvvisamente una sua luce particolare, una sua diversa faccia che mostrava le incrinature del divenire. Non nasciamo incorrotti, nasciamo già confusi. Ma, in certi momenti, è possibile ritrovare il centro, momenti come sempre misteriosi e magici proprio perché imprevedibili. Te ne accorgi magari il giorno dopo, scrivendone; ma al momento è tutto così naturale e spontaneo... Eppure ieri sera, sia detto senza delirio, chi era a teatro non era il Pier che sta qui ora. Era il ragazzo che studiava *Les liaisons dangereuses* all'università di Bologna, otto anni fa.

24 GENNAIO. Questo pomeriggio, Pier ha programmato la sua primavera. Vuole fare un salto a Parigi, da solo, il

prossimo mese di marzo; poi la settimana di Pasqua ad Amsterdam, con Marco. Di lì, in treno a Berlino, una settimana ancora. Passando di pomeriggio a Ost Berlin non dovrebbe essere difficile ottenere un visto di quarantott'ore per Dresda, dove Pier vorrebbe visitare la Gemäeldegalerie Alte Meister e trovarsi così di fronte a quattro grandi tele di un suo concittadino. Mentre Marco tornerebbe in Olanda in treno, Pier prenderà un volo Interflug da Schöenefeld, l'aeroporto della capitale tedesco-orientale, tornandosene così a Milano dove, nel mese di febbraio, si sarà frattanto trasferito. Infine, un viaggio nel Sud della Francia, verso la Spagna, e forse Lisbona, se la sua vecchia Volvo reggerà il tragitto. Il problema di Pier non è il viaggio, ma unicamente con chi lo farà. Lo scorso anno, Marco lo ha accompagnato a riprendere un po' di forze a Barcellona. Pier vorrebbe domandargli di andare con lui anche la prossima primavera, ma sa che Marco ha altre vacanzine in programma con altre persone. E questo tutto per l'effetto che la strategia "camere separate" ha provocato nel loro rapporto.

Quando Pier riflette, come oggi davanti alle carte stradali, sulla sua relazione con Marco, prova un misto indefinibile di soddisfazione e di risentimento. Soddisfazione perché la storia continua, c'è e lo placa; risentimento perché Marco vive con una terza persona. Il loro equilibrio, quindi, passa necessariamente attraverso una persona che Pier non conosce e non vuole conoscere, ma di cui deve sempre occuparsi quando desidera incontrare Marco. Un fantasma (per Pier, ma non certamente per Marco) che aleggia sui suoi benedettissimi "letti separati".

Non è un caso che Pier oggi pensi a Marco sfogliando gli atlanti. Da quasi due anni, i due amici si incontrano in territori neutri. Se Pier deve spostarsi in Germania, Marco lo raggiunge. Fanno vacanze insieme. Viaggiano insieme. Convivono negli alberghi e nei ristoranti. Hanno lasciato un po' del loro amore qui e là; non hanno una casa per i loro affetti, o almeno quella che normalmente consideriamo una casa. Oh, certo, Pier è stato ospite di Marco qualche settimana e viceversa, ma la loro è sempre una situazione instabile, una relazione che fluttua a seconda delle abitazioni e dei luoghi. Nonostante questa precarietà, o forse proprio per questo, i loro incontri sono sempre molto forti, molto emotivi, molto ricchi. In un certo senso si appartengono, ma in un modo speciale. Si appartengono, ma non si possiedono. La vita di Pier "riguarda" Marco così come quella di Marco "riguarda" la vita di Pier. Forse si amano proprio da quel tremendo momento in cui hanno sentito l'impossibilità del loro amore. Si amano, ora, perché si sono già lasciati.

La loro relazione non è ipocrita né disimpegnata, e Pier la preferisce di gran lunga a quelle miserande convivenze di coppie omosessuali in cui il tradimento sistematico è l'energia stessa del rapporto, o meglio il collante che rattoppa e tiene un po' su la baracca. Pier ritiene che, anche per il fatto che nel triangolo c'è la presenza di una donna, la sua relazione con Marco gli si addica molto di più. In fondo tutti e tre sono soli, ma tutti e tre si appartengono. "Bisogna lasciare agli animi più sensibili il diritto di scegliersi una patria." In questo modo Carlo Coccioli motivava, in un'intervista, le ragioni del suo volontario esilio in Messico. Pier è convinto che lo stesso concetto sia estendibile, legittimamente, alla religione e all'amore. Non ha ancora trovato la sua religione né la sua patria, e forse non le troverà mai. Al momento, però, si è inventato questa forma di amore. E cerca di viversela bene.

31 GENNAIO. Fra pochi giorni Pier lascerà la sua casa per trasferirsi in un'altra città. Lascerà questa stanza e i ritmi che gli ha imposto una convivenza tra amici. Non si disputeranno più il telefono; non si sveglieranno più, in certe domeniche, con tutte e tre le televisioni accese e sintonizzate su programmi differenti. Esattamente quattro anni fa, Pier entrò in questa casa pieno di voglia di esser-

ci, di combattere e di costruirsi la propria vita. Non aveva molto alle spalle e, a quel poco che aveva, diede completamente fondo nei due anni successivi. Si doveva inventare un mestiere, una professione, dei rapporti. Pier considera oggi finita questa esperienza. Per questo, benché non abbia nessuna necessità immediata, preferisce spostarsi in un'altra città. Non vuole cambiare, vuole semplicemente staccare e, in questo modo, definire meglio, ai suoi stessi occhi, un proprio momento. Come sempre, quando un ciclo si chiude, tutto si riannoda. Quando è maturo il tempo, gli accordi e le armonie si rivelano talmente struggenti da metterti in ginocchio. Pier non ha allora altra strada che la "contemplazione". Il suo passeggiare per le strade di Bologna, il suo sguardo altro non fanno che accarezzare desideranti le pietre, gli angoli, i palazzi, i giardini, come se fossero essi stessi la sostanza verbale di una preghiera, di qualcosa che è troppo forte da tenersi dentro ed esplode nel suo sguardo.

[1986]

QUESTA SPECIE DI PATTO

NEW YORK, 1987. "So che stai partendo," dice Helmut non appena rispondo al telefono, una valigia in mano, una gamba alzata per tenere aperta la porta alla cameriera che mi sta aiutando con i bagagli, qui al sedicesimo piano.

"Mi trovi in pieno trasloco," dico.

"E a Washington come è andata?" fa lui, con quel suo durissimo accento tedesco, molto cupo in verità, ma affascinante.

"Devi scusarmi, Helmut. Sono qui col portiere e la cameriera; ho un taxi di sotto. Ti chiamo dall'Italia domani, vuoi?"

"A che ora hai l'aereo?"

"Fra due ore."

"Sbrigati. C'è molto traffico nel weekend."

"È quello che sto dicendoti!"

Tace. "Quando ci vediamo la prossima volta?"

"Fai tu."

"Tokio?"

Rido. "Okay, Tokio '88." E riattacco.

Già, Tokio, tanto per restare sul facile. Dovrò trovare un giornale che mi mandi laggiù. Non sarà così facile. Fra me ed Helmut c'è questa specie di patto da quando ci siamo conosciuti, tre anni fa: vedersi ogni anno in una città diversa.

La prossima volta sarà Tokio. Bene.

Due ore dopo, il jumbo decolla lasciando le luci di Manhattan. Non ho molta voglia di tornare, ma lo devo fare. Non ho più vent'anni. E la sensazione più forte è appunto questa: avrei dovuto avere vent'anni, questa volta, per fermarmi più a lungo a New York.

Sono anni che ormai viaggio solo. Conosco l'infinita pena del viaggiatore solitario che in un qualunque scompartimento di un treno deve chiamare il controllore per andare alla toilette e non lasciare i bagagli incustoditi; conosco la seccatura un po' umiliante del dover pranzare da solo in un ristorante sotto gli occhi irritati di squallide coppiette che, in fila, ti guardano come se fosse un loro dovere avere il tuo tavolo, di cui sei soltanto uno sfigato usurpatore; conosco la fatica fisica, gli imbarazzi, i dubbi di chi viaggia solo con se stesso. Conosco la stupidità delle "camere singole" in cui i letti sono piccolissimi, i lavabi minimi e i soffitti bassi, come se ogni viaggiatore solitario fosse un nano e non una persona come le altre, con braccia, gambe e bisogno di spazio. Conosco la scortesia e il tono pietoso degli altri compagni di viaggio che ti si rivolgono con quel garbo ipocrita che si riserva a un vedovo, a una persona che ha perso la propria metà. Ma io conosco anche l'immensa completezza di questa mia solitudine, le orecchie attente, gli occhi sempre presenti, la concentrazione, le illuminazioni interiori quando non hai nessuno all'infuori di te da mettere al corrente di una scoperta, e allora, seduto su una pietra di una qualsiasi isola greca, chiedendoti perché quel sole debba essere così forte e quel mare così azzurro e la terra così nera, ti guardi dentro, e dentro puoi rivedere i soli, le mareggiate, le burrasche e gli approdi della tua vita. Fin quando avrò fiato in gola e forza nelle gambe, e le mie braccia riusciranno a trascinare un sacco, difenderò questo mio diritto di essere solo – uno come tanti – nella mia completezza.

PARIGI, 1986. Quando arriva l'autunno e un altro anno comincia, poiché è proprio fra settembre e ottobre che è possibile avvertire il vigore della rinascita e dei nuovi progetti, Helmut si mette in viaggio. Prepara i bagagli, carica le macchine fotografiche, prende accordi con una qualche rivista e lascia Zurigo. Anche Helmut è un viaggiatore solitario. Anche lui deve dimenticare qualcuno.

Quest'anno la sua prima tappa sarà Parigi, e sarò anch'io lì. Non abbiamo molto da dirci, preferiamo tacere e controllare nel nostro viso i segni di un altro anno passato. La notte passeggiamo lentamente, facendoci tutte le birrerie di Saint-Germain. Di tanto in tanto parla della donna che l'ha lasciato.

"Sarò a New York, la primavera prossima," mi dice. "Ci vediamo là?"

"Sai già dove andrai?"

Dice di sì. "Ti scriverò, comunque."

Lo metto sul treno alla Gare du Nord. Ci salutiamo. Mi faccio lasciare dal taxi a mezzo chilometro dall'hotel. Conosco un posto aperto fino a tardi. Nella cantina suona un gruppo jazz. Davanti a un pallido e ghiacciato bicchiere di *bière blanche*, stordito dall'alcool e dalla musica, estraggo il mio taccuino e scrivo una canzone.

Nei viaggi solitari esiste una pienezza diversa di sé. La possibilità di vivere in territori neutri, in mezzo a persone che abitualmente parlano una lingua diversa, il fatto di adattarsi a un'architettura e a un paesaggio stranieri producono uno spiazzamento delle nostre certezze e, se si è veramente onesti e sinceri, permettono di scoprire chi si è. In sostanza, tutti i viaggi che si fanno sono solo la figura di quell'altro viaggio all'interno di noi stessi che inizia nel momento in cui nasciamo e finisce quando Dio vorrà. Non c'è viaggio più avvincente di quello che ognuno può fare alla scoperta di sé. E ci sono, naturalmente, molti modi per fare questo viaggio. Amare una persona, per esempio. Vivere insieme a lei. Essere abbandonati da quella stessa persona, come è accaduto a

Helmut dopo otto anni. Oppure ritirarsi in un deserto e abbracciare l'esperienza mistica. Per quelli come Helmut e me, troppo amanti del mondo per abbandonarlo, troppo scorticati dall'amore per cercarne un altro, c'è una sola strada: la scoperta della solitudine.

AMSTERDAM, 1985. "Odio questo parco!" sbraita Helmut. "Non avremmo dovuto accettare questo servizio. Non c'è più niente da fotografare, qui. Niente!"

Al Vondel Park, in un giorno di maggio, in mezzo ai ragazzi delle squadre ecologiche che si arrampicano sugli alberi per controllare le nidificazioni, che spazzano i caproni nei recinti e che contano le anatre e i cigni, sediamo sull'erba e guardiamo verso il lago, gettando distrattamente le briciole del nostro sandwich nell'acqua. Io non ho scritto una riga ed Helmut non ha scattato una fotografia.

Fino a pochi anni fa, questo era il mio paradiso terrestre, il luogo in cui avrei portato la persona che amavo e l'avrei abbracciata, e con lei avrei corso per i viali e mi sarei rotolato nell'erba, e i Grateful Dead e i Pink Floyd e i Jefferson Airplane, tutti insieme, avrebbero suonato qui, su questa stessa erba, per noi. Fino a qualche tempo fa, ma ora?

"Andiamocene, Helmut," dico. "Questa sera tornerò in Italia. E tu?"

"Non so... Quando ci vediamo?"

"Facciamo a Parigi, ti va?"

Di anno in anno, Helmut e io ci vediamo in una città differente, in territori stranieri, alla ricerca di qualcosa che è dentro di noi, che non sappiamo, ma che un giorno o l'altro – forse l'anno prossimo a Tokio – riuscirà di nuovo a farci amare.

[1987]

MY SWEET CAR

Nel febbraio di un paio di anni fa ho comprato un'automobile marca Volvo, modello 140S Grandluxe, 1780 cm³ di cilindrata, quattro cilindri, due carburatori orizzontali, interno in pelle nera, tettuccio apribile, autoradio eccetera. Colore azzurro metallizzato.

Ogni volta che l'ho usata, ho pensato alla vita di questa automobile, alle persone che aveva trasportato nei vent'anni della sua esistenza, alle vicende famigliari cui aveva partecipato, ai matrimoni per cui era stata addobbata a festa, ai cortei funebri che aveva seguito... Ho pensato agli acciacchi che si erano presentati nel corso degli anni e alle violenze teppistiche che aveva subìto e di cui porta ancora traccia, come quello sfregio sulla fiancata sinistra.

L'ho vista sepolta da un cumulo di neve, arrostirsi al sole di luglio della bassa padana; l'ho vista ringalluzzirsi al fresco primaverile delle Alpi svizzere, quando attraverso il suo tettuccio entrava aria fresca e buona, e noi quattro sciamannati correvamo verso il Nord. L'ho vista subire un infarto improvviso e maledetto su un'autostrada e lasciarmi a piedi nel cuore della notte. L'ho vista ricoverata quando le hanno asportato la vecchia pompa della benzina per sostituirla con quella di esemplare più nuovo, tragicamente scomparso in un incidente. E così anche ieri, quando ho telefonato alla concessionaria per eseguire alcune riparazioni, sentendomi rispondere dalla centralinista: "Ho capito il suo problema, signore. Le passo l'accettazione per un appuntamento", ho pensato che questa mia macchina fosse molto più che un meraviglioso intreccio di meccanica e oli e tubi e cavi elettrici che resistono al tempo e all'uso più di tutte quelle mezzeseghe parvenu di oggi, ma avesse anch'essa un suo spirito, quello stesso che le riconosco, seccato, quando faccio il pieno di benzina e di olio e mi dico: "Questa è proprio uguale al suo padrone: beve e consuma tantissimo".

Ho provato a immaginarmi la sua storia o, almeno, alcuni episodi della sua vita.

UNO. È la primavera del 1969, il giorno di Pasqua, in una città di provincia del Lombardo-Veneto (Cremona, Pavia, Vicenza, Treviso...). In una bella villa nella zona residenziale fervono i preparativi per le nozze della figlia di un industrialotto. C'è grande animazione, anche perché l'automobile che accompagnerà la sposa con il padre non è ancora arrivata dall'autorimessa. Il padre, infatti, ha comprato quest'auto proprio per l'occasione; ha speso un sacco di soldi, puntualmente rinfacciatigli dalla moglie, che avrebbe preferito qualcosa che desse meno nell'occhio.

Alla fine, sul prato della villa arriva l'auto lustrata e addobbata per l'occasione, guidata da un autista della fabbrica. I ragazzini del corteo gridano la notizia. Il padre corre sul prato e ispeziona l'auto, complimentandosi con l'autista. Finalmente arriva anche la sposa. E il corteo attraversa la città. All'interno dell'auto, il padre non fa che dire: "Sei bellissima, sei stupenda, tutta tirata a lucido", e sembra che lo dica alla figlia, tutta imbarazzata ed emozionata, ma è chiaro che si rivolge al suo macchinone.

Mentre nella chiesa si svolge il rito, l'auto aspetta al centro della piazza. Gli sposi escono e salgono in vettura per il viaggio di nozze. Il padre saluta gli sposi e vede la sua nuova auto andarsene. La moglie gli asciuga una lacrima.

Durante il viaggio, gli sposini gettano le carte stradali e i vestiti della cerimonia. Si fermano lungo il percorso e decidono di passare la loro prima notte di nozze in auto. Qui fanno l'amore per la prima volta, imbarazzati, inesperti sia dei loro corpi sia della loro nuova e fiammante automobile.

DUE. Roma, dieci anni dopo. Estate. La vecchia auto ha cambiato targa, non ha più quella nera e quadrata, ma una allungata con il nome "Roma" scritto in arancione. In questi dieci anni, ha seguito la storia della famiglia su nel Lombardo-Veneto.

Ha accompagnato la sposina a partorire e il corteo funebre del vecchio industrialotto, ormai travolto dalla crisi dei primi anni settanta. L'auto è stata venduta.

Ora appartiene a un ricco omosessuale cinquantenne, specializzato in cornici del Sei, Settecento. Il suo negozio, nel centro della capitale, è pieno di queste infilzate di cornici riposte una nell'altra, da quelle grandi metri e metri a quelle più piccole. Lui stesso, nella sua bella casa del centro, ha una parete addobbata con queste cornici che inquadrano il vuoto. Per lui, certamente, un assoluto indefinibile.

L'antiquario chiude il suo negozio. Prende l'auto e si avvia nel traffico incasinato del lungotevere. Bloccato da un ingorgo, guarda nelle altre auto. È un po' deriso per la sua eleganza, per i suoi guantini di rafia e camoscio tagliati alle falangi, per il suo modo di guardare i ragazzi, per la musica che la sua auto diffonde, diciamo *The Rake's Progress* di Stravinskij, il finale del terzo e ultimo atto, che confrontata a tutte quelle Mine e Lolite delle altre autoradio sembra veramente musica antichissima.

Passa da una zona di marchette. Carica un ragazzo che sembra aver già conosciuto. Vanno verso il mare. Il ragazzo cambia frequenza. Arrivano sul litorale. È ormai una bella notte di luna. Il *boy* dice che scende per pisciare. In quel momento, Demetrio Stratos attacca *Luglio agosto settembre nero* con gli Area.

Dall'oscurità il ragazzo arriva in compagnia di altri due. Derubano l'uomo. Lo picchiano. Lo gettano a terra, trascinandolo fuori dell'auto. Lo pestano selvaggiamente, strappandogli gli anelli, l'orologio, il portafoglio, la catenina al collo. Lo insultano. È ormai un corpo infangato e insanguinato, parente più della terra e della spazzatura che dell'umanità. Alla guida dell'auto sale un ragazzo; accende il motore, mette la retromarcia e passa più volte sul corpo dell'uomo. La macchina è come trasfigurata in un rullo compressore. Violenta, imponente, selvaggia, veloce, ruggente in quel suo scattare e rombare avanti e indietro. Come una corrida. I ragazzi scappano. Demetrio Stratos termina il suo pezzo sull'immagine di un'alba che rischiara il litorale, di una vittima uguale a milioni di altre vittime in ogni parte del mondo, di una macchina che, abbandonata poco distante contro la prima fila di un canneto, sembra un pugile sfinito e sfiancato che, alle corde, gronda sangue dopo il match.

TRE. (A questo punto, mi piacerebbe molto vedere la macchina invasa da chiappe e tette gioiose, premute contro i finestrini e le portiere, aprirsi, facendo rotolare giovani amplessi sull'erba: insomma, uno straripare di vitalità e di eros come se lei – la macchina – fosse la cuccia di questo gruppo di adolescenti porcaccioni e festanti, colti sul finire di un pranzo, diciamo l'ultimo giorno di scuola.)

QUATTRO. Quando si avvicina al suo trentesimo anno e sopraggiunge l'inverno, quando una parentesi di ghiaccio attanaglia novembre e dicembre e il suo cuore gela, si addormenta sulle sue pene... (Ingeborg Bachmann)

Lei è una ragazza che probabilmente non ha ancora trent'anni. Ha una fede matrimoniale al dito. Viaggia per piccoli paesi al di fuori dei grandi itinerari turistici. I sedili posteriori della sua auto – la solita auto che ancora una volta ha cambiato targa, ora è "Firenze"; la targa tutta bianca – sono ingombri di fogli di giornale, riviste di moda, qualche libro. Un paio di bottiglie di birra.

Quando un uomo si avvicina al suo trentesimo anno di età, nessuno smette di dire che è giovane. Ma lui, per quanto non riesca a scoprire in se stesso alcun cambiamento, diventa insicuro, ha l'impressione che non gli si addica più definirsi "giovane". E un mattino si sveglia... (Ingeborg Bachmann)

Mentre attraversa un paesino viene fermata dalla polizia per un controllo di documenti. Parla a fatica l'italiano. È tedesca. No, la macchina non è sua, appartiene a suo marito. L'unica cosa che di lui gli è rimasta. Deve declinare le sue generalità. La sua identità burocratica, un nome, una professione, un indirizzo. Scopre che è il giorno del suo trentesimo compleanno. Come se questo non le appartenesse.

Una notte, in un piccolo albergo, lei scrive sulla sua portatile elettronica: "Sono una donna senza argomenti. Non mi importa del mondo, mi infastidisce quello che accade, ma mi dà meno fastidio se sono accanto a te. E sono ancora in grado di avvelenarmi".

Non spera nulla. Non riflette più su nulla. Avrà ancora tempo abbastanza per occuparsi della sua futura residenza e del suo futuro lavoro... Impacca le sue tre cose, quel paio di libri, i portacenere... Perciò fa un viaggio pieno di indugi, lento, un viaggio attraverso le province italiane... (Ingeborg Bachmann)

Entra in una casa dove hanno abitato insieme. Le loro fotografie alle pareti. La sua tesi di laurea. Tutto è fermo e sepolcrale. Va in bagno. E lì sul lavandino, proprio appoggiato al rubinetto di ottone trova un capello, un lungo capello biondo, unico segno di vita che lei guarda e prende tra le dita come se fosse il reperto di un'altra vita.

Più tardi, in viaggio, la macchina ha un guasto. Lei si ferma per telefonare da una cabina. Non riesce a prendere la linea. C'è un'interferenza. Si sente il dialogo semplice e oscenamente naturale di un uomo che telefona alla propria moglie *da lontano*. Lei ascolta questi due esseri che non si dicono assolutamente nulla, svogliati, perbene, neutri.

Davanti a un'autorimessa, all'alba. Il meccanico dice che ha solo aggiustato le cose, non risolte, che la macchina non reggerà molto; converrebbe lasciarla e proseguire in autobus. Lei si rifiuta, torna sulla strada.

Le luci del mattino. Dopo un po', in salita, l'auto si arresta di nuovo. Tossicchia, si ferma. Riesce a fermarsi sul ciglio di una scarpata. Scende, poi risale in macchina. Toglie il freno a mano. Ora corrono nella direzione inversa, lei e l'auto, e spiccano il volo.

Sulla fine del viaggio taceva. Non avrebbe voluto finirlo, alla fine avrebbe voluto scomparire, senza lasciare tracce, diventando introvabile... (Ingeborg Bachmann).

[1987]

UN RACCONTO SUL VINO

Uscendo un giorno, solo qualche tempo fa, dall'autostrada e immettendomi sulla provinciale verso la campagna, ecco i soliti, antichi odori che mi facevano sorridere e dire finalmente: "Sto per arrivare a casa". Odori che ancor più distintamente avverto quando arrivo in treno e già scendendo sul binario, a seconda delle stagioni, ecco la nebbia fruttata del primo inverno che sa di vino e di mele, oppure l'odore del fieno tagliato che sta essiccando nella calura d'agosto, o ancora quello della fioritura o del concime sparso nei campi. Odori che immediatamente mi riportano a un tempo dell'anno, cosa che invece, vivendo in città, viaggiando in altri continenti, perdo completamente.

Quando invece, come l'altro giorno – oh, sì, un terso ma ancor freddo primo pomeriggio di marzo, con la sequenza ondulata dell'appennino ancora coperta di neve e, di fronte, come un mantello di un verde tenerissimo, la distesa della campagna, il succedersi delle coltivazioni, gli appezzamenti di vigneti e i campi arati – bene, l'altro giorno, vedendo più volte lungo la strada i contadini e le donne intenti a lavare bottiglie, a sciacquarle e ad asciugarle, disponendole in fila sulle rastrelliere al sole, mi sono detto: "Sta per cambiare la luna".

A casa, ho trovato mio padre e mia madre presi da un fervore che non lasciava spazio né ai saluti né ai "Come stai?". Facevano il turno per raggiungere la cantina con le loro bottiglie pulite. Ma, trovandosi il nostro appartamento al sesto piano di un condominio, tutto questo avveniva freneticamente tra il cucinotto, i pianerottoli, l'ascensore, le scale condominiali, il garage e, finalmente, i cunicoli delle cantine. Il bello era che anche altri condomini facevano la stessa cosa. Avevano sistemato una lampadina, o una torcia, al di fuori dell'esiguo spazio delle loro cantine in modo da illuminare lo stretto corridoio senza dover ricorrere alla fioca luce a tempo dell'impianto centrale, e trafficavano con bacinelle, stracci, spugne, bottiglie. Il risultato che vidi, attraversando, ingombro delle mie valigie, quello che da bambini chiamavamo il "sottoterra", era dunque l'immagine di alcuni piccoli gruppi di signori e signore di una certa rispettabile età che, in jeans e grembiule, chinati al suolo nonostante l'artrosi e gli acciacchi, svelti per le scale nonostante la circolazione sanguigna precaria, forti con le loro imbracciate di bottiglie nonostante l'età, smesse le pellicce e i completi blu o grigi delle loro professioni, incuranti dello smalto delle unghie e del rossetto sulle labbra, si affaccendavano con precisione, meticolosità e ardore in un rito che aveva a che fare non soltanto con un loro piacere personale, con la soddisfazione di poter offrire qualche mese più tardi una bottiglia buona, di poter regalare qualcosa a cui avevano contribuito con le loro mani e con la loro piccola fatica, ma, credo, con l'essenza stessa della loro vita: con i ricordi, con le persone scomparse che, molti anni prima, in ambienti completamente diversi, all'aria delle cascine e delle case coloniche, avevano celebrato lo stesso rito. Così, nell'atto di compiere quei gesti non erano più il ragioniere, il geometra, il dottore, ma i figli della loro terra, allo stesso modo in cui io, scendendo da un treno e annusando quegli odori, ho la profonda consapevolezza di essere impastato di quella nebbia e di quei vapori che la campagna emana in certi giorni dell'anno. E che le mie radici sono da nessun'altra parte che in quel mondo contadino.

"Domani c'è la luna nuova," dice mio padre, uscendo dall'ascensore e incontrandomi nell'ingresso. È il suo modo di salutarmi. Non dico niente. Si accorge che mi aspettavo qualcosa da lui. Allora mi guarda con una breve occhiata di comando. "Tutto bene? Allora vai a dare una mano a tua madre."

Qualche minuto più tardi, anch'io mi trovo davanti a quell'interminabile fila di bottiglie lucide e verdi, pronto a sciacquarle e a lustrarle. Il giorno dopo andrò con mio padre, in auto, alla cantina del paese per ritirare le damigiane. Aiuterò i miei facendo quelle poche cose che so fare, ma più che altro li osserverò imbottigliare il vino nuovo con i loro piccoli strumenti ecologici: le cannule, i galleggianti nella vaschetta, i rubinetti... Li vedo come due ragazzi e, nel buio del nostro piccolo e anonimo ripostiglio sotterraneo, sento il peso della loro storia, l'immagine della casa del nonno, in campagna, che ora non c'è quasi più. Sento il loro cervello lavorare, preso da un trip che io non conosco: io, nato in paese, praticamente in piazza, e cresciuto in un cinema. Mentre il vino scende frizzante nelle bottiglie, vedo mia madre ragazzina; la vedo vincere la corsa a ostacoli del sabato fascista; la vedo riversa in un fossato, con la sua bicicletta e un cadavere accanto, sotto il fuoco di un mitragliamento aereo. Vedo mio nonno, il giorno di Pasqua, a capo di una tavolata di una ventina di persone, e noi bambini relegati di là, in un'altra stanza, per poi essere ammessi sulle ginocchia dei nostri genitori solo nel momento finale, quando, appunto, qualcuno portava in tavola le bottiglie provenienti da una vite i cui grappoli non finivano come gli altri alla cantina, ma venivano pigiati in casa, sotto il porticato di fianco al fienile, e il cui mosto avrebbe dato quel vino intenso, abboccato, un po' torbido, che un sommelier forse non avrebbe mai osato consigliare ai suoi raffinati clienti, che per noi tuttavia rappresentava non solo una tradizione, ma il significato stesso di parole come "casa" e "terra". Un vino che, scomparso il nonno, lasciata la terra, maritatesi le figlie in paese, nessuno di noi avrebbe mai più bevuto.

Come un ragazzo della mia generazione, nato a metà degli anni cinquanta, nel momento cruciale dell'evoluzione della nostra società da agricola a industriale, con tutto il suo rock e il suo mito americano, con una sua passione per la letteratura e la civiltà anglosassone, con il suo mito metropolitano, come questo ragazzo che non sono più io si trovi a ricordare questi gesti e questi paesaggi è il centro della storia che voglio ora raccontare. Come insomma un individuo – al pari di tanti altri della sua generazione che mai sono stati contadini e, anzi, si sono trovati a crescere proprio in opposizione ai valori della civiltà contadina – abbia poi avvertito come inderogabile la necessità di innestarsi sull'esperienza e sulla vita di chi lo ha preceduto, quanto meno per capire quei gesti e quei riti che, con una frattura di così grande insensatezza, sono scomparsi nel giro di una generazione; bene, è proprio questo il percorso di questo racconto. Dove non ci sarà nostalgia, ma semplicemente il desiderio di capire se stessi, di indagare, di raccontare le persone e la cultura che ci hanno contenuti, e di cui il vino è il grande serbatoio di vita e di immaginario.

Il professore di semiotica entrò nel piccolo antistudio al pianterreno del palazzo che ospitava l'istituto di discipline della comunicazione. Si sfilò il loden blu ancora punteggiato di nevischio. Batté ritmicamente i piedi a terra e si tolse gli occhiali appannati per la differenza di temperatura fra la strada ghiacciata e l'ambiente riscaldato. Si stropicciò la barba, cercando di asciugarla da quelle perle brillanti che la ornavano. La sua figura appariva massiccia, forse corpulenta, ma con qualcosa di goffo che la rendeva confidenziale. E, d'altra parte, quel professore era allora già noto in Europa e nelle maggiori università degli Stati Uniti non solo per le sue competenze scientifiche, ma anche per il suo humour, le sue boutade, la sua conversazione brillante e divertente.

Quel primo pomeriggio di un dicembre di dieci anni fa, comunque, a Bologna nevicava, e lo studente era arrivato in istituto con un largo anticipo, teso ed emozionato, per discutere con il docente la sua relazione d'esame. Come tutti i compagni del suo corso, aveva consegnato un mese prima dell'appello il testo della sua tesina a un assistente, con il quale aveva poi sostenuto la parte istituzionale e teorica del corso. La maggior parte dei suoi compagni se l'era cavata in questo modo, ma a lui era capitata una grana. L'assistente non aveva gradito il fatto che la sua relazione avesse dribblato il tema specifico del corso, per affrontare uno studio assai particolare. Per questo, lo aveva rinviato a una discussione con il professore, non appena questi fosse tornato da un viaggio di studio negli Stati Uniti.

La convocazione arrivò dunque a dicembre, e in questo stato d'animo, fra l'ansioso e l'imbarazzato, con una disponibilità interiore contesa fra l'orgoglio di poter difendere personalmente quello che aveva fatto e la timidezza del dover avanzare questa difesa faccia a faccia con il professore (che già si immaginava infastidito dalla seccatura), lo studente si ritrovò in quel piccolo antistudio con in mano la sua relazione accartocciata e infracidita dalla neve, a fissare l'arrivo – un po' da generale Inverno – del suo avversario.

"Venga, venga avanti," disse finalmente il professore, aprendo la porta dello studio. Aveva appeso il loden a un attaccapanni e aveva lasciato la sua borsa su un tavolo a sinistra dell'entrata. Lo studente si era alzato non appena aveva visto la porta aprirsi e aveva salutato con voce impercettibile. "Si accomodi pure," proseguì cordiale il docente, invitandolo a sedere di fronte alla scrivania. "Devo sbrigare solo qualche telefonata. Due minuti."

Il ragazzo si sistemò sulla poltroncina davanti alla scrivania, che trovò immediatamente scomoda e troppo bassa per il livello del tavolo. Sistemò la sua relazione, la sfogliò, tossì alcune volte, guardò a lungo fuori della finestra, verso il cortile interno coperto di neve. L'avversario parlava in inglese a qualche segretaria di college, riponeva la cornetta e immediatamente riformava un qualche altro numero. Tutto senza consultare agende. Aveva i modi di fare di un uomo d'affari: sbrigativo, conciso, tono cordiale, ma senza concedere più di tanto ai formalismi. Finalmente le telefonate terminarono, e gli occhi del professore si posarono sulla figura dello studente. Poi di nuovo sul fascio di tesine e fogli che ingombravano la parte sinistra della scrivania.

La relazione in questione stava in cima. Il professore la prese, sempre senza dire una parola, la sfogliò, mugugnò un "ah", come se si fosse improvvisamente ricordato di tutto, e disse: "Non conosco questo libro di Raymond Chandler che lei ha messo in bibliografia. Deve essermi sfuggito".

Lo studente, che lo aveva portato, glielo mostrò. Si trattava di una raccolta di lettere, appunti, note, aneddoti sulla vita dello scrittore americano, sulla moglie, la gatta Taki, la cuoca olandese della Pennsylvania, il frustrante lavoro di sceneggiatore a Hollywood, fotografie e racconti. Parlarono di Chandler per una decina di minuti, amabilmente, ma lo studente sapeva che non era stato chiamato in quel piccolo studio ordinato e imprevedibilmente sgombro di carte, libri, fogli per parlare di uno scrittore divenuto popolarissimo negli anni quaranta. Aspettava una domanda secca, una contestazione, un attacco. Più tutto questo tardava, più avvertiva crescergli dentro il disagio. Ma non osava fare la prima mossa. Solo di tanto in tanto rigirava fra le dita il libretto universitario.

Il professore notava il suo nervosismo e continuava a chiacchierare della "semplice arte del delitto".

Lo studente si scoprì per primo. "C'è qualcosa che non le è andato nella mia relazione?" chiese d'un fiato, approfittando di una pausa.

Il professore lo guardò trionfante. Si aggiustò sulla poltrona reggendosi ai braccioli e, sorridendo, disse: "Ah, la relazione! Com'è che ha scelto questo argomento? È interessante, non lo nego, ma lo svolgimento è un po'... Come dire, bizzarro. Ecco: la sua è una relazione non scientifica, ma idiosincratica. Mi capisce?".

Lo studente non rispose.

"La cultura del vino. Giusto. Giustissimo. Io vengo da Alessandria, come lei saprà, e di vino, da quelle parti, ce ne intendiamo. Quello che mi lascia un po' perplesso è l'accostamento che lei avanza fra cultura del vino e cultura *tout court*. I legami esistono, come lei ha giustamente rilevato, fin dall'antichità. Ma se vogliamo veramente indagarli, è necessario approfondire, scavare, essere scientifici. Vorrei farle un paio di esempi..." Si mise a sfogliare le pagine finché non trovò quello che cercava. Lo studente cominciava a sudare.

"Ecco qui. Lei esamina i classici greci e latini. Ecco un frammento di Alceo: 'Lascia, non pensare, finché siamo giovani, al mondo di laggiù. Ora, quale che sia la nostra sorte, a noi s'addice bere'. Poi cita Orazio, in latino, mettendo in rilievo l'affinità del vino con il canto. Parla del genere letterario dei brindisi, del *carpe diem* eccetera. Poi subito infila un cinese Li Po, il poeta taoista della dinastia T'ang. E riporta: 'Bevemmo senza sosta e vuotammo cento boccali, fino a quando le nostre menti si sentirono liberate da ogni annoso affanno'. Non contento, sempre per restare in quello che lei chiama 'il contesto antico', subito infila il poeta persiano Omar Khayyām: 'Bevi vino che ti trae dal cuore abbondanza e penuria, e ti toglie il cruccio delle settantadue ferite'. Dopo aver riportato queste e altre citazioni, lei tira una prima conclusione, arrivando alle seguenti equazioni: vino uguale farmaco per i dolori; vino uguale rimedio per il tempo fuggitivo; vino rifugio dell'io; vino giovinezza, felicità, eros, libertà, astrazione dalla vita quotidiana. Addirittura una connotazione 'vino uguale *let it be*', come se ci fossero ancora i Beatles. E vino uguale immersione nella natura, senso della natura, filosofia della vita, malinconia, sorriso... Riporta un paio di versi dalle *Baccanti* di Euripide, e il vino diventa immediatamente, nella sua trattazione, sinonimo di ispirazione divina, comunione con gli dei, capacità divinatoria, ebbrezza sacra, libertà sessuale, distruzione dei freni inibitori... Ora, tutto questo è innegabilmente vero; voglio dire che il vino, il suo uso, il suo culto, hanno significato tutto questo nel corso dei millenni. Ma lei non può dirlo tutto d'un fiato in una relazione scientifica. Se lei usa un autore cinese, lo deve usare in lingua cinese, poiché già in ogni traduzione è insito un tradimento. Lei sa il cinese? È in grado di sostenere che Li Po ha detto esattamente quello che la sua traduzione italiana riporta? Lei conosce l'arabo? In quanto al greco antico, non ho dubbi, ma quando traduce Alceo: 'Non gioverà, o Bacchis, questo tedio di esistere. Il miglior farmaco è il vino, a noi s'addice il bere', cosa significa quel 'tedio'? È un suo retaggio petrarchesco? È un termine filosofico? È sicuro che Alceo intendesse quello che noi oggi intendiamo con questo termine culturalmente stratificato, per secoli, di sensi, di significati, di interpretazioni critiche e filosofiche?" Si arrestò per un istante; sollevò gli occhi dallo scritto e lo guardò interrogativo, come per chiedergli un parere.

Lo studente ascoltava mortificato, con gli occhi fissi sul tavolo. Di tanto in tanto, vedeva le dita del professore fare incursioni veloci fra le pagine del suo lavoro; sentiva tutto ciò come una profanazione; niente avrebbe più retto a quella furia critica: né il metodo né l'approccio teorico, neppure il materiale della ricerca, le schede, gli appunti. Si trovava in mezzo al sacco di Roma, né più né meno.

Niente gli venne risparmiato. Non si aspettava assolutamente un attacco di questo genere, ma sapeva di non poter disporre di alcuna difesa. Da un punto di vista metodologico, il discorso critico del docente non faceva una grinza. Quello non era un esame di italiano, ma di semiotica, di una scienza cioè che studia l'universo dei segni nei loro rapporti di significazione, di contenuto, di messaggio, di costituzione espressiva. Quello che lui aveva voluto tentare era di ripercorrere un universo semantico, che aveva costituito, arbitrariamente, come "cultura del vino", alla ricerca di una sistemazione impossibile. Aveva letto poeti di ogni tempo e di ogni cultura, rintracciando le poesie in cui si parlava di vino. Aveva studiato, rovistato nelle biblioteche; aveva perso tempo, si era arenato e poi aveva ripreso il lavoro nella certezza che, alla fine, avrebbe trovato qualcosa. Il suo intendimento era chiaro, e in questo modo, con gli inevitabili acciacchi della prosa di un neofita-ricercatore, l'aveva esposto in testa alla relazione: "Percorrere un filone della cultura, quella del vino, da Alceo a Baudelaire, a Chandler, alla ricerca di quelle unità culturali che le opere letterarie ci hanno consegnato, nel tentativo di proporre un'analisi componenziale del semema 'vino'". In sostanza: se un enologo esaminava una bottiglia di vino da un punto di vista organolettico, valutandone il colore, il bouquet, l'aroma, il profumo e la densità, lui, lo studente, innalzava quella stessa bottiglia a immagine assoluta e diacronica, e tentava di cercarvi, scomponendola, ogni definizione tracciata in letteratura. La bottiglia dell'enologo o del sommelier è un oggetto prezioso che racconta di uomini, di paesi, di cieli e di terre. Per lui quella stessa, preziosa bottiglia raccontava di libri, di romanzi, di poesie.

Il suo attaccamento alla ricerca era così vitale, così autobiografico, per certi versi, che non riuscì a ribattere alle critiche che gli venivano mosse. Lo studente non sapeva che, in quella ricerca fra libri e vini, stava in realtà cercando se stesso, la sua cultura, le sue origini, forse soltanto una sistemazione organica delle sue letture e che, proprio per questo, un esame universitario forse non era l'occasione adatta per esternarle. Ma era troppo giovane e non si conosceva abbastanza. Il professore invece, pur senza dire una parola a questo riguardo, aveva probabilmente capito tutto. Avvertiva in quel ragazzo un'ansia di definirsi che forse gli piaceva, ma che certo non poteva guidare né dirigere. Non ne avrebbe mai fatto uno studioso serio, un bravo ricercatore universitario di discipline del linguaggio e della comunicazione poiché, in chi gli stava di fronte, era troppa l'urgenza di raccontare e di percorrere le strade della fantasia. Così, alla fine del colloquio, gli disse: "Questo è materiale per un ottimo articolo, non per una tesi di laurea. E io non sono il direttore di *Playboy*. Le do ventinove, purché non si occupi mai più di semiotica".

Solo qualche anno più tardi, a distanza di pochi mesi – io a gennaio, il professore a primavera – esordimmo con il nostro primo romanzo. Il risultato fu diversissimo. Io mi vidi trasformato da studente in giovane promessa letteraria. Lui da imprevedibile accademico nello scrittore italiano più conosciuto, più tradotto, probabilmente più letto nel mondo intero.

Ancora oggi, rivedendo di tanto in tanto quel suo studente, in una discoteca o in un salotto, non appena lo scorge gli si rivolge dicendogli: "Prima saluta il professore!". Allora quello che dieci anni fa era lo studente lo saluta, ridacchiando imbarazzato.

"Ho fatto bene a non incoraggiarti nella ricerca accademica," gli dice il professore.

"Lei mi ha dato ventinove, il voto più basso del mio libretto universitario," ribatte lo studente, a distanza di dieci anni ancora non pienamente convinto di quell'esame.

"Ma è proprio per questo," gongola il docente, "che, deludendoti un poco, ti ho spinto a scrivere romanzi. Dovresti essermene grato ."

E, a quel punto, io e lo studente non sappiamo più cosa dire.

La folgorazione avvenne sui banchi del liceo. Dico proprio "banchi", poiché eravamo nell'aula di fisica: una piccola aula-laboratorio attrezzata per esperimenti, dimostrazioni, reazioni chimiche, proiezioni didattiche. Contrariamente alle altre aule, questa aveva l'uditorio disposto su gradinate come in un piccolo teatro anatomico. I docenti stavano laggiù, in fondo alla sala, sotto una lavagna verde oliva grande come tutta la parete. Il bancone era di piastrelle bianche e, alle estremità, aveva rubinetti attrezzati per distribuire acqua, ossigeno e qualsiasi altro gas. Nell'aula di fisica, i docenti indossavano un camice bianco. Noi studenti eravamo, come sempre in quegli anni, in jeans e pullover; le ragazze in grembiule nero, benché fossimo già nei settanta – 1972, credo – e il vento della contestazione soffiasse anche nel piccolo e antico (di un paio di secoli) liceo di provincia.

Ero seduto in uno degli ultimi banchi, alla sommità dell'aula. La mia amica del cuore mi passò il suo diario. "Leggi questo e dimmi cosa ne pensi," sussurrò, con il viso appoggiato sul banco, seminascosto dalle braccia incrociate.

Presi il diario e lessi. Il testo era scritto come una poesia. E una quartina appariva sottolineata. Diceva:

> Un altro giorno è andato, la sua musica è finita,
> Quanto tempo ormai è passato e passerà...
> Nel sole dei cortili i tuoi fantasmi giovanili
> Corron dietro a Silvie beffeggianti.

In calce c'erano un nome e un cognome che non mi dissero assolutamente nulla: Francesco Guccini. Era un trovatore? Uno chansonnier? Un poeta? Un classico? No, era un cantautore. Quello stesso pomeriggio, a casa della mia amica, ascoltai un suo disco. E la musica del cantautore bolognese entrò nella mia vita.

Francesco Guccini diventò, per anni e anni, fino all'università e anche oltre, accompagnato solo dall'alto patronato di Leonard Cohen, la colonna sonora di quel mio passato irrequieto e provinciale, conteso fra i treni rugginosi che mi portavano verso Bologna e le *highways* californiane dei miei scrittori preferiti che mi portavano, con la fantasia, nel territorio del mito americano. Ma quello che si mostrò allora dirompente fu che tramite Guccini studiai, per la prima volta seriamente, il greco. E il latino. Imparando a memoria tutte le ballate di Guccini, e dovendo contemporaneamente tradurre Alceo e Orazio, la mia amica e io urlavamo: "Ma è un Guccini allo stato puro!", invertendo, ingenuamente, il percorso culturale e storico. Eppure fu attraverso le sue canzoni che scoprimmo alcune questioni elementari che nessun professore ci aveva spiegato; e cioè che Guccini era un poeta conviviale del XX secolo, così come Alceo lo era (con Saffo) del VI a.C. e Orazio del I secolo sempre a.C. Che da quei lirici eccelsi – quelli che io amo al di sopra di ogni altro, poiché riuniscono la bellezza archeologica della riscoperta di una lingua morta alla nascita stessa, per un adolescente, della parola "poesia" – Guccini aveva saputo prendere stimoli e lezioni, ne aveva ripercorso i temi, gli ambienti, la poetica, gettandoli negli accordi di una ballata rock. Che, infine, lo studio delle lingue classiche, della lirica greca e di quella latina, nonostante tutte quelle grammatiche e sintassi noiosissime, a qualcosa – seppur marginale per i destini sommi dell'umanità – servivano: cioè, a sentire con più vibrazioni la poesia moderna e il presente.

Le osterie di Francesco Guccini, il suo vino, i suoi bicchieri, i suoi tarocchi diventarono così l'accompagnamento musicale dei nostri studi. Sentivamo quanto grande e vitale fosse questo collegamento fra la poesia conviviale classica e quella contemporanea. Non potevamo pensare ad Alceo o a Orazio senza accompagnarli, sulla chitarra, con una canzone di Guccini. Musicammo alcuni frammenti greci, cambiammo parole per inserirle negli accordi, arrivammo a canticchiare, in greco, Saffo come se fosse Carole King. E se sarebbe stato impossibile ritrovare una bottiglia di falerno, il vino cantato da Orazio, con Guccini noi potevamo innalzare alle Muse un bicchiere di spiritosissimo, leggero e trasparente lambrusco di Modena.

Fu dunque in quegli anni liceali che prese avvio quella ricerca che sarebbe poi sfociata, solo qualche tempo più tardi, nella relazione universitaria. Il percorso non fu però così semplice e pacifico. C'è un secondo aspetto su cui lavorai qualche anno dopo. Un aspetto assai problematico, che mi fece riflettere e pensare a lungo. Per introdurlo, è opportuno ritornare al laboratorio di fisica.

Un giorno, entrando nell'aula per la consueta lezione, notammo il professore che, aiutato dal tecnico di laboratorio, si destreggiava, in un angolo, fra alambicchi, serpentine di vetro, bollitori, fornellini, recipienti, becher. La cosa non ci stupì, anzi, utilitaristi come eravamo, tutto quel movimento significava una sola, ottima cosa: che non ci sarebbero state interrogazioni.

Prendemmo posto scetticamente nei nostri banchi. Il professore ci aveva appena salutati con un cenno. Era rosso in volto, eccitato come suo solito quando doveva dimostrare, a quello e ad altri gruppi di profani, le meraviglie del mondo fisico e chimico. Insomma, eravamo tutti lì a guardare quei due, con la solita smorfia di chi cinicamente sa che appena avviato l'esperimento salterà la luce o tutta intera la scuola, quando il professore, finalmente, raggiunse il proprio posto al centro del tavolo e parlò.

"Oggi, vi mostrerò il processo della distillazione," disse trionfante. "Ma, per carità, sappiate che tutto questo è proibito dalla legge. Otterremo alcool; e questo, voi lo sapete, non si può fare se non con apposite autorizzazioni."

L'atmosfera diventò immediatamente curiosa e attenta. Non tanto per il processo di distillazione, quanto per il poter assistere a qualcosa che, molto vagamente, poteva rivelarsi una piccola trasgressione. Tutto comunque era pronto. In un recipiente il vino bolliva; il vapore passava attraverso una serpentina avvolta nell'ovatta che il tecnico di laboratorio continuava a impregnare di ghiaccio; alla fine, dopo un paio di altri percorsi analoghi, tutto sarebbe dovuto ricadere in un piccolo becher. Dieci minuti dopo l'avvio dell'esperimento il puzzo cominciò a farsi sentire. Mezz'ora più tardi eravamo già in osteria e, quaranta minuti dopo, in una cantina. La dispersione dei vapori rendeva l'aria greve. Il tecnico continuava a bagnare l'ovatta, ma ben presto si tappò la bocca con un fazzoletto; più tardi anche il naso. Gli occhi presero a lacrimargli. Il professore osservava tutto dalla sua sedia, assentendo con la testa come un alchimista assolutamente certo di ricavare oro dalla pietra. Il piccolo becher, alla fine dei tubi e delle serpentine, non si riempiva mai. Un'ora dopo apparve la prima goccia. Fu un urlo di gioia, soprattutto per il tecnico, che si accasciò sul primo banco. Tutti volevamo assaggiare quel liquido trasparente e assolutamente incolore che, naturalmente, niente aveva a che fare con i preziosi distillati invecchiati in aristocratiche botticelle e conservati gelosamente, in casa, in bottiglie di cristallo. Alla fine, usammo quel barbarico distillato come si usa l'essenza preziosissima di un unguento. Uno di noi si rovesciò sull'indice quella goccia, la schiacciò con il pollice e la passò a un compagno. Questi la spalmò ancora fra le dita, l'annusò, fece un breve, ammirato commento e strofinò il dito su quello di un altro compagno. Se qualcuno fosse entrato in quel momento, avrebbe trovato ventisei, fra ragazzi e ragazze, che si annusavano le dita reciprocamente, facendo commenti ad alta voce fra l'entusiastico e lo scettico. Il professore, trionfante, osservava dal suo scanno con l'aria di chi la sa lunga e pensa: ecco rivelate al volgo le meraviglie della scienza.

Perché ricordo tutto questo? Perché il passaggio – o meglio, la trasformazione – del vino in alcool, comunque la si voglia vedere, è soprattutto una trasformazione culturale. C'è la cultura del vino, che è quella di cui ho parlato finora, e c'è quella che ricerca in esso solamente la componente alcolica, ponendosi così come risvolto negativo della precedente. All'inizio, esiste solamente la cultura del vino; gli aspetti negativi del bere, la smodatezza, l'accanimento, l'esclusività totalizzante sono al più risolti in malinconia. Il bevitore, colui insomma che apprezza il vino un po' troppo, è un malinconico che chiede al nettare solo di non pensare troppo alla vita e ai suoi affanni. È qualcuno che vuole lasciarsi alle spalle la tragicità dell'esistenza e, per questo, al vino chiede di essere liberato. Ma ancora, questo desiderio non si è costituito, come accadrà più tardi, in un universo separato, in un'altra vita, quella dei reietti al margine della società. Nel contesto antico e pagano – ma anche cristiano: basterebbe pensare alla simbologia cristologica della vite e dei tralci, alla funzione del vino nell'ultima Cena e nella liturgia odierna –, il vino resta un mezzo per trovarsi in compagnia, per cantare, per celebrare l'amicizia e l'eros. Non è fine a se stesso. Non separa dalla realtà, anzi costituisce il miglior rito per celebrarne i momenti di gioia, di felicità, di pienezza e, per i cristiani, addirittura di salvezza eterna.

Ma il problema è risolto a metà. Se nel vino non ci sono mai connotazioni di dannazione, queste però esistono se trasportate in un contesto differente, quello dell'abuso alcolico. Nella cultura moderna, questo abuso è sinonimo di autodistruzione. La ricerca dell'alcool come valore assoluto – e non come apprezzamento di una fra le diverse componenti delle bevande alcoliche – porta, nelle opere di Charles Baudelaire, Francis Scott Fitzgerald, Raymond Chandler, Jack Kerouac, Norman Mailer, Charles Bukowski, Carlo Coccioli, Luciano Bianciardi, Giorgio Scerbanenco, unicamente verso l'annullamento dell'individuo, verso la sua separazione dalla società. Quando si sia verificata questa frattura tra vino e abuso alcolico – in termini culturali, è chiaro – non so dirlo. Dieci anni fa pensavo che potesse risalire all'alto medioevo. Nel momento, cioè, in cui la cultura del vino si costituisce come cultura subalterna in opposizione a quella ufficiale, al potere della Chiesa e degli Stati. Quando il potere vuole regnare anche sui territori della fantasia e dell'immaginazione, il vino, che di questi territori è il sacerdote, viene relegato ai margini della società. Se l'uso del vino può servire inizialmente come una sorta di rifugio e di conforto per chi è oppresso e stanco, il suo abuso diventa totalizzante, ponendo l'individuo al di fuori delle proprie responsabilità sociali. Si costituisce così una "confraternita" separata di cui diviene automatico, da parte dell'autorità, il tentativo di annientamento.

La cultura del vino diventa, in epoca medioevale, una vera e propria cultura alternativa che ha nella comicità, nell'uso del paradosso, nell'utopia del Regno alla Rovescia i suoi punti di dissacrante forza e nel *Gargantua* di Rabelais, nel *Morgante* di Pulci o nei *Paradossi* di Ortensio Lando i suoi testi letterariamente più alti.

La cultura moderna, nella sua intrinseca tolleranza interdisciplinare e nel non essere più specchio di potere delle classi dominanti, ricorda tutti i significati del vino, affidando esclusivamente all'individuo, alle sue capacità intellettuali, alla sua sensibilità, alla sua cultura, appunto, la possibilità di scegliere se capire e apprezzare un prodotto naturale in tutte le sue valenze, oppure se lasciarsi andare all'abbrutimento e all'autoemarginazione. In questo senso, oggi, davanti a un bicchiere di vino, nel mondo in cui lo si scruta, lo si assaggia, lo si gusta, si può facilmente capire un atteggiamento più generale nei confronti della vita e dell'esistenza. Chi apprezza il vino, e sa quanta storia in esso sia racchiusa, berrà con moderazione, prediligerà la qualità, saprà sempre fare di una buona bottiglia il simbolo della festa, dell'amicizia, della pace.

La mia ricerca non era ancora finita. Avevo elaborato una prima sistemazione, avevo fatto le opportune distinzioni, avevo lavorato su un numero imprecisato di testi che del vino si occupavano, ora nei suoi aspetti chimici, ora in quelli agricoli, ora in quelli letterari o, finalmente, in quelli prettamente enologici (e sugli aggettivi con i quali si descrive e si attribuisce un vino ci sarebbe da scrivere un trattato di semiologia: dai colori che vanno dal "paglierino", all'"aranciato", all'"ambrato", al "dorato", come se si trattasse della descrizione di un gioiello; dagli odori, classificati come "franchi", o "neutri", o "caratteristici"; ai sapori, "asciutti", "caldi", "pieni", "leggeri", "sottili", "molli", "acerbi", "aspri", "austeri", come se si parlasse di una schiatta aristocratica, di una progenie araldica...). Ma, come dicevo, ancora la ricerca non era finita.

Finivano gli anni dell'università, senza rimpianto e con molta voglia di entrare finalmente nella vita adulta; finivano anche gli anni bolognesi e, con loro, quelle osterie in cui, in compagnia, si beveva una bottiglia, accompagnati dal suono delle chitarre o dal canto di qualche gruppo di goliardi che tirava mattina. Finivano i concertini jazz e folk, le orchestrine country che era piacevole ascoltare, in quelle stesse osterie, chiacchierando sommessamente e gustando uno di quei vini bianchi e leggeri che dissetavano e distendevano i nervi. Entravamo negli anni ottanta, e fra i giovani iniziò la moda delle birrerie. Parlare del vino, raccontare della sua cultura, significa anche narrare dei luoghi in cui si celebrano questi riti: parlare allora del significato delle osterie o delle enoteche, raccontarle nei modi in cui sono cambiate e si sono evolute o ancora sono scomparse, come in campagna, estinguendosi naturalmente con il venir meno dei loro clienti, perlopiù anziani, perlopiù giocatori di carte.

Molte delle vecchie osterie che abbiamo frequentato durante gli anni settanta, rintracciandole con puntiglio nelle campagne e fuori porta, passandoci preziose informazioni all'orecchio come se si trattasse di una caccia al tesoro, ecco, molti di questi luoghi non esistono più. Oh, certo, il vino che vi si beveva non era propriamente un vino di altissima qualità. Ma alle volte, insistendo, capitavano le famose bottiglie prodotte dal contadino del podere vicino. L'importante era però ricercare un modo di stare insieme, un trapasso d'esperienza fra vecchie e nuove generazioni che si intrecciava davanti a un vino scaraffato senza perizia e che solitamente finiva, dopo le partite a briscola o a scopa, nei ricordi della guerra, della Resistenza, nei racconti di un'Italia contadina e perlopiù povera che noi, figli del boom economico, non avevamo mai visto. Ascoltavamo quei racconti come storie provenienti da altri mondi e da altre galassie.

Tutta la cultura musicale dei cantautori, da Francesco Guccini a Lucio Dalla, da Paolo Conte a Francesco De Gregori, da Claudio Lolli ad Antonello Venditti, a Fabrizio De Andrè, a Luigi Tenco, si prestava a essere eseguita con una chitarra e un'armonica (e magari due congas) nelle osterie, in piccoli luoghi, fra amici. Il ritorno del rock prevedeva invece altri riti e altri spazi: impianti di amplificazione ad alta fedeltà; bevande più forti; non tavolacci da dieci persone, ma sgabelli individuali, o piccoli tavoli per due o tre persone al massimo; un ascolto totalizzante, che tendeva a smorzare la conversazione in favore dell'ascolto.

Le osterie cominciarono a puzzare di vecchio, sorsero i videobar, le birrerie, i pub in cui era sempre possibile bere una buona bottiglia di vino, ma questo comportava un certo tempo a disposizione, una certa rilassatezza che invece il contesto frastornante impediva. Molte osterie allora scelsero o di chiudere o di trasformarsi – aumentando i prezzi e gettando i vecchi arredi contadini in luoghi spurii: un manifesto di una rock star alla parete, un registratore gracchiante, un rubinetto per la birra, bicchieri pesanti, drastica riduzione della scelta di vini. Il motto: "Birreria è più rock".

Quello fu anche il periodo in cui cominciai a viaggiare sempre più spesso in Europa o, meglio, nelle sue capitali giovanili: Berlino Ovest, Londra, Amsterdam, Barcellona, una certa Parigi. Così, mentre in Italia per i giovani il consumo di vino stava passando di moda, ecco nelle centinaia di *Kneipen* berlinesi (letteralmente "birrerie") i colleghi tedeschi passare notti intere ai tavoli illuminati da candele bianche, bevendo vino cristallino che brillava alla luce della fiamma. E discutendo di musica, di letteratura, di arte, di politica, molto spesso di filosofia, dimostrando così come il rito del vino abbia sempre a che fare con la discussione, il confronto, la comunicazione. A Londra, nei *vernissages* anche di giovani e sconosciuti artisti, ecco sempre una dozzina di bottiglie di vino, servito in bicchieri di carta come a un party collegiale, però almeno un goccio di vino discreto. E così nelle gallerie di Soho, a New York, il sabato pomeriggio, nel giorno dedicato alle inaugurazioni. E, spesso, vino italiano. In Canada, nel francofono Québec, lo scorso inverno, ecco addirittura l'exploit del vino novello italiano soppiantare nell'importazione il più famoso e titolato Beaujolais Nouveau. E in Italia?

Dopo aver accusato il contraccolpo della concorrenza, ecco il sorgere delle enoteche. In verità questi ambienti, in cui si è sempre sicuri di trovare del vino buonissimo e di poterlo consumare in tranquillità, accordandolo con cibi e pietanze adatte, sono sempre esistiti. Forse, però, in questi ultimi anni, il loro proliferare segna l'adattamento di un nuovo consumo, improntato non tanto alla scelta indifferenziata, ma alla qualità, alla specificità. Non si cerca più un posto per stare in compagnia e bere una bottiglia ma, innanzitutto, il luogo per bere un'ottima bottiglia in compagnia. La differenza, sottile ma ricca di implicazioni, è forse tutta qui. Le enoteche si edificano come i santuari del vino. I proprietari, i camerieri, vi possono intrattenere per ore – come mi è capitato l'altra sera – sulle qualità dei loro vini; raccontano del viaggio che hanno fatto, dell'azienda vinicola che hanno visitato, della campagna e della terra. E voi, deliziati, sorseggiate il frutto di tanta meticolosità.

L'Italia, si è sempre detto, è una grande provincia. È sufficiente uscire da un'autostrada per ritrovare paesaggi e abitudini immutate. Tradizioni che nessuna rivoluzione postindustriale potrà forse mutare, poiché sono radicate nella gente e nella tenacia di sopravvivenza delle culture contadine. Per me è stata una delle più piacevoli sorprese degli ultimi anni scoprire il Salento, per esempio, o la campagna friulana. E sono sempre state rivelazioni che hanno avuto a che fare con il vino: con quello sensuale, erotico e levantino della Puglia, o con quello robusto, vitale e virilmente dolce delle pendici del Collio. E quando viaggio in Toscana, in quei paesaggi ancora così "Piero della Francesca", o in Piemonte, attraverso le Langhe e quei vitigni bassi, piccoli, forti (quei paesi che hanno ognuno il proprio museo del vino, a riprova di come la cultura del vino si innesti sulla cultura più generale di un popolo e di una terra); quando attraverso la Sicilia o mi lascio andare a quei sonnolenti dopopranzi nella campagna romana, con la caraffa ghiacciata di Frascati o di vino dei Colli ancora appannata; quando bevo un'"ombra", godendomi l'ultimo sole alle Zattere, in un tramonto, là, in fondo alla Giudecca, che sembra un quadro di Turner; quando apprezzo l'acidulo del Gavi di Liguria accompagnato a un piatto di animelle, o i vini marchigiani, o quell'Orvieto che resterà per sempre il sapore del mio servizio militare; quando nella bassa lombarda, d'inverno, sciolgo la nebbia con una robusta e frizzante barbera, allora sento che è proprio attraverso il vino che si esprime una grande, antichissima ricchezza del nostro paese. Sento allora il vino come un fatto di profondissima civiltà e cultura.

Così ritorno al punto di partenza. Questo viaggio letterario ricco di vissuti, di esperienze, di ricordi, di volti di amici, inevitabilmente finisce là dove è cominciato: in terra d'Emilia. È occorso del tempo per capire, dentro di me, che pur essendo figlio di una più vasta cultura occidentale, pur essendo un inguaribile estimatore di musica pop e rock, pur essendo un consumatore di cinema americano e di letteratura della beat generation, sono anche profondamente emiliano. E, in questo senso, legato alle mie origini in quel modo tutto particolare – generoso, forse –, esuberante e ansiosamente malinconico che hanno i personaggi della mia terra. Quando ho cominciato a ricercare nelle opere letterarie i significati che il vino, di volta in volta, aveva prodotto, in realtà cercavo una via di fuga alle ristrettezze della vita provinciale. Cercavo altri contenuti da immettere in una personalità ancora in cerca d'autore. A distanza di dieci anni, avendo viaggiato, conosciuto altri continenti e altre tradizioni, mi ritrovo a osservare i miei genitori che imbottigliano il vino per il consumo della nostra famiglia l'anno venturo. E li guardo, li osservo, li spio con la consapevolezza che, scomparsi loro, io – con tutti i miei libri e la mia letteratura – non saprò fare altrettanto; non saprò capire dalla luna il momento dell'imbottigliamento, non saprò andare alla cantina o trattare con i contadini una partita di damigiane. Saprò comunque, ancora, apprezzare una buona bottiglia di vino. E, stappandola per gli amici, immediatamente si sovrapporranno in quel gesto tutti i gesti uguali che prima il nonno, poi mio padre, e altri ancora prima di loro, hanno fatto nel corso della loro esistenza, nello stesso preciso, identico modo.

L'imbottigliamento del nostro vino è avvenuto nello spazio di qualche giorno. Ora, terminata la piccola fatica, mio padre appiccica le etichette sugli scaffali della cantina. Quello più in alto lo sistemo io. La sera, a tavola, chiacchieriamo in quel modo sincopato, fatto di improvvise astrazioni, di pause, di mutismo, tipico di ogni famiglia italiana teledipendente. Durante gli spazi pubblicitari delle trasmissioni la conversazione si ravviva un po': qualcuno si alza, si versa un bicchiere, si serve ancora di insalata. Dopo un po', vado nella mia camera, lasciando i miei genitori nella luce azzurrina del televisore. Prendo un libro e mi getto sul letto, in attesa delle telefonate degli amici che avranno notato la mia macchina parcheggiata lungo il viale e che presto mi inviteranno a qualche giro in provincia: qualche nuovo locale, la discoteca più *trend*, l'enoteca più raffinata, la casa di un conoscente.

In queste settimane, sto leggendo alcuni scrittori di queste mie parti, come il reggiano Silvio D'Arzo o il modenese Antonio Delfini, sempre snobbati come provinciali in gioventù e ora ricercati, studiati e analizzati per comprendere il modo in cui hanno svolto questo paesaggio e questa gente. In loro ci sono descrizioni che posso confrontare con quanto, ancor oggi, vedo dal balcone della mia stanza, così come nelle pagine di Buzzati c'è veramente – realmente – il Cadore, o in quelle di Pavese o

di Fenoglio il paesaggio – il carattere – delle Langhe.
Scelgo un libro di Antonio Delfini, rampollo di una pluri-
secolare famiglia di proprietari terrieri. Quando, durante
gli anni trenta, era ancora un giovanotto aitante, facolto-
so, intelligente, sarcastico, provincialmente incline alle
burle e alle nottate in compagnia, Delfini abitava a Modena uno smisurato palazzo a ridosso di corso Canal
Grande, costituito da enormi saloni, uno in fila all'altro.
Ogni notte, di ritorno da un teatro, da pranzi con amici o
dal caffè, passeggiava per queste stanze – il salotto rosso,
il salotto celeste, il salone dei paesaggi – fermandosi ora a
suonare il pianoforte, ora a leggere lo *Zibaldone* di Giaco-
mo Leopardi. Leggo dunque in Delfini:

> Quella sera – come del resto sempre – mi dissetai con una
> bottiglia di lambrusco. Era un vino leggerissimo, frizzante,
> profumato di viola, già raro allora nella produzione del lam-
> brusco e ora scomparso per l'avanzamento della filossera.

Con uno smoking perfetto, alla luce delle candele, il
vino rubicondo e frizzante nel bicchiere di cristallo, il
giovane pensa ai suoi anni, ai suoi progetti letterari, alle
donne che forse non amerà mai.
Posso immaginare il centro di Modena, in una di
quelle notti fatte "di quinte, di palchi di proscenio, di
cene solitarie discretamente illuminate", e posso vedere
il ventiseienne Delfini apparire per un attimo, vestito da
sera, alle finestre altissime del palazzo. Un dandy finissi-
mo. Forse mi invita a bere quel suo preziosissimo lambrusco. Nessuno era mai riuscito a farne, nella mia immaginazione, un bicchiere di champagne. Ancora una
volta, posso sentire la profondità, l'emozione del legame
che unisce il vino alla letteratura, il vino alla nostra cultura. Per questa notte, so già dove, con gli amici, andrò
a chiacchierare.

[1988]

SABATO ITALIANO

Soggetto cinematografico

Al Pronto Soccorso di una città della riviera adriatica arriva a grande velocità un'ambulanza. È notte fonda. Sabato notte fuori stagione. I barellieri scaricano la lettiga sulla quale è adagiato un ferito che si lamenta, muove appena un braccio insanguinato.

Nel piazzale e poi all'interno dell'edificio c'è agitazione. I barellieri entrano chiedendo strada e chiamando a gran voce il medico.

In un angolo un poliziotto interroga due travestiti: uno ha il braccio ingessato, l'altro un taglio appena suturato che gli attraversa il viso. Poco più in là un ragazzo, seduto su una seggiola, si lamenta, in dialetto milanese, e si regge la testa fra le mani. Due suoi amici lo assistono. Dicono che non si erano accorti che avesse bevuto tanto. Dovrebbe vomitare. L'ha già fatto in macchina due volte. L'infermiere insiste per sapere che cosa ha mescolato con l'alcool. I ragazzi negano tutto. Hanno fretta. Devono tornare a Milano.

Le porte dell'infermeria si richiudono dietro i due barellieri. Silenzio. Il medico visita il ferito. Scuote la testa con preoccupazione. Chiama d'urgenza l'equipe chirurgica e quella radiologica per avvertire che il caso è disperato.

Il lettino con il ferito prosegue così verso il corridoio fino a un ascensore dentro il quale viene sospinto e sparisce.

Il luogo dell'incidente è in una delle tante traverse che incrociano i viali paralleli al lungomare. C'è un Porsche capottato e in fiamme. Qua e là chiazze di benzina bruciano lontano dalle vetture coinvolte. Dalle abitazioni vicine arrivano alcune persone semisvestite. Un'auto di reduci dalle balere. Alcuni poliziotti che cercano con un piccolo estintore di spegnere il fuoco.

Un po' appartato un ragazzo assiste sbalordito, immobile, alla scena. È in canottiera e pantaloncini corti. Ha un berrettino in testa e le mani, parte del viso, il petto spolverato di farina. Il suo principale gli grida di andare a prendere acqua. Il ragazzo corre nella pasticceria, urta un ripiano colmo di bomboloni, attraversa il forno, prende dei secchi d'acqua ed esce di corsa scavalcando cesti di brioche e panini dolci.

Si trova vicino al fuoco e versa l'acqua. Vede distintamente tra le fiamme il viso di una ragazza incastrata e morente. Cercano di tirarla fuori. L'autoradio della Porsche trasmette ancora della musica. Musica disco. Lui getta altra acqua su quel volto e su quella autoradio. In lontananza giunge l'eco della sirena dei vigili del fuoco.

Lo stesso ragazzo, nel pieno della stagione turistica, fa il pizzaiolo in un enorme ristorante falso-bavarese. Ai tavoli di legno centinaia e centinaia di persone. Boccali di birra da un litro, un litro e mezzo come all'Oktober Fest. Grandi tavolate di turisti tedeschi, inglesi, francesi. Famigliole con il bambino nel passeggino che non vuole mangiare lo spaghetto e il papà gli smolla un ceffone. Piccole liti e nervosismi fra coniugi in vacanza: sei sempre uguale, l'avevo detto, è l'ultima volta che succede, l'anno prossimo vado a fare le vacanze in un convento. Ultime strategie di seduzione: il playboy con catene d'oro, baffo imponente, camicia di (finta)seta aperta sul petto villoso che tenta la "moglie in vacanza" offrendole lo spumantino e strizzandole l'occhio. E lei che dice "domani parto, arriva mio marito, è stata una pazzia, mi vergogno di me". E lui invece che insiste dicendo para-

culate sull'attimo fuggente, sulla vita breve, sul goderse-
la un po'. E lei ci casca ancora.

Il nostro pizzaiolo sforna pizze su pizze. È sudato,
stanco, gli fanno male i piedi e gli bruciano gli occhi nel
fissare sempre quel fuoco. È immerso fra piadine, casso-
ni, pizze di ogni dimensione, bruschette, calzoni. Guarda continuamente l'orologio. Ha un attimo di tregua e si
accende una sigaretta. Ma subito arrivano altre ordinazioni e si rimette a infornare.

Quando finisce il lavoro scappa via di corsa. I camerieri sono seduti a un tavolo a contare le mance. Lui urta una
sedia e fa cadere una pila di monete. Imprecano. Commentano chiedendosi dove debba andare così di fretta. Il
nostro ragazzo esce di corsa, prende la bicicletta e raggiunge una casetta un po' fuori dalle strade turistiche.

Fa piano perché i genitori dormono.

La sua camera è una tipica camera ammobiliata che
lui ha personalizzato con manifesti, copertine di dischi,
riviste musicali. Dall'armadio estrae i pantaloni e una
camicia pulita. Si impomata i capelli, prende le chiavi
della macchina ed esce.

Arriva a una discoteca in collina. C'è tantissima gente.
Lui entra sgomitando un po'. All'interno va verso uno
dei bar guardandosi intorno. Finalmente la vede. Si abbracciano. Si dicono qualcosa nell'orecchio ma la musica è altissima e non possiamo sentire. Ballano con gli
amici.

Le prime luci del giorno. Il tratto di una spiaggia libera, dune di sabbia, erba alta e secca. Molte auto posteg-
giate con il muso verso il mare nella zona in cui l'asfalto
cede il passo alla sabbia. Da ogni auto una colonna musicale diversa e coppiette che si baciano, fanno l'amore,
dormicchiano, fumano, parlottano.

Quando arriviamo all'auto del nostro pizzaiolo lo vediamo uscire, stirarsi un po', accendere un fiammifero,
poi un altro e bruciare una sigaretta senza fumarla. La
ragazza gli chiede che ha. Gli dice che per lei va bene
così, è andato tutto bene, ma lui scuote la testa. Non va

bene affatto gli risponde secco il ragazzo. È da qualche tempo che non gli funziona... Lei lo consola. Lui scappa verso il mare. La sua ragazza gli grida di aspettarlo. Esce seminuda dall'auto e lo insegue. Lui si getta nell'acqua. Scherzano un po'.

Sempre a sfornare pizze. È un'altra sera. Una dopo l'altra. Lui guarda sempre l'orologio, quando finisce corre a casa, si cambia, va in discoteca ma non trova la sua ragazza. Aspetta fino a quando il locale chiude, seduto sulla veranda da cui si vede tutta la riviera. Un'amica gli chiede come sta e lui se ha visto la ragazza. Lei gli dice che forse deve lasciar perdere. Lui accende e spegne nervosamente l'accendino.

Una sera, mentre lavora, si scosta un po' dal bancone per asciugarsi il viso dal sudore. Gli occhi arrossati gli bruciano. Guarda in lontananza, oltre la marea di gente che mangia e beve e parla in un modo indecente, che ride, sghignazza, urla, canta. Guarda gli ubriachi, i gesti un po' sconci di una donna, e gli sembra, d'improvviso, di intravedere, sul corso, la sua ragazza in compagnia di un ragazzo.

Si stropiccia gli occhi per guardare meglio. È proprio lei? Si toglie il grembiule da pizzaiolo ed esce nella calca del passeggio estivo. Gli altri camerieri, il padrone, lo richiamano. Ma lui è ormai fuori in mezzo ai risciò, ai tandem, ai ragazzini sui pattini o sugli skate-boards, bloccato dalla ressa dei bambini con gelato, zucchero filato, famiglie intere con vecchi e nonni e zie che bevono coca-cola, fotografi e paparazzi per strada che scattano flash, pubblicità delle discoteche, ragazzi sandwich che sui trampoli lo fermano per invitarlo a una qualche festa della riviera, ragazze in divise sexy che offrono sigarette... Ma lei dov'è?

Gli sembra di vederla tra la folla, ecco, là in fondo. Sì è lei. Sta baciandosi con un ragazzo, ferma a un angolo. Lui cerca di raggiungerla, faticosamente risalendo controcorrente la marea di gente in vacanza. Si fa largo, urta, spinge, si intrufola fra la gente ma quando giunge nel luogo in cui l'aveva vista non c'è più.

È abbattuto. Improvvisamente gli sembra di vederla di nuovo ferma seduta al tavolino di un bar. Corre verso di lei. E quando le è ormai vicino, lei lo guarda, si guardano seri, lui non riesce a muoversi rendendosi conto della situazione imbarazzante, di come è vestito, poi si fa forza e le si avvicina quando un fuoco improvviso gli esplode vicino e lui resta impietrito.

È un artista di strada, un mangiafuoco. La gente applaude, i bambini sorridono divertiti e pongono le monete nel cappello del mangiafuoco. Il nostro protagonista invece scappa terrorizzato...

Sul lungomare vaga assente. Incrocia il traffico della notte, le cabriolet colme di ragazze che lo salutano e gli gridano qualcosa, la coda interminabile di auto davanti a qualche puttana, gli autobus delle discoteche, i gruppi di motociclisti che scattano ai semafori per un "garino", una rissa di strada fra bolzanini, un incidente...

Davanti a un bar si ferma a guardare un'auto su cui è una coppia. Li vede discutere animatamente. Poi il giovane uomo scende sbattendo la portiera e va al bar a bere qualcosa. La ragazza resta sola e accende nervosamente una sigaretta. Il nostro protagonista si avvicina. Qualcosa gli passa per la testa. È determinato, concentrato. È a fianco della macchina, la ragazza lo guarda distrattamente, lui nota le chiavi appese al cruscotto, salta su con un balzo, avvia la macchina e sgomma. Dal bar l'altro esce di corsa imprecando.

Nell'auto la ragazza grida, ma lui le mette una mano fra le gambe, deciso, come per tranquillizzarla e, nello stesso tempo, farle una proposta. Inizia la sua folle corsa semaforo dopo semaforo, va verso la collina, passa difilato tutti i semafori rossi della provinciale, sgomma, scala. È eccitato. La ragazza prende a ridere. Dice che un po' di movimento non le capitava da vent'anni. E che quello era un moscione.

Lui va sempre più forte. Lei si china sul suo ventre.

Si accoda a una Volkswagen nera e cabriolet, un maggiolone con quattro ragazze sopra, che formano le Poker-Girls. Le tampona quasi. Loro urlano e lo insultano. Prendono a tirare le munizioni: preservativi, ovuli, creme spermicide, rossetti, vibratori, tampax...

Finalmente le sorpassa.

Lui è eccitato, teso, concentrato. Sempre più sicuro di sé. Ogni semaforo che infila è sempre più in estasi.

Scende dal promontorio di Gabicce a folle velocità, curva dopo curva. Lei gli sta dicendo porcherie, lui è sempre più vicino all'orgasmo.

Infilano il viale che porta al mare. In fondo i pini si aprono sulla rotonda. È come una pista di rullaggio per un aereo, finirà la strada e prenderanno il volo... (tutto può essere ora lentissimo...)

Lui viene, lei pure... L'auto esce di strada, sbatte via una cabina, una fila di ombrelloni e finisce in riva al mare. Loro sono svenuti, uno nelle braccia dell'altra...

È l'alba. La marea cresce lambendo l'automobile. Sulla spiaggia i primi villeggianti fanno la comparsa in tuta da jogging. Alcuni con il cane. L'acqua entra nell'abitacolo; loro sono ancora incoscienti.

Un gruppo di anziani che fa ginnastica agli ordini di una istitutrice. Corrono lungo la riva, oltrepassano la vettura.

Il contatto con l'acqua fredda fa riprendere i sensi ai due ragazzi. Lui è ancora un po' stordito, non ricorda bene quanto è successo. Sente un impulso di terrore. Prende i fiammiferi e tenta di accenderli nel suo gesto ormai abituale. Ma sono bagnati. Prova con l'accendino, nervosamente, guardando fuori. Ma è bagnato e non si accende. Lei rinviene. Lui la guarda teneramente, la sfiora, adagia la testa sul suo petto e getta l'accendino come liberatosi di un'ossessione.

Il sole è alto nel cielo. C'è pace e tranquillità. Si abbracciano mentre l'auto prende il largo come una barca...

Siamo di nuovo al Pronto Soccorso. Dall'ascensore esce il lettino del giovane che abbiamo visto all'inizio. È Ricky. Viene portato nelle sale chirurgiche. Apre gli occhi emergendo per un istante dal coma. Mormora qualche sillaba. L'infermiere si china su di lui. Stanno facendogli una trasfusione.

Incominciamo a conoscere un poco la storia di questo ragazzo, estratto dalle lamiere della Porsche, e ora in coma. E incominciamo a conoscerlo attraverso un ricordo di infanzia, qualcosa che emerge dal suo passato. La voce della madre chiama Ricky. C'è anche il fratello, più grandicello. Ricky è poco più che un bambino, il fratello già sui quindicianni. Stanno traslocando dalla loro casa, portano le lenzuola nel capanno costruito dietro l'orto. Lasciano la casa ai villeggianti, padre, madre e una figlia, per la stagione e loro tre si ritirano tutti in quella capanna. Ricky non si trova. La madre vuole che saluti i villeggianti. Il fratello più grandicello fa già il gallo con la ragazzina. Ricky è scappato in bicicletta e corre come un pazzo gridando... Torna alla sera, sulla sua piccola bicicletta che appoggia a una vite. Guarda la sua ex stanza, forse i suoi giocattoli, lo spazio che, come ogni anno, è costretto a cedere, ad abbandonare. Un esproprio anche del suo immaginario in nome della sopravvivenza, dello "sviluppo", del progresso, del danaro... Entra nella casupola e si mette nel letto, insieme alla madre e al fratello.

Un raggio di sole entra nella stanza in cui sta dormendo un ragazzo. Attorno a lui foto di culturisti, manifesti di Ibiza, di discoteche, pesi e attrezzi per fare esercizi. Medaglie e trofei sportivi. Foto di ragazze con dedica. Si chiama Tony.

Entra nella stanza il fratello gemello, Giane. Ha i capelli lunghi, orecchino, fisico ben costruito e indossa un abito firmato. Lo raggiunge e gli strofina sotto il naso qualcosa dicendogli di svegliarsi. Elogia i profumi e le visioni della Spagna. Finché il ragazzo si sveglia e chiede cosa sia quella roba e il fratello gli dice trionfante che è il ciuffetto di pelo di una spagnola che ha rimorchiato la notte prima. E così la loro sfida di stalloni della riviera ora pende dalla sua parte. Ripone infatti il ciuffetto in una scatola insieme ad altre prove delle conquiste della stagione: fotografie, registrazioni di scopate, indumenti intimi, fotocopie di registri di motels... Tutto viene catalogato per la classifica del miglior conquistatore della Riviera. Tony, rimasto a letto, ha seguito le operazioni con un misto di rabbia e disgusto.

Il bagno 115 di Riccione è quello più chic della riviera. Lì si riuniscono granfighe per il fine settimana, ragazze sotto i trentanni che guidano Range Rover, Toyota, moto di grossa cilindrata, indossano tanga leopardati al pari delle belve che le corteggiano. Qui arrivano i due gemelli, in tenuta da spiaggia.

Tony va verso il bagnasciuga, saluta alcune ragazze che prendono il sole, scherza con l'istruttore del wind-surf e fa un paio di lanci con il pallone ovale da foot-ball americano. Ci sono altri della sua squadra che giocano, si rincorrono e si placcano sotto gli occhi delle ammiratrici.

Giane invece va dal bagnino che col computer tiene tutta l'amministrazione della sua spiaggia. Chiede quali novità e con il computer si collega ai terminali delle agenzie di viaggio. In questo ha l'esatta situazione dei charters dalla Germania, dall'Olanda, dalla Svezia, dalla Finlandia, dall'Inghilterra. E anche il nome degli alberghi e secondo l'assegnazione delle camere o il "Mr" e "Mrs" davanti ai nomi sa già quali potranno essere le nuove prede. Così prende appunti.

Davanti agli alberghi ecco i due fratelli a osservare le nuove arrivate tutte bianche e pallide. Si avvicinano e dimostrano di conoscere già il loro nome. Le ragazze rimangono stupite. Le invitano in discoteca dando i biglietti per la serata. La stessa cosa davanti ad altri hotel, e anche all'aeroporto.

Nelle varie stanze delle pensioni, degli hotel, dei residence con piscina le nuove arrivate si preparano per la serata. In ogni lingua esprimono la loro eccitazione. Arrivano a frotte davanti alla Baia Imperiale. Qui i due fratelli sono vestiti da centurioni romani o da schiavi e disciplinano l'ingresso dei clienti. Su, ai bordi della piscina dove sta avvenendo una esibizione di nuoto acrobatico di tre ragazze di colore, Tony e Giane fanno la guardia del corpo, tengono lontano gli spettatori, poi li vediamo ballare oppure distesi su un triclino con alcune ragazze che parlano e scherzano. C'è un' aria da "basso impero". Arriva una negretta in costume da bagno e Giane si apparta con lei. Non prima di aver fatto segno al fratello che il suo distacco, in classifica, sta segnando un altro punto a suo favore.

Di nuovo sulla spiaggia. Tony e Giane stanno disputando un incontro di beach volley. Fra le spettatrici, una signora, distesa sul lettino, non più molto giovane, una sopravvissuta, un po' liftata, piena di soldi, sola. La palla finisce ai suoi piedi. Tony la va a prendere. Il fratello gli dice che ormai deve farsela anche con quelle se vuole rimontarlo in classifica.

Stacco su viale Ceccarini, di notte, sulla fila delle sedie e sulla gente dei caffè. La signora è seduta in prima fila. Tony, in compagnia di alcuni amici, dalla parte opposta del viale la guarda. Il fratello lo incita dicendogli che quella non gliela darà mai. Tony dice invece che riuscirà a farsela quella stessa notte. Giane allora accetta la scommessa: se Tony riesce a portarsela a letto entro la notte lui gli abbuonerà la differenza, anzi gli darà un punto di più. Se non riesce perderà la stagione.

Tony accetta e si fa avanti nel corteggiamento. La signora se ne va in auto, un po' infastidita, e lui la segue. Ancora dietro la macchina dei "testimoni".

Ben presto la donna si accorge di essere inseguita. A un semaforo viene sorpassata da Tony che le fa proposte. Lei passa con il rosso. Incomincia a spaventarsi. Gli altri dietro. Ben presto l'inseguimento diventa una vera e propria caccia. Lei si sente braccata, va sempre più forte, non rispetta i semafori. Tony dietro sempre più eccitato dall'inseguimento. Ben presto, come in una caccia alla volpe, si accodano altre macchine di amici raccattate lungo il percorso. La donna è ora terrorizzata. A uno stop è affiancata da tre-quattro auto colme di culturisti sghignazzanti. Lei si sente ormai in trappola. Cerca di fuggire a marcia indietro. Anche gli altri.

Ora imboccano in retromarcia una via. Tutto il gruppo accelera in senso contrario. È come vedere un film al rovescio. Evitano altre auto, turisti in bicicletta, coppie che passeggiano. Una gimkana. E al loro passaggio tutti ridono e fanno il tifo. Non si accorgono dell'espressione terrorizzata della donna. Non capiscono che è una storia drammatica. Pensano a una nuova moda. Così quando la donna imbocca il lungomare, in retromarcia e tutte le altre auto dietro, sembra passi il giro d'Italia. Urla, clacson, fischi, musiche...

Si avvicina alla ferrovia che taglia in due tutta la costa. Le sbarre si stanno abbassando, il segnale luminoso lampeggia, lei, urlando si butta dall'altra parte. Il piccolo treno locale passa e blocca gli inseguitori che si tamponano. Tony è scalzato fuori dall'auto per il violento urto.

Ora è l'alba e la donna ha abbandonato la macchina. Vaga da sola, zoppicando sui sandalini d'oro che hanno perso il tacco. Arriva un gruppo di motociclisti, ragazzini sulle loro vespe o motorini da cross e la sorpassano facendo una gimkana. Lei non li guarda nemmeno. Vede una bicicletta da uomo, la prende e si avvia verso la fine della strada, un po' traballante, un po' insicura. Però le viene da ridere asciugandosi il trucco. Un moscerino le è entrato nell'occhio.

Di nuovo alla sala rianimazione dove alcuni amici vanno a trovare Ricky. Gli parlano, gli fanno sentire un po' di musica per cercare di riportarlo alla vita. Gli ricordano di quella volta, alla colonia abbandonata, di quel Natale.

Una platea di ragazzini, al massimo di undicianni. Scalpitano davanti a un sipario di velluto rosso, chiuso. Altri ragazzini stanno entrando nella sala da un buco aperto nella parete. Altri ancora ne vediamo che arrivano lungo la spiaggia, un po' furtivi, guardandosi intorno. Le mamme li accompagnano all'oratorio sicure che staranno lì. Invece loro scappano via e raggiungono la colonia.

Dietro le quinte Ricky bambino con i suoi amici stanno contando il danaro dell'incasso. Una spogliarellista li sorveglia. Chiede se i soldi pattuiti ci sono tutti. Loro glieli mostrano e lei tenta di afferrarli. Ma i ragazzini non si fanno sorprendere. Prima lo spettacolo.

La spogliarellista entra in scena. Rimane un po' perplessa nel vedere il pubblico. C'è un silenzio imbarazzante. I ragazzini tacciono di colpo, sgranano gli occhi, si tengono per mano, stringono i pugni. Lei fa uno strip molto "pedagogico", non arrapante, ma quasi casto, mostra, insegna, indica... Il pubblico è attentissimo come a una lezione, poi scoppia l'applauso, la richiesta del bis.

La spogliarellista prende i soldi, ma i quattro organizzatori le ricordano che per loro c'è un servizio extra. Lei se li prende tutti addosso, come cuccioli.

Gli amici, ormai adulti, attorno al letto di Ricky. Il medico entra e dice, scuotendo la testa, che anche questo è inutile.

Ora seguiamo il maggiolone delle Poker-Girls in una nottata in giro per la riviera. Sono quattro ragazze molto arrapanti, giovani, ma non ragazzine. Donne che sanno il fatto loro. Che lavorano, guadagnano, sono indipendenti e che non si sognerebbero mai di avere un fidanzato fisso.

La festa prevede un party che si sviluppa da notte fino a mattino attraverso tre discoteche seminate sulla costa.

Nella prima discoteca c'è tutto un ambiente psichedelico. Anche se il giro è soprattutto nei cessi e nel guardaroba, non sulla pista, che ancora non è "calda". Nei bagni è tutto un "tirare" e impasticcarsi per essere pronti alla nottata. Le Poker-Girls si dirigono immediatamente ai gabinetti. Qui, nel viavai, incontrano quattro ragazzi.

Sono tipi prestanti, un po' sballati, bellocci. Dicono che arrivano da Roma, staranno in piedi tutta la notte per tornarsene la domenica a mezzogiorno. Nasce una sfida per arrivare primi alla seconda discoteca.

Lungo l'autostrada le due auto, quella delle Poker-Girls e quella dei ragazzi, si inseguono a folle velocità. È una specie di corteggiamento amoroso, dapprima solo attraverso la velocità, i sorpassi a destra, zig zag fra altre automobili, poi sempre più eroticamente esplicito come se il toccarsi delle due auto, lo sfiorarsi, l'urtarsi fossero i preliminari di un "crash" finale che prevede lo scontro e quindi l'amplesso. Una delle ragazze mostra le tette; un ragazzo, di rimando, le chiappe non appena riescono a sorpassarle.

Arrivano nella seconda discoteca. Una sorta di garage, scantinato. C'è un trio, sul piccolo palco, che fa dell'hard rock molto tirato e violento. Uno del trio si toglie la maglietta e la lancia al pubblico. Una delle ragazze fa altrettanto. Volano i vestiti, l'atmosfera è caldissima, eccitata. In piedi sulle casse dell'amplificazione, usate come palcoscenico, due ragazze si spogliano imitate dal pubblico. Alcuni si buttano dalla balconata in mezzo alla marea sottostante, tutti si spingono e si urtano in un crescendo dionisiaco che prende tutto il locale.

Completamente nudi, fatti, sudati, ancora sulle automobili per la terza tappa in discoteca. Questa volta bisogna percorrere le strade tortuose della collina o piccoli sentieri di campagna. Le Poker-Girls credono di aver perduto l'auto dei compagni. Poi la ritrovano, la sorpassano e continua il gioco. Improvvisamente arriva un'altra auto e per evitare lo scontro i ragazzi vanno fuori strada. L'incidente è pauroso, ma le Poker-Girls non se ne accorgono e corrono verso la terza discoteca. Qui incominciano ad aspettare e a guardarsi in giro urlando vittoria. Sono arrivate per prime.

Intanto escono dall'auto i ragazzi, malconci. Ma sono solo tre. Si mettono a urlare per la campagna alla ricerca del quarto. Non lo trovano.

Torniamo alla terza discoteca. I tre ragazzi, ammaccati arrivano all'ingresso. Dentro c'è una grande confusione. È quasi l'alba. Hanno portato un pentolone colmo di penne al sugo. Ben presto la ressa attorno ai piattini di carta diventa un caos. Pasta che vola in testa alla gente, piatti che cadono sulle schiene, inseguimenti fra ragazzi e ragazzi per versarsi addosso il sugo. Così quando i tre entrano sembrano già pieni di sugo. Le Poker-Girls li sbeffeggiano e dicono che arrivano in ritardo di due ore. Poi una si accorge che sul viso non hanno pomodoro, ma sangue. Urlano.

Billy vaga nella campagna, nudo, come uno zombie.

Un'ambulanza che arriva alla discoteca. I ragazzi non vogliono salire. Chiedono di Billy. Poi si fanno convincere, non prima però di essersi fatti fotografare come eroi della notte.

Siamo nel reparto rianimazione. Sempre sull'immagine del ragazzo in coma. Abbiamo un altro ricordo, quello di una specie di iniziazione. C'è un grande pranzo della famiglia di Ricky.

Il pranzo è una truculenza di portate romagnole: dai cappelletti ai bolliti con le salse verdi, salse di alici, di capperi, di timo. Poi i vini l'Albana e il Sangiovese. Poi i fritti, poi i pesci di mare e le anguille. Poi gli umidi, gli uccelletti, la zuppa di rane palustri, un grande luccio, un pesce persico. Poi i galletti alla cacciatora, poi gli arrosti e i budini di riso, di verdura, i flan, lepri in salmì, anatre selvatiche e beccaccini con lenticchie. E poi i dolci con gli spumanti, il moscato. È un pranzo contadino, tradizionale, ma nello stesso tempo esorbitante: campagna e mare, contadini e pescatori... E se vediamo le auto sulle quali gli ospiti arrivano sono quelle di una provincia ricca sebbene contadina...

Fra i parenti c'è uno zio, un ex vitellone che racconta a Ricky come rimorchiavano un tempo... Ricorda le cassette di Fausto Papetti. C'è una sorta di continuità fra i vitelloni della dolce vita e i vitelloni ipervitaminizzati e computerizzati di oggi, una continuità che affonda nel carattere romagnolo e nella vita di quella riviera. Qualcosa a cui però Ricky è profondamente estraneo...

Si allontana, prende la macchina dello zio e accende la musica. Si tratta di liscio, una mazurka. Ricky urla e fa un rosso. Si ferma subito dopo sbigottito. È stato quasi per caso.

Vediamo la Porsche accartocciata dallo sfasciacarrozze. È la stessa che abbiamo visto nell'incidente di apertura. Il proprietario, un tipo Abatantuono, chiede quanto ci potrà fare. Lo sfasciacarrozze fa un rapido computo di quello che rimane di buono. Il proprietario introduce la storia di Ricky dicendo semplicemente che un giovane, che gliela scarburava, una sera ha dato fuori di testa.

All'autodromo di Misano Ricky guarda le prove della formula tre. Un meccanico suo amico lo fa entrare e provare il posto di guida. Si ricorda ancora di Ricky quando era ragazzino e guidava i go-kart. Arriva il proprietario della scuderia, il tipo Abatantuono, un playboy sulla quarantina, accompagnato da una ragazza non più giovanissima ma attraente.

Ricky dimostra che è uno che se ne intende, che con le auto ci sa fare. Il meccanico lo presenta. Il playboy dice che gli servirebbe un tipo svelto per scarburargli la Porsche. Si tratta soltanto, una volta al mese, di fare duecento chilometri al massimo. Ricky accetta. La ragazza gli sorride.

Ora vediamo Ricky lanciato sull'autostrada, solo, con la macchina. È in ottima forma.

La sera porta la macchina nella villa del playboy. Il playboy sta giocando a carte con alcuni amici. La posta è molto alta. La sua ragazza gli dice che Ricky ha riportato la macchina. Lui sta perdendo e grida di lasciarlo in pace. Poi ha un'illuminazione. Dice al compagno di gioco che è disposto a una manche di roulette. L'altro risponde che sono cose da ragazzini, che fanno all'uscita dalla discoteca quando sono ubriachi. Non è una cosa seria. Il playboy dice che ha un buon "fantino". E scommette tutto. L'altro non può ritirarsi.

Ricky viene messo al corrente dalla ragazza. È un gioco semplicissimo per uno bravo come lui. Si tratta di fare un "rosso" all'incrocio con la provinciale. Lui accetta.

Ora è solo, eccitato dentro la macchina. Squilla il radiotelefono. È il segnale. Parte sgommando, in fondo c'è il segnale rosso, accelera e passa. Alcune auto frenano, sbandano. Lui passa indenne dall'altra parte.

In discoteca il playboy lo festeggia e gli sgancia un assegno.

Vediamo un TIR che passa il valico di frontiera del Brennero.

Alla guida c'è un uomo grasso, baffuto, con la barba incolta, in canottiera. Beve della birra. Esce dall'area della dogana e inizia la sua corsa.

Fra Ricky e la ragazza nasce un'attrazione. Lei è diversa dagli altri così come lo è lui. Hanno la consapevolezza di essere due persone fuorigioco, e che a nessuno dei due importa più di tanto della riviera, delle scommesse, della vita sempre così contesa fra estate e inverno, invasioni di turisti e noia di bassa stagione.

La ragazza si innamora di Ricky perché ne vede la purezza. Non è marcio come lei. Lo vorrebbe salvare, portare via, vorrebbe dirgli di smettere con quelle corse di notte in cui rischia la vita e gli altri, per noia, per vizio, si arricchiscono. Ma Ricky si diverte, dice che si sente vivo, che sente l'attenzione di tutti su di sé, che sente di esistere mentre oltrepassa quegli incroci, che non può farne a meno.

Infatti lo vediamo in altre sfide sempre più pericolose. E, parallelamente, cresce la storia d'amore, segreta, con la ragazza.

Il TIR è parcheggiato a una piazzola di sosta. Il camionista esce dal ristorante con uno stuzzicadenti in bocca. Sale sul camion, parte. È sulla tangenziale di Bologna. Si accendono i fari gialli della strada.

All'ippodromo di Cesena per le corse notturne di trotto. Il playboy è seduto a un tavolo del ristorante. Discute con la sua ragazza. Sa che lei lo tradisce, l'ha seguita e ha visto tutto. Dice che è disposto a far finta di niente se lei la smette. Lei risponde che allora anche lui la deve smettere con Ricky. In un modo o nell'altro tutti e due giocano pesante sul ragazzo.

Sono nella loro villa e tentano di fare l'amore senza risultati. Il playboy allora dice: "Ormai ti ho persa. E ho perso anche lui. Preferisco perdervi almeno puntando forte".

Lei non capisce subito, ma lui ha un piano.

Vediamo Ricky prepararsi a una delle sue sfide. Sale in auto e parte. Nel sedile posteriore, solo ora, vediamo l'immagine della ragazza.

Sono dunque insieme, lanciati sulla strada.

Ritroviamo il TIR sulla stessa strada. Procedono in direzioni opposte, vanno verso l'inevitabile scontro che vediamo dal punto di vista del camionista.

Fra i primi ad accorrere sul luogo dell'incidente c'è il pasticcere. Ricky viene estratto dalle lamiere, la ragazza è rimasta intrappolata dietro. Scoppia l'incendio.

Vediamo il pasticcere.

Vediamo la scena di un incidente. Due macchine americane accartocciate, un cadavere, una figura femminile, tracce di sangue. La macchina allarga e scopriamo che è un poster del famoso "Saturday Disaster" di Andy Warhol. Sta nella camera di Ricky, che solo ora, vuota, noi scopriamo. Ci sono le sue fotografie, le immagini delle automobili, i trofei del go-kart. Suona il telefono. La madre, sola nella stanza, capisce che Ricky è morto. Non alza il ricevitore.

[1990]

BIGLIETTI AGLI AMICI

NOTTE

PRIMA ORA DELLA NOTTE

Biglietto numero 1

Angeli e Pianeti che governano
la Prima ora della Notte:

Domenica	♃	Sachiel
Lunedì	♀	Anael
Martedì	♄	Cassiel
Mercoledì	☉	Michael
Giovedì	☽	Gabriel
Venerdì	♂	Samael
Sabato	☿	Raphael

A.T.

In treno, dopo Amiens, quando la nebbia e i grigi lo riportano alla stagione d'autunno, e al freddo, si chiede perché sta fuggendo. Lui lo sa. Ma sono ragioni che all'esterno appaiono esili e misteriose, mentre per Lui sono totali e assolute. Va a Londra – sa – perché deve ritrovare la sua terza persona, un fantasma che deve incontrare per continuare a scrivere. Va a Londra per incontrarsi con il suo libro.

Come può una ragione così vitale e assoluta apparire talmente evanescente per gli altri al punto che Lui si rifiuta di precisarla dicendo solo: "Vado per ragioni personali?". In realtà fugge per ricapitolarsi. Bisogno di silenzi, di solitudine, di ricordare. Di dormire: "Vieni sonno, vieni mille anni perché io venga destata da un'altra mano...". L'interiorità... E a nessuno cui importasse realmente la sua scrittura, a parte i soliti due, Aldo e François...

SECONDA ORA DELLA NOTTE

Biglietto numero 2

Angeli e Pianeti che governano
la Seconda ora della Notte:

Domenica	♂	Samael
Lunedì	☿	Raphael
Martedì	♃	Sachiel
Mercoledì	♀	Anael
Giovedì	♄	Cassiel
Venerdì	☉	Michael
Sabato	☽	Gabriel

F.W.

Ieri, domenica, a Chantilly mentre Severo rapito dal paesaggio autunnale, grigio, sfumato eppure così "tridimensionale" e profondo diceva: "È un puro Corot". Lui si è chiesto perché da qualche anno ama viaggiare, mentre, quando aveva vent'anni, assolutamente no. E trova una ragione: quando era giovane non aveva la scrittura ed era solito dire agli amici: "I paesaggi, le città non mi interessano perché non li posso far miei. Non li posso mangiare".

Ora, invece, tutto lo interessa e lo riguarda perché ha la scrittura, ha uno strumento, ha gli occhi, una bocca, uno stomaco per mangiare e guardare la realtà. Le città e i paesaggi. Per tutto questo solo ora ritrova nei confronti del mondo esterno quella stessa curiosità che aveva nella fanciullezza. In questo il suo trentunesimo anno lo avvicina a quel bambino che era più di quanto sia mai accaduto nel corso della sua giovinezza.

Mentre scrive queste note, sulle prime pagine del libro di Bachmann, il sole è risputato a Boulogne.

TERZA ORA DELLA NOTTE

Biglietto numero 3

Angeli e Pianeti che governano
la Terza ora della Notte:

Domenica	☉	Michael
Lunedì	☽	Gabriel
Martedì	♂	Samael
Mercoledì	☿	Raphael
Giovedì	♃	Sachiel
Venerdì	♀	Anael
Sabato	♄	Cassiel

P.L.

Fino a pochissimi anni fa, all'apice di un travagliatissimo periodo nero, altro non si faceva che girare in lungo e in largo l'Italia alla ricerca disperata di una città in cui venisse offerto il maggior numero di "uscite di sicurezza" a una condizione di vita sempre più precaria e abulica. Parve allora di identificare ogni città abitata con un sentimento o una attività ben precisa e mentre a Roma, e solo a Roma, si andava per fare penitenza ed espiazione, a Milano, e solo a Milano, per innestarsi in storie professionali e affaristiche, a Venezia – solo e sempre lì – per suicidarsi assorbiti da un Turner a grandezza naturale, ecco Firenze proporsi come un largo e caldo abbraccio di comprensione e di affetto...

QUARTA ORA DELLA NOTTE

Biglietto numero 4

Angeli e Pianeti che governano
la Quarta ora della Notte:

Domenica	♀	Anael
Lunedì	♄	Cassiel
Martedì	☉	Michael
Mercoledì	☽	Gabriel
Giovedì	♂	Samael
Venerdì	☿	Raphael
Sabato	♃	Sachiel

F.G.

Why can't you be just more like me,
Or me like you.
And why can't one and one
Just add up to two.
But
We can't live together
But, we can't stay apart.

QUINTA ORA DELLA NOTTE

Biglietto numero 5

Angeli e Pianeti che governano
la Quinta ora della notte:

Domenica	☿	Raphael
Lunedì	♃	Sachiel
Martedì	♀	Anael
Mercoledì	♄	Cassiel
Giovedì	☉	Michael
Venerdì	☽	Gabriel
Sabato	♂	Samael

L.M.

"Conseguenza di uno shock-Baldwin vivissimo: il plot deve essere forte, una storia funziona se ha un intreccio ben congegnato... Ho bisogno di raccontare, di far trame, di scardinare i rapporti fra i personaggi. Il fumettone mi va benissimo, più la storia e lo stile sono emotivi meglio è. Inizierei con un ambiente (gli ambienti, i paesaggi dell'oggi, ecco cosa manca nei libri) cioè Rimini, molto chiasso, molte luci, molti café-chantant e marchettari..."

Il 2 luglio 1979 Lui ha scritto queste osservazioni su una pagina del Diario. Ha impiegato sei anni per disfarsi di queste ossessioni. Oggi, tutto ciò non lo interessa più. Quello che invece vorrebbe scrivere è un distillato di "posizioni sentimentali": tre personaggi che si amano senza possedersi, che si appartengono e si "riguardano" vicendevolmente senza appropriarsi l'uno degli altri. E sullo sfondo tre grandi città europee...

SESTA ORA DELLA NOTTE

Biglietto numero 6

Angeli e Pianeti che governano
la Sesta ora della Notte:

Domenica	☽	Gabriel
Lunedì	♂	Samael
Martedì	☿	Raphael
Mercoledì	♃	Sachiel
Giovedì	♀	Anael
Venerdì	♄	Cassiel
Sabato	☉	Michael

L.E.

Anche l'ultima volta che ti ho visto faceva freddo e tu te ne stavi infagottato in quella mia vecchia giacca nera. Mi sei sembrato più vecchio, più curvo, più stanco. Vorrei scriverti che hai perso tutti i treni e quando te ne sei tornato lei era ormai Lili Marlen.

Ma cosa posso raccontarti, in fondo?

Che potrei dirti fratello mio assassino?

Che sento la tua lontananza. Che dimenticherò anche te.

Ma ora, di notte, ubriaco con lei nell'altra stanza posso solo dirti che sono contento di averti trovato sulla mia strada; e se mai pazzamente deciderai di tornare in questo freddo sappi che il tuo nemico se ne è andato e la sua donna è libera.

Perché, stasera, sai, lei è venuta da me
con una ciocca dei tuoi capelli biondi
dicendo che gliela avevi data tu, per me
quella volta in cui avete cercato di chiarirvi.

Ma io ti chiedo: "Vi siete mai veramente chiariti?".

SETTIMA ORA DELLA NOTTE

Biglietto numero 7

Angeli e Pianeti che governano
la Settima ora della Notte:

Domenica	♄	Cassiel
Lunedì	☉	Michael
Martedì	☽	Gabriel
Mercoledì	♂	Samael
Giovedì	☿	Raphael
Venerdì	♃	Sachiel
Sabato	♀	Anael

A.P.

102. La Benda

Quando era un giovane che si esercitava nell'arte del taglio e cucito, Si Ster andò a trovare il Grande Maestro Yoshij per chiedergli il segreto della sua raffinatezza elogiata in tutto l'Impero. Con grande stupore lo vide vestito di una sola, lunga, benda bianca.

"Perché meravigliarsi?" disse allora Yoshij. "La Trasandatezza è una condizione dello Spirito. Il suo massimo grado consiste nel Sublime Trasandato il cui raggiungimento però necessita di una costante pratica di vita e di esercizio assiduo. Il Sublime Trasandato diventa allora l'agio delle cose."

Uscendo dal tempio Si Ster vide una lumaca e fu illuminato.

OTTAVA ORA DELLA NOTTE

Biglietto numero 8

Angeli e Pianeti che governano
l'Ottava ora della Notte:

Domenica	♃	Sachiel
Lunedì	♀	Anael
Martedì	♄	Cassiel
Mercoledì	☉	Michael
Giovedì	☽	Gabriel
Venerdì	♂	Samael
Sabato	☿	Raphael

M.S.

Vedere il lato bello, accontentarsi del momento migliore, fidarsi di quest'abbraccio e non chiedere altro perché la sua vita è solo sua e per quanto tu voglia, per quanto ti faccia impazzire non gliela cambierai in tuo favore. Fidarsi del suo abbraccio, della sua pelle contro la tua, questo ti deve essere sufficiente, lo vedrai andare via tante altre volte e poi una volta sarà l'ultima, ma tu dici stasera, adesso, non è già l'ultima volta? Vedere il lato bello, accontentarsi del momento migliore, fidarsi di quando ti cerca in mezzo alla folla, fidarsi del suo addio, avere più fiducia nel tuo amore che non gli cambierà la vita, ma che non dannerà la tua perché se tu lo ami, e se soffri e se vai fuori di testa questi sono problemi solo tuoi; fidarsi dei suoi baci, della sua pelle quando sta con la tua pelle, l'amore è niente di più, sei tu che confondi l'amore con la vita.

NONA ORA DELLA NOTTE

Biglietto numero 9

Angeli e Pianeti che governano
la Nona ora della Notte:

Domenica	♂	Samael
Lunedì	☿	Raphael
Martedì	♃	Sachiel
Mercoledì	♀	Anael
Giovedì	♄	Cassiel
Venerdì	☉	Michael
Sabato	☽	Gabriel

M.V.

A Milano crolli nervosi, intensità emotive ed eccitazioni febbrili si sono succedute e rivoltate con inedita repentinità; e dov'eran trionfi e vittorie, un attimo dopo esistevano solo rovine e macerie, come peraltro dieci minuti avanti... Ma io vivevo solamente negli spazi delle mie emozioni d'amore e dove più stavo male e più le intimità erano stravolte dalla passione e i miei pensieri dal sentimento, e dove i miei equilibri più infranti e le mie sicurezze turbate, più mi sentivo di esserci. Cercavo solamente grandi burrasche emotive. Questo per me era l'unico modo di amare.

DECIMA ORA DELLA NOTTE

Biglietto numero 10

Angeli e Pianeti che governano
la Decima ora della Notte:

Domenica	☉	Michael
Lunedì	☽	Gabriel
Martedì	♂	Samael
Mercoledì	☿	Raphael
Giovedì	♃	Sachiel
Venerdì	♀	Anael
Sabato	♄	Cassiel

C.B.

Quando nasce l'uomo è tenero e debole; quando muore è duro e rigido.

I diecimila esseri, piante e alberi, durante la vita sono teneri e fragili; quando muoiono sono secchi e appassiti. Perché ciò che è duro e forte è servo della morte; ciò che è tenero e debole è servo della vita.

UNDICESIMA ORA DELLA NOTTE

Biglietto numero 11

Angeli e Pianeti che governano
l'Undicesima ora della Notte:

Domenica	♀	Anael
Lunedì	♄	Cassiel
Martedì	☉	Michael
Mercoledì	☽	Gabriel
Giovedì	♂	Samael
Venerdì	☿	Raphael
Sabato	♃	Sachiel

C.C.B.

Il dolore dell'abbandono si perde e si infiamma nel dolore primario dell'abbandono della madre e del suo corpo. Dà luogo a una catena infinita di sofferenze che si infilano l'una nell'altra fino al grande e primordiale dolore della venuta al mondo. È una catena di dolori antichi. Una deflagrazione mortale in cui ci si può perdere. Per questo a Berlino, Lui scriveva: "Bruno così si accorse che non era della mancanza di Aelred che soffriva, né della sua terra o del suo lavoro. Gli era mancato semplicemente un ragazzo a nome Bruno".

È forse per questo che l'altra sera, stando malissimo, riusciva a intravedere come forma di desiderio soltanto un quieto immaginario famigliare, Correggio, la sua casa, la casa dei suoi genitori.

DODICESIMA ORA DELLA NOTTE

Biglietto numero 12

Angeli e Pianeti che governano
la Dodicesima ora della Notte:

Domenica	☿	Raphael
Lunedì	♃	Sachiel
Martedì	♀	Anael
Mercoledì	♄	Cassiel
Giovedì	☉	Michael
Venerdì	☽	Gabriel
Sabato	♂	Samael

G.G.

Ma A. l'ho rivisto dopo sei mesi e un anno, esattamente un anno fa qui a Venezia, Campo Santo Stefano. A. l'ho rivisto, mi ha guardato dolce senza accusarmi del male che gli ho riversato addosso, senza farmi pesare le umiliazioni che gli ho inflitto continuamente con il mio trattarlo male e fustigarlo nell'orgoglio; ma A. era lì che mi guardava e mi diceva sorridendo: "Be', dimmi qualcosa". E io allora, nella mezzanotte sfranta e sfatta della stazione, ho scritto sul braccio: "Quel che ho voluto perdere di certo non mi riapparterrà se non come una maledizione".

Ma a Venezia gli spostamenti amorosi si sono messi in circolo dentro il mio umore in un'accelerazione viziosa. Sul treno ho dormito, sono rincasato alle cinque, ho fatto una doccia, mi sono pulito il braccio e ho visto l'inchiostro blu andarsene inghiottito dallo scarico. Ho messo dentro un tranquillante, poi mi sono ficcato a letto. Una preparazione minuziosa e maniacale per addormentare qualcuno che non c'è.

GIORNO

PRIMA ORA DEL GIORNO

Biglietto numero 13

Angeli e Pianeti che governano
la Prima ora del Giorno:

Domenica	☉	Michael
Lunedì	☽	Gabriel
Martedì	♂	Samael
Mercoledì	☿	Raphael
Giovedì	♃	Sachiel
Venerdì	♀	Anael
Sabato	♄	Cassiel

"Sì," disse, "l'ho preso con un amo invisibile e una lenza invisibile, lunga però abbastanza da lasciarlo vagare fino ai confini del mondo e, tuttavia, riportarlo indietro con un solo strappo del filo."

Nei primi giorni in cui è a Londra subito corre a vedere dove Bruno aveva abitato. Un giorno vede Cranley Gardens e non osa percorrere interamente la via. Gli basta uno sguardo di sfuggita da Old Brompton Road. Pensa: "È stato un suggerimento abbastanza giusto ambientare qui l'incontro d'amore, la prima notte, fra Aelred e Bruno". Poi, prima del suo inaspettato ritorno, imbocca Cranley Gardens dalla parte della Fulham Road. E allora sente un grande respiro d'emozione e si arresta in contemplazione. Da questa parte della via un campanile sovrasta le case. Allora ha la certezza: Bruno non poteva vivere che qui. Ancora una volta immagina stringere gli occhi in un sorriso il suo vecchio amico.

SECONDA ORA DEL GIORNO
Biglietto numero 14

Angeli e Pianeti che governano la Seconda ora del Giorno:

Domenica	♀	Anael
Lunedì	♄	Cassiel
Martedì	☉	Michael
Mercoledì	☽	Samael
Giovedì	♂	Raphael
Venerdì	☿	Sachiel
Sabato	♃	Cassiel

M.M.

In quel dicembre a Berlino, nella tua casa di Köpe-
nickerstrasse io volevo tutto. Ma era tutto, o solo qualcosa, o forse niente?

Io volevo tutto e mi sono sempre dovuto accontentare
di qualcosa.

TERZA ORA DEL GIORNO
Biglietto numero 15

Angeli e Pianeti che governano
la Terza ora del Giorno:

Domenica	☿	Raphael
Lunedì	♃	Sachiel
Martedì	♀	Anael
Mercoledì	♄	Cassiel
Giovedì	☉	Michael
Venerdì	☽	Gabriel
Sabato	♂	Samael

R.D.

.

"Siamo dunque qui, nelle tre sospiratissime stanzette di
via Morandi in tutto un tripudio di rossi bolognesi e tegole come squame di terracotta che rivestono i tetti di
fronte, e meravigliosi comignoli a torretta e caminetti
talmente fantasiosi che un giorno di questi certo dise-
gneremo, Eric e io, come pezzi di una scacchiera a solo
uso e consumo dei più intimi frequentatori delle nostre
stanze; siamo qui avvolti da un bel sole primaverile così
lindo e ventoso e pulito che manda terse le colline al nostro sguardo e soprattutto quelle graziose colonnine là
di Villa Aldini che ci mancavano da un po', appunto dai
giorni di questa vacanza parigina appena appena con-
clusa, il tempo di ritirare le valigie e le sportine, cacciare
il taxi, salire proprio qui all'ultimo piano di via Morandi
e aprire le finestre."

"E subito il telefono che canta e squilla e rumoreg-
gia..."

QUARTA ORA DEL GIORNO
Biglietto numero 16

Angeli e Pianeti che governano
la Quarta ora del Giorno:

Domenica	☽	Gabriel
Lunedì	♂	Samael
Martedì	☿	Raphael
Mercoledì	♃	Sachiel
Giovedì	♀	Anael
Venerdì	♄	Cassiel
Sabato	☉	Michael

S.Z.

Love is Natural and Real
But not for you, my love
Not tonight, my love
Love is Natural and Real
But not for such as You and I, my love.

QUINTA ORA DEL GIORNO
Biglietto numero 17

Angeli e Pianeti che governano
la Quinta ora del Giorno:

Domenica	♄	Cassiel
Lunedì	☉	Michael
Martedì	☽	Gabriel
Mercoledì	♂	Samael
Giovedì	☿	Raphael
Venerdì	♃	Sachiel
Sabato	♀	Anael

F.C.G.

Poi al mattino io che non riuscivo a dormire e nemmeno il giorno dopo giovedì, e nemmeno oggi, venerdì. Mi sono alzato alle sei di sera per fare un paio di biglietti per il teatro, ma sarei rimasto a sonnecchiare e leggere ancora per molto. Poi ti scrivo e ti dico che sto partendo perché non gliela faccio più in tutto questo disastrato squagliamento che sono queste giornate di febbraio, che non ho speranze, che torneranno certo, però adesso niente.

Quando riceverai tutto ciò sarò a Vienna. Alessandro mi dice: "Non puoi continuare ad andare via quando stai male, soprattutto quando i periodi fra una botta e l'altra sono sempre più brevi". Io dico: "Se avessi lira di certo non vivrei qui. Non mi piace affezionarmi alle persone e alle cose e alle stanze, ci rimetto sempre troppo".

SESTA ORA DEL GIORNO
Biglietto numero 18

Angeli e Pianeti che governano
la Sesta ora del Giorno:

Domenica	♃	Sachiel
Lunedì	♀	Anael
Martedì	♄	Cassiel
Mercoledì	☉	Michael
Giovedì	☽	Gabriel
Venerdì	♂	Samael
Sabato	☿	Raphael

N.S.

"Sulla fine del viaggio taceva. Non avrebbe voluto finir-lo, alla fine avrebbe voluto scomparire, senza lasciare traccia, diventando introvabile."

Ma lungo il suo viaggio di *fading,* un sabato pomeriggio di ottobre, si è fermato a colazione in una casa nella *banlieu* parigina. La donna che abita la casa e che lo è venuta a prendere all'aeroporto, riempie di sé le stanze e l'atmosfera.

Lui è molto stanco eppure non si abbandona al sonno. Gode di quella casa e del cibo che lei ha preparato. Più volte, parlando, hanno entrambi le lacrime agli occhi. Lui pensa che questo parlare con gli occhi umidi – sia l'unico modo reale che le persone hanno di comunicare. Tutto lo riporta all'idea di famiglia. In fondo è questa donna che, in una lingua straniera, gli ha dato la parola. Durante il suo viaggio la ricorderà con quel sentimento di sacralità che spontaneamente nutre nei confronti di ciò che riguarda la sua specie, quindi l'umano.

SETTIMA ORA DEL GIORNO

Biglietto numero 19

Angeli e Pianeti che governano
la Settima ora del Giorno:

Domenica	♂	Samael
Lunedì	☿	Raphael
Martedì	♃	Sachiel
Mercoledì	♀	Anael
Giovedì	♄	Cassiel
Venerdì	☉	Michael
Sabato	☽	Gabriel

G.D.S.

De ces journées ils me restent ces souvenirs dont je ras-
semble ici, autour d'une idée, les traits principaux. Car,
ne comptant pour la gloire des armes ni sur le présent ni
sur l'avenir, je la cherchais dans les souvenirs de mes
compagnons. Le peu qui m'est advenu ne servira que de
cadre à ces tableaux de la vie militaire et des moeurs de
nos armées, dont tous les traits ne sont pas connus.

OTTAVA ORA DEL GIORNO
Biglietto numero 20

Angeli e Pianeti che governano
l'Ottava ora del Giorno:

Domenica	☉	Michael
Lunedì	☽	Gabriel
Martedì	♂	Samael
Mercoledì	☿	Raphael
Giovedì	♃	Sachiel
Venerdì	♀	Anael
Sabato	♄	Cassiel

E.R.

Ma io volevo baci larghi come oceani in cui perdermi e affogare, volevo baci grandi e baci lenti come un respiro cosmico, volevo bagni di baci in cui rilassarmi e finalmente imparare i suoi movimenti d'amore.

NONA ORA DEL GIORNO

Biglietto numero 21

Angeli e Pianeti che governano
la Nona ora del Giorno:

Domenica	♀	Anael
Lunedì	♄	Cassiel
Martedì	☉	Michael
Mercoledì	☽	Gabriel
Giovedì	♂	Samael
Venerdì	☿	Raphael
Sabato	♃	Sachiel

L.F.

Quando era poco più che un ragazzo – e a ricordarlo ora si stupisce di quanto le cose siano cambiate per lui – aveva scritto queste parole:

"Solo l'amore mi lega alla vita, alla realtà, alle voglie e quindi ai discorsi. Senza amore sono niente, se non ho una persona che mi frulla nella testa sono a secco, terribilmente vuoto. E non scrivo".

Ora, in volo sopra la Germania, specchiando il suo viso invecchiato e appesantito contro un tramonto siderale, capisce che da quando ha rinunciato all'amore – in certi momenti, camminando per strada, nella musica di una discoteca, solo nella sua stanza, sente queste parole: "È morto! È morto! È morto!" colpirgli il cervello come tante frecce infuocate – altro non sta facendo che concentrarsi su di sé per imparare ad amare quella persona che porta il suo stesso nome, che gli altri riconoscono come *se stesso* e che Lui sta portando in viaggio attraverso l'Europa.

Ora sa che per continuare a scrivere e progredire deve amare quella stessa persona che la carta d'imbarco ha assegnato al suo stesso posto, lì, accanto al finestrino che gli apre lo sguardo verso un giorno e una notte d'Europa.

DECIMA ORA DEL GIORNO
Biglietto numero 22

Angeli e Pianeti che governano
la Decima ora del Giorno:

Domenica	☿	Raphael
Lunedì	♃	Sachiel
Martedì	♀	Anael
Mercoledì	♄	Cassiel
Giovedì	☉	Michael
Venerdì	☽	Gabriel
Sabato	♂	Samael

M.R.

In fondo poi mi piace
in momenti come questo
(bevendo un po' prima di uscire
sapendo un po' il mio amico che m'aspetta)
mi piace proprio questa stanza
questa luce
questa musica
la mia piccola stanza.

UNDICESIMA ORA DEL GIORNO

Biglietto numero 23

Angeli e Pianeti che governano
l'Undicesima ora del Giorno:

Domenica	☽	Gabriel
Lunedì	♂	Samael
Martedì	☿	Raphael
Mercoledì	♃	Sachiel
Giovedì	♀	Anael
Venerdì	♄	Cassiel
Sabato	☉	Michael

G.V.

*Le volte che mi sei mancato... oh, non per la lontananza,
ma proprio per la diversità del sentire, le volte che mi sei
mancato sono esattamente questi minuti di attesa e di angoscia e di terribile lucidità aspettando un treno a Santa
Maria Novella alle due e trentacinque del mattino. Ma le
volte che mi sei mancato, oh, non per la lontananza, ma
per questa diversità dello sguardo sono i miei occhi che tesi non vedono quasi più.*

DODICESIMA ORA DEL GIORNO

Biglietto numero 24

Angeli e Pianeti che governano
la Dodicesima ora del Giorno:

Domenica	♄	Cassiel
Lunedì	☉	Michael
Martedì	☽	Gabriel
Mercoledì	♂	Samael
Giovedì	☿	Raphael
Venerdì	♃	Sachiel
Sabato	♀	Anael

C.C.

Il fantasma della sua terza persona lo ha accompagnato
ogni giorno. C'erano momenti, nel suo vagabondare per
la città illuminata da un'inedita lucentezza autunnale, in
cui sentiva tangibilmente la mano di Bruno posarsi, pro-
tettiva, sulle sue spalle. In questi momenti sentiva soggezione rispetto al mito di sé che aveva giocato. Si sentiva
piccolo, mentre l'altro diventava epico... Così anche
Aelred gli è venuto incontro a Bloomsbury vestito con
un pullover grigio, le gambe un po' curve, un ciuffo
biondo di capelli sulla fronte spigolosa e un pungente
sguardo verde-azzurro...

Ora, a pochi minuti dal ritorno, si chiede se ha viaggiato per qualcosa.

CAMERE SEPARATE

Primo movimento
VERSO IL SILENZIO

Un giorno, non molto distante nel tempo, lui si è trovato improvvisamente a specchiare il suo viso contro l'oblò di un piccolo aereo in volo fra Parigi e Monaco di Baviera.

All'esterno, ottomila metri più sotto, la catena delle Alpi appariva come una increspatura di sabbia che la luce del tramonto tingeva di colori dorati. Il cielo era un abisso cobalto che solo verso l'orizzonte, in basso, si accendeva di fasce color zafferano o arancione zen.

Inquadrato dalla ristretta cornice ovoidale dell'oblò il paesaggio gli parlava del giorno e della notte, dei confini fra i mondi della terra e dell'aria e da ultimo, allorché si accese una luce nella carlinga e su quell'olografia boreale apparve il riflesso del suo volto appesantito e affaticato, anche del sé. La sua faccia, quella che gli altri riconoscevano da anni come "lui" – e che a lui invece appariva ogni giorno più strana, poiché l'immagine che conservava del proprio volto era sempre e immortalmente quella del sé giovane e del sé ragazzo – una volta di più gli parve strana. Continuava a pensarsi e a vedersi come l'innocente, come colui che è incapace di fare del male e di sbagliare, ma l'immagine che vedeva contro quello sfondo acceso era semplicemente il viso di una persona non più tanto giovane, con pochi capelli fini in testa, gli occhi gonfi, le labbra turgide e un po' cascanti, la pelle degli zigomi screziata di capillari come le guance cupree di suo padre. In sostanza un viso che subiva, come quello di ogni altro, la corruzione e i segni del tempo.

Solo qualche mese fa ha compiuto trentadue anni. È ben consapevole di non avere una età comunemente definita matura o addirittura anziana. Ma sa di non essere più giovane. I suoi compagni di università si sono per la maggior parte sposati, hanno figli, una casa, una professione più o meno ben retribuita. Quando li incontra, le rare volte in cui torna nella casa dei suoi genitori, nella casa in cui è nato e da cui è fuggito con il pretesto degli studi universitari, li vede sempre più distanti da sé. Immersi in problemi che non sono i suoi. Sia i vecchi amici, sia lui, pagano le tasse, fanno le vacanze estive, devono pensare all'assicurazione dell'automobile. Ma quando si trovano occasionalmente a parlarne lui capisce che si tratta di incombenze del tutto differenti e che, nelle rispettive esistenze, rivestono ruoli assolutamente distanti. Così, privato ogni giorno del contatto con l'ambiente in cui è cresciuto, distaccato dal rassicurante divenire di una piccola comunità, lui si sente sempre più solo, o meglio, sempre più diverso. Ha una disponibilità di tempo che gli altri non hanno. E già questo è diversità. Svolge una professione artistica che anche i suoi cosiddetti colleghi svolgono ognuno in un modo differente. Anche questo accresce la sua diversità. Non è radicato in nessuna città. Non ha una famiglia, non ha figli, non ha una propria casa riconoscibile come "il focolare domestico". Una diversità ancora. Ma soprattutto non ha un compagno, è scapolo, è solo.

L'aereo perde bruscamente quota iniziando la discesa verso Monaco. Lui distoglie lo sguardo dal finestrino e si concentra sui suoi oggetti. Ripone il libro che stava sfogliando, infila gli occhiali nella custodia, spegne la sigaretta. Reclina la testa all'indietro. Tra una ventina di minuti toccherà terra. Immagina Thomas camminare nervosamente nell'atrio degli arrivi internazionali, su e giù, controllando il proprio orologio e gli orari previsti di atterraggio. Vede la sua figura dinoccolata che si dirige impaziente verso alcune vetrine in cui sono esposte scatole di tabacco per pipa e sgargianti confezioni di sigari Avana. Immagina il suo maglione slabbrato, la giacca di lana pesante, i pantaloni di velluto, le scarpe grandi, robuste, di cuoio bordeaux. Vede i suoi liquidi occhi neri, il sorriso largo e disteso, le braccia ossute e calde che come al solito lo abbracceranno, guidandolo deciso verso una qualche Citroën o Renault di quarta mano, parcheggiata lontano. Ma non riesce a sentirne la voce. Vede distintamente l'abbraccio, avverte il profumo della sua pelle, la ruvidezza della sua guancia con la barba di un paio di giorni, vede le sue labbra che soffiano un "Come ti è andato il viaggio?" ma non riesce ad ascoltare il suono, l'inflessione di quella voce. Vede l'abbraccio, ma non lo può sentire.

Emette un profondo sospiro con gli occhi chiusi, la nuca ancora appoggiata sullo schienale abbassato. La hostess gli si accosta rivolgendogli alcune parole. Lui esce lentamente da quel suo abbandono e riporta lo schienale nella posizione prevista dalle manovre di atterraggio. Ha riaperto gli occhi ormai. Una volta di più si rende completamente conto, con una inorridita vibrazione interiore, di quella che banalmente si definisce realtà e che lui preferisce invece chiamare "il presente stato di questo sogno". Non ci sarà Thomas ad aspettarlo all'aeroporto con la sua Citroën scassata. E non ci sarà nessun amico al posto suo. Poiché Thomas, o almeno tutto ciò che sulla terra aveva questo nome e a questo nome, per lui e per chi lo amava, era riconducibile, non c'è più. Thomas è morto. Da due anni ormai. E lui è sempre più solo. Più solo e ancora più diverso.

Qualche anno prima, una domenica grigia e cupa come solo il cielo del Nord continentale sa darti, Leo è uscito da una birreria, a Parigi, in compagnia di Michael, un suonatore di jazz di nazionalità americana, in realtà uno dei tanti espatriati in ogni angolo del mondo per insoddisfazione o irrequietezza.

Michael è un uomo di quarant'anni, di corporatura

massiccia, con una grande barba che perde colore e
biancheggia sul mento. Ha pochi capelli in testa e un viso che potresti benissimo definire un campo di patate:
pieno di bugne, di bitorzoli e di escrescenze. Indossa solitamente pantaloni militari sostenuti da bretelle di
cuoio nero, camicie di lana e un cappello di feltro nero
alla Rainer Fassbinder. Mastica ogni razza di sigari, soprattutto quando si lancia in jam session che durano
notti intere rimanendo l'unico componente della band
che resiste in piedi fino all'alba. Leo trova Michael simpatico. E apprezza la sua musica. Non si azzarderebbe
mai a discutere con lui di letteratura o di filosofia, ma
dei music-hall di Broadway sì. E anche di ragazzi. Una
domenica pomeriggio di quelli che a lui sembrano tanti
anni fa, Michael e Leo sono usciti insieme da una birreria del Marais per recarsi a una festa e a quella festa Leo
ha conosciuto Thomas. O meglio, Leo ha visto Thomas
per la prima volta.

Attraversano place des Vosges, uno di fianco all'altro,
guardando fissi in terra e parlando come se si rivolgesse-
ro ai ciottoli del marciapiede. Hanno entrambi le mani
ficcate in tasca e il collo insaccato in sciarpe voluminose.
Il freddo di novembre è come neve secca e invisibile dissolta nell'aria. Arrivano davanti all'edificio in cui si sta
svolgendo la festa. Dalla strada possono sentirne la musica e il chiasso. Altri invitati arrivano di corsa e li sorpassano davanti al portone di ingresso. Leo sorride e prende
Michael sottobraccio. Salgono al quarto piano. Devono
fare attenzione a non calpestare altri invitati svaccati sul
pianerottolo o sulle scale. Bottiglie vuote di champagne
rotolano sulle assi di legno coperte di coriandoli e cicche.
All'interno c'è ressa, confusione, gente che balla, che fuma marijuana, che beve whisky direttamente dalle bottiglie. Leo trascina Michael verso il tavolo dei beveraggi.
Viene accecato dai flash della polaroid di una piccola
punk con cresta di capelli iridescente. Poco più in là alcuni ragazzi riprendono con una telecamera le immagini del
party rimandandole sui televisori sparsi per l'apparta-

mento. Avanzano fra la folla illuminando gli ospiti come in una battuta di pesca notturna: rendono improvvisamente fosforescenti, alla luce del potente faro, piccoli pesci guizzanti nella consapevolezza della loro agilità, belle aragoste stagionate e ebbre, squali, gamberi rossi, sgargianti pesci tropicali, cetacei, delfini, saraghi. Leo cerca di evitare l'avanzata degli operatori, indietreggia, saluta qualche conoscente, risponde ai baci, agli abbracci e alle strette di mano. Finalmente entra nella stanza dei viveri. Un paio di tavoli rotondi ingombri di vassoi di carta lacerati, tovaglioli, posacenere colmi di cicche, avanzi di cibo. Più in là le bottiglie. Si versa champagne, una, due, tre coppe tanto per entrare in sintonia. La musica è una discodance violenta e vagamente afro, nessuno sta fermo, Leo oscilla sulle gambe, stappa un'altra bottiglia e ne offre a Michael.

"Leo, Leo!" grida il padrone di casa avanzando a piccoli passi con le mani sospese sulle teste degli invitati. È truccato da geisha. "Mio caro, grazie per essere venuto! Non è fantastico? Siamo in piedi dalla notte scorsa, ho proiettato il film sai, di là... Benissimo, un trionfo!"

Leo abbraccia Bernard facendogli i complimenti per il kimono di un rosso fiammeggiante. Gli presenta Michael. Dice qualche parola di circostanza finché Bernard non è rapito da altri ospiti che lo reclamano, lo osannano, gridano il suo nome buttandogli in mano la telecamera. Bernard sale allora su un tavolo e finge di sparare a Leo inquadrandolo. Tutti urlano, Leo ridacchia, Bernard grida qualcosa, poi cede la telecamera e scompare inghiottito dalla ressa degli ammiratori.

"Vediamoci un po' il film di questa vecchia pazza" dice infine Leo a Michael.

Camminano in mezzo alla ressa, facendosi largo a fatica e attraversando una dopo l'altra le stanze dell'appartamento di Bernard, una deriva di sale e di stili incastrati uno nell'altro: colonne di cartapesta, specchiere e trumeau secondo impero, qualche poltrona bauhaus, una libreria ricavata da un confessionale rinascimentale,

tappeti, damaschi, arazzi, cupole moresche di poliureta-
no dipinte con l'aerografo, scarti e rimanenze di tutti i
set passati di Bernard, del suo kitsch irrefrenabile, della
sua follia onirica. Statue candide di dioscuri a cui sono
applicati falli giganteschi color rame; capitelli, colonne,
San Sebastiani di gesso colorato imploranti o sublime-
mente assenti nell'ora del martirio; Maddalene, Cristi
crocifissi, Angeli, Arcangeli, Troni alle finestre. Attraversano quattro saloni finché la fauna ebbra e cinguet-
tante non si dirada. Bisogna attraversare ancora la sala
palestra, lasciarsi il bagno alle spalle e finalmente arrivare nella grande stanza da letto di Bernard dove viene
proiettato, in multivision, il suo ultimo video.

Nella stanza c'è qualche persona distesa sui tappeti,
qualcuno sul letto, qualcun altro addormentato davanti
ai monitor. Leo e Michael si appoggiano a una colonna
del letto a baldacchino e guardano il video. Dopo un po'
Michael esce a caccia di alcolici.

È in quel momento che Leo si accorge che qualcuno
sta passandogli vicino. Dalla sua posizione, un po' precaria per via della colonna a torciglioni, riesce a scorgere
solamente un'andatura che attraversa lo specchio della
porta, un paio di jeans, un paio di scarpe nere. Eppure
qualcosa di irresistibile lo fa alzare. Esce dalla stanza e
segue con lo sguardo il ragazzo. Rimane un attimo fermo, indeciso se continuare l'inseguimento o tornarsene
al video. Poi Michael ritorna dicendo che ha trovato
qualcosa per suonare. Facendosi largo fra gli invitati
raggiungono una stanza in penombra, colma di fumo.
C'è un pianoforte e qualcuno sta suonando. Michael
prende un vecchio sax e inizia a soffiarci dentro. Leo si
sofferma sul ragazzo al pianoforte accarezzandolo con lo
sguardo. Lo indaga, lo scruta. Vede Thomas per la prima volta. E Thomas, come sentisse tutto il peso di quello sguardo, alza la testa fissandolo per una frazione di
secondo. Subito poi riabbassa gli occhi sulla tastiera e riprende a dondolarsi bruscamente seguendo lo swing di
Michael. Leo va a riempirsi un bicchiere.

Più tardi, affondato in una enorme poltrona damascata, rispondendo, con quella eccessiva gentilezza che a volte gli produce l'ebbrezza alcolica, alle domande di una giornalista spagnola, Leo scorge Thomas lasciare l'appartamento in compagnia di una ragazza. Vorrebbe alzarsi per seguirlo, e così si fa forza sulle gambe afferrando contemporaneamente i braccioli della poltrona. Non ce la fa e ricade pesantemente. La giornalista gli chiede se sta scrivendo. A Leo sfugge un sorriso e continua a parlare delle solite cose.

Qualche sera dopo lo raggiunge al telefono, da Milano, la voce di Rodolfo. Gli chiede come se la sta passando a Parigi, se l'appartamento lo soddisfa, se può fare qualcosa per lui. Leo risponde un po' infastidito. Conosce Rodolfo da quasi dieci anni, hanno la stessa età, praticamente conoscono ogni particolare delle rispettive esistenze. È stato Rodolfo a trovargli quella sistemazione a Parigi. Rodolfo è architetto, un bel ragazzo sulla trentina, specializzato nel décor anni cinquanta. Ha progettato qualche bar, tra Milano e Firenze, ricavandone una certa notorietà. Collabora a una rivista internazionale di arredamento. È sufficientemente mondano, intelligente e ironico. E ama Leo, come si può amare il proprio fratello omosessuale.

"Mi sto abituando" risponde Leo, "non devi preoccuparti. Vedo Michael, te ne ho parlato, no?... Giro, dormo..." Vorrebbe già salutare, riabbassare il ricevitore, riempire il bicchiere di ghiaccio e affogarlo di rhum.

Rodolfo ha le antenne per questo genere di situazioni e così si lascia lentamente sfuggire l'unico argomento che terrebbe Leo al telefono.

"Ho visto Hermann l'altra sera. Sta benone, sai?"

Leo si abbassa sul ricevitore: "Hermann?...".

"Sta a una ventina di chilometri da Roma. A Nord. Mi ha chiesto il tuo indirizzo. Ho finto di non saperlo. Eravamo in un bar... Stavo quasi per darglielo. Poi ho pensato che avrei dovuto chiederti il permesso."

Leo sospira. "Hai fatto bene. Da quando ci siamo lasciati..."

"Volevo solo dirti che mi sembra in buona forma" lo interrompe Rodolfo. "Il suo lavoro sta andando bene. Ha qualche mostra in giro. Piccole cose, ma per lui... Credo sia importante, no?"

"Hai fatto bene a chiamarmi" ripete gelido Leo.

"Sono stato indeciso... Eravate così felici insieme, voglio dire... Capiscimi Leo, non voglio assolutamente interferire con i tuoi affari sentimentali, ma faresti bene a sapere che lui mi ha chiesto di te e io credo che fosse sincero."

"Ho conosciuto un ragazzo qualche sera fa" dice Leo sottovoce.

Rodolfo inarca la voce: "Sul serio?".

"Con Hermann è finita. Non sarei qui se avessi avuto anche una sola speranza di rimettere insieme la nostra storia. Probabilmente lo amerò sempre. E lui questo lo sa. Ma voglio liberarmi di lui. Solo un pazzo tenterebbe di rimettere insieme una coppia divorziata. Molti si ostinano a non capire. Ma è la stessa cosa per due uomini."

"A meno che una delle due checche non si chiami Liz Taylor" aggiunge Rodolfo.

C'è un istante di silenzio, poi una grande risata. Leo vuol bene a Rodolfo, sì gli vuol bene.

"E com'è questo nuovo?" dice Rodolfo fra i singulti. "Un Chez Maxim's? No, no... Spero non sia un *wrong blond*, ce lo auguriamo tutti, dopo Hermann. O forse è... Non dirmi Leo che hai trovato..."

Leo tace, preferisce eccitare la sua curiosità. Rodolfo non si è mai legato a nessuno, e forse è assolutamente incapace di amare. Gli piace farsi corteggiare e cambiare spesso partner. Due uomini che vivono insieme gli sembrano patetici, sostiene, uno finisce sempre per assomigliare a una cameriera. E lui vive bene con la sua agendina zeppa di indirizzi internazionali.

"Non dirmi che hai trovato un Vondel Park! Non potrei crederci!"

"Non gli ho ancora parlato. Sai come mi comporto in questo genere di cose. Tu ci saresti già finito a letto."

"Voglio sperare Leo che non si tratti di un Whitman. Sei a Parigi per riciclarti un poco e non trovi niente di meglio che cadere su un Whitman."

"Non posso dirti niente ora" dice ridendo Leo.

"Ma sai già dove abita? Fai una festicciola a casa tua. Invitalo. Magari faccio un salto a Parigi per darti una mano."

Leo cambia decisamente argomento, poi passa ai saluti.

Di Hermann non chiede nulla. Riappende il ricevitore, va in cucina e si riempie un bicchiere di ghiaccio. Sceglie fra i suoi rhum preferiti quello più adatto: un Barbancourt cinque stelle, un Myers's, un anonimo rhum venezuelano, un Old Monk indiano. Sceglie quello di Haiti, il più leggero e nello stesso tempo il più aromatico. Quella del rhum è forse l'unica passione che è riuscito a trasmettere a Hermann.

Il cielo di Parigi entra nello specchio della finestra del suo bagno. Le altre stanze guardano su un cortile interno. Leo si siede sul bordo della vasca e pensa a Thomas. Di certo Thomas non è un Chez Maxim's. Non è il tipo che ognuno crederebbe il proprio ideale così a prima vista, il tipo che si accoglie a braccia aperte senza guardare, esaminare, assaggiare. Si va da Chez Maxim's, direbbe Christopher Isherwood, già bendisposti. È Chez Maxim's: dunque è ottimo. Non ci si chiede se sia realmente buono. Si vede un ragazzo aitante e abbronzato, solido, con un viso ben scolpito, un corpo lussuoso in muscoli e ossatura e subito lo si identifica con il proprio sogno e si dice che bello e che buono, ecco il boy della mia vita, il top. Ma non è così. L'incontro diventa unicamente simbolico e il suo significato, in realtà, è zero. Si cerca e ricerca Chez Maxim's, magari in Anatolia quando sarebbe assai più opportuno un picnic veloce con formaggi di capra e lattuga. Questo è il tipo Chez Maxim's. Ma Thomas ha una allure interiore, uno sguardo che fanno decisamente pensare ad altro.

Probabilmente, pensa Leo, non è neppure un Whitman, nel senso definito da Allen Ginsberg. Considerando i propri partner e collegandoli a rapporti precedenti, Ginsberg disse che sarebbe stato in grado di risalire fino all'amante di Walt Whitman in una catena di copule successive attribuibili come quarti di nobiltà. Il Whitman è un tipo molto comune nel ghetto omosessuale. Scavi un po' e vieni a sapere che tutti sono stati a letto con tutti. Teoricamente, secondo Ginsberg, un unico amplesso sodomitico, universale e parallelo a quello fra Adamo e Eva. Ma Thomas non è per Leo né un Chez Maxim's, né, per quanto può saperne al momento, un Whitman.

Non è nemmeno un *wrong blond*, definizione che nel 1939 Wystan Auden diede di Chester Kallmann, colui che sarebbe diventato il compagno della sua vita. Pare che Auden, appena giunto negli Stati Uniti, si fosse invaghito di un certo biondo, Walter Miller, studente del Brooklyn College, conosciuto dopo una lettura di poesia della League of American Writers. Miller collaborava alla rivista letteraria del College, *The Observer*, di cui il diciottenne Chester era redattore. Auden concesse così un appuntamento a quest'ultimo convinto che, per l'intervista, si sarebbe portato dietro Miller. Quando invece vide presentarsi alla sua porta solo il biondo Chester, Auden passò nell'altra stanza e sibilò a Isherwood, con cui divideva l'appartamento: "È il biondo sbagliato". Di lì a poche ore, come dicono le biografie, Chester Kallmann sarebbe diventato per lui "l'unico biondo possibile". Thomas non è un biondo sbagliato, cioè l'unico biondo possibile. Nella vita di Leo questa figura è stata definitivamente ricoperta da Hermann. E poi Thomas non è biondo.

Forse è piuttosto un Vondel Park. Nel suo aspetto fisico, infatti, c'è la sopravvivenza del tipo nordico degli anni settanta. Una sopravvivenza fisica non rievocata dall'abbigliamento, non imitata dalle mode né rifatta dagli abiti, che parla immediatamente dell'anima e del background. Un Vondel non lo troverete mai, a differenza del Chez Maxim's, sulle riviste di moda. Il Vondel ha sempre qualcosa che sfugge, qualcosa di leggermente corrotto e vissuto, un che di délabré. Tanto per fare un esempio: i polpastrelli anneriti dalle sigarette rollate con il tabacco.

Allora? Che tipo è Thomas? Leo ritorna in cucina. Si versa un altro bicchiere di rhum. Raggiunge la stanza da letto. Mette un po' di musica e si spoglia. Thomas non è nessuno, si dice Leo, per il momento Thomas non è assolutamente nessuno.

L'appartamento di Leo è ora completamente illuminato e pieno di gente. I bicchieri non bastano mai, nonostante lui e Michael siano all'acquaio a riciclarne di puliti da una buona mezz'ora. Il salmone affumicato è quasi finito, le trote di Lorum sparite in pochi secondi, restano ancora un paio di vassoi di *charcuterie*, le pere con camembert e noci, i bignè al formaggio. In cucina c'è un cartone di Bordeaux che Thomas sta aprendo usando un coltello dalla lama seghettata. Leo sciacqua i bicchieri e guarda Thomas curvo sul cartone. Nella stanza si è creata un'intimità domestica e virile che Leo apprezza e gusta con soddisfazione. Ogni due o tre minuti qualcuno entra in cucina chiedendo un bicchiere, un piatto, un posacenere pulito, una bottiglia di Sancerre. I tre non rispondono e ridacchiano fra loro. L'intruso capisce che potrebbe restare un'ora a pregare i tre gentiluomini di dargli ascolto e nessuno lo aiuterebbe. Se ne va quindi sconfitto suscitando altri commenti.

Michael ha portato alla festa una mezza dozzina di invitati fra cui la corrispondente del *Women Journal*, uno scultore neozelandese che sta usufruendo di una borsa di studio all'Ecole des Beaux-Arts, un paio di musicisti della sua band e naturalmente Thomas, rimorchiato appositamente per Leo usando come biglietto di presentazione quelle ore trascorse insieme a suonare alla festa di Bernard. Da parte sua Leo ha invitato un po' del giro editoriale parigino, qualche giornalista italiano con cui è in buoni rapporti, uno scrittore argentino che abita nei paraggi. Questi sono gli ospiti che Leo conosce o che, in un qualche modo, gli sono stati presentati. Il resto della fauna che affolla il suo appartamento e dentro la quale gli invitati ufficiali si perdono come pezzetti di frutta candita in una cassata, lui non lo conosce. La festa era fissata per le nove. Fino alle dieci non ha fatto altro che rispondere al campanello d'ingresso e stringere mani pronunciando parole di cortesia in tre-quattro lingue. Poco più tardi, non appena ha capito che la festa era ormai collaudata e poteva benissimo continuare senza di lui, si è ritirato in cucina a lavare bicchieri e fumarsi un sigaro in pace. Ha sfiorato Thomas, che ancora era al pianoforte, sulla spalla e lo ha ringraziato della sua presenza con un sorriso. Senza dirgli una parola. Poco dopo Thomas lo ha raggiunto in cucina portato da Michael. E ora, silenziosamente, ridacchiando ogni tanto, si trovano tra loro in perfetto equilibrio.

Leo sente la presenza di Thomas, poco distante da sé, come un respiro di tenerezza in cui desidera essere compreso al più presto. Vorrebbe accarezzargli il viso e stringerlo fra le braccia. Non ha parole da dirgli, poiché sente che Thomas ha già cominciato a conoscerle. Quando Leo pronuncia una battuta diretta a Michael avverte che Thomas comprende. Sa che lo sta guardando e se, al momento, non può essere certo di come finirà quella sera, o il prossimo incontro, capisce che Thomas è fatto per lui e che lui può diventare importante per l'altro. Come possa succedere tutto questo Leo non sa dirlo. Molte volte ha perso tempo inseguendo qualcuno che non era fatto per lui. Tutto era difficile, fatto di estenuanti telefonate, appuntamenti continuamente rinviati, strategie a base di seduzioni, apparizioni in certi luoghi sapendo che l'altro lo avrebbe visto, viaggi in treno, pranzi in compagnia di persone con cui non avrebbe mai e poi mai nemmeno scambiato una parola. Leo era allora più giovane. Aveva bisogno di un compagno e questo compagno doveva cercarselo. Poi, un giorno, era venuto Hermann e da allora tutto era cambiato.

Ora Leo sa che in questo genere di cose è necessario attendere, avere pazienza, lavorare su se stessi con la consapevolezza che nel momento in cui l'altro farà la sua apparizione sarà più facile entrare in sintonia. Così sta succedendo con Thomas. Non appena lo ha visto, non appena ha sentito la sua presenza, ha capito di essere in gioco con tutto se stesso. Anche se non avesse avuto il contatto di Michael avrebbe rivisto Thomas da qualche parte e, ne era ben sicuro, con estrema facilità. Nessuno può tenere distanti due persone che si appartengono e che si stanno cercando, forse anche da molto tempo e da molto distante.

Thomas è qui, accanto a lui e questo, per il momento, è sufficiente. Sente che l'altro gli sta dimostrando la sua disponibilità, seppure in un modo ancora acerbo e imperfetto, forse inconsapevole. Leo dovrà far crescere questa attenzione ancora tutta esteriore e casuale che Thomas gli sta dimostrando. Dovrà avvicinarsi all'altro con discrezione, dimostrargli la sua serietà e il suo interesse. Dovrà fargli capire che se in questo momento desidera il suo corpo e la sua intimità, altrettanto ardentemente, se tutto andrà per il verso giusto, desidererà la sua compagnia. Vorrà che Thomas diventi il suo amico. Il compagno a cui affiancarsi per il resto della vita.

Il ragazzo è chinato sulla scatola di cartone. Michael gli chiede se va tutto bene, se ha bisogno di aiuto. Thomas gli risponde con un grugnito, perché non dovrebbe riuscire a aprire quella confezione di Bordeaux?

Dall'acquaio Leo si volta e lo accarezza con lo sguardo. Entrambi faranno poi in modo di sfiorarsi quando estrarranno le bottiglie e le poseranno sul marmo bianco del tavolo della cucina. Per tutta la serata, ogniqualvolta si troveranno uno di fronte all'altro, le loro mani, le braccia, le spalle, le gambe si toccheranno in un modo assolutamente invisibile a occhi estranei. Leo sta posando ora la sua mano sulla spalla di Thomas chiedendogli di fargli largo fra la ressa degli ospiti. Ora Thomas gli appoggia una mano sui fianchi spostando leggermente Leo dalla sua traiettoria. Man mano che la festa procede i due creano un linguaggio fra i propri corpi, un codice che nessuno può al momento decifrare poiché non ne conosce la parola chiave, attrazione. Fra Leo e Thomas è ormai sorta, e incomincia a crescere di minuto in minuto, una energia che trae forza solo da se stessa, da quei contatti fintamente casuali, da quegli sfioramenti leggeri, da quegli sguardi muti. Non si sono ancora parlati. Le parole non sono contemplate in questo momento per entrambi primordiale, arcaico, in cui la vita chiama la vita attraverso la più profonda energia della specie. Le parole, nella loro sofisticatezza biologica, potrebbero solo confondere un momento che non si esprime attraverso alcun linguaggio se non quello, ficcato nel più profondo della corteccia cerebrale, della lotta per la vita.

Verso mezzanotte gli ospiti di Leo si sono ridotti a una mezza dozzina. Gli invitati ufficiali si stanno congedando ringraziandolo per il pranzo e l'ospitalità. Leo li accompagna man mano scendendo con loro fin sulla strada dove di nuovo stringe le mani e attende, sulla soglia, che le auto partano. Ripete questa sequenza un paio di volte. Quando finalmente si chiude la porta dell'appartamento alle spalle, sbuffando un po' per la stanchezza, si accorge di come tutto sia devastato. Bottiglie sui tavoli, portacenere zeppi fino all'orlo, resti di cibo sparsi nei piatti ammucchiati sulle mensole, sui davanzali, sui caloriferi. In un angolo quattro invitati parlottano fra loro bevendo cognac. Qualcuno sta cambiando la musica sullo stereo. Non ha riposto i dischi impiegati durante la festa e ora Leo li vede, con orrore, tutti impilati in un angolo, mischiati e a portata di polvere, di spruzzi di champagne, di cenere.

Nell'altra stanza Thomas sta chiacchierando con Michael. Propone di fare un salto alle Halles per una birra e poi, magari, un po' di musica al Baiser Salé. Leo dice che va bene, ma chiede dieci minuti per prepararsi. Va nella sua camera e si butta sul letto. Allunga il braccio verso il tavolino e cerca con la punta delle dita la sua scatola di hascisc. La prende, la apre, sceglie un pezzetto di roba e carica una pipa. Ha voglia di starsene solo con quel ragazzo. Si chiede se sarà questa la notte giusta. Dipende da lui, dalla sua energia, dalle sue capacità di seduzione. Dalla disponibilità di Thomas. Troppe cose, meglio lasciarsi andare al fumo che ora incomincia a prendere dilatandosi nei suoi polmoni come una eterea bolla di intontimento.

Il giorno dopo, verso sera, Leo telefona a casa di Thomas. Gli risponde la voce di una ragazza pregandolo di attendere qualche istante. Leo prende a girare attorno al tavolo dello studio reggendo in mano l'apparecchio. Finalmente riconosce la voce di Thomas. Si salutano. Thomas gli racconta come ha concluso la serata e Leo si scusa per essersi addormentato. Ma c'è qualcosa che non va nel tono della sua voce e forse anche nelle pause del racconto di Thomas. Non sono estranei da poter ricorrere a efficaci formule di cortesia, ma nemmeno così affiatati da avanzare una normale conversazione. Sono due persone che si stanno cercando, due individui che ancora non sanno realmente nulla l'uno dell'altro a parte i dettagli esteriori della personalità o quelli riportati da una qualsiasi carta d'identità: altezza, professione, luogo di nascita, età.

"Vorrei passare una serata solo con te" dice finalmente Leo cambiando il tono di voce, facendosi cupo. "Potremmo andare a teatro oppure a un cinema..."

"Quando?"

"Anche stasera se hai tempo."

Thomas indugia. "Venerdì prossimo c'è un concerto allo Zenith. Dovrei andare con qualche amico. Ci potremmo vedere lì."

Leo non è entusiasta del suggerimento. Ha detto "Ti

voglio vedere da solo" e Thomas gli sta prospettando un tour di massa. Così preferisce non rispondere.

"Ti vedrò venerdì?" insiste Thomas.

"Non lo so proprio" si lascia sfuggire d'impeto Leo. Non gli piace che le cose vadano diversamente da come le ha progettate.

Thomas capisce. "Anch'io voglio vederti" dice dolcemente. "Fai in modo di venire venerdì."

La sera del concerto Leo arriva in ritardo davanti al teatro. Ha perso tempo con un marocchino che gli passa la droga al solito caffè. Ha comprato cinque grammi di marijuana, un piccolo involucro che tiene ben schiacciato nella tasca interna della giacca. Vuole assaggiarla subito. Carica il fornellino della pipa per strada rallentando solo un po' l'andatura. La roba è buona, forse solo leggermente troppo profumata. Meglio aggiungere un'altra pizzicata di tabacco.

Quando entra nella sala il concerto è iniziato da qualche battuta. Riconosce l'attacco di un pezzo, accolto da un boato. Una pioggia di garofani rosa si riversa dal centro del soffitto sul pubblico. Il solista entra in scena dicendo "Bonsoir Paris". Le luci sul palco lampeggiano intermittenti, colpi di decine e decine di flash rosa pastello, verde acqua, azzurrino, arancione, rosso fuoco, giallo e finalmente il bianco accecante delle luci ad arco.

Leo si sente euforico, un po' gli tremano le gambe per la corsa che ha fatto e per la violenza dell'urlo, per il fatto di trovarsi immerso in una folla che sempre, allo stadio, nei palasport, gli dà un senso immediato di soffocamento. Poi tutto passa, finché non prende coscienza di essere lui stesso non più soltanto un individuo separato, ma l'elemento di un fatto collettivo. Così inizia a guardare non più con i suoi occhi, ma con quelli della folla. Si abbandona alla musica, ai salti di chi gli sta intorno – una distesa di capelli chiari e di volti giovanissimi – alle danze, agli spintoni, alle urla. Il rimbombo della musica è assordante. Alcune migliaia di persone stipate nella sala che sudano, fumano, gridano, ballano, si abbracciano, si liberano di qualche indumento facendolo volteggiare nell'aria, si baciano, si urtano nel tentativo di giungere sotto al palco, là in fondo. Leo si tiene un po' ai margini della folla, vicino a un improvvisato banchetto in cui vendono bottiglie di birra. Cerca di guardarsi attorno, spinge lo sguardo in alto verso le due balconate stracariche di ragazzi. Non riuscirà mai a trovare Thomas. Sarebbe un miracolo, anche se ai miracoli lui ha sempre, sinceramente, creduto. Beve un'altra birra finché non si sente completamente dissolto nell'onda collettiva che salta e canta. Si muove sulle gambe, accende una sigaretta, scrolla la testa.

Il concerto avanza per una buona mezz'ora. Poi durante un vertiginoso stacco di batteria un riflettore inizia a volteggiare fra il pubblico inquadrandolo in un ristretto e accecante cono di luce. Improvvisamente Leo si distacca dalla musica e segue quel cerchio di luce vagare fra le teste degli spettatori, insinuarsi fra le colonne della sala, ispezionare il soffitto e poi tutta intera la platea come un ricognitore aereo. Ed è così che d'un colpo nota Thomas.

Lo vede per un attimo sulla balconata di sinistra, vicino al palcoscenico, seduto in terra e con i piedi che dondolano nel vuoto. Non sta gridando, è quasi immobile, non fosse per il movimento alternato delle sue gambe. Ha la testa appoggiata alle braccia incrociate sulla ringhiera. Come un ragazzino che guarda distrattamente un film. Leo sente un'ondata di tenerezza salirgli dentro. Cerca di raggiungerlo. Esce dalla sala, imbocca di corsa le scale che portano alla galleria, ma quando si trova di fronte a un muro impenetrabile di gente, oltre le porte, capisce che non raggiungerà mai Thomas per questa via. Ridiscende in platea. Vuole farsi vedere da lui, fissare, almeno a gesti, un appuntamento fuori del locale in modo da non perdersi tra la folla. Così si mette a spostare gente, a chiedere un passaggio fra i gruppi di ragazzi, a insinuarsi rovesciando birre, strusciandosi contro spalle e schiene sudate, a guadagnare metro dopo metro il centro della platea. Procede come all'interno di un labirinto, muovendo qualche passo di lato, avanzando di qualche metro, indietreggiando dalla parte opposta, cambiando continuamente direzione. Approfitta degli spazi invisibili fra persona e persona. Quando si sente a un punto morto si fa largo con decisione. Ogni tanto solleva la testa verso la balconata. Thomas è sempre là, distante non più di una ventina di metri e così irraggiungibile.

La musica incalza fortissima. I colpi della batteria elettronica sparati a qualche migliaio di watt fanno vibrare la cupola della sala. La luce sul palco è rosso intenso. Gli spettatori si divincolano, si contorcono sui fianchi, ancheggiano convulsamente pur seguendo un ritmo preciso. C'è gente che salta, altra che grida, chiome che oscillano freneticamente, braccia stese in alto, dritte, lunghissime, riccioli neri, nuche grondanti sudore, schiene, gambe, busti che oscillano e si agitano. Leo si trova improvvisamente nel mezzo di un gruppo di cinque-sei ragazzi che ballano in circolo difendendo quasi selvaggiamente la loro porzione di spazio. In terra hanno ammucchiato giacche, cappotti, borse, pullover, sciarpe. Le ragazzine del gruppo lo circondano ridendo, lo stringono, lo colpiscono con tocchi rapidi dei fianchi irretendolo nella danza. Leo sorride e grida qualcosa. Una ragazza lo abbraccia, lo bacia, cerca di stringerlo a sé. Leo riesce a allontanarsi avanzando un altro po' finché non raggiunge, da sotto, la balconata. Incomincia a chiamare Thomas, a sbracciarsi, a fare gesti per attirare la sua attenzione. È tutto inutile.

La musica si interrompe di colpo, le luci si spengono e resta solo il globo di specchi a rimandare sulle pareti della sala e sui corpi degli spettatori il riflesso luccicante dei lustrini che ruotano. Il concerto è finito. Il pubblico fischia, urla, grida. Richiede il bis. Leo continua inutilmente a chiamare Thomas. Improvvisamente prende corpo nella grande sala un ritmo diverso, dapprima quasi indistinto poi sempre più definito e travolgente. Avanza dal fondo, dalla galleria, dalle balconate per riversarsi sulla platea. Il rombo assorbe gradualmente tutte le altre grida, le altre urla, i fischi, gli applausi. Stanno pestando sul pavimento di legno, prima dieci, poi cinquanta, poi cento e ora in duemila. C'è un'atmosfera irreale come se una tribù di primitivi avesse iniziato una danza di guerra: non una voce, né un grido, volti tesi, gravi, le mascelle serrate, i pugni chiusi. Solo un frastuono violento, angoscioso. Poi, come portato da una ondata successiva, nasce l'eco di un applauso che travolge il pubblico in un battimani sempre più fragoroso, dal ritmo abbreviato. E quando la velocità diventa insostenibile tutto il teatro esplode in un boato. Le luci si riaccendono sul palco, accecanti, fumose, una, due volte. Torna in scena la band e riattacca a suonare una indiavolata versione di *I feel love*.

Sopra la testa di Leo, a non più di tre-quattro metri, sporgono le gambe di Thomas. Leo le guarda con rabbia. Si china, raccoglie un garofano massacrato, lo ricompone un po' e lo tira in alto chiamandolo ancora una volta. Ma il garofano ricade a poca distanza. Allora Leo torna indietro di qualche metro in cerca della ragazzina che poco prima lo ha baciato. L'afferra per un braccio e le fa capire di volerla portare sulle spalle. Lei ride di gioia. Le dà un fiore in mano e le indica Thomas. Si china, la carica sulle spalle, a cavalcioni, e avanza traballante verso la balconata. Accanto a loro tutti sono eccitati. Vedono avanzare questa specie di torre e prendono a ballarvi intorno. Leo cerca di non perdere le forze, sta sudando, sta faticando soprattutto nel tentativo di assorbire, per non cadere, le spinte di chi gli balla di fianco e gli scossoni di chi lo circonda. Ma dopo qualche metro la ressa diventa talmente pressante che Leo può avanzare puntellandosi alternativamente a chi gli sta addosso. Raggiungono Thomas. La ragazza, allungando le braccia, può quasi sfiorarlo. Mancano ancora pochi decimetri. C'è una sola cosa da fare. Leo carica sulle gambe e tenta un salto. La ragazza, al volo, tocca i piedi di Thomas che finalmente si accorge di quello che sta succedendo sotto di lui. Si sporge e riconosce Leo. La ragazza gli lancia il fiore prima che Leo, sfinito, non la riporti bruscamente a terra.

"Sono qui!" urla Leo agitando le braccia.

Thomas sorride. "Aspettami, vengo giù!" grida.

"Avanti, vieni!" gli fa segno Leo.

Thomas si alza e prende a percorrere la balconata infilandosi fra il pubblico. Da sotto Leo cerca di seguirne il percorso avanzando parallelamente. Ma è impossibile. Thomas raggiunge la ringhiera e fa segno a Leo che non riuscirà mai a scendere prima che il concerto sia finito. Sono delusi, ormai rassegnati. Cercano di passarsi informazioni circa il luogo dell'appuntamento, ma anche questo è impossibile. La luce in sala è intermittente. Si alternano attimi di buio a altri di luce accecante. Improvvisamente Leo scorge Thomas nell'atto di scavalcare la ringhiera. L'intermittenza dei flash stroboscopici gli impedisce di capire bene quello che sta succedendo. Poi intuisce che Thomas sta cercando di calarsi dall'alto. Si regge alle braccia di qualche ragazzo e inizia a penzolare nel vuoto. Tutti si accorgono di quel che sta accadendo. Urla, grida, applausi, ragazzi che alzano le mani come se aspettassero la caduta di un angelo. Anche Leo protende le braccia. La musica è altissima. L'occhio di bue, che ondeggia sulle teste del pubblico, improvvisamente si arresta da quella parte. Inquadra le mani protese, i canti, le danze, le risa, le grida di incitamento, il tifo da stadio. Thomas si allunga verso la platea. Di sotto Leo può già sfiorargli le scarpe. I ragazzi di sopra lo tengono invece ancora appeso per le braccia. Tirato da due parti Thomas sembra un fantoccio che oscilla come conteso fra due bande rivali. Sul suo volto c'è gioia e eccitazione. Non può rimanere così per molto. Leo continua a dirgli di buttarsi. Alla fine Thomas si getta e cade fra una selva di braccia protese e di corpi accaldati. È un boato infernale, un urlo di gioia, un grido di liberazione da parte di chi ha avuto finalmente il suo trofeo. Leo si getta su Thomas e tenta di sollevarlo.

"Sono felice di vederti!" gli grida appoggiandogli le labbra alle orecchie per farsi capire.

Thomas è incredulo. Facendosi forza, aggrappandosi a quanto è a portata delle sue mani, riesce infine a sollevarsi. Leo lo guarda orgoglioso allargando le braccia. Thomas si adatta a quell'abbraccio, si confonde in esso, si stringe a Leo appoggiandogli la testa sulla spalla. Leo gli accarezza i capelli. Sono circondati da una folla che li stringe, li urta, li festeggia, li spinge da una parte e dall'altra. Loro non si staccano, rimangono avvinghiati in quella marea oscillante di gente eccitata. *I feel love* continua sempre più incalzante. Le labbra di Leo cercano la bocca di Thomas. Dal palco viene soffiato fumo colorato. E così, fra il tripudio che segna la fine del concerto, applausi, grida, cori, fischi di gioia e vapori che li avvolgono rendendoli per qualche istante invisibili, loro si scambiano, stretti fin quasi a sentir male, il primo bacio della loro vita.

All'esterno del teatro la folla tarda a dissolversi. Gruppi che commentano il concerto, ragazzine che corrono da una parte all'altra della strada per cercare di avere un autografo dal cantante del gruppo. Thomas ha salutato gli amici con cui è venuto al concerto e ora è lì di fianco a Leo incapace di scegliere le parole giuste, frastornato, eccitato, stanco.

"Voglio che tu venga nella mia casa" dice infine con la voce incrinata dal timore. "Vieni. Ti prego. Io voglio che tu entri nella mia casa."

Leo lo rincuora stringendogli il viso e passandogli le dita fra i capelli. Un autobus passa veloce illuminandoli con la luce dei fari. "Ok" dice Leo, "prendiamo un taxi e togliamoci di qua."

La casa in cui Thomas vive è a Montmartre. Una strada buia in salita. Qualche anziana prostituta ferma sul marciapiede che li guarda scendere dal taxi. Edifici dalle facciate piuttosto malandate. Salgono a piedi al terzo piano. Entrano in una stanza ampia e con il soffitto ornato di stucchi liberty color avorio. C'è un rosone centrale da cui pendono tracce di fili elettrici. Un lato della stanza è occupato da una porta-finestra. Di fronte c'è un letto e, sulla parete opposta all'entrata, un pianoforte verticale incastrato fra una serie di scaffali pieni di libri, ma soprattutto fogli, spartiti, scatole colorate da cui spuntano carte, qualche piccolo animale di pelouche. Thomas accende un faretto azzurrognolo, richiude la porta e abbraccia Leo invitandolo a sdraiarsi sul tappeto accanto al termosifone.

Come sarà il mio nuovo amore, si era chiesto innumerevoli volte Leo non appena aveva deciso di farla finita una volta per tutte con Hermann, una decisione di separazione che in realtà era durata più di un anno e mezzo per via delle inevitabili ricadute, della passione che tardava a scomparire, degli impulsi del suo corpo. Con quale aspetto amore verrà a me, in quale corpo si mostrerà di nuovo? Poiché l'amore è unico, pensa Leo, e comprende in sé Hermann, o il suo ricordo, e ogni esperienza di là da venire. L'amore è assoluto, non si può comandare, accelerare, evitare, guidare. L'amore è totalità e pienezza. Per questo Leo sapeva che sarebbe di nuovo tornato a lui, ma quello che non sapeva era appunto il modo, l'accadimento con il quale amore avrebbe mostrato, di nuovo, il proprio volto. E ora, disteso accanto al corpo accaldato di Thomas conosce il viso con il quale l'amore è di nuovo venuto a toccargli la vita.

Amore è ora un corpo longilineo e asciutto, dalle membra ancora adolescenti, morbide, sinuose e nobili. È un viso allungato dalle forti mascelle squadrate. È una coppia di occhi intensi e neri su cui, ogni tanto, ricade un ciuffo di capelli color del miele scuro. È un particolare modo di muovere le mani o di lasciarle penzolanti, parallele alle gambe. È finalmente una voce, l'intonazione di un bacio soffocato, l'emozione di una risata aperta e squillante. È la sobrietà dei modi, l'essenzialità, la grazia di una entità che nel presente stato di questo sogno corrisponde al nome di Thomas, suona con le sue mani, bacia con le sue labbra color porpora, ama con i suoi lombi tesi.

Leo sfiora con le dita il collo di Thomas, risale verso l'orecchio e l'attaccatura dei capelli. Chiude gli occhi e un sorriso di pace gli distende le labbra. Sono ancora seduti sul tappeto, le schiene appoggiate alla parete, le gambe allungate in avanti. Leo è reclinato su Thomas, lo sta baciando, sfiorandolo con le labbra su ogni parte del viso. L'abbraccio è sempre più stretto nella ricerca di un contatto totale. I sessi si scontrano in una schermaglia ancora imperfetta, trattenuta dagli abiti, indistinta. Da quanto tempo Leo non sentiva più accanto a sé la presenza di un desiderio forte e impellente come questo? L'odore di un ragazzo, dei suoi capelli, del sudore leggero delle sue spalle, i movimenti di un corpo abbandonato fra le sue braccia forti, i fremiti di una muscolatura al contatto delle sue grandi mani? Thomas gli sta offrendo tutto questo con una disponibilità interiore che Leo avverte vibrante e adulta.

Si inginocchia accanto al corpo disteso di Thomas. Lo contempla facendo scorrere i suoi occhi dapprima sulle ginocchia appuntite, poi sulle cosce affusolate e strette ancora nei jeans. Ridiscende verso le gambe, le accarezza, le bacia, posa il suo sguardo sui piedi. Prende a sfilargli le scarpe, prima una e poi l'altra. Toglie le calze e scende con le labbra a baciargli le dita. Accarezza i piedi grandi e scultorei di Thomas. Avverte la morbidezza della sua pelle, la secchezza delle sue dita, la tensione delle caviglie. Scende con la lingua a baciargli il collo di ciascun piede reggendolo un poco sollevato nell'incavo delle sue mani raccolte a coppa. Si accarezza il viso con le estremità di Thomas, le stringe con ardore là dove lui è finitezza e separatezza.

Thomas allunga le braccia per toccarlo ma non può raggiungere Leo raccolto in quella posizione. Gli occhi si gonfiano, l'umore sta traboccando in lui. "Leo" sussurra, "komme hier, mein Lieber komme." Leo alza lentamente gli occhi. Incontra quelli di Thomas spalancati e quasi impauriti, trepidanti, là in fondo. "Io ti amo" gli dice inarcandosi su di lui.

"Io ti amo" gli ripete Thomas prima di accoglierlo, in un largo respiro di abbandono, fra le sue labbra.

Rimangono così per alcuni minuti rotolando sul tappeto verso il centro della stanza. Leo avverte le dita di Thomas che cercano un contatto con la sua pelle nuda, gli sbottonano la camicia, la gettano da parte. Allora si alza, gli circonda la schiena con un braccio mentre con l'altro lo afferra alle gambe. Si flette un istante, fa forza e lo solleva. Il cuore gli batte più forte, proprio dove Thomas ha appoggiato la testa. Si dirige verso il letto, solo una decina di passi in realtà, ma che lui vede come un percorso eterno, quello della madre con il figlio stretto in braccio. Sente che Thomas si sta inarcando, aggrappato al suo collo, nel tentativo di sollevarlo un poco dallo sforzo. Avverte la tensione dei propri muscoli, come un fastidio alle mascelle serrate, ma non vorrebbe privarsi di quel peso, del piacere che i denti e le labbra di Thomas provocano al suo petto. In prossimità del letto affretta i passi. Thomas ride preparandosi al tuffo. Cadono con violenza sulla spessa trapunta di piume, provocando un'impronta ben definita come fossero atterrati su uno strato di creta bagnata.

Di nuovo insieme, uniti, intrecciati nel calore del letto. Forse è sufficiente così per questo loro primo incontro. C'è un momento di allentamento che attraversa lo sguardo di Leo, la tensione del suo corpo, e che forse significa soltanto timore, paura per quello che li attende. Forse sarebbe meglio sprofondare nel sonno così, respirando uno nell'altro, scaldandosi reciprocamente nel letto di Thomas. Ma Leo sa che deve farsi forza, essere ben presente a se stesso, superare l'ostacolo che il loro amore sta costruendo. La loro storia, la loro attrazione è certamente fisica, ha a che fare con la bellezza dei corpi, la seduzione di uno sguardo, l'incarnato di una guancia o la flessuosità di un'andatura. Ma è anche altro. Molto altro. Per questo Leo avverte, nel momento dell'ormai completa intimità, il timore di quanto sta per accadere, la paura di rovinare tutto se mai non giungeranno a trovarsi nella prova estrema del confronto dei corpi. È il momento del silenzio prima della lotta.

Ma Thomas, come se avesse capito gli indugi di Leo, gli si accuccia di fianco, facendo aderire il proprio corpo a quello dell'altro. Gli prende le braccia e si circonda il petto come fosse lui, ora, a portarlo sulle spalle. Leo inizia a spingere, Thomas lo guida con i movimenti dei fianchi e con la mano. D'improvviso Leo avverte di esserci. Sente un leggero dolore all'inguine e una sensazione di compattezza che gli arriva fino al cervello. È caldo. Una confortante sensazione di tepore, di intimità. Vorrebbe parlare, cercare di esprimere con le parole quello che sta provando, la gratitudine per il dono di Thomas. Ma le parole si perdono nella sua mente, sa che esistono e che hanno una parte essenziale in quanto sta avvenendo, ma è come se non potessero affiorare alle labbra. Sono spinte nel circolo della sua mente, sempre più veloci come le biglie numerate nel cesto di una lotteria. Vagano da una parte all'altra, rimbalzano, schizzano via, ma non possono uscire. E Leo capisce che tutto questo non ha alcun senso, il senso è nel corpo di Thomas, nella quiete ansimante che gli sta offrendo, nel piacere di essere accolto, finalmente, nel mondo di un altro.

La luce del primo mattino entra nella stanza. Thomas sta dormendo un sonno leggero fatto di piccoli e impercettibili assestamenti. I suoi occhi si aprono e vedono Leo in piedi accanto al letto, in silenzio, impacciato.

"Buongiorno Thomas" soffia Leo con la voce che trema.

Thomas non risponde al saluto. Gira la testa lentamente verso il braccio in cui ha infilato l'ago ipodermico. Controlla, con quella che sembra una fatica estrema, il livello del flacone di glucosio che lo sta nutrendo. Leo gli si accosta. Lo tocca sulla mano.

"Come stai?"

Thomas lo inquadra nella luce dei suoi occhi neri. Scopre il lenzuolo e fa un cenno con la testa indicandogli il ventre. Una striscia di garza bianca e di cerotti lo attraversa dall'inguine al centro del petto. Dal fianco sinistro escono alcune cannule scure che scendono verso la parte nascosta del letto. Il padre di Thomas, ritto in un angolo, lo ricopre con un istintivo gesto di pudore. È lui che ha telefonato a Leo per dirgli, fra i singhiozzi, di venire a Monaco. "Mio figlio la vuole vedere. Faccia presto perché non abbiamo molto tempo."

Leo si trovava nella sua abitazione di Milano. Ha preso la macchina, ha viaggiato tutta la notte ed è arrivato alla clinica. Sono trascorsi cinque giorni dall'intervento chirurgico e dieci da quando Thomas ha avvertito per la prima volta degli insopportabili dolori al ventre. Fitte che gli scorticavano la carne, bruciori, come di veleni, che gli dissolvevano l'intestino. E l'addome così stranamente, innaturalmente, dilatato.

Leo non si sarebbe mai aspettato di trovarlo così sfiancato. Dimagrito in modo osceno, quasi mummificato. Il volto scavato, tirato sugli zigomi. Le labbra quasi scomparse, ridotte a un esile filo di pelle che non riesce a ricoprire i denti. I capelli rasati a zero. Le braccia e le gambe simili a quelle di un bambino denutrito. E quel ventre enorme, rivoltato e squartato. Del Thomas che ha conosciuto restano solo gli occhi, se possibile ancora più grandi, più larghi, più neri. Sono occhi che si muovono a fatica, che restano praticamente immobili e in cui le pupille sono quasi scomparse. Sono due buchi neri spalancati sul vuoto e che sembrano ossessivamente ripetere una sola cosa: "Non posso, non posso credere che stia succedendo a me".

"Papà, lasciaci soli, ti prego" dice Thomas. Anche la sua voce, un soffio appena percettibile, è completamente cambiata. Esile, infantile, femminea.

Il padre scuote la testa come per chiedere spiegazioni.

"Ho dei segreti" dice Thomas sforzandosi di sollevare con un sorriso l'imbarazzo del padre. Fa ricorso a un codice familiare, probabilmente a quando era un bambino e si ritirava con gli amici "per i segreti" fuori dalla portata dei genitori.

Il padre guarda Thomas facendogli capire che uscirà. "Solo cinque minuti" aggiunge.

Aspettano in silenzio che l'uomo esca. Rimasti soli Leo si siede sul letto e gli prende la mano portandosela al viso.

"Stringimi la mano, ti prego" dice Leo. "Stringimela forte."

"Ho avuto tanta paura di morire" sussurra Thomas guardando fisso davanti a sé.

Leo deglutisce. Avverte il calore della pelle di Thomas, ma anche la sua assenza. È come se l'enormità di quello che ha dovuto sopportare lo avesse già ucciso. Come se il terrore – che lo sta invadendo ora dopo ora, inesorabilmente – lo avesse già completamente annullato. Leo ha visto altre volte quello sguardo. Lo sguardo di un bambino palestinese che sta per essere ucciso. Di un piccolo negro agonizzante accanto al corpo della madre squarciato dalle bombe. Lo sguardo implorante di un piccolo indio dell'Amazzonia davanti allo sterminio della sua razza. Lo sguardo di chi sta morendo e implora senza fiducia un aiuto che non gli verrà dato. Bambini, bambini. E Thomas, bambino, che si rivolge al padre come tanti anni prima.

"Vedrai che uscirai presto. Il più è fatto. Cerca di recuperare un po' di forze. Ti porto in Spagna. Ci fermiamo al Grand Hotel di Saragozza a giocare a bingo. Tutto quello che vuoi... *Comencemos, primero número el sesenta y nueve, seis y nueve. Luego el ochenta y siete, ocho y siete. ¡ Linea!... ¡ Han cantado linea!"* Per anni si sono divertiti pronunciando queste frasi, recitando tutti i numeri del bingo. Ora Leo tenta di sorridere, senza convinzione.

"Tu stai bene vero?" lo interrompe Thomas.

Leo è imbarazzato per la propria integrità fisica. Vorrebbe dire, no, non sto per niente bene amore, ma capi-

sce che deve essere coraggioso e che finalmente Thomas
si è accorto di lui. Allora sente il bisogno di toccarlo in
un modo diverso. Gli scopre le gambe e le accarezza
lentamente dalle ginocchia fino ai glutei nudi. Gli sfiora
il sesso e l'inguine rasato. "Sei sempre così sexy per me,
Thomas" dice infine.

Thomas gira la testa dalla parte opposta chiudendo
lentamente le palpebre. Lui lo ricopre.

Il padre rientra. Leo capisce che deve andarsene.
Thomas è restituito, nel momento finale, alla famiglia,
alle stesse persone che l'hanno fatto nascere e che ora,
con il cuore devastato dalla sofferenza, stanno cercando
di aiutarlo a morire. Non c'è posto per lui in questa ri-
composizione parentale. Lui non ha sposato Thomas,
non ha avuto figli con lui, nessuno dei due porta per l'a-
nagrafe il nome dell'altro e non c'è un solo registro ca-
nonico sulla faccia della terra su cui siano vergate le fir-
me dei testimoni della loro unione. Eppure per oltre tre
anni si sono amati con passione, hanno vissuto insieme a
Parigi, a Milano, in giro per l'Europa. Hanno scritto insieme, hanno suonato, hanno ballato. Si sono azzuffati,
si sono strapazzati, anche odiati. Si sono amati. Ma è come se improvvisamente, accanto a quel letto d'agonia,
Leo si rendesse conto di aver vissuto non una grande
storia d'amore, ma una piccola avventura di collegio.
Come se gli dicessero vi siete divertiti e questo va bene.
Ma qui stiamo combattendo per la vita. Qui la vita è in
gioco. E noi, un padre, una madre, un figlio siamo le figure reali della vita.

Leo sente allora l'interezza della propria vita abissalmente separata dai grandi accadimenti del vivere e del
morire. Come se avesse sempre vissuto in una zona separata della società. Come se il suo star male al mondo,
o il suo essere felice, il suo vagabondare, tutto si fosse
svolto su un palcoscenico. Ora finiva la rappresentazione. I padri e le madri, la chiesa, lo stato, gli uffici d'anagrafe ristabilivano il loro possesso. Riordinavano, sep-
pellivano, consegnavano tutto alla polvere azzerante

degli archivi. Tutto meno l'insignificante dolore di un ragazzo estraneo.

Leo stringe la mano al padre di Thomas. Lo guarda negli occhi. Lo stesso viso di Thomas. Se Thomas avesse raggiunto i cinquant'anni sarebbe forse diventato così, un bel signore alto, dai modi distinti, un po' curvo sulle spalle con quelle incredibili sopracciglia folte e nere. Ma Thomas sta morendo. A venticinque anni. E lui, Leo, che ne ha solo quattro di più, si ritrova vedovo di un compagno che è come non avesse mai avuto; e, a proposito del quale, non esiste nemmeno una parola, in nessun vocabolario umano, che possa definire chi per lui è stato non un marito, non una moglie, non un amante, non solamente un compagno ma la parte essenziale di un nuovo e comune destino.

Guarda Thomas in fondo alla stanza e lo saluta. Gli dice "A presto, cerca di guarire" ma Thomas non risponde, né gli rivolge parola. Lo guarda con i suoi occhi neri, enormi, grandissimi, che si aggrappano con disperazione, con angoscia, con terrore a quella figura che sta uscendo per sempre dalla sua vita. Leo non può più sopportare quegli occhi spalancati. Vede solo quelli. La stanza intera è fatta degli occhi di Thomas. Abbassa la testa ed esce balbettando ancora qualche frase di circostanza. È ben consapevole che si porterà dentro per anni, fino alla fine, lo sguardo del bambino-Thomas sul letto estremo della sua camera separata.

Quando ritorna a Milano è un'altra volta notte. La sua auto scivola sulle strade pressoché deserte fin sotto la sua abitazione. Entra in casa, accende la luce, va in cucina. Si siede davanti a un bicchiere di birra. Fuma una, due, tre, quattro sigarette fissando il televisore spento. Gli oggetti attorno gli sembrano nuovi o quantomeno emergono dall'abitudine del suo sguardo con una pesantezza inedita. Si rende conto, quasi per la prima volta, che c'è una coppia di preziosi vasi cinesi posti sulla credenza; un velo di polvere rende opache le scatole di tè indiano; la pianta, un ficus alto più di due metri, ha bisogno di acqua, le sue foglie di essere vaporizzate, forse.

Al di là del piccolo terrazzo, la muraglia nera dell'immenso palazzo di fronte chiude ogni prospettiva al cielo. La sterminata parete di finestre è spenta e buia. C'è un silenzio grave. Fra le centinaia e centinaia di persone che dormono a pochi metri da lui, Leo è il solo a sapere che Thomas sta morendo. Anche se non vorrebbe, per nessuna ragione al mondo, la sua vita sta cambiando. E non sa assolutamente in quale direzione. Si sente come se dovesse montare un turno di guardia. È stanco, è senza forze, lo aspetta una notte buia, solitaria, con un fucile in mano in attesa di nemici che non verranno, di ladri o di terroristi che non passeranno mai sotto alla sua garitta. Non ne ha nessuna voglia. È solo, nelle tenebre, a vegliare la propria angoscia. Gli occhi che solo qualche ora fa hanno visto la morte già non guardano più nello stesso modo.

Anni e anni prima, quando aveva poco più di vent'anni, forse era successo un avvenimento analogo. E lui s'era accorto, nel crescere, che quel particolare fatto non era stato nient'altro che il superamento traumatico, violentissimo, della barriera che lo teneva racchiuso nella sua adolescenza, nei suoi miti, nelle sue illusioni. Quasi improvvisamente si era reso conto di essere un uomo. Non era più il ragazzo e non era più l'immortale. Lui che aveva sempre pensato alla morte come a un'amica con cui dialogare durante i giorni bui della scuola – quando nessun altro gli sembrava disposto ad accoglierlo teneramente in braccio – di colpo ebbe il terrore di morire. Si vide morto, con la consapevolezza di esserlo. E questo fu insostenibile.

Stava correndo su una vecchia Opel scassata lungo le piccole e dritte strade provinciali distese come una ragnatela nella grande campagna del Po, insieme a due ragazzi di cui non sapeva assolutamente nulla. Nell'aria c'era ancora il profumo dell'uva appena vendemmiata e la nebbia che saliva, in quel tramonto autunnale, dai fossi e dai bacini d'irrigazione pareva il lento respiro della terra in procinto di addormentarsi. Le foglie dei pioppi e degli olmi ingiallivano e marcivano ai bordi della strada. L'odore della terra gli entrava dentro, forte e vitale. Si era sporto dal finestrino e sfidava il freddo. Gli altri cantavano seguendo il rock sparato dallo stereo. Quello che guidava era un tipo magrissimo, capelli lunghi e sporchi, vestito di jeans. Portava un paio di piccoli occhiali riparati in più punti con strisce di cerotto ormai nerastro e appiccicoso. Aveva un po' di barba sulla punta del mento e sotto le orecchie. In bocca gli mancavano gli incisivi, aveva questa finestra nera e le parole che pronunciava venivano storpiate in un modo che Leo trovava divertente. Nonostante questo aveva già aperto, con i molari, tre bottiglioni di birra, sputando poi i tappi metallici fuori dal finestrino insieme a un po' di sangue e alla spuma bianca della birra.

L'altro era un tipo belloccio, ben piantato, con i capelli a spazzola. Faceva il servizio militare e era in licenza di convalescenza. Se ne stava dietro e ridacchiava. Aveva beccato le piattole, la scabbia o qualcosa del genere. Aveva delle croste rossastre sui polsi e sulle gambe. Era costretto a usare una crema antiparassitaria dall'odore nauseante. Ma non pareva preoccuparsi troppo di tutto questo.

Leo li aveva incontrati nel bar dietro al vecchio teatro, in città. Stava bevendo qualche liquore, aveva i capelli lunghi fin sopra le spalle e non aveva un soldo. Una ragazza del giro era tornata dalla galera da pochi giorni e lo aveva avvicinato chiedendogli dove avrebbe potuto trovare della roba, subito. Lui le aveva risposto alzando le spalle, ma lei era tornata alla carica. Così, quando arrivarono i due, lo sdentato e il piattolaio, tutto si svolse nel giro di pochi minuti. Salirono in macchina e partirono. In tasca Leo aveva le cinquantamila lire della ragazza. Non si era fidata a lasciare i soldi a quei due. E, d'altra parte, quelli, incensurati, non la volevano perché troppo sporca.

La destinazione era una piccola partita di roba. Tossici di mezza bassa stavano rastrellando i bar per raccogliere una somma tanto consistente da permettere condizioni migliori di pagamento al momento della spartizione. Erano mesi che la roba non arrivava e ora c'era questo carico a una sessantina di chilometri, in un casolare verso il Po. Perché lui avesse accettato così istintivamente di salire su quella macchina, lui che non faceva uso di droghe, o quantomeno non di quelle pesanti, non avrebbe saputo dirlo. La sua immaginazione era stata eccitata e questa era una ragione sufficiente. Avrebbe voluto scriverne; andare, vedere e tornarsene poi indietro a raccontare. Era una ragione sufficiente. Aveva vent'anni e aveva bisogno di storie. Ma il motivo profondo per cui era partito sarebbe esploso pericolosamente solo qualche ora più tardi. Si trattava solamente di un viaggio, di un paio d'ore, in una straziante giornata d'autunno in cui il sole era ancora alto nel cielo. Avrebbe sentito musica, bevuto birra, visto e testimoniato. Non c'era pericolo se non per la polizia, ma lui avrebbe saputo difendersi e non si sarebbe mai fatto trovare con la roba addosso, non l'avrebbe nemmeno toccata. Un'ora per andare, un'ora per lo smercio e un'altra ora sulla via del ritorno. Un'avventura eccitante e nessuna controindicazione. Tutto a posto.

L'auto era lanciata sulle strade deserte della provincia e lui respirava l'aria sacra della sua terra. E si sentiva forte, si sentiva nel giusto. Non avrebbe mai immaginato che per tornare gli sarebbero in realtà occorsi anni e anni.

Arrivarono in zona quando il sole era ormai scomparso dietro un profilo di pioppi. Parcheggiarono l'auto lungo un viottolo di campagna. In fondo c'era una casa colonica. Nessuna macchina in giro, nessuna luce, silenzio, ormai tenebre.

"È sicuro che sia qui?" disse Leo deluso.

Il tipo che guidava non rispose.

"Merda! Sei sicuro che questo è il posto?" urlò quello che stava dietro. Scese dalla macchina sbattendo la porta. Tirò fuori il cazzo e pisciò sulla strada.

"Sì certo che è questo" balbettò lo sdentato. "Avranno cambiato posto. Qualcosa sarà andato storto, che ne so?"

L'altro risalì in macchina bestemmiando. Leo cominciò a sentirsi a disagio. Capì che il loro terzetto di perfetti sconosciuti avrebbe potuto sfasciarsi da un momento all'altro. Disse qualcosa, aspettiamo un po', magari qualcuno si farà vivo, ma lo disse senza troppa convinzione. Lo sdentato stappò alla sua maniera l'ultima bottiglia di birra. Si tagliò un labbro e sputò sangue. Qualche istante dopo arrivò un'auto a fari spenti. Scesero due ragazzi. Si avvicinarono con cautela. Prima di parlare guardarono bene le facce di Leo e degli altri due che avevano abbassato i finestrini e stavano seduti immobili. Sembravano tutti animali che si fiutano, indecisi se fidarsi o meno. Poi uno disse: "Te ti conosco, sei amico di Riccio, no?".

Lo sdentato annuì. "Merda qui non c'è nessuno" disse infine.

"Forse sono dal Bachi allora" fece l'altro. "Sta da queste parti."

"Chi è Bachi?" disse quello seduto alle spalle di Leo.

Nessuno gli rispose. "Si prova ad andare là" disse sempre chino sul finestrino. "Voi che fate?"

Lo sdentato avviò la macchina.

La casa di questo Bachi non era propriamente una casa, ma un casello ferroviario abbandonato che era stato rimesso a posto. Stava al centro di una campagna larghissima e senza alberi. Dalla provinciale si vedeva solo quella piccola costruzione, in lontananza, ma nessuna via d'accesso. I binari in disuso correvano paralleli all'asfalto. Era una massicciata minima, sembrava quasi a scartamento ridotto. Era situata un po' più in alto del livello stradale e l'erba vi cresceva in mezzo. Finalmente trovarono un viottolo sterrato per svoltare. Era largo non più di un metro. Le ruote delle auto dovettero infilarsi nei due solchi profondi lasciati da qualche pesante

macchina agricola. Un centinaio di metri più avanti trovarono una sbarra di ferro e un cartello arrugginito di
divieto di accesso. Leo ebbe un presentimento, ma durò
un attimo.

Lasciarono le macchine alle spalle della piccola costruzione in modo da non renderle visibili dalla strada.
Ce n'erano altre due e qualche motocicletta. Si aprì una
finestra e, nel buio, una voce disse di entrare. Leo preferì starsene in macchina. Immaginava che gli altri sarebbero tornati entro pochi minuti, non trovando quello
per cui erano venuti. Passò invece mezz'ora. Poi un'ora.
Il silenzio era irreale, angoscioso. Nessuno usciva da
quella casa, nessun rumore, nessuna luce filtrava all'e-
sterno. Scese dall'auto e picchiò alla porta. Niente. Cominciò a preoccuparsi. Le auto erano ancora lì, quindi
sarebbero tornati. Ma perché tanto tempo? E perché
nessuno veniva a dirgli qualcosa? Picchiò ancora più
forte. La finestra si aprì e un po' di luce illuminò la scritta semicancellata "Posto di blocco n. 84".

"Che state facendo?" gridò Leo allo sconosciuto.
"Perché quei due non scendono?"

La finestra si richiuse e qualcuno scese a aprirgli. Decise di salire al piano superiore. Si ritrovò in un unico
stanzone con qualche materasso in terra, pezzi di stoffa
indiana alle pareti, cuscini sporchi, lacerati o chiazzati.
C'erano due cani che si muovevano, vecchi e spelacchia-
ti, fra la gente sdraiata in terra. C'erano delle tazze piene
di cenere e mozziconi, degli incensi che bruciavano, scatole di medicinali aperte, un po' di tè che girava. Saranno stati una decina. E Leo capì che almeno la metà di loro era completamente strafatta. L'odore dell'hascisc era
forte, qualcuno fumava, ma c'era troppa stagnola accartocciata in giro per non capire che quelli si erano fatti
qualcos'altro in vena.

Andò dal tipo che guidava l'auto e gli disse che era
ora di andarsene. Quello fece sì con la testa e ripiombò
nell'assenza. Leo rabbrividì e le gambe cominciarono a
tremargli. Si sentiva a disagio, di più, male. Prese un

paio di tiri di fumo e bevve quell'intruglio verdastro. Sentì una piacevole sensazione di caldo allo stomaco e ne bevve ancora. Cominciò a sciogliersi. Tutta la tensione che aveva accumulato nell'auto e prima, davanti a quella casa sbagliata, cominciò ad allentarsi. Si sentì bene e accettò ancora del fumo e poi masticò delle foglie marroni, bevve ancora quell'intruglio e fumò di nuovo. Le facce che gli stavano intorno gli sembrarono un po' più amiche e un po' più familiari. Si stava lasciando andare, dopotutto poteva rimanere anche tutta la notte in quello stato. Avrebbe chiacchierato con loro e fatto mattino. Stava quasi per abbandonarsi alle sue visioni quando un pensiero improvviso lo turbò. Era una sensazione strana, dapprima solamente fastidiosa. Poi sempre più difficile da sopportare. Era un disagio che gli cresceva dentro con la pesantezza di un blocco di carne. Si sforzò di ricordare, ma non vi riuscì. Le facce attorno a lui cominciarono a diventare ostili, difficili, sempre più malvagie. Lo stavano corrompendo. I mangiatori di loto lo stavano distogliendo dalla sua missione. Ecco, ricordava: doveva tornarsene a casa e portare la roba a quella ragazza. Non poteva passare la notte in quel posto, fra materassi puzzolenti di piscio di cane e gente sbracata in terra che voleva ammazzarlo. Doveva tornarsene a casa, a scrivere. Aveva un dovere da compiere. Quella non era la sua gente e lui doveva tornarsene dai suoi al più presto. Fu così che incominciò a sentire freddo, sempre di più. Come un tremore che lo scuoteva con intensità progressiva fin dal profondo delle ossa. Cominciò a tremare tutto. Si guardò intorno, ma nessuno sembrava accorgersi di quello che gli stava capitando. Andò dal belloccio che puzzava di antiparassitari e gli disse: "Avete preso la roba?".

"Che roba?"

"La merda, perdio!" urlò Leo.

Quello che doveva essere Bachi, un tipo di trent'anni quasi calvo con la barba lunga disse: "C'è qualcosa che

non va amico? Sei a casa mia, perché dici che qualcosa
non va?".

Leo gli si avvicinò. "Sono in macchina con questi due.
Devo tornare, non posso stare qua. Gli hai dato la roba?
E allora andiamocene. I patti non erano questi, siamo in
giro da tutto il pomeriggio ormai."

Bachi lo guardò toccandolo su un braccio. "Quale
roba?"

Leo chiuse gli occhi e si sentì impazzire. Si sforzò di
mantenersi calmo. "Tu non hai niente qui?" disse quasi
implorando.

"La roba arriva all'alba. Stiamo aspettando. Stai calmo. Fra un po' andremo all'appuntamento."

"Io non posso aspettare!" gridò Leo. Girò per la stanza. Sentiva le sue idee sempre più confuse, lontane, non
riusciva a trattenere i pensieri. Non capiva ormai più cosa stesse facendo in mezzo a quella gente, ma ancora riusciva a ricordare che doveva tornare. C'era qualcosa che
doveva fare, ma ben presto se ne dimenticò. Fu in quel
momento, quando perse traccia di sé, che iniziò il viaggio. Tremava tutto, sudava e sentiva la necessità di correre. Scappò fuori e prese a girare furiosamente attorno
alla costruzione, sempre più in fretta. La luna era alta
nel cielo. Luminosissima, enorme. Leo era in grado di
vedere la propria ombra. Ebbe paura e cercò di nascondersi. Ma era impossibile. Corse lungo il viottolo sterrato e arrivò sulla strada asfaltata. Correva sempre. I pioppi sfilavano veloci ai lati del suo sguardo, gli pareva di
correre a cento chilometri all'ora, poi capì che stava andando più forte, sempre più forte e che non c'era nessuna velocità paragonabile a quella dei suoi pensieri che si
rincorrevano e nascevano e morivano uno nell'altro e lui
non capiva, chiedeva, chiedeva, continuava a porre domande nel tentativo di comprendere, ma ormai milioni
di altri problemi, facce, idee, situazioni erano scoppiate
nel suo cervello e niente riusciva a fermarle. Lui pregava
e implorava, in quella corsa, di potersi arrestare, di potersi fermare un istante su un'idea o su di un pensiero,

ma non era possibile. La vertigine lo trascinava in un gorgo senza alto né basso, senza sotto né sopra, all'interno stesso dell'idea di vertigine, nell'essenza stessa di una parola che non esisteva. Quando arrivò a vedere questo – poiché non riusciva più a capire, comprendere, realizzare, ma solo a vedere con gli occhi sbarrati – ebbe un istante di orrore. Alzò gli occhi verso la notte e improvvisamente fu in orbita. Tutto scoppiava attorno a lui. Era all'interno di un proiettile sparato nello spazio che andava sempre più forte, che bruciava milioni di miliardi di anni luce e lui stava dentro e andava, e correva, correva sempre più veloce. Vedeva la terra lontana, ridotta a un piccolo punto nerastro assorbito dal buio della notte, ma quale terra vedeva? Lui non era di questo mondo, sentiva di non esserlo mai stato, non aveva genitori, non aveva figli, non aveva nessuno che lo amasse, nessuno che lo trattenesse a terra, nessuno che fosse in viaggio con lui. Era solo, perduto a velocità interstellare, nel buio del firmamento, sparato sempre più lontano, sempre più distante. Per sempre.

Corse ancora più forte, abbandonando la strada e attraversando i campi. Non sentiva la fatica, non sentiva il battito del proprio cuore, né il respiro che gli gelava i denti. Non sentiva né il freddo né il caldo, né il bene né il male. Era troppo abissalmente lontano. Cadde in un fossato. C'era poca acqua, una ventina di centimetri di poltiglia fangosa la cui superficie stava già ghiacciando. Lui prese a camminare seguendo il percorso del fosso. Avanzava lentamente ora e anche i suoi pensieri rallentarono. Non si rendeva conto di quanto tempo fosse passato. Ma passato da quando? Quando era iniziata la storia? E che genere di storia? La sua storia? O quella dell'Altro? Ma chi era lui? Era profondamente se stesso, ma nello stesso tempo era nessuno. Nessuno. Sentì di impazzire, una, dieci, cento milioni di volte. Sentiva nel suo cervello le cellule cerebrali bruciarsi, rendersi incandescenti e germogliare continuamente una nell'altra, friggere e schizzare, morire, dissolversi e sempre milioni di altri gangli nervosi venire in avanti. Sentiva il brusio dei neuroni correre impazziti da un lato all'altro di un labirinto che non aveva lati e che, pur ristretto nel suo corpo finito, non avrebbe mai avuto un limite, piccolo sempre più piccolo, sempre più profondo fino ad arrivare nell'universo, verso quei confini astrali che lui sentiva sempre più vicini, sempre più prossimi, e allora quando sarebbe arrivato laggiù – e ormai ne vedeva la luce, poiché oltre quei confini c'era una luce – sarebbe precipitato e non sarebbe mai più, mai più tornato indietro.

Cominciò a piangere. Cadde e pianse. La luce si avvicinava e lui non voleva cadervi. Voleva frenare, voleva arrestarsi, non voleva arrivare a quei bordi dell'universo. Voleva morire e trovare la pace. Ma era già morto e sapeva che la pace non era nemmeno là. La luce era sempre più potente e più bianca finché lui gridò ancora più forte e sentì un boato e un dolore insopportabile alle tempie. Gridò "No! No!" ma gli scoppi si susseguirono, uno nell'altro. Tutto esplodeva e la luce era sempre più accecante. Il nero del cielo era scomparso.

Improvvisamente si vide, anche se dall'esterno, anche se da molto distante. Si vide in quel fosso e fu come se lo riconoscesse. Cercò di ancorarsi a quello che sentiva, che toccava con le sue mani, che portava alla bocca e che aveva un sapore di acquitrino, di pantano, di marcio ma che lui poteva ancora ricordare, situare in una visione "reale". Bevve quell'acqua e la chiamò acqua e chiamò fango il fango e si sentì allora un po' meglio. Si era tagliato e toccò quello che avrebbe giurato si chiamasse sangue e fosse riconducibile per lui a quella parola, ma non era "sangue". Era un'altra cosa che gli uomini avevano chiamato sangue ma che lui in quel momento sapeva, con una certezza assoluta, tagliente quasi, che da sempre aveva un altro nome. Le cose si ingigantivano dentro di lui e schiodavano, facevano saltare i sensi. I suoi sensi e il senso della realtà e il senso di quell'irrealtà che sono le parole. Come ogni uomo lui aveva solo quelle per restare sulla terra. La loro terapia lo avrebbe salvato. Pregò che non lo lasciassero.

Arrivò sulla via principale di un paese. Non c'era nessuno in giro. Camminò rasente i muri, urtando più volte contro le colonne dei portici. Si trovò di fronte a una bacheca lunga all'incirca un metro e mezzo. Era di ferro, arrugginita in un angolo e conteneva le pagine spiegate di un quotidiano. Una rete metallica, dalle piccole maglie, tratteneva i fogli. Cominciò a leggere, senza capire. Lesse a alta voce cominciando dalla prima parola e sillabando tutto, le virgole, i punti, gli a capo, le maiuscole, facendosi un po' di luce con i fiammiferi infraditici che aveva in tasca e aiutandosi, per non perdere le righe, con la punta delle dita scorticate dalle maglie di ferro. Rimase qualche ora. La nebbia era entrata in paese e fumava sotto le arcate dei portici come soffiata da una turbina. Capì che era il momento di andarsene.

Uscì dal paese, attraversò altre strade di campagna finché non sentì un senso di sospensione enorme, grandissimo, fra la terra e il cielo e il fiume. Stava albeggiando, le stelle erano piccoli punti traslucidi che brillavano con grazia. Fece un grande respiro e si accorse di essere arrivato al delta del fiume.

Sulla spiaggia sporca e fredda si spogliò. Radunò degli sterpi, dei fogli di giornale e accese un piccolo fuoco. Completamente nudo andò verso l'acqua, si lavò e tornò al fuoco. Ogni cosa che faceva, ogni azione, ogni gesto, era in un certo senso automatico. Non riusciva a decidere niente, ma si vedeva agire e questa azione lo rincuorava. Tutto nasceva dal mare. E al mare lui era tornato. Il chiarore si fece più deciso. Guardò l'acqua e vide milioni di esseri nascere e giungere sulla spiaggia portati dall'onda e poi sparire quando altri milioni stavano già per arrivare. Lui era uno di quegli esseri. Era una piccola cellula trasparente con un nucleo pulsante. Alla successiva ondata era una molecola e a quella dopo già un'entità. Poi un animale, un altro animale ancora – ma era sempre lui, ne era certo. Finché tutto tacque e dal mare non uscì più nessuno.

Pensò a sua madre e pianse. Pensò alla madre di sua

madre, e alla madre della madre di sua madre. E si sentì abbandonato. Pianse di nuovo. Si vedeva come un feto abortito sballottato da un utero all'altro attraverso milioni di anni. Non era più Nessuno e Nulla. Era una individualità che soffriva nel divenire. Poi pensò che tutte queste immagini di madri, di grembi e quindi di linguaggi che aveva appreso altro non erano che le figure di una incarnazione. Pensò che stava tornando a casa e questo gli diede fiducia. Stava incarnandosi di nuovo, in riva a quel mare, nella sua storia. Stava discendendo in sé e questa discesa muta, senza parole, avveniva come un aggiustamento continuo di prospettiva. Era nello stesso tempo milioni di vite, ma sempre più una sola vita. Non voleva più capire, aveva il terrore di cercare di fermare quelle visioni come aveva fatto ore, o secoli, o addirittura ere prima. Si abbandonava a quanto nasceva nella sua testa. Era l'angoscia. Ma un'angoscia differente da quella che quasi lo aveva ammazzato alcune ore prima. Era accaduto che avesse provato, nella propria sostanza biologica, la solitudine cosmica, la confusione, il Nulla. E che avesse chiesto a questo nulla una spiegazione pensando come un sasso, un fiume, un albero, un pesce. Ora invece la sua angoscia era quella di miliardi di altri uomini; era, in un certo senso, incarnata in una specie dell'universo. Non si trovava più in un delirio assoluto dell'essere, del vivere o dell'esistere, ma in quello del conoscere dal momento che aveva stabilito, in riva al mare, di non essere affatto morto – come invece credeva alcune ore, o secoli, o ere prima. E la sua discesa a terra avveniva attraverso immagini di donne, di grembi e di linguaggi.

Uno strato di parole sull'altro veniva a ricoprirlo, a proteggerlo, a riscaldarlo. La maestra elementare era china su di lui, gli teneva il braccio e lo accompagnava con tenerezza in un gesto che miracolosamente vergava con l'inchiostro sul foglio un'idea, una sensazione, un mondo. E lui sentiva il profumo del rossetto di quella sua maestra e ne era deliziato. Le parole che si formavano sotto ai suoi occhi di bambino, appena graffiate dal pennino sulla carta, avevano il profumo delle labbra dell'insegnante. Sua madre venne a prenderlo all'uscita di scuola. Era in bicicletta. Aveva un grembiule bianco e un sacchetto di pane caldo appeso al manubrio. Lui le corse incontro, lei prese la cartella e lo mise sul seggiolino. Gli chiese come fosse andato quel primo giorno di scuola e lui rise, guardandola. E vide le sue labbra e ebbe voglia di baciarla. Provò una gioia dolcissima perché gli sembrò che quelle prime parole che aveva scritto avessero il sapore del pane e il profumo di un buon rossetto.

Restò immobile davanti al mare per ore e ore, insensibile al freddo, alla fame, alla stanchezza. Non sentiva niente del suo corpo e i movimenti erano sempre più faticosi, indolenti, lentissimi. Più tardi, senza sapere come potesse trovarsi da quelle parti – ricordava un treno elettrico dondolante nella campagna e l'autista di un camion – avvertì con certezza che stava tornando a casa, che era sempre più vicino al riposo e alla quiete. E fu un odore a riportarlo a casa. A fargli capire che stava ormai arrivando, che il viaggio, o almeno quella parte eccessiva del viaggio, stava per avere termine. L'odore era forte, distinguibile fra le nebbie profumate di vino e di terra marcia. Gli fece allargare i polmoni e camminare ricurvo per trattenerlo maggiormente. Era l'odore della sua terra, di una campagna in cui vivevano più porci che uomini. Era l'odore delle porcilaie, dei maiali, del loro liquame raccolto in grandi latrine per essere riconvertito in energia. I maiali. Più porci che uomini.

Quella volta, in riva al delta del Po, Leo seppe che la sua prima giovinezza era finita con la consapevolezza dolorosa di essere uno dei miliardi di esseri in gioco. Non era più un ragazzo. Aveva voluto chiedere e cercare di capire e, sferzato da questo bisogno, si era spinto troppo lontano. Aveva viaggiato fino alle soglie dell'abisso per tornarsene completamente sconfitto, senza più certezze, senza risposte, ma ormai anche senza più domande. Avrebbe dovuto ricostruirsi, giorno dopo giorno, re-imparare in un modo diverso tutto quanto sapeva poiché l'assurdità aveva cancellato in lui le tracce del passato. Era, in un certo senso, una persona nuova; o forse era semplicemente morto un Leo e ne era nato uno diverso. Non avrebbe più studiato filosofia, né le religioni orientali, né l'ebraico, né i mistici medioevali. Non si sarebbe più chiesto il senso ultimo delle cose, poiché aveva sperimentato che questo non esisteva e che se mai, da qualche parte, un senso finale poteva apparire questo era solamente il Caos, e gli uomini solo attori di un piccolo gioco insensato la cui efferatezza numerica nessuno avrebbe mai potuto comprendere. Ma si trattava pur sempre di un gioco, e ogni gioco si regge su regole che lo rendono possibile. Leo avrebbe imparato le regole. Avrebbe obbedito, avrebbe accettato. Non si sarebbe mai più irrigidito. Avrebbe cancellato l'assoluto.

Così, giorno dopo giorno, anno dopo anno, il nuovo Leo era cresciuto e si era rafforzato. Il suo sguardo era profondamente cambiato. Era la stessa persona, ma portava in sé la traccia sanguinante di un aborto, di un Leo che si era bruciato. Conservava nel profondo le cicatrici e le fratture dell'altro. E ogni tanto, seguendo le regole come un bravo scolaretto, le riapriva e le cambiava di luogo. E solo in questo spostamento della frattura primaria e assoluta lui riuscì ad avere un po' di pace.

In quest'altra notte gravida del pensiero di Thomas che sta morendo Leo sente che tutto ancora sta cambiando. Gli sembrava di avere raggiunto un equilibrio con il suo amico, ma ora tutto è di nuovo in gioco. E nel modo più crudele. Fra pochi giorni sarà un'altra volta ancora più solo lungo il suo cammino. E questa volta non sa come il lutto, profondo e sacro, che sta iniziando per la prima volta a portare potrà cambiarlo. Deve iniziare la sua ronda di notte. Con le lacrime agli occhi si prende la testa fra le mani e pronuncia le sillabe del nome di Thomas, come per trattenerlo ancora a sé.

Nello stesso momento, a centinaia di chilometri di distanza, uno costretto nel suo letto di ospedale e l'altro impietrito sulla rigida seggiola di un tinello, sono entrambi ragazzi che hanno una paura indicibile di morire.

Secondo movimento

IL MONDO DI LEO

Ogni anno l'autunno gli porta di questi sentimenti. Bisogno di silenzi, di solitudine, di ricordi. Bisogno di dormire. Di ricapitolarsi. Bisogno d'interiorità. La terra lo chiama a sé e lo invita a raccogliersi. E lui, che è nato nel chiarore sospeso di un giorno di fine estate e che è impastato di terra nera, di odori di foglie marce, di acquitrini e di nebbie fin nel profondo, sente questo richiamo e lo segue. Sul finire dell'estate, una mattina, lascia la sua casa e si mette in viaggio.

Agli amici che gli chiedono perché stia partendo lui dà una risposta vaga, sforzandosi di renderla credibile. Dice che parte per lavoro, che andrà a Londra per scrivere alcune corrispondenze, che tornerà entro pochi mesi. Deve mentire per circoscrivere le attenzioni un po' ansiose di chi gli vuole bene. Si sente prigioniero del buon senso dei suoi amici che mai si metterebbero in viaggio senza programmare né prenotare. Li vede perplessi e sente il loro imbarazzo nell'eludere, cautamente, l'unica domanda che vorrebbero fargli: "Cosa di tanto grave ti sta succedendo, Leo?". E continua a mentire, a divagare, a comunicare, per tranquillizzarli, indirizzi ai quali non abiterà mai.

In realtà mente perché avverte in sé tutta l'esilità delle proprie motivazioni. Sa solamente che deve mettersi in viaggio. Non sa più cosa fare di se stesso. Vorrebbe dormire anni, mille anni, sdraiato in un bosco silenzioso, su di un letto di foglie gialle abbaglianti, o rosse come la vite a ottobre, o arancioni come gli aceri canadesi, o carnosamente violacee. E ridestarsi cambiato. Vorrebbe camminare in silenzio attraverso i monti seguendo solamente il fruscio dei propri passi e del proprio respiro. Vorrebbe sentire dentro di sé l'odore della terra che si risveglia all'alba e che continua a dissolversi e marcire. Vorrebbe scomparire assorbito dai vapori di una torbiera fumante. Vorrebbe non tornare mai più dal suo viaggio, perdersi su un binario morto e scomparire senza lasciarsi dietro alcuna traccia.

Non ha fissato una meta precisa. Ha intenzione di fare un viaggio lento, in treno, attraverso l'Europa. Evitare i centri importanti e le capitali. Fermarsi a dormire nelle piccole città di provincia, sedersi ai tavoli delle osterie e delle birrerie di paese. Andare a letto la sera presto e svegliarsi ogni giorno quando ancora fa buio. Ha comprato un biglietto chilometrico valido tre mesi. Ha radunato il suo bagaglio in tre sacche. Ha portato con sé un solo libro che intende leggere, riga dopo riga, come i versetti della Bibbia. Ha un quaderno per scrivere e un walkman per ascoltare musica. In questo modo si sente meglio attrezzato per la sua spedizione oltre i confini del corpo di Thomas.

L'autunno del continente lo sta abbagliando. Tutto va verso la quiete e il silenzio. Le foreste scoppiano di colori e il sottobosco muore accendendosi di una combustione progressiva, prima il rosso, poi l'arancione, il giallo, il ruggine, il viola, il nero. Come se il vento spingesse ogni giorno nell'aria una tonalità differente e gli arbusti e le piante assorbissero, a ondate, quell'aria pigmentata. E ogni tanto interi versanti delle colline bruciati dalle piogge acide. Alberi già scheletriti, neri, esili, carbonizzati.

Ora sta attraversando la Renania. Il fiume è gonfio, grigio metallizzato. Le chiatte procedono lentamente e a lui sembrano in procinto di inabissarsi. Chiude gli occhi. Con Thomas aveva viaggiato in auto lungo la strada che scorge ora parallela al suo finestrino. Era primavera, aprile forse, e stavano dirigendosi a Colonia. Leo aveva raggiunto Thomas a Monaco dove viveva la sua famiglia. Avevano dormito insieme alla *Deutsche Eiche.*

Bevvero molta birra giù nella taverna, seduti sulle panche di legno, sotto un soffitto di palloncini colorati e davanti a una vecchia e gigantesca stufa di maiolica. Intorno a loro c'erano decine di uomini fra i trenta e i cinquant'anni con calzoni di pelle nera, giubbotti di cuoio adorni di borchie e catene, canotte nere tesissime sui ventri gonfi. Le loro barbe gocciolavano birra. Ridevano. Molti portavano orecchini o collari di strass. Alcuni anche i pantaloni corti tirolesi. I più anziani ciondolavano sulle panche reggendosi alle braccia di chi sedeva di fianco. I più giovani ordinavano da bere, chiamavano il cameriere che indossava un paio di calze a rete, aveva tacchi altissimi, baffi neri, e un giubbotto di cuoio. Gli lanciavano pacche sul culo; quello cercava di evitarle muovendosi come in una danza del ventre. Rideva, gridava qualche battuta, faceva il suo show sedendosi sulle ginocchia dei *leather men.*

Quello che si svolgeva alla *Deutsche Eiche* quella sera, come migliaia di altre sere, era il rito di una comunità. Gli atteggiamenti, i gesti, le parole, l'abbigliamento, quegli stivali e quelle borchie, tutto era coerente allo svolgimento di una liturgia dalla quale Leo si sentiva profondamente escluso ma che, nello stesso tempo, gli apparteneva. E se lui spiava quei comportamenti, se, in sostanza, stava bene in quel posto era perché era consapevole di assistere al modo in cui una minoranza risolveva il problema della propria diversità. E anche se lui si sentiva estraneo alla cerimonia, a quella che poteva apparire dall'esterno addirittura come una perversione malinconica, lui apprezzava semplicemente il fatto che esistesse. Non partecipava di quella messinscena. Ma ne riconosceva la motivazione. E riconoscendola la legittimava.

Seguì Thomas nel giro di boccali una, due, cinque volte finché non si sentì ubriaco. Vedeva l'amico cantare o chiacchierare con qualcuno. Continuarono a bere aggiungendo *Steinhäger* alla birra. Poi passarono in cucina, chiesero il numero della camera e salirono al secondo piano. Non c'erano chiavi. E lungo il percorso Leo vide alcune stanze aperte con qualcuno che sul letto, sotto la luce rossa dell'abat-jour, faceva l'amore o invitava a entrare. La camera era ampia, ma priva di qualsiasi comodità. Non c'era telefono, né riscaldamento, né armadi. Il bagno era uno stanzino gelido e piccolo e lo spioncino, che dava su un cortile, aveva i vetri rotti e l'intelaiatura di vernice scrostata. Si spogliarono e si gettarono sotto al piumone. Erano ghiacciati dal freddo. Si abbracciarono.

Il giorno dopo qualcuno aveva bussato alla porta con insistenza, era entrato e aveva dato amichevolmente la sveglia. Avevano lasciato Monaco verso le undici. Thomas era al volante della sua scassatissima Citroën e guidava tenendo la mano di Leo. Ogni tanto la portava alle labbra. Leo guardava sulla carta l'itinerario.

Giunsero a Colonia. Leo incontrò, la sera a cena, qualche accademico, un funzionario dell'Ambasciata italiana, un paio di giornalisti tedeschi. Parlarono di una manifestazione letteraria. Leo si avvaleva di Thomas in qualità di interprete. E quando parlavano in italiano era lui a tradurgli il senso. Notava che quei signori erano sempre sul punto di chiedersi che tipo di relazione ci fosse fra lui e Thomas. Lo capiva da come lo guardavano nelle pause della conversazione e da come si rivolgevano lievemente imbarazzati a Thomas, di cui non capivano bene il ruolo.

Un giorno un amico gli aveva detto: "Non vado mai solo quando mi invitano. È naturale che se si invita un cinquantenne come me a un pranzo, a una manifestazione o a un convegno costui vada con la moglie. Ora, io ho un compagno da venticinque anni. E da venticinque anni lui mi accompagna ai ricevimenti e ai convegni. Così come io accompagno lui quando viene invitato. È il minimo che dobbiamo fare: non permettere che ci invitino soli".

Da quando aveva sentito per la prima volta queste parole Leo si era adeguato come seguendo una rivelazione. Certo, esisteva il rischio del fraintendimento. Per non dire dell'imbarazzo. Quando spiegava che non sarebbe stato solo e dall'altra parte del cavo telefonico gli rispondevano con sussiego "Ma certo, porti pure sua moglie" e lui invece pregava di prendere nota del fatto che sarebbe stato accompagnato dal signor tal dei tali e che la camera d'albergo avrebbe dovuto essere intestata anche a quest'ultimo, un silenzio, uno schiarimento di voce, un colpo di tosse veniva a introdursi nella conversazione come un tangibile gesto di imbarazzo. Allora lui, dolcemente, spiegava che avrebbe provveduto al viaggio dell'amico, ma non alla sua ospitalità alberghiera. E dall'altra parte il funzionario di turno chiudeva sbrigativamente la conversazione con un remissivo "Come vuole lei".

A Colonia, come in altre città in cui Leo era stato accompagnato da Thomas, la domanda su chi fosse quel ragazzo restava sospesa sulla conversazione. Né lui né Thomas avevano modi femminili. Né l'uno né l'altro rientravano nei luoghi comuni sull'omosessualità. Non erano teatrali, non erano sgargianti, non facevano chiasso, non erano volgari, non parlavano continuamente di sesso. Erano indefinibili e questo creava maggior imbarazzo. Cosicché i funzionari e gli accademici, per i quali contano soltanto le apparenze sociali e le formalità burocratiche, continuavano a chiedersi, tra i sorrisi di circostanza, se quei due giovani uomini lo fossero o no.

La tappa seguente di quel viaggio fu Duisburg, dove Leo tenne una breve conferenza all'università. Thomas stava al suo fianco, con la sedia leggermente indietreggiata rispetto a quella di Leo. Si chinava in avanti, sfiorandogli la nuca, per tradurgli, in francese, gli interventi degli studenti. Leo ascoltava le labbra di Thomas suggerirgli il senso di quanto stava avvenendo. Ogni tanto si voltava per chiedergli chiarimenti e lo vedeva lì, chino, impegnato, teso a capire i termini di una questione alla quale Thomas era interessato solamente perché faceva parte della vita di Leo; e in quel momento gli venne da chiedersi se avrebbe saputo fare altrettanto per lui: appassionarsi alla sua vita, stargli vicino, suggerirgli i termini dei problemi, aiutarlo a cavarsela nel mondo, fra la gente, fra gli altri. E non seppe rispondere. Sentì come uno squilibrio fra la devozione che Thomas gli stava dimostrando e quella invece che lui era in grado di offrirgli. La sua vita era diventata, giorno dopo giorno, quella di Thomas. E forse era stato Leo a volerlo. Ma in realtà cosa sapeva lui del suo compagno? Che era figlio di un modesto impiegato bavarese, che aveva due fratelli maggiori e una madre svizzera francese dal passato di musicista. Che studiava a Parigi al conservatorio. Che preferiva far l'amore in un certo modo piuttosto che in un altro. Che quando lo fissava diceva serio, concentrato, "Io conosco già questi tuoi occhi, Leo". Che prima di incontrarlo aveva una ragazza con la quale abitava. Che amava la birra e il tabacco. Tanti piccoli particolari, più o meno significativi. Ma Leo ancora non era entrato pienamente nella vita dell'altro. Forse perché aveva avuto altre storie ed era più attrezzato, più cauto, più restio ad abbandonarsi a un nuovo destino. C'erano notti in cui, dormendo con Thomas, improvvisamente apriva gli occhi e lo vedeva irrigidito a fissare nel vuoto. Gli si accostava chiedendogli a cosa stesse pensando e Thomas rispondeva, spaventato, sull'orlo del panico: "Chi sei? Con chi sto dormendo?". E Leo capiva che in quel momento Thomas non stava chiedendogli chi realmente fosse, ma quale specie di bizzarria semantica esistesse da fargli dividere il letto con uno sconosciuto. E non riuscendo a rispondere a questa domanda, atterrito dal sentimento di separazione e di privazione, stava immobile, con gli occhi sbarrati a chiedersi per quale motivo giacesse accanto a un carnefice, a qualcuno che lo stava crudelmente spossessando del sé.

Allora Leo, sforzandosi di non toccarlo, si alzava, accendeva la luce, scherzava, diceva qualche battuta, apriva la finestra, leggeva a voce alta una pagina nel tentativo di riportare Thomas a quella realtà che si era dissolta, paurosamente, fra i loro corpi. E quando si accorgeva che Thomas aveva superato il momento critico, allora gli andava vicino e gli stringeva solamente la mano dicendogli: "Abbiamo bisogno di tempo. Di mettere tempo fra noi. Di vivere insieme, di viaggiare insieme, perché il nostro pensiero riconosca istintivamente l'altro; e lo riconosca come una presenza automatica di consuetudine e di affetto. Abbiamo bisogno di molto tempo per accettare la brutalità del fatto di non essere più soli".

Ma a Duisburg, quella notte, toccò a Leo non dormire. Stavano insieme da poco più di sei mesi, si erano conosciuti a novembre e ora affrontavano, in viaggio, la primavera. Per tutto quel breve periodo Leo si era sforzato di assestare il rapporto in funzione di Thomas. Lo aveva coinvolto nella propria vita, lo aveva rincuorato, protetto, lo aveva trattenuto dagli eccessi, spronato nei momenti di dubbio. Pensava che la riuscita della loro relazione dipendesse quasi esclusivamente dal comportamento di Thomas. Lui si sentiva in un certo senso tranquillo. Voleva quel ragazzo per la propria vita. Non cercava avventure. Si dava tempo. Si diceva proviamo per qualche anno, sforziamoci di restargli attaccato, di volerlo. E Thomas stesso, pochi giorni dopo averlo conosciuto, gli aveva detto: "Voglio vivere sempre con te, Leo".

Così le scenate fra di loro erano sempre come circoscritte in un territorio dal quale entrambi sapevano che non sarebbero fuggiti. Litigavano, si scontravano, non si rivolgevano parola per alcuni giorni, uno partiva, l'altro se ne ritornava con i vecchi amici, ma tutto durava solo qualche giorno. Finivano sempre per ritrovarsi uniti. E in questo l'affiatamento sessuale, la reciprocità dell'attrazione fisica giocava un ruolo fondamentale. Si piacevano. Si desideravano. Avevano bisogno di ritrovarsi.

Per tutti quei mesi il loro rapporto era stato impostato da Leo. Thomas ci metteva volontà, ma era Leo che aveva la sensazione di reggerlo e, eventualmente, di potersene sbarazzare quando e come avesse voluto. Quella notte a Duisburg, invece, fu lui a sentirsi in trappola. A vedersi come assorbito da Thomas, da un ragazzo ancora molto giovane, che non aveva un lavoro, una professione, una sicurezza. Che si stava formando. Che doveva ancora decidere della propria vita. E cominciò a sentirsi come in una palude. Aveva impiegato anni e anni per costruirsi qualcosa di molto simile a un'esistenza normale, aveva sofferto, patito, sopportato. E ora si stava legando un'altra volta all'incerto e al caso. Ma non poteva opporsi. Aveva realizzato, sentito fin nel profondo, la dedizione che Thomas gli stava mostrando. Era stato toccato questa volta là dove non credeva Thomas potesse così velocemente arrivare. E tutto era accaduto in quell'aula universitaria piena di centinaia di studenti che lo avevano applaudito per qualche interminabile minuto picchiando, secondo la loro abitudine, i pugni sui banchi di legno. Quel muro di persone davanti a lui, nell'anfiteatro, che dimostrava rumorosamente il proprio assenso a quanto aveva detto, alle sue battute, alle sue risposte, al suo accalorarsi su un particolare argomento, lo aveva emozionato. Quei giovani che stavano buttando giù l'aula erano dalla sua parte.

Leo si voltò verso la lunga cattedra alla quale sedevano le autorità e vide, con sorpresa, che anche loro battevano i pugni sul tavolo e lo guardavano con un sorriso bonario e soddisfatto. E perfino l'ufficialità burocratica, il console italiano con il suo gessato blu e un anello enorme al dito mignolo e tutta quella sua aria stantia di gentiluomo meridionale, batteva le mani e persino l'attaché culturale dell'Ambasciata italiana, giunto apposta da Bonn, anche lui applaudiva lì in prima fila sullo scanno; e se ci fosse stato un generale o un poliziotto anche loro avrebbero applaudito soddisfatti, Leo ne era certissimo, e persino un magistrato, persino la Legge avrebbe picchiato i pugni sul banco dimostrando che lui aveva ragione. Si voltò e vide, in quel fracasso, gli occhi di Thomas fissi nei suoi, solo per un istante, e allora sorrise, si alzò con tutti gli altri e uscirono dall'aula. In quel momento Leo sentì Thomas troppo profondamente accanto a sé. Sentì celebrata la sua unione, accettata, protetta, la sentì come un valore sociale fondamentale per difendere il quale un popolo avrebbe anche potuto affrontare una guerra, offrire una generazione intera al martirio pur di preservarlo intatto nel proprio patrimonio culturale. Fu un sentimento enorme che lo sconvolse.

Durante il rinfresco offerto dal rettore a lui e agli altri relatori presenti, non pensò ad altro. Era una sensazione nuova, perché Leo non aveva mai creduto al valore dell'accettazione. Non gli importava, teoricamente, essere accettato né legittimato da nessuno. Era in se stesso che traeva valore e legge. Non dall'esterno. A nessuno avrebbe mai e poi mai concesso questo diritto. Lui esisteva. E questo era tutto. È da folli chiedere all'essere le ragioni per cui è. E invece in quell'aula universitaria era avvenuto per Leo un fatto strano. E c'era una sola spiegazione possibile: Thomas. Leo infatti non si presentava più all'esterno come Leo, ma come Leo-con-Thomas. Non viveva più solo. Era con un altro. E il mondo doveva prenderne atto. Sarebbe stato così semplice dire: "Io lo amo. E il resto vada al diavolo". Ma l'amore ha bisogno del mondo, per potersi affermare e Leo sapeva come la felicità avesse bisogno di restare *mondana* per potersi appagare. Ora aveva qualcuno a cui dedicare quell'approvazione. Aveva necessità che il mondo prendesse atto di questa nuova vita, che la tenesse in sé con amore.

Per questo poi, la notte, non riuscì a dormire. Quando sopraggiunse il down, dopo la cena ufficiale, quando tornò in camera si sentì cupo, spaesato, divorato da un'ansietà inspiegabile. Attese che Thomas s'addormentasse e si alzò. Scostò le tende e uscì sul balcone che correva su due lati della stanza. Prese a camminare nervosamente avanti e indietro. Si trovava a uno degli ultimi piani dell'hotel costruito, in forma di torre cilindrica, al centro di un grande complesso sportivo. Sotto di lui il parco e un bacino artificiale per le gare internazionali di canottaggio. Poi campi da tennis, da basket, piste per il jogging e per l'equitazione. All'orizzonte la sagoma scura dello stadio. A quell'ora tutto era immobile, illuminato solamente dalle luci di servizio.

Thomas dormiva, forse stava sognando. Il suo respiro lento, leggermente nasale, gli dava una sensazione di caldo e di intimità. Ma lui era disperato. E non sapeva perché. Amava Thomas, lo amava ormai in modo struggente. Eppure tutto questo non riusciva a placarlo. Si sentiva ormai in gioco e forse era proprio questo a spaventarlo. Non poteva più tornare indietro, la sua vita si era indissolubilmente legata a quella di un altro. Avrebbe dovuto affrontare tutto in un modo diverso. L'angoscia di quello che lo aspettava, del buio che vedeva attorno a sé, lo prese allo stomaco. Cosa sarebbe successo il giorno dopo? E fra un mese? Fra un anno? C'era un futuro per loro? Sarebbe stato capace di difendere questo amore? Non sarebbero morti entrambi? Non era tutto inutile? Sentì un'ondata di pietà e di contrizione immergergli il cuore. E abbassò la testa.

Improvvisamente una luce esplose all'orizzonte. Un boato muto che si innalzò nel cielo rischiarando la terra attorno. Era color rosso fuoco, poi diventò giallo e infine un chiarore si diffuse nel cielo. Al centro di questa luce continuava a pulsare un centro di fuoco. Leo rimase a guardare. Era lontano, non avrebbe saputo dire quanto. Proprio all'orizzonte e rimaneva circoscritto. Si alzò un fumo e poi esplose un secondo fuoco e poi un terzo. Erano le quattro del mattino. Lui rientrò in camera, svegliò Thomas e lo portò sul terrazzo. "Sono le colate delle acciaierie" disse Thomas assonnato. Leo lo costrinse a resistere, così, nudo, al freddo della notte. "Tu sei tutto per me" gli disse poi, in un tedesco esitante, stringendosi forte alle sue spalle e piangendo.

In realtà lui sta fuggendo. Non c'è nessun luogo che intende consapevolmente raggiungere. Nessuna persona che desidera incontrare. Niente che voglia fare. Poco ol-

tre la frontiera olandese, scendendo dal treno in cerca di
un albergo per dormire, capisce che è in fuga. Sta scappando attraverso l'Europa dall'orrore della perdita di
Thomas. Sta scappando dalla morte. Ma è sempre più
lento e la sua fuga più affannosa. Si sente come un animale vecchio e ferito che si separa dal branco alla ricerca di un luogo in cui attendere l'esito estremo: squartato
dai lupi, divorato dalla malattia, dissolto dalla vecchiaia.
E proprio come un animale che si accorge della fine, lui
non vuole più vivere. Fugge da una morte per avvicinarsi alla propria morte. Dorme profondamente, di pomeriggio e di notte. Quando non viaggia dorme. E ogni
volta che si distende sul letto è convinto di non svegliarsi mai più.

La sua fuga continua verso il Nord. Sente l'inverno
avvicinarsi e prova un senso di piacevolezza. Un giorno,
attraversando in traghetto il mare del Nord, la nebbia
cala improvvisa e inaspettata. Il sole diventa di colpo un
disco offuscato, pallido e poi sparisce. C'è buio e silenzio. La nave avanza nel nulla. Lui è sul ponte, a poppa, e
non riesce nemmeno più a scorgere l'acqua di sotto. Fa
freddo e la nebbia lo bagna. Di colpo il muggito di una
sirena, una, due volte. Un suono quasi ancestrale, come
di un corno che incita alla battaglia. E alla sua destra, a
poche decine di metri, solcando il muro di fumo appare
la sagoma enorme della chiglia di una nave. Vede emergere dalla nebbia solo una scritta in caratteri cirillici.
Lettere bianche e grandissime sospese nel grigio e dal significato per lui incomprensibile. Una scritta che sfila
davanti ai suoi occhi e subito scompare inghiottita di
nuovo dal freddo e dalla nebbia. Resta un attimo immobile, poi va verso il bar. Ha bisogno di bere qualcosa di
forte. È eccitato. Si sente come avesse appena avvistato
Moby Dick.

Londra avrebbe dovuto essere soltanto un punto di riferimento, la tappa finale del viaggio. E invece, durante la
traversata per mare, diventa per lui un'idea di salvezza.
Dopo circa un mese di piccoli spostamenti ora sta final-

mente lasciando il continente e con esso il corpo martoriato di Thomas. Si lascia alle spalle la guerra, i cadaveri, il dolore, i campi di sterminio, le città distrutte e rase al suolo. L'Inghilterra gli appare come un paese separato e distante in cui non conosce nessuno e nessuno lo conosce, in cui può stare solo senza soffrire di solitudine, in cui può camminare, sedere al pub, bere, scrivere senza che nessuno lo guardi o lo disturbi. Dietro si lascia un continente in via di distruzione. Thomas era la Storia; il suo paese e la sua lingua gli scenari della guerra.

Una sera erano arrivati a Dresda, in treno, provenienti da Berlino Est. E tutto il loro viaggio – la partenza la mattina da Kottbusser Tor, l'attraversamento a piedi del muro al Check Point Charlie, la metropolitana di Berlino Est, la stazione ferroviaria – era stato come un viaggio all'indietro nel tempo fra passaporti, visti, dichiarazioni, permessi, *vouchers* prepagati di alberghi tipo Karl Marx Plaza, Lenin Hotel o Sozialism Palast. Avevano attraversato la Sassonia al buio, senza vedere per oltre due ore nessuna luce, nessun edificio, nessuna città. Erano soli nello scompartimento dove non funzionava la luce. Un controllore aveva chiesto i biglietti e un poliziotto i passaporti. Erano stati straordinariamente gentili, avevano sorriso e augurato buon viaggio. Erano spariti nell'oscurità. Poi il treno era entrato lentamente sotto il grande hangar della stazione. Le luci erano deboli e terree. Centinaia di passeggeri, vestiti tutti uguali, uomini e donne, giovani e vecchi, si avviavano speditamente verso l'uscita. Indossavano eskimo verdi e tutti, indistintamente, reggevano in mano un sacchetto di plastica, o una cartella di cuoio o un fagotto. Leo e Thomas si erano fermati un istante davanti a una pianta della città per capire dove si trovasse il loro albergo; poco più in là una coda silenziosa di una decina di persone aspettava di rifornirsi di bevande calde davanti a una vetrinetta da cui usciva il braccio di una inserviente. Quando riprese-

ro a camminare si trovarono completamente soli, spae-
sati sotto le volte del grande hangar desolato.

La folla si era allontanata, inghiottita dai sottopassaggi, scomparsa nelle uscite. Una ronda di soldati sovietici
venne loro incontro. Erano giovanissimi, alti, armati,
chiusi in pesanti cappotti lunghi fino alle caviglie. Erano
diversi dai Vopos, più marziali, più affascinanti, più androidi. Erano come presenze del passato o di un futuro
remoto. Avevano stivali luccicanti che battevano il passo
e sollevavano la nebbia intorno come schiacciandola,
schizzandola via. Avanzavano in controluce facendo
rimbombare l'atrio. Thomas e Leo si arrestarono. In
quel momento fu come se l'immenso spazio della stazione, i convogli, i marciapiedi, i binari, i cartelli indicatori
fossero gli elementi di una prigione, o di una squallida
caserma, o di una gigantesca questura immersa nella desolazione senza tempo di quella luce al neon, cadaverica
e poliziesca. La ronda li oltrepassò segnando il passo.
Avevano una fascia rossa cucita attorno alla manica del
cappotto con su alcune lettere dell'alfabeto cirillico. E la
stella dell'Armata Rossa. Leo notò anche i guanti e persino l'alone di umidità diffuso dal calore delle mani sul-
l'impugnatura della canna gelida del fucile. Ma quei soldati non avevano occhi, fissavano lontano, dritti, con il
colbacco ficcato fin sulle ciglia. Thomas e Leo si volsero
seguendo, senza parlarsi, il plotone avviarsi verso l'estremità dell'atrio. Un facchino, là in fondo, avvolto in un
pastrano verde scuro, stava fumando appoggiato a una
colonna di ferro arrugginito. Alzò lo sguardo verso la
ronda e spense velocemente la sigaretta schiacciandola
sotto la suola della scarpa. Si aggiustò il berretto e sparì
velocemente. Thomas e Leo ripresero il cammino verso
l'uscita. Fu in quel momento che si trovarono nuovamente immersi nella folla. Erano arrivati contemporaneamente, silenziosamente, alcuni convogli sbarcando
centinaia e centinaia di altri viaggiatori, anonimi, uguali,
taciturni che invasero nuovamente l'atrio incanalandosi

poi alle code per gli autobus o sfociando direttamente
sul delta costruttivista della Prager Strasse.

Erano solamente le cinque di sera di un giorno di novembre e loro stavano rinchiusi nella stanza novecento-
quattro del Lilienstein Hotel e guardavano, oltre le tendine trasparenti, il flusso di pendolari sulla Prager
Strasse. Dalla parte opposta della strada c'erano altri alberghi, praticamente tante variazioni millimetriche del-
l'unico modulo dell'architettura socialista. Al centro
della piazza una costruzione dall'enorme cupola di cristallo. Sembrava lo scenario di un film di Godard.

Il soffitto della stanza era piuttosto basso, la moquette
sintetica di un verde stagnante, le lenzuola di nylon.
Avevano due piccoli letti separati, un divano, un televisore che assomigliava a un giocattolo, l'impianto della filodiffusione dietro alle testiere dei letti. La sensazione
era di trovarsi in un parallelepipedo piuttosto oblungo e
schiacciato, come fotografato da un grandangolo. Tutto
era molto orizzontale. C'erano abat-jour che diffondevano una luce pallida, violetta, un po' anni cinquanta. E
dalla parte opposta della strada le finestre degli altri alberghi della Prager Strasse erano illuminate negli stessi
identici colori: soprattutto il rosa, l'arancione, il ciclami-
no, il verde pallido.

Il giorno dopo, sulle rive dell'Elba, accanto alle macerie della città, a quei campanili diroccati e anneriti dagli
incendi, a quegli edifici abbattuti di cui restavano in piedi solamente esilissimi e erosi costoni di pietre come ca-
lanchi appenninici, lui non aveva fatto altro che parlare
a Thomas di suo padre. E della guerra. E camminando
lungo i viali dello Zwinger aveva preso corpo in lui un
ricordo particolare, distinto, nitido. Un ricordo che lo
aveva angosciato. Era su una poltrona, in braccio a sua
madre e stavano guardando un film alla televisione. Era
la storia di un bambino ebreo rinchiuso in un campo di
concentramento e poi salvato da un soldato americano.
Lui aveva pianto, in silenzio, nascondendo la faccia sotto l'ascella di sua madre e vergognandosi di quelle lacri-

me. E alla fine del film quando i suoi genitori avevano acceso la luce della stanza per riordinare un po' prima di coricarsi lui aveva chiesto sconvolto: perché? Ora non ricorda assolutamente la risposta di suo padre o di sua madre. Ricorda solamente il terrore impossessarsi di lui, travolgerlo nel suo piccolo letto di bambino. Spaventarlo. Durante la notte i suoi occhi erano rimasti sbarrati nel buio, il respiro silenzioso e trattenuto per non farsi scoprire, il corpo accartocciato dalla paura. E continuava a pensare: "Io non ho fatto questo. Non è mia la responsabilità di un campo di sterminio. Non ero nato e non ho niente a che fare con quei cumuli di cadaveri e con quelle fosse di scheletri ammassati. Perché allora *mi fanno vedere* le camere a gas? Io non ho fatto niente, niente, niente di tutto questo".

Per anni e anni il senso di colpa di quelle camere a gas, delle torture, delle distruzioni lo aveva perseguitato come se ne fosse stato lui, il bambino-Leo, il principale responsabile. Poi, crescendo, era riuscito a mettere tutto questo in un angolo del suo sentire. Vi aveva costruito attorno un bozzolo di ragioni, ideologie, razionalizzazioni che, senza eliminare definitivamente quella paura, erano riusciti a circoscriverla. Aveva vissuto momenti di violenza, aveva visto persone scannarsi nella camerata di una caserma, aveva visto la corruzione, l'umiliazione, la sopraffazione dei forti sui deboli senza però mai che quel bozzolo si riaprisse. Se ne stava lì e lui credette quasi di averlo eliminato. Era grande, era un uomo ormai e si dava delle ragioni.

Poi una mattina, sulle rive dell'Elba, con un braccio leggermente appoggiato alle spalle del suo amico, quella ferita di paura si era riaperta. E lui si trovò sull'orlo del panico. Presto sarebbero venuti a portarlo via, questo pensava. Arriveranno e mi porteranno via. Si prese la testa fra le mani e strinse gli occhi cercando di convincersi che non stava succedendo nulla, che niente era vero. Ma arrivavano i soldati con i camion. Urlavano, picchiavano, lo separavano dalla sua famiglia, da sua madre, da suo padre e lui si trovava solo davanti a una camera a gas a veder sfilare un interminabile corteo di ombre curve e disperate. Vedeva la guerra in quel momento, sentiva la carne che gli veniva strappata, sentiva il fetore dei forni crematori e l'aria gli sembrava irrespirabile, annerita, tossica e non riusciva a vedere Thomas, Thomas era lontano, lontano... eppure intorno a lui erano solo alcune coppie di anziani turisti tedeschi occidentali, qualche signora americana in scarpe da tennis e foulard di plastica, una scolaresca di ragazzine chiassose e allegre; e la giornata di novembre era straordinariamente limpida e soleggiata, faceva freddo ma tutto era terso come all'interno di una serra e i giardini dello Zwinger apparivano deliziosi, gentili, galanti addirittura. Eppure lui era oppresso. E attorno a lui la presenza di quella lingua e di quella terra, di cui amava l'incarnazione in Thomas, lo terrorizzava.

Poi fu tutta una risalita, graduale e lenta, attraverso le gallerie della pinacoteca. Si sentiva esausto come dopo una forte crisi di pianto. Tremava e i suoi occhi erano in grado di vedere con l'acutezza e la sensibilità di un'anima messa a nudo. Camminava attraverso i saloni interminabili e i corridoi che sfilavano uno nell'altro e si moltiplicavano nei grandi specchi alle pareti o sui soffitti. E continuava a vedere braccia di soldati che staccavano i quadri, li trasportavano da una parte all'altra dell'Europa, arrotolavano le tele, imballavano le cornici, li stoccavano nelle segrete di un castello per proteggerli dai saccheggi, dai vandali, dai bombardamenti aerei. Era come se la sua immaginazione ancora una volta non si fissasse sull'oggetto ma sull'umano che aveva avuto a che fare con l'oggetto stesso e allora vide le soldatesche di prussiani, le armate del duca d'Este, i lanzichenecchi, i mercenari degli Imperi Centrali e poi i nazisti, le truppe alleate, le guarnigioni sovietiche, tutti avevano per lui lasciato le impronte delle loro mani annerite dalla guerra e dal sangue su quei quadri trasportandoli da un castello all'altro fra paesi distrutti dal fuoco. Lui vedeva

queste mani, queste impronte, queste tracce stamparsi
sulle opere. Ma non esattamente sulle figure. Piuttosto
sulle cornici. Ai bordi. E quando fu consapevole di questo Leo incominciò a guardare finalmente i quadri, riuscendo a fissarne il centro.

Si fermava, immobile per parecchi minuti, davanti alle grandi tele in cui riconosceva, negli sfondi, i paesaggi
e le città del suo paese natale e non solo i palazzi e i canali di Venezia, le cupole delle basiliche di Roma o le
torri medioevali di Bologna, ma addirittura, nel Parmigianino, nei Carracci, nel Guercino o in Dosso Dossi i
visi, gli occhi, il sorriso appena sfiorato di persone che
aveva conosciuto. E nella *Madonna con San Francesco* di
Antonio Allegri, originariamente situata nella chiesa in
cui da bambino serviva messa, lui, piccolo chierico con
la cotta rossa, paffuto, rotondo, abbandonato come un
bambolotto su uno stallo enorme, altissimo nel coro dietro l'altar maggiore – le gambe non toccavano terra e lui
si doveva proprio arrampicare per poterlo raggiungere
puntando i piccoli piedi sui rosoni degli intarsi e dei fregi – riconobbe il volto della sua insegnante di catechismo. Erano identiche, il viso dipinto e quello che lui era
in grado di ricordare. Sforzandosi fu in grado di ripor-
tarne alla memoria anche il nome e così la vide nel suo
rigoroso e castigato golfino di maglia grigia, con un filo
d'oro al collo, senza trucco sul volto, i grandi occhi, i capelli crespi annodati dietro la nuca, la gonna blu lunga
al polpaccio. E più la ricordava, più l'immagine del quadro prendeva i suoi lineamenti lasciando in secondo piano, come su uno sfondo di espressioni e di sguardi, il
volto della Madonna; e non solo quello, il volto dell'i-
dea, ma anche tutte le centinaia di altri volti femminili
che nel corso dei secoli erano transitati uno sull'altro fino a fissarsi nella trasparenza finale di quello dell'insegnante di catechismo; poiché, lui ora ne era ormai certo,
la modella usata da Allegri e la giovane del piccolo oratorio di paese erano imparentate, se non nel nome,
quantomeno nell'espressione e nei tratti somatici e co-

munque, insieme, contribuivano a dar forma a quell'u-
nico volto, a quell'unica idea che era poi quella della devozione verso la vita: l'idea di una preghiera.

Poi, la sera, presero il treno del ritorno e anche questo viaggio divenne pertinente all'idea di risalita. Dopo
alcune ore lasciarono le luci di Berlino Est e affiorano al
di là del muro nel traffico rumoroso, accecante e corrotto dell'Occidente. E verso le dieci di sera raggiunsero
l'atmosfera artistoide, cosmopolita, vagamente cultural-
chic del Paris Bar e nell'ordinare al cameriere, in lingua
francese, Leo, finalmente, fra una dozzina di escargots e
un beaujolais nouveau, si sentì a casa. Accarezzava la
mano di Thomas, posata sulla tovaglia candida, e ne vedeva l'immagine riflessa, dalla fiamma delle candele, nei
bicchieri di cristallo. Erano stanchi, ma Leo si sentì, con
tutta l'approssimazione umana del termine, felice. Sentiva che fra gli orrori della Storia esisteva per lui un punto
di riferimento e che avrebbe potuto fidarsi di quello.

Quando scende dal traghetto, a Folkestone, sta pio-
vendo. Altre navi sono attraccate agli ormeggi e centinaia di persone invadono i moli, correndo, urlando, trascinando bagagli di ogni dimensione e di ogni forma.
Bambini, ragazze, vecchi west indians, pakistani, studenti tedeschi, francesi, italiani, famiglie di immigranti
giunte in treno dalla Turchia con tutto il loro carico di
fagotti, sacche, valigie, sedie. Piccoli autobus fanno da
navette fra i moli e il padiglione della dogana. Salirvi è
impossibile. Poco più tardi sarà ancora più difficile trovare posto, con i bagagli, sui bus per la stazione ferroviaria. Trascinando le sue valigie Leo cammina a fatica sul-
l'asfalto bagnato e scivoloso della banchina. In mezzo a
tutta quella confusione, a quei carrelli colmi di pacchi,
di valigie, di bauli, che gli passano continuamente davanti tagliandogli la strada, non può che sentirsi un pro-
fugo. Passano container stipati non di merci, né di der-
rate alimentari, o manufatti, ma di bagagli. Un enorme

trasferimento di oggetti intimi, di vestiti, calze, pettini, saponette, dentifrici, mutande.

Un gruppo di donne avvolte nei chador neri sta guardando in alto, verso una gru che sta trasferendo i loro bagagli. Hanno costruito in terra come un piccolo muro, mettendo valigia su valigia, un mattone sopra l'altro. Si sono barricate dietro ai loro oggetti, nel tentativo di costruirsi un riparo in quella terra straniera che non sarà mai la loro patria. E ora aspettano, mute, immobili, che dal cielo arrivino gli ultimi mattoni.

È già buio quando Leo sale sul treno. Prende posto in una carrozza insieme a gente che ha già visto sulla nave o in coda alla dogana. Due ragazzi americani stanno concludendo il loro tour europeo. Sono partiti dalla California in maggio e ora che è autunno, dopo aver viaggiato in tutto il Mediterraneo, raggiungono Londra per poi tornare negli Stati Uniti. La loro presenza rincuora Leo. Anche lui può sentirsi un viaggiatore, crearsi una finzione, vedersi più giovane in giro per l'Europa e non un povero uomo che sta scappando, che fra poche ore dovrà trovare un posto per dormire, un posto per mangiare, un posto per restare in silenzio.

Dorme in un hotel di Sloane Square. Raggiunge la sua stanza, apre il frigobar e si prepara un gin and tonic. Accende la televisione, riempie la vasca di acqua bollente e si immerge. Alle due si sdraia sul letto e spegne la luce. Accanto a sé scorge, nella penombra, l'altra metà del letto intatta e vuota. Allunga il braccio e pensa a Thomas.

Il giorno dopo inizia la sua ricerca di una abitazione. Non telefona a quelle poche persone che conosce, perché l'idea di una ospitalità lo terrorizza. Vuole starsene solo, non vuole parlare né tantomeno fare conversazione alle sette di sera, a tavola. Non vuole andare al cinema, né trovarsi a prendere un tè di fronte a un paio d'occhi sbarrati che cercano di capire. Non vuole doversi spiegare.

Inizia a battere le agenzie immobiliari. La mattina segna sulla piantina i percorsi che dovrà compiere, ma giorno dopo giorno la sua ricerca si rivela di una difficoltà insormontabile. Lascia l'albergo di Sloane Square e si trasferisce per due settimane in un appartamento a Soho. Non può fermarsi oltre, gli spiegano, perché l'appartamento è già stato prenotato da una coppia di professori americani. Restano liberi solo i giorni che mancano alla fine del mese in corso. Lui accetta soprattutto per poter disfare, finalmente, le valigie.

L'edificio si trova in Old Compton Street, dalla parte di Charing Cross. Bisogna salire, a piedi, fino al quarto piano dove si trovano le due stanze più servizi e terrazza. L'appartamento è pulito, arredato semplicemente e intonacato di fresco. La cucina è ben attrezzata e il bagno pare addirittura un bagno italiano, non uno di quegli sgabuzzini gelidi e privi di servizi che ha conosciuto a St. John's Wood, a West Kensington, a Puddington, a Streatham Hill, in ogni casa londinese in cui in passato ha abitato.

Esce sulla terrazza, praticamente il tetto, incatramato e impermeabilizzato, di una parte dell'edificio. È vasta quanto l'appartamento, forse di più, situata su due livelli. A un lato una scala in muratura immette su un secondo terrazzino. Lì, accatastati, coperti da un cellophane appannato ci sono i resti dell'estate: un tavolino pieghevole, qualche sedia bianca, vasi di fiori ormai secchi. Attorno altri edifici, un paio di palazzi di una ventina di piani, e sullo sfondo la torre della BBC. A New York potrebbe essere trasformata in una terrazza di sogno, ma Londra è troppo bassa, troppo orizzontale e gran parte di quello che si vede è solo un indistinto cielo offuscato.

Negli edifici attorno, illuminati e senza tende alle finestre, scorge decine di persone alle scrivanie, alle tastiere di terminali e computer, sedute davanti a una macchina per scrivere. Non vede un albero, né una pianta. Lui pensa che il piccolo appartamento avrebbe potuto essere un nido per lui e Thomas. Dividendo le spese sarebbero potuti restare un cinque-sei mesi. Avrebbero invitato gente per il dopoteatro, servito un barbecue, acceso uno stereo al massimo del volume, ballato tutta notte senza infastidire nessuno. Avrebbe messo una fila di lampadine sulle diagonali della terrazza e festoni di carta e tantissime candele e torce agli angoli. No, là un faro in modo da illuminare l'entrata, proprio uno spot da studio fotografico. Ecco, lì, le casse, qua il tavolo con le bottiglie. Cosa avrebbe preparato per i suoi ospiti? Cucina italiana? O qualche piatto tedesco? No, Thomas non si sarebbe mai adattato a cucinare. Però avrebbe potuto suonare, basta mettere il pianoforte qui. Forse non entrerà per le scale, bisognerà issarlo, vediamo... da questa parte, sì, lo faremo portare da questa parte. Uno a noleggio, Thomas si adatterà. Potrei invitare Sara, Lisa, Paul... no, Paul non ho voglia di vederlo. Bruno sì, se sta ancora a Londra, poi Martin e John e David, naturalmente, che porterà qualche amico trendy...

La mattina si alza prestissimo e cammina per Soho senza una meta precisa. In queste ore la città gli piace. È vuota e silenziosa. Il tempo cambia nel volgere di pochi minuti e dalle piogge grigie dell'alba esce un sole ventoso che allunga le ombre degli edifici e produce un chiaroscuro accecante, preciso, una sequenza di zone buie e zone di luce separate con una precisione millimetrica, come disegnate. Alle nove è già negli uffici delle agenzie immobiliari. Il personale che tratta con lui è solitamente scontroso, al limite della maleducazione. Probabilmente è una tattica per scoraggiare gli stranieri. Gli dicono più volte che ci sono tanti inglesi che cercano casa; farfugliano che deve avere pazienza gettandogli sul tavolo la sua scheda di richiesta. Lui subisce in silenzio. Sorride educatamente, dice qualche battuta che nessuno afferra. Immagina che gli altri pensino di lui che è pazzo, o quantomeno un tipo strano. L'unica cosa che potrebbe dire, per giustificare il proprio comportamento, è "Thomas sta morendo, capite?". Ma non può farlo. E allora non si sforza di spiegarsi. Prende i suoi indirizzi e gira per la città.

Casa dopo casa, alloggio dopo alloggio, vede ciò che non avrebbe mai immaginato. Per prezzi che equivalgono a uno stipendio medio gli vengono mostrate stanze fatiscenti, soffitte trasandate e umide, appartamentini sporchi, dalla moquette macchiata e puzzolente, con letti-armadi-cucinotti incassati l'uno nell'altro, fornellini a spirito sui comodini, frigidaire minuscoli sulle testiere. E, naturalmente, servizi sul pianerottolo, tre rampe di scale più sotto.

Ora, non lo interessa più un appartamento. Gli interessa vedere e cercare di capire in nome di Thomas. Sente come un dovere spingersi nelle più sordide palazzine-albergo dove vivono in maggioranza indiani, pakistani, studenti africani, camerieri west indians, ragazzi giamaicani. Sente il corpo sofferente e incancrenito di Thomas incollato al suo, proprio attaccato alla sua pelle, inchiodato. La femmina di un animale che si trascina appresso il cadavere del figlio, che si rifiuta di abbandonare quella carcassa ancora calda e sanguinante. Il suo dolore lo spinge verso gli altri. Più volte si sorprende a dirsi, per strada, ad alta voce: "Non vedi anche tu, Thomas, l'orrore?".

Quando era uno studente aveva visto quello che di solito, nelle città universitarie, si affitta agli studenti: sottotetti, cantine, mansarde fatiscenti in cui d'inverno scoppiavano, per il gelo, le tubature; corridoi con postobranda, dove solitamente finivano gli studenti greci o eritrei o somali, o qualche ragazzo venuto dal Sud. Quando era un soldato aveva visto le baracche dei terremotati, aveva vissuto in una tendopoli sotto la neve dell'Irpinia, aveva fatto la coda nella bufera davanti ai camion delle latrine. E si era chiesto come una famiglia potesse vivere per anni in quella situazione. Ora che è solo un viaggiatore senza casa, niente lo ferisce quanto la vista di una palazzina di mattoni rossi schiacciata tra la ferrovia e le grandi arterie stradali, oltre l'Exhibition Building di Earl's Court.

Nell'ingresso c'è una specie di bureau. L'aria è pesante, sa di chiuso e di cibi fritti. Lo accoglie un pakistano piccolo e dalla pelle livida. Parlano del prezzo e delle modalità di affitto. Poi arriva una inserviente per portarlo a visitare la camera. È una donna grassa, esuberante, dai capelli rossi. Ha una espressione incattivita, incarognita. Parla a scatti trascinandosi sulle scale. Indossa un camice bianco. Dal fianco destro pende sulla coscia un mazzo di un centinaio di chiavi e di passepartout infilati in un grande anello. A ogni chiave è legata una targhetta metallica con su un numero o una lettera. Il rumore della ferraglia, scalino dopo scalino, è atroce. Come di un clangore di catene. Lei ha uno chignon rosso unto in cima al capo, come una frittella, e quando alza la gamba per affrontare il gradino il grembiule le scivola, torcendosi un poco, sulla natica e scopre il retro della coscia grumosa, di un biancore osceno, compressa in una calza di nylon arrotolata, come un insaccato in un budello.

Salita la prima rampa di scale arrivano in un corridoio strettissimo in cui passano con le spalle addossate alla parete. Di fronte c'è una parete bianca di compensato in cui si aprono piccole porte simili a quelle di un vagone letto. Lei sceglie una chiave e spalanca, verso l'interno, la porta. La luce è diffusa da neon che non si spengono mai, una luce lattiginosa e senza ombre. Nello stanzino c'è una branda, lenzuola arrotolate, un tavolino colmo di abiti, una sacca aperta traboccante di biancheria usata. Un giornale sportivo arrotolato attorno al neon. Non c'è finestra. Un fornellino elettrico con un tegame, qualche tazza, resti di caffè. La puzza di cibo avanzato è insostenibile. La donna guarda Leo, lui scuote la testa senza dire una parola. Allora lei prende a spalancare uno dopo l'altro tutti i loculi di quel corridoio, cinque o sei. Uno dopo l'altro come un controllore. Non bussa, non parla. Ripete solo il prezzo del loculo. Sdraiato su un letto, vestito con la divisa puzzolente del McDonald, c'è un ragazzo di colore che dorme. Non protesta per quell'intrusione, si getta solo il cuscino sul viso. In un'altra stanza c'è una finestra. Ma è solo un quarto della finestra. Un piccolo angolo. Le pareti la tagliano dividendola con altri loculi in modo che al piano di sopra avranno una finestra a livello del suolo e qui a livello del bassissimo soffitto.

La donna è ancora sulla soglia con il suo mazzo di chiavi in mano. Leo dice semplicemente "Ho visto, le farò sapere" e cerca di andarsene. Vuole fuggire, dimenticare quell'intrusione nella piccola e disperante intimità di questo popolo oppresso e sfruttato, che lavora una media di dieci, quindici ore al giorno per potersi pagare quegli avelli infernali. Scende le scale e su un pianerottolo vede una fila di porte strettissime, una a ridosso dell'altra. Immagina di cosa si tratti. Ne apre una. In uno spazio inferiore al metro quadrato sono un w.c. e un piccolo lavandino. Una toilette bassa e claustrofobica come sugli aerei. L'unica differenza è che da qui non si va da nessuna parte, solo verso il dolore e i disperanti abissi dell'emarginazione.

Deve camminare un po' per togliersi dalle narici l'odore di quell'inferno. Si ferma in un pub per una pinta di birra. Ha voglia di telefonare in Italia, di parlare con qualcuno. Che cosa sta facendo questo vecchio, decrepito continente al Terzo Mondo? Questo popolo di pirati e di beoni rissosi alle sue ex colonie, ai suoi ex sudditi, a chi ha piegato con la frusta e la violenza dopo averlo depredato e sfruttato? Con quale ipocrisia l'europeo impone regole e comportamenti come se i valori fossero ancora dell'Occidente quando invece tutto dimostra il contrario? Qual è la ragione per cui da ogni angolo del mondo i più disgraziati, i più poveri, i reietti della storia, le valanghe di straccioni, le orde di pezzenti e di mendicanti invadono le città dovendo addirittura scimmiottare, per integrarsi, di essere educati, perbenisti, ipocriti come tutta intera la middle class europea? Come non provare una immensa, profonda, proprio interiore vergogna nel vedere gli occhi del ragazzo indiano con la sua giubbetta McDonald steso sul letto nel tentativo di recuperare qualche ora di sonno fra un turno e l'altro? Il risultato, pensa Leo, è che ci stiamo contendendo le città palmo a palmo con i poveri. E lui può già vedere la vecchia e malata Europa, con tutta la sua grandeur e la sua cultura e la sua boria, il suo tè delle cinque e le sue cerimonie accademiche, abolita, occupata, conquistata dalle masse dei più miseri, dei più affamati, dei più sfruttati. Sarà la loro guerra. I poveri si vendicheranno seminando figli ovunque, riproducendosi a raffica come il crepitio delle mitragliatrici, occupando ogni postazione con i propri cadaveri, usando se stessi come forza di sfondamento. Vinceranno, e di loro, evangelicamente, sarà la terra.

La sera, solitamente, pranza nei ristoranti cinesi di Gerrard Street, praticamente li prova tutti, uno dopo l'altro. Si intestardisce a ordinare anatra laccata oppure stufata e così si macchia le mani, la bocca, la camicia. Consumare un pasto diventa un problema seccante. Non riesce a scegliere il locale. Vaga per ore nelle strade alla ricerca di un posto che gli sembri adatto. Passa una, due, quattro volte davanti allo stesso ristorante prima di decidersi a entrare. Di fronte al menu non sa cosa scegliere e ricade sulle stesse indicazioni, ogni sera, ripetendole a memoria. Una coppia si sta ora sedendo accanto a lui. Leo si alza sulle gambe per lasciarli passare. Urta con le ginocchia il tavolo e rovescia la salsa di soia. Incomincia a balbettare qualcosa e a scusarsi, sorridendo intorno, come se avesse fatto un torto a qualcuno. Gli altri distolgono lo sguardo, penosamente. Quando si sente sicuro di non essere osservato stende il tovagliolo sulla macchia marrone cercando di coprirla. Poi si accorge che il tovagliolo porta le impronte ben visibili e rossastre della sua bocca come una traccia di sangue. Una sera è seduto da un cinese abbastanza economico e squallido. Accanto ha due coppie di giovani tedeschi. Le ragazze lo guardano un po' distratte, un po' incuriosite come solitamente capita ai tavoli di un ristorante. Il locale è affollato. La proprietaria, una orientale alta e

secca, sui cinquant'anni, molto sbrigativamente si accosta al suo tavolo seguita da un cliente, un piccolo uomo
vestito di scuro. La padrona afferra la sedia vuota e fa
sedere il nuovo cliente porgendogli il menu. Leo alza lo
sguardo posando le bacchette. La donna, guardandolo
per la prima volta, gli chiede se va tutto bene. E lui sente se stesso rispondere, con una aggressività che non si
aspettava: "Non mi piace affatto questa cosa". Ha parlato a voce alta. I ragazzi tedeschi lo guardano in silenzio.
Il piccolo uomo abbassa gli occhi. C'è un attimo di imbarazzo. Leo arrossisce ma sostiene il proprio sguardo
fermo e deciso. La donna allora, facendo alzare l'uomo,
dice che forse ha un tavolo migliore nell'altra sala.

La solitudine è questa situazione un po' buffa, un po'
ridicola, un po' aggressiva di un uomo seduto al tavolo
di un ristorante turistico: l'immagine di una persona in-
completa, tanto goffa da sembrare stupida o arrogante.
Leo deve incominciare a difendere questa sua solitudine. Non deve permettere che gli altri lo vedano come un
atomo dalle valenze aperte, come qualcuno immiserito
dalla mancanza di un compagno, di un amico, di un
amore. La solitudine è anche scomodità. Obbliga a rivolgersi agli altri, a fare richieste continue. Sul treno lui
non può lasciare i bagagli per recarsi al ristorante. Deve
cercare il controllore, o un altro passeggero, e chiedergli
di dare cortesemente un'occhiata alla macchina fotografica. Negli aeroporti, con il carrello carico di valigie, non
riesce a raggiungere la toilette, o la cabina del telefono
soprattutto se si trovano a livelli diversi da quelli in cui è
stato sbarcato e allora, scaricare i bagagli, affrontare le
scale, deporli, entrare in un bagno diventa un'impresa
impossibile, faticosa già mentalmente. Nei ristoranti è
pressato dalla gente in coda solo perché gli altri sono in
due e lui, solo, sta occupando un piccolo tavolo. Negli
alberghi le camere singole sono, in genere, le più strette
e le più piccole: i sottotetti o le mansardine della servitù.
E per giunta c'è sempre un supplemento da pagare.

La solitudine impietosisce gli altri. A volte lui sente lo

sguardo indiscreto della gente posato sulla sua figura
come un gesto di una violenza inaudita. Come se gli altri
lo pensassero cieco e gli si accostassero per fargli attraversare la strada. Certe premure lo offendono più del-
l'indifferenza, perché è come se gli ricordassero continuamente che a lui manca qualcosa e che non può
essere felice. Si vede con un lato del corpo sanguinante,
una cicatrice aperta dalla quale è stata separata l'altra
metà. Vorrebbe spiegare che sì, Thomas gli manca e di
questo sta soffrendo. Ma che non avverte la propria solitudine come una disperazione. Si sta concentrando su di
sé, si sta racchiudendo nelle proprie fantasie e nei propri
ricordi. Sta cercando di abbracciare la parte più vera di
se stesso recuperandola attraverso il ricordo, la riflessione, il silenzio.

Continua a dormire tantissimo. Di pomeriggio, e cori-
candosi la sera presto. È come se, steso su quel letto solitario e separato, lui dovesse ricapitolare tutto quanto il
suo passato e la sua vita per rinascere. È un letargo dal
quale spera di uscire come un uomo nuovo. Ma più pensa di progredire, più si sente sospinto all'indietro.

Per la prima volta nella vita il suo sguardo è catturato
esclusivamente dai bambini. Li spia nei parchi, li osserva per ore lungo la strada o nei cortili delle scuole, stretto nella sua giacca di lana, incapace di pensare ad altro.
E si sente in pace, dolcemente spossessato di sé. Li guarda attraverso le reti di protezione dei parchi o le recin-
zioni delle scuole come fosse allo zoo, o in un museo di
storia naturale. Osserva come sono vestiti, come parlano, come giocano, come piangono. Li immagina adulti,
vede in ognuno di loro i tratti espressivi che avranno da
ragazzi e da vecchi. Ricorda altri bambini, altre scolaresche, la sua. E si vede in tutta l'enormità della propria
sofferenza di fanciullo. È un sentimento struggente che
lo stordisce perché non è più in grado di avvicinarsi a
quel bambino grassottello, senza denti, e consolarlo; ap-
poggiargli una mano sulla piccola spalla e sorridergli dicendogli che non deve avere paura.

Allora si stringe sempre di più nella sua giacca, le sue spalle si incurvano e si allontana lentamente. Sente come una profanazione e un sacrilegio il peso enorme di tutta la violenza che quel bambino ha dovuto sopportare, lui, il piccolo, l'indifeso impastato solamente della propria purezza e della propria, ingenua, bontà. E si sente folle perché capisce che solo il dolore estremo può fare impazzire.

Ora lui sta ritornando, lentamente, quel bambino. Si rende conto di non aver nient'altro al difuori di se stesso. Il lutto per la morte di Thomas, una morte che continua ora dopo ora – quante volte al giorno Thomas *per lui* sta morendo? – lo sta soverchiando. Tutto in lui è in via di distruzione. O meglio, di eliminazione. Cammina in silenzio per le strade, siede nei pub attorno al Covent Garden e ordina pinte di *bitter ale* senza rivolgere parola a nessuno. Il suo inglese è infantile. Passa pomeriggi interi alle slot machine elettroniche o nelle sale-gioco aggrappato a un videogame. Improvvisamente, mentre è in un museo, mentre sta cenando, avverte l'impulso irrefrenabile di tuffarsi nel rumore tintinnante, galattico, di una sala giochi dove i flipper parlano come robot invitando al gioco e i videogame emettono motivi minimali, come eseguiti da un organo interstellare e le slot riproducono incessantemente il fragore metallico di una cascata di monete. Quando non gioca osserva. Nel giro di pochi giorni è in grado di riconoscere i perdenti abituali, i turisti occasionali, i piccoli boss che prestano qualche sterlina già cambiata in modo che il giocatore non sia costretto ad abbandonare la macchina per recarsi a far moneta e lasciare così una probabile, quanto remota, vincita. Ogni tanto anche lui vince e sente un piacere selvaggio che lo scuote per un istante dall'abulia. E questo piacere non è legato alla quantità della vincita, ma solamente alla riuscita visiva della combinazione vincente. Si sente allora tutt'uno con la macchina. La ama, in un certo senso. Vede se stesso proiettato nella vincita e allora ritenta. E perde.

Ci sono moltissimi orientali, piccole donne cinesi incanaglite sulle leve delle slot. Vecchi che ciccano sigarette e che estraggono dalla tasca le monete una ad una come fossero tesori. Altri poveracci che fanno scongiuri, incrociano le dita, tappano le finestre dietro le quali ruotano i simboli graziosi e crudeli della fortuna: le ciliegie, le campane, le pere, le albicocche, i jolly. Alcuni litigano fra di loro per la precedenza. Ci sono spesso discussioni violente, poi il più debole raccoglie i suoi stracci, una piccola busta di plastica colma di indumenti, e esce bestemmiando. Leo lo ritroverà, ancora più accanito, nella sala-gioco dieci metri più avanti. E questo girovagare di sala in sala, attorno a una piazza o a una strada, solamente per il piacere di sentirsi rifiutati dalla sorte e dagli uomini, gli ricorda la droga.

Sono ormai trascorsi una ventina di giorni da quando abita a Londra. Ha lasciato l'appartamento di Old Compton Street per rifugiarsi in un piccolo albergo, lì a due passi. Si chiama Hazlitt's House. Le camere non hanno numero, ma il nome di ospiti del XVIII secolo. Lui abita all'ultimo piano, nella stanza William Duncomb. La stanza è profumata di legno, ha dei mobili in stile country, di ciliegio chiaro. C'è un caminetto in cui lui ha ammassato i libri e i giornali. Ci sono due poltrone e due grandi letti. La mattina una ragazza francese gli porta la colazione. Il pane è sempre caldo, come i croissant. Il caffè fragrante e bollente. A volte si porta in camera un paio di lattine di birra e dei sandwich che consuma in piedi, accanto alla finestra, guardando nel palazzo di fronte. La sera passa la solita ora al Brief Encounter, un pub in St. Martin's Lane. E si mescola alle centinaia di uomini che chiacchierano e bevono, ai ragazzi fashion, agli impiegati con la loro valigetta ventiquattrore ritta in terra in mezzo alle gambe, ai giovani di colore, alle old queens che cantano in coro, al piano di sotto, *West Side Story* o *My Fair Lady*, tutte strette attorno a un pianoforte a coda. Nessuno gli parla e lui si sente bene fra quei boccali di birra che girano sulla sua testa, fra quella gente che gli sembra allegra, o quantomeno, che non nasconde la voglia di cantare e far chiasso. Osserva, come sempre, in un angolo, seduto su uno sgabello se ha la fortuna di trovarne uno libero. Ogni tanto incontra lo sguardo di un altro. Distoglie immediatamente gli occhi. Al bambino-Leo non piace essere oggetto di attrazione e di curiosità.

Una notte ritorna all'Heaven Club. La pista è affollata di gente trendy che balla, al piano superiore invece l'atmosfera attorno al grande banco del bar è più quella di un club. Si siede con la sua birra e guarda i video. Gioca a una slot elettronica e vince otto sterline. Vaga per tutta la notte fra i piani della discoteca. Mangia una torta di rognoni che gli scaldano in un forno a micro-onde. Ascolta un po' di conversazione, nota come a ogni ora la fauna cambi e mentre un certo tipo di giovani dall'abbigliamento piuttosto ordinario se ne va, subentrino prima i post punk, con le loro acconciature vertiginose, poi gli eredi del new romantic, con le camicie di pizzo, gli anelli alle orecchie, i codini di capelli sulla nuca, gli jabot e i *breeches* marinareschi e infine i dark che trasformano il locale in un meeting corvaceo e un po' funereo, pur sotto i riflessi ameboidi dell'illuminazione psichedelica.

Il bagno è uno stanzone con una latrina unica che segue il perimetro del locale. Un "muro del piscio" con il canaletto di scolo zeppo di pani di naftalina. La gente entra e sbatte contro la parete di piastrelle azzurre. Lui si mette in un angolo. Pochi secondi dopo un ragazzo gli si accosta. Leo glielo scorge gonfio, abbondante. Vede la parabola energica del getto che schizza sulla parete. Ha un attimo di fastidio. Poi di rabbia. Come è possibile, si chiede, *tirarlo fuori* quando Thomas sta morendo? Si abbottona e esce, lasciando il boy contro la parete. Borbotta, parla da solo camminando veloce fra la gente che balla, urtando i ragazzi, scostandoli con decisione per farsi largo. È turbato, perché non si nasconde di aver provato piacere, come una sferzata di energia, l'aver notato che ci sia ancora qualcuno, in giro, che ce l'ha. Trova assurda l'ambivalenza della propria reazione emotiva. Dovrebbe starsene in ginocchio a pregare, al buio. Dovrebbe digiunare e flagellarsi con un cilicio. E invece è lì che vaga da un pub all'altro, da una discoteca all'altra. Capisce per la prima volta che non sta affatto morendo, come pensava. Sta continuando a vivere, anche se non proprio a desiderare. Sta continuando a vivere senza Thomas. Leo senza Thomas. È inconcepibile. Significa una sola cosa: che anche Leo è morto. E non nell'altro, che invece è arrivato fedele alla fine della sua esistenza. Ma proprio nel suo ideale. Perché lui è destinato a continuare e in questo modo a uccidere, giorno dopo giorno, quell'unità armonica che si chiamava Leo-e-Thomas e che ora non c'è più e non potrà più esserci.

Esce velocemente dall'Heaven. È bastata un'occasione così ridicola per farlo precipitare nella confusione e nell'angoscia. Respira forte come ha imparato a fare quando era un atleta. Cerca di riprendere contatto con se stesso. Attorno il traffico notturno di Charing Cross scorre frenetico, attraversato da bande rumorose di ubriachi. No, non troverà un amante, non sostituirà Thomas. Per quanto lo riguarda si sente assolutamente fuorigioco. Dovrà passare molto tempo prima che possa sentirsi pronto per un'altra occasione. Ha intravisto un percorso di cambiamento e lo vuole compiere interamente. Solo allora potrà trovare un nuovo compagno. Sempre se lo vorrà. Sempre che il suo destino lo preveda.

Qualche giorno dopo, in volo sulla via del ritorno, si chiede se ha viaggiato per qualcosa. Non lo sa. Sa solamente che da quando ha rinunciato all'amore – in certi momenti, camminando per strada, nella musica di una discoteca, solo nella sua stanza sente queste parole: "È morto! È morto! È morto!" trafiggergli il cuore e il cervello – altro non sta facendo che concentrarsi su di sé per imparare ad amare quella persona che porta il suo stesso nome, che gli altri riconoscono come Leo e che lui sta finalmente riportando a casa.

Guardando il tramonto sopra le Alpi sente che, per

continuare a vivere e progredire, deve amare quella stessa persona che la carta d'imbarco ha assegnato al suo
stesso posto, lì, accanto all'oblò che gli apre lo sguardo
verso un giorno e una notte d'Europa.

Milano, nella sua casa, fra i suoi libri, fra i piccoli oggetti preziosi che ha comprato in giro per il mondo, fra le sue candele sempre accese e le decine e decine di bottiglie ben allineate sul tavolo di mogano dell'angolo bar, gli sembra un rifugio antiaereo. La città rivoltata e squarciata dai cantieri della metropolitana, interrotta dai lavori di manutenzione del sistema idrico o telefonico, spezzata da barriere di grandi pannelli di lamiere ondulate che proteggono i binari ferruginosi dei tram, trivellata di buchi, di cavità, di pertugi dai quali emergono uomini sofferenti e sporchi, gli appare come una città appena bombardata. E la foschia che perennemente la avvolge gli sembra quella che si eleva dalle macerie.

Lui esce solo di notte, compra i giornali del giorno dopo nelle edicole di Porta Venezia, ordina i pasti e le provviste al telefono. La gente lo mette a disagio, si sente indeciso e insicuro. Molte volte dimentica il resto all'edicola o dà mance spropositate al garzone della drogheria o al fattorino del ristorante cinese. Quando tre volte la settimana arriva la sua cameriera lui non esce dalla sua stanza. Quando lei bussa lui si rifugia in bagno lasciandole la stanza da riordinare. Quando viene il momento del bagno si chiude nello studio. E così via attraverso i locali dell'appartamento in modo da non incontrarsi quasi mai. È come se lui fuggisse, metro dopo metro, da una battuta di caccia il cui fine non è tanto quello di catturarlo, ma di stanarlo cambiandogli l'ordine del suo habitat. Si sente braccato, ma ha bisogno di qualcuno che, in silenzio, si occupi di lui.

Tenta di scrivere ma è insoddisfatto di quello che fa perché non arriva mai, veramente, al centro della sua angoscia e del suo dolore. Tergiversa, sublima, ideologizza, ma non riesce a essere soddisfatto, perché avverte di continuare a mentire. Sa di non essere là dove lui si scrive. Anche se tenta svariate modalità di approccio e innumerevoli tattiche di avvicinamento il centro gli sfugge come il bersaglio diabolico di un videogame. Ma perché, poi, scrivere? E soprattutto perché pubblicare? Perché rendere questo dolore, così privato e così essenziale, un piccolo oggetto limitato da buttare al macero o nella polvere?

Quando era poco più che un ragazzo aveva iniziato a scrivere, a viaggiare per musei e esposizioni d'arte, ad andare al cinema o a teatro ogni giorno. I suoi compagni chiacchieravano solamente di calcio o di improbabili avventure sessuali. Ed erano argomenti che a lui non interessavano. L'idea della vita che stava dietro a quelle chiacchiere lo nauseava. Nel buio di un cineclub, nel silenzio di un museo sentiva invece la sua diversità come forza. Capiva sempre di più, conosceva. E quando aveva iniziato a scrivere lo aveva fatto perché gli era sembrato il modo più naturale di esprimere questa sua diversità. Ma ora, dieci, quindici anni dopo, anche scrivere è diventato per lui una professione, un mestiere. E quando guarda gli oggetti che lo circondano scherza, malinconicamente, nel dire: quei due vasi sono il frutto di una collaborazione editoriale, quei leoni di marmo indiano sono cinque recensioni, il letto e l'armadio un libro; il divano, la cucina, il bar un altro libro e quella bottiglia di cognac una cartella pubblicitaria su Firenze. In questi momenti vede tutto come una prigione costituita di parole mercificate. Il televisore-John Fante, la lavastoviglie-Jack Kerouac, le poltroncine-Peter Handke, le piante-Patricia Highsmith, il tavolo-Linus, la libreria-Rockstar, il guardaroba-L'Espresso, il computer-Transeuropa Edizioni, il marmo del bagno-diritti di traduzione in Germania, i kilim anatolici-diritti di traduzione in Francia, l'automobile-diritti cinematografici. Parole, parole. Vive di parole nel senso più letterale del termine. E quando alle tre del mattino, o alle cinque, annaffia abbondantemente del suo rhum preferito il ghiaccio nel bicchiere di cristallo-Christopher Isherwood per un istante, angosciosamente, si chiede: "Quante parole sto ora, realmente, consumando? E di quale storia, in particolare, che ho scritto?".

Lui che aveva affidato alle parole, non ancora alla letteratura, non ancora ai libri, ma proprio alle lettere e ai racconti tutta l'ansia e il desiderio di un cambiamento della sua vita, si trova ora annullato dalla mancanza di desiderio per le parole. E, conseguentemente, per le cose. E se guarda fuori di sé, se vede come si comportano gli altri e soprattutto *chi* siano gli altri che svolgono la sua stessa occupazione si sente precipitato di nuovo in quella classe ginnasiale da cui ha cercato per anni di fuggire. Gli altri parlano ancora di sport, c'è chi, dicono, riesce bene in geografia, chi in scienze naturali, chi in chimica, chi in educazione civica o in storia o in religione. Vede, anche nei suoi coetanei-colleghi, chi è avviato all'Accademia o al Potere nello stesso modo in cui vedeva già il figlio quindicenne del commercialista ereditare con successo lo studio del padre, la presidenza del Rotary o del Lions provinciale, la segreteria cittadina del partito di governo. Vede le carriere e così si sente in trappola ancora una volta. Vuole uscire dalla classe, lasciare i suoi compagni per seguire il proprio destino diverso. Ma ora tutto è più difficile, quasi senza via di uscita, perché Leo è oppresso proprio dai risultati della sua scelta di libertà. Ora non può più scappare. Può solo tacere e defilarsi.

Prende corpo in lui il progetto di scrivere libri per dieci, venti persone. Dei libri espressamente destinati a chi può comprenderlo, agli amici di cui si fida. Che lo rispettano, che gli prestano attenzione, che non giudicano se ha fatto una cosa buona o cattiva, ma che interpretano la disponibilità di partenza, la sua necessità di raccontare qualcosa a qualcuno. Diventa ossessivamente geloso di quello che scrive. Un giorno gli capita di scorgere, in metropolitana, uno sconosciuto che legge un suo libro. Deve scendere, rosso di vergogna. Avrebbe voluto strapparglielo dalle mani, picchiarlo con violenza e insultarlo. E per un attimo gli si è avvicinato obbedendo a queste precise parole: "Ora vado lì e gli spacco la faccia". Poi è sceso, quasi scappato, sconvolto.

Quando pensa a questo episodio lo colpisce l'idea di essere stato sorpreso, nudo, da uno sconosciuto. Sente insomma quel libro, o altri che ha scritto, come il suo corpo spogliato. Non una emanazione di sé, una proiezione, un transfert, ma proprio, realmente, il suo corpo. Leggere quelle pagine è addentrarsi sulla sua pelle e nei suoi nervi, far l'amore con lui, odiarlo, ricordarlo, sognarlo. E questo gli pare intollerabile. Forse, nell'uscire da quella classe ginnasiale, lui ha voluto proprio che così accadesse, ha desiderato darsi in pasto agli altri offrendo il corpo delle sue parole. Ora si sente come una pin-up invecchiata che scopre un ragazzino brufoloso masturbarsi sulle sue foto giovanili, spiare con libidine gli accoppiamenti carnali della sua gioventù. E di tutto questo non prova un piacere narcisistico, al limite della civetteria, ma solo un'idea di vergogna e di morte. Forse allora se lui non scrive, se non vuole più scrivere non è tanto perché gli manca l'ispirazione, non è tanto perché ha perduto Thomas, ma perché sta invecchiando. Perché il suo corpo incomincia a scricchiolare sotto il peso di quanto si è scritto addosso; in sostanza lui si vergogna di quel suo corpo troppo incurvato dalle parole. E allora desiste e ricade nell'inattività.

Ogni giorno che passa si rende maggiormente conto che la perdita di Thomas sta lavorandogli dentro con una dirompenza devastante e catastrofica. Ora, se riesce a circoscrivere razionalmente la scomparsa di Thomas dicendosi "È andata così, non posso farci niente" non può assolutamente ripetere la stessa cosa per quello che gli sta succedendo interiormente. Perché non ha la più vaga idea di quello che gli sta succedendo. Per tutto questo ancora non ha parole, né spiegazioni plausibili. L'unica cosa che può fare è porsi in un atteggiamento di attesa. E, riflettendo su questo, si accorge che da mesi e mesi, inconsapevolmente, nelle sale-gioco di Soho o nel suo girovagare fra i night club di Milano, tutta la sua vita altro non è stata che una preghiera di ininterrotta sincerità. Per mesi e mesi tutto quello che ha fatto o ha detto, sia che abbia mangiato, sia che abbia bevuto, dormito o viaggiato, tutto ha fatto in nome e in lode di Thomas.

Ha trasformato la sua ossessione in uno sguardo aperto su se stesso. Da quando Thomas è morto la sua sensibilità si è come purificata; e ora cerca di andare verso l'essenziale. In questo senso Thomas non è solo un cadavere che si sente incollato addosso, ma un seme di vita sepolto nella propria mortalità. Lui culla, nel profondo, questo seme, lo scalda, assiste alla sua crescita cercando di crescere con lui. Poiché Thomas nelle sue complicate introiezioni e rimozioni è ormai l'illuminato, il trapassato. Quando lo aveva visto sul letto di morte, avvolto nel sudario, aveva pensato proprio a questo, a Thomas che stava trasformandosi nel Thomas-bambino; che avanzava, in quel breve tempo che la vita ancora gli concedeva, verso l'origine; che si trasformava, attraverso l'enormità della sofferenza, non in qualcosa di diverso, ma in quello che intimamente gli assomigliava di più: una materia infantile precocemente formata e nostalgica della quiete del nulla.

Così quella che lui chiama preghiera, altro non è che un atteggiamento di ascolto delle cose e degli uomini, un osservare e contemplare, che ha a che fare con il suo stesso modo di essere. Non ha altari davanti ai quali inginocchiarsi, non ha templi né simulacri a cui sacrificare; allora celebra come liturgia la vita stessa. Avverte la presenza del sacro come qualcosa di tangibile nella realtà, qualcosa su cui il suo sguardo si posa con devozione. Quando pensa alla preghiera lui si dice: "Io non so pregare, soprattutto non so chi pregare". Poi ricorda la sua giovinezza, le ore di meditazione, le discussioni con i sacerdoti, la recita della parola. E la sua mano cerca nella libreria, automaticamente, la Bibbia.

Legge, di preferenza, il Vecchio Testamento, in particolare i profeti: Isaia, Geremia e Osea. Alla base di questa scelta non c'è solamente una predilezione estetica, forse piuttosto il fatto che ancora lui non sente la redenzione arrivata nella sua vita; e i vangeli gli appaiono come tableaux di una fiaba che non comprende. Quando invece legge Osea, quando riflette sulla metafora per cui Dio sceglie di concepire il suo popolo dal ventre di una prostituta; quando considera il fatto che Dio si rivolge al figlio con il linguaggio dell'innamorato, quando lo vede chinarsi sul piccolo Israele per insegnargli a camminare, tenendolo per mano; quando lo vede adirarsi per il tradimento e per la sordità con la quale viene ricambiato il suo amore estremo, allora Leo avverte in sé la propria vocazione religiosa come qualcosa di irrinunciabile. Non gode della serenità del mistico, ma solo dei turbamenti di un'anima votata alla ricerca. "You have been bitten by the metaphysical bug" gli aveva detto, un giorno, sorridendo, un amico sacerdote.

Più volte gli è capitato di dire: "Non posso vivere senza Dio, ma posso vivere senza religione". Poiché, se ha abbandonato la pratica della religione in cui è cresciuto e attraverso la quale ha imparato a segnare il mondo, il suo ambiente, i suoi sentimenti, l'ha fatto per una inconciliabilità di fondo fra la sua vita e il suo misticismo. L'ha fatto perché portava non solo la propria emotività, ma anche la sua sensualità, nella ricerca di Dio. Nello stesso tempo vedeva la religione vissuta in modo sdilinquito, atrocemente svirilizzato senza la passione feconda, la recettività violenta della femminilità o l'esuberanza della virilità. Una religione senza sesso per uomini che hanno paura delle passioni e della forza dell'amore. Una religione accomodante, borghese, il più delle volte ipocrita. Mentre invece, anche nella sua silenziosa preghiera, lui era consapevole di mettere in gioco tutta la propria sessualità. Per questo leggeva Osea. Perché in quelle pagine non c'era una visione esclusivamente mentale del rapporto fra Dio e il suo popolo, ma una rappresentazione di corpi, di prostituzione, di abbandono, di delirio della separazione, di rabbia, di paterna protezione. Come succede, da sempre, fra gli uomini che si amano.

A volte gli era capitato di pregare, mentre faceva l'amore. Il suo sguardo si distendeva sulla nudità del corpo desiderato con una devozione castissima, addirittura verginale. Sentiva il miracolo di avere accanto a sé la bellezza della creazione e di poterla contemplare in silenzio. Di poterla toccare, assorto, con la punta delle dita così come, con lo sguardo, poteva accarezzare, in certi tramonti, la montagna. Non lo sfiorava nemmeno lontanamente l'idea del possesso e del dominio sull'altro. Non voleva rubare niente, né pretendere, né strappar via. Voleva che tutto si mantenesse intatto in un senso di gratitudine e di pienezza. Potevano trascorrere ore in queste ricognizioni in cui il corpo dell'amato diventava l'universo, con le sue costellazioni e i suoi mondi. E le volte in cui era Thomas ad addentrarsi in lui, a percorrere con lo sguardo e le mani il suo corpo, anche allora lui pregava, scivolando nel sonno, perché provava la felicità di vivere la sua imbarazzante finitezza come un valore che dava pace agli altri. E questi momenti d'amore e di devozione per arrivare ai quali aveva impiegato praticamente una vita – poiché erano in realtà momenti estremi di ricapitolazione – lui li chiamava, fra Isaia e Virgilio, l'età dell'oro. Erano momenti talmente intimi che, per un istintivo pudore, lui non ne aveva mai parlato con Thomas.

Il desiderio della religione era scattato come una trappola al tempo dell'abbandono di Hermann. In quel periodo la separazione agiva in Leo come un azzeramento continuo. Sentiva che non sarebbe riuscito a vivere senza un valore forte e consolatorio da seguire. In quel momento riesumò dalla propria coscienza la religione dicendosi: "Se ci ho creduto per diciotto anni, perché non posso continuare?". Invece non riuscì proprio a continuare. Era andato da un sacerdote e gli aveva raccontato, sotto il sacramento della confessione, quello che stava passando. Mentre parlava, imbarazzato e confuso, si accorse che il più turbato era in realtà l'altro. Il sacerdote balbettava "Mio Dio, Mio Dio!" serrando con forza la corona del rosario. Leo poteva vedere il sudore colare dalle sue dita rattrappite sulla corona. E allora con un moto di orgoglio, poiché niente dà più coraggio che vedere gli altri nella confusione e nell'imbarazzo, lui, il Leone, gli aveva detto: "Io voglio vivere seguendo la mia natura. Perché la mia libertà deve essere giudicata dalla coscienza altrui? Perché devo essere biasimato per cose di cui rendo grazie? Questo è scritto nella prima lettera ai Corinti. E allora perché devo pentirmi? Io desidero essere felice. Come espiazione mi pare già sufficiente il fatto di dover essere vivo. Non sono stati dieci, o cento o mille uomini a salvarci, padre, ma uno solo; e se è bastata una vita, una soltanto, a riconciliare in Dio quella di miliardi di creature, questo può solo significare l'enormità del dolore di vivere. Io non posso amare la religione del cilicio e della pena. Io vorrei amare la religione della pienezza. Vorrei essere felice nella mia religione, perché la sto sentendo come un bisogno biologico, come mangiare, come bere, come fare l'amore. Ma voi sembrate non capire questo. Io cerco di parlare con sincerità, ma voi negate la mia stessa esistenza. Eppure per quello che lei o io ne possiamo sapere, anche i cani hanno un Dio".

No, in questo modo era solo una trappola. Avrebbe potuto entrare in una comunità, lo avrebbero accolto con gioia. Si sarebbero sentiti maggiormente nel giusto perché la pecora smarrita era tornata. Ma lui non poteva rinunciare a se stesso, non poteva mutilarsi, diventare uno fra gli altri milioni di svirilizzati dalla religione, una povera anima moscia e penitente impaurita dal mondo. E per questo aveva lentamente abortito, giorno dopo giorno, il suo bisogno di Dio. Se l'abbandono di Hermann l'aveva spinto verso il pellegrinaggio solitario e l'interiorità, la separazione da Thomas lo spinge verso la religiosità e la sacralità dell'umano. Forse con Hermann aveva giocato interamente il suo bisogno di assoluto incarnato in una relazione d'amore, e nel momento in cui ne era stato privato, aveva cercato, come compensazione, l'esperienza del misticismo. Con Thomas aveva impostato la relazione in un modo assai diverso. Non c'era differenza fra i livelli d'amore che con entrambi aveva vissuto poiché l'amore, come il dolore, non può né crescere, né diminuire. Era una prospettiva diversa con Thomas. Sapeva, fin dall'inizio, che mai lui avrebbe potuto essere "tutto". Per questo chiamava il loro amore "camere separate". Lui viveva il contatto con Thomas come sapendo, intimamente, che prima o poi si sarebbero lasciati. La separazione era una forza costitutiva della loro relazione e ne faceva parte analogamente all'idea di attrazione, di crescita, di desiderio sessuale. Era una consapevolezza che se non impediva l'abbandono, lo rendeva più umano. Con Hermann mai aveva sentito la morte così vicina al suo amore. Con Thomas sentiva la morte solo in relazione alla vita.

Hermann gli era apparso un giorno, bellissimo, nelle sale di un museo di arte moderna. Lo aveva intravisto in fondo a una galleria, solo, che guardava un quadro avvicinandosi e allontanandosi dalla parete. Altissimo, leggermente curvo sulle spalle, con un ciuffo di capelli biondi che ricadeva su un viso spigoloso. Leo non sapeva niente di Hermann. Eppure se ne innamorò. Credeva di trovarsi con un Chez Maxim's e invece si ritrovò, per due anni, con un *wrong blond*. Non che Hermann non lo avesse amato, ma certo la loro relazione era stata vissuta da Leo come un inferno. Momenti di abbandono struggenti, di lacrime, di abbracci e poi giornate di violenze, separazioni, infedeltà, tradimenti. Hermann andava e veniva dalla sua casa senza nessun ordine preciso. Scompariva e riappariva, magari nel pieno della notte. E Leo doveva subire la follia dell'altro. Ma continuava a trovarlo bellissimo e quando Hermann si rannicchiava fra le sue braccia lui si sentiva scosso fin nel profondo, dall'amore che gli portava.

Una notte, a Roma, Hermann era arrivato a casa sanguinante e pieno di lividi, la camicia strappata, un dente spezzato. Era estate, un luglio afoso e caldissimo e loro abitavano in una stanza in fondo a via del Serpente, nella Suburra. Una piccola stanza senza finestre in cui il letto a due piazze occupava quasi per intero lo spazio disponibile. Le pareti erano di compensato, esili e macchiate di umidità. Potevano sentire le urla dei vicini, la voce di un uomo ubriaco che tornava la notte, quella dei bambini che strillavano, quella di una donna disperata. C'era un piccolo bagno con una tazza e il tubo della doccia. Lo scarico era intasato e bisognava fare attenzione a lavarsi con poca acqua per non allagare la stanza intera, cosa che avveniva ogni volta in cui Hermann faceva la doccia. Usciva dallo sgabuzzino fingendo di nuotare divertito. I giornali galleggiavano sulla moquette e Leo era disperato. Poi Hermann gli si gettava addosso e lui era incapace di respingerlo.

Leo doveva lavorare alla produzione di un film. Ma non riusciva a ingranare. Non riusciva a essere puntuale agli appuntamenti, non aveva idee. Inseguiva telefonicamente il regista da una cabina di via Nazionale. Se cadeva la linea non aveva altri gettoni e non sapeva come poterlo rintracciare. Un giorno, mentre stava parlando con gli uffici della produzione, sentì puzza di bruciato e vide salire del fumo che presto riempì la cabina. Si buttò fuori lasciando il ricevitore. Seduto sul marciapiedi stava Hermann con i fiammiferi in mano. Aveva dato fuoco all'elenco telefonico, così, tanto per fare qualcosa. E Leo non se l'era presa. Si era messo a ridere e si erano abbracciati e avevano attraversato via Nazionale bloccando il traffico, dando manate sui cofani delle automobili che inchiodavano a un centimetro da loro, fischiando e imprecando come due teppisti felici.

Quella notte, a Roma, Hermann era dunque tornato pestato a sangue. I pusher erano spariti dalla circolazione dirigendo le partite di roba verso i centri di villeggiatura. Dalle borgate i tossici rimasti in città piombavano su altri disperati aggredendoli per derubarli di una dose. Era una guerra fra rifiuti umani, fra selvaggi. Hermann era stato sorpreso in un giardinetto alla ricerca di ero. Gli stessi che magari la sera prima avevano condiviso un buco con lui lo avevano assalito, picchiato, derubato di quella miseria che si stava facendo. Era tornato a casa devastato. Piangeva, soffriva. Imprecava come un bambino che vuole il suo cibo. Leo, allora, si era visto uscire di casa, battere la piazza, un paio di bar dietro piazza Navona, contrattare finalmente con un africano, aspettare ore e ore ai margini di Trastevere con puttane che gli facevano proposte e lo seccavano e lui era solo in grado di ribattere qualche parola violenta. Finalmente l'africano era tornato, gli aveva consegnato la bustina e lui era corso a casa.

Hermann era abbandonato sul letto, aveva rigettato, una bottiglia di cognac era riversa a terra, in un angolo. Aveva acceso decine e decine di candele e il puzzo era insopportabile. Aveva bruciato un giornale, pagina dopo pagina e le ceneri nere erano ovunque. Il caldo era quello di un forno crematorio. Leo gli disse che aveva trovato una dose, gliela buttò sul letto e andò a sedersi nel cesso. Non sentì niente per quasi un'ora. Poi vide Hermann raggiungerlo completamente nudo, con l'aria innocente e spaesata che aveva quando era fatto.

Hermann si era chinato ai suoi piedi e lo aveva baciato stringendosi alle sue gambe, lo aveva spogliato, aveva succhiato con la lingua le lacrime che uscivano silenziose dagli occhi di Leo. Gli aveva chiesto perdono e si era offerto al suo amplesso con una tenerezza struggente, guidandolo, invitandolo, provocandolo. E Leo aveva fatto l'amore, piangendo, e ancora una volta era riuscito a vendicarsi su quel suo amore picchiandolo, battendolo, schiaffeggiandolo nella furia dell'amplesso. E si sentiva devastato perché vedeva quella che considerava la bellezza più grande del mondo, Hermann, sottomessa alla più efferata brutalità. Vedeva la bellezza offesa e questo lo faceva impazzire. Se c'era un posto per Hermann poteva solo essere fra gli Arcangeli. E invece lui era caduto nel dolore del mondo come un angelo dannato. E l'amore di Leo, e tutto quanto Leo era in grado di fare per lui anche offrendo la propria vita – come in realtà stava facendo – era solo in grado di dannarlo, sempre di più, l'uno e l'altro. Si era reso conto che per Hermann stava diventando una sorta di carnefice necessario. Una persona che, proprio perché lo amava, non lo avrebbe distolto dalla propria distruzione. E questo mito, inseguito per anni nell'ignavia della vita provinciale, anche in Leo stava esplodendo con una furia che mai si sarebbe aspettata. Erano solamente due ragazzi che correvano incontro all'annientamento con una determinazione che non ammetteva ostacoli. Erano due bellezze che godevano nell'essere offese e violentate poiché entrambi ritenevano che il mondo non li meritasse e che nessuno potesse essere in grado di capire la loro qualità. Erano in guerra contro i valori della società e contro la normalità. Erano ribelli e si sentivano diversi. La loro relazione era precisamente una guerra separata.

In realtà, come l'inesorabile scorrere degli anni avrebbe dimostrato, erano solamente due ragazzi avvolti in una pazzia che avrebbe, uno dopo l'altro, cancellato dalla faccia della terra i loro amici e quella che credevano la parte più brillante della propria generazione. Anno dopo anno avrebbero visto morire i loro coetanei di ventisette, ventotto, trenta, trentadue anni. Per overdose, per delirio alcolico, per infarto, per collasso, per assassinio. E quando la vita sembrava avere preso definitivamente il sopravvento con matrimoni, carriere ben avviate, lavoro di successo ecco che il passato tornava inesorabilmente, un giorno, una notte, durante un viaggio, a colpire fatalmente come l'esito di una colpa non condonata.

A Firenze, una notte di gennaio, Leo aveva deciso che avrebbe abbandonato Hermann. Che non poteva continuare un solo giorno di più con questa ossessione che da qualche anno lo stava uccidendo. C'erano due sole soluzioni possibili: o morire entrambi o lasciarsi. E lui voleva vivere. Così quando Hermann era uscito dall'appartamento, alle tre del mattino, dopo uno dei soliti litigi, lui aveva preso la sua fotografia che portava da anni nel portafoglio e l'aveva buttata nella spazzatura. Erano mesi che cercava di compiere questa azione senza mai riuscirvi. Di fronte al secchio dell'immondizia riponeva la fotografia. Quella notte, quella mattina ci riuscì con una calma innaturale e con una facilità che lo sorpresero. Si sentì subito sollevato, respirò profondamente e tornò a letto dicendosi: "È fatta, è fatta". Da quel momento, soffrendo come solo un abbandonato può soffrire – poiché lui era un abbandonato e il fatto che la decisione dell'abbandono l'avesse assunta in prima persona, in realtà si trattava solamente di rendere esplicito uno stato di cose che si trascinava da tempo, e cioè che con Hermann non poteva *durare* – da quel momento, Leo non lo cercò mai più. E quando si ritrovarono, anni dopo, in una casa sul mare, lui ebbe la certezza che lo avrebbe sempre amato e nello stesso tempo che questo non sarebbe mai più stato possibile. Né in questa, né in nessuna altra vita.

Se ora ripensa a Hermann, al suo abbandono, e lo collega inevitabilmente alla perdita di Thomas scopre che dopo quella prima relazione aveva conservato la volontà di trovarsi qualcuno, di rimettere la propria vita sui binari giusti. E difatti era arrivato Thomas, preceduto da qualche piccola avventura di assestamento. Ora invece la scomparsa di Thomas ha azzerato la ricerca di un nuovo compagno. Hermann lo aveva buttato in braccio a Thomas. Thomas lo lascia completamente solo, senza nessun desiderio di ricominciare. Anzi, come sta emergendo giorno dopo giorno, con il terrore, proprio la paura fisica, di dover ricominciare con un altro. La morte di Thomas sta spezzando il karma delle reincarnazioni d'amore. E Leo comincia sempre più a credere, o a illudersi, che solo in questa nuova solitudine potrà essere al sicuro. Non rinuncerà alla vita, ma solo al dolore. E dell'amore e della sessualità potrà farne a meno in nome di un valore più grande, quello della sua sopravvivenza.

In questo modo la perdita di Thomas lo sta portando lontano, verso se stesso. Ora che Thomas è morto e si è trasformato in una presenza che pulsa e che vive dentro di lui, lo sforzo maggiore della sua vita è accettare di scoprire il senso della propria solitudine. Per questo, un giorno ventoso di marzo, lui decide di ritornare nel paese in cui è nato, nella casa dove ha abitato per vent'anni, sotto lo stesso tetto che protegge il sonno dei suoi genitori.

Il paese è un piccolo borgo della bassa padana, con i portici, l'acciottolato sul corso principale, la basilica dedicata al patrono, il palazzo rinascimentale, le torri, i campanili, la rocca, le vecchie case ottocentesche del centro, alcuni palazzi del Settecento, la struttura urbana rimasta intatta e raccolta attorno al circolo delle vecchie e scomparse mura. Lui è nato qui in una vecchia e grande casa che ancora si affaccia sulla piazza principale. Ancora per poco. È già stata sgomberata. Gli inquilini se ne sono andati, i negozianti hanno lasciato le botteghe, il barbiere è l'unico rimasto. Fra poco inizierà la demolizione per dotare il paese di un altro edificio senza storia e senza stile, ripieno di mono-bilocali, di soffitti bassi, di finestre anonime, dall'intonacatura postmodern color rosa salmone o verde acqua. Ma lui non si scandalizza. I suoi genitori la penserebbero nello stesso modo. Solo i prigionieri hanno bisogno di spazio. E lui, che vive nelle città, conserverebbe tutto con una devozione sacra per il passato. Si stupisce, ad esempio, di come un piccolo tempio devozionale, probabilmente ottocentesco, che è rimasto intatto sulla statale, a pochissimi metri dalla casa in cui è nato, sia lasciato nel più assoluto abbandono.

Da bambino la nonna portava Leo davanti a questa chiesetta prendendolo in braccio per mostrargli l'altare che stava dentro, il quadro raffigurante la Madonna, i vasi di fiori. Per molti c'è un albero che scandisce il divenire, l'accrescimento, l'avanzare degli anni. Molti ricordano che quell'abete alto una ventina di metri è stato piantato dal padre quando erano piccoli. E anche Leo ricorda di aver interrato quei pioppi, ora altissimi, davanti all'edificio delle scuole medie in una giornata di ottobre dedicata agli alberi. Ma vedendo quel filare di pioppi non prova nessuna emozione. Quando invece passa davanti al piccolo tempio sulla strada lui si ricorda di quando era piccolo, di quando si doveva arrampicare sulla grata di ferro per vedere dentro. Ora può scorgerne l'interno gettando semplicemente una occhiata. È cresciuto. E il tempio è diventato più piccolo, più raccolto, dai contorni più netti. Forse è anche più solo. Ma rimane per lui l'unità di misura del tempo.

Arrivando a casa lascia la macchina lungo il viale alberato, a poche decine di metri dall'edicola sacra. E scopre che vi hanno accostato due cassonetti di metallo per la spazzatura, e che un lato è ricoperto di avvisi pubblicitari. Allora capisce che il suo senso di conservazione della realtà, o di quella che ha conosciuto, o di quello che ha amato, è molto diverso dalla sensibilità degli altri. È sicuro che se chiedesse alle migliaia di suoi concittadini dove si trovi un certo tempio, costruito in un certo modo, con una particolare riproduzione sacra all'interno, e quei fiori e quella grata arrugginita con le iniziali di Maria Vergine nessuno saprebbe indicarglielo. Forse, nemmeno sua madre. Capisce che il modo in cui lui è in grado di guardare il paese in cui è nato è profondamente diverso da quello degli altri. Il suo è uno sguardo affettivo dotato di memoria, temprato dalla lontananza e dalla separazione.

Quando scomparirà la casa in cui è nato, quando il tempietto davanti al quale si arrampicava verrà abbattuto, quando non ci saranno più le stesse pietre, non morirà solamente il ricordo delle persone che ha amato nella sua infanzia, ma lui stesso morirà. La generazione successiva nulla saprà di questi piccoli uomini che hanno attraversato il divenire, di gente che non lascerà traccia, di cui nessuno si ricorderà mai più. Gente umile, anonima ma alla quale lui è stato in braccio e che l'hanno in un certo senso contenuto, come contengono tutto il futuro. Quando anche il tempietto andrà in rovina, come effettivamente sta andando, si troverà ancora più solo. E il paese, senza assolutamente accorgersene, perderà un piccolo, infinitesimale frammento in più di sensibilità.

Dalla parte opposta alla casa in cui ora abitano i suoi genitori, proprio di fronte a quella in cui lui è nato e che ha lasciato insieme alla famiglia più di venticinque anni fa, c'è il cimitero. In fondo al viale, a un paio di chilometri di distanza, la strada compie una larga curva immettendosi sulla nuova tangenziale. Lì sta il cimitero, accanto alla torre dell'acquedotto municipale. Per quanto lui viaggi attraverso il mondo, per quante case possa aver abitato o abiterà da una parte all'altra del continente, tutta la sua vita sarà contenuta in questo budello che va dalla casa in cui è nato al camposanto. Un paio di chilometri che percorrerà come le stazioni di una via della croce, quella dell'incarnazione e della sofferenza; "da qui a là" è un gesto mentale che lui ora ripete guardando in fondo al viale e ritornando con gli occhi sulla finestra che gli ha aperto il primo panorama della sua vita. "Da qui a là" è tutta intera la sua vita.

Sua madre lo sta salutando dal balcone. Lo ha visto immobile in mezzo alla strada e lo ha chiamato con quella voce acuta, di giovane contadina, che ha mantenuto intatta attraverso i decenni. È rimasta quella ragazza che gridava fra i campi, che chiamava le sorelle fra una camera e l'altra della grande casa colonica in cui era nata. E anche queste altre donne, quando si ritrovano insieme, riproducono i gesti e il chiasso che probabilmente era loro abituale in quegli anni lontani di vita in comune. Quattro sorelle separate dai matrimoni e dalle diverse città in cui le ha condotte la vita che si ritrovano

in piccoli appartamenti urlando da una stanza all'altra
come fossero ancora in campagna.

Quando si riuniscono, in camera da letto prima della
messa della domenica, e fanno il turno davanti alla specchiera, e si profumano e si aggiustano reciprocamente
gli abiti, i fiocchi delle camicette, i foulard, parlando
concitatamente di tutti, di chi si è costruito una casa, di
chi è morto, di chi ha tradito la moglie, di chi è stato
eletto in consiglio comunale, dei treni e degli autobus,
della vendemmia e dei nipoti, lui le guarda con venerazione, in piedi in un angolo, e con complicità. Vorrebbe
essere invisibile per poterle osservare meglio. Vorrebbe
registrare, come qualche volta nascostamente ha fatto, il
loro intrecciarsi di chiacchiere, quei modi di dire, quei
gridolini, quelle imprecazioni, quegli sbuffi, quei segni
di croce che ognuna esegue, sveltamente, come scongiuro. Vede riprodursi in loro i rapporti gerarchici. Nota le
coalizioni fra le due più giovani e le due più anziane. O
le improvvise alleanze che vedono una sorella isolata
contro le altre tre; e tutto in un vortice di tacchi, pellicce, naftalina, cipria, orecchini, fondotinta che a sessant'anni nessuna di loro ha ancora imparato a stendere
correttamente sulle guance, esagerando sempre un po'.
E tutte urlano e gridano parlando in un dialetto veloce e
stridulo, ognuna vuole sopraffare le altre con il risultato
di un chiacchiericcio fatto di gesti, piccole corse da una
parte all'altra della stanza, risse davanti alle specchiere,
improvvisi mutismi, una baruffa insomma come probabilmente doveva accadere sull'aia della loro casa, la domenica mattina, prima di salire sul calesse per recarsi alla messa nella chiesa del paese. E quando lui le vede
uscire, una in fila all'altra, e ognuna chiude e richiude le
porte dell'appartamento, in tutto uno sbattere di usci e
finestre e verande poiché ognuna è come non si fidasse
di quello che ha fatto l'altra, e quindi riapre e richiude
con un bel ghigno di soddisfazione e ripicca, lui, inco-
lonnandosi alla fine, un po' curvo e silenzioso, ha come
la prova che la forza della gente della sua terra non è

quella dei maschi, ma quella delle donne. Vede queste signore ultrasessantenni con la vitalità di ragazzine. Le ha viste seppellire i mariti e resistere al tempo, mai e poi mai ammalate in un ospedale, sempre pronte invece a assistere i loro maschi ricoverati a causa delle meschinità dei loro corpi malandati.

Quando immagina sua madre passeggiare lungo i portici del paese, avvolta nella sua pelliccia buona, con gli orecchini d'oro della nonna e quegli strati di fondotinta e cipria sempre un po' eccessivi, o quando la sente elevare in chiesa i suoi "amen" come se fosse ancora sull'aia della sua infanzia, ha un attimo di terrore. Prega che non faccia ingresso una gallina al centro della navata, o che un fagiano non attraversi il corso principale perché allora la vedrebbe gettare la pelliccia, alzarsi la gonna, gettare le scarpe ortopediche e rincorrere il pollo fra la gente, gridando e battendo le mani fino a catturarlo; e una volta acciuffato, torcergli con un gran sorriso il collo, o spezzargli la colonna vertebrale con un colpo secco alla testa e tornare poi in mezzo alla gente, sulla piazza, o nella chiesa, mostrando orgogliosa e fiera il suo trofeo. Quando incontra sua madre in mezzo ad altra gente lui ha sempre questo terrore e si guarda intorno ansiosamente, ossessivamente, per vedere se una povera gallina non abbia la sventura di capitare da quelle parti. Perché, nonostante gli anni, lui vede ancora sua madre come una giovane e esuberante contadina. E quando la immagina, lontano migliaia e migliaia di chilometri, cercando di attingerne l'idea lui la descrive a se stesso, per ricordarla, sempre con queste parole: "Come una eterna, povera, e bellissima ebrea".

Ora lei gli viene incontro davanti all'ascensore. Si affretta a prendergli i bagagli prima ancora di salutarlo. Lui la allontana seccato. "Ci penso io, mamma."

Entrano in casa. È buio, solo la luce azzurrina del televisore rischiara la sala. Suo padre è allungato in poltrona e manovra il telecomando alla ricerca continua di polizieschi e di telefilm. Si salutano impacciati, con quell'estraneità che produce la comune consapevolezza delle loro vite differenti. Il padre si alza e accende la luce. Lui lo ferma, non lo vuole disturbare.

In cucina, un lato del tavolo è apparecchiato con una piccola tovaglia pulita. C'è una bottiglia di lambrusco da stappare e una ciotola d'insalata. Sua madre scalda la bistecchiera. Entrambi si scrutano senza parlare, mentre risuonano gli spari e lo stridore delle auto della polizia, nel telefilm. Lui si passa una mano fra i capelli chiedendosi se sua madre lo stia trovando molto più calvo dell'ultima volta. Poi nota che lei si aggiusta la gonna, tirandola sui fianchi con un gesto svelto e fintamente distratto. Forse si sta chiedendo se Leo ha notato che è ingrassata. Nello stesso istante entrambi alzano gli occhi l'uno verso l'altro e si chiedono: "Come va?".

Subito Leo aggiunge: "Non ho molta fame, mamma". Poi si pente perché ora scatenerà la reazione di sua madre su tutte le porcherie che si cucinano in giro per il mondo e che lui si mangerà nei ristoranti, per non parlare poi di quell'insulto, di quel sacrilegio che è la cucina cinese. Li ho visti io quei cinesi, in ditta da tuo padre. Un pesce bollito e un chilo di riso, tutto insieme, cotto insieme, interiora, sangue, cipolla, rosmarino tutto in un pentolone, come ai tempi di guerra, e poi tutti a prenderne con le mani. E te, vai pure al ristorante, vai.

Lui sorride perché in realtà quello che non digerisce più è proprio la cucina di sua madre, i cibi della sua terra. Ma non lo dice, si versa un bicchiere di vino e lo beve d'un fiato. Di questo vino, fresco e sensibile, avrà sempre nostalgia.

Suo padre non è un uomo che ha avuto successo nella vita. Non si è arricchito. Non si è sciupato più di tanto. È un taciturno che continua ad alzarsi all'alba per andare a caccia sui monti dell'Appennino. O fare battute nella campagna insieme al suo cane. L'ultima sua trovata, a quanto ne sa, è quella di aver costruito un piccolo allevamento di volatili attorno a una sorgente naturale, nella campagna. Tutti i giorni prepara la pastura per i pesci, il cibo per le anatre, per i pavoni, per i fagiani o per i polli. Ha ottenuto da un amico egiziano una coppia di fenicotteri rosa che riescono a sopravvivere in quella che lui si ostina a chiamare l'oasi. Lui vorrebbe farli riprodurre e impiantarne una colonia. Ogni tanto, insieme agli amici e alle loro mogli, organizzano gare di pesca o tirano il collo a una decina di polli per cucinarseli in una baita prefabbricata. Passano così una domenica intera, dall'alba fino a notte. Le donne impastano e friggono gnocco. Gli uomini si divertono a pescare lucci, pescigatti e gobbi di qualche chilo. Fra di loro, ogni mese che passa, ci sono sempre più vedovi o donne che hanno perso il compagno della loro vita. Eppure non c'è tristezza in quel loro radunarsi all'oasi.

Non si tratta che di una pozza inselvatichita, di qualche animale, di qualche pesce, eppure lui sente che suo padre è preso da questa passione. Che quello è il suo paradiso, un luogo in cui può fare quello che vuole. Probabilmente gli ricorda l'infanzia e la sua vita in campagna. Gli ricorda la sua solitudine. In questo suo lato del carattere, scontroso e solitario, Leo lo apprezza. Si sente uguale. Sono due uomini che non si parlano e, soprattutto, non si toccano da almeno vent'anni. Che si evitano, che non si cercano e non si chiedono nulla. Sono uno lo specchio dell'altro e Leo questo lo sa. Si chiede se anche suo padre ne sia consapevole.

Dopo cena chiacchiera un po' con sua madre, in cucina. Per evitare che lei faccia domande lui la interroga sulle novità del paese, sui matrimoni, i funerali, le rapine, i divorzi, le nascite. Ma è sufficiente che lui faccia una domanda perché sua madre inizi a parlare coinvolgendo il mondo intero, passando da un soggetto all'altro senza alcun nesso logico. Lui ridacchia e si versa, nascostamente, il vino finché sua madre, sempre parlando, sempre guardandolo fisso, un po' severa, non gli toglie la bottiglia dal tavolo.

Le notizie che lei gli dà sono rassicuranti. Anche quando parlano di amiche in fin di vita per un cancro, e lei tira su con il naso e si asciuga gli occhi con un orlo del grembiule scuotendo la testa, lui non le interpreta come "tragiche". È come se tutto facesse parte della vita del paese. La nascita, la morte, la separazione divengono semplicemente tappe di un divenire collettivo in cui c'è sempre posto per la speranza, perché la comunità sopravvive e si evolve. Ognuno lascia figli, lascia amici, lascia affetti e su questi sentimenti e su questi vincoli profondi la vita del paese continua, passo dopo passo. Lui capisce il dolore di sua madre, o il suo entusiasmo quando riferisce di un viaggio con le zie e le amiche e gli descrive le cabine del traghetto come se lui non ne avesse mai vista una, oppure i saloni di un Grand Hotel come se lui non vi avesse mai messo piede dentro. Lui capisce ma non prova né angoscia, né felicità. Tutto fa parte di una vita che non è la sua e nella quale lui non si inserirà mai. Può solo prestare attenzione, sorridere, immalinconirsi, mai sentire nel suo corpo la profondità, nel bene e nel male, di quanto riguarda la vita degli abitanti del suo paese. Si diverte a osservare sua madre, questo sì. Si diverte ai suoi racconti ridendo fino alle lacrime. Ma è tutto appena un poco distante da lui. Tutto come assistere alla vita di un paese separato.

Quando ritorna invece alla sua personale tragedia allora, ancora una volta, prova orrore e disperazione. Perché sa che è un dramma che non appartiene a nessuno tranne che a lui. Che nessuno, negli anni a venire, ricorderà il suo amore perduto, che nessuno gli toccherà una spalla per dirgli coraggio. Non esibirà il lutto sul corso principale del proprio paese, non vedrà riflessa negli altri occhi la pena che sta invadendo i suoi. Non stringerà mani, non bacerà nessuno. E nessuno accompagnerà il corpo di Thomas al cimitero, nemmeno lui. Anche questo, se ne rende conto, fa parte di un altro paese separato. Proprio un altro mondo che vive, soffre, e gioisce parallelo all'altro. E lui sa che per gli uomini la cosa più difficile è proprio stabilire un contatto con il mondo degli altri. Uscire e incontrarsi con sincerità. Lui cerca di fare aderire questi mondi distanti e differenti. Ma è un'impresa che gli appare impossibile. Fa tutto quanto è nelle sue forze sapendo che tutto sarà perfettamente inutile. Solo nel futuro, solo fra molti anni, forse qualcosa cambierà. Nasceranno persone che tenteranno in altri modi di mettere in contatto i mondi diversi nei quali ognuno continua a vivere. Nascerà finalmente qualcuno per cui la memoria dell'entità "Leo-e-Thomas" verrà accettata e custodita come un valore da cui trarre vita e speranza. Solo in futuro. Forse soltanto tra centinaia di anni.

La sua stanza non è più, in un certo senso, quella in cui ha abitato per vent'anni. È rimasta la solita camera, il letto è quello di sempre, anche la scrivania bianca e gli scaffali appesi alle pareti e ripieni di tascabili, libri di scuola, testi universitari sono quelli che ha sempre visto. Ma non è più quella. Lui non c'è più fra quelle pareti. Ormai sono rimasti soltanto reperti malinconici o tracce prive di significato in cui non pulsa la vita. Come leggere gli autografi nelle bacheche di un museo.

Attaccati all'uscio, sono rimasti gli adesivi pubblicitari di scarpe da tennis, di jeans Levi's, di radio libere come Punto Radio, Centroradio Città, Controradio Rock Station e Mondoradio, marijuana-sì-grazie, nucleare-no-grazie, lo stemma verde-azzurro del pass di Superski Dolomiti, il topo giallo di "Aktiv gegen Berufsverbote!", il panda del WWF, il pallone arancione da basket della Lega. Sopra lo stereo è rimasto l'ingrandimento di una sua fotografia in bianco e nero, ma fra i suoi vecchi dischi, lì accanto, soprattutto De Andrè, Guccini, De Gregori, Tenco, Banco, Lolli, Cohen, Nina Simone, Tim Buckley, Cat Stevens, Neil Young, Igors, sua madre ha mischiato i suoi: Dalida, Orietta Berti, Iva Zanicchi, Secondo Casadei, Luciano Pavarotti. In un angolo c'è un mobile di legno scuro che contiene una macchina da cucire. Appoggiata all'armadio c'è una grande asse da stiro. Sotto la scrivania un bidone aspiratutto.

La sua stanza è stata invasa dagli oggetti di casa. Ed è cambiata. A ogni ritorno lui ha notato un ordine diverso delle sue cose fino a vederle sparire. Sono scomparsi i grandi manifesti di film come *Cabaret* o *Cane di paglia*, probabilmente gettati nella spazzatura. Sono sparite le locandine di *Mattatoio Cinque* e le fotografie delle Giornate del cinema italiano del '73, le sue e quelle degli amici. Non c'è più la foto di Claes Oldenburg, né quella di Franz Kline, appese, una volta, a un pannello di sughero dietro la testiera del letto. Il colore delle pareti è cambiato e ora è di un giallo ocra contro quel verde pallidissimo e trasparente di un tempo.

La sua stanza è diventata il deposito dei detriti dell'appartamento. Anno dopo anno l'invadenza degli oggetti di uso domestico ha preso il sopravvento. In questa stanza, sempre più simile a uno sgabuzzino, lui ha scritto le sue prime pagine, i diari, la sua tesi di laurea, il suo primo libro. Da quel balcone, mentre scriveva, fissava le luci della città brillare sotto le cime dell'Appennino, là in fondo. Erano come tanti inviti di festa. Là si svolgeva la vita e lui, nella miseria della sua giovinezza qui, all'ottavo piano, non poteva fare altro che sognarla e descriverla. Immaginarla come un vortice di gente che si trascina danzando fra un bar e l'altro, fra un party e una discoteca. Descriverla come una città della notte in cui i sogni risplendono e in cui tutti sono allegri, ben vestiti, affascinanti nelle loro auto lanciate veloci attraverso la pianura. Si siede ora alla scrivania, nello stesso posto. Deve spostare il ferro a vapore e un contenitore di acqua distillata per vedere dalla finestra. Ma non riesce a vedere nulla. Prova ad alzare la pesante serranda di legno, ma è inutile. Resta bloccata a metà, di traverso come la lama di una ghigliottina.

Sul tavolino accanto al letto sono rimasti i libri che ha lasciato l'ultima volta e che riesce a leggere solo qui, nella sua stanza. Alcuni volumi di Antonio Delfini e di Silvio D'Arzo. Dal balcone della sua stanza lui può vedere i luoghi in cui sono nati, a qualche decina di chilometri.

Solo in loro lui trova quei particolari aspetti di follia, noia, malinconia che solitamente non si attribuiscono al carattere della gente della sua terra. Ma lui è stanco di descrizioni di un popolo esuberante, aperto, disponibile, cordiale, sensuale. A lui ora interessa la parte nascosta di questo carattere, quella che causa i suicidi, che crea gli alienati, i folli del villaggio. Solo in questi due scrittori, in modo diverso, lui trova descritta quella certa impenetrabilità del carattere emiliano, quella certa scostanza, quella bizzarria o lunaticità malinconica e assorta che ha conosciuto in suo padre e ora conosce in se stesso. Si spoglia e si infila nel letto. Apre un libro di Delfini e inizia a leggere:

"Se noi avessimo mai il dono di cantare il pianto e il rancore, la disperazione e l'ostinata speranza, la previsione dell'amarezza e l'impossibile rinuncia all'amore disperso, in mezzo ai disastri del mondo e all'implacabile andare del tempo o dell'uomo che sia; noi vorremmo dire...".

Immediatamente pensa che anche questa volta, così come da molto tempo ormai, si è messo a letto presto, la sera.

Si avvicina la settimana santa. Così come per le feste di Natale e di fine d'anno, per quelle dei morti e di Ognissanti, e anche per ogni domenica qualunque, il paese si appresta a vivere l'evento in modo collettivo. In ogni casa, in ogni famiglia, al di là delle piccole differenze sociali o culturali, tutti si apprestano a fare le stesse cose. Il succedersi delle stagioni è cadenzato dalle operazioni della vendemmia, dalla potatura di gennaio, dall'imbottigliamento del vino nuovo, dai raccolti estivi di granoturco o barbabietole. Il mese di ottobre i carri colmi di grappoli d'uva intasano le vie di accesso al paese. Si formano lunghe colonne di autoveicoli. Nessuno suona il clacson e i contadini, dall'alto dei loro trattori, si improvvisano vigili-urbani segnalando la possibilità di sorpasso, di deviazione, di accostamento. E sotto i portici, nei bar, ai tavoli dei caffè tutti si chiedono, anche il professore, il commercialista, l'operaio se la gradazione del vino, quest'anno, sarà migliore o peggiore. A mezzogiorno di Capodanno il paese è deserto e camminando lungo il corso puoi sentire la raffica degli scoppi delle bottiglie appena stappate. E dietro i vetri delle finestre, appannati dal calore dei cibi e dei bolliti, intravedi un vecchio che tiene in braccio il nipotino, una ragazza che fuma una sigaretta, una signora anziana, rossa in volto, che si slaccia la camicetta facendosi vento con un tovagliolo bianco. La sera della vigilia di Natale le famiglie si raccolgono per il pranzo di magro, i tortelli di zucca, e il pesce marinato di Comacchio. Da qualche anno Leo trova sulla tavola anche il salmone, fresco o affumicato. Ma preferisce l'anguilla. Solo in queste ore dell'anno, e per una volta soltanto, lui ne mangia una piccola. Lascia il capitone a suo padre e il salmone a sua madre. Sente il profumo della sua infanzia o quantomeno l'odore della tavola della vigilia. Non vuole evolversi, non vuole migliorare. Tutto lo spinge all'indietro, verso le tradizioni della sua famiglia. Così anche la piccola bruciacchiata, sapida anguilla che ha nel piatto, diventa un simbolo. Poiché, da quando Thomas è morto lui sa vivere esclusivamente di simboli.

Il giorno del Venerdì Santo tutto il paese si raccoglie attorno alla basilica per la processione del Cristo Morto. Dalle case che si affacciano sul percorso le donne espongono, fin dal mattino, drappi viola o neri, listati a lutto. È possibile avvertire, girando per le strette strade del centro, un'atmosfera di cordoglio. In effetti quello che si sta preparando non è nient'altro che un corteo funebre. Non c'è folklore, non c'è l'elemento della festa. Tutto è mesto, straziante quasi.

A Barcellona Leo e Thomas erano capitati, il giorno di festa del Venerdì Santo, provenienti da un viaggio in auto nel Sud della Francia. Si fermarono all'Hotel Montecarlo, dalle parti di piazza Cataluña. Il balconcino della loro stanza si affacciava sugli ippocastani delle Ramblas e, in particolare, era situato a una decina di metri sopra una voliera di uccelli esotici, affiancata da decine e decine di piccole gabbie con canarini, colombi, merli, gazze, pavoni, galline, fagiani. Il cinguettio degli animali era vario e stridente. Quando finivano i canarini attaccavano i pappagalli, dopo i pappagalli le cornacchie. Tutto faceva parte della vita delle Ramblas come le grida notturne degli ubriachi, le sirene della polizia, il frastuono secco delle bottiglie lanciate dalle auto in corsa, le grida di adescamento delle puttane, dall'altra parte del viale.

Thomas non conosceva Barcellona. Non era mai stato in Spagna. Si muoveva per la città, come ipnotizzato, seguendo Leo, incollandosi al suo braccio. Alle volte restava immobile davanti a un banco del mercato a contare, nei grandi vasi, le decine e decine di olive dai colori e dalle forme diverse: nere, arancioni, amaranto, verde scuro, verde tenue, piccole, grandi, ovali, sferiche. Oppure davanti ai sacchi di juta colmi di pimentos in una drogheria in stile coloniale. Era un piccolo negozio colmo fino ai soffitti di sacchi contenenti ogni tipo di spezie, di pepe, di peperoncino, di zafferano. I colori erano assolutamente puri, di una schiettezza vigorosa. Come polveri per impastare colori. Erano rimasti immobili, in piedi al centro del negozio mentre alcuni garzoni spostavano sacchi e dichiaravano al contabile, dietro una piccola scrivania riparata da un vetro, quello che scaricavano. L'aria era farinosa, composta da un pulviscolo aleggiante di pepe che solleticava il naso e la bocca. Il profumo intenso, acre, quasi insopportabile. L'impiegato pareva non fare caso a loro. Aveva una camicia bianca rivestita, sugli avambracci, da manicotti di raso nero. Aveva un berrettino a visiera e occhialini dalla montatura in metallo. Il pavimento del negozio era composto da assi di legno che avevano assunto una tinta rossastra. Dalla finestra filtrava un raggio di sole fumante di pulviscolo speziato. Leo e Thomas non chiesero nulla, guardavano e giravano attorno ai sacchi dai bordi riversi fa-

cendo commenti sui colori e sulle spezie brasiliane, indiane, africane. Quando poi uscirono soffiandosi ripetutamente il naso, con gli occhi che lacrimavano, si sentirono di ottimo umore e decisero di dissetarsi con
qualche caraffa di sangría.

Il sole, già di mattina presto, era caldo. Sulla distesa
dei tavolini di Plaza Reial, restarono in silenzio fissando
le palme altissime, e sorseggiando la sangría. Leo rollava
pigramente una sigaretta alzando ogni tanto gli occhi intorno. Accanto a una fontana stavano alcuni freaks, i
pantaloni colorati, i capelli lunghi, le chitarre, i gilet, i
cappelli a grandi falde di cuoio chiaro. Alcuni uomini
facevano il giro degli angoli della piazza offrendo hascisc. Radunavano un gruppetto di giovani, smerciavano
qualche stecca e poi si spostavano all'angolo seguente
come in un gioco di cortile. La simmetria della piazza
era assolutamente teatrale, come le grandi quinte baroc-
che di Roma. Anche se qui c'era il fascino della moder-
nità e di un calore diverso. Le persiane altissime e allungate dei palazzi erano sbarrate. Leo immaginò che si
affacciasse una ragazza dai capelli neri e dalle spalle nude. E i colori di questo sogno erano il rosso, il bianco e il
nero. Leo toccò il braccio di Thomas per parlargli. E lo
vide allungato sulla sedia, a torso nudo, le gambe divari-
cate, gli occhi chiusi e rivolti al sole. Avrebbe voluto baciarlo, ma preferì accarezzarlo con gli occhi. Notò il luccichio di una goccia di sudore scendere dall'incavo
dell'ascella. La guardò con intensità e desiderio.

Improvvisamente risuonò nella piazza il rumore di
una corsa e il vociare di un gruppo di bambini. Thomas
aprì gli occhi e si guardò attorno come stordito. Leo gli
indicò il gruppo. Erano una dozzina di Nazarenos, giovani, vestiti con le tuniche e i mantelli della processione.
Alcuni avevano il capo scoperto, altri indossavano il
cappuccio a cono con le fenditure per gli occhi. Avevano mantelli che nella corsa si dispiegavano come vele.
Erano scalzi e reggevano in mano grandi ceri. Attraversavano la piazza gridando e sbracciandosi. Un gruppo di

bambini li inseguiva ripetendo delle litanie, un coro ritmato di richieste o di insulti o di espressioni di gioia. I Nazarenos passarono a pochi metri da loro e Leo vide quei piedi giovani e statuari, puliti, grandi, la forma stessa della tensione, spingere sul selciato e subito staccarsi in avanti sotto l'effetto della corsa. Alcuni reggevano con una mano la tunica, sollevandola sui fianchi, per correre meglio e Leo sorrise nello scorgere i loro pantaloni corti, sotto, perché gli venne in mente rivestita di un gustoso alone erotico, solo la parola "novizio". Cantavano, gridavano. Thomas schizzò in piedi, arraffò la camicia e li seguì di corsa. Leo buttò la sigaretta e chiamò il cameriere per pagare.

I Nazarenos avevano già lasciato la piazza e si erano infilati nel labirinto di piccole vie della città vecchia. Leo correva, ma non riusciva a raggiungerli. Sentiva l'eco dei passi, le grida dei bambini, lo scalpiccio della corsa, intravedeva il lembo di un mantello azzurro, ma quando credeva di esserci si trovava imbottigliato in un vicoletto ripido di scale e silenzioso. Dalle finestre alcune donne ridacchiavano e gli facevano dei gesti ampi per indicargli il percorso, ma, alla fine, si trovava sempre in una calle strettissima piena di biancheria tesa da un lato all'altro come nei quartieri spagnoli di Napoli. Eppure li sentiva vicini e quando dal silenzio in cui era precipitato avvertì un rombo sordo, come di una folla brulicante che si addensa, si fermò. E avanzò lentamente.

Sbucò nella piazza della cattedrale, nel mezzo di migliaia di persone che agitavano rami di palma e di ulivo, che contrattavano il prezzo di una candela o di una immagine sacra. C'era un'aria di festa popolare, tutto il sagrato occupato da bambini, famiglie, vecchi, donne vestite con i costumi tradizionali. La scalinata di accesso alla cattedrale era ricoperta di fasci di ulivo e il portale principale si stagliava come una bocca nera, enorme, sul chiarore delle pietre della facciata. Si fece largo fra la folla e entrò. Avvertì una vampata di caldo. All'ingresso della navata principale stava un candeliere enorme sul quale ardevano grossi ceri bianchi decorati di simboli sacri. Tutto attorno i fedeli avevano posto dei lumi, migliaia di piccole fiammelle che ardevano e si scioglievano una nell'altra. Lì accanto c'era Thomas. Aveva una candela in mano e cercava di fissarla alla cera fluida che debordava dal candeliere centrale. Leo si avvicinò e senza dirgli una parola gli si mise al fianco.

All'interno della chiesa si stava svolgendo una processione penitenziale. Centinaia di persone erano incolonnate fra due transenne di legno. Avanzavano lentamente cantando e inginocchiandosi ogni tanto. Leo seguì questa colonna per tutta la lunghezza della cattedrale. Poi si accorse che la coda tornava indietro come una serpentina. Il percorso transennato dirigeva ora verso l'ingresso, a metà navata tornava indietro e raggiunta l'abside procedeva finalmente, all'incontrario, verso una cappella, di fianco all'ingresso, in cui era esposta la statua della Madonna. La gente, arrivata al simulacro sacro, sfiorava la Vergine, si inginocchiava, balbettava qualcosa e finalmente deponeva il cero acceso.

Thomas gli disse che si trattava della Virgen de la Macarena e che fra poco sarebbe stata portata in processione fino a raggiungere le Ramblas. Così tornarono in albergo, salirono in camera e si affacciarono al balcone. La gente era riunita ai bordi del viale. Dagli altoparlanti venivano trasmesse preghiere. Su un terrazzo alla loro sinistra, a una decina di metri, era la postazione radiofonica che trasmetteva in diretta la funzione. Al microfono si alternavano i cantanti di *saétas.* Era una gara di virtuosismo a chi reggeva il tono della voce più a lungo. Sotto la gente applaudiva e gridava. Non si sentiva più il gracchiare degli uccelli della voliera. Avevano messo un drappo nero e li avevano ridotti al silenzio.

Dalla radio annunciarono che la processione della Macarena stava arrivando. Dapprima Leo vide la banda, poi i *pasos,* i carri delle processioni colmi di fiori che avanzavano sulla testa della gente con un dondolio monotono e ritmico. Sotto stavano i Costaleros che lui

scorse solo nel momento in cui avvenne il cambio. ʌ
ni uomini si infilarono in fretta sotto al carro, altrı
uscirono, sudati e sfiniti. Le immagini sacre, il Crisↄo
sulla croce, il Cristo deposto, i santi patroni, le Vergini
avanzavano distanziati di una cinquantina di metri.
Ogni carro era preceduto dalla propria confraternita di
Nazarenos. Tutti incappucciati, scalzi, con i ceri ardenti
e gocciolanti sulle mani inguantate. La gente cercava di
toccare i carri e di afferrare un fiore. I bambini racco-
glievano la cera fusa e ne facevano pallottole che tirava-
no da una parte all'altra della strada. La polizia a cavallo
proteggeva il corteo rischiando più volte di essere tra-
volta. Giunti sotto al balcone della radio i carri si arrestavano e tutti guardavano in alto come aspettando
qualcosa. Solo allora il tenore iniziava a intonare la *saéta*
in un silenzio generale.

Dopo un po' Leo era tornato nella stanza e si era disteso sul letto. Continuava a sentire i canti e gli acuti dei
tenori. Ma era stordito, affaticato. Scorgeva, oltre le tende smosse dal vento, il corpo di Thomas incurvato sul
balcone, chino sulla Rambla. Ogni tanto lo vedeva rientrare e descrivergli, concitato, quello che stava avvenendo di sotto. Leo faceva sì con la testa. Si versava un po'
di sherry e lo mescolava al ghiaccio ruotando un dito. Il
sole stava tramontando e il cielo era color arancione. La
figura di Thomas gli appariva ora scura, in controluce. E
Leo era triste. Aveva come un presentimento.

Il giorno dopo aveva voluto lasciare Barcellona. Avevano preso l'auto e si erano diretti verso Saragozza. Leo
si era accorto di aver quasi finito i contanti. Sapendo
che le banche sarebbero rimaste chiuse fino al martedì
successivo, aveva chiesto a Thomas di saldare il conto. E
aveva scoperto che Thomas non aveva praticamente danaro. Glielo aveva detto scherzosamente, come la cosa
più naturale: "Oh non posso Leo, sono rimasto con solo
cento franchi". E aveva sceso allegramente le scale del-
l'hotel dietro il facchino.

Sulla strada per Saragozza Leo aveva guidato in silenzio, seccato. Thomas gli dava la direzione controllandola sulla cartina. Leo faceva l'esatto contrario. Se gli veniva suggerito di deviare a sinistra, lui continuava dritto, accelerando. Se Thomas gli diceva di proseguire, all'incrocio, lui si piazzava al centro della strada con la freccia direzionale accesa, per deviare. Così Thomas aveva messo le cuffie del walkman e spiegazzato la carta stradale gettandola con violenza sui sedili posteriori. Lungo il percorso Leo si era fermato, improvvisamente, per bere una birra. Thomas non lo aveva seguito all'interno del bar. Poi, quando Leo stava salendo in macchina, era sceso a sua volta dicendo che doveva andare in bagno. Quando arrivarono a Saragozza, dopo circa tre ore di viaggio, erano pronti a scannarsi.

Dopo aver provato un paio di alberghi scesero al Grand Hotel dove Leo aveva la certezza che potessero venir accettate sia la sua valuta italiana che le sue carte di credito. E una volta in stanza, sotto gli stucchi barocchi e dorati del soffitto, la lite scoppiò. Istintiva, violenta.

Thomas non parlava, era andato subito in bagno, aveva aperto il getto di acqua bollente e si stava spogliando. Dall'altra stanza Leo iniziò a provocarlo. Thomas lasciò perdere. Leo si affacciò sulla soglia del bagno e continuò. Notò che Thomas stava crollando e questo gli diede maggiore forza. Thomas si gettò sotto l'acqua. Allora Leo scostò violentemente la tenda e gli sibilò: "Se tu fossi più ricco io ti amerei molto di più".

Un'ora dopo Thomas non era ancora uscito dal bagno. Leo stava sul letto e continuava a bere. Era inferocito, un grumo irrisolto di rancore e di rimorso. Si sentiva meglio di quando era in auto, perché aveva trovato alcune parole credibili per deviare il vero senso della sua tristezza. Aveva accusato Thomas di essere praticamente una marchetta, di vivere alle sue spalle, senza dignità. E questo gli sembrava plausibile. Aveva detto quello che, anche se solo per un attimo, aveva realmente pensato là alla cassa dell'Hotel Montecarlo. Ma, dal momento che difficilmente riusciva a barare con se stesso, sapeva anche che il motivo più profondo della sua angoscia era il fatto di aver visto Thomas, la persona che più amava nella sua vita, incapace di vivere da solo, di continuare in modo autonomo. Lo vedeva debole, bisognoso di qualcuno a cui appoggiarsi. Lo vedeva irrisolto, forse ancora troppo giovane. Un raggio di sole e via, sbracati su una sedia senza camicia, a bere e dormire. Tutto molto facile. E chi doveva preoccuparsi di lui? Leo, e nessun altro. Sempre Leo a stargli dietro, a pagare i conti dei ristoranti, a regalargli libri, e sciarpe e bottiglie di rhum. Leo, sempre lui. Il furore stava montando. Thomas non usciva dal bagno e Leo continuava a incarognirsi sui piccoli e meschini dettagli della loro relazione. Tutto gli sembrava una offesa portata alla sua persona. Thomas gli appariva sempre più insignificante, un ragazzo banale come tanti altri, indegno del suo amore. Lo stava involgarendo con la sua superficialità, lo stava ammazzando. Si alzò d'improvviso con rabbia e corse davanti alla porta del bagno. Incominciò a bussare e a chiamarlo per nome e a incitarlo a uscire. E non sentendo niente, andò sempre più sul pesante, dicendogli che non valeva un cazzo come uomo e certo anche come musicista. Leo era in preda a una furia che lo portava a distruggere l'immagine del suo compagno con un furore autolesionista che non conosceva barriere. Più continuava a gridare davanti a quella porta chiusa, più si sentiva immondo. Eppure provava piacere solo in quello sfogo.

Alla fine Thomas uscì dal bagno, lo scavalcò, lì riverso a terra, ubriaco e dolente, e si sdraiò sul letto. Lo sentiva gemere. Prese la busta di tabacco e gli rollò distrattamente una sigaretta. Poi si avvicinò e gliela infilò deciso fra le labbra. Accese un fiammifero. Lo accostò al viso di Leo e gli disse sottovoce, ma fermo: "Io ti ammazzerei Leo, giuro che in questo momento ti darei fuoco". Si fermò con il fiammifero acceso accanto ai suoi capelli. Leo spinse le labbra verso la fiamma incapace di parlare, fradicio di lacrime. "Ma il fatto è che anch'io, Leo, vorrei morire insieme a te."

Thomas si allontanò. Raggiunse la finestra. La aprì. Nell'aria oscurata della sera risuonavano i colpi secchi delle decine e decine di grandi tamburi percossi dagli uomini delle confraternite, raccolti davanti alla cattedrale.

Il cielo era greve, di un viola cupo. Le rondini volavano a stormo, in cerchi concentrici. Il suono dei tamburi giungeva ossessivo, ritmico, un colpo, un altro colpo, un terzo colpo e poi la cadenza. Durava dal primo pomeriggio. E sarebbe continuato fino a mezzanotte, quando, finalmente sciolte, le campane avrebbero riempito il cielo con il suono gioioso della Resurrezione. Leo si fece forza, si alzò e lo raggiunse alla finestra. Balbettò qualcosa, gli chiese scusa, cercò di asciugarsi gli occhi strofinandoglieli sulla spalla. Alla fine Thomas cedette, lo prese per mano e lo portò in bagno. Riempì la vasca d'acqua, lo spogliò e lo aiutò a immergersi. Gli passò la schiuma sul volto, gli massaggiò la nuca e i piedi. Poi spense la luce e si immerse anche lui stringendosi al corpo di Leo, abbracciandolo, accostandosi con il viso alla sua bocca, timorosamente, per offrirgli un bacio.

Uscirono verso le undici, affamati. Seguirono il rullo dei tamburi fino alla piazza centrale della città vecchia. Si sedettero ai tavoli di un ristorante e pranzarono bevendo due litri di un vino rosso sangue e molto forte. Ora giravano per la città abbracciati, uniti, stretti nel vento freddo della sera. C'era aria di festa in giro e nel cielo scoppiavano i fuochi della Resurrezione. Tornarono al Grand Hotel e giocarono fino alle prime ore del mattino a bingo, nella sala principesca e dalle decine di grandi tavoli circolari. Vinsero e persero nello stesso tempo. Erano come pazzi. Ridevano perché non riuscivano a seguire la raffica dei numeri che uscivano. Li ripetevano a voce alta, controllavano le cartelle e i monitor del circuito chiuso su cui apparivano le estrazioni. La gente intorno, vestita da sera, ingioiellata, in lungo e in smoking li guardava seccata. Continuarono con gli alcolici e poi ordinarono un dolce e del vino. Quando arrivava la ragazza per vendere le cartelle, ogni due tornate, la accoglievano con festa facendola impazzire perché nessuna cartella andava mai bene e non portava il numero fortunato. Alle tre un cameriere li aiutò a salire in camera. Dormirono profondamente fino al mattino seguente.

Il giorno di Pasqua Thomas insistette per andare alla corrida. "Vamos a los toros" gridava saltando sul corpo di Leo abbandonato a letto. Leo chiamò il portiere e ottenne due biglietti. Thomas era felice e urlò per tutta la durata della mattanza. La stessa sera non si trovava un solo ristorante nella città che non offrisse brasato di toro o carne degli animali uccisi. Alla fine si infilarono in una di quelle bettole che a Leo piacevano più di ogni ristorante, con i tavoli di legno, il vino scaraffato, la gente che entrava e usciva, giocava alle *máquinas*, rimaneva in un angolo a ubriacarsi guardando assente il televisore. Assaggiarono qualche tortillas di spinaci e di erbe, poi la donna portò dalla cucina due terrine fumanti di carne nera e piccantissima nelle quali subito inzupparono il pane. La donna li guardava sorridendo. Ogni tanto si avvicinava al tavolo per invitarli ad andare avanti. Versava il vino, portava altro pane e pietanze di verdura. Thomas diceva che tutto era buonissimo. Alla fine scoprirono che quella carne, che avevano così tanto apprezzato, era i testicoli del toro. Thomas cominciò a ridere e a fare battute. Uscirono abbracciati dalla cantina e vagarono per i vicoli della città vecchia.

Incontrarono un gruppo di giovanissimi soldati ubriachi con le camicie aperte e i pantaloni sbottonati che uscivano da un bordello. Le puttane li sfottevano dalle finestre e gettavano in strada ortaggi, pezzi di carta, piatti. Loro di sotto, abbracciati cantavano. Thomas si fermò incuriosito. Leo dovette tirarlo con forza dall'altra parte della strada. Tornarono in albergo, fecero qualche giro di bingo e andarono a dormire. Era stata una giornata felice, ma Leo, durante la corrida, aveva visto ancora una volta i colori del suo sogno di Barcellona. Sul corpo sfiancato del toro erano apparsi quel certo colore rosso e quel certo colore nero, intensissimo, metallizzato. E la spuma bianca della bava che colava abbondante dalle mandibole della bestia stremata. Aveva visto i colori fiorire sulla pelle dell'animale e allargarsi nel proprio campo visivo fino a invaderlo completamente.

Nel retro dell'arena, dopo la corrida, aveva assistito allo squartamento degli animali. Agganciati da uncini ai garretti, issati su carrucole, sospinti lungo un percorso prestabilito fra un clangore di catene e ferraglia, macellati con colpi precisi e forti, scuoiati, dissanguati, la grande testa con le orecchie mozzate gettata in un angolo, gli occhi neri ormai appannati e velati da una membrana opaca e biancastra, la lingua che pendeva dalle mascelle serrate e si inzuppava del sangue confluito, come un torrente schiumoso e fumante, proprio lì, sulla carcassa della testa, accanto alle bocchette dello scarico. Pochi minuti dopo essere stati trascinati dal tiro di cavalli fuori dall'arena i grandi animali erano già pezzi di carne informe da vendere ai macellai della città. Ancora c'era tanto sangue. E c'era tanto nero.

Leo cammina solitario lungo i portici del paese. È costretto a salutare quasi ogni persona che incontra, poiché conosce tutti e tutti lo conoscono. Non si ferma, fa un breve cenno del capo agli amici di suo padre, alle amiche di sua madre, a qualche parente, ai fratelli o alle sorelle degli amici, alle commesse dei negozi del centro, all'orologiaio, al barista, al farmacista, a un suo professore di liceo, al suo vecchio allenatore di basket, al vicesindaco, all'impiegato della biblioteca comunale, a un gruppo di ragazzini di un complesso rock, a una sua compagna di scuola, alla madre di questa compagna che segue distanziata di qualche metro. Anche se si addentra nella parte che più gli piace del suo borgo, dove il portico bruscamente finisce sull'ingresso della Chiesa di San Francesco, incontra qualcuno che conosce. L'antiquaria, i genitori di un amico, un compagno di mah-jong, un maestro di musica, uno che l'ha battuto a ping-pong venti anni prima, uno che lui ha sconfitto a tennis quindici anni fa. Per questo lui preferisce passeggiare di notte, quando sa che non incontrerà nessuno, solamente qualche amico, in birreria, di ritorno da una balera. In questi momenti, nel silenzio, con le luci spioventi dei lampioni che squarciano come ombrelli di luce l'oscurità del corso, con le grandi arcate dei portici, con le pietre di marmo lucido che sembrano corridoi di specchi, con i campanili e le torri illuminati dai fari arancioni, il paese gli appare, in modo commovente, come la scenografia di una solenne Natività che lui ha conosciuto e vissuto insieme agli altri.

Dalla basilica esce il corteo, preceduto dalle litanie che gli altoparlanti diffondono lungo il percorso. Lui raggiunge la piazza e si accosta a una colonna come per nascondersi. Si sente imbarazzato, confuso. Vede arrivare le due file parallele di chierichetti, con la cotta bianca e la veste nera, che sfilano ai lati della croce gigantesca, alta parecchi metri e portata a spalla da tre uomini. La croce è nera e dai suoi bracci pende una stola viola. Alcune suore dirigono i bambini, li assestano lungo le curve del percorso, ne rallentano il passo, li ammoniscono con lo sguardo al silenzio e alla preghiera. I bambini, non saranno più di una trentina, hanno l'aria di divertirsi. Avanzano al centro del corso e sorridono a chi li sta guardando. Anche lui ha iniziato le sue processioni proprio da questo punto, dall'inizio del corteo. Ma non si ricorda un momento particolare. Solo quando vede avanzare sulle teste della gente la statua della Madonna con il cuore trafitto dai pugnali ha un brivido. L'immagine sacra si staglia fra una selva di grandi aste che innalzano le insegne della passione. Altri chierichetti, più grandi, reggono queste lance, ognuna con un simbolo diverso: i chiodi, la corona di spine, la spugna di aceto, i dadi, la frusta, la tunica bianca dell'eterno bambino... C'è stato un giorno in cui lui ha portato una di queste

insegne in processione. Si ricorda di una pioggia furiosa
e gelida che aveva investito il corteo. La madre di un suo
amico era corsa loro incontro, dal fondo della processione, con un ombrello aperto per ripararli. Ma il priore
l'aveva allontanata bruscamente, sbarrandole la strada:
"Devono imparare a soffrire!" e la donna era corsa sotto
i portici e lui e l'amico, fradici di pioggia, intirizziti dal
freddo, avevano continuato fino all'ingresso in chiesa.

Anche la Madonna aveva portato, appena adolescente.
Una statua issata su un trono di legno massiccio. Aveva ricevuto un solo cambio lungo la durata del percorso e la
spalla su cui poggiava l'asta gli faceva male, il braccio era
indolenzito, le gambe non lo reggevano più. Si sforzava
di tener duro vedendo che gli altri ragazzi stringevano i
denti. Poi, a duecento metri dall'arrivo, vide finalmente
un confratello che li aspettava con l'ultimo cambio e allora si fece forza dicendosi, solo due passi, solo poco. Sorrise perché ce la stava facendo, gli venne quasi da urlare
mentre vedeva i ragazzi del cambio avvicinarsi, di corsa,
per sostituirlo. Ma in quel momento quello che reggeva,
davanti, entrambe le aste, come un bue serrato nel giogo,
un biondino di quindici anni, scosse la faccia rossa e sudata e disse: "Via, via continuo da solo!". Gli altri cerca-
rono di convincerlo, ma quello era deciso. Continuava a
scrollare la testa, quasi piegato in due dallo sforzo finché
il confratello, rassegnato, non fece allontanare la squadra
di riserva. In quel momento lui sentì che sarebbe svenuto. Vide sparire la possibilità di porre fine a quello sforzo
eccessivo, e si guardò con il compagno e gli chiese cosa
stesse succedendo e quello rispose che ce l'avrebbero fatta, fino alla fine, da soli. Chiese ancora una, due volte perché non arrivassero a dargli il cambio, ma aveva capito
benissimo che non ci sarebbe stato nessun aiuto. Gli venne da piangere e continuò ad avanzare, barcollando, e
continuava a dirsi non ce la farò mai, non ce la farò mai,
ma quello che lo terrorizzava non era tanto il dolore fisico, che era acutissimo, sfibrante – sentiva il legno della
staffa penetrargli nella carne – ma era proprio la vergo-

gna. Se avesse mollato, nessuno dei suoi compagni l'avrebbe più guardato, sarebbe stato ancora una volta il debole, il piagnone, l'emarginato. Non avrebbe avuto più amici. Nessuno, a scuola, gli avrebbe parlato e nelle partite di basket, all'oratorio, tutti lo avrebbero schernito. Allora cercò di farsi forza perché non aveva altra scelta: non poteva abbandonare, e non poteva assolutamente continuare. Quando finalmente, in chiesa, lo sollevarono dal peso di quella effige che per anni e anni avrebbe poi maledetto, lui non si sentì, come gli altri, fiero di avercela fatta, stremato ma soddisfatto per aver portato a termine l'intero percorso, ma si sentì profondamente umiliato, proprio ferito nell'intimo, per essere stato costretto a sopportare qualcosa contro la sua natura, per essere stato obbligato a dimostrare agli altri la cosa più stupida e insignificante di questo mondo, e cioè che lui era uguale a loro. Tanta fatica per qualcosa che per lui non rivestiva alcun valore.

Ora, vedendo quella statua avanzare dondolante, macabra, retta dallo sforzo di altri, odierni quindicenni lui ricorda, avvampando, il sé ragazzo e vede, nella successione dei gruppi nei quali ha sfilato, le tappe della sua dolorosa crescita al mondo. Ma quando scorge in lontananza il catafalco drappeggiato di nero con la statua distesa del Cristo Morto, riparato da un alto baldacchino retto da dodici uomini, lui si accorge che non è mai arrivato a questo punto del corteo, che si è arrestato prima, che la vita lo ha spinto ad abbandonare poco prima di accedere alla parte della processione da sempre riservata agli uomini e all'età adulta.

La gente attorno a lui si inginocchia nel momento in cui, preceduto dai sacerdoti e dai canonici, passa il feretro. Lui resta immobile, rigido, teso. La banda sta eseguendo una marcia funebre, dolente e cadenzata. Guarda la statua di Cristo e si sente invaso da una pietà straziante perché ricorda Barcellona e il corpo di Thomas e ha la certezza che in quel giorno lontano lui stava già assistendo al funerale del suo compagno. Il ricordo è violento, reso ancora più straziante dalla marcia funebre della banda. E qui non ci sono fiori e non c'è festa, ma solamente la crudezza di una tradizione contadina eseguita senza sfarzo.

All'interno della basilica, fra due navate colme di folla e l'odore degli incensi e dei ceri, la musica dei violini accompagna l'ingresso del catafalco. È una musica che viene eseguita solo in questa occasione, da duecento anni, e che lui conosce a memoria. L'orchestra attacca solenne, ripetendo tre, quattro volte le prime note. Poi entra il coro e infine il tenore che intona il *Parasti Crucem*. Gli improperi si susseguono alternando gli interventi del coro a quelli dei solisti. In uno di questi c'è un passaggio di flauto che a lui mette i brividi più di tutti i *Miserere* che ha sentito finora. È un momento che lui paragona allo strazio del silenzio della madre ai piedi della croce. Ed è qualcosa che gli fa istintivamente alzare gli occhi verso l'alto e ricordare:

¿ Quien me presta una escalera
para subir al madero
para quitarle los clavos
a Jesús el Nazareno?

La statua del Cristo Morto è stata deposta ai piedi dell'altar maggiore, sopra la scalinata. Quattro uomini della confraternita sono disposti agli angoli del catafalco. La gente si ammassa sulle scalinate. A un preciso attacco della musica i sacerdoti raggiungono il simulacro, si inginocchiano e lo baciano dando così inizio al rito che chiude la celebrazione del Venerdì Santo. In una confusione fatta di spinte, chiacchiere, richiami, canti, preghiere, segni di penitenza, genuflessioni, inchini, la gente raggiunge la statua e bacia una ferita, chi i piedi, chi la fronte, chi il costato o le mani.

Seduto in un banco della navata laterale, Leo guarda l'inchinarsi di quelle centinaia di persone su quel corpo morto e ricorda le volte in cui, ragazzo, ha raggiunto la cima delle scale e si è chinato a baciare il volto del Cri-

sto. C'era una ragazza e lui la teneva per mano, nascostamente, in mezzo alla folla, consapevole che nessuno
avrebbe potuto scoprirli; insieme si erano inchinati a baciare il volto della statua, ma solo più tardi, fuori della
chiesa, sotto i tigli del viale, lui aveva sentito il profumo
di una pelle diversa dalla sua e il calore di un altro corpo
abbracciato al suo. Lei, naturalmente, era la ragazza più
bella del giro, la più alta, quella dagli occhi più azzurri.
E lui ne era innamorato in quel modo imbarazzato e col-
pevole che hanno gli adolescenti. Non la desiderava,
perché ancora non conosceva gli impulsi del corpo, eppure l'amava con un turbamento particolare. Non riusciva a parlarle, voleva solo stringerle la mano; e questa
stretta tenera e calda – poter infilare le dita nella tasca
del loden e sentire che, come in un nido morbidissimo,
c'erano già quelle dell'amica che lo attendevano per giocare, per intrecciarsi alle sue, per graffiarlo leggermente
attorno alle unghie, per stringersi come un pugno nel
suo palmo aperto – era per lui il piacere maggiore. Proprio la coscienza che c'era qualcuno, al mondo, lungo
quella passeggiata sui viali, o nel buio di un cinema, che
lo aspettava e gli voleva bene. E lo stava proteggendo.

Ma allora, quando era giovane e inesperto, quando viveva nel terrore della propria crescita al mondo dei maschi e degli adulti, quando era soltanto "le proprie debolezze", allora, nell'accarezzare la sua giovane amica,
aveva paura di essere scoperto e si vergognava del sentimento che nutriva. I ragazzi più grandi lo disprezzava-
no, lo schernivano promettendogli che lo avrebbero
spogliato per accertarsi, in gruppo, se lui fosse già uomo, cosa improbabile visto il suo aspetto ancora di bambino, le guance imberbi, le ascelle glabre. Di conseguenza non poteva meritarsi quella ragazza. Dopo qualche
mese, proprio durante l'estate, nel passaggio fra le medie e il ginnasio, lei aveva scelto un altro, il miglior amico di Leo. Ma Leo non si disperò. Continuava ad amar-
la, ma ora poteva farlo nascostamente, da una posizione
laterale. Poteva inserirsi in quel rapporto come confi-

dente dell'uno e dell'altra, rendersi indispensabile. Sia l'amico, sia la sua ex, gli raccontavano di quello che succedeva e in questo suo trovarsi ora da una parte ora dall'altra, in questo suo condividere le ragioni di uno o dell'altra, lui si sentì forte, con un suo ruolo preciso. E crebbe così a ridosso di altri amori, di storie che non sarebbero mai state la "sua storia" ma che, in un certo senso, lui era in grado di elaborare per gli altri. E in questo suo sentirsi distante, immerso nei problemi, vivente con essi, ma sempre da una posizione allontanata, come un pulsante cuore separato, lui trovò l'osservazione e la scrittura e, forse, un motivo per crescere senza essere immediatamente macellato.

Ma a quella cartapesta iperrealista, a quel Cristo Morto, con le ferite sanguinanti, la corona di spine, i buchi dei chiodi, il costato lacerato, non si sovrappone solamente l'immagine del Thomas torturato e morto, ma l'immagine di un'altra persona al cui funerale lui, ormai senza più parole, sta assistendo. Poiché quello che il paese ha portato in processione e ha deposto ai piedi dell'altar maggiore non è il simulacro di un corpo divino, ma il corpo morto di Leo, di quel bambino che non è mai cambiato e che è soltanto mutato, giorno dopo giorno, sfogliandosi da sé come un fiore. Per questo lui è irrigidito e ancora una volta prova l'unico vero sentimento che può conoscere davanti a quella folla: la vergogna. Si sente spogliato, completamente nudo davanti al paese, tutti lo vedono, e la gente torna a essere il farmacista, l'insegnante, l'imbianchino, l'antiquario, il vigile urbano. E tutti lo guardano in modo strano, diffidente, ostile. Lo insultano, lo scherniscono. E lui non ha difese. Davanti a loro, ancora una volta, lui è nudo, insozzato di dolore e di angoscia.

Il Natale è soltanto una promessa. Il mistero dell'incarnazione è nel Venerdì Santo: la passione, la sopraffazione del debole, la violenza, la vergogna di essere carne. Improvvisamente la consapevolezza di assistere al proprio corteo funebre lo fa allontanare, velocemente,

con la schiena curva, da quella gente di cui sta avverten-
do l'ipocrisia, la meschinità. Lui è umiliato, sconfitto.
Senza nessuna speranza di resurrezione, né per sé, né
per Thomas; né, tantomeno, per quel ragazzo che sulla
scalinata, in attesa di baciare il volto del Cristo, avvam-
pava di emozione stringendo la mano del suo primo, cosciente, amore.

Quando compie trentun anni – è un giorno assolato di settembre e lui è in una città sulle rive dell'Adriatico, le ombre sulla spiaggia sono allungate e la luce è quella di un teatro di posa allestito per una pubblicità pop; nel suo campo visivo ci sono una striscia chiara di sabbia, un ombrellone, un lettino su cui è steso un telo da bagno bordeaux che la brezza fa sventolare, e la linea azzurra del mare, di un celeste cupo che gli ricorda il cielo delle Dolomiti – quando compie trentun anni è solo ormai da molti mesi, più di un anno.

Quando era con Thomas non si era mai chiesto quali fossero le ragioni profonde per cui un individuo attraversa la vita da solo, non si costruisce una famiglia, non ha amanti, non ha figli eppure, nonostante tutto questo, non sia assolutamente definibile come una persona a cui manchi qualcosa. Nell'apoteosi della sua presente solitudine, inseguita da mesi come un valore più che una necessità, lui si spinge a indagare altre solitudini perché gli insegnino come debba comportarsi. Lui vuole conquistare se stesso, ma per fare questo, per non dover mai più ritrovarsi nel karma dell'innamoramento – non dire mai più, a nessun altro, quelle stesse parole "Io-ti-amo" che aveva detto a Thomas – ha bisogno di qualcuno che lo istruisca, di qualcuno con cui confrontarsi.

In realtà è sempre stato solo e per questo sa cavarsela.

Non ha problemi su come passare il tempo o le notti, gli piace dormire, gli piace scrivere, leggere, chiacchierare, di tanto in tanto, con uno sconosciuto. Eppure non è mai stato solo come da quando ha perso Thomas, perché, in lui, ha perso quella cosa che aveva reso sopportabile la lunga sequenza delle sue solitudini giovanili, quando viaggiava attraverso la campagna per recarsi all'università e quei viaggi di ottanta chilometri erano in realtà viaggi lunghissimi, lenti, che lui faceva su piccoli treni a carbone o su littorine traballanti e colme di studenti. E non parlava mai. Nemmeno a lezione osava fare domande, chiedere spiegazioni, e se qualcuno gli rivolgeva la parola per chiedergli anche solo l'ora, rispondeva insicuro e balbettante come si trovasse davanti a una commissione d'esame. Vedeva tutti migliori di lui, molto più belli, molto più ricchi, senza dubbio più intelligenti. Rideva alle loro battute, li seguiva in disparte nei caffè e nelle pizzerie, li osservava. Nessuno si accorgeva della sua presenza e quando anni dopo gli capitò di incontrare in giro per l'Italia qualcuno di quegli studenti – lui li riconosceva immediatamente anche attraverso i mutamenti dell'età, i figli, i matrimoni, le carriere, poiché attingeva, nell'atto del riconoscimento, non alle chiacchiere o agli avvenimenti, ma all'idea che si era formato di quelle persone, l'idea-di-sé che ognuno si porta dietro, immutabile fino alla tomba – nessuno era in grado di riconoscerlo, o, semplicemente, di ricordarsene. Allora aveva esattamente l'impressione di aver attraversato quegli anni universitari come un fantasma e questo era precisamente il risultato dello sviluppo della sua personalità. In un certo senso, come nei suoi amori di ragazzo, era riuscito a partecipare standone fuori. Gli anni dell'apprendistato furono importanti anche per questo. Perché non realizzò niente di concreto, né un'opera, né un rapporto. Non si rendeva conto che la sofferenza lo stava arricchendo e che il suo sviluppo avveniva in direzione dell'interiorità. Avrebbe preferito fare l'amore, divertirsi, espandersi in circuiti emotivi e alleanze politiche e invece si trovava a lavorare, nella contrazione e nella compressione, al mistero della propria solitudine ignaro che, così facendo, si avvicinava alla vena più solida di quella realtà separata che definiamo arte.

Non legava con nessuno, andava al cinema, viveva in una stanza d'affitto in periferia. Soffriva per la mancanza di qualcuno, certo, di un abbraccio, di un amore, di un ambiente in cui riconoscersi ma non si sentiva solo, perché aveva ancora quella particolare facoltà che la morte di Thomas gli ha ora strappato. E quando era finalmente venuto il momento di trafficare eroticamente con gli altri, lui si era trovato stranamente a proprio agio, naturale, commosso dal proprio piacere come avesse compiuto da sempre quegli stessi atti. E allora, nella catena degli abbandoni e delle storie di piccolo cabotaggio stagionale, stando malissimo, cercando il proprio compagno, ritornando solo, ancora una volta sentiva che qualcosa lo trascinava avanti e non gli faceva perdere, completamente, la fiducia in sé e negli altri. Continuava a nutrire questa sua remota saldezza poiché in entrambi i casi, negli anni dell'apprendistato e in quelli immediatamente successivi dell'ingresso nella realtà adulta, nel lavoro e nell'eros, quello che lo sosteneva, quello che ora ha perduto, quello che non lo ha mai fatto sentire veramente solo, era il suo immaginario.

In questo la sua solitudine è ora differente da ogni altra solitudine che ha sperimentato o elaborato nel corso della propria vita. Lui è cosciente che il suo immaginario è morto. È cosciente di averlo perduto. E lo ha perso di fronte alla morte dell'amante, di fronte all'unica cosa che avrebbe potuto far crollare quella lunga, decennale, problematica, ambivalente calcificazione interiore di speranza e di sogno: la paura di dovere morire, la paura di essere già morto.

Ma qui, in riva al mare, nascosto in un appartamento circondato dalle migliaia di alberghi dai nomi familiari, in una cittadina che ha il nome di un sogno a poco prezzo, Alba (ma potrebbe essere Rivazzurra, Rivabella, Mi-

ramare, Bellaria, Bellariva, Marebello...), lui si sente
tranquillo come si trovasse, ormai alienato, a camminare
lungo la spiaggia di un paradiso perduto. Cerca la folla,
il chiasso, le luci, soprattutto la musica delle disco, la
gente che balla fino a mattino, i corpi che si divertono,
che si urtano, che cercano di rintracciarsi e si sente esattamente come in mezzo al deserto. Non lo interessa assolutamente quello che si svolge davanti ai suoi occhi, o
meglio, niente di quanto vede lo riguarda, lo avverte come pertinente alla propria solitudine. Eppure lo spettacolo della notte e della gente gli serve per non deprimer-
si. Sa che accanto a lui, anche se così abissalmente
distante da quello che sta provando, gli altri continuano
i riti della vita, perdono tempo, cercano di divertirsi, di
innamorarsi, di essere, in un qualche modo, felici. E a
lui questo non dispiace. È contento che per gli altri ci sia
ancora vita. Anche se una mattina, verso le sei, camminando in riva al mare fra i primi bagnanti in tuta da jogging e gli ultimi amanti che assonnati e placati si allontanano per raggiungere gli alberghi, avverte il peso della
propria vecchiezza come una rivelazione. Ed è qualcosa
che ha a che fare con le onde del mare che si abbattono
sulla riva depositando alghe e piccoli pesci morti. Si sente sterile. Non lascerà figli al mondo. Non proverà mai il
significato della parola padre. Non vedrà crescere, nel
tempo, una persona che gli somiglia, che porta il suo nome, che lo ricorderà, affettuosamente, guardando una
vecchia fotografia.

Una notte, nell'appartamento di fianco al suo, una famiglia si è detta *Guten Nacht*, abbracciandosi. Ha visto
l'ombra di una madre e di una figlia proiettata contro la
parete opposta al suo terrazzo. Si stringevano in un modo tipicamente femminile con le braccia allineate ai fianchi e gli avambracci alzati perpendicolari al corpo, come
di chi stia compiendo l'atto di porgere un vestito o una
stoffa. E i loro capelli si sono uniti. Poi la figlia ha abbracciato il padre e anche questa volta lui ha sentito, distintamente, le stesse parole.

"Quante volte" ha pensato Leo, "tuo padre, tua madre ti ha detto in questo modo buonanotte? Mai, perché già allora tu eri in collegio."

Forse allora è ritornato da queste parti perché gli ricordano "una colonia estiva". Un luogo di vacanza senza genitori. Lungo il litorale vede i grandi edifici arenati come transatlantici in demolizione. Le finestre sono sbarrate, i muri sbrecciati e gli intonaci divorati dalla salsedine. Alcuni hanno ancora reti di recinzione che delimitano una porzione di spiaggia. Altri portano sulla facciata i nomi delle industrie siderurgiche del Nord o di associazioni operaie o mutualistiche. Altri ancora sono il residuato dell'architettura fascista. Verso Cattolica vede una colonia costruita a forma di vela. All'interno, ora, c'è una discoteca.

Nel confrontare la sua vita con quella degli altri, in questo periodo, lui ha sempre in mente l'immagine di un "collegio" o di una "colonia" come se l'accettazione della solitudine prevedesse la rinuncia non tanto al sesso e all'amore, ma alle figure parentali, a sua madre, al suo fantasma. Quando si prepara una pietanza, distrattamente, sbrigativamente, senza apparecchiare la tavola, lui avverte la meschinità della propria cena e si sente allora come costretto in un collegio. Quando capita un ospite, lì al mare – un amico che si vanta della propria indipendenza – e lo vede disporre i suoi oggetti nel bagno, separare il suo sapone da quello di Leo, il suo dopobarba, il suo shampoo, la sua acqua di Colonia lui pensa al bambino, in colonia, che per sopravvivere deve continuamente battezzare i propri oggetti con "questo è mio, quest'altro è mio" per difenderli così dagli altri e per identificarsi con il proprio spazio. E allora si accorge che, per la maggior parte degli individui, la conquista dell'indipendenza va a scapito della generosità, come se l'orgogliosa risultante del "io posso fare quello che voglio" si costituisse a base di cene solitarie con un piatto di riso, qualche panino, e soprattutto – questa è l'immagine più nitida che Leo ha – a base di tubetti di dentifricio che il bambino-in-collegio strizza disperatamente fino alla fine.

Il senso del possesso che lui osserva nelle altre solitudini gli appare esagerato. In alcuni diventa vera e propria tirchieria, in altri essenzialità, in altri ancora frugalità o nevrosi di ordine, pulizia, attenzione maniacale per la disposizione abituale delle cose e dei sentimenti. Come se la solitudine, quella accettata e rielaborata, avesse costruito, nel cuore dell'individuo, un atlante di percorsi sbarrati, di strade senza uscita, di sensi unici, di dighe, di barriere antisismiche in modo che qualsiasi sentimento o oggetto nuovo abbia un percorso prestabilito, all'interno, per vagare senza arrecare danno.

Un giorno un amico divorziato nella cui casa era ospite gli ha detto: "Avevo bisogno di fare delle cose per me. Trovo importante potersi occupare di se stessi. Fare le cose esclusivamente per sé". E Leo aveva apprezzato la sua scelta poiché pensava che dedicarsi agli altri, totalmente, tradisse una perversione. Espressioni di carattere morale come "amore per l'umanità" o "amore per gli altri" gli sembravano prive di senso poiché a lui era impossibile amare gli altri come entità astratta. Lui voleva amare uno solo, una certa, definitiva, storicizzata, esclusiva presenza nel mondo: Thomas. Lui voleva amare uno per volta e, se non voleva barare con se stesso, si sentiva in grado esclusivamente di fare questo. Nel mondo esistevano gli antipatici, i nemici, gli odiosi, i malvagi. E lui non aveva assolutamente intenzione di amarli. Poiché non li riteneva esponenti della sua specie, né del suo genere.

Quelle parole dell'amico lo avevano incoraggiato, anche lui voleva occuparsi di sé. Ma poi successe che una mattina, mentre l'altro era ancora sotto la doccia, incominciò a preparare il caffè, a scaldare i *muffins*, a cercare fra i barattoli lo zucchero e il miele. E guardava dalla finestra sopra l'acquaio il giardino e rifletteva sulla caratteristica delle case americane di aver grandi cucine e grandi freezer e soprattutto queste finestre, ed era, a suo

modo, contento di quel risveglio quando avvertì, alle
sue spalle, la presenza dell'altro, in accappatoio, come
quella, insidiosa, di un guardiano o di un controllore.
L'educazione del suo ospite impediva che gli dicesse:
"Attento alle tazzine di porcellana! I barattoli, lassù, lassù, cerca là! No, non è quella la temperatura giusta del
tostapane!" ma quello che gli comunicava la presenza
muta dell'amico, che si frizionava i capelli, era esattamente questo. E allora, come sorpreso a rubare la mar-
mellata o i biscotti dalla dispensa di un collegio, lasciò la
cucina dicendo con un sorriso imbarazzato: "Continua
pure tu, vado in bagno".

Leo si rende conto che il suo bisogno di solitudine
non lo può fare appassire, distaccare totalmente dagli altri. Lui sta cercando di dare una risposta al bisogno di se
stesso. Vuole continuare a essere generoso, disponibile,
aperto anche se capisce che le cose sono difficilmente
conciliabili. La solitudine lo sta effettivamente cambiando. Lui dice: "Sono i trent'anni, Leo, il corpo non ti risponde più come un tempo, né hai il desiderio incessante di conoscere, curiosare, vedere gente, ambienti,
paesaggi. È il trentesimo anno che agisce in te come una
inedita maturità". Lui si dà di queste giustificazioni
quando si accorge che da mesi non mangia più di notte,
non cucina più alle tre del mattino, un momento assorto
e silenzioso a lui caro, con le orecchie ancora otturate
dalla musica delle disco, e la testa ronzante, fissa per minuti interminabili su una frase pronunciata al bar o sul
sorriso di qualcuno. In realtà Leo è altrettanto consapevole che l'età conta relativamente e che ciò che lo sta
piegando non è un processo biologico ma l'addensarsi,
il sedimentare di un dolore che non lo lascia mai, che si
impasta con l'invecchiamento delle sue cellule, che ancora tarda a risolversi, a scomparire...

Un giorno, al mare, arriva Hermann. Leo è riuscito a
rintracciarlo e gli ha proposto di passare un finesettimana insieme. Non si sono detti molto, al telefono. Hanno
scherzato sul fatto che non si vedono da anni. Hanno

parlato di amici comuni, poi, alla fine Leo ha detto: "Vorrei che tu venissi qui, qualche giorno. L'appartamento è grande...".

Hermann ha detto: "Va bene, anch'io ho voglia di vederti".

Quando finalmente si incontrano parlano per ore, per tutto il pomeriggio, per gran parte della notte. Leo scopre che la presenza di Hermann gli fa bene, ha voglia di scherzare, di passare in rassegna i momenti della loro vita in comune, di spiegarsi, di raccontare quel momento dell'abbandono, per cui Hermann lo rimprovera ancora, con una pacatezza che non si sarebbe aspettato. Sono due reduci. Hanno vissuto per giorni e giorni con la morte accanto, come in trincea, hanno visto i compagni morire o semplicemente sparire. Il loro pensiero insiste con nostalgia e anche tenerezza sui giorni bui della loro storia. Esattamente come due soldati che dopo anni, incontrandosi, ricordano non il momento dell'assalto, ma solo le sbronze in camerata. E se qualcuno dicesse loro "Ma potevate morire. Altri sono morti, in effetti" li vedrebbe cadere in un silenzio perplesso e stralunato e subito dopo sbottare in una risata di incredulità. Sono sopravvissuti e sono in grado di ricordare tutto come un sogno, come qualcosa che non li riguarda più. E così, quando Leo parla di Roma, Hermann ride e si copre il volto con le mani e scuote la testa ripetendo: "Non ci posso credere! Io ho fatto questo?". Sono cambiati, sono diversi. Anche Hermann è alle prese, ormai, con il suo trentesimo anno.

Leo non parla di Thomas. Ogni tanto il discorso lo porta alle soglie del ricordo, ogni tanto è sul punto di dire "Anche Thomas, sai, diceva che..." ma se ne accorge in tempo e riesce a interrompersi o a cambiare argomento. Nel tardo pomeriggio scendono in spiaggia. Sono allungati sui lettini, entrambi con una buona parte delle gambe sporgente a causa della loro statura. La pelle di Hermann è bianchissima e Leo la guarda come si guarda un oggetto amico, qualcosa che si è conosciuto in un momento vitale e che si ritrova dopo tanto tempo intatto nella propria bellezza. Ascoltano una cassetta di Sandie Shaw con le cuffie inserite nell'unico walkman di Leo. Ogni tanto i loro sguardi si incontrano, ma subito sfuggono via. Entrambi sanno che finiranno a letto, quella notte o il giorno dopo, che non si lasceranno senza aver cercato di ripetere il miracolo di quell'attrazione che li ha tenuti insieme per anni. E il momento arriva il giorno seguente, nel silenzio caldo e sensuale del primo pomeriggio. Si corteggiano come non fossero mai stati insieme. C'è imbarazzo, nessuno si azzarda a fare la prima mossa. Leo ha una improvvisa accelerazione del battito quando Hermann gli siede accanto, sul letto. Si prendono per mano e si abbracciano.

Quando Hermann riparte Leo lo saluta, alla stazione, sapendo che non lo cercherà, o almeno, non lo rivedrà per un bel pezzo. Nei tre giorni che hanno passato insieme si è sentito appagato, per la prima volta da quando Thomas è morto. Per la prima volta ha fatto l'amore e ha vissuto con un altro. Ma sa che la sua storia con Hermann non può progredire. Potrebbero cercare di vivere di nuovo insieme perché entrambi hanno avuto la certezza di volersi ancora bene e di desiderarsi. Ma le loro vite si sono separate, un giorno, e niente potrà mai più farle convergere. Quei giorni che hanno trascorso vicini e in pace come mai è accaduto in passato hanno decretato definitivamente, per Leo, la fine del suo rapporto con Hermann. Poiché se avverte di amare ancora Hermann, che lo amerà per tutta la vita, altrettanto bene sa che con lui non avrebbe speranza. Continuerebbe a bucare gli appuntamenti, a perdere i treni, a dimenticarsi di tante cose, probabilmente a tradirlo. Ma soprattutto Hermann è ancora l'incarnazione del suo vecchio mito, del suo immaginario, del Vondel, e lui sa che tutto questo è morto con Thomas. Nel Vondel Park, oggi, non c'è più nessuno sdraiato in terra che suona una chitarra o un flauto. Nessuno balla in silenzio, dietro ai cespugli, invischiato nella ragnatela del delirio psichedelico. Nessuno offre più roba, collanine, o *bootleg* di qualche concerto. E anche a attraversarlo, oggi, il Vondel Park sembra più piccolo. Quello stesso salice i cui rami affondano nell'acqua del lago appare più isolato, come se attorno gli avessero tolto i faggi e le querce. C'è un gruppo di giovani là in fondo, che avanza. Hanno una fascia al braccio e un pettorale bianco come quello degli atleti in gara. In mano portano reti, pertiche di bambù, gabbie di vimini, una scala. Fanno parte di un gruppo per la protezione degli uccelli della città di Amsterdam. Si arrampicano sugli alberi, sistemano i nidi, controllano la deposizione delle uova e la covata. Schedano gli uccelli: quelli feriti li portano nell'ambulatorio veterinario della loro associazione, quelli intossicati dall'aria inquinata li trasportano nella campagna. Quelli morti li gettano nella spazzatura.

La sera stessa, rimasto solo, prima di dormire, Leo ribalta così i termini di quel pensiero che lo insegue, incessantemente, da mesi: "E se fossi invece tu Leo ad aver ucciso il tuo ideale usando come carnefici necessari Hermann e Thomas? Non sarebbero loro le tue vittime innocenti? E tu, non l'essere sacrificato, ma il sadico che disperatamente uccide chi più ama perché vuole restare solo?".

A tutto questo, lui, per ora, inorridito, non ha una risposta.

L'anno seguente, dopo un inverno trascorso a Milano a cercare di mettere insieme qualche progetto di lavoro, accetta l'invito di Michael a fare un viaggio negli Stati Uniti. Michael ha lasciato Parigi e da qualche tempo vive a Washington, suona in un club, trascorre i week-end in una piccola casa di legno in riva all'oceano, nel Delaware. Quando si rivedono Michael gli chiede, prudentemente, di Thomas e Leo non sa cosa rispondere. Michael allora dice sorridendo, per sollevarlo dall'imbarazzo: "Va bene. Ho capito. Thomas non c'è più" e Leo annuisce, come scusandosi: "Sì, non c'è più".

Una sera, a cena con altri amici di Michael in uno dei soliti gay restaurant, con la testa pesante per i troppi Martini e il troppo gin lui coglie una battuta su un locale che sta a qualche isolato di distanza. Chiede di cosa si tratti e quando lo scopre insiste perché Michael lo accompagni, quella stessa sera.

Gli altri non li seguono. Si salutano davanti allo stretto ingresso del Blue Boy. Michael gli fa strada. Al pianterreno c'è una discoteca con una piccola pista dance, alcuni televisori che trasmettono videoclip, il bar con il bancone, i flipper e i videogames. Al piano di sopra c'è un piano-bar, le luci sono offuscate, ai tavoli di legno siede qualche persona. Al terzo piano si accede pagando un biglietto. Leo è incuriosito. Entrano in un corridoio dalle luci rossastre e deboli al fondo del quale i clienti si accalcano. Sopra le teste della gente, avvolto dalle nuvole di fumo e dalla luce dei riflettori, Leo intravede il corpo seminudo di un danzatore.

Michael ordina un paio di birre e cerca di farsi strada. Leo lo segue con gli occhi fissi al ragazzo che balla. Riescono ad avvicinarsi alla passerella sotto la quale sono disposti i tavoli occupati da uomini taciturni che fissano, con la testa quasi completamente riversa all'indietro, il ballerino. Alle pareti della stanza, lunga una decina di metri, sono addossati degli sgabelli e dei piccoli tavoli circolari bagnati di birra. Alcune persone stanno uscendo e Michael riesce a occupare due posti. Leo ordina altra birra.

Il boy avanza lungo la passerella alternando alcune posizioni acrobatiche agli ancheggiamenti soliti del ballo. Guarda fra il pubblico, sorride, incontra lo sguardo di un uomo e lo sostiene muovendo il bacino, poi cade a terra, si rialza, torna verso l'estremità iniziale della passerella. Al centro della sala c'è un globo di specchi che gira lentamente e manda bagliori luminosi sugli spettatori e sul corpo del ragazzo. Ogni tanto si accendono degli spot colorati che rischiarano l'ambiente.

Terminato il primo passaggio musicale, c'è un rapido

cambio di luci. Il ritmo della danza si fa ora più lento, l'oscurità invade la passerella. Il boy si muove sinuosamente sui fianchi, si flette, si inarca mimando un atto sessuale. Ha addosso una canottiera colorata e un paio di bermuda neri e aderenti, da ciclista. Un paio di calzettoni bianchi, molto spessi, e scarpe da basket, quelle con la cavigliera attaccata. La canottiera sparisce in un attimo gettata verso il proscenio. Più complicata, insistente, ammiccante è l'azione per sfilarsi i bermuda. Il ragazzo è un tipo muscoloso, biondo, con i capelli tagliati a spazzola e assolutamente glabro sul petto e sulle gambe. Non avrà più di una ventina d'anni e ha un muso invitante, belloccio. Si piazza al centro della passerella e si sfila con una specie di danza del ventre i pantaloni, lasciando che la luce dello spot illumini alternativamente prima il biancore di un gluteo, poi quello dell'altro, poi il pube. Quando cala finalmente i calzoncini, trattenendoli sui polpacci, è coperto solo da un minuscolo perizoma di pelle nera. Balla ancora un po' giocando con quella imbracatura, muovendosi a piccoli passi come una geisha. E subito sparisce oltre le tende. La musica cambia una seconda volta, l'occhio di bue si fissa sulla ribalta. Il pubblico, per la maggior parte uomini fra i trenta e i cinquant'anni, accende le sigarette e chiacchiera. Dopo un minuto, o poco più, lo stesso ragazzo esce di corsa dalla tenda scatenando un applauso, urla, fischi, grida. È completamente nudo, fatta eccezione per le scarpe e i calzettoni. È in erezione e danza masturbandosi. Dai tavoli sotto la passerella incominciano a spuntare i dollari. Lui si china mostrando il cazzo, porgendolo fin quasi a sfiorare il viso delle persone. Oppure si flette sulle gambe e mostra le cosce. Il pubblico può toccarlo. Lui lascia fare per qualche secondo, prende il dollaro e lo infila nei calzettoni ringraziando. E così per tutta la durata del brano musicale. Si mette con la pancia a terra e finge di scopare, oppure alza le gambe e muove i glutei come se lo stessero penetrando. Guarda i clienti, manda baci e sorrisi, incassa i dollari. Poi sparisce e lascia la scena a un altro ragazzo.

Michael chiede a Leo se lo spettacolo gli piace. Leo
dice di sì. Accende una sigaretta, non ha voglia di parlare. Ora sul palco c'è un tipo moro, abbastanza alto, stesso fisico atletico e compatto. Ha un paio di jeans stracciati sul sedere, un giubbotto di cuoio nero e una fascia
rossa che gli cinge la fronte. I capelli sono lunghi, smos-
si. Il viso quello di un fotomodello. Mentre questo inizia
a ballare, il ragazzo di prima, coperto soltanto dal cache-
sexe scende in sala e prende a girare fra i tavoli. Si piazza davanti a qualcuno, fa un paio di piroette, mostra il
cazzo, si struscia sulle gambe o si siede sulle ginocchia.
Non se ne va finché non gli viene mostrato qualche dollaro che lui non tocca con le mani, ma che si fa infilare
nel perizoma. Quando Leo se lo vede davanti vorrebbe
fuggire. Guarda Michael perché non sa come comportarsi. Si sente addosso gli occhi di tutti ed è paralizzato.
Il boy lo fissa sorridendo, si tocca i capezzoli, li strizza,
muove la lingua, si volta e si flette mostrandogli una visione statuaria. Michael ridacchia, ma Leo è immobile.
Pensa, ora prendo dei dollari così se ne va, ma non vuole mettere le mani in tasca, estrarre la mazzetta delle
banconote, controllare se sta sganciando un biglietto da
cinquanta o da venti invece del dollaro d'abitudine. Così non fa niente. Spera solo che il ballerino prosegua la
sua sfilata. E così avviene. E lui si sente meglio e beve altra Budweiser.

Ma non è placato. Una curiosità eccitata lo stringe alla gola. Si sente sulla soglia di un accadimento proibito.
Come dovesse attraversare un divieto. Invece di evocar-
gli immagini di divertimento, di ebbrezza, di cotillon e
stelle filanti, la parola "spogliarello" lo turba come una
azione completamente sordida. Sporca. Nascosta. E si
rende conto che è una sensazione che ha a che fare con
la sua infanzia, ficcata nei profondi anni cinquanta,
quando questa parola veniva pronunciata con circospezione e vergogna. Nel paese c'era un locale, lo Chez
Vous, che la polizia aveva chiuso, arrestando proprietario, spogliarelliste, clienti che venivano da Milano, da

Bologna e Firenze. Suo padre e sua madre non ne avevano mai parlato ma lui lo aveva saputo, anche perché uno zio gaudente e ricco ne era stato coinvolto. Un giorno aveva trovato una fotografia in cui i suoi genitori ballavano, vestiti da sera, in mezzo a un groviglio di stelle filanti e coriandoli. Sorridevano al flash del fotografo. E sua madre era bellissima, con le spalle nude e un grande giro di raso, come una stola, accartocciato attorno al décolleté. Aveva chiesto a sua madre a che festa si riferisse quella fotografia e lei aveva risposto che si trattava di un veglione di fine anno allo Chez Vous. In quel momento lui aveva provato un turbamento profondo perché non poteva credere che i suoi genitori fossero entrati, anche una sola volta, nel luogo del piacere proibito. Sprovvisto, come ogni bambino, di una prospettiva temporale aveva sovrapposto due avvenimenti, gli spogliarelli e il veglione, che non avevano nulla in comune tranne il fatto di essersi svolti, a distanza di anni, nello stesso night club. Così l'innocente festa di capodanno diventava il mitico avvenimento proibito della dolce vita del suo paese.

Continua a fumare e a bere, ma non riesce a placare il movimento vorticoso degli occhi che fissano il corpo di un nuovo ballerino. Al quinto ragazzo Michael decide di lasciare. Leo lo saluta. Resta ancora un'ora, seduto sul suo sgabello, a vedere lo strip di altri tre boys e poi un numero in cui due ragazzi illustrano, acrobaticamente, alcuni accoppiamenti. Verso l'una se ne va. Ma la sera dopo è di nuovo al Blue Boy. Si è fermato in un bar a bere un gin and tonic solamente per ritardare la sua eccitazione. Solamente per dirsi: "Lassù avranno già cominciato e io sono felice di essere qui".

È un venerdì sera e i ragazzi sono cambiati, come ogni settimana. Battono i locali degli Stati Uniti e del Canada come una vera e propria compagnia di spogliarelliste. Hanno fra i venti e i venticinque anni. Sono di tutte le razze: neri, meticci, portoricani, caucasici. Presentano la medesima tipologia fisica costruita in palestra: gambe muscolose, pettorali gonfi, bicipiti arrotondati, schiene flessuose. Varia solo la struttura: c'è il ragazzo più alto, quello piccolissimo ma perfetto, il tipo longilineo, quello tarchiato e potente come un toro, il californiano aitante tipo surfer, il ragazzotto baffuto working class, il tipo farmer con il fazzoletto rosso annodato al collo, quello fashion, con il taglio di capelli all'inglese e il perizoma optical. Leo è in mezzo a loro, sempre seduto sul suo sgabello, ogni sera, a distribuire dollari, a strusciare i corpi e sorridere, a ingozzarsi di birra. Dopo tre sere ormai lo conoscono. Quando è il momento di scendere fra i tavoli i ragazzi lo salutano strizzandogli l'occhio come per dirgli, ora arrivo anche da te. Quando si spogliano, sulla passerella, molte volte, vedendolo lì, fra il pubblico, cercano il suo sguardo e, fissandolo insistentemente, eseguono qualche acrobazia fallica come fosse solo per lui. E lui sgancia dollari, uno dietro l'altro. E tutto si ripete, il boy arriva, si struscia, gli sfiora la guancia, si volta, gli dice come stai bello? gli fa vedere il culo e tutto il resto. Anche i ragazzi che non gli piacciono – poiché lui ha i suoi preferiti e quelli che assolutamente non gli smuovono nulla – anche quando arriva il piccoletto, lui, per non imbarazzarlo, gli infila dei soldi nello slip con il risultato che quello torna continuamente. Ha il suo preferito. È un ragazzo longilineo, moro, probabilmente portoricano. Ha degli occhi che Leo trova bellissimi e il disegno delle labbra perfetto, esteso, sensuale. Non è muscoloso come altri, ma è l'unico le cui gambe siano ricoperte da una peluria scura, arricciata, che gli disegna, come un tratto di carboncino, il profilo dei muscoli. E infatti, quello che preferisce fare, quando lo raggiunge sorridendo al tavolo, è accarezzargli lungamente le cosce e i ginocchi.

Continua a bere birra e ogni tanto deve raggiungere il bagno per sgonfiarsi. Quando ritorna nella sala ormai vuota – i ragazzi accorciano sempre di più i tempi dello show per spremere, come in un rush finale, gli ultimi soldi ai clienti – lui si trova faccia a faccia, dall'altra parte della passerella, con un giovane uomo che ha già visto da giorni, nella stessa identica posizione, ma che solo ora lo colpisce. È ubriaco, abbandonato alla sua seggiola, con un mazzo di dollari bagnati e gocciolanti infilati sotto al bicchiere di birra. È vestito con giacca, cravatta, gilet e ha un soprabito appoggiato alla sedia. Ha pochi capelli in testa, ma lunghi, e un ciuffo gli scende, aggrumato di sudore, fin quasi sugli occhi. Ha un grosso anello al dito. Sorride continuamente, come bloccato in una espressione ebete. I ragazzi lo devono conoscere assai bene poiché lo trattano come gli infermieri tratterebbero un vecchio paziente cronico. Sanno che preferisce essere toccato in mezzo alle gambe, per un po'. E tutti lo fanno, meccanicamente, con un atteggiamento di cortesia e disinvoltura che stupisce Leo. Il giovane uomo, avrà trentacinque anni, continua a sorridere, a bere birra, a infilare dollari negli slip. Leo è stanco, con gli occhi appannati e ammorbiditi dall'alcool. Alza la testa verso il soffitto portandosi le mani sulla nuca per stendersi. È in quel momento che succede.

Il soffitto è ricoperto di specchi. Se ne accorge solo in questo momento. Così si vede riflesso, pallidissimo, in mezzo a uno spazio desolato di tavoli vuoti, sgabelli e bottiglie di birra. E in quell'immagine scorge l'uomo ubriaco con un ragazzo nudo sulle ginocchia. Specchiandosi in quel doppio di sé, identificandosi con il giovane uomo ubriaco e stravolto che ancora ride come tenesse in braccio un fantoccio, lui si dice, fra la rassegnazione e l'eccitazione: "Bene Leo. Qui, ora, hai cominciato anche tu la carriera di onesto puttaniere".

Il locale sta chiudendo. I ragazzi, non più nudi, ma con addosso una felpa da jogging o un giubbotto, passano fra i tavoli e bevono una birra chiacchierando con i pochi clienti rimasti. Accanto a Leo si siede un ballerino. È un tipo alto, robusto, dal collo enorme. Calza stivali di cuoio neri, borchiati sui talloni. Ha i capelli rasati a zero. Indossa un paio di braghe di pelle nera che lasciano scoperte le natiche e il pube. Al polso destro ha un bracciale, sempre nero, fitto di borchie cromate. Leo lo ha visto, per tutta la serata, adescare soprattutto uomini atletici, con baffi o barba. Sa che ha un cockring stretto ai testicoli. Ma non si era accorto di un piccolo anello infilato al capezzolo sinistro. Glielo sfiora con un dito, facendolo dondolare e il boy lo guarda freddo, duro, allungando la mano verso il petto di Leo.

Leo è confuso perché nessun tipo leather lo ha mai preso in considerazione, né a lui piace questo genere di messinscena. Ma si sente anche eccitato, perché è come se il boy riconoscesse in lui, nel suo vestito borghese, nel suo volto, nei suoi occhi qualcosa che appartiene a un desiderio che riconosce e che Leo, apparentemente non sa. Per questo Leo segue il ragazzo.

Nel retropalco c'è una scala, molto stretta e ripida, che porta al piano superiore, un corridoio abbastanza ampio, con specchi alle pareti, attaccapanni, panche di ferro. Qui sono ammucchiati abiti, sacche sportive, scarpe. C'è un ballerino che si sta infilando un paio di jeans. Poco più avanti, nell'ombra, Leo riconosce il portoricano. È seduto, chino sui suoi calzettoni riversi a terra. Sta contando, con l'aria di un ragazzino di strada, i dollari: decine e decine di biglietti stropicciati e accartocciati come carte di caramelle.

Entra in una stanza abbastanza ampia, e divisa, sul fondo, da tre separé di plastica nera. Uno di questi è aperto e mostra un lettino di cuoio nero sul quale è steso un asciugamano. Le tende degli altri separé sono accostate, e Leo vede distintamente, in basso, le gambe nude di un uomo. Sente dei gemiti, delle grida appena trattenute. E lui non sa riconoscere se di piacere o di dolore.

Il ragazzo lo spinge sul lettino e con uno strappo deciso si tira la tenda alle spalle. Gli apre per prima cosa la giacca, scioglie il nodo della cravatta, sbottona la camicia, sfila i pantaloni fino a metà coscia. Gli lascia tutto addosso, non lo spoglia. Lo apre semplicemente, al centro, come avesse usato un apriscatole. Leo stringe il braccio del ragazzo, forte. Lo regge al polso, con entrambe le mani, come si serra il remo di una barca, e guarda verso l'alto. Fa freddo. C'è una luce bianca sul soffitto. Sente un dolore violento ai testicoli ma il ragazzo gli tappa prontamente la bocca con una mano, quasi uno schiaffo, impedendogli di gridare. Il dolore si ripete, più forte e più a lungo e Leo incomincia ad avere paura. Il boy gli infila un profilattico di lattice nero e prende a succhiarlo. Leo chiude gli occhi. Ancora quella luce bianca. La paura, il freddo. Lo stavano trasportando da una barella al tavolo operatorio. La preanestesia non aveva fatto effetto e lui era terrorizzato dall'intervento chirurgico. Un infermiere gli aveva chiesto se portasse la dentiera e lui aveva scosso la testa e aveva capito che stava arrivando il suo momento. Lo avevano spinto in sala operatoria. L'infermiere aveva accostato la lettiga al tavolo e aveva chiesto aiuto al personale che si trovava già lì. Avevano tutti il viso coperto da una mascherina e lui, intontito, sentiva che parlavano tra loro come se lui fosse già morto. Guardava la grande lampada centrale e i suoi fari circolari e sentiva freddo, era gelido. Poi un infermiere aveva brutalmente sollevato il lenzuolo nel quale era avvolto e lui avvertì di essere completamente nudo. Lo assestarono sul rigido tavolo operatorio e gli presero le braccia allungandole a croce. Sentiva che lo legavano. L'infermiere dava istruzioni a una ragazza molto giovane, forse più terrorizzata di Leo. Non riusciva a serrargli il polso nella cinghia e l'infermiere le disse secco di sbrigarsi, di non stare a pensare, che avrebbe imparato. Lui vedeva gli occhi della ragazza e vi leggeva la paura di trovarsi in quel posto, per la prima volta. Vedeva almeno sei persone vagare per la stanza, andare avanti e indietro, dare un colpo d'occhio al suo corpo nudo che attendeva di essere macellato, e tornarsene via. Mai come allora aveva avuto una così diretta, accecante esperienza del sé cadavere, del sé anatomico. Arrossì e sentì che stava sudando. La ragazza gli serrò finalmente il braccio, e riuscì a infilare l'ago. L'infermiere le disse che aveva fatto un buon lavoro: "Non devi spaventarti, è facile!" la rincuorò. Ma nessuno chiese qual-

cosa a Leo. Si sentì sdoppiato, in uno stato di assenza.
Prima di allontanarsi la ragazza prese un piccolo telo
verde e lo gettò sul sesso di Leo, coprendolo. Lui chiuse
gli occhi e respirò a fondo, come per ringraziarla.

Il ragazzo gli sta legando qualcosa attorno al membro.
Lui sente sempre dolore, acuto, pungente, ma anche
una strana tensione diretta tutta lì, in mezzo alle gambe.
Anche il suo respiro, accelerato, è come provenisse unicamente da quella zona così circoscritta di dolore; e si
espandesse poi da lì in tutto il suo corpo. La sua mano
prende a strofinare la testa rasata del ragazzo. Lui si alza
e gli si avvicina. Ha sempre addosso le sue braghe nere
dalle quali ora spunta, completamente scoperto, il sesso.
Leo lo afferra, lo stringe e l'altro emette un soffio
profondo, serrato, come un muggito. Leo lo vede ora, in
piedi accanto a sé; guarda la potenza del torace, un rivolo di sudore che scende dai pettorali verso l'ombelico. Il
collo forte, grosso, gonfio di vene. La mano borchiata
che lo sta masturbando, lentamente. Lui si sente prossimo all'orgasmo, ma è come raggiungesse più volte il momento del non-ritorno senza scoppiare mai. Il dolore si
fa sempre più forte, ma lui ne vuole ancora, sempre di
più. Lo prega perché gliene dia di più. L'altro gli afferra
un capezzolo e inizia a strizzarglielo, a tenderlo, a mor-
derlo. Gli serra la gola con un collare e lo stringe lentamente. Leo ha paura di soffocare. Sente improvvisamente la testa scoppiare, ingigantirsi di sangue bollente,
suda, la vista gli si affievolisce e il respiro si fa un rantolo
sordo.

Quando era venuto il momento di intubarlo, nel gelo
della sala operatoria, lui era ancora cosciente. Era vivo
in un corpo morto. Imprigionato. Non poteva parlare,
non poteva muovere le mani, ma avvertiva distintamente, come se stesse sognando, che gli stavano ripiegando
le gambe e che parlavano attorno al suo corpo. Poi aveva sentito come qualcosa che lo stava soffocando. Aveva
avuto un conato di vomito, la sua gola cercava di rigettare, ma qualcosa la stringeva sempre di più e gli impediva

di respirare. E allora con gli ultimi bagliori di coscienza lui pensò: "Sto morendo soffocato" e si lasciò andare, ma ancora non moriva e quella cosa nella sua gola era sempre più grande, enorme, si espandeva premendolo da ogni parte e lui stava senza respirare già da un secolo. E sentiva dolore. Poi, un po' più calmo aveva pensato: "Non è così difficile morire. È tutto un sogno".

Anche ora, sul lettino di quella specie di ambulatorio della perversione lui avverte lo stesso senso del limite oltre il quale c'è solo, se Dio vorrà, la perdita di coscienza. Sente il suo cazzo eretto, potente, pieno di sangue pronto a schizzare, ma come bloccato, come dovesse svuotarsi e non ci riuscisse. Il disagio è in tutto il suo corpo, in ogni cellula del suo sangue, ma è qualcosa che lui non vuole abbandonare come se finalmente tutto il dolore che da anni sta provando, da quando Thomas è morto, da quando lui, Leo, è nato, si concretasse su quel lettino, in quel corpo serrato, ai testicoli e alla gola, da un morso di cuoio. Incapace di avanzare o indietreggiare, bloccato lì, sospeso tra la vita e la morte, tra il piacere delle pratiche esperte di un onesto torturatore e il dolore di un corpo che ancora non conosce, come invece il suo cervello, il proprio punto di rottura. Leo afferra ancora una volta il ragazzo in mezzo alle gambe, gli stringe i testicoli, insinua una mano verso le cosce. Ha voglia di picchiare, di far male, prende a percuoterlo e l'altro risponde stringendo sempre di più, gonfiando le vene del collo, serrando le mascelle e gli occhi e dicendogli qualcosa, violentemente, in uno slang che Leo non afferra. Poi lo vede prendere un flaconcino rosso, svitarne il tappo e inalare due respiri profondi. Leo riconosce l'odore del poppers. Tenta di resistere, di dire di no, si volta dall'altra parte ma l'aguzzino gli preme il flacone sotto le narici. Leo ha un movimento brusco e così alcune gocce gli si rovesciano nel naso. Sente un bruciore fortissimo e un rivolo di fuoco scendergli in gola. L'altro è paonazzo, suda e il suo cranio è bagnato, lucente. Leo attende l'effetto che arriva improvviso, dirompente. Ed è in quel momento, mentre sente il petto quasi scoppiargli di male, che l'altro scioglie improvvisamente le cinghie, gli lascia la gola e lui può esplodere in un getto violento, altissimo, una parabola bianca che si fionda verso il soffitto. E si sente andar giù, andar giù, uno scivolamento inconsueto, velocissimo, potente ma anche, e ora lo sta scoprendo, rassicurante, come se dai picchi del suo cervello tutto discendesse prepotentemente verso la quiete di un fondovalle conosciuto. Respira affannosamente come un bambino dopo una lunga corsa. Non riesce a parlare. Scoppia a piangere, un misto di singulti, lacrime, colpi di tosse e quando risponde, con un filo di voce, al ragazzo dicendogli che va tutto bene lo fa balbettando, con una voce che non avrebbe mai pensato di avere: quella del bambino-Leo. Una voce stridula, acuta, femminile, un vagito sepolto nel profondo del suo dolore e che il dolore ha messo di nuovo al mondo.

A New York Leo resta tre settimane. Vive in un piccolo appartamento sulla Fifth Avenue, all'altezza della Novantaduesima. La mattina passeggia per Central Park oppure noleggia una bicicletta e si mette a ruota di qualche ragazzotto, sfidandolo. Il pomeriggio dorme, legge, studia e la sera frequenta un po' di mondanità europea, qualche corrispondente italiano, un gruppo di professori di letteratura della Columbia University. La notte scende al Village o a St. Mark's Place e si fa una buona sequenza di birre nei locali. Guarda i video o gli spettacoli di gruppetti di travestiti, non parla con nessuno se non con i baristi attratti dal suo accento italiano e quindi, per loro, ancora incorrotto e sano. Prende mentalmente appunti, passa anche un'ora, o più, a immaginarsi come possa essere la vita di quel tale, che indubbiamente lo attrae, che professione possa svolgere, che tipo di sesso preferisca. Ma sono tutte sciocchezze e la sensazione più forte che ha è quella che a New York avrebbe dovuto restarci a vent'anni, con tante energie, con la voglia di far mattino e con lo stomaco ancora integro.

Decide di tornare a Milano. Qualche ora prima della partenza ha un presentimento. Un'immagine che lo infastidisce e lo disturba. Quella stessa mattina aveva gettato nella spazzatura un paio di vecchie Paraboot invernali, nere, che aveva comprato a Parigi. Lo aveva fatto semplicemente perché voleva sbarazzarsi di tutto il peso in soprappiù e quel paio di scarpe malandate erano state la prima cosa a saltare. Non ci aveva più pensato finché, mentre il portiere gli comunicava all'intercitofono che aveva un taxi pronto, facendo una rapida ricognizione per l'appartamento per controllare la chiusura del gas, dell'acqua, delle finestre aveva sbirciato dabbasso, nel cortile interno e aveva visto il fattorino dell'impresa di pulizia riversare i sacchi di spazzatura in un grande contenitore. E fu allora che vide distintamente, pur dal decimo piano, le sue scarpe cadere in mezzo ai rifiuti, sovrastarli per un momento, prima di essere sepolte da altra immondizia ed essere portate via su un furgoncino.

Al terminal era arrivato angosciato. Si immaginava un volo strapieno come effettivamente seppe al banco d'accettazione. Non riuscì ad avere un posto accanto alle uscite in modo da poter allungare le gambe, ma solamente un sedile di corridoio. Mentre aspettava vide un gruppo di una trentina di ragazzine e sperò che non si imbarcassero con lo stesso volo. Vide anche una comitiva di toscani e anche allora sperò che volassero con un'altra compagnia. E invece, un'ora dopo, se li trovò tutti nella pancia dell'aeromobile.

Mentre sistemava il bagaglio un uomo molto alto, vestito con un doppiopetto blu scuro, con i capelli bianchi e radi e la pelle rosea, macchiata di efelidi, un bell'uomo, indubbiamente, e anche molto curato d'aspetto – aveva un grosso anello d'oro al mignolo, una cravatta di seta color perla e un Rolex di almeno trent'anni – prese posto esattamente davanti al sedile di Leo. Appena terminato il decollo l'uomo reclinò il sedile, in modo brusco. Leo, che per la sua statura aveva problemi di assetto, subì il colpo e bestemmiò. Chiamò la hostess e la pregò di dire al passeggero che non poteva allungare lo schienale perché altrimenti non avrebbe saputo dove mettere le gambe. La hostess parlò con l'uomo e questi si scusò con Leo chiedendogli poi quanto fosse alto. Leo gli rispose con gentilezza. Lo fissò negli occhi. Pensò che non avesse più di sessant'anni.

Conversarono per qualche minuto, Leo più cauto, l'altro in preda al bisogno di scambiare due parole con qualcuno. Il pretesto era la statura di entrambi, i disagi che arrecava, la difficoltà di trovare un letto decente negli alberghi e soprattutto un sedile adeguato sugli aerei. Ma Leo era consapevole che c'era dell'altro. E aspettava da un secondo all'altro che saltasse fuori. Successe dopo qualche minuto, mentre Leo sorseggiava quello che sarebbe stato solo il primo di una ininterrotta serie di gin and tonic, fino all'arrivo.

L'uomo disse così, esattamente, senza che la conversazione avesse accennato, nemmeno lontanamente, a un fatto talmente crudele e straordinario. Disse: "Io sto portando mio figlio, qui sotto". E con l'indice della mano destra, serrata a pugno, indicò il pavimento. Leo si sentì svenire perché capì immediatamente. Anzi, mentalmente si disse: "Bene. Ora ci siamo".

"Ho mio figlio, morto, nella stiva" riprese il vecchio fissandolo disperatamente negli occhi. "Sono venuto per riportarlo a casa."

Il rombo sordo dei motori entrava nella carlinga come un ronzio estenuante. L'uomo piangeva e si asciugava il volto in un fazzoletto bianco. Leo non riusciva a parlare, ogni tanto balbettava: "È terribile, non lo posso credere". Ma l'uomo non lo sentiva. Continuava a raccontare di quel figlio che aveva dovuto assistere nell'ultimo mese di agonia. Raccontò che era un funzionario ministeriale, che aveva cinquant'anni e che un cancro lo aveva ammazzato in soli tre mesi. Leo sentiva le gambe che non lo reggevano più. Continuava a chiamare l'assistente di volo, a ordinare gin and tonic, a fumare una sigaretta dietro l'altra. Sperava di ubriacarsi presto, di cadere sul seggiolino stremato dal sonno e dalla fatica, ma era tutto inutile. L'uomo piangeva, in un modo assolutamente decoroso e pudico, e anche Leo aveva voglia di scoppiare. L'idea che sotto ai suoi piedi, a dodicimila metri di altezza, ci fosse una bara con un cadavere lo atterriva. Era sul punto di cedere, ma sapeva che non avrebbe potuto farlo: l'aereo non avrebbe invertito la rotta, non lo avrebbero sbarcato, non lo avrebbero buttato, pieno di tranquillanti, su una poltrona-letto nella first class. Così tenne duro sperando che il vecchio crollasse prima. Ma l'uomo era un vecchio generale in pensione, aveva ottantadue anni e sapeva come mantenersi in piedi. Disse: "Lei è sposato? Allora non metta al mondo mai figli. Non può capire cosa sia questo dolore. Si darebbe la vita pur di non arrivare a tanto. Io non credo in Dio, ma le giuro che sarei venuto a patti con lui: mia moglie ed io, in cambio della vita di questo figlio".

Leo continuava a tacere, preferiva lasciarlo sfogare. Ogni tanto erano costretti a rientrare dal corridoio verso le proprie poltrone perché le ragazzine della scuola si rincorrevano. Il gruppo di toscani, in fondo all'aereo, cantava e rideva. Stappavano spumante. Loro due voltavano la testa, istintivamente, verso il botto e poi ritornavano a parlare, come se avessero semplicemente visto un moscone volare.

"Ho ottantadue anni e non ho mai fumato una sigaretta nella mia vita. Non ho mai bevuto alcolici e ho sempre condotto una vita sana, nonostante abbia servito in tutta Europa, negli Stati Uniti e in Brasile. Ho sempre giocato a tennis e fatto movimento. E a che cosa è servito tutto questo? A portare, un giorno, mio figlio qui sotto. Solo a questo è servito."

Leo gli toccò il braccio, ma non lo guardò negli occhi. Se li sentiva addosso, spianati, arrossati, colmi di lacrime e di orrore. Lui pensò al padre di Thomas e a Thomas, naturalmente. E quando finalmente il vecchio, così atletico, così sano, così robusto si sedette stremato con gli occhi nascosti dal fazzoletto, lui poté raggiungere la toilette, bagnarsi il viso e piangere. Bevve ancora, cercò di mangiare, si fece un paio di lattine di birra e finalmente si sentì leggermente meglio. Chiuse gli occhi, ma non riusciva a prender sonno. Nell'aereo stavano proiettando il film e c'era buio. Ma davanti lui aveva sempre la nuca del vecchio, con i suoi capelli candidi e le efelidi rosa. Avrebbe voluto accarezzarla, avrebbe voluto dire qualcosa. Ma era anche arrabbiato. L'uomo che non aveva mai bevuto né fumato, si era mantenuto integro per seppellire il proprio figlio. L'atto contro natura non era tanto la morte dell'uomo più giovane, quanto la sopravvivenza forzata del più vecchio. E allora pensò che anche lui aveva sepolto, in un certo senso, Thomas. E che, sia lui sia il vecchio, erano degli assassini che in un modo o in un altro avevano controllato fino alla fine la vita della persona che più amavano. Fino a deporre nella fossa il corpo che avevano creato.

Allora Leo sente che questa necessità di sadomasochismo non è un impulso estraneo, ma forse la perversione più pura che abbia mai provato, quella più sincera. Perché lui è un torturatore ed è la vittima designata di quell'aguzzino che porta il suo stesso nome. Hermann, Thomas o chi altro sono solo gli strumenti di una sevizia che lui si sta infliggendo da quando ha preso coscienza di sé: e cioè del proprio bisogno di annullarsi e di morire. La sua esigenza di felicità e di amore ha ucciso gli altri; lui non ha saputo né contenerla, né dirottarla, né giocarla con capacità. Con Thomas non è morto solo l'amore, ma anche la sua, personale, strategia dell'amore. Quello che ora ha davanti è solamente una carriera di virtuoso puttaniere. Il soddisfacimento di bisogni particolari che solo persone estranee possono procurargli.

Nel buio della carlinga assonnata, le ragazze che dormono accartocciate sui sedili, il gruppo di turisti che parlotta ubriaco, solo due figure insonni e addolorate sono illuminate dalle piccole luci bianche di servizio. Due uomini il cui dolore è una assurdità naturale che non può essere contenuta da nessuna parola: e anzi, per descrivere la quale, le stesse espressioni utilizzabili appaiono un controsenso. Su quell'aereo in volo sulle tracce del vecchio continente, viaggiano un "padre orfano" e "un amante vedovo". E se Leo dovesse dire, usando la parola spagnola, qual è il *destino* di quell'aereo non potrebbe giurare nemmeno che, da qualche parte, toccherà terra. Poiché tanto il vecchio quanto il giovane stanno facendo rotta, con i loro cadaveri sotto ai piedi, verso quel luogo algido in cui la vita appare nient'altro che il vuoto lasciato da un paradiso corrotto e perduto per sempre.

Terzo movimento
CAMERE SEPARATE

Dopo i due anni di specializzazione ottenuta al conservatorio di Parigi, Thomas era tornato a Monaco, presso la famiglia. Aveva ventitré anni e era in un momento molto delicato: gran parte del suo futuro sarebbe dipeso dalle scelte compiute in quei pochi mesi fra l'estate e l'autunno. Doveva scegliere una città in cui abitare: proseguire con Parigi, ritentare con Monaco, provare con l'Italia. Doveva decidersi se accettare una tournée di tre mesi negli Stati Uniti oppure continuare a eseguire, a Berlino, registrazioni di basi musicali ben pagate, ma del tutto anonime. O ancora tentare la carriera dell'insegnamento in un liceo musicale, quella di professore d'orchestra in un teatro, o intraprendere quella di solista girando i piccoli teatri di provincia, le sale da concerto, i pomeriggi musicali di qualsiasi associazione benefica sparsa per mezza Europa.

Thomas non aveva le idee chiare. Cercava aiuto in Leo ma, quando ne parlavano, si trovava di fronte al solito "Fai quello che ti senti" pronunciato con una punta di insofferenza e fastidio. Allora si seccava e il più delle volte litigavano. In realtà Leo soffriva di questa situazione proprio perché era cosciente di non poterla risolvere al posto di Thomas. Per questo preferiva non parlarne anche se così dava l'impressione a Thomas di non essere interessato alla sua vita. Era da più di due anni che la relazione funzionava. Ma entrambi andavano, per motivi diversi, verso nuovi equilibri: Leo si avviava alla consapevolezza interiore e silenziosa dei suoi trent'anni, Thomas verso la pienezza della gioventù.

D'altra parte Leo era consapevole che se Thomas avesse avuto davvero talento, questo si sarebbe manifestato in qualsiasi attività: nei ranghi di un'orchestra come in una sala d'incisione o fra gli studenti di un conservatorio. Così allontanava, ricorrendo a una certa dose di fatalismo mediterraneo, una situazione che gli procurava angoscia. Tendeva a continuare tutto come se niente stesse cambiando. Bloccava gli scontri semplicemente omettendoli. In questo modo si preparava, inconsapevolmente, allo scontro più duro e più difficile della sua storia con Thomas.

Quando si rividero a Milano, all'inizio di settembre, era abbastanza in forma. Abbronzato, dimagrito, rassodato nella muscolatura, a posto con il fegato. Thomas invece era leggermente, impercettibilmente, appassito. La pelle sulle guance appariva più tesa del solito, i suoi occhi appena ingialliti, opacizzati. Aveva passato l'estate occupato nel trasferimento da Parigi a Monaco, qualche settimana in montagna con i genitori e un lavoro discografico a Bath. Erano più di quaranta giorni che non si incontravano e Leo non gli aveva lasciato il recapito della casa, in un'isola della Grecia, in cui aveva passato l'estate in compagnia di Rodolfo e di altri amici. Gli aveva semplicemente scritto una cartolina, all'indirizzo di Monaco. Quando si rividero Leo si sentì immediatamente in colpa perché si accorse che da troppo tempo non pensava più a Thomas con la stessa costanza e dedizione. Lo amava sempre. Lo dava per scontato, una certezza nella sua vita. E invece vide che Thomas aveva bisogno, forse in un modo, se possibile, ancora maggiore rispetto agli inizi, della conferma che la loro relazione esisteva e continuava. Privato della certificazione quotidiana del suo amore, della persistenza dell'asserto affettivo, Thomas era come una pianta privata di acqua, sverdiva e declinava.

Ci fu molta malinconia, quella domenica sera, al treno per Monaco fermo sul binario. Leo non sopportava gli addii, perché sapeva di non essere in grado di definirli, limitarli a una situazione contingente. Ogni addio diventava l'immagine di altre partenze e di altre lontananze, da sua madre, dalla sua casa, dall'abitudine di una certa fase della sua vita. Ma doveva accompagnare Thomas al treno per Monaco. Non avrebbe mai accettato di vederselo uscire così, di casa, con un taxi fuori che l'attendeva. Voleva accompagnarlo fino alla soglia, dargli l'ultimo piccolo tocco e aiutarlo a passare di là dove entrambi sarebbero ritornati due esseri separati e totalmente inconoscibili.

Sul marciapiede c'era una folla di militari che partivano per il Veneto e il Friuli. Ingombri di sacche, bagagli, zaini, le fidanzate allacciate alla vita o strette per mano, i gruppi di amici che si passavano una bottiglia di grappa o che bevevano decine di lattine di birra, le madri, i parenti, alcune vecchie che salutavano dai finestrini come se i loro ragazzi partissero per il fronte. C'erano squadre di alpini che tornavano in caserma, a Bolzano, e che parlavano preoccupati di un campo che li avrebbe aspettati di lì a qualche giorno. C'era un gruppo di ragazzi della stessa statura bassa, i capelli rasati sulla nuca, i jeans, le scarpe da tennis, le sacche sportive. Parlavano napoletano, correvano lungo il convoglio segnalandosi, a urla, gli eventuali scompartimenti liberi. Ma il treno era già zeppo di gente. Gli studenti guardavano dai finestrini con malinconia l'immagine di quello che li avrebbe aspettati una volta terminata l'università. Chinavano la testa sui libri, come per allontanare un incubo. Le ragazze, la folla di giovani segretarie d'azienda, di signorine per bene con le loro gonne al ginocchio e i golfini per il primo freddo arrotolati sulle spalle, sfogliavano velocemente alcune riviste femminili o tentavano di incasellare un cruciverba. Erano su quel convoglio maschile, come degli ostaggi. Si rannicchiavano nei sedili e solo ogni tanto alzavano lo sguardo, seccato, perché venivano urtate.

Leo e Thomas percorsero i corridoi affollati alla ricerca delle carrozze per Monaco. Trovarono alla fine un posto libero e Leo aiutò Thomas a sistemare il bagaglio. Gli tese la mano, lo baciò sulle guance e scese. Poi scappò via senza nemmeno attendere che il treno partisse.

Appena rientrò in casa si preparò qualcosa di forte da bere, mise sullo stereo un disco e si allungò sul divano. Cercò di rilassarsi, ma si sentiva strano, sollevato dal peso della convivenza con Thomas, felice di essere solo, eppure con un grande vuoto, proprio il segno di una mancanza, che gli occupava il respiro. Fu allora che gli parve di sentire il citofono. Si alzò, abbassò la musica e attese. Suonarono una seconda volta. E allora ebbe la certezza che si trattasse di Thomas. Lo vide apparire dall'ascensore, mesto, imbarazzato, ma nello stesso tempo con uno sguardo vivace e fiero. Thomas gli si buttò fra le braccia, ancora sul pianerottolo, e gli disse: "Io voglio restare a vivere con te".

Leo, sorpreso, non disse nulla. Lo accarezzò svogliatamente sulla testa, gli prese i bagagli e lo accompagnò dentro. Thomas era raggiante, girava per l'appartamento come lo vedesse per la prima volta. E, in effetti, quella, nelle sue intenzioni, avrebbe dovuto essere la sua nuova casa. Non sarebbe più passato di lì come un ospite, ma ci avrebbe vissuto. Leo sentì una punta d'odio nella propria voce che chiedeva: "Allora hai proprio deciso di vivere in Italia?".

Ma Thomas non la colse, o finse di non coglierla. Voleva vivere nel paese di Leo, accanto a lui. Aveva deciso: questa era la sua occasione.

Leo continuò a versarsi da bere senza dire praticamente nulla. E quando fu notte, finalmente addolcito e intenerito dall'alcool, abbracciò Thomas ringraziandolo per aver scelto di vivergli accanto. Ma il mattino successivo, insieme allo stordimento e al mal di testa, Leo seppe, con una brutalità dolorosa, che non avrebbe mai potuto vivere con Thomas nella stessa casa. Per i due anni in cui erano stati insieme la precarietà geografica del rapporto, il fatto di vivere distanti, era stato uno stimolo a continuare. Ora doveva affrontare seriamente una convivenza con un altro uomo. Ma per fare questo non aveva né modelli di comportamento da seguire, né esperienze da riciclare e alle quali far ricorso nei tentennamenti del rapporto. Sapeva che l'amore che lui continuava a nutrire per Thomas non sarebbe stato sufficiente. Si sarebbero sbranati e lui questo non lo voleva. Si sarebbero feriti, si sarebbero abbandonati. Vivere insieme significava credere in un valore che nessuno era in grado di riconoscere. Che fine avrebbe fatto il loro amore? Dovevano per forza normalizzare un rapporto che la società non poteva appunto recepire come norma? Non sarebbero divenuti lo specchio di quelle convivenze grottesche di omosessuali in cui qualcuno sempre cucina e qualcun altro va sempre al mercato a fare la spesa? In cui i due amanti si assomigliano, negli atteggiamenti, nei modi di fare, addirittura nelle espressioni del viso, al punto da diventare due patetici replicanti di un medesimo, insostenibile, immaginario maschile, svirilizzato e infemminato? Non sarebbero diventati, nel corso del tempo, due androidi isterici, sempre sul punto di beccarsi nella conversazione, con quella pelle del viso un po' troppo lucida e tirata e abbronzata e i capelli sempre un po' troppo perfetti nel nascondere, al millimetro, una calvizie? Sarebbero riusciti ad accettare, dignitosamente, virilmente, l'invecchiamento non solo del proprio corpo, ma del proprio sogno e quindi del proprio amore?

Leo non aveva una risposta a tutto questo. Ma era sicuro di una cosa. Che non voleva vivere nella stessa casa, nella stessa città in cui Thomas viveva. Voleva continuare a essere un amante separato, voleva continuare a sognare il suo amore e a non permettergli di infangarsi nella quotidianità. Vivendo insieme sarebbero diventati uno la caricatura dell'altro, come due osceni e imbellettati dioscuri sulla scena di un cabaret berlinese. Lui era certo del suo amore per Thomas, lo voleva per tutta la sua vita, fino alla fine. Ma non nella sua camera. Come avrebbe potuto far capire tutto questo a Thomas senza addolorarlo, senza offenderlo, senza fargli male?

La frattura fu brusca, improvvisa, anche se preparata da giorni di svogliatezze, di contatti trasandati, di contrasti. Ogni giorno si ripeteva la stessa scena. Litigavano e si rappacificavano. Ma ogni volta ognuno aggiungeva nell'altro qualcosa, finché improvvisamente accadde, inevitabile, un traboccamento di odio e di violenza. Thomas lasciò Milano. Questa volta Leo non lo accompagnò, come al solito, al treno. Si alzò solamente per chiudere la porta dell'appartamento con un doppio giro di chiave. Thomas, che aspettava l'ascensore, sul pianerottolo, dovette accorgersi di quegli scatti della serratura e Leo immaginò che ne fosse mortalmente offeso. Si sentì meschino e ridicolo. Ma in fondo era soddisfatto di rimanere solo. Accese lo stereo, staccò il telefono e si sdraiò sul divano con la bottiglia di Calvados in terra. Ne bevve un lungo sorso. Avvertiva il profumo autunnale delle mele, pensava alla Francia e ai suoi viaggi con Thomas che forse non avrebbe fatto più.

Per qualche settimana non ebbe alcuna notizia da parte di Thomas. Né cercò di telefonargli o di scrivergli. Ogni tanto, nel cuore della notte, il telefono suonava. Leo rispondeva, ma nessuno parlava. Eppure riusciva ad avvertire, dall'altra parte, la presenza di qualcuno, ripiegato sulla cornetta, che si ostinava a tacere. Leo era sicuro si trattasse di Thomas. Così a volte diceva a quel nessuno, in un soffio, prima di riattaccare, "Buonanotte".

Poi, finalmente, trovò la lucidità per scrivergli una lunga lettera in cui diceva che sentiva la sua mancanza, che continuava ad amarlo, che doveva essere forte per accettare l'evoluzione del loro rapporto. E poiché stava scadendo nel patetico, condizione che Leo riteneva corretta fra due amanti lontani, ma certo non appropriata a quel momento di chiarimenti e di nuovi assestamenti, preferì inviargli una registrazione di *We can't live together* di Joe Jackson che diceva: "Why can't you be just more like me or me like you, and why can't one and one just add up to two. But we can't live together, and we can't stay apart".

La risposta di Thomas non tardò a arrivare. Diceva: "A volte mi prende un grande sconforto e me ne giro per l'appartamento con un senso d'insoddisfazione incredibile. Sai, ho sempre avuto una gran paura di non farcela e pensavo che con te vicino tutto sarebbe stato più facile. Altre volte sento invece che tutto diventa di una naturalezza impressionante, che le emozioni, le gioie e tutto ciò che c'è al mondo di indicibile e meraviglioso riesca, mentre suono o scrivo, a prendere la sua forma. Altre volte, come per esempio adesso dopo una specie di collasso emotivo per aver ricevuto la tua lettera e ascoltato la registrazione mi dico, stai calmo, prendi e accetta la tua storia per quello che è. Caro, altre volte mi vieni tu, in mente, e mi sembra che qualcuno mi impedisca di pensarti, o di vederti, per esempio tu, che mi dai sempre le dritte di come pensarti, ogni quante volte al giorno, non troppo intensamente, adagio, lento, più piano e poi basta, adesso proprio basta. Mi sembra di essere un trenino al quale viene costantemente manovrato il cambio dei binari e così, a scatti, con una corsa continuamente segmentata, piena di sbandamenti, io sbuffo d'insofferenza".

Un'altra pagina, scritta con una penna diversa diceva: "Per tornare a noi, ogni tanto capita di non fidarsi più, le persone si trasformano, nella tua mente, in marionette, come pupazzi, ai quali fai eseguire i movimenti che vuoi. O meglio, le tue paure muovono queste marionette, questo tuo teatrino interiore, secondo una sceneggiatura preordinata, che termina puntualmente con la realizzazione del tuo dramma preferito: scomparire dalla faccia della terra. Così, prendendo coscienza di questo, capita che io ti trasformi in un burattinaio sadico e ti odi. Ma poi tu torni a consolarmi, mi capisci e mi ami; e poi guardo i tuoi occhi, in fotografia, rassicuranti come l'ultima volta. Stringo un patto con il diavolo, voglio i tuoi occhi, di nuovo e a tutti i costi. Fumo una sigaretta per sancire questo patto, amore mio, ma poi scopro, atterrito, che sei tu il diavolo".

A queste lettere Leo rispondeva con grande impegno e sincerità. Scriveva ogni mattina perché ormai quotidiano era diventato il loro scambio epistolare. C'era in quelle lettere, anche da parte sua, il senso di una ricapitolazione continua della loro storia con accenni e ricordi ai viaggi comuni, agli amici che avevano frequentato, a certi riferimenti di una loro, privatissima, gergalità. Ma il fatto che sentiva maggiormente importante era che, lettera dopo lettera, stava elaborando, insieme a Thomas, un nuovo codice di parole che fosse appropriato al loro amore. Durante i mesi di questa prima, grande, separazione "in presenza", lo sforzo maggiore era quello di tenere aperta la possibilità di parola, di confronto, di discussione evitando di farsi trascinar via dalla noia, dalla pigrizia, dalla svogliatezza. In un certo senso stavano dirottando, su quelle lettere, il loro desiderio di essere amanti. Lo deviavano dalla sfera sessuale a quella del linguaggio. Non se ne rendevano ancora conto ma con l'invio di quelle lettere continuavano a fare, quotidianamente, l'amore; a produrre un frutto concreto, seppur fatto di parole e di carta, ma forse per questo assai più duraturo, e stabile, dalla loro unione. Le loro lettere non erano solamente l'espressione del loro cuore, della loro fantasia e della loro intelligenza, ma soprattutto venivano a documentare la loro vita insieme come se due scrivani la redigessero, con passione, per conto della Storia. Così le lettere, da parole d'amore, si trasformavano in documenti del divenire e, da questi, calcificavano, bianche come il granito, in reperti di una archeologia del loro impossibile, ma vero, tentato amore. E la loro unione veniva ad avere alle spalle non più solamente il vuoto di una disprezzata razza senza nome, ma iniziava a scrivere, da sé, la propria storia; per questo, solo in quel momento, stava nascendo e cominciava a esistere, non più esclusivamente per loro – due piccole e finite entità, Leo e Thomas, che presto sarebbero scomparse dal mondo insieme a tutti i loro amici e a quanti li avevano conosciuti, per ritrasformarsi soltanto in un pugno di ossa friabili e secche – ma anche, soprattutto, per gli altri. Stavano cercando le parole appropriate per parlarne e questo sforzo di scrittura, che aveva a che fare con la musica, il pianto e la pietà, era l'unico momento in cui si potessero vedere incollati agli altri e in cui la loro limitatissima e circoscritta vita sconfinasse ai bordi dell'epico.

Giorno dopo giorno, seppure attraverso il disagio della lontananza, il loro rapporto si assestava e, paradossalmente, stava approdando a un equilibrio nuovo. La piccola frase, in realtà molto meno di una frase, solo due parole il cui significato però apparì a Leo disteso e sufficiente come un concetto ben elaborato, la piccola frase che si trovò a scrivere in una di queste lettere fu "camere separate". E spiegò a Thomas che avrebbe voluto, con lui, un rapporto di contiguità, di appartenenza ma non di possesso. Che preferiva restare solo, ma nello stesso tempo, pensava a lui come all'amante prediletto, al favorito di un fidanzamento perenne. Che non dovevano temere della loro solitudine, anzi viverla come il frutto più completo del loro amore perché, in fondo, pur nella separatezza, loro si appartenevano e continuavano ad amarsi. Che ogni anno avrebbero trascorso la primavera e l'estate insieme, viaggiando, e che ognuno, durante l'inverno, avrebbe lavorato ai propri progetti. Che era una scelta difficile, soprattutto diversa, ma che, in cuor suo, Leo non si sentiva di fare altrimenti. Che, infine, a "camere separate" lui sarebbe stato fedele fino alla morte.

A questo punto Leo si sentì talmente forte e rassicurato sul conto del proprio amore per Thomas – improvvisamente si stava vedendo in prospettiva e non più nell'appiattimento del presente – che decise di raggiungerlo, per qualche giorno a Berlino. Portò regali per Thomas:

una scatola di tabacco da pipa, un golf color tortora, due copie di uno stesso romanzo affinché lo potessero leggere insieme.

Quando sbucò nella sala arrivi internazionali era leggermente agitato, impaziente di riabbracciare Thomas. Durante il controllo dei passaporti aveva pensato alla sensazione dolcissima, che stava provando, di atterrare in una città lontana e diversa con la certezza che qualcuno lo stava aspettando, che c'era un'automobile, nel parcheggio, pronta a portarlo via e che fra poco avrebbe potuto distendersi su un divano nella quiete di un appartamento profumato di legno di abete o di faggio. E la felicità gli sembrò il poter osservare, in silenzio, il luogo domestico in cui vive la persona che si ama. Ma Thomas non era lì ad attenderlo. Leo aspettò, sempre più angosciato, accanto all'insegna degli arrivi, poi cominciò a camminare, prima solo qualche metro avanti e qualche metro indietro, come avesse paura di perdersi, poi sempre più distante, azzardandosi fino al bar, alla boutique, ai banchi dell'accettazione. Ma non riusciva a trovare Thomas. Provò a telefonargli, ma senza risultato. Così si sedette, appoggiò i suoi regali sulla sedia di fianco e si guardò le mani, aspettando.

Si era immaginato, come tante altre volte, di vedere Thomas andare su e giù per i grandi corridoi dell'aeroporto, vestito soltanto dei suoi maglioni slabbrati, la pipa stretta in una mano e quella sua aria timida, sempre un po' a disagio in mezzo alla folla. Si era visto uscire dalle porte automatiche e incontrare immediatamente il suo sguardo. Avrebbe sorriso e stretto gli occhi, arrossendo per l'emozione e Thomas gli si sarebbe fatto incontro, fendendo la folla per abbracciarlo e prendergli i bagagli. Ma tutto questo faceva parte di un sogno. Leo si ostinava a immaginare questi momenti della sua vita come in una canzone: la lontananza, l'abbraccio, il contatto dei volti in un lieve bacio di saluto. Continuava a credere che l'amore fosse una meravigliosa vacanza dalla sua vita. Un week-end da passare insieme alla persona desiderata nella comodità, alla luce delle candele, con un paesaggio da ammirare e del buon rhum da bere. Forse "camere separate" era l'illusione, forse fin troppo turistica, che la sua idea dell'amore corrispondesse a quella delle canzoni e dei libri. Ma quale altro tipo di amore poteva esistere?

Thomas arrivò di corsa, nella hall ormai deserta, mezz'ora dopo. Leo lo vide già da lontano e si alzò sorridendo. Thomas scuoteva la testa, camminando veloce, per scusarsi e Leo si sentì, con tutti i suoi pacchetti, come un albero di Natale a festività terminate: patetico e completamente fuori luogo.

"Ho avuto problemi con il parcheggio" disse Thomas abbracciandolo.

Leo lo sentì imbarazzato, rigido a quel contatto. "Non importa, andiamocene da qui."

Durante il percorso in auto Leo cominciò a stare male. Si serrò nel cappotto come volesse nascondersi. Per non dar l'impressione di soffrire, ogni tanto chiedeva qualche notizia sul tempo o, più spesso, sulla direzione che stavano prendendo. La conversazione avanzava in modo difforme e spezzettato. Entrambi dicevano frasi alle quali era possibile solamente rispondere con un sì o con un no. Non erano domande, erano constatazioni di un comune disagio.

Thomas, al contrario di Leo, appariva calmo, o almeno dava l'impressione di riuscire a gestire quel disagio. Quando erano fermi ai semafori girava la testa e gli accarezzava la mano. Leo era sempre più imbarazzato. Non capiva chi avesse di fianco. Certo era Thomas, il suo amico Thomas. Ma non ne era sicuro. Lo sentiva distante, separato, una persona che i mesi della lontananza avevano completamente cambiato. Riconosceva il suo profumo, la sua voce, i gesti affettuosi sulla sua mano, quel certo modo di guardarlo e di sorridergli, ma lo vedeva troppo Thomas. Non più, come era accaduto un tempo, il Thomas di "Thomas-e-Leo". E questa impossibilità del riconoscimento lo faceva tremare. Il suo primo istinto sarebbe stato quello di scendere, fermare un taxi e ripartire. Starsene da solo a riflettere su quello che stava accadendo. Riprendersi. Forse erano rimasti lontani per troppo tempo. Negli anni precedenti si erano visti ogni mese; non lasciavano passare, a costo di viaggi estenuanti, più di tre settimane fra un incontro e l'altro. E raramente si incontravano per meno di quattro o cinque giorni. Ora invece, dopo tutti quei mesi, e quelle lettere, erano realmente due persone differenti. Non cambiate, semplicemente sostituite. L'immagine che Leo aveva in mente era quella di due viaggiatori che, a un certo punto, erano scesi dallo stesso treno. E per qualche accidente erano saliti su due convogli paralleli che marciavano nella stessa direzione, molto, molto lentamente e poi, d'un tratto, i binari avevano iniziato a divergere, a piegare uno verso sinistra e l'altro verso destra. Continuavano a viaggiare, in un certo senso, insieme, ma la velocità incrementava e d'improvviso si apriva fra i due convogli uno spazio immenso e incolmabile e ognuno si ritrovava solo lungo il proprio percorso con l'immagine di quella deviazione ancora in testa, le ultime carrozze che scompaiono alla vista dietro una collina. E la velocità è sempre maggiore. Nessuno può scendere, nessuno può tornare indietro.

Improvvisamente Leo pensò: "È finita".

La sera, a casa di Thomas, ci volle tutta la sua ostinazione, anche una sua infantile ottusità nel non comprendere il cambiamento – forse proprio perché gli capitava di fiutare il nuovo prima di chiunque altro – nel dirsi: "Lui è sempre il mio ragazzo. E tutto sta andando per il meglio". Ci volle tutto il suo coraggio per allungare la mano e accarezzarlo, disteso sul letto accanto a lui e come assente, dolorante forse, chiuso. Allora Leo evitando di chiedergli cosa stesse succedendo, fingendo come tante altre volte negli ultimi tempi che quella mancanza di sintonia fra di loro dovesse essere imputata alla stanchezza, alla lontananza, alla perdita della consuetudine affettiva, e non invece a una reale catastrofe, bevendo un po' per darsi forza, lo abbracciò. E nascose il viso sul petto di Thomas e soffrì di imbarazzo e vergogna perché Thomas non stava facendo nulla, rimaneva inerte. Poi, finalmente, sentì la pressione della mano di Thomas posarsi sulla sua testa e accarezzargli i capelli. A quel punto non riuscì più a controllarsi e si lasciò andare a un pianto convulso. Si staccò da Thomas, si nascose il viso tra le mani, si arrotolò su se stesso e pianse.

Thomas lo lasciò sfogare. Gli teneva premuta una mano sul viso alla quale Leo si aggrappava, che baciava, con la quale si asciugava le lacrime. Era l'unico contatto fisico fra loro, e era, per Leo, fin troppo.

"Non so cosa mi stia succedendo" singhiozzò.

Thomas, cercando di non fissarlo, come pensando a altro disse: "A volte certe carezze feriscono più di un rasoio. Io ti amo Leo. Ma sei stato tu a arrivare qui, e a te stava la prima mossa. Ci sono momenti terribili in cui tu mi respingi. E altri, in cui, altrettanto improvvisamente, desideri la mia compagnia. Sei imprevedibile e io non riesco a seguirti. Un po' ci sei, poi sparisci. E quando hai voglia di me, perché ti sei messo assurdamente in testa che io devo esserci, arrivi come se in questi mesi non fosse successo niente. E io devo riabituarmi all'idea di te. Devo amarti e poi smettere quando non lo sopporti più. Devo esserci e devo scomparire. Se una sola volta io ho bisogno di te, e ti cerco, e questa mia ricerca non coincide con il momento della tua testa che mi chiama, allora sono fuorigioco. E non posso farci niente. Devo andarmene o farmi maltrattare. Subire il tuo disprezzo, la tua ironia. Le offese. Leo perché non ti metti il cuore in pace e accetti di amarmi?".

Parlava lentamente, sforzandosi di trovare le parole adatte. Leo avvertiva che lo sfogo di Thomas non era casuale. Era una parte imparata a memoria dopo mesi e mesi di prove, sincera e nello stesso tempo troppo precisa per essere affidata al caso. Ogni parola che Thomas pronunciava significava un dolore concreto da cui era

nata, uno sforzo di concentrazione e di riflessione. E
Leo si sentì peggio. Come stava riducendo quel ragazzo? Come poteva permettersi di rovinargli in quel modo
la vita? Gli stava togliendo la gioia di una storia d'amore, di vivere insieme alla persona che amava. Lo stava
sbranando coinvolgendolo nelle tortuosità del proprio
carattere. Vedeva Thomas senza più entusiasmo e pensò
che la colpa fosse unicamente sua.

Ai singhiozzi convulsi subentrò, in Leo, uno stato di
assenza, uno stordimento privo di ogni difesa. Si sentiva
il volto bagnato e bollente, gli occhi gonfi e le braccia in-
torpidite. Aveva freddo alle gambe. Stava tremando.
Thomas prese la trapunta di piuma e lo coprì. Rollò una
sigaretta e l'accese fumandone un po'. Gliela appoggiò
fra le labbra. Poi si sedette ai piedi del letto con la testa
contro i suoi fianchi. Attese che Leo terminasse di fumare, spense il mozzicone nel posacenere e lo raggiunse,
baciandolo, nel letto. "Avevo tanto bisogno di vederti"
sussurrò Leo stringendoselo forte addosso fin quasi a
sentir male.

Verso le quattro del mattino, dopo essersi cercati per
tante ore e finalmente trovati in quell'esatto punto di
piacere e di affetto che entrambi già conoscevano, ma
che credevano di aver perduto per sempre, decisero di
uscire. Thomas era affamato e in casa non c'era nulla.
Leo disse che avrebbe volentieri fatto una camminata,
che gli andava di stare un po' in mezzo alla gente. "C'è
un locale turco che sta aperto tutta la notte" disse Thomas. "Non è lontano. Brioches e caffè. Ti va?"

Leo fece sì con la testa. Lo abbracciò ancora e a lungo.

Civettarono un po', come può capitare anche agli
amanti più scontrosi e malinconici. Faticavano a distaccarsi, si tenevano per mano, o allacciati in vita. E questo
rendeva problematico, anche divertente, quantomeno
infilarsi i vestiti. Erano come due ubriachi all'ultimo stadio della sbronza: traballanti, insicuri sulle gambe, ridan-
ciani, dispersivi. Ridevano per niente. Si davano pizzicot-
ti o pacche sulle spalle, fingevano una prova di forza,

cadevano a terra con le gambe infilate nello stesso paio di jeans. Leo disse che si sentiva come un idiota felice, che questo era un momento di illuminazione, che stava approdando alla consapevolezza del saggio orientale. Thomas convenne sul fatto che, a quell'ora, dopo quanto era successo, erano entrambi davvero rincoglioniti.

In macchina continuarono a scherzare e la situazione era opposta a quella di qualche ora prima. Se, per caso, tacevano il loro silenzio era pieno di tenerezza, era un silenzio affettuoso e morbido, ovattato: il silenzio di una tana di cuccioli assonnati. Arrivarono al caffè e Thomas prese a mangiare voracemente dei piccoli dolci turchi dall'aria di giocattoli, frittelle di mele, brioches. Leo bevve del tè fortissimo e mangiò dal piatto di Thomas. Erano ripiegati sul tavolino, in un angolo, senza guardarsi intorno, indifferenti a tutto il resto. Più volte qualche amico di Thomas lo raggiunse battendogli una mano sulla spalla per distrarlo da quel piatto e poterlo salutare. Thomas ridacchiava, presentò Leo come "un amico italiano" ma lo disse con tanto affetto e decisione nella voce che gli altri capirono e Leo, rispondendo al saluto, si sentì orgoglioso e fiero di questo riconoscimento.

Se ne andarono poco prima delle sei quando l'U-Bahnhof riprende le sue corse e i giovani affollano i marciapiedi della sotterranea per tornarsene a casa. Ma non andarono subito a dormire. Thomas compì un lungo giro attraverso Kreuzberg e poi puntò in direzione dei laghi di Wilmersdorf. Leo chiese di poter guidare. Thomas gli cedette il volante.

"Dove vuoi andare?" gli chiese.

"Non so" disse Leo.

"Va bene. Ma fai attenzione alla polizia."

Girarono per oltre un'ora. Thomas si era dapprima appoggiato al grembo di Leo e poi si era addormentato. Leo ne sentiva il respiro regolare e prese a cullarlo. Abbassando gli occhi poteva vedere il suo volto, come concentrato in quell'atto, le narici che si dilatavano, i capelli arruffati e lunghi sul collo. Aveva bisogno di pensare e di muoversi come se, guidando attraverso la città deserta, fosse più facile ossigenare i suoi pensieri, renderli più lucidi.

Durante la notte, solo poche ore prima in realtà, Thomas gli aveva detto: "Tu mi vuoi tenere lontano per potermi scrivere. Se io vivessi con te, non scriveresti le tue lettere. E non mi potresti pensare come un personaggio della tua messinscena. Deve esserci qualcosa di sbagliato anche in me se accetto di amarti a questo prezzo... A volte ti penso come un avvoltoio. E mi fai paura. È come se tu avessi bisogno ogni giorno di carne fresca con cui cibarti. Per fare questo tu laceri, squarci, strappi via. Non ti chiedi chi sia la tua vittima, né se ti sia amica o ti ami o ti sia, al più, indifferente. C'è una voracità, che hai con le persone che ti vivono intorno, che mi spaventa. E questo tanto più perché io so quanto, dentro di te, ci sia solamente un fondo di sincera bontà".

Doveva pensare a tutto questo. Si sentiva strano, indifeso, sfasato come dopo un lungo viaggio intercontinentale. Ma era felice di aver ritrovato Thomas. Erano sempre di più un solo destino. Leo questo, lo sapeva. Svegliò dolcemente Thomas per dirgli che si era perso. Cambiarono di nuovo la guida e tornarono a casa.

Nei giorni seguenti progettarono un viaggio a Dresda, Thomas si diede da fare per ottenere i visti necessari mentre Leo si mise in contatto con alcune riviste per vedere di piazzare un pezzo. Partirono in treno e quando tornarono a Berlino, tre giorni dopo, la loro unione era ancora più salda e più forte.

Quando giunse il momento di separarsi, per l'ennesima volta, e ancora, nessuno dei due si era abituato a queste troncature violente del loro divenire insieme, Thomas infilò, nascostamente, un biglietto nella tasca di Leo. Lo ritrovò solamente il giorno dopo, a Milano. Diceva: "Sto ascoltando la nostra canzone, mentre ti stai preparando, nell'altra stanza e ogni tanto mi raggiungi, mi guardi e mi chiedi che cosa possa ascoltare di così commovente in cuffia. Io non ti sento, ma ti capisco. Tutto è così forte che faccio fatica a ordinare le parole, una dietro l'altra. Ieri sera, tornando a casa, non avevo paura, né di separarmi, né di andare avanti, né di fermarmi a pensarti. Sentivo solo una forza che mi sospingeva in avanti, come un surf sull'onda dell'oceano. Volevo farmi esplorare, di nuovo guidarti e poi cambiare rotta, perché anche tu provassi le vertigini del mio eterno mal di mare. Spero di esserci riuscito. Ora devi partire. Mi sembra tutto circondato da un mantello di indifferenza. I miei sensi sono concentrati a preservare il tuo ricordo e il suono della tua voce. Ti sto interiorizzando. È un processo che richiederà qualche ora e dal quale mi riavrò quando sarai soltanto un puntino indecifrabile contenuto in un altro puntino, lontanissimo nel cielo di Berlino".

La strategia "camere separate" sembrò procedere ed evolversi, nei mesi seguenti, in un modo che Leo riusciva a controllare e nel quale sentiva di non disperdere troppo di sé e delle proprie energie. Aveva tempo per scrivere o per lavorare. Aveva in testa una persona che amava, che sentiva al telefono, alla quale dedicava ogni sua azione, che desiderava, a cui scriveva. Era convinto che il suo amore per Thomas avesse toccato il culmine. Non avrebbe più potuto crescere, solo modificarsi in diverse incarnazioni e figure.

Se era soddisfatto per essere riuscito a mettere un paio di migliaia di chilometri fra le due camere da letto, una distanza che entrambi, d'altra parte, non sentivano così insormontabile per mantenere un rapporto, Thomas era riuscito, con abilità e testardaggine, a far entrare in "camere separate" una terza persona. E soprattutto a far accettare a Leo, in nome del loro amore, la nuova situazione.

Certo non fu facile. Quando Leo apprese che Thomas viveva con un'altra persona diventò furioso. Si sentì tradito, soprattutto umiliato. Ma Thomas fu irremovibile:

"Tu vuoi vivere solo, Leo. E io voglio invece vivere accanto alla persona che amo".

"Questo allora vuol dire che fra noi è finita" disse Leo.

Thomas non rispose. Poi, mortificato, gli disse: "Dobbiamo parlarne non appena ci vedremo. Non posso dirtelo così".

Leo reagì con violenza. Nei giorni successivi scrisse, quasi ogni giorno, lettere in cui si scagliava contro Thomas accusandolo di volerlo distruggere per una misera questione di sesso. Si rifiutava di capire che Thomas soffriva troppo della sua mancanza. La terza persona non era un sostituto di Leo, era semplicemente una persona con la quale Thomas condivideva la medesima idea di amore. Era una ragazza, di poco più di vent'anni. E con lei Thomas si sentiva felice, proiettato nel futuro, mentre con Leo era costretto a discutere continuamente, a subire, soprattutto a patire troppo dolore. E il fatto che Leo non capisse che continuava a essere l'unico uomo della sua vita, lo faceva stare maggiormente male. Un giorno gli scrisse che non apriva più le lettere che gli mandava, le distruggeva perché ne sapeva ormai il contenuto offensivo, anche nei riguardi di Susann che nemmeno conosceva. E gli disse anche che sia Susann sia Leo dovevano ritenersi fortunati perché erano ben consapevoli di quello che volevano: lui, Thomas, restava indeciso. Amava ancora Leo, ma amava anche Susann. Doveva rinunciare a uno dei due e non sapeva come fare. Ma Susann gli avrebbe vissuto accanto, Leo no. Per questo aveva scelto di privarsi di Leo.

Leo continuava a telefonargli e a scrivergli chiedendo di poterlo incontrare. Finalmente, a primavera, si videro. E Thomas trovò Leo così sinceramente sofferente che ne ebbe pietà. La sera prima si erano visti, formalmente, in un ristorante semideserto della periferia. Leo faticava a parlare, stava con gli occhi bassi, balbettava. Thomas gli disse che non potevano più continuare, che stava bene con Susann, che non dimenticava nulla e che, passato qualche tempo, si sarebbero rappacificati. Eppure, mentre parlava, aveva la sensazione che Leo stesse pensando ad altro e che stesse troppo male. Si salutarono stringendosi la mano, Leo in auto e Thomas che attendeva un taxi per ritornare in albergo dove Susann lo aspettava. Ma il giorno dopo gli telefonò e gli disse: "Ho mandato via Susann. Vengo da te e andremo in vacanza. Ne abbiamo bisogno tutti e due".

Partirono per la Spagna, si amarono, ma c'era sempre come un'ombra che si intrometteva fra di loro. E quando Thomas si allontanava da Leo per comprare dei monili, dei piccoli gioielli artigianali, sapendo a chi erano destinati Leo si incupiva perché Thomas aveva una vita nella quale lui non sarebbe mai potuto entrare. Ma con il tempo, in forza dell'amore che ancora nutrivano uno per l'altro, cominciò a accettare questo strano rapporto a tre. Un giorno, in treno, in uno scompartimento affollato Leo gli aveva detto, malinconico: "Io ho sempre voluto tutto Thomas. E mi sono sempre dovuto accontentare di qualcosa".

Thomas non aveva risposto. Lo aveva guardato negli occhi e improvvisamente si era messo a piangere in modo silenzioso, i suoi grandi occhi erano lucidi e Leo si sentì confuso, gli prese la mano e capì che nonostante da anni si fossero entrambi dati da fare, con tutte le loro forze, per complicarsi la vita, si amavano perdutamente. E si sarebbero amati per tutta la vita.

Così, quando Leo guarda come in questo momento, una splendida giornata di febbraio in cui è già possibile avvertire nell'aria il fermento della primavera, le carte stradali d'Europa per decidere la direzione di un viaggio in auto, pensa immediatamente a Thomas e prova un misto indefinibile di soddisfazione e di risentimento: soddisfazione e piacere, perché la sua storia continua, c'è e lo placa; risentimento perché deve tener conto del fatto che Thomas vive con Susann. Il loro equilibrio passa necessariamente attraverso questa persona che Leo non conosce e non vuole conoscere, ma di cui deve tener conto quando desidera incontrare Thomas. Un fantasma, non certo per Thomas, che aleggia sui suoi letti separati. In fondo tutti e tre sono soli, nessuno possiede interamente l'altro, ma tutti e tre si appartengono. La vita di Leo riguarda quella di Thomas così come quella di Thomas riguarda la vita di Leo. Ognuno, pur nella separatezza, pur attraverso la distanza è responsabile della vita degli altri due. Leo e Thomas si amano, in pace, proprio da quel momento in cui hanno sentito l'impossibilità del loro amore. Si amano, perché si sono già lasciati.

Così, quando Leo sfoglia gli atlanti sparsi per l'appartamento in cerca di una meta per il loro prossimo viaggio, pensa che si è inventato una forma di amore alla quale sta credendo e alla quale non chiede troppo; e così come è avvenuto per il suo sentimento religioso, confinato in uno spazio non di verità ma di ricerca, ugualmente sta accadendo per l'amore: la consapevolezza che non troverà mai pace e che, per quelli come lui, niente sarebbe mai sufficiente. Mantenere questi mondi vicini al suo cuore, non permettere che la sua ansietà li distrugga, separarli e tenerli nello stesso tempo incollati alla propria vita. Errare da una patria all'altra. Ecco il suo destino.

Questo, il momento delle carte stradali distese sul parquet del soggiorno, spiegate sui divani o sul tavolo dello studio, è l'ultimo ricordo di pace che gli resta prima della catastrofe. L'ultimo momento di quiete prima che la telefonata del padre di Thomas lo avverta che non c'è più niente da fare, Thomas ci sta lasciando.

Dopo il viaggio negli Stati Uniti Leo rimane per qualche tempo a Milano, solo. Non vuole vedere gli amici, non parla al telefono, non risponde alle lettere che gli arrivano. Ha bisogno di pensare a quanto gli è successo a Washington, ha bisogno di tempo per digerire l'impatto che quell'atto sta avendo sulla sua solitudine. Si rende conto che dovrà accettarlo come una parte di sé, qualcosa che potrà anche non ripetersi mai più, in quei tempi e in quelle condizioni, ma che ha fatto affiorare alla coscienza ciò che lui si è sempre negato: e cioè che è impastato non solo di bene, come sosteneva Thomas, ma anche di colpa. D'altra parte, negandosi come sta facendo ormai da anni qualsiasi possibilità di una nuova storia, qualsiasi tentativo di un nuovo amore, lui sta impazzendo. Cupo, nero, soggetto a crisi di nervi, incapace di dormire regolarmente, tendenzialmente depresso ogni giorno. E quando verso la fine dell'anno, si trova casualmente a fare un bilancio dei primi tre anni senza Thomas, si rende conto di non aver mai fatto realmente l'amore con nessuno. E del sesso solo con un gigolo. Allora capisce che la rinuncia all'amore, che in un qualche modo si è imposto, lo sta uccidendo, lo sta separando sempre di più dagli altri confinandolo in una zona incattivita e sterile dalla quale è sempre più difficile uscire.

Si sente un grumo irrisolto di rancore e di odio. È facile che si lasci prendere dalla violenza. Rivede il passato come una incessante catena di torti che gli sono stati inflitti. Si sente tradito come se tutti avessero abusato di lui sfruttando il suo nome, la sua amicizia, le sue conoscenze, la sua generosità. Pensa che da anni non ha fatto altro che esaudire le richieste degli altri come se tutti volessero qualcosa, continuamente, da lui, mentre lui non ha mai chiesto né preteso alcunché. La risposta a tutto questo è un desiderio di vendetta che si fissa su ogni persona che ha conosciuto o incontrato negli ultimi anni. A volte ha un improvviso moto di sorpresa, guardando assente la televisione, nello scoprire che da un paio d'ore non sta pensando ad altro che all'orchestrazione di un delitto perfetto.

Ma il fatto più grave è che la sua rinuncia gli sta rendendo il corpo sempre più inconoscibile e estraneo. La castità è una virtù mistica, per quanti l'hanno scelta; e forse l'uso sovrumano della sessualità. Per lui questa astinenza coatta è solamente una tortura in più che sta trasformando in ossessione il suo naturale bisogno di corporalità, di contatti, di carezze, di visione del corpo nudo dell'altro. Così, quando si guarda allo specchio del bagno, mentre esce dalla doccia o si rade, scopre con devastante amarezza il suo corpo, un tempo allungato e atletico, sempre più gonfio e polposo, infantilmente tondo come quello di un buddha di porcellana; o forse, più spietatamente, inflaccidito e molle come quello di un eunuco.

Avendo perso la dimensione del corpo, non potendo più misurare la realtà attraverso una sessualità matura, poiché solo in questo senso l'uomo è esattamente la misura di ogni altra cosa, si trova a soffrire di vertigini, a urtare con i gomiti, i fianchi, le gambe, la testa contro gli oggetti di casa. Per afferrare un portacenere impiega, inconsapevolmente, la forza necessaria a sollevare un mobile. Per prendere un foglio di carta quella che sposterebbe una sedia. Gli oggetti gli cadono dalle mani e si rompono. Ogni azione gli diventa ostile. Le cose se ne vanno via.

Se la situazione si è così incancrenita è anche perché a Leo è sempre risultato più facile, caratterialmente, rinunciare piuttosto che insistere, sparire invece di continuare. Le occasioni non gli sono mancate, ma dopo un po' ha sempre preferito lasciar perdere ritenendo molto meno complicato, e per giunta più igienico, accontentarsi di una vittoria simbolica che abbassarsi le mutande. Rifiutando di giocarsi di nuovo con gli altri, di rimettere il desiderio sul piano della contrattazione fisica, di adeguare l'ideale del "far l'amore" a una realtà sbrigativa e furtiva di scambio sessuale, l'atto d'amore diventa ancora una volta mitico, lontanissimo, esattamente come ai tempi della sua prima giovinezza; al punto che spesso scorgere due persone che si baciano, lungo la strada, è causa di un fastidio interiore paragonabile a quel sentimento di sbalordimento, gelosia, ammirazione e invidia che può provare un pezzente del Terzo Mondo di fronte all'esibizione della ricchezza occidentale; o un povero mutilato di fronte alla performance di un bellissimo atleta olimpico. Ancora una volta il paradiso è sempre per gli altri.

Allora, come difesa, non è raro che lui sbotti in imprecazioni del tipo "Guarda cosa mi tocca vedere!", e sempre più spesso, camminando fra la gente si dice, a voce alta: "Non posso crederci. Non ho parole". Questo atteggiamento gli pare tanto più inaccettabile in quanto si è sempre ritenuto tollerante, disinibito, pronto a esaminare, e magari accogliere, le ragioni degli altri. Ora, questo rigurgito di moralismo, questa rigidità del comportamento lo blocca in un borbottio continuo, in un brontolamento asfissiante che investe tutto e tutti e che non sembra avere tregua. Quando si esamina con più lucidità, un mattino che si è miracolosamente svegliato in apparente buona forma, si vede come un personaggio goldoniano: un rustego padano, un vecchio brontolone. Allora riesce persino a sorridere.

È in uno di questi momenti, sospesi fra l'autoironia e la compassione di sé, che Leo accetta l'invito di Rodolfo a trasferirsi per qualche tempo nella sua casa in Maremma. Ma dopo qualche giorno di isolamento Leo chiede di poter essere ospitato a Firenze. Rodolfo interpreta questo desiderio come un passo importante sulla via del ritorno di Leo alla normalità.

"Darò una festa in tuo onore" gli dice allora. "Non sai a quanta gente farebbe piacere incontrarti di nuovo."

"Sul serio?" ironizza Leo.

Rodolfo scatta in piedi alzando la voce: "Quello è morto, Leo. Renditene conto. Hai già espiato abbastanza, se è questo che volevi fare. Ci sono tanti bei ragazzi in giro che non aspettano altro che impalmare uno come te; uno che ha tempo per loro, li fa viaggiare, li porta a teatro, li può introdurre dove vogliono…".

"Sembrerebbe che io sia un buon partito, no?" lo interrompe Leo.

Rodolfo indugia sulla risposta. Sa che Leo non se lo aspetterebbe da lui. Forse lo ferirà, ma comincia a capire che è proprio questo ciò che Leo sta cercando da tempo negli altri. "Thomas non è stata una grande storia, Leo" spiega. "Una personcina comune. Un musicista ben avviato alla carriera di fallito. Non sapeva chi era, né quello che voleva. Renditi conto che è più il tempo che stai impiegando a dimenticarlo di quello che hai effettivamente passato con lui. Potrei capire vent'anni. Una vita insieme. Ma perdio, Leo, è stato un flirt di tre anni! Uno qui e uno là. Avrete vissuto insieme due mesi, tre, cinque a essere generosi. E tu stai perdendo la tua vita per qualche notte passata insieme a uno sconosciuto?"

"Non sono stati soltanto tre anni" risponde calmo Leo. "Ho passato più di metà della mia vita sessuale adulta con lui. E quindi posso dire che gli anni in questo caso non contano. Thomas era tutto per me. Era ideale."

Rodolfo lo fissa scuotendo la testa: "Lui non era l'uomo giusto per te. E ti stai dannando proprio su questo errore".

Leo ha la voce leggermente incrinata: "Quale errore?".

Rodolfo si lascia cadere sulla poltrona. Emette un lungo sospiro: "Che lui è morto, Leo. E tu no. Per questo lui non era il ragazzo giusto per te".

Restano in silenzio per qualche minuto incapaci di alzare gli occhi e guardarsi. Rodolfo sa di averlo ferito e Leo è consapevole del fatto che i suoi amici, da anni ormai, parlano di lui, si sono fatti un'opinione, hanno pensato, con ogni probabilità, a come risolvergli il problema di una compagnia. Si sente imbarazzato, chiuso nel suo mutismo. Rodolfo gli sembra lontano, incapace di comprenderlo. Ma d'altra parte lui ha mai fatto qualcosa perché realmente Rodolfo, o qualsiasi altro amico, lo capisse?

È vero, negli ultimi anni si è conquistato, faticosamente, la propria solitudine. Ha scoperto di poter sopravvivere in propria compagnia. Ha, come direbbe un guru, ruotato gli occhi verso l'interno per andare lontano, in quello che avrebbe potuto chiamare "il mondo di Leo". Ma facendo questo lui si è chiuso agli altri. Ritenendo di poter sopravvivere solo in se stesso altro non ha fatto che scambiare delle risposte di morte in risposte di vita. Niente amore, niente passioni, niente amicizie, niente contatti con l'esterno se non per le piccole incombenze della vita quotidiana. Gli era sembrata una soluzione saggia in cui si era, anno dopo anno, adagiato. La sua svogliatezza nei confronti delle amicizie, anche verso quelle che più delle altre aveva a cuore, era dettata dal fatto che stava concentrandosi su di sé e che per nessun motivo poteva esserne distolto. E ora si accorge che, mentre lui ha dimenticato gli altri, gli altri hanno continuato a ricordarlo, a parlare di lui, a chiedersi della sua vita. E questo fatto lo blocca. È come se ora non avesse con Rodolfo alcun codice di comportamento. Gli stanno proponendo un party, qualche ragazzo, un po' di mondanità. Niente di eccezionale. Offerte comuni. E lui non trova niente di meglio che reagire offendendosi. Perché il fatto reale è che la proposta di Rodolfo lo ha offeso. E lui lo sta disprezzando.

"Come può Rodolfo immaginare una tale sciocchezza, per me?" si chiede. Poi capisce che Rodolfo non può fare altro perché Rodolfo non sa, perché Leo lo ha tenuto lontano, lui e tutte le altre persone che gli vogliono bene. Allora sente che forse è ora di tornare alla vita, è ora di riconoscere le risposte di morte per quello che realmente sono e quelle di vita per quanto di bene possono portargli.

La vita, a volte, produce confusioni semantiche di questo genere. E gli uomini vi si adattano e continuano a vivere dimenticando il fatto che ha cambiato di segno: le stesse cose, gli stessi gesti, le stesse persone, ma tutto nella direzione di un percorso opposto. L'elaborazione dei dati è la stessa, ma il segno davanti, quello che li colloca al disopra o al disotto dello zero, è cambiato. Ma a volte gli uomini riescono a elaborare, anche dalla più oscura catastrofe, qualcosa di vitale: l'idea di un nuovo assestamento. Una posizione, nel mondo, che non riproduce più quella infantile, che non tende più verso la quiete iniziale, ma che accetta di giocarsi nell'incognita del presente. Altre volte gli uomini procedono solamente per inerzia dimenticando che essa non tende a altro che a spegnere l'energia, ad affievolirsi verso un punto morto. E in un certo senso Leo è arrivato a questo punto. Ha bisogno di una nuova carica, ha bisogno di credere realmente che la vita stia continuando. Deve finalmente procedere al disimpasto fra chi è vivo e chi è morto. Annullare l'avvoltoio che è in lui. Perché se una cosa è certa è che per tutti questi anni lui si è mantenuto in vita cibandosi delle spoglie mortali di Thomas, dissetandosi con il suo sangue, sfamandosi con la sua carne squarciata come un qualsiasi insaziabile predatore di carcasse nella savana.

Gli stanno dicendo che Thomas è morto. E se Thomas fosse *realmente* morto? È questo che vogliono fargli capire? Che è ora di lasciare Thomas al suo destino? Ma se lui era con Thomas un destino soltanto, come potrà mai distaccarsene? Tre anni, quattro, di questo lutto insopportabile non gli sono allora serviti a nulla? Non gli hanno portato conforto? Perché allora non ha ancora espulso il suo dolore, perché non se ne è liberato? È riuscito a sopravvivere, certo, ma a quale prezzo?

Allora Leo si chiede se l'aver voluto contenere il proprio dolore in una sfera intima e inaccessibile agli altri, l'averlo distillato goccia a goccia in solitudine, abbia reso impossibile l'elaborazione finale del suo lutto. Privandosi delle manifestazioni sociali e della partecipazione della collettività, sia pure anche solamente dei suoi amici, lo ha arrestato in una zona passiva di angoscia. Rifiutando di socializzarlo si è privato di quel valore di purificazione che caratterizza qualsiasi espressione pubblica di un sentimento, fosse anche il lutto irregolare della perdita del proprio compagno. Ma proprio per questo, come gli era accaduto di accorgersi durante la processione di quel Venerdì Santo, nel suo paese, lui non poteva esibire il suo dolore. Poiché nessuna società riconoscerebbe come autentico un lutto come il suo; né, di conseguenza, possiederebbe quella ritualità atta a risolvere, socialmente, una catastrofe non ancora ufficializzata: quello insomma che gli antropologi chiamano, per diversificarlo dal lutto burocratico, "il lutto del cuore".

Allora, accettare di parlarne, come sta indirettamente facendo con Rodolfo, ha un senso sulla via del superamento. Forse dovrebbe accogliere il suo invito anche se l'immediata sensazione di disgusto che prova sembrerebbe proibirglielo. Così si fa forza e dice: "Preferirei che tu organizzassi una cena, qualcosa di più intimo di una festa".

Rodolfo sorride, ha già l'agendina degli indirizzi in mano. Forma un numero telefonico. "Ho due Madison che ti piaceranno. Li tengo in caldo da mesi per te."

Il ristorante che Rodolfo ha scelto per la sua messinscena è un locale fiorentino abbastanza pretenzioso, centrale, ricavato nelle scuderie di un palazzo rinascimentale. Ha riservato una piccola stanza dai volti affrescati e dal pavimento di cotto sul quale il restauro ha mantenuto la patina e l'usura del tempo. C'è appena posto per il tavolo da quattro e l'angolo con il portasecchiello per il vino. Per Rodolfo è probabilmente il massimo dell'intimità, per Leo la visibile angustia della sua situazione.

Si sono trovati da Gilli, alle nove, per un bicchiere di spumante e anche per evitare che qualcuno dovesse attendere al ristorante gli altri due. Leo è impacciato, ma Rodolfo fa le presentazioni con il suo tatto consueto e la sua abilità fin troppo professionale. I ragazzi appartengono indubbiamente, anche così a prima vista, allo standard Madison, seppur fiorentino; e cioè il tipo americano del college, ottima famiglia, fisico asciutto e sportivo, conversazione brillante. Sono arrivati su di una grossa Yamaha che hanno parcheggiato sulla piazza di fronte al caffè. Quello che guida, Ruben, è sui vent'anni, capelli lunghi e biondi, bocca carnosa, occhi chiari, non molto alto, ma sodo. Indossa un giubbotto di cuoio nero, jeans, scarpe inglesi anch'esse nere. Annodato al collo ha un foulard a piccolissimi pois bianchi. L'altro, Eugenio, è un ragazzo alto e magro, capelli castani e ondulati, un profilo antico, diafano. Occhi sul grigio. Indossa un blazer blu, camicia a quadri piccolissimi bordeaux e azzurri, un paio di jeans e stivali scamosciati. Si avvicinano al caffè reggendo i loro caschi. Rodolfo lascia Leo per accoglierli.

La conversazione, nel ristorante, avanza senza troppe emozioni. Rodolfo sposta abilmente gli argomenti cercando quello che permetta a tutti e quattro di intervenire, ma non è così facile. Bisognerebbe ricadere su un film o uno spettacolo teatrale, ma teme che i Madison, con qualche gaffe, irritino Leo. D'altra parte hanno già passato in rassegna le comuni amicizie e anche qui senza aver riscaldato particolarmente l'atmosfera. Quando c'è un istante di silenzio subito qualcuno prende la parola rivolgendosi a Leo. All'inizio della cena Leo ha interpretato il fatto come una carineria, ma ora, lo sente ipocrita. Si immagina che Rodolfo abbia addestrato i due Madison pregandoli di essere premurosi. Leo si sente guardato con pietà e forse con pena. Gli sforzi degli altri gli sembrano maldestri, perché non fanno che ricordargli la sua separazione. Anche quando parlano di spiagge della Grecia, di campi di sci, di notti romane o milanesi, di viaggi a New York o ai Caraibi lui sente posarsi sul suo viso uno sguardo di compatimento. Come se lui avesse sempre a che fare con quei paesaggi o quelle mete, mentre invece preferirebbe restare in silenzio e dire, solo per cortesia, qualche parola di commento. In particolare Eugenio, il ragazzo alto e dinoccolato, quello che gli piace di più, lo guarda con una benevola curiosità come se si attendesse da Leo una certa mossa. Ma Leo non fa niente e quando, alla fine di quel pranzo che nella sua memoria si fisserà per sempre, fra il patetico e l'ironico, come "il pranzo del vedovo" riaccompagna i ragazzi alla loro moto per salutarli, si sente liberato da un peso.

Rimasto solo con Rodolfo, colpevolizzato dal silenzio offeso di lui, gli dice amichevolmente e con dolcezza: "Vedi, mi sento come una persona che non ha niente da dimostrare a nessuno; che non ha strategie o tattiche o piani d'azione perché, in realtà, non mi interessa mostrarmi per quello che non sono più. So di essere *anche* una persona divertente, di cui è piacevole la compagnia. Ma ora vorrei lo scoprissero gli altri. E d'altra parte io potrò legarmi, in futuro, solo a quella persona che – senza che io faccia alcunché – capirà chi io sia dietro a questa facciata triste e scostante. Per ora non mi va di essere divertente per il semplice fatto che non mi sento così. Non voglio sedurre nessuno. Ora, se permetti, aspetto che siano gli altri a sedurre me."

"Pensavo di poterti aiutare, ma tu non vuoi nemmeno questo. Ruben e Eugenio sono due ottimi ragazzi. Credo però che, vista la serata, non mi andrà più di richiamarli."

Leo lo guarda un istante, passandosi nervosamente il mazzo di chiavi da una mano all'altra: "Sì" gli dice fuggevolmente prima di salire in camera, "hai ragione. Eugenio è un tipo veramente carino".

Il giorno dopo, mentre sta sfogliando i giornali, sente bussare alla porta. Il portiere gli consegna un pacco. Leo lo posa sul tavolo pensando si tratti di un regalo per Rodolfo. Ma sul bigliettino c'è il suo nome. Toglie l'involucro di velina bianca e scopre, in un cestino di paglia, una composizione di fragole, ciliegie, rapanelli e peperoncini piccanti, adagiati su un letto di petali di rose rosse. Apre il biglietto, è di Eugenio.

Ora non sorride più, né la bizzarria di quella composizione di frutti color rubino lo diverte. Si chiede cosa significhi tutto ciò. È incapace di accettare un omaggio per quello che è. Incomincia a immaginarsi il significato delle fragole o quello dei piccoli peperoncini del Sud. Vede solamente una minaccia. Si è talmente difeso, per anni, dalla catastrofe dell'amore che quando è ora di ricominciare, come forse è ora, non sa più né da dove, né come. Ma il problema è proprio questo: perché lui si pone già in un contesto d'amore, quando forse si tratta solamente di una attestazione di amicizia? Perché si immagina già una richiesta di relazione sentimentale e non interpreta quel cesto come l'ironico e divertente commento di un ragazzo intelligente e sensibile, dai modi squisiti, all'apatia, all'anemia interiore dimostrate da Leo la sera prima?

Con la voce insicura e imbarazzata Leo prende il telefono per ringraziarlo. Eugenio gli appare divertito, sicuro nel tono di voce, soprattutto interessato a lui. Inizia così, da quel pranzo del vedovo, l'affettuosa amicizia fra Leo e il ragazzo. La notte, dopo un cinema o una serata trascorsa da amici, si ritrovano in un ristorante, o in un caffè, e parlano fino all'alba. Altre volte si ritrovano a trascorrere pomeriggi interi su un divano a guardare videoclip e a parlare di musica, di immagini, di città. E quando arriva notte si siedono, alla luce delle candele, nella piccola cucina di Rodolfo, piazzando le sedie davanti al frigorifero e continuano a parlare, con i piatti sulle ginocchia, le bottiglie di birra in terra. Quando si separano si salutano come vecchi amici e Leo avverte, sul treno del ritorno, l'ansietà del distacco. Per la prima volta da quando Thomas è finito.

Eppure Leo sa di non essere innamorato di Eugenio. Desidera la sua compagnia, la sua conversazione, quel suo modo attento di guardarlo con gli occhi meravigliosamente sgranati quando parla, ma non desidera né il suo corpo, né l'atto d'amore. Ammira l'intelligenza di Eugenio, la sua sensibilità, quella specie di devozione che, mese dopo mese, ormai gli riversa addosso. Ma sa che non lo potrà mai amare. È arrivato a una età in cui gli appare legittimo trarre dei bilanci. Con l'amore ci ha provato e ha perso. Ora sa che lui non è fatto per amare una persona, non è fatto per il sesso, né per vivere insieme a un altro uomo. Lui si sente in pace solo nella sua solitudine, accudito dagli amici più cari. Quello che sta facendo è il tentativo di formarsi una famiglia, una strana famiglia senza donne né figli, ma i cui vincoli fra i componenti siano altrettanto forti e consapevoli: Rodolfo, Eugenio, Michael sono oggi la sua famiglia.

D'altra parte quale bestiale coercizione spinge gli uomini a cercarsi, affannosamente, brutalmente, per rapinarsi e ferirsi a vicenda? Quale catastrofe iniziale ha permesso che l'Eros divenisse rintracciabile solo nell'ossessione della genitalità e non invece nel rispetto delle reciproche posizioni d'amore? Quante amicizie Leo ha visto finire, brutalmente, con dolore, perché uno dei due non concedeva il proprio corpo all'altro? Confinare la sessualità entro i dovuti limiti, circoscriverla, non è forse attribuirle il suo naturale rilievo?

Tutti accusano Leo di non fare l'amore. E il primo ad accusarsi, tempo fa, è stato proprio lui. Da quando poi si sa che non fa l'amore con nessuno il suo peso sociale si è affievolito fino a scomparire: finché si presentava in discoteca o ai party in compagnia di bei ragazzi, attorniato dalla sua corte era considerato un uomo di successo, rispettato e apprezzato; ora che è solo, ora che continua a frequentare i club per rimanere in un angolo a sorseggiare una birra e ascoltare, nel buio, la musica trapassargli le orecchie, è solamente uno straccio, un reietto. Ma Leo pensa che è ora di finirla con l'ossessione di essere simile agli altri, smetterla di credere che la normalità sia non lasciar perdere alcuna occasione, ficcarsi a letto con chiunque lo proponga. Tutti dicono di amare, ma Leo pensa che chi ama veramente gli uomini e il mondo intero, gli alberi, i fiumi e gli animali, quell'unico uomo è l'eremita. E lui, a suo modo, è un monaco. Questa è la sua diversità.

In Thomas Leo ha amato un suo simile. Ha potuto farlo perché ha imparato a soffrire e a donare. Ma non è detto che il miracolo si ripeta. Parlando con Eugenio è sempre più consapevole che non ci sarà un'altra volta, proprio perché quello che ora cerca non è un compagno, ma un suo nuovo posto nel mondo. Mantiene la sua capacità di amare investendola non più su un'altra persona, ma su ciò che caratterizza la specie alla quale appartiene. Ora è in grado di fare questo senza peccare né di idealismo, né di fanatismo, perché porta ormai la traccia inestinguibile dell'amore di due persone, Tho-

mas e Leo, che sono esistite e la cui presenza lui culla,
teneramente, nel profondo del cuore. Un tempo, quando riteneva la sua relazione d'amore sterile e senza frutto, si sbagliava. Leo e Thomas hanno partorito, con dolore, almeno un figlio. E questo figlio espulso nel
mondo, che pensa e agisce, è oggi il trentatreenne Leo.

Eugenio lo segue con la devozione dell'allievo prediletto che non chiede, non pretende, non desidera altro
che la compagnia dell'amico più grande. Un allievo dal
quale Leo si sente compreso fino all'eccesso, quando ad
esempio, una domenica pomeriggio di novembre, Eugenio lo accompagna alla Passeggiata Rilke, il sentiero che
alto sulla scogliera collega il castello di Duino a Sistiana.
Fa freddo, la foschia avvolge il profilo della rocca, il cielo
è basso e il mare, di sotto, una lastra immobile d'acciaio.
Il viottolo serpeggia sulla cresta della scogliera fra rocce
bianche bucate, traforate dal vento come da migliaia di
bruchi calcarei. Ma il terriccio sabbioso sul quale camminano è purpureo. E le frasche spinose nascondono grappoli di bacche color zafferano. Leo si arrampica su un
masso, a strapiombo sul mare. Sente il vento sotto la pelle, spinge lo sguardo verso l'orizzonte, ma non può vedere null'altro che un fondale grigio screziato di aria e di
vento, di densità acquose e di nubi cariche di pioggia.
L'orizzonte non c'è, né può rintracciare un punto di separazione fra le acque e il cielo. Ombre argentee si spec-
chiano nell'aria umida e salsa; lui stesso, sulla roccia, non
è che un riflesso inconoscibile guardato dalle nubi e dal
mare. Il castello, massiccio, assomiglia a un fortino. Si er-
ge forte e pauroso come un complesso di colpa: l'avamposto della cupezza dal quale rivolgere domande senza
risposta. In basso, dall'altra parte, seminascosto fra le
rocce carsiche c'è Eugenio che lo guarda, senza sorridere, senza complicità. Lo guarda e si passa un filo d'erba
fra i denti. Leo capisce in questo preciso istante che Eugenio sa. E sente con forza il desiderio, se tutto questo
fosse mai in suo potere, di benedirlo.

Altre volte, benignamente, Leo scherza sull'atteggiamento di Eugenio e gli canticchia *Suedehead*: "Why do you come here, why, why do you hang around?", poi si accorge che, dietro ai sorrisi, Eugenio ne è ferito. E lui si blocca perché non sa come sollevare dalla costernazione il suo giovane amico. Capisce che deve tenersi un po' distaccato, distante da lui perché corre il rischio di frantumarlo: nessuno può essere così forte da reggere all'onda d'urto di una persona come Leo, o almeno, nessuno che gli voglia bene. Lui sa di comportarsi come quegli insetti che infilzano un pungiglione nelle larve e per giorni e giorni le succhiano, le digeriscono, si nutrono sempre avvinghiati a quello squarcio iniziale fino al momento in cui non resta che un involucro accartocciato e completamente vuoto, un sarcofago senza mummia. E allora volano via alla ricerca di altro giovane cibo. No, lui non vuole comportarsi con Eugenio al punto di farlo svanire, di assorbirlo talmente in sé da rendergli insopportabile la vita. Per questo lo spinge a studiare, a frequentare i corsi all'università, a dare esami, a mantenere i rapporti con il suo gruppo di coetanei, a innamorarsi. Segue i suoi flirt come lo farebbe un padre confessore: non gli dà consigli, ma lo ascolta con attenzione. Ogni tanto si sottrae alle sue telefonate e alle sue ricerche. Sparisce. Poi ricompare. Eugenio lo invita in campagna, Leo arriva, si abbracciano, ascoltano le novità discografiche, passano in rassegna i romanzi appena usciti, discutono per tutta la notte. Dopodiché Leo raggiunge il suo letto separato e si addormenta guardando, oltre la fessura della vecchia porta di legno, la luce filtrare dalla camera di Eugenio.

Poi un giorno, verso la fine di settembre, si trova su un pullman tipo Greyhound, più piccolo e più lussuoso, con i posti prenotati e le grandi finestre panoramiche aperte a grandangolo sulla periferia di Montréal, le costruzioni del Villaggio olimpico, le grandi arterie stradali percorse da un traffico che gli sembra lento e silenzioso, i ponti colossali sul San Lorenzo e soprattutto il grande cielo nordamericano – segue un idrovolante arancione prendere la rincorsa sull'acqua e spiccare il volo lentamente, come un giocattolo o un piccolo uccello meccanico; sono le quattro del pomeriggio e lui è affaticato dalle otto ore di aereo e ancora lo aspettano più di trecento chilometri prima di arrivare a Québec; prende un libro ma non riesce a leggere e quando cala la sera e gli occhi gli diventano pesanti si mette la cuffia e ascolta le cassette che gli ha registrato Eugenio: Morrissey naturalmente e The Smiths, poi Deacon Blue, Swing Out Sister, Billy Bragg, Wim Mertens... Il pullman è silenzioso, le luci di servizio violette sono accese, lui si toglie le scarpe appoggiandole sulla moquette grigia e cerca di abbassare lo schienale della poltroncina, le luci delle città, fuori, appaiono lontane, di tanto in tanto si accende una valle intera, improvvisamente, come all'uscita di un tunnel... Ci sono pochi passeggeri che lui non può scorgere. Gli schienali sono alti, le file di poltrone assomigliano alle cuccette di un treno, poi, qualcuno gli urta le gambe, che ha allungato nel passaggio centrale, e lui alza gli occhi riprendendosi dalla sua concentrazione, e vede un ragazzo che si dirige verso il fondo del pullman. E allora ha un battito del cuore più forte e prova una emozione interiore vivissima e un senso quasi di gratitudine. Il ragazzo, non avrà ancora vent'anni, è un tipo riccioluto, indossa una salopette di jeans e, sotto, un maglionaccio ruvido color avorio. Ha raggiunto una ragazza dai capelli lunghi e lisci, che sta preparando un sandwich al prosciutto e stappando una bottiglia di apple juice. Scherzano fra loro ponendosi sulle ginocchia dei tovaglioli di carta. In terra hanno dei libri tascabili sfibrati, dalle pagine consunte e arricciate. Leo continua a guardarli. Da uno zainetto il ragazzo estrae una cartina geografica che apre appoggiandola allo schienale di fronte. Punta il dito sul foglio e lo muove indicando un itinerario. La ragazza guarda con attenzione, addentando il sandwich. Si dicono qualcosa, a voce molto bassa. Leo ha un flash.

È su un traghetto che lo sta faticosamente riportando

da Patrasso in Italia. È notte, una fredda notte di fine
agosto in mare, lui è solo, senza attrezzatura per affrontare
re un viaggio di due giorni in coperta, ha perso l'aereo a
Atene e non ha trovato nessun posto sui voli affollati per
l'Italia. Ha alloggiato per due notti in un albergo a ridosso dell'aeroporto che lasciava per presentarsi ogni tre ore
al banco dello stand by. Notte e giorno. Poi, stremato,
con gli ultimi soldi, è andato alla stazione degli autobus,
si è infilato in un pullman e ha raggiunto Patrasso. Qui ha
aspettato fino a notte che il traghetto salpasse, senza bere, senza mangiare. Ha comprato un passaggio in coperta, l'unico che gli consentisse di imbarcarsi. E quando la
nave è salpata, si è trovato attorniato sul ponte da centinaia di giovani che disponevano i sacchi a pelo e addossa-
vano ai parapetti gli zaini preparando un giaciglio per la
notte. Lui era l'unico seduto sulla panca di ferro, solitario
e assorto, come un passeggero di altri tempi. Non aveva
coperte, né zaini, niente da mangiare. Aveva lasciato
Chios convinto che tre ore dopo sarebbe stato a Roma, in
realtà erano già tre giorni che stava viaggiando con la prospettiva di non essere a casa prima di altri tre.

Accanto ai suoi piedi si erano distese alcune ragazze
scandinave, e oltre, un gruppo di francesi, poi ragazzi
tedeschi, spagnoli, molti giovani americani, svizzeri, brasiliani, olandesi, canadesi. Lui riconosceva le nazionalità
non solo dai corpi e dalle fattezze fisiche, dal colore delle capigliature e dalla lingua – anche se non avrebbe saputo distinguere con sicurezza il fiammingo dallo svedese o il catalano dallo spagnolo – ma soprattutto dalle
bandiere cucite sugli zaini. Erano il riverbero differente
della stessa idea di gioventù. Poi, improvvisamente, come se dagli altoparlanti avessero dato un ordine preciso
e perentorio, tutti presero a estrarre dagli zaini dei car-
tocci, fagotti, involucri e cominciarono a aprirli disten-
dendoli sui sacchi a pelo. Quello che non vide uscire da
quei sacchetti! Uova, formaggi, polli arrostiti, frutta,
uva, mele, pere, susine, barattoli di yogurt di capra, di
vacca, di pecora, alle ciliege, al malto, alla crusca, all'a-

nanas, tetrapack di latte, succhi di frutta, aranciate, co-
ca-cole, pepsi, chinotti, acque toniche, litri di minerale,
fette di salame, di prosciutto cotto, di roastbeef, di
speck, würstel, salsicce, salamini, pomodori, cetrioli,
mazzi di sedano, prezzemolo, carote, peperoni, cipolline
sott'aceto, ricottine, sardine, scatole di tonno, aringhe,
filetti di sgombro, merluzzetti, fagioli piccanti, creme di
verdura, minestrine sottovuoto, consommé e poi tutta la
gamma incredibile dei dolci da viaggio, dalle caramelle
ai torroni, alle brioches, alle stecche di cioccolato, ai
bon-bons, ai boeri, ai gianduiotti, al marzapane, alla pasta di mandorle, le crostatine, i bignè, i profiterole, la
torta di mele, di banane, di cocco, di kiwi. E i thermos e
le borracce colmi di caffè, di tè, di karcadè, di camomilla, di menta. Lui guardava meravigliato e incredulo l'e-
sposizione di tutta quell'abbondanza, vedeva le ragazze
spalmare il burro sulle fette di pane e passarle ai ragazzi,
con un ritmo veloce, quasi fossero, quei toast, dei piat-
telli di una gara di tiro. E con quale accanimento mangiavano, ingurgitando le cosce di pollo o i formaggi che
sparivano nelle bocche come in un effetto da cartone
animato. E lui continuava a starsene sulla panca, erto su
quella folla distesa e sazia, pateticamente stretto nel suo
blazer blu, con i jeans bianchi che non lo riparavano dal
freddo, le scarpe da barca senza nemmeno un paio di
calzettoni di lana. E cominciò a odiare tutta quella folla
così organizzata e pratica e regolare nei ritmi dei pasti e
assolutamente nessuna birra in giro, né vino, forse solamente l'ombra di una bottiglia di Metaxa là in fondo nel
gruppo degli spagnoli. E quando il pranzo finì, i cartoc-
ci, le bottiglie, gli avanzi, i sacchetti sparirono nel volgere di qualche minuto.

Ci fu tutto un veloce andare e venire verso i cestini
dei rifiuti, accompagnato da un rumore simile al vorticoso flap flap delle ali di uno stormo di piccioni, sì, come se qualcuno avesse gettato un sasso in mezzo alla distesa dei sacchi a pelo e tutti fossero schizzati via, poi un
rapido ricoprirsi di tute e di felpe e maglioni e keyway e

giacche a vento e una fila ordinata, con lo spazzolino da denti in mano, l'asciugamano sulla spalla, davanti alle toilette. Improvvisamente tutto cessò di nuovo e lui si accorse che la maggior parte dei ragazzi si era addormentata. Vide qualche viso sporgere dalle coperte con le cuffiette del walkman sulle orecchie, qualcun altro che parlottava, due che si baciavano con tenerezza, ma il silenzio era immenso e il rollio del traghetto poteva anche sembrare un modo arcaico, proprio perché tecnologico, di cullare i sogni di quei ragazzi. Allora lui provò per un istante la intima e commossa gioia di poter vegliare sul sonno di quelle centinaia di giovani e che forse, se aveva perso la coincidenza a Atene, se si trovava in viaggio da tanti giorni, se era imbarcato proprio su quella nave e non su di un'altra era perché doveva raggiungere quella panca di ferro verniciata di bianco e poter guardare lo spettacolo di una gioventù soddisfatta e tranquilla come mai e poi mai era stata la sua. Quei giovani lui li conosceva bene, anche se non li aveva mai incontrati prima, né con ogni probabilità li avrebbe più rivisti, fosse pure vissuto altri mille anni. Né loro, mai, si sarebbero ricordati di quel giovane uomo seduto come a teatro, con gli occhiali di tartaruga, una sigaretta, rollata con le dita, perennemente accesa fra le labbra, riparato dal freddo solo da un telo da bagno turchese che continuava a sistemarsi, insoddisfatto, sulle spalle. Eppure, proprio per questo, lui ebbe, alla luce di quelle stelle e di quella luna mediterranea e gelida, la consapevolezza che il suo destino era proprio questo, di vegliare e di raccontare. E guardando la scia di spuma bianchissima che la nave lasciava a poppa, e che si allargava come un ventaglio luccicante e ribollente sul nero della notte, lui si sentì, in un certo modo, rassicurato e vide come un unico l'immagine della nave e della traccia e dei destini di quei giovani, bellissimi, uomini; e anche la sua vita non più separata, ma ben piazzata sul ponte di qualcosa in movimento, un vascello colmo di benevoli destini, ancorché fantasma.

Ora, sul pullman che solca silenzioso la terra del Québec, vede i due ragazzi come incontaminate presenze che provengono direttamente dal cuore di quegli anni in cui lui è stato giovane; la persistenza fisica di tipi e personaggi attorno ai quali è nata la sua scrittura e nei quali si è incarnato il suo desiderio. E si sente protetto. O meglio, sente che il suo viaggio avrà un destino. E quando arriva nella città e scende dal pullman e si volge per fissare la loro presenza negli occhi un'ultima volta e ringraziarli, silenziosamente, del loro messaggio, non li scorge più. Allora, sorridendo, pensa che anche sul ponte di quella nave forse era in compagnia di angeli, affamati e chiacchieroni certo, una pattuglia di angeli in gita turistica; ma non ha forse udito, distintamente, a un certo momento, lo sbattere frusciante delle loro ali?

Poi, una sera, nel cantinone del Grand Dérangement, un jazz-club bello e fumoso come una balera padana anni sessanta, il bar luccicante addossato a una parete, quasi incastrato in un angolo, la distesa dei tavolini sovraccarichi di birre, il piccolo palcoscenico, il faro piazzato al centro della sala, qualche riflettore con le gelatine colorate, il pianoforte verticale e le casse dell'amplificazione e, al soffitto, festoni di lampadine, lui è lì insieme a centinaia di altre persone giovani e vecchie, i grandi sopravvissuti della beat generation ancora arzilli e combattivi, poeti, scrittori, artisti, studenti americani, inglesi, tedeschi, canadesi, quebecquois, giornalisti, musicisti tutti riuniti per celebrare l'apertura del convegno internazionale su Jack Kerouac, quella sera quando un bluesman californiano ha incominciato a leggere l'attacco dell'ultima pagina di *On the Road*: "Così in America quando il sole va giù e io siedo sul vecchio diroccato molo sul fiume a guardare i lunghi, lunghissimi cieli sopra il New Jersey e avverto tutta quella terra nuda che si svolge in un'unica incredibile enorme massa fino alla West Coast, e tutta quella strada che va..." modulando la voce, ritmandola, prima leggermente, poi sempre più cadenzata per permettere al basso di entrare, poi alla batteria, in sottofondo, poi trasformandosi in un vero e proprio canto accompagnato dalla chitarra, allora lui ha sentito un brivido fortissimo e gli è sembrato che quello che Kerouac aveva scritto fosse realmente la sostanza verbale di un jazz bellissimo e struggente; e quando è entrato il sax – le parole erano ormai scomparse e la musica continuava, progredendo nella suggestione di quelle visioni – lui ha sentito che tutte quelle persone, anche le più distratte, anche quelle che cannavano birre su birre al suo fianco porgendogliene, sorridendo, in continuazione, stavano, tutte insieme, celebrando un rito senza fasto e senza magnificenza, un rito semplicissimo e proprio per questo fondamentale: la sopravvivenza della letteratura. E la figura umana che celebravano non era un accademico, così come il loro convegno non si svolgeva nei locali silenziosi e climatizzati di un Grand Hotel, ma nelle stanze spoglie di un ostello della gioventù. Ed erano venuti da tutta Europa e dal continente americano per discutere e rileggere l'opera di un piccolo uomo alcolizzato, disprezzato, finito nella disperazione e nella trascuratezza generale, un uomo che aveva cominciato a parlare la lingua inglese all'età di quattordici anni, figlio di poveri immigrati *canuck*, che non avrebbe mai imparato a dire una frase correttamente nella lingua dei suoi avi, il francese, che avrebbe cercato le sue origini in terra bretone sbagliando completamente gli etimi e i toponimi, che sarebbe morto nella solitudine più ebbra e incattivita, isolato dai suoi stessi compagni di percorso.

Eppure loro erano lì, commossi e entusiasti, a testimoniare quel bisogno insopprimibile di musica, di visioni e di fantasia, che forse solo accidentalmente si incarnava nella figura e nei racconti di 'Ti Jean, ma che più in generale significava il tributo più vero che un uomo possa dare a un suo simile: il ringraziamento per avergli fatto toccare la poesia.

E allora, nei giorni seguenti, Leo riflette come forse non ha mai fatto prima, sul fatto che la sua vita è ormai troppo indistricabilmente legata allo scrivere; e che questa sola cosa gli importa e è questa, non lui, a dirigere gli spostamenti interiori della sua vita. Se con Thomas non ha funzionato, se la sua vita sentimentale è un disastro, se nel profondo è inquieto e non troverà mai pace, è perché lui è diverso e si deve costruire una scala di valori partendo proprio da questa sua diversità. Niente di quello che ha trovato gli è andato bene e lui si sta sforzando, da anni, di cercare la maniera giusta. La sua diversità, quello che lo distingue dagli amici del paese in cui è nato, non è tanto il fatto di non avere un lavoro, né una casa, né un compagno, né figli, ma proprio il suo scrivere, il dire continuamente in termini di scrittura quello che gli altri sono ben contenti di tacere. La sua sessualità, la sua sentimentalità si giocano non con altre persone, come lui ha sempre creduto, finendo ogni volta con il rompersi la testa, ma proprio nell'elaborazione costante, nel corpo a corpo, con un testo che ancora non c'è.

Per questo lui si è sempre vergognato ed è sempre arrossito quando, nelle situazioni più svariate, su un treno, o a un party, o davanti all'ufficiale di anagrafe qualcuno gli si è avvicinato chiedendo che mestiere facesse, di che si occupasse. Si è vergognato perché ha immediatamente capito che se avesse detto "io scrivo" lo avrebbero guardato come un pazzo, o, nella migliore delle ipotesi, come un morto di fame. E la sua diversità, la sua distanza dagli altri, gli sarebbe apparsa ancora più incolmabile. E allora ha sempre tergiversato, si è inventato delle professioni rispettabili e socialmente accettate, mai quella dello scrittore, quella di un perditempo, di una persona inutile. Una volta si era trovato immerso nell'ufficialità di un pranzo con qualche aristocratico, borghesi, soprattutto industriali, finanzieri, banchieri. E Leo doveva essere il festeggiato. E nonostante tutti lo salutassero, lui era consapevole che nello stringergli la mano gli guardavano la cravatta e soprattutto pensavano quanto danaro potesse rendergli una professione stravagante come quella. E lui capiva che il fatto di non avere centinaia di operai alle proprie dipendenze, di non avere tenute o case, di non esercitare alcun tipo di potere lo rendeva un oggetto assolutamente fatuo. Un fastidio. E quando si trovò, un pomeriggio, a parlare in un piccolo teatro della periferia milanese a un pubblico di vecchie e rispettabili signore, qualche insegnante di scuola media, qualche preside, lui si interruppe, improvvisamente, e non riuscì più a continuare l'intervento, perché aveva avuto l'immagine nettissima di trovarsi in un centro della protezione animale; e che i suoi ascoltatori lo guardassero con quella bonaria curiosità che si esercita sugli animali in via d'estinzione. Ebbe il terrore che le vecchiette, con i loro scialli e i foulard color pastello, si alzassero e lo mettessero soavemente in gabbia e gli allungassero dei piccoli savoiardi affinché li beccasse e si nutrisse mormorandogli tanti vezzeggiativi per farlo sorridere e consolarlo. Perché realmente lui si sente in via di estinzione.

Allora, forse, tutta la sua vita, il suo essere separato, non è altro, come aveva compreso perfettamente Thomas, che una elaborata messa in scena della propria, inestinguibile, volontà di svanimento; la spettacolarizzazione pubblica di un complesso di colpa, di un'angoscia che lui ha sentito forse fin dal primo giorno in cui ha aperto gli occhi al mondo, e cioè che non sarebbe mai stato felice. E questo senso di colpa, per essere nato, per aver occupato un posto che non voleva, per l'infelicità di sua madre, per la rozzezza del suo paese si è dislocata in un mondo separato, quello della letteratura, permettendogli di sopravvivere, anche di gioire, ma sempre con la consapevolezza che mai la pienezza della vita, come comunemente la intendono gli altri, sarebbe stata sua. Il senso di una sottrazione primaria, probabilmente è questo che l'ha spinto al punto in cui è ora.

Ma nei pomeriggi trascorsi al Pub Saint-Alexandre davanti a quello specchio da saloon americano, imitando con gioia gli altri nell'ordinare bottiglie da un litro di Dow, le grosses bières, così stupendamente popolari per lui, mentre gli intellettuali del posto sorseggiano bottigliette di birre europee, parlando moltissimo, raccontandosi con sincerità, ascoltando gli oratori, prendendo appunti sibillini sui giornali, si sente, in un qualche modo, felice. È come se fosse ancora nelle stanze piene di fumo della sua università. La stessa voglia di capire, di interpretare, di discutere. E si vede rispecchiato nei giovani che affollano il pub, che leggono tranquillamente un libro fumando una sigaretta, che scrivono su un brogliaccio fissando assorti, dietro le tendine bianche, la pioggia cadere fitta su rue Saint-Jean. E pensa a Eugenio, al ragazzo che scherzosamente chiama "il primo segretario", che lo accompagna nei viaggi e ai party come, un tempo, aveva fatto Thomas; nella cui intelligenza e cultura ha una fiducia estrema e alla cui vita assiste, in posizione privilegiata, da più di un anno ormai e al quale, una notte, quando l'intimità era ormai vasta e rassicurante e timidamente permetteva al desiderio di spuntare, ha detto: "È giusto che tu voglia un compagno accanto. Ma non potrò mai essere io". E pensa al gruppo dei suoi amici, al bene che gli vogliono quando a Firenze si ritrovano in una qualche casa e chiacchierano per tutta la notte. Lui sa che per loro è una persona importante. E anche loro sono una presenza vitale per lui, perché gli offrono un confronto e soprattutto lo specchio del suo sogno di giovinezza. Niente è più banale che dire: la vita continua. Ma lui ora sente proprio questo, perché conosce, nel mondo, delle persone che continuano.

Poi improvvisamente qualcosa di terribilmente bello nasce anche per lui, con la meraviglia di un seme che fiorisce dopo quattro lunghi anni di cure continue, di aridità, di siccità, di diluvi. Aveva pensato di averlo perso per sempre, e invece, un mattino, verso mezzogiorno, al Pub Saint-Alexandre il desiderio è rinato riflettendosi in un paio di occhi blu dalle sopracciglia foltissime e chiare, in una chioma piegata all'indietro da colpi di spazzola, in un paio di pantaloni di fustagno chiari e una giacca floscia di velluto grigio. Leo lo guarda e ne scopre i polsi sottili coperti da una leggera peluria come quelli di Hermann, le dita affusolate e screziate di nicotina, il sorriso cordiale, aperto, a occhi stretti come lui amava da ragaz-

zo. Un modo di rollarsi il tabacco un po' distratto, un po'
sbavato. La grande birra Dow sul tavolino.

Quando il Vondel esce Leo lo segue. Si guardano un
istante sulla soglia e il ragazzo ha un'espressione lievemente imbarazzata, come quella di Leo che gli tende la
mano e che l'altro afferra, senza dire una parola. E Leo
vorrebbe solo fargli capire che non si aspettava di trovarlo qui, ma come potrebbe raccontargli tutto? Il ragazzo allora si alza il bavero della giacca, arrotola la
sciarpa e si allontana, addossato ai muri delle case, per
non inzupparsi d'acqua, saltando fra una pozzanghera e
l'altra. Poi, cento metri più avanti si ferma, ha un attimo
di esitazione, si volta. Vede Leo davanti al pub, fermo in
mezzo alla strada che lo sta guardando. Alza una mano
in segno di saluto e anche Leo, sorridendo, infradicito
dalla pioggia, lo fa. Poi continua a camminare e gli occhi
di Leo lo fissano finché non lo vedono sparire per sempre, inghiottito dalla nebbia, al fondo di rue Saint-Jean.

Fra qualche ora raggiungerà l'aeroporto di Montréal.
È in volo su un piccolo aereo a turboelica della Northwe-
st, la carlinga è piena di passeggeri e lui è stretto sulla piccola poltroncina con gli occhi colmi dei colori fiammeggianti delle foreste di aceri. È contento perché ha sentito
rinascere la disponibilità. Allora pensa all'Italia, ai suoi
amici, a Eugenio che verrà a prenderlo a Milano e per il
quale ha comprato alcuni regali. Segue le parole della
canzone di Morrissey: "Oh, I'm so glad to grow older, to
move away from those younger years, now I'm in love for
the first time". In un qualche modo è felice. Fra qualche
ora si imbarcherà sul jumbo, leggerà qualche pagina,
ascolterà della musica e si addormenterà per svegliarsi,
pochi istanti dopo, nella luce accecante del nuovo giorno. Ma fra qualche ora, fra un giorno, forse fra tre o cinque o vent'anni, lui sentirà una fitta diversa prendergli il
petto o il respiro o l'addome. Nonostante siano trascorsi
tanti anni, o solo un'ora, ricorderà il suo amore e rivedrà
gli occhi di Thomas come li ha visti quell'ultima volta. Allora saprà, con una determinazione anche commossa e

disperata, che non c'è più niente da fare. Si avvierà alle sue cure, cambierà letti negli ospedali, ma saprà sempre, in qualsiasi ora, che tutto sarà inutile, che per lui, finalmente, una buona volta, per grazia di Dio onnipotente, anche per lui e la sua metaphysical bug, la sua scrittura e i suoi Vondel o Madison, anche per tutti loro è giunto il momento di dirsi addio.

NOTE AI TESTI

Le note ai testi intendono non solo dare informazioni e notizie di carattere bibliografico, ma ricostruire il complesso percorso di elaborazione che ha portato all'edizione definitiva di ciascuna opera. Per questa ragione la ricostruzione dell'officina letteraria di Pier Vittorio Tondelli avviene attraverso la proposta di testi inediti e rari ritrovati tra le carte dello scrittore. Si tratta per lo più di appunti preparatori, schemi di lavoro, brani scelti dalle numerose versioni dei dattiloscritti, eventualmente utilizzate dal curatore letterario per stabilire l'edizione definitiva (è il caso del testo teatrale *Dinner Party* e di *Biglietti agli amici*), note di presentazione dei testi alle case editrici, interviste mai riprese in volume.

È stato altresì necessario, per documentare le varie fasi del progetto creativo o per dar conto di eventuali ipotesi di lavoro, attingere dall'epistolario dell'autore, ripreso dalle copie originali delle lettere, ritrovate tra le carte autografe o nell'archivio elettronico, per quanto riguarda il periodo 1987-1990.

Le note ai testi non si limitano a chiarire le ragioni delle scelte espressive e strutturali interne a ciascuna opera, così come sono state intuite ed elaborate dall'autore. Documentano anche la ricezione critica delle opere stesse, soprattutto quella che ha accompagnato l'uscita dei vari romanzi. Ampio spazio viene dato quindi a una rassegna della "fortuna critica", rimandando, comunque, per un regesto più ampio e completo che documenta il forte interesse critico per l'opera di Tondelli negli anni novanta, alla bibliografia della critica, strutturata per argomenti e pubblicata nel secondo volume della presente opera.

ALTRI LIBERTINI

(1980)

È il libro d'esordio di Pier Vittorio Tondelli e si compone di sei racconti, anche se l'autore ha preferito la definizione di "romanzo a episodi". Ciascun racconto, pur costituendo una unità a sé, trova il suo compimento in un'unitarietà che ha "come filo comune l'esperienza dei giovani degli anni settanta fra viaggi a Amsterdam e Londra, droga, lotte studentesche, ricerca della propria identità, utopie di libertà".

Sull'elaborazione di *Altri libertini* risulta significativo e ricco di particolari il racconto che emerge da una conversazione con Tino Pantaleoni, pubblicata su un giornale correggese, all'indomani dell'uscita del romanzo:

So che hai portato alla Feltrinelli un tuo manoscritto, circa un anno fa, poi come sono andate le cose?
Si trattava di un romanzo, una cosa molto grossa che mi aveva occupato un anno intero, circa quattrocento pagine, tantissime citazioni, persino un poemetto epistolare come intervallo, belle cose per me ma a loro non piaceva tanto. Si pensò di farne un libro a racconti, stralciando le scene più significative e alternandole con un montaggio di tipo cinematografico, grossi sbalzi per intendersi. Io rifiutai, il libro mi andava bene così, se non lo volevano me ne sarei andato. Dopo ci ho ripensato e ho provato a scrivere questi racconti con tantissima fretta dicendomi che ero uno sconosciuto e non potevo incarognirmi. Questi racconti piacquero, si pensò di fare un libro con questo nuovo materiale integrandolo, con qualcosa del primo romanzo. Io preferii battere vie nuove tanto più che mi accorgevo di

crescere nella scrittura, di aver sempre più potere verso quel che volevo uscisse fuori, di padroneggiarmi. Scrissi i racconti una seconda e poi una terza volta. Alcuni episodi sono stati riscritti cinque-sei volte. Non mi decidevo mai finché non mi tolsero il dattiloscritto. Così è nato questo libro a episodi. Il merito è stato soprattutto di Aldo Tagliaferri (della Feltrinelli) che ha capito che quel poco talento che avevo e che ho nello scrivere è soprattutto descrittivo, impressionista quasi. L'ha capita prima lui di me. Una volta facevo anche i dialoghi e tutte le cose classiche del *récit*. Dopo i primi due racconti ho capito che avevo una cosa diversa da fare, la descrizione. Così è venuto fuori il libro, tantissimi personaggi, tantissime situazioni, nessuna teorizzazione, nessun ideologismo che a questo ci penseranno i critici e i sociologi. Insomma ho capito che fare lo scrittore vuol dire soprattutto parlare di fatti, non teorizzare. E per di più farsi il culo a scrivere e riscrivere e cambiare e montare. Per me la letteratura è questa gran rottura di palle, che niente vien bene al primo tentativo.

Spesso si conosce il lavoro dello scrittore soltanto attraverso la stessa letteratura o il cinema, in modo a volte tardoromantico. Com'è in realtà, per te, il momento creativo?
Alla prima stesura io scrivo molto in fretta lasciandomi andare completamente a quello che esce senza nessuna preoccupazione di logicità, ripetizione, intrigo o espressione. Di solito mi do io stesso dei tempi brevi cioè ho una mezz'ora libera prima di uscire o di un appuntamento o cose del genere, bene in quella mezz'ora devo riuscire a scrivere una certa sequenza che ho in testa e devo farla tutta. Così escono solo le cose più interessanti e più significative. Il lavoro più grosso viene dopo, si tratta di montare, riempire certi buchi, lasciarne altri, rifinire il linguaggio anche in modo molto rigoroso standoci su anche 6-8 ore al giorno. Il linguaggio che uso risulta sì porno, sboccato, triviale, dolcissimo o nostalgico e sembra spontaneo perché la nostra generazione è così, ma sotto vi è una attenta ricerca, del ritmo per esempio; si capisce a leggere il libro, soprattutto *Viaggio*, è jam session, diciamo così.

La stampa nazionale e molti socio-critici hanno inteso il tuo libro come uno spaccato autobiografico generazionale,

o dei giovani emiliano-bolognesi vissuti a cavallo del '77.
Che cosa ci puoi dire in proposito?
Il romanzo non è certamente autobiografico, nel senso
che comunemente si dà a questa classificazione. Non è un
memori, né una biografia, tanto meno una confessione.
Ma negare un alone autobiografico è sciocco, sarei miope
se non lo rilevassi. In effetti più che di autobiografico parlerei di occasioni autobiografiche nel senso per esempio,
che i luoghi geografici in cui avvengono i fatti del libro sono luoghi e territori che m'appartengono, che sono con-
nessi alla mia esperienza. Ma sono occasioni, niente di
più. E il filtro stilistico e linguistico provoca uno strania-
mento obbligato nel senso che generalizza i termini della
narrazione, nel senso che leggendo i racconti ogni lettore
può dire "questo può accadere, questo accade". Ma a me
personalmente molti fatti raccontati non sono successi, li
ho immaginati su una traccia che mi apparteneva, in questo senso e solo così si può parlare di autobiografismo.

Come hai vissuto questa esperienza letteraria e pubblica,
cosa ti ha dato soprattutto?
È stata un'esperienza da persona adulta, questo l'ho
scritto anche alla fine del libro perché è quella più evidente. Sono sempre vissuto in un certo piano ovattato,
ricco di contraddizioni e di star male, certo però ovattato, che è quello del figlio e quello dello studente. Questa
è stata una esperienza di lavoro intensissima, mi ha fatto
crescere, prendere delle posizioni, andare avanti. Ho anche sofferto di questo fatto qua, ho sempre saputo che la
mia vita sarebbe cambiata in modo irrevocabile, che una
volta uscito il libro, bene o male che andasse la questione, non sarei più potuto tornare indietro, avrei dovuto
cercare degli equilibri nuovi, convivere con un'immagine
pubblica di me e altre palle. Ma questa è stata la paranoia
maggiore, a confronto, il libro è una stupidata, una cosa
andata o fatta, che sia lì, ma io mi muovo, devo cambiare
e sento che anche attorno a me i rapporti si stanno modi-
ficando e questo è comprensibile, però mi spaventa. A
confronto di ciò, cioè la mia avventura, l'avventura del libro è una sciocchezza, fatta e messa via.

Il libro viene pubblicato da Feltrinelli nel gennaio 1980 e
diventa un "caso letterario". A imporre il "romanzo" all'atten-

zione del pubblico è un articolo dell'"Espresso" (10 febbraio 1980), firmato da Giovanni Giudici, il quale intervistando il giovane autore esordisce: "Ho tra le mani le bozze, nemmeno duecento pagine, ma tirate tutte d'un fiato, sei episodi-racconti, appena collegati da qualche 'cortocircuito', pieni di tutto il turpiloquio, lo 'scazzamento' e (anche) la tenerezza o sentimentalità possibili destinati a fare il libro-scandalo, il "caso" dell'anno, ma forse anche no, e soltanto, dunque, a costituire nel trotterellante mercato della nostra narrativa un titolo che si muoverà più di altri portando il suo autore alla ribalta dei mass-media".

La prima edizione di 4.000 copie va subito esaurita e ad essa ne segue una seconda di 3.000 copie, anch'essa esaurita nel giro di pochi giorni, tanto che a marzo ne viene predisposta una terza di 10.000 copie, poi bloccata dall'ordinanza di sequestro emessa dal Procuratore Generale dell'Aquila, Donato Massimo Bartolomei, che firma l'ordine con la seguente motivazione: "Per il suo contenuto luridamente blasfemo e osceno nella triviale presentazione di un esteso repertorio di bestemmie contro le divinità del Cristianesimo; nonché di irriferibili turpiloqui, [...] onde il lettore viene violentemente stimolato verso la depravazione sessuale e il disprezzo della religione cattolica".

A caldo, così Tondelli commenta il sequestro con un intervento su "Tuttolibri" (29 marzo 1980):

UN SINTOMO DI RITARDO
La questione è molto semplice, talmente semplice che è passata sotto il naso della nostra classe intellettuale senza sconvolgerla neanche un po', come insomma potrebbe accadere ai vecchi freak che per i troppi acidi hanno i loro temporali in cortocircuito. E tutto ciò che vedono e fanno e sentono gli pare un déjà vu, in quanto tale privo di interesse, banale, quotidiano. In breve, il sequestro di un romanzo non fa più scandalo, né notizia, né sdegno collettivo. Magari lo sente soltanto chi l'ha scritto e chi gliel'ha prodotto.
A Reggio Emilia mi sono visto con il poeta e penalista Corrado Costa che mi ha mostrato i reperti di un suo studio condotto sulle sentenze di processi per reati presumibilmente più o meno "osceni", più o meno contrari al "comune senso del pudore". Abbiamo sfogliato questo

dizionarietto che raccoglie dati dal 1947 (il processo per *L'amante di Lady Chatterley*) fino a questi anni: s'incontrano i casi più famosi, Testori con *L'Arialda*, Kerouac con *I sotterranei*, ma soprattutto la selva delle devianze quotidiane e dei vizi giornalieri che il nostro popolo commette a dispetto di ogni moralità. E cioè gente che viene incriminata per "oscenità" perché bacia, perché accarezza, perché porta lo slip e non la mutanda, perché porta il topless, perché si spoglia con le finestre aperte, perché "si toccava i genitali a mo' di scongiuro", perché fa l'amore, perché scappa di gridare "boneee!" a un gruppo di procaci studentesse...

Tutta gente poi naturalmente assolta come ben prevede il codice di una società civile, ma che purtroppo è stata trascinata davanti ai Tribunali e ingabbiata nelle Preture, sparsa per i corridoi della giustizia, il che significa semplicemente che se da un lato prevale alla fine il buon senso e in definitiva i giudici assolvono o prosciolgono "perché il fatto non costituisce reato", dimostrandosi quindi garanti di una libertà di opinione e di una pluralità di espressione, dall'altro esistono ancora nel paese retrograde sacche di ostruzionismo, sintomo di un grave ritardo civile e di una pesante arretratezza d'informazione, territori provinciali in cui si spera di giudicare la letteratura con denunce e cancellare la realtà a colpi di ordinanze e reprimere le espressioni gestuali e corporee secondo logiche tribunalesche.

Insomma dinanzi al nuovo black out energetico che spegne le luci rosse della Letteratura Aggressiva e Non-Riconciliata sarebbe finalmente ora che ci si smuovesse con fermezza e idee chiare e quel poco di tensione ideale che sembra purtroppo svaporata di fronte ai più gravi mali della nostra democrazia. Anche tra l'altro per togliere una volta per tutte la seccatura del déjà vu. Salute!

Il processo, con rito direttissimo, viene celebrato nel 1981 a Mondovì (Cuneo), perché la tipografia aveva la sede a Farigliano, e manda assolti con formula piena l'autore e l'editore. L'accusa aveva chiesto la condanna di Tondelli a tre mesi di reclusione e al pagamento di una multa (40 mila lire), nonché la confisca di tutte le copie del libro sequestrato. La difesa è sostenuta dall'avvocato Corrado Costa di Reggio Emilia.

I giudici motivano la sentenza sostenendo che "il giudizio di valore implica che debba riguardarsi l'opera nel suo complesso, onde accertare se il racconto è stato strumentalizzato a fini erotici o se invece le singole sequenze a contenuto erotico sono necessarie o, quantomeno, utili all'economia narrativa della vicenda. [...] Vi sono senza dubbio bestemmie, imprecazioni, parole volgari, senza tuttavia che il turpiloquio possa ritenersi fine a se stesso". Aggiungono inoltre che questa "scrittura parlata" riflette il linguaggio dei giovani "che usano determinate parole, indipendentemente dal significato originario delle stesse, attribuendo loro un contenuto completamente diverso; così per esempio 'casino' significa ormai confusione, mentre la parola 'cazzo' è usata in più sensi, a seconda della frase in cui è inserita [...] Indubbiamente le parole utilizzate in tal mondo (come lo sono nel libro) perdono la virulenza dell'osceno e non urtano la sensibilità dell'uomo medio, non suscitano in esso alcun impulso erotico".

Lo stesso Tondelli racconta le disavventure processuali in una conversazione sul tema dell'"osceno" tenuta ai Magazzini-Teatro di Scandicci, a Firenze, il 26 gennaio 1984, e pubblicata in "I Magazzini 7" (Ubulibri, Milano 1984):

> Nel febbraio 1980, appena venti giorni dopo la pubblicazione, il romanzo *Altri libertini* veniva incriminato del reato di "oscenità" dal giudice dell'Aquila Bartolomei e prontamente sequestrato su tutto il territorio nazionale. Diecimila copie ancora in fogli distesi furono prontamente sigillate nella stamperia Milanostampa in Farigliano, Cuneo. Nelle principali librerie italiane agenti della polizia si presentarono per verificare se il libro era ancora in vendita e eventualmente sequestrarlo.
> Nel settembre dello stesso anno ricevetti finalmente la richiesta di citazione a giudizio emessa dal Pretore della Repubblica di Mondovì, Cuneo, competente a risolvere la faccenda. La citazione così recitava: "Imputato del reato di cui agli articoli 528, 529 Codice Penale per avere, a fine di commercio o di distribuzione, scritto e dato alla stampa e posto in circolazione il libro *Altri libertini* fortemente osceno per il contenuto e per le espressioni ricorrenti".
> Nel marzo del 1981, a più di un anno dal sequestro, finalmente ci trovammo (Corrado Costa, mio difensore, Aldo Tagliaferri, redattore della Feltrinelli e io, imputato) a di-

battere il caso in aula. Fu solo in quell'occasione che venni a sapere alcune cose su come la Magistratura si comporta per valutare l'oscenità di un prodotto estetico. Il Pubblico Ministero infatti lesse una relazione in cui erano state catalogate puntigliosamente tutte le volte che nel testo comparivano "espressioni oscene": per cui ora non ricordo bene avevamo trentadue "Cazzo", ventisei "Figa", dieci "Pompino", e così di seguito. Nello stesso tempo due pagine erano considerate completamente e fortemente oscene per il loro contenuto.

Val forse la pena di ricordare qui il "contenuto" di quelle paginette giovanili. Siamo in una stazione ferroviaria emiliana di notte fra un gruppo di drogati, travestiti, malavitosi eccetera. Un ragazzo è in crisi di astinenza. Il suo amico si adopera per ore e ore a cercargli la dose. Quando finalmente la trova lo porta nei gabinetti e cerca di fargli il buco. Ma ahimè, il tossico sta sempre più male, sta morendo e non c'è modo, per l'amico, di trovargli una vena sana in cui pungerlo. Allora, aiutato da un travestito, cerca di eccitarlo con una sequenza di parole erotiche molto violente. Quando arriva all'apice del suo racconto gli infila l'ago nel membro turgido. Il racconto finisce più o meno a quel punto. Le pagine che riguardano quella sequenza travolgente di parole sono quelle che hanno portato il libro in tribunale.

Nel Codice Penale un atto è osceno quando contrasta con il comune senso del pudore. Che cosa sia il comune senso del pudore, nemmeno lo sa e sarebbe inutile qui stare a perder tempo. Fatto sta che l'accusa che mi si rivolgeva era quella di aver eccitato il lettore a commettere atti osceni (probabilmente a masturbarsi). L'avvocato e poeta Corrado Costa fu molto abile nel fare una lettura di quell'episodio assolutamente in senso inverso sostenendo cioè che quelle pagine non portavano tanto a una eiaculazione, a un eccitamento finale, anzi, per via di quella siringa messa proprio nel luogo dell'eccitazione, la sgonfiavano, la facevano ritrarre. E disse anzi che quel colpo finale provocava quasi un malessere fisico al membro maschile del lettore per cui assolutamente non ci avrebbe provato a far delle sozzerie; l'immagine di qualcosa che lo siringherebbe in quel caso di immedesimazione testuale lo terrà sempre al di fuori dell'atto osceno.

Il secondo punto su cui Costa insistette fu la prerogativa dell'art. 529 che non considera oscene le opere d'arte e quindi presentò al pretore una rassegna stampa molto favorevole al testo inquisito.

Il terzo punto della sua difesa riguardò il comune senso del pudore e in questo caso la difesa di quelle "espressioni ricorrenti" di cui s'è parlato. Tracciò, il nostro, una divertente e finissima disquisizione di storia della letteratura italiana da Dante a Pasolini passando per l'Aretino, Palazzeschi, Testori. E visto che il Pubblico Ministero aveva usato con fare saccente l'espressione "Fellatio" disse: "E voi vorreste che Tondelli andasse in giro a scrivere in latino? Però in quest'aula qualcuno ha usato termini latini; nel nostro testo essi sono tradotti in italiano. Non ci vedo nulla di male". Infine si fu assolti "perché il fatto non costituisce reato". La sentenza prese atto dei mutamenti linguistici avvenuti nel corso degli anni e quindi che il comune senso del pudore non è una costante fissa, ma una variabile dipendentissima.

Ho raccontato questa storiella poiché mi è stato chiesto di parlare di "Oscenità e linguaggio letterario" in riferimento alle mie disavventure. Allora devo subito dire che io non so cosa sia l'oscenità, posso solo provare a dire quando la sento, quando avverto che per me una situazione è oscena. Dirò banalmente che l'oscenità è un atto che avviene fuori dalla scena, un atto non rappresentabile perché sconvolgerebbe, perché ha a che fare con i tabù e i divieti collettivi e sociali. L'esempio classico è quello della *Medea* di Euripide la quale uccide i figli fuori dalla scena. Per i greci questa azione era senza dubbio insopportabile e in quanto tale non rappresentabile. Se si fosse rappresentata quella scena avremmo probabilmente avuto uno "scandalo", una rivelazione sconvolgente. I mostri individuali e nascosti sarebbero diventati di tutti. Parrebbe qui che l'oscenità rientri in una generale figura di "consapevolezza": è osceno ciò che ci apre gli occhi su qualcosa che avveniva sempre dietro la nostra scena cerebrale e sentimentale. In questo senso l'oscenità delle opere di Sade o di Lautréamont è l'epifania di particolari pulsioni interiori che qui non stiamo a elencare. Ma in questo senso la categoria se mai può essere tale dell'oscenità è una categoria praticabile in quanto percorso di consapevolezza, come ricerca oltre i confini imposti dalle regole sociali e forse anche individuali per approdare a qualcosa di diverso. Per andare a veder dietro, per ficcare il naso nel retropalco. Percorso pericolosissimo per i nervi di chiunque, ma anche praticabile come una sorta di dovere dell'artista in quanto tale. Quando scrissi *Altri libertini* usai spesso l'espressione: "scoprire i nervi della mia generazione". Mi sembra ora che il significato di questa espressione occupi una zona semantica abbastanza prossima a quella occupata dalla parola "oscenità".

Ma esiste anche un lato nero o tenebroso del concetto di oscenità: è quello del disvelamento fine a se stesso, del commercio del disvelamento, la pubblicità deve andar oltre senza i dovuti passi iniziatici e preparatori. Faccio un esempio: una delle fotografie più raccapriccianti e oscene che abbia mai vissuto come tali è quella relativa all'assassinio del fratello di Patrizio Ped, Roberto. Figuriamoci quando si è saputo dell'esistenza di un filmato su quell'omicidio, e quando qualcuno avrebbe voluto trasmetterlo per televisione.

Qualora io avessi assistito a quella trasmissione avrei provato su di me la devastazione dell'osceno, per questo non l'avrei mai guardata. Voglio dire che ritengo osceno fare di un fatto privato un'occasione pubblica reificata, immessa in un circuito di segni equivalenti e livellati. È oscena la pratica indiscriminata di questa consapevolezza. Far leva sulle emozioni solamente per scombinare i cervelli e i nervi. Questa è Oscenità.

È per tutto questo che dico che l'oscenità è il terzo occhio. L'oscenità è la presenza di un occhio che non c'entra nulla con il contesto, un Occhio scaraventato lì senza preparazione, forse senza sentimento, un occhio malevolmente curioso, un occhio cinico e non umano. Ogniqualvolta ci si sente a disagio poiché ci si rende conto di essere questo terzo Occhio ecco lì c'è oscenità, lì c'è l'impresentabile per noi che si è fatto presentabile. È per questo che l'oscenità è strettamente legata al voyeurismo più sfrenato. È per questo che oggi come oggi l'oscenità non ha più forse a che vedere con gli atti linguistici e non riguardanti la sfera sessuale dell'uomo, ma piuttosto con la morte che forse è l'unico tabù rimastoci.

E se pensiamo a quante di queste rappresentazioni della morte siamo obbligati a vedere allora ci rendiamo conto che sono i circuiti dell'informazione a produrre la gran massa di rappresentazioni oscene. Mentre qualsiasi opera d'arte accoglie il suo fruitore in un mondo che lo prepara a successive rivelazioni, i giornali e i video invece scaraventano la follia del quotidiano così, un tanto all'ora. Se ancora si deve parlare di oscenità credo sia impossibile non riferirsi a questo fatto per cui invece nessuno protesta e tutti stanno zitti e buoni. Salvo scagliarsi contro certi filmetti o certi romanzi che in quanto tali operano a livelli di qualità molto differenti.

La prima edizione del libro contiene una nota finale, che poi verrà eliminata dallo scrittore stesso, sia nell'edizione economica di Feltrinelli, pubblicata nel 1987, sia dalle traduzioni francese e tedesca:

TITOLI DI CODA

L'Art Director ha suggerito, assistito, apostrofato e supervisionato; Alberto Arbasino ha tracciato poetiche da cinebrivido ne *L'Anonimo Lombardo*, Gianni Celati incantevoli trame in *Lunario del Paradiso*, Michail Bachtin ottimi, davvero ottimi trip sul Romanzo Polifonico. *Doctor Piffo* ha fornito gentilmente i testi di Wyatt, Drake, Cohen, Buckley, Reed, Glenmore, Cockburn anche per precedenti esibizioni letterarie; pure *Doctor Bloogie* e Miriam Verrini l'hanno fatto. Giovanni Boni, Nadia Pazzaglia, Lucia Vacchiano hanno mantenuto a whisky e cognac e Sip e grande affetto nelle fughe a Milano, Annalaura Crisigiovanni in quelle bolognesi, Giorgio Bonacini ha stupendamente fatto il tifo, anche Celestino Pantaleoni l'ha fatto con Grazia Veroni e Vanna Gelosini. La banda matta del *Simposio Differante* ha reso mondana e engagée la sopravvivenza a Correggio Emilia, l'hanno musicata i suonatori del *Giambattista Vico*, poi addolcita Fausta Casarini e Gualtiero Rocco Gualdi, astrologata Ginevra Tenerini, resa chiassosa e divertente gli amici della panchina e del *Covo Number Two* e di *Pace Agreste* e anche quelli che non devo nominare perché hanno lavoro fisso e obblighi sociali e non si possono sputtanare così per gioco letterario. La *Libreria del Teatro* di Reggio Emilia ha poi fornito volumi introvabili e letture a buon prezzo, la Regione Emilia Romagna invece la Scenografia, gli Arredi e il Guardaroba, associati Ente Turismo, Consorzi e Lega delle Osterie. Grazie a tutti quanti, grazie anche a chi non ricordo qui che ahimè lo spazio a nostra disposizione è terminato. Salute!

In una lettera inviata allo scrittore Alberto Arbasino, della quale tra le carte di Tondelli sono state trovate varie stesure, lo scrittore emiliano chiarisce l'importanza che ha avuto l'opera dello scrittore lombardo nella sua formazione. La copia della lettera qui trascritta non è datata, anche se dal contesto la sua stesura va fatta risalire al febbraio 1980:

Gentilissimo dott. Arbasino,
dispiace sinceramente che nell'articolo di lancio di *Altri libertini*, apparso sull'Espresso il 4 u.s. sia stata citata la sua opera con la solita leggerezza e vacuità che caratterizza questo modo barbaro di parlare di letteratura. Dispiace soprattutto il fatto, come ho saputo da un incontro con la Sig. Morino, che lei se ne sia seccato. Le scrivo quindi per chiarire la ragione di queste citazioni, almeno per ciò che mi riguarda.
Innanzitutto ho sempre tenuto a sottolineare nei brevi incontri con i cronisti che questo libro non nasce ovviamente dal nulla ma è stato maturato su alcuni testi di cui non ho mai nascosto il mio profondo innamoramento. Così quando ho mi hanno chiesto di citare una specie di "linea" o "tendenza" a cui mi sono rifatto ho sempre detto che tutto è partito dai racconti delle *Piccole vacanze* studiati attraverso la loro riflessione interna e cioè *L'Anonimo Lombardo*. Ho sempre creduto che bisognasse partire da lì, che per un giovane la migliore palestra fosse proprio l'esercizio di quelle incontenibili e lucidissime poetiche espresse nelle lettere dell'*Anonimo* e in un certo senso "dimostrate" in alcuni racconti delle *Piccole vacanze*: il trip della poetica del "sale sulla ferita", dell'andare dentro alle storie e alla realtà senza reticenze piccolo-borghesi; l'ossessione per un linguaggio reale e una comunicazione affettiva e cioè "inventare sulla pagina il SOUND del linguaggio parlato" che riporta naturalmente al grande blocco della *Letteratura Emotiva* di Céline o della *Literature of Power* di De Quincey; l'amore per le trame e l'intreccio e il "tutto raccontabile" (tu prova a sottoporre un qualsiasi racconto del

genere alla prova del fuoco, provati a riassumerlo...) il rispetto per l'autonomia dei personaggi fatti di sangue e vibrazioni e intensità intime ("personaggi che si ricordano") personaggi come scatto di linguaggio emotivo, come cortocircuito di sound, personaggi come produzione immediata e costante di linguaggio emotivo, personaggi come rapsodie di un linguaggio che si muove, personaggi come derive discorsive nella corrente fluxus del linguaggio, personaggi e azioni ritmiche, personaggi in sostanza come condensazione mobile della scrittura emotiva.

Tutto ciò l'ho imparato dall'*Anonimo*, studiandolo, riflettendoci, riscrivendolo, sezionandolo, divertendomi come un matto...

Cosa dire poi del "racconto" come scelta di scansione del testo, come migliore tempo della scrittura emotiva? Anche questo è tutto nelle dichiarazioni dell'"Anonimo".

Per questo mi sono sentito in dovere di citare nei "Titoli di coda" di *Altri libertini* il suo nome e quello del suo libro più bello (diciamo l'*Anonimo* del '59 così ci sono dentro tutti) in segno di riconoscenza e affetto e grande stima.

Così io per parte mia continuo a sbandierare questi suoi testi gridando come un matto che bisogna ripartire tutti da lì, da quello stacco col neorealismo manierato per recuperare una nuova idea di letteratura che in sostanza in quelle pagine è già del tutto anticipata. Per questo mi stupisco di come anche critici avveduti non vadano al di là di una corretta stima per i libri che lei ha scritto, intorno al '55, quando nascevo io. Io dico che invece un po' di serietà e studio e apprendistato in quelle palestre farebbe girare il cervello a tutti un po' meglio, anche a questi che citando il suo nome non ne hanno capito assolutamente il perché

A interessare i critici, più che l'aspetto letterario, è il fatto sociologico, quello stesso che descrive Natalia Aspesi in un'intervista allo scrittore su "La Repubblica" (9-10 marzo 1980): "Il libro ha già l'etichetta un po' enfatica di 'ritratto di una generazione', la sua, quella che ha attraversato il '77 e non ci si è fermata un momento, senza i rimpianti e le disperazioni e il rifiuto di chi, per questioni d'età, ha vissuto il '68". È anche l'unico motivo d'interesse che ritrova nel libro, sul quale, tra l'altro, ha molte riserve, Giampaolo Martelli ("Il Giornale", 10 febbraio 1980): "Comunque alla fine della scorribanda narrativa, una cosa è chiara: e cioè che 'i libertini' di Tondelli, ex movimentisti e freakettoni, sballati ed hippies in ritardo, sono emiliani di nascita ma la loro *kultur* è americana e per vivere negli *States* darebbero chissà che cosa. Forse il vero 'scandalo' del libro è questo: constatare che dopo il '68 e il '77 a parlare a questi ragazzi 'in paranoia' che non credono più nella Rivoluzione, ripiegati in se stessi e delusi di tutto è rimasta soltanto l'America: un'America contraddittoria e permissiva, caotica e amara, violenta e sotterranea ma che ai loro occhi appare viva. Già la riscoperta del rock ha questo significato".

Per Mario Spinella ("L'Unità", 10 aprile 1980), in Tondelli non c'è il rischio del "piangersi addosso" e ciò rende ancor più autentico il ritratto generazionale affrescato nel libro. Infatti "il ritaglio d'Italia – e d'Europa – che Tondelli trae a propria materia fa parte semplicemente, dell'esistente, giustapposti ma insieme l'uno all'altro 'organici' che caratterizzano l'odierna società nei Paesi a maggior sviluppo capitalistico. [...] Vi è da chiedersi quanto questa realtà sia stata riconosciuta al livello della coscienza diffusa; ma soprattutto vi è da chiedersi di quanto se ne siano rese conto – analiticamente, scientificamente – le grandi istituzioni politiche, culturali, sindacali della sinistra italiana. I ragazzi rappresentati da Tondelli non sono certo la regola; ma neanche, ormai, l'eccezione: sono nella nostra società, nella nostra cultura, e ne esprimono una delle caratteristiche da considerare – almeno a medio termine – emergenti". Massimo D'Alema, su "L'Espresso" (10 febbraio 1980), dopo aver notato che "vengono fuori con forza i tratti più significativi della esperienza e della 'cultura' della nuova generazione o almeno di una parte di essa" propone un'altra chiave di lettura: "*Altri libertini* è un libro 'politico'. Se non altro perché l'esperienza giovanile che racconta svela una 'mancanza' di politica o, se si preferisce, una crisi della politica". È un dato che rileva, a distanza, anche Enrico Palandri in "Panta", n. 9 (1992): "Già insomma nel modo in cui erano letti dalla critica, i libri di Tondelli venivano spinti verso il fenomeno sociale o mediale cui si potevano avvicinare e non per i libri che erano, capaci di sopravvivere all'interesse cronachistico per quel mondo e di continuare a raccontare i propri temi".

Proprio in questa chiave "sociologica" può essere interpretata anche la continua messa a confronto del libro d'esordio di Tondelli con quello di Enrico Palandri, *Boccalone*. Sottolinea Vittorio Borelli sul "Secolo XIX" (5 marzo 1980): "Come Palandri, anche Tondelli scrive avendo come sfondo l'Emilia Romagna. Ciò non è privo di significato se si pensa che questa regione rappresenta probabilmente l'emblema del conflitto (non soltanto materiale) tra le cosiddette 'due società', tra garantiti e non garantiti. Da un lato, insomma, una popolazione culturalmente omogenea, toccata meno di altre dagli effetti della crisi italiana (disoccupazione, sottoccupazione, mancanza di case e infrastrutture, eccetera); dall'altro una generazione in cui predomina la figura dello studente proletarizzato, ghettizzato nella città universitaria di Bologna piuttosto che nei nuovi ghetti di Reggio e Modena, tanto insicura del proprio futuro, quanto fatalisticamente aggressiva rispetto al proprio presente".

Anche Gianfranco Bettin, su "Ombre Rosse" del luglio 1980, sembra certo del fatto che "un paragone col *Boccalone* di Enrico Palandri sia quasi d'obbligo e diremo subito che *Altri libertini*, ancorché bene architettato, ci rende diffidenti, ci piace di meno". Le riserve di Bettin sono relative a una presunta "furbizia" editoriale del giovane Tondelli: "In *Boccalone* una storia 'personale' e uno sfondo politico e sociale complesso si trasformavano con intelligenza e leggerezza poetica, in esperienza letteraria. Qui si ha invece l'impressione di assistere a un freddo esercizio narrativo dove situazioni e personaggi, più o meno sempre uguali, vengono mescolati e alternati – appunto – con abilità e dove i drammi – alcuni drammi – di una generazione diventano materia per sapienti operazioni letterarie, argomento di *best seller* di stagione".

Un'intuizione importante è quella di Elvio Facchinelli ("L'Espresso", 10 febbraio 1980), il quale sottolinea la rottura che scrittori come Tondelli e Palandri operano con la tradizione letteraria: "Questi giovani che scrivono, pur avendo un'attenzione a volte straordinaria per il linguaggio non si considerano scrittori nel senso di una vocazione o di un destino. Non si iscrivono in una tradizione riconosciuta, con una posizione da conquistare o, peggio, una carriera da percorrere. Essi si sentono o si vogliono estranei rispetto alla più comune realtà italiana, quella che occupa gli schermi televisivi e le pagine dei quotidiani. Questa realtà è per loro un labirinto senza uscita e anche senza interesse. Rispetto a esso, sono dei latitanti…; non si propongono né di abbatterlo, né di percorrerlo: lo abbandonano. Ecco perché tra loro è così frequente e persino banale, negli scritti e nella vita, l'incrocio con altre lingue e altri paesi".

In un testo raccolto da Claudio Kaufmann e pubblicato su

"Lotta continua" (13 marzo 1980) con il titolo "Cerchiamoci, sentiamo i nostri corpi", Tondelli precisa anche il suo rapporto con la dimensione politica o il suo modo di intendere un discorso generazionale soprattutto a livello esistenziale:

Il fatto è questo: ho sempre scritto, cominciando a sedici anni con il solito romanzo sull'adolescente frustrato. Poi smisi, fino al '78, quando mi riproposi di scrivere un grosso romanzo, un volume di quattrocento pagine, un linguaggio ricercato, con anche delle pretese strutturali notevoli e portai tutto quanto con sicurezza alla Feltrinelli, ma il libro non piacque. Mi venne detto di togliere, di tagliare, utilizzare le sequenze minori quali per esempio dell'inseguimento in macchina che ho poi utilizzato per *Altri libertini*. E in effetti, tenendo conto di questo inseguimento, di un'azione molto veloce, ho scritto gli altri episodi di *Altri libertini*, in fondo per dare più impulso al precedente libro. Se ho una definizione per questo romanzo a episodi? Penso che sia un libro che appartiene alla cosiddetta letteratura "emotiva" [Si veda nel secondo volume lo scritto *Colpo d'oppio*, nella sezione "Il mestiere di scrittore", in cui Tondelli spiega il valore di questa poetica, N.d.C.] che si basa soprattutto sulla lettura e lo studio di Céline, del primo Arbasino, di Baldwin e di tutta la letteratura dura e violenta: da William Burroughs a Richard Price o anche uno Selby, diciamo una specie di narrativa drammatica che si basa molto sull'azione, sull'intrigo, sul personaggio, quindi un libro tutto raccontabile che si può riassumere a voce e che nella voce trova una sua dimensione di scrittura. Un libro parlato? Sì, se vuoi, quello che Arbasino chiama il "sound del linguaggio parlato" e anche quello veniva tutto dal Céline dei *Colloqui col professor Y.*
Il ringraziamento a Bachtin? Come intenderlo? Diciamo che Bachtin mi è servito soprattutto dal punto di vista del discorso, del linguaggio. Mi ha aiutato lo studio sia della parola dialogica che della struttura polifonica del romanzo, anzi direi che sono un po' alla base del romanzo. Come la chiacchierata di Dostoevskji. In parte diciamo che il polifonismo è anche quando ogni personaggio e ogni azione minima all'interno del romanzo ha una sua autonomia, per cui interagire con gli altri punti di vista del racconto, ma appunto conservando una sua piena autonomia. Pen-

so al romanzo epistolare in cui ogni personaggio ha la sua voce e la sua espressione diretta che è la sua lettera, cioè parla in prima persona, tra l'altro ho fatto la tesi sulla letteratura epistolare e anche questo mi è servito. Ho potuto tenere conto di una visione per cui ogni personaggio è dotato di una sua autonomia, per cui questi racconti di *Altri libertini* sono costruiti come delle visioni stereoscopiche di uno stesso avvenimento. Si può per esempio immaginare una storia, il momento in cui a un incrocio passano delle macchine: seguire le storie ripetitive e diverse di questi personaggi che non si incrociano; io ho cercato di mettere in cortocircuito questi rimandi interni dei racconti e per questo ho parlato di polifonismo.

Ma non è un libro sul movimento. Non c'è alcun movimento che si "parli addosso". È vero, i riferimenti al nuovo *Boccalone* sono solo il frutto dei giornali. *Altri libertini* è nato come un progetto letterario abbastanza definito, con un riaggancio a un genere letterario preciso: gli autori che citavo prima, che ho quasi sempre tenuti presenti. È chiaro che potrei aggiungere molti altri nomi, ma appunto, nulla di… spontaneo, scritto di getto, al contrario piuttosto ragionato e limitato in successive stesure.

Se ho voluto costruire dei personaggi "veri"? Certamente non nel senso di un libro neorealista; diciamo che sono personaggi e azioni che si possono considerare pseudoreali, anche se assorbiti da questo linguaggio molto forte, da questi giochi di parole, da gesti ricavati dal fumetto: gasp, gulp, il tutto piuttosto elaborato. Non sono un narratore selvaggio, volevo costruire un romanzo, niente avanguardia, se è lecito parlare così.

Questo libro è scritto da un isolato, non mi sono mai riconosciuto in grandi spostamenti rivoluzionari. Ho sempre vissuto certe storie in modo laterale, nel senso di stare ai bordi. Questo libro non è a rigore un libro politico, né un libro sulle esperienze del Movimento. Dalle mie parti, a Correggio, non è mai esistito il Movimento, le esperienze del Movimento sono sempre state vissute da un punto di vista culturale. È chiaro poi che certi personaggi sono espressione di ciò che storicamente è stato Movimento. Penso ai collettivi omosessuali, alle radio libere ecc. Però ci sono anche altri episodi come per esempio quello che dà il titolo al libro, *Altri libertini* che con il Movimento c'entra poco o niente. O l'ultimo episodio *Autobahn*, quindi per favore niente "opera interna al Movimento". È semplicemente un libro che assume in generale della realtà giovanile alcuni aspetti. I due protagonisti del primo racconto, i due eroinomani, potrebbero per assurdo essere parafascisti. A me interessavano certi vissuti e un certo tessuto sociale. Ma senza precisi riferimenti politici. C'è un giudizio morale o identificazione? Diciamo che c'è in me un senso di appartenenza a un progetto comune, però lo volevo solamente descrivere. In questo senso non è una testimonianza. È bene o male un prodotto colto, il cui messaggio è quello che proviene direttamente dalla realtà. Per cui se c'è denuncia, se c'è politica, c'è anche *Autobahn* che ha più che altro una dimensione esistenziale, condizione umana tout court... certo nell'aspirazione, come dice il protagonista, del "cerchiamoci, sentiamo i nostri odori", ma al di fuori di qualsiasi progetto ideologico.

Anche quando parlo, in copertina, di intervento generazionale credo di aver preso le punte più significative; per esempio la ricerca del protagonista di *Viaggio*, di questa sua sessualità che lo faccia stare finalmente bene, di rapporti che lo facciano crescere. Questo vale per un omosessuale come per un eterosessuale; ciò che io volevo era produrre un'identificazione con i personaggi, mi interessava che qualcuno si identificasse con la ricerca di questo giovane omosessuale, perché si coglieva nella sua condizione un aspetto di completa emarginazione, di bastonato dalla vita. In questo senso parlerei di punte estreme della condizione giovanile, ma solo in questo. Però questi discorsi non sono forse comuni a tutti?

Sul versante propriamente letterario a interessare in *Altri libertini* è la dirompenza del linguaggio. Ernesto Ferrero ("La Stampa", 28 marzo 1980) precisa: "Tondelli non è uno scrittore 'selvaggio' e l'interesse del libro non è soltanto documentario. Basti vedere la cura da castoro con cui manipola e ricicla materiali lessicali attinti un po' dovunque: pubblicità e fumetti, canzoni e radio, gerghi giovanili e detriti del più 'cassato' parlar quotidiano. La virulenza delle storie e il cromatismo linguistico non devono insomma trarre in inganno: quella di Tondelli resta una operazione letterata in cui il 'privato' è ben filtrato da una scaltra attrezzeria". Giuliano Gramigna ("Corriere della Sera",

24 febbraio 1980) invece svela i meccanismi di questa scrittura: "Scrive astuto quanto basta, adibendo gerghi colti e no, standard giovanilistici, aggiustamenti, perfino il 'bleach' e il 'crash' del fumetto, ma con ottimi scarti d'invenzione... Ha capito benissimo questo: che l'enorme, il confuso, il sovreccitato della vita giovanile qui investita, può essere effettivamente 'vissuto' nel libro solo mediante un atto di simbolizzazione grottesca ossia di linguaggio. Ma non per svuotarlo della sua intensità e realtà: la scrittura manca sempre di qualche cosa, ed è in tale mancare o venir meno che si pone essa stessa come esperienza autentica e contraddittoria". L'innovazione linguistica apre lo spazio anche per un dibattito che prende la forma di un dossier, "Nuovi linguaggi/Nuove scritture", curato da Roberto Antoni, Gianni Celati e Dario Fiori, pubblicato nel mensile "Musica 80" nel numero del novembre 1980, cui lo scrittore partecipa con un suo "manifesto letterario", *Colpo d'oppio*.

Nel novembre 1982 un critico, Alfredo Giuliani, su "La Repubblica", già decretava la fine del libro: "A un anno dal sequestro il tribunale di Mondovì, competente per via del luogo di stampa, assolveva il libro con una sentenza che è un piccolo saggio, informato e giudizioso, di sociologia letteraria: i giovani auto-emarginati della società di oggi vivono con questo stile. Ma intanto, ecco il punto che interessa noi lettori, *Altri libertini* appariva miseramente sfiorato. In fondo era fatto per durare una sola estate, quella del 1980, e il giudice istruttore di Mondovì non poteva restituirgliela". Lo potevano invece i lettori, annullando la previsione del critico, tanto che tredici anni dopo, Marco Belpoliti, attento conoscitore dell'utenza giovanile, in "L'Indice dei libri del mese", (febbraio 1993), scrive: "I libri di Tondelli, i primi, *Altri libertini* e *Pao Pao*, passano di mano in mano, sono letti dai giovani e dagli adolescenti, suscitano il culto dei trentenni".

Al di là del giudizio "a caldo", varie sono state le considerazioni critiche più ponderate, alcune pubblicate nel numero monografico dedicato all'autore dalla rivista "Panta", nel 1992. Per Giuseppe Bonura è un libro ancora vitale per "la felicità espressionistica, demenziale, rabbiosa e disperata" che contiene; per Filippo La Porta, "questa opera prima resta un documento simpatetico e autoindulgente di una generazione ('siamo una gran bella tribù') e di un periodo della nostra storia; e, nello stesso tempo, visto retrospettivamente alla luce dell'intero percorso narrativo del suo autore, assume ulteriori significati (soprattutto ci appare come espressione del suo incontenibile talento manieristico)"; per François Wahl, "pvt è stato l'unico a non aver scritto in quel periodo da ex combattente, narrando piuttosto dal proprio intimo, al presente, inventando, per giunta, perché di invenzione si tratta, la lingua che gli serviva per farlo. In tal modo, questi scritti hanno assunto, agli occhi della sua generazione, checché ne abbia pensato Arbasino, la stessa importanza attribuita dalla generazione precedente a *Fratelli d'Italia*, nei confronti del quale pvt ha comunque un debito che nasce dall'incapacità di trovare una lingua appropriata, sciolta e personale per raccontare l'amore".

Nel gennaio 1981, lavora a un soggetto cinematografico, tratto da un racconto di *Altri libertini*, condotto tra gag, ironia, divertimento e qualche ammicco al fumetto. È un Natale diverso quello che immagina Tondelli, con tutta una "fauna" di personaggi che si rincorrono senza mai trovarsi, giocando se stessi e i rapporti d'amicizia, tra "la cittadella universitaria" e "il paesotto". Il dattiloscritto del soggetto consta di 31 pagine, autografate e datate "Correggio, gennaio '81" alla fine della trentunesima pagina. In allegato troviamo due fogli iniziali che introducono, come un gioco divertito, una serie di domande, tese a evidenziare la natura del testo.

Sul primo foglio troviamo:

cos'è?

Sul secondo foglio invece:

Una favola natalizia?
Una storia d'amore?
Una passione diversa?
Un film musicale?
Una commedia libertina?
Una guerra di bande musicali?
Una vicenda corale?
Un ritratto di generazione?
Una "gaja" trama?
Un musical?
Una commedia rock?
Una dolce avventura dei sensi?
Un intrigante "sound" giovanile?
Un corto-circuito d'intrecci?

Una vicenda demenziale?
Uno sguardo impegnato e intellettuale?
Tanti amori romantici?
Tanti respiri sublimi?
Tanto voltaggio supersex?
. . . .
COS'È?

Sul terzo foglio viene rivelato il titolo del testo:

È
ALTRI LIBERTINI
(versione rock)

Il dattiloscritto è accompagnato anche da un elenco dei personaggi principali che agiscono nell'adattamento cinematografico:

ALTRI LIBERTINI
(versione rock)
PERSONAGGI PRINCIPALI
Altri libertini:

Miro
Annacarla
Ela
Tony (io-narrante)
Raffy

Le Splash:

Katy
Sylvia
Benny
Pia

Le Rock-Girls:

Cocaine
Trippy
Anfe

I Rock-Boys:

Guitarsex
. . . .
. . . .
. . . .

Le Ombre
ANDREA IL GRANLOMBARDO
e inoltre nel ruolo di se stessi:

Prof. Gianni Celati; Prof. Umberto Eco; Prof. Luciano An-
ceschi; Dott. Aldo Tagliaferri; Dott. Freak Antoni e altri.
Con la partecipazione straordinaria nel ruolo delle om-
bre di:
Lucio Dalla, Francesco Guccini, Augusto de I Nomadi,
Claudio Lolli.

Tondelli accompagna il soggetto con una scheda che, in
breve, lo presenta:

Norme per l'uso dell'adattamento cinematografico del
racconto ALTRI LIBERTINI dalla raccolta omonima, edito
da FELTRINELLI, gennaio 1980, pp. 145-76.
La nostra storia si svolge durante le festività di Natale e
di fineanno nella provincia emiliana.
I giovani protagonisti abitano in un paesotto al confine
fra la bassa del Po e la Via Emilia che li collega anche
idealmente al paesaggio lombardo, agli umori di una bor-
ghesia provinciale e ricca e culturalmente fervida.
La nostra storia sarà una piccola favola natalizia nel cuore di quella grande provincia italiana che è la pianura del
Po. E proprio perché dichiarerà fin dall'inizio il proprio
spazio, straccerà qualsiasi obiezione di provincialismo e
di ottusità e di chiusura mentale. Basterebbe guardare la
situazione culturale oggi in Italia per capire che, alle soglie degli anni ottanta, le uniche proposte nuove e fervide
e autentiche vengono appunto da lì, nella musica, nel fumetto, nella letteratura, nella poesia sperimentale.
Il film quindi parlerà anche, e a diversi livelli, del mito di
Bologna, di quello che ha significato e significa per tutta
la produzione culturale giovanile di questi tempi. Per
questo le scene iniziali, che si svolgono appunto in quella
cittadina universitaria e servono da presentazione dei
personaggi, prevedono tutte le facce di quella Bologna
creativa. Nel ruolo di se stessi, i professori reciteranno la
loro parodia, i nomi più prestigiosi dell'ambiente bolognese e nazionale; così come i cantautori dovrebbero essere interpretati dai cantautori bolognesi da Guccini a
Dalla a Lolli. Il film, assumerebbe così, a livello parodi-
co, un omaggio e un ritratto e farebbe la delizia di gran
parte del "nuovo-pubblico".
Ma restiamo al "tono generale" del film. Il "plot" consiste in una trovata molto semplice: l'arrivo di uno stranie-

ro, bello e affascinante, scatena l'esplosione di un libertinaggio amoroso a scoppio continuo in cui la varietà delle coppie si smista freneticamente anche con soluzioni inedite. In una situazione classica di commedia (in cui vengono pressoché rispettate, con sommo godimento narrativo, le unità aristoteliche) si innestano le vicende di due band musicali in perenne guerra fra di loro per il predominio del sound. Avranno la peggio in nome dei vecchi e mai dimenticati cantautori che rispuntano nella scena finale, quella della festa, in cui si sciolgono gli intrecci paralleli e le trame marginali come in un grande carosello.

Il film così presenterà vari e contraddittori frammenti dell'esperienza giovanile italiana di questi anni, assumendoli in quanto "occasioni di narrazione di divertimento", non assolutamente come elementi di una disquisizione sociologica o letteraria.

Ma gli occhi attenti sapranno ritrovare indizi e trabocchetti e "ficelles" assai godibili. Lo sforzo è quindi verso un prodotto che dia divertimento ai palati facili, occasione musicale ai rockettari, "pruderie" ai libertini, amabilità ai cinephiles e licenziosità agli intellettuali. Il che potrebbe essere un grande salto di qualità.

Dopo la pubblicazione del libro, nel corso degli anni, vi è una progressiva presa di posizione da parte dello scrittore, tesa a delineare una specie di distanza da *Altri libertini*, che non sta a significare certo un disconoscimento del romanzo d'esordio, bensì dell'ingiusta etichetta di "libertino" e quindi di una sovrapposizione tra i temi del libro e la sua persona. Già nella presentazione allo spettacolo teatrale tratto dal libro andato in scena prima al Teatro Asioli di Correggio, nel novembre 1985 e poi al Teatro Ariosto di Reggio Emilia, nel gennaio 1986, con la regia di Gian Franco Zanetti, il contributo alla scenografia del disegnatore di fumetti Igort, cui Tondelli ha collaborato all'adattamento, scrive:

SEI ANNI DOPO

I racconti di *Altri libertini* furono scritti con molta fretta, una prima volta, fra il dicembre del 1978 e la primavera del 1979, sia per dare impulso a un precedente romanzo che giaceva nella stessa casa editrice, sia per mettere in pratica, immediatamente, i fondamentali suggerimenti di Aldo Tagliaferri: molte descrizioni e molti ambienti, poco dialogo,

velocità e secchezza... Il tutto venne a inserirsi perfettamente nell'orizzonte di poetica di quegli anni, e cioè offrire un ritratto generazionale di modi di vita, linguaggi e gerghi della fauna giovanile degli anni settanta. Mi permisi
comunque di disobbedire in parte a quelle indicazioni solo
in *Postoristoro*, un racconto che doveva a suo modo bruciare una mia personalissima ossessione per il "tempo reale", l'atto unico, l'ambiente fisso (oltre a una disperante
passione per i "fuorilegge" di Selby jr e di John Rechy).
Scrivendo di quella maledetta notte in una stazione ferroviaria forse non mi rendevo conto di gettare già le basi di
una strutturazione drammatica e teatrale dell'intreccio
che, anni dopo, farà nascere un testo specificamente teatrale come *La notte della vittoria (Dinner Party)*.
L'operazione di Gian Franco Zanetti non è quindi arbi-
traria come potrebbe ritenere un occhio superficiale nel
considerare l'adattamento di un testo scritto per la pagina in pièce. È invece probabile che dalla prova del palcoscenico quello stesso racconto trovi una energia nuova e
una nuova validità nonostante il passare degli anni. È necessario inoltre aggiungere che nel *Postoristoro* teatrale
fanno una abbagliante e pertinente entrata in scena alcuni personaggi di un altro racconto, *Mimi e istrioni*, e questo credo confermi l'unità di ispirazione e di ambiente di
quel romanzo articolato in sei racconti diversi.
Lo spettacolo teatrale mantiene inalterato, riguardo al testo originale, anche il medesimo percorso di senso, il partire cioè dall'abiezione e dalla tragicità di quella notte in
una stazione per arrivare al grido di ritrovata vittoria del
personaggio in corsa sulla sua cinquecento verso il Nord.
E cioè lo scioglimento di quell'angoscia esistenziale in un
messaggio di speranza e di ottimismo, la voglia di libertà
e di affrancamento da un decennio per molti versi angosciante e angusto.
Ora non è qui questione di difendere l'operazione "*Altri
libertini* – in theater", dire se il povero panorama di nuove
proposte italiane per le scene avesse bisogno di questa
nuova iniezione di vitalità, di facce giovani, di musica. Si
potrà solamente prender atto che proprio in questi ultimi
mesi sta esprimendosi un rinnovato interesse per un riesa-
me critico degli anni settanta, una attenzione che da tempo richiedevamo su un decennio troppo a lungo crimina-

lizzato. *Altri libertini* partecipa di tutto questo essendo un testo basato sul linguaggio e sull'esperienza giovanile di quegli anni. E il fatto che ora, finalmente, si torni a pensare a quel periodo riascoltandone la musica, riproponendone le immagini, ricordando il grande fervore creativo di una intera generazione, può solo confermare positivamente – credo – il lavoro solitario di uno "smalltown boy" che ormai da sette anni non sono più io.

In una lettera del 1987, al critico e scrittore francese Angelo Rinaldi che ha appena recensito la traduzione di *Altri libertini*, scrive:

Caro Rinaldi,
devo assolutamente ringraziarti per la tua lettura di *Altri libertini* e per la benevolenza che continui a dimostrare nei confronti di questi miei testi dell'apprendistato letterario. Avrei voluto salutarti di persona, ma non credo verrò a Parigi. Sono abbastanza occupato da un nuovo libro e, d'altra parte, come si fa a parlare oggi di un testo scritto dieci anni fa? Io non sono più il ragazzo di *Altri libertini*, forse non lo sono mai stato se non attraverso il desiderio che ne avevo scrivendo. Ora sono una persona diversa. Si scrive un romanzo per dimenticare, risolvere, capire, sublimare. Poi ci si ritrova inchiodati per sempre a quello che si è scritto. E, quel che è più grave, ci si accorge di averlo inciso sul proprio corpo. Invecchiare, per uno scrittore, è proprio la scoperta di quanto il proprio corpo possa sopportare in scrittura.
Due anni fa, dopo il nostro incontro al Ritz di cui conservo un amabile e divertito ricordo (soprattutto per quella passeggiata "educativa" che tu avesti la bontà di farmi fare) lessi la *Dernière fête de l'Empire* e trovai il respiro della tua scrittura così "novecentesco", così "classico". Del tutto diverso da quanto io scrivevo allora.
Ora invece sto cercando anch'io di scoprire questa compostezza della scrittura. E *Rimini* è stato il primo passo. Ti prego, non essere crudele con quel romanzo. Ha un grande cuore, caldissimo, sanguinante (la storia di Londra). Io credo di non aver mai scritto niente di migliore. Scusami la lunghezza.
Ti saluto con stima e auguro al tuo *Les Roses de Pline* successo e fortuna.

Un'ulteriore precisazione in questo senso viene data nella rettifica a un articolo di Raffaella Finzi, pubblicato da "Panorama", che anticipa indiscrezioni sul progetto della rivista "Panta". La lettera dattiloscritta è datata "Milano, 7 novembre 1989":

> Nell'articolo *Carta paga* di Raffaella Finzi alcune righe dedicate al mio lavoro meritano quantomeno una precisazione. Non sono stato nominato da nessuno direttore di "Panta" poiché la rivista che uscirà il gennaio prossimo, non prevede una direzione tradizionale, ma dei coordinatori che per il primo numero sono, oltre a me, Elisabetta Rasy e Alain Elkann. Per questo lavoro nessuno di noi percepisce stipendi, ma un semplice e risibile rimborso spese. "Panta" non è assolutamente la versione italiana di "Granta". Ha un differente progetto editoriale (nel nostro caso tende a riunire la generazione degli scrittori trenta-quarantenni), una impostazione monografica o a tema, una "gestione" a rotazione che prevede vari responsabili. Se non si sa nulla di questa rivista perché affermare che "Granta" è più sofisticata? La signorina Finzi ha esaminato la carta su cui stampiamo, ha letto i racconti, l'editoriale, ha esaminato le riproduzioni fotografiche o l'impaginazione? Non vorrei dar troppo peso a quelle sciocche righe, ma tutto ciò sembra confermare una certa tendenza giornalistica a bruciare i progetti, le idee, prima ancora che siano state realizzate. Senza avere la pazienza di aspettare il prodotto finito. E per finire sul personale, cosa ha a che fare *Altri libertini* (di dieci anni fa) con "Panta"?
>
> La ringrazio se vorrà, a beneficio dei lettori e per una informazione più corretta, pubblicare queste righe. Cordialmente.

C'è anche la volontà di apporre delle modifiche al testo. Già indica questa necessità nel 1985 in un'intervista a Antonio Orlando pubblicata su "Rockstar":

> *Cosa ricordi di "Altri libertini"? Che impressione ti fa oggi, dopo cinque anni?*
> Ci sono molto affezionato ma lo vedo con grandissimo distacco, quasi in lontananza. Avrei voglia di rimetterci le mani sopra per renderlo più scorrevole, per cambiarlo un

po'. È un libro però che ha ancora molto da dire come mi conferma chi lo legge ora per la prima volta: lo trovano interessante e piacevole. Io invece sono un po' imbarazzato e lo trovo molto ingenuo. Però in questi anni non c'è nemmeno stato un esordio letterario dell'importanza di *Altri libertini*, un romanzo che era l'espressione di un mondo che veniva alla ribalta improvvisamente.

Ora forse sei una persona diversa.
Totalmente diversa. I libri poi quando si finiscono appartengono già a qualcuno che non è più l'autore, appartengono ai lettori, ai critici, forse alla letteratura.

Cosa cambieresti di "Altri libertini"?
Cambierei certi modi di intercalare come "cazzo", gravitano troppo nel testo. Ma questo è a posteriori: allora volevano esprimere un modo di scrivere violento e aggressivo, volevo sputare una certa realtà in faccia ai cosiddetti letterati.

Ma fino a che punto lo senti lontano?
Ti faccio un esempio: qualche settimana fa in treno, nel mio scompartimento c'era un tizio che leggeva *Altri libertini* e ho provato quasi un senso di vergogna, una sensazione di intimità strappata; forse perché con quel romanzo ho dato molto di me e oggi non ne ho più tanta voglia.

In una lettera non datata, al traduttore tedesco, Christoph Klimke, redatta comunque nel 1990, visti i riferimenti al primo numero della rivista "Panta", Tondelli scrive:

Caro Christoph,
ho ricevuto la tua lettera. Sono contento che "Panta" ti sia piaciuta. Nel *Viaggio a Grasse* avrai notato la presenza di Castor. Sono stato un po' rude con lui, ma i miei nervi erano tesissimi. Ora sto molto meglio.
Ho ricevuto anche la tua traduzione di *Altri libertini*. Purtroppo non posso riguardarla come ho fatto con quella francese. Posso però controllare i nomi emiliani e italiani e eventualmente segnalarti imperfezioni, ma così a prima vista mi sembra che tutto sia perfetto. Vorrei però togliere dalla traduzione sia la dedica, sia i "titoli di coda" come ho fatto per l'edizione francese.

Lo scrittore, negli ultimi mesi di vita, ha approntato una revisione parziale del testo tesa a evidenziare errori e a modificare situazioni linguistiche all'interno dei racconti. La sua preoccupazione era di ordine "morale" e quindi tesa a rendere meno violento l'impatto delle bestemmie presenti nel testo. Diceva che non servivano e che non era giusto. La correzione è avvenuta su una copia dell'edizione economica di *Altri libertini* (terza edizione: gennaio 1991) con matite blu e rosse. Tondelli ha rivisto i primi due racconti *Postoristoro* e *Viaggio* e ha modificato non sostanzialmente il testo, apportandovi precisazioni e cambiando il lessico soprattutto nel senso di variare, in alcuni casi, la bestemmia in turpiloquio. L'edizione del testo qui presentata, rispettando le volontà dell'autore, per quanto riguarda i primi due racconti, si adegua alle ultime correzioni apportate.

IL DIARIO DEL SOLDATO ACCI

(1981)

I testi qui raggruppati rappresentano un corpus narrativo unico, suddiviso in dieci episodi, così come erano stati scanditi originariamente in funzione della destinazione giornalistica. Infatti sono stati pubblicati settimanalmente dal 15 febbraio 1981 al 22 aprile 1981 in "Il Resto del Carlino" e in "La Nazione" e sono stati definiti da Claudio Altarocca ("Il Giorno", 10 maggio 1981) come "un diario in bilico tra Mash, i film di Altman, e Carlo Croccolo".

Lo scrittore aveva pensato anche a una riduzione televisiva della serie, mai realizzata e aveva scritto una presentazione interessante per capire il contesto del racconto, anche nella definizione della diversa ottica usata rispetto al romanzo *Pao Pao*, che affronta gli stessi temi:

> Qui sono riprodotte quelle dieci puntate che però non presentano uno svolgimento omogeneo né una precisa linea consequenziale né un epilogo cronologicamente esatto. Basti pensare che la maggior parte degli episodi si svolge durante il primo mese di naja e che la sbrigativa conclusione comporta un salto di parecchi mesi. Il tutto è imputabile, da un lato, alla scadenza settimanale della pubblicazione, scadenza irrinunciabile e che ha visto più volte, per ragioni di spazio, tagliare i pezzi o smembrare addirittura e, dall'altro, al fatto che i racconti sono stati scritti durante i miei ultimi mesi di servizio militare, fra costrizioni e impedimenti di ogni genere, per cui ci si è arrestati a dieci episodi non essendo più in grado il sottoscritto di tenere la mente e la fantasia, anche quelle in

servizio di leva. Per questo nonostante il successo che i racconti hanno avuto con soldati che correvano allo spaccio per comprare il giornale, nonne che li ritagliavano e li spedivano ai nipoti in divisa, bacheche di caserma che li hanno esposti, Acci è finito.

A distanza di qualche mese, a mente riposata anche da quella fatica in servizio di leva, da un lato, sto sistemando e riscrivendo quelle storie e tantissime nuove per riunirle in un agile volumetto e, dall'altro, le propongo come traccia di una serie di telefilm di breve durata che vede come protagonista appunto Acci, i suoi amici, e l'esercito d'Italia. La scansione nei tempi brevi del racconto permette una traduzione televisiva efficace e quasi naturale. È certo che queste dieci puntate devono solo servire a presentare l'atteggiamento narrativo del serial; la sua idea di fondo è quella di una commedia divertente, ironica, a volte drammatica, a volte satirica, recitata da un gruppo di giovani di diversa estrazione sociale e di differente esperienza che però si ritrovano uniti in quei dodici mesi a confronto con un'istituzione e un mondo completamente a sé stante e separato. Nessun atteggiamento vittimistico, quindi: solamente dei "racconti naturali" in cui la reazione del pubblico viene sollecitata con la risata, il divertimento, la satira e anche la commozione.

È un tema quello della vita militare che interessa particolarmente lo scrittore in questo periodo, visto che scrive anche le sceneggiature per una serie di fumetti sul tema, che vengono pubblicati dall'"Intrepido".

PAO PAO
(1982)

Il titolo del secondo romanzo gioca sulla sigla PAO che sta per "Picchetto Armato Ordinario" e già ne indica il contenuto: la descrizione di quel "rito di passaggio" che è la caserma. L'autore definisce il romanzo come la "storia di un servizio militare 'diverso'" e come "il tentativo di fare un romanzo sentimentale su un gruppo di giovani usando uno stile ritmico e rock, fatto di impennate romantiche, di riflessioni, di improvvise accelerazioni".

Rispetto alla struttura del libro, in un'intervista a Giovanni Tesio (*M'è sembrato di capire com'è la felicità*, "La Stampa", 15 gennaio 1982) così chiarisce le scelte e mette in evidenza le differenze rispetto al libro d'esordio:

> Per *Altri libertini* l'ossessione era il linguaggio parlato, fare romanzo usando il gergo. In *Pao Pao* mi ha interessato di più il ritmo della parola, dell'oggetto. Tutto viene assorbito nel ritmo di una grande chiacchierata, con cadute e tensioni, accelerazioni e frenate. È il ritmo il vero tema di *Pao Pao*.
>
> Certo c'è alle mie spalle la lettura di Gadda, Arbasino, però più in generale c'è il linguaggio della letteratura selvaggia, emarginata, c'è l'assunzione di veri strati linguistici. Quello che in ogni caso mi interessa non è fare scelte ideologiche, ma, ripeto, cercare un ritmo. Tutto questo è implicito nella mia formazione bolognese, nella mia adesione al "movimento", nei gusti della mia generazione. Ma oggi mi muovo in altra direzione. *Altri libertini* e *Pao Pao* sono già un mio passato. Ora mi muovo verso la fiction, verso le trame.

Sul rapporto tra scrittura e musica in *Pao Pao* parla diffusamente in un'intervista pubblicata su "Ciao2001" (3 gennaio 1983):

> *In che percentuale "Pao Pao" è autobiografico?*
> Grande percentuale. Gli stimoli di fondo, le situazioni, i personaggi sono quelli veri e reali della mia esperienza di soldato, naturalmente rivisti in parte dalla fantasia e quindi qualcosa è enfatizzato e qualcosa smussato.
>
> *Di solito quando ci si congeda l'unico desiderio è quello di dimenticare tutto. Tu invece hai scritto un libro...*
> Dopo qualsiasi esperienza rimane qualcosa dentro, è inevitabile. A me del militare sono rimasti degli affetti importanti che ti accompagnano anche dopo...
>
> *A me non sono rimasti...*
> Be', dipende da come si affronta questa esperienza. La cosa migliore è sempre dimenticarsi di quello che si è fatto prima di vestire la divisa e affrontare la nuova avventura trovando sollievo magari con una tela di rapporti che scopri giorno dopo giorno.
>
> *Questo però è il senno di poi. Quando ci si trova dentro tutto è un po' diverso. I primi giorni sono tragici...*
> Sì, certo, infatti solo quando ho finito la naja ho pensato alla possibilità incredibile che è il militare – mettere insieme centinaia di ragazzi in uno stesso spazio ristretto, ragazzi che vengono da esperienze e situazioni diverse. Io ho analizzato i rapporti di alleanza che abitualmente si instaurano.
>
> *Da questa analisi sono esclusi i superiori e anche il nonnismo è appena sfiorato...*
> C'è solo una scena, piuttosto violenta, dedicata al nonnismo. I superiori si sa che esistono e che ci si deve scontrare come si fa abitualmente con il capoufficio o il professore. Anche loro fanno il loro mestiere dopotutto. Marco Bellocchio ha fatto un film su questi rapporti, *Marcia trionfale*. A me invece interessava studiare il rapporto tra pari grado, tra chi è nella stessa barca ed è costretto a vivere senza vita privata.
>
> *Nel tuo romanzo parli dei Clash come della colonna sonora del tuo anno in divisa...*

Sì, in effetti i Clash mi hanno accompagnato per tutta la naja. Ho rischiato moltissimo per andare a sentirli a Bologna, nel 1980, quando sono venuti per la prima volta in Italia.

Altre musiche?
Moltissime. Ricordo con molto piacere una canzone che mi sembrava bellissima (mentre invece è orribile): *Luna* di Gianni Togni, che però allora caricavo di tanti significati.

Di solito in caserma si scontrano oltre alle culture anche i gusti musicali...
Soprattutto la sera. Ci sono i napoletani con *Malafemmina* e *'O Zappatore*; ci sono quelli dell'Heavy Metal e della musica classica – anche questo è un modo per salvare la propria individualità in un mondo che non ti permette una vita privata nemmeno ai gabinetti.

Adesso cosa ascolti?
Di tutto. In particolare i Tuxedo-Moon, mi piace quel loro blues galattico; poi della roba di Berlino, che mi hanno portato alcuni amici, ma che non ricordo perché hanno dei nomi impronunciabili. Un po' di Mahler. Sento musica in continuazione e lavoro sempre con della musica in sottofondo.

Si direbbe che tu voglia immergerti nella musica...
Cerco anche di realizzare una scrittura musicale, quasi cantata. In *Pao Pao* più che in *Altri libertini* c'è questo tentativo con alcune parti addirittura in rima.

È lo stesso Tondelli, in un articolo del 1984, *Post Pao Pao*, riproposto in *L'abbandono*, a fare il punto sulle posizioni critiche relative al suo secondo romanzo: "*Pao Pao* è stato legittimamente letto dalla critica come romanzo sentimentale, romanzetto rosa, romanzino giovanile, romanza d'amore, racconto della memoria, diario intimo, 'testo epistolare', barzelletta da caserma, confessione, chiacchierata e sbrodolata; dico 'legittimamente' perché nessuno può detenere il 'senso' di un romanzo, tanto meno chi lo scrive". Un giudizio riassunto anche da Roberto Cantini che ne parla su "Epoca" (21 gennaio 1983): "È un romanzo leggero e vivace, una narrazione di 'storie' in cui il brio e la freschezza non ottundono pedali più forti. Insomma *Pao Pao* è un libro prorompente di vitalità e di effusioni sentimentali, ma dove esistono anche penombre, zone oscure e meno malleabili".

Tre sono i punti di interesse che vengono ritrovati nel libro. Si continua sul versante dell'indagine sociologica. Sandro Medici sul "Manifesto" sottolinea: "Dalla sua autobiografia viene fuori un'immagine dell'universo militare, e in esso della vita del soldato di leva, assolutamente edificante. Dove tutto è descritto senza profondità critica di campo e senza sofferenza, considerando che l'impatto con l'istituzione è per tutti i giovani un non lieve trauma. In particolare per un omosessuale, verso cui la caserma è, per sua natura, fonte di dramma, di antagonismo violento. È invece, per Tondelli, un anno di destrutturazione fisico-psicologica, solo un prolungamento, apparentemente ancora più soave, dei suoi venticinque anni... Niente di male per un'esperienza militare come quella di *Pao Pao*, solo insufficientemente attendibile. O meglio, di parte".

Felice Piemontese sul "Mattino" (5 novembre 1982) insiste: "Il libro ha una indubbia efficacia documentaria e socio-antropologica sui giovani d'oggi di cui qui viene presentato almeno un campione significativo (e su questo qualcuno potrà storcere il naso). Ma, insomma, la Caserma di Tondelli è proprio quella in cui, se arrivano le Brigate Rosse o un qualsiasi altro nemico, hanno tutto il tempo di smontarsela pezzo per pezzo e portarsela via indisturbati".

La questione del linguaggio è però sempre aperta e emerge nelle varie letture critiche. Vi si sofferma Walter Pedullà: "*Pao Pao* è il romanzo di uno che non si perde un attimo di vita purché questa sia capace di suscitare un suo effetto. Questa scrittura teme l'immobilità come morte e quindi si dà da fare per spingere sfrenatamente ogni periodo e per fargli accelerare il ritmo sino all'affanno o alla rottura. Questa prosa va quasi sempre in quarta e stridono forte i freni con le chiuse su cui il narratore tira un sospiro di sollievo e ammicca sornione".

Su questo versante indagano anche i due recensori dell'"Unità" (25 novembre 1982). Alberto Cadioli afferma: "L'interesse di *Pao Pao* è soprattutto in quella scrittura in continuo movimento, in continuo trapassare di tempi verbali, in lunghe sfilze di parole allineate, magari con rime interne e forte carica ironica. Una scrittura, dunque, che si fa essa stessa struttura narrativa". Alberto Rollo analizza invece la natura del linguaggio: "Ciò che tuttavia colpisce di più in questo romanzo – così distante dalle tentazioni della fiction story, così ingenuamente 'fuori-moda' – è il linguaggio. Ci si domanda, leggendo, come quella sorta di 'gestualizzazione linguistica' o gergo, che la miseria della 'creatività' dei tardi anni settanta ha prodotto, possa – per quanto depurato e diluito in un sicuro ordito sintattico – sostenere, come qui accade, l'arco di una storia senza ingenerare noia e fastidio. La verità è che quel 'gergo' non si offre più, in *Pao Pao*, come pura mimesi: il 'parlato' è molto spesso liberamente reinventato, si guarda parlare e lascia filtrare generosi spifferi di auto-ironia".

Una costante è il richiamo a una parentela arbasiniana. Sottolinea Renato Barilli su "La Stampa" (27 novembre 1982): "Per questo verso, essi si avvicinano al livello dei personaggi di Arbasino, capaci di continue sbornie culturali e citazioniste, ma se ne distaccano per non allontanarsi troppo dalle certezze corporali (e in questo pagano il dovuto riconoscimento a Kerouac oltre che a Céline). Certezze, impellenze corporali che vengono alimentate senza tregua da due grandi risorse: la droga e l'amore; e anche a loro proposito continua quella difficile ricerca di equilibrio intermedio: la droga, sconosciuta ai fatui e mondani eroi di Arbasino, inserisce dramma, potenza, intensità, senza tuttavia raggiungere le proporzioni mitiche care alla *beat generation*".

Insiste anche Alfredo Giuliani, con qualche riserva, su "La Repubblica" (10 novembre 1982): "Il modo di raccontare, artificiosamente casuale, fa pensare spesso a un Arbasino tirato giù nel gergo giovanile e infiacchito dallo stereotipo. A nostro avviso Tondelli commette un errore: prende sul serio quel gergo per scherzare. *Pao Pao* trascina via le sue pagine in una comoda deriva".

Da par suo Alberto Arbasino interviene sul libro ("L'Espresso", 5 dicembre 1982): "Di gai gallinamenti è fatto anche questo romanzino *Pao Pao* dove Pier Vittorio Tondelli narra il suo vivace servizio militare appunto a Orvieto e poi a Roma. Appartiene a quella narrativa di documentazione e testimonianza che secondo E.M. Forster ci illustra le interessanti caratteristiche di un certo gruppo o ambiente sociale, gli antiquari o i salumieri o i genovesi. È scritto col piglio autobiografico-torrenziale dei traduttori già di Henry Miller, poi di Bukowski… Questo significa però scrittura corporale di getto, con tanti riferimenti a fatti e a tipi mai presentati o spiegati, ma buttati e ripresi, restando (anche se "cotti e mangiati") privati e intimi. Soprattutto, innumerevoli ammicchi a grandi e irripetibili disordini possibili solo in certe privilegiate stazioni della disseminazione dell'innamoramento".

Pollice verso invece da parte di Goffredo Fofi che non ama
gli scrittori, allora emergenti. Così accomuna De Carlo e Tondelli: l'uno "ondeggia tra la freddezza pop e lo sperimentalismo
poco spontaneo, fastidioso"; l'altro gli pare "tirato via, ma di indubbia e un po' menefreghistica allegria". Conclude: "I giovani
sono rari e insicuri; e ci sembrano un po' troppo supini nei confronti delle mode e del mercato. Ma forse in giro ce n'è di migliori che non trovano ancora spazio e attenzione perché meno
ligi a mode e conventicole di mercato". Romano Luperini
("Quotidiano di Lecce", 9 gennaio 1983) si associa, proponendo un curioso, quanto improbabile confronto tra *Pao Pao* di
Tondelli e *Aracoeli* di Elsa Morante, usciti quasi in contemporanea: confronto tra generazioni diverse. Per Luperini, "Tondelli
appartiene a una generazione per cui la scomparsa del sublime
e il deperimento della letteratura sono addirittura scontati. Al
valore della letteratura questa generazione ha sostituito il valore
della vita, anzi del vissuto più quotidiano". Non basta: la debolezza dell'autore andrebbe ricercata proprio "nel suo ignorare
la durezza e lo spessore della vera ricerca letteraria, limitandosi
alla mimesi della vita".

Pao Pao è stato tradotto in Francia da Seuil nel 1985 da Nicole Sels, che accompagna il testo con una serie di note che aiutano
a chiarire alcuni riferimenti del romanzo ("Ho ricevuto il libro.
Ne ho letto alcune parti divertendomi molto soprattutto nel leggere le note della spigliatissima e ispirata traduttrice che spero di
ringraziare personalmente. L'edizione è molto divertente anche
nello strizzare l'occhio ai colori nazionali italiani", scrive Tondelli a François Wahl da Bologna, il 31 marzo 1985). Alcune
questioni e richieste di chiarimento su aspetti lessicali del testo
vengono sottoposte allo stesso scrittore che così risponde a
Wahl, in una lettera datata "Bologna, 9 novembre 1984":

> Caro Signor Wahl,
> sono francamente commosso dell'estrema attenzione che
> continua a riservare al mio lavoro e di questo la ringrazio
> tanto. Ho avuto occasione di vedere il catalogo che Seuil
> ha stampato in occasione della Fiera di Francoforte. La
> presentazione di *Pao Pao* mi sembra eccellente. Mi augu-
> ro che il libro incontri una certa attenzione in modo da
> ripagarla di quanto ha fatto e in modo da "glorificare" il
> faticoso lavoro della traduttrice Nicole Sels alla quale le
> chiedo di porgere i miei saluti e il mio grazie.

Veniamo al dunque:

1) *Magico Alverman* è un personaggio fantastico di un telefilm per ragazzi. È uno "gnomo" simpatico – che mi dicono interpretato appunto da Marty Feldmann – che risolve i problemi del suo principe con la magia. È un personaggio buffo che abita nelle caverne e che suona sempre il piffero come un "satiro". In lui convivono dunque un aspetto giocondo che lo apparenta ai buffoni di corte e un aspetto "demonico" (il suo essere un fauno, la sua magia) che lo rendono misterioso.

2) Il *Box* è la cassa in cui sono inseriti gli amplificatori del volume di un impianto stereo o di alta fedeltà. Solitamente sono due: i box. Qui sono montati sul furgoncino e Alverman sbatte la testa contro una di queste "casse".

3) Il termine "*Chira*" (plurale "*Chire*") sta a indicare nel gergo degli omosessuali del nord Italia appunto un omosessuale. È però un termine affettuoso e pare derivi dall'equivalente greco del termine "Signora". Questo grazie alle vacanze a Mikonos che tutti fanno.

4) *Bollini sul libretto*. Avete capito bene. Si tratta infatti di timbri universitari (da noi chiamati anche ufficialmente "bollini" cioè piccoli timbri) che attestano le frequenze annue e dunque l'iscrizione. Nei regolamenti goliardici infatti ha più potere chi ha più bollini segnati sul libretto universitario e quindi, in definitiva, chi è più vecchio. I bollini sono il simbolo dell'anzianità così come le stelle appuntate mese dopo mese sulla "stecca" (un semplice bastone) lo sono nella vita della caserma. Il personaggio in questione ha avuto tanti "bollini", ma non essendo riuscito a superare esami, a un certo punto ha dovuto svolgere il servizio militare. In Italia infatti si può chiedere il ritardo del servizio di leva per motivi di studio per un certo numero di anni (mi pare fino a ventotto anni) e a patto di sostenere un certo numero di esami. L'espressione che ho usato vuol dire che il personaggio non è stato un buon studente, ma un perdigiorno.

Spero di essere stato abbastanza chiaro e di aver risolto i vostri dubbi. Sinceramente mi spiace che anche voi, lei e Nicole Sels, stiate facendo il vostro *Pao* ma tutti sappiamo che presto scatterà l'ora del congedo. In attesa di quel bellissimo momento porgo i miei saluti.

DINNER PARTY

(1984-1986)

È l'unico testo teatrale scritto da Pier Vittorio Tondelli, anche se l'interesse verso il teatro è sempre stato presente nella sua attività. Lo dimostra una prima riduzione teatrale "giovanile" de *Il piccolo principe*, realizzata negli anni settanta e sulla quale lo scrittore aveva pensato di ritornare, con una nuova stesura, mai realizzata.

L'elaborazione di *Dinner Party*, anche se, inizialmente abbastanza rapida e dettata forse da una scommessa, come riferisce Paolo Landi ("Tondelli scrisse *Dinner Party* dopo *Pao Pao*, in un periodo di crisi e di ristrettezze economiche. Lo scrisse su mia istigazione insistente, lo finì lavorando tre giorni e tre notti senza sosta nella casa di via Fondazza a Bologna, per presentarlo nei termini stabiliti del concorso, al Premio Riccione-Ater, diretto da Franco Quadri, in "Panta", n. 9, 1993), non è certo stata facile e ha subito varie modifiche e non pochi ripensamenti da parte dell'autore.

Gli studi preparatori mettono in evidenza le oscillazioni del lavoro tondelliano, il suo accanimento sul testo e sulla scrittura. Tanto che lo scrittore sente il bisogno di riferire continuamente, anche attraverso i suoi personaggi (come avviene, del resto, in *Camere separate*), le difficoltà e forse anche l'ossessione di questo rapporto. Lo sta a dimostrare, nelle prime versioni, un monologo di Didi, alias Manfredi Oldofredi:

> DIDI: Odio il momento in cui devo cominciare un romanzo. È un'ipocrisia assoluta e detestabile. Che vuol dire che un romanzo inizia? L'inizio presuppone una spaccatura, una contrazione creativa forse di qualcosa che prima non

c'era. L'inizio di un romanzo è un momento assoluto, così crede la gente. E non sa che ogni romanzo è sempre già esistente nella testa del suo autore. Di più nei libri che ha letto e in quelli che non ha mai letto. Devo cominciare questo dannato romanzo ma, per me, è assurdo, poiché è già finito. So come andrà a finire, so tutto; ma non scrivendo, non so ancora niente. Perché devo cominciare se non esiste un inizio? Faccio un esempio. Ho circa otto modi, otto percorsi d'inizio di questo libro. Ogni percorso prevede da un minimo di cinque cartelle a un massimo di sessanta. Ho un inizio di romanzo di sessanta cartelle. Tu mi dirai che allora è già fatto, basta andare avanti. No, perché quelle sessanta pagine non iniziano un bel niente, perlomeno non il libro che ho in testa: portano da un'altra parte che non interessa più. Il problema dell'inizio è trovare quell'unico attacco giusto, attraverso il quale già intravedi la direttrice totale, che è quella che hai in testa. E questo non l'ho ancora trovato. Ci giro intorno; forse domani sarà la volta buona. Se trovo l'attacco, in venti giorni è fatta. Ma quel giorno non potrebbe venire mai. E io ci perderei la vita.

[Studi preparatori, versione A]

L'importanza data dall'autore a questo brano viene definita anche dalla collocazione che assume, nel primissimo dattiloscritto. Infatti è riportato, oltre che nel contesto teatrale, anche in una pagina sparsa, posta dopo le cartelle relative alla "trama". Si può quindi supporre che Tondelli volesse in qualche modo delineare non solo le tensioni dell'elaborazione narrativa, ma anche una sua condizione particolare di quel periodo, come rivela in un'intervista.

La datazione dei fogli delle prime stesure fa risalire ai primi mesi del 1984 l'inizio dell'elaborazione di *Dinner Party*. L'autore pensava di risolvere in tempi brevi una stesura di cui fosse soddisfatto, ma a essa giungerà solo dopo oltre un anno.

Tondelli ne parla con Marina Garbesi che lo intervista per le pagine bolognesi de "La Repubblica":

È una storia di trentenni, di una generazione a cui è difficile affibbiare delle etichette, un dramma un po' violento e un po' sofisticato. L'ho finita una settimana fa. Ci dovrò lavorare ancora un mese, ma sono soddisfatto. La commedia era un genere ancora inesplorato per me, e mi entusiasma.

Conto di metterla in scena a Firenze la prossima stagione... Ero bloccato su un nuovo romanzo [*Rimini*, N.d.C.], non riuscivo ad andare avanti, a trovare il finale giusto. Stranamente la liberazione è venuta pensando al teatro. *Dinner Party* l'ho scritta di getto. Due settimane di lavoro, giorno e notte. Il plot era quello di un mio vecchio racconto, che doveva diventare un romanzo e che, invece, s'è trasformato in una commedia originale, serrata.

L'intervista è pubblicata il 12 aprile 1984, per cui è possibile ipotizzare che Tondelli avesse terminato la stesura di *Dinner Party* nella prima settimana del mese. Il racconto cui fa riferimento è presumibilmente quello relativo all'iniziale progetto di *Un weekend postmoderno*, elaborato proprio tra il 1982 e il 1983, come riferiscono le datazioni effettuate dallo stesso Tondelli e di cui ha proposto tre frammenti, nella sezione omonima del libro.

Indicativo, come materiale di riferimento, risulta l'elaborato che lo scrittore definisce "Trama", una sorta di canovaccio iniziale, sul quale è stato poi strutturato il testo della commedia.

TRAMA

Didi è in casa, una domenica pomeriggio dell'estate romana. Suo fratello è andato all'aeroporto a ricevere Anselme [diventerà poi Tommy Trengrove, N.d.C.] di ritorno da un viaggio a Tokio. Per l'occasione in casa verrà dato un party. Questo party sarà l'occasione per far conoscere ad Anselme la nuova e più recente fiamma di Fredo, Giulia. Nel corso del pomeriggio si organizza il party e si confermano per telefono le presenze. Alberto non partecipa attivamente all'organizzazione. Se ne sta un po' in disparte, esce di casa, rientra. Il fatto è che la sua donna con cui ha una relazione da un paio di mesi sta diventando per lui un'ossessione, un amore bruciante. I fratelli lo capiscono e lo sfottono allegramente. Tuttavia vorrebbero conoscere questa donna misteriosa, che Alberto ha sempre tanto nascosto. (Il telefono squilla numerose volte e, se risponde Didi, nessuno parla...) La donna misteriosa si chiama Silvia [è il personaggio che prelude alla figura di Annie, N.d.C.]. Didi propone quindi ad Alberto di invitare questa ragazza. Alberto è poco convinto, dice che non sa se lei se la sentirà: non appartiene allo stesso ambiente, è una commessa, non verrà. Esce di casa. Tornano dall'aeroporto Anselme e Fredo. Nel frattempo li raggiunge lo stilista Beber [nelle successive versioni sarà una figura femminile, Mavie, N.d.C.], il loro amico e grande pettegolo, che riferisce di aver visto, un'ora prima, Alberto con una ragazzina, in stazione.

Intanto Fredo racconta ad Anselme di Giulia, del fatto che lei gli resiste e che questo lo eccita tremendamente.

Rientra Alberto, portando la notizia che la sua amica non può venire al party.

Beber e Fredo rimangono soli. Beber sotto la spinta della curiosità di Fredo racconta di aver visto Alberto a Milano con una ragazzina che non ha niente a che vedere con la descrizione che Alberto fa della sua Silvia. Ed era la stessa ragazza vista poc'anzi in stazione. In Fredo si fa largo il dubbio e poi il sospetto. Alla fine, mostra una foto di Giulia a Beber, e questi la riconosce come la compagna di Alberto. A questo punto si scatena la rabbia di Fredo, il senso di essere stato preso in giro da Alberto, dal suo figlioccio. Poi un'idea si fa largo nella sua mente, un'idea di vendetta. Intanto arrivano gli ospiti e, fra questi, Giulia. Lei e Alberto si comportano con amichevole freddezza, recitano benissimo il loro ruolo. Ritorna in scena Fredo con battute insinuanti: a Giulia prendono a tremare le gambe, ma Alberto la soccorre con destrezza. Rimasti per un attimo soli, Alberto e Giulia si baciano forsennatamente, si chiedono se Fredo ha capito della loro storia. Alberto tranquillizza Giulia. Ora sono tutti pronti per andare sulla terrazza a mangiare. Girano i cocktail, accompagnati da una musica di sottofondo. Poi la cameriera annuncia che il pranzo è servito. In quel momento, quando tutti sono ai loro posti, Fredo blocca i convitati che si affrettano a mangiare perché è suonato il campanello e con voce enfatica annuncia: "Cari amici, caro Alberto, è arrivata Silvia". (Fine del primo atto.)

L'attacco del secondo atto prevede la ripresa delle ultime battute del precedente. Adesso i personaggi sono visti da dietro poiché la scena si svolge nella veranda che sta alle spalle del salone. Gelo per l'entrata in scena della mitica Silvia. Alberto è a disagio, ma Anselme e Didi che nulla sospettano sono felicissimi e si complimentano per la sorpresa. Entra Silvia, una farfallona un po' sguaiata, che abbraccia Alberto, chiamandolo "Caro" e "Caruccio". Dopo qualche battuta comica, è la stessa Giulia che attacca una scenata nei confronti di Alberto. Allora Fredo scopre il gioco, dando centomila lire alla prostituta che ha istruito per il ruolo di Silvia e la congeda. Ma la puttana vuole restare a cena. Tra Fredo e Alberto si passa da un'accesa discussione alle parolacce e alla rissa. Fredo addirittura accusa Alberto di avergli rubato dei soldi per comprare eroina. Giulia chiede spiegazioni ad Alberto. Fredo rincara la dose, dicendo che Alberto è una vipera e un tossicomane, e che lui l'ha tolto dal marciapiede, facendolo diventare quello che è adesso, un fumettaro piuttosto conosciuto. Alberto si vede preso tra due fuochi: da un lato, Fredo e, dall'altro, Giulia, che gli chiede ossessivamente se sia vero che lui è un tossicomane. Alberto si difende parlando del suo amore per Giulia: dice che è vero, ma che lei l'ha tenuto lontano dalla polvere. Fredo torna alla carica mentre Didi ubriaco continua a urlare, eccitatissimo: "Sento il sangue, sento il suo puzzo e sono felice!".

Finisce che, dopo i cazzotti, Fredo esce dicendo che ne ha abbastanza di questo schifo. Alberto è a terra, Giulia lo soccorre, se ne vanno. A questo punto, la festa è finita.

Sono rimasti solo Didi e Anselme mentre forse si fa giorno. Anselme dice: "Vi ho lasciati come dei ragazzi felici e ora mi trovo in un nido di vipere. Com'è potuto succedere?". Didi continua a parlare, poi resta solo. Dall'ombra arriva una piccola figura vestita da coccinella; è lui, Didi, da bambino; poi ne arriva un'altra, ed è Fredo, bambino, vestito da volpe. Hanno portato lo "sciocchezzaio", un valigione che i due fratelli riempivano con tutte le cose, i souvenir, le curiosità che trovavano in quegli anni.

"Com'è potuto succedere?" Ma è successo. Il senso di tutto lo spettacolo è qui.

All'alba, torna in scena Fredo; si trovano lui, Didi e Anselme. Fredo parla dell'amore; Didi dice che forse era innamorato senza saperlo di Alberto, che lui lo ha sempre saputo, che quel suo tenersi quel figlioccio era una vera passione, che fare a gara per avere più donne era la forma suprema del masochismo amoroso di Fredo verso Alberto. Fredo incassa. "Cos'è questa voglia di tragedia?" Anselme dice la sua, poi se ne va. I due fratelli mettono un disco e ballano, sulle macerie.

[Studi preparatori, versione A]

Questo abbozzo narrativo evidenzia i caratteri del dattilo-scritto preparatorio e delle prime stesure: una scrittura molto veloce, "partecipata" e frenetica, e soprattutto una insistenza sul dramma e su temi ricorrenti nell'opera tondelliana; il gioco al massacro tra Didi e Alberto, per esempio, richiama a pagine coeve quali "Attraversamento dell'addio" (pubblicato ne *L'ab-bandono*), o alla sezione "londinese" di *Rimini*.

Le connessioni tra l'originale abbozzo di *Dinner Party* e il "romanzo" mai realizzato sugli anni ottanta, vengono precisate anche in un'intervista a Fulvio Panzeri del 1990:

> *Un weekend postmoderno* era per me il tentativo, poi ri-masto sulla carta, di fare un romanzo proprio traducen-do, trascrivendo le parlate di questi party. Praticamente dovevano essere cinque, sei, sette feste, una a Firenze, una a Bologna, una a Milano, una a Londra ecc., in cui si descriveva con una lingua molto cantata, quasi poema-tica, abbastanza strana, con i dialoghi inseriti senza virgo-lettature. Anche come leggibilità era molto forte.

Del resto alle pp. 178-79 di *Un weekend postmoderno* tro-viamo la descrizione dell'atmosfera frenetica che accompagna-va quei party. La citazione può diventare anche una chiave in-terpretativa del testo teatrale:

> Si esce di casa e si sale sulle auto con tutto un codazzo che sembriamo un corteo di nozze e i drink in mano, tanto per non smettere l'abitudine. Si arriva in galleria dopo aver percorso sensi unici e direzioni vietate, tutte però per-messe dalla nostra targa estera, e infilato i casseri e per-le, sui viali, come anelli, uno dietro l'altro. E lì, in galleria, è tutto un balletto e una frenesia di strizzate di mano e bacetti sul-le guance e pacche sulle spalle, che ci fanno subito sentire a nostro agio, e gente che non si vedeva da anni e invece ec-cola qui, con le solite squizierie di linguaggio e i soliti vezzi stralunati e solo i capelli un po' phonati.

Forse, più di qualsiasi altro testo tondelliano, *Dinner Party* rappresenta anche nella scelta dello svelamento di un "gioco al massacro" così manifesto, una sorta di "allontanamento da quegli anni", come Tondelli annota in *Weekend*, un pezzo del 1991 pubblicato alle pp. 230-31 de *L'abbandono*. Del resto i ri-ferimenti cronologici coincidono con l'inizio della stesura di *Dinner Party*:

Il "weekend postmoderno" capitò più o meno in quel periodo: un fine settimana della Bologna trend che, al pari di tanti altri, si annunciava con qualche festicciola, un salto in discoteca, l'inaugurazione di una mostra, amici di Roma e di Milano. E invece fu un trascorrere da un'emozione a un'altra come nessuno avrebbe immaginato: una contestazione punk alla sfilata di moda organizzata il venerdì da un amico fiorentino, con lanci di uova e verdure marce e i riflettori e le lampadine che scoppiavano centrate dai sassi come a un tiro a segno; una nottata nel Bronx di Borgo Panigale, con ritmi afro e Talking Heads e molti beveraggi. Poi gallerie d'arte e graffitisti e un conclusivo omicidio domenicale, come nei migliori weekend di Agatha Christie.

Per me, gli anni ottanta finirono già lì, nel 1983, durante quel fine settimana dove, sotto l'apparenza di una fiesta mobile di ragazzi allegri, e anche scatenati, si rivelarono la follia dei rapporti, l'eccesso di certi riti e anche la paura. Dopo fu solamente il momento dell'osservazione e della riflessione, del lavoro sul materiale più o meno autobiografico.

Nell'indicare le versioni delle sue opere da ritenersi definitive, in relazione al testo teatrale *Dinner Party*, Pier Vittorio Tondelli ha lasciato la strada aperta; nell'impossibilità di recuperare le molte stesure via via elaborate, ha demandato la scelta al curatore del suo archivio letterario. Un compito impervio, a cui si è fatto fronte dopo un'analisi globale del materiale a disposizione, senza tradire quello che poteva essere il centro dell'elaborazione tondelliana.

Unico punto fermo stabilito dall'autore è il titolo definitivo di *Dinner Party*, con cui comunemente il testo era conosciuto, anche se la versione premiata a Riccione era intitolata *La notte della vittoria*, e "Dinner Party" compariva solo, tra parentesi, come sottotitolo. L'analisi dei dattiloscritti ha messo in evidenza una lunga sequela di titoli, a partire dall'iniziale "Premio Strega", sostituito, in altre versioni, con indicazioni a matita, da "Segnali di guerra", da "Casi come questi...", da "Finali di partita" (titolo con cui la pièce teatrale veniva registrata nel contratto firmato con la casa editrice Bompiani), fino al citato "La notte della vittoria"; tuttavia la maggior parte delle versioni viene denominata *Dinner Party*. È un titolo che probabilmente rimanda al più famoso *The cocktail party* di T.H. Eliot, ma anche all'arte contemporanea. Infatti tra i vari materiali appartenuti allo scrittore è stata ritrovata la scheda di prenotazione per assistere a una performance dell'artista americana Judy Chicago al Festival di Edimburgo (agosto 1984). L'installazione si chiamava *The Dinner Party*: un tavolo triangolare con trentanove posti a sedere per indagare secondo le affermazioni della performer, "sull'importanza del contributo dato dalle donne alla cultura occidentale".

Tra le carte dello scrittore sono state recuperate ben quattro stesure del testo e una serie di "studi preparatori" che recano varie e successive modifiche, relative soprattutto alla soppressione di situazioni, oppure a un loro ridimensionamento all'interno dell'azione teatrale, o alla variazione sostanziale dei caratteri di alcuni personaggi. Tra una versione e l'altra, se si eccettua l'ultima stesura "milanese", non si riscontrano mutamenti di rilievo. Nel procedere delle stesure, lo scrittore specifica e tende a rendere più serrato il ritmo dell'azione teatrale, senz'altro più stringente nei dialoghi e accentua maggiormente il carattere dell'ambiguità di alcune situazioni.

Le versioni, accompagnate da ulteriori abbozzi o da stesure incomplete, sono state così classificate:

a) *Studi preparatori*. Si tratta di una serie di prime elaborazioni, valutate come studi preparatori e dissimili rispetto alla struttura adottata in seguito dallo scrittore. È da sottolineare come Tondelli avesse in origine una prospettiva letteraria diversa, giacché indica il testo come "Dramma in due atti", poi sostituito da "Commedia in due atti".

b) *Dinner Party*, "Dramma in due atti", settantotto cartelle dattiloscritte, con l'indicazione: "Bologna, aprile 1984".

Nella presente versione, lo scrittore non indica ancora il contesto della partita Italia-Germania, ma fa riferimento a "un bollettino di guerra letto in italiano da una voce iraniana". Il finale ha una soluzione drammatica e risulta più violento lo scontro tra Alberto e Annie, tanto che i riferimenti sonori sono quelli di due sirene: prima quella dell'ambulanza che porta Annie al pronto soccorso; poi quella della polizia che raggiunge la casa degli Oldofredi. La scena finale si conclude con Fredo e Didi che "restano immobili uno addosso all'altro, mentre si avvicina la sirena della polizia, e poi suonano alla porta".

c) *Dinner Party*, "Commedia in due atti", settanta cartelle dattiloscritte, con l'indicazione in un ultimo foglio dell'indirizzo dello scrittore in quel periodo: "Via Fondazza, 40 - Bologna". (È stato questo un riferimento utile per ordinare cronologicamente le varie stesure, in assenza di datazioni dell'autore.)

Si tratta della versione presentata nell'edizione postuma, edita da Bompiani nel 1994 con un'introduzione di Paolo Landi e qui ripresa. Vengono mantenuti da Tondelli i personaggi della versione precedente, ma viene modificato il contesto, scandito dalla partita Italia-Germania. Inoltre il tessuto linguistico, pur mantenendo tic, manie ed espliciti riferimenti ironici a una precisa tipologia generazionale, quella che si muove tra posimoderno e "fauna d'arte" agli inizi degli anni ottanta, appare maggiormente controllato.

d) *La notte della vittoria* (*Dinner Party*), "Commedia in due atti", sessantadue cartelle dattiloscritte.

La versione è quella inviata e premiata al Premio Riccione-Ater per il Teatro, nel 1985, con la seguente motivazione: "Opera che, nella cornice apparentemente tradizionale di un ambiente borghese, esprime, con dialogo asciutto e ironico, umori e inquietudini di una generazione degli anni ottanta e segna l'ingresso nel teatro di un narratore emergente."

Rispetto alle versioni precedenti viene soppresso il personaggio di Jiga, la cameriera filippina e la scena iniziale viene notevolmente ridotta. Anche il linguaggio risente di un graduale abbandono dei riferimenti e delle "citazioni" generazionali.

e) *Dinner Party*, "Commedia in due atti", quarantacinque cartelle dattiloscritte. È una versione successiva a quella presentata al Premio Riccione-Ater, lo indica anche il diverso indirizzo che compare in un ultimo foglio: "Via Abbadesse, 52 - Milano".

Presumibilmente è stata composta tra il 1985 e il 1986. In questa versione, l'autore accentua il carattere *mélo* del contesto, rendendo essenziali le note di regia. Viene soppresso il personaggio di Alberto, figura importante nella struttura precedente e anche il personaggio di Tommy Trengrove subisce varie modifiche, a partire dalla stessa identità: non è più un amico di famiglia, ma diventa Tony Orteza, un importante gallerista che arriva da Zurigo per visionare i lavori di Fredo. La scrittura appare molto controllata e senz'altro più asciutta e priva dell'immediatezza e dell'ironia che caratterizzano le versioni precedenti.

Lo stile dei dialoghi così vivo e ironico sembra stemperarsi per lasciar spazio all'iniziale forma melodrammatica, in una tensione continuamente annunciata:

DIDI: Ah, allora sai qualcosa. Rispondi. Danze, balli, teatro, feste, città, capitali. Capitali!
MAVIE: Londra… Berlino.

DIDI: Fiumi, monti, aerei, automobili! Paracadutisti! Minestre in scatola. Cioccolata. Non dici niente perché non ne sai niente. Te e tutte le tacchine che zompettano nel tuo giornale. Ma come fate a non capire.

MAVIE: Capisco che sei ubriaco.

DIDI: Non sanno dirmi altro. Non esco mai di casa. Si sa che le casalinghe bevono.

MAVIE: Diceva così anche mio figlio, prima di farsi le canne, poi lo diceva a proposito della polvere. E poi delle pasticche e delle fiale e di vattelapesca che cosa. Voglio sperare che nella nostra tomba di famiglia non crescano funghi allucinogeni. Troverebbe ancora il modo di farseli.

DIDI: Mi spiace, Mavie…

MAVIE: È ormai notte e fa ancora caldo.

DIDI: Non giochi più con me? Ho altre domande.

[*Dinner Party*, versione E, p. 20]

O, in un altro esempio:

(Sulla terrazza, in fondo, entrano conversando Fredo e Tony, Fredo accende le candele sul tavolo apparecchiato. Un lieve soffio di vento agita le tende.)

FREDO: L'aria è così satura di umidità.

TONY: Come elettrizzata.

(Didi lascia Giulia, che raggiunge Mavie fuori scena.)

FREDO: Cadrà qualche goccia, fra poco. Questa sospensione non può resistere.

TONY: Le strade sono deserte, le piazze, vuote. È questo che provoca la tensione.

FREDO: Tutti stanno guardando la partita. È naturale; la cosa più ovvia del mondo. E invece tutto così diventa irreale. Ha mai visto, signor Orteza, una tempesta di sabbia? Si fa sentire nell'aria molte ore prima. Gli abitanti lasciano le loro case. La città appare come in questo preciso momento: deserta, artificiale, doppia. I pensieri sospesi, i sentimenti sfuocati. È un tramonto strano.

[*Dinner Party*, versione E, p. 27]

Un'idea delle "oscillazioni" e dei mutamenti tra una versione e l'altra può essere data da una lettura parallela delle indicazioni che connotano i personaggi.

Per esempio, mentre nella versione intitolata "Premio Strega" essi vengono caratterizzati apertamente, soprattutto nell'ottica di una visione "crudele" (del resto la "crudeltà" e la sua messinscena sono l'anima del "dramma"), successivamente Tondelli cambia prospettive e si limita a una definizione dei rapporti tra gli stessi (di parentela o di amicizia), o semplicemente della loro professione. Nell'ultima versione "milanese", l'autore riduce ulteriormente le indicazioni, definendo solo l'età dei protagonisti:

Didi Oldofredi. Venticinque anni, scrittore al suo debutto letterario, violento, cinico, tormentato. Anche malinconico. Mistico che non crede a nulla. Beve molto. Nazista.
Fredo Oldofredi. Ventotto anni, suo fratello maggiore. Organizza serate nelle discoteche à la page. Sembra appartenere a una generazione diversa da quella di Didi. Si diverte e frequenta il giro mondano.
Alberto. È amico intimo di Fredo. Fa il fumettaro e il disegnatore. Convive con i due fratelli. È una scoperta di Fredo che gli fa anche da manager. È molto bello, ma ha un brutto vizio.
Giulia. Una ragazza abbastanza giovane, sui vent'anni. Deve respingere le insistenze amorose di Fredo. È amica intima di Didi. È infatti quest'ultimo che l'ha fatta conoscere in casa. Gelosissima.
Anselme. Un abate cosmopolita, poliglotta, più che cinquantenne amico dei fratelli Oldofredi che praticamente ha visto nascere e crescere.
Annie. Un fantasma?
Altri amici e amiche di casa.

[Studio preparatorio Premio Strega, versione A]

Goffredo Oldofredi. Fredo. Trent'anni.
Giulia Oldofredi. Sua moglie, stilista.
Manfredi Oldofredi, Didi. Suo fratello minore, scrittore.
Alberto Grandi. Un giovane amico, loro convivente, artista.
Mavie di Monterassi. Stilista di moda, editrice, ereditiera, amica di casa Oldofredi, cinquantasei anni.
Tommy Trengrove. Vecchio amico dei genitori dei fratelli Oldofredi, sessant'anni, americano.
Annie. Un fantasma?
Una cameriera filippina.
La scena si svolge in casa Oldofredi durante un pranzo in onore del rientro in Italia di Tommy. È luglio.

[*Dinner Party*, versione B]

Fredo (Goffredo) Oldofredi. Avvocato.
Giulia. Sua moglie.
Didi (Manfredi) Oldofredi. Suo fratello minore.
Alberto Grandi. Loro amico.
Mavie di Monterassi. Editrice.
Tommy Trengrove. Amico di famiglia.
Annie. Attrice.
La scena si svolge in casa Oldofredi, durante il pranzo in onore del rientro in Italia di Tommy. È domenica 11 luglio 1982.

[La notte della vittoria, versione D]

Manfredi Oldofredi, detto Didi. Sui trent'anni.
Giulia. Sua moglie.
Goffredo Oldofredi, detto Fredo. Suo fratello minore.
Mavie di Monterassi. Sui cinquantacinque anni.
Tony Orteza. Sui sessant'anni.
Annie.
La scena si svolge in casa Oldofredi durante il pranzo in onore della visita di Tony, un importante gallerista. È domenica 11 luglio 1982.

[*Dinner Party*, versione E]

Un cambiamento radicale avviene nella "colonna sonora". È interessante da segnalare anche perché il mutamento genera una risoluzione prospettica che trasforma radicalmente l'atmosfera. Inizialmente troviamo:

Quando la scena si illumina, la radio sta trasmettendo un bollettino di guerra letto in italiano da una voce iraniana, che storpia pressoché ogni parola; legge adagio, spesso incespica. Di tanto in tanto, la voce si interrompe; il rapporto trasmesso dall'ufficio dei muiabiddin del popolo sfuma fra le note di una musica islamica.

[*Dinner Party*, versione B, p. 8]

Nelle versioni successive l'azione si svolge la sera dell'11 luglio 1982 e nella festa irrompe l'eco della partita Italia-Germania:

Fredo accende la radio. Sono gli ultimi secondi di gioco. Il telecronista è eccitato. Fredo va accanto a Didi. Il telecronista scandisce i secondi che mancano alla fine. Poi quelli oltre il novantesimo minuto.

[*Dinner Party*, versione C, abbozzo]

Il piano su cui lo scrittore agisce maggiormente è però quello linguistico, soprattutto nell'ottica di un "alleggerimento", sia dell'azione drammaturgica sia della caratterizzazione della scena. Così se inizialmente l'autore tende a voler descrivere l'intreccio, gradualmente si riserva un'ottica che predilige l'ambiguità e l'ammicco, facendo perno più sulla complicità dello spettatore che sul giudizio personale. L'attenzione, anche formale, dello scrittore si rivolge al contrasto tra leggerezza apparente, definita dalla stessa occasione dell'incontro, e il carattere amaro della messa a nudo delle contraddizioni.

Un esempio lo si può trovare in questi dialoghi, tratti dalla primissima stesura, poi modificati, ma mantenuti, in uno stile più serrato, anche nel testo presentato. Riemerge il tema dell'autodistruzione, già ben delineato da Tondelli quando riassume, per esempio, un certo clima della Bologna dei primi anni ottanta in *Un weekend postmoderno*:

> FREDO: Eravamo amici, un tempo, e il tempo ti è servito solamente ad affilare gli artigli.
> (*La sirena riattacca a suonare.*)
> ALBERTO: Io ti ero amico, ti guardavo come l'esempio della mia vita. Quando ti ho incontrato, volevo assomigliare a te, essere come te; tu, Fredo, eri il mio idolo. Io ti volevo bene, ma tu volevi solo uno schiavetto, qualcuno con cui emergere, un ragazzetto di strada da portare nei tuoi salotti, da esibire come il tuo rampollo, la tua creatura. Ci sei riuscito, e nessuno mi smuoverà più da lì. Hai voluto formarmi, e ci sei riuscito. Da te, ho imparato il cinismo.
> FREDO: Senza di me, saresti stato un poveraccio, un giovane artista di talento, ma sempre un poveraccio.
> ALBERTO: Sarei rimasto io, come in realtà è accaduto, nonostante tu abbia tentato di tutto per farmi diventare un tuo modello, una tua copia. In questo, non ci sei riuscito.
> FREDO: E quando ti è capitata la prima occasione, mi hai massacrato.
>
> [*Dinner Party*, versione B, p. 64]

> FREDO: Sto male, ho nausea di me. Sono marcio di violenza; provo un grande schifo e mi è piaciuto. Mi è piaciuto in un modo selvaggio.
> TOMMY: Vi ho lasciati solo cinque anni fa. Eravate pieni

di vita; avevate il senso delle cose. E ora vi trovo in guerra. Com'è potuto accadere?

ALBERTO: Come sta Annie? Le ho fatto del male?

DIDI: Avresti dovuto restare con noi, Tommy. Che c'è da capire, ci piace massacrarci. Hai qualcosa in contrario?

TOMMY: C'è una... un povero ragazzo di nome Giorgio, steso sul tavolo dell'obitorio, che, se potesse parlare, non si troverebbe d'accordo con te.

ALBERTO: Oddio! Non è possibile! Nooooooo. Sono stato io! Io che non toccherei una farfalla; io che detesto il sangue, le risse... Io...

DIDI: Annie è tornata a essere un fantasma. Prosit!

ALBERTO: Ti odio, Didi. Quanto odio il tuo cinismo di merda, la tua vigliaccheria! Ti rifugi nell'alcool perché non sai fare altro. Perché non puoi fare altro. Ti chiami fuori dal gioco perché il gioco è sempre sporco, le parti fregano di continuo e la partita in ballo risulta eternamente truccata. Ecco perché! Non vuoi partecipare al gioco e stai da parte: ti chiudi in casa, guardi le persone che si ammazzano, e ci compiangi perché facciamo parte del gioco. E allora, Didi, io ti faccio alcune domande, io che non mi reggo in piedi, io che sono diventato un assassino sotto i tuoi occhi umidi di alcool: "Se lo sporco ignobile gioco fosse il tuo? Se tu, Didi, fossi la vittima incastrata e massacrata da chi ha giocato al mito dell'autodistruzione, da chi l'ha predicato ai quattro venti e ne ha fatto ragione di orgoglio, ma dal quale è venuto fuori mietendo miriadi di vittime fra ingenui disadattati come te, fra esibizionisti stronzi della tua risma, fra frustrati sessuali e nazisti della tua specie?" Allora, io ti domando: "Qual è lo sporco gioco? Chi ha giocato sporco?".

[*Dinner Party*, versione D, pp. 73-74]

Il passaggio dal "dramma" alla "commedia" avviene attraverso l'assunzione di un tono "agrodolce", nel quale però si perdono le effervescenze, gli entusiasmi, una certa smania citazionista prediletta da Tondelli e ampiamente sperimentata in *Un weekend postmoderno*.

Si veda, per esempio, come era stato pensato l'incontro alla stazione tra Fredo e Alberto:

FREDO: In stazione. Alla stazione ferroviaria, di notte. È stata un'illuminazione. Davvero, Tommy. Improvvisamente, nel buio della notte, una vecchia carrozza, di quelle senza scompartimenti, ha preso luce, si è illuminata di colori fluorescenti. Stavo aspettando un treno che tardava, e così passeggiavo. È la primavera; l'aria era tersa. Ho proseguito la mia passeggiata fino al termine del marciapiede. È stato a quel punto che mi sono accorto di quella carrozza. Emergeva dal buio, diventando una traccia colorata e fosforescente nella notte. Mi sono avvicinato. C'era un ragazzo che la stava decorando con alcune bombolette spray. Ero appena stato a New York e, vedendo quelle decorazioni, ho capito che il ragazzo aveva talento. O, meglio, aveva il senso delle cose del momento; aveva intuito. Non tanto per quei disegni, ma proprio perché stava facendo quelle cose.

ALBERTO: Ero giovane. Da allora non ho più toccato una bomboletta spray.

TOMMY: Quanto giovane?

FREDO: È accaduto solo qualche anno fa. Tu, Alberto, ricordi quando è successo con precisione? Ti ricordi di quella notte, eh? Te ne ricordi?

[*Dinner Party*, versione B, p. 51]

Ancor più interessante, risulta, oltre che per alcune sovrapposizioni tra Didi e Tondelli stesso, la vivacità di questi dialoghi:

ANNIE: Lei è un collezionista?

DIDI: Di più, un feticista. Tommy possiede cinquemila volumi autografati, di cui duemila dedicati personalmente.

TOMMY: Ardo dal desiderio di fare cinquemila e uno con il tuo romanzo, Didi.

DIDI: Va molto a rilento. Sto per ore e giorni e notti a inseguire una parola, quella sola parola. Non mi interessano le trame, i plot, quelle stronzatine lì. Roba da televisione! Io non perdo tempo dietro a delle sceneggiate da Terzo Mondo. Che roba! Io vado con l'orecchio. Cerco semplicemente di far sì che le parole mute della pagina diffondano il loro suono, la loro voce. Così che si crei un ronzio cerebrale, che è la musica della pagina, il suo ritmo. Io cerco il ritmo, la musica dei miei anni; cerco di avere una frase che si possa cantare in testa: sì, cantare, la stessa identica cosa. Io faccio musica con le mie parole. Per questo, le cerco. Le cerco, ma chi ti ascolta per una parola? Chi è capace di vivere per il suono di una parola?

TOMMY: Scrivere è molto importante. Devi sapere che sono in conto la solitudine, l'isolamento e il non essere mai soddisfatti di quello che si scrive.

FREDO: A volte, credo che per te, Didi, sia tutto un alibi per permetterti di bere. Sbronzarti e infradiciarti pare che siano le sole cose che contino, altrimenti avresti già scritto quello che dovevi scrivere.

ANNIE: A me piace moltissimo bere. Adoro lo champagne. Quando mi prende le cosce, le gambe, voglio dire mi sento così svolazzante, così libera, così...

GIULIA: Vispa Teresa. C'è qualcuno qui che non svolazzi, che non saltelli a far l'acchiappaparole, o che non si senta come le bollicine leggere? C'è qualcuno inchiodato a terra, schiantato dalla forza di gravità, oppure succede solo a me?

ANNIE: Lei allora è scrittore, Dodo.

ALBERTO: "Didi", Annie. Si chiama Manfredi, ma è detto amichevolmente "Didi". Così come Goffredo viene contratto in 'Fredo'. Immagino che, in tutti questi mesi, una qualche volta te ne avrò parlato.

ANNIE: Alberto, me lo avrai anche spiegato ma, quando ti vedo, vai così di fretta che ci resta sì e no il tempo di... Non mi ricordo di Fridi, Dedo, Dodo...

FREDO: Che simpatica!

TOMMY: Sa quel che vuole, vero?

[*Dinner Party*, versione B, pp. 46-47]

MAVIE: Dicevi del tuo libro, Didi. Qual è il titolo?

DIDI: È l'ultima cosa che si scrive, quella.

TOMMY: Non è vero, Didi. Conoscevo...

DIDI: Hai ragione, è la prima che si scrive. Non parliamone più. Porto il risotto. (*Didi esce.*)

MAVIE: Bravo. Questo caldo mi disidrata in continuazione: mi toglie i sali, le acque, i lipidi; mi snerva. Ma presto Giulia e io partiremo. Finiamo la collezione il 26 luglio e poi si scappa, vero?

GIULIA: Anch'io sono molto stanca. Alle volte, mi sembra di non capire più niente.

FREDO: Fortunatamente stasera è tutto chiarissimo.

MAVIE: Stavo pensando, Tommy, perché non trova un

buon padrino per il romanzo del nostro Didi? Sono la
sponsor del Premio letterario Riviera Estate, lo conosce?
TOMMY: Hmmm, non mi pare.
FREDO: Sono soltanto un paio d'anni che Mavie lo ha isti-
tuito. Didi non te ne ha parlato per lettera?
TOMMY: Sono rimasto a quando scriveva, firmandosi
"Elizabeth", per un settimanale terrificante.
FREDO: Mavie ne è la proprietaria.
TOMMY: Davvero?
MAVIE: La mia famiglia possiede la maggioranza delle
azioni.
(*Rientra Didi.*)
DIDI: Tu sei l'unica che compone la tua famiglia.
MAVIE: Mi occupo di stilismo, ora, e Giulia mi affianca.
Abbiamo un laboratorio che produce una griffe col mio
nome, più una decina di collezioni per gruppi industriali.
TOMMY: Lei, Mavie, mi piace, e sa perché? Perché è una
donna energica, attiva, intraprendente.
MAVIE: Si sbaglia, ho solamente voglia di vacanze.

[*Dinner Party*, versione B, pp. 48-49]

Ne *La notte della vittoria* lo scrittore sembra intenzionato ad
abbandonare il manifesto carattere "generazionale" che aveva
voluto dare, quasi di getto, al testo e sopprime interi blocchi di
dialogo, soprattutto nel primo atto quelli riferiti a certi "giochi"
verbali, a metà tra lo snob e la chiacchiera quasi che il suo tentativo fosse quello di non voler più connotare in modo decisivo i
riferimenti a un certo contesto. È una scelta che sarà contraddet-
ta cinque anni dopo, dall'entusiasmo con cui Tondelli ha recuperato, in toto, nel lungo fluire del *Weekend* l'effervescenza di
quegli anni.

Nella scelta della versione da ritenersi definitiva ci si è quindi
riferiti a queste prospettive, cercando di porsi nell'ottica tondelliana, soprattutto in quella definita per il progetto *Un
weekend postmoderno*, nel quale, pur prediligendo la riscrittura, Tondelli aveva voluto mantenere l'originalità e la freschezza
dei testi, tanto che nell'"Avvertenza" sottolinea: "Delle stesure
originarie, la riscrittura attuale ha cercato di conservare i tic sti-
listici, gli entusiasmi, il ritmo, anche l'ingenuità e la passione de-
scrittiva".

Come criterio di scelta risultano anche alcune indicazioni
"indirette", per esempio quelle che si possono riscontrare nel

parallelo tra forma teatrale e valorizzazione del "parlato", di cui Tondelli racconta a proposito di un progetto di collaborazione al "Corriere della Sera", nel 1985, così prospettato, anche se poi il progetto nella sua integrità non è stato concluso: le uniche due interviste realizzate sono quelle ai Magazzini e a Carlo Maria Mariani, raccolte in *Un weekend postmoderno*:

> una serie di cinque interviste a personaggi del mondo dello spettacolo, della moda e dell'arte, condotte sullo stile di altrettanti dialoghi teatrali: ricreare sulla pagina tutte le sfumature del parlato attraverso una radicale operazione stilistica. Interviste assolutamente nuove e "scritte", che avranno una piacevolezza narrativa come in un testo teatrale.

È stato quindi decisivo il rimando a quella versione che, da una parte rispettava l'impostazione originaria, ma che, dall'altra, era anche maggiormente connotata dalle "sfumature del parlato" all'interno di "una piacevolezza narrativa". Sullo specifico del testo ha invece influito l'indicazione dello stesso Tondelli, che aveva definito *Dinner Party* come "una commedia borghese, di conversazione, in cui un gruppo di personaggi si riunisce per una cena la sera dell'11 luglio 1982, quando l'Italia vince il Mundial di Spagna. Parallelamente agli echi della partita, sulla terrazza di casa Oldofredi si consuma un gioco crudele, fatto di colpi di scena, tradimenti, rivelazioni e ambiguità".

In sostanza la versione presentata nell'edizione Bompiani 1994 e qui ripresa è quella che accenta l'interesse principalmente sulla commedia di conversazione, aperta e manifesta, soprattutto nel fluire quasi effimero e divertito di un linguaggio che si comunica proprio nella sua leggerezza, nella sua ironica e insistita smania di celare una sottile ambiguità, molto anni ottanta, un po' in bilico tra l'Almodóvar dei "labirinti di passione" e un Keith Haring che richiama all'arte come un gioco riflesso.

Una "lettura interpretativa" de *La notte della vittoria (Dinner Party)* con la regia di Claudio Orlandini è stata realizzata dalla compagnia I Rabdomanti all'Auditorium La Monaca di Cesano Boscone, il 25 gennaio 1986. Ne ha parlato Elena Mantaut su "Il Giornale" che alla fine della recensione annuncia: "L'opera di Pier Vittorio Tondelli verrà inserita nella prossima stagione teatrale del Teatro di Porta Romana a Milano". Naturalmente il progetto non va in porto. Una seconda lettura, con la regia di Piero Maccarinelli, si svolge alla Sala Umberto di Roma, nel 1991.

Sempre Piero Maccarinelli è il regista della "mise en espace" che viene realizzata al Teatro Ariosto di Reggio Emilia, nell'aprile 1994, in concomitanza con la pubblicazione del testo teatrale. Gli interpreti sono: Goffredo Oldofredi detto Fredo, avvocato: Maurizio Donadoni; Giulia Oldofredi, sua moglie: Sabina Vannucchi; Manfredi Oldofredi, detto Didi, suo fratello minore: Franco Castellano; Alberto Grandi, loro giovane amico: Bruno Armando; Mavie di Monterassi, editrice: Anna Nogara; Terry Trengrove, amico di famiglia: Ugo Maria Morosi; Annie, attrice: Daria Nicolodi.

La lettura critica del testo privilegia soprattutto gli aspetti generazionali. Per esempio in uno degli scritti del programma di sala, pubblicato dall'Associazione I Teatri di Reggio Emilia, Renato Barilli evidenzia come "tutti gli eroi di Tondelli, destinati a bruciare verdi, hanno intrapreso un pellegrinaggio verso questo luogo di coincidenza degli opposti, interno alle loro coscienze, ma allo stesso tempo esterno. Si è giovani oggi, infatti, se non ci si chiude in un ripiegamento interiore, ma se si estroflette questa mistica *quète* del Sacro Graal, se la si ricerca nel cuore dei media impazziti, in una continua peregrinazione attraverso tutti i luoghi della cronaca, del divertimento, della chiacchiera. Il pellegrinaggio mistico, insomma, assume la misura laica, profana, squallidamente prosaica del weekend, come il nostro autore non ha avuto difficoltà ad ammettere, scrivendo appunto *Un weekend postmoderno*. Anche perché, come è detto in una battuta illuminante del dramma qui proposto, 'il vero tragico oggi è l'ironico', e dunque i sofferti picari tondelliani sanno bene di dover imporre alla loro disperazione o alle loro intuizioni salvifiche, una maschera di mondanità, di cinismo, di freddezza esteriore".

Gianfranco Capitta sul "Manifesto" (9 aprile 1994) aggiunge: "A quella 'tavola con terrazza' sta seduto davvero tutto il decennio, con quelli che sono stati i suoi valori e le sue leggi, con le sue debolezze e i suoi rovelli. I suoi elementi narrativi e drammaturgici sono universali e adatti a ogni temperie… Ma nella pièce di Tondelli è diverso: il suo *Dinner Party* sembra proprio voler imbandire, davanti agli spettatori seduti in platea, quelli che forse allora, nel 1982, non erano neppure (chiaramente come sono divenuti) gli 'anni ottanta'. Lo dovevamo scoprire dopo. Quando Tondelli ci ha dato con *Un weekend postmoderno* una galleria palpitante ma anche agghiacciante di quanto era scorso in quegli anni".

Anche per Maria Grazia Gregori ("L'Unità", 11 aprile 1994)

"la grande abbuffata degli anni ottanta, la sbronza da consumismo, la vita come rappresentazione di status, la perdita del senso di se stessi, quella divina leggerezza tanto invocata e tanto adolescenziale accanto ai piccoli orrori della quotidiana incapacità di sopravvivere, dei tradimenti, del girare a vuoto, costituiscono l'ossatura drammatica di *Dinner Party*".

Gabriele Romagnoli, inviato speciale al Teatro Ariosto per "La Stampa" si chiede: "Di tutte le grida del deserto di questo naufragio nel mare di un decennio la più angosciata non compare nella trasposizione teatrale, affogata in una delle versioni scritte da Tondelli. Non lo senti sul palcoscenico, Manfredi Oldofredi detto Didi, mentre dice: 'Io cerco il ritmo, la musica dei miei anni; cerco di avere una frase che si possa cantare in testa: sì, cantare, la stessa identica cosa. Io faccio musica con le mie parole. Per questo le cerco. Le cerco, ma chi ti ascolta per una parola? Chi è capace di vivere per il suono di una parola?'... Chi è capace di vivere? Chi è sopravvissuto, della fauna di stilisti-pittori-avvocati-galleristi, della flora di kenzie-graffiti-monitorbianchidivani che ha affollato tutti i dinner party degli Sfioriti Ottanta?".

Un'analisi assai dettagliata del testo viene fatta invece da Franco Quadri nella recensione allo spettacolo su "La Repubblica": "Lo scintillio del linguaggio di *Dinner Party* si vela di colori critici con gli anni, ma a trasmettere al testo la filigrana dell'allegoria d'epoca serve, dopo una svolta drammatica, l'inquadramento in una struttura classica della seconda parte dedita al rito delle agnizioni e degli equivoci da demistificare. Sul finto gioco al massacro s'innesta un autentico scoperchiamento delle apparenze: un triangolo etero si rivela lo schermo d'un amore maschile, ripetendo una situazione ciclica incarnata dal vecchio amico di casa, un tempo amante del padre e della madre e genitore morganatico del protagonista, il viluppo può sembrare macchinoso, ma assorbe nella vicenda lo humour delle incredibili realtà romanzesche. E intanto i due fratelli, consanguinei soltanto a metà, si ritrovano in un abbraccio che tende a fondere una generazione artificiosa in una famiglia vera, tra i goal di Paolo Rossi e di Altobelli".

RIMINI

(1985)

La stesura definitiva di *Rimini* impegna Tondelli per un tempo relativamente breve, tre mesi, gli ultimi del 1984, come indica l'autore stesso in una lettera a François Wahl, anche se poi l'idea strutturale è frutto di un lavoro teorico che lo ha impegnato per alcuni anni, come riferisce nella "Scheda di presentazione di RIMINI", datata "Bologna, 12 novembre 1984" e inviata alla casa editrice Bompiani:

> Un giovane giornalista al suo primo incarico importante (dirigerà il supplemento estivo del suo giornale, "La pagina dell'Adriatico") che vuole a tutti i costi risolvere l'enigma di un insolito suicidio; un musicista che compone un'opera rock nei ritagli di tempo consentitegli dalla sua occupazione stagionale di orchestrale in un night club un po' equivoco; una cronista mondana che segue lo svolgersi litigioso e drammatico di un intrigato Premio Letterario Internazionale; una signora tedesca che cala a Rimini per cercare le tracce della giovane sorella scomparsa e che si trova, giorno dopo giorno, sempre più oppressa dall'orgia estiva e infernale del popolo della vacanza; uno scrittore appena uscito da una fortissima crisi personale e letteraria che nel partecipare al Premio Riviera Internazionale reincontra, in modo tragico, il proprio angelo distruttore al quale definitivamente capitolerà; un gruppo di travestiti gioiosi che percorre in lungo e in largo il panorama godereccio notturno delle centinaia di dancing e discoteche che affollano la riviera; un gruppo di vecchie signore dell'avanspettacolo e dello strip-tease che allietano in tournée le de-

cine e decine di case per ferie per pensionati; e poi la fauna dei gigolos che popola i locali e i caffè e le spiagge, orde di ragazzi violenti e selvaggi che si scontrano la notte sui lungomari deserti, strambi e romantici nottambuli come Fredo, apprendisti stregoni che predicono un'imminente fine del mondo, stelle della canzonetta degli anni sessanta in rentrée sulle scene tra vecchie rivalità e odi, mogli in vacanza di un'Italia provinciale e piccolo borghese che sta tirando i remi in barca e che ritrovano le avventure e i flirts della prima giovinezza, concorsi per pornodive del fumetto, match sportivi, radio libere e, su tutto questo intrecciarsi di storie, il panorama gremito e ossessivo della riviera adriatica, sfolgorante e metaforico can-can di una Italia che chiude i battenti tra conformismi, corruzione, scandali, brame di successo e insensatezze collettive; che chiude malinconicamente i battenti come il parco dei divertimenti "Italia in miniatura" li chiude sul finire della stagione a Rimini e nelle ultime pagine del romanzo.

Rimini è dunque il racconto fatto a più voci e a differenti livelli narrativi di una stagione sulla riviera di Romagna negli anni ottanta.
La trama principale è quella del giovane giornalista milanese che scende in riviera per lavoro. A lui è affidato il compito narrativo di smistare e far defluire le trame secondarie: la storia della cronista mondana, quella dello scrittore, quella della tedesca in cerca della sorella.
A loro volta le tre sottotrame vengono interrotte o arricchite da altre storie e altri ambienti a volte solamente evocati, altre invece dettagliatamente narrati. In questo sistema strutturale, solo apparentemente fluido, la comprensione di alcuni episodi si attua al di fuori del testo, cioè nella testa del lettore, per esempio: se al medesimo party arrivano il nostro giornalista, la signora tedesca e lo scrittore, e ancora non si sono conosciuti, se scelgo di far raccontare il medesimo party dal gruppo delle travestite capitate lì per caso, ecco che solo il lettore ha la completezza di comprensione di quanto sta avvenendo. Questo gioco dell'entrare e uscire dalle trame con altri punti di vista narrativi è quello che io chiamo "visione polifonica del romanzo" ed è quella che vorrei realizzare con questo romanzo.
Stilisticamente poi il linguaggio del romanzo è formato nei

toni e nei modi della letteratura violenta, patetica, sentimentale che mi sta più a cuore. Ci saranno pagine pateti-
che, altre "rosa"; ci saranno un paio di episodi di violenza
piuttosto dettagliati (la scorribanda dei ragazzi skin; la
morte dello scrittore) ma ci sarà anche una visione di speranza, di concretezza, il senso che è possibile, pur fra gli intrighi e gli scandali, lavorare e combinare qualcosa di buono (è la soluzione ottimistica affidata alla storia di due
ragazzi che vanno a Rimini per girare un film e che nonostante i guai riusciranno ad avere un contratto). Non man-
cheranno le scene gioiosamente comiche e divertenti, insomma vorrei fare un romanzo in cui gli stili si incrociano
così come i sentimenti; vorrei fare un romanzo – e lo sto facendo – che mi assomigli: che sia tenero e disperato, violento e dolce, divertito e assorto, struggente e mistico. È l'unica autobiografia che qui mi permetto. Chiudo con un paio
di note [si veda la nota al testo relativa a *Biglietti agli amici*,
N.d.C.], la prima che scrissi quando pensai a questo lavoro;
e l'ultima in ordine di tempo. Note che fanno parte del lavoro teorico di tutti questi anni a proposito del romanzo:

"Conseguenza di uno shock-Baldwin vivissimo: il plot
deve essere forte, una storia funziona se ha l'intreccio
ben congegnato... Ho bisogno di far trame, di raccontare, di scandire i rapporti tra i personaggi. Il fumettone mi
va benissimo, più le storie e lo stile sono emotivi meglio
è. Inizierei con un ambiente (gli ambienti, i paesaggi del-
l'oggi, ecco che cosa manca in Italia nei libri) cioè RIMINI,
molto chiasso, molte luci, molti café chantant, molti gigolos e marchettari..."   (2 luglio 1979)

"Voglio che Rimini sia come Hollywood, come Nashville
cioè un luogo del mio immaginario dove i sogni si buttano
a mare, la gente si uccide con le pasticche, ama, trionfa o
crepa. Voglio un romanzo spietato sul successo, sulla vigliaccheria, sui compromessi per emergere. Voglio una palude bollente di anime che fanno la vacanza solo per
schiattare e si stravolgono al sole, e in questa palude i miei
eroi che vogliono emergere, vogliono essere qualcuno, vogliono il successo, la ricchezza, la notorietà, la fama, la gloria, il potere, il sesso. E Rimini è questa Italia del 'sei dentro
o sei fuori'. La massa si cuoce e rosola, gli eroi sparano a
Dio le loro cartucce."   (giugno 1984)

Ritengo di poter presentare una prima stesura del romanzo entro sessanta giorni.

Ha già iniziato a scrivere molte pagine preparatorie in cui delinea sommariamente alcune situazioni e i caratteri dei personaggi. Un esempio lo si ritrova in alcune carte sparse, dattiloscritte con correzioni autografe, ritrovate nell'archivio letterario dello scrittore:

Chi sta a Rimini?
– Signore coi bambini e le nonne in villettine ammassatissime
– Orde di Tedeschi in pensioncine e birrerie e sale folk
– Femministe arrapatissime
– Punk, Skin-heads e altro, orde di guerrieri in motoretta con Rokers e cocainomani ecc. ecc.
– Gay (marchette, zie, travestiti, battoni, macho)
– il giornalista John
– la tedesca Anne
– gli intellettuali del premio Riviera
– i musicanti dei night clubs

La sede del quotidiano "Adriatico" è una palazzina primo Novecento situata nel centro della città sul viale di alti pini marittimi. Che è anche la "passeggiata" notturna. Negli uffici della cronaca ferve il lavoro della redazione. C'è un capocronista pelato e grassoccio che ogni tanto fa capolino dal suo ufficio e nella stanza in séparé gli altri redattori, tutti abbastanza giovani. John è uno di questi, ha ventisei anni, è ben piantato e ha un fisico atletico con un viso un po' ingenuo. Sta scrivendo a macchina quello che gli viene dettato al telefono. Di fronte a lui un tavolo vuoto e disordinatissimo, l'opposto del suo, tutto pulito. Mentre è lì a scrivere entra Susy che appare molto giovane e molto scattante, butta dei giornali sul tavolo e chiacchiera con due o tre, ridacchia. John la guarda, forse da come l'ha seguita entrare ne è innamorato. John ripone il telefono e chiede a Susy se ha novità. Lei dice che è appena tornata dalla questura, le solite cose: un annegato, dieci scippi, qualche villetta scassata, molte denunce per schiamazzi notturni. John le chiede "Che ne dici di uno spuntino?".
Lei, ok.
Escono dalla redazione. Davanti all'ascensore Susy chiac-

chiera sempre, ma John sembra non ascoltarla. Entrano, lei continua. Poi s'interrompe: "Perché mi guardi così?". Lui: "Che fai stasera?".

Ridendo Susy dice: "Piano, piano... per ora mi hai invitata a colazione, sono solo cinque giorni che lavori qua e già corri..."

Escono dall'ascensore, dal palazzo prendono l'auto rossa di John e spariscono nel traffico del grande viale rivierasco.

Anne è una signora di Francoforte sui trentacinque. È, ora, in questa piovigginosa e tetra giornata nordica, intenta a preparare un paio di valige che ha spalancato sul letto. Dalle vetrate del suo villino, in una zona tranquilla e residenziale, entra tutto l'ordine e il grigiore della mattinata. Anne scende attraverso una scala a chiocciola nell'interrato della villa, accende i fari e gli spot e cerca tra i fondali e i cavalletti un libro. Di professione fa la fotografa di moda, tutto lo studio è tappezzato di ritratti e provini. Dà uno sguardo distratto al tavolo da lavoro fra cumuli di fotografie e attrezzi vari. Sale con il libro in mano, lo getta sul letto entrando in bagno dove raccatta i cosmetici e i trucchi ecc. ecc.

Si ferma un istante guardandosi nello specchio, si schiaccia le borse degli occhi, spalanca la bocca, sembra sorridere. Nella sua stanza, sul tavolo da toilette raccoglie qualche oggetto, c'è anche incorniciata una foto che la ritrae con una ragazza più giovane in riva al mare. Prende una cartolina con su scritto "Saluti da Rimini" e che sul retro è firmata da sua sorella Kate. Butta tutto in valigia e si prepara a uscire. Sale sul taxi che la sta aspettando sotto la pioggia e si dirige verso l'aeroporto di Francoforte. Il taxi si immerge nel traffico veloce della superstrada. Anne guarda due autostoppisti lungo il margine completamente fradici. Li guarda e un po' sorride tra sé. All'aeroporto il suo volo viene annunciato. Si mette in comitiva con un gruppo di turisti tedeschi pronti per le vacanze. È un volo charter e famigliare, lei si distingue un po' dagli altri passeggeri, ma sorride e non appena l'aereo rulla sulla pista si distende, il capo all'indietro, visibilmente soddisfatta.

(Squilla il telefono, lei dice "al diavolo" poi va a rispondere con la cartolina in mano. Di là è il suo agente o cosa del genere, lei dice che sta proprio partendo per Rimini che non ha nessuna intenzione di tornare sulle proprie decisioni e che il viaggio negli Stati Uniti si farà più tardi. Lui dice una cosa del tipo "allora è proprio finita?" Lei non so, ho bisogno di divertirmi, andrò da mia sorella, sono entusiasta, non torno a Rimini da quindici anni e ora sono decisa "Stare un po' separati ci farà bene stop".)

L'aereo attraversa le nubi cariche di pioggia ma ben presto il viso di Anne accoglie la luce accecante del mezzogiorno marittimo, l'acqua luccica, i bagnanti in fondo sguazzano, i turisti guardano dagli oblò contenti e il piccolo aereo inizia l'atterraggio.
Mentre recupera il bagaglio Anne si guarda intorno. Alcune ragazze, ma non vede la sorella. Quindi si dirige verso una ragazza che è di spalle. Lascia il facchino e le corre incontro, ma la ragazza si volta, abbraccia un amico e se ne va. Anne resta perplessa, poi sbuffa e sale in taxi.
Anne arriva al grande albergo di Rimini. Al portiere dice: "Le lascio questo biglietto per mia sorella Kate, la prego di avvertirla del mio arrivo, ma non prima di un paio d'ore, voglio riposare". Il portiere infila il biglietto di Anne nella casella che è già colma di posta e guarda perplesso la sfavillante Anne.
Si getta sul letto, dà uno sguardo dalla veranda al mare e alla spiaggia sottostante e chiude gli occhi come per addormentarsi. Sul comodino ha alcuni giornali in lingua tedesca e sopra un po' di sbieco la prima pagina del giornale locale "Adriatico".

A Tondelli è di grande aiuto, nell'ordinare logicamente e coerentemente le trame e i personaggi, la grande carta della Riviera Romagnola che ha disegnato su un grande foglio di carta da pacco e che tiene appeso vicino al proprio tavolo di lavoro. Man mano riempie la mappa di appunti, ritagli di giornali, fotografie, riflessioni, mentre su di essa la sua immaginazione fa muovere in senso temporale e geografico i destini dei protagonisti.
L'impegno preso con la casa editrice Bompiani viene mantenuto e, in una lettera datata "Bologna, 21 gennaio '85", indirizzata a François Wahl, scrive:

Caro Wahl,
ho tardato un poco a rispondere per ricercare, fra i miei cassetti, qualche fotografia. Non ho, purtroppo, un servi-

zio fotografico-stampa. Per ogni modo, a marzo, ne farò uno per l'uscita del nuovo romanzo *Rimini* (ed. Bompiani) che sarà in libreria a metà maggio.

Sto lavorando molto alla stesura di questo libro e sono in notevole ritardo (dovrò consegnare il 28 febbraio p.v. per non perdere l'uscita estiva). Il fatto di aver cambiato editore mi dà un entusiasmo nuovo. Sono già stato criticato per questo (*L'infedelissimo Tondelli*, "La Stampa") eppure ho ancora più voglia di fare questo romanzo e di farlo con il nuovo editore. Il "nuovo corso" della Feltrinelli non mi offriva, io credo, sufficienti garanzie per l'uscita. *Rimini* è un romanzo di tipo nuovo per me. Ho voluto staccare anche con la mia vecchia immagine di "enfant terrible". Vedremo poi i risultati.

Sempre a Wahl, da Bologna, il 23 febbraio 1985, scrive:

Caro W.,
mi scuso per il ritardo con cui rispondo alla sua lettera.

Sto terminando *Rimini*. Sarà un romanzo molto grosso, sulle 400 pagine. Sono esausto. La qualità è buona con pagine che mi sembrano addirittura ottime. È tutta una cosa differente da quanto ho scritto finora. La trovo più matura e più oggettiva.

Ripeto che mi piacerebbe venire a Parigi qualche giorno a aprile. Mi so spiegare in lingua francese e prometto che, da qui ad allora, studierò per avere più facilità. Se si tratta di giornalisti della carta stampata non credo di avere problemi nel farmi intendere.

Sì, forse è meglio lasciare stare l'immagine di Lele [Il riferimento è a *Pao Pao*, il libro che sta per uscire in traduzione francese, N.d.C.]. Mi sono dato da fare per rintracciarlo, ma sembra perso fra Trento, Venezia e Firenze.

Ho desiderio di parlare con lei soprattutto per quanto riguarda il mio futuro e i miei progetti.

Le porterò la mia commedia DINNER PARTY e le bozze di stampa del nuovo romanzo.

Tondelli partecipa attivamente e in prima persona anche al lavoro editoriale relativo al romanzo, formulando per esempio proposte per la copertina. Lui vorrebbe un'opera di Luigi Ontani, come riferito nella lettera, datata "Bologna, 16 gennaio

'85" a Mario Andreose, direttore editoriale della casa editrice Bompiani:

> Caro A.,
> eccole un paio di riproduzioni del pezzo che avrei scelto per la copertina e la locandina.
> Purtroppo non sono riuscito a reperirne una riproduzione a colori. I colori di Ontani sono comunque tempere o chine molto delicate e tenui. Come vede si potrebbero isolare alcuni particolari (la parte sinistra: albero, mare, angelo) e nel retro mettere DIO. Ma vedremo non appena la gallerista Lia Rumma le avrà inviato una riproduzione a colori. Anche il pezzo intero non mi dispiacerebbe.
> Il carattere postmoderno del disegno si intona perfettamente (ed espressivamente) al romanzo per via degli echi classici, mistici, divertenti.
> Altre proposte: collage di Richard Hamilton da scegliere. Ma qui saremmo ancora negli anni sessanta.
> Credo comunque che il pezzo di Ontani le piacerà.

Alla fine però la proposta non soddisfa e viene scelto un altro dipinto, *Le parentesi dell'estate* di Leonardo Cremonini. Un dipinto di Luigi Ontani, *Chimerasorante* verrà invece scelto per la copertina di *Camere separate*.

Con Ontani vorrebbe anche realizzare un "libro d'arte", mentre progetta la collana "Mouse to Mouse" per Mondadori. È un progetto che non avrà seguito, ma che viene delineato in una lettera all'artista:

> Caro Luigi,
> finalmente "Mouse to Mouse" sta partendo e i primi titoli saranno in libreria a partire dal primo di marzo. Ho parlato con Guerri del tuo libro che vorrei fare uscire a Natale '88 come una "Mouse strenna" (non preoccuparti, mica si chiamerà così). Guerri è d'accordo. Dice che l'idea gli piace e vorrebbe che già ora, con il grafico, studiassi come fare questo libro-strenna. Esempi:
> 1) Dodici tavole-racconti in modo da formare un quasi calendario, una per mese.
> 2) Un libro che si sviluppa in orizzontale, pieghevole come una fisarmonica e alla fine diventa anche una striscia da appendere alla parete come poster di storie e disegni.
> 3) Un libro di formato normale con storie e tavole che si

alternano (in questo caso però i testi dovrebbero essere un po' più di dodici-quindici)
ecc.
Guerri vorrebbe non solo un libro, ma, mi sembra di capire, anche una idea di libro o un libro-oggetto. In quanto all'aspetto economico della realizzazione mi ha lasciato abbastanza libero. Io penso però che non dovremmo eccedere con "l'originalità". (A parole gli editori promettono tutto. Quando devono sborsare non hanno più memoria.)
Insomma resto in attesa di tue idee. L'ipotesi numero due mi piace e permetterebbe di poter vendere il libro anche come "oggetto".

Scrive anche la "Nota per la quarta di copertina", appunti che servono alla redazione della casa editrice milanese per approntare il testo definitivo. Così Tondelli presenta il romanzo:

Rimini è innanzitutto il tentativo di costruire un romanzo "polifonico" in cui la pluralità delle voci (i personaggi) si sviluppi in una pluralità di punti di vista (le trame) in modo tale per cui il senso globale del romanzo si costituisca esclusivamente in uno spazio esterno a quello testuale, cioè nello spazio di lettura.
In questo senso il testo chiama continuamente il lettore a operare collegamenti, rimandi, riferimenti prendendolo nel vortice delle sue trame:
– la storia del giornalista Marco Bauer inviato in Riviera per dirigere "La pagina dell'Adriatico"
– la storia di Beatrix Rheinsberg antiquaria berlinese calata in Italia alla ricerca della sorella scomparsa
– l'avventura di due giovani amici romani decisi a raccogliere i fondi necessari a finanziare il loro primo film
– la storia di un suonatore di sax, delle sue notti e delle sue albe, dei suoi rientri in pensione
– la parabola terminale di uno scrittore arrivato a Rimini per partecipare all'assegnazione di un premio letterario
– la storia di una pensione familiare dagli anni cinquanta a oggi, dalla ricostruzione al boom, alla crisi degli anni settanta raccontata in presa diretta.

Rimini è un romanzo impastato di vari generi narrativi non parodiati ma assunti nelle loro migliori possibilità di "avanzamento dell'intreccio". Così al giallo politico si affianca la commedia sentimentale con risvolti kitsch; al romanzo esistenziale quello di indagine sociologica. Mischiando i toni epici a quelli drammatici, i toni sentimentali a quelli apocalittici, le intensità mistiche a quelle erotiche *Rimini* dimostra il tentativo pienamente riuscito di assumere l'Italia stessa (il suo panorama, la sua gente, la sua storia) per offrire, senza mediazioni, uno spaccato della propria realtà. Nello stesso tempo, la straordinaria felicità inventiva del testo costituisce un apporto considerevole alle sorti del nostro romanzo.

Il romanzo viene pubblicato nel maggio 1985, accompagnato dalla seguente nota dell'autore:

Nella primavera del 1981, il direttore di un quotidiano alla cui terza pagina collaboravo da poco più di un anno, mi propose di trascorrere due mesi sulla riviera adriatica per lavorare a un inserto speciale. Non partii mai. È per questa semplice ragione che fatti, avvenimenti, personaggi di questo romanzo – pur nel rispetto della realtà e delle fonti d'archivio – sono del tutto immaginari e frutto solamente di una fantasia imbrigliata nei canoni settecenteschi della "verisimiglianza".

Dopo l'uscita del romanzo scrive ancora a Wahl, da Bologna, il 23 maggio 1985:

Caro W.,
continuo a ricevere dal vostro Ufficio Stampa il materiale che esce sulla stampa riguardo a *Pao Pao*. Mi sembra che andiamo bene. "Liberation" e "Gai Pied" non risparmiano elogi e questo può essere un buon augurio per le prossime mosse del Seuil: *Altri libertini* o *Rimini*? (Tagliaferri mi ha mostrato la lettera).
Qui in Italia la grancassa pubblicitaria si è mossa molto bene a proposito di *Rimini*. Due grandi settimanali hanno fatto grandi articoli e interviste piovono ogni giorno sui quotidiani. Manderò al più presto la documentazione. So che è arrivata da Bompiani la vostra lettera. Si è tutti d'accordo nel dare il romanzo a Seuil. Io ho detto: "O Wahl o nessuno".

Mi auguro che *Pao Pao* vada bene anche in libreria e questo per Nicole, per Voi e per "lanciare" il prossimo libro.

Del romanzo, in effetti, si parla molto. Anche in fase di lancio editoriale. Viene pubblicato da Bompiani, nella collana "Letteraria", all'inizio dell'estate 1985 e trova i giornalisti "culturali" impegnati in indagini e servizi sulla natura del "giovane" scrittore, scegliendo e ponendo in antitesi agli autori già consolidati, una nuova "leva" di scrittori che trovano posto nelle classifiche e nelle cinquine dei premi più importanti. Si privilegiano le interviste, accompagnate da servizi fotografici "curiosi", in grado di creare interesse sul "nuovo" autore. Tondelli è tra i più intervistati della stagione, grazie al tema "alla moda" del romanzo. Appare, per esempio, su "Europeo", in una dimensione *fashion* stile anni ottanta, tra le cabine della riviera, su una spiaggia deserta, con scarpe da tennis e abbigliamento casual. Il titolo strilla "Tutte le strade portano a Rimini" e un annuncio: "Adesso il Bukowsky emiliano si è fermato sulla Riviera adriatica. Trasformandola in una grande Nashville nostrana". Il romanzo s'impone subito come un best-seller e, nella sua analisi delle classifiche di quell'anno, Alberto Cadioli commenta: "Che la politica editoriale sia sempre la stessa lo confermano i titoli presentati a ridosso delle letture estive (e in termini quantitativi, lo confermano le maggiori vendite di narrativa straniera rispetto a quelle di narrativa italiana). Ai primi posti delle classifiche dell'estate c'erano Alberto Moravia con *L'uomo che guarda*, Pier Vittorio Tondelli con *Rimini*, e infine Carlo Sgorlon, al cui romanzo (*L'armata dei fiumi perduti*) è assegnato il premio Strega".

Rimini diventa soprattutto un fenomeno di costume. Viene presentato, insieme all'omonimo successo discografico di Lu Colombo, con buffet in giardino e ballo nei saloni felliniani, al Grand Hotel, da Roberto D'Agostino, in una serata di luglio "all'insegna dell'immaginario collettivo su Rimini", in concomitanza con l'inaugurazione della mostra bolognese (stessa organizzazione della festa) *Anniottanta*. Il clima viene riassunto in una cronaca di Silvano Cardellini ("Il Resto del Carlino", 4 luglio 1985): "L'altra sera al *Paradiso Club* di Rimini alta, sale Umberto Eco, guarda giù e dice: 'Meglio di Los Angeles…!'. Lu Colombo trionfa a Saint Vincent col suo disco *Rimini – Quagadougou* dove strilla che 'Rimini sembra l'Africa'. Nel suo romanzo Tondelli paragona Rimini a Nashville, a Hollywood. Stefania Craxi, che lo dice il cognome stesso chi è, arriva stasera in zona vacanze adriatiche: Rimini è la nuova Las Vegas".

C'è anche una polemica: la cancellazione della presentazione del romanzo nel salotto di Baudo a *Domenica in*, già annunciata da "Sorrisi e Canzoni TV". La "disdetta" ha il sapore di una vera e propria censura "politica", mentre la motivazione ufficiale riferisce: "Come non vengono accettati film e video vietati ai minori, così è per le opere letterarie che narrano, tra l'altro, episodi di sesso". C'è disappunto anche da parte di chi aveva collaborato alla presentazione, non canonica, del libro: lo stilista Enrico Coveri che aveva preparato un défilé in costumi balneari e un gruppo di fotografi riminesi che aveva curato una videocassetta da mandare in onda con l'intervista a Tondelli, su espressa richiesta della trasmissione.

Successo di pubblico, scontento fra la critica. L'accusa è proprio quella di aver cavalcato la voglia di best-seller, cedendo alle lusinghe del romanzo tradizionale, alla Robbins (tra i nomi più citati e forse incongrui anche come modelli). Giovanni Raboni, sul "Messaggero" (11 febbraio 1986): "Tondelli sembra aver puntato troppo basso per le sue doti: *Rimini*, nell'insieme è un disastro, ma la scrittura qua e là tiene, ha una sua amara, cinica durezza (e fra parentesi, anzi fra virgolette, quando 'rifà' Chandler è davvero godibile)". Angelo Guglielmi su "Paese sera" (11 agosto 1985): "Tondelli non scrive un romanzo ma dimostra di saper scrivere un romanzo. Cosa vogliamo dire? Vogliamo dire che Tondelli non scrive in proprio, alla ricerca di un mondo tutto suo e in vista di effetti a lui ancora sconosciuti, ma scrive per conto della letteratura, la quale è come se già commissionasse l'opera, di essa fornendogli le misure essenziali, il timbro, il ritmo, il tono, il colore". Mario Pomilio su "Il Tempo" (19 luglio 1985): "Tondelli è intellettualmente e storicamente un apolide, non soggiace a preoccupazioni o vincoli ambientali movendosi come a casa propria tanto nella Riviera romagnola quanto nei pub di Londra, imprime ai suoi vari Bauer, May, Robby e Tony e Aerled e Johnny e Susy (anche la scelta dei nomi è sintomatica) un'aria cosmopolita e un po' disincantata in linea beninteso con quell'universo artificiale e con quella realtà da proscenio che è la 'sua' Rimini, ma che pure, nell'insieme, lascia come l'impressione d'aver sfogliato la vita sulle pagine di un rotocalco". Giovanni Giudici su "L'Espresso" (29 settembre 1985): "*Rimini* mi sembra la quasi paradigmatica dimostrazione di come il più banale e grossolano produttivismo editoriale riesca a far malamente scivolare un autore (secondo me) di buon talento".

È un po' anche la riserva che pone, a conclusione della sua precisa e dettagliata recensione-analisi Giuliano Gramigna sul "Corriere della Sera" (14 novembre 1985): "*Rimini* ci lascia un po' l'impressione di un contrasto tra le doti di Tondelli, indiscutibili, e la tentazione di cedere queste doti alle esigenze (supposte) del pubblico, alla confezione di un buon prodotto narrativo".

Tra gli entusiasti, Mario Lunetta su "Rinascita" (19 ottobre 1985) che scrive: "Tondelli si trova oggi ad approdare a una prosa 'orizzontale', che punta tutto sulla velocità, in una sorta di raptus moltiplicati in totale assenza di pause e (parrebbe) di ripensamenti. In realtà la sua scrittura risulta invariabilmente molto controllata, e la sua bruciante fisicità tutta filtrata al livello di una ironia secca e sprezzante. Ciò che colpisce soprattutto nel libro di Tondelli che galoppa per una riviera adriatica talmente iperrealista da slittare nel metafisico, è l'abilità muscolare e schermistica, quasi il giovane narratore fosse impegnato allo spasimo in un match che sia obbligo d'onore tirare in fondo con brillante disinvoltura". E Roberto Roversi su "Panorama" (26 maggio 1985): "Qui Tondelli ha raggiunto ciò cui ha teso da sempre: la capacità non di scrivere del mondo in generale e di giudicarlo, ma di raccontarlo scegliendone le storie in segmenti, se possibile, precisi e non blandi. Al principio sembra di entrare in un giallo poliziesco, poi sembrerebbe prevalere una vicenda di amori con contrasto, quindi i due piani si intersecano e la narrazione procede amplificata nel senso che scava dentro al racconto rivoltandone i margini. Anche per farlo vedere. Infatti è molto cinematografico".

Dello stesso avviso è Piero Spirito su "Il Piccolo" (3 luglio 1985): "È un romanzo pluridimensionale, straordinariamente calibrato nella struttura, incisivo nelle osservazioni e acuto nelle analisi introspettive, ricco e corposo nel linguaggio come nelle immagini. Perché di immagini realistiche, di un realismo cinematografico, si deve parlare; immagini di una Rimini notturna con le sue luci, la sua gente, il suo mare, la sua musica…". Ancora Renato Barilli, nel numero 78 di "Alfabeta" mette in evidenza "la scelta di una struttura robusta, vistosa, plastica". Continua: "È come se, delle sue tipiche 'non storie', ne avesse scritte contemporaneamente sei o sette, portandole poi a scorrere in parallelo, a intrecciarsi all'ombra di un enorme contenitore, la tipica capitale delle vacanze della nostra società postindustriale, Rimini appunto, luogo ove trionfa lo statuto ambiguo caratteristico della nostra attuale condizione, sospesa tra natura e cultura, povertà e ricchezza, affermazione di sé e invece repressione, patimento di ingiurie, di deprivazioni".

Sul carattere "simbolico" di Rimini si pronuncia anche Gramigna che così esordisce nella già citata recensione al libro: "*Rimini* è un titolo molto bello. A me ricorda quello analogo di un'opera di Pizzuto, *Ravenna*, geniale etichetta di un testo che non faceva menzione della città. Del resto anche qui Rimini è molto meno il nome di un luogo che la convocazione di un frammento d'immaginario costruito equamente dalla pubblicistica turistica e dal desiderio collettivo – si potrebbe dire: una citazione".

Molti insistono sul cambiamento prospettico che avviene rispetto alle precedenti prove narrative. Giovanni Mameli in "L'Unione Sarda" (6 giugno 1985) osserva: "Di nuovo c'è che il *milieu* conta più dei personaggi. Li produce, riverbera su di loro una luce particolare. E si sa come oggi certi ambienti siano legati all'immaginario collettivo, siano gli sfondi dove si consuma il tempo del piacere. I paradisi per eccellenza sono per molti i luoghi della villeggiatura. Ebbene siamo già dentro il libro di Tondelli che è anche estivo e festivo e non senza odore di pubblicità (per Rimini e dintorni naturalmente)". Giampaolo Martelli, sul "Giornale" (14 luglio 1985), mette in luce invece l'evoluzione nei "modelli": "L'orecchio di Tondelli fin dal suo primo libro era ben sintonizzato sulla lunghezza d'onda della letteratura made in USA. Allora s'ispirava ai cantori dei *beat* e degli *hipster*, adesso a Raymond Chandler e un po' a Francis Scott Fitzgerald, capendo che gli allievi si giudicano dai maestri". Una chiave di lettura del romanzo che indaga proprio questo aspetto è inoltre proposta da Remo Cesarani e Lidia De Federicis nel nono volume de *Il materiale e l'immaginario* (Loescher, Torino 1988): "Il romanzo *Rimini* è invece un esempio della attuale, pervasiva suggestività della cultura americana. Tondelli non si limita, come è avvenuto molte volte in passato a cercare modelli di stile in autori americani. Cerca modelli di rappresentazione, sovrapponendo l'America alla provincia italiana".

Anche nelle analisi successive vengono messi in rilievo alcuni dubbi rispetto agli esiti raggiunti col terzo romanzo: si vedano le interessanti analisi di Niva Lorenzini, di Oreste Del Buono e di François Wahl nel numero di "Panta", citato in precedenza.

Tondelli è contento dei risultati ottenuti con il nuovo romanzo, nonostante le polemiche. Lo comunica a Mario Andreose, in una lettera datata "Bologna, 2 settembre 1985":

Caro Mario,
alla ripresa della campagna autunnale vorrei sottoporti
alcune questioni in attesa, magari, di discuterle lunedì 9
settembre quando sarò a Milano per un servizio fotografico per "Linea Capital" cui ruberò un po' di tempo per
venirti a trovare.
Innanzitutto vorrei ripeterti, se ancora ce ne fosse bisogno,
che l'avventura di *Rimini* è andata, per quanto mi riguarda, assai bene. Seppure il tour de force si è dimostrato faticoso e a volte (in certi Festival dell'Unità) anche un po' angoscioso, i "venditori" hanno sempre risolto la situazione
della mancanza di dibattito improvvisandosi non solo pre-
sentatori ma anche critici letterari. E questo ha avuto i suoi
risvolti divertenti sia a Massa (con Ghelfi che pareva Baudo) sia a Fidenza (con Carta che faceva Carlo Bo). Ora sto
partendo per Roma per un servizio fotografico (l'intervista
è già stata fatta) per "Rockstar", la più diffusa rivista musicale che per la prima volta dedicherà quattro pagine a uno
scrittore, come fosse Michael Jackson. Mi aspettano poi i
Festival Unità di Reggio, Modena, Firenze e Ferrara.
Credo insomma che tutti ce la abbiamo messa tutta per
fare andare questo libro, e di questo do atto a te e alla
Casa Editrice. L'unica cosa che chiederei è un secondo
"giro stampa" di pubblicità sui principali quotidiani.
Non solo perché una sola finestra su il "Corriere" o su
"Repubblica" non dà sufficiente peso al nostro sforzo,
ma soprattutto per informare della seconda edizione e di
qualche giudizio critico espresso nel corso degli ultimi
mesi ("Panorama", "La Stampa", "Il Mattino"…).
Parallelamente sta per scadere la finalissima del Premio
Ater-Riccione. L'ultima stesura di *Dinner Party* (ora *La
notte della vittoria*) sembra – a dar ascolto alle indiscrezioni che pervengono dalla Riviera – piacere molto. Non
ti nascondo che ormai il ballottaggio è fra due testi, di cui
uno è il soprannominato. La premiazione avrà luogo il 14
settembre (giorno – sia detto appunto tra parentesi – del
mio trentesimo compleanno) a Riccione. Io faccio grandi
scongiuri. Nel caso comunque l'esito sia favorevole io
chiederei all'ufficio stampa di tenersi pronto a emettere
un comunicato in cui si dice che il testo verrà pubblicato
ecc. ecc. Tipo: L'autore di *Rimini* ecc. ecc.
Nel frattempo infatti ho ricevuto una molto seria propo-

sta da parte del Teatro dell'Elfo (incontrati a Viareggio) per questa messa in scena. E Siciliano, su "Panorama" di questa settimana rilancia la proposta. Benché un testo teatrale non possa dare alla Casa Editrice le soddisfazioni del Romanzo io credo che sarebbe importante un impegno anche su questo fronte dal punto di vista della globalità del lavoro di un autore. Ma ne parleremo.
Scusa il letterone decreto. Tanti cari saluti

Sono impressioni che registra anche una lettera datata, "Bologna, 23 settembre '85", inviata a Wahl:

Mio caro amico, François
so di scrivervi in un momento assai penoso, triste per la perdita del vostro amico Calvino. Ho letto su qualche giornale della vostra presenza a Siena. Vi ho pensato con commozione e affetto.
Continuano a giungermi le recensioni che parlano di *Pao Pao*. Sono molto contento che il romanzo non si sia dimostrato solo una nobile intuizione ma ci abbia ripagati dello sforzo. Qui in Italia *Rimini* è andato molto bene e sta viaggiando oltre le 25.000 copie (per ora 24.000 vendute). Tra un mese uscirà in 30.000 copie presso un "Club del libro" a prezzo inferiore (L. 12.500) e con copertina diversa. Parallelamente sto trattando, con il mio agente, la vendita dei diritti cinematografici cui sono interessati ben tre produttori.
La pièce *Dinner Party* ha vinto, con un altro titolo *La notte della Vittoria* il Premio Speciale della Giuria alla 38ª edizione di un Premio di Teatro (ATER) per testi inediti (partecipavano 198 concorrenti). Ora sto vagliando le offerte per la "mise en scene" che mi auguro venga presto. Alla fine di ottobre finalmente andrà in scena *Altri libertini* in prima a Reggio Emilia e mi preoccuperò di tenervi informato.
Vorrei sapere se avete comprato *Altri libertini*, come mi sembra dalla lettera, ma soprattutto se è stato deciso, lì da Seuil, di fare uscire prima quel libro piuttosto che *Rimini*. A questo proposito vorrei dire a Nicole Sels che la copia di Rimini che ha avuto contiene una trentina di "refusi" e che presto le invierò la seconda edizione corretta.
Per *Altri libertini* (di cui si sta cercando di preparare un film a episodi con tre giovani registi italiani) non saprei che

correzioni fare, mentre per *Rimini* mi piacerebbe molto
che l'edizione francese fosse quella definitiva e quindi vorrei operare alcuni tagli e riscrivere qualche pagina.

Il successo popolare porta a interessarsi al romanzo anche il
cinema. Del resto molti tra coloro che intervistano Tondelli sul
libro fanno riferimento a strutture narrative che rimandano a
quelle cinematografiche. A Maria Pia Farinella che gli chiede
("Giornale di Sicilia", 7 giugno 1985) se lo interessa la scrittura cinematografica risponde:

> Be'… non mi dispiacerebbe se dai miei romanzi si traes-
> sero film. Ma un testo è un testo, è scritto per restare un
> libro. Un film è un'altra cosa: passa attraverso un'altra
> sensibilità e soprattutto attraverso l'interpretazione che è
> una somma di sensibilità. Se volessi fare un film scriverei
> una sceneggiatura, ma il momento tecnico è diverso.
> Quanto la sceneggiatura è secca e banale perché serve a
> qualcos'altro, tanto la narrazione è suntuosità di linguag-
> gio, è musica, è immagine.

Nella conversazione con Pietro Spirito ("Il Piccolo, 3 luglio
1985) invece approfondisce il presunto "stile cinematografico" del romanzo:

> Io penso che un libro ha del cinematografico quando ripro-
> duce sulla pagina la suntuosità del linguaggio cinematogra-
> fico che è musica, che è suono, che è luce, che è recitazione,
> che è il fatto visivo, e che non ha nulla a che vedere con la
> sceneggiatura cinematografica. Non è che io abbia voluto
> fare dei dialoghi da film, probabilmente sono saltati fuori
> anche se non volevo perché sono ormai cose che fanno par-
> te della cultura della mia generazione, quella che io chiamo
> Rock'n'Roll. È la cultura formata di fumetti, di cinema, di
> televisione, nella quale sono cresciute intere generazioni
> prima in America e poi, dagli anni cinquanta, in Italia. Di-
> ciamo che sono uno dei pochi scrittori che porta avanti un
> discorso nutrito degli idoli culturali della propria genera-
> zione. E sono ben contento se è questo che differenzia.
> Non mi sento assolutamente un intellettuale, perché non
> mi sento di dare alcun giudizio sulle idee, sulla vita, sul mon-
> do. Mi sento però una persona che è in grado di costruire dei
> personaggi, conscio che lo scrivere è in un certo modo un
> fatto artigianale che presuppone una dedizione totale.

Tondelli sceglie di cedere i diritti per la trasposizione cinematografica del romanzo al regista Luciano Mannuzzi con il quale inizia poi a lavorare alla sceneggiatura del film. Ricorda il regista:

> Con *Rimini* Pier Vittorio raccontò la frenesia di cento chilometri di costa romagnola da sempre luogo dei miei andirivieni prativi e fantastici. Era inevitabile che gli chiedessi i diritti per una riduzione cinematografica e glieli chiesi. Lui all'inizio restò titubante. Premevano presso il suo agente produttori e registi affermati, anche se, come si dice, di più facili costumi. Fu bravo a non cedere. Scrivemmo insieme la sceneggiatura per un produttore entusiasta del progetto, ma che si rivelò poi troppo fragile per reggere una concorrenza aggressiva e sleale. Accumulammo così tante e tali frustrazioni che alla fine fummo costretti ad abbandonare.

Le riprese vengono annunciate per l'estate 1986, ma già allora l'idea del film è fallita, anche a causa di altri progetti, assai più commerciali (una commedia all'italiana, ben lontana dai temi del libro tondelliano) che costringono scrittore e regista a tutelarsi legalmente rispetto all'uso indebito dello stesso titolo. Lo conferma una nota della casa editrice Bompiani inviata allo scrittore e datata 21 luglio 1986:

> Con riferimento alla nota vicenda relativa al titolo della sua opera letteraria, le trasmettiamo il testo del comunicato stampa da noi redatto e di prossima diffusione:
> "Numerose fonti di informazione riportano la notizia di un progetto di opera cinematografica recante un titolo che riecheggia quello del romanzo *Rimini* di Pier Vittorio Tondelli, da noi edito. Ciò costituisce motivo di indebita confusione con altra opera cinematografica tratta dal romanzo, opera per la quale sono stati ceduti in via esclusiva alla società Studi Immagini S.r.l. i diritti di sfruttamento e reca nocumento all'opera letteraria e al suo autore.
> L'editore desidera esprimere a Pier Vittorio Tondelli la più completa solidarietà per le azioni giudiziarie da lui intraprese a tutela del suo diritto".

Del film e della sceneggiatura Tondelli stesso parla in un articolo pubblicato da "L'Unità" il 13 luglio 1986, a commento di un fatto di cronaca, le atomiche Usa all'aeroporto di Rimini:

HO GIÀ VISTO TUTTO IN UN FILM MAI FATTO

Un pezzo di lamiera infuocata attraversa il cielo estivo della riviera adriatica come una meteorite. Cade nei pressi del lungomare schiantandosi su un paio di auto in sosta. Subito una piccola folla si raduna attorno al luogo dell'incidente. Un fotoreporter scatta rapidamente un rullino e corre in redazione. Più tardi la notizia: due F-16, aerei in dotazione alle forze Nato di stanza a Rimini, sono venuti in collisione durante una esercitazione di volo. Uno dei caccia si è inabissato. Il pilota è incolume ma, ecco l'imprevisto, nell'incidente è andato smarrito un ordigno a testata nucleare. La psicosi della bomba atomica si abbatte sulla riviera al colmo della sua festa estiva. Le autorità tentano di calmare l'opinione pubblica; albergatori e vertici militari si incontrano segretamente per concordare il da farsi. L'ordigno non si trova. In breve il missile diventa l'emblema della vita in riviera. C'è chi fa accorrere in riva al mare squadre di militari dicendo di aver avvistato l'ordigno. In realtà si tratta di un vecchio scafo portato alla deriva. Nella cucina di un grande albergo, indeciso sul da farsi, lo chef prepara un enorme sandwich a forma di missile da servire al culmine di una festa in piscina. Una ex diva degli anni cinquanta, madrina di un premio rivierasco, intervistata al suo arrivo all'aeroporto di Miramare di Rimini risponde: "Io paura del missile? Sapete quanti missili mi hanno colpita in tutti questi anni? Missili veri, intendo…"

Questa era la situazione di partenza di un iniziale progetto di sceneggiatura che con Luciano Mannuzzi, regista, s'era stesa l'autunno scorso per il film *Rimini* prodotto da Maurizio Carrano. In sostanza immaginare che una atmosfera da fine del mondo attanagliasse la Babilonia estiva della vacanza in modo da poter raccontare storie e trame che, proprio per essere inserite in un tale contenitore, divenissero più forti. Più rappresentative. E quindi il racconto dell'insensatezza, della futilità della frivolezza, della stupidità, ma anche dell'emozione, dei momenti eccitanti di vita, degli incontri, del sesso balneare: tutto ci sembrava molto più forte se visto sotto questa specie di campana di vetro di un reale pericolo nucleare di cui nessuno però sembrava o voleva accorgersi. Questo progetto, anche per incoerenze interne, è stato abbandonato e sostituito pur restando come atmosfera generale la cui elaborazione si annuncia imminente. Ma trovando ieri sul "Corriere della Sera" nella sua corrispondenza da Rimini, una scena esatta, assolutamente identica di quella vecchia sceneggiatura (I giornalisti sono ai cancelli dell'aeroporto di Miramare per verificare sul posto la notizia venuta dal Dipartimento della Difesa degli Stati Uniti) non so più quale sia realtà e quale fantasia. Se siamo noi vittime di un sogno o se invece è la realtà pesante come un incubo.

Nel 1989 ritorna a occuparsi di *Rimini* in occasione della traduzione francese, alla quale reca alcune modifiche, le stesse che avrebbe auspicato per la definitiva edizione italiana, mai portata a compimento. Non si tratta di interventi rilevanti sul testo, ma di una messa a punto della struttura linguistica. Spiega il lavoro effettuato, in una lettera non datata, inviata alla traduttrice francese Nicole Sels:

Cara Nicole,
sto aspettando una telefonata da Martine per dettare le ultime correzioni alla traduzione di *Rimini*. Non sono vere e proprie correzioni ma dettagli che nulla tolgono alla bellezza della sua traduzione che coglie il massimo nelle parti descrittive – l'arrivo a Riccione, la folla sulla spiaggia, Londra ecc. È una traduzione vibrante e molto fedele, piena di ritmo credo. Qua e là ho alleggerito le frasi più pesanti togliendo il nome delle vie, per esempio o degli Hotel o i numeri o cose del genere. Avrei dovuto farlo anche per l'edizione italiana.
A distanza di sei anni il mio giudizio è che *Rimini* sia un testo *difforme*: che abbia bellissime parti descrittive, sia pieno di un brulicare di vita e di storie e nella sua impostazione generale regga bene. Dall'altra parte ha delle debolezze evidentissime: troppa autobiografia "sublimata", un sottofondo patetico-sentimentale (non *mélo* come in *Camere separate*) che non va assolutamente, brutti dialoghi all'americana. Questi io credo, in tutta sincerità, i pregi e i difetti del testo.

RACCONTI

LA CASA!... LA CASA!...
(1981)

Nelle intenzioni dello scrittore, il racconto nasce come il tentativo di restituire il parlato alla maniera di Céline. Originariamente è pubblicato col titolo *Casa, dolce casa, dove sei?* nel supplemento "Strisce & Musica" de "Il Resto del Carlino", 9 maggio 1981.

DESPERADOS
(1982)

Il racconto riprende situazioni, linguaggi e strutture vicine a quelle del fumetto, quasi in un parallelo con le prime storie disegnate da Andrea Pazienza. Originariamente è stato pubblicato con il titolo qui indicato in "Linus", agosto 1982.

ATTRAVERSAMENTO DELL'ADDIO
(1984)

Il racconto ruota intorno ai due personaggi, Fredo e Aelred, le cui vicende saranno poi sviluppate e definite dallo scrittore nel romanzo *Rimini* (1985). Il testo in questione ha parte rilevante proprio come avvio di quella "fenomenologia dell'abbandono" che diventerà negli anni successivi uno dei temi su cui Tondelli insisterà maggiormente. Originariamente è stato pubblicato, col titolo *L'addio*, nel volume antologico, curato da Francesco Gnerre, *Avventure dell'eros*, Gammalibri, Milano, 1984.

RAGAZZI A NATALE
(1985)

Il racconto è stato pubblicato con lo stesso titolo in "Per Lui", dicembre 1985. È stato ripreso dall'autore, senza apporre modifiche, per *Italiana. Antologia dei nuovi narratori*, Mondadori, Milano 1991.

PIER A GENNAIO
(1986)

La prima versione del racconto è stata pubblicata in un numero monografico di "Nuovi Argomenti", interamente dedicato ai "Nuovi racconti italiani". È Enzo Siciliano, direttore della rivista, a richiederlo, con una lettera allo scrittore datata 6 novembre 1985 ("Ti scrivo per chiederti un racconto per 'Nuovi Argomenti'. E ci tengo che tu me lo spedisca. Un racconto, un massimo di 25-30 cartelle, che dovrà uscire nel numero in edicola il 15.6.86 e che deve arrivare qui in redazione a Roma non dopo la fine di febbraio. Puoi mandarmi un cenno in proposito?"). Al direttore inoltre piace molto l'idea di Tondelli di lavorare intorno a Isherwood. Infatti in una lettera, datata 6 febbraio 1986, Siciliano scrive:

> Caro Tondelli, aspetto il racconto, – la rivista non solo non è ricca, è poverissima pure se stampata da un grande editore – anche se (e lo ripeto) paga cento carte complessivamente. Dunque, aspetto il racconto. Mi piace molto che sia dedicato al povero vecchio Chris, del quale, a Ischia, ero un ragazzino, sentii dire dalla voce di Auden cose pungenti. Ma i suoi libri mi piacciono tutti moltissimo, moltissimo.

In una lettera da Bologna, il 26 marzo 1986, a François Wahl, scrive:

> Con questa lettera vi invio anche la prima cosa degna di nota che ho scritto dopo il romanzo [*Rimini*, N.d.C.]. È un testo breve scritto per una rivista, "Nuovi Argomenti", e uscirà la prossima estate. Alcuni giornali francesi mi hanno chiesto un pezzo. Io proporrei questo racconto. Mi piacerebbe pubblicarlo.

Il racconto non viene ripreso però in Francia. Una versione ridotta dello stesso è stata invece tradotta in spagnolo e pubblicata in "El País", 16 agosto 1987. La versione, ritenuta dall'autore definitiva e proposta nel volume *L'abbandono*, è quella conforme all'edizione inglese del testo, tradotto da Patricia Costa e pubblicato, col titolo *Pier's january* in "Nuovi Argomenti, First English Issue", New York, 1988, che presenta alcune varianti sostanziali soprattutto nella prima parte.

Al racconto, datato nell'edizione inglese "Bologna, January 1986", lo scrittore ha fatto seguire la seguente nota:

> Questo breve testo nasce in forma di esercitazione stilistica sul tema delle persone autobiografiche del racconto suggerito dalla lettura di *Christopher And His Kind* (1976) e *October* (1980) di Christopher Isherwood, alla cui "non-entità" peraltro queste pagine sono dedicate, in memoriam.

QUESTA SPECIE DI PATTO
(1987)

Il racconto, accompagnato da un disegno di Nicola Corona, è stato originariamente pubblicato, con lo stesso titolo, in "Per Lui", luglio 1987.

MY SWEET CAR
(1987)

Il testo è stato elaborato per la quarta edizione di "Film-Maker", una rassegna di film e video di nuovi autori promossa dal Comune e dalla Provincia di Milano, dalla regione Lombardia e dalla sede regionale per la Lombardia della RAI. In quell'edizione, sono state proposte dieci storie, intese come soggetti e spunti narrativi, a cento registi affinché ne potessero sviluppare delle sceneggiature, per la realizzazione di cinque o sei film.

Hanno sottolineato i curatori: "Quando abbiamo proposto ad alcuni scrittori di scrivere dei soggetti, degli spunti, per alcuni film della durata di mezz'ora e a basso budget, abbiamo raccolto un'idea che era nell'aria. Molti degli scrittori c'entrano o hanno avuto a che fare con il cinema in circostanze non sempre felici. È altrettanto vero che anche da parte dei registi più giovani c'erano già stati approcci verso scrittori a loro affini".

My sweet car, con le altre nove storie di Busi, Comolli, Fiori,

Lodoli, Manfredi, Panebarco, Pascutto, Piersanti, Rasy, è stato pubblicato in "Cinema & Cinema", n. 48, marzo 1987.

Un "corto" è stato realizzato, solo a partire dall'idea di base del racconto-soggetto, da Enrico Ghezzi e interpretato da Paolo Rossi.

Pier Vittorio Tondelli ha accompagnato il testo con la seguente nota:

> In luogo di un soggetto cinematografico vero e proprio, genere che sinceramente non frequento e non conosco, ho preferito qui elencare alcuni materiali di scrittura, stati d'animo, frammenti emotivi che forse possono stimolare la fantasia e l'immaginazione più di una piatta catena consequenziale di avvenimenti. Le citazioni delle ultime pagine appartengono, in ordine sparso e non originale, a *Il trentesimo anno* di Ingeborg Bachmann nell'edizione feltrinelliana del 1963.

UN RACCONTO SUL VINO
(1988)

In questo racconto, pubblicato sul "Corriere della Sera", 22 agosto 1988, Pier Vittorio Tondelli propone un attraversamento della cultura del vino, a partire da una relazione universitaria che, nel racconto, diviene l'oggetto della conduzione narrativa. Il testo originale della relazione (trentacinque fogli dattiloscritti) indica il lavoro come un'elaborazione di Tondelli per il corso di semiotica (prof. Umberto Eco) dell'anno accademico, 1976-1977 al DAMS di Bologna. Lo scrittore, raccontandone la genesi e le intenzioni, ripercorrendo le iniziali prospettive d'indagine, divagando sulle sue radici padane, costruisce una narrazione sempre in bilico tra memoria e ricerca.

Le motivazioni dell'indagine condotta da Tondelli sono contenute nel "Prologo: un libro nel bicchiere" della relazione stessa:

> quella che potremmo chiamare "cultura dell'alcool", una sorta di universo semantico costituitosi giorno per giorno, fin dagli inizi, un enorme serbatoio di possibilità espressive raccolte in un grande tumbler. In altre parole, se è vero che ogni opera letteraria al suo apparire entra in contatto con tutte le altre opere esistenti ed è da loro mo-

tivata, se è vero che "non si possono fare romanzi se non partendo da altri romanzi" (Frye), allora ricercheremo in quel bicchiere le tracce di un percorso specifico, rovistando e scomponendo i sedimenti, getteremo una lenza in quel vino fatto di libri per pescare un qualche Pequod che ci consenta di imbarcarci verso le acque dell'"alcool letterario".

Tondelli ha riassunto anche il senso della sua ricerca in un articolo di cui non è stato possibile rintracciare le indicazioni bibliografiche, anche se tra le sue carte sono state trovate varie stesure. Proponiamo, l'ultima, che in calce reca la firma dell'autore.

Questo articolo nasce in margine a una relazione universitaria discussa con Umberto Eco nell'ambito del corso di semiotica DAMS all'Università di Bologna. Il punto di partenza di quelle pagine è molto semplice. Si trattava di percorrere un filone della Letteratura, quello che un po' arbitrariamente definivo "Genere Alcool", alla ricerca di unità culturali che rendessero ragione non solo di una organizzazione semantica all'interno dell'universo letterario di particolari opere avvinazzate (dai frammenti di Alceo alle *Roba'iyyat* di Khaiyyam, da un certo Orazio al taoista Li Po, da Gargantua e da Morgante fino a Baudelaire, Kirkegaard e poi Mailer, Bianciardi, Fitzgerald, Roth, Scerbanenco per finire nelle braccia di Raymond Chandler e del suo *The Long Good-bye* che diveniva come un grande raccoglitore di questo accumulo di connotazioni tanto da esserne palesemente influenzato nella struttura e nelle dinamiche interne) ma spiegassero in termini più o meno subliminari anche la predilezione della mia generazione per il vino e per l'alcool. Si trattava in sostanza di cercare una mitologia rendendola esplicita attraverso un sommario esame di opere letterarie. In questa direzione portavo i miei sforzi maggiori nascosti inevitabilmente sotto la patina di scientificità che l'occasione (un esame) e il corso (semiotica) sembravano richiedere.

Il punto cruciale è ora quello di vedere fra le pieghe dell'Industria Culturale le ragioni della grande popolarità delle osterie, verificando se l'amore dissennato per l'alcool, le sbornie, i brindisi sia una effettiva necessità o non piuttosto l'eredità di una cultura che attraverso la scuola, i tascabili, la televisione, insomma attraverso il Palazzo del Sapere ci ha bevuto il cervello. La domanda chiave da cui prenderanno avvio queste note è molto semplice e cerca di evidenziare quello che nell'elaborazione universitaria era, per i motivi che ho spiegato, sottaciuta. Nati a metà degli anni cinquanta cresciuti a films, pop-corn e giornaletti, siamo un prodotto o una necessità?

Il grande momento delle osterie, si è detto. Soprattutto in provincia è rilevabile questa popolarità. L'alienazione e la disgregazione (parole ormai simboli dell'esperienza quotidiana dei giovani) si cerca di scioglierle davanti a una bottiglia, di sera, fra amici di occasione e frequentatori abituali, la solita pittoresca fauna delle bettole che tende a scomparire ogni giorno di più, trasformandosi i ritrovi consueti in "nuovi bar", con "nuovi prezzi" per "nuovi clienti". Il momento magico dell'incontro vecchio-nuovo, dell'osmosi dell'esperienza della memoria con quella dell'attualità sembra relegato al recente passato. Con la frenesia distruttiva dei nuovi miti, le vecchie osterie si trasformano: si arriva perfino alla filodiffusione togliendo quello spazio musicale autentico che costituiva una delle ragioni del loro "successo", l'incontro cioè tra l'arpeggio country e la nenia stonata di una canzone contadina. Ma il fatto che preme sottolineare è la scelta dell'alcool come alternativa seppur temporanea ("rimedio" nel senso della poesia conviviale classica) che viene scelta.

Senza togliere nulla di concretamente angosciante e preoccupante alla escalation delle droghe pesanti, lungi dal rimpicciolire e ghettizzare un fenomeno che si allarga drammaticamente fra le fasce giovanili, è senz'altro indiscutibile che l'uso degli alcolici surclassa per estensione quello della droga, proprio perché convenzionalmente accettato nella nostra cultura.

Mentre non si dà nel nostro mondo occidentale una droga con connotazioni di "gioia", "giovinezza", "amore", "calore", "contatto con la natura", le stesse connotazioni valgono invece per il vino. Sfogliare Alceo sotto questo punto di vista o semplicemente leggersi qualche pagina di Rabelais, porta inevitabilmente e pacificamente a questa conclusione. Il bicchiere di vino a tavola con gli amici è un simbolo di unione, di fratellanza, di calore che trova la sua espressione poetica nell'usanza rituale del brindisi, soprattutto in occa-

sione delle grandi feste. Ma vedreste voi vostro padre con
tanto di nonni e zie, alzarsi alla fine del pranzo e accendere
un tremolante spinello in segno augurale?

Ai significati gioiosi e conviviali del Vino subentrano
però, qualora si parli di Alcool, quelli distruttivi e mortali simili (ma non identici) alle proprietà che l'uso
comune rivendica alla Droga. Viene così a crearsi una
frattura fra Vino e Alcool (frattura che potremmo anche
identificare come divaricazione della Parola) che non è
soggetta a meri criteri di quantità, ma che è culturalmente accertabile con precisione.

Si tratta di prendere atto che l'Alcool serve o può servire a
costruire una sorta di "Paradiso artificiale", di "Rifugio"
per quanti non trovano più il loro piacere nell'ambito della
"normalità" (Faggìn), di ultima Fortezza per coloro che la
fortuna ha maltrattato. Ma non solo. È necessario come
implicazione di quanto sopra, tenere a mente il "tentativo
di autoterapia palliativo" (Ferenczi) che l'Alcool svolge
nei soggetti che si rivolgono al proprio organismo per produrre le ipotetiche "sostanze libidiche" cioè la capacità di
produzione endogena di piacere (sempre Ferenczi). Allora tutto diventa più chiaro. Se l'Alcool serve a isolare l'uomo in virtù di un ipotetico mondo nuovo che egli riesce a
estrarre e costruire dal suo stesso organismo, se l'Alcool
diviene una sorta di bava collosa che cementa le nuove pietre del Castelli, allora come è possibile che esso resti in seno alla forza e al potere?

La cultura del Vino si costituisce così come cultura subalterna e ribelle a quella ufficiale, al potere della Chiesa e
dello Stato. In quanto tale viene cacciata e automatico si
manifesta il tentativo di distruzione. Ma il regno del Vino
sopravvive al martirio delle sue sacerdotesse (le streghe),
dei suoi chierici (gli ubriachi) e dei suoi proseliti. Resta an-
nidato nel cuore della società pronto a roderne le fonda-
menta. Ma come se la sua immagine più eversiva è appena
stata immolata sui roghi? Attraverso il buffone, il *cabotin*,
il folle. Attraverso il riso impietoso e sfacciato, attraverso
la satira più violenta il nuovo mondo cerca di gettare ancora una volta le sue radici. Per questo non è azzardato affermare che ogni parola sovversiva trabocchi da un calice di
vino. Ma il fatto da sottolineare è proprio che ormai, dopo
aver sperimentato i poteri di un mondo diverso e allucina-

to, che si sottrae alla quotidianità più prosaica per attingere invece alle fonti della percezione e dei bianchi nervi" (per dirla con Schreber), il Vino non è più l'amico normale di ogni tentativo di contatto con la natura e le cose del mondo ma implica nel suo uso la connotazione di autodistruzione e di morte. È o non è una forma estranea?

Da questo momento non si darà più, sempre nella cultura occidentale, l'unità culturale Vino senza un alone di distruzione. Ed è proprio in questo momento che passiamo dalla cultura del vino a quella dell'Alcool. In altre parole è a questo punto della nostra cultura che l'ubriaco non è più l'immagine dell'uomo in pace con i Nervi del Mondo e di Dio ma l'immagine ben più ardente dell'uomo che rifiuta qualsiasi rapporto con l'esterno che non sia misurato su di sé, che non possiede quindi alcun Valore al di fuori di se stesso. La scelta dell'Alcool diviene allora il sintomo di una reale insoddisfazione e dell'incapacità di vivere col mondo in un rapporto complementare d'integrazione. Diventa altresì un rinchiudersi fra le proprie braccia offrendosi passivamente a quanto può succedere. L'abbandonarsi all'alcool significa in definitiva una sola cosa, il non voler crescere al mondo dei Padri.

Ed è per questo rifiuto più o meno cosciente che l'Alcool di oggi recupera straordinariamente quelle nozioni di "autenticità", di "eros", di "giovinezza" che sembravano ormai definitivamente relegate al passato della persecuzione. La riscoperta del Vino all'interno dell'Alcool (la vera ragione delle ubriacature di oggi) costituisce la risposta più decisa e convinta dell'esperienza giovanile non solo all'escalation delle droghe pesanti, ma soprattutto al Palazzo della Cultura che sempre ne aveva consegnato immagini degradanti e inette. Saper guardare dietro gli *hangovers* di Mailer, lo champagne di Fitzgerald, il "succhiello" di Marlowe-Chandler, i superalcolici di Burroughs significa non solo riuscire a togliere quella crosta di intimismo, di languore o di vitalità più sfrenata (che coincide con la più sfrenata ricerca di morte) sotto cui sono nascoste le loro vere ribellioni, ma soprattutto capire il perché queste evasioni si sono bloccate in un'infinita sequenza di échecs. Recuperando e rivivendo queste "nozioni" è possibile frenare la maniacale follia autodistruttiva che si impadroniva della nostra generazione e della nostra società, trasformandole in nuovi bisogni. Se i nostri padri-culturali ci hanno permesso di suggere queste tette senza tener presenti le implicazioni che ho cercato di evidenziare, significa che forse il pericolo non esiste se non per noi stessi. Ma la contaminazione prosegue e il contagio esce dalle osterie come una sorgente sotterranea. Se fino a ora ci siamo riconosciuti come un prodotto, adesso questo prodotto è la nostra necessità.

SABATO ITALIANO
(1990)

Tondelli scrive il soggetto del film nel 1990 e lo elabora attraverso quattro stesure. Il testo è inedito e viene qui presentato nella quarta e ultima versione.

Prima di scrivere il soggetto, com'era nel suo metodo di lavoro, Tondelli ha steso alcune tracce, per chiarire il carattere dei personaggi e il contesto delle situazioni:

APPUNTI PER SOGGETTO CINEMATOGRAFICO

Ricki fa parte di un gruppo di ventenni che abita in uno dei paesi della costa adriatica compresa fra Ravenna e Pesaro.

L'incidente: Ricki travestito da Susy era sulla Porsche. La notte prima ha addormentato Susy, ha indossato i suoi vestiti e ha preso la Porsche per andare... dove?

L'incidente fa scontrare la Porsche con l'auto dei tre vecchi amici.

Ricki ha accettato la scommessa per non far correre pericoli a Susy.

Susy è la ragazza un po' bruciata e un po' più grande.

Lei ha accettato la scommessa per un debito di gioco? Un film porno? Un ricatto? Una truffa alle assicurazioni?

Il boss ha detto: "Fai tutto il lungomare da Rimini a Riccione ai duecento senza fermarti; arrivi a Riccione e il debito è sciolto".

Ricki in un qualche modo lo è venuto a sapere e prende il suo posto. Un incrocio, due incroci, tre, quattro vanno bene fino allo scontro finale.

Dove ha conosciuto Susy?

Viale Ceccarini. Un'alba dopo una notte in discoteca. Ricki scende dalle discoteche per la pizza delle cinque e la vede a bordo di una grossa auto. Non gli interessano più i soliti amici, la solita ragazza. Lui vuole Susy e quella macchina.

Dal momento che la roulette russa diventa un fenomeno in cui Ricki è specializzato, il boss, per lasciar libera Susy, le chiede di rischiare proprio quello che fa il suo fidanzato. Se lei sceglie la vita dell'altro ne deve scegliere anche il rischio. Per questo le chiede di fare la roulette russa. E Susy accetta.

Il boss è un quarantenne proprietario di un grande albergo, negozi ecc. Susy ha un negozio di moda che l'altro le ha regalato o finanziato o cose del genere. Questo è quello che li unisce. Erano amanti, il boss è un grosso giocatore d'azzardo. Al tavolo sente parlare di questa nuova moda della roulette russa. E così ingaggia qualche ragazzo per le scommesse. Così in discoteca contatta Ricky che diventa un buon giocatore. Ma Susy si innamora e cerca di salvarlo, di portarlo via. Il boss se ne accorge e chiede allora, da buon giocatore, la scommessa. "In un modo o nell'altro ti perdo. Preferisco perderti giocando."

Sulla strada ci sono i suoi amici con il radiotelefono.

LA TRAMA

Questa serve più per dare uno spaccato della vita quotidiana di questi ragazzi. Il fratello di Ricki per esempio è molto più ibizenco, tipo da spiaggia, si diverte a scopare le svedesi, fa il conto con gli amici a fine stagione delle conquiste. Sono un aggiornamento dei vecchi vitelloni. Culturisti, boxeur, palestre, health club, al bagno hanno il tanga leopardato ecc. ecc. Sono informati dalle agenzie di viaggio sugli arrivi dei charter dalla Svezia, dalla Norvegia, dalla Danimarca, dalla Germania… E quando finisce la stagione vanno ai Caraibi. Vivono con i soldi delle discoteche, dei negozi ecc. Smarchettano con le "sopravvissute" sedute al Green bar…

Ricki è diverso. La sua famiglia non ha fatto molta fortuna. Il nonno era pescatore, il padre andò male con un albergo e così affittavano la casa ai villeggianti, per la stagione, spostandosi in una baracca. Il pranzo contadino di Natale, con pesce e carne, ha questo significato. Il fratello maggiore accetta le regole. Lui trova nella ribellione della roulette una via di disprezzo delle convenzioni e nello stesso tempo di affermazione della sua individualità.

E mentre fa le sfide mette su la cassetta con sua madre che dice la ricetta dei cappelletti (soldi, mangiare, nutrirsi…) e mentre la ascolta urla a ogni incrocio: "Mi fa schifo! Mi fa schifo!". E poi la toglie e mette del rock.

Luciano Mannuzzi, il regista del film, così ricorda il suo lavoro con lo scrittore:

> Qualche anno dopo, grazie a Claudio Bonivento, produttore di *Sabato italiano*, ho potuto lavorare ancora con Pier Vittorio e la cosa più curiosa che mi ricordo di quei giorni passati con lui era la sua enorme capacità di produrre pagine. Mi spiego: poiché l'idea, lo scatto di racconto nasce spesso in pieghe inesplorate, scaturisce da associazioni che generalmente non hanno un nome, nella fase progettuale di un film si fanno molti discorsi, si buttano lì anche idee poco chiare, confuse e sconnesse, li si lascia galleggiare nella stanza a fargli compagnia. Questo dà, almeno a me, il piacere quasi sensuale che da quelle macerie già nasca e si prefiguri l'accordo nuovo, la forma di cui innamorarsi. Pier Vittorio invece non si sognava neanche di lasciar a mezz'aria le sue ipotesi di testo. Saldo, forte, limpido, piegava quelle impressioni e quei suoni e li trasformava in abbozzo concreto, preciso e solo in un secondo tempo potevano essere lasciate eventualmente a se stesse. Un lavoro impressionante. Per *Sabato italiano* è venuto da lui il suggerimento fondamentale di fare un film a episodi. La realtà, non solo quella del sabato, era ai suoi occhi troppo vasta, complessa, dolorosa per essere contenuta e restituita da un unico punto di vista. Gliene sono grato e alla sua memoria il film è dedicato.

Sabato italiano, interpretato da Francesca Neri, Chiara Caselli, Isabelle Pasco, viene presentato al Festival del Cinema di Taormina e distribuito nelle sale cinematografiche nel 1992.

BIGLIETTI AGLI AMICI

(1986)

Con il romanzo *Camere separate* Tondelli racconta il suo "ritorno" che definisce le ragioni della consapevolezza di sé dentro la solitudine, in cui si generano le "elegie" di una frammentazione che, da letteraria, coinvolge interamente il suo assetto interiore. È un percorso umano e letterario che trova forma compiuta nel romanzo, ma che prende avvio attraverso *Biglietti agli amici*, un libro "segreto", per pochi, pagine dell'intimità, destinate, inizialmente, a non essere rese pubbliche, scritte solo per chi condivide con lui una realtà d'amicizia. È il libro dei trent'anni e non a caso è preminente il riferimento a Ingeborg Bachmann e al suo *Trentesimo anno*.

Il biglietto a F.W. viene chiuso da un appunto:

> Mentre scrive queste note, sulle prime pagine del libro di Bachmann, il sole è rispuntato a Boulogne...

mentre il biglietto per N.S. è introdotto da una citazione dal *Trentesimo anno*:

> Sulla fine del viaggio taceva. Non avrebbe voluto finirlo, alla fine avrebbe voluto scomparire, senza lasciare traccia, diventando introvabile.

L'intima relazione di scrittura che viene a porsi con l'autrice austriaca segna l'avvio di un percorso sempre più diretto e che segnerà il passaggio verso *Camere separate*, introdotto da *Biglietti agli amici*, elaborato attraverso la "poetica del frammento" delle "variazioni" sulla "fenomenologia dell'abbandono" (*Pier a gennaio*; *Ragazzi a Natale*, *Questa specie di patto*, *My sweet car*) e definitivamente intuito come forma di elegia nell'ultimo romanzo.

È la Bachmann ad accompagnare, a segnare le varie tappe, tanto che *My sweet car* riprende tutte le "illuminazioni" bachmaniane (così potrebbero essere definite le citazioni che Tondelli ama riportare dentro il corpo della sua scrittura, uniformandosi a esse, assorbendone, non solo il senso, la verticalità del sentire, ma anche la "musica della pagina") e le ordina in una sequenza cinematografica (è infatti un racconto visivo, appositamente pensato per il cinema). Le uniforma in una progressione, nell'istituzione di un "sentire" che diventa intimo anche per lo scrittore.

In *My sweet car* riprende gli stessi brani già citati in *Biglietti agli amici*, tanto che il racconto si chiude su quel senso dello svanimento che accompagna il viaggio che aveva usato per il biglietto a N.S.; sono brani che ritiene chiarificatori della sua condizione in quel periodo:

> Quando un uomo si avvicina al suo trentesimo anno di età, nessuno smette di dire che è giovane. Ma lui, per quanto non riesca a scoprire in se stesso alcun cambiamento, diventa insicuro; ha l'impressione che non gli si addica più definirsi giovane.

Biglietti agli amici diventa per Tondelli il libro dell'avvicinamento. È un percorso che prende avvio già nel 1984, quando inizia a intuire la necessità di andare verso una forma di "contemplazione", probabilmente indotta da una riflessione sull'abbandono come "ferita" (il cambiamento inavvertito di cui parla la Bachmann), dopo le disillusioni generazionali di cui *Dinner Party* rappresenta l'epilogo.

È del 1984 una conferenza tenuta a Firenze, il cui corpo centrale è la lettura di brevissime citazioni, in forma di frammento sul tema dell'abbandono ("abbandono d'amore, abbandono della persona amata, abbandono delle cose o forse anche della realtà").

Del resto a Roma, nel marzo 1984, scrive una prefazione per una raccolta di poesie di Agostino Gandolfi, *La notte alta*, che così conclude:

> Varrà comunque la pena – in chiusura – introdurre un ulteriore elemento di riflessione che mi sta particolarmente, in questi tempi, caro e cioè: non potrebbero queste poesie

anche chiamarsi "Appunti di una fenomenologia dell'abbandono?". Non potrebbero cioè costituire, nella loro
secchezza e lapidarietà, ardenti reperti cerebrali della nostra comune situazione di abbandonati? Di abbandonati
dalle cose, dal mondo, da noi stessi? Non potrebbero
esprimere *anche* la umana condizione di "stare soli, sotto
il sole, a dimostrare che siamo senz'ali". E che niente ci
protegge dall'Amore?

Le stesure di *Biglietti agli amici* che si susseguono fino al
dattiloscritto definitivo contengono particolari rivelatori, tanto
da confermare la stretta relazione tra la "fenomenologia del-
l'abbandono" e la necessità del libro.

Tra le carte tondelliane, in una cartelletta gialla, sono stati
ritrovati i dattiloscritti di due versioni, precedenti alla definitiva, più un gruppo di fogli con appunti e frammenti narrativi
che, in altra forma, confluiranno poi negli abbozzi delle prime
versioni. È stato così possibile catalogarle come:

a) *Frammenti preparatori.* Si tratta di 30 fogli dattiloscritti
con indicazioni a pennarello relative alla destinazione e alle
iniziali degli amici cui i vari frammenti potevano essere dedicati. Le cartelle dattiloscritte presentano anche varie correzioni a
matita e a pennarello, nonché segni di elisione a matita delle
parti da escludere.

b) *Prima versione.* È composta da 36 fogli dattiloscritti e si connota per l'abbozzo di struttura (iniziali del destinatario, ore del
giorno e della notte, solo in alcune pagine, numerazione del biglietto e indicazione degli angeli sovrani delle varie ore). Si caratterizza inoltre per il tipo di annotazione dei dati, sul margine superiore del foglio, a penna, in stampato maiuscolo. Consta di un
indice, già definitivo, con numerose cancellature e di una diversa
versione dei frammenti. Questa prima stesura è dissimile come
forma da quella poi progressivamente elaborata e pubblicata.

È composta soprattutto da brani, oltre che diaristici, di materiale preparatorio (note e citazioni da versioni precedenti del romanzo *Rimini,* frammenti di racconti coevi e esclusi da *Altri libertini* come *Emily Bar* del 1979, l'avvio della versione 1982 di
Un weekend postmoderno, passaggi da un soggetto cinematografico in via di elaborazione). Nel dattiloscritto, al contrario di
quanto avviene nell'edizione definitiva, le fonti vengono citate
alla fine del biglietto. Mette in luce un testo ancora in via di stesura, in cui sono presenti biglietti che poi verranno definitiva-

mente esclusi, tagli, modifiche, cancellazioni e correzioni a penna e a matita. Manca l'intestazione del dattiloscritto.

c) *Seconda versione.* Si compone di un dattiloscritto intermedio, numerato, composto da 28 fogli e da un gruppo di 14 fogli sparsi. Non presenta l'indice ma l'intestazione, il nome dell'autore e la nota biografica finale, in cui Tondelli così si definisce:

> È nato nel 1955. Ha studiato all'Università di Bologna (DAMS), laureandosi con una tesi sul romanzo epistolare. Nel 1980 ha esordito nella narrativa con il volume *Altri libertini* (Feltrinelli), sequestrato dalla magistratura per oscenità e poi rimesso in circolazione. Nel 1982 ha pubblicato, per lo stesso editore, il romanzo *Pao Pao.* Ha scritto un testo drammatico, *Dinner Party*, in corso di pubblicazione da Feltrinelli. Collabora a quotidiani e settimanali in qualità di osservatore del mondo giovanile. Le sue opere sono state tradotte in spagnolo e in francese.

Nel dattiloscritto numerato la struttura è conforme a quella dell'edizione definitiva, con le indicazioni di giorno e notte, ora, angeli e destinatari. I testi sono ancora in via di elaborazione: alcuni verranno esclusi (già nel dattiloscritto vi sono indicazioni in merito); altri compariranno in diversa forma o notevolmente abbreviati rispetto a quella ancora presente in questa versione intermedia. I quattordici fogli sparsi presentano, in prevalenza, copie di alcuni biglietti già presenti nel dattiloscritto, con correzioni a matita o a pennarello.

d) *Versione definitiva.* È composta da 30 fogli dattiloscritti: ha l'intestazione, l'indice e, per la prima volta, in queste redazioni, la nota bibliografica finale. I vari testi presentano correzioni a penna, riguardanti errori di battitura e uso delle lettere maiuscole e minuscole. È sostanzialmente conforme all'edizione apparsa in volume da Baskerville.

La comparazione delle varie versioni chiarisce le necessità tondelliane. Non a caso la prima versione dattiloscritta di *Biglietti agli amici*, s'avvia proprio riprendendo la riflessione sulla disillusione che sta al centro di *Dinner Party*.

Infatti il biglietto numero 1 introduce il punto di svolta, il nodo da cui si genera il bisogno di riflessione sul sé, il sostanziale passaggio:

> Quando in fondo, poi, l'unica cosa che vorrei raccontare e che vorrei fosse libro è questa disperazione quotidiana

in cui ci dibattiamo tutti noi ex ragazzi, ex-77, ex-creativi, noi che abbiamo avuto un certo successo, che frequentiamo un giorno gente "benissimo", salotti a posto, party esclusivi...

Il biglietto numero 6 (poi non compreso nell'edizione a stampa) destinato a un'amica, in una forma epistolare, diretta, che non si ritrova più negli altri "biglietti", ritorna a uno spazio intimo, riprendendo le contraddizioni di una "dolorosa sensibilità":

> Abbiamo, mia cara, grandi similitudini che ci attaccano l'uno all'altra. Forse grandi nevrosi, grandi richieste da fare al mondo, a chi amiamo, a chi vogliamo bene. Abbiamo un'infinità di desideri, di voglie, di slanci, di entusiasmi. Abbiamo una sofferenza in comune che è quella per cui né tu né io amiamo la vita e la guardiamo come una cosa estranea ai nostri percorsi e che non ci interessa più di tanto; benché questa stessa dolorosa sensibilità sia, paradossalmente, la radice di un nostro tutto particolare attaccamento al mondo. Pochi mesi fa qualcuno ebbe modo di infilarmi con un paio di battute: "Non si gioca con l'infinito" e "Devi solo desiderare chi sei". Più tardi mi salutò con un forte abbraccio paterno: "Pensa a quello che ti ho detto. Pensaci semplicemente. Solo a quello che ti ho detto. Né più, né meno". Ora tocca a me abbracciarti in quel modo.

Del resto sempre da questa prima versione, un altro biglietto escluso (è il numero 24, quello che avrebbe originariamente dovuto chiudere la raccolta, indirizzato a G.G.T.) oltre a delineare l'intera storia "intima" del libro ne indica anche il percorso interiore, come superamento, "anche metafisico", di quel vuoto che l'abbandono rappresenta, anche come perdita di un riferimento, di un valore, non solo in senso sentimentale e affettivo:

> Questo è l'ultimo biglietto che scrivo. Il primo risale all'aprile ottantaquattro, una notte, a Firenze. Da allora tante cose sono cambiate nella mia vita e forse la più importante riguarda queste pagine che non si chiamano più "Appunti per una fenomenologia dell'abbandono", ma semplicemente "Biglietti agli amici". E, come vedi, anche tu sei venuto a far parte di questa intimità, prova che quel grande male anche metafisico, l'Abbandono, è stato in una piccola misura attraversato. Oggi ho una consapevolezza in più. Ed è proprio questa nuova coscienza sorta dall'attraversa-

mento di quegli spazi di fuoco e di nulla, che vorrei regalare a te e agli altri come il più sincero augurio per il prossimo anno.

Anche nella seconda versione il biglietto n. 24 (Notte, ore dodici) chiarisce le motivazioni del libro, sebbene non sia più evidenziato il percorso interiore. È da notare come cambi e venga prospetticamente invertita, nel parallelo con la precedente versione del biglietto n. 24, l'indicazione. Da "ultimo biglietto", conclusivo quindi, qui diviene "primo biglietto", iniziale pur se posto a conclusione. Anche questo biglietto non compare nell'edizione a stampa:

> Questo è il primo biglietto che scrivo e lo scrivo per te G. in una notte d'aprile, a Firenze. Comincio dunque da te questo libro augurale sapendo che lo potrai leggere solo fra molti anni e quindi da te io cerco – per questi messaggi – una piccola legittimità a resistere al tempo. Ho comunque fretta di farti gli auguri per questo tuo primo Natale.

È in questa condizione, quella di colui che "scettico per il troppo dolore, altro non sta facendo che concentrarsi su di sé per imparare ad amare e a conoscere questa persona che porta il suo stesso nome, che gli altri riconoscono come *se stesso* e che lui sta portando in viaggio attraverso l'Europa"(cfr. biglietto numero 21), che Tondelli inizia l'elaborazione di *Biglietti agli amici*: nella necessità di dar luogo al sé che vuol scoprire la realtà non più in rapporto agli altri in senso generazionale, ma all'altro come soggetto singolo.

A occupare queste pagine non è più il respiro lungo della "notte raminga e fuggitiva lanciata veloce lungo le strade d'Emilia a spolmonare quel che ho dentro, notte solitaria e vagabonda a pensierare in auto verso la prateria, lasciare che le storie riempiano la testa che così poi si riposa…" di *Altri libertini*, ma è l'istante del "passeggiare per le strade di Bologna", dove è possibile solo "accarezzare desideranti le pietre, gli angoli, i palazzi, i giardini come se fossero essi stessi la sostanza verbale di una preghiera, di qualcosa che è troppo forte da tenersi dentro ed esplode nel suo sguardo" di *Pier a gennaio*.

Biglietti agli amici accompagna e riflette l'esperienza letteraria dell'ultimo Tondelli. È interessante segnalare come i materiali dei "biglietti" vengano ripresi, modificati o riscritti in altri testi.

Il biglietto dedicato a P.L. viene riportato in quel "remember" fiorentino a pagina 20 dell'*Abbandono*. A introduzione e avvio dei *Frammenti dell'autore inattivo* pone, con alcune modifiche, quasi interamente il biglietto a F.W., mentre in *Camere separate* il biglietto a M.M. viene riscritto e diventa un frammento di ricordo, quando Leo guarda le carte stradali "per decidere la direzione di un viaggio in auto". È il momento della scoperta che lui e Thomas si sarebbero amati per tutta la vita.

Se in *Biglietti agli amici* ha questa forma:

> In quel dicembre a Berlino, nella tua casa di Kopenickerstrasse io volevo tutto. Ma era tutto, o solo qualcosa, o forse Niente? Io volevo Tutto e mi sono dovuto accontentare di qualcosa.

In *Camere separate* diventa:

> Un giorno, in treno, in uno scompartimento affollato Leo gli aveva detto, malinconico: "Io ho sempre voluto tutto Thomas. E mi sono sempre dovuto accontentare di qualcosa".

Ancora nel romanzo Leo, per non scadere nel patetico, invece di inviare una lettera a Thomas, preferisce spedire una registrazione di *We can't live together* di Joe Jackson e cita gli stessi versi della canzone riportati nel biglietto a F.G.

Biglietti agli amici rappresenta, nella produzione letteraria di Tondelli, un libro "personale", "un libro artigianale, curato, prezioso". Inizialmente "avrebbe dovuto essere un *livre d'art*: cinquanta copie in tutto e le tavole astrologiche e angeliche disegnate da un artista".

Viene pubblicato invece da Baskerville, con una struttura particolare legata alle ore della notte e del giorno scandite dalle tavole angeliche e astrologiche ricavate da Barrett. Generoso Picone, nel saggio *Stazioni di sosta*, pubblicato nel numero di "Panta" dedicato a Tondelli, sottolinea: "La stessa scelta di affidare i biglietti a un'architettura zodiacale, prendendo in prestito le tavole angeliche e astrologiche da *The Magnus* di Barrett così come riportate nel *Dizionario degli Angeli* di Gustav Davidson, dove ogni ora del Giorno e della Notte è governata da Angeli e Pianeti e i segni appaiono come rappresentazioni di figure angeliche, non è solo un artificio retorico, un po' esercizio di paranatellonta e un po' alla Ramon Llull che nel cantico milletrecentesco *Libro dell'amico e dell'amato* aveva affidato a ognuno dei 365 giorni dell'anno una meditazione mistica: assume invece il valore della ricerca ansiosa e faticata di un senso, di una sublimazione dei terreni accidentati in un ordine superiore".

Ricordano Mario e Maurizio Marinelli, gli editori, nella *Storia di un libro*, pubblicata sullo stesso numero di "Panta": "Viki finì il manoscritto e volle seguire tutte le fasi di ideazione e di produzione del volume. Telefonava spesso per chiedere informazioni e viveva la nascita del libro come un parto. Diceva che la produzione materiale del libro era ciò che più gli era mancato nell'esperienza di *Altri libertini*. Era un vuoto che colmava volentieri con la nostra esperienza e che gli rendeva il progetto più stimolante. Fino all'ultimo fece modifiche, cambiò frasi e punteggiature. La scelta della copertina lo coinvolse fino al giorno prima della chiusura in tipografia".

Tondelli invece nell'*Autodizionario degli scrittori italiani*, curato da Felice Piemontese, nel 1989, spiega:

> *Biglietti agli amici* è il primo testo di una produzione per così dire underground attuata da piccoli editori, a tiratura limitata e destinata a un pubblico protetto. In questo senso, fra un tentativo narrativo e l'altro, l'autore tende a creare, con piccoli editori amici, un laboratorio in cui il trasformarsi di un testo in libro sia un'avventura di solidarietà, impegno e divertimento.

In una lettera a Giorgio Bertelli, delle edizioni L'Obliquo di Brescia, che gli chiedeva un altro "libro per pochi", così racconta:

> Gentile signor Bertelli,
> ricevo oggi la sua lettera. Sono molto contento della possibilità che lei mi offre di poter produrre un testo, poiché, di tanto in tanto, mi va assai bene l'idea di fare un "libro per pochi", un libro artigianale, curato, prezioso. Lo scorso anno, a Natale, feci appunto, in qualche centinaio di copie, *Biglietti agli amici* e l'esperienza è stata felice. Ma il fatto importante, che mi spinge cioè a collaborare con i "piccoli" e preziosi editori è quello di concepire un progetto particolare. (Se non fosse speciale, particolare lo farei con i miei soliti editori, è chiaro.) Ora sto pensando a un libro in cui abbinare una dozzina di mie fotografie e altrettanti racconti. Ma ci vorrà un po' di tempo. Quando avrò il materiale potremo discuterne e elaborare il progetto insieme. Se, come mi sembra, anche Lei è d'accordo, allora potremo lavorare insieme. Le dico fin d'ora che per

questo genere di libri non pretendo diritti d'autore, ma un certo numero di copie. E che il copyright viene ceduto unicamente, e una volta sola, per l'edizione in lingua italiana.

Questa "esperienza" è rimasta "unica" nel percorso tondelliano e rappresenta appunto un "progetto particolare". Del libro vengono stampati pochi esemplari. Una prima tiratura di ventiquattro copie, quella destinata alle persone cui i "biglietti" sono dedicati, riporta il nome per esteso. È a carattere limitato e non viene posta in vendita. A ognuno dei ventiquattro destinatari il libro viene consegnato il giorno di Natale del 1986.

Tondelli chiese inizialmente ai giornalisti e ai critici a cui aveva inviato il libro di non parlarne, come riferisce in una lettera datata, "Milano, 8 settembre 1987", a un giornalista della "Gazzetta di Reggio":

> Caro Cappelletti,
> ricevo oggi, con un po' di ritardo, copia della "Gazzetta di Reggio", di mercoledì 12 agosto che un amico mi ha spedito qui a Milano. Leggo il suo bel pezzo su *Biglietti agli amici*. Vorrei ringraziarla per la sensibilità e l'acutezza di quelle note. Tanto più perché è il solo articolo uscito su quel libretto. Agli amici giornalisti a cui l'avevo inviato avevo infatti chiesto di non parlarne. Lei non poteva sapere tutto questo. Eppure il fatto che anche questo libro stampato in un paio di centinaia di copie mi sia sfuggito di mano dimostra non solo che la scrittura non può essere "imbrigliata" (e, come lo spirito, soffia e arriva dove vuole) ma soprattutto che da lettori sconosciuti possono arrivare indicazioni e sentimenti importantissimi e imprevisti. Del fatto dunque che *Biglietti agli amici* sia arrivato sul suo tavolo io mi compiaccio, in amicizia.

Una seconda tiratura, in una diversa edizione, arriva in libreria con tutte le copie autografate da Tondelli e nelle dediche agli amici, per mantenere quel carattere "privato" del testo, sostituisce ai nomi per esteso le loro iniziali.

In seguito l'edizione viene esaurita e non più pubblicata, anche se una nuova tiratura è approntata da Baskerville e, a causa di un errore del tipografo che stampa la prima versione, con i nomi degli amici per esteso, non viene mai distribuita e viene completamente distrutta (si veda al proposito la testimonianza degli editori nel già citato numero di "Panta").

È un altro Tondelli quello che rilegge *Biglietti agli amici* nel settembre 1991, nella stanza d'ospedale a Reggio Emilia e appunta con una grafia incerta, veloce, a matita, i libri che legge.

Il 7-8 settembre sulla traduzione testoriana della *Prima lettera ai Corinti* scrive:

> Tutta questa ricerca nel passato, questo ossessivo andare all'indietro e ricordare particolari apparentemente insignificanti, questa felicità anche del ricordo, se è servita a alleviare il senso di colpa e a capire le ragioni della vita ora, improvvisamente, parlando con G. non basta più, ora è un intoppo, una stupidaggine. È vero. Io ho sempre pensato che la scrittura avrebbe potuto con gli anni e col lavoro, "salvare" la storia miserrima … (la mia) un canto epico… (…epos). E forse così sarei riuscito a… Ma non sarà così. La letteratura non salva mai tantomeno l'innocente. L'unica cosa che salva è Amore, la fede e la ricaduta della Grazia.

Il 3 ottobre annota su un taccuino alcuni appunti per un progetto che non riuscirà a realizzare, relativo a *Sante Messe*, per "raccontare 'in prosa poematica', le messe a cui ho assistito ultimamente. Per esempio la Messa solenne e patriottica di Budapest, la messa di Amsterdam con il caffè e i toast, la messa beat, quella solenne in san Pietro, quella gregoriana, quella ambrosiana, piccole messe di campagna".

> Struttura delle "Messe…"
> 1) Dodici come i segni zodiacali e i rispettivi angeli protettori.
> 2) Ventitré come le lettere dell'alfabeto angelico "scrittura degli angeli".
> Forse dieci testi.
> Forse allora quella che Pier chiama la SANTITÀ, il percorso che io cerco di intraprendere e di cui, sinceramente, non vedo ancora la realizzazione, non è altro che il SATORI buddista, illuminazione interiore sul tutto. Ma per fare questo la "Via della Croce" è il percorso giusto? E la carità? E la testimonianza?
> Prima mi interessavano soprattutto i rapporti fra cristianesimo e Oriente, ora sempre di più con l'ebraismo.
> In quanto a *Sante Messe* la struttura mi sembra buona: 10 o 11 messe – che si fissano nella Messa del *Dies natalis*

> La Preghiera continua, le suore che alle 3 dicono le lodi, c'è qualcuno che prega per te…

Fa seguire a questi appunti una Bibliografia da Qol: Carena, Omar, *Cena Pasquale ebraica per comunità cristiane*, Marietti; Martin Buber, *I racconti dei Chassidim*, Garzanti 1979. Documenti: *Dialogo con i fratelli maggiori*, Ave, Roma; *Nostra Aetate*; Sestieri-Ceretti: *Le chiese cristiane e l'ebraismo*, Marietti. Con una freccia indica poi quello che potrebbe essere il senso di questa ricerca con la dicitura: "I miei territori d'esilio".

Il 30 settembre, in una lettera a Fulvio Panzeri, chiede:

> Puoi controllare se esiste un libro di Henry Corbin, *Paradosso del monoteismo*, che contiene un saggio sugli Angeli che mi servirebbe?

Infatti poi annuncia l'intenzione di rivedere *Biglietti agli amici* per un'edizione non più privata ma destinata a tutti i suoi lettori:

> Lo metterò a posto e rimpinguerò un po'. È una vecchia idea.

Infatti lavora a un progetto di revisione, come avviene anche per *Altri libertini* e appunta a matita, su una copia del libro, le eventuali modifiche, che riguardano soprattutto altri biglietti da scrivere e altri destinatari. Sul frontespizio è riportata una nota di carattere generale che spiega anche la richiesta del libro di Corbin: "È sbagliata l'impostazione. È meglio dodici angeli per ogni ora".

Nell'indice, oltre all'indicazione dei biglietti da riscrivere, vengono appuntati gli argomenti relativi ai nuovi biglietti da inserire: "L'angelo di Rilke"; "Come non dirsi ebrei"; "La principessa di Parigi"; "In ricordo".

L'edizione qui proposta, conforme a quella definitiva pubblicata da Bompiani nel 1997, non essendo stata completata la revisione da parte dell'autore, non tiene conto delle ipotesi di modifica indicate e si adegua quindi all'edizione 1986, intervenendo sugli errori di stampa e sull'uso delle maiuscole, secondo le indicazioni apportate a mano da Tondelli.

L'edizione a stampa è accompagnata dalla seguente "Nota dell'autore":

> I testi qui raccolti sotto forma di biglietti contengono o inglobano citazioni e riscritture da: *Il Trentesimo Anno* di

Ingeborg Bachmann; *Big World* di Joe Jackson; *Songs of Love and Hate* di Leonard Cohen; *Tao Te Ching*; *The Father Brown's Storiers* di Gilbert K. Chesterton; *The Queen is Dead* degli Smiths; *Servitude et Grandeur Militaries* di Alfred de Vigny.

Le tavole angeliche e astrologiche sono ricavate da Barrett, *The Magus* riportato in Gustav Davidson, *A Dictionary of Angels*, The Free Press, New York, alla pagina 344: *The Angels of the Hours of the Day and Night.*

I biglietti stampati in corsivo appartengono alle pagine del diario letterario degli anni 1982-1983.

CAMERE SEPARATE

(1989)

Il romanzo viene pubblicato da Bompiani nell'aprile 1989 e rappresenta una svolta nell'opera di Tondelli, anzi accentua i termini e i momenti di riflessione, già presenti in fieri in *Biglietti agli amici*, inserendoli in una struttura narrativa ben più ampia e complessa.

Dopo il successo popolare del romanzo *Rimini*, Tondelli infatti progetta un "nuovo" corso per la propria scrittura, che ritiene necessario dopo le innovazioni, anche strutturali, che ha apportato con il nuovo romanzo. Ancora non sa che direzione potrà avere il "nuovo" corso. Ne parla ai suoi due "editor", coloro che hanno seguito fino ad allora il suo lavoro di scrittore. In una lettera, datata "Bologna, 4 dicembre '85", scrive a François Wahl:

Caro W.,
ricevo stamattina il vostro messaggio. Anche Tagliaferri mi ha scritto, giorni fa, una altrettanto attenta e delicata lettera riguardo il mio lavoro puntando l'interesse sul "linguaggio" e affermando "il miglior personaggio dei tuoi libri è il linguaggio…". E quindi consigliandomi di lavorare in futuro sulla prosa pura pur rilanciando il ruolo di quel linguaggio nell'impresa letteraria.
Ho ritrovato nella vostra lettera le medesime preoccupazioni e sinceramente sono molto contento di avere qualcuno all'altezza con cui dialogare e confrontarmi. Ora non sto affatto pensando al prossimo libro. Ogni libro è stato per me, finora, una grossa avventura esistenziale, ogni libro ha chiuso e rilanciato un grande periodo della mia vita,

Rimini – in particolare – mi ha salvato, almeno fino a questo punto della mia vita. Per questo il prossimo romanzo dovrà necessariamente riflettere un nuovo scatto della mia esperienza. Non so quando questo avverrà. Ma probabilmente sarà così. Molto spesso non ho scelto io i libri da scrivere, in un qualche modo sono stato "scritto" da loro e dalle circostanze.

Aspetto il prossimo momento non disperandomi nella ricerca. Continuo a fare il mio lavoro con serenità.

Credo di sapere quanto *Rimini* sia stata una grande scommessa con me stesso. Avevo bisogno di misurarmi con un romanzo, magari anche di impostazione tradizionale. Avevo bisogno di scrivere di personaggi che non riflettessero direttamente la mia esperienza, ma fossero più vecchi, fossero personaggi femminili, fossero personaggi politici. Avevo bisogno, estremamente bisogno, di denaro. Avevo bisogno di lasciare il ghetto dei "giovani scrittori" dimostrandomi adulto. Avevo bisogno di attraversare l'Abbandono, di bruciare un dolore fortissimo, un Assoluto, e ricrescere come persona nuova, più vitale, meno autodistruttiva, più positiva. Più Zen. *Rimini* è stata la risposta a questa marea di problemi e credo di avercela fatta con dignità e anche con pagine, a mio giudizio, molto buone. Certo, *Rimini*, è un romanzo scritto in poco più di tre mesi. Sfido chiunque – fra gli italiani – a fare altrettanto. Ci sono lacune e svogliataggini. Per questo vorrei che l'Edizione francese fosse quella "definitiva".

Le stupidaggini e le sciocchezze degli editori-industriali che hanno letto *Rimini* soltanto in bozze lasciandomi tutta la responsabilità degli errori, non mi sorprende. Lasciando Tagliaferri ho perduto, un po', il mio "editor". Lo so. Lui mi non mi avrebbe permesso certe facilonerie. Ma la Feltrinelli mi andava troppo stretta. Io vivo esclusivamente dei miei diritti d'autore e dei miei articoli. Non avrei potuto continuare con un Editore che faticava a darmi 1000 franchi. Come anticipo... Nel bene e nel male Bompiani ha fatto di me uno scrittore più adulto. O almeno io la penso così.

Caro François ora anche tu fai parte della mia costellazione mentale e affettiva. Il prossimo mio romanzo non vedrà la luce senza il suo "placet". Già in molte interviste ho detto che di tutti i critici mi interessavano solo due pareri, quello di Tagliaferri e il tuo. Una volta ottenuto il vostro assenso io non mi sono più preoccupato dei mediocri.

C'è un periodo di preparazione "interiore", di chiarimenti rispetto al nuovo progetto narrativo. Più di un anno dopo, Tondelli scrive un'altra lettera a Wahl, datata "Milano, 7 marzo 87", in risposta a un parere su *Dinner Party*, il testo teatrale sul quale Tondelli sta ancora lavorando e che è giunto alla ottava versione. In breve delinea un progetto di massima su *Camere separate*, anche se è ancora lontano l'inizio della prima stesura.

> Caro François,
> forse hai ragione a proposito di *Dinner Party*. Quella che hai letto è la stesura numero otto e certo tutto si è assai modificato e scarnificato. Io continuo però a non pensarne così male.
> D'altra parte, prima o poi, doveva arrivarmi da te una bastonata (in gergo teatrale si dice "legnata"...) e un po' mi chiedo se faccio bene a mandarti tutto quello che scrivo, a sopraffarti un po'. Ma se lo faccio è perché sei diventato per me un interlocutore importantissimo da cui, anche se un po' controvoglia, accetto le legnate...
> Veniamo a cose più serie. Il progetto del nuovo romanzo si sta delineando sempre più nella mia testa e nei miei disegni. Ma ancora è presto per mettersi a scrivere. Il fatto è che non potrà non essere che un *romanzo di crisi*. Dopo tutto quel narrare di *Rimini* è fondamentale per me riflettere, pensare, criticare, studiare questo mio lavoro: un libro, la scrittura, lo stile, il linguaggio... Sarà una prova molto difficile e per niente facile. Sarà un passaggio per crescere. Io spero che il ballerino di tip-tap ci riesca, anche questa volta.

Di lì a poco inizierà la stesura del romanzo, anche attraverso studi preparatori. In due fogli dattiloscritti, con alcuni interventi a penna che evidenziano i dubbi e le incertezze rispetto al progetto ("È giusto o no questo progetto di libro? – Come procedere?"), indica il centro tematico del romanzo:

APPUNTI PER LA PRIMA STESURA
> Può essere divisa in due parti e la prima finisce con la fine della storia di Thomas e il viaggio in America (il ritorno, anzi).

Leo sfiora con le dita il collo di Thomas – poi l'imbarazzo della prima volta, non sanno ancora bene i punti sensibili l'uno dell'altro, non sanno come e cosa piace – Kombaby, Kom Baby!! – Dovrebbe esserci qui nella prima volta anche la fatica di come superare un ostacolo, come se sapessero entrambi che dovevano superare quel primo momento per poi ritrovarsi più consapevoli e poter allora veramente continuare la loro storia. Qui vorrei ci fosse più la fatica, il sudore, la difficoltà, l'impaccio, la timidezza, il timore. Non è una scopata nata esclusivamente dall'attrazione sessuale, non si sono visti sotto un portico e si sono aperti le braghe. Qui tutto deve essere più complicato. Molte volte (***) diceva "chi sei tu? con chi sto dormendo?". Non intendo chi io realmente fossi ma quale fosse il legame, il nesso semantico per cui lui si trovasse accanto a me. Leo sa tutto questo perché ha esperienza, sa che ci vuole tempo, sa che il tempo gioca (ironia della sorte) a loro favore. Ci vuole la pazienza. Chiede tempo, chiede giorni di simbiosi affinché tutto divenga poi naturale…

Il problema che Leo si è posto dopo i primi giorni di amore è questo: la relazione con Hermann lo ha lasciato quasi a secco. Ora ci sta riprovando con un altro ragazzo e conoscendosi non vuole arrivare allo stesso punto. Lui voleva l'assoluto in Hermann e per questo è quasi impazzito. Ora con Thomas vuole qualcosa di più costruttivo. Vuole "una separazione in contiguità" e per farlo non ha trovato nient'altro di meglio che piazzare fra i due letti un tot di distanza.

Dopo quasi due anni i due amici si incontrano in territori neutri… Germania, a Milano, Parigi… Convivono negli alberghi e nei ristoranti. Hanno lasciato un po' del loro amore qua e là, non hanno una casa per i loro affetti o almeno quella che normalmente consideriamo una casa. Uno è ospite dell'altro, certo, ma la loro è sempre una situazione instabile, una relazione che fluttua a seconda delle abitazioni e dei luoghi. Nonostante questa precarietà… In un certo senso si appartengono, ma in un modo speciale. Si appartengono ma non si possiedono. La vita di Leo riguarda quella di Thomas come quella di Thomas riguarda quella di Leo. Forse si amano da QUEL TREMENDO MOMENTO IN CUI HANNO SENTITO L'IM-

POSSIBILITÀ DEL LORO AMORE. SI AMANO, ORA, PERCHÉ SI SONO GIÀ LASCIATI. TUTTI E TRE SONO SOLI MA TUTTI E TRE SI APPARTENGONO...

In una lettera a Aldo Tagliaferri, datata "Milano, 19 aprile 1988", racconta l'inizio della stesura del romanzo:

Caro Aldo,
è molto tempo che non ti sento e spero sinceramente tu stia bene anche se il tuo silenzio, pur non preoccupandomi poiché in esso risiederà beckettianamente qualche altra freccia del tuo arco, un po' mi fa pensare. Tu sai quanto tengo in considerazione le tue opinioni e il fatto di non averti sentito mi induce a pensare che tu non sia molto soddisfatto.
Il fatto è che non sono soddisfatto neppure del lavoro mondadoriano [Il riferimento è alla collana "Mouse to Mouse" diretta da Tondelli e in uscita proprio in quei giorni, N.d.C.], poiché in quel ministero troppi sforzi si perdono nella routine e si ha a che fare con troppi responsabili e troppi direttori. E alla fine, paradossalmente, siccome la baracca sta ugualmente su, il "laissez faire" diventa la regola... Di *Belli & Perversi* invece sono soddisfatto.
Sto partendo per gli Stati Uniti dove resterò fino all'8 maggio. Dopo mi dedicherò esclusivamente al nuovo libro che da oltre un anno sto scrivendo sulla mia pelle e sui miei nervi (e nei miei diari). A Parigi mi sono azzardato a far leggere le prime trenta-quaranta pagine a François Wahl. Ne abbiamo discusso il giorno dopo e lui mi ha detto che ho trovato il tono giusto e che ha fiducia. Ma anch'io so che ho trovato il tono giusto perché altrimenti non le avrei buttate giù in pochi giorni. Il problema è, come sempre, avere tempo davanti. E ora ho solo bisogno di tempo per me stesso.
Ti ringrazio per il tempo che dedicherai a questa lettera. Spero di vederti al mio ritorno. A presto.

Nel corso della progettazione narrativa cambiano continuamente prospettive e ambientazioni, pur restando l'autore fedele al centro tematico che ha individuato. In una lettera datata "Milano, 9 settembre 1988", scrive:

Caro François,
come stai? Ho molta voglia di vederti e di abbracciarti poiché sempre gli incontri che ho avuto con te a Parigi

mi hanno dato molto, mi hanno incoraggiato a scrivere, a riflettere, a fare sempre meglio.

Sto lavorando a *Camere separate*, strappandolo letteralmente dalla mia pelle. Ci sono pagine che ho orrore di scrivere e che batto sui tasti del mio computer urlando come sotto tortura...

La novità è comunque che tutta la prima parte (che tu hai letto) si svolge non più a Berlino, ma a Parigi. Come questo sia accaduto non so dirlo. È scattato un click nella mia testa e ho detto basta con la Germania. Sono nati però piccoli problemi di ambientazione, poiché non ho vissuto a Parigi quanto ho vissuto a Berlino Ovest. Ma li sto risolvendo. Comunque mi auguro di venire in ottobre, dopo la Fiera di Francoforte per gli ultimi "sopralluoghi". Devo, per esempio, trovare la via in cui può abitare Leo ("Lui") e quella in cui abita Thomas (studente di musica, di famiglia borghese ma non ricco). E l'indirizzo di qualche bar o di qualche boîte.

Spero comunque di avere entro la fine dell'anno la prima stesura intera. A quel punto vorrei tanto poterla discutere con te. Voglio dirti che non ho problemi di pubblicazione in Italia poiché in Bompiani saranno molto occupati con i nuovi romanzi di Eco e Moravia. Conto però di uscire entro il 1989.

Le modifiche sono evidenziate anche in altre carte di "appunti preparatori" che già definiscono la struttura del romanzo e le situazioni principali:

CAMERE SEPARATE

PRIMO MOVIMENTO – Verso il silenzio
(Leo &Thomas – Parigi – concerto-il trip...)
SECONDO MOVIMENTO – La conquista della solitudine
a) Viaggiatore solitario – Londra
b) Milano – La scrittura – Il paese natale fra casa e cimitero – Il venerdì santo (Barcellona-Saragozza)
c) l'inferno della solitudine, strip-tease, la carriera del puttaniere, la marchetta, il padre orfano
TERZO MOVIMENTO – Camere separate
(Rinascita del desiderio – Pranzo del vedovo... Posizioni sentimentali a tre) Finale: "Fra qualche giorno, fra qualche anno..."

In seguito sostituisce allo schema una breve trattazione dei temi "interiori", legati al viaggio e alla partenza. Si tratta di "appunti narrativi" che poi verranno ampliati e riutilizzati come dialoghi tra i personaggi o come situazioni narrative:

SUL VIAGGIO
(ai tempi di Rimini, 1985)
Ripenso molto spesso a Duisburg, al nostro albergo, a quella breve passeggiata nel centro sportivo la sera che arrivai. Il blu del tuo vestito, blu e bianco della camicia sul verde degli alberi e il blu del cielo. È come se ci fosse una nota comune in tutti i viaggi che abbiamo fatto insieme. Vedo passeggiare le nostre figure, passeggiare abbracciate, fianco a fianco, in un viaggio astratto, toccando piazze, strade, musei e città diverse. Da quando ci ha visto camminare sul lastricato, Alexanderplatz non è più la stessa di prima. E nemmeno Duisburg. Amsterdam l'abbiamo divertita con i nostri battibecchi: qualche lacrima è caduta, segnando le tappe dei nostri viaggi.
Sono tanti piccoli frammenti, atomi disordinati che saltano impazziti quando alzo il telefono e sento la tua voce, un po' delusa, irritata, un po' malinconica. Io taccio, sento di averti ferito e i sensi di colpa mi afferrano la gola. Il mondo non saprà mai con quanto dolore mi trafiggi il cuore in quei momenti, proprio così, come te lo sto raccontando ora. Con che rapidità mi si annebbiano i sensi, sono cieco dopo una telefonata con Leo. Leo, maledizione, dove sei? Leo, il parco ora, alle nove di sera è vuoto, se ne sono andati tutti a casa, getto un foglio con scritto il tuo nome in uno dei tanti canali che serpeggiano per il Tiergarten. Ricordi? Oggi, il canadese della commedia di Fra Savonarola, James, mi ha parlato di un convento vicino a Ulm, nella Baviera, dove ci si può ritirare in ascesi anche per brevi periodi. Sapere che esistono simili posti la trovo un'idea stupenda... in cui rifugiarsi se va da cani.

SUL PARTIRE
Sto ascoltando la nostra canzone, è così forte che faccio fatica a ordinare le parole, una dietro l'altra.
Sei il mio amore più grande, te lo dico con tutta la forza aretina che possiedo.
Ieri sera ho provato qualcosa che non conoscevo. Ero

con te e non avevo paura, né di separarmi, nè di andare avanti, né di fermarmi a pensarti. Sentivo solo questa carica di vitalità che mi sospingeva in avanti, come un surf sull'onda dell'oceano.

Sentivo di poterti guidare tra i miei pensieri, di lasciarti vedere tutto (un tutto mantenuto sempre nascosto, come se si fosse sempre trattato di un tesoro). Volevo farmi esplorare, di nuovo guidarti e poi cambiare rotta, perché anche tu provassi le vertigini del mio eterno mal di mare. Spero di esserci riuscito.

Ora devo partire amore mio.

Non sento più niente, mi sembra tutto circondato di un mantello di indifferenza, mi scorre tutto intorno, i miei sensi sono tutti concentrati a preservare il tuo odore, il tuo contatto e la tua voce. Ti sto interiorizzando nei miei circuiti mnemonici e sensitivi: è un processo che richiederà qualche ora.

Mi sdraio.

Sento la voce acuta di uno smalltown boy.

E allora, per tornare a noi, ogni tanto capita di non fidarsi più, le persone si trasformano, nella tua mente, in marionette, come pupazzi, ai quali tu fai fare i movimenti che vuoi tu, o padre orfano...

TERZO MOVIMENTO – Camere separate
   (Rinascita del desiderio – Pranzo del vedovo... Posizioni sentimentali a tre)
   Finale: "Fra qualche giorno, fra qualche anno..."

Del romanzo, Tondelli elabora una prima stesura, pressoché identica a quella pubblicata. Le varianti riguardano soprattutto l'eliminazione di alcuni particolari e una pulizia del testo, anche dal punto di vista linguistico e lessicale, onde distanziarsi dall'impatto emotivo che la materia narrata ha prodotto sull'intero libro. Così viene in qualche modo rivista l'eccessiva "sentimentalità" che permea la prima stesura. È da segnalare il richiamo a Rilke e alle *Elegie duinesi*, visto che decide di chiudere la prima stesura del romanzo con una citazione da questa raccolta poetica.

Segue le parole della canzone di Morrissey: "Oh, I'm so glad to grow older, to move away from those younger years, now I'm in love for the first time". In un qualche modo è felice. Fra qualche ora si imbarcherà sul jumbo

Alitalia, leggerà qualche pagina, ascolterà della musica e si addormenterà per svegliarsi, pochi istanti dopo, nella luce accecante del nuovo giorno. Ma fra qualche ora, fra un giorno, forse fra tre o cinque o vent'anni, lui sentirà una fitta diversa prendergli il petto o il respiro o l'addome. Nonostante siano trascorsi tanti anni, o solo un'ora, ricorderà il suo amore e rivedrà gli occhi di Thomas come li ha visti quell'ultima volta. Allora saprà con una determinazione anche commossa e disperata che non c'è più niente da fare. Si avvierà alle sue cure, cambierà letti negli ospedali, ma saprà sempre, in qualsiasi ora, che non c'è più niente da fare, che per lui, finalmente, una buona volta, per grazia di Dio onnipotente, anche per lui e la sua metaphisical bug, la sua scrittura e i suoi Vondel o Madison, anche per lui è giunto il momento di dirsi addio.

> *Schließlich brauchen sie uns nicht mehr, die*
> *Frühentrückten,*
> *man entwöhnt sich des Irdischen sanft, wie man den*
> *Brüsten*
> *milde der Mutter entwächst. Aber wir, die so große*
> *Geheimnisse brauchen, denen aus Trauer so oft*
> *seliger Fortschritt entspringt − : könnten wir sein*
> *ohne sie?*

                    RAINER MARIA RILKE,
                    Duineser Elegien, I, 86-89

"Infine, non han più bisogno di noi quelli che presto
                    la morte rapì,
ci si divezza da ciò che è terreno, soavemente,
come dal seno materno. Ma noi, che abbiamo bisogno
di sì grandi misteri, − quante volte da lutto
sboccia un progresso beato − : potremmo mai essere,
                    noi, senza i morti?"

Tra le carte dello scrittore è stato ritrovato un foglio dattiloscritto, sicuramente parte di una lettera, della quale non si è riusciti a risalire al destinatario. Lo proponiamo comunque in quanto documento importante sull'elaborazione del romanzo:

Camere separate si compone, al momento, di "Tre movimenti" dal titolo, rispettivamente, "Verso il Silenzio", "La Conquista della Solitudine", "Camere separate". Dico "movimenti" proprio in senso di "ritmi musicali" poiché una spartizione in capitoli non mi andava bene in quanto presupponeva consequenzialità e avanzamento o giustapposizione sempre comunque un'apertura, un *deroulement*. Invece queste tre parti affrontano ognuna gli stessi temi, hanno a grandi linee gli stessi personaggi, si svolgono negli stessi luoghi. Ma sono indipendenti l'una dalle altre. Sono come tre unità che ruotano una a fianco dell'altra, riprendono "il tema" e lo portano su livelli e toni differenti con l'uso della variazione e della ripetizione (ora più descrittivo, ora più interiore, ora più veloce, poi più lento ecc...).

Naturalmente c'è anche uno sviluppo per così dire orizzontale fra le tre parti: la storia di una persona che perde il proprio compagno, che affronta la solitudine, che cerca di continuare a vivere. Ma i temi sono due (poi, per me, uno solo) l'eros e la scrittura, l'amore e il linguaggio.

Rimini era per me il tentativo di una prima sinfonia: l'intrecciarsi delle storie, delle voci, degli ambienti, degli stili imitati dal giallo al rosa all'azione al racconto esistenziale. E aveva questi assoli del suonatore di sax come contrappunti assorti, come commento. Se *Camere separate* si svolgesse ancora nel quartiere berlinese di Kreutzberg sarebbe la mia *Sonata a Kreutzberg*... Qui siamo più sulla musica da camera, su un concerto per pianoforte. Da quello che sto scrivendo mi sembra un po' di accedere alla quintessenza di quanto ho fatto finora. Di mettere in luce quella voce che ha scritto gli altri libri e che ora, più consapevole di sé, fa a meno delle mascherature (delle strutture) e tenta di vibrare da sola. Gli altri erano libri senza passato, volutamente tutti giocati sul presente. *Camere separate* è un po' quel passato.

Capisco che è difficile comunicarti il mio *work in progress* ma la difficoltà è che si tratta di un libro che va dove vuole e non dove io tento di metterlo. E mi devo sforzare di seguirlo anche in certe zone di me che non vorrei. In altre parole il problema di *Camere separate* è di quanto e del "fino a che punto" io sia disposto a mettere in gioco me stesso, e a concedermi, per poterlo finire.

Alcune considerazioni vengono riprese anche per la presentazione del romanzo alla casa editrice Bompiani e per la stesura della quarta di copertina:

NOTE PER LA QUARTA DI COPERTINA

I tre "movimenti" che compongono il romanzo funziona-no – a grandi linee – come una partitura musicale sul tema principale (la perdita dell'ideale – la perdita dell'amore) si accostano attraverso la digressione, la memoria, il flash back, la giustapposizione di alcuni motivi che vengono continuamente ripresi, pur con ritmi di narrazione differenti (ora più lenti, ora più vibranti, ora più commossi). E questi "motivi" che costituiscono la grana del romanzo sono poi l'infanzia, la religione, la madre, la guerra, l'eros, la colpa, il viaggiare, lo scrivere.

Il tema principale della "conquista della solitudine" attiva così un percorso narrativo non lineare, ma sinuoso, continuamente interrotto alla superficie ma indissolubilmente coerente in profondità. L'evoluzione del protagonista ha a che fare con il passato e attraverso la *memoria* egli lo rivive e lo riscrive.

Se con *Rimini* (1985) avevo tentato la strada di un romanzo sinfonico in cui la pluralità delle storie coesistesse, interagisse in un contenitore strutturale che dava il "tono", *Camere separate* è forse un *adagio* condotto sull'interiorità e sul rinvenimento delle motivazioni profonde – per il protagonista – dell'amare e dello scrivere. È in un certo senso il romanzo che sottende i tre precedenti. Il primo che ho scritto dopo il compimento del trentesimo anno. Come scrive Ingeborg Bachmann: "Quando un uomo si avvicina al suo trentesimo anno di età, nessuno smette di dire che è giovane. Ma lui, per quanto non riesca a scoprire in sé stesso nessun cambiamento, diventa insicuro; ha l'impressione che non gli si addica più definirsi giovane. [...] Sprofonda e sprofonda".

La seconda e definitiva stesura del romanzo si conclude nei primi mesi del 1989. In una lettera datata "Milano, 3 aprile 1989", indirizzata al nuovo traduttore tedesco, Castor Seibel, descrive il proprio stato d'animo, la sensazione di vuoto, ma anche la totale appartenenza al libro, intuito non solo come opera letteraria, ma anche in quanto profondo esercizio interiore:

Caro Seibel,
ho finalmente qualche momento in più per poterle rispondere con calma e anche con il desiderio di scriverle di que-

sti giorni abbastanza inconsueti per me – improvvisamente dopo un po' di febbre è esplosa la primavera, fa caldo, e tenendo le finestre aperte, anche qui a Milano, puoi avvertire il brivido della nuova stagione – quanti anni erano che tutto ciò, per me, non avveniva? Più di quattro. Quattro anni di concentrazione interiore per tirar fuori *Camere separate*, un vero e proprio attraversamento del lutto e della giovinezza che finisce. Mi dicevo: "Quando finirò questo romanzo sarò veramente a secco. Completamente vuoto". E invece, come in uno di quei miracoli che la vita misteriosamente ci rivela, eccomi pieno di entusiasmo – non felice, questo no – ma in pace con me stesso. Il libro è buono, o, almeno, ritengo che sia abbastanza vicino a quello che sentivo di fare. Non è un libro allegro, è molto duro, forse anche vagamente funebre, ma è un lavoro "puro", non saprei come dire altrimenti... È il romanzo sottaciuto agli altri tre. Quello che sono, quello che non ho mai avuto la forza di raccontare. Per dirla con le sue parole: è il mio lato d'ombra. Ma è un libro che obbliga il lettore a ripensare la propria vita. Chi l'ha letto – la mia agente, il mio editore italiano e quello francese, un paio di amici – tutti hanno pianto e si sono commossi. Quello che è curioso è che nessuno l'ha fatto nello stesso punto. È come se il libro producesse una concentrazione di emotività, una compressione di sentimento che poi, inevitabilmente, esplode a seconda della sensibilità individuale, ora prima, ora più avanti, ora improvvisamente in un dettaglio. Pensavo di inviarle le bozze, ma poi ho creduto meglio di farle avere il romanzo nella sua completezza. In fondo è solo questione di qualche settimana.

Ho letto e sfogliato il catalogo della mostra di Tobej. Abbagliante è stato trovare la poesia *Out of the cavern of my eye*... L'occhio interiore. È lo stesso occhio che sta sul retro di copertina di *Camere separate*? Vede caro Seibel che non riesco a pensare ad altro? Tutto mi parla di quel lavoro, non è giusto, non è "critico" ma dopo tutti questi mesi (anni) passati a scrutarmi, a conoscere le mie immagini interiori e i miei territori nascosti fatico a uscirne completamente. Così quando leggo *Venise réfléchie* non posso fare a meno di ricordare tanti flash veneziani, proprio ai giardini di Castello, uscendo da una Biennale (era l'82?) o bevendo, sdraiato alle zattere, una birra inglese in un tramonto dietro l'Isola di San Giorgio quando la laguna si accende dei colori di Bisanzio, oppure di quella notte in cui uscendo da Casa Frollo – l'acqua sul canale della Giudecca era liscia e nera come asfalto – mi sentii quasi in grado di camminare sull'acqua e mi dissi che era un peccato avere San Marco così vicino e non potervi arrivare a piedi... Ma nei taccuini di Pejré ecco lei, Castor, che di tanto in tanto salta fuori con le sue lettere, i suoi francobolli, la posta, un appartamento che mi sembra di aver capito fu poi acquistato... Chi è questo Castor che fa colazione nel giardinetto dell'Hotel La Fenice e al quale tutti si rivolgono con una sorta di devozione e di rispetto? È un letterato come lascerebbe supporre il suo saggio su Marcel Jouhandeau nella NRF? O è un poeta, come dimostrerebbe un suo modo di scrivere per "illuminazioni" di parole? Ma è lo stesso poeta che sulla carta da lettere affianca il suo nome alla parola "Kunsthandel"? Sarà forse un gallerista? Un editore? Un mecenate? Perché il signor Castor Seibel ha scelto un certo momento per farsi vivo nella mia vita, proprio un certo giorno di pochi mesi fa ed è arrivato come una presenza di cui, dal momento che l'ho recepita, evidentemente io sentivo il bisogno? È forse un Angelo Custode questo signor Castor? E come a un angelo custode io dovrò rivolgermi?

Caro amico sto scherzando, ma è certo che ogni sua lettera mi incuriosisce e mi arricchisce. Lei mi ha gentilmente invitato in Costa Azzurra, il prossimo mese di giugno. E io vorrei dirle di sì, che accetto con gratitudine il suo invito. Ma è giusto, mi chiedo, svelare il mistero? Non potremmo vederci qualche ora, prima? A Venezia? O da qualche altra parte?

Non si arrabbi sto attraversando un momento molto particolare.

La critica si divide su due fronti: un'accettazione "totale" o una messa in discussione delle reali possibilità dello scrittore. Molte le recensioni entusiastiche e su un punto tutti sembrano concordare: questo è il libro della "maturità", non solo dal punto di vista stilistico, ma anche come approccio tematico. Sottolinea Oreste Del Buono ("Panorama", 4 giugno 1989): "Bellissimo libro di passaggio, il suo migliore... Ma *Camere separate* è il grande approdo della giovinezza che assapora la maturità nella misura della prosa suggestiva, non nell'età". Invece Cesare De Michelis sul "Gazzettino" (22 luglio 1989) così rileva la condizione del passaggio: "Dal 'minimalismo' al 'fondamentalismo': si potrebbe riassumere così il percorso che la generazione di Tondelli ha finora compiuto, riconoscendo che quanto più il discorso scava in profondo, alla ricerca delle ragioni di vita, tanto più la sua scrittura si arricchisce di registri inediti. *Camere separate* così è uno straordinario e felice romanzo d'amore e di morte, di nostalgia e maturità, di impotenza e grandezza, nel quale riconosciamo la crisi del nostro tempo e le sue misteriose ragioni".

Anche per Luca Canali ("Paese sera", 23 maggio 1989) "è il suo migliore romanzo... Il ritmo della narrazione avvince, i personaggi non sono descritti dall'esterno, ma si rivelano attraverso i gesti del loro esistere. Si sarebbe potuti cadere nell'oscenità o in una visceralità melodrammatica: invece la storia ha una sua dignità, e persino una sua pudicizia".

Per Generoso Picone ("Il Mattino", 20 giugno 1989) si tratta di "un libro coraggioso: ha il coraggio di chi mette impietosamente a nudo le parti più intime della propria anima, di chi apertamente pone in gioco se stesso nella narrazione e offre la pagina come il proprio corpo devastato e stanco". Per Geno Pampaloni ("Il Giornale", 21 maggio 1989) "la qualità principale del racconto è comunque il suo essere gremito di fatti, incontri, motivi cangianti e per così dire friabili collocati sullo sfondo di una ossessione di assoluto continua, urgente, nostalgica e delusa". Mette inoltre in evidenza uno dei caratteri del romanzo (poco valutato da altri critici): "Il sentimento religioso ('pietà laica' lo definisce l'autore) confina con una sorta di orfanità che circola in ogni pagina; la quale a sua volta si radica in una smarrita e indistinta nostalgia dell'infanzia, che è l'altra faccia della paura della morte".

Alcune riserve le muove Claudio Marabini su "Il Resto del Carlino" (13 agosto 1989), il quale però confessa: "È il primo libro che leggo di Pier Vittorio Tondelli ed è sicuramente il libro di uno scrittore. Nella sua generazione è dei pochi che abbiano qualcosa da dire. In un ambizioso gruppo di abili letterati e orecchianti, Tondelli è uno che alla letteratura e all'abilità associa argomenti e sicura vocazione". Renato Minore mette a confronto il romanzo con la raccolta di racconti *Grande raccordo* di Marco Lodoli e conclude: "Qualcosa si spezza nell'omogeneità narrativa di Lodoli come nella straziante continuità dolorosa di

Tondelli: ma entrambi alzano il tiro, si provano su insidiosi terreni. Oltre che il segno di una innegabile riconoscibilità narrativa, questa è anche la premessa per una auspicabile maturità sincronizzata non all'ansia di arrivare, ma alla possibilità di riconoscersi fino in fondo".

Per Paolo Mauri ("La Repubblica", 2 giugno 1989) "se Tondelli giustappone quanto scriveva non troppo tempo fa, all'inventario dei materiali narrativi presenti in *Camere separate* non potrà non concordare sul fatto che, sì, più o meno, ci siamo... Il romanzo segna dunque un notevole progresso nella carriera dell'ex libertino, ormai abile nel manovrare i fili della narrazione... ma è anche una dichiarazione di resa su un piano più generale: dico circa l'uso della scrittura, che qui è un bisturi per aprirsi il cuore, quasi a recuperare vecchie istanze (o solfe) romantiche, rimesse a nuovo finché si vuole con ibridazioni varie... ma pur sempre, oggi, fine a se stesse non nel senso dell'assolutezza dell'opera d'arte, ma nell'altro: di egoistica contemplazione del proprio io".

Grazia Cherchi lo definisce ("Panorama", 23 luglio 1989) "più interessante che bello (avrebbe dovuto essere scorciato di un buon terzo), ma comunque qua e là toccante e di una certa importanza, di tipo, diciamo così sociologico (oltre che per l'autore che sta spostandosi da Kerouac a Isherwood, cosa che non può che fargli bene)". Luca Clerici, in "Linea d'ombra" (n. 41), salva l'aspetto "macrostrutturale": "Sulle qualità narrative del romanzo, dunque, nulla da dire. Da un punto di vista macrostrutturale, infatti, mi pare Tondelli si muova con scioltezza seppur costruendo un impianto tutt'altro che elementare: il sapiente montaggio di *flash-back* riporta protagonista e lettore avanti e indietro fra il momento in cui la vicenda prende avvio nella prima pagina e gli episodi fondamentali della formazione del protagonista, sovrapponendo il tempo storico della vita e il tempo simbolo dell'esperienza". Più debole gli sembra invece la materia narrativa: "Sul piano microstrutturale, invece, Tondelli, dà l'impressione di aver lavorato su un materiale ancora troppo autobiograficamente compromesso, o poco rivisto e rielaborato".

Le stroncature: quella di Angelo Guglielmi che arriva a mettere in discussione l'entità stessa di Tondelli come scrittore e quella di Gianni Turchetta ("L'Unità", 7 giugno 1989), infastidito da "un discorso affollato di tecnicismi para-scientifici e problematizzazioni pseudo-filosofiche fasulle, anche se radicate in sentimenti e angosce reali" e da un presunto ammicco al romanzo rosa. Riemerge la costante preoccupazione (fin dai tempi di *Altri libertini*) di voler salvare l'anima dello scrittore dalle tentazioni del successo popolare: "*Camere separate* avrà probabilmente un discreto successo; ma rischia anche di segnare per Tondelli un ulteriore passo, dopo il giallo di *Rimini*, verso i confini, commercialmente dignitosi ma di discutibile qualità letteraria, della narrativa di genere. Francamente avevamo da lui sperato ben altro".

Altre analisi, assai dettagliate, del romanzo sono contenute nel già citato numero di "Panta" e si segnala, in particolare, la chiave di lettura adottata da Marino Sinibaldi: "Fin dalle prime pagine *Camere separate* è segnato da un tema, la paternità/maternità, che sotto varie figure, mascheramenti, travestimenti, carsicamente lo percorre e segretamente lo illumina".

Come già avvenuto per *Rimini*, anche per *Camere separate*, dopo la pubblicazione, l'autore ha qualche ripensamento e qualche modifica da apportare. Sono dubbi che già aveva al momento di licenziare l'edizione, tanto che in un biglietto autografo a Elisabetta Sgarbi, editor della casa editrice Bompiani, datato "Milano, 31 gennaio 1989" scrive:

Cara Elisabetta,
ti mando la copia corretta del romanzo, più il Disco-computer.
Vorrei farti presente che sul Disco il "secondo Movimento" è diviso in tre parti solo per una mia praticità. Le parti del romanzo sono 3 come recita l'indice.
Spero di poter discutere con te il testo in bozze perché ci sono ancora alcune cose che non mi convincono troppo e sulle quali sono incerto.
Da Parigi tornerò sabato. A presto. Pier

In una lettera successiva alla traduttrice francese Nicole Sels, già citata per le modifiche apportate a *Rimini* e non datata, interviene anche su *Camere separate*, indicando la possibilità di alcune modifiche da apportare al romanzo da poco edito, in vista della traduzione francese che sarà pubblicata da Seuil nel 1992:

Sono contento che tu ti appresti a tradurre *Camere separate*. È un libro dal quale sono uscito a pezzi. Vorrei fare qualche taglio sulla parte di Washington cioè non vorrei descrivere dettagliatamente come in un film pornografico tutti i passaggi del rapporto tra Leo e il Boy. Vorrei tagliare prima... D'altra parte, come avrai ormai imparato in questi anni, il côtè hard-core appartiene da sempre alla mia scrittura e non so... Devo pensarci. Voglio mandarti gli articoli che sono usciti in Italia alcuni dei quali parlano benissimo, di capolavoro ecc. E citano Petrarca e una classicità che non ho mai avuto... Forse ti potrà servire.

INDICE

Note ai testi

Questo volume
è stato impresso e rilegato
nel mese di settembre 2000
presso Tip.le.co., Via S. Salotti 37
S. Bonico - Piacenza

Printed in Italy

CLASSICI BOMPIANI

ISBN 88-452-4400-8